张培忠 蒋述卓／总主编

彭玉平／主编

第一卷
古代

广东文学通史

人民文学出版社

图书在版编目（CIP）数据

广东文学通史. 第一卷, 古代/张培忠, 蒋述卓总主编; 彭玉平主编. —北京: 人民文学出版社, 2023
ISBN 978-7-02-017984-8

Ⅰ.①广… Ⅱ.①张…②蒋…③彭… Ⅲ.①地方文学史—广东—古代 Ⅳ.①I209.965

中国国家版本馆 CIP 数据核字（2023）第 079775 号

责任编辑　付如初
装帧设计　李思安
责任印制　宋佳月

出版发行　人民文学出版社
社　　址　北京市朝内大街 166 号
邮政编码　100705

印　　刷　涿州市京南印刷厂
经　　销　全国新华书店等

字　　数　700 千字
开　　本　710 毫米×1000 毫米　1/16
印　　张　40　插页 1
版　　次　2023 年 5 月北京第 1 版
印　　次　2023 年 5 月第 1 次印刷

书　　号　978-7-02-017984-8
定　　价　108.00 元

如有印装质量问题,请与本社图书销售中心调换。电话:010-65233595

第一卷 古代

编委会（以姓氏笔画为序）

江　冰　　刘晓明　　刘　春　　纪德君　　张培忠　　陈　希
陈　志　　陈　昆　　陈永正　　陈春声　　陈剑晖　　陈桥生
苏　毅　　林　岗　　贺仲明　　饶芃子　　郭小东　　黄天骥
黄仕忠　　黄伟宗　　黄修己　　黄树森　　康保成　　彭玉平
谢有顺　　蒋述卓　　程国赋　　戴伟华

学术顾问

陈春声　　黄天骥　　刘斯奋　　陈永正

总主编

张培忠　　蒋述卓

执行主编

彭玉平　　林　岗　　陈剑晖

本卷主编

彭玉平

本卷撰写人员

彭玉平　　徐新韵　　史洪权　　李婵娟　　翁筱曼

·本书由霍英东基金会资助出版

总　序

一

广东称粤,北枕五岭,南临南海。粤在岭之南,故又属岭南。发源于云贵高原和岭南山脉南侧的西江、东江和北江,汇流于旧称番禺的广州,形成了约六万平方公里的低矮丘陵和冲积平原,今称粤港澳大湾区。由于岭南山脉的天然屏障作用,广东与黄河、长江流域的经济与文化融合长期受到阻隔。荒古以来虽有路可通,然须穿过崎岖陡峭的山间丛莽,甚为不便。春秋战国时期的史籍记载,岭南不与,踪迹难觅,被视为化外炎荒之地,社会发展程度与中原相去甚远,或处于部落社会的阶段。待到秦灭六国混一中原之后又七年(前214)秦征南越,新建南海、桂林、象三郡,岭南才归并中原版图,由此粤地社会和文化的发展跃上了崭新的台阶。自古以来,广东形成了多方言、不同民系的人民共同生活的格局。珠三角和粤西以广府民系为主,粤东以潮汕民系为主,粤东北以客家民系为主。这三大民系构成了活跃于这片岭南土地的三大方言区。三大民系加上粤北与粤西地区的壮、瑶、畲等少数民族,构成了广东丰富而多样的人民生活。

将广东人文地理环境与社会生产力发展联系在一起观察,就可以发现其优劣并存。大约以元明之际的十四世纪为分界线,之前五岭为屏障,之后海疆为通途。中国海疆辽阔,而广东海岸线为各省之冠,达四千余公里,且以广东距南洋、西洋近且便利,于是全球大航海时代到来之时,那种便利甚至独占鳌头的地理位置优势就逐渐突显了出来。然而在大航海到来之前的内河航运时代,广东面临南海的位置优势却无从发挥。其时陆路交通占据绝对重要的位置,而海路交通的重要性几乎可以忽略不计。于是跨越五岭的陆路是广东唯一的通道。唐前以联通漓江与湘江的湘桂走廊为主,其后则以溯北江而上跨越大庾岭连通赣江的通道为主。宋代余靖《韶州真水馆记》:"凡广东西之通道有三:出零陵下漓水者由桂州；出豫章下真水者由韶州；出桂阳下武水者亦由韶州。无虑之官峤南自京都沿汴绝淮，由堰道入漕渠溯大江渡梅岭下真水至南海之东西者，唯岭道九十里为马上之役，余皆篙工楫人之劳。全家坐而至万里，故之峤南虽三道，下真水者十七八焉。"①路途崎岖且遥远，更兼必须水陆转运，越岭的不便就成为制约广东社会经济文化发展的重要因素。然而元明之际造船与航海技术的积累臻于成熟，与东南亚、阿拉伯乃至西洋的航海贸易迎来了大发展，造就了大繁荣。于是广东的经济文化发展一脱旧貌，换了新颜，巨大的地理位置优势逐渐显露出来。广州成为朝廷与外洋贸易的重要口岸。明代是口岸之一，清代则是全国唯一的外洋贸易口岸。不仅民间财富由此而迅速积累，更重要的是，广州口岸事实上变成了中国与外洋世界发生关联的枢纽。至明清两朝，广东的经济文化发展程度除稍逊于富庶的江南外，与全国大多数地方相比已经位居前列，曾经存在的南北经济文化差异消弭殆尽，尤其是垄断外洋贸易的十三行时代，广州富甲一方，全国其他城市并无其匹。大体上，广东的经济和文化发展至明清时期，已经实现了与华夏中原的全国一盘棋。外洋贸易与海外拓殖不仅提升了经济发展的程度，累积了财富，它还对文化发展产生了深远影响。

1582年利玛窦在澳门舍舟登岸，昭示了西风东渐的大戏在广东揭幕开启。由此而形成的文化风暴日后在广东上空积聚，广东顺理成章做了西洋文化在中国登陆的桥头堡。果然又过了两个半世纪，英国列强挟坚船利炮，从珠江口虎门敲开了清朝的大门。五口通商，丧权辱国。中国从此进入半封建半殖民的状态，中国人民也开始反抗列强、反抗腐朽垂死的封建统治的浴血奋斗。这部历史既是中国人民可歌可泣的奋斗史，又是中国文化悲壮的裂变史，它的第一页毫无疑问写在了广东大地上。西洋的力量及文化登陆了广东这个桥头堡，又从这个桥头堡源源不断地向全国四面八方辐射。中国人民的反抗勇气和新文明进步的文化科学技术使得这片土壤孕育出一批又一批开眼看世界的中国人。他们带着新的思想、新的观念和新的救国方案，从广东出发，开枝散叶，撒播全国各地。新文明的种子从此在中国大地茁壮成长。我们不知道广东在中国社会大转型时代的这种角色算不算命中注定，但时代和历史既然赋予了广东这样的角色，广东儿女也只有不辱使命。岭南粤地这两千多年的变迁史，从比岭北远为迟滞、未开化和落后的状态，短时间一跃而成为全国经济文化发展的领风骚之地，它在全国格局之内独特的位置肯定是我们观察这部广东文化演变史必不可缺的窗口。

---

① （宋）余靖：《韶州真水馆记》，《武溪集》卷五，北京：商务印书馆1946年影印本。

迈越两千年绵延不绝,广东文学史在这个独特的地理人文空间展开。一方面广东文学与岭北中原的文学演变纽带相连,息息相关。它是全国大格局中的一部分,另一方面它又带有自身演变发展的脉络和特点。以水系为喻,它是全国的一条支流。这条支流既不是任何其他山脉丘陵发育出来的支流,也不是总汇的干流,但这条支流终究要汇流到干流中去。广东文学史终究是中国文学史的一部分。故此,一部区域文学史的价值便不在于将它写成显微版的全国文学史。把区域的文学材料按照国家文学史的模式来放大书写,不是我们的目标。我们的期待和目标是运用这些区域文学材料来描绘和辨识这条支流的轮廓面貌和它的特点。于是全国和地方这两种不同的视角必然会汇聚于地方文学材料的论述。正如清初屈大均《广东新语自序》写到他著作的目标时说:"不出乎广东之内,有以见乎广东之外。"①就像一滴水可以照见太阳一样,以一滴水见一滴水不是我们的目标,照见这一滴水和蕴含在它之内的普遍性才是我们所追求的。同样的道理,《广东文学通史》采用的文学材料固然不出乎广东,但通史写作所追求的却是——"有以见乎广东之外"。

通史分为五卷:古代卷、近代卷、现代卷、当代上卷和当代下卷。考虑到广东文学演变发展的自身特点和文学材料逐渐繁复增多的事实,故有此划分。从整体看,从古至今广东文学史经历了类似三级跳这样的演变发展历程。每一跃都是一大步。虽然这样的跳跃在时间上难以截然断定划分,前步与后步的连接混沌而模糊,但我们依然可以清晰地看到那条划分不同演变历程的轨迹。这种三级跳现象,不仅与时间因素有关,也与它特定时空在全国文学格局之内所处的位置有关。这三级跳是我们对广东文学演变史走过的轨迹和性质的认知。第一跃发生在古代时期,广东文学完成了从接纳受容华夏中原文学的滋润哺育到自成一格的历程。以元明易代为界,之前以接纳受容岭北南渐的中原文学为主调,之后则带着对地域文化的认同和自豪,卓然自立而自成格调。第二跃发生在近代时期,这是一个中国社会政治和文化大转折的时期。广东以其人才辈出,以其新颖观念独领风骚,反哺中原,充当了全国文学及其观念大转变的推动者和领先者的角色。第三跃发生在现当代时期,广东文学带着不无先锋的敏锐和成熟稳健的步伐,加入全国文学的大合唱。时而领唱,先声夺人;时而和声,同鸣共奏。正是在这样一个有声有色的文学发展历程里,形成了广东文学的地域特质。这种地域特质随时代社会的发展而逐渐沉淀,累积为可供清晰辨识的岭南特性。

---

① (清)屈大均:《广东新语自序》,《广东新语》上册,北京:中华书局1985年版。

二

珠江自西而东横穿广州,北岸的越秀、荔湾两区从未称"河北",独南岸的海珠区至今俗称"河南"。得名来自东汉番禺人杨孚,他被誉为"岭南诗祖",是岭南北上中州为官又留下诗的第一人。相传他辞官南归之际,携回洛阳松柏,树植于珠江南岸今下渡头村的大宅前,借此睹物思昔,铭记宦游的美好岁月。因之珠江南岸地就俗称"河南"。① 这个历史细节透露出长久以来岭南人对开化文明程度远在自己之上的中原的向往。这与韩愈被贬潮州为官不足一载而获"三启南云"的美誉,如出一辙。封闭的环境和后进的文化有时导致"夜郎自大"的狭隘,但岭南人恰好相反,地理的阻隔与文化发展的迟滞,却孕育了岭南人虚怀向化的开阔心胸。用三百多年前番禺人屈大均的话说:"粤处炎荒,去古帝皇都会最远,固声教不能先及者也。乃其士君子向学之初,即知颂法孔子,服习春秋。"② 岭南人正是以此胸怀受容来自岭北的文化南渐,于是文化学术和文学的南渐,相当长时期内成了广东文学史演变的主调。

在并不复杂的早期广东文学发展史中,唐代张九龄出现前,粤地作家寥寥可数,分量更是不登大雅之堂,大量的是逾岭南来的文人和作家。他们的南来,事出有因。或者奉遣为官,驻守地方;或者贬谪流放,异地为人;或者躲避战火,流寓居粤。这些中原人物当中,不乏名重当时文化学术界的显赫角色、称雄一时的大文士。东汉《易》学大家虞翻贬徙期间,传道讲学;东汉牟子在交州期间写出渗透岭南精神的佛学名作《理惑论》;写下道教名著《抱朴子》的葛洪,在罗浮山亲尝百草,炼丹修道;山水诗的始祖东晋名士谢灵运,流放并殒命于广州。他的世袭雅名"康乐"留痕于今。中山大学校园称康乐园,周边有康乐村。进入超过一个半世纪的南朝时期,中原南北对峙,兵燹丧乱。这份南渐士人的名单不可避免地拉得更长,举其中大者,如写出《南越志》的沈怀远,贡献《海赋》的张融,写下最早一首吟咏岭南风物诗《三枫亭饮水赋诗》的范云,著《神灭论》的范缜,诗人阴铿、沈伯阳,还有写下《贞女峡赋》的江总等,皆是文坛一时之雄。他们为文学的南渐播下种苗、树立样板,做出了不可磨灭的贡献。

广东古代文学发展历程不是平稳均衡地逐渐积累前行的,而是更像波浪一

---

① (清)屈大均:《广东新语》上册,北京:中华书局1985年版,第42—43页。
② (清)屈大均:《广东新语》上册,北京:中华书局1985年版,第321页。

样小高潮小低潮叠加那样逐渐推进。这现象颇值得关注。由于古代一治一乱局面的交替出现,丛莽崎岖、交通阻隔的岭南,反倒成了中原战乱之时可以避乱偏安的好地方。大庾岭下的南雄珠玑巷,见证了历代移民迁徙入粤的传奇。广东珠三角地区民间皆以为自身家族发源于山西洪洞大槐树,随之散迁各地,最后汇迁至珠玑巷,在珠玑巷盘整再南迁至珠三角落地生根。传说真假参半,但道出了岭南人源于历代南迁的历史事实和以中原为祖根的深厚情感。人口的大规模迁徙是造就广东文化学术渐次演进的基础。例如南朝时期,尤其至梁陈之际,发生侯景之乱,江左富庶之地生灵涂炭,经济文化遭受严重破坏,导致大批门阀士族、文人和流民南迁入粤。其中之有地位者依附当时广州刺史萧勃以及欧阳頠、欧阳纥父子,由此广州更成为一时文化学术的中心。又如唐末五代十国时期,中原丧乱,南海王刘龑割据称帝,是为南汉国。与中原兵戈不息不同,南汉小朝廷偏安一隅,"五十年来,岭表无事"①,带来了活跃的商业贸易,史称"刘龑总百越之众,通珠贝之利"②。又雅好艺文风骚,常与文士谈论诗赋,"每逢群臣文字奏进,必厚颁赏赉"③。期间效仿中原王朝开科取士,一时文人荟萃,艺事盛于岭表。还有一种情形就是朝代更迭,广东或成为朝廷残部最后的抵抗之地,由此引发大批官宦、士人和民夫过岭南来。如宋元之际,南宋政权且战且退,抵抗至珠江口崖山一役,悲壮告终。明清之际,南明小朝廷且战且逃,其中永历帝就在肇庆登基。战乱一面是生灵的涂炭,但另一面又是民族精神的激发。如文天祥诗《过零丁洋》,脍炙人口,且千古不可磨灭。

通观广东文学史,南宋之后,每当易代,由宋入元,由元入明,由明入清,广东文学即勃发大生机。为人称道的诗人佳作,往往出现在兵凶战危、国家多难的时期。如宋元之际的袁玠、张镇孙、赵必瑑;元明之际的孙蕡;明清之际的"岭南三家"屈大均、陈恭尹、梁佩兰。他们的诗作郁勃沉雄、精悍激扬,是元明清广东文学的高峰,代表了其时广东文学的最高水准。有此成就,与他们论诗自有手眼密不可分。屈大均以易道论写诗之当求变化,曾说:"《易》以变化为道,诗亦然。"④陈恭尹反对盲目崇古拟古,提倡:"只写性情流纸上,莫将唐宋滞胸中。"⑤后人以雄直概论岭

---

① (宋)路振:《九国志》卷九《邵廷琄》,《九国志》(下),上海:上海进步书局影印本。
② (宋)王钦若编纂:《册府元龟》卷二百一十九《僭伪部》总序,《册府元龟》(第3册),北京:中华书局1960年版。
③ (清)梁廷枏:《南汉书》,林梓宗校点,卷十一,广州:广东人民出版社1981年版。
④ (清)屈大均:《粤游杂咏序》,欧初、王贯忱主编:《屈大均全集》第三册,北京:人民文学出版社1996年版,第79页。
⑤ (清)陈恭尹:《次韵答徐紫凝》,陈荆鸿笺释,陈永正补订,李永新点校合编:《陈恭尹诗笺校》下册,广州:广东人民出版社2015年版,第1083页。

南诗风。盖雄直诗风的形成,既与岭南民风耿介亢直、地域文化认同强固深厚有关,又与易代之际家国遭难,故土兵燹涂炭而激发出浩然的民族大义密不可分。正如清初山东新城人王士禛论有明一代粤诗,广东"人才最盛,正以僻在岭海,不为中原江左习气熏染,故尚存古风耳"①。江苏阳湖人洪亮吉称道"岭南三家"诗:"尚得昔贤雄直气,岭南犹似胜江南"②,亦可为此下一注脚。此前粤诗坛未受辞藻绮丽之风熏习,遭逢家国危难之际,乡邦意识、家国情怀化作淋漓元气喷薄而出,铸成与江南诗人完全不同的诗风格调,为明清诗史刻下了鲜明的岭南印记。

　　明前广东文学以人的成长为喻,虽时见英姿,但尚未长成堂堂汉子,处于接纳受容岭北中原文学为主的时期。屈大均认为,广东文坛"始燃于汉,炽于唐于宋,至有明乃照于四方焉"③。炽于唐宋,若限于广东尚可成立,但以全国格局来说,似乎有过。唐宋年代的广东文坛,难以说"炽",更像皓月当空,只有几点暗亮的星辰,点缀于文坛。至于后句"至有明乃照于四方焉",就毫无夸张,符合事实。清人陈遇夫《岭海诗见序》:"有明三百年,吾粤诗最盛,比于中州,殆过之无不及者。"④地域文学的成熟是存在客观标杆的,它体现在诗人诗作里面。这就是对地域文化的认同和洋溢在字里行间的乡邦自豪感。有此认同和情感,才能自具面目,自有眼光,自成风格。屈大均用"照于四方",陈遇夫用"比于中州,殆过之无不及"来形容有明之后的广东诗坛,说的当不仅是诗人诗作的数量。两人都意识到,自明之后粤诗已经具备自身的素质,不再泯然众人,即使置于全国诗坛格局之中,粤诗一样能有过人之处,能照于他人。致使粤诗自元明之际达到如此境界的内在要素,不仅在于诗歌语言和修辞艺术,亦在于岭南文化自身已经生长到成熟的状态,于是能以自身的面目出现在华夏中原一体的诗歌舞台。

　　从诗赋对景物的写照中较易看出作者地域认同的有无和成熟程度。疏离、静观和蕴含深情,写出来的句子是不同的。粤地诗赋从南北朝至元明之际,作者的写景很明显看出从景物的疏离感到满怀欣喜赞赏之情的变化过程。试比较谢灵运、余靖与孙蕡同是写景物的诗赋,看看地域认同感是如何随着文学的发展逐

---

① (清)王士禛:《池北偶谈》上册,北京:中华书局1982年版,第251页。
② (清)洪亮吉:《道中无事,偶作论诗截句二十首》其五。《更生斋诗》卷二,刘德权点校:《洪亮吉集》(第3册),北京:中华书局2001年版,第1244页。
③ (清)屈大均:《广东新语》上册,北京:中华书局1985年版,第316页。
④ (清)陈遇夫:《岭海诗见序》,《涉需堂集》,光绪六年(1880)刻本,第7a—7b页。

渐生长的。南朝诗人谢灵运《岭表赋》前三句:"若乃长山款跨,外内乖隔。下无伏流,上无夷迹。麋鹿望冈而旋归,鸿雁睹峰而返翩。"①仅此三句,岭南的蛮荒可畏跃然纸上。当然如此景物,与他贬谪流放的沮丧心情也是高度配合的。是由疏离的感情看出蛮荒的景象,还是由蛮荒的景象衬托出疏离的情感,大概互为因果吧。总之,在大诗人谢灵运眼里,这是陌生而疏离的土地。他只是被命运抛掷到这里而已。此地并非乡邦,并无挂碍。宋代余靖五言诗《山馆》所写是家乡景色:②"野馆萧条晚,凭轩对竹扉。树藏秋色老,禽带夕阳归。远岫穿云翠,畲田得雨肥。渊明谁送酒?残菊绕庭菲。"③"野馆"和"畲田",衬托出荒凉而人迹罕至,但所在山馆并非无可取之处。深秋景致,飞鸟带着斜阳余晖返归巢穴,足供凭轩独赏。然余靖诗的重点不是景致如何,而是以此景色荒远表露自身清高绝俗的品格。这是古代中原诗人每当呈现其林泉高致时的一般套路。我们太熟悉那个为庄老传统塑造出来的诗中之"我"。这并非有什么不妥,但从入乎广东之内的眼光看,显然还缺少些什么。待到元明之际的诗人孙蕡出来才弥补了这个缺陷。孙蕡的《广州歌》里洋溢着信心满满的乡邦自豪感:"广州富庶天下闻,四时风气长如春。长城百雉白云里,城下一带春江水。""岢峨大舶映云日,贾家千家万家室。春风列屋艳神仙,夜月满江闻管弦。"④此诗当写于明初,孙蕡回忆元末广州盛况。历经易代的浩劫,繁华不再。如同杜甫回忆开元盛世,或有夸张之辞,但问题不在于是否夸张,而在于诗中流露出的地域认同感和自豪感。广州建城两千年,珠江从广州城下东流,亘古不变,然而要有粤诗人赞美它为"春江水",却不是一蹴而就,必得经历漫长的演变。当广东古代文学完成了这个地方文化认同的蜕变,它就进入了明清星汉灿烂般发展的时期。

三

来到近代,中国社会在西风西潮和列强敲门的强烈冲击下,不可避免进入从农耕生产方式向现代生产方式的漫长转型阶段。这种根本性、全盘性的社会转

---

① (宋)谢灵运:《岭表赋》,(清)严可均辑,苑育新审订:《全宋文》,北京:商务印书馆1999年版,第287页。
② 诗语有"畲田",为刀耕火种需要轮耕之田。诗人家乡粤北始兴县,较为符合所写。
③ (宋)余靖:《山馆》,《武溪集》卷一,北京:商务印书馆1946年影印本。
④ (明)孙蕡:《广州歌》,梁守中点校:《南园前五先生诗》,广州:中山大学出版社1990年版,第48页。

型引起了政治、经济、文化等一系列急剧转变。这些转变有时表现为渐进式的变法,有时表现为暴力革命。身处动荡潮流里的那几代人,其实并未能从认知上把握社会转型的实质意味,他们只是感知到局势与"天不变,道易不变"的过往大不同了。用李鸿章流传甚广的表述:"此三千余年一大变局也。"①他的话说于1872年,即同治十一年,可实际的大变局早在三十多年前朝廷吞下战败的苦果之时就已开启,清廷荒腔走板的应对可以为证。作为识见在群像之上的大员,李鸿章此言虽警醒一时,但已经算不上对天下大势有深切洞明的认识,可见晚清大变局的时代,明察先机,洞识大势是多么不容易的事情。既然不能指望肉食者引领国家应对大变局来临的挑战,那么身处南疆前沿而得风气之先,与西潮有最为广泛接触的诸"岭海下士"②在思想文化和文学变革上,乘势走进晚清大变局时代舞台的中央,扮演引领全国潮流的角色就是顺理成章的事情。

　　从人文地理的视角看,晚清政治文化舞台分别活跃着三地的官员和士大夫:首先是湖湘人物,曾国藩、左宗棠为代表;其次江南文士,李善兰、王韬为代表;然后是粤人,康梁为代表。曾左一流人物,主要承袭清初王船山所提倡的儒家"经世致用"观念,意图寻出政治和文化的切实方法,在凝固僵化之世振衰起敝。同光年间洋务自强虽鼓舞一时,然究其实他们思想文化的新意不多。甲午战败湖湘人物便逐渐式微。而随着五口通商,传教士将上海作为深入中国腹地的大本营,使之成为西学新潮的重镇,由此吸引了那些科举无门或志不在仕途的知识人汇聚沪上,切磋新学。他们和传教士合作,翻译西书、传播科学,有强烈的启蒙和变革意识。但阴差阳错,因为未从科举正途出身,只是中西之间的边缘人,名既不正,言便不彰。秉大才而得小用,是这批江南籍口岸知识人的普遍命运。例如王韬实在不满守旧因循的官场气氛,一腔热血,在朝廷眼皮底下的上海无从施展,于同治末年跑到香港,自办《循环日报》,评论时政、提倡变革,成就一时的舆论。

　　环顾同光年间的中国,上海和广东是两个距离西学新潮最近的地方,上海甚至比广东更有文化渊源深厚的优势。由此看来,执这股日渐浩荡的文化变革潮流的牛耳,江南文士和粤籍人物皆有可能。然而历史给出的答案众所周知,晚清改良和革命的大旗皆由粤籍人物树立,江南人物的贡献要等到民国初年新文化

---

① (清)李鸿章:《筹议制造轮船未可裁撤折》,唐小轩主编:《李鸿章全集》(第2册),吉林:时代文艺出版社1998年版,第874页。
② 康有为自称用语。康有为:《敬谢天恩并统筹全局折》,陈永正编注:《康有为诗文选》,广州:广东人民出版社1983年版,第558页。

运动之时才拔头筹。粤籍人物在清末思想文化舞台上成为倡导变革的时代领先者,一时风头无两,显然包含值得细察的人文地理含义。首先广东比上海离京师更远,不受朝廷猜忌而得来的施展空间自然就比上海为大,有道是"山高皇帝远"。上述王韬的例子可以印证这一点。其次广东接触西洋时长面宽,尤其民间对外来文化的了解度和接受度,均比江南广泛而深厚,可以说广东的"群众基础"胜过江南。

中国国土虽辽阔,但有如此优势的地方却并不多。这长处不仅在近代史上发挥作用,在现当代史上同样持续地起作用。同治年间派学童留学美国一事,最能说明广东长期面向外洋航海、商贸、文化往来所形成开放的社会基础和民间心态,在国家需要改弦更张的时代自然而然就会比与外洋接触历史短暂的地方能够"先行一步"。同治九年(1870)起,清朝前后派出120名学童赴美,是为中国官派留学之始。学童之中,粤籍84人,超过总数的2/3。苏浙籍是29人,而徽闽鲁合共7人。① 过埠留洋为破天荒之举,国人视为畏途,学童家人需与官府签"生死状"才可允准。招生的大本营设在上海,却在广东招到最多学童;而且首批两位带队的官员容闳与陈兰彬恰好均为粤籍。朝廷留美的"壮举"原定15年,仅进行4年即半途而废。力主裁撤的新任监督吴子登冥顽不化,是山西籍。人文地理的因素显然在其中起了作用。大变局的年代,眼光决定了格局,而格局却是漫长生活经验累积的结果。学童赴美一事透露出新的时代需要和新的人生机会,在广东比在其他地方更多地被意识到、关注到和捕捉到。这揭示了其时的社会文化氛围正在发生深刻的裂变,粤人不知不觉走在了全国的前面。

需要变革的初始时刻,变革的旗号往往比变革的实际措施来得重要。因为变革的措施是在变革气氛中试错进行的,正所谓"摸着石头过河"。但这样做要有一个前提:变革必须取得作为旗帜的正当性。在晚清站出来为变法树立正当性的第一人毫无疑问是康有为。鸦片战争前一年,龚自珍于时局悲愤无奈中,寄望于天公重抖擞,再降人才。② 他的愿望应验在约半个世纪之后的康有为身上。康有为一面从儒家正统的学术文化脉络中搬出孔子,将孔子塑造成古已有之的改制家;另一面用"公羊三世说"与西来学说之一的进化论嫁接,创出人道三世之变的历史观——由据乱世入小康、由小康入大同的天下通义,从而为变法开出正当性。康有为的石破天惊之论无意中为日后浩荡的思想文化变革潮流打开了第

---

① 章开沅、余子侠主编:《中国人留学史》,北京:社会科学文献出版社2013年版,第40页。
② (清)龚自珍:《己亥杂诗》,《龚自珍全集》,上海:上海人民出版社1975年版,第521页。

一道闸门。钱基博论康有为《孔子改制考》的意义时说，"数千年共认神圣不可侵犯之经典，于是根本发生疑问，引起学者之怀疑批评，而国人之学术思想，于是发生一大变化"①。实际的变法虽然流血告终，但思想文化变革的大门一旦开启，洪流便从此不可阻挡。

梁启超亡命日本之后，自办《清议报》《新民丛报》。他自认为"新思想界之陈涉"，要掀起思想文化启蒙的潮流。梁启超把"新民"作为启蒙的总纲，在这个宏伟的启蒙构想之下，文学修辞的巨大力量自然在这个设想中得到重视和运用。恰好梁启超是文坛巨擘、舆论骄子。梁比乃师康有为晚生十五年，却比康早四年得中举人。八岁学文，九岁即能日缀千言。在横滨，梁一人办两报。白天应付琐事，夜晚奋笔疾书可达万言是寻常事。他自道"夙不喜桐城古文"，多年报刊为文的实践，使他自创出思想新锐、饱含情感而又文气疏朗、平易畅达的"新文体"。新文体的成功向其时天下宗奉的桐城古文发起了强烈的挑战。梁氏的报章文字是晚清文体和语言的一次解放。梁启超事后自陈："自解放，务为平易畅达，时杂俚语、韵语及外国语法，纵笔所至不检束，学者竞效之，号'新文体'。老辈则痛恨，诋为野狐。然其文条理明晰，笔锋常带感情，对于读者，别有一种魔力焉。"②晚清文坛除了桐城为代表的古文派外，康有为、谭嗣同等维新人物都写出了个性鲜明的风格，但不得不说他们的新民意识逊于梁启超。梁之所以能达到"自通都大邑，下至僻壤穷陬，无不知有新会梁氏者"③的风靡境地，在于他能笔锋自带激情，把启蒙意识和文章修辞依据时代的节拍融汇一炉。

梁启超能文能诗，虽不以诗名世，但清末"诗界革命"四个大字却出自梁的手笔。他通过推崇晚清诗坛公认成就最高的黄遵宪树立"诗界革命"的大旗。梁启超贡献诗革新的观念，黄遵宪贡献诗革新的实践。这两位广东人合成了"同光体"流行的晚清诗坛之外新气象的双璧。当然，我们不能把黄遵宪自道"新派诗"的实践看成是"诗界革命"的直接成果。黄遵宪诗心博大，诗才甚高。他随着出使海外经历的累积，见闻日广、体悟日深而自觉摸索旧诗的出路。他尝试过多途径革新旧诗的写法：比如偏向"我手写我口"的歌行体诗；"以旧格调运新理想"④，即所谓旧瓶装新酒，不用生硬翻译词描摹外海事物的古体诗；大量用典，旧瓶装旧酒，传递出使海外而产生的复杂经验和体悟的近体诗。黄遵宪的"新派

---

① 钱基博：《现代中国文学史》，上海：上海古籍出版社2011年版，第241页。
② 梁启超：《清代学术概论》，朱维铮校订，北京：中华书局2011年版，第128页。
③ 胡思敬：《戊戌履霜录》卷四《党人列传》，南昌退庐1913年仲夏刊本。
④ 何藻翔编纂：《岭南诗存》，"何氏至乐楼丛书"第四十种1997年版。

诗"存在多个探索的向度,梁启超誉之为"独辟境界,卓然自立于二十世纪诗界中"①,是名副其实的。"诗界革命"之外,梁启超还创办《新小说》杂志,倡议"小说界革命"。他著名的文章《小说与群治之关系》就发表在该刊的创刊号上。梁还效仿日本政治小说,撰写了五回(未完)展望六十年后中国盛况的《新中国未来记》。此外,梁启超还是晚清"戏剧界改良"的首倡者。由于康梁师徒的努力,彻底扭转了晚清思想和文学沉闷守旧的精神氛围。他们之所以站立时代的潮头,独领风骚,大约有两个原因:第一他们成长在与西洋接触根基最为深厚的广东,变革的潮流领会得更早。文明开化的诉求,不仅应该是国家政治的大目标,也是他们个体人生的小目标;第二他们既有天下兴亡的胸怀又循正途出世,身负功名,与支配中国社会的士大夫同体共运,故有公信力。讲到对变法的见解,康梁早不及王韬;系统周详不及《盛世危言》的作者香山人郑观应。但王郑二人的公信力、号召力远远不逮康梁。王依附于传教士,郑商人出身。他们处于士大夫主导的社会的边缘,地位不如康梁,欲扭转观念、传播新知,当然做不到像康梁那样一呼百应了。

广东作家对晚清文坛的贡献是多方面的。文数康有为、梁启超;诗数黄遵宪、丘逢甲;谴责小说数吴趼人《二十年目睹之怪现状》;文言小说数苏曼殊《断鸿零雁记》;革命派小说数黄世仲《洪秀全演义》。他们作品的思想性和艺术性放在那个时代同类型作品中都在最前列的位置。他们的写作表现出如下鲜明特点:其一,思想新锐,追步时代新潮,其中不乏惊世骇俗、振聋发聩之论;其二,以救世的观念统合为文赋诗,使创作呼应时代社会变革的需求,罕写无病呻吟之作;其三,心态开放,不固守、不排外,拥抱有益的外来文学艺术,并以此为创新艺术的法门。在晚清全国文坛的格局里,广东籍作家的文学贡献确实当得起"无出其右"四字。这里面的道理其实并不复杂:非常之世有待于非常之人,而非常之人产出于非常之地。广东在近代社会大转型时代,恰好处于其他区域无法比拟的非常之地,因此才有了一时文学人才勃起的兴盛局面。

四

广东作家在清末文坛大放异彩,来到新文学运动时期却忽然偃旗息鼓。《新

---

① 梁启超著,郭绍虞、罗根泽主编:《饮冰室诗话》,北京:人民文学出版社1959年版,第24页。

青年》同人中没有广东人物的身影,新文学第一个十年文学史上能见到的作家也罕见广东籍。他们似乎从再一次思想文化观念变革的浪潮中集体隐身了。这是怎么回事儿?其实道理就隐藏在清末民初文坛人物的代际更替和年轻一代海外留学目的地的变化中。引导清末思想文化变革如康梁等人物,他们的西学新知大都得自于与传教士相关而设在上海的翻译机构,如墨海书馆、江南制造局翻译馆和傅兰雅创办的科普杂志《格致汇编》等出版物,但他们没有海外留学经历,不通外文。然而紧接着登上思想文化变革舞台的下一代就完全不一样了,清末民初持续的官派和民间自费留学造就了对西学有更健全认识的一代人。可惜在这波留学大潮中广东的运气似乎欠佳。首先是清末自甲午战败开启了"以日为师"的时期,张之洞《劝学篇》推崇"游学之国,西洋不如东洋"①,特别是庚子事变之后,绝大多数留学生选择去了日本。于是苏浙沪鲁以及长江沿线城市由此占了先机,广东反而偏远有隔、便捷不如。其次清末留学特别依赖地方大员的推动,像张之洞、端方主政两江、两湖期间均大力推动官派和民间出洋留学,而那时广东则缺乏此种思想开明、办事干练的官员。以留日高潮期1904年一份留日生分省统计为例:湖南363人,四川321人,江苏280人,浙江191人,广东175人。②即便是1909年庚款留学欧美的人数,广东也不及江苏和四川。③ 与留学目的地和人数密切相关的另一问题是,中国思想文化变革酝酿和相互交锋的舞台也由戊戌前的国内转移到戊戌后的国外,尤其是日本——关于保皇改良与排满革命之间的大论战发生在日本,周氏兄弟译介欧洲最新文艺思潮和翻译实践也是在日本,胡适的白话诗探讨和尝试则发生在北美校园里。这些思想观念变革在海外的酝酿既然鲜少广东人物参与,那由其中先觉者归国后发动的新文化运动也少见粤人身影便是可以理解的事情了。

然而广东却以自己的步伐重回思想文化变革的前线,并为全国文坛贡献新鲜活泼的文学经验。经过新文化运动洗礼,年轻一代精神面貌焕然一新,轰轰烈烈的救亡运动在全国掀起,广东成为国民革命的策源地。自1923年中共三大在广州召开,确定国共合作、共同推动打倒列强除军阀的国民革命后,全国的格局里就形成了以上海为舆论中心,而广东为实行根据地的局面。农民运动首先从广东海陆丰兴起。当国民党右翼背叛革命后,海陆丰农民在共产党领导下发动多次起义,建立政权。从严酷战争环境中走出来的海陆丰作家丘东平,笔下带着

---

① (清)张之洞:《劝学篇》外篇《游学第二》,上海:上海书店出版社2002年版,第39页。
② 章开沅、余子侠主编:《中国人留学史》,北京:社会科学文献出版社2013年版,第89页。
③ 章开沅、余子侠主编:《中国人留学史》,北京:社会科学文献出版社2013年版,第120页。

战争的血腥和人性深度,为左翼文学书写吹来一股清新的气息。郭沫若读了他出道的新作说:"在他的作品中发现了一个新世代的先影。"①我们知道,现代文学史经历了一个从"文学革命"到"革命文学"的转变。转变的背景是大革命失败,一些受大革命感召但实则并未深度参与,尤其未经历严酷战争淬炼的作家深感人生的幻灭,树立"革命文学"的旗号只为积聚火种。这些左翼作家写出来的"革命文学",大多停留在革命加恋爱或"打打!杀杀!血血!"的层次。生活积累既缺乏,对革命的理解又不深,此类革命文学的实绩实际上是缺乏说服力的。与此相对,丘东平成长于"炸弹满空、血肉横飞"的战争环境,他笔下的人物粗粝,状物叙事生活气息浓郁,所写战争与人性笔笔到肉,字字见血,是同时代左翼作家里的翘楚。广东大革命的气氛浓重,奋笔为旗的作家涌现不少。"左联五烈士"有两位是潮汕籍:洪灵菲与冯铿;"左联"最后一任党团书记戴平万也是潮汕人。今天可以查到在册的"左联"作家有280人,其中广东籍有31人。大部分加入"左联"的广东籍作家能传承前辈的血性和真性情。人的才情固有不同,但他们皆是"以血打稿子,以墨写在纸上"。特别是全民抗战兴起之后,延安革命文艺进入了探索革命激情与民族形式怎样结合的新阶段,来自广东的作家冼星海、阮章竞等人带着自己成长地域的艺术经验,加入延安文艺激情奋发的大合唱。我们在冼星海《民族解放交响曲》里分明见得岭南民间"狮子舞""龙船舞"的激昂旋律的影子;阮章竞《漳河水》等新诗语言则尽显民谣本色,追求节奏感、音乐美,叙写人物景致形象鲜活,这与他早年在中山乡村做画匠学徒,习得民谣小调的经历密不可分。

文学演变到了现代,中西的融会汇通也进入了更成熟的阶段。如果晚清、"五四"的中西文学汇通处于"拿来主义"的阶段,视启蒙救亡需要什么就大声疾呼引进什么的状态,那"五四"过后如何借鉴西方文学至少又增加了一种方式:在诗人写作实践里有意识地将西方文学要素融合进汉语的表达形式。这时的西方文学已经不是"拿来"的对象,而是已经作为诗人精神世界的一部分交融在诗人的感知世界里。待笔之于书时,其诗其文已是不中不西又亦中亦西了。能达到这种融合境界的诗人多属留洋饱学之士,刚好现代广东产生了两位这方面的诗人。前者李金发,后者梁宗岱。李诗才有限,固然不算现代诗史第一流大家,但他却是象征主义新诗的鼻祖。李本无意做诗人,怎奈留法期间人生孤独、精神苦闷,原本旧文学的根底不错,又读了一堆波德莱尔等颓废派文学,于是借笔抒写

---

① 郭沫若:《东平的眉目》,见罗飞编:《丘东平文存》,银川:宁夏人民出版社2009年版。

自家苦闷,遂为早期新诗的百花园添了一株异葩。梁宗岱则诗才横溢,辩才无碍。他的翻译要比他的诗文来得更受世人称道。尤其是《莎士比亚十四行诗》的翻译,将传统旧诗的节奏、韵味乃至意象融进译文,西诗译出了中诗的味道,被誉为"中国翻译史上的丰碑"。

自延安时代以来,文艺探索革命和建设的大主题与民间形式、民间习俗和方言相融合已经成为大潮流,这个潮流一直延续到新中国成立后十七年时期。如山西有山药蛋派,河北有荷花淀派等。地域特色的文学呈现蓬勃发展的生机,广东也在此潮流下名家辈出,尤其长篇小说领域,名作迭出。即使放在全国,它们也毫不逊色。广东作家贡献了最有地域特色的文学作品,广东文学由此也进入了一个难得的兴盛时期。这个广东文学史上的小高潮在这个时期出现是有缘由的。广府民俗与其他地域最为不同的是它的方言。而方言写作晚清就大行其道,但那是生搬粤语发音硬套汉字的方言写作,不仅异乡人无从释读,就是识字略少的本地人也无所措手足,照此旧套路写作显然是行不通的。这个时期广东作家的贡献正在于他们在如何借用方言习语与通行表达相结合的方面,探索出了具体的途径,走出了各自的路子。换言之,通行语与方言表达之间分寸拿捏得恰到好处,成为这方面的一代经典。黄谷柳的《虾球传》、欧阳山的《三家巷》和陈残云的《香飘四季》是其中的佼佼者。三部长篇由于表达意图和题材的不同,呈现出的方言和地域文化特色既有共同之处,也有各自不同的优长。尤其是它们的不同,体现了作家艺术探索的艰难努力以及达到的境界。比如黄谷柳擅长采撷市井乃至黑道粤语词略加改造而活用,写人状物地道贴切,语言与人物事件密接无缝,场景的真实感扑面而来。欧阳山则致力于化用活用粤语词,将它们嫁接在流畅的通行语里面,创造出有诗化色彩又有地域文化特点的语言表达。《三家巷》语言优美流畅,极富南国气息,与人物性格、情感匹配得天衣无缝。《香飘四季》是农村题材,长期蹲守乡村深入生活让作者走进了南国水乡民俗的广阔天地,用水乡人的语言把他们的生活表现得活灵活现。这三位作家的努力代表了二十世纪五六十年代方言和富有地域特色的广东小说的高度。另外该时期广东文学除了诗稍弱外,散文和批评也涌现大家。秦牧耕耘散文一生,形成语言凝练优美、知识丰富而且立意高远的风格。他以散文为主而兼擅杂文,抒情与理致两道并行。如《花城》等散文集在全国享有盛誉,与散文家杨朔并称"南秦北杨"。批评家萧殷亦获得该时期全国性的声誉,新中国成立初兼主《文艺报》,极大地帮助了新晋作家王蒙等人的成长;六十年代主持《作品》,做到"每稿必读,每信必复",做作家的知音,是当之无愧的广东批评界的先驱,著有《萧殷自选集》。十七年时期全国文坛生气蓬勃,作家探索呈现多样化面貌,广东作家以自身的擅长,挖掘地域文化特色,形成鲜明的集体风格,是全国文坛交响曲强有力的音符。

七十年代末,笼罩中国的迷雾散去,万象更新。思想解放、改革开放吹来强劲东风,将广东经济文化发展又推到了全国的最前沿。国家首先设立的四个经济特区有三个在广东,再一次突显了广东面临新一轮经济文化变革时的地理和文化的优势。社会大转折的关键时期广东棋先一着的机运再一次降临到这片得天独厚的岭南沃土。当然这一次棋先一着不似清末康梁振臂一呼天下景从。因为思想解放和改革开放是当代中国有序的思想和社会变革。广东文学所以能领先一步,完全离不开全国改革开放的精神氛围。没有中央统一布置和支持的一系列经济、文化的变革措施,广东文学也无法实现这一时期的突破。比如改革开放蓬勃发展的八十年代,全国各地乡土青年纷纷南下广东沿海经济带打工,由此催生在全国文坛独秀一方的文学新景观——打工文学。广东出现了《佛山文艺》《江门文艺》和深圳的《大鹏湾》三大打工文学刊发阵地。前者九十年代中期的发行量达五十万份,而《大鹏湾》光在珠三角地区的发行量也达十二三万份。流水线上的劳动者拿起了笔,抒写着新生活的悲欢,在火热的年代创造了属于自己的文学奇观。进入九十年代,科技突飞猛进,网络构筑的虚拟空间又成为可以驰骋的写作新天地,广东因此又成为全国网络文学最早的温床。全国第一部在虚拟空间上线的网络小说在广东出现,随后网络写作如雨后春笋般涌现,至今广东都是最为活跃的网络写作大省,为此还创办了全国唯一的《网络文学评论》杂志。改革开放催生了新的社会现象,文学如何表现,一时成为问题。如市民发家致富成了"万元户",如何定位这类草根人物,正面乎?反面乎?新中国文学史尚无先例可循。章以武的《雅马哈鱼档》开了头炮。他用诙谐的喜剧笔法,回避了社会尚存的价值歧见,将靠自己双手勤劳致富的鱼档老板写成了新时代的"草莽英雄",实质上给予了正面的价值肯定,从而引领了改革开放时代文学创作的新潮流。与此有异曲同工之妙的还有作家陈国凯的《大风起兮》,正面叙写深圳蛇口工业区的改革历程。题材虽不是先着,但他用风俗化、人情化和诙谐的笔法来处理向来严肃的题材,把时代的惊涛化为舒缓的对话,也算写得别开生面。这一时期广东文坛最重要的收获当数刘斯奋的历史小说《白门柳》三部曲。这部历十四年伏案写就、叙写明清易代之际江浙才子佳人沧桑悲欢的小说,看似题材远离现实,实际渗透着改开时代特有的现代精神。明清易代题材多供时人寄托所谓兴亡遗恨,供人逐味其中的所谓风流韵事,但刘斯奋则关注其中的先觉者对专制弊政的批判,发掘远去时代民主意识的思想火花;也因为作者拥有现代思想意识的武装,才能看出才子佳人缠绵悱恻背后的性别不平等,赞美自强女性并对不幸者寄予同情。本来,岭南人写江南非所长,然刘斯奋反其道而行之,以深厚的历史知识和古诗文涵养融化、提升和改进当代白话文,使小说的语言之美跻身一流文学的行列。岭南人笔下的江南比江南人的江南别具一格,另有韵味。

改革开放以来广东经历了空前规模的人口流动。当代广东既是历史悠久的岭南,也是全国各地语言文化汇聚一堂的大熔炉,岭南文化正在经历着新的建构。人口迁徙自然包括全国各地作家和写作人的南迁入粤,作家籍贯在区域文学构成中的意义也由此逐渐衰减,"好汉不问来处"的观念日渐普遍。由人口迁徙带来的地域文化融合,既给创作带来寻找突破路向的不确定性,也孕育着一旦融合成新形态便喷薄而出的可能性。新的文学前景当然是可以期待的。新时代以来我们看见好些更积极乐观的变化。比如70后、80后甚至更年轻的新晋作家,带着更现代的意识和更丰富的表现手法走向写作的大舞台;广东作协也用比以往更大的力度扶持作家创作。2020年创刊了《粤港澳大湾区文学评论》,整体上提升了"粤派批评"在全国的影响力。古与今的融合,岭南文化与全国其他地域文化的融合,正在如火如荼地进行中。我们有足够乐观的理由相信,经由这两大融合产生的广东文学一定能开创更美好的未来。

五

粗线条勾勒过广东文学演变史的轮廓后,地域文学史研究的核心问题就自然呈现出来:产生于这片岭南大地的文学究竟渗透着什么样的文学精神?由其历史文化演变熔铸出来的广东文学究竟有什么样的文学气质?换言之,它存在怎样的岭南特色?这特色是怎样表现出来的?这些问题其实不是新问题,但却是地域文学研究必须触碰和探究的核心。它们曾被岭南文化研究的前辈不同程度地关注过、探讨过,趁此机会在这里也添补一些见解。

广东文学如果不算长达超过千年的萌芽孕育期,能呈现自身文学主体性的历史并不长,比起中原和江南可以说瞠乎其后。然而当人们深入广东文学脉搏跳动的内部,就会发现它成长的特殊之处。广东文学多焕发于国家危难、兵凶战危之世,而少彪炳于太平安逸、歌舞升平之时。以全国文学的变迁来说,普遍的情况是乱世不乏诗人的悲吟,治世也有升平的颂声。广东文学的演变与这个一般的节奏是不大合拍的。可能地处僻远,文教的根底又远逊于中原和江南,所以太平岁月较之汉唐盛世诗人声沉音哑,追步不上,而独国难当头危亡之际才得以发扬蹈厉,激扬文字。危难之时的文学精彩,全在诗人、作家及其创作中充盈的浩然大义,这种精神气质构成为古今历代广东文学的鲜明特色。所谓浩然大义实质就是民族大义和爱国情怀,它抒发自岭南诗人、作家的心声,表现于岭南大地。无以名之,姑称之为"岭南大义"。它在不同历史时期存在不同的表现形态。明清时期岭南诗雄直的诗风,散文质朴的文风,其底色底蕴正是易代之际忠君爱国的情感使然;降及晚清康梁登高振臂,期望由文学入手一扫颓风,其舆论主张和笔锋常带感情的文风,莫不渗透着忧国忧民之情;现代左翼文学运动兴起,广东作家又以笔为旗,叙写战争年代惨烈的对敌斗争,乃至为此献出生命,更显舍身成仁的大义;改革开放时期,广东作家有胆气先人一步,突破艺术创作的条条框框,自擅胜场。总而言之,广东诗人、作家的优秀者其人其文无不以渗透这种"岭南大义"为其根本气质和精神品格。我们这样分析,并无任何自褒自扬广东诗人、作家之意,也无暗示其他地域作家不如岭南的意思,而是意图通过揭示广东文学的文学精神真义所在,透视出它与岭南历史演变进程之间的关系。在广东文学的演变史上,它确实较多地与国家的危难发生深度的关联,而较少地与盛世太平发生关联。中原汉唐盛世的时候,岭南文教才开始萌发,雍容风雅的气度自然无从效法。等到文教扎根,诗人从容发而为词章的时候,却是为国家危难所刺激。古代时期朝代更迭的战乱自不待言,晚清更是天崩地裂式的危机,这刺激事实上极大地助力于广东文学更上台阶。古人有"多难兴邦"之论,在岭南则是"多难兴文"。明末"广东三忠"之一,东莞人张家玉曾说:"我辈做人,正于患难处做好题目,正于患难处见好文章。譬之雪里梅花,愈香愈瘦,愈瘦愈香。譬之霜林松叶,愈茂愈寒,愈寒愈茂。"①张家玉的话道出了岭南优秀作家的人生和写作态度。因历史之故广东作家多感于国家危难之"物"而少感于国家升平之"物",故起兴歌咏抒写之诗文,多具浩然大义,风格雄直精悍。正所谓独特的文学演变历程造就了独特的文学品质。

广东文学另一个特色是它兼容并包的特色。岭南文化及其性格形成于北来迁徙入粤的移居史,形成于中原文化的南渐史。历代各地人口迁入层累地沉淀为岭南人开放包容的民性:虚怀,但不盲从权威;有定见,但不排外。自古以来,广府、潮汕和客家三大方言一面相互交流、相互影响,另一面又各自发展出如广

---

① (明)张家玉:《与杨司农书》,杨宝霖点校:《张家玉集》,广州:广东高等教育出版社1992年版,第87页。

府的粤剧、潮汕的潮剧、嘉应的汉剧等民间艺术形式。此种地域方言文化的并生助益广东作家免于固步自封而兼采众长,尤其是晚清以来产生了一个从未遇见的更为广阔的文学天地,先是照单拿来,后是借鉴创新。对那些见所未见的文学艺术形式和修辞手法,在自己的生活世界里当作自家东西就这样圆融无间地加以运用。广东文坛从来都是广纳各方人与物。南来北往,自西徂东,在这片土地上鲜有阻挡与排斥。这与岭南文化的开放性和包容性是一致的。当然,有容乃大是中国文化传统的信念,包容性也是中国文化的根本特性。这里探讨的广东文学的开放性、包容性在根本上与中国文化的这一特性是一致的,但广东文学所表现出来的岭南开放性和包容性更多地源于与中原多少有些差异的地域生活经验和历史。广东文化最底层的底色当是百越先民的文化,其文化沉淀至今依然略有留痕。秦征南越之后,中原文化南渐成为主流,为岭南奠定深厚农耕文化的基础。然而广东又是航海发达的地方,成熟早、规模大。其人其地的文化性格不可避免打上深深的航海文化的印记。在岭南文化的演变史上,虽然以农耕文化为主干,但多重来源构成的杂多性也占有相当地位。正因为如此,它的地域文化具有相当程度的可辨识性。刘斯奋将孕育成长于岭南的文化性格概括为"不拘一格,不定一尊,不守一隅"①,十分精当。我们很难说这"三不"所构成的岭南文化性格到底是百越文化、中原农耕文化,还是海洋文化。只能说这"三不"所体现的就是岭南的开放性与包容性。岭南文学和文化的开放和包容的品质并非停留在语辞的表面,而是深嵌于岭南成长的历史里。全国沿海岸线各地,航海活动开展甚早,但标志着海洋文化成熟的海神却最早出现在广东。同为中国的海神,南海神比妈祖神树立更早。南海神庙始建于隋代广州黄埔,天后宫要到宋代才出现于福建莆田。盖岭南先民此种面向陌生海洋的开放勇闯心态是为其生活经验所促使,不得不历风险,不得不摆脱农耕一隅的束缚,由心态开放而见识增长,由见识增长而容人所长,最终成此开放包容的怀抱。

与广东文学和岭南文化的开放包容品质相联系的另一种品质,毫无疑问就是它们创新求变的特质。创新求变绝不仅仅是一种主观的欲求,更重要的它是环境的产物。仅有此欲求而环境不支持,创出来的"新",求出来的"变",很可能缺乏价值与意义,只是一时臆想的产物。创新求变作为地域文化的品质,很重要的一点,是它实质上为环境所催生,为环境所成就。从这种观点看,开放包容和

---

① 刘斯奋:《互联网时代做与众不同的"独一个"》,《刘斯奋集》,广州:广东人民出版社2018年版,第322页。

创新求变其实是一体两面的。有开放包容的气度与生活方式,有机会接触各式各样的新鲜事物,才能从中选择、为我所用,创造出前所未有的新东西。广东文学自晚清以降,屡屡表现出强大的创新求变的能力。无论观念还是艺术形式和手法,或者全国领先,或者站在前列。这与其一贯的开放包容营造出来的思维方式、文化气氛和生活经验存在密切相关。如果合并考虑其他艺术形式乃至民间工艺,广东清代以来所创造的多个全国第一,那简直不胜枚举。如晚清十三行时期图案中西合璧的外销瓷、西洋画法与民俗风相结合的通草画;清末民初又有引入透视原理和油画技术的水墨画——岭南画派;民乐加西洋乐器合成的广东音乐;引入西洋教堂彩绘玻璃马赛克元素的中式园林——岭南园林等。至于引进西方文艺表现形式的多个第一人,也出现在广东,如油画第一人、摄影第一人、电影第一人等等。广东文艺家的创新与古代在单一传统之下"穷则变"是有所不同的。它不是走在原本轨道上的"穷",而是拜有幸遇见一个更大世界所赐,所以是未穷而变。广东文艺家的创新更多地出于周遭环境和自身的生活经验,由此才实现了脚踏实地的创新。正如康有为诗句所说,"新世瑰奇异境生,更搜欧亚造新声"①。文艺家能意识到生活的世界已经是与以往不同的"新世",才能在艺术的天地里想象出别开生面的"异境";要先知晓世上存在欧亚"新声",才能在创作的时候主动去搜求有用的文艺元素和表现手法。岭南的地理环境与历史为文艺的创新求变营造了远远优胜于其他地域的文化条件和精神氛围。这用"得天独厚"来形容都不为过。广东文艺能在创新求变方面表现出色,并形成稳定的精神特质,同样是植根于它的历史文化土壤之中。铭记历史,面向未来,因而也是广东文学发展的必由之路。

---

① 康有为:《与菽园论诗兼寄任公、孺博、曼宣》三首之二,陈永正编注:《康有为诗文选》,广州:广东人民出版社1983年版,第331页。

目 录

绪论 ··· 1
 一、古代广东文学的源流与文脉 ··· 2
 二、古代广东文学独特的精神气质与审美风尚 ··· 7

第一编　先唐及唐五代文学

概述 ··· 3
第一章　广东文学的文化母体与萌芽 ·· 5
 第一节　百越文化与广东文学的母体 ··· 6
 第二节　中原文化的渗透与影响 ··· 10
 第三节　早期广东文学的萌芽与文字记载的神话传说 ··· 12
第二章　汉代散文与著述 ·· 19
 第一节　赵佗《报文帝书》与赵胡《上武帝书》 ··· 20
 第二节　杨孚《异物志》 ·· 23
第三章　陈钦与陈元 ·· 30
 第一节　陈钦、陈元生平 ·· 30
 第二节　陈钦、陈元经学思想与文学的关系 ··· 33
第四章　六朝文学 ··· 39
 第一节　六朝文坛略说 ·· 39
 第二节　谢灵运入粤及其文学创作 ··· 42
 第三节　江总南迁与岭南文学形象的建构 ·· 47
 第四节　六朝方志著述与文学 ··· 53
第五章　唐五代文学 ·· 58
 第一节　初兴的广东文坛 ·· 58
 第二节　惠　能 ·· 62

第三节　刘轲与邵谒 …………………………………………… 69
　　第四节　唐代入粤文人 …………………………………………… 77
　　第五节　五代文学 ………………………………………………… 103
第六章　张九龄 ………………………………………………………… 112
　　第一节　张九龄的诗歌 …………………………………………… 113
　　第二节　张九龄诗歌艺术特色 …………………………………… 124
　　第三节　张九龄的散文 …………………………………………… 129

第二编　宋元文学

概述 ……………………………………………………………………… 141
第一章　两宋时期的本土诗人 ………………………………………… 143
　　第一节　余靖：两宋粤诗第一人 ………………………………… 143
　　第二节　崔与之："盛德清风，跨映一代" ……………………… 149
　　第三节　"菊坡样人"李昴英 …………………………………… 152
　　第四节　道教诗人葛长庚 ………………………………………… 156
　　第五节　长歌当哭的宋末诗人 …………………………………… 160
第二章　苏轼入粤时期的文学创作 …………………………………… 166
　　第一节　入粤苏轼的人生观和文学思想 ………………………… 166
　　第二节　苏轼的诗 ………………………………………………… 170
　　第三节　苏轼的散文、骈文与词 ………………………………… 176
　　第四节　苏轼对广东文学的影响 ………………………………… 186
第三章　两宋时期的入粤诗人 ………………………………………… 188
　　第一节　入粤而诗大成的唐庚 …………………………………… 188
　　第二节　杨万里："南纪山川题欲遍" …………………………… 196
　　第三节　方信孺与《南海百咏》 ………………………………… 203
　　第四节　"以诗存史"的文天祥 ………………………………… 207
第四章　元代诗人的创作 ……………………………………………… 213
　　第一节　寥若晨星的本土诗人 …………………………………… 213
　　第二节　穷而后工的入粤诗人 …………………………………… 220
第五章　宋元时期的词 ………………………………………………… 229
　　第一节　宋元本土词人的创作 …………………………………… 229

第二节　宋元入粤词人的创作 …………………………………… 241

第六章　宋元时期的散文与骈文 ……………………………………… 250
　　第一节　卓有建树的本土文人 …………………………………… 250
　　第二节　创新文体的入粤文人 …………………………………… 257

第七章　宋元时期的小说 ……………………………………………… 264
　　第一节　《夷坚志》中的广东小说 ……………………………… 264
　　第二节　其他笔记中的广东小说 ………………………………… 270

第三编　明代文学

概述 ……………………………………………………………………… 275

第一章　明初"南园五子"与岭南诗坛之崛起 ……………………… 278
　　第一节　"南园五子"的结社活动 ……………………………… 278
　　第二节　岭南诗宗孙蕡的诗歌 …………………………………… 280
　　第三节　南园其他四子的诗歌 …………………………………… 287
　　第四节　明初其他诗人 …………………………………………… 296

第二章　明前中期诗歌 ………………………………………………… 300
　　第一节　丘濬的诗歌 ……………………………………………… 300
　　第二节　陈献章及其弟子湛若水 ………………………………… 304
　　第三节　黄佐与明中叶岭南诗坛振兴 …………………………… 310
　　第四节　"南园后五子"的结社与诗歌创作 …………………… 316
　　第五节　区大相 …………………………………………………… 324

第三章　"岭南前三家" ……………………………………………… 329
　　第一节　"岭南三忠"之一陈邦彦 ……………………………… 329
　　第二节　"黄牡丹状元"黎遂球 ………………………………… 333
　　第三节　岭南奇人邝露 …………………………………………… 337

第四章　明代后期的广东诗群与"变风""变雅" ………………… 342
　　第一节　爱国诗人 ………………………………………………… 342
　　第二节　抗清后的退隐诗人 ……………………………………… 348
　　第三节　隐居草野的遗民诗人 …………………………………… 356

第五章　"南园十二子"的结社与诗歌创作 ………………………… 365
　　第一节　"南园十二子"的结社活动 …………………………… 365

第二节　"南园十二子"的生平略说 ························· 367
　　第三节　"南园十二子"的诗歌创作 ························· 368
第六章　明代诗文理论 ··· 378
　　第一节　明代前期诗学理论 ································· 378
　　第二节　明代中期诗学理论 ································· 381
　　第三节　明代后期诗学理论 ································· 389
第七章　明代散文与词 ··· 399
　　第一节　明代前期散文 ····································· 399
　　第二节　明代中后期散文 ··································· 404
　　第三节　明代的词 ··· 414
第八章　明代戏剧小说 ··· 420
　　第一节　丘濬的剧本创作 ··································· 420
　　第二节　韩上桂及其《凌云记》 ····························· 424
　　第三节　黄榆《双槐岁钞》 ································· 426
　　第四节　传奇小说《钟情丽集》 ····························· 428
　　第五节　汤显祖岭南之行与《牡丹亭》创作 ··················· 432
　　第六节　笔记小说《粤剑编》及其他 ························· 436

第四编　清代文学

概述 ··· 441
第一章　屈大均与"吾粤"构筑 ································· 445
　　第一节　屈大均其诗 ······································· 447
　　第二节　屈大均其文 ······································· 454
　　第三节　"吾粤"之构筑 ··································· 459
第二章　清初文学 ··· 463
　　第一节　"庙堂"与"山林"之清初诗人 ····················· 463
　　第二节　"岭南三大家"与岭南诗派 ························· 474
　　第三节　"畸零人"廖燕 ··································· 479
第三章　清中叶文学 ··· 486
　　第一节　"惠门四子"与"岭南四家" ······················· 486
　　第二节　"真诗翁"黎简 ··································· 492

  第三节　"写我心"的宋湘 …………………………………………… 498
第四章　嘉道以来文学 ……………………………………………………… 506
  第一节　沉凝雅饬李黼平 ………………………………………… 507
  第二节　"三个"和"七个" ………………………………………… 510
  第三节　希古堂文课与嘉道文坛 ………………………………… 518
第五章　清代诗学批评 ……………………………………………………… 523
  第一节　张维屏《国朝诗人征略》 ………………………………… 525
  第二节　黄培芳诗学批评 ………………………………………… 528
第六章　清代词学 …………………………………………………………… 532
  第一节　粤词雅健之底色 ………………………………………… 533
  第二节　粤词之别派：吴兰修与仪克中 ………………………… 536
第七章　清代小说 …………………………………………………………… 542
  第一节　《岭南逸史》：少数民族底色与岭南风情的晕染 …… 543
  第二节　《蜃楼志》：海市浮世绘 ………………………………… 546
第八章　清代戏剧 …………………………………………………………… 551
  第一节　剧中有"我"：廖燕与黎简的杂剧 ……………………… 552
  第二节　梁廷枬戏剧及理论 ……………………………………… 555
第九章　清代俗文学 ………………………………………………………… 561
  第一节　招子庸与粤讴 …………………………………………… 562
  第二节　木鱼书《花笺记》与潮州歌册 ………………………… 565
  第三节　岭南荔枝词 ……………………………………………… 569
第十章　清代女性作家 ……………………………………………………… 575

参考文献 ……………………………………………………………………… 582
敢为人先唱大风
  ——《广东文学通史》后记 ……………………………………… 593

绪　　论

　　近代广东文学是中国文学大转型和大发展的代表,尤其以黄遵宪、梁启超等为代表,将"变旧诗国为新诗国"①作为自觉的创作理念,为传统的中国文学开疆拓土,一新世人耳目,并由此开始了岭南文学对北方文学的强势反哺。但这一得益于特殊时代与地缘因素的文学崛起,往往会因此让人忽略了古代广东文学的自身文脉。其实,厚积才能薄发,近代广东文学的勃然崛起正是基于漫长的本土文学积淀与南北文学的交融。离开了这一前提和基础,近代广东文学就成了无本之木、无源之水。

　　毋庸讳言,波澜壮阔的中国文学,在近代以前,以黄河与长江流域为基础,在题材特点、情感风貌和审美倾向上,确实有重北轻南的特点。所以长期以来,对中国古代文学的总体认知大体是以岭南之外为前提,如季节感、风物感以及情感生成的方式上,与岭南的文学认知还是存在着相当的隔膜。举个最简单的例子,"悲秋"是中国文学的主题之一,其悲之源,除了秋季已是一年将尽,自然会有生命流逝的焦虑之感,更重要的是"北风卷地百草折",万物由蓬勃转向凋零、天地由温暖转向凉寒,容易引发悲凉与不安的心境。而在岭南,从严格意义上来说,秋季却是最好的季节,天空澄净,气温舒适,触目依然是一树一树的花开,所以岭南人不仅不悲秋,而且对秋天别有一种期盼和喜悦,一如北方人对春天的企盼之心。但检诸中国文学,悲秋叹秋的主题远在喜秋迎秋之上,可见强势文化与弱势文化之区别。

　　但质实而言,文学的强弱关系主要体现在表达的范围、程度和方式等方面,未形成规模的作品,未形成主流的表达,未产生卓有影响的流派,并不等于这种带有地域性的自然、情感和审美现象的缺失。只是因为地域、时代或者政治等方方面面的限制,客观上造成了这种区域文学发展的不平衡而已,而这种发展的不平衡又带来了历史认知的不平衡。中华文化,自然以最大限度覆盖中华所有区域为目标,忽略了岭南的中国文学,当然是不完整的,也是不周详的。整理并勾勒古代广东文学的发展轨迹和特色,也是为复兴中华优秀传统文化提供更坚实、更全面甚至更特别的文学资源。

---

① （清）丘逢甲：《黄公度人境庐诗草跋》,黄志平、丘晨波：《丘逢甲集》,广州：广东人民出版社2019年版,第403页。

一、古代广东文学的源流与文脉

关于广东文学的发展轨迹,清代屈大均所论最为精到。他在《广东新语》中认为,广东文学"始燃于汉,炽于唐于宋,至有明乃照于四方焉"①,大体勾勒了广东文学从萌芽、发展、壮大到独领一方风骚的过程。与其他地域文学不同,古代广东文学并没有出现盛极而衰的现象,而是一直行走在不断发展、完善和提高的路上,过程或显得稍微缓慢,但其势力则是在持续扩张之中,呈现出特别的韧性和勇于向上的气象。

所谓"始燃于汉",乃是指从汉代开始,广东文学开始萌芽。但其实在先秦时期,百越文化与中原文化已然对岭南文学产生了一定的影响,只是留存的不是文字,而是充满神话传说色彩的龙蛇图腾与五羊、龙母等神话而已。这些留存在民间但生生不息的文化因子,正构成后来广东文学的思想和情感土壤。汉代文学的"燃",从现有的材料来看,还只是星火之燃,但这点文学的星火弥足珍贵。这里值得一提的是南越王赵佗的《报文帝书》。作者在醇厚雅正的语言中,以"故粤吏"的身份,以真挚诚恳之情,表达了自己虽然不得已在南粤称帝,但始终不忘"事汉"之心。其情理周至,文笔也曲折有味,堪称一篇上佳的散文。屈大均称之为"南粤文章之始",金圣叹更认为赵佗此文与汉文帝《赐赵佗书》,堪称是诸葛亮《出师表》与韩愈《祭十二郎文》等名篇之渊薮,可见其在文学史上之地位。

汉代番禺人杨孚的《异物志》,不仅是第一部专写风物的书,也是岭南的第一部著述,而且在文体上兼有诗歌、散文与小说的特点,所记物产和民族民俗等,主要集中在交州,即今广东、广西和越南北部一带,除了内容丰富,其文笔也颇有文学性,叙事记物兼有征实与虚幻之笔,注重修辞,让人读来饶有兴味。更重要的是,杨孚此书开后来各地异物志之先声,而后起各体诗赋,从中取资者更是不一而见。故汉代广东文学,可资谈说的文献虽然谈不上丰富多彩,但仅此一文一书,或启著述体例,或垂文章范式,堪称是少而精的典范。以此可知,屈大均以"燃"形容汉代文学,更多是广东本地的自燃,故虽是星火之燃,也颇值得注意。

屈大均在"始燃于汉"之后,便跳开了历史上的六朝,而直接"炽于唐于宋",未免让人感觉广东文脉稍有中断。唐宋时期广东文学之"炽"自然没有异议,但六朝时期的广东文学却并非乏善可陈。六朝时期,北方战乱不息,而岭南则相对安定,不少北方士人纷纷南下,在秦汉之后,再一次在较大规模上为广东文学注入了北方元素,在

---

① (清)屈大均:《广东新语》(卷十一·文语),北京:中华书局1985年版,第316页。

一定程度上推进了广东文学的发展;同时,广东本土的文人也在这种南北文化交融中得以成长。但实事求是地说,无论是南下之北人,还是本地土著人氏,在文学创作的能力、水平和影响上,都还不足以撑起一个文学时代,这大概是屈大均故意"忽略"六朝广东文学的原因所在。不过,平心而论,其中也有一二值得注意的文人。如东晋诗人谢灵运,因祖业勋隆而侥幸降死一等,流放广州,南下之途,便一路以诗赋抒写眼中之景与心中之情。如在经行大庾岭时所作的悲凉满怀的《岭表赋》,已经隐约表达自己的生命如"石穴之永归"①,悲凉之中,更添绝望。这种情感与其《感时赋》中对生命的惊恐之感,也可彼此对勘。元嘉十年(433)冬,谢灵运终究难逃死刑。其临终诗有"送心自觉前,斯痛久已忍。恨我君子志,不获岩上泯"②之句,依然表达了寄情山水、志业未遂的人生遗憾。但诗中更值得关注的是对刘宋王朝的不满和对晋王朝的留恋。在那样一个不安稳的时代,谢灵运希望能找到一条独特的、适合自己的生存之道,这注定是十分艰难的。谢灵运最有成就的当然是山水诗,可惜在他生命的最后几个月,虽然岭南依旧是山水满眼,但他已经失去了山水诗创作的心境,他的诗文呈现出一些新变的因素。广州在谢灵运生命中的特殊意义或许正在于此。

六朝南下南粤文人中影响较大的还有一个江总。他自称"我行五岭表,辞乡二十年"③,语言虽嫌夸大,但他在广东也确实度过了十多年时光。他一方面与南粤文人(包括北方流寓到此的文人)广泛交游;另一方面也写作了不少记叙和描写广东风土人情的诗文,这使他在岭南文人圈中具有比较突出的地位。由于他辗转广东多地,故他笔下的广东也丰富多样。如他的《秋日登广州城南楼》,以秋日黄昏为背景,于远近高低之间写出了广州城的自然风光,同时又以"塞外离群客,颜鬓早如蓬"④二句带出了漂泊之感,把自己也融入笔下建构的岭南文学形象之中。

以上尚属六朝时期广东文学略可言说者。总体上,这一时期的广东文学,在数量和质量上都欠佳,流寓文人的作品相对多一些,在中国文学史上有影响的作品寥若晨星,至于本土文人的表现就更弱一等了。屈大均略此而不说的原因,大概也在此。

唐宋是中国文化的高峰时期,创建这一辉煌的主要力量虽非来自南粤,但在当时的文化格局中,南粤文化的地位和影响力也得到了较快提升。而且就南粤自身文脉而言,唐宋时期的广东文学也以更多文人群体、更高创作水平、更多有影响的作品而

---

① 顾绍柏注:《谢灵运集校注》,郑州:中州古籍出版社1987年版,第371页。
② 顾绍柏注:《谢灵运集校注》,郑州:中州古籍出版社1987年版,第204页。
③ (南朝陈)江总:《诒孔中丞奂》,(明)张溥编,(南朝陈)江总著:《汉魏六朝百三家集·第91册·江令君集》,寿考堂藏板1918年版,第55页。
④ (明)张溥编,(南朝陈)江总著:《汉魏六朝百三家集·第91册·江令君集》,寿考堂藏板1918年版,第54页。

进入一个新的境界。而促成这一境界的,除了南粤本土文人的突出贡献——如唐代张九龄、宋代余靖、崔与之等即是代表,也与流寓广东的唐代宋之问、韩愈、刘禹锡,宋代苏轼、杨万里、方信孺等有关。一流名家入粤与南粤文人的自身努力,形成了广东文学发展的合力。屈大均用"炽于唐于宋"来形容唐宋时期广东文学的发展状况,确实是比较精准的。这个"炽"字既体现在创作群体和创作热情上,更体现在由此而达成的创作水平和影响上。

唐代诗坛群星闪耀,与李白、杜甫、王维、孟浩然等一流诗人相比,广东曲江的张九龄地位固然稍逊,但因其特殊的宰相身份,其诗歌的影响在当时及后世都得到了颇为充分的认同。历史上著名的盛唐气象,张九龄厥功至伟。在部分历史学家看来,唐代由盛而衰,"安史之乱"并非其中决定性的因素,张九龄被罢相才是关键。一个原本励精图治的朝廷,随着张九龄的被冷落,逐步转变成一个因为争名夺利而摇摇摆摆的朝廷,其衰落因此而变得不可避免,这一点连当时的唐玄宗都深刻地感受到了,何况后来的历史学家。张九龄的文才与胆识一路助力其在仕途上的发展,特别是玄宗时期,他一度官拜同中书门下平章事、中书令,堪称人臣之极致。"唐开元之末,大臣守正不回,惟张九龄一人。"①唯英雄方识英雄,苏轼的这一评价堪称巨眼。张九龄的诗歌创作分布在唐中宗、唐睿宗和唐玄宗时期。张九龄从反对当时以上官仪为代表的齐梁诗风开始,提倡去华务实的风格,并由此开始他一生的创作活动。他"上追汉魏,而下开盛唐,虽风神稍劣,而词旨冲融"②,由此而奠定其在开元诗坛上不可移易之位置。即便他的应制酬赠之诗也雅淡有味,而山水行旅之诗则兼有雄奇、清淡之气,寄寓了他兼济天下与独善其身的两类基本情怀;后期外贬时期所作,则充满忧时伤世之意,令人动容。一部《曲江集》,不仅可见张九龄个人文学创作之才胆识力,也足见一个时代的起落与盛衰。从诗史的角度来看张九龄,允称无愧。

在北宋的诗文革新运动中,曲江余靖是主要参与者之一。他积极参与全国性、主流性、创新性的文学活动,带动广东文学家走向文学活动中心的步伐更为坚定有力。从这个角度来说,把余靖称为"两宋粤诗第一人",其实还是有局限了。而关于余靖的诗歌,在题材和风格上最应关注的该是他的《北语诗》。录如下:

> 夜宴设罢(侈盛也)臣拜洗(受赐也),两朝厥荷(通好也)情干勒(厚重也)。
> 微臣稚鲁(拜舞也)祝若统(福佑也),圣寿铁摆(嵩高也)俱可忒(无

---

① (宋)苏轼《迩英进读》,(宋)苏轼撰,孔凡礼点校:《苏轼文集》(第一册·卷七),北京:中华书局1986年版,第197页。
② (明)徐献忠:《唐诗品》,陈广宏、侯荣川编校:《明人诗话要籍汇编》(第6册·诗评卷),上海:复旦大学出版社2017年版,第2374页。

极也)。①

余靖将传统颂体与契丹语词汇合一,别成一种诗歌景象。这不仅在诗歌语体上有创新,而且体现了余靖平视华夷的宏阔眼界,其现实意义值得充分重视。余靖曾出使辽国,此诗与其作为外交家、政治家的胸怀有关。

唐宋时期广东本土文人可以言说者,当然远不止以上两位。但在广东文学史上,这两位或开启风气,或别创新体,颇具特殊意义。

与唐宋本土文人创作的艺术成就相比,流寓广东的宋之问、韩愈、刘禹锡和苏轼,显然在文学创作成就上整体带动了广东文学的高质量发展。这些一流文学家入粤,一方面以粤人粤事促进他们自身创作风格的转变,成就他们个人创作的高峰;另一方面也在与本土作家的深度融合上,引发了广东文学的整体性新变。韩愈一生三次入粤,尤其是在潮州刺史任上八个月,创作了一批优秀的诗文,影响了当地的文化建设,使文学的价值和意义得到了充分发挥。刘禹锡在连州近五年,作品甚多,所涉更关系到当地社会文化的方方面面。苏轼在粤六年多,更类似旋风一般,对广东文学泽被甚广。谪居广东的苏轼,思想和人生观上发生了重大变化,使曾经深居心中的佛老思想再度放出异彩,文学辟开新境。当然,作为一个骨子里爱国爱民的诗人,苏轼的家国情怀与批判精神也始终伴随着他的入粤行路。这让我想起他在黄州曾致信李常说:

吾侪虽老且穷,而道理贯心肝,忠义填骨髓,直须谈笑死生之际。……遇事有可尊主泽民者,便忘躯为之。②

在苏轼的生命中,广东生活原本就是黄州的延续。此两者相合,才是完整的苏轼。而这个完整的苏轼,在其入粤诗文中,可以说表现得淋漓尽致。这样的苏轼才是令人在佩服之余,更添敬重的。广东,为造就一个完整的苏轼,提供了丰厚的文化和思想土壤。

从影响力而言,唐宋时期入粤的北方文人,显然要更具风采。广东本土文人虽然也代有新人,但在与入粤文人的比例上还不平衡,成就也有相当的差距。不过广东文学的风气既然已经全面形成,那在此基础上的蜕变也就更值得期待了。屈大均这个"炽"字,本意就应该是形容热烈的文学创作氛围和气象,似乎并不主要涉及文学成就的高低。屈大均下字之稳健,也由此可见一斑。

如果说广东文学从汉代到宋元,是一路持续发展和提升的话,那这种发展和提升的总体水平相对于中原、江南等文化发达地区,还是相当有限的。虽然广东的本土文

---

① (宋)叶隆礼:《契丹国志》(卷二十四),承恩堂藏版,乾隆五十八年(1793),第4页。
② (宋)苏轼:《与李公择》(十一),(宋)苏轼撰,孔凡礼点校:《苏轼文集》(第四册),北京:中华书局1986年版,第1500页。

人不断增多,流寓广东文人的影响力不断攀升,相关文学作品的数量也积成规模,其中更不乏精品力作,文体尝试亦不断拓展,形成了较好的、文体均衡发展的局面,但平心而论,至少到宋元时期,广东文学的主体性和主体力量还是不足的。广东文学还是大体停留在对北方文学的受容和兼容阶段,还不能说完全自成一家之面目。

广东文学真正自成一家,自聚峰峦,做到在传承中建构广东文学传统,或者说进入广东文学的自觉时代,还是从明代开始。屈大均所谓广东文学"至有明乃照于四方",大意乃此前广东文学多接受外来之光,而至明代则灼灼其华,自成光彩,并开始映照四方了。作为主角之一,广东文学的格局和境界从明代开始变成中华文学版图中不可忽略、必须重视的重要组成部分了。

作为广东文学的自觉时代,明代广东文学在文人结社雅集、地域性文学流派、本土一流文人群体的出现、优秀作品的涌现、政治与文学地位的上升、本土文学观念的形成、各种文体的全面发展以及与其他地区文人的交流等方面,都形成了一个全面兴盛的局面,广东文学的"广东"特征愈益鲜明,清代则进一步提升了广东文学的品格。可以说广东文学经过明清两代的持续发展,已经成为中国文学的一支重要力量,不仅自成山峰,而且开始影响到其他地域的文学。

文学结社是明清两代重要的文学现象,从明初"南园五子"到此后的"南园后五子""南园十二子";清代从"岭南三大家""惠门四子"到"岭南四家"等,这些带有流派性质的结社及相关活动,带动了岭南文学的勃兴,形成了浓郁的文学氛围。明清两代文人中若南园五子之首孙蕡、"南园后五子"的欧大任、"岭南前三家"的黎遂球、"岭南三大家"之屈大均、陈恭尹、梁佩兰,以及明代丘濬、陈献章、湛若水、黄佐,清代廖燕、宋湘、张维屏、梁廷枏等,他们在各自文体的创作和批评中,都做出了具有全国意义的贡献。就文体而言,明清两代文学也形成了诗词、散文、小说、戏剧的全面繁荣。同时,岭南的爱国诗人群体也不断涌现,尤其是有"岭南三忠"之誉的陈邦彦、陈子壮、张家玉,还有抗清名将袁崇焕,皆是其代表。他们在诗歌中形成的雄直之气因此而成为广东文学的重要标签。

在文学观念上,明清广东文学尤其是诗歌观念特别重视重振风雅之道、性情之真与厚以及自然朴实。在填词创作上,在承续南宋崔与之"雅健"词风的基础上,又添苍凉悲慨之风。丘濬《五伦全备记》则进一步强化了戏剧的教化与伦理意义。清代"岭南三大家"的骨气与锐气更是可圈可点。此外这一时期关于广东文学的若干选本和批评理论著作,如屈大均的《广东文选》《岭南诗集》,宋湘的《论诗八首》,黄培芳的《粤东诗话》、张维屏的《国朝诗人征略》、黄佐的《六艺流别》等,皆能自出手眼,别具一格,体现了广东文学家和批评家的理论思考,在中国文学思想史和批评史上,都是不可忽略的篇章。

简单梳理古代广东文学的发展流变,我们能明显看到从秦汉历六朝、唐宋,直至明清,文学的主体性逐渐提升,作家的创作欲望不断增强,自立意识持续强化,文学经典从而也积成规模,并最终在明代自具光芒并光耀四方。从汉魏到唐宋到北方文化的受容与兼容,到明清时期的自张一军,广东文学在缓慢发展中,既虚涵各方,又不忘自家面目,终究完成了自己的蜕变。

二、古代广东文学独特的精神气质与审美风尚

刘勰在《文心雕龙·物色》中说:"若乃山林皋壤,实文思之奥府,略语则阙,详说则繁。然屈平所以能洞监风骚之情者,抑亦江山之助乎?"①刘勰虽然主要是针对屈原的创作而提出文学的"江山之助"说,但其实"山林皋壤"对一地文学的发展确实有着一定的基石意义。因为一地之山川景象,涵养一地之性情气格,也由此影响到审美倾向的形成和文学风格的选择。古代广东因为交通等原因的客观限制,远离政治和文化中心,所以在很长一段历史时期带有一定的封闭性,文化的成熟比较缓慢,不过因为这种缓慢,也客观上保留了一些本土文化原汁原味的成分。广东文学的"江山之助",因此可能比其他地域还更为明显。

大致来说,古代广东文学的特质或许主要体现在以下几个方面:

第一是强大的受容性。从古代文学的发展来看,在明代之前,非广东籍的文人和他们的作品大体占据着主流和核心地位。虽然汉代的赵佗、赵胡、杨孚、陈钦、陈元是广东人,但并不意味着没有入粤文人的作品,只是很少保留下来,或者说少量保留下来的价值不大。此后的文学虽然可以大致划分为本土文人与入粤文人两大类别,但在明之前,流传下来的较为优秀的文学作品还是大多出自入粤文人手笔。如六朝能够言说的主要是谢灵运和江总,皆为入粤诗人。唐代本土诗人渐多,但论影响,还是入粤的宋之问、韩愈、刘禹锡为大。宋代的苏轼、杨万里、唐庚、方信孺、文天祥,其整体文学创作成就,显然要在本土文人之上,这些都是整个文学史上显而易见的事实。广东文学在发展过程中,确实以受容为基本特征,不仅接纳了入粤的文人,也接纳了他们的作品,并受其影响,融合南北,从而一步一步迈向成熟。没有积极受容的胸怀和品格,古代广东文学的发展之路可能就更为漫长了。当然,"受容"这一现象主要在明代之前,至明清两代,入粤文人的创作就已经基本上变成可有可无的存在了,这是因为广东文学在受容的基础上摆脱依傍、自铸风格了,自然受容的特点也就慢慢消

---

① (南朝梁)刘勰著,范文澜注:《文心雕龙注》,北京:人民文学出版社1958年版,第694—695页。

失了。

第二是突出的思想性。这主要体现在古代广东文学产生了不少与思想经典相结合的作品。儒学当然最初在北方成熟,但汉代南北文化的交流已经在南粤开始,从此文章与经术的结合,便在广东文学中逐渐呈现出特色。广信人陈钦、陈元、陈坚卿祖孙三人,便是早期的代表。譬如这个陈钦,王莽就曾跟着他学《左传》,并撰有《陈氏春秋》,并由此促进了稍后在朝廷设置古文经学为学官。陈元不仅是当时最有声望的《左传》学者,而且其疏文也堪称经术文章结合的典范。唐代广东新州的惠能乃是佛教南宗的开创者,《坛经》文本以散文体和诗偈体结合,禅思与诗文结合,风行南北。而明代广东新会思想家陈献章、增城湛若水的理趣诗,更是一方面开启明代心学,一方面创作充满着哲理的理趣诗。屈大均《广东新语》说:"粤人以诗为诗,自曲江始;以道为诗,自白沙始。"①于理趣诗中体现自然宇宙观和哲学思想,使得广东诗歌呈现出别样的风采,而且因陈献章的影响力,广东诗歌在一定程度上影响到后来性灵诗学思想的产生。

第三是强烈的忠义性。身居庙堂之中,或处江湖之远,以及朝代更替,都会使"忠义"的话题特别彰显出来,只是表述的方式各有特点而已。位极人臣的张九龄的应制诗,虽然艺术成就一般,但对国家的忠诚情见乎词。而明代后期,风雨飘摇之中,一批粤人以诗歌表达了对国运民生的深沉忧虑。抗清名将袁崇焕,"岭南三忠"如陈邦彦、陈子壮、张家玉,抗清后退隐的诗人张家珍、隐居草野的遗民诗人如陈子升、薛始亨等,以及以上诸人的部分散文,都在表达忠义之情上着墨甚多,且其中不乏精品。如袁崇焕《舟过平乐登筹边楼》诗云:

> 何人边城借箸筹,功成乃以名其楼。
> 此地至今烽火静,想非肉食所能谋。
> 我来凭栏试一望,江山指顾心悠悠。
> 闻道三边兵未息,谁解朝廷君相忧。②

诗中饱含浓郁的家国之忧。梁章钜《三管诗话》评价袁崇焕的诗歌"豪迈有真气,足称其为人"③。当然,并非只有广东诗人具有忠义之情,能写忠义之诗,只是其内蕴的雄直之气,相对较为明显和突出。

第四是自觉的创造性。创造是文学的生命,一部中国文学就是一部生生不息的创造历史,而一部古代广东文学史,也同样是伴随着创造的历史。从文体和题材上来

---

① (清)屈大均:《广东新语》(卷十二·诗语),北京:中华书局1985年版,第348页。
② 石瑞良编:《袁崇焕诗赏析》,北京:中国书籍出版社2006年版,第68页。
③ 梁章钜撰,蒋凡校注:《〈三管诗话〉校注》,南宁:广西人民出版社1996年版,第84页。

说,汉代杨孚的《异物志》兼具多种文体特征,以记民族民俗与地方物产为内容,是我国第一部区域性的民俗物产专书,开创了"异物志"书写的新体例。其著述成因,如欧大任《百越先贤志·杨孚》所云:"时南海属交趾部。刺史夏则巡行封部,冬则还奏天府,举刺不法,其后竞事珍献,孚乃枚举物性灵悟,指为异品,以讽切之,著为《南裔异物志》。"①可见杨孚此著只是借异物而讽刺其腐败可耻之行为。但不管怎么说,后来万震《南州异物志》、朱应《扶州异物志》、续咸《异物志》等,皆以此为滥觞。追寻其源,广东文人的创造性当然是值得张表的,再则古代广东文人对民俗文学的关注和成就也别开园囿,令人刮目。

第五是独创的雄直性。古代广东文学当然各体皆备,风格齐全。不过若提及曾属于广东人特有,或者为中国文学特别关注的雄直之风,还是以广东文学最早最为突出。这一地域性的风格开创于张九龄,屈大均《广东新语》云:"东粤诗盛于张曲江公。公为有唐人物第一,诗亦冠绝一时。"②《四库全书总目》亦称张九龄"守正嫉邪,以道匡弼,称开元贤相。而文章高雅,亦不在燕许诸人下。"③由以上两节引文,可知所谓雄直乃是就人与文的关系而言,有雄直之人,方有雄直之文。宋代崔与之、李昴英的词,欧仕衡《论奸臣误国疏》《上陈丞相书》《纠集乡兵疏》诸文,也皆有雄直之气。明初南园五子,特别是孙蕡以及欧大任、黄佐、梁有誉之诗等,也延续了广东的雄直之风。如黄佐《春夜大醉言志》云:

　　拔剑起舞临高台,北斗插地银河回。
　　长空赠我以明月,天下知心惟酒杯。
　　门前马跃箫鼓动,栅上鸡啼天地开。
　　倦游却忆少年事,笑拥如花歌落梅。④

像这样的诗歌,先雄直再婉转,从艺术上来说,十分精妙难得。陈永正在《岭南诗歌述略》说:"最能体现岭南雄直诗风的当为明末及清初的'岭南前三大家'和'岭南三大家'。前三家指被誉为'粤中屈原''粤中李白''粤中杜甫'的邝露、黎遂球、陈邦彦。邝露诗汪洋恣肆、黎遂球诗苍劲悲凉、陈邦彦诗雄奇老健。"⑤可以见出,雄直之气从唐代开始就逐渐形成了,也变成了一种广东文学的基本品格,此后代有传承,也代有新变。

---

① (明)欧大任:《百越先贤志》(卷之二),《岭南遗书》本,第6页;《广州大典》(总第59册),广州:广州出版社2015年影印本,第577页。
② (清)屈大均:《广东新语·文语》,北京:中华书局1985年版,第345页。
③ (清)纪昀:《四库全书总目提要》(集部二)
④ (明)黄佐:《泰泉集》,《广州大典》(总第424册),广州:广州出版社2015年影印本,第127页。
⑤ 陈永正:《岭南诗歌述略》,陈永正著:《沚斋丛稿》,广州:中山大学出版社2011年版,第115页。

作为广东诗歌的标签,雄直一直深受批评家和理论家的高度肯定,深为清代之后诗论家所认同。洪亮吉《道中无事偶作论诗截句二十首》之五云:"尚得昔贤雄直气,岭南犹似胜江南。"①近人汪辟疆在《近代诗派与地域》中亦说:"'雄直'二字,岭南派诗人当之无愧也。"②独树一帜、区别于其他地域,最可言说的广东文学审美风格就是"雄直"二字。这种雄直之气,当然与广东独特的地理位置有不可分割的关系。王士禛《池北偶谈》曾云:"正以僻在岭海,不为中原江左习气熏染,故尚存古风耳。"③广东僻处岭南,文化交流虽然几乎不间断,但本土文化的韧性还是大体得以保存,这大概是作为"尚存古风"的雄直之气能够在广东一直持续并发扬光大的重要原因。这也在一定程度上体现了古代广东文学的特殊气质和风韵。

从先秦到清代中期,古代广东文学经过两千多年的发展与演变,一方面坚守本土文化的"古风",另一方面积极吸纳岭外文化,所以能在广东文学的内质上,不断锻造提升出新的品质。毋庸讳言,与中原、江南等文学发达地区相比,古代广东文学的总体水平还存在着许多不足,如文体的创造性、一流文人的数量、经典作品、有影响的地域流派等方面,都还偏弱偏少,但广东文学一直有向上的势头,也是很多地区所不具备的,兼之在发展过程中对本土文化和审美观念的执着坚守,广东文学的特殊性也是其他地区难以替代的。特别是从清代中期以后,中国社会进入近代发展模式,广东原本偏僻的地理位置反而成为先行发展的优势,广东文学的创造性转化和创新性发展占得先机,一跃而成为中国文学创新创造最具声势、最有成就的地区,进而后来居上并由此北上,影响到整个中国文学的发展。然而追源溯流,古代广东文学厚实的基础才是这种新发展的原动力。

---

① (清)洪亮吉撰,刘德权点校:《洪亮吉集》(第3册),北京:中华书局2001年版,第1244页。
② 汪辟疆撰:《汪辟疆说近代诗》,上海:上海古籍出版社2001年版,第40页。
③ (清)王士禛撰,靳斯仁点校:《池北偶谈》,北京:中华书局1982年版,第251页。

第一编　　先唐及唐五代文学

概　　述

　　广东地处南陲，关于其先秦文学，鲜有文字存世，后世文献记载也相对匮乏，从现存汉代以后的文献记载来看，广东文学有神话和诗歌。神话有龙蛇图腾和五羊神话，最早的诗歌有刘向《说苑》（卷十一·善说）记载的民歌《越人歌》，当为口头流传。这些呈现出广东文学萌芽时期的文学状态。

　　秦汉时期，随着中原人的南迁、中原文化与广东本地文化的融合，尤其是汉字在广东地区的推广，广东文学有了文字记载，但散佚较多，本土文字记载更是付诸阙如。早在先秦就出现了粤人高固，曾将由《左传》所编的《铎氏微》献给楚王，可惜无文章留世。真正能称得上广东文章之始的是南汉王赵佗的文书《报文帝书》，文辞淳厚雅正，甚是妙笔。儒学在汉代广东也得到发展，陈钦、陈元父子倡导儒学，提倡古文经学，促进了岭南儒学的发展。至东汉，广东籍学者的个人著述开始出现。番禺人杨孚著有《异物志》，开创异物志体，以散体和四言韵语构成，以实录为主，兼有浪漫色彩，记录以岭南为主区域的风物和风俗，可视为广东文之权舆；曲红人郭苍博学能文，留下《神汉桂阳太守周府君碑》，被称为"扬雄之亚"。可以看出，广东散文在汉代得到了良好的发展。至于秦汉时期的广东诗歌，较早的诗人是西汉的番禺人张买，能为粤讴，可惜无诗作留世；杨孚《异物志》中的四言韵语可视为粤诗之始。

　　六朝时期，广东文学仍以诗文为主。三国时期广信士燮家族传承经学，随着南迁中原人的日益增多，作为交趾太守的士燮礼贤下士，延揽人才，聚集一批南北名士名儒，形成一个"左氏学"文学集团，传承陈钦、陈元所倡导的儒学。士燮门下，最早研究佛学的牟融著有最早介绍佛教理论的《理惑论》。之后广东本土文人增多，致力于散文创作的有南海黄豪、黄颖、番禺董正等。诗人有南朝新会梁冯融、曲江侯安都，以及被称为"岭左奇才"的陈代南海人刘删等，其作品多佚失。从现存为数不多的作品上看，诗歌能够摆脱六朝绮丽诗风的影响，注重真情实感的抒发。值得关注的还有具有多种价值的方志著述的问世，广州最早的一批方志以晋南海王范《交广春秋》、黄恭《王氏交广春秋补遗》为代表，受其影响，晋宋年间裴渊和顾微各著一部《广州记》，南迁的沈怀远著有《南越志》，上述方志著述都记录岭南风物、地理、历史、习俗与逸事等，成为研究岭南地域和民族问题有重要价值的文献。六朝时期中原动乱不定，广东偏安一隅,北方诸多流寓或被贬文人南下聚集广州或广信,如东晋谢灵运被贬广东,南朝江总入粤避难,他们在广东都留下了独具韵味的诗赋作品,也给广东本地文人的精神世界带来了深远的影响。

如果说唐之前是广东文学的萌芽和发展期,那么唐代是广东文学进入全国主流文坛的起点。广东文学正式兴起,要以张九龄作为重要的标志。曲江张九龄继陈子昂之后,标举"兴寄"和"风骨",继承风骚传统,去华务实,对扭转齐梁以来绮靡文风做出了突出贡献。张九龄诗歌题材多样,唱和酬赠、行旅山水、咏怀感遇、哀挽题唱和拟乐府等。其诗歌均为佳作,就连应制诗,也能融入个人情感,呈现出感情真挚的一面,其诗工于五言诗,首创清澹一派,又善用风雅兴寄,创作出一些醇厚隽永之作,对唐代王维、孟浩然、李白、杜甫等人都产生了很大影响。在散文创作方面,张九龄可称为当时文坛之翘楚。唐灭亡后,中原政权更替频繁,而建都在广州的南汉政权持续了五十多年,广东地区相对安定,仍有避乱文人入粤,这期间诗文曾繁兴一时,但五代时期的广东文学多半散佚,本土诗人有黄损、孟宾于、王言史等。当时文坛较有成就的是钟允章、王诩和胡宾王等,还有入仕南汉的卢应、薛绛、雷岳、陈守中有碑铭和哀册文存世。

总的看来,唐五代广东文坛有以下几个方面的特点:一是本土文人增多,出现了多位优秀的诗人,如唐代张九龄、刘轲、邵谒等;相应的文学作品数量明显增多,题材也更为丰富。二是唐代广东进士增多,除了岭南第一位状元莫宣卿外,还有潮州赵德、南海廖有方、番禺郑愚、连州刘瞻等皆为进士,此群体参与文学创作,且其部分作品因其进士身份较易于留存于世。三是诗僧的偈颂相继面世,惠能开创南禅宗,口述的《坛经》中包含了多首偈颂,之后法海、释希迁、释宝通等人仿效,直至五代释灵瑞、释諲等皆有偈颂存世;四是随着唐代被贬岭南文人人数的增加,大量贬谪文人进入广东,如宋之问、韩会、杨炎、常衮、韩愈、李德裕、李绅等,这些南迁文人促进了广东与中原主流文化的交融,广东文坛受中原文学影响加深。五是唐五代广东诗文有了新的发展局面,但小说创作未能紧追中原的步伐,除刘轲的《牛羊日历》、裴铏少数几篇传奇中出现的广东书写外,尚无文学传奇小说存世。

第一章　广东文学的文化母体与萌芽

广东先秦文学鲜有文字留世,但孕育广东文学的文化历史悠久。考古学家于1958年在曲江县马坝狮子岩洞穴中发现早期智人"马坝人"化石,这证明距今十二三万年前广东地区已有人类的活动。马坝人便是南越人最早的祖先,是广东本根文化的原创者。

近年来,广东地区发现诸多新石器时代的遗址,如英德青塘遗址、南海西樵山遗址、增城金兰寺遗址、曲江石峡遗址和河宕遗址等,这都表明珠江流域新石器时期的文化并不落后于黄河、长江流域。到新石器时代晚期,岭南大地上已形成了五个较发达的经济文化区,即珠江三角洲、韩江、北江、西江和东江区域。夏商两代,这些区域的南越人结合成部落联盟。南越族的来源主要是由当地土著居民发展形成,是广东最早的民族。继新石器时期发达的印纹陶文化①之后,广东地区便进入了青铜时代。降及周代,南越与中原联系日渐增多,西周的青铜器文化大规模地传入岭南地区,此时,南越深受楚文化的影响。先秦广东地区处于百越文化圈内,当时还没有"广东"这个概念,整个岭南是一体的,主要包含现在的广东、广西和越南北部地区,一般叫做南越地区。到秦始皇统一六国后,南越成为秦朝的一部分。《史记》称广东地区"南越",而《汉书》将南越称为"南粤"。秦汉间中原人不断南迁,中原文化不断输入,汉越文化开始融合。

广东古代文化与整个岭南文化的发展具有同步性,经历了五个时期。第一个时期从原始文化诞生至周代岭南使用青铜器之前为岭南文化的"独立发展期";第二个时期从西周初年至战国晚期为"百越文化圈期";第三个时期从秦代开始至清代中叶为"汉越文化融合期";第四个时期是从清代中叶至20世纪中叶为"中西文化碰撞期";第五个时期从20世纪中叶至改革开放为"走向现代化时期"。② 在前两个时期,广东地区主要是原生文化、土著文化,即广东本根文化。在经历了母系氏族社会和父

---

① 新石器时代晚期,中国南方地区江西、福建、广东、广西、云南出现一种很有特色的陶器。此陶器烧制坚硬,犹如瓷器,故名硬陶。陶器表面有一些方格纹、圆圈纹、曲折纹等几何形纹饰。又因其分布范围广,故人们将出有此种陶器的古代文化称为印纹陶文化。

② 李权时主编:《岭南文化》,广州:广东人民出版社1993年版,第80页。

系氏族社会之后,南越人与南岭之西(今广西)的骆越人、西瓯(西江流域一带)人在西周初年至战国晚期逐渐融入了庞大的百越族群,共同创造"百越文化圈"中的先秦南越文化。隶属于南越文化的先秦广东文学为口头流传,当以神话和诗歌为主,虽然鲜有文字流传下来,但从百越文化之间的交流,似乎可以看出当时南越人多彩的生活和丰富的内心世界。

第一节 百越文化与广东文学的母体

"百越"一词,最早见于战国史籍,《吕氏春秋·恃君》有云:"扬、汉之南,百越之际,敝凯诸、夫风、余靡之地,缚娄、阳禺、驩兜之国,多无君。"①意为自扬州、汉水以南,越有百种,并未形成统一的部落。百越分布很广,《汉书·卷二十八下·地理志第八下》记载:"粤地,牵牛、婺女之分野也。今苍梧、郁林、合浦、交趾、九真、南海、日南皆粤分也。"②"粤"即"越",北起长江流域,南至红河三角洲,东至滨海,西至四川,都是越人居住之地,北方人将这些地区的许多部落统称为"百越",其居住地域分为东瓯越(浙江一带)、闽越(福建境内)、西瓯越(西江流域一带)、夷越(四川、贵州一带)和雒越(红河下游一带)。百越部落各自为政,因居住区域不同,名称亦不同,居住广东省一带的叫南越。南越是百越族的一支,包含了今天广东大部分地区,西周以来的文献上的"仓吾""南蛮""南瓯""南海""产里""越骆""雕题"等等,主要指聚居于今两广境内的越人,而南越文化是广东文学的文化母体。

一、南越与吴越的交往

春秋战国时期,广东地区与吴越关系密切,交往频繁。百越中的吴国和越国居于我国东南,相当强盛。吴国曾"西破强楚,入郢;北威齐、晋,显名诸侯"(《史记·孙子吴起列传》),也曾"上黄池,争霸中原"(《国语·吴语》)。吴国的成就也有粤人勇获的贡献,据《羊城古钞》记载:春秋时期"南海有勇获者,仕吴王夫差为将。黄池之会,夫差命王孙雄先与获帅徒师以为过宾于宋,以焚其北郭焉而过之。南海介荆扬裔土,周初始通中国"③。之后越王勾践灭掉吴国,成为江淮地区的霸主。楚威王时,越王

---

① 张玉春等译注:《吕氏春秋译注》,哈尔滨:黑龙江人民出版社2003年版,第635页。
② (汉)班固撰,(唐)颜师古注:《二十四史·汉书》(卷二五下—卷六二),北京:中华书局2000年版,第1329页。
③ (清)仇巨川纂,陈宪猷校注:《羊城古钞》,广州:广东人民出版社1993年版,第433页。

无疆(又名无彊)伐楚兵败,楚吞并越国,"越以此散,诸族子争立,或为王,或为君,滨于江南海上,朝服于楚。"(《史记·越王勾践世家》)故后世有部分越人迁入岭南(包括广东),与当地土著融合一说。

《竹书纪年》云:周隐王三年四月,"越王使公师隅来,献舟三百、箭五百万及犀角象齿"①。越王,当指吴越之王。上文提及犀角、象齿等物,提到人物公师隅,明代欧大任《百越先贤志》记载:

> 公师隅者,粤人也。越王无疆为楚所败,其子孙遁处江南海上,周赧王时有自立为王者,隅以无疆初避楚,居东武,有怪山浮来,镇压其地,因名东武山,乃往相度南海,将依山筑南武城以拟之,而越王不果迁。时三晋惟魏最强,越王与魏通好,使隅复往南海,求犀角、象齿以修献。久在峤外,乃得诸深,并吴江楼船、会稽竹箭,献之魏。魏王乃起师,送越王往荆,栖之沅湘,于是南武疆土为越贡奉邑,称雄交广矣。②

欧大任又在此条目结尾处说明此条据《竹书纪年》、黄恭《交广记》和盛弘之《荆州记》参修。"南武城"当指今天的广州地区,《百越先贤志》认为广州城始建于公师隅,又指出越王无疆也未以南武为都城,且《吴越春秋》并无修南武城事之记载,所以"南武城"为公师隅所筑的论断尚不确定。据《竹书纪年》所记,越国看重的是南海的犀角、象齿等充贡品,《百越先贤志》中的"使隅复往南海"句说明公师隅多次往来于南海,由此可隐约看出吴越与南海(广东地区)在先秦时期已有较多的交往和文化上的交流。

二、楚越文化交流

楚地粤(越)地相连,有一种天然的地缘与人文的联系,渊源颇深。南岭西端的骑田岭、越城岭、萌渚岭一带自古以来就是岭南与岭北之间的通道,这一地区在古籍中被称为苍梧之野,其范围包括"北起广西全州、湖南宁远,南到广东信宜、罗定,西到广西大瑶山,东到广东肇庆、连县"这一广大区域。③ 楚居南越之北,楚人对南越多有关注。《羊城古钞》引《广州旧记》曰:周惠王"赐楚子熊恽(按:楚成王)胙,命之曰:'镇尔南方夷越之乱。'于时南海臣服于楚,作楚庭以朝。"④据《左传·襄公十三

---

① 赖咏主编:《中国古代禁书文库》(第2卷 秦汉禁书下),北京:大众文艺出版社2010年版,第527页。
② (明)欧大任:《百越先贤志》(卷之一"公师隅"),《岭南遗书》版,第9—10页。
③ 黄体荣:《广西历史地理》,广西:广西民族出版社1985年版,第23页。
④ (清)仇巨川纂,陈宪猷校注:《羊城古钞》,广州:广东人民出版社1993年版,第569页。

年》记载,楚共王时子囊与众人商量给共王什么谥号,说"赫赫楚国,而君临之,抚有蛮夷,奄征南海,以属诸夏"。可见春秋时楚人常征南海,欲继续将之归属于楚。战国时期,楚悼王又命吴起"南平百越",楚地的南边界已达五岭。

广州曾被称为楚庭,晋裴渊《广州记》记曰:"州厅事梁上画五羊象,又作五谷囊,随象悬之,云昔高固为楚相,五年(按:'年'当为'羊')衔谷萃于楚庭,因是图其象。"①顾祖禹《读史方舆纪要》亦云:"相传南海人高固为楚威王相时,有五羊衔谷萃于楚亭,遂增筑南武城,周十里,号五羊城。"②万历《广东通志》卷七记载:"开楚庭,曰南武。"嘉靖《广东通志·舆地志》又曰:"楚亭郢在番禺。"高固,南海人,曾为楚威王相。"五羊城"即"南武城",又称"楚庭(亭)",即今天的广州,广州常被称为楚庭,皆能说明楚地与粤地的紧密联系。

楚粤(越)同属"南蛮",族群文化交流频繁。据史料记载,早在春秋战国时期,就有粤人积极参与楚国的政治文化活动。明黄佐云:"自会稽以南,逾岭皆粤地也。秦汉之先,盖已有闻人者。"③岭南古城"五羊城"的出现正是楚越(粤)文化交流的结果。明代欧大任《百越先贤志》云:"高固,越人也。世在越,称齐高傒之族。楚熊商(按:楚威王)灭越而臣服之,是为楚威王。固归楚为威王相。时鲁左丘明因孔子史记具论其语,成《左氏春秋》,铎椒传威王,以王不能尽观《春秋》,采取成败,卒四十章,为《铎氏微》,由固进之,楚以故文教日兴。五羊衔谷萃于楚庭,后南海绘诸郡厅,称五羊城自固始。"④《广东通志》(《四库全书》本)卷四十四亦有类似记载。⑤ 欧大任称此条记载据《史记》、裴渊《广州记》、黄恭《交广记》参修。明郭棐《粤大记》"高固"条与欧大任所记录大体相同,且说明高固为南海人,⑥其先祖是齐国人,高氏先后数代人渐次由中原迁往粤地,至高固为楚威王相,参与楚国国家大事的决策,同时在楚地曾为传播儒学出力。屈大均《广东新语·文语》云:"高固为相,尝以《铎氏微》进楚王,亦未闻有文可称。吾尝谓广东以文事知名自高固始,谓其能以《春秋》事君

---

① (宋)李昉等编纂:《太平御览》(卷七〇四·"囊"引裴渊《广州记》),北京:中华书局影印本1960年版,1998年重印,第3142页。
② (清)顾祖禹著,彭元瑞校定:《读史方舆纪要》(卷101·广州城),锦里龙万育燮堂校刊,原著未标明出版社,第3页。
③ (清)仇巨川纂,陈宪猷校注:《羊城古钞》(卷六),广州:广东人民出版社1993年版,第433页。
④ (明)欧大任:《百越先贤志》(卷之一"高固"),《岭南遗书》版,第8页。
⑤ 《广东通志》(《四库全书》本)卷四十四:"周高固,粤人。周显王时,楚子熊商灭越,兼有南服,是为楚威王。固以才归楚,为威王相。时铎椒为威王傅,以王不能尽观《春秋》,采取成败,凡四十章,为《铎氏微》,由固进之。故文教日兴,五羊衔谷,萃于楚庭,南海人画图以表固功。"
⑥ (明)郭棐:《粤大记》(卷二六·"相垣勋业·高固"),广州:中山大学出版社1998年版,第420页。

也。"①楚人铎椒为楚威王时期之太傅,通《春秋》,传儒学,为使楚王知古鉴今,他从古代史籍的微言大义中摘取成败得失的史例,撰写四十章,为《铎氏微》。高固一生固然未有文留世,但他将铎椒《铎氏微》推荐给楚威王,至少说明高固对于历史典籍《春秋》应该是相当熟悉的。高固于楚地接触儒学,一个致力于儒学传播的粤人游走于楚粤之间,足以看出楚与南越地区的联系,楚越文化之间的相互影响,同时也可以看出春秋以后在广东与中原地区的联系中,楚国起到了桥梁的作用。

先秦时期,中国各地语言各异,《礼记·王制》云:"五方之民,言语不通,嗜欲不同。达其志,通其欲。东方曰寄,南方曰象,西方曰狄鞮,北方曰译。"②当时广东所在的南越已经拥有了不同于中原和其他百越部落的语言和音乐。楚越语言相差较大,但有了越译,彼此就有了诗乐文化的交流,如楚共王之子鄂君子晳在任令尹时,曾泛舟越水,刘向《说苑》(卷十一·善说)通过楚大夫庄辛口述,展示了这场舟游盛况,及水面《越人歌》之唱译过程:

> 鄂君子晳之泛舟于新波之中也?乘青翰之舟,极芘茈,张翠盖,而擔犀尾,班丽袿袆,会钟鼓之音毕。榜枻越人拥楫而歌,歌辞曰:"滥兮抃草滥予昌枑泽予昌州州𩜁州焉乎秦胥胥缦予乎昭澶秦踰渗惿随河湖。"鄂君子晳曰:"吾不知越歌,子试为我楚说之。"于是乃召越译。乃楚说之曰:"今夕何夕兮搴洲中流,今日何日兮得与王子同舟,蒙羞被好兮不訾诟耻。心几顽而不绝兮得知王子。山有木兮木有枝,心说君兮君不知。"于是鄂君子晳乃揄修袂,行而拥之,举绣被而覆之。③

此处记载了春秋时代楚国令尹鄂君子晳泛舟江中,听到并欣赏了越人船夫歌唱的动人故事。《越人歌》为岭南越人(今壮族先民)口头创作之古代民歌,④刘向用古楚语记载,为越人翻译所为。这首乐歌情感真挚,唱与听的过程似乎呈现着楚越两种文化相互碰撞的场面,这是楚越文化的相互影响的一种方式,可视为楚越文化沟通的典型范例。也有学者认为这个精通越楚两地语言,拥楫而歌的榜枻越人可能是侗族的祖先,此《越人歌》"当是侗族的古代民歌"⑤。侗族为西瓯、雒越的后代,《旧唐书·卷四十一·志第二十一》"潘州"(今广东高州市)条载:"茂名。州所治。古西瓯、骆越地,秦属桂林郡,汉为合浦郡之地。"⑥"西瓯"分布地区相当于汉代的苍梧郡

---

① (清)屈大均:《广东新语》上册,北京:中华书局1985年版,第317页。
② 崔高维校点:《礼记》,沈阳:辽宁教育出版社1997年版,第44页。
③ (汉)刘向撰,向宗鲁校证:《说苑校证》,北京:中华书局1987年版,第277—279页。
④ 参见冯明洋:《越歌:岭南本土歌乐文化论》,广州:广东人民出版社2006年版,第3页。
⑤ 《侗族文学史》编写组:《侗族文学史》,贵阳:贵州民族出版社1989年版,第69页。
⑥ (后晋)刘昫等撰:《旧唐书》(卷三四—卷七六),北京:中华书局2000年版,第1191页。

和郁林郡大部分地区,即今桂江流域和西江中游一带。从中可知先秦南越地区已经有了自己的民歌(诗乐),这种"南音有别于楚音,从歌辞和音乐上看,应极具特色、不逊色于中原诗乐之魅力,从而吸引了楚鄂君子晳用心倾听。而鄂君子晳需要将越歌'楚说'翻译之后才能欣赏",由此可推测出楚越两地的语言差异较大。《韩诗外传》(卷五)记载:周成王时"越裳氏重九译而献白雉于周公。"可见,早在先秦时期,各族之间已有了语言翻译,他们的存在促进了各部族之间文化的交流。此次越人唱歌,越译翻译,鄂君子晳欣赏,便可视为楚与南越的一次文化交流。

第二节 中原文化的渗透与影响

广东地区北有南岭山脉,在古代生产力水平低下和交通工具极其简陋的状况下,广东与中原的联系和交往极为不易,但据文献资料记载,广东地区与中原的联系早在远古时代就已开始,古代文献留下诸多记载:《淮南子·主术训》记神农(炎帝)治天下的疆土:"其地南至交趾,北至幽都,东至旸谷,西至三危,莫不听从。"①《大戴礼记·五帝德》云孔子认为颛顼"乘龙而至四海,北至于幽陵,南至于交趾,西济于流沙,东至于蟠木。动静之物,大小之神,日月所照,莫不砥砺"②。《史记·五帝本纪》也有关于颛顼类似的记载。《韩非子·十过》云尧治理的天下,"南至交趾,北至幽都"③。《尚书·尧典》记载尧"申命羲叔,宅南交"。《淮南子·脩务训》详细记曰:"尧立孝慈仁爱,使民如子弟,西教沃民,东至黑齿,北抚幽都,南道交趾。放欢兜于崇山,窜三苗于三危,流共工于幽州,殛鲧于羽山。"④《史记·五帝本纪》记舜南方巡狩,崩于苍梧之野,葬于江南九嶷。舜又让禹披九山,通九泽,决九河,定九州,南抚交趾、北发,各地以其职来贡,四海之内,皆颂赞帝舜之功。《吕氏春秋·求人》云禹"南至交趾、孙朴续樠之国,丹粟漆树沸水漂漂九阳之山,羽人、裸民之处,不死之乡"⑤。《淮南子·泰族训》记载"纣之地,左东海,右流沙,前交阯,后幽都"⑥。上述多种文献提及神农、颛顼、唐尧、纣王治理的天下广阔辽远,南及交趾,记述尧舜禹南交之事,他们或曾亲到广东一带,或派人前往,还记载了虞舜南巡,崩于苍梧之野,葬

---

① 张双棣校译:《淮南子校译》,北京:北京大学出版社2013年版,第909页。
② 《大戴礼记十三卷》(卷七·五帝德),《四部丛刊》经部,上海涵芬楼借无锡孙氏小绿天藏明袁氏嘉趣堂刊本,原著未标注出版时间,第2页。
③ 《韩非子》校注组:《韩非子校注》,南京:江苏人民出版社1982年版,第92页。
④ 张双棣校译:《淮南子校译》,北京:北京大学出版社2013年版,第1982页。
⑤ 张玉春等译注:《吕氏春秋译注》,哈尔滨:黑龙江人民出版社2003年版,第735页。
⑥ 张双棣校译:《淮南子校译》,北京:北京大学出版社2013年版,第2135页。

于九嶷山(湘、桂、粤交界之处)。所谓"南交"或"交趾",也曾叫"交州",泛指包括广东在内的岭南地区。上述记载虽带有神话传说色彩,但可从侧面反映出先秦时期中原已经和广东地区有了某些联系。当今出土的文物也可证实商周时期广东先民便与中原有了经济文化往来,西周的青铜器文化大规模传入广东,如1972年广东信宜出土的西周铜盉,据考古学家考证就是从中原传入的。之后,受中原西周文化影响的广东自制器物增多,广东地区与中原往来增多。

公元前221年,秦始皇统一六国后南征百越之君,派秦将屠睢率领五十万大军攻打岭南。公元前214年,秦军基本上占领岭南,设桂林、象郡、南海三郡。今天的广东省绝大部分属于南海郡。《史记》云:"三十三年(按:前214),发诸尝逋亡人、赘婿、贾人略取陆梁地,为桂林、象郡、南海,以适遣戍。西北斥逐奴。"①又云:"(始皇)三十四年,适治狱吏不直者,筑长城及南越地。"②《资治通鉴》亦云:始皇帝三十三年(前214)"发诸尝逋亡人、赘婿、贾人为兵,略取南越陆梁地,置桂林、南海、象郡;以谪徙民五十万人戍五岭,与越杂处。"③南海郡东南濒南海,西到今广西贺州,北连南岭,包括今粤东、粤北、粤中和粤西的一部分,辖番禺、龙川、博罗、四会4个县,郡治为番禺,包括现在广东省的大部分地区。秦平定南越后,不断迁徙移民,增加汉人到岭南生活,促进了中原文化在广东地区的传播。《晋书·卷十五·地理志》记载:"后使任嚣、赵佗攻越,略取陆梁地,遂定南越。"④赵佗又向秦始皇"求女无夫家者三万人,以为士卒衣补,秦皇可其万五千人"⑤。后来这些汉人多客寓粤北、粤东地区,便被视为最早的客家先民。

公元前204年,龙川县令赵佗接替去世的南海尉任嚣,建立南越国,而汉高祖刘邦出于汉初局势考虑,封其为南越王,并称赞赵佗曰:"会天下诛秦,南海尉它(同'佗')居南方长治之,甚有文理,中县人以故不耗减,粤人相攻击之俗益止,俱赖其力。"⑥其中"中县人",即来自中原的汉人,"粤人"即粤地本土人。"粤人相攻击之俗"说明当时文化相异的广东土著民和迁移入粤的中原人常相争执,但在赵佗的管

---

① (汉)司马迁:《秦始皇本纪》,(汉)司马迁撰,韩兆琦评注:《史记》,长沙:岳麓书社2012年版,第135页。
② (汉)司马迁:《秦始皇本纪》,(汉)司马迁撰,韩兆琦评注:《史记》,长沙:岳麓书社2012年版,第135页。
③ (宋)司马光著,沈志华、张宏儒主编:《资治通鉴》(卷第七 秦纪二),北京:中华书局2000年版,第248页。
④ (唐)房玄龄等撰:《二十四史·晋书》(卷一一卷三六),北京:中华书局2000年版,第298页。
⑤ (汉)司马迁:《淮南衡山列传》,(汉)司马迁撰,韩兆琦评注:《史记》,长沙:岳麓书社2012年版,第1608页。
⑥ (汉)班固:《汉书·卷一下·高帝纪第一下》,(汉)班固撰,(唐)颜师古注:《二十四史·汉书》(卷一一卷二五上),北京:中华书局2000年版,第53页。

理和协调之下,双方终能和平相处,两方文化也自然日渐相融。汉字在广东地区得以推广便是南越与中原文化融合的明显标志之一,南越土著民族的语言也通过借鉴汉语的某些特点和内容,丰富了自己的语言词汇。南迁中原人也将《诗经》、汉乐府、魏晋南北朝诗歌等文学带入粤地,同时不断吸纳沿途地域的文化特色,以及广东地区的本地风味,逐步形成了带有鲜明地方特色的文学形式。事实上,整个广东文学都深受中原文化的影响。

总之,早在先秦时期,中原与南越已有交往,秦朝之后中原人陆续南迁,中原文化对广东古代文化影响也随着中原人的到来逐步展开、深化、融合。

第三节 早期广东文学的萌芽与文字记载的神话传说

神话是人类对自然现象和社会生活的原始理解,广东神话在有文字记载之前就以口头形式流传开来,而其文字记载出现较晚,且分布零散,多见于汉代以后的文献,如汉代杨孚《异物志》、晋刘欣期《交州记》、顾微《广州记》、裴渊《广州记》、南朝宋沈怀远《南越志》、唐刘恂《岭表录异》等地理方志,及唐宋明清传奇、志怪、笔记小说,及一些明清名家笔记著述等。广东神话丰富,较早的有龙蛇图腾、五羊神话、悦城龙母,还有关于动植物、异类人、山川湖泊等神话传说。在众多的广东神话中,流传最广的当属五羊神话。

一、龙蛇图腾

早在上古时期,广东地区的古越人已经形成了龙蛇图腾崇拜。汉代杨孚的《异物志》云:"雕题国,画其面及身,刻其肤而青之,或若锦衣,或若鱼鳞。"《山海经·海内南经》指出雕题国"在郁水南""郁水出湘陵南山"。据此可知雕题国当为今天西江(郁水)以南的古广东粤西地区、海南岛一带,是古越人生存之地。汉刘安《淮南子·原道训》亦云:"九疑之南,陆事寡而水事众,于是民人披发文身,以象鳞虫。"[①]九疑,即九嶷山,九嶷山之南,包括了广东在内的岭南地区。许慎《说文解字·虫部》释"蛮"字曰:"南蛮,蛇神。"古越人雕画其额头,身子涂青,文身示人,看上去犹如鱼鳞,此"鳞虫"便是蛇的形象,可看出他们对蛇图腾的崇拜。对蛇的崇拜被后人继承下来,《岭南杂记》载:"潮州有蛇神,其像冠冕南面,尊曰游天大帝。龛中皆蛇也,欲

---

① 张双棣校译:《淮南子校译》,北京:北京大学出版社2013年版,第53页。

见之,庙祝必致辞而后日盘旋鼎俎间,或倒悬梁橼上,或以竹竿承之;蜿蜒纠结;不怖人,亦不螫人,长三尺许,苍翠可爱。"①邝露《赤雅》也有记载:"蜒人(按:即蛋人)神宫画蛇以祭,自云龙种,浮家泛宅。"②李调元《粤风》蛋歌题后注曰:"(蛋人)或曰蛇种,故祀蛇于神宫也。"③蛋民视蛇为自己的始祖,自称"蛇种",足以证明广东地区对蛇神的崇拜。

在古代图腾中,"图腾未合并以前,所谓龙者只是一种大蛇。这种蛇的名字便叫作'龙'"④;蛇与多种图腾合并之后,龙和蛇仍可分而又不可分,龙是蛇类,龙的基调还是蛇。古越民族的蛇图腾崇拜亦也可视为龙图腾崇拜。古籍文献记载中也出现了另外一种说法,东汉高诱对《淮南子·原道训》之"九疑之南……披发文身,以象鳞虫"的句注曰:"文身,刻画其体,内墨其中,为蛟龙之状。以入水,蛟龙不害也,故曰'以学鳞虫'也。"⑤《广东新语·舟语》云:"(蛋人)昔时称为龙户者,以其入水辄绣面文身,以象蛟龙之子,行水中三四十里,不遭物害。"⑥《广东新语·鳞语》又云:"南海,龙之都会,古时入水采贝者,皆绣身面为龙子,使龙以为己类不吞噬。"⑦《说苑·奉使篇》载:(越人)"剪发文身,烂然成章,以象龙子者,将避水神也"⑧;《汉书·卷二十八下·地理志下》载颜师古注"文身断发,以避蛟龙之害"时引应劭注曰:"(越人)常在水中,故断其发,文其身,以象龙子。故不见伤害也。"⑨上述文献记载皆说明越人身上所刻为蛟龙之状,其目的是装扮成龙的样子,将自己视为蛟龙一类,为不受龙所害,这是一种惧怕心理的反映,从而形成了一种崇拜,这便是古越人的龙蛇图腾。由此可以看出,在早期广东神话传说中,龙蛇的形象常纠缠不清,模糊难辨。

如今,龙是南北诸族融合的统一标志,是中华民族祖先共同的图腾,"龙的发祥地同时在南北两方"⑩,古越地区是中华龙的发祥地之一。在广东神话中,龙的形象

---

① (清)吴震方:《岭南杂记》(卷三十三),清康熙间刻说铃本,第35页。(《广州大典》第三十四辑·史部地理类·第五册,第789页。)
② (明)邝露撰:《赤雅》(卷一),清道光五年(1825)刻本,第15页。(《广州大典》第三十四辑·史部地理类·第十二册,第762页。)
③ (清)李调元辑:《粤风四卷》(卷一),清刻本,第7页。(《广州大典》第五十七辑·集部总集类·第十七册,第161页。)
④ 闻一多:《神话与诗》,上海:华东师范大学出版社1997年版,第27页。
⑤ 张双棣撰:《淮南子校译》,北京:北京大学出版社2013年版,第61页。
⑥ (清)屈大均:《广东新语》,北京:中华书局1985年版,第486页。
⑦ (清)屈大均:《广东新语》,北京:中华书局1985年版,第545页。
⑧ (汉)刘向撰,向宗鲁校证:《说苑校证》,北京:中华书局1987年版,第302—303页。
⑨ (汉)班固撰,(唐)颜师古注:《二十四史·汉书》(卷二五下—卷六二),北京:中华书局2000年版,第1329页。本编引此书同此版本。
⑩ 叶春生:《从龙母传说谈到中华民族的两大发源地》,叶春生:《悦城龙母神话》,哈尔滨:黑龙江人民出版社2003年,第115—117页。

呈现多样化的特点,关于龙的记载出现在诸多广东地理方志著述中,且慢慢与中原神话中龙的形象融合,如:

> 东江,本博罗县之东乡也。有龙穿地而出,即穴流泉,因以为号。①(《广东考古辑要》引裴渊《广州记》)
>
> 龙川县本是博罗县,龙于藏遗山穿地,出负嵞夫而升天,即穴流泉,因以为号。穴口周回可百步,今犹潺然。②(《北堂书钞》引裴渊《广州记》)
>
> (龙川)县北有龙穴山③,舜时有五色龙,乘云出入此穴。④(《文选注》引《南越志》)
>
> 河源县北有龙穴山,连岩亘地,累嶂分天,常有五色龙,乘云出入此穴。⑤(《太平寰宇记》引《南越志》)
>
> 龙编县(按:属交趾),州之始,有蛟龙编于津之间,因以为瑞而名邑。⑥(《太平御览》引《南越志》)

在上述文献中,龙有五色龙,可穿地穴流泉的,有可乘云入穴的,再加上悦城龙母神话中的掘尾龙,可看出广东神话中龙的形象的多样性,这些形象与古越人龙蛇图腾相连,"以为瑞而名邑"句看出南越人以龙为祥瑞的象征,从中可以看出南越神话中龙的形象渐渐与中原地区龙的形象的融合,并逐渐趋同。

二、五羊神话

五羊神话在广东地区流传甚广。广州有"五羊城""羊城""穗城"等诸多别名,这些别名皆源于"五羊衔谷,萃于楚庭"的神话。在历代古籍中,关于五羊神话的记载略有不同。

一种说法是传说在西周周夷王时,广州地区曾连年灾荒,此时南海上空出现五位仙人,身穿五色彩衣,骑着口衔稻穗的仙羊降临。仙人把稻穗留给了广州人,并祝愿广州永无饥荒,五只仙羊化为石羊,因此广州便有了"五羊城""羊城""穗城""楚庭"

---

① 骆伟、骆廷辑注:《岭南古代方志辑佚》,广州:广东人民出版社2002年版,第87页。本编引此书同此版本。
② 骆伟、骆廷辑注:《岭南古代方志辑佚》,广州:广东人民出版社2002年版,第87页。本编引此书同此版本。
③ 龙穴山:《中国地名大辞典》载该山在广东东莞县虎门横档山南三十里,兀立海中。而《太平寰宇记》(卷一六〇·河源县)则记载:"龙川县有龙穴是也。"
④ 骆伟、骆廷辑注:《岭南古代方志辑佚》,第159页。
⑤ 骆伟、骆廷辑注:《岭南古代方志辑佚》,第164页。
⑥ 骆伟、骆廷辑注:《岭南古代方志辑佚》,第154页。

和"仙城"等别名。屈大均《广东新语·石语》记曰:"周夷王时,南海有五仙人,衣各一色,所骑羊亦各一色,来集楚庭。各以谷穗一茎六出,留与州人,且祝曰:'愿此阛阓永无荒饥。'言毕腾空而去,羊化为石。今坡山上有五仙观,祀五仙人。少者居中持粳稻,老者居左右持黍稷,皆古衣冠。像下有石羊五,有蹲者、立者,有角形微弯势若抵触者,大小相交,毛质斑驳。观者一一摩挲,手迹莹然。"①按此记载,五羊神话出现在西周年间,当是迄今所见最早的广东神话,也可视为南越稻谷起源神话。其中"持粳稻"句反映出当时广东地区水稻种植情况。考古学家在广东曲江县石峡遗址发现有较丰富的粳、籼稻遗存,五羊神话与考古所得史实不谋而合。历史学家岑仲勉先生认为西周末期,王室衰微,诸侯崛起,楚人蚕食诸姬,"汉阳姬族不胜楚人压迫,逐渐沿湘水流域,向南移徙,同时携其家畜、农作物,传播于南方,是为吾粤踏入开明文化之第一步。"②五羊神话是一则史前拓殖神话故事,这段神话也说明了广州现存景点"五仙观"名字的来历。

五羊神话还有另外一种说法:相传战国时期高固为楚相,五羊衔谷萃降于广州,便画出五羊像。至晋代,在厅堂上绘五羊像以示祥瑞。顾微撰《广州记》云:"广州厅事梁上,画五羊像;又作五谷囊,随像悬之。云昔高固为楚相,五羊衔谷萃于楚庭,故图其像为瑞。六国时广州属楚。"③《太平御览》卷一八五"厅事"题为"裴渊《广州记》"条亦记曰:"州厅事梁上画五羊像,又作五谷囊,随像悬之。云昔高固为楚相,五年衔谷萃于楚庭,因是图其像。广州则楚分野,故因图象其瑞焉。"④裴渊《广州记》中的"五年衔谷萃于楚庭"中的"五年"应为"五羊",这是关于五羊传说和楚庭最早的文字记载。后世还有不少典籍记载五羊神话,如《番禺杂记》《南部新书》《太平寰宇记》《广东新语》《南海县志》《广东通志》《广州府志》《读史方舆纪要》《南海百咏》《百越先贤志》等古籍,说法皆大同小异,概转述裴渊、顾微之说。

唐郑熊《番禺杂记》载:"番、禺二山名。广州,昔有五仙骑五羊而至,遂名五羊。"⑤清屈大均《广东新语·神话·五谷神》云:"晋吴修为广州刺史,未至州,有五仙骑五色羊负五谷而来,止州厅上。其后州厅梁上图画以为瑞,号广州曰五仙城。城中坡山,今有五仙观。春秋粤人祈谷,以此方谷为五仙所遗。"⑥纵观五羊神话传说的

---

① (清)屈大均:《广东新语》,北京:中华书局1985年版,第180页。
② 岑仲勉:《五羊城故事与广州语系民族》,广东文物编印委员会编辑:《广东文物特辑》,原著未标注出版社1948年版,第24页。
③ (晋)顾微:《广州记》,鲁迅、杨伟群:《历代岭南笔记八种》,广州:广东人民出版社2011年版,第3页。
④ 骆伟、骆廷辑注:《岭南古代方志辑佚》,第85页。
⑤ 鲁迅、杨伟群:《历代岭南笔记八种》,广州:广东人民出版社2011年版,第35页。
⑥ (清)屈大均:《广东新语》,北京:中华书局1985年版,第209—210页。

文献记载,五羊降世的情形描述类似。而关于五羊降世时间,有的典籍干脆不做说明,有的文献虽指明时间,但说法不一。仅屈大均在同一著作《广东新语》中就持有两种说法,一为西周时期,一为晋代。总之,关于五羊降世时间大致有以下多种说法:周夷王时、高固为楚相时、赵佗攻占岭南时、郭璞迁城时、晋吴修任广州刺史时等,时间跨度从西周至晋,跨越千年,这说明五羊神话传说在东晋,甚至在此之前就已广为流传。

五羊神话和五羊城之名流传开来之后,后世诗赋多有提及。这些文人中有到过岭南的,也有从未到岭南的。初唐诗人沈佺期《峡山赋》即称广东清远峡山"切惟羊城王(五)岭之要冲",高适《送柴司户充刘卿判官之岭外》有"海对羊城阔,山连象郡高"①,皮日休《送李明府之任海南》有"五羊城在蜃楼边,墨绶垂腰正少年"②。由此可见,至唐代,五羊神话不仅在广东地区广为流传,而且在中原也已传播开来。

三、龙母神话

龙母神话传说在西江流域流传较广,相关记载最早可追溯到晋代顾微的《广州记》,其中有云:"浦溪口有龙母养龙,裂断其尾,因呼其溪为龙窟,人时见之,则土境大丰而利涉。"③此处指出龙母养龙的地方是"浦溪口",但未明确具体位置。根据唐虞世南《北堂书钞》引《广州记》云:"程溪蒲口,有蒲母养龙,斫断其尾,因名龙。掘人时,见之则境大丰也。"④可推断"程溪蒲口"概与上一条目中的"浦溪口"相同。悦城河古称程溪、灵溪、零溪、灵陵水,"浦溪口"和"程溪蒲口"当指悦城县附近,即今肇庆市德庆县一带,这里是广东龙母文化的孕育之地。《广州记》用简短而质朴的语言记述了龙母神话传说的主要内容,包括龙母养龙和断龙尾的情节,这说明至少在晋代,断尾龙已被视为祥瑞之象征,这是迄今为止龙母神话最早的文献记载。

南朝刘宋年间沈怀远《南越志》中有更为详细的记载,但此书佚失,《太平寰宇记》引其文曰:

> 昔有温氏媪者,端溪人也。常居涧中,捕鱼以资日给。忽于水侧遇一卵,大如斗,乃将归置器中。经十许日,有一物如守官,长尺余,穿卵而出,因任其去留,稍长五尺,便能入水捕鱼,日得十余头,稍长二尺许,得鱼渐多,常游波中,萦回媪

---

① (清)彭定求等编:《全唐诗》(第三册·卷二一四),北京:中华书局1999年版,第2237页。
② (清)彭定求等编:《全唐诗》(第九册·卷六一四),北京:中华书局1999年版,第7131页。
③ (宋)乐史撰,王文楚等点校:《太平寰宇记》(第七册),北京:中华书局2007年版,第3016页。
④ (晋)顾微:《广州记》,骆伟、骆廷辑注:《岭南古代方志辑佚》,广州:广东人民出版社2002年版,第99页。

侧。后媪治鱼误断其尾,遂逡巡而去,数年乃还。媪见其辉光炳耀,谓曰:"龙子今复来也。"因蟠旋游戏,亲驯如初。秦始皇闻之,曰:"此龙子也,朕德之。"所致诏使者,以元珪之礼聘媪,媪恋土不以为乐,至始安江,去端溪千余里,龙辄乡船还,不逾夕,事本所如此数四,使者惧而止,卒不能召媪。媪殒瘗于江阴,龙子常为大波,至墓侧,萦浪转沙以成坟,土人谓之掘尾龙。今南人以船为龙掘尾,即此也。①

这段记载添加说明龙母为"温氏",在《广州记》龙母养龙、断龙尾的基础上补充了秦始皇召媪入宫和龙子转沙成坟的情节。《南越志》指出温媪为端溪人,端溪概指今德庆、郁南、罗定、云浮、信宜、高州一带;温媪的生活年代为秦朝,以捕鱼为生。屈大均《广东新语·神语》亦认为"秦始皇尝遣使尽礼致聘,将纳夫人后宫"②。由此可见,龙母神话渊源久远,上可追溯到秦始皇统治时期,迄今已有两千多年的历史。

后世典籍对龙母神话的内容多有增补,唐刘恂《岭表录异》记曰:"温媪者,即康州悦城县孀妇也。绩布为业"③,指明温媪为康州悦城县人,为一孀妇,她绩布为生,还增加了温媪被征入京、移坟冢于西岸等情节。明刘应麟《南汉春秋》又云:"庙旧名博泉神庙,在德庆州东一百里悦城之南。相传昔有蒲媪,于水浒得一卵,大如斗,持归置器中,经数日,忽有一物若守宫,长尺余,穿卵而出,能入水捕鱼。忽一日,治鱼误断其尾,遂去。后数年乃还,始知其为龙也。会媪死,瘗江阴,龙尝鼓波至墓侧,萦浪转沙以成坟。一夕,其龙将坟移于北岸。凡洪水淹没,周围皆浊,而近墓独清。云后主大宝九年封为龙母夫人。"④悦城县属康州,皆指今广州德庆县一带。《南汉春秋》说明了用来朝拜龙母的博泉神庙在德庆州东一百里悦城之南,此地概亦是龙母所居之地。其中"后主大宝九年"即南汉后主刘𬬮年间,即公元966年。《南汉春秋》未具体说明龙母生活的时代,但其中"庙旧名""相传昔有"的文字都说明龙母崇拜在南汉时就已历史悠久,南汉时期封蒲媪为龙母夫人,对龙母极为崇拜。龙母在后代传说中说法各异,有的说龙母以织布为生,有的认为她捕鱼为生;有的写龙移冢至西岸,有的写"龙辄引船还",还有的写龙母因有疾"返悦城而卒"等等,龙母神话也变得越来越生动可信。

历代岭南风物笔记散文和地方志记载龙母故事的还有很多,如屈大均《广东新

---

① (南朝宋)沈怀远:《南越志》,骆伟、骆廷辑注:《岭南古代方志辑佚》,广州:广东人民出版社2002年版,第156—157页。
② (清)屈大均:《广东新语》,北京:中华书局1985年版,第212页。
③ (唐)刘恂著,鲁迅校勘:《岭表录异》,广州:广东人民出版社1983年版,第11页。
④ (清)刘应麟:《南汉春秋》(卷之十二),嘉庆十二年(1807)含章书屋刻本,第7页。(《广州大典》第二十六辑·史部纪传类·第一册,第464页。)

语》、李调元《粤东笔记》,范端昂《粤中见闻》及《肇庆府旧志》《德庆州志》《藤县志》等。后世庙志碑记、敕封牒文如宋代吴揆《赐额记》、张维《永济行宫记》,清代卢崇兴《悦城龙母庙序》和程鸣重刊的《孝通庙旧志》等,龙母故事也越来越细节化,还增添了龙母的父母姓氏、姊妹及其行次,生辰等内容。这些庙志碑记、敕封牒文使龙母神话的内容更为丰富,集龙母神话传说之大成。

龙母神话对西江流域产生了巨大的影响。自悦城龙母神话产生以来,整个西江流域对龙母的信仰非常虔诚,龙母祖庙一直矗立在西江河畔,延续香火两千多年,以致广州一带留下了"正月生菜会,五月龙母诞""三月二十三,掘尾龙拜山""金鸡岭后啼,龙母护国归"等诸多俗谚。在西江流域的民间传说中,罗浮山、七星岩和鼎湖山的产生等都与龙母神话有关系,龙母神话成为广东文化的重要内容。此外,龙母是岭南对女神的信仰,龙母神话蕴含着母慈子孝、知恩图报等含义,因其符合社会传统道德观、伦理观,故龙母受到诸多朝代皇帝的敕封,被纳入很多朝代的祭典之中。龙母神话与古越人龙蛇图腾崇拜相映衬,与中华龙文化有着千丝万缕的联系。

除了龙蛇图腾、五羊和龙母神话外,广东地区还流传着珠江、金花娘娘、刘三姐、三山国王、雷州石狗等神话传说。与中原神话相对比,先秦诞生的广东神话传说少之又少,因广东地域特殊性,先秦时期的神话传说当为用土著语口头流传。中原神话早在先秦诗歌、散文中已有记载,而广东地区汉字的使用相对较晚,所以神话的文字记载出现较晚,现存最早的也仅见于汉代著述,更多的记载多保存于汉代以后,尤其是唐宋之后的文献之中。广东神话更具有篇幅短小、分布零散的特点,几乎没有长篇大著问世。

第二章　汉代散文与著述

秦平定岭南后,置南海、桂林、象郡三郡。番禺为秦朝南海郡的郡治,《汉书·卷二十八下·地理志第八下》云:南越"处近海,多犀、象、毒冒、珠玑、银、铜、果、布之凑,中国往商贾者多取富焉。番禺,其一都会也"。① 顾祖禹《读史方舆纪要》"广州条"云:"秦以任嚣为南海尉,初居泷口西岸,俗名万人城,在今城西二十七里,既乃入治番山,隅因楚亭之旧其治在今城东二百步,俗谓之任嚣城。"② 赵佗代任嚣南海尉之位后,扩建任嚣所建之城,而任嚣和赵佗所建的城就是番禺城,后人称为任嚣城或赵佗城。自秦开始,尤其是南越国时期,番禺成为南越的政治、经济、文化的中心。

屈大均在《广东新语·人语》中称赞说:"盖越至始皇而一变。"自秦统一南越后汉人不断南移,汉字在南越地区得以广泛使用,广东地区进入一个与中原融合的崭新时期。东汉末年,中原大乱,诸多处士、名士等身份的中原人士南迁避难,到达交州(包括广州),如许靖、刘熙、薛琮、程秉、许慈、桓邵等人,这促进了中原文化在交州的传播。

汉代广东文学当以诗文为主,但传世者甚少。西汉初有番禺张买"少善射知书,拜中大夫。孝惠帝时,侍游苑池,鼓棹能为越讴,时切规讽"③,被视为广东最早的诗人、创作粤地民歌的第一人,可惜其诗歌亡佚。而屈大均《广东新语》则认为是东汉杨孚,所著《异物志》中的四言韵语应是粤诗之始。此外,现存较早的汉代诗歌还有佚名《越人土风歌》,诗云:"其山崔巍以嵯峨,其水溢逦而扬波,其人厽砢而英多。"④ 越地山峰高峻、水清扬波,人磊落卓越,此古歌谣描绘出风景秀美、人杰地灵的南越地域特色,为越人对越地的赞歌。诗歌语言平实,具"感于哀乐,缘事而发"的特点,可与汉乐府相媲美。但总的来看,汉代广东诗歌几乎佚失殆尽。

---

① (汉)班固撰,(唐)颜师古注:《二十四史·汉书》(卷二五下一卷六二),北京,中华书局2000年版,第1329页。
② (清)顾祖禹著、彭元瑞校定:《读史方舆纪要》(卷101·广州城),锦里龙万育燮堂校刊,原著未标明出版日期,第3页。
③ (明)欧大任:《百越先贤志》(卷之一),《岭南遗书》本,第10页。
④ 中山大学中国古文献研究所编:《全粤诗》(第1册),广州:岭南美术出版社2008年版,第2页。

广东以文事知名者最早为高固,传其能以《春秋》事君,然无文留世。《广东新语·文语》云:广东文章"其发之也迟。始燃于汉,炽于唐于宋。至有明乃照于四方焉,故今天下言文者比称广东。"①现存广东之文始于南越王赵佗,与其孙赵胡皆有文书留世。汉代粤籍作家有倡儒学的陈钦、陈元父子、开创异物志体的杨孚,以及因创作《神汉桂阳太守周府君碑》而被称为"扬雄之亚"②的曲红郭苍等。此外,汉末三国时期还出现了岭南最早研究佛学的牟融,世称牟子,生卒年不详,广信人。他博学多才,精通诸子百家,极力推崇老子"绝圣弃智,修身保真"的学说,后牟融转而攻佛学,著有《牟子理惑论》(一名《理惑论》),这是我国古代最早介绍佛教理论的著作。可见,广东散文在汉代得到了良好的发展。

第一节　赵佗《报文帝书》与赵胡《上武帝书》

现存广东汉代文章以赵佗遗文为最早。赵佗(？—前137),真定(今河北正定)人,南越国的创建者。《史记·南越列传》以赵佗为核心人物,《汉书卷九五》(列传第六五·西南夷)对赵佗介绍较为详细,俱可视为赵佗的列传。赵佗是广东地区第一个有文献记载、第一个有传记的人物。

秦并六国后,派大军南征百越,却遭到岭南各部落强烈抵抗,秦又派任嚣、赵佗率楼船水师增援,于秦始皇三十三年(前214)统一岭南。任嚣任南海尉,守南越,保境安民。赵佗是秦平岭南百越族军事行动的直接参与者,任南海郡龙川县令。秦末天下大乱之际,任嚣病危,临终前嘱托赵佗接任其职,并希望赵佗能立国岭南。任嚣死后,赵佗接任南海尉,秦灭后,于公元前205年(汉王二年)"击并桂林、象郡",自立为南粤武王。

公元前202年刘邦即帝位,南粤(越)国与西汉并立。南越国统领岭南93年,历经五代南越王,其疆土与秦时所设桂林、象、南海三郡辖区相当,地域广大,北至南岭(今广东北部、广西北部和江西南部一带),西至夜郎(今广西,云南的大部),南至南海(今越南的中部和北部),东至闽越(今福建南部),都城在番禺。赵佗雄踞岭南,统辖各部,赵佗融合越族文化,故吴薛综认为:"赵佗起番禺,怀服百越之君,珠官之南是也。"③当时正值汉代天下初定,因赵佗"为中国劳苦,故释佗弗诛"。公元前196

---

① (清)屈大均:《广东新语》上册,北京:中华书局1985年版,第316页。
② (清)屈大均:《广东新语》上册,北京:中华书局1985年版,第322页。
③ (晋)陈寿撰,(南朝宋)裴松之注:《三国志·吴书·薛综传》(卷五三),北京:中华书局2015年版,第905页。

年,汉高祖刘邦"遣陆贾因立(赵)佗为南越王,与剖符通使,和集百越,毋为南边患害,与长沙接境"①。赵佗接受汉朝皇帝封赐,归汉称臣,南越得以稳定,国家得以统一。赵佗在南越,安抚当地民众,同时劝导士兵在当地养儿育女,又上书皇帝请求遣送中原居民迁居南越,促进中原文化与岭南文化的融合,推动岭南地区政治、经济和文化等多方面的发展。

刘邦死后,吕后(按:皇后吕雉)当政,断绝供应南越铜铁田器和马牛羊母畜,汉越关系紧张,赵佗三次派人上书谢罪,吕后反而扣留南越使者。赵佗于汉高后五年(前183)与汉朝断绝交往,自立为南越武帝,攻长沙边邑,与汉朝对立。吕后病逝后,汉文帝刘恒即位,汉文帝推行修养生息的政策,为稳定南越,为赵佗的祖坟置守邑,岁时奉祀,并派陆贾再次出使南越,赐赵佗书曰:

> 皇帝谨问南粤王,甚苦心劳意。朕,高皇帝室侧室之子,弃外奉北藩于代,道里辽远,壅蔽朴愚,未尝致书。高皇帝弃群臣,孝惠皇帝即世,高后自临事,不幸有疾,日进不衰,以故悖暴乎治。诸吕为变故乱法,不能独制,乃取它姓子为孝惠皇帝嗣。赖宗庙之灵,功臣之力,诛之已毕。朕以王侯吏不释之故,不得不立,今即位。

> 乃者闻王遗将军隆虑侯书,求亲昆弟,请罢长沙两将军。朕以王书罢将军博阳侯,亲昆弟在真定者,已遣人存问,修治先人冢。前日闻王发兵于边,为寇灾不止。当其时长沙苦之,南郡尤甚,虽王之国,庸独利乎!必多杀士卒,伤良将吏,寡人之妻,孤人之子,独人父母,得一亡十,朕不忍为也。

> 朕欲定地犬牙相入者,以问吏,吏曰:"高皇帝所以介长沙土也",朕不得擅变焉。吏曰:"得王之地不足以为大,得王之财不足以为富,服领以南,王自治之。"虽然,王之号为帝,两帝并立,亡一乘之使以通其道,是争也;争而不让,仁者不为也。愿与王分弃前患,终今以来,通使如故。故使贾驰谕告王朕意,王亦受之,毋为寇灾矣。

> 上褚五十衣,中褚三十衣,下褚二十衣,遗王,愿王听乐娱忧,存问邻国。②(《汉书·卷九五》列传第六五·西南夷)

汉文帝通过此诏书解释之前南越与朝廷交恶与自己无关,断绝商贸也是因为高太后武断行事,叙说自己善待赵佗真定的亲戚,省其兄弟,为其修祖坟,并劝说赵佗以

---

① (汉)司马迁:《南越列传》,(汉)司马迁撰,韩兆琦评注:《史记》,长沙:岳麓书社2012年版,第1535页。
② (汉)班固撰,(唐)颜师古注:《二十四史·汉书》(卷六三—卷一〇〇),北京:中华书局2000年版,第2841页。

大义为上,说明兵戎相向只能伤民,于双方无益,劝其止战息兵。汉文帝劝赵佗取消帝号,澄清自己不贪图南越之土地和财物,同意赵佗称王南越,双方互通信使。汉文帝诏书文辞谦和、深婉,晓之以理,动之以情。面对汉文帝有理有情、恩威并重的文书,赵佗全面思虑,下令去除帝号,向汉称臣,在此情况下,赵佗回汉文帝书曰:

> 蛮夷大长老夫臣佗昧死再拜上书皇帝陛下:老夫故粤吏也,高皇帝幸赐臣佗玺,以为南粤王,使为外臣,时内贡职,孝惠皇帝即位,义不忍绝,所以赐老夫者厚甚。高后自临用事,近细士,信谗臣,别异蛮夷,出令曰:"毋予蛮夷外粤金铁田器;马牛羊即予,予牡,毋与牝。"老夫处辟,马牛羊齿已长,自以祭祀不修,有死罪,使内史藩、中尉高、御史平凡三辈上书谢过,皆不反。又风闻老夫父母坟墓已坏削,兄弟宗族已诛论。吏相与议曰:'今内不得振于汉。外亡以自高异。'故更号为帝,自帝其国,非敢有害于天下也。高皇后闻之大怒,削去南粤之籍,使使不通。老夫窃疑长沙王谗臣,故敢发兵以伐其边。且南方卑湿,蛮夷中西有西瓯,其众半羸,南面称王;东有闽粤,其众数千人,亦称王;西北有长沙,其半蛮夷,亦称王。老夫故敢妄窃帝号,聊以自娱。老夫身定百邑之地,东西南北数千万里,带甲百万有余,然北面而臣事汉,何也?不敢背先人之故。老夫处粤四十九年,于今抱孙焉。然夙兴夜寐,寝不安席,食不甘味,目不视靡曼之色,耳不听钟鼓之音者,以不得事汉也。今陛下幸哀怜,复故号,通使汉如故。老夫死骨不腐,改号不敢为帝矣。谨北面因使者献白璧一双,翠鸟千,犀角十,紫贝五百,桂蠹一器,生翠四十双,孔雀二双。昧死再拜,以闻皇帝陛下。①(《汉书·卷九五》列传第六五·西南夷)

赵佗的《报文帝书》文辞淳厚雅正,语气有礼且有气度,开篇第一句便表态称臣;文句用"老夫"提头,俱是妙笔,小心谨慎,又能让人感受到诚恳之情。赵佗简略叙述了自己之前称帝的原因在于吕后逼迫及西瓯和东闽称王的影响,再三说明自己不敢背逆先人,不忘"事汉"之心,还记录下为表达诚意而献上的礼品名称及数量。这篇文章可以帮助人们了解赵佗独立、归汉概况及其不同时期的心理变化。屈大均认为"南越文章,以尉佗始,所上汉文帝书,辞甚醇雅"②。此文与汉文帝诏书皆文辞得体,均为外交奇文,文字风格相近,都是古文中的经典,后世文人对其多有模仿。金圣叹评曰:"心地是一片,便文字风格亦都是一片。不然,帝起代北,佗处粤南,其间辽远,何啻万里?何得二书便如一笔所出?此二书便是《前出师》《祭十二郎》等文之所从

---

① (汉)班固撰,(唐)颜师古注:《二十四史·汉书》(卷六三—卷一〇〇),北京:中华书局2000年版,第2842页。
② (清)屈大均:《广东新语·文语》,北京:中华书局1985年版,第320页。

出也。"①

《报文帝书》是目前能看到的最早的岭南文献。赵佗统治南越期间,心中始终有汉庭,基本上与汉王朝保持较好的关系。赵佗退位后,赵胡继位为南粤王。赵胡,即赵眜(?—公元前122年),赵佗之孙。赵胡继位三年,时值闽粤王郢兴兵南击边邑,赵胡使人上汉廷书,《上武帝书》曰:

> 两粤俱为藩臣,毋得擅兴兵相攻击。今闽粤兴兵侵臣,臣不敢兴兵,唯天子诏之。②

此文为说服汉武帝出兵东讨闽越,保护南越,语言简洁,文情并茂,不失为文章之佳作。赵胡俨然以藩臣自称,汉天子尤为重视,考虑到南粤重义,守藩臣之职,而不逾约制,故派两将军前往讨伐闽越,兵未逾岭,闽越王郢之弟余善杀郢,后降汉罢兵。

通过现存赵佗与赵胡的两篇遗文,可一窥南越文书之文风:从情感上看,真挚感人、不卑不亢,文书内容情理并重,措辞严谨,语言简洁明朗。赵佗父子的文书可视为秦末汉初文书中的典范之作。

第二节　杨孚《异物志》

杨孚,字孝元,或作孝先,生卒年不详,大概生活在东汉章帝与和帝两朝,南海郡番禺人。他不仅学识渊博,而且为官正直清廉,章帝时期举贤良对策上第,官拜议郎,后官至临海太守。汉和帝曾欲用兵匈奴,杨孚上书,主张息兵、守业尚文。此外,他还提出以孝治天下,父母去世服丧三年的建议,后被采纳并成定制。现存遗文有《请均行三年丧疏》《谏止用兵疏》。杨孚是岭南第一位著书立说的学者,撰有《异物志》。在文学上,此书兼具小说、散文、诗歌等多重文体价值,主要记载交州一带(包括今广东、广西和越南北部地区)的物产状况和民族风俗,是我国第一部地区性的物产专著,第一次对岭南的风物进行系统整理,开创《异物志》的新体例,为中国历史上最早的一部《异物志》,《广东新语·文语·粤人著述源流》称"此吾广著述之源流也。"③

杨孚《异物志》一卷,历来古籍对其称谓不同,如郦道元《水经注》称其为《南裔异物志》,欧阳询等编纂的《艺文类聚》引作《交趾异物志》,《旧唐书》作《交州异物志》

---

① (清)金圣叹选评,李镇等点校:《天下才子必读书》,北京:中国国际广播出版社1997年版,第421页。
② (清)屈大均辑,陈广恩点校:《广东文选》(上),广州:广东人民出版社2008年版,第16页。
③ (清)屈大均:《广东新语·文语》,北京:中华书局1985年版,第321页。

等。宋代以后《异物志》失传,所幸《太平广记》《太平御览》《初学记》《艺文类聚》《北堂书钞》《海录碎事》及《后汉书注》等古籍皆引有此书佚文,其中很多只录作《异物志》,不著作者姓名,与其他著述佚文相混杂。今有清代曾钊辑本,收佚文近百条,然有学者认为有误收、漏收条目。今有吴永章辑佚校注《异物志辑佚校注》,刘纬毅《汉唐方志辑佚》亦收录此书佚文。

关于《异物志》成书的原因,明代欧大任《百越先贤志·杨孚》云:"时南海属交趾部。刺史夏则巡行封部,冬则还奏天府,举刺不法,其后竞事珍献。孚乃枚举物性灵悟,指为异品,以讽切之,著为《南裔异物志》。"①东汉时期刺史夏季要到各个地区巡行,冬季需还朝奏明巡行的概况,而岭南地区的奇珍异宝促使官员们萌发了腐败行迹,他们掠夺岭南地区的异物贡献朝廷,杨孚以之为耻,故创作《异物志》,意在揭露"举刺不法",以期讽切刺史们掠夺岭南珍宝、竞事邀功的腐败之行径,故《异物志》创作目的有比兴言志之特点。如果上述种种是作者著书立说的个人原因,那么还应当有丰富的社会大背景。杨孚《异物志》的面世与汉朝对外交往的扩大和对南部、西南部少数民族地区的开发密切相关,受益于广东的海上丝绸之路的开发。向达先生曾说:"汉时南方渐与中国相通,殊异之物,多为中原所未有。览者异之,遂有《异物志》一类书籍出现,与《山海经》《博物志》相先后。"②这些话已初步指出了《异物志》产生的社会背景。汉武帝时期,朝廷的黄门译长曾率领大批应募者带着黄金、丝绸等,自今广东雷州半岛远航至波斯湾、红海。东汉时期,汉使者由广东徐闻、海康一带出发,经南亚一些国家的海岸线西行,抵达黄支国(今属印度)、已不程国(今属斯里兰卡)等地,"自此(指安息,今位于西亚)南乘海,乃通大秦"③。返回时运回犀角、珠玑、象牙、翡翠等商品。这也就可以说明杨孚为什么会在《异物志》中记载诸如扶南国(今柬埔寨)、金邻(泰国)、斯调国(今斯里兰卡、一说今印度)等境外地区的物产了。此外,汉代今古文经学之争处于高峰时期,文人学者的视野日渐开阔,其写作对象和范围愈加广泛。东汉末期,古文经学压倒今文经学成为当时的显学,古文经学家们纷纷著书立说来谈经立派,扩大影响,如许慎的《说文解字》和刘熙的《释名》训诂学著作等。杨孚受汉代儒学的影响和熏陶,早年专研经史,其《异物志》就是在此情况下完成的,吸纳了训诂学著作的特点。《异物志》的特殊体例及书写内容也明显受中原地区流传的《山海经》、东方朔《神异经》《海内十洲记》等地理博物类著述的

---

① (明)欧大任:《百越先贤志》(卷之二),《岭南遗书》本,第6页。《广州大典》(总第59册),广州:广州出版社2015年影印本,第577页。
② 向达:《唐代长安与西域文明》,长沙:湖南教育出版社2010年版,第527页。
③ (南朝宋)范晔撰,(唐)李贤等注:《二十四史·后汉书》(卷七十八·西域传),北京:中华书局2000年版,第1973页。

影响。

一、《异物志》的内容

《异物志》内容丰富，可分为两类，一类是颇具文学性的神话传说；另一类是质实雅洁的记述说明。其大部分条目记录的是岭南为中心地区的物产和风俗，其中包含粤地民俗、动物、植物、用器等。据吴永章先生《异物志辑佚校注》一书统计，《异物志》涉及动物类五十多种，植物类近四十种，器物类近十种，民俗类约十余种，并对其一一举例加以解释，有陆产，也有水产，种类繁多，涉及人、地、兽、虫、鱼、蟹、蛇、果、草、木、玉、石等，其物种记录皆形象且详实。

在《异物志》所载的植物类物产中，有粮作物、香作物、果树、辛林木等。其中榕树、香蕉、荔枝、甘蔗、橘、杨梅、木棉之类是珠江三角洲常见的植物，如写椰树的条目曰："椰树，高六七丈，无枝条，叶如束蒲在其上。实如瓠系，在于巅，若挂物焉。实外有皮如胡桃，核里有肤白如雪，厚半寸如猪肪，食之美于胡桃味也。肤里有汁升余，其清如水，其味美于蜜。食其肤可以不饥，食其汁则愈渴。又有如两眼处，俗人谓之越王头。"①此条目记录椰树的高矮，有叶无干；用类比之法写果实外形：皮如胡桃、核里有肤白如雪、厚如半寸如猪肪，又写果实之味：汁清如水、味美过蜂蜜。《异物志》描绘荔枝也极为形象具体："荔枝为异，多汁，味甘绝口，又小酸，所以成其味。可饱食，不可使厌。生时大如鸡子，其肤光泽，皮中食；干则焦小，则肌核不如生时奇。四月始熟也。"②上述条目将植物的果实形状、滋味、色泽、功用等特征都一一加以细述，同时运用类比等修辞手法，语言质朴无华，缓缓叙述，让人耳目一新。

《异物志》中大多条目以写实为主，直接描述对象的形态、大小、颜色、气味等；而有些条目则带有浪漫的神话传说特色，想象大胆、求新求奇，描绘了诸多怪异的鸟兽鱼类等动物，这是《异物志》颇具文学性的明显体现。

《异物志》所载动物有些属于水产动物，其中有对深海动物的描述，有"头上有两角"的鹿鱼、"四足如龟而行疾"的鰕鱼、"能潜知数里中空木所在，因风而入空木，化为蝙蝠"的鼍风鱼等，还记载了鲸鱼、鲛鱼、鳝鱼、鳙鱼、高鱼、水母等水产动物。在记述鲸鱼时，杨孚更是驰骋想象，将鲸鱼死后无目、化为明月珠的传说融入其中，记曰："鲸鱼，长者数十里，小者数十丈，雄曰鲸，雌曰鲵。或死于沙上，得之者皆无目，俗言

---

① （汉）杨孚撰，吴永章辑佚校注：《异物志辑佚校注》，广州：广东人民出版社2010年版，第126页。本编征引的《异物志》文字，均以此版本为依据。

② （汉）杨孚撰，吴永章辑佚校注：《异物志辑佚校注》，第141页。

其目化为明月珠。"①

《异物志》生动形象地记述了一些陆产动物,如将獬豸写成一种性情忠恳、能够判辨是非曲直,甚至为执法人员所折服的兽类:"东北荒中有兽名獬豸,一角,性忠,见人斗,则触不直者;闻人论,则咋不正者。楚执法者所服也。今冠两角,非象也。"②獬豸本身就是传说中的异兽;《异物志》还充满大胆想象地叙述狐母遇风复活的传说:"狐母,状如猿,逢人则叩头,小打便死,得风还活。"③此外,还有"大如猿,肉翼若蝙蝠"的鼺、"形似鹿,而角触前向"的摩狼、"如小儿啼"的猩猩、"头形正方"的豻等都是有经过大胆想象,而赋予它们超出现实的特点。此类奇异动物的记载具有神话特色,也体现出《异物志》小说化的倾向。条目记述的动物未必在广东地区能见到,有的来自外郡远地,如金邻的大象,合浦、日南的犎牛,日南、九真的猓然(长尾猿),郁林的大猪,交趾猩猩,九真的长鸣鸡,朱崖的水蛇等。日南、九真、交趾、金邻在今越南之地,榆林、合浦等地在今广西,儋耳、朱崖今属海南岛。

《异物志》所载器物、工艺品、矿产等,有的属于外来贡品,涉及海外一些地区或国家。《后汉书·卷八十八·西域传》记载:天竺国"土出象、犀、玳瑁、金、银、铜、铁、铅、锡,西与大秦通,有大秦珍物……和帝时,数遣使贡献,后西域反畔,乃绝。至桓帝延熹二年、四年,频从日南徼外来献"④。而岭南自产很多工艺类特产,《异物志》所载有"不磨而莹,采耀光流"的大贝、产于南海的玳瑁、"特有光耀,白理如线"的犀角、被当作假牙的象牙等,番禺是这些物品的聚集地,《史记·货殖列传》云:"番禺,亦其一都会也,珠玑、犀、玳瑁、果、布之凑。"⑤所载矿石有"入地万岁不朽"的云母、夷州用以制作弓箭的青石、"色黄赤似金、出日南"的火齐(按:一种宝石)、广西昆仑山产玉等。

《异物志》记载了百越地区及海外奇异的民俗习性,包括民众饮食、社会习俗、民生经济等文化现象,在现存条目中,这部分内容约占现存佚文的五分之一。如:

> 穿胸人,其衣则缝布二幅,合两头,开中央,以头贯穿,胸身不突穿。⑥
> 乌浒,南蛮之别名。巢居鼻饮,射翠取毛,割蚌求珠为业。无亲戚,重宝货,卖子以接衣食,若有宾客,易子而烹之。⑦

---

① (汉)杨孚撰,吴永章辑佚校注:《异物志辑佚校注》,第108页。
② (汉)杨孚撰,吴永章辑佚校注:《异物志辑佚校注》,第38页。
③ (汉)杨孚撰,吴永章辑佚校注:《异物志辑佚校注》,第52页。
④ (南朝宋)范晔撰,(唐)李贤等注:《二十四史·后汉书》(卷八十八·西域传),北京:中华书局2000年版,第1975—1976页。
⑤ (汉)司马迁撰,韩兆琦评注:《史记》,长沙:岳麓书社2012年版,第1757页。
⑥ (汉)杨孚撰,吴永章辑佚校注:《异物志辑佚校注》,第15页。
⑦ (汉)杨孚撰,吴永章辑佚校注:《异物志辑佚校注》,第10页。

黄头人，群相随行，无常居处，其类与禽兽同。或依大树，以草被其枝上，而庇阴其下。发正黄，如扫帚。见汉人散入草，终不可得近。①

狼䏽国，男无衣服，女横布帷。出与汉人交易，不以昼市，暮夜会。俱以鼻嗅金，则知好恶。②

上述条目描述了一些百越族群的民风民俗，穿胸人的服饰特色是穿"贯头衣"（裙），乌浒人巢居鼻饮、以割蚌求珠为业，且有杀子之俗；黄头人群居而无定所、依树而居，胆小惧怕汉人；狼䏽国男子袒露，女子穿桶裙，有夜市之俗，以金银为通货。《异物志》记载的民风民俗还有很多，如写篔筜时，说"始兴以南，又多小桂。夷人绩以为布帛"③；写甘藷时说"南人专食以为米谷"④；记载斯调国时将摩厨"仰为佳肴"等。上述记述都可看出越人与中原不同的饮食和生活习惯。《异物志》还记载了雕题国（今广东广西一带）、西屠国（今广东广西一带）、儋耳夷（今海南），较远的扶南国（今柬埔寨）、金邻（今泰国）、瓮人（马来人）等族群的特点和习俗。诸如此类的文字语言简明，属于人文类描述，具有一定的叙述性。

二、《异物志》的文学性及影响

《异物志》是当时人们在物产视野上的扩展，知识框架逐渐形成等方面的表现，它继承了志书征实的特点，以写实为主，同时又兼具浪漫特色，大量使用夸张虚诞的写法。《异物志》运用简短文字对事物的形状、颜色、口感、功用等作较为可观准确的记述，简明严谨。其语言接近白话口语，文辞通俗易懂，用散文化的叙述方式，文笔较为随意，句式长短不一，有二言、三言、四言至十二言等长短不等的语句。

《异物志》中的四言韵语特色鲜明，带有诗意特色的四言韵语如："髯惟大蛇，既洪且长。采色驳荦，其文锦章。食豕吞鹿，膹成养创。宾享嘉宴，是豆是觞。"⑤前四句对髯蛇做了生动的描述，其体大且长，有花纹，有色泽；后四句说明髯蛇之特性，它能吞食猪鹿，养伤之时能长得肥美肪膹，南越人已将蛇作为酒桌上"宾享嘉宴"的佳肴，这是迥异于中原之风餐食文化的记载，诗歌隔句同押昂韵，音韵和谐。又如《榕树》云："榕树栖栖，长与少殊。高出林表，广荫原丘。孰知初生，葛藟之俦？"⑥此为

---

① （汉）杨孚撰，吴永章辑佚校注：《异物志辑佚校注》，第24页。
② （汉）杨孚撰，吴永章辑佚校注：《异物志辑佚校注》，第3页。
③ （汉）杨孚撰，吴永章辑佚校注：《异物志辑佚校注》，第182页。
④ （汉）杨孚撰，吴永章辑佚校注：《异物志辑佚校注》，第116页。
⑤ （汉）杨孚撰，吴永章辑佚校注：《异物志辑佚校注》，第81页。
⑥ （汉）杨孚撰，吴永章辑佚校注：《异物志辑佚校注》，第161页。

诗歌,也是赞歌,全诗赞美了岭南极具旺盛生命力的榕树,此树生长茂盛、高大常绿,树冠宽阔,最后用反问句感慨道:怎知榕树初生时,跟葛藟等柔弱的植物差不多呢?写榕树从柔弱到长大后的葱郁茂盛、气势不凡,寄托了作者的志趣,诗歌明显接受了《诗经》和楚辞中的比兴手法的影响,发人深省,寄意深远。再如《大贝》云:"乃有大贝,奇姿难俦。素质紫饰,文若罗珠。不磨而莹,采耀光流。思雕莫加,欲琢匪踰。在昔姬伯,用免其拘。"①诗歌用洗练的四言句式具体生动描绘出紫贝天姿自然、光色焕灿、不假雕琢的特点,隔句押韵且有换韵,富于诗意。除了上述诗作外,还有写犀、鹦鹉、蚌、桂、枕梁、摩厨等物约9首四言韵语,虽诗作长短不同,但皆音韵铿锵,朗朗上口,文辞高古,言简意赅,颇有《诗经》之遗韵。这些四言韵语为当今所能见到的广东最早的诗歌、为粤诗之祖,故屈大均认为杨孚开粤地风雅之先,《广东新语·诗语》云:"南海杨孚字孝先,其为《南裔异物赞》,亦诗之流也。然则广东之诗,其始于孚乎!"②

《异物志》善用譬喻和类比等手法,如:"珼珇,如龟,生南海。大者如蓬篠,背上有鳞,鳞大如扇,有文章。将作器,则煮其鳞,如柔皮。"③为了能将珼珇描绘出来,杨孚将其类比成龟,将其中较大的比喻成粗席,让人准确地感受到它的形状和大小。此外,描绘鹦鹉"形似雌鸡",用类比雌鸡的方式来描述鹦鹉的外貌;记载麈狼"形似鹿而角触前向",亦是通过与鹿相比,来描述麈狼的形体外表;写鼠母"头脚似鼠,毛苍口锐,大如水牛而畏狗",将鼠母与老鼠做比较,突出鼠母的形体特点。凡此种种皆是通过类比的方法,用大众所熟悉的对象作为参照物对物种进行描述,以最简洁、且最生动形象的方式将所记述事物的特征呈现出来。可见,《异物志》包含了存在性描写,特征性的描写,各种文化现象、地方饮食、习俗和经济等人文类的描写等,这些描述性的话语推进了早期描述话语体系规范的形成。

《异物志》呈现出简单叙事的早期状态,构建起与魏晋南北朝志怪小说直接且密切的关系。有的条目显示它完美暗合平铺直叙式叙事手法,如叙述懒妇化作兽奇特的传说故事云:"昔有懒妇,织于机中常睡,其姑以杼打之,恚死。今背上犹有杼文疮痕。大者得膏三四斛,若用照书及纺织则暗,若以会众宾歌舞则明。"④由此可见,《异物志》中叙事多如此类,粗陈梗概,散漫简略,其篇幅短小,语言质朴,但《异物志》记述地区物产专著之先河,备受世人推崇和仿效,对魏晋南北朝叙事完整,语言渐趋优美的志怪小说的繁荣产生了直接的影响。

---

① (汉)杨孚撰,吴永章辑佚校注:《异物志辑佚校注》,第90页。
② (清)屈大均:《广东新语》,北京:中华书局1985年版,第345页。
③ (汉)杨孚撰,吴永章辑佚校注:《异物志辑佚校注》,第94页。
④ (汉)杨孚撰,吴永章辑佚校注:《异物志辑佚校注》,第58页。

杨孚开创了异物志新体例。受杨孚影响,后世异物志体例的作品不断问世,如三国万震《南州异物志》、朱应《扶南异物志》、谯周《巴蜀异物志》、沈莹《临海水土异物志》和《凉州异物志》,晋代续咸《异物志》、陈祈畅《异物志》,唐代房千里《南方异物志》、孟琯《岭南异物志》和沈如筠《异物志》等。此外,晋代嵇含《南方草木状》、唐代刘恂《岭表录异》等著述亦皆与其一脉相承,给后人留下了有关古代岭南的宝贵资料,可见杨孚一书于著述之体影响甚远。这些方志类著述,尤其是其中物种类记述对六朝咏物赋影响很大,咏物赋或直接或间接地取材于杨孚《异物志》类地志著述,如左思《三都赋序》明确说明《三都赋》为模仿张衡《西京赋》和《东京赋》而成,其中有大量的动植物和器物的叙写,"其山川城邑,则稽之地图,其鸟兽草木,则验之方志;风谣歌舞,各附其俗"①,赋中所写的山川城邑都用地图来核对,所写鸟兽草木都以地方志为依据,所载民谣歌舞都与其风俗相符,从中也可看出六朝赋对《异物志》类方志著述征实精神的继承。

此外,杨孚《异物志》推动了地方志学的发展,汉唐期间地方志著家纷纷效法,创作了大量的岭南地方志,如王范《交广二州春秋》、王隐《交广记》、刘欣期《交州记》、裴渊《广州记》、顾微《广州记》、沈怀远《南越志》等陆续问世。因此,杨孚的《异物志》具方志、风俗、地理、交通、文献、文学等价值,对岭南文化的发展具有重要的意义。

---

① 陈宏天、赵福海、陈复兴主编:《昭明文选译注》(第1册),长春:吉林文史出版社2020年版,第203页。

第三章　陈钦与陈元

关于广东地区儒学的兴起，根据屈大均在《广东新语》中所言："始者高固发其源。"南越人高固曾为楚威王相，向楚威王进《铎氏微》一书，然《铎氏微》是楚太傅铎椒所作，高固一生"未闻有文可称"。在秦统一南越之前，南越大地的文化还相当落后，儒学还没有真正意义上被接受。两汉之际，儒家文化方才在南越地区以前所未有的广度和速度传播，随着诸多官员、名士、经学家等中原人士的南迁，岭南本地也产生了很多文人儒士。苍梧郡北接长沙郡，南接南海郡，郡治广信地处贺江、西江交汇处，是进入岭南西部地区的交通要道，地理位置上占优势，便成为文教发达、人文荟萃之地，也在很长时间内成为岭南地区学术文化中心。广信人陈钦、陈元、陈坚卿祖孙三人更是以文章经术闻名全国，号称"三陈"。陈钦和陈元父子是儒家文化在岭南的第一批自觉的传播者，促进并引领着岭南儒学的发展。陈钦《陈氏春秋》与陈元《左氏异同》是岭南人撰写最早的学术专著，首开岭南经学先声，惜皆已佚失。

第一节　陈钦、陈元生平

陈钦（？—15），字子佚，苍梧广信（今广东肇庆封开、广西梧州）人，西汉经学家。陈钦是《左氏春秋》的重要传人，著有《陈氏春秋》，他是粤地最早的经学家，被清代屈大均称为"粤人文之大宗"。

陈钦举茂才，之后被朝廷立为五经博士。王莽篡位后，以陈钦为厌难将军，厌，抑之意；厌难乃压抑北边之难。建国二年（公元10年），北方匈奴犯境，王莽于同年十二月，派十二将，十道并出，征讨匈奴，其中厌难将军陈钦和震狄将军王巡从云中郡出击。建国四年（公元12年）二月，陈钦上书曰："捕虏生口，虏犯边者皆孝单于咸子角所为。"①陈钦客观地汇报了边境情况后，王莽大怒，会诸夷，斩杀咸子登于长安。

---

①　（汉）班固《汉书·卷九十九中·王莽传》，（汉）班固撰，（唐）颜师古注：《二十四史·汉书》（卷六三—卷一〇〇），北京：中华书局2000年版，第3030页。

天凤元年（公元14年），边塞饥荒，谏大夫如普向王莽谏言，说军士久屯边塞，过于艰苦，无以相赡，正值单于与汉和亲，因此最宜罢兵。王莽遂撤回边郡的屯兵，征还屯驻边塞的大批将官，免去陈钦等十八位征伐匈奴的将帅职务，陈钦因此回到京都。天凤二年（公元15年）单于咸与汉和亲，要求将儿子登的尸体归匈奴厚葬。王莽欲遣使送致，又恐单于咸怨恨，杀害使者，所以就扣押之前进言的原将军陈钦，并以其他罪责使其下狱，事实上王莽有讨好单于咸的意思。陈钦对王莽当是失望至极，曰："是欲以我为说于匈奴也"①，遂自杀。

《后汉书·卷三十六·陈元传》云：陈钦"习《左氏春秋》，事黎阳贾护，与刘歆同时而别自名家。王莽从钦受《左氏》学，以钦为厌难将军"。②屈大均亦云："（陈钦）得黎阳贾护之传。直接虞卿、荀况、张苍、贾谊、贯公、贯长卿、张禹、尹更始、尹咸、翟方进、胡常之一脉，源远流长。尝撰为《陈氏春秋》以自别。"③陈钦的学缘关系很是明晰，他具体何时授《左传》于王莽已不可考，但公元前6年刘歆请立古文经学于学官，公元5年终得立，并置古文经学博士，均在王莽新政期间。王莽之所以看重古文经学，其原因应该与陈钦授其《左传》有关。王莽是汉廷外戚和权臣，篡汉自立后，刘歆成为王莽的心腹。当时刘歆要求立《左传》为官学的建议之所以得以实现，很重要的原因之一是得到王莽在政治上的支持。而王莽之所以支持刘歆，又应归因于王莽从陈钦学过《左传》、在学术上受陈钦的影响。

陈元，字长孙，陈钦之子。东汉初期著名的经学家。因其父任职的缘故，陈元被任命为郎官。汉光武帝刘秀在位期间，陈元被大司空李通征辟入府做事，李通被罢官后，陈元又到司徒欧阳歙府，后因病离去，终因年老卒于家中。

陈元对《左氏春秋》（即《春秋左传》或《左传》）有很精深的研究，是当时最有声望的《左传》专家。《后汉书·卷三十六·陈元传》曰："元少传父业，为之训诂，锐精覃思，至不与乡里通。以父任为郎。建武初，元与桓谭、杜林、郑兴俱为学者所宗。"④陈元著有《左氏同异》，惜已佚失，《隋书·经籍志》记载另有《陈元集》一卷，亦早佚。光武朝时期，陈元请立《左氏》学，作《请立〈左传〉疏》，又请勿令司隶校尉督察三公，作《请勿督察三公疏》，上述两篇疏议现存于《后汉书·陈元传》。大司空宋宏因罪免职时陈元上书为他鸣冤，作《为司空宋宏下狱讼书》（已佚）。欧阳歙蒙冤而亡，陈元作《为大司徒欧阳歙坐罪死上书追讼》（已佚）。

---

① （汉）班固《汉书·卷九十九中·王莽传》，（汉）班固撰，（唐）颜师古注：《二十四史·汉书》（卷六三—卷一〇〇），北京：中华书局2000年版，第3038页。
② （南朝宋）范晔撰，（唐）李贤等注：《二十四史·后汉书》，北京：中华书局2000年版，第825页。
③ （清）屈大均：《粤人著述源流》，（清）屈大均：《广东新语·文语》，第321页。
④ （南朝宋）范晔撰，（唐）李贤等注：《二十四史·后汉书》，北京：中华书局2000年版，第825页。

陈元与当时著名古文经学家桓谭、杜林、郑兴并列,名重一时。陈元对于古文经学《费氏易》的传授和兴盛做出了很大贡献。据《后汉书·卷七十九上·孙期列传》记载,建武中(光武帝刘秀时期),范升传《孟氏易》,而陈元和郑众都传《费氏易》,后来著名经学家马融也传《费氏易》,马融传授郑玄,郑玄作《易注》,荀爽作《易传》,从此《费氏易》兴起,《京氏易》衰萎。

对于《春秋左传》立于学官,陈元可谓功不可没。东汉初年,光武帝即位后,恢复了中央官学,设立五经博士。《毛诗》《古文尚书》《逸礼》《左氏春秋》不立博士,古文经学被排斥于官学之外,引起古文派和今文派的冲突。两派争论的重点就是是否设立《左传》博士的问题。光武帝建武四年(公元28年),尚书令韩歆(古文经学代表)提出设立《费氏易》《左氏春秋》博士的建议。今文派代表人物范升上奏,认为"《左氏》之失凡十四事","《左氏春秋》不可录三十一事"。①范升与韩歆争之未决,陈元上疏皇帝,反驳范升,力主《左氏》博士。陈元与范升论辩多达十余次,最后陈元胜出。光武帝允立《左氏》博士。太常选博士四人,陈元为第一,但光武帝未用陈元,而是指定司隶从事李封作为《左氏》学博士,后李封死,立《左氏》学之事最终不了了之。《隋书·卷三二·志第二七·经籍一》亦记载曰:"至建武中,尚书令韩歆请立而未行。时陈元最明《左传》,又上书讼之。于是乃以魏郡李封为《左氏》博士。后群儒蔽固者,数廷争之。及封卒,遂罢。"②

陈元为人耿直,竭力维护正义,相对其父陈钦来说,他更敢于力排众议,犯颜直谏。建武七年(31),陈元以才高著名,被大司空李通征用于司空府,唐代陆德明《经典释文·序录》云陈元当时任"司空南阁祭酒"③。当时大司农江冯上言,建议让司隶校尉督察三公,事情下达三府,而光武帝亦不信用大臣、限制相权。针对此种情况,陈元上《请勿督察三公疏》曰:

> 臣闻师臣者帝,宾臣者霸。故武王以太公为师,齐桓以夷吾为仲父。孔子曰:"百官总己,听于冢宰。"近则高帝优相国之礼,太宗假宰辅之权。及亡新王莽,遭汉中衰,专操国柄,以偷天下,况己自喻,不信群臣。夺公辅之任,损宰相之威,以刺举为明,徼讦为直。至乃陪仆告其君长,子弟变其父兄,罔密法峻,大臣无所措手足。然不能禁董忠之谋,身为世戮。故人君患在自骄,不患骄臣;失在自任,不在任人。是以文王有日昃之劳,周公执吐握之恭,不闻其崇刺举,务督察也。方今四方尚扰,天下未一,百姓观听,咸张耳目。陛下宜修文武之圣典,袭祖

---

① (南朝宋)范晔撰,(唐)李贤等注:《二十四史·后汉书》(卷三十六《范升传》),北京:中华书局2000年版,第824页。
② (唐)魏徵等撰:《二十四史·隋书》(卷三十二),北京:中华书局2000年版,第632页。
③ (唐)陆德明撰,吴承仕疏证:《经典释文序录疏证》,北京:中华书局2008年版,第108页。

宗之遗德,劳心下士,屈节待贤,诚不宜使有司察公辅之名。①

陈元开门见山地指出以臣为师的能为帝,以臣为宾者能称霸;举周武王用太公为师、齐桓公用管夷吾为仲父、汉高祖优待相国之礼等正面例子,及王莽不信群臣的反面之例,说明了"百官总己,听于冢宰"的合理性;认为人君患在骄傲,不患有骄臣,失在自任,不在任人;主张人君应当修文武之圣典,承袭祖宗遗德,劳心下士,屈节待贤;否定"夺公辅之任,损宰相之威",揭发、加强督察之举。因此陈元反对以司隶校尉督察三公的措施,但此意见与光武帝做法相左,终没有被采纳。

建武十五年(39)正月,欧阳歙被任命为大司徒。陈元辟于司徒欧阳歙府,为掾属(官职名),同年十一月,欧阳歙获罪被捕,含冤身死狱中。据《后汉书·卷七十九上·欧阳歙传》记载,陈元上奏为欧阳歙追讼申诉,言词甚切,迫使光武帝终于赐棺、赠印绶、财帛安葬欧阳歙。在司徒府,陈元还数陈当世之事、郊庙之礼,但皇帝终没能采用。欧阳歙死后,陈元因病辞归南返,当时年岁已高,不久卒于广信家中。《广东通志初稿》称:"陈元独能以经学振起一时,诚岭海之儒宗也。故广州刺史王僧儒谓领表多贤自陈元诸公倡之也。"②

第二节 陈钦、陈元经学思想与文学的关系

儒家经典遭秦始皇焚书坑儒之后,几乎丧尽。至西汉初年,尤其是汉惠帝时期,陆续从老一辈儒学家口中传出,由于所传之人不同而分为多种派别。汉文帝之后,各立博士学官,以其所传经文教授生徒。至汉成帝时,五经十二家博士已被确立,所传皆为用汉隶书写的今文经,今文经派控制了整个学术领域。汉哀帝时期,经学家刘歆总校群书,发现被公卿献入秘府、出自民间屋壁、用古代文字书写的古文经,与今文经传本不同,特请求将《左氏春秋》《古文尚书》《毛诗》等立于官学。这遭到了今文经派博士的强烈反对,这样便产生了一场今古文经两派的论争。刘歆联合光禄勋王龚、五官中郎将房凤上书《移让太常博士书》,今文经学家则指责刘歆伪造经书,改乱旧章。在此论战中,陈钦与刘歆主张一致。

从本质上来看,今文经派与古文经派所传经典相同,而传承有异,各有长短。今

---

① (南朝宋)范晔撰,(唐)李贤等注:《二十四史·后汉书》(卷三十六·陈元传),北京:中华书局2000年版,第827—828页。
② 戴璟主编:《广东通志初稿·卷十四·儒林》,广州:广东省地方史志办公室誊印2003年版,第276页。

文经派以经为常道,重在释义,但内容庞杂,空疏荒诞。古文经派以经为史实,看重事实,不凭空臆造,注重训诂,解经释其大义。《春秋》是鲁国的史书,后世传者有三,分别是公羊高《公羊传》、左丘明《左传》和谷梁赤《谷梁传》。但西汉时期自董仲舒"罢黜百家,独尊儒术",特别是独尊《公羊春秋》,借义理随意篡改经书,并自诩为正宗,一时陷入盲从,在今文经派中甚至出现了以经术猎取名利的人,这在社会矛盾加重的西汉末年尤为明显。在这种情况下,刘歆和陈钦提倡《左氏春秋》,希望一改当时的学术危机。

汉代经学重门派相传。陈钦的儒学源远流长。唐陆德明《经典释文序录》记载:左丘明作《左传》,传给曾申,曾传给卫人吴起,吴起传授其子吴期,吴期传楚人铎椒,铎椒传赵人虞卿,虞卿传授给同郡荀况,荀况传于武威张苍,张苍传授给洛阳贾谊,贾谊传至其孙贾嘉,贾嘉传给贯公,贯公传少子长卿,长卿传给张敞及张禹,张禹传尹更始,更始传于其子尹咸及翟方进、胡常,胡常教授贾护,贾护传授陈钦。① 班固《汉书·卷八十八·儒林传》亦云:"汉兴,北平侯张苍及梁太傅贾谊、京兆尹张敞、太中大夫刘公子皆修《春秋左氏传》。谊为《左氏传》训故,授赵人贯公,为河间献王博士,子长卿为荡阴令,授清河张禹长子。……授尹更始,更始传子咸及翟方进、胡常。常授黎阳贾护季君,哀帝时待诏为郎,授苍梧陈钦子佚,以《左氏》授王莽,至将军。而刘歆从尹咸及翟方进受。由是言《左氏》者本之贾护、刘歆。"②《经典释文序录》与《汉书·儒林传》的记载略有差异,但都大体梳理并叙述了陈氏经学师承脉络。从张苍开始传播《左氏春秋》者皆在汉代,陈钦是这个传承链中重要的一环。陈钦、陈元父子皆修古文经学经典《左氏春秋》,在传承脉络中,陈钦起到承上启下的作用。

陈钦曾向王莽传授《左氏春秋》,因其解说经义与其他家有所不同,故自名为《陈氏春秋》,《陈氏春秋》是陈钦儒学思想的集中体现,可惜早已亡佚。《春秋·鲁哀公下》云:"十有四年春,西狩获麟。"③对此,诸家有不同阐释和记载:

> 叔孙氏之车子曰鉏商,樵于野而获兽焉。众莫之识,以为之不祥,弃之五父之衢。冉有告夫曰:"有麇而肉角,岂天之妖乎?"夫子曰:"今何在?吾将观焉。"遂往,谓其御高柴曰:"若求之言,其必麟乎!"到视之,果信。言偃问曰:"飞者宗凤,走者宗麟,谓其难致也,敢问今见,其谁应之?"子曰:"天子布德,将致太平,则麟凤龟龙先为之祥。今周宗将灭,天下无主,孰为来哉?"遂泣曰:"予之于人,

---

① (唐)陆德明撰,吴承仕疏证:《经典释文序录疏证》,北京:中华书局2008年版,第108页。
② (汉)班固《汉书·卷八十八·儒林传第五十八》,(汉)班固撰,(唐)颜师古注:《二十四史·汉书》(卷六三—卷一〇〇),北京:中华书局2000年版,第2684页。
③ 冀昀:《左传》(下),北京:线装书局2007年版,第721页。

犹麟之于兽也,麟出而死,吾道穷矣。"①(《孔丛子·记问》)

麟者,仁兽也,有王者则至,无王者则不至。有以告者,曰:"有麕而角者。"孔子曰:"孰为来哉?孰为来哉?"反袂拭面,涕沾袍。颜渊死,子曰:"噫!天丧予。"子路死,子曰:"噫!天祝予!"西狩获麟,孔子曰:"吾道穷矣。"②(《公羊传·哀公十四年》)

十四年春,西狩于大野,叔孙氏之车子鉏商获麟,以为不详,以赐虞人。仲尼观之,曰:"麟也。"然后取之。③(《左传·哀公十四年》)

孔子《春秋》仅记载鲁哀公十四年春"西狩获麟"一事,也说过"吾道穷矣"这句话,对此,《孔丛子》认为天子行仁政时麒麟降临便是预示吉祥,而当时周朝将要灭亡,提出麒麟为谁而来的疑问,从而将客观发生的一件事和仁政联系起来。汉代今文经学的重要经籍《公羊春秋》更是尽情阐述其中的"微言大义",认为麟者是仁兽,"有王者则至,无王者则不至",而今无王者以应,故孔子感伤。《左传》则将这件事作为一段历史记载下来。但汉代《左氏》传者有数家,诸家对《左氏春秋》注疏时,又有很大不同,多家认为孔子作《春秋》是"修母致子",帝王受命以火德,立嫡则子以母贵,立庶则母以子贵,故麟为孔子的祥瑞而来。陈钦专《左传》学,其注疏回归《春秋》和《左传》之本义,东汉许慎《五经异义》引录了陈钦关于《左传》哀公十四年西狩获麟的疏文,《五经异义》曰:

说《左氏》者云:麟生于火,而游于土,中央轩辕大角之兽。孔子作《春秋》。《春秋》者,礼也,修火德以致其子,故麟来而为孔子瑞也。奉德侯陈钦说:麟,西方毛虫、金精也。孔子作《春秋》,有立言,西方兑为口,故麟来。许慎称刘向、尹更始等皆以为吉凶不并,瑞灾不兼。今麟为周异,不得复为汉瑞,知麟应孔子而至。郑玄以为修母致子不如立言之说密也。④

陈钦对《左传》所载麒麟一事做出了新的解释,认为麟就是出自西方的一种动物,孔子作《春秋》是著书立说,记载获麟事实属正常。由此可明显看出陈钦的经学思想,其注疏不作牵强释义,更加注重史实,以经为史,这一点已胜过同时代很多经学家。

此外,刘歆从尹咸及翟方得授《左氏》,陈钦与刘歆出自同一师源,并大力支持刘歆,其经学观当与刘歆的经学思想应该极为相近。刘歆《移让太常博士书》云:

往者缀学之士,不思废绝之阙,苟因陋就寡,分文析字,烦言碎辞,学者罢老,

---

① 白冶钢译注:《孔丛子译注》,上海:上海三联书店2014年版,第81页。
② 梅桐生译注:《春秋公羊传全译》,贵阳:贵州人民出版社1998年版,第525—526页。
③ 冀昀:《左传》(下),北京:线装书局2007年版,第721页。
④ (清)陈寿祺撰,曹建墩点校:《五经异义疏证》,上海:上海古籍出版社2013年版,第221页。

且不能究其一艺,信口说而背传记,是末师而非往古。至于国家将有大事,若立辟雍、封禅、巡狩之仪,则幽冥而莫知其原。犹欲保残守缺,挟恐见破之私意,而无从善服义之公心。或怀妒嫉,不考情实,雷同相从,随声是非,抑此三学,以《尚书》为备,谓左氏不传《春秋》,岂不哀哉!

今圣上德通神明,继统扬业,亦闵文学错乱。学士若兹,虽昭其情,犹依违谦让,乐与士君子同之。故下明诏,试《左氏》可立不,遣近臣奉旨衔命,将以辅弱扶微,与二三君子比意同力,冀得废遗。今则不然,深闭固距,而不肯试,猥以不诵绝之,欲以杜塞余道,绝灭微学。夫可与乐成,难与虑始,此乃众庶之所为耳,非所望于士君子也。且此数家之事,皆先帝所亲论,今上所考视,其为古文旧书,皆有征验,内外相应,岂苟而已哉?夫礼失,求之于野,古文不犹愈于野乎?

往者博士,《书》有欧阳,《春秋》公羊,《易》则施、孟。然孝宣帝犹复广立谷梁《春秋》、梁丘《易》,大小夏侯《尚书》,义虽相反,犹并置之。何则?与其过而废之,宁过而立之。传曰:"文武之道,未坠于地,在人;贤者志其大者,不贤者志其小者。"今此数家之言,所以兼包大小之义,岂可偏绝哉!若必专己守残,党同门,妒道真,违明诏,失圣意,以陷于文吏之议,甚为二三君子不取也。①

刘歆的此篇文章在学术史上有重要的地位,他试图从礼制和文献两方面来论证《左传》等古文经的合理性,主张立《左传》和《古文尚书》等古文经博士。文中的观点当是陈钦大力赞同的,由此可推断陈钦的经学思想应该也包括以下内容:反对保残守缺,因死守今文经而排斥古文经;反对"杜塞余道,绝灭微学""党同伐异",主张打破博士官学的门户壁垒,存数家之言,允许各学派并存;批判雷同相从,随声是非,主张考察实情,遵从真理;认为官学应最大限度地吸收民间私家之学;反对以"分文析字、烦言碎辞"之法传承经学,否则终"不能究其一艺";反对"信口说而背传记"。凡此种种,在当时反对失去本意的今文经中有着进步意义。

陈元继承并发展了陈钦的经学思想,他少传父业,为之训诂,锐精覃思。东汉初年,陈元在京城洛阳,以授徒为业,传《春秋左氏传》。作为古文经学派代表,他对《左氏春秋》的研究达到了最高水平,武建初年"与桓谭、杜林、郑兴俱为学者所宗"②,在当时学术界有着相当大的影响。当时名儒范升上奏并认为《左氏》浅薄,不该立,陈元作《请立〈左传〉疏》上疏反驳,屈大均《广东新语·文语》认为"其请立左氏一疏,大有功圣经",此疏充分体现了他的经学思想,现摘录如下:

---

① 曾国藩编,古书生标点:《经史百家杂钞》(卷十四),北京:国家图书馆出版社2014年版,第14—15页。
② (南朝宋)范晔撰,(唐)李贤等注:《二十四史·后汉书》,北京:中华书局2000年版,第827页。

陛下拨乱反正,文武并用,深愍经艺谬杂,真伪错乱,每临朝日,辄延群臣讲论圣道。知丘明至贤,亲受孔子,而《公羊》、《谷梁》传闻于后世,故诏立《左氏》,博询可否,示不专己,尽之群下也。今论者沉溺所习,玩守旧闻,固执虚言传受之辞,以非亲见实事之道。《左氏》孤学少与,遂为异家之所覆冒。夫至音不合众听,故伯牙绝弦;至宝不同众好,故卞和泣血。仲尼圣德,而不容于世,况于竹帛余文,其为雷同者所排,固其宜也。非陛下至明,孰能察之!

臣元窃见博士范升等所议奏《左氏春秋》不可立,及太史公违戾,凡四十五事。案升等所言,前后相违,皆断截小文,媟黩微辞。以年数小差,掇为巨谬,遗脱纤微,指为大尤,抉瑕摘衅,掩其弘美,所谓"小辩破言,小言破道"者也。升等又曰:"先帝不以《左氏》为经,故不置博士,后主所宜因袭。"臣愚以为若先帝所行而后主必行者,则盘庚不当迁于殷,周公不当营洛邑,陛下不当都山东也。往者,孝武皇帝好《公羊》,卫太子好《谷梁》,有诏诏太子受《公羊》,不得受《谷梁》。孝宣皇帝在人间时,闻卫太子好《谷梁》,于是独学之。及即位,为石渠论而谷梁氏兴,至今与《公羊》并存。此先帝后帝各有所立,不必其相因也。孔子曰:纯,俭,吾从众;至于拜下,则违之。夫明者独见,不惑于朱紫,听者独闻,不谬于清浊,故离朱不为巧眩移目,师旷不为新声易耳。方今干戈少弭,戎事略戢,留思圣艺,眷顾儒雅,采孔子拜下之义,卒渊圣独见之旨,分明白黑,建立《左氏》,解释先圣之积结,洮汰学者之累惑,使基业垂于万世,后进无复狐疑,则天下幸甚!

臣元愚鄙,尝传师言。如得以褐衣召见,俯伏庭下,诵孔氏之正道,理丘明之宿冤;若辞不合经,事不稽古,退就重诛,虽死之日,生之年也。①

陈元驳斥了范升所谓左丘明无传人、《左传》及太史公违戾事、立博士"非先帝所存"等论点,指出范升奏文的自相矛盾和谬误之处,认为他们热衷于琐碎问题,忽略大是大非和正经大义,掩盖了经学之弘美,批驳范升等人保守狭隘的立场。陈元实事求是,从发展观的角度力争立《左传》博士,认为左丘明至贤,他亲受于孔子,《左传》当为"至宝",不应受到抑制,请求"分明白黑,建立《左氏》"。

通过《请立〈左传〉疏》和《请勿督察三公疏》,可以看出陈元的经学思想有以下几个方面:一是反对沿袭守旧,而应适时求发展,批判当时今文经学家"沉溺所习,玩守旧闻",以"若先帝所行而后主必行者,则盘庚不当迁于殷,周公不当营洛邑,陛下(汉光武帝刘秀)不当都山东也"等例子,证明求新和发展是常有之事。二是反对虚

---

① (南朝宋)范晔撰,(唐)李贤等注:《二十四史·后汉书》(卷三十六·陈元传),北京:中华书局2000年版,第825—827页。

言传受之辞,重"亲见实事之道",主张实证。三是反对随波逐流,要求有独见,因此他认为"明者独见,不惑于朱紫;听者独闻,不谬于清浊",说明有独见的经典常面临困境,如最好的音乐不合众人听觉,所以伯牙绝弦;最好的宝石不被众人认知,所以卞和泣血。孔子圣人之德,而不容于当世。尤其是竹帛余文,常被雷同者所排斥,当属当然。四是主张辞合经传,事需稽古。

陈元继刘歆和陈钦之后将古文经学再一次推到众人面前。虽说之后《左氏》立而复废,但陈元对东汉经学后期的发展产生了深远的影响。陈元的经学思想和陈钦一脉相传,其学术成就胜过陈钦,不但在当时为学者所宗,而且到两百年后的三国仍为学者推崇,《三国志·尹默传》云:"益部多贵今文而不崇章句,(尹)默知其不博,乃远游荆州,从司马德操、宋仲子等受古学。皆通诸经史,又专精于《左氏春秋》,自刘歆条例,郑众、贾逵父子、陈元、服虔注说,咸略诵述,不复按本。"①

陈钦、陈元为代表的"经学"不同于今文经学的严密深邃与庞杂繁复,呈现出轻灵简易的特点,并因此被称为"简易之学"。他们反对守旧今文经,为东汉古文经之压倒今文经垫平道路,也受东汉末不拘家法、混合今古的通学家所崇敬。《左传》能立于官学,"二陈"的研究起到了重要的促进作用。自"二陈"之后,《左传》在学术上的地位日益显著,对中国学术思想影响很大,这是陈氏父子的贡献。

陈钦和陈元父子是广东最先大力倡导《春秋左氏传》的学者,屈大均《广东新语·文语》赞叹陈元父子曰:"《春秋》者,圣人之心所存。其微言奥指,通之者自丘明、公、谷而外,鲜有其人。粤处炎荒,去古帝王都会最远,固声教所不能先及者也。乃其士君子向学之初,即知诵法孔子。服习《春秋》,始则高固发其源,继则元父子疏其委。流风余泽之所遗。犹能使乡间后进,若王范、黄恭诸人,笃好著书,属辞比事,多以《春秋》为名。此其继往开来之功,诚吾粤人文之大宗。"②自陈元父子提倡古文经学之后,古文经学在岭南经学发展中一直居于优势地位。后陈元之子陈坚卿承先志,工文章,有名当世。"三陈"对于东汉古文经学在岭南的发展传播,起到了开风气之先的作用。自此之后,岭南士人常以"三陈"为榜样,沐风向学。可以说陈元父子开创了古代岭南学术文的历史先河,他们在岭南学术史上享有至高的地位。

---

① (晋)陈寿撰,(宋)裴松之注:《三国志》(卷四十二),北京:中华书局2015年版,第742页。
② (清)屈大均:《广东新语》,北京:中华书局1985年版,第321页。

第四章 六朝文学

三国至隋朝南方的六个朝代被称为六朝,这期间除西晋短暂统一之外,其他时期中原地区都处于分裂状态,战乱频仍。而广东地区偏安一隅,少受战争和动乱的影响,社会相对安定。这为广东文学的发展营造了良好的社会环境,本土文人增加,成就明显。同时,南迁的中原文人有所增多,其中有留戍、流放之人南迁,亦有为避乱主动迁徙到广东地区以求生存的。这在很大程度上促进了粤地的政治、经济和文化的发展,他们与本土文人一起共同构建了六朝文坛。此时期的广东文学仍以诗文为主,并得到了进一步的发展,从现存作品上看,大多能够摆脱六朝绮靡文风的影响;文学的发展有着区域不平衡性,主要集中在广信和南海两郡。此外,值得关注的还有广东地方志著述开始出现,且成就突出。

第一节 六朝文坛略说

三国时期,粤地相对安定,其中一部分功劳要归功于交趾太守士燮。士燮(137—226),字威彦,广信人(今广东封开、广西梧州一带),少时游学于京师,师事颍川学者刘子奇(即刘陶),治《左氏春秋》,又精于《尚书》,学问尤博,兼通古今。清代黎申产诗曰:"南国经师推士燮,西京朴学数陈元。祖孙稽古传千古,训诂专门萃一门。"[①]士燮达于从政,汉末官至交趾太守。后孙权更嘉奖其行,任卫将军、封其龙编侯。大乱之中,士燮保全交州一郡之太平,他宽厚待人,谦虚下士,喜延揽人才。中原名儒依其避难者百余人,当时名士如龙亢桓晔、北海刘熙、汝南许靖、南阳许慈、会稽虞翻、汝南程秉、秣陵陶璜、沛郡薛琮、零陵刘巴、广信牟子等人皆围绕士燮,形成了一个文学集团。士燮与名士们设坛讲学,传经授道,使交州学术一时大盛,促进了岭南儒学的发展。士燮著有《士燮集》《春秋经注》《公羊注》《谷梁注》等,但皆已佚失。士燮之弟士壹、士䵋、士武都是从政的学者。弟士壹为合浦太守,二弟士䵋为九真太

---

① (清)黎申产著,刘映华注释:《菜根草堂吟稿》,南宁:广西人民出版社1993年版,第205页。

守,三弟士武为南海太守,时人称之为"一门四士"。士氏家族传承经学,一时称颂。以士燮为核心的"左氏学"群体,创作了诸多学术著作,这也是受到陈钦与陈元所倡"春秋左氏学"的影响和传承的结果,从"三陈"到"四士",促成了岭南儒学的兴起。

六朝时期广东本土才子日渐崛起,如黄豪、董正、黄颖、王范、黄恭等,他们著述作文,成就斐然。黄豪,字子微,南海人,能通《论语》《毛诗》,曾寓居广信,教授生徒,后征至京师。董正,汉末番禺人,少通《毛诗》《三礼》《春秋》,公府闻名,征辟不就,躬耕以自给,暇讲诗书,奉陈礼法,远近多从之游。惜其著述不传。① 黄颖,南海人,晋广州儒林中的一员,著有《周易注》四卷(《隋志》、新《唐书》作10卷)。晋南海人王范创作《交广春秋》,同为南海人的黄恭作《王氏交广春秋补遗》(后扩展为《十三州记》),这些是广州最早的一批地方志。受上述著作的影响,晋刘欣期著《交州记》;晋宋年间的裴渊和顾微(两人生卒年及籍贯不详)各著有《广州记》,从其辑本上看,《广州记》的主要内容大概是介绍岭南历史、古迹、山川形势、传闻逸事、物产、蛮夷等。南朝宋沈怀远著有《南越志》,据《隋书·经籍志》记载,《南越志》有八卷,后佚失,其佚文散落于诸多古文献之中。上述《交广春秋》《十三州记》《交州记》《广州记》都是研究岭南地域和民族问题的一批较早有重要价值的著作。

从西汉南海人"鼓棹能为越讴"的张买开始,广东地区的古代民间歌谣日渐丰富。在广州地区发掘的晋墓中,考古人员先后从中发现了诸多铭文砖,上写着"永嘉世,九州空。余吴土,盛且丰""永嘉世,天下灾。但江南,皆康平""永嘉世,九州荒。余广州,平且康"②。其中"永嘉"是西晋末皇帝年号,"九州"泛指当时的中国,"吴土"属于东晋统治范围。此铭文为中原人南迁之凭证,铭文用对比语气说明广州偏入南陲,先后发生的"八王之乱"和"永嘉之乱"均未波及,晋代天下正闹着兵灾与荒灾之时,相比于战乱动荡的中原地区,东吴的土地上,仍处于安定平和的丰盛年辰,生活于江南的人们仍有一个相对安定的社会生活环境,处于"康平"的生活状况。同样,当北方四处战火连天,人心惶惶时,五岭以南的广州却处于"平且康"的社会局面,几乎不受战乱、荒灾的影响。正是基于这种相对和平安定的生活环境,广州才能出现"永嘉七年癸酉皆宜价市"③的良好局面,说明当时广州居民已经开设集市,自由进行商品贸易,这正是当时广州商市繁荣局面的直接体现。总之,上述砖铭文用简练通俗的语言道出北方的动荡,歌颂了永嘉年间南方州郡民众安居乐业、经济繁荣的社会景象;同时运用对比和重叠的手法,加强语气,鲜明对照,产生了强烈的效果,尽显民间歌谣之特色。

诗歌发展至南北朝时期,梁、陈盛行宫体诗,广东诗人中有受其影响者,诗作呈现

---

① (明)郭棐《粤大记》(下),广州:中山大学出版社1998年版,第668页。
② 中山大学中国古文献研究所编:《全粤诗》(第1册),广州:岭南美术出版社2008年版,第17—19页。
③ 1954年广州晋墓出土的晋永嘉七年(313)砖铭文,现存广州博物馆。

出绮丽之风,但也有的诗人重真情和自然本色。此时,广东诗人虽有所增多,但他们所作诗歌失传较多,只有通过其他典籍的载录才能略见一二。南朝梁冯融,新会人,曾任罗州刺史,"能以礼义威信镇其俗,汲引文华士相与为诗歌,蛮中化之,蕉荔之墟,弦诵日闻。"①廖冲,桂阳人,"博学,能文辞,于经术无所不通,饬身修行,乡间称之。以儒术知名,仕梁为主薄、西曹祭酒。时武帝好儒学,招徕天下名士,冲与焉。尝命赋诗,称上意,嘉赏之"②。侯安都(520?—563),始兴曲江人,陈朝名将,工隶书,能鼓琴,涉猎书传,擅为五言诗,屈大均《广东新语·诗语》评曰:"梁曲江侯安都为五言诗,声情清靡,数招文士,如阴铿、张正见之流,命以诗赋,第其高下,以差次赏赐之。此皆开吾粤风雅之先者。"③《陈书·卷八·侯安都传》记载,天嘉元年(560),侯安都"数招聚文武之士,或射驭驰骋,或命以诗赋,第其高下,以差次赏赐之。文士则褚玠、马枢、阴铿、张正见、徐伯阳、刘删、祖孙登,武士则萧摩诃、裴子烈等,并为之宾客。斋内动至千人"④。惜侯安都诗作皆散佚。南朝陈刘删,字正简,南海人,梁武帝时期,侯景之乱爆发,侯官令徐伯阳浮海至广州,见刘删为文,赞叹他为"岭左奇才"⑤。刘删曾在建康为官,为侯安都门下宾客,并参与侯安都的文士之游。《艺文类聚》收其《赋得独鹤凌云去》《咏蝉诗》和《泛宫亭湖》等九首诗;《庐山记》卷四又藏其《登庐山》诗一首。刘删诗歌多咏物,梁陈"赋得诗"作为一类重要的诗歌类型,来源于公宴诗,刘删亦擅长此体,作《赋得苏武诗》《赋得马诗》和《赋得独鹤凌云去》。梁、陈诗歌多绮靡纤巧,格调不高,但总的来看刘删诗歌却无堆砌典故之习、绮丽化倾向,其诗写物细腻,语言清新、感情真挚。

六朝文学中值得关注的还有贬谪、流寓广东的文人创作。从汉代开始,苍梧郡广信和南海郡番禺(今广州)便成为海上丝绸之路的重要对接点,是与中原地区经济交流和文化交融之地,之后一直是岭南的政治、经济和文化的中心。东汉末年,交趾太守士燮把州治从交趾郡龙编迁到苍梧郡广信。建安十五年(210)交州刺史步骘又将州治从广信迁至番禺,之后多个广州刺史、交州刺史沿用广州为州治。一直到南朝,广信和广州都是南迁广东的文人聚集地。晋安帝隆安时期,鄞城吴隐之任广州刺史,吴隐之,字处默,介立有清操,善于谈论,博涉文史,以儒雅著名,为官清廉,曾畅饮距

---

① (明)黄佐注,陈宪猷疏注点校:《广州人物传》(南梁刺史冯公融),广州:广东高等教育出版社1991年版,第36页。
② (明)黄佐注,陈宪猷疏注点校:《广州人物传》(南梁王国常侍廖公冲),广州:广东高等教育出版社1991年版,第34页。
③ (清)屈大均:《广东新语》,北京:中华书局1985年版,第345页。
④ (唐)姚思廉:《二十四史·陈书》,北京:中华书局2000年版,第99页。
⑤ (清)郭尔戺、(清)胡云客等纂修:《[康熙]南海县志》(卷十二·文学传),北京:北京书目文献出版社1991年版,第232页。

广州二十里之外的石门贪泉之水，留下《酌贪泉诗》，诗云："古人云此水，一歃怀千金。试使夷齐饮，终当不易心"①。琅琊王叔之，字穆仲，生卒时间无可考，为王导后代，晋宋之际，时势动乱，王叔之与兄伯之，携家人避难于广东，依广州刺史王镇之，有《庄子义疏》三卷、文集十卷，均佚，《艺文类聚》《初学记》和《太平御览》等古籍中藏有其多篇遗文；今存王叔之诗作《游罗浮山诗》《拟古诗》等，其《游罗浮山诗》写罗浮山景，赞曰："庵霭灵岳，开景神封。绵界盘趾，中天举峰。孤楼侧挺，增岫回重。风云秀体，卉木媚容。"②其诗歌文辞雅净，《古诗评选》（卷二）赞誉其"结体之净，送句之严""似赞似铭似颂，尤四言本色"③。其《拟古诗》曰："客从北方来，言欲到交趾。远行无它货，惟有凤凰子。百金我不欲，千金难为市"④，诗歌讲述了诗人在广州的生活片段。陈郡阳夏人谢灵运徙广州，诏弃于市，留下《岭表》《临终》等诗，影响了一代又一代岭南文人的精神世界；南朝齐南乡舞阴（今河南泌阳）人范云概于南齐建武三年（496）至南齐永元元年（499）年间出为始兴内史、广州刺史，作《酌修仁水赋诗》《咏桂树》《送沈记室夜别》等诗，留下诸多佳句，如"且饮修仁水，不挹背邪流！""不识风霜苦，安知零落期！""扪萝正忆我，折桂方思君"等。⑤ 其诗感情真挚，文辞清丽。擅长宫体诗的江总避侯景之乱，至广州依萧勃，在岭南创作了有别于宫廷诗风格的诗歌；武威姑臧（今甘肃武威）人阴铿概于南梁承圣四年（555）至南梁天启二年（559）间因江陵失陷，亦南投萧勃，其诗"神采新澈，辞精意切"，现存《题罗浮山》《游始兴道馆诗》和《南征闺怨诗》等诗作。

此外，南朝宋谢纬、谢超宗、顾迈、沈怀远、张融，南朝齐刘祥、范云，梁朝王僧孺、范缜、柳恽、徐伯阳，陈朝岑之敬、袁敬等文人名士皆南迁，他们在广东获得了栖息之地，丰富了阅历，提升了诗文创作水平，促进了六朝时期广东文化与北方文化的交流，推动了当时广东文学的发展和繁荣。

第二节　谢灵运入粤及其文学创作

谢灵运（385—433），小名客儿，世称谢客。祖籍陈郡阳夏（河南太康）人，生于会

---

① （唐）房玄龄：《晋书·卷九〇·吴隐之传》，（唐）房玄龄等撰：《二十四史·晋书》（卷一一卷三六），北京：中华书局2000年版，第1563页。
② （清）王夫之著，《船山全书》编辑委员会编校：《船山全书》（第14册），长沙：岳麓书社1996年版，第607页。
③ （清）王夫之评选，张国星点校：《古诗评选》（卷二），保定：河北大学出版社2008年版，第116—117页。
④ 黄雨选注：《历代名人入粤诗选》，广州：广东人民出版社1980年版，第8页。标点有变动。
⑤ 黄雨选注：《历代名人入粤诗选》，广州：广东人民出版社1980年版，第12—14页。

稽始宁(今属浙江)。东晋至刘宋时期文学家。他以丰富的创作开拓了诗的境界,使山水诗从玄言诗中独立出来,扭转东晋以来的玄言诗风,成为山水诗派的鼻祖,后世习称为"大谢"。谢灵运以诗文著称,亦善书画、史学,通佛道。

谢灵运为东晋名将谢玄之孙,其父谢瑍生而不慧,为秘书郎,早亡,其母刘氏是王羲之的外孙女。谢灵运年少好学,博览群书,学习王羲之的真草,工于书法,谢灵运家族的富贵主要缘于谢玄在淝水之战中立下的显赫功勋,谢玄封爵康乐公。谢氏一门有入仕的传统,如谢尚、谢奕、谢万、谢安(谢灵运重叔祖)、谢石(谢灵运重叔祖)、谢琰(谢灵运重叔父)、谢玄(谢灵运祖父)等皆有官职。谢灵运自然就走上了仕途,也希望拥有"达人贵自我,高情属天云。兼抱济物性,而不缨垢氛"①的人生。晋兴元元年(399),谢灵运袭爵康乐公。义熙元年(405),谢灵运二十二岁,初入仕途,追随豫州刺史刘毅,任记室参军。之后谢灵运经历几次免职、免官,于景平元年(423)称病辞职,归故乡会稽始宁,开始了第一次的隐居生活,登山临水,所至皆为诗咏,其诗名大振,在文人间的影响力很大。但元嘉三年(426)谢灵运复被征用,但元嘉五年(428)谢灵运又常称疾不朝,出郭游览,经旬不归。最终上表称病辞归,回到会稽始宁,与族弟谢惠连、东海何长瑜、颍川荀雍、泰山羊璿之等人以文章赏会,寄情山水,时人称之为"四友"。

谢灵运恃才傲物、张扬自我,游走于仕与隐之间,不将当权者放在眼里。元嘉年间,会稽太守孟顗事佛精恳,而为谢灵运所轻。《宋书·卷六十七·谢灵运传》记载:谢灵运曾对孟顗说:"得道应须慧业文人,(孟顗)生天当在灵运前,成佛必在灵运后。"②孟顗为此言深恨不已。元嘉八年(431),谢灵运两次请求决湖为田,孟顗不允。谢灵运性格倨傲,说孟顗非存利人之心,言论伤之,两人矛盾达到难以调和的地步,导致孟顗向朝廷奏其谋反,终导致谢灵运被贬为临川内史。在任临川内史期间,谢灵运和在永嘉时一样常出遨游。元嘉十年(433)春,谢灵运被"察举非法"的州从事(即部郡从事)郑望生举报,司徒刘义康遣使随郑望生拘捕谢灵运。谢灵运心中的愤懑与失望化作鲁莽和冲动的举动,他举兵拒捕,终被擒。《宋书·卷六十七·谢灵运传》记曰:"(谢灵运)在郡游放,不异永嘉,为有司所纠。司徒遣使随州从事郑望生收灵运。灵运执录望生,兴兵叛逸,遂有逆志。为诗曰:'韩亡子房奋,秦帝鲁连耻,本自江海人,忠义感君子。'追讨禽之,送廷尉治罪。廷尉奏灵运率部众反叛,论正斩刑,上爱其才,欲免官而已。彭城王义康坚执谓不宜恕。"③文帝(刘义隆)以谢玄"勋参

---

① 顾绍柏注:《谢灵运集校注》,郑州:中州古籍出版社1987年版,第104页。本章引用此书同此版本。
② (梁)沈约撰:《二十四史·宋书》(卷三九—卷一〇〇),北京:中华书局2000年版,第1175页。
③ (梁)沈约撰:《二十四史·宋书》(卷三九—卷一〇〇),北京:中华书局2000年版,第1175—1176页。

微管"为由,降死一等,将其流放广州。约八月,谢灵运之子谢凤、孙子谢超宗等随其往广州。

在岭南期间,谢灵运用诗文书写岭南景物,及其所遇所感。在前往广州的途中,谢灵运经过江西与广东交界处的大庾岭,面对高大雄伟的山峰,联想到自己的不幸遭遇,悲凉之情油然而生,于是写下《岭表赋》,赋云:

> 见五渎之东写(泻),睹六水之南挥。囗(原文脱字)灵海之委输,孰石穴之永归。

> 若乃长山款跨,外内乖隔。下无伏流,上无夷迹。麋鹿望冈而旋归,鸿雁睹峰而反翮。既陟麓而践坂,遂升降于山畔。顾后路之倾巇,眺前磴之绝岸。看朝云之抱岫,听夕流之注涧。罗石棋布,怪谲横越。非山非阜,如楼如阙。斑采类绣,明白若月。萝蔓绝攀,苔衣流滑。①

《岭表赋》借助对大庾岭景物细腻的描写来渲染气氛、烘托作者之心情。"石穴之永归"中的"永归"二字暗含一去不返之意。"麋鹿望冈而旋归,鸿雁睹峰而反翮"两句通过麋鹿旋归、鸿雁折返,衬托山峰之高耸险峻;接着又写登山而上,回望来路是倾斜的山峰,犹如回望作者自己的过去,眺望前方有陡峭的绝壁,怪石横越的山间,犹如面对毫无希望的未来;朝云、溪流皆能去留自由随性,而诗人则只能被迫继续南行,与诗人境遇形成了明显的对照。诗人寓情于怪谲之景,暗示前途险恶,表达被迫南迁的伤感,以及对前途的忧虑和绝望。谢灵运又作《岭表》诗:"照涧凝阳水,潜穴囗阴囗。虽知视听外,用心不可无。"②诗中所写为大庾岭一带的景物,原脱两字,仍大致能看出诗人所见景色:山间能见到阳光的溪水,山中不见阳光的洞穴,最后两句似含玄理。谢灵运迁徙广州,他似乎自知不保,又作《感时赋》曰:

> 夫逝物之感,有生所同。颓年致悲,时惧其速。岂能忘怀,乃作斯赋。

> 相物类以迫己,闵交臂之匪赊。揆大耋之或逭,指崦嵫于西河。鉴三命于予躬,怛行年之蹉跎。于鹎鴂之先号,挹芬芳而凤过。微灵芝之频秀,迫朝露其如何?虽发叹之早晏,谅大暮之同科。③

此赋或作于前往广州途中,保留了魏晋文学悲凉的特色,表达对时光易逝、生命逝去、人生短暂的强烈喟叹,伤悼之情溢于言表,反映出诗人在政治上遭受打击后的消沉情绪。诗人在生命悲情的抒发中,有着对生命存在的反省、对人生价值的思考,

---

① 顾绍柏注:《谢灵运集校注》,郑州:中州古籍出版社1987年版,第371页。
② 顾绍柏注:《谢灵运集校注》,郑州:中州古籍出版社1987年版,第202页。
③ 顾绍柏注:《谢灵运集校注》,郑州:中州古籍出版社1987年版,第370页。

同时与玄学之畅神体道紧密融合使诗歌所表达的精神世界得以提升。赋文之基调与乐府诗《长歌行》极为相似。

到达广州后,谢灵运面临的境况比之前更为凶险,在这种情况下思亲忆友在所难免。昙隆法师为谢灵运旧友,与谢灵运交情深厚,谢灵运在始宁时期就与他多有来往。元嘉十年(433)十一月,谢灵运在广州作《昙隆法师诔》追忆好友昙隆法师。昙隆法师于元嘉十年夏远道看望落难中的谢灵运,未能见面,法师却因暑热染病而亡。谢灵运当时是戴罪之身,命悬一线,追忆亡友,悲痛万分。诔文记述了隐居在庐山的昙隆法师的事迹:"一登石门香炉峰,六年不下岭。僧众不堪其深(操),法师不改其节。援物之念,不以幽居自抗;同学婴疾,振锡万里相救。"昙隆法师重情重义,"晚节罹衅,远见参寻,至止阻阏,音尘绝绝。值暑遘疾,未旬即化,诚存亡命也"几句道出了昙隆法师对自己的厚重情谊,尤其是在谢灵运被流放时,世人唯恐避之而不及,而昙隆法师仍不离不弃,长途跋涉前往探望,对于昙隆法师的深情厚谊,谢灵运无以为报,只能发出哀痛:

> ……
>
> 呜呼哀哉! 魂气随之,延陵已了。莺蝼同施,漆园所晓。委骸空野,岂异岂矫。幸有遗馀,聊给虫鸟。呜呼哀哉! 缅念生平,同幽共深。相率经始,偕是登临。开石通涧,剔柯疏林。远眺重叠,近瞩岖嵌。事寡地闲,寻微探赜。何句不研,奚疑弗析。帙舒轴卷,藏拔纸襞。问来答往,俾日余夕。沮溺耦耕,夷齐共薇。迹同心欢,事异意违。承疾怀灼,闻凶懔悲。孰悲云不痛,零泪沾衣。呜呼哀哉! 行久节移,地边气改。终秋中冬,逾桂投海。永念伊人,思深情倍。俯谢常人,仰愧无待。呜呼哀哉!①

诔文结尾处共用了四个"呜呼哀哉",谢灵运因昙隆法师为探望自己而客死他乡,甚至没有得到体面的安葬而哀痛。延陵季子(季札)为春秋品德高尚的吴国贵族,轻于权位,吴王多次传位于他,他皆力辞。谢灵运将昙隆法师视为延陵季子一样的至德之人。当时诗人流放至广州,毫无自由,虽有吊墓之心也难以实现,也只能"永念伊人,思深情倍",自然悲不自胜。这篇诔文既可视为对昙隆大师的悼文,也可看作谢灵运的自哀辞。谢灵运为昙隆大师的去世感到痛彻心扉,似乎同时也借此表明心志:自己敬重延陵季子,自己也是一个重情重义、至德之人。之后谢灵运还是被指控谋反,元嘉十年(433)冬于广州被执行弃市刑(即绞刑),年四十九。留下临终诗曰:

---

① 顾绍柏注:《谢灵运集校注》,郑州:中州古籍出版社 1987 年版,第 352 页。

> 龚胜无余生,李业有终尽。嵇公理既迫,霍生命亦殒。凄凄凌霜叶,网网冲风菌。邂逅竟几何,修短非所愍。送心自觉前,斯痛久已忍。恨我君子志,不获岩上泯。(唯愿乘来生,怨亲同心膂。)①

诗中所言龚胜、李业、嵇康和霍原皆为坚守志节之人,李业不顾公孙述征召,饮毒而死;龚胜不仕于新莽,绝食而亡;嵇康不肯臣服于司马昭,受刑东市;霍原不肯支持王浚谋僭称制,遭捕被害。谢灵运借四位历史人物自比,诉说人生无常、生命短暂,流露出对刘宋王朝的失望和对晋室的怀念;谢灵运仕途多有不顺,在官场上被排挤,有贵族和文人的自负和傲气,他欲寄情山水,但又难逃离政治的漩涡;"邂逅竟几何,修短非所愍"感叹人生长短非人力所控;"恨我君子志,不获岩上泯"中的"君子志"即隐者寄情山水、疏放洒脱、高雅脱俗、孤傲高洁的志向。诗人徒有君子之志,却无法拥有这样的隐居生活,表达了他对官场的厌恶,及不能栖隐山林的苦闷和遗憾。

拥有"江左独振"才名的谢灵运在广东的时间不过数月,当年在广州居所和行刑的具体地点已无从确考,但他带给广东文人名士的影响却是久远深长的。谢灵运不屈的人格、文人的傲骨和传统名士的疏狂体现在诗歌里,形成了纯真高洁的诗魂,梁代钟嵘曰:"其源出于陈思,杂有景阳之体。故尚巧似,而逸荡过之。颇以繁芜为累。嵘谓若人(按:谢灵运)兴多才博,寓目辄书。内无乏思,外无遗物,其繁富,宜哉!然名章迥句,处处间起;丽曲新声,络绎奔发。譬犹青松之拔灌木,白玉之映尘沙,未足贬其高洁也。"②谢灵运追求人格的高洁与精神的自由,影响着广东后世文人的精神世界,其名声已融入广东文化之中。

谢灵运原有诗文集20卷,现已散佚。现存诗歌约一百首,赋约十篇。谢诗上承魏晋、下启宋齐梁陈,他是山水诗的开创者和代表诗人,其山水诗最主要的特点就是以描摹自然山水为题材,多采用五言诗体,写法纯熟自然;将叙事记游、写景、抒写情理三者融为一体,富于结构美,被后人称为"康乐体"。他在广东创作的作品现存仅有《岭表赋》《感时赋》《昙隆法师诔》及《岭表》《登狐山》《入竦溪》《长歌行》(倏烁夕星流)和《临终》诗,皆流露出愁苦和忧郁,这与他的人生经历有关。谢灵运本身就是带着命运的悲剧南迁至广东的,他将广东的山水写进诗文,并融入幽愤之情、沉郁之感,所作诗文风格深沉凝重,尤能彰显其高傲、高洁之品格,具有不拘一格、大胆创变等极其鲜明的特点。

谢灵运诗歌对后代广东文学影响深远。如唐张九龄的山水诗,从结构和词语方

---

① 顾绍柏注:《谢灵运集校注》,郑州:中州古籍出版社,第204页。
② (南朝梁)钟嵘著,曹旭集注:《诗品集注》(上《宋临川太守谢灵运诗》条),上海:上海古籍出版社1994年版,第160页。

面来看,有取法谢灵运山水诗体的痕迹,基本按照景物描写、抒情、写理的基本结构进行创作。张九龄诗歌中也不乏化用谢灵运诗句或文意的诗作,如《奉使自蓝田玉山南行》中的"徒知恶嚣事,未暇息阴论"句化用谢灵运《道路忆山中》"追寻栖息时,偃卧任纵诞"之句;《与生公寻幽居处》中的"期为静者说,曾是终焉保"句化用谢灵运《过始宁墅》诗"拙疾相倚薄,还得静者便";《出为豫章郡途次庐山东岩下》中的"双阙出云峙,三宫入烟沉"句化用谢灵运《游名山志》中《石壁山》《石门山》的文意等,这些都透露出张九龄对谢灵运的有意仿效。葛晓音先生认为张九龄诗并不善于细致刻画景物的形貌动态,但曾一度着重景物的描写,对"大谢体"的章法和词语模仿痕迹更明显。①

谢灵运诗文直接影响了之后流寓或贬谪岭南的文人之创作。南朝陈江总在《游摄山栖霞寺诗序》中写道:"祯明元年太岁丁未四月十九日癸亥,入摄山展慧布法师,忆《谢灵运集·还故山入石壁中寻昙隆道人有诗一首十一韵》。今此拙作,仍学康乐之体。"②之后,寓居广东及晚年时期的江总一如既往地钟爱谢灵运的山水诗,在诗歌创作上主动接受并仿效"康乐体"。此外,沈佺期、宋之问在宦游与贬谪岭南期间,也沿袭谢灵运山水纪游诗的写作范式,又融合宫体诗约句准篇的经验,对沿途风光进行了生动的描写。特别是宋之问被贬泷州(今广东罗定)期间,所作诗歌无论是其灵活多变的章法体式,还是独具个性的风景描述,都深得"大谢体"之精髓。

第三节　江总南迁与岭南文学形象的建构

太清二年(548),南朝梁爆发侯景之乱,大量文人避难至岭南,形成梁末陈初文人流寓岭南的高潮。文人南下后,大多投靠广州刺史萧勃及欧阳颁,于是就以萧氏和欧阳氏为中心,集聚流寓文士和当地文人,形成了规模较大的文学集团,江总、阴铿、徐伯阳、袁敬和岑之敬等都是流寓文人中的一员。

江总(519—594),字总持,济阳考城(今河南兰考)人。江总一生历经梁、陈、隋三代,梁陈时期的大臣、文学家。江总七岁而孤,依于外婆家。他少聪敏过人,笃学、好辞采,早年因其才华学识曾被梁武帝赏识,在陈代被誉为"风流以为准的""辞宗学府,衣冠以为领袖"③,尤善五言七言诗。在陈代任职期间,江总官至尚书令,世称"江

---

① 葛晓音:《唐前期山水诗演进的两次复变——兼论张说、张九龄在盛唐山水诗发挥中的作用》,《江海学刊》1991年第6期。
② 逯钦立辑校:《先秦汉魏晋南北朝诗》(陈诗卷八),北京:中华书局1983年版,第2584页。
③ (唐)姚思廉:《二十四史·陈书》,北京:中华书局2000年版,第241页。

令",他与陈后主游宴后庭,共陈暄、孔范、王瑗等十余人,当时谓之狎客,是宫体诗的代表作家。

江总十八岁时,初任宣惠武陵王府法曹参军。又授职为何敬容府主簿,不久调任尚书殿中郎。平定侯景之乱后,诏命江总任明威将军、始兴内史,未及赴任而江陵陷落,江总遂流寓岭南十余年。《陈书·江总传》云:"侯景寇京都,诏以总权兼太常卿,守小庙。台城陷,总避难崎岖,累年至会稽郡,憩于龙华寺,乃制《修心赋》,略序时事。其辞曰:太清四年秋七月,避地至会稽龙华寺……"①当时江总的第九舅父萧勃先据广州,江总自会稽前往广州投奔萧勃,"梁元帝平侯景,征总为明威将军、始兴内史,以郡秩米八百斛给总行装。会江陵陷,遂不行,总自此流寓岭南积岁。天嘉四年,以中书侍郎征还朝,直侍中省"②。《梁书·元帝纪》记载大宝元年(550)十二月"以定州刺史萧勃为镇南将军、广州刺史",不久,江总南下投靠。萧勃死后,欧阳頠接替了他在岭南的地位,江总与欧阳頠、欧阳纥父子关系甚为密切,古籍记载江总曾收养欧阳頠之孙欧阳询。《旧唐书·卷一百八十九·欧阳询传》中曰:"陈尚书令江总与纥有旧,收养之,教以书计。"③《新唐书·卷一百九十八·欧阳询传》也称"江总以故人子,私养之"④。《补江总白猿传》是唐初的传奇代表作,记载梁大同末年欧阳纥率军南征,至桂林长乐,其妻为白猿精劫走。欧阳纥率兵入山,计杀白猿,而妻已孕,后生一子,状貌如猿猴。后欧阳纥为陈武帝所杀,江总素与其多有往来,爱其子欧阳询,故收留抚养。及欧阳询长大,果然善文工书,知名于时。⑤传奇所述与史实有很大出入,传奇将欧阳頠率军大同末年出征之事嫁接到欧阳纥身上;欧阳纥为陈宣帝而非陈武帝所杀;江总收养欧阳询,大概是在陈文帝天嘉四年(563)江总回到建业之后,而非欧阳纥谋反被杀之时。传奇内容与史实大多不符,但从中可看出江总与欧阳父子的密切关系。此外,江总还曾作《广州刺史欧阳頠墓志》,对欧阳頠赞赏有加,认为欧阳頠"孝敬纯深,友悌惇睦,家积遗财,并让诸季,兼周同壤。公含章内映,远识沉通。窒嗜欲,谨言行,资贞斡,事廉隅"⑥,江总与欧阳頠的熟悉程度亦可见一斑。江总在广东先后依靠两届广州刺史,再加上其自身的才华,他在广东的生活应该是比

---

① (唐)姚思廉:《二十四史·陈书》,北京:中华书局2000年版,第239页。
② (唐)姚思廉:《二十四史·陈书》,北京:中华书局2000年版,第240页。
③ (后晋)刘昫等撰:《二十四史·旧唐书》(卷一五〇—卷二〇〇),北京:中华书局2000年版,第3364页。
④ (宋)欧阳修、(宋)祁撰:《二十四史·新唐书》(卷一六五—卷二二五),北京:中华书局2000年版,第4334页。
⑤ (宋)李昉等编:《太平广记》(卷四四四),北京:中华书局1961年版,第3631页。
⑥ (明)张溥编、(陈)江总著:《汉魏六朝百三家集·第91册·江令君集》,寿考堂藏板(原著未标注出版社)1918年,第38页。下引该书同此版本。

较惬意的。

陈文帝天嘉四年（563），江总以中书侍郎被征回建康。约从公元551年至563年，江总在广东已度过十三年左右的时光。江总自言："我行五岭表，辞乡二十年。"（《诒孔中丞奂》）其中"二十年"并非实指，而是极言其居住岭南之久。陈后主（陈叔宝）时期，江总任宰相，与后主在后宫耽于饮酒作乐，荒于朝政事。隋开皇十四年（594年）江总死于江都，时年七十六岁。

江总在仕途上没多少建树，但他是梁陈年间文坛重要的文学家，《陈书·江总传》谓江总有文集三十卷行世。《隋书·经籍志》著录《江总集》三十卷、《江总后集》二卷。《旧唐书·经籍志》《新唐书·艺文志》均著录《江总集》二十卷，《宋书·艺文志》著录《江总集》七卷。明张燮辑本五卷，收入《七十二家集》，但今仅存明代张溥《汉魏六朝百三家集》中所辑《江令君集》一卷。历代重要的类书、诗集和选本如《艺文类聚》《乐府诗集》《文苑英华》《诗纪》等也都收有江总的诗歌。现存江总诗歌一百零三首，文五十五篇。江总对后代文学的影响很大，其诗才尤为唐宋诗人认可，如李白、杜甫、李商隐和韩愈等人或赞其才华，或模拟其作，或将其人、其事化用为典。

江总在岭南文人圈时间长，当有一定的地位，他留下了多篇描写广东风物的诗赋。继谢灵运之后，江总又一次以流寓文人的身份在诗赋文学中建构岭南文学形象。流寓广东时期，江总寄情于岭南山水人文之中，现存诗歌有《衡州九日》《经始兴广果寺题恺法师山房》《秋日登广州城南楼》《别南海宾化侯》《遇长安使寄裴尚书》等。流寓广东的经历，及其在广东独特的见闻和感受都使这些作品有别于其早期或晚期之作，无论是从思想上，还是从艺术上来看，这些诗歌都可称得上上乘之作。

南朝时期，始兴是南北交通要道，承圣元年（552）年江总曾被征为始兴内史，之后萧勃于承圣三年（554）九月为避王琳迁居始兴，江总曾在始兴居住，其《衡州九日》诗记录了他在始兴的见闻，诗云：

> 秋日正凄凄，茅茨复萧瑟。姬人荐初酝，幼子问残疾。园菊抱黄华，庭榴割珠实。聊以著书情，暂遣他乡日。①

《陈书·欧阳頠传》云："梁元帝承制以始兴郡为东衡州"②，欧阳頠当时为持节、通直散骑常侍、都督东衡州诸军事、云麾将军、东衡州刺史等职位。据此，陈寅恪先生认为江总诗题之衡州，即东衡州，即始兴郡。当时始兴郡治在曲江一代，隶属于东衡州。《衡州九日诗》描绘出始兴秋日生活图：秋日凄凉，茅屋萧瑟，然有佳人呈美酒，有幼子关心和问候，菊花争艳于庭院，饱满的石榴挂满树枝。这描绘的本是一幅令人

---

① （明）张溥编，（陈）江总著：《汉魏六朝百三家集·第91册·江令君集》，第66页。
② （唐）姚思廉：《二十四史·陈书》，北京：中华书局2000年版，第106页。

安逸的日常生活图,但对于处于频繁战乱的背景之下,逃难至广东避难的江总来说,内心是非常复杂的,难免有思乡之情,也难免有家国飘零之感,所以,诗歌末句说到作者只能靠著书来打发异乡的寂寥,诗歌写景、写人、抒情融为一体。

江总早年便笃信尊崇佛学。《陈书·江总传》载江总的自叙云:"弱岁归心释教,年二十余,入钟山就灵曜寺则法师受菩萨戒"①,晚年更是深悟苦空,更复练戒,运善于心。在始兴,江总亦虔诚佛法,亲近僧侣,曾与恺法师②等一批佛僧人诗歌唱和,写下《经始兴广果寺题恺法师山房》:

> 息舟候香埠,怅别在寒林。竹近交枝乱,山长绝径深。轻飞入定影,落照有疏阴。不见投云状,空留折桂心。③

这俨然是一首艺术上臻于成熟的五言律诗,格律已趋于完善。诗人停舟在幽静的码头,拜访了恺法师之后要离开广果寺,与恺法师道别,"寒林"点名怅然离别的季节当是深秋。随后诗人描绘恺法师禅房的幽静,映衬出身居山林的法师远离尘俗、专心修行的心境。"轻飞入定影,落照有疏阴"句颇合禅意,"轻飞"是动,"定影"是静,动与静本相对,却在此相映成趣,夕照与疏阴相互映衬;最后两句是诗人发出的感慨,诗人由静修于广果寺的恺法师联想到奔走于俗世的自己,对恺法师隐居修行的羡慕之情溢于言表。整篇诗境与禅境相通,意境优美,怅别之情与山林寺院之景交融,古雅清澹,余味悠长。

寓居广州期间,江总秋日傍晚登南城楼,写下了描写广州城风景的诗歌《秋日登广州城南楼》:

> 秋城韵晚笛,危榭引清风。远气疑埋剑,惊禽似避弓。海树一边出,山云四面通。野火初烟细,新月半轮空。塞外离群客,颜鬓早如蓬。徒怀建邺水,复想洛阳宫。不及孤飞雁,独在上林中。④

这是一首现存较早描绘广州城的诗歌,秋天傍晚的广州城别有一番韵致,清风徐来、笛声悠扬,近处有秋色中的古城、高耸的亭榭,远处江面烟波浩渺,云气直上,霞霭掩映,鸟禽惊起横空过,丛树海边立,云霭山间绕,野烟袅袅,新月皎皎。诗歌描写由

---

① (唐)姚思廉:《二十四史·陈书》,北京:中华书局2000年版,第241页。
② 陈寅恪先生认为:"此恺法师之名虽不可确知,但必知道安之号安法师,慧远之号远公之比,而为某恺。盖僧徒例以其二名之下一字见称目也。今除智恺之外,尚未发现其他适当之恺法师,得与江总会聚于始兴之地,然而此恺法师岂即智恺欤?"详见陈寅恪:《梁译大乘起信论伪智恺序中之真史料》,刘梦溪主编,陈寅恪著:《中国现代学术经典·陈寅恪卷》,石家庄:河北教育出版社2002年版,第758页。
③ (明)张溥编,(陈)江总著:《汉魏六朝百三家集·第91册·江令君集》,第64页。
④ (明)张溥编,(陈)江总著:《汉魏六朝百三家集·第91册·江令君集》,第54页。

近及远,由地面到天空,描绘出一幅美妙的广州自然风光图。诗歌景中有情,用"塞外离群客,颜鬓早如蓬"引领后六句,奠定了诗歌的情感基调,身在大庾岭之南的江总面对广州秋日晚景,心中想到却是京城和自己家乡的山水,感怀际遇的同时,不禁涌起思乡、孤寂、落寞之情,诗歌最后以苦寂悲情作结,真挚感人。

江总和同为流寓岭南或广东本地诸多名士文人多有交往,他在南海与好友萧云分别,作《别南海宾化侯》云:

> 石关通越井,蒲涧迩灵洲。此地何辽夐,群英逐远游。高才袁彦伯,令誉许文休。悠焉值君子,复此映芳猷。崤函多险涩,星琯壮环周。分歧泣世道,念别伤边秋。断山时结雾,平海若无流。惊鹭一群起,哀猿数处愁。是日送归客,为情自可求。终谢能鸣雁,还同不系舟。其如江海泣,惆怅徒离忧。①

《陈书·卷三十五·陈宝应传》记载:"侯景之乱,晋安太守、宾化侯萧云以郡让(陈)羽,羽年老,但治郡事,令宝应典兵。是时东境饥馑,会稽尤甚,死者十七八,平民男女,并皆自卖,而晋安独丰沃。"②明黄佐《广州人物传》亦云江总"在南海时,有《别宾化侯萧云》诗,是时云亦遁居吾广"③。由此可见,宾化侯当为萧云,梁朝宗室。此诗指出当时广东虽荒远,却是一个群英聚集的地方,江总与萧云短暂的南海相聚后,又于秋天离别,世道纷乱,未来迷茫,离别就显得更为伤情。江总用断山、迷雾、平海、惊鹭、哀猿等意象勾勒出一幅自然景色图,烘托结尾两句所表达的客子思乡之情。

在岭南遇到长安来的使者,江总有感而发,作诗送裴尚书。其《遇长安使寄裴尚书》云:

> 传闻合浦叶,远向洛阳飞。北风尚嘶马,南冠独不归。去云目徒送,离琴手自挥。秋蓬失处所,春草屡芳菲。太息关山月,风尘客子衣。④

裴尚书,名忌,字无畏,河东(今属山西)人。陈宣帝时为录尚书、都官尚书,陈文帝时曾为持节都督岭北诸军事,率众平定义安(治今广东潮州)太守反叛。裴忌当为江总好友。"北风"二句意谓马尚且可向着北风而嘶叫,而自己却只能滞留南方,不能归去,作者用"南冠"表示滞留南方,用"秋蓬"形容自己漂泊异地之境况,用"风尘"形容自己长久客居他乡。诗人久居南方,用诗歌表达渴望回归的心情,真挚感人。

现存江总岭南所作 2 篇诗赋主要是写岭南山水和植物。江总曾由始兴沿北江南

---

① (明)张溥编,(陈)江总著:《汉魏六朝百三家集·第 91 册·江令君集》,第 56 页。
② (唐)姚思廉:《二十四史·陈书》,北京:中华书局 2000 年版,第 337 页。
③ (明)黄佐著,陈宪猷疏注点校:《广州人物传》,广州:广东高等教育出版社 1991 年版,第 581 页。
④ (明)张溥编,(陈)江总著:《汉魏六朝百三家集·第 91 册·江令君集》,第 56 页。

下,经过贞女峡时,写下现存最早歌咏北江的《贞女峡赋》:

> 倦辛苦于岭表,遂沉沦于海外。迹飘摇于转蓬,情缭绕于悬斾。骇兹峡之殊怪,伫奇峰而瞩瞩。或迤逦而西成,乍崔嵬而五曲。含照曜之银烛,漼潺湲之膏玉。山苍苍以坠叶,树索索而摇枝。澄碧源之见底,耸翠壁以临危。①

贞女峡位于广东省连县南,郦道元《水经注·洭水》记载:"峡西岸高岩名贞女山。山下际有石如人,形高七尺,状如女子,故名贞女峡。古来相传,有数女取螺于此,遇风雨昼晦,忽化为石。"②《贞女峡赋》文笔朴实平易,句式对仗工整。江总娴熟地运用六字句,将贞女峡描绘得栩栩如生,让人读之如身临峡边,看到贞女峡两岸陡峭的悬崖,听到湍急江流的鸣声,有惊心动魄之感。开头两句"倦辛苦于岭表,遂沉沦于海外"奠定了感情基调,赋中所写之景与江总乱世飘摇之经历相呼应,烘托出岭表之艰辛,内心之情与眼前之景相对应,从而实现了诗作内涵与艺术境界完美统一。江总描写岭南地方风物,也擅长寄寓自己对岭南风物的情感和思考,如《南越木槿赋》云:

> 日及多名,蕤宾肇生。东方记乎夕死,郭璞赞以朝荣。潘文体其夏盛,嵇赋悯其秋零。此则京华之丽木,非于越之舜英。南中轵草,众花之宝。雅什未名,骚人失藻。雨来翠润,露歇红燥。叠萼疑繁,低茎若倒。朝霞映日殊未妍,珊瑚照水定非鲜。千叶芙蓉讵相似,百枝灯花复羞然。暂欲寄根对沧海,大愿移华侧绮钱。井上桃虫谁可杂,庭中桂蠹岂见怜。

> 乃为歌曰:啼妆梁冀妇,红妆荡子家。若持花并笑,宜笑不胜花。赵女垂金珥,燕姬插宝珈。谁知红槿艳,无因寄狭邪。徒令万里道,攀折自咨嗟。③

整篇赋文交叉使用四言、六言、七言句式,最后以五言诗歌作结,极尽赞美南越木槿花。木槿即朱槿,又名佛桑,俗称大红花。《广东新语·木语》云:"朱槿一名曰及,亦曰舜英。叶如桑,光润而厚。树高至四五尺,而枝叶婆娑。自仲春,花至仲冬。一丛之上,日开数百朵。朝开暮落,色深红五出,大如蜀葵,瓣卷起,势若飞飏,层出如楼子,有蕊一条,比瓣稍长。上缀金屑,日光所烁,疑有火焰……以其花蒸醋食之,能美颜润血。"④作者用朝霞、珊瑚、芙蓉和灯花来侧面烘托朱槿花的艳丽。作者一边歌咏朱槿花,一边暗喻自己像朱槿花一样暂时寄居岭南海滨,流露出渴望回归的心情。最后两句表面看似指出朱槿自有它的美妙独特之处,实则蕴含着作者的失意和落寞。

---

① (明)张溥编,(陈)江总著:《汉魏六朝百三家集·第91册·江令君集》,第4页。
② (北魏)郦道元著,陈桥驿校证:《水经注校证》,北京:中华书局2013年版,第869页。
③ (明)张溥编,(陈)江总著:《汉魏六朝百三家集·第91册·江令君集》,第6—7页。
④ (清)屈大均:《广东新语》,北京:中华书局1985年版,第665—666页。

全篇寄情于物,赋予朱槿花以生命的体悟和思考。

总的看来,江总用诗文描绘广东风物,建构了诸多岭南文学形象。其诗歌以思乡悲情作为最重要的主题,文笔清丽朴实,对仗工整。江总自然山水之诗对谢灵运有着鲜明的继承特征,同时也有超越。《采菽堂古诗选》云:"江总持诗特有清气,校张正见大殊。其与后主酬唱诗,翻(反)不多见,大抵入隋后作,一往悲长。"又说:"江总持诗如梧桐秋月,金井绿阴之间,自饶凉气。"①这是说江总入隋之后的诗风,但通过江总在广东创作的诗歌可以看出,这种诗风在流寓岭南期间就已形成。江总的南迁经历和岭南文化对他的浸润使其在岭南所作诗赋融情于景物,情景交融。这也影响到其之后的宫体诗创作,即便是创作宫体诗,江总也能够将所写事物与自己或人物内心情感相融合,从而呈现出别开生面、区别于风行梁陈二代宫体诗的特点。

第四节　六朝方志著述与文学

广东很早就有学者开始关注地方历史及文化的记录,出现了文史价值兼具的方志著述。关于广东地方志,最早可溯源至先秦时期的《禹贡》《山海经》,其中记载了一些岭南的山水、风土和民族,但专门以岭南为记载对象的,还是要到东汉之后。继东汉杨孚《异物志》开启岭南地方物类记述之先河,从西晋至南朝,文史兼具的广东方志著述不断面世。

三国孙吴时期,陆胤著《广州先贤传》。陆胤,字敬宗,吴郡吴县(今江苏苏州)人。248年,交趾、九真两郡发生少数民族叛乱,交州地区骚动,陆胤被派为交州刺史、安南校尉,他用怀柔政策,宽待降民,交州地区由此安定。后交州分为交州和广州,广州初设,辖南海、苍梧、郁林、高凉四郡,跨越今天的广东、广西两省,治所为广州。陆胤对广州历史有所了解,撰写《广州先贤传》七卷,今佚,有清代王谟《汉唐地理书钞》辑本。《广州先贤传》主要收录四郡两汉广州历史著名人物的小传。

王范,生卒年不详,南海人,好读书,有鉴识。三国时,东吴郭马乱广州,逐广州刺史徐旗。王范追随徐旗避难,五年朝夕不离身边。后归隐,以琴书自娱。晋平定东吴之后,受刺史推荐,王范任广州大中正。当时秘书丞河内司马彪著《九州春秋》,王范见其唯略岭南一地,便搜罗百粤典故,成《交广二州春秋》(即《交广春秋》),"太康八年(按:287年)表上之,订述该核,众见之称服,自是名动京师"。王范为人卓荦不群,

---

① (清)陈祚明评选,李金松点校:《采菽堂古诗选》(下),上海:上海古籍出版社2019年版,第987页。

笃学至老不废,"交广素缺修载,自范始创为之"①。交广,即交州、广州之合称。交州,治龙编,即今越南河内市东北;广州,治番禺,即今广东广州。《交广春秋》为南海郡人写的广东地区最早的方志,事赡词工,实属难得,原书已佚,但此书部分内容被《新唐书·艺文志》《水经注》《三国志注》《礼学记》等书所引。《水经注》(卷三十六温水)引录曰:

> 王氏《交广春秋》曰:朱崖、儋耳二郡,与交州俱开,皆汉武帝所置。大海中,南极之外,对合浦徐闻县,清朗无风之日,径望朱崖州,如囷廪大。从徐闻对渡,北风举帆,一日一夜而至。周回二千余里,径度八百里,人民可十万余家,皆殊种异类。被发雕身,而女多姣好,白皙、长发、美鬓,犬羊相聚,不服德教。儋耳先废,朱崖数叛,元帝以贾捐之议罢郡。②

朱崖,一作"珠崖",治今海南省海口市琼山区;儋耳,治今海南省儋州市西北。此条引文记载了海南岛的民风民俗。又:

> 王氏《交广春秋》曰:越王赵佗,生有奉制称藩之节,死有秘奥神密之墓。佗之葬也,因山为坟,其垄茔可谓奢大,葬积珍玩。吴时遣使发掘其墓,求索棺柩,凿山破石,费日损力,卒无所获。佗虽奢僭,慎终其身,乃令后人不知其处,有似松、乔迁景,牧竖固无所残矣。③(卷三十七浪水)

上述所引条目说明南越王赵佗在生前就已对陵墓做了周密的安排,文字精练,叙述清晰,具有非常高的史料价值。王范是地道的岭南人,对岭南自然和社会有深入的了解,故《交广春秋》写了很多岭南的人文景观、风物民俗。郭棐《粤大记自序》云:"汉杨孚撰《南裔志》,晋王范著《交广春秋》,而粤之声名文物,彬彬缊素,后祀有考焉。"④《交广春秋》文字简洁,叙事详备,文理周密且内容丰富,可视为优美的短篇散文集,兼具文史价值。

东晋黄恭又认为王范《交广春秋》有多处遗漏,乃为其补遗。黄恭,字义仲,南海人。黄恭年少时性恬雅,刺史邓岱一见即器重,录为记室参军,后转任封山令,甚有治材;又任州察孝廉,举为佐著作郎。其父去世,辞官回乡,然后教授生徒,专心著述,乡里推重,又被征召为官,黄恭婉拒,后被授官职广州大中正。黄恭搜辑王范《交广春秋》,补其遗漏,进一步完善交州、广州地方志的内容,作《十三州记》,"世以其书与杨

---

① (明)黄佐著,陈宪猷疏注点校:《广州人物传》,广州:广东高等教育出版社1991年版,第26页。
② (北魏)郦道元著,陈桥驿校证:《水经注校证》,北京:中华书局2013年版,第804页。
③ (北魏)郦道元著,陈桥驿校证:《水经注校证》,北京:中华书局2013年版,第835页。
④ (清)屈大均辑,陈广恩点校:《广东文选》(上),广州:广东人民出版社2008年版,第353页。

孚《南裔异物志》《临海水土记》并传。"①此书现已佚失,《太平御览》《艺文类聚》等书有所引用。

晋宋间,裴渊和顾微著有同名《广州记》(均已佚失)各一部。清人王谟辑裴渊《广州记》一卷,收入《汉唐地理书钞》,其后记写道:"隋唐志俱不载裴(渊)、顾(微)二《广州记》,二人时代爵里亦皆无考,大要系晋、宋间人,而裴氏在前,诸书称引亦裴氏为多,或又引作《南海记》,实即此一书也。"②今人刘伟毅《汉唐方志辑佚》、骆伟和骆廷《岭南古代方志辑佚》两书中皆有裴渊《广州记》辑本。裴渊《广州记》主要内容包括岭南民族历史、古迹、山川形势、逸事传闻、物产、蛮夷等多个方面,保留了楚越关系、瓯越历史、南越史实、"蛮夷"分布、经济习俗等材料。裴渊《广州记》在前,顾微《广州记》多引用裴氏之作。顾微《广州记》现存最早辑本为明代陶宗仪《说郛》本,共计收入19条,然学界多认为有误收条目;鲁迅、杨伟群点校《历代岭南笔记八种》亦有收录,摘录条目如下:

> 郁林郡山东南,有一池;池边有一石牛,人祀之。若旱,百姓杀牛祈雨,以牛血和泥,泥石牛背,礼毕,则天雨大注,洗牛背泥尽即晴。③

> 平定县东,巨海有脖马似马,牛尾,一角。又云平定县巨海有水犀似牛,其出入有光,水为之开。④

> 山有凤凰栖宿,食其实。山东有溪曰罗阳,永泰中暑雨涨,有一竹叶若芭蕉叶大,随水出。⑤

第一条目中的郁林郡今属广西,汉初曾隶属南越国,记录了以农耕为主的上古时期民间杀牛祈雨的习俗。牛为祈雨的对象,人们用杀死牛神同类的方式来胁迫牛神,迫使其降雨。"杀牛祈雨"后来改为"打牛祈雨",这与古时民间鞭春牛的习俗相对应。第二条目介绍了平定县出现的野生动物脖马,像马,牛尾,这在《南越志》中也有类似的记载;第三条目亦写岭南动植物凤凰和竹叶。从现存顾微《广州记》十九条的内容来看,都是记录岭南风物、习俗和典故等内容。东晋末年刘欣期作《交州记》,刘欣期里籍、生平俱无考,当时交州辖今广东、广西、海南,及越南北部地区,《交州记》

---

① (清)屈大均:《广东新语》上册,北京:中华书局1985年版,第321页。
② 王谟:《汉唐地理书钞》(第八册·《广州记》),汝糜藏版,清嘉庆年间(原著未标明出版时间),第9页。
③ (晋)顾微:《广州记》,鲁迅、杨伟群点校:《历代岭南笔记八种》,广州:广东人民出版社2011年版,第3页。
④ (晋)顾微:《广州记》,鲁迅、杨伟群点校:《历代岭南笔记八种》,广州:广东人民出版社2011年版,第3页。
⑤ (晋)顾微:《广州记》,鲁迅、杨伟群点校:《历代岭南笔记八种》,第4页。

记述了交州人物逸事、山水风物、动植物等。

最值得一提的是南朝宋沈怀远撰写的《南越志》(一卷)。沈怀远,生卒年不详,吴兴武康(浙江湖州)人。《宋书·卷八十二·沈怀文传》云:

> 弟怀远,为始兴王濬征北长流参军,深见亲待。坐纳王鹦鹉为妾,世祖徙之广州,使广州刺史宗悫于南杀之。会南郡王义宣反,怀远颇闲文笔,悫起义,使造檄书,并衔命至始兴,与始兴相沈法系论起义事。事平,悫具为陈请,由此见原。终世祖世不得还。怀文虽亲要,屡请终不许。前废帝世,流徙者并听归本,官至武康令。撰《南越志》及怀文文集,并传于世。①

沈怀远为沈怀文之弟,曾为始兴王濬的幕僚。据《南史·卷三十四·列传第二十四》记载,沈怀远纳东阳公主的养女王鹦鹉为妾,元凶刘劭行巫蛊,王鹦鹉参与巫蛊事件。事情泄露后,沈怀远受到株连被贬广州,而他文笔极好,替广州刺史宗悫撰写檄文,于是宗悫向孝武帝求情方才被赦免。沈怀远被贬概在孝建元年(454),直到前废帝时期他才回到故乡,寓居广东长达十年左右。他留心观察岭南事物风情,经长期积累后撰写出《南越志》,原书八卷,现已失传,其内容散见于《太平广记》《太平寰宇记》《太平御览》《艺文类聚》等十多种书籍,今有《说郛》《汉唐地理书钞》及严可均等辑本。今人骆伟根据多种古文献,辑录共得222条,分类编排,注明佚文出处,成《〈南越志〉辑录》②,之后又将其纳入《岭南古代方志辑佚》。

《南越志》所载内容为南越异物风俗、地理沿革、古迹琐闻等,如秦始皇凿马鞍山、赵佗朝台、晋陆允开菖蒲涧、马援铸铜船等事,所载事类皆足与正史相证,亦杂记草木、鸟兽、虫鱼等。其文字描写细致精确,更有真实感和形象性;《南越志》记载岭南物产、动植物的条目占相当多的篇幅,但条目记载较为简略;而在地理沿革、历史传说等方面,叙述描写较之前志书如顾微《广州记》、嵇含《南方草木状》更为详细。摘录关于菖蒲涧的记载对比如下:

> 熙安县东北,有菖蒲涧。盘石上,水从上过,味甘冷,异于常流。(《广州记》)③

> 菖蒲——番禺东有涧,涧中生菖蒲,皆一寸九节。安期生采服仙去,但留玉舄焉。(《南方草木状》)④

> 菖蒲涧,昔交州刺史陆允之所开也,至今重之。每旦日辄倾州连汲,以充日

---

① (梁)沈约撰:《二十四史·宋书》(卷三九—卷一〇〇),北京:中华书局2000年版,第1396页。
② 骆伟:《〈南越志〉辑录》,《广东史志》2000年第3期。
③ 鲁迅、杨伟群点校:《历代岭南笔记八种》,广州:广东人民出版社2011年版,第4页。
④ 鲁迅、杨伟群点校:《历代岭南笔记八种》,广州:广东人民出版社2011年版,第11页。

用,虽有井泉不足食。太元中襄阳罗支累石涧侧,容百许人坐游之者,以为洗心之域。咸平(注:平应为安)中姚成甫常采菊涧侧,遇一丈夫,谓甫曰:此涧菖蒲,昔安期生所饵,可以忘老。于是徘徊仰俯,倏然不见,不知所终,盖仙者焉。(《南越志》)①

上述条目同样是记载菖蒲涧,《广州记》只是简单描述,《南方草木状》加入了安期生采服仙去的传说;《南越志》所载更为详细,记述菖蒲涧的开启与沿革,从"以充日用"的作用,发展为"洗心之域",再一转讲述传说,人物、时间、地点、起因、经过、结果齐备,情节性更强,由此可看到魏晋南北朝时期志怪小说对志书的影响。《南越志》有山水、物种描写,大量用"如""似"形成譬喻来帮助说明,这是它文学性的最直观的表述;而其中关于民间传说和历史事件的叙述较为形象,结构也比较完整,文学性较之前的志书有明显提升。

总之,六朝时期,全国地志物类记述繁盛,与其相应,广东的志书创作同样成绩斐然,有陆胤《广州先贤传》,王范《交广春秋》,黄恭《十三州记》,裴渊、顾微的《广州记》,刘欣期《交州记》,范瑗《交州先贤传》(四卷),沈怀远《南越志》等,它们一脉相承,所载内容涵盖了岭南地理沿革、山水名胜、风物习俗、传闻逸事、人物传记等各个方面,为后代方志创作提供了很好的范例。后人仿效之,唐代孟琯为唐元和进士,曾任职岭南,作《岭南异物志》;刘恂于唐昭宗朝出任广州司马,官满居南海,作《领表录异》;房千里因罪贬端州,位高州刺史,撰《南方异物志》;宋代(一说唐)郑熊撰《番禺杂记》,元代吴莱作《南海古迹记》,这些志书都是研究广州古代地方民俗文化不可多得的文献,为明清广东编纂地方史志热潮的出现奠定了基础。

---

① 骆伟、骆廷辑注:《岭南古代方志辑佚》,广州:广东人民出版社2002年版,第156页。

第五章　唐五代文学

唐王朝统治者加强对岭南管控,经济上岭南道的农业和工商业也得到快速发展,随着北方文人名士南迁,广东文化与中原文化融合更为深入,唐代广东文学正式兴起,是广东文学进入全国主流文坛的起点。唐五代时期广东本地文人日渐增多,他们开始出现并在全国文坛占有一席之地。一些学识渊博的学士考中科举,进士人数也较前代有很大增加,他们的作品因其特殊的进士身份或多或少地流传下来。随着南禅宗的开创,广东僧侣文学涌现,其中偈颂尤为值得关注,这为唐五代诗歌开辟新题材、新意境起到了积极的作用。唐代广东诗歌和散文无论是在数量上,还是在质量上皆取得了前所未有的成就。尽管如此,唐、五代广东文学仍大量被淹没,就诗歌而言,部分诗人仅仅留下一两首诗作,根据清黄子高编《粤诗搜逸》,所得唐五代诗人仅二十家,完整诗篇三十三首;《全粤诗》收录近五十位诗人;清代屈大均辑《广东文选》仅选录唐五代广东本土作家张九龄、赵德、刘轲、钟允章四人。总的看来,唐五代广东文学在全国主流文坛中的影响尚且有限,成就突出 广东作家较少。

第一节　初兴的广东文坛

唐代粤北和粤东地区在当时经济较为发达、文化相对繁荣、交通也较便利,广东文人多集中在此。本土诗人主要分布在连州、韶州、广州、桂州、潮州和封州等地。初唐广东文学基础薄弱,有诗人陈政、陈元光、释惠能、释法海等。玄宗时期,广东诗文创作在数量与质量上都有了一个重大的突破,出现了被誉为"岭南第一人"的张九龄。张九龄成为广东文学崛起的最重要标志,同时代的还有高力士、张随、释希迁、张偶等人,之后文人不断涌现,南溪夫人、卢宗回、刘轲、何仙姑、尉佗鬼魂、张仲方等。中唐时期,潮州海阳赵德为大历十三年(778)进士,善作文,屈大均《广东新语》(文语·赵进士文)称"潮之文自德而始"①。元和年间,韩愈被贬潮州时,授以所作文

---

① (清)屈大均:《广东新语》,北京:中华书局1985年版,第322页。

章,后赵德编《昌黎文录》,并为之作序,称韩愈之文"光于今,大于后,金石焦烁,斯文灿然,德行道学,文庶几乎古"①,赵德传播韩愈之学,为广东文学发展做出了贡献。南海人廖有方,元和十一年(816)进士,《广州人物传·唐国学生邵公谒》云柳宗元"独称诗人廖有方",廖氏为"唐诗有大雅之道"②。郑愚,番禺人,开成二年(837)进士,雄才奥学;岭南第一状元莫宣卿(834—867),字仲节,号片玉,谥孝肃,封州开建(今广东封开县)人,《全粤诗》存其诗21首。陈陶,生卒年不详,其籍贯有岭南、剑浦、鄱阳等多种不同的说法,《全粤诗》录其诗作170多首,其诗歌大多为沉痛哀婉的边塞之音,如《陇西行》:"誓扫匈奴不顾身,五千绍锦丧胡尘。可怜无定河边骨,犹是春闺梦里人。"③诗歌借闺中人对征夫炽烈的情感,含蓄地表达自己对战争的态度,表达积极进取、追求功名之心。现存陈陶干谒诗多达25首之多,反映出陈陶对功名的渴望及其仕进之路的坎坷。此外,他还存有颂道咏仙之作,表达隐逸之志,总体来看,陈陶诗作清奇僻苦,有灵奇之气。连州刘瞻,字几之,"奇伟有文学,才思慧敏",大中元年(847)进士,其弟刘助亦能文辞。翁源邵谒长于诗歌创作,《全粤诗》收录其诗词38首。南海人杨环,咸通末登进士科,工诗。连州桂阳人张鸿,唐天祐末年进士,"为诗清绝,世所传诵,有集一卷,今亡"④。

唐代尤其是中晚唐广东进士群体迅速增加,进士官宦文学繁荣,有张鸿、刘瞻、何鼎、邵安石、黄匪躬、吴霭、陈用拙、张仲方、张忠、张绍儒、黄僚、莫宣卿、黄惟坚等。这些进士官宦学识渊博,能文能诗,推动了广东文学的发展,并有部分作品存世。此外,广东有诸多僧人相继出现,自惠能开创南禅宗,其散文兼偈颂诗体行文的《坛经》面世后,后世僧徒仿效之,偈颂诗不断涌现。受其影响,惠能的弟子释法海也用偈颂阐释禅宗佛理。之后,唐代高要释希迁、潮州释宝通、曲江释如会、广州释善会、韶州释慧寂还留下了或多或少的偈颂诗。岭南诗僧卿云还留下了描写日常生活的诗作,其《秋日江居闲咏》云:"寄居江岛边,闲咏见秋残。草白牛羊瘦,风高猿鸟寒。检方医故疾,挑荠备中餐。时复停书卷,锄莎种木兰。"⑤诗歌写南方景致的同时,也让人们看到唐末僧人生活的若干方面;其《长安言怀寄沈彬侍郎》云"生作长安草,胜为边地花。雁南飞不到,书北寄来赊"⑥,道出了他对长安的留恋;而其《送人游塞》中的"塞

---

① (唐)赵德:《昌黎文录序》,(清)董诰等编:《全唐文》(卷六百二十二),北京:中华书局影印1983年版,第6277页。
② (明)黄佐著,陈宪猷疏注点校:《广州人物传》,广州:广东高等教育出版社1991年版,第52页。
③ 中山大学中国古文献研究所编:《全粤诗》(第1册),广州:岭南美术出版社第314页。
④ (明)黄佐著,陈宪猷疏注点校:《广州人物传》,广州:广东高等教育出版社1991年版,第62页。
⑤ 中山大学中国古文献研究所编:《全粤诗》(第1册),广州:岭南美术出版社2008年版,第332页。
⑥ 中山大学中国古文献研究所编:《全粤诗》(第1册),广州:岭南美术出版社2008年版,第331页。

深多伏寇,时静亦屯兵"①,也让人看到了中原兵荒马乱的影子。

此外,流放制度在唐代逐渐趋于成熟,据唐初长孙无忌等人所编《唐律疏议》卷一"流刑条"云:"流刑三:二千里(赎铜八十斤)、二千五百里(赎铜九十斤)、三千里(赎铜一百斤)。"②可见,唐代流配里程比前代更远,在实际执行过程中,流放地的选择通常是在偏远荒蛮的边远之地,而最集中的流放之地就是岭南地区。据陈凤谊《唐五代岭南诗歌研究》附录二考证,岭南贬谪文人确切可考的多达184人。初唐时期崔仁师等被贬连州;武则天长安四年(704)至唐中宗神龙元年(705),一批诗人因政权更替先后被贬岭南,张说流放钦州;沈佺期贬至驩州(今越南荣市),杜审言流放峰州(今越南越池东南),宋之问贬泷州(今广东罗定);大历十四年(779),韩会因受元载案牵累,由中书起居舍人被贬韶州;建中二年(781),杨炎因被人诬陷被贬崖州司马。唐德宗期间,河内诗人常衮贬潮州,推广中原文化,兴办州学,教授儒学,受人景仰,《广东通志》云:"常衮,及莅州,兴学教士,潮俗丕变,士类尊敬之,争传颂其文。"元和十年(815)刘禹锡被贬连州刺史元和十四年(819),韩愈被贬为潮州刺史;大中元年(847),李德裕被贬为潮州司马,后再贬崖州司户参军。与李德裕、元稹合称"三俊"的李绅任翰林学士,卷入朋党之争,唐长庆四年(824),李党失势,李绅因此被贬为端州司马,贬谪期间,李绅创作了诸多描写贬谪经历、抒发内心郁结的诗文。被贬谪到广东的这些官员、文人对广东文学、教育、学术等领域产生了深远的影响,成为广东文化发展进步、转换生新的重要因素之一。因被贬粤地的文人的增加,诞生了许多流贬文学作品,及入粤文人与友人之间的送别诗。此外,还有因任职或游走于粤的文人,如南平高骈、邵阳胡曾、京兆吕洞宾、安徽曹松等,都有诗作留世。总的来看,外来文人促进广东与异地文化,尤其是与中原主流文化的交融,为广东文学注入了新的活力。他们用创作实践拓宽了当时广东文学的题材,使得文学作品蕴含了新的情感、观点与格调。因此,唐时期入粤文人的创作是广东文学,甚至是整个岭南文学发展进程中特别值得关注的重要现象。

唐代广东地理杂记较为突出的是刘恂的《岭表录异》和孟琯《岭南异物志》。刘恂在唐昭宗朝官至广州司马,任职期满后,甚觉上京扰攘,遂居南海,这期间创作了地理杂记《岭表录异》。文章古雅,训诂精核,记载了岭南异物传说和奇闻逸事,记述岭南各类海鲜贝类、水果及禽虫,是研究唐代岭南地区经济和文化的重要资料。此外,还有段公路南游广州时所作《北户录》(三卷)。《北户录》是岭南风图录,主要记述岭南异物异事,采撷岭南民间风土、习俗、歌谣等,也帮助后人了解唐代岭南的物产和

---

① 中山大学中国古文献研究所编:《全粤诗》(第1册),广州:岭南美术出版社2008年版,第333页。
② 钱大群:《唐律疏议新注》,南京:南京师范大学出版社2007年版,第15页。

民情,具有较高的史料价值。这些地理博物志著作继承了魏晋南北朝地方博物志著作的一些特点,有学者因其含有轶事和志怪故事而称之为地理博物体志怪小说。

中国小说在魏晋南北朝时期仍处于萌芽阶段,出现了如《搜神记》等记述神鬼的志怪小说,也出现了诸如《世说新语》之类的志人小说,篇幅短小,文辞简洁。有唐一代,传奇大量面世,小说在内容、形式都具有新的特色,标志中国古代短篇小说的成熟。除了刘轲《牛羊日历》外,当时广东小说鲜有所闻,但在地理博物志著作中出现了大量的广东书写。此外,裴铏的传奇也有广东人物事件的记述。裴铏,自号谷神子,年龄不详。咸通中,为镇海军节度使高骈掌书记,加侍御史内供奉。高骈镇安南,筑安南城,讨伐大西南的南诏国,从安南至广州修"天威"道,曾命裴铏作《天威径新凿海派碑》。高骈击败南诏后,曾班师回广州,写下《南海叙怀》《南海神祠》《过天威径》等诗作。裴铏跟随于他,应当到过广东康州(德庆、高要、端州、广州等地),故其《传奇》中有多部书写广东人物和历史的传奇小说。如《崔炜》主要记述贞元中南海崔炜尚豪侠,中元日为乞食老姬偿还酒钱。老姬即为鲍姑,赠崔炜越井冈艾。崔炜用艾为任翁治愈赘疣,任翁欲杀崔炜并将之喂独脚神,崔炜得任翁之女帮助而逃脱,但又坠入大枯井,为蛇治愈赘疣。蛇载崔炜至赵佗墓,之后羊城使者携崔炜归人间,才知任翁就是南海尉任嚣、乞食老姬就是葛洪之妻。任嚣、赵佗为秦汉时期岭南历史人物,羊城使者、鲍姑和葛洪等人物为岭南传说人物,传奇叙事绵密,情节曲折离奇。《张无颇》也取材于岭南神话和传说,叙长庆中南康张无颇游番禺,袁天罡女袁大娘赠其暖金合玉龙膏。广利王知其有膏,召张无颇为其女儿医病。张无颇拿出玉龙膏给其女儿服之,女即愈。之后广利王遂赠其骇鸡犀、翡翠碗、丽玉明瑰,并将女儿嫁与张无颇。广利王即南海海神祝融,玉龙膏、骇鸡犀为岭南传说中的神异之物。《金刚仙》记述开成中金刚仙(岭南民间传说中的西域僧人)居清远峡山寺,善拘鬼魅。当时有大蜘蛛和两头蛇相斗,金刚仙至蜘蛛穴,蜘蛛触杖而死,脱离恶业。数年后,僧欲归天竺,于峡山金锁潭捕一泥鳅,泥鳅乃龙之子,僧欲煮以为膏,涂足渡海。当夜,有白衣叟贿赂寺内供役,使其持酒毒僧,昔日之蛛化为小儿打翻酒救了他。僧放归龙子,乘船归天竺。此外,《陈鸾凤》记述元和中海康(广东雷州市)陈鸾凤负气义,不畏鬼神之事。《蒋武》叙说宝历中河源胆气豪勇,善于射猎的蒋武的故事。《孙恪》将岭南民间传说与历史事件融合,叙述广德中秀才孙恪为南康判官,在端州经历人猿相恋的奇遇,情节充满悲剧色彩。很明显,与中原文学相比,唐代广东文学文体发展不平衡,相对于诗文来说,小说发展比较滞后。

第二节 惠 能

释惠能(638—713),一作慧能,俗姓卢,新州(今广东新兴县)人。先世为范阳(今河北涿州市)人,因其父谪官岭南,遂落籍新州。

惠能三岁丧父,随母迁至南海,家贫,卖柴为生。二十四岁,于集市闻人诵《金刚经》,有所感悟。龙朔元年(661)①,惠能投蕲州黄梅县(今属湖北)东禅寺禅宗五祖弘忍门下,得传衣钵②。之后南归隐遁十六年,隐于怀集、四会之间。唐高宗仪凤元年(676),惠能于法性寺(今广州光孝寺)正式祝发出家,并在寺中戒坛受具足大戒。后归曹溪宝林寺(今韶关南华寺、南华禅寺),大倡顿悟法门,宣扬"见性成佛",并在此说法三十余年,为佛教南宗开创者,被称为禅宗之六祖。唐玄宗先天二年(713)惠能圆寂于新州国恩寺,年七十六,后弟子将其遗体迎归曹溪宝林寺,唐宪宗诏谥大鉴禅师。

一、《坛经》与惠能的禅学思想

惠能家贫,没有得到很好的教育,未能识字。无尽藏比丘尼曾手执经卷向惠能问字,惠能回答:"字即不识,义即请问。"无尽藏说道:"字尚不识,曷能会义?"惠能回答道:"诸佛妙理,非关文字。"(《五灯会元·六祖惠能大鉴禅师》)惠能谈论佛法,没有留下文字,其门人法海记录整理其生平事迹和开示法语,并将之结集为《坛经》。《坛经》又名《六祖大师法宝坛经》《六祖坛经》《法宝坛经》等,为禅宗经典,也是一部极具文学性的佛经著作。《坛经》有多种版本,最具代表性的是敦煌本、惠昕本、契嵩本、德异本和宗宝本这五种版本。敦煌本《坛经》全称为《南宗顿教最上大乘摩诃般若波罗蜜经六祖惠能大师于韶州大梵寺施法坛经》,约成书于公元780—800年间,全书一卷,不分品目,是现存最早的版本,现藏于英国伦敦博物馆。惠昕本《坛经》约成书于唐末或宋初,由晚唐僧人惠昕改编而成,共二卷十一门,最早发现于日本京都堀川兴圣寺,故又称兴圣寺本。日本的大乘寺本、真福寺本和金山天宁寺本都有其异抄本;此外,现存《坛经》还有宋代刊行的契嵩本(曹溪原本)、元代刊行的德异本和宗宝

---

① 关于惠能何时赴黄梅的时间学界说法不一,《五灯会元》(卷一)则认为他至黄梅之东山在唐咸亨二年(按:公元671年)。
② (唐)法海:《六祖大师法宝坛经略序》,(唐)惠能著,郭朋校释:《坛经校释》,北京:中华书局2012年版,第140页。

本,皆为一卷十品。

《坛经》以散文体和诗偈体行文,分为行由、般若、疑问、定慧、坐禅、忏悔、机缘、顿渐、宣诏(丁福保注释本作"护法")和付嘱十品,生动详实地记述惠能求法、得法、说法和传法的思想和历程。初集于唐开元元年(713),之后屡有增加和改易。《坛经》采用"问题"和"回答"的对话体,是关于现实生活事理的问答实录,也是佛教中国化的重要成果,可视为蕴含佛教教义和禅理的散文集,从中可以看出惠能的禅学思想。

(一) 即心即佛

即心即佛为惠能的佛性论。惠能关注每一个个体人的解脱,认为"凡夫即佛",人人皆有佛性,众生与佛都归于人们当下之心。《坛经·行由第一》记载禅宗五祖弘忍与惠能的对话,大师(按弘忍)对惠能说:"汝是岭南人,又是獦獠,若为堪作佛?"惠能答曰:"人即有南北,佛性即无南北,獦獠身与和尚不同,佛性有何差别?"[1]"獦獠"是对西南方少数民族的蔑称。弘忍站在中原法师的立场上发问,而惠能打破南北畛域、汉族与少数民族之别的局限,认为地域有别,但佛性是人所共有的,其回答既符合禅佛义理,又显示出开阔的文化视野。《坛经·付嘱第十》又云:"汝等心若险曲,即佛在众生中。一念平直,即是众生成佛。我心自有佛,自佛是真佛。自若无佛心,何处求真佛?"[2]认为人心中本有佛心,人心即佛心的外在显现,只是佛心被物质之心等遮蔽了,导致人有迷误,"心若险曲",通过去蔽,佛心自然在人心中显现。

惠能又云:"佛向性中作,莫向身外求"(《坛经·疑问第三》),修行、悟道、作佛、解脱及其他实践活动,全部都在于自己,修行实践只能依靠实践的主体,具体地说,修行实践的内容、形式、动力、原则、目标等等都在于修行主体自心之中,而不在自心之外,见到了"自性"才能自己修行,"自性"是成佛的依据,而修行实践最看重内心,"心性"则是成佛的途径。而人与人之间的不同就是能否意识到人自性本就清净,即能否明心见性,这就是一念之间,即"一念悟时,众生是佛"(《坛经·般若第二》),惠能认为成佛之路并不遥远。"随其心净,即佛土净""念念见性,常行平直,到如弹指,便睹弥陀"(《坛经·疑问第三》),这就是即心即佛,心净佛现。

佛性论早在南北朝时期就已出现,分别从人、心或理等不同方面去理解佛性,说法各异,但都倾向于将其视为特殊的存在物。而惠能则认为佛性不是外在于主体的客观,而是众生现实的当下之心,法由心生,心即是法,"法"即佛陀教法。

---

[1] 丁福保笺注:《坛经》,上海:上海古籍出版社2011年版,第7页。本节所引《坛经》内容皆引自此版本。
[2] 丁福保笺注:《坛经》,第192页。

法海曾问法于惠能何为"即心即佛",惠能回答:"前念不生即心,后念不灭即佛。成一切相即心,离一切相即佛"(《坛经·机缘第七》),不执着于已过去的心念,即觉悟到了心性;不刻意灭除的心念便是佛。看到了外在的相,但又不执着于相,这便是真心;离开对于外在事物的执着,不受沾染,便是佛的境界。惠能又以一念中的迷悟来分辨众生与佛陀的差别,从而拉近了众生与佛陀的距离,又以"一念修行,众生是佛"劝导修行,把成佛的观念最大限度地普通化,极大地增强了人们对于修行的信心。

(二) 自性自度

自性自度是惠能思想中的解脱观。五祖欲传衣钵于惠能,为惠能开示《金刚经》,一句"应无所住,而生其心"使惠能大彻大悟,惠能当下即说:"何期自性本自清净!何期自性本不生灭!何期自性本自具足!何期自性本无动摇!何期自性能生万法!"(《坛经·行由第一》)他认为人的自性本清净,本就无染。本性不生灭,自具足,这是"自性"的本性;无动摇、生万法,这是"自性"与"万法"的关系。"自性"须向内求,不执着于外,这些奠定了禅宗的思想基调。本性具足,须清净;本性具足,须修心,不执着于外物;无所得性,不执着于有无。本性清净,须明心见性,即成佛道;惠能把人的解脱归为心得解脱,直指人心,更为突出佛教以"心得解脱"为本的"心的宗教"的特色。惠能通过"自性"将佛性论与般若思想巧妙结合起来,将凡夫与佛,人间与净土,烦恼与菩提等统一了起来,把"禅"拉回到现实生活之中,主张佛法在世间,不离世间的佛性认知和菩提之心。

惠能至广州法性寺,正赶上印宗法师讲《涅槃经》,时有风吹幡动,一僧曰"风动",一僧曰"幡动",议论不已。惠能进曰:"不是风动,不是幡动,仁者心动。"(《坛经·行由第一》)佛教认为凡所有相,皆是虚妄。惠能用"不是风动,不是幡动,仁者心动"句说明万事万物和至理佛法皆在心中,教导人们不要迷惑于外在物相,而应该做到内心清净自在,清净本性。惠能把心和性都理解为不离人们当下之心念,故他提倡修行和解脱不是排除任何思虑的断绝心念,而是任心自运、无著无缚,即"内外不住,去来自由,能除执心,通达无碍"(《坛经·般若第二》),惠能将这种思想概括为:"从上以来,先立无念为宗,无相为体,无住为本。无相者,于相而离相。无念者,于念而无念。无住者,人之本性"(《坛经·定慧第四》),宗、体、本皆是心要之义,意为所谓无相,即接触形相而又脱离形相;所谓无念,即有念而又不执着于念;所谓无住,指人自我的本性。"无念为宗,无相为本,无住为本"为惠能关于禅修实践重要的理论观点。

"万法从自性生",惠能又称"佛者,觉也;法者,正也;僧也,净也"(《坛经·忏悔第六》),佛、法、僧被称为"自性三宝",惠能将其解释为众生的内在觉、正、净的本性,因此求佛须向内心求。惠能认为修行实践的本质在于内在的自立与自主,修行的时候不能依靠外力解脱,也不必遵循外在的规范,而应把自己定义为主宰,这就是禅宗中对修行的基本要求,惠能称之为"自悟自修""自修自作""自性自度"等等。何为自性自度?惠能认为是:"自心中邪见、烦恼、愚痴众生,将正见度。既有正见,使般若智打破愚痴、迷妄,众生各各自度。邪来正度,迷来悟度,愚来智度,恶来善度。"(《坛经·忏悔第六》)"正见"与"邪见"相对,远离邪见,本性"犹如虚空,了无一物可见,是名正见"(《坛经·机缘第七》);心中的邪见、烦恼、愚痴等,皆需正见来度,用般若智慧来断除。以觉悟度脱迷妄众生,以般若智慧度脱愚迷障碍,以善念度脱恶念。这样的度脱,才叫做真正的度。

(三)明心见性、顿悟成佛

顿悟见性是惠能的修行观。惠能在继承早期佛教,及大乘如来藏佛性思想等基本教义的基础上,进一步提出"诸佛妙理,非关文字""不立文字""佛法在世间""识心见性,顿悟成佛"等观念,惠能在《坛经·行由第一》云:"菩提自性,本来清净,但用此心,直了成佛",主张明心见性、顿悟成佛。而所谓"明心",即人人都有佛性,至于"见性",惠能解释云:"若开悟顿教,不执外修,但于自心常起正见,烦恼尘劳,常不能染,即是见性。"(《坛经·般若第二》),见到清净自在的本心,万法尽在自性而自净其心,人本来就具备般若之性。他认为能识得清净自在的本心,方能为善去恶,故曰:"世人终日口念般若,不识自性般若,犹如说食不饱。口但说空,万劫不得见性,终无有益。"(《坛经·般若第二》)"见"是一种开悟,清净自在的体性,是任何人都共有的,一切众生皆有佛性,皆能成佛。禅宗讲究"直指本心,见性成佛",又云"若识自心见性,皆成佛道",将明心见性的功夫与顿悟联系起来,二者相互依存。"前念迷即凡,后念悟即佛"(《坛经·般若第二》),即顿悟。顿悟能够直指本心、洞见真如本性,当下即成佛道。若能做到顿悟,就要在心性上做功夫,只要不为尘劳所染,去束缚,常起正见,不生邪见,即是见性。若自净其心,自性顿悟,那么刹那间便登佛地。

"顿悟"并非惠能首倡,但惠能的顿悟立足于当下的无念之心,是自心自性的体悟心证,顿悟是在人们当下一念中实现,故惠能云:"不悟,即佛是众生。一念悟时,众生是佛。故知万法尽在自心,何不从自心中顿见真如本性!"(《坛经·般若第二》)它不依赖于"有念"之渐修,而是"悟在须臾",无修即修,其顿悟说并不是对"理"的证悟,而是注重"识心见性"的宗教实践,因此"若欲修行,在家亦得,不由在寺"。破除在寺修行的执着,认为修行不拘泥于任何形式。

佛教传至中国后,先后依附于汉代方术、魏晋玄学,不断吸纳中国传统文化精神,慢慢走上独立发展道路,至隋唐出现了中国化佛教宗派,其中禅宗成就最高,最具有代表性。惠能的禅学思想在佛教中国化的过程中形成,它根植于中国传统文化的土壤之中,融入了大量传统文化的精神,如老庄的自然无为之道与儒家的至善、至诚之性等都是惠能禅学思想的重要理论来源。中国文化固有的道德修养和伦理的内容被自然地吸纳到领悟心性的自心修行之中,极大地适应了中国文化重入世、重伦理、重人文的特点,调和了佛教与儒、道文化的关系,促进了佛教中国化。此外,它重视宗教实践,强调心的解脱,把禅悟与现实生活统一起来,在佛学禅宗中融进了日常化、世俗化的内涵,使得佛法与现实融合,使其走向大众佛教、平民佛教的道路,这就使南禅宗呈现出有别于传统禅学不同的本土化特色,推动了佛教中国化的进程。

惠能创立了最具代表性的、对后世影响深远的南禅宗,之后继承其禅法的弟子有四十三位,其杰出的弟子有青原行思、南岳怀让、菏泽神会、南阳慧忠等。其中怀让的门徒后来成立临济与沩仰两个禅宗派。行思的门徒后成立曹洞、云门、法言三个禅宗派。此五宗与临济杨岐派、黄龙派合称七宗。故元代德异云:"一门深入,五派同源。历遍炉锤,规模广大。原其五家纲要,尽出《坛经》。夫《坛经》者,言简义丰,理明事备,具足诸佛无量法门。"①盛唐之后,禅宗更是成为中国佛教主要教派之一。

惠能禅学思想对中国哲学史都产生了深远的影响,随着《坛经》的广泛传播,惠能禅学思想日渐深入人心,至明代以王阳明等人为代表的心学亦可明显看出有惠能思想的痕迹。明代黄绾《明道编》云:"令看《六祖坛经》,会其本来无物,不思善,不思恶,见本来面目,为直超上乘,以为合乎良知之至极。"②黄绾认为其师王阳明提出的"良知"与直超上乘的"本来面目"契合,并认为王阳明的知行合一的功夫论与惠能"顿悟顿修"相似。在岭南古典文化的发展史上,惠能创立南禅宗与明代陈白沙江门心学的崛起是两个高峰的代表,而白沙心学也深受惠能禅宗文化的影响,可见,禅宗对宋明新儒学的创建与发展影响很大。此外,唐至元明清的诗词、绘画、书法等艺术对禅宗文化,尤其是顿悟思想多有借鉴,在内容和意境营造等方面都可看出禅宗审美观念的介入。

二、惠能的偈颂诗

偈颂是佛典中宣传教义的载体,表现佛教义理的韵文形式,本是印度佛教经典的一种文体、佛经中的赞颂词,是佛典中文学性较强的一部分。偈颂被翻译成汉文后,

---

① (元)德异:《六祖大师法宝坛经序》,郭朋校释:《坛经校释》,北京:中华书局2012年版,第180—181页。
② (明)黄绾:《明道编》,北京:中华书局1959年版,第11页。

用中国诗歌的形式呈现出来,为僧侣所写蕴含佛法的诗,又叫偈子、偈诗。偈颂诗是佛学与诗学文化的相互渗透的结果。早期翻译外来佛经中的韵文体偈颂,虽具诗歌形式,但缺少诗歌的内涵与艺术性。随着佛教中国化进程的推进,一部分偈颂越来越具有中国诗歌的特色,特别是唐代"禅宗日益抛弃了宗教的戒律而指向诗意的审美"①。而偈颂的诗化的过程,也就是禅宗的中国化进程。事实上,惠能的偈颂已呈现出诗禅结合的模式。

《全粤诗》收录惠能的偈颂64首,其中41首来自释法海编的敦煌写本《坛经》,2首来自契嵩本《六祖大师法宝坛经》;21首来自宋普济《五灯会元》。

从内容上来看,惠能偈颂一般处于佛经相对完整独立的篇章段落结尾处,用来表达感悟、释疑、补遗、明志、赠勉,或用来表明期望、遗嘱等,蕴含佛理禅意,如:

  人有两种,法无不一。迷悟有殊,见有迟疾。②
  除邪心,海水竭。烦恼无,波浪灭。毒害除,鱼龙绝。③
  今生若悟顿教门,悟即眼前见世尊。若欲修行云觅佛,不知何处欲求真。④

第一偈指出思想立足于自心的迷悟,将修行与实践统一于人的当下之心,从"迷"到"悟",因人而异,成佛全在一念之间,是对"自性"刹那间的直觉体悟,指出"悟"的出现有慢有快。第二偈提出剔除邪心邪念在修行中的重要性。最后一首偈颂提及顿悟教门,悟就是亲眼见世尊,救度世人须修行,要觅佛,须求真。上述三首偈颂皆用诗歌形式表达禅学思想。

又如:

  菩提本无树,明镜亦非台;佛性常清净,何处有尘埃。⑤
  心是菩提树,身为明镜台。明镜本清净,何处染尘埃。⑥

前一偈说明"明镜"的清净,也即"自性"的清净,将菩提树、明镜台、佛性并提,用意象解释"见性成佛"的顿悟观。《坛经》指出"世人性本自净,万法在自性"⑦。这是佛教徒坚信能达到理想境界必须具备的主观条件,这些也是惠能顿悟说的基础,在他看来,"愚人"与"智人"、"善人"与"恶人",皆与"佛"没有不可逾越的鸿沟。宗宝本

---

① 周裕锴:《中国禅宗与诗歌》(前言),上海:复旦大学出版社2017年版,第1页。
② 中山大学中国古文献研究所编:《全粤诗》(第1册),广州:岭南美术出版社2008年版,第74页。下引此书同此版本。
③ 中山大学中国古文献研究所编:《全粤诗》(第1册),广州:岭南美术出版社2008年版,第74页。
④ 中山大学中国古文献研究所编:《全粤诗》(第1册),第80页。
⑤ 中山大学中国古文献研究所编:《全粤诗》(第1册),第72页。
⑥ 中山大学中国古文献研究所编:《全粤诗》(第1册),第72页。
⑦ (唐)慧能著,郭朋校释:《坛经校释》,北京:中华书局2012年版,第47页。

《坛经》作"菩提本无树,明镜亦非台。本来无一物,何处惹尘埃"①。意为菩提本没有树,明镜本亦不是台,自性原本就无一物相,何处惹来尘埃?这是惠能听到五祖得意弟子神秀的偈颂"身是菩提树,心如明镜台。时时勤拂拭,勿使惹尘埃"②之后,作此偈颂题于墙上。相对于神秀来说,惠能更精妙地阐述了佛法"空"的含义,认为一切皆空,心也应空明,拒绝俗世诱惑。上述两首偈颂亦用来阐明佛理,使佛经禅理通过简练而韵味深长的文字传达出来,在传授佛家义理中起到配合或辅助的作用。

在唐代禅宗众僧人中,惠能留下偈颂最多,与其他偈颂相比,惠能部分偈颂具有较强的艺术性。五祖弘忍禅师曾留给惠能的偈颂云:"有情来下种,因地果还生。无情即无种,无性亦无生。"③"有情"解释为"有情众生",指心中原本有成佛的种子,亦可解释为"慈悲",即怀有慈悲之情,然后把佛法传给他人,此偈颂语言质朴,禅意表达直接。释法海为惠能之上首弟子,也留下一首偈颂,即"即心元是佛,不悟而自屈。我知定慧因,双修离诸物"④,说明清净之真心本为佛,没有悟性就不能具有佛性,定与慧这两种修行的法门对摆脱外在诸相异常重要。可以看出,上述弘忍禅师、神秀和法海之偈颂皆为阐述佛理,诗意表达直接。而惠能为众门人能依偈修行,明心见性,作颂曰:"心地邪花放,五叶逐根随。共造无明业,见被业风吹。"⑤"五叶"即禅宗五代或禅宗五派,"无明业"即烦恼业,"业风"以风比喻业力。惠能将佛经义理深意藏于言语之中,语言明了而又委婉含蓄,所以就偈颂的艺术性而言,惠能的偈颂文学性较强,更具有诗意审美。

惠能偈颂似韵非韵(有的完全押韵),有韵律感,字数和句式整齐,前后相互对照,易于记诵。其偈颂多为四句,每一句以五言、七言为多,间有三、四言、六言,其中以五言四句体最多。梁启超说:"佛恐以辞害意且妨普及,故说法皆用通俗语,译家惟深知此意,故遣语亦务求喻俗。"⑥从汉代开始,佛教考虑到接收者是平民百姓,便采用接近口语的通俗诗歌的形式,惠能偈颂完美地继承早期佛经中偈颂的语言特点,其语言简洁明快,明白如话,如"迷即佛众生,悟即众生佛。愚痴佛众生,智惠众生佛"⑦,用对比的手法来说明见真佛解脱的佛理,语言通俗易懂、朴素简洁。

早期经藏偈颂已开始运用修辞手法来帮助僧人俗士理解佛经义理,如鸠摩罗什

---

① 丁福保笺注:《坛经》,上海:上海古籍出版社2011年版,第20页。
② 丁福保笺注:《坛经》,第14页。
③ 丁福保笺注:《坛经》,第22页。
④ 中山大学中国古文献研究所编:《全粤诗》(第1册),第87页。
⑤ 中山大学中国古文献研究所编:《全粤诗》(第1册),第78页。
⑥ 梁启超撰,陈士强导读:《佛学研究十八篇》,上海:上海古籍出版社1999年版,第511页。
⑦ 中山大学中国古文献研究所编:《全粤诗》(第1册),第79页。

译《金刚般若波罗蜜经》中偈颂:"一切有为法,如梦幻泡影,如露亦如电,应作如是观。"①用"梦幻""泡影""露""电"几个譬喻,形象地说明一切有为法只是转瞬即逝的幻象。惠能偈颂在阐述佛理时,也善于借用譬喻手法,有些甚至通过非逻辑的意象来帮助阐释,前后所说的内容看似无关,但其中意象和深意极富有禅理,比如"心地含诸种,普雨悉皆生。顿悟花情已,菩提果自成"②中的雨、花、果,"不见一法存无见,大似浮云遮日面。不知一法守空知,还如太虚生闪电"③中的"云遮面""闪电",还有其他偈颂诗中的五叶、海水、波浪等意象,这其中的象征和暗示是佛经的直接说理无法完全表达出来的,使佛理教义的阐释更加形象化。

惠能的偈颂明显已与唐代诗歌的凝练深幽相暗合,受到了当时及后代禅修者推崇,法海、释希迁,及后世僧人释宝通、释慧寂等多有仿效,皆留下了少量偈颂。文人名士也效仿并抒写诗禅感悟,如初唐王梵志,盛唐王维,中晚唐柳宗元等诗人都写了一些近乎偈语的诗歌。宋代江西诗派诸多诗人的创作亦受到了富含偈语禅宗语录的影响。总之,偈颂被后世诗歌广泛效仿和借鉴,它极大地拓展了诗歌的意境,对中国诗歌的影响绵绵不断,在这个过程中,惠能偈颂的贡献不可或缺。

第三节 刘轲与邵谒

一、刘轲的文学创作

清屈大均在《广东新语》中说:"人谓曲江公(张九龄)之后,岭南复有君(轲)接武其人。"刘轲,字希仁,生卒年不详,概于唐大历年间出生于曲江,广东韶州曲江(今韶关)人,原籍徐州沛县(今江苏沛县)。世代业儒,其祖父刘效于唐天宝末年安史之乱时携家南行,至韶州安家,入籍曲江。

刘轲幼年好学,仰慕孟子,故自名"刘轲",曾至罗浮山、九嶷山读黄老之书。贞元中,在距韶州城南百里的月华寺,从惠朗禅师学佛典,在曹溪落发为僧,释名溢纳。曾至筠川方山等寺,又居庐岳东林寺,止于豫章高安县南(今属南昌)的南果园。他广泛交友,四方游学,曾历数年漫游北方,自洙水和泗水,渡淮河,至长江、洞庭;经郴

---

① (后秦)鸠摩罗什译:《金刚般若波罗蜜经》(卷一),《中华大藏经》(第8册),北京:中华书局1985年版,第304页。
② 中山大学中国古文献研究所编:《全粤诗》(第1册),第82页。
③ 中山大学中国古文献研究所编:《全粤诗》(第1册),第85页。

州,南下韶州,又赴罗浮山。居罗浮时,师寿春杨生,讲授春秋。元和初年,下罗浮,越梅岭,泛赣江,复求黄老之术,登庐山,结庐于山之阳,隐居十余年,从通晓古今史的隐士茅君学习。农圃之余,勤于著作,精于儒学而擅长文章。① 唐元和十二年(817)春末夏初,回韶州谋举选。刘轲在举进士前,曾请白居易为其作荐书,白居易称赞他"秉笔慕扬雄、司马迁为文"②,是庐山读书属文者中的"秀出者"。元和十三年(818),刘轲以韶州籍登进士,历任弘文馆学士、史馆修撰、监察御史、侍御史等,后出任洺州(今河北省永年区)刺史等职。开成中,刘轲死于洺州任上。

刘轲是唐代粤地的全能作家,著述甚丰,涉及小说、散文、诗歌多种体裁。在《与马植书》一文中,刘轲自述著有《三传指要》15卷、《汉书右史》10卷、《黄中通理》3卷、《翼孟》3卷、《隋鉴》1卷、《三禅五草》1卷。除上述著述外,尚有《十三代名臣议》10卷、《豢龙子》10卷、《帝王历数歌》1卷、《唐年历》1卷、《帝王照略》(《文献通考》作《帝王镜略》)1卷、《牛羊日历》1卷,共十余种著作;另有杂文百余篇。今绝大部分已佚,仅存小说《牛羊日历》1卷、《刘希仁文集》1卷、诗1首。

现存刘轲唯一一部传奇小说为《牛羊日历》,原书已佚,佚文被收录于北宋晁载之所编《续谈助》之中,之后《十万卷楼丛书》《粤雅堂丛书》和汪辟疆《唐人小说》(收录1则)等著作亦有刊载。《新唐书·五十九·艺文志》著录此书一卷,注云:"牛僧孺、杨虞卿事,檀栾子皇甫松序。"③小说题目中的"牛",指牛僧孺,"羊"与"杨"谐音,指杨虞卿、杨汉公兄弟。该书当为中唐时期牛李党争的产物,是李党攻击诬陷牛党之作。《续谈助》(卷三)所载《牛羊日历》采用日历格式,分为两则,摘录一则如下:

> 大和九年七月一日甲辰,贬京兆尹杨虞卿为虔州司马。虞卿字师皋,祭酒宁之子。弟,汉公。兄弟元和中并登进士第。二十年来,上挠宰政,下干有司。若党附者,朝为布衣,暮拾青紫;其或能输金袖璧,可以不读书为名儒,不识字为博学、传业。乃白居易《六帖》以为"不语先生"。常曰:"人生一世,成童之后,精气方壮,遽能结客交游,识时知变,倾心面北,事三五要人,可以不下床,使名誉若转丸走坂,又何必如老书生辈,矻矻于笔砚间,暗记六经,思溺诗赋,发白齿落,曾不沾寸禄,而饥穷不暇?如此,岂在读书业文乎?"由是,轻薄奔走,以关节紧慢为甲乙,而三史六经曾不一面。风俗颓靡,波及举子,分镳竟路,争趋要害,故有东甲、西甲之说。主司束手,公道尽矣!其或遇文儒之士,则拱默峭揖,深作城池;其私约束,自知不以文学进取,有敢出书论文者,罚之无赦。常嫉不附己者,令其

---

① 韶关市浈江区志编纂委员会编:《韶关市浈江区志》,广州:广东人民出版社2012年版,第961页。
② (唐)白居易:《代书》,白居易著,谢思炜校注:《白居易文集校注》,北京:中华书局2011年版,281页。
③ (宋)欧阳修、(宋)宋祁撰:《二十四史·新唐书》(卷五七一卷七二上),北京:中华书局2000年版,第1004页。

党赤舌而攻之。辇下谓三杨为"通天狐"。三十余年为朝廷之阴蠹。①

上述一则记述大和九年（835）七月十一日甲辰贬京兆尹杨虞卿为虔州司马，然后陈述其兄弟的劣迹和为人，"上挠宰政，下干有司。若党附者，朝为布衣，暮拾青紫"极言他们在朝廷中的能量，权力过大，排除异己，对"不附己者，令其党赤舌而攻之"，"三杨"三十年来为朝廷之蠹虫。再记述牛僧孺仰仗杨虞卿而得相位权势的经过，及杨、牛、李相互勾结。指明牛僧孺是"外唯简嘿，内多诡诈，甚窃当时之誉"的人。小说的第二则开头指明"十四日丁巳，出司封郎中杨汉公为舒州刺史"，然后再叙述李愿欲进宠姬真珠于牛、杨内庭，杨虞卿等人为牛僧孺谋而得之等事。小说渲染铺张，极尽诽谤之能事，文辞犀利尖刻。而汪辟疆《唐人小说》所录《牛羊日历》一则主要写牛僧孺为沽名钓誉之徒，指责他为再嫁之母追赠是"上罔圣朝，下欺先父"。② 此小说极尽渲染铺张之能事，其目的是要使牛僧孺声名狼藉。刘轲《牛羊日历》描写略显粗疏，但作为传奇小说，不失为一部佳作。之后，皇甫松曾为其作序，并自撰《续牛羊日历》。

岭南小说相对于诗歌、散文而言，发展较慢，今所见广东小说多为清代之后所作。《牛羊日历》虽不是岭南小说之发端，但从中可见作者语言之练达和幽默，及其愤世嫉俗和刚健严正的个性，它呈现了唐代粤人小说巧妙的情节构思，是清代以前现存广东小说少有的佳作，对千年之后出现的《官场现形记》《二十年目睹之怪现状》等讽刺小说创作提供了良好的范例。

刘轲一生致力于史书创作，并形成了一家之特色。其《与马植书》云："常欲以《春秋》条贯，删补冗阙，掇拾众美，成一家之尽善。"他覃精潜思，"贮之于心有经，实施之于事有古道"③，创作出"增损详实，亦各有新意"的史著④。可见，他曾颇以撰史为志。《郡斋读书志》卷五"编年类"之《帝王镜略》（一卷）志云："右唐刘轲撰。自开辟迄唐初帝王世次，缀为四言，以训童蒙。伪蜀冯鉴续之，至唐末。"廖刚亦指出："古今人常患史牒浩渺，详首罔末，举其中而遗其上下，弊精瘵形，白首铅椠之间。……于是始为之图录，以提其大要者多矣。最先唐刘轲为《帝王照略》，爰自太古，讫于当世。比声成句，才盈千言，而兴亡世数，历历概见。国朝司马温公亦尝有献于神考皇帝，……号《历年图》，抑又稍著理乱之由，而更足为世鉴者也。"⑤刘轲所作图录类史

---

① （唐）刘轲：《牛羊日历》，（宋）晁载之辑：《续助谈》（卷三），《广州大典》丛部，"粤雅堂丛书"（第三辑）第十六册（总第54册），清道光光绪间南海伍氏粤雅堂刻本，第7页。
② （唐）刘轲：《牛羊日记》一则，汪辟疆：《唐人小说》，上海：上海古籍出版社1978年版，第155页。
③ （唐）刘轲：《与马植书》，（唐）刘轲：《刘希仁文集》，《广州大典》丛部，《岭南遗书》（第四辑）第二册（总第60册），清道光同治间南海伍氏粤雅堂文字欢娱室刻本，第10页。
④ （唐）刘轲：《与马植书》，（唐）刘轲：《刘希仁文集》，《广州大典》丛部，《岭南遗书》（第四辑）第二册（总第60册），清道光同治间南海伍氏粤雅堂文字欢娱室刻本，第12页。
⑤ （宋）廖刚：《高峰文集》（卷11《古今通系图后序》），文渊阁《四库全书》本，第1142册，第443页。

书《帝王镜略》为图录类史著,采用提纲挈领式的叙事法,直观简明。之后,司马光、刘攽、彭龟年等不少宋代史家和文人多有承袭和仿效,可见,刘轲在简明图录类史书创作方面有开拓之功,他实为中唐史学家、散文家。

刘轲为文精邃,追踪古人,生平崇尚儒家积极入世的圣人之道,期望有圣君贤相出现,能以圣人之教治国。其本人则潜心研究古代圣人的言行、治道,加以阐述。友人马植曾赞誉刘轲为"韩愈流亚",荐之于朝。唐末五代王定保在《唐摭言》(卷一一)亦赞其"文章与韩(愈)柳(宗元)齐名"①。刘轲文名盛极一时,为当时人所推崇,其文师法孟子,持论公允,有理有据,行文汪洋恣肆之气虽不如韩愈,但谨严过之。惜刘轲著述至宋后多佚失,已难窥其全貌。如今所能看到的就是道光二十五年(1845)南海伍崇曜粤雅堂刻《岭南遗书》第二集中所录刘轲的14篇文章。其中《上崔相公书》《上韦右丞书》和《上座主书》皆为干谒文字,从中可看出刘轲的为人和性格特点,如其《上座主书》云:

> 轲本沛上耕人,代业儒,为农人家……贞元中轲仅能执经从师。元和初,方结庐于庐山之阳,日有芟夷备筑之役,虽震风凌雨,亦不废力火耨。或农圃余隙,积书窗下,日与古人磨砻前心。岁月悠久,浸成书癖。……流光自急,孤然一生,一日从友生计,裹足而西。京邑之大,居无环堵;百官之盛,亲无瓜葛矣。夫何能发声光于幽陋。虽不欲雌黄者之所轻重,岂不欲持衡者之所斤铢耶?此轲所以中夜愤激,愿从寒士齿,庶或謇芳入幽,不以孤秀不撷,拣金于沙,不以泥土不取。阁下自谓此心宜如何答也?……轲也生甚微末,甚乎鱼鸟,鱼鸟微物,犹能依茂林清泉以厚其生,矧体乾刚坤顺之气,不能发迹于大贤人君子之门乎?②

他自述生平经历,表达希求播扬声誉,得到重用之心声,字里行间充满布衣愤激不平之气,亦含寒士可怜卑微之态。其文章《农夫祷》亦为后人称道,文章开头介绍创作背景和经过:"景戌岁大饥,楚之南,江黄间尤甚。明年,予将之舒,途出东山,见老农辈鸠其族,为祷于伍君祠。其意诚而辞俚,因得其文以润色之,亦以儆于百执事者云。"此文有可能是刘轲对老农祷文之词加工润色而成,或是托名老农自作祷文,其中有云:"田无耕夫,桑无蚕姬。疠疫疮痍,一方尤危""农人不饥而天下肥,蚕妇不寒而天下安,耒耟不销而天下饶。"③寥寥数语,就将唐代农民的凄惨境地及卑微的渴求传达出来,全篇体现了刘轲对社会和劳动人民的同情,对下层人民生活深切的关

---

① (五代)王定保撰:《唐摭言》,上海:上海古籍出版社1978年版,第120页。
② (唐)刘轲:《刘希仁文集》,《广州大典》丛部,《岭南遗书》(第四辑)第二册(总第60册),清道同治间南海伍氏粤雅堂文字欢娱室刻本,第6—7页。
③ (唐)刘轲:《农夫祷》,(唐)刘轲:《刘希仁文集》,《广州大典》丛部,《岭南遗书》(第四辑)第二册(总第60册),清道光同治间南海伍氏粤雅堂文字欢娱室刻本,第27页。

心,立意行文,新颖精妙。从刘轲仅存的十多篇文章来看,多为书信、序记、碑铭。刘轲敢于上书当道,以古论今,议论国事,指称时弊,其文字苍劲古拙,又不乏情致,句式参差,行文畅达,析理绵密有据,叙事简洁有序。

至于刘轲的诗歌创作,现存诗作极少,仅见《文苑英华》(卷一八六)与《全唐诗》都有收录的五言排律《玉声如乐》一首:"玉叩能旋止,人言与乐并。繁音忽已阕,雅韵讻然清。珮想停仙步,泉疑咽夜声。曲终无异听,响极有馀情。特达知难拟,玲珑岂易名。昆山如可得,一片伫为荣。"①此为刘轲元和十三年(818)参加省试所作诗,开头两句点破全题,描述玉器之特质。五、六、七、八句皆写玉之振动时玉声之妙;九、十句写玉声知遇之难,以物喻人,启下句之意。最后两句,以干请之意作结,诗风清新,由此可一窥刘轲诗作之一斑。

二、邵谒的诗歌创作

邵谒,生卒年不详,韶州翁源人,中晚唐诗人。邵谒少时家贫,筑室读书,博通经子百家。他性格坚毅,年轻时在翁源县衙当小吏,遭县令叱骂,将其赶出县衙,邵谒便剪断自己的发髻,挂在县门以明志。他发愤读书,在离县城有十余里外的江心石上筑起书堂,专心致志,埋头经史。唐懿宗咸通七年(866)秋,邵谒至京城参加了由温庭筠任主考的秋试,得入国子监。其诗才为温庭筠欣赏,张榜之时,温庭筠榜其诗三十余篇以示大众,邵谒遂有诗名。温庭筠《榜国子监》记载曰:"右前件进士所纳诗篇等,识略精微,堪裨教化,声词激切,曲备风谣。标题命篇,时所难著。灯烛之下,雄词卓然。试宜榜示众人,不敢独尊华藻,并仰榜出以明无私,仍请申堂并榜礼部。"②关于邵谒晚年的生活,学界说法不一:一说是凭邵谒才学,理应及第,却终未获礼部录用。此后,邵谒长期待在国子监,死于学所③;另一说是邵谒"释褐。后赴官,不知所终"④。黄佐则说:"后甫释褐而卒。"⑤因其久居长安,诗名熠熠,世称"岭南五才子"之一。邵谒生平事迹散见《直斋书录解题》卷一九、《唐才子传》卷八等典籍。

《直斋书录解题》(卷一九)录《邵谒集》1卷;《全唐诗》录邵谒诗32首,编为1

---

① 中山大学中国古文献研究所编:《全粤诗》(第1册),广州:岭南美术出版社2008年版,第227页。
② (唐)温庭筠:《榜国子监》,(清)董诰等编:《全唐文》(卷七八六),北京:中华书局影印1983年版,第8232页。
③ 黄志辉、龙思谋编著:《粤北历代名人诗选》,广州:广东高等教育出版社1989年版,第57页。
④ (元)辛文房著,王大安校订:《唐才子传》,哈尔滨:黑龙江人民出版社1986年版,第158页。
⑤ (明)黄佐著,陈宪猷疏注点校:《广州人物传》,广州:广东高等教育出版社1991年版,第53页。

卷;《全粤诗》录邵谒诗歌38首,这当是现存最为全面的收录。邵谒不局限于表达个人的喜怒哀乐,而是以开阔的视野面向整个社会,其诗歌题材广泛,多讥刺时事,关注人生和人民的疾苦,涉及诸多社会现实问题,其中不乏对唐末农村社会生活的描写。他一生苦吟,工古调,尤善五言古体和绝句,其遗诗虽然不多,却极有价值。

邵谒诗歌反映社会混乱,描绘民生疾苦,对下层人民给予了深切的同情,如《论政》《寒女行》《岁丰》《春日有感》等诗就突出表现了这些内容。

> 皇天降丰年,本忧贫士食。贫士无良畴,安能得稼穑。工佣输富家,日落长叹息。为供豪者粮,役尽匹夫力。天地莫施恩,施恩强者得。(《岁丰》)①

> 贤哉三握发,为有天下忧。孙弘不开阁,丙吉宁问牛。内政由股肱,外政由诸侯。股肱政若行,诸侯政自修。一物不得所,蚁穴满山丘。莫言万木死,不因一叶秋。朱云若不直,汉帝终自由。子婴一失国,渭水东悠悠。(《论政》)②

《岁丰》诗中的"贫士"即贫苦人民。中唐以后,土地兼并严重,这给农民带来极大的痛苦,贫民虽很卖力,但仍无立足之地,诗歌揭露这样一个矛盾的问题:好的年景,穷人仍愁吃愁喝。因为穷人没有田地,只能到富家去做长工,傍晚时分也只能对着落日发出叹息,为了给富农种地多收粮食,他们用尽全身力气,最后发出了愤怒的呼声,怒责老天只会为强者和富人带来好处。整首诗通过客观的描述,表现农村贫富两极分化,穷人被剥削的社会现象,邵谒直抒胸臆,站在同情穷人的立场上替穷人发出呼喊,表达对贫士无良田之困境的同情。而《论政》揭露了社会混乱的缘由,内有朝政混乱,宦官专权,外有藩镇抗命,皇帝懦弱无能。虽看到社会混乱不公,但诗人仍对未来充满希望,期盼能有如公孙弘、丙吉和朱云一样的贤相直臣出现,辅佐君主,避免如秦王子婴亡国的厄运出现。

对于当时社会阶层分化,阶级剥削严重,其《寒女吟》诗则通过一位贫家少女的口吻,通过强烈对比手法,为下层人民发出令人泪下的呼声,揭露阶级剥削的无情和残酷:

> 寒女命自薄,生来多贱微。家贫人不聘,一身无所归。养蚕多苦心,茧熟他人丝。织素徒苦力,素成他人衣。青楼富家女,才生便有主。终日着罗绮,何曾识机杼。清夜闻歌声,听之泪如雨。他人如何欢,我意又何苦。所以问皇天,皇天竟无语。③

---

① 《全粤诗》第1册,第262页。
② 《全粤诗》第1册,第262页。
③ 《全粤诗》第1册,第259页。

诗作将富家女和贫女对比,描写了当时社会的真实面貌。诗歌首先指出残酷的现实"寒女命自薄,生来多贱微",贫家少女出卖劳力,辛勤养蚕、织绢,却最终一无所得;富家女不事劳作,却能满身罗绮。贫女因家贫而不得聘,富家小姐出生便能名花有主;贫家女一生悲苦,富家女却一生欢愉。最后贫女只能呼天抢地,责问皇天。全诗在强烈的对比中,让人看到当时社会的不公和阶级剥削的严重程度。诗歌语言通俗,叙事切实,感情质朴而真挚。

邵谒关心处于社会底层的寒门士人,其诗歌描绘寒士贫困的生活,对寒士表现无限的同情。《瞽者叹》诗云:"我心岂不平,我目自不明。徒云备双足,天下何由行。"[1]瞽者悲苦,诗人心中同样有不平,便借瞽者之口发出愤怒的呼叹。邵谒是当时寒士中的一员,有才却无处可以施展,他感到极度痛苦,故写道:

  春蚕未成茧,已贺箱笼实。嬉子徒有丝,终年不成匹。每念古人言,有得则有失。我命独如何,憔悴长如一。白日九衢中,幽独暗如漆。流泉有枯时,穷贱无尽日。惆怅复惆怅,几回新月出。(《自叹》)[2]

  一照一回悲,再照颜色衰。日月自流水,不知身老时。昨日照红颜,今朝照白丝。白丝与红颜,相去咫尺间。(《览镜》)[3]

邵谒抒发个人失意之悲情,让人们看到才华横溢的邵谒尚且没有机会施展才华、实现抱负,那么其他寒士的命运就更不用说了。寒士生存艰辛,他们"穷贱无尽日",长期处于穷困的生活之中,只能悲叹"白丝与红颜,相去咫尺间",时光易逝,红颜易老,老大无成,也更能清晰地看到社会的阴暗面。自唐太宗颁布《氏族志》,那些勋贵名臣、豪门巨族确实过着与寒士截然不同的一种生活,他们借助朝廷之力,天生富贵,骄纵不法。邵谒曾由广东山乡到长安国子监读书,耳闻权贵的淫威,目睹纨绔子弟们骄奢淫逸,邵谒以寒士的身份,为此感到愤懑不平,于是写下了辛辣的讽刺诗《轻薄行》中"薄薄身上衣,轻轻浮云质。长安一花开,九陌马蹄疾。谁言公子车,不是天上力。"[4]诗人愤懑不平溢于言表,诗作讽刺辛辣。

妇女的生存状况和命运,尤其是他们的不幸境遇成为邵谒诗歌关注的另一个焦点,其《苦别离》云:

  十五为君婚,二十入君门。自从入户后,见君长出门。朝看相送人,暮看相送人。若遣折杨柳,此地树无根。愿为陌上土,得作马蹄尘。愿为曲木枝,得作

---

[1]《全粤诗》第1册,第265页。
[2]《全粤诗》第1册,第259页。
[3]《全粤诗》第1册,第361页。
[4]《全粤诗》第1册,第258页。

双车轮。安得太行山,移来君马前。①

诗歌前四句写十五便嫁为人妇的女子与丈夫成婚的经过。中间八句写女子婚后与丈夫分离,丈夫常年在外,她只能早晚在村头眺望,就连欲折杨柳寄托相思都难以实现,她愿意追随丈夫,愿意变成弯曲的木头,化作丈夫前行的车轮,与之相伴。最后两句说出了女子的希望:能得到太行山,并将它移至丈夫的马前,阻止丈夫的离去。诗人想象丰富,此首诗为盼人思人之作,语言通俗易懂,能生动地表达诗人内心深厚的情感。类似写闺中思夫之情的还有《望行人》诗,皆深于风旨,深得乐府遗意,为唐代表达思恋感情的佳作,故《唐诗品》评曰:"其《寒女》《别离》直似汉人语,虽质木盈余,而缋藻乏缺;要之泗石未雕,终非俗品。"②而其《妓女》的"炫耀一时间,逡巡九泉里"、《金谷园怀古》的"浮云易改色,衰草难重芳"、《古乐府》的"良时无可留,残红谢池水"等诗句更写出了受尽屈辱、遭受残害女子悲惨的命运,诗人对她们寄予无限的同情。

此外,邵谒诗歌描绘战争给人民带来的苦楚,在发出反对战争呼声的同时,也希望能有像尧舜一样的明君出现,他能得民心,开太平,故其《少年行》写道:"丈夫十八九,胆气欺韩彭。报仇不用剑,辅国不用兵。以目为水鉴,以心作权衡。愿君似尧舜,能使天下平。何必走马夸弓矢,然后致得人心争。"③邵谒还对当时朝野自上而下崇奉道教、沉迷于炼丹服食的行为进行了大胆批判,如"仙骨若求得,垄头无新坟"(《览张骞传》)、"炼药养丹田,变性不变形"(《学仙祠》)等。

总的看来,邵谒关心社会、同情百姓疾苦,愤世忧民,敢于大胆遣责豪门权贵,抒发自身的人生感慨,表达对宗教行为的看法。其诗名盛,诗作感情强烈,思想深刻,社会之离乱、羁旅之思亲、遭遇之穷通、友朋之情谊和贫穷之辛酸等,无不呈现于邵谒笔下。邵谒仰慕贤相,憧憬清明政治,也极希望自己能为世所用,诗歌中蕴含了儒家的正统思想。邵谒学孟郊,五古诗占据其现存诗歌的绝大部分,在表现手法上,其诗直抒胸臆,自成一格。晚唐诗风,由于受"国势日衰、士气日丧"的影响,一部分诗人沉于"嘲云戏月,刻翠黏红,不见补于采风,无少裨于化育",而邵谒等人不溺流俗,独追乐府,为诗界所称赏。《唐才子传》认为邵谒、于濆等人"能反棹下流,更唱喑俗,置声禄于度外,患大雅之凌迟,使耳厌郑、卫,而忽洗云和,心醉醇醴,而乍爽玄酒"④。邵谒能不受当时柔靡诗风的影响,诗风质朴自然、风格沉雄、深沉醇厚,诗歌透露感伤的

---

① 《全粤诗》第 1 册,第 261 页。
② (明)徐献忠:《唐诗品》,陈广宏、侯荣川编校:《明人诗话要籍汇编》(第 6 册·诗评卷),上海:复旦大学出版社 2017 年版,第 2394 页。
③ 《全粤诗》第 1 册,第 265 页。
④ (元)辛文房著,王大安校订:《唐才子传》,哈尔滨:黑龙江人民出版社 1986 年版,第 158 页。

情调,具有现实主义的诗风。

后世选录岭南唐诗多选邵谒诗,岭南诗人亦多取法邵谒,明代黄佐在《广州人物传·唐国学生邵公谒》中说:"后世所录唐诗以传者,独谒(邵谒)与曲江公(张九龄)岿然并存","谒以晚唐一介士,获其永名,与诸名家并行,其诗当不下人矣。"①明代胡震亨《唐音癸签》亦谓邵谒、于濆、曹邺、刘驾等人诗"其源似并出孟东野,洗剥到极净极真,不觉成此一体。初看殊难入,细玩亦各有意在",并称其诗"多有惬心句堪击节"。② 上述评价公允恰当,邵谒诗歌以丰富的题材,深厚的思想,独特的风格深受后人赞誉。

第四节 唐代入粤文人

一、宋之问入粤及其诗歌创作

宋之问(约656—712),字延清,一名少连。一说虢州弘农(今河南灵宝)人;一说汾州(今山西汾阳)人。他与沈佺期等人完成律诗体式的定型,在变革六朝诗体、促进律诗形成、发展与成熟等方面功不可没。《旧唐书》(卷一百九十中·宋之问传)评价宋之问"弱冠知名,尤善五言诗,当时无能出其右者"③。

宋之问所处的年代是一个皇权频繁更迭的时代,一生可谓是三起三落,曾两次被贬岭南,一次贬泷州(今广东罗定),另外一次是相隔五年后被贬钦州(今广西钦州),这期间也曾入粤。宋之问于上元二年(675),登进士第;天授元年(690),武后召与杨炯分直习艺馆,累转尚方监丞;武周久视元年(700),武后改控鹤府为奉宸府(按:圈养美貌男子与轻薄文人之处),令其宠臣张宗昌与李峤、宋之问、沈佺期等26人修《三教珠英》,因依附武后男宠张易之、张昌宗,宋之问成为武则天身边的宫廷诗人;神龙元年(705)正月武则天病重,宰臣崔玄暐、张柬之乘机发动了一次宫廷政变,张易之、张宗昌兄弟被诛,李显复位,宋之问因依附二张,被贬泷州(今广东罗定市南);神龙二年(706),宋之问从贬所逃回洛阳,《旧唐书》(卷一百九十中·宋之问传)云:

---

① (明)黄佐著,陈宪猷疏注点校:《广州人物传》,广州:广东高等教育出版社1991年版,第52页。
② (明)胡震亨:《唐音癸签》,上海:上海古籍出版社1981年版,第78页。
③ (后晋)刘昫等撰:《二十四史·旧唐书》(卷一五〇—卷二〇〇),北京:中华书局2000年版,第3420页。

宋之问"左迁泷州参军。未几,逃还,匿于洛阳人张仲之家。仲之与驸马都尉王同皎等谋杀武三思,之问令兄子(侄子)发其事以自赎,及(王)同皎等获罪,起之问为鸿胪主簿,由是深为义士所讥。"①王同皎于神龙二年(706)三月庚戌(三月初七)被处死,由此推知宋之问在泷州的时间为一年左右。景龙三年(709),宋之问再次投靠太平公主,因被揭发主持贡举时收受贿赂,贬为越州(今浙江绍兴)长史;随后景云元年(710),韦后与安乐公主鸩杀中宗,李隆基发动玄武门兵变,诛韦、武,拥其父李旦继位,宋之问又被贬钦州(今属广西)。元年壬子(712),李旦传位给李隆基,经御史弹劾,宋之问被赐死于钦州徙所。

宋之问前期仕途顺畅,在任职馆阁期间,虽与沈佺期等人发展定型了一套律诗体制,但所作诗歌从内容上来看鲜有可观。后因朝政风云变幻,两次被贬岭南,强烈的痛苦失落的情感促使他写出了情韵俱佳的诗作,正如《旧唐书》(卷一百九十中·宋之问传)所言"之问再被窜谪,途经江、岭,所有篇咏,传布远近"②。宋之问今存诗歌近200首(包括残句),其中岭南贬谪诗作近四十首,诗作题名明确提到广东地名的有十五首,数量虽不多,但每一首无论是从内容,还是形式上来看都是可称得上律诗的典范之作。

纪行抒怀诗在现存宋之问被贬广东或途经广东所作诗歌中占大多数,诗人通过描绘所见所闻,抒发心中复杂的情感,以五言诗见长。一部分诗歌直接描绘贬谪路途中的艰辛,以及岭南环境的恶劣。神龙元年(705)正月宋之问被贬泷州,这是他首次遭贬,他自洛阳南行,经黄梅(今湖北黄梅)、洪府(今江西南昌),溯赣水,度大庾岭、经始兴(今属广东韶关)、端州(今广东肇庆),至泷州。诗人一边写途中所见所闻,被贬之路漫长、道途艰险;一边抒发忠而被谤、无辜见弃后的哀伤和屈辱,也表达对渺茫前途的担忧。他初经黄梅,有诗写道"北极怀明主,南溟作逐臣"③。"北"与"南"凸显距离遥远和处境反差之大,突出诗人的忠诚和被贬后哀痛,也透露出对生命沦落与前途渺茫的担忧。他说自己"谪居窜炎壑"(《自衡阳至韶州谒能禅师》),"畏途横万里""问余何奇剥,迁窜极炎鄙""百越去魂断,九疑望心死"(《自洪府舟行直书其事》),经过漫长艰险可畏的贬谪之路,宋之问对自己的命运不济,沦落到极其炎热的荒远边地感叹不已,刚到湖南零陵,他似乎已经心如死灰,担心自己将会魂断岭南。

---

① (后晋)刘昫等撰:《二十四史·旧唐书》(卷一五〇—卷二〇〇),北京:中华书局,2000年版,第3420页。
② (后晋)刘昫等撰:《二十四史·旧唐书》(卷一五〇—卷二〇〇),北京:中华书局,2000年版,第3420页。
③ (唐)宋之问:《途中寒食题黄梅临江驿寄崔融》,(唐)沈佺期、(唐)宋之问著,陶敏、易淑琼校注:《沈佺期宋之问集校注》,北京:中华书局2001年版,第421页。本节所引宋之问作品皆出自此书此版本。

在这种心境之下,泷州江的风景自然是"潭蒸水沫起,山热火云生。猿猱时能啸,鸢飞莫敢鸣""地偏多育蛊,风恶好相鲸"(《入泷州江》)。这里"潭蒸""山热""地偏"和"风恶"描写出岭南的险山恶水,用环境恶劣衬托人生的艰难。贬谪之人心中的岭南是让人心惊胆战的,他不禁为自己前途与命运感到深切的担忧,从而感慨道"只应保忠信,延促付神明",即只能靠保持忠信以延长寿命。宋之问一路南下,留下的只有留恋,从洛阳南行至泷州刚出发不久,他就发出了"故园肠断处,日夜柳条新"(《途中寒食题黄梅临江驿寄崔融》)的悲叹,"故"与"新"暗衬被贬前后的巨大反差,"柳"含有"留"之意,表达对故园强烈的依恋和牵挂。就算南迁至大庾岭,对北地的留恋促使他询问从京都南下的官使,他关心京都的情况,其诗歌记录曰:"城边问官使,早晚发西京?来日河桥柳,春条几寸生?昆池水合渌,御苑草应青?缓缓从头说,教人眼暂明。"①诗歌通过叙述诗人与京城官使之间的问答,表达了诗人对京都、对朝廷无限留恋的心情。

乡愁、思归、思亲与伤别等多种复杂的情感是宋之问贬谪诗歌不可忽略的主题。在贬谪路经大庾岭时,宋之问留下两首五律诗《题大庾岭北驿》和《度大庾岭》,真实地表达了他强烈的思乡之情:

阳月南飞雁,传闻至此回。我行殊未已,何日复归来?江静潮初落,林昏瘴不开。明朝望乡处,应见陇头梅。(《题大庾岭北驿》)②

度岭方辞国,停轺一望家。魂随南翥鸟,泪尽北枝花。山雨初含霁,江云欲变霞。但令归有日,不敢恨长沙。(《度大庾岭》其一)③

《题大庾岭北驿》为其五言律诗的代表之作,首句用"雁到此即北回"的传说突显大庾岭的险峻,写出自己竟连雁群都不如的处境,透露出强烈的失意感。"林昏瘴不开"象征着诗人的难解的忧愁,结尾一句,表达诗人浓浓的思乡之情,故章培恒、骆玉明等《中国文学史》云:"宋(之问)诗抒发贬谪之悲苦,借风物以寄兴,以虚拟的望梅之举将归思委婉写出,唱叹有情。"④《度大庾岭》描绘了一个落寞诗人的形象:他已经度过大庾岭,停下马车遥望家乡,看不见故乡,惶恐不安与乡国依恋相交错,所以眼前看到的一切都会勾起他万千思绪。诗人只能让魂魄随南来北往的飞鸟,泪洒"北枝花",暗含归期无望的悲叹。宋之问作为贬谪诗人,期盼回归,借助诗歌寄托思乡念亲之情。纵然所见山雨、江云等极为美好自然景物,仍挡不住诗人心生悲慨,所以

---

① (唐)宋之问:《度大庾岭》(其二 伯三六一九),王重民:《补全唐诗》,王重民、孙望、童养年辑录:《全唐诗外编》(上),北京:中华书局1982年版,第6页。
② (唐)沈佺期、(唐)宋之问著,陶敏、易淑琼校注:《沈佺期宋之问集校注》,第427页。
③ (唐)沈佺期、(唐)宋之问著,陶敏、易淑琼校注:《沈佺期宋之问集校注》,第428页。
④ 章培恒、骆玉明等:《中国文学史》,上海:复旦大学出版社1996年版,第25页。

最后一句借贾谊之事比况自己的境遇,思归之情颇为动人。另外一首《早发大庾岭》更是直白地写道:"歇鞍问徒旅,乡关在西北。出门怨别家,登岭恨辞国""兄弟远沦居,妻子成异域""适蛮悲疾首,怀巩泪沾臆"。诗歌字字含血泪,诗人已流落岭南,心中回忆的仍是西北,途中歇息时还不忘寻问路人家乡何处。兄弟、妻儿远隔两地,一想到故乡,想到自己流落荒蛮,就会泪如雨下。也正如《发端州初入西江》所写"潮回出浦驶,洲转望乡迷。人意长怀北,江行日向西。破颜看鹊喜,拭泪听猿啼。骨肉初分爱,亲朋忽解携。路遥魂欲断,身辱理能齐",忆念北地,骨肉分离的悲苦已经成了一种深深烙印其心底的情绪。

过大庾岭,脚踏广东地界,经过韶州始兴县时,宋之问用《早发始兴江口至虚氏村作》抒写广东自然风光,摘录如下:

> 候晓逾闽峤,乘风望越台。宿云鹏际落,残月蚌中开。薜荔摇青气,桄榔翳碧苔。桂香多露裛,石响细泉回。抱叶玄猿啸,衔花翡翠来。南中虽可悦,北思日悠哉。鬓发俄成素,丹心已作灰。何当首归路,行剪故园莱?①

广东的山川草木、风物古迹没能消除宋之问的愁绪,回归的愿望仍纠缠于他的心中,诗歌情感低回压抑。他在广州登上越王台,他吊古伤己,作诗云:

> 江上粤王台,登高望几回。南溟天外合,北户日边开。地湿烟常起,山晴雨半来。冬花采卢橘,夏果摘杨梅。迹类虞翻枉,人非贾谊才。归心不可度,白发重相催。(《登粤王台》)②

登上南越王赵佗所建的粤王台,诗人从越秀山向四周望去,壮阔的南国景象尽收眼底:鲜花盛开,瓜果飘香。但他没有沉浸在美丽的风光之中,而是想起了历史上得罪孙权流放交州的虞翻,因受排挤而贬谪为长沙王太傅的贾谊,更觉北归无期,登临生悲,愁苦更甚,促使白发倍增。诗人的形象是一位带着浓浓乡愁的迁客。无独有偶,其"故园长在目,魂去不须招"(《早发韶州》)、"谁言望乡国,流涕失芳菲"(《早入清远峡》)等诗句,都是他万般思乡情绪的宣泄。就算是从泷州被赦免北归洛阳时,宋之问仍吟咏出诗歌《渡汉江》:"岭外音书断,经冬复历春。近乡情更怯,不敢问来人。"诗句用简洁的语言刻画出诗人对家乡的思念之情,描绘出诗人远归家乡前不安的微妙心理。

在宋之问贬粤诗中,还有几首送别诗,记录诗人与友人的交往或离别。神龙贬谪牵涉的人较多,除了宋之问外,杜审言被贬峰州(今越南北部地区)、沈佺期被贬驩州

---

① (唐)沈佺期、(唐)宋之问著,陶敏、易淑琼校注:《沈佺期宋之问集校注》,第431页。
② (唐)沈佺期、(唐)宋之问著,陶敏、易淑琼校注:《沈佺期宋之问集校注》,第570页。

(今越南中部地区)、阎朝隐被贬崖州(今海南海口),王无竞贬至广州。端州(今广东肇庆)地为西江入广州之要口,他们在前往贬所时,本都要经过端州,想着会在那里相逢。但宋之问到达端州时,其他被贬诗友已先期到达,并在端州驿站墙壁上题诗后离去。宋之问怅然若失,也提笔写下了著名《至端州驿见杜五审言沈三佺期阎五朝隐王二无竞题壁慨然成咏》,诗云:

> 逐臣北地承严谴,谓到南中每相见。岂意南中歧路多,千山万水分乡县。云摇雨散各翻飞,海阔天长音信稀。处处山川同瘴疠,自怜能得几人归。①

诗歌即兴而作,情感充沛。本以为被贬的罪臣在岭南可以异乡做伴,相互宽慰和温暖,没想到"南中歧路多",他们还是要山水相隔,诗人思念友人,伤于离别的同时,也想到自己的命运如云雨翻飞,飘忽不定。再加上当时不少被贬之人因不适应岭南恶劣的气候和条件而患病离世,所以诗歌最后两句写在充满瘴气的环境中,被贬之人将会九死一生,不知几人能北归,不免让人生发万分恐惧之感。

在端州与袁守一离别时,宋之问作五律《端州别袁侍御》,诗云:"合浦途未极,端溪行暂临。泪来空泣脸,愁至不知心。客醉山月静,猿啼江树深。明朝共分手,之子爱千金。"②首联说明贬谪之途漫长,端州只是暂且停留的一站。"泪来空泣脸,愁至不知心"诗句道出内心的哀伤和惆怅,令人心碎。尾联嘱咐友人袁守一侍御多加珍重,同时也是诗人在前途未卜的情况下自怜自悯、自我劝勉。

其《广州朱长史宅观妓》云:"歌舞须连夜,神仙莫放归。参差随暮雨,前路湿人衣。"广州朱长史盛情款待,歌舞宴享,但所有的一切都未解其忧,所以宋之问最后吟咏出"前路湿人衣",诗歌情感真挚,属对精工,声韵谐美,语近旨远,清通圆美,是唐代律诗诗体的完美范例。

宋之问早年曾师事道士潘师正学道,与道士司马承祯、隐士卢藏用、文士杜审言、陈子昂等结为"方外十友",出仕与归隐二者兼顾。在广东所作诗歌里时有"空无虚静"之感,如《宿清远峡山寺》云:"香岫悬金刹,飞泉界石门。空山唯习静,中夜寂无喧。说法初闻鸟,看心欲定猿。寥寥隔尘事,何异武陵源。"③身处南国自然山水之中,诗人似乎忘却了自身的身份和巨大的痛苦,将一切转化为空无,将个体生命融入自然万物之中,在个体感悟中得到精神的升华。尤其是贬谪岭南之后,宋之问常流露对佛家境界的向往。就算是第二次被贬越州,他还专程前往广东韶州躬诣佛法,拜访惠能,于是写下《自衡阳至韶州谒能禅师》诗,称赞惠能"宗师信舍法,摈落文史艺。

---

① (唐)沈佺期、(唐)宋之问著,陶敏、易淑琼校注:《沈佺期宋之问集校注》,第433页。
② (唐)沈佺期、(唐)宋之问著,陶敏、易淑琼校注:《沈佺期宋之问集校注》,第533页。
③ (唐)沈佺期、(唐)宋之问著,陶敏、易淑琼校注:《沈佺期宋之问集校注》,第573页。

坐禅罗浮中,寻异穷海裔",而诗句"愿以有漏躯,聿薰无生慧。物用益冲旷,心源日闲细"则流露出他追慕"心绝妄念,不染尘劳"佛家境界的思想。

纵观宋之问的诗歌创作,在流贬之前,宋之问属于正统的宫廷文人,其诗歌创作属于宫廷文学。而他贬谪粤地的时间为一年左右,在广东所作诗歌的数量远远超过其之前入粤文人的创作,且多以第一人称抒发感情,呈现强烈的个人色彩。继谢灵运、江总之后,宋之问进一步扩大诗歌题材,将写景述怀、送友、题赠、山水等内容纳入笔下,从而突破了宫廷应制诗的束缚,开拓了诗歌的审美想象空间,给初唐诗歌注入了新的血液。在风格上,一改齐梁诗风,再次创新,呈现出自然流利的清新之风。流贬中的各种强烈情感宣泄的需要促使他借用谢灵运等人的元嘉体,用铺排的笔法来抒发内心的感受,如排律《早发大庾岭》:

> 晨跻大庾险,驿鞍驰复息。雾露晨未开,浩途不可测。嵘起华夷界,信为造化力。歇鞍问徒旅,乡关在西北。出门怨别家,登岭恨辞国。自惟勖忠孝,斯罪懵所得。皇明颇昭洗,廷议日昏惑。兄弟远沦居,妻子成异域。羽翩伤已毁,童幼怜未识。踟蹰恋北顾,亭午晞霁色。春暖阴梅花,瘴回阳鸟翼。含沙缘涧聚,吻草依林植。适蛮悲疾首,怀巩泪沾臆。感谢鹓鹭朝,勤修魑魅职。生还倘非远,誓拟酬恩德。①

诗歌用一百五十字在描写贬谪道途环境的险恶的同时,将家国之思、流贬之失意、亲人离散之痛、前途渺茫之感等复杂而强烈的情感铺洒开来,在情感和形式上摆脱了宫廷应制诗歌的束缚,使诗歌具有新的风貌,也更具审美特征。正如严羽《沧浪诗话·诗评》所说:"唐人好诗,多是征戍、迁谪、行旅、离别之作,往往能感动激发人意。"②的确,宋之问等人磨炼出一套律诗声律技巧,当他们因遭受政治变故而遭贬粤地,其内心就产生了不吐不快的真情实感,这就容易促使他们写出情韵俱佳的优秀作品。宋之问的入粤诗有五律、七律、排律和五绝等多种诗体,将岭南风物融入研练精切、对仗工整、严格规范的律体诗歌中,继承并超越了前代入粤山水诗作,为之后的广东诗坛,甚至是岭南,抑或是整个唐代的诗歌创作提供了良好的范式。

二、韩愈入粤及其诗文创作

韩愈(768—824),字退之。河南河阳人(今河南孟州),自谓郡望昌黎(今河北省昌黎县),世称"韩昌黎"。韩愈晚年任吏部侍郎,又称"韩吏部";卒谥文,世称"韩

---

① (唐)沈佺期、(唐)宋之问著,陶敏、易淑琼校注:《沈佺期宋之问集校注》,第429页。
② (宋)严羽著,郭绍虞校译:《沧浪诗话校译》,北京:人民文学出版社1961年版,第198页。

文公"。韩愈是中唐伟大的文学家、教育家、政治家和思想家,著有《昌黎先生集》。

韩愈一生三次入粤。他三岁而孤,由长兄韩会抚养。韩愈十岁左右,韩会受宰相元载贪贿被杀案牵连,被贬为韶州刺史,韩愈随兄嫂南迁至韶州(今广东韶关)。由于贬谪忧思、环境不适等原因,韩会至韶州不足两年便抱病而卒。兄卒后韩愈随嫂郑氏归河阳(今河南孟州市)。这是韩愈第一次入粤。

贞元十九年(803),韩愈任监察御史。他发言真率,无所畏惧,操行坚正。当时京畿地区先旱后霜,农业歉收,灾情严重,权臣京兆尹李实隐而不报,韩愈作《御史台上论天旱人饥状》向唐德宗谏言,于文章中真实地道出了京畿之地天旱人饥、民不聊生的实情,并希望通过上疏谏言,上达圣听,以解民困,为此,韩愈被贬阳山(今属广东连州)。他刚到阳山,"言语不通,画地为字,然后可告以出租赋,奉期约",在阳山一年左右,他重文兴教,发展经济,移风易俗,对阳山的文化和经济发展产生了深远影响。他在阳山县斋读书交友,韩愈常与诗友诗歌唱和,区册、区弘、窦存亮、刘师命等皆自远方慕名而来,与韩愈交往甚密,正如他在阳山作《县斋读书》云:"诗成有共赋,酒熟无孤斟。青竹时默钓,白云日幽寻。南方本多毒,北客恒惧侵。谪谴甘自守,滞留愧难任。投章类缟带,伫答逾兼金。"①韩愈在阳山为百姓做了很多实事,其"政有惠于下。及公去,百姓多以公之姓以名其子。"②贞元二十一年(805),韩愈得以赦免,同年夏秋间,韩愈收到赦书后离开阳山,前往郴州待命,结束了阳山贬谪生涯。韩愈在阳山县令任上大约一年半的时间。这是韩愈第二次入粤。

元和十四年(819),年过五十的韩愈又因忠言直谏,反对佞佛,触怒龙颜,被贬至更为偏远的潮州。据《旧唐书》卷一百六十《韩愈传》记载:"(元和)十四年正月,上令中使杜英奇押宫人三十人,持香花,赴临皋驿迎佛骨。自光顺门入大内,留禁中三日,乃送诸寺。王公士庶,奔走舍施,唯恐在后。百姓有废业破产、烧顶灼臂而求供奉者。"③韩愈一向不喜盲目崇佛,于是上了一篇《谏迎佛骨表》陈述事实。"宪宗怒甚。间一日,出疏以示宰臣,将加极法。裴度、崔群奏曰:'韩愈上忤尊听,诚宜得罪,然而非内怀忠恳,不避黜责,岂能至此?伏乞稍赐宽容,以来谏者。'上曰:'愈言我奉佛太过,我犹为容之。至谓东汉奉佛之后,帝王咸致夭促,何言之乖剌也?愈为人臣,

---

① (唐)韩愈著,钱仲联集释:《韩昌黎诗系年集释》,上海:上海古籍出版社2020年版,第202页。本节所引韩愈诗歌皆出自此书此版本。
② (唐)李翱:《故正议大夫行尚书吏部侍郎上柱国赐紫金鱼袋赠礼部尚书韩公行状》,邓翠萍、刘英杰主编:《贤令芳踪——韩愈阳山资料汇编》,北京:研究出版社2004年版,第331页。
③ (后晋)刘昫等撰:《二十四史·旧唐书》(卷一五〇—卷二〇〇),北京:中华书局2000年版,第2859页。

敢尔狂妄,固不可赦。'于是人情惊惋,乃至国戚诸贵亦以罪愈太重,因事言之,乃贬为潮州刺史。"①韩愈在潮州兢兢业业,造福百姓。他驱鳄除患、兴办学校、关心农桑、赎放奴婢。在文化传承上韩愈贡献很大,他移风易俗,教民以诗书礼义,重教化、重修养,传播儒家文化。明万历三十九年(1611),阳山知县冯大受在《祭韩文公文》中称赞韩愈在阳山期间的功绩:"示之品则,抚以仁慈,民有子弟,我其教之,民有饥寒,我其字之。课农深峒,鸣琴钓石,高文磨崖,秀句镌壁,人诵诗书,家安衽席,横悍渐消,心面咸革。"②被贬潮州后,他认为潮州"学废已久。进士明经,百十年间,不闻有业成贡于王庭,试于有司者。人吏目不识乡饮酒之礼,耳未尝闻《鹿鸣》之歌,忠孝之行不劝。"③在此情况下,韩愈称赞秀才赵德"沉雅专静,颇通经,有文章,能知先王之道,论说且排异端而宗孔氏",并推荐他为潮人之师,因此让赵德以摄海阳县尉、州衙推官的身份来"专勾当州学,以督生徒。"④韩愈还捐资兴办州学,推动了诗文和儒学在潮州的传承和发展。这是韩愈第三次入粤,停留时间不足一年。

韩愈不苟流俗、志在革新,他两次被贬入粤皆因疏陈治事而获罪。根据邓翠萍、刘英杰主编的《贤令芳踪——韩愈阳山资料汇编》和曾楚楠编著的《韩愈在潮州·韩愈贬潮诗文汇编》统计,韩愈与被贬阳山有关的诗作有46首,文章9篇;与贬潮有关的诗歌有34首,文章12篇;另有黄雨选注《历代名人入粤诗选》所收诗歌《将至韶州先寄张端公使君借图经》。这样,与贬谪广东有关的诗歌共约80首,文约20篇,这部分诗文作品展现了韩愈入粤的生活状况和内心世界,对后世了解韩愈入粤经历、思想,及其创作成就有很大的帮助,同时也给后世描绘出一幅幅生动的唐代广东自然和社会的画卷。

(一) 诗歌创作

韩愈在唐代诗歌史上有重要的地位,其诗歌能够反映当时社会现实,同时在诗歌表现手法上融入散文清新的笔调,成为"唐诗之一大变"(叶燮《原诗》),对于纠正自"大历十子"以来的卑弱颓靡诗风起到积极作用。其诗歌以文为诗,想象雄奇,独辟境界,常以雄豪奇崛著称,而同时也有朴素自然、平易清新的一面。韩愈的贬粤诗充

---

① (后晋)刘昫等撰:《二十四史·旧唐书》(卷一五〇—卷二〇〇),北京:中华书局2000年版,第2860—2861页。
② 邓翠萍、刘英杰主编:《贤令芳踪——韩愈阳山资料汇编》,北京:研究出版社2004年版,第469页。
③ (唐)韩愈:《潮州请置乡校牒》,(唐)韩愈著,马其昶校注,马茂元整理:《韩昌黎文集校注》,上海:上海古籍出版社1986年版,第691页。本节所引韩愈散文皆出自此书此版本。
④ (唐)韩愈:《潮州请置乡校牒》,(唐)韩愈著,马其昶校注,马茂元整理:《韩昌黎文集校注》,第692页。

分体现了其诗歌在内容和艺术上的复杂丰富性。

韩愈贬粤诗歌题材丰富,写景抒怀诗和题赠送别诗在韩愈入粤诗歌中占据绝大部分。韩愈所写的广东风景有两种情感倾向:一是写清新宜人,或壮丽奔放的风景,表达对粤地山水的新奇感和喜爱之情;二是写险怪之景、恶劣的环境,表达其贬谪悲苦之情,或希望能被宽赦,北归以报效朝廷的愿望。韩愈入粤后,足迹遍及多地,饱览名胜古迹,如龙宫滩、贞女峡、同冠峡、燕喜亭等。他写旅途中的奇山异水,记录下不同于北方的广东风物景观。他擅长写壮观景色,如被贬阳山的旅途中经过贞女峡、同冠峡和龙宫滩,他描绘如下:

> 江盘峡束春湍豪,雷风战斗鱼龙逃。悬流轰轰射水府,一泻百里翻云涛。漂船摆石万瓦裂,咫尺性命轻鸿毛。(《贞女峡》)①
>
> 今日是何朝,天晴物色饶。落英千尺堕,游丝百丈飘。泄乳交岩脉,悬流揭浪摽。无心思岭北,猿鸟莫相撩。(《次同冠峡》)②
>
> 浩浩复汤汤,滩声抑更扬。奔流疑激电,惊浪似浮霜。梦觉灯生晕,宵残雨送凉。如何连晓语,只是说家乡?(《宿龙宫滩》)③

第一首写连州桂阳县的贞女峡,起句有李贺的诗句"石破天惊逗秋雨"之风,结语雄而直率,嗟叹人生旅途艰险。峡流湍急,风雷激烈,鱼龙潜逃,不敢靠近,瀑布一泻千里,诗人刻画出贞女峡的奇险壮观的美景,但"咫尺性命轻鸿毛"句透露出诗人内心的忧愁。《次同冠峡》中间四句总写峡之奇异之景,尾联指出诗人面对如此美景,说无心思念岭北恰恰衬托出"有心"思北之情,诗句隽永有味。诗人被贬阳山后遇赦,在北上途中,有待命的欢乐之感和急于返乡的迫切心情,在经过阳山县阳溪上龙宫滩时,写下了《宿龙宫滩》,其水流一泻千里,水猛涛扬,诗人呈现出一幅龙宫滩边壮阔的景象。无独有偶,就连写友人惠师,也彰显宏大壮阔之笔,《送惠师》诗写惠师甚爱游山玩水,他曾"夜宿最高顶,举头看星辰",诗歌描绘了大气磅礴,异常壮观的岭南景观:"光芒相照烛,南北争罗陈。兹地绝翔走,自然严且神。微风吹木石,澎湃闻韶钧。夜半起下视,溟波衔日轮。鱼龙惊踊跃,叫啸成悲辛。怪气或紫赤,敲磨共轮囷。金鸦既腾翥,六合俄清新。"④惠师也曾在罗浮山上驻足,在南海边停下脚步,看阳光普照,景色华美,就像看到了大鹏向上飞时垂下长翅,也像看到海鲸和大鱼嬉戏,所以韩愈写道:"大哉阳德盛,荣茂恒留春。鹏骞堕长翮,鲸戏侧修鳞。"

---

① (唐)韩愈著,钱仲联集释:《韩昌黎诗系年集释》,第201页。
② (唐)韩愈著,钱仲联集释:《韩昌黎诗系年集释》,第199页。
③ (唐)韩愈著,钱仲联集释:《韩昌黎诗系年集释》,第262页。
④ (唐)韩愈著,钱仲联集释:《韩昌黎诗系年集释》,第204页。

韩愈入粤诗还描绘了广东险怪之景,恶劣之气候,衬托其贬谪之路的艰辛,以及贬谪之地环境的恶劣。如描绘阳山是"毒雾恒熏昼,炎风每烧夏。雷威固已加,飓势仍相惎。气象杳难测,声音吁可怕"。(《县斋有怀》)诗人用"下床畏蛇食畏药,海气湿蛰熏腥臊"(《八月十五夜赠张功曹》)描绘潮州"恶溪瘴毒聚,雷电常汹汹。鳄鱼大于船,牙眼怖杀侬。州南数十里,有海无天地。飓风有时作,掀簸真差事"。(《泷吏》)阳山与潮州地处岭南偏僻落之地,而事实上,阳山也未必是"毒雾恒熏昼",蛇虫乱走,当时潮州地区渔牧、农林业已有一定的发展,而韩愈带有夸张的手法来写,正是他当时被贬岭南悲苦心情的折射。在被贬潮州途中,韩愈行至关内道京兆府蓝田县境内,侄孙韩湘追随而至,韩愈感慨万分,写下了《左迁至蓝关示侄孙湘》,诗云:"云横秦岭家何在,雪拥蓝关马不前。知汝远来应有意,好收吾骨瘴江边。"①蓝田关外白雪厚积,秦岭之上是阴云笼盖,诗人对前途的渺茫感、对朝奏夕贬的激愤不平、兴道除弊之志和无悔之意在恶劣的天气景色的衬托中显得更加深刻。

韩愈写景抒怀诗在描绘的景观中寄寓深情,由景而引出内心情感的歌唱。韩愈被贬岭南,内心世界异常丰富,诗歌所表达的情感也错综复杂,他唱:"南方二月半,春物亦已少。维舟山水间,晨坐听百鸟。宿云尚含姿,朝日忽升晓。羁旅感和鸣,囚拘念轻矫。潺湲泪久迸,诘曲思增绕。行矣且无然,盖棺事乃了。"②诗人在描写南方二月,景物稀少,百鸟和鸣,云朵多姿,风景宜人,而诗人心中却充满羁旅之愁。同样,《宿龙宫滩》中的"如何连晓语,只是说家乡"通过对广东自然景物的描写,表达诗人对家乡的思念之情。《山石》描绘险怪景观和恶劣的气候,融入了被贬的苦闷和悲伤,引出不知何时重被启用及未来仕途的忧虑,诗人感慨"人生如此自可乐,岂必局束为人靰。嗟哉吾党二三子,安得至老不更归"③,诗歌充满悲情。韩愈诗歌中的情与之前被贬广东诗人诗作不同,韩愈诗歌让人看到在悲愤和苦闷中有旷达,在挫折中仍拥有积极入世的积极心态。他虽身处逆境,但胸襟仍不失旷达。就算是前往潮州的路途遥远难达,在云横秦岭、雪拥蓝关的气候之下,韩愈依然能吟咏出"欲为圣明除弊事,肯将衰朽惜残年"的诗句,表达为君解忧的决心。可见,韩愈入粤写景抒怀诗很好地呈现出韩愈丰富的内心世界及其矛盾错综的思想。

韩愈入粤诗歌还记录了广东的人情风俗和社会状况。这些诗歌不仅有文学价值,还具有文化传承的意义。如记录潮州饮食习惯的《初南食贻元十八协律》诗作记录潮州人吃牡蛎、鲨鱼、蒲鱼、章鱼、青蛙、虾、蛇等习俗。他们"调以卤与酸,芼以椒

---

① (唐)韩愈著,钱仲联集释:《韩昌黎诗系年集释》,第1165页。
② (唐)韩愈:《同冠峡》,(唐)韩愈著,钱仲联集释:《韩昌黎诗系年集释》,第198页。
③ (唐)韩愈著,钱仲联集释:《韩昌黎诗系年集释》,第153页。

与橙。腥臊始发越,咀吞面汗骍。惟蛇旧所识,实惮口眼狞。开笼听其去,郁屈尚不平。"①韩愈对潮州虽无赞美之情,贬谪经历使他将潮州看作南蛮之地,带有负面情绪,认为本地人鸟面夷语,但也记录下潮州地区的饮食习惯,此类诗歌便成为记录潮州历史状况和风土人情的宝贵材料。

韩愈始终是一个关心社会,关心民众的诗人。在赶往潮州的路上,经过增城,遇到东江泛滥,洪水漫流,村屋被围,韩愈如实描绘了老百姓的穷苦和惨不忍睹的境遇:"云昏水奔流,天水漭相围。三江灭无口,其谁识涯圻。慕宿投民村,高处水半扉。犬鸡俱上屋,不复走与飞。篙舟入其家,暝闻屋中唏。问之岁常然,哀此为生微。"②他敢于以心中的"不平之鸣"大胆批判对百姓疾苦漠不关心的当政者。与之前的谢灵运、江总和宋之问的诗歌相比,韩愈的写景抒怀诗所抒情感有所不同。韩愈具有儒家积极用世的精神,他并未完全牵绊于过去、沉溺于哀伤,而是能正视贬谪经历和苦楚,能克服当下面临的困境,不管贬到哪里,都能做到身在其位,便谋其政,正因为如此,他在阳山和潮州才能切切实实地为百姓办了很多有意义的事情。诗人在诗歌中一边自省自怜,一边表达本心不改。一边抒发抑郁不平之情,一边积极面对当下,表达对民间疾苦的同情,对百姓生活的关切之情,可以看出,韩愈诗歌表达的情感更为丰富复杂。

题赠送别诗超过韩愈整个贬粤诗的三分之一。韩愈在广东与诸多友人往来甚密,与新朋老友均有诗歌酬答,大量创作题赠送别诗,这部分诗歌对了解韩愈在广东的交游大有裨益。韩愈被贬阳山期间,创作了多首题赠送别诗。韩愈于贞元十九年(803)前往广东阳山县,与张署同由监察御史贬官,张署被贬湖南临武县,二人在赴贬所的途中结伴而行,一路上颠沛流离,历经艰险。第二年正月,又过洞庭,溯湘江,抵长沙,南至九嶷山,一同抵达郴州临武,张署到任。韩愈继续赶路,此后,韩、张二人常有诗书往来,张署作《赠韩退之》,韩愈和诗《答张十一功曹》云:

> 山净江空水见沙,哀猿啼处两三家。筼筜竞长纤纤笋,踯躅闲开艳艳花。未报恩波知死所,莫令炎瘴送生涯。吟君诗罢看双鬓,斗觉霜毛一半加。③

前四句写偏僻静美的岭南景色,以此起兴,后四句抒怀言志,贬谪之思融于景,抒情深沉顿挫,怨而不怒。程学恂评之曰:"退之七律只十首,吾独取此篇为真得杜

---

① (唐)韩愈著,钱仲联集释:《韩昌黎诗系年集释》,第1204页。
② (唐)韩愈:《宿增江口示侄孙湘二首》,韩愈著,钱仲联集释:《韩昌黎诗系年集释》,第1207—1208页。
③ (唐)韩愈著,钱仲联集释:《韩昌黎诗系年集释》,第196页。

意。"①诗人在另外一首《八月十五夜赠张功曹》里云:"十生九死到官所,幽居默默如藏逃。下床畏蛇食畏药,海气湿蛰熏腥臊。""州家申名使家抑,坎轲只得移荆蛮。"纯用古调,诗歌料峭悲凉,一唱三叹,有楚辞之风。用韵方面,转韵极其变化,高朗雄秀,情韵兼美。而《赴江陵途中寄赠王二十补阙李十一拾遗李二十六员外翰林三学士》是韩愈从阳山至江陵,寄赠王涯、李健、李程之作,诗歌向朋友描绘了自己被贬时的窘迫和凄惨:"中使临门遣,顷刻不得留。病妹卧床褥,分知隔明幽。悲啼乞就别,百请不颔头。弱妻抱稚子,出拜忘惭羞。俛俯不回顾,行行诣连州。"②诗意缠绵而词凄婉,此诗神韵余味极似《小雅》,有杜甫诗歌遗风,又似从《九歌》《九辩》中来。

在韩愈贬谪潮州期间亦作有赠答送别诗。柳宗元被贬柳州,两人虽然政治观点不同,却能够互相理解,是文学上的好友。元集虚受裴行立之命,带书及药物前往潮州探望韩愈,途经柳州遇到柳宗元,韩愈得知情况后写了《赠别元十八协律六首》,诗中有"吾友柳子厚,其人艺且贤""寄书龙城守,君骥何时秣"之句,表达对好友柳宗元人品才学的赞赏和厚望,为柳宗元贬谪荒僻之地,不能施展抱负而发出"不平之鸣"。"不知四罪地,岂有再起时。"诗人认为自己被流放到偏远之地,难有再被君主重用的机会。"罪地"出自《尚书·舜典》,舜将犯四凶之罪的人流放到偏远之地,韩愈将岭南看作"四罪地",罪人流放之地。

韩愈在阳山和潮州期间,不乏追随他的文人名士,如区弘、窦存亮、刘师命、张籍、赵德等均慕名前去向韩愈求学,韩愈与他们多有诗文赠答。韩愈贬阳山后,于元和初年自江陵掾召为国子博士,如喜、如彻从其游,相会于都下,韩愈作《喜侯喜至赠张籍张彻》,其中"昔我在南时,数君长在念"③道出了深情厚谊。韩愈在岭南见到梨花,作《梨花下赠刘师命》云:"今日相逢瘴海头,共惊烂漫开正月。"④借此直接抒发感慨,尽显思乡念北之情。刘师命访韩愈于阳山,韩愈作《刘生》云:"越女一笑三年留,南逾横岭入炎洲。青鲸高磨波山浮,怪魅炫耀堆蛟虬。山狻讙噪猩猩愁,毒气烁体黄膏流。"⑤此诗实源古乐府横吹曲,通篇叙事,写侠士性情,刘生弃家远游,倾心妖艳,取将相,酬恩仇,其胸怀磊落,有异于凡庸,为任侠豪放一流,诗歌气体雄直。韩愈在潮州对赵德颇为欣赏,分别后作《别赵子》,称赞他"心平而行高,两通诗与书",诗作

---

① 程学恂:《韩诗臆说》,上海:商务印书馆1935年版,第12页。
② (唐)韩愈:《赴江陵途中寄赠王二十补阙李十一拾遗李二十六员外翰林三学士》,(唐)韩愈著,钱仲联集释:《韩昌黎诗系年集释》,上海:上海古籍出版社2020年版,第306页。
③ (唐)韩愈著,钱仲联集释:《韩昌黎诗系年集释》,第657页。
④ (唐)韩愈著,钱仲联集释:《韩昌黎诗系年集释》,第234页。
⑤ (唐)韩愈著,钱仲联集释:《韩昌黎诗系年集释》,第235页。

又云:"及我迁宜春,意欲携以俱。摆头笑且言,我岂不足钦。又奚为于北,往来以纷如?海中诸山中,幽子颇不无。相期风涛观,已久不可渝"①,从中可看出韩愈与赵德之间深厚的交情,以及分别后韩愈对赵德的思念。

韩愈在广东还曾与释景常、文畅、元惠、释宝通等僧人往来尤密,与之以诗文为缘,留下了一些送别僧友的诗作。连州学佛之人元慧,韩愈曾为之作《送惠师》,他用大量篇幅叙其游历胜迹,认为惠师好游山水,常探访名胜古迹,虽学佛,但为不羁之人,不受佛教约束,完全可让他还俗,但惠师顽固不化,令人失望,故诗人略带轻蔑地写道:"吾非西方教,怜子狂且醇;吾嫉惰游者,怜子愚且谆。去矣各异趣,何为浪沾巾?"②而其五言古诗《送文畅师北游》用险韵,为长篇大著诗作,记述他在做四门博士,及贬阳山令至归京时期与文畅和尚的交游,表达对文畅和尚北游的挽留之情。韩愈为多位僧人作诗文,程学恂曰:"诸赠僧诗,于澄观取其经营之才,于惠师取其好游,于灵师取其能文,于文畅取其多得缙绅先生歌咏,皆非以僧取之也。"③

在潮州,韩愈还写下了十首琴操,其中《将归操》《猗兰操》《龟山操》《越裳操》《拘幽操》《岐山操》和《残形操》借用古代圣贤的遭遇,表达自己的忧患意识和坚贞不屈的节操,充分体现儒家伦理道德思想。如《琴操十首·龟山操》,韩愈借龟山做比喻,大胆批判宪宗。此外,"周公有鬼兮,嗟归余辅"二句与《琴操十首·拘幽操》中的"臣罪当诛兮,天王圣明"、《琴操十首·残形操》中的"其身孔明兮,而头不知"都嘲讽宪宗空有伯乐之位而无伯乐之能,埋没了才德兼备的贤能之士,韩愈希望主政者能够奉行孔孟之道,担负好修身、齐家、治国、平天下的责任。韩愈《琴操》十首属于琴曲类乐府,采用古题、古体,每题前有小序,或交代原操之"本事",或引录原操歌辞,严羽赞曰:"韩退之《琴操》极高古,正是本色,非唐贤所及。"④其诗歌中渗透着散文之气,如《拘幽操》序曰:"文王羑里作。"正文曰:"目窈窈兮,其凝其盲。耳肃肃兮,听不闻声。朝不日出兮,夜不见月与星。有知无知兮,为死为生?呜呼!臣罪当诛兮,天王圣明。"乐府诗用散文化的语言和句式,明显有"以文为诗"的倾向。

韩愈贬粤诗无论是在思想内容上,还是在艺术上都表现出复杂矛盾的一面。韩愈关心国事、体恤百姓的坚正操行在其贬粤诗中得以体现,其诗一方面借写景或写人抒发不平之鸣、怀才不遇和愤懑等复杂的情感。韩愈不仅为自己、为朋友,而且为国、为民发出"不平之鸣",其诗具有现实和批判的意义,感人至深,思想内容深刻,这正

---

① (唐)韩愈著,钱仲联集释:《韩昌黎诗系年集释》,第1248页。
② (唐)韩愈著,钱仲联集释:《韩昌黎诗系年集释》,第205页。
③ (唐)韩愈著,钱仲联集释:《韩昌黎诗系年集释》,第629页。
④ (宋)严羽著,郭绍虞校译:《沧浪诗话校译》,北京:人民文学出版社1961年版,第187页。

是其"文以载道""不平则鸣"的文学主张在诗歌中的体现;另一方面韩愈受儒家思想影响很深,诗歌又表现了一位报效朝廷,忠贞臣子之心。

韩愈贬粤诗呈现两种艺术风格,一是文辞浅白通俗,自然本色,如"今日是何朝,天晴物色饶"(《次同冠峡》)、"行矣且无然,盖棺事乃了"(《同冠峡》)等,口语化的语言,是其"文从字顺"的主张在诗歌中的体现,这是韩愈贬粤诗的主要特点。另一种特点是奇险,如"青鲸高磨波山浮,怪魅炫耀堆蛟虬"(《刘生》)、"金鸦既腾翥,六合俄清新"(《送惠师》)等类似"险语""硬语",是"陈言务去"的主张在诗歌中的呈现。正如清赵翼《瓯北诗话》卷三所评:"韩昌黎生平,所心摹力追者,惟李、杜二公。顾李、杜之前,未有李、杜;故二公才气横恣,各开生面,遂独有千古。至昌黎时,李、杜已在前,纵极力变化,终不能再辟一径。惟少陵奇险处,尚有可推扩,故一眼觑定,欲从此辟山开道,自成一家。此昌黎注意所在也。然奇险处亦自有得失,盖少陵才思所到,偶然得之;而昌黎则专以此求胜,故时见斧凿痕迹。有心与无心异也。其实昌黎自有本色,仍在文从字顺中,自然雄厚博大,不可捉摸,不专以奇险见长。"①贬粤经历使得韩愈诗歌不仅获得了新题材,有了新的思想境界,同时也使其诗歌呈现出不同的风格,故宋孙奕《履斋示儿编》"老而诗工"条云:"如少陵到夔州后诗,昌黎在潮阳后诗,愈见光焰也。"②

(二)散文创作

韩愈为唐宋散文八大家之首,与柳宗元同为中国唐代古文运动倡导者,合称"韩柳"。在古文创作上,他提出了"文以载道"和"文道结合"的主张,反对六朝以来的骈偶之风,苏轼称赞他"文起八代之衰,道济天下之溺"。现存韩愈与贬粤相关的文章多议论时事,或为仪式、送别而作,文体多样。阳山贬谪文章文体有赠序、状、赋、书、记、箴铭等,其中为送别而作最多,如《别知赋》《送杨支使序》《答窦秀才书》《送区册序》;与潮州被贬有关的文章文体有祭文、书、表、书,如《论佛骨表》《潮州刺史谢上表》《潮州祭神文》《与大颠师书》等。

韩愈关心时事,同情百姓,敢于直谏,他用表、状、实录毫不隐讳地揭发事实真相。贞元十九年(803),韩愈调任御史台任监察御史,负责考察百官,当时长安周边夏逢旱灾,秋季早霜,京兆尹李实为媚上隐瞒灾情,报喜不报忧,导致百姓生活困窘不堪,甚至有人"弃子逐妻以求口食,拆屋伐树以纳税钱,寒馁道途,毙踣沟壑"。韩愈了解

---

① (清)赵翼著,郭绍虞主编、霍松林、胡主佑校点:《瓯北诗话》,北京:人民文学出版社1963年版,第28页。
② (宋)孙奕:《履斋示儿编》"老而诗工",楼含松主编:《中国历代家训集成》(宋元编),杭州:浙江古籍出版社2017年版,第1024页。

情况后,写下《御史台上论天旱人饥状》上报唐德宗,陈述实情,并为百姓请求免除租税,此状文体明白晓畅,同时借用当时口语,如瑞雪、百姓腹内、拆屋等词语,文字通俗易懂,风格沉着朴实,含诚恳直率之气。此状触怒德宗,综合其他原因,韩愈被贬阳山。其《论佛骨表》是唐宪宗的一篇奏表,征古叙实,说理透彻,结构严谨,感情激烈,擅长用对照写法,堪称天下之至文。整篇用日常口语,举实例,引经据典,运用生动描写,论证"佛不足事"的论点,韩愈谓前代帝王"事佛渐谨,年代尤促",唐宪宗虽也坦言"愈言我奉佛太过,我犹为容之",但韩愈还是难以逃脱狂妄、忤逆圣意之嫌,最后被定论为"罪不可赦",最终被贬潮州。对此,林纾评论道:"昌黎《论佛骨》一表,为天下之至文,直臣之正气。入手,以宪宗畏死之故,引上古无数高年之天子,为宪宗指迷,言耄耋之期,初非关于佛力。迨佛法既盛,自汉末迄梁,无永年之天子;梁武高寿,卒被横祸,则佛之效验可知。一片皆为流俗说话,力辟福祸之不关于佛氏,精透极矣。"①韩愈始终保持初衷,其《顺宗实录》(辛酉贬李实)一文控诉李实残酷剥削百姓的罪恶行径,《顺宗实录》(宫市)揭露宫市的黑暗和罪恶。

韩愈继承了儒家积极用世的精神,以"修身、齐家、治国、平天下"为己任,即便在贬潮路上,唯一的女儿病死在路上,但到潮州上任后,他仍真心为民,尽心尽责,韩愈写下的6篇祭文,其《祭鳄鱼文》云:

> 刺史受天子命,守此土,治此民;而鳄鱼睅然不安溪潭,据处食民畜熊豕鹿獐,以肥其身,以种其子孙;与刺史亢拒,争为长雄。刺史虽驽弱,亦安肯为鳄鱼低首下心,伈伈睍睍,为民吏羞,以偷活于此邪?且承天子命以来为吏,固其势不得不与鳄鱼辨。……不然,则是鳄鱼冥顽不灵,刺史虽有言,不闻不知也。夫傲天子之命吏,不听其言,不徙以避之;与冥顽不灵而为民物害者:皆可杀。刺史则选材技吏民,操强弓毒矢,以与鳄鱼从事,必尽杀乃止。其无悔!②

文章首先说明祭鳄鱼的时间、地点、人物、事件,然后回顾历史,古今对比,分析鳄鱼得以长期肆虐的原因,随后,以大唐天子、刺史、县令、天地、宗庙、百神震慑之,认为鳄鱼毫无生存肆虐的理由,表明驱赶鳄鱼、为民除害的决心,最后宣布驱逐鳄鱼的命令。文章以"其无悔"作结,气盛言短,尤见峭劲。其《潮州祭神文》五篇中的首篇祭大湖神,以州长身份求神庇护潮州人;第二篇《又祭止雨文》在稻子结穗时大雨不断,稻不得熟,蚕眠不得老,农夫桑妇将无以应赋税,韩愈祭神祈求雨止,坐罪刺史,护佑百姓。后面三篇《祭城隍文》《祭界石神文》和《又祭大湖神文》同样为潮州百姓祈

---

① 吴文治:《韩愈资料汇编》,北京:中华书局1983年版,第1630页。
② (唐)韩愈撰,马其昶校注,马茂元整理:《韩昌黎文集校注》,上海:上海古籍出版社1986年版,第574—575页。

福,祈求免除祸患,生活安宁。韩愈在潮州所写上述五篇祭神文章,及其离开潮州后所作祭祀湘君夫人、竹林神、东方青龙神等祭神文,都是韩愈关于儒家道统和神祇祭祀关系的思考,饱含着儒家精神,是唐代祭神文中很有价值的一部分,香港学者冯志弘认为韩愈"被贬潮州、袁州之时,因势利导地运用儒家祭祀范式,把唐代不载祀典的地方神祇纳入儒家社稷之神和山川河岳之神的畛域。他的祭神文强调神明赏善罚恶,并且突显守土有罪,在予一人的精神——这都是先秦祀神的模式。后来他司职京邑,更是'祈祷实频'。这些祈祭行为,都是韩愈实践儒家思想的方式。"①

自韩愈入粤,粤地人士与之游者甚众,知名于世的有海阳赵德,南海区册、区弘等。韩愈为友人作赠序、赋、书、记等文章,记录贬谪之地自然环境、风土人情,及与友人交往之情景等,这些都是考察韩愈在广东生活和交游的宝贵材料,其《送区册序》云:

> 阳山,天下之穷处也。陆有丘陵之险,虎豹之虞;江流悍急,横波之石廉利侔剑戟,舟上下失势,破碎沦溺者往往有之。县郭无居民,官无丞尉,夹江荒茅篁竹之间,小吏十余家,皆鸟言夷面。始至言语不通,画地为字,然后可告以出租赋、奉期约:是以宾客游从之士无所为而至。(《送区册序》)②

文章记述区册从南海乘船辗转到阳山向韩愈求学,文中描写阳山环境险恶,峰崖险陡、滩高峡险,阳山城郊荒凉,县衙破败,文化落后,以此反衬区册求学的坚定志向,韩愈称赞区册"仪观甚伟,坐与之语,文义卓然",并回忆与区册林下乘凉、投竿而渔,陶然以乐的场面,感慨"若能遗外声利,而不厌贫贱也"。此外,《答窦秀才书》写长安窦存亮欲以弟子身份到阳山,求教韩愈作文之法,韩愈一边自述自身遭遇,一边对年少才俊、辞雅气锐的窦存亮大加赞赏,表扬他有虚心向学,不耻下问的品格。《别知赋》概作于唐贞元二十年(804)韩愈在阳山期间,湖南观察使杨凭派支使杨仪之巡视阳山,在与杨仪之离别之时,韩愈作此赋送别。赋文开篇便指出知心者难得,再写贬谪生活的感受,为写友人作铺垫,直言杨仪之为难得的好友,称赞杨仪之是一个学问渊博、很有人格魅力的人。韩愈写离别场面和感受:"何此欢之不可恃,遂驾马而回辀?山磝磝其相轧,树蓊蓊其相摎。雨浪浪其不止,云浩浩其常浮。知来者之不可以数,哀去此而无由。倚郭郛而掩涕,空尽日以迟留。"③韩愈送别知心朋友,不忍离别,不禁泪流满面,赋作一气呵成,语言清新,风格平实质朴,感情真挚。韩愈与潮州

---

① 冯志弘:《鬼神・祭礼与文道观念——以韩愈〈潮州祭城隍神文〉等祭神文为中心》,河北师范大学学报(哲学社会科学版),2016年7月第39卷(第4期)。
② (唐)韩愈撰,马其昶校注,马茂元整理:《韩昌黎文集校注》,上海:上海古籍出版社1986年版,第266页。
③ (唐)韩愈撰,马其昶校注,马茂元整理:《韩昌黎文集校注》,第12页。

灵山大颠禅师多有往来,作《与大颠师书》记述彼此交往,大颠是南禅宗嫡传法孙,聪明、识理,韩愈到潮州后与之交往甚密,认为大颠"侧承道高,思获披接",韩愈留有致大颠的三封书信。韩愈贬谪阳山期间,为贬任连州司户参军的王弘中在连州城东北所建燕喜亭创作了《燕喜亭记》,这是一篇记亭台楼榭的散文,散文娓娓道来,先描绘燕喜亭,叙说其建造的由来,然后记述周围景观"埃德之丘""谦受之谷""振鹭之瀑""寒居之洞""君子之池"等,称赞亭主喜爱山水,有君子之德。全文骈散结合,句式长短参差,排比句式使散文显得气势雄浑。

清刘熙载《艺概》卷一《文概》云:昌黎文两种,"一则所谓'昭晰者无疑','行峻而言厉'是也;一则所谓'优游者有余','心醇而气和'是也。"①而韩愈贬粤文章创作表现出的就是这种"心醇而气和"的弃险趋易的创作倾向。宋代黄庭坚《与王观复书》亦云:"观杜子美到夔州后诗,韩退之自潮州还朝后文章,皆不烦绳削而自合矣。"②贬粤经历不仅仅使韩愈文学创作上有所变化,也使其思想日益成熟,尤其是其儒家道统思想日渐成熟,之后被后世称为"五原"的《原道》《原性》《原毁》《原人》及《原鬼》五篇文章的创作与此经历都不无关系。

总的看来,韩愈与广东结下了不解之缘,两次在粤期间他鼓励农商、倡导教育、兴办乡校,亲政惠民,宣扬德化。他通过传授生徒的方式传播中原文化,思想和精神影响了一代一代的阳山、潮州人,成为两地文化的一个有机组成部分。清代简景观《通儒社学记》云:"文风之盛衰由于地气之厚薄,故说者谓黔蜀之文不如闽粤,闽粤之文不如江浙,地气使然也,而要惟教化实操其所以盛衰之权。吾邑自昌黎韩文公莅治以后,已革夷面鸟言之陋矣。当是时南海区册、区弘等来从公游,邑士者相与切磋砥砺,诵诗读书,彬彬儒雅,虽未登科甲,文风已有可观,岂非韩公之教化所由改哉?"③韩愈在阳山,在百姓中传递中原文化,使得阳山呈现彬彬儒雅之场景。韩愈到潮州后,也改变了潮州文化落后、州学不兴的状况,自他离开潮州后,赵德录其七十余篇文章为《昌黎文录》,这就极大地促进了韩愈的思想及其文学主张在岭南地区的传播。之后,潮州涌现出诸多贤人能士,如宋代许申、刘允、吴复古、王大宝等七贤。随后历代潮州人才层出不穷,这与韩愈为潮州带来的文化影响有关,他也赢得了"海滨邹鲁"的美称。

---

① (清)刘熙载:《艺概》(选录),郭绍虞主编:《中国历代文论选》(第二册),上海:上海古籍出版社2001年版,第124页。
② 启功等主编:《唐宋八大家全集 韩愈集》,北京:国际文化出版公司1997年版,第747页。
③ 邓翠萍、刘英杰主编:《贤令芳踪——韩愈阳山资料汇编》,北京:研究出版社2004年版,第431页。

韩愈对广东后代诗人创作影响深远。北宋粤北诗人余靖诗骨格清苍、幽深劲峭、弃华取质、坚炼有法，颇有韩愈诗之余风；南宋广州诗人崔与之诗作感情深挚，笔力老健，有唐人遗音，明显取法杜甫、韩愈诗之高格。元末明初"南园五先生"诗暗追唐音，多受杜甫、韩愈的影响。此外，明代诗人如区大相、黎遂球、邝露，清代冯敏昌、黎简和宋湘等，皆受韩愈影响，陈永正先生认为"冯敏昌、黎简、宋湘三家学韩，冯得其博大，黎得其险劲，宋得其豪纵，各执一端，便足名世"①。可以说，广东大多诗人，甚至是岭南诗派中主要的诗人，都受到过韩愈的影响。

三、刘禹锡入粤时期的文学创作

刘禹锡（772—842），字梦得，洛阳（今属河南）人，一作彭城（今江苏徐州）人。贞元九年（793）登进士第，又中博学宏辞科，贞元十一年（795）登吏部取士科，授太子校书，先后曾任淮南节度使掌书记、监察御史、朗州司马，及连州、夔州和州刺史等职。

贞元二十一年（805年）正月，唐顺宗李诵即位，年号永贞。原太子侍读王叔文与王伾主张革新政治，推行善政。王叔文欣赏刘禹锡的才华，刘禹锡和柳宗元一起加入"二王"集团，参与政治革新，被称为"二王刘柳"，此次改革被称为"永贞革新"。革新触动了藩镇、宦官和大官僚们的利益，在他们猛烈反扑下，"永贞革新"宣告失败。此后，革新派纷纷被贬谪各地，柳宗元贬为永州司马，刘禹锡贬为连州（今属广东清远）刺史，行至江陵（今属湖北），再贬朗州（今湖南常德）司马。元和十年（815），刘、柳二人一起奉召回京。不久，刘禹锡作《元和十年自朗州承召至京戏赠看花诸君子》，诗云："紫陌红尘拂面来，无人不道看花回。玄都观里桃千树，尽是刘郎去后栽。"②有嫉妒其名的政敌以此诗诬其语涉讥刺、怨愤讽喻，"一坐飞语，如冲骇机"③，故刘禹锡遭贬播州（今属贵州）刺史，幸有裴度、柳宗元为其求情，方才改为连州刺史。元和十四年（819）末，刘禹锡的母亲在连州去世，四十八岁的刘禹锡扶柩返回洛阳。这样，刘禹锡在连州度过了近五年的贬谪生活。

刘禹锡自幼体弱多病，留心医学，特别重视民间防治疾病的经验，并于元和十三年（818）在连州汇集其平时观察实践之药方，整理编著为医学著作《传信方》（二卷）。其《传信方述》云："予为连州四年，江华守河东薛景晦以所著《古今集验方》十通为

---

① 陈永正：《韩愈诗对岭南诗派的影响》，中山大学学报（社会科学版）1993年第2期，第111页。
② （唐）刘禹锡著，陶敏、陶红雨校注：《刘禹锡全集编年校注》，长沙：岳麓书社2003年版，第202页。本节所引诗文皆引自此书此版本。
③ （唐）刘禹锡著，陶敏、陶红雨校注：《谢中书张相公启》，（唐）刘禹锡著，陶敏、陶红雨校注：《刘禹锡全集编年校注》，第1004页。

赠。其志在于拯物,予故申之以书。异日,景晦复寄声相谢,且咨所以补前方之阙。医拯道贵广,庸可以浅学为辞?遂于箧中得已试者五十余方,用塞长者之问。皆有所自,故以'传信'为目云。"①从中可以看出刘禹锡的忧民济民之心。此外,谪守连州期间,刘禹锡诗文创作较为丰富,根据陶敏、陶红雨校注的《刘禹锡全集编年校注》统计,共创作了54首诗歌,23篇文章。

(一)诗歌创作

刘禹锡在连州与友人酬寄赠答,观览粤地山水、民风民俗,讨论政事,送别友人,悼念亡者等,上述皆是其诗歌的书写内容。从诗歌数量上看,酬寄赠答诗最多,有19首;山水田园诗15首、政治诗6首、送别诗6首、挽歌6首、闺怨诗2首、咏怀1首。

刘禹锡在连州与好友柳宗元、杨敬之、马总、杨于陵、窦常、刘景、崔元受、崔斯立等人多有来往,留下了19首赠答唱和诗。这些诗歌多是写诗人和友人的日常生活,或忆念往昔,或表达友人间的挂念,或赞颂友人,较少论及政事。如其《赠刘景擢第》云:"湘中才子是刘郎,望在长沙住桂阳。昨日鸿都新上第,五陵年少让清光。"②刘景是刘禹锡任连州刺史后的连州第一位进士,诗作对新及第进士的刘景盛赞不已;《酬柳柳州家鸡赠》是为酬答柳宗元《殷贤戏批书后寄刘连州并示孟仑二童》诗而作,"日日临池弄小雏,还思写论付官奴。柳家新样元和脚,且尽姜芽敛手徒"③中"官奴"指代王羲之女儿,此处比喻柳宗元之女,前两句指出柳宗元不仅自己弄墨写字,且指导女儿书法;后两句盛赞柳宗元书法独创一格,当时书法好手都自愧不如。刘禹锡连州所作酬赠唱答诗中虽然没有强烈不满和愤慨情感的直接宣泄,但其郁闷与伤感的贬谪情绪有所流露。刘禹锡认为连州是边鸿不到的南鄙之地,故吟唱"谪在三湘最远州,边鸿不到水南流"④、"行尽潇湘万里余,少逢知己忆吾庐"⑤,称自己是远谪偏僻荒远之地的"孤客""逐臣",其忧伤的情绪在与友人的赠答诗中偶有流露,其诗云:

新辞将印拂朝缨,临水登山四体轻。犹念天涯未归客,瘴云深处守孤城。⑥(《酬马大夫登洭口戍见寄》)

泥沙难振拔,谁复问穷通?莫讶提壶赠,家传枕麴风。成谣独酌后,深意片

---

① (唐)刘禹锡著,陶敏、陶红雨校注:《刘禹锡全集编年校注》,第1422页。
② (唐)刘禹锡著,陶敏、陶红雨校注:《刘禹锡全集编年校注》,第239页。
③ (唐)刘禹锡著,陶敏、陶红雨校注:《刘禹锡全集编年校注》,第240页。
④ (唐)刘禹锡:《赴连州途经洛阳诸公置酒相送张员外贾以诗见赠率尔酬之》,(唐)刘禹锡著,陶敏、陶红雨校注:《刘禹锡全集编年校注》,第56页。
⑤ (唐)刘禹锡:《送曹璩归越中旧隐》,(唐)刘禹锡著,陶敏、陶红雨校注:《刘禹锡全集编年校注》,第235页。
⑥ (唐)刘禹锡著,陶敏、陶红雨校注:《刘禹锡全集编年校注》,第237—238页。

言中。不进终无已,应须荀令公。(《酬马大夫以愚献通草芰荚酒感通拔二字因而寄别之作》)①

前一首在酬答友人、忆念深厚友谊的同时,也表达被贬"孤城"连州的失落和思乡之情。第二首"莫讶提壶赠,家传枕麴风"句借用"唯酒是务"的刘伶之典故自喻,最后两句又借用三国魏荀彧官至尚书令的典故祝贺马总(大夫)升迁。此外,"烦君远寄相思曲,慰问天南一逐臣"②、"旅情偏在夜,乡思岂唯秋"③和"一咏琼瑶百忧散,何劳更树北堂萱"④等诗句都是刘禹锡在与友人的唱答中内心复杂情感的表达。

刘禹锡的山水田园诗以《海阳十咏》和写连州民风民俗的诗歌为代表,将连州自然景象写得清幽淡远。唐代连州风景秀丽,州府附近有山有水,西有湟水,东北有巾峰,山下有唐代贞元年间连州司户参军王宏中修建的燕喜亭,亭西北有唐广德年间道州刺史元结开凿的海阳湖,刘禹锡至连州后曾整修海阳湖,并在湖上增建吏隐亭。刘禹锡常独自或与官员、文人骚客至连州幽静美景处赏玩,创作了十首五言律诗,统称为《海阳十咏》,其中《吏隐亭》云:

结构得奇势,朱门交碧浔。外来始一望,写尽平生心。日轩漾波影,月砌镂松阴。几度欲归去,回眸情更深。⑤

诗歌五言八句,四四句组合,前四句写吏隐亭结构奇特,气势独特,碧水朱门相映衬,令人匆匆一眼就已心旷神怡。后四句写日光下的亭轩水波、月光下的砌楼松影,景色之美足以让人流连忘返。可见连州在诗人的眼中并不完全是荒凉偏远之地,其美景使诗人"几度欲归去,回眸情更深",诗人倾心于美景,几度回眸,希望能隐于连山优美的山水之中。其《双溪》又云:

流水绕双岛,碧溪相并深。浮花拥曲处,远影落中心。闲鹭久独立,曝龟惊复沈。蘋风有时起,满谷箫韶音。⑥

诗名"双溪"取自所写双岛的外在形态,两条碧绿的溪流。双溪景色繁富而美丽,诗歌用流水、碧溪、浮花、远影、闲鹭、曝龟、蘋风等意象,描绘出一幅栩栩如生的风景画。诗人寄情于连州的美景之中,心灵得以洗涤和净化。《海阳十咏》其他篇章皆以赞美的

---

① (唐)刘禹锡著,陶敏、陶红雨校注:《刘禹锡全集编年校注》,第237页。
② (唐)刘禹锡:《酬国子崔博士立之见寄》,(唐)刘禹锡著,陶敏、陶红雨校注:《刘禹锡全集编年校注》,第267页。
③ (唐)刘禹锡:《南中书来》,(唐)刘禹锡著,陶敏、陶红雨校注:《刘禹锡全集编年校注》,第271页。
④ (唐)刘禹锡:《和南海马大夫闻杨侍郎出守郴州因有寄上之作》,(唐)刘禹锡著,陶敏、陶红雨校注:《刘禹锡全集编年校注》,第229页。
⑤ (唐)刘禹锡著,陶敏、陶红雨校注:《刘禹锡全集编年校注》,第264页。
⑥ (唐)刘禹锡著,陶敏、陶红雨校注:《刘禹锡全集编年校注》,第267页。

笔调描写连州自然景物,具清丽之风,如写飞练瀑"晶晶掷岩端,洁光如可把。琼枝曲不折,雪片晴犹下。石坚激清响,叶动承馀洒。前时明月中,见是银河泻"①;写云英潭"芳幄覆云屏,石奁开碧镜。支流日飞洒,深处自疑莹"②;写切云亭"迥破林烟出,俯窥石潭空。波摇杏梁日,松韵碧窗风。隔水生别岛,带桥如断虹"③。《海阳十咏》十首诗歌一景一吟咏,景色描绘细致入微。诗与诗之间相互映衬、彼此补充,构成对整个海阳湖景观的总体性描述,犹如长长的画卷,给人整个海阳湖景观的总体印象。每首诗皆为五言八句,有的是从写景到抒情、再回到写景,最后抒情,如《吏隐亭》;有的是六句写景,最后一句抒情,如《切云亭》;还有的纯为写景,如《双溪》等。

连州的民风民情也是刘禹锡诗歌的书写内容。在连州期间,刘禹锡用诗歌记载当地民众的生产方式和风俗。如《插田歌》写道:"冈头花草齐,燕子东西飞。田塍望如线,白水光参差。农妇白纻裙,农夫绿蓑衣。齐唱田中歌,嘤伫如竹枝。但闻怨响音,不辨俚语词。时时一大笑,此必相嘲嗤。"④诗歌用通俗生动的语言描写仲春时节农民插秧的热闹场面,描绘出一幅美好的春光田园图:春光明媚,花草繁茂,田埂如线,水田波光粼粼,农妇穿着白裙,农夫披着绿蓑,农人们时而齐唱歌曲,时而嘲嗤取乐,表现了农民平等劳动、乐在其中的生活情趣,以及彼此间感情纯朴真挚的密切关系。诗歌的后半部分写农夫与计吏对话:"自言上计吏,年初离帝乡。田夫语计吏:君家侬定谙。一来长安罢,眼大不相参。计吏笑致辞:长安真大处。省门高轲峨,侬入无度数。昨来补卫士,唯用筒竹布。君看二三年,我作官人去。"⑤口语般的诗句塑造了目中无人、游手好闲的计吏形象,揭露计吏的丑恶面目同时微讽朝政。全诗前状插田歌唱,如闻其声;后写计吏问答,如绘其形,前后对比鲜明,讽刺淡然,怨而不怒。

连州是我国少数民族之一瑶族的居住地,莫傜是古瑶族的一支。刘禹锡记录了当地瑶族冬日集体狩猎的盛况和过程,《连州腊日观莫傜猎西山》云:

  海天杀气薄,蛮军部伍嚣。林红叶尽变,原黑草初烧。围合繁钲息,禽兴大斾摇。张罗依道口,嗾犬上山腰。猜鹰屡奋迅,惊麈时踢跳。瘴云四面起,腊雪半空销。箭头馀鹄血,鞍傍见雉翘。日暮还城邑,金笳发丽谯。⑥

前四句写莫傜狩猎队伍的高昂斗志,点明狩猎的环境。中间六句描述狩猎的过程:狩猎现场气氛热烈,情状紧张,但傜人狩猎经验丰富,猎技娴熟,配合默契,当将猎

---

① (唐)刘禹锡:《飞练瀑》,(唐)刘禹锡著,陶敏、陶红雨校注:《刘禹锡全集编年校注》,第266页。
② (唐)刘禹锡:《云英潭》,(唐)刘禹锡著,陶敏、陶红雨校注:《刘禹锡全集编年校注》,第265页。
③ (唐)刘禹锡:《切云亭》,(唐)刘禹锡著,陶敏、陶红雨校注:《刘禹锡全集编年校注》,第264页。
④ (唐)刘禹锡著,陶敏、陶红雨校注:《刘禹锡全集编年校注》,第262页。
⑤ (唐)刘禹锡著,陶敏、陶红雨校注:《刘禹锡全集编年校注》,第262页。
⑥ (唐)刘禹锡著,陶敏、陶红雨校注:《刘禹锡全集编年校注》,第261页。

物合围后,他们停止敲击钲鼓,改为摇动旌旗,在路口布下罗网,此时猎犬猎鹰齐上阵,禽兽猎物便惊慌难逃。最后四句写狩猎者胜利归来后的情形。诗歌将狩猎场景,尤其是围歼追捕猎物的过程写得栩栩如生,同时记录了莫徭的狩猎工具,有罗网、弓箭、猎犬、猎鹰等。而其《莫徭歌》更是将莫徭人的历史来源、生活习惯、婚俗耕种、生存技艺等记录下来,诗云:"莫徭自生长,名字无符籍。市易杂鲛人,婚姻通木客。星居占泉眼,火种开山脊。夜渡千仞溪,含沙不能射。"①"木客"指深居之野人,"鲛人"即泉客,唐代瑶民与"鲛人"买卖交易,与"木客"通婚,被认为是化外之人,他们不入户籍,分散居住在连州这块贫瘠的土地上,过着自给自足的半农耕、半渔猎生活。诗人用最朴实的语言,客观地描写出勤劳、朴素、勇敢的瑶民的生活状况。总之,刘禹锡的《莫徭歌》《连州腊日观莫徭猎西山》和《插田歌》皆为客观描述,是莫徭人的生活实录,展示了一千年前粤北瑶民的生活状态和精神风貌,是较早描写粤北瑶族的文字,也是记载连州风物、习俗和语言等方面的文献材料,具有丰富的民俗学价值。

刘禹锡在连州创作了6首赞颂削平藩镇的诗歌。初唐在全国设立十道,盛唐设十五道,道是监察机构,实则是地方行政机构,安史之乱后,每道设长官一员,称之为节度使。后来,地方各节度使渐渐掌握了地方财政税收权,从而形成了藩镇的独立性,称为藩镇割据。藩镇与宦官勾结,割据一方,国家疲弱,人民负担加重,内战间或爆发,藩镇割据危害较大。就在诗人谪守连州的第三年,即元和十二年(817年),平藩取得了重大胜利,裴度、李愬率军一举攻占蔡州,生擒了盘踞在蔡、光、申三州达三十年之久的叛军头目吴元济;时隔一年,李愬平定淄青(今属山东),斩杀淄青节度使李师道。为了祝贺淮西和淄青大捷,刘禹锡创作了《平蔡州三首》《城西行》和《平齐行二首》。《平蔡州三首》(其一)云:

蔡州城中众心死,祆星夜落照壕水。汉家飞将下天来,马棰一挥门洞开。贼徒崩腾望旗拜,有若群蛰惊春雷。狂童面缚登槛车,太帛夭矫垂捷书。相公从容来镇抚,常侍郊迎负文弩。四人归业闾里闲,小儿跳踉健儿舞。②

此诗主要写攻打蔡州的经过,歌颂平藩胜利。前六句写李愬率军突袭蔡州,藩镇贼徒惊慌失措,赞颂李愬用兵如神,及其英勇气概;后六句写宰相裴度镇抚蔡州,李愬郊外欢迎,四民各安其业,小孩嬉笑跳跃,士兵起舞欢庆的场面。诗歌语言生动、凝练,略事夸饰而又不失真实,运用"惊春雷"贴切的比喻,塑造了形象鲜明的人物形象。此外,《平蔡州三首》(其二)暗示平藩之后,蔡州生民终于重见天日;其中"鼓角音平和"句昭示着蔡州城内的安宁;《平蔡州三首》(其三)虚写献淮西之囚、妖童伏诛

---

① (唐)刘禹锡著,陶敏、陶红雨校注:《刘禹锡全集编年校注》,第260页。
② (唐)刘禹锡著,陶敏、陶红雨校注:《刘禹锡全集编年校注》,第243页。

的盛大场面,呈现藩镇惊慌失措的丑陋之态,平藩将领按剑待命的坚毅神情;《城西行》描绘押送淮西叛军将领至城西行刑的惨烈场面,反衬淮西之捷的大快人心。

此外,刘禹锡留有连州所作闺怨诗《代靖安佳人怨二首》;还有为送别九江僧方,长沙僧人浩初、儇师等人的送别诗。总之,从诗歌情感来看,刘禹锡谪守连州期间,诗作所表达的不是强烈的贬谪悲苦,而更多的是超脱平淡之心绪,造境明丽清远,有淡泊冷峻之风。这与诗人良好的心态有关,这些诗作是诗人经过朗州十年贬谪磨砺之后的创作,总体上看多以平静淡泊的心态出之。再加上他在连州入乡随俗,接纳艰苦生活,他倾心于连州山水,赞美它,并借以遣怀疗伤而暂忘世事,所以能吟咏出"剡中若问连州事,唯有千山画不如"①、"有时病朝醒,来此心神醒"②和"他年买山处,似此得髡官"③等诗句,呈现诗人宁静淡泊之情怀。从语言上来看,某些诗歌引民众口语入诗,如《插田歌》为其自创新题乐府,用田夫与计吏的对话结尾,其小序又云:"连州城下,俯接村墟。偶登郡楼,适有所感,遂书其事为俚歌,以俟采诗者。"④这类诗歌语言通俗,具有浓郁的民歌风味,为之后刘禹锡贬谪夔州期间创作《竹枝词》奠定了基础。

(二)散文创作

根据陶敏、陶红雨校注的《刘禹锡全集编年校注》统计,刘禹锡在连州所作散文的文体有表(5篇)、启(5篇)、书(4篇)、赋(1篇)、碑(2篇)、铭(1篇)、笺(1篇)、记(1篇)、述(3篇),共23篇,公文类文章占据大部分;文章的内容主要包括叙述遭贬经过、为己申诉、祝贺平藩胜利或友人升迁、记述连州州况和风景,及友人间的论医谈艺等。

按照唐代制度,官员不管被贬到什么地方,到任后都需要具表奏闻,这是朝官必须履行的公务。刘禹锡至连州到任后,先向唐宪宗敬呈《谢上连州刺史表》,奏明他已走马上任。刘禹锡称自己"幸遇休明,累登科第",对重于丘山的皇恩表示感谢,也借机陈述他因写《元和十年自朗州承召至京戏赠看花诸君子》诗而被人借题发挥、恶意"广肆加诬",之后蒙受不白之冤、被贬播州之事。对此,刘禹锡试图以往日良好的表现为自己辩解:"德宗临御之时,臣忝御史;陛下龙飞之日,臣忝郎官。恭守章程,勤修职业。权臣奏用,盖闻虚名,实非曲求,可以覆视。"⑤对宪宗将其贬所由播州改

---

① (唐)刘禹锡:《送曹璩归越中旧隐》,(唐)刘禹锡著,陶敏、陶红雨校注:《刘禹锡全集编年校注》,第234页。
② (唐)刘禹锡:《云英潭》,(唐)刘禹锡著,陶敏、陶红雨校注:《刘禹锡全集编年校注》,第265页。
③ (唐)刘禹锡:《海阳湖别浩初师》,(唐)刘禹锡著,陶敏、陶红雨校注:《刘禹锡全集编年校注》,第259页。
④ (唐)刘禹锡著,陶敏、陶红雨校注:《刘禹锡全集编年校注》,第262页。
⑤ (唐)刘禹锡:《谢上连州刺史表》,(唐)刘禹锡著,陶敏、陶红雨校注:《刘禹锡全集编年校注》,第1001页。

为连州表示感谢,《谢上连州刺史表》曰:

> ……在臣之分,荣幸已多。伏荷陛下孝理弘深,皇明照烛,哀臣老母羸疾,悯臣一身零丁,特降新恩,得移善郡。光荣广被,母子再生。凡在人臣,皆感圣德;凡为人子,皆荷圣慈……昔殷王府念于前禽,且闻解网;汉帝有哀于少女,爰命罢刑。方之圣朝,不足多尚……①

刘禹锡说明自己贬谪连州时的困境:母亲年迈羸弱、疾病加身;然后用殷汤解网、德至禽兽,汉文帝有感于缇萦救父,废除肉刑两个典故,来歌颂宪宗宽民爱人,怜悯臣子,同意将他的贬谪之地由播州改为"善郡"连州,刘禹锡对宪宗的圣德、"特绛新恩"特致恩谢。事实上,对于遭贬连州,刘禹锡积郁于心,所以他又向当时门下侍郎武元衡和中书侍郎张弘靖申诉,作《谢门下武相公启》和《谢中书张相公启》,曰:"某一坐飞语,废锢十年。昨蒙征还,重罹不幸。诏命始下,周章失图;吞声咋舌,显白无路。"②他自认遭遇诬陷时有苦难言,无处申辩,又云:"某智乏周身,动必招悔,一坐飞语,如冲骇机。昨者诏书始下,惊惧失次,叫阍无路,挤壑是虞。"③陈述他蒙冤遭贬时的惊惧、无奈之情,再次为自己申辩,文章感情充沛,宣释有度。

与其诗作《平蔡州三首》《城西行》相对应,刘禹锡创作了祝贺平定藩镇胜利的文章,有《贺收蔡州表》《贺门下裴相公启》《贺平淄青表》《上门下裴相公启》《贺赦表》和《贺赦笺》,这些文章都反映了刘禹锡的政治心态和情感倾向。可以看出他虽远居连州,但仍对朝廷削藩行动极为关注,保持始终不变的抑制和打击藩镇的主张,这正是永贞革新派的共同目标。元和十二年(817),唐军在宰相裴度统帅下,李愬雪夜袭取蔡州,平定淮西叛乱,擒获割据造反的吴元济,取得了中唐平叛史上轰动一时的胜利。"一方既平,万国咸庆",刘禹锡作《贺收蔡州表》呈献皇上,云:

> 伏三纪之逋诛,成九衢之壮观。宗社昭告,华夷式瞻。行吊伐而在礼无违,煊威声而何城不克。楚氛改色,淮水安流。汉上疲人,尽沾雨露;汝南遗老,重睹升平。④

上文用"三纪之逋诛"说明从淮西割据吴少阳到其子吴元济相继据淮西,不奉朝

---

① (唐)刘禹锡:《谢上连州刺史表》,(唐)刘禹锡著,陶敏、陶红雨校注:《刘禹锡全集编年校注》,第1001页。
② (唐)刘禹锡:《谢门下武相公启》,(唐)刘禹锡著,陶敏、陶红雨校注:《刘禹锡全集编年校注》,第1003页。
③ (唐)刘禹锡:《谢中书张相公启》,(唐)刘禹锡著,陶敏、陶红雨校注:《刘禹锡全集编年校注》,第1004页。
④ (唐)刘禹锡:《贺收蔡州表》,(唐)刘禹锡著,陶敏、陶红雨校注:《刘禹锡全集编年校注》,第1026页。

廷已三十余年,给人民带来了极大的灾难,以此来突显此次平藩胜利的来之不易。刘禹锡认为平叛之举增强了军队的士气,鼓舞了民心。蔡州平定后,刘禹锡还两次上书裴度,作《贺门下裴相公启》《上门下裴相公启》,前者大赞裴度的文韬武略,祝贺其平叛之功;后者亦一再称颂裴度的才能与功绩,对裴度在他"倾堕危厄"时给予的帮助表示感谢。此外,因淮西之平,唐宪宗颁诏大赦天下,刘禹锡作《贺赦表》献上,歌颂宪宗,又作《贺赦笺》献皇太子李恒,热烈歌颂皇恩浩荡、天下升平。元和十四年(819)二月,长期盘踞在淄青(今属山东)的节度使李师道被平定,举国欢庆,刘禹锡作《贺平淄青表》,文章歌功颂德的同时,融入了真情实感,文曰:

> 臣某言:伏见制旨,魏博节度使所奏逆贼李师道并男二人并枭斩讫,以二月十六日御宣政殿受贺者。圣德玄运,兵威神速,旬日之内,鲸鲵就诛,泰岳既宁,登封有日。云云。伏惟睿圣文武皇帝陛下,有征必克,举意无违。天地协神算之期,雷霆助成师之气。蠢尔孽竖,敢生野心,萧斧一临,妖氛自灭……①

表类文章一般比较简略,刘禹锡此表写出平定淄青的梗概,也交代了某些细节:一是魏博节度使上奏斩杀李师道及其两个儿子之事,二是皇帝登临宣政殿接受贺拜的时间是二月二十六日。三是描述圣明,赞颂皇帝"圣德玄运""圣慈广被"、使"献俘者尽许生还,得地者复令安堵",突显皇帝的慈德、仁爱和宽容;写神灵相助,认为"天地协神算之期,雷霆助成师之气",蕴含了刘禹锡"天与人交相胜"②的思想;写军队士气,大赞其"兵威神速""有征必克,举意无违",描写极为形象。和同时期同类贺表相比,刘禹锡此表展现出更为丰富的内容,叙写事件,注重捷报传递、叛逆首级送京等事件细节化的描写。此表叙事较为详细,大量采用骈体文四六句式,尽情铺陈渲染,表达其无比崇敬、赞美和豪迈之情。

连州州况和风景也是刘禹锡散文的叙写内容,其《连州刺史厅壁记》记述了连州的天文地理、建置沿革、山川气候和民情物产,称连州为"荒服之善部""炎裔之凉墟"。刘禹锡认为相对于"远郡"播州,连州当为"善部",表露出对皇帝的感恩之情。《连州刺史厅壁记》细腻地描述连州景观曰:

> 邑东之望曰顺山,由顺以降,无名而相欹者以万数,回环郁绕,迭高争秀,西北朝拱于九疑。城下之浸曰湟水,由湟之外,支流而合输以百数,沦涟汩潏,擘山为渠,东南入于海。山秀而高,灵液渗漉,故石钟乳为天下甲,岁贡三百铢。原鲜而肥,卉物柔泽,故纻蕉为三服贵,岁贡十笥。林富桂桧,土宜陶旊,故侯居以壮

---

① (唐)刘禹锡著,陶敏、陶红雨校注:《刘禹锡全集编年校注》,第1042页。
② (唐)刘禹锡:《天论中》,(唐)刘禹锡著,陶敏、陶红雨校注:《刘禹锡全集编年校注》,第990页。

闻。石侔琅玕,水孕金碧,故境物以丽闻。环峰密林,激清储阴,海风驱温,交战不胜,触石转柯,化为凉飔。城压赭冈,踞高负阳。土伯嘘湿,抵坚而散。袭山逗谷,化为鲜云。"①

此文对连州风物嘉美备至,以优美的语言记录了连州山川、地形、景物、物产、岁贡、气候等,将鲜明的画面与事理结合。刘禹锡在文章结尾处表示要以前任官员为榜样,努力实现"功利存乎人民"之愿望。而其《吏隐亭述》写吏隐亭周边美景,此亭筑在山水之间,地势较高,登之可极目远眺,可观览山下景色:"前有四榭,隔水相鲜。凝霭苍苍,淙流布悬。架险通蹊,有梁如蜺;轻泳徐转,有舟如翰。澄霞漾月,若在天汉,视彼广轮,千亩之半。翠丽于是,与世殊贯。澄明峭绝,藿靡葱倩,炎景有宜,昏旦迭变。"②文章采用了四言雅正体,借景抒情,托物言志。刘禹锡在连州海阳湖上修建此亭,厅名"吏隐"意为身兼官吏及隐士双重身份,似有隐喻,又言"天下山水,非无美好。地偏人远,空乐鱼鸟。谢公开山,涉月忘还",他希望能像谢灵运一样留恋于山水美景,并将之作为精神栖所,同时又感慨"石坚不老,水流不腐,不知何人,为今为古?"③《吏隐亭述》一文景、情、理交融,与《含辉洞述》成为刘禹锡写景状物类散文的代表。

在刘禹锡连州所作散文中,还有值得关注的《问大钧赋》,"大钧"即大自然,刘禹锡回忆谪居朗州时作《谪九年赋》的情景,对自然规律、人事变迁和人生得失等进行哲理性的思考,认为"物壮则老,乃唯其常,否终为倾,亦不可长"④,提出"以不息为体,以日新为道"⑤的辩证法思想,文章弱化了贬谪之悲愤,融入了更多的哲学思考。此外,贬谪连州后,刘禹锡与惠能曾经弘法的曲江相距较近,他研习惠能禅学,应曹溪僧道琳之请撰写《大唐曹溪六祖大鉴禅师第二碑》,对禅宗倍加推崇,称赞惠能是"同人者形,出人者智""无修而修,无得而得。能使学者,还其天识"⑥,又欲辩惠能之禅意佛理,作《佛衣铭》,碑铭言简而义高,盛赞惠能,亦彰显佛门禅宗正理,具有很重要历史价值。

总之,刘禹锡在连州所作文章虽然多为应酬公文,正如南宋王应麟所评"刘梦得文不及诗"⑦,但其论说文确实文路畅达,理意充沛,寓意深远,论据充足,论断明确;

---

① (唐)刘禹锡著,陶敏、陶红雨校注:《刘禹锡全集编年校注》,第1012页。
② (唐)刘禹锡著,陶敏、陶红雨校注:《刘禹锡全集编年校注》,第1006页。
③ (唐)刘禹锡著,陶敏、陶红雨校注:《刘禹锡全集编年校注》,第1006页。
④ (唐)刘禹锡:《问大钧赋》,(唐)刘禹锡著,陶敏、陶红雨校注:《刘禹锡全集编年校注》,第1015页。
⑤ (唐)刘禹锡:《问大钧赋》,(唐)刘禹锡著,陶敏、陶红雨校注:《刘禹锡全集编年校注》,第1017页。
⑥ (唐)刘禹锡著,陶敏、陶红雨校注:《刘禹锡全集编年校注》,第1046页。
⑦ (宋)王应麟:《困学纪闻》卷一七,北京:商务印书馆1959年版,第1306页。

记叙与描写类文章亦能做到文情并茂,生动感人,皆可谓精彩深刻之文。

第五节　五代文学

五代十国历时七十余年,此间中原地区战乱不断,政权更迭频繁,而广东地区偏于一隅,相对安定。唐朝末年,河南上蔡人刘谦任封州(今广东省封开县)刺史、贺江镇遏使等,有兵千万。刘谦死后,其子刘隐(873—911)继承其职,逐步统一岭南。唐天祐元年(904)刘隐任唐清海军节度使,掌管田林(今广西田林)、郴县(今湖南郴县)及至南海大片地区,后梁开平五年(911),刘隐去世,谥号南海襄王,其弟刘䶮接任。南汉乾亨元年(917),刘䶮称帝(即南汉高祖),建都广州,国号大越,次年(918)改国号汉,史称南汉,这是继南越国之后以广州为都城的第二个封建地方政权。南汉统辖地约60州,政权持续了五十多年,所以广东地区经历兵灾相对较少,且商业贸易有了长足的发展,广东有得天独厚很长的海岸线,也有利发展对外贸易,同时与中原文化进一步融合,《新五代史》(卷六五·南汉世家)记载:"岭北商贾至南海者,(刘䶮)多召之,使升宫殿,示以珠玉之富。"①南汉几代执政者都礼佛,这促使当时文学与禅学融合,并得到良好的发展,韶州释灵瑞、释谭等,以及寓居粤地的释文偃等僧人创作了诸多偈颂。刘隐、刘䶮皆注重人才,大力招揽文人名士,这个时期亦有诸多中原人入粤逃难,或在南汉任职,他们与本地文人一起构建了五代广东文坛的新格局。

一、五代诗坛略说

五代十国时期的广东诗歌较少存世,本土诗人的诗作多数散佚,多数诗人只有一两首诗歌传世,所存诗歌的总量不多,但从史料可推知五代南汉诗坛曾经繁荣兴盛。《全粤诗》收录五代广东诗人37人,主要诗人包括王诩、钟允章、黄损、赵损、孟宾于、王言史等;收录诗、辞、童谣、铭、残句共160余首。五代与唐代文坛相似,广东地区进士群体的文学创作成绩突出,如咸宁(南海)王诩、番禺钟允章、连州黄损、浔州平南梁嵩、连州孟宾于和邓洵美、曲江何承裕等皆登进士第。在南汉的佛教中,嘉兴人释文偃于韶州云门山(今广东乳源)创立云门宗,继承惠能的禅学思想,将佛教进一步世俗化,加强禅法理论的推广,再加上僧徒相传,影响较大。这些文人、僧侣创作了一

---

① (宋)欧阳修,(宋)徐无党注,马小红等标点:《新五代史》(卷43—74),长春:吉林人民出版社1995年版,第470页。

比较有质量的作品。

黄损,字益之,连州人。少有才学,喜游四方,早年善为诗,后梁龙德二年(922)进士,后仕南汉主刘䶮,累官尚书左仆射。黄损曾在连州保安静福山筑一室读书,书室题额为"天衢吟啸"。他不畏权贵,敢于斥责权贵,为朝臣所忌,他极力反对刘䶮建南薰殿,因之失宠,退居永州湖上。黄损著述甚多,兼及道法,留有诗集《桂香集》,《射法》一卷,今皆佚。《全粤诗》收录其五首诗及一些残句。冯梦龙《醒世恒言》第三十二卷《黄秀才徼灵玉马坠》对黄损有生动的描述。其《赠剑客》云:"杯酒会云林,扶邦志亦深。晶莹三尺剑,决烈一生心。见死寻常事,闻冤即往寻。荆轲不了处,扼腕到如今。"①可以看出,黄损早年杯酒会友于云林,在乱世之中,仍胸怀天下,有着扶邦之志,他为荆轲之类的人感到惋惜,对其充满敬意。其《出山吟》云:"来书初出白云扃,乍蹑秋风马走轻。远近流连分岳色,别离呜咽乱泉声。休将巢许争喧杂,自共伊皋论太平。作业细看云色里,进贤星座甚分明。"②诗歌以商代名相伊尹、舜之大臣皋陶自喻,诗人对自己的前途寄予期望。黄损关注历史,关注现实,《读史》写道:"逐鹿走红尘,炎炎火德新。家肥生孝子,国霸有谋臣。帝道云龙合,民心草木春。须知烟阁上,一半老儒真。"③诗人看到了群雄并起,争夺天下的局面,诗人认为家境殷实、家道兴旺,就会有孝子;国家强大,才有众多大臣;帝王顺应民心、得民意,方能得天下、治理好天下,也就自然会有洞察世事的老儒在观察古今。黄损对现实不满,就用诗歌大胆地揭露出来,其《公子行》描摹公子哥们的奢华生活:"春草绿绵绵,骄骢骤暖烟。微风飘乐韵,半日醉花边。打鹊抛金弹,招人举玉鞭。田翁与蚕妇,平地看神仙。"④通过诗歌的描述也可看到刘䶮统治下的南汉地区相对平静、和平的局面。黄损在南汉为官未到退任,便忽然退隐遁去,三十二年后方才返家,见其孙,索笔题壁,其《书壁》诗曰:"一别人间岁月多,归来人事已销磨。惟有门前鉴池水,春风不改旧时波。"⑤"一别人间"透露着陶渊明"复得返自然"的隐逸之味,这应当是其晚年生活的写照。黄损之诗独得自然之真妙,唐末为骚人所宗的郑谷称赏黄损诗歌"殆夺真宰所有也"。⑥

梁嵩,浔州(今广西平南)人,少好学,善声律,富有文藻。南汉白龙元年(925)以一首《殿试荔枝诗》成为乙酉科进士第一人,诗云:"露湿胭脂拂眼明,红袍千裹画难

---

① 中山大学中国古文献研究所编:《全粤诗》(第1册),广州:岭南美术出版社,2008年版,第346页。
② 《全粤诗》(第1册),第346页。
③ 《全粤诗》(第1册),第345—346页。
④ 《全粤诗》(第1册),第346页。
⑤ 《全粤诗》(第1册),第347页。
⑥ (清)梁廷枏著,林梓宗校点:《南汉书》(18卷),广州:广东人民出版社1981年版,第53页。

成。佳人胜尽盘中味,天意偏教岭外生。橘柚远惭登贡籍,盐梅应合共和羹。金门若得栽培地,须占人间第一名。"①梁嵩仕至翰林学士,他反对当时虐政,乞归回乡,侍奉老母,回乡时急于见亲,野渡无人,乘白马过河,人马皆被淹死。有《倚门望子赋》存世,其中有云:"杨朱陌上,萧条而恨泪潸潸;汉武台边,宛转而残霞漠漠。恨陆海之高深,念行役以难寻。忆昔伯俞之志,宁无泣杖之心?"②"杨朱陌"代指离别路、歧路,表达惜别之情。此赋代母而作,表达母亲对久别之子的思念。南汉高祖看了此赋,甚是同情,于是任梁嵩去留,并厚加赏赐,梁嵩谢而不受,只请求免除浔州百姓的丁赋。

赵损(?—940),原籍洛阳,刘䶮时期为翰林学士承旨、尚书左丞。赵损为赵光裔的长子,赵光裔为相二十余年,号称贤相,赵光裔去世后,赵损为门下侍郎、同平章事,后接任宰相,大有十三年(940)去世。在南汉的咏物诗中赵损所作《琴歌》算是佳作。其《琴歌》诗曰:"绿琴制自桐孙枝,十年窗下无人知。清声不与众乐杂,所以屈受尘埃欺。七弦脆段虫丝朽,辨别不曾逢好手。琴声若似琵琶声,卖与时人应已久。玉徽冷落无光彩,堪恨钟期不相待。风转吟幽鹤舞时,撚弄铮钑声亦在。向曾守贫贫不彻,贱价与人人不别。前回忍泪却收来,泣向秋风两条血。乃知凡俗难可名,轻者却重重者轻。真龙不圣土龙圣,凤皇哑舌鸱枭鸣。何殊此瑟哀怨苦,寂寞沉埋在幽户。万重山水不肯听,俗耳乐闻人打鼓。知君立身待分义,驱喝风雷在平地。一生从事不因人,健步窄云皆自致。不辞重拂弦上尘,市廛不买多谗人。莫辞憔悴与买取,为君一曲号青春。"③全诗咏绿琴,诗人用"清声不与众乐杂""琴声若似琵琶声"和"俗耳乐闻人打鼓"等句记录下广东地区的琴声、清声和众乐等丰富的音乐形式。现存赵损诗歌还有《废长行》,其中诗句云:"贵人迷此华筵中,运木手交如阵斗。不算劳神运枯木,且废为官恤茕独。门前有吏吓孤穷,欲诉门深抱冤哭。耳厌人催坐衙早,才闻此戏身先到。理人似爱长行心,天下安平多草草"④,揭露了官员们沉溺于无益之戏、被惑于微不足道之事、苟且闲逸、不顾民生的嘴脸,讽刺了南汉政治的腐败。

文偃(864—949),俗姓张,嘉兴人。文偃是南汉最负盛名的诗僧,《全粤诗》收录其诗作引首,他自幼随嘉兴空王寺律宗大师志澄学习,后外出游历,至韶州曲江灵树寺,被如敏任命为首座,如敏圆寂后,文偃继任灵树寺主持。后住韶州云门山,自成一系,世称"云门文偃""云门禅师",其法授自惠能,其授受世次为三十三世。文偃弟子

---

① 《全粤诗》(第1册),第349页。
② (清)吴兰修、(清)梁廷枏辑,陈鸿钧、黄兆辉补征:《南汉金石志补征 南汉丛录补征》,广州:广东人民出版社2010年版,第373页。
③ 《全粤诗》(第1册),第350页。
④ 《全粤诗》(第1册),第350页。

云集,著名者有子祥、缘密、颢鉴、师宽、澄远、守初、道谦、智寂、义韶、启柔、承古、智明、道遵等。文偃曾被南汉王召进宫,垂问佛法,并赐予紫方袍。后人将其法语编录成语录,现有《云门匡真禅师广录》三卷、《云门文偃禅师语录》一卷传世。文偃除了创作一部分偈颂之外,还有一些描绘日常生活、社会生活的诗作,如《北邙行》:"前山后山高峨峨,丧车辚辚日日过。哀歌幽怨满岩谷,闻者潜悲薤露歌。哀歌一声千载别,孝子顺孙徒泣血。世间何物得坚牢?大海须弥竟磨灭。"①诗歌首先描绘战乱生死离别的凄惨之景,最后回归佛教的生死观。此外,文偃作有《宗脉颂》、《十二时偈》等偈颂29首。其门徒众多,如释智寂、释缘密等人皆有偈颂存世。

孟宾于(895—977),字国仪,号群玉峰叟,连州人。后晋天福九年(944)进士,曾先后仕于后晋、后蜀、南唐,南唐时曾任涂阳令、建隆二年(961),官丰城令,又官淦阳令,因赃贿罪下狱,后获释;后又任水部员外郎,故后世诗评家也称其为孟水部,晚年隐于吉州玉笥山,自号群玉峰叟。孟宾于少修儒学,好篇咏,幼擅诗名,有《孟水部集》,其中所含《金鳌集》二卷为其早年所作诗歌,今已俱佚,《全粤诗》辑得佚诗十首。孟宾于的诗歌题材多为写日常生活、自然景物、怀古、讽喻时政等。其《怀连上旧居》曰:"闲思连上景难齐,树绕仙乡路绕溪。明月夜舟渔父唱,春风平野鹧鸪啼。"②诗歌描述诗人在连州的日常生活,描绘了乡村渔夫与鹧鸪唱和的和谐画面,这是一幅优美的田园风景图,用明月、夜舟、春风、平野、鹧鸪等意象勾勒出平淡清新之美;孟宾于还擅长写幽冷寒狭之景,如《湘江亭》云:"独宿大中年里寺,樊笼得出事无心。寒山梦觉一声磬,霜叶满林秋正深。"③诗歌用寺庙、寒山、磬声、霜叶、秋林等意象营造幽冷孤凄之意境。

孟宾于一生官品不高,且仕途坎坷,在仕与隐之间徘徊中感到失落和愁苦,通过他的怀古诗可以看出他的落拓不遇之情,其《蟠溪怀古》写道:"良哉吕尚父,深隐始归周。钓石千年在,春风一水流。松根盘藓石,花影卧沙鸥。谁更怀韬术,追思古渡头。"④诗歌借古喻今,追慕古人,哀叹自己落魄不遇,透露自己的政治抱负。他咏叹姜尚垂钓遇文王而得以重用,方能建功立业,表达对姜尚人格和才华的崇尚,同时渴望自己也能像他一样遇明君,才华得以施展,实现自己的政治抱负。诗歌语言明快,言近旨远,情景交融,意境深远。

孟宾于是一个正义感很强的诗人,他会因社会不公、世事不平而愤怒,同情下层人民,其《公子行》云:"锦衣红夺彩霞明,侵晓春游向野庭。不识农夫辛苦力,骄骢驰

---

① 《全粤诗》(第1册),第359页。
② 《全粤诗》(第1册),第377页。
③ 《全粤诗》(第1册),第378页。
④ 《全粤诗》(第1册),第376页。

处麦青春。"①此诗为新乐府,描述贵族公子穿着明艳如彩霞的衣服,骑马骄纵横行,随意在农民的麦田里春游踏青,践踏麦苗,却丝毫不体恤农民日常耕种的辛苦,诗歌将贵族公子骄横残暴的形象呈现出来,表达对广大劳动人民的深切同情。总的看来,孟宾于的诗作意象宏大、境界开阔,有盛唐之风。宋代陈尧佐序其《金鳌集》曰:"如百丈悬流,轰轰洒落苍翠间,清雄奔放,望之竖人毛骨。自五代诗人以来,未有过宾于者也。"②

在南汉诗人中,王言史不算很有名气,仅留下一首诗《广州王园寺伏日即事寄北中亲友》,诗云:"南越逢初伏,东林度一朝。曲池煎畏景,高阁绝微飚。竹簟移先洒,蒲葵破复摇。地偏毛瘴近,山毒火威饶。裹汗绨如濯,亲床枕并烧。堕枝伤翠羽,菱叶惜红蕉。且困流金炽,难成独酌谣。望霖窥润础,思吹候纤条。旅恨生鸟浒,乡心系浴桥。谁怜在炎客,一夕壮容销。"③广州的炎热让作者着实想返回家乡。此诗思想性较弱,但对广州气候刻画极为细腻且真实:就算在广州的曲池边,也让人感到热气蒸人,高楼上没有一丝风,把炽热的竹席换地方时要先洒水降温,人热得拿着蒲葵扇子摇来摇去。南方瘴气腾腾,热浪滚滚,让人汗流浃背如同洗澡一样,睡在床上,感觉枕头都是烫的。这首诗对了解当时广州的气候很有价值。

此外,五代广东诗坛还有后晋天福末进士何承裕,字仕进,韶州曲江人,有清才,好为歌诗,留有诗作《寄宣义英公》。简文会,咸宁人,幼年聪颖,喜读书,工于诗赋,刘䶮首开进士科,擢其为第一,累官尚书左丞。陈用拙,初名拙,字用拙,连州人,唐天祐元年(904)进士,因厌恶梁王朱全忠,不乐仕进。后入粤,刘䶮擢其为吏部郎中、知制诰,少习礼乐,著有《大唐正声琴谱》;工诗歌,著有诗集八卷,惜已不传。连州邓恂美,唐哀帝天祐中,与孟宾于同为李若虚赏识并举荐,入洛阳,后南汉乾祐(948)成进士,工诗赋。连州胡君昉,诗句甚为清拔,古风仿效李长吉体,与邓恂美、黄匪躬齐名,著有《蘘川诗集》。周渍,连州人,周渭之弟,工诗,《直斋书录解题》收其集一卷,已佚,《全粤诗》录其诗歌五首,其中《重门曲》《逢邻女》和《废宅》诗作在现存南汉的诗歌中比较有代表性。

总的看来,广东地理位置偏远,远离中原王朝,广东五代诗歌无论是在数量上,还是在成就上都不及中原地区,但其价值仍不容否定,它们一方面表现了唐末至宋初长达五六十年两广地区特有的地理、气候特征和历史文化的方方面面;另一方面反映了当时广东地区文人士子们的生存状况及其内在感悟和情怀。

---

① 《全粤诗》(第1册),第377页。
② (明)黄佐著,陈宪猷疏注:《广州人物传》,广州:广东高等教育出版社1991年版,第69页。
③ 《全粤诗》(第1册),第389页。

二、五代文坛略说

谈及五代广东文坛,当时散文学家以钟允章和王定保较为著名。《广东新语·文语》中仅有"钟左丞文"条,屈大均叹曰:"南汉五十余年无文章,惟左丞微见华藻。"①钟允章(?—959),番禺人,素淹博,能文辞。高祖刘䶮乾亨三年(919),举进士第,累迁中书舍人,曾拜工部郎中、知制诰,迁尚书右丞,参知政事,声名藉甚。南汉中宗刘晟喜其才思敏捷,当时诰敕、碑记及诸多朝廷应撰文字,多命为之。钟允章为南汉翰林学士,侍臣,性格耿直,不畏权贵,后被内侍监许彦真诬陷谋反作乱,竟招至族诛。钟允章文思敏捷,援笔立成,辞藻灿漫,他曾跟随南汉主游罗浮,作《蓬莱上界诗》,皆见褒赏。又跟随游英州碧落洞,作《云华御室记》,描绘了设坛场、陈斋醮之际,援抚瑶琴、烟霞缥缈、众仙萃至、百兽率舞、洞府喧闻的场面,此文被屈大均辑、陈广恩点校的《广东文选》收录。后刘铱于罗浮黄龙洞建天华宫,亦使之为记,今不传。钟允章家族文学盛行,其弟钟有章少有文藻,官至翰林学士、中书舍人,与钟允章齐名。

王定保(870—954?),洪州南昌人,五代南汉文学家。唐昭宗光化三年(900)举进士及第,为容管巡官。唐末中原丧乱,王定保避乱至湖南,谒武穆王马殷,不为所礼,后入岭南,被刘隐招为幕属,刘䶮称帝后,任宁远节度使。南汉大有十三年(940),赵损去世,王定保代为中书侍郎、同平章事。他善文辞,南汉乾亨年间刘䶮在赵佗故宫之东建南宫,次年有白龙出入南宫,故刘䶮命词臣王定保作赋以美南宫,王定保献上《南宫七奇赋》,此赋"一时称为绝伦",惜今不传。王定保著有《唐摭言》十五卷,有学者将其界定为轶事小说集。《唐摭言》分一百零三门,每卷分若干标题,标题下或综合论述,或分述有关故实,前三卷主要记录科举制度掌故,其他卷目主要记述科举士人言行逸事,其中还保存了唐代一些诗人文集未收录的零章断句。《唐摭言》叙说详细生动,是南汉重要的笔记体史料。

王诩,咸宁(今南海)人,南汉乾亨初(917)进士,拜中书舍人。喜为诗赋,有诗作《独不见》一首存世。南汉南宫曾有白虹出现,王诩献上《白龙颂》,辞藻华灿,与当时翰林学士王宏所作《白龙赋》时称"双绝"。大有七年(934),昭阳殿建成,词臣多献赋,以王诩《昭阳殿赋》为冠。王诩每以文字奏进,必得南汉王厚赏,他曾自评曰:"吾《赋》字字作金声,何受赐之晚也?"②

---

① (清)屈大均著:《广东新语·文语》,北京:中华书局1985年版,第325页。
② (清)梁廷相著,林梓宗校点:《南汉书》,广州:广东人民出版社1981年版,第57页。

胡宾王,字时彦,韶州曲江人。少时致力于学问,博览群书,远近知名。尝游历于山水名胜,读书其中,经史皆通。南汉时登进士甲科,官至中书舍人、知制诰。南汉后主时期,淫虐当道,胡宾王知刘氏政权不能久远,故弃官归里,作《南汉国史》,记载自南汉烈祖至后主的史实为《五祖传》,写杨洞潜至陆光图等三十三人为《纯臣传》,再加上《具臣》《乱臣》《宦臣》《女谒》诸传,合为十二卷。入宋后,《南汉国史》改名为《刘氏兴亡录》。屈大均《广东新语·文语》云:"此书必有文采可观,惜乎不传。想欧阳(修)《五代史》亦颇采用其说。"①

此外,南汉留下了丰富的碑铭、哀册文,有《高祖天皇大帝哀册辞》《李纾墓志铭》《云门寺碑铭》等。《高祖天皇大帝哀册辞》碑出土于广州番禺区新造镇小谷围岛北亭村发掘的南汉康陵,石刻形制完整,镌刻精良,碑文为卢应所撰。卢应(?—957),仕南汉,富有才藻,所作《高祖天皇大帝哀册辞》开篇有"翰林学士承旨、银青光禄大夫、行尚书左丞、知制诰、上柱国、范阳县开国男、食邑三百户臣卢应奉敕撰并书"字样,交代作者卢应及其职位,其正文云:

> 维大有十五年岁次壬寅四月甲寅朔二十四日丁丑,高祖天皇大帝崩于正寝,粤光天元年九月壬午朔二十一日壬寅,迁神于康陵,礼也。符卯金而叶运,绍斩蛇之开基。覆同乾建,载并坤维。法成周而垂范,稽世祖而作则。构大业而云终,偃巨室而不惑。嗣主仁孝,俛俛祚阶。抑情登位,感结疚怀。动遵遗诏,讵躔俄顷。六府三事,肃然修整。亿兆乂谧,国家钟庆。痛深茹慕,启引神皋。衔恤颁诏,命臣摛毫。伏惟高祖天皇大帝:日月孕灵,星晨诞圣。爰本玄符,式隆景命。经天纬地,武库文房。搓尧拍舜,迈禹超汤。君临万国,星躔三纪。四海镜清,九州风靡。开物成务,知机其神。光宅宇县,司牧蒸民。惠施五车,葛洪万卷。听朝之余,披览囷倦。损益百氏,笙簧六经。东西飞阁,周孔图形。命鸿儒以临莅,选硕生而雠校。鄙束皙之补亡,陋郑玄之成学。奋藻兮魏文收誉,挥毫兮齐武藏名。品量舛谬,别白重轻。禁暴戢兵,讴歌狱讼。龙韬虎略,七擒七纵。扼腕北顾,中原多事,吊伐在怀,未伸睿志。炅炅王业,巍巍皇猷,三王可拟,五帝难俦。天纵聪明,凝情释老。悉造渊微,咸臻壶奥。谭玄则变化在手,演释乃水月浮天。神游阆菀,智洞竺乾。若乃阴阳推步,星辰历数。仰观俯察,罔失常矩。此外留情药品,精究医书。或南北臣庶,或羽卫勤劬。疾瘵所萦,御方救疗。名医拱手,稽颡神妙。将圣多能,视民如伤,朝野抃蹈,亿兆欢康。多才多艺,允文允武。戡难夷凶,栉风沐雨。……②

---

① (清)屈大均:《广东新语》上册,北京:中华书局1985年版,第325页。
② 中山大学中国古文献研究所编:《全粤诗》,广州:岭南美术出版社2008年版,第352页。

"哀册"亦作"哀策",封建时代用以颂扬帝王、后妃生前功德的韵文,多书于玉石木竹之上。《高祖天皇大帝哀册文》称刘䶮"惠施五车,葛洪万卷,听朝之余,披览罔倦。损益百氏,笙簧六经,东西飞阁,周孔图形。命鸿儒以临莅,选硕生而雠校,鄙束皙之补亡,陋郑玄之成学"云云,意谓刘䶮于文则品藻百家诸子,弘扬六经之旨,着眼高远。哀册文赞刘氏才思上乘,词藻横溢,故能"品量舛谬,别白重轻",臧否人物于上下之间;"天纵聪明,凝情释老"句说明刘䶮非属意儒家,实为善修道释;哀册文还指出刘䶮善观天历数之术,他"若乃阴阳推步,星辰历数。仰观俯察,罔失常矩",他还精研医书,致使医家"拱手稽颡"。刘䶮肆营苑囿,作游幸之所,故策文称"缮营苑囿,想象十洲,鹤立松巅,鸳穿花坞,水石幽奇,楼台回互"。此哀册文千余字,文字俊美,言辞隽美,可借以考查南汉国的典制、史实及文风。

薛绛,生卒年不详。《李纾墓志铭》是2019年广州市文物考古研究院于广州市越秀区的考古发现。集贤殿学士文林郎守尚书户部郎中史馆修撰赐紫金鱼袋薛绛撰。所述墓主李纾是唐朝皇族宗室成员,为唐睿宗之子申王李㧑五代孙。据墓志所载,李纾由专门针对宗室的宗正寺明经及第,并得到优待。当时天下已乱,岭南军官刘隐着力保护南下的人士,岭南已成为北方官僚士大夫及家族最主要的避难地之一,《南汉纪》云:"是时天下已乱,中朝人士,以岭外最远,可以避地,多游焉。唐世名臣谪死南方者,往往有子孙,或当时仕宦遭乱不得还者,皆客岭表。"① 李纾就是其中一员,不久因躲避北方战乱,举家迁至岭南,时值南汉政权广泛吸纳北方士人家族,之后李纾自然就加入南汉建立者刘陟(刘䶮)幕府,最终成为南汉重臣。摘录《李纾墓志铭》如下:

……生一男二女,男景胤,左拾遗,天上石麟,谢家王囗,囗公之恙也,逾月不解其带。泊公之薨也,一恸几至于终,泣血寝苦,槁形骨立。长女适左补阙窦光裕,人之师表,士之准绳。鹄节鸠弹,早擅贯心之誉;龙埠锵佩,咸推造膝之谋。次女未及笄年,皆有父风,俱明女则。初,公之遘疾也,而谓其亲曰:余始自从知,骤登朝列,位既高矣,身亦贵焉,虽不享年,瞑目何恨?囗公之知天达命,其孰方之?焉得不虑谷变陵迁,声沉响灭,忧耷不以,绛才非金锵,誉愧铁钱,称命为文,乃为铭曰:英英府君,伟量难测,朱丝之弦,比公之囗,虹气之玉,配公之德,令尹子文,喜愠无色,北宫文子,威仪可则,莲府从事,兰台莅官,囗容岳峙,雅操霜寒,祸福返掌,荣枯走丸,天不慭孝,朝野含酸,人之云囗,里巷沉澜,郁郁蒿里,萧萧松坞,仙鹤指地,灵禽衔土,囗囗囗树,囗囗如岵,瘗公贞魂,千古万古。②

---

① (清)吴兰修撰,王甫校注:《南汉纪》,广州:广东高等教育出版社1993年版,第16页。
② 王承文、罗亮:《广州新出南汉〈李纾墓志铭〉考释》,《学术研究》2021年第6期。

《李纡墓志铭》涉及志主的家族世系、生平、历官、去世时间和安葬之地等方面的记载,同时讲到当时割据岭南的刘氏兄弟管理下的社会背景,他们"广招宾彦",招纳延揽天下名士。因此,墓志铭对于进一步了解唐代申王房世系、宗室科举入仕、南汉与北方士人家族等问题有着重要意义。

雷岳,粤人,少好学,能词章,尤工骈偶文。乾和末,历任御书院给事郎,因才名雅为南汉中宗刘晟所知,当时朝廷大部著作多出其手。韶州证真禅寺的诗僧文偃去世后,大宝元年(958)雷岳撰《大汉韶州云门山光泰禅院故匡真大师实性碑》(又名《云门山匡真大师塔铭》),主要记述云门寺开山祖师文偃禅师的经历和创建云门寺等内容。塔铭云:"师归何处?超然寂然。爱河万顷,涉若晴川。恩超四果,难降众魔。迷则众劫,悟则刹那。是色非色,真空则空。如水涵象,如烛随风。虽云有佛,难穷于佛。如地有芽,逢春自出。菩提无种,觉花无子。妙果如成,有何生死。是法非法,恍惚难寻。无内无外,即心传心。"①铭文气势宏大,辞藻丰赡。当时抄诵者众,一时纸贵。

陈守中,粤人,生平不详,事南汉后主,官西御院使、集贤院学士承旨,迁大中大夫,行左谏议大夫,知太仆,事上柱国,赐紫金鱼袋。他博览群书,富赡词翰,为南汉当时词臣之冠。大宝七年(964),云门山证真寺升为大觉禅寺,陈守中为之撰写碑记《大汉韶州云门山大觉禅寺大慈云匡圣宏明大师碑记》(又称《匡圣宏明大师碑铭》)多达三千余言,碑铭记载大宝六年(963)后主刘鋹派韶州都监军府事梁延鄂,会同本府官员往翁源云门山开塔,内侍监秀华宫使李托至云门寺迎文偃真身入宫之事。铭文辞清丽,可与雷岳碑并称,末云:"臣才异披沙,学同铸水,虔膺凤旨,纪实性以难周,愧匪雄词,勒贞珉于不朽。"②撰成献上,被视为佳作。

综上所述,五代文坛呈现几个特点:一是本土文人和流寓粤地的文人平分秋色,皆有杰出的作品问世;二是散文文体齐备,有散文、赋、笔记体著作、史类著作、碑铭、哀册文等;三是受南朝骈俪文风影响很大,从《高祖天皇大帝哀册文》《李纡墓志铭》等碑铭文可以看出,五代时期广东地区的铭文依然采用华丽的骈体文来撰写,而此种骈俪文风正是南朝提倡的文风,唐代虽有"散体改革",但唐五代朝廷诏册盛行骈体,由此可见南朝文风对广东五代散文的深远影响。

---

① (南汉)雷岳:《云门山匡真大师塔铭》,(清)吴兰修、(清)梁廷枏辑,陈鸿钧、黄兆辉补征:《南汉金石志补征 南汉丛录补征》,广州:广东人民出版社2010年版,第41页。
② (清)梁廷枏著,林梓宗校点:《南汉书》(18卷),广州:广东人民出版社1981年版,第68页。

第六章　张九龄

张九龄（678—740），字子寿，一名博物，韶州曲江人，祖籍河北范阳，曾祖父张君政任韶州别驾，遂家于曲江。张九龄是中国历史上第一个出自岭南的宰相，唐代杰出的政治家和文学家。

张九龄自幼聪敏，善属文，年十三，写文章给广州刺史王方庆，王方庆大加赞赏曰："此子必能致远。"①武后神功元年（697），参加乡试，得试进士资格。长安二年（702）参加进士试，考功郎沈佺期尤为赞赏，举进士；之后张说被贬岭南，一见张九龄的文章便大加提携，厚为礼敬。中宗景龙元年（707），张九龄中"材堪经邦科"，授秘书省校书郎，从此正式进入仕途。先天元年（712）玄宗即位，张九龄因道侔伊吕科对策高第，任左拾遗内供奉，至此，张九龄在十年内已连登三第，可谓青云直上，心中自然有"致君尧舜，齐衡管乐"之志向。开元二十一年（733）末，张九龄到达仕途顶峰，拜中书侍郎、同中书门下平章事，次年迁中书令，任宰相一职。但其仕途并不顺利，三次被贬，第一次是玄宗初年，姚崇为相，张九龄劝说姚崇不应徇私情，当唯贤是举；又向李隆基进谏，指陈地方吏治之弊端，终因"封章直言，不协时宰（按：疑指姚崇），方属辞满，拂衣告归"②。第二次被贬是张说为亲信加官晋爵，张九龄力谏劝阻，张说不听，于开元十三年（725）终被弹劾罢相，张九龄因受牵连改任太常少卿。第三次被贬是张九龄犯颜直谏，奏请玄宗惩办有"狼子野心"的安禄山，反对唐玄宗任用李林甫为相、张守珪为侍中、牛仙客为尚书等。张九龄因多次直言上奏而触怒唐玄宗，得罪得道权臣，之后遭李林甫等人谗毁，于开元二十四年（736）被贬为尚书右丞相，罢知政事，再贬为荆州大都督府长史。

正如苏轼所说："唐开元之末，大臣守正不回，惟张九龄一人。"③张九龄为相三

---

① （后晋）刘昫等撰：《旧唐书·卷九十九·张九龄传》，（后晋）刘昫等撰：《二十四史·旧唐书》（卷七七一卷一四九），中华书局2000年版，第2097页。
② 徐浩：《唐尚书右丞相中书令张公神道碑》，（清）董诰等编：《全唐文》（卷四四〇），北京：中华书局影印1983年版，第4490页。
③ （宋）苏轼撰，孔凡礼点校：《苏轼文集》（第七卷·迩英进读），北京：中华书局1986年版，第197页。

载,终遭罢相被贬,这似乎暗示了唐代由兴盛走向衰落的宿命。开元二十八年(740)五月,张九龄病逝于韶州曲江私第,年63岁。张九龄去世十五年后,安史之乱爆发,唐玄宗追悔莫及,"每思曲江(按:张九龄)则泣下,遣使韶州祭之"①。之后他每用人,必问"风度能若九龄乎?"②张九龄的高风亮节的品格被后世概括为"曲江风度"。

张九龄是在陈子昂之后传承风骨、深得风雅之诗人,是开元文坛继张说之后又一领袖人物,他开启了岭南文学兴起的新局面,对岭南文学的发展做出了开创性贡献,岭南文学因其文学成就而进入全国主流文坛,屈大均《广东新语·诗语》云:"东粤诗盛于张曲江公。公为有唐人物第一,诗亦冠绝一时。"③《四库全书总目提要》称赞张九龄"守正嫉邪,以道匡弼,称开元贤相。而文章高雅,亦不在燕许诸人下"④。

第一节　张九龄的诗歌

张九龄的文学创作活动主要分布在唐中宗、唐睿宗和唐玄宗时期。在张九龄之前,初唐诗坛有上官仪沿袭齐梁之宫廷诗风,继而有未完全摆脱齐梁绮丽余习的"初唐四杰"起而反对"上官体",思革其弊。初盛唐之际又有"文章四友"(李峤、苏味道、杜审言和崔融)、"沈宋"、陈子昂、"吴中四士"(张若虚、贺知章、张旭、包融)和张说等活跃于文坛,"文章四友"与"沈宋"的诗歌在诗歌的调声、对仗等方面很是考究,注重咏物、用典、遣词等技巧,追求韵律美和形式美,并将五律定型。而陈子昂不满自"上官体"到"四友""沈宋"的颓靡宫廷诗风,标举风雅兴寄和汉魏风骨,大力倡导诗文革新,对靡艳诗风冲击很大。之后,作为以张说为中心的文学集团重要成员,张九龄继承陈子昂的"兴寄"和"风骨"之说,摒弃靡丽文风,主张"去华务实"(《集贤殿书院奉敕送学士张说上赐燕序》)、"质文相半"(《故许州长史赵公墓志铭》),其诗歌创作"藻思翩翩,体裁疏秀,深综古意,通于远调,上追汉魏,而下开盛唐,虽风神稍劣,而词旨冲融,其源盖出于古之平调曲也。"⑤其诗歌创作奠定了他在开元诗坛上的重要地位。

---

① (唐)李肇:《唐国史补》(卷上),陶敏主编:《全唐五代笔记》(第1册),西安:三秦出版社2012年版,第805页。
② (宋)欧阳修、(宋)宋祁撰:《新唐书·一百二十六·张九龄传》,(宋)欧阳修、(宋)宋祁撰:《二十四史·新唐书》(卷八十一—卷一六四),北京:中华书局2000年版,第3496页
③ (清)屈大均:《广东新语·文语》,北京:中华书局1985年版,第345页。
④ (清)纪昀:《四库全书总目提要》(集部二),北京:中华书局1965年版,第1279页。
⑤ (明)徐师忠:《唐诗品》,陈广宏、侯荣川编校:《明人诗话要籍汇编》(第6册·诗评卷),上海:复旦大学出版社2017年版,第2374页。

现存《曲江集》二十卷,当代亦有多位学者对其整理校注,以熊飞先生校注的《张九龄集校注》最为完善详实,收录张九龄现存诗歌222首诗,另附5首备考。其诗歌题材丰富多样,主要包括应制诗(29首)、酬赠唱和诗(80首)、行旅山水诗(60首)、感遇、咏史和咏怀诗(39首),哀挽诗(10首)、拟乐府(4首)。① 张九龄早年诗歌创作较少,其创作大致可分为三个时期:第一个时期从入仕为官到因张说罢相事件牵连而改任太常少卿,从中宗景龙元年(707)到开元十四年(726)四月,共十九年;第二时期从奉使南岳及南海至罢相,从开元十四年(726)六月到开元二十四年(736)十一月,共约十年半;第三个时期是为右丞相与被贬荆州时期,从开元二十四年(736)末至开元二十八年(740)五月,共四年。张九龄的诗歌创作时期不同,其诗歌题材亦各有所偏重,通过张九龄的诗歌可看出他的人生轨迹、不同时期的心态,及其诗风之变化。

一、应制酬赠:第一个创作时期

张九龄早年和大多知识分子一样,憧憬未来,希望能够为明君所用,拥有济世报国的雄心壮志。他在早年赴京赶考途中作《初发道中寄远》,诗云:"日夜乡山远,秋风复此时。旧闻胡马思,今听楚猿悲。念别朝昏苦,怀归岁月迟。壮图空不息,常恐发如丝。"②诗歌在透露他心怀壮志宏图之抱负,又怕年华虚度而无法实现,流露出一种为"壮图"努力追求,又充满焦急且自我勉励的复杂心情。这是现存张九龄入仕之前所作为数不多的诗歌中的一首,属于行旅山水诗、诗歌雅淡有味,贵在情真,秋景与乡思等复杂的情感融为一体。

中宗景龙元年(707),三十岁的张九龄中"材堪经邦科",终得实现自己匡时济世的理想,他被授秘书省校书郎,从此正式踏入仕途,其诗歌创作也进入第一个时期,一直到开元十四年(726)四月。这期间他的诗歌题材多为应制诗、唱和酬赠诗,也创作了少量行旅山水诗和四题十首挽诗。

张九龄入仕之初,"初唐四杰"中陈子昂已经去世,之后崔融、苏味道、杜审言等诗人也相继离世,当时诗坛主流人物有上官婉儿、李峤、沈佺期、宋之问等人,宫廷盛宴游赏、奉和应制之风盛行,"帝王所感即赋诗,学士皆属和。当时人所歆慕,然皆狎狠佻佞,忘君臣礼法,惟以文华取幸。"③(《新唐书》卷二百二《李适传》)在这种风气

---

① 顾建国:《张九龄研究》,北京:中华书局2007年版,第143—144页。
② (唐)张九龄撰,熊飞校注:《张九龄集校注》,北京:中华书局2008年版,第226页。本章所引张九龄诗文皆出自此书此版本。
③ (宋)欧阳修、(宋)宋祁撰:《二十四史·新唐书》(卷一六五—卷二二五),北京:中华书局2000年版,第4402页。

影响下,张九龄早期创作未能脱离宫体诗的影响,创作了乐府诗《折杨柳》《巫山高》《赋得自君之出矣》和《剪彩》,顾建国先生将上述诗作皆归为景龙年间之作,诗作具有宫体诗之特点,但"张九龄写了大量宫廷诗,这些诗所受复古思想的影响,甚至超过张说的宫廷诗。在张九龄的宫廷诗中,虽然措词一如既往地正规化,但帝王主体、儒家道德、历史范例经常取代帝王与神仙的典雅比拟"①。其应制诗章法严谨,复古味浓郁,更能体现出这一点。

明代王世贞云:"开元帝性既豪丽,复工词墨,故于宰相拜上,岳牧出镇,往往亲御宸章,普令和赠,为一时盛事。"②受此影响,张九龄创作了近三十首应制诗,应制诗创作集中在他在京任职的两个时段:"一是开元十年任中书舍人内供奉及守中书舍人期间;二是开元十九年至开元二十五年奉诏还京后任秘书少监、工部侍郎集院学士副知院事知制诰、中书令期间。"③第一个时段数量最多,第二时段唐代宫廷诗创作活动的次数少,规模较小,其应制诗数量也远不及前一时期。初唐应制诗多谀美之词,难见高格。沈佺期、宋之问、李峤、苏味道等人创作的应制诗亦多为应景之作,粉饰升平、歌功颂德,而"张曲江、宋广平、张燕公、苏许公应制诸作,雄厉振拔,见一代君臣际会之盛"④。在张九龄的应制诗中,较为知名的是创作于开元十年(722)的《奉和圣制送尚书燕国公赴朔方》,当时唐军在北部和西北地区已取得诸多显赫战绩,为讨伐当时叛军余部,玄宗敕兵部尚书、同中书门下三品张说兼知朔方军节度大使巡边,特御制《送张说巡边》诗,诗云:"端拱复垂裳,长怀御远方。股肱申教义,戈剑靖要荒。命将绥边服,雄图出庙堂。三台入武帐,八座起文昌。宝冑匡韩主,华宗辅汉王。茂先惭博物,平子谢文章。……云台先著美,今日更贻芳。"⑤这次应制和赠活动是玄宗励精图治、加强边地防备、开创开元盛世后的一件盛事,有以典范训诫之意。当时群臣广为奉和,除了张九龄之外,还有源乾耀、宋璟、卢从愿、许景先、韩休、徐知仁、王翰、崔日用等诗人均有和作。张九龄作《奉和圣制送尚书燕国公赴朔方》云:

> 宗臣事有征,庙算在休兵。天与三台座,人当万里城。朔南方偃革,河阳暂扬旌。宠锡从仙禁,光华出汉京。山川勤远略,原隰轸皇情。为奏薰琴唱,仍题宝剑名。闻风六郡勇,计日五戎平。山甫归应疾,留侯功复成。歌钟旋可望,枕

---

① [美]斯蒂芬·欧文:《初唐诗》,南宁:广西人民出版社1987年版,第239页。
② (明)王世贞著,罗仲鼎校注:《艺苑卮言校注》(卷八),北京:人民文学出版社2021年版,第496页。
③ 陈建森:《九龄风度与盛唐气象》,广州:中山大学出版社2016年版,第88页。
④ (清)管世铭:《读雪山房唐诗凡例》,郭绍虞选编,富寿荪校点:《清诗话续编》,上海:上海古籍出版社1983年版,第1559页。
⑤ 熊飞:《奉和圣制送尚书燕国公赴朔方》,张九龄撰、熊飞校注:《张九龄集校注》,北京:中华书局2008年版,第45页。

席岂难行。四牡何时入,吾君忆履声。①

此首应制诗充满台阁之气,首四句赞颂主人公出将入相,有得胜休兵之胜算;次四句表达对主人公奉命出使之荣宠的羡慕;中间四句写主人公知圣主之初衷,不专战伐;后面四句写主人公颇有威信,速能成功;最后四句希望张说能凯旋得赏。在这些歌功颂德的言辞之后,张九龄用"宗臣事有征,庙算在休兵""山川勤远略,原隰轸皇情。为奏薰琴唱,仍题宝剑名"等句暗含不专征战、休兵止戈之意,有委婉规劝之用。诗歌立意迥异,表达老臣忠君虚远之意,全篇雍容典雅,结构严谨,平调中有警语。

开元十一年(723)春,玄宗北巡经过西晋名将王浚墓时作《过王浚墓》,评王浚云:"受任敌已灭,策勋名不彰。居美未尽善,矜功徒自伤。长戟今何在,孤坟此路傍。不观松柏茂,空馀荆棘场。叹嗟悬剑陇,谁识梦刀祥。"②而张九龄作《奉和圣制过王浚墓》云"入蜀举长算,平吴成大功。与浑虽不协,归皓实为雄。孤绩沦千载,流名感圣衷"③,张九龄在此诗中纳入对王浚不同的评价,肯定他立下的平吴大功,为其"孤绩沦千载"而感到惋惜。《奉和圣制赐诸州刺史以题座右》又云"成宪知所奉,致理归其根。肃肃禀玄猷,煌煌戒朱轩。岂徒任遇重,兼尔宴锡繁。载闻励臣节,持答明主恩"④,诗句勉励诸州刺史行正道,依法行事,保持为臣之高节,以此报答皇恩。此外,其《奉和圣制经孔子旧宅》中的"徒有先王法,今为明主思。旧宅千年外,光华空在兹"诗句表达对孔子空有才华而不为所用的惋惜,赞颂玄宗恩礼相待,暗指重用人才的重要性,此诗与《奉和圣制次成皋先圣擒建德之所》《奉和圣制幸晋阳宫》等诗一样思古励今,典实醇正。不可否认,张九龄的应制诗和很多同类诗作一样逢场应景,歌功颂德,且能记录重大国事活动,补史书之缺失,但其独到之处是在应制诗中融入自己的真实情感,寓委婉劝谏于颂扬之中,表达出自己的政治主张。其应制诗在结构和语言上也多有创新,句式变化多姿,语句或生动活泼,或神俊清拔,如:

皓皓楼前月初白,纷纷陌上尘皆素。(《奉和圣制瑞雪篇》)⑤
晴天稍卷寒岩树,宿雨能销御路尘。(《奉和圣制早发三乡山行》)⑥
温谷葱葱佳气色,离宫奕奕斗光辉。临渭川,近天邑,浴日温泉复在兹,群仙洞府那相及。(《奉和圣制温泉歌》)⑦

---

① (唐)张九龄撰,熊飞校注:《张九龄集校注》,第44页。
② (清)彭定求等编:《全唐诗》(第一册·卷三),北京:中华书局1999年版,第29页。
③ (唐)张九龄撰,熊飞校注:《张九龄集校注》,第11页。
④ (唐)张九龄撰,熊飞校注:《张九龄集校注》,第16页。
⑤ (唐)张九龄撰,熊飞校注:《张九龄集校注》,第18页。
⑥ (唐)张九龄撰,熊飞校注:《张九龄集校注》,第22页。
⑦ (唐)张九龄撰,熊飞校注:《张九龄集校注》,第23页。

长堤春树发,高掌曙云开。(《奉和圣制早渡蒲津关》)①

晨岩九折度,暮戒六军行。日御驰中道,风师卷太清。戈鋋林表出,组练雪间明。(《奉和圣制早登太行山率尔言志》)②

上述诗句变化自如,语言灵动,句式变灵活多样,诗人擅长描绘诗意般的景象渲染场面,将应制诗写成了山水诗和怀古诗的韵味,故胡应麟称赞张九龄诗作"含清拔于绮绘之中,寓神俊于庄严之内"。③

此外,在第一个创作时期,张九龄的酬赠唱和诗已取得了较高的成就,从睿宗至玄宗时期,唐代政坛风云变幻莫测,先是景龙四年(710)太平公主和李隆基共谋诛武、韦之党,后有开元元年(713)李隆基诛杀太平公主,因宫廷政变而导致诸多文人受牵连,或被贬谪,或遭诛杀。而张九龄恰在玄宗先天元年(710)科举高第,再加上之后张说对其尤为亲重,故能渐渐在文坛上崭露头角,至此之后张九龄广交诗友,创作了大量的唱和酬赠诗,就算在开元四年(716)至开元六年(718)因向姚崇、玄宗直言而去官归养期间,亦有唱和酬赠与送别诗创作。张九龄为人尚直,对待友人也是直陈其事,直抒胸臆,所作酬赠唱和诗表达出最为丰富的内心世界,其中有的表达在仕途整体上升时期对明君图报的追求和向往,深藏"兼济"深情,寄托了深远的人生理想,如:

石室先鸣者,金门待制同。操刀尝愿割,持斧竟称雄。应敌兵初起,缘边虏欲空。使车经陇月,征旆绕河风。忽枉兼金讯,非徒秣马功。气清蒲海内,声满柏台中。顾已尘华省,欣君震远戎。明时独匪报,尝欲退微躬。(《酬赵二侍御使西军赠两省旧僚》)④

清风闾阖至,轩盖承明归。云月爱秋景,林堂开夜扉。何言兼济日,尚与宴私违。兴属蒹葭变,文因棠棣飞。人伦用忠厚,帝德已光辉。(《和苏侍郎小园夕霁寄诸弟》)⑤

前一首中的赵二,即赵冬曦,张九龄曾与其一同供职,试策高第,两人也都希望自己为官有政绩,后赵冬曦奉命至西军监察,诗人为友人高兴,同时感慨自己空度岁月,碌碌无为。后一首张九龄将忠孝视作经纬人伦、治家理国之大道。还有的酬赠送别诗表达诗人因入仕身处异乡的乡思之情,如《通化门外送别》感叹"义将私爱隔,情与

---

① (唐)张九龄撰,熊飞校注:《张九龄集校注》,第3页。
② (唐)张九龄撰,熊飞校注:《张九龄集校注》,第49页。
③ (明)胡应麟撰:《诗薮》(内编·卷四),上海:上海古籍出版社1979年版,第77页。
④ (唐)张九龄撰,熊飞校注:《张九龄集校注》,第91页。
⑤ (唐)张九龄撰,熊飞校注:《张九龄集校注》,第87页。

故人归""离魂今夕梦,先绕旧林飞"①;还有的表达对品行高洁的赞赏和敬佩之情,如《和黄门卢侍郎咏竹》"高节人相重,虚心世所知。凤凰佳可食,一去一来仪"②;有表达惜别之情、真挚友谊的,如《送韦城李少府》中的"相知无远近,万里尚为邻"③;有的抒发因孤直而不为所用的不平之鸣,如《送苏主簿赴偃师》慨叹"我与文雄别,胡然邑吏归"④;有的伤古吊今、发表真实的评论和感慨,如《和黄门卢监望秦始皇陵》悲叹"一闻《过秦论》,载怀空杼轴"⑤;有的表达心系朝廷的执着之情,如辞官回乡时写下的《钱王司马入计同用洲字》,诗云"独叹湘江水,朝宗向北流"⑥。

纵观张九龄一生诗作,酬赠唱和诗作数量最多,多达八十余首,创作时间贯穿着他三个主要的创作时期,后两个创作时期从他相继被贬江南、洪州、桂州,到任职中书令,再到被罢相、贬荆州,直至去世,个中心情使得他的酬赠唱和诗感情越发饱满和深沉,如:

> 海郡雄蛮落,津亭壮越台。城隅百雉映,水曲万家开。里树桄榔出,时禽翡翠来。观风犹未尽,早晚使车回。(《送广州周判官》)⑦
>
> 荆门怜野雁,湘水断飞鸿。知己如相忆,南湖一片风。(《答王维》)⑧

前一首诗作于诗人任桂州刺史期间,开头虽谦称广州为蛮落之地,但接着就把广州描绘成一个历史悠久、城隅高大、景色优美、民风淳厚的水乡,诗人所有深厚的情感浓缩于最后一句"观风犹未尽,早晚使车回",直言迟早都要回归,思乡情切已达到极致。后一首是在张九龄遭到政敌打压、被罢相之后,他心寒彻骨,就借用"野雁"、被阻碍的"飞鸿"两个意象向友人诉说自己凄凉的境遇。与第一个时期诗作相比,这两首诗皆体现出语淡情真的特点。

在第一个创作时期,张九龄已经将应制诗、酬赠唱和诗从崇尚绮丽的宫体诗中另辟一条新的路径,他重视真情抒发、个人观点的表达,同时将其与描写山水、怀古等元素融合在一起,"体现出了由崇尚工丽、规范转向了爱好率真、疏宕的变化,体现出了运思取象旨在凸显诗人主体形象的这一新的美学追求"⑨。

---

① (唐)张九龄撰,熊飞校注:《张九龄集校注》,第201页。
② (唐)张九龄撰,熊飞校注:《张九龄集校注》,第85页。
③ (唐)张九龄撰,熊飞校注:《张九龄集校注》,第206页。
④ (唐)张九龄撰,熊飞校注:《张九龄集校注》,第207页。
⑤ (唐)张九龄撰,熊飞校注:《张九龄集校注》,第59页。
⑥ (唐)张九龄撰,熊飞校注:《张九龄集校注》,第195页。
⑦ (唐)张九龄撰,熊飞校注:《张九龄集校注》,第87页。
⑧ (唐)张九龄撰,熊飞校注:《张九龄集校注》,第361页。
⑨ 顾建国:《张九龄研究》,北京:中华书局2007年版,第158页。

二、山水行旅:第二个创作时期

从受张说罢相牵连、奉命祭南岳南海至罢相,即从开元十四年(726)六月到开元二十四年(736)十一月,是张九龄诗歌创作的第二个时期,这期间张九龄的人生从一个低谷走到人生巅峰,最后又跌入低谷,诗歌创作体裁以行旅山水诗和酬赠唱和诗为主,尤其是前者创作成就斐然。张九龄一生共创作约60首行旅山水诗,其中一半以上创作于这个时期。

从张九龄现存诗歌来看,其行旅山水诗的创作时间跨度最长,是伴随其一生的一种文学创作,寄托了他"兼济天下"和"独善其身"的情怀,呈现出雄奇、清澹、沉郁浑厚多样风格。张九龄早年参加科考路上就写下了语言清新简练、风格隽永古雅的行旅山水诗《浈阳峡》,诗云:

> 行舟傍越岑,窈窕越溪深。水暗先秋冷,山晴当昼阴。重林间五色,对壁耸千寻。惜此生遐远,谁知造化心。①

浈阳峡为浈水流经曲江境内的一个峡谷,位于今广东英德市区南约30公里处。诗人描绘出一幅故乡山水图:峡谷深幽、溪水清冷、高峰如柱、层林尽染,在诗歌结尾处,诗人感慨如此奇特的美景处于偏远之地,竟无人知晓,诗人以美景"自况",他虽有"兼济"之抱负,渴望施展自己才干,但又怕无人赏识。事实上,秉性"尚直"的张九龄入仕之后,对于"仕"和"隐",其内心是比较矛盾的。他于开元四年(716)秋因封章直言、得罪姚崇等人而去官南归,在广东始兴境内创作了《自始兴溪夜上赴岭》,此诗便可明显看出这一点:

> 尝蓄名山意,兹为世网牵。征途屡及此,初服已非然。日落青岩际,溪行绿筱边。去舟乘月后,归鸟息人前。数曲迷幽嶂,连圻触暗泉。深林风绪结,遥夜客情悬。非梗胡为泛,无膏亦自煎。不知于役者,相乐在何年?②

这是张九龄在仕途第一个波折期创作的,开篇"尝蓄名山意,兹为世网牵"两句道出自己曾怀隐居名山不仕之意,可惜为世俗所牵。他热爱家乡的山水,诗歌一边描写旅途景色,展示盛唐时期广东地区的自然风貌,一边慨叹"无膏亦自煎",出仕就是自寻烦恼,这与未入仕途时渴望被赏识重用的强烈欲望相比,显然是少了锐气,多了退隐意识。又如其《登乐游春望书怀》在写登上乐游原所见景物之后,直言"奋翼笼

---

① (唐)张九龄撰,熊飞校注:《张九龄集校注》,第260页。
② (唐)张九龄撰,熊飞校注:《张九龄集校注》,第266页。

中鸟,归心海上鸥。既伤日月逝,且欲桑榆收。豹变焉能及,莺鸣非可求。愿言从所好,初服返林丘"①,张九龄指出仕途境遇不佳且很难改变,心中便有辞官归隐之念。诗人将所见景物与内心思绪紧密相连,以景达情见志。《与王六履震广州津亭晓望》云"景物纷为异,人情赖此同。乘槎自有适,非欲破长风"②。诗人登上亭台楼榭,没有一览众山小的豪迈情怀,而想到的是"非欲破长风"的无欲与自足。

自开元十四年(726)六月开始,张九龄被贬南行,之后相继任冀州、洪州刺史、桂州刺史,这期间张九龄的行旅山水诗创作逐渐进入高峰期,此时,张九龄已经仕宦二十年,经历两次仕途受挫后,诗作更是体现即景会心的特点,寄寓丰富而深远的情感,且能"笔精形似""意得神传"(《宋使君写真图赞并序》),呈现出雄浑和清澹多种风格。如:

> 城楼枕南浦,日夕顾西山。宛宛鸾鹤处,高高烟雾间。仙井今犹在,洪崖久不还。金编惟我授,羽驾亦谁攀。檐际千峰远,云中一鸟闲。纵观穷水国,游思遍人寰。勿复尘埃事,归来且闭关。(《登楼望西山》)③

此诗为外放洪州时所作,诗人亦官亦隐,从而将政坛上的风云变幻、政治境遇的不顺,心中的骚怨哀愁与郁闷不平寄寓于诗,"金编惟我授,羽驾亦谁攀"表达出诗人对隐居求仙生活的向往。正因为官场倦怠,诗人希望归隐以摆脱束缚,所以他在徜徉于山水之中时,才能心栖于山水,得到暂时的净化,他又以隐者心态写下《湖口望庐山瀑布水》,诗云:"万丈洪泉落,迢迢半紫氛。奔飞下杂树,洒落出重云。日照虹蜺似,天清风雨闻。灵山多秀色,空水共氤氲。"④清代屈复《唐诗成法》卷一云:"太白'秋(按:当作海)风吹不断,江月照还明(按:当为空)',自是仙笔,全无痕迹。曲江'天清'句雄浑,又'共氤氲'三字传神。"⑤张九龄诗日中观瀑,写出了瀑布五彩之色与宏壮之声,李白月下观瀑,写瀑布皓月般银练之光与一泻千里之气势,此处认为两人诗句有异曲同工之妙。此诗与《彭蠡湖上》《江上遇疾风》《入庐山仰望瀑布水》等诗一样风格雄浑,描绘壮观景象,以形传神,所绘山水都与诗人之性情和精神相通。事实上,张九龄的隐与仕的矛盾纠结一直伴随着他的一生,晚年写下的山水咏怀之作《始兴南山下有林泉尝卜居焉荆州卧病有怀此地》仍可看出这一点,他身处始兴南山,一边感叹世事无常,道路险恶,一边又静悟人生与尘世,似乎看透一切,慨叹浮生一瞬,听着泉水悦耳之声,抛开尘世纷扰,与山水相伴。

---

① (唐)张九龄撰,熊飞校注:《张九龄集校注》,第118页。
② (唐)张九龄撰,熊飞校注:《张九龄集校注》,第264页。
③ (唐)张九龄撰,熊飞校注:《张九龄集校注》,第129页。
④ (唐)张九龄撰,熊飞校注:《张九龄集校注》,第239页。
⑤ 转引自陈伯海:《唐诗汇评》,杭州:浙江教育出版社,1995年版,第200页。

此外,羁旅孤寂、思乡思亲之情是张九龄洪州、桂州任职期间所作行旅山水诗的又一主题,如:

> 海上生明月,天涯共此时。情人怨遥夜,竟夕起相思。灭烛怜光满,披衣觉露滋。不堪盈手赠,还寝梦佳期。(《望月怀远》)①

> 遥夜人何在,澄潭月里行。悠悠天宇旷,切切故乡情。外物寂无扰,中流澹自清。念归林叶换,愁坐露华生。犹有汀洲鹤,宵分乍一鸣。(《西江夜行》)②

两首诗皆作于诗人洪州、荆州任职期间。前一首先写"海上生明月"幽远阔大、高雅华美的景象,再写远在他乡的诗人望月怀人。诗歌语意清淡,营造出平静阔远的意境,全诗以月起兴,情深委婉,幽思渺然,构思奇妙,故清代翁方纲云:"曲江公委婉深秀,远出燕、许诸公之上,阮、陈而后,实推一人,不得以初唐论。"③后一首描绘诗人在归途中所见之景:潭澄月明、天宇空阔、夜静霜重,诗人思乡情切,融情于景,汀州鹤鸣等意象更增添了忧伤之情。上述这些诗歌语言清新凝练,张九龄用素淡的笔调描绘出新鲜脱俗的景物,风格清新澹远,首创清澹一派,对王维、孟浩然等诗人有直接的影响。

与第二个创作时期所作山水诗相比,张九龄被罢相南行后,其行旅山水诗数量不多,却融入了深厚的历史意识和宇宙意识,与其后期感遇、咏怀诗相映成趣,如《登荆州城望江》(二首):"滔滔大江水,天地相终始。经阅几世人,复叹谁家子""东望何悠悠,西来昼夜流。岁月既如此,为心那不愁"④。此外,《九月九日登龙山》《三月三日登龙山》等诗作都能看出诗人对人世、生命的深刻思考,既忧国忧民,感慨人世无常、生命短暂,又始终持有进取的人生理想、高尚的情操。诗歌思想深邃,融兴寄于山水,显得遒劲有力,沉郁浑厚,具有建安文学的骨力。张九龄的行旅山水诗上承陶渊明、谢灵运,关注山水景物的细致刻画,同时将人生感悟、人生理想、清节直道和高尚情操融于行旅山水诗中,丰富了诗歌的内涵,提升了诗歌意境,对盛唐山水诗派的形成和边塞诗派的创作产生了很大的影响。胡应麟在《诗薮》(内篇·卷二)云:"唐初承袭梁、隋,陈子昂独开古雅之源,张子寿首创清澹之派。盛唐继起,孟浩然、王维、储光羲、常建、韦应物本曲江之清澹,而益以风神者也。高适、岑参、王昌龄、李颀、孟云卿,本子昂之古雅,而加以气骨者也。"⑤

---

① (唐)张九龄撰,熊飞校注:《张九龄集校注》,第277页。
② (唐)张九龄撰,熊飞校注:《张九龄集校注》,第224页。
③ (清)翁方纲:《石洲诗话》(卷一),郭绍虞选编,富寿荪校点:《清诗话续编》,上海:上海古籍出版社1983年版,第1366页。
④ (唐)张九龄撰,熊飞校注:《张九龄集校注》,第135页。
⑤ (明)胡应麟撰:《诗薮》(内编·卷二),上海:上海古籍出版社1979年版,第35页。

三、感遇怀忧：第三个创作时期

张九龄创作的第三个时期是为右丞相与出贬荆州时期，即从开元二十四年（736）末至开元二十八年（740）五月，不足四年。此时期，张九龄诗作数量不多，但题材多样，有感遇咏怀、咏史、咏物、行旅山水、题赠等诗，充满思君怀忧、伤时愤世、守正疾邪，忧谗畏讥之情，其中《感遇十二首》和《杂诗五首》最具有代表性。

张九龄的《感遇十二首》上接《诗经》，多用比兴，含蓄蕴藉、情真意切、雅正醇厚、韵味深长。诗作大量使用意象，如运用兰、桂、竹、菊、橘、凤凰、鸿鹄等意象，构建清高孤洁的自我抒情形象；用蜉蝣、燕雀意象象征时间流逝；用鱼、鸟、孤鸿等意象表示飘零无依；用凤凰、鸿鹄等意象表现诗人坚持"直道"，独守"高节"的人生追求。尽显一个正直文人高尚的情操与清贵的人格。如：

兰叶春葳蕤，桂华秋皎洁。欣欣此生意，自尔为佳节。谁知林栖者，闻风坐相悦。草木有本心，何求美人折。(《感遇·其一》)①

江南有丹橘，经冬犹绿林。岂伊地气暖，自有岁寒心。可以荐嘉客，奈何阻重深。运命惟所遇，循环不可寻。徒然树桃李，此木岂无阴。(《感遇·其七》)②

西日下山隐，北风乘夕流。燕雀感昏旦，檐楹呼匹俦。鸿鹄虽自远，哀音非所求。贵人弃疵贱，下士尝殷忧。众情累外物，恕己忘内修。感叹长如此，使我心悠悠。(《感遇》其六)

前两首皆缘情赋物、比兴言志，以美德自励。诗作歌咏春兰、秋桂与丹橘，赞颂其勃勃生机之形象和孤傲高洁之秉性，自喻高尚之品格，充满哲思，继承了温柔敦厚、诗可以怨的诗教传统。第三首描绘出日落西山、北风劲扫的景象，象征开元末政局的萧煞和衰败；以燕雀喧闹象征小人得志、陷害贤良，用鸿鹄悲鸣象征贤臣失意、遭受排挤；最后诗人发出沉重的悲叹，为当时黑暗衰败的社会局面而忧虑不已。总之，其感遇诗充分体现了张九龄思想上的矛盾与苦恼，诗作将意象、寓意、情感自然和谐地融合，托物言志，感情浓郁、诗品醇厚雅正，耐人寻味。明代高棅将张九龄列于"正始"之位，认为"张曲江公《感遇》等作，雅正冲澹，体合《风》《骚》，骎骎乎盛唐矣。"③沈

---

① （唐）张九龄撰，熊飞校注：《张九龄集校注》，第171页。
② （唐）张九龄撰，熊飞校注：《张九龄集校注》，第178页。
③ （明）高棅编选：《唐诗品汇》（五言古诗叙目·第二卷），上海：上海古籍出版社1982年版，第46页。

德潜称赞曰:"《感遇》诗,正字古奥,曲江蕴藉,本原同出嗣宗(阮籍),而精神面目各别,所以千古。"①

张九龄的《杂诗》和咏物诗与《感遇》诗一样,秉承《风》《骚》传统,运用比兴手法,呈现诗人在荆州的困境和苦闷,如:

> 良辰不可遇,心赏更蹉跎。终日块然坐,有时劳者歌。庭前揽芳蕙,江上托微波。路远无能达,忧情空复多。(《杂诗》其三)②
>
> 萝茑必有托,风霜不能落。酷在兰将蕙,甘从葵与藿。运命虽为宰,寒暑自回薄。悠悠天地间,委顺无不乐。(《杂诗》其二)③
>
> 芳意何能早,孤荣亦自危。更怜花蒂弱,不受岁寒移。朝雪那相妒,阴风已屡吹。馨香虽尚尔,飘荡复谁知。(《庭梅咏》)④

第一首前四句感叹蹉跎失时,描绘自己索居无聊之境遇,后四句叹息自己居朝廷之远,只能"托微波"来通达于君王,表达心怀辅佐君王、怀兼济天下之志而又难以实现时的苦闷之情。《杂诗》(其二)以萝茑喻平庸之辈,用萝茑攀附大树而生比喻奸佞小人攀附权贵的丑陋嘴脸,而用蕙兰喻高洁之人洁身自好,甘愿顺应自然,面对严寒酷暑,在对比中,更加突出对小人得志的批评和讽刺。第三首为咏物诗,借梅花咏怀。以梅映射诗人的高洁品格。前四句写独荣之身已感自危,后四句暗指诗人因同侪见妒,内宠潜构而遭受流言中伤,"无心与物竞"更是对那些心怀叵测、惯用权术小人的不屑和藐视。其咏怀诗《荆州作二首》亦言"众口金可铄,孤心丝共棼""内讼已惭沮,积毁今摧残。胡为复惕息,伤鸟畏虚弹",同样呈现出宦海浮沉不定、尔虞我诈的黑暗现实,流露出其悲苦之情。

张九龄的罢相之后所作感遇诗、杂诗和咏物咏怀诗是在开元后期政治渐趋腐败、仕途遭挫的境遇下,一个守正不阿、心中悲愤郁结文人的咏叹,表达诗人坚守操守,思君恋阙,伤时感世的强烈的情感,具有深厚的思想内涵,继承《风》《骚》传统,并用五言书写,正字古奥,敦厚蕴藉,达到了"包孕深厚,发舒神变,学古而古为我用,毫不为古所拘"⑤境界。张九龄《感遇》等诗作近继阮籍、陈子昂之诗风,远得汉魏古诗之精髓,故清代王士禛《古诗选凡例》云:"夺魏晋之风骨,变梁陈之俳优,陈伯玉(按:陈子昂)之功最大,曲江公继之。太白又继之,《感遇》、《古风》诸篇,可追嗣宗(按:阮籍)

---

① (清)沈德潜选注:《唐诗别裁集》(卷一),上海:上海古籍出版社1979年版,第8页。
② (唐)张九龄撰,熊飞校注:《张九龄集校注》,第336页。
③ (唐)张九龄撰,熊飞校注:《张九龄集校注》,第335页。
④ (唐)张九龄撰,熊飞校注:《张九龄集校注》,第308页。
⑤ (清)厉志:《白华山人诗说》(卷一),郭绍虞编选、富寿荪校点:《清诗话续编》,上海:上海古籍出版社1983年版,第2277页。

《咏怀》、景阳(按:张协)《杂诗》。"①

第二节 张九龄诗歌艺术特色

张九龄诗歌感于心,因于遇,情真意切,展示了一个正直知识分子丰富的内心世界。张九龄的诗歌贵在情真,其应制诗、山水诗、行旅山水诗、酬唱赠提和感遇咏怀诗等多种题材诗歌皆能真情流露,写"真情"。在艺术上,张九龄能借鉴众家之长,形成自己独特的诗歌艺术创作特色。

一、借景抒情,托物比兴

张九龄的行旅山水诗、酬唱题赠诗融入诗人复杂的情感,擅长先写景,再言心中情志。具有代表性的诗作是《将至岳阳有怀赵二》,诗云:"湘浦多深林,青冥昼结阴。独无谢客赏,况复贾生心? 草色虽云发,天光或未临。江潭非所遇,为尔白头吟。"②此为开元五年(718)张九龄罢职南归,将至岳阳时作诗怀赵冬曦,张九龄和赵冬曦两人皆于先天元年(712)通过制科考试,授左拾遗,他们情谊深厚,视为知己,又同遭坎坷,不由得又增几分同为天涯沦落人之感。诗歌首句写景,先写湘江两岸林木繁茂之美景,接着写人,张九龄以贾谊自比,表达富有理想却遭贬谪的哀伤,以及对赵冬曦的思念之情,诗歌借助景物描写,更好地表达了委婉含蓄的情感。又如"江渚秋风至,他乡离别心。孤云愁自远,一叶感何深。忧云尝同域,飞鸣忽异林。青山西北望,堪作白头吟"(《初秋忆金均两弟》)、"日暮荒亭上,悠悠旅思多"(《旅宿淮阳亭口号》)、"清迥江城月,流光万里同。所思如梦里,相望在庭中"(《秋夕望月》)皆为融情于景,借景抒情。总之,张九龄诗歌善于把山水等景物作为寄托情感的载体,景随情变、寓情于景,尤其是其山水诗,相对于谢灵运、江总等前代诗人相比,张九龄让山水诗容纳了更为丰富的情思意蕴。而在艺术上,他创造出了情景交融的美妙诗境,不是单纯地模山范水,而是因景生情,诗人在景物的感发下抒写怀抱,创造出景中有情、情中有景的完美意境。胡应麟《诗薮》内编卷四:"二张五言律,大概相似。于沈、宋、陈、杜,景物藻绘中,稍加以情致,剂以清空,学者间参,则无冗杂之嫌,有隽永之味。"③

---

① (清)王士禛注,张宗柟纂集:《带经堂诗话》(卷四"五言诗凡例"),北京:人民文学出版社1982年版,第93页。
② (唐)张九龄撰,熊飞校注:《张九龄集校注》,第219—220页。
③ (明)胡应麟撰:《诗薮》(内编·卷四),上海:上海古籍出版社1979年版,第68页。

张九龄诗重比兴,善于借鉴《诗》《骚》比兴手法,吸纳其美刺精神,导扬讽喻,抒情言志,将诗人对朝政不满,对权臣陷害贤良的讽刺,及对人生的体悟等丰富的情感寄托于物,具有含蓄蕴藉的特点。张九龄运用比兴手法娴熟,继承的同时也能唯变所适,无所不备,用各有当。朱熹认为"比者,以彼物比此物也"①"兴者,先言他物以引起所咏之词"②,诗歌重比兴,比是以物相比,兴是因物感触,言在此而意在彼。张九龄诗歌偏重于"比"的运用,如"寒露洁秋空,遥山纷在瞩"(《晨坐斋中偶而成咏》)、"霜清百丈水,风落万重林"(《赴使泷峡》)、"暝色生前浦,清晖发近山"(《自湘水南行》)、"稍稍松篁入,泠泠涧谷深"(《祠紫盖山经玉泉山寺》)和"松间鸣好鸟,竹下流清泉"(《冬中至玉泉山寺属穷阴冰闭崖谷无景及仲春行县复往焉故有此作》)、"高节人相重,虚心世所知"(《和黄门卢侍御咏竹》)等诗句,用类比、隐喻把霜、月、松、竹和诗人淡然清雅、高洁脱俗的君子人格比连起来。而比兴寄托全面使用在张九龄的《感遇》、杂诗和咏怀诗歌中表现更为明显,诗歌擅长将比照对象进行强烈的对比,寄托深远,情韵幽婉。宋代计有功《唐诗纪事》卷十五"张九龄"条目云:"公以风雅之道,兴寄为主,一句一咏,莫非兴寄,时皆讽诵焉。"③诗歌以美人、游女、凤凰、飞龙喻贤明君主,以兰桂、孤鸿、丹橘、孤桐和庭梅等喻品格高洁之人;以燕雀、翠鸟、蜉蝣等喻平庸之辈。刘禹锡《读张曲江集作》云:"今读其文,自内职牧始安,有瘴疠之叹。自退相守荆门,有拘囚之思。托讽禽鸟,寄词草树,郁然有骚人同风。"④皎然《诗式》亦云:"子昂《感遇》,其源出于《咏怀》。"其诗歌比兴连用,继承"骚"、阮籍《咏怀诗》和陈子昂《感遇》诗的讽喻寄托精神,托物比兴,讽喻时政,具风人之旨。如《感遇·其四》:"孤鸿海上来,池潢不敢顾。侧见双翠鸟,巢在三珠树。矫矫珍木巅,得无金丸惧,美服患人指,高明逼神恶。今我游冥冥,弋者何所慕。"⑤诗歌以孤鸿自比,含孤傲之气,用双翠鸟比喻李林甫和牛仙客之流,用"池潢"比作朝堂,金丸弹雀比喻宦途险恶,危机四伏,委婉含蓄地讽刺并劝诫政敌。清代方东树云:"张曲江以风雅之道,兴寄为上。"⑥。张九龄比兴寄托的手法,取得了含蓄蕴藉的艺术效果,尤其是《杂诗》《感遇》诸作,神味超轶,可与陈子昂之作相媲美,其文笔宏博典实,有"大雅"之遗风。继承了《诗经》《楚辞》和阮籍《咏怀》诗的讽喻寄托精神,用比兴手法,托物言志,隐喻时事,含蓄蕴藉,风格沉郁。

---

① (宋)朱熹注,赵长征点校:《诗集传》(卷一《螽斯》篇)。
② (宋)朱熹注,赵长征点校:《诗集传》(卷一《关雎》篇注),北京:中华书局2011年版,第2页。
③ 王仲镛:《唐诗纪事校笺》(上),成都:巴蜀书社1989年版,第417页。
④ (唐)刘禹锡著:《刘禹锡集》,上海:上海人民出版社1975年版,第191页。
⑤ (唐)张九龄:《感遇》(其四),张九龄撰,熊飞校注:《张九龄集校注》,第174页。
⑥ (清)方东树著,汪绍楹校点:《昭昧詹言》(卷一),北京:人民文学出版社1961年版,第39页。

唐代文人对"兴寄"非常重视,"兴寄"甚至成为唐诗有别于其他时代诗歌的一个特征,宋人在区别唐、宋诗时,便常用"兴寄"作为衡量标准。元代武乙昌《注唐诗鼓吹序》曾认为:"若唐诗,则寄兴远,锻炼精,持律严而引用邃,简婉而不迫,丰容而有度。"①方凤《仇仁父诗序》亦云:"唐人之诗,以诗为文,故寄兴深,裁语婉;宋朝之诗,以文为诗,故气浑雄,事精实。"②而张九龄处于盛唐前期,运用比兴寄托手法进行诗歌创作,上承《诗》《骚》传统、陈子昂"兴寄"说,下启李白、柳宗元、元稹等人,为比兴传统在唐代诗歌中的传承与发展起到很重要的作用。

二、工于五言诗

五言古诗源于汉代,汉乐府偏于叙事,《古诗十九首》、曹植诗作、陶渊明等偏于抒情,后代诗人多以后者为五古正格,沈德潜《唐诗别裁集·凡例》云:"五言古体,发源于西京,流行于魏、晋,颓靡于梁、陈。至唐显庆、龙朔间,不振极矣。陈伯玉力扫俳优,直追曩哲,读《感遇》等章,何啻在黄初间也。张曲江、李供奉继起,风裁各异,原本阮公。唐体中能复古者,以三家为最。"③初唐诗坛受梁、陈影响,骨气都尽,刚健不闻,陈子昂继承阮籍,以复古为创新,张九龄继之,大力创作五言诗。

在张九龄222首诗歌中,除了3首四言诗《奉和圣制喜雨》《奉和圣制烛龙斋祭》《南郊文武出入舒和之乐》、4首七言《游洞门题陈氏丹台》《谢公楼》《奉和圣制早发三乡山行》《奉和圣制龙池篇》和2首杂言《奉和圣制温泉歌》《奉和圣制瑞雪篇》外,其余均为五言诗,可见张九龄致力于五言诗创作,五言诗也是他的最高成就,其中五律、五古成就尤为突出。

张九龄五律题材范围十分宽泛,其中行旅五律有《初发曲江溪中》《自湘水南行》《春江晚景》等;送别五律诗较多,如《送韦城李少府》《送杨府李功曹》《送使广州》《送广州周判官》等;唱和五律诗有《和黄门卢侍御咏竹》《酬王六霁后书怀见示》《答陈拾遗赠竹簪》等;应制五律诗诸有《奉和圣制次琼岳顿》《奉和圣制经孔子旧宅》《奉和圣制送李尚书入蜀》等;抒怀五律诗有《秋怀》《望月怀远》《秋夕望月》等;哀挽五律诗有《故刑部李尚书挽词》《故徐州刺史赠吏部侍郎苏公挽歌词》《眉州康司马挽歌词》等。五律本从五古来,至唐渐变为律,采用新的用韵标准;在遣词造句上,仍不脱六朝余绪和影响。张九龄的五律诗亦然,法度谨严,对仗精工,讲究平仄,音律和

---

① (元)武乙昌:《注唐诗鼓吹序》,陈伯海主编,查清华等编撰:《历代唐诗论评选》,保定:河北大学出版社2003年版,第477页。
② (宋)方凤:《仇仁父诗序》,方勇辑校:《方凤集》,杭州:浙江古籍出版社1993年版,第64页。
③ (清)沈德潜选注:《唐诗别裁集》,上海:上海古籍出版社1979年版,第2页。

谐,而又不失六朝遗韵,如《江上》云:"长林何缭绕,远水复悠悠。尽日余无见,为心那不愁。忆将亲爱别,行为主恩酬。感激空如此,芳时屡已遒。"①此诗平仄和谐、对仗规范、句法字法,词汇皆留有六朝诗的余味;又如《望月怀远》既得六朝五言之神韵,古意犹存,又具唐人五律体段。

张九龄五言古体诗以其《感遇十二首》及《杂诗》五首为代表,得比兴之真味,怨而不怒。施补华说:"唐初五言古,犹沿六朝绮靡之习,唯陈子昂、张九龄直接汉、魏,骨峻神竦,思深力遒,复古之功大矣。"②唐初五古受律诗影响,同时受到六朝遗风影响而显得靡丽纤柔,唐代显庆、龙朔间,几无五言古诗,直到陈子昂和张九龄出现,古诗归于醇正。这种诗体与其提倡"复古"的政治思想相联系。司空图《司空表圣文集·山居记》称赞道:"张曲江五言沉郁,亦其文笔也。"③明代周敬亦云:"曲江公诗雅正沉郁,言多造道,体含风骚,五古直追汉魏深厚处"④。

三、博采众长,风格多样

张九龄坚持直道、恬淡自守,其诗歌用质朴素练、自然清新的语言表达隽永深厚的思想感情,形成了清澹典雅的基本风格。胡应麟称张九龄诗歌:"曲江清而澹"(《诗薮》外编卷四),清澹即淡泊、中和之艺术风格,表现为寓意深远、语言平易、音律和谐、意境阔远,具有自然和谐之美。

清澹的诗风明显地表现在张九龄的行旅山水、送别类诗作中,诗人用清淡的笔墨描绘自然景物,将主观情思融于景物之中,用白描手法,素淡色调,显出朴实幽静、恬淡的韵味,如:

> 江水天连色,天涯净野氛。微明岸傍树,凌乱渚前云。举棹形徐转,登舻意渐分。渺茫从此去,空复惜离群。(《送窦校书见饯得云中辨江树》)⑤

> 乘夕棹归舟,缘源路转幽。月明看岭树,风静听溪流。岚气船间入,霜华衣上浮。猿声知此夜,不是别家愁。(《耒阳溪夜行》)⑥

---

① (唐)张九龄撰,熊飞校注:《张九龄集校注》,第236页。
② (清)施补华:《岘佣说诗》,王夫子等撰:《清诗话》下册,上海:上海古籍出版社1963年版,1978年新1版,第978页。
③ (唐)司空图著,祖保泉、陶礼天笺校:《司空表圣诗文集笺校》,合肥:安徽大学出版社2002年版,第197页。
④ (明)周敬:《唐诗选脉会通评林》,陈伯海主编:《唐诗汇评》,上海:上海古籍出版社2015年版,第85页。
⑤ (唐)张九龄撰,熊飞校注:《张九龄集校注》,第194页。
⑥ (唐)张九龄撰,熊飞校注:《张九龄集校注》,第235页。

第一首为送别之作,全诗除最后两句外皆写景物,全诗以淡笔描绘送别之景,写景抒怀,幽思渺然,让人心生无限惆怅。第二首先写落日归舟、明月溪流、岚气华霜,再写月下溪上泛舟,猿声啼叫更是引发离愁别绪。景物描写脱俗,色彩素淡,笔致疏淡,意境清澹幽远。又如《彭蠡湖上》云:"沿涉经大湖,湖流多行泆。决晨趋北渚,逗浦已西日。所适虽淹旷,中流且闲逸。瑰诡良复多,感见乃非一。庐山直阳浒,孤石当阴术。一水云际飞,数峰湖心出。象类何交纠,形言岂深悉。且知皆自然,高下无相恤。"①诗歌在结构上模仿大谢。早晨从北渚出发,夕阳西下时到达西浦,以观赏的行踪为主线记录游览过程,用"瑰诡""淹旷""感见"等词语抽象地写游览之景;结尾以类似玄言的诗句"且知皆自然,高下无相恤"感慨作结,诗人与大自然相融一体,妙然造化。此诗有大谢诗风,但与大谢诗歌之艰涩沉重相比,语言清新自然。张九龄抛弃浮华雕琢,崇尚自然之气,其诗歌基本上达到了自然成态的境界,同时,又能把情感巧寓于形象之中,出乎自然,圆熟清新。在张九龄笔下,酬唱、咏怀类诗歌,有不少以山水诗的形式呈现,这类诗歌常缘情体物,描绘特定的自然环境,使人能领略秀美山水,体会人间真情,情景交融,呈现一种自然清澹的艺术风格。胡应麟《诗薮》内编卷四云:"曲江之清远,浩然之简淡,苏州之闲婉,浪仙之幽奇,虽初、盛、中、晚,调迥不同,然皆五言独造。"②

张九龄传承并实践了以陈子昂复古为革新的文学思想,开启盛唐醇正诗风。张九龄中后期将心中的惆怅、悲愤情绪投之于诗,但诗作也没有显现出感情喷薄而出、一泻千里,而是处理得锋芒不露、委婉含蓄,诗作呈现清雅冲淡的特点,也表现出蕴藉醇厚的内涵。沈德潜说:"唐初五言古渐趋于律,风格未遒,陈正字起衰而诗品始正,张曲江继续而诗品乃醇。"③这类诗歌的代表是《叙怀二首》(其一),诗云:"弱岁读群史,抗迹追古人。被褐有怀玉,佩印从负薪。志合岂兄弟,道行无贱贫。孤根亦何赖,感激此为邻。"④这似乎是诗人对自己一生的评价,诗人寒微出生,到入仕,再到高居宰相之位,他一直坚守高尚的节操,全诗语言质朴、醇正蕴藉,有汉魏风骨之韵味,诗笔醇正典实,有大雅之遗。

总之,张九龄诗歌的清澹含蓄的诗风形成较早,其早年诗作《浈阳峡》就表现得非常成熟,直至晚年仍保持这种艺术特色,但作为一位颇具造诣、起到承上启下作用的诗人,他的诗歌博采众长,兼具多种风格。其《湖口望庐山瀑布水》《入庐山仰望瀑布水》《江上遇疾风》《彭蠡湖上》等诗壮丽雄奇;《登荆州城望江二首》《照镜见白发

---

① (唐)张九龄撰,熊飞校注:《张九龄集校注》,第240页。
② (明)胡应麟撰:《诗薮》(内编·卷四),上海:上海古籍出版社1979年版,第59页。
③ (清)沈德潜选注:《唐诗别裁集》(卷一),上海:上海古籍出版社1979年版,第8页。
④ (唐)张九龄撰,熊飞校注:《张九龄集校注》,第331页。

联句》等沉郁悲愁;《赠澧阳韦明府》和《眉州康司马挽歌词》则豪健有力,反映出诗人多样性的创作风格。顾建国先生认为其诗歌创作的总体特征是对《诗》《骚》和汉魏古诗的继承,但同时又广泛借鉴阮籍的渊放、左思的风力、陶渊明的清澹、谢灵运的凝重,鲍照的孤峻、近体诗的声律技巧和陈子昂的《感遇诗》形式等,从而形成了自己清澹典雅、古朴沉郁的艺术风格。①

严羽《沧浪诗话》将张九龄诗列为一体"张曲江体",诗歌从初唐过渡至盛唐,"张曲江体"起到不可替代的作用,有重要的地位。张九龄诗歌对岭南诗歌创作产生了深远的影响,屈大均认为广东诗歌"至张子寿(按:张九龄)而诗乃沛然"②。清代翁方纲云:"明顺德薛冈序南海陈乔生诗,谓:'粤中自孙典籍以降,代有哲匠,未改曲江流风,庶几才术化为性情,无愧作者。'然有明一代,岭南作者虽众,而性情才气,自成一格,谓其仰企曲江则可,谓曲江仅开粤中流风则不然也。"③《全粤诗·前言》则记曰:"邵谒诗的真朴与张九龄的雅正,成为岭南诗歌两条艺术主线,一直影响着各代的诗人,如宋代的余靖,明代的区大相、屈大均、陈恭尹,清代的黎简、宋湘,近代的黄遵宪、康有为,不管是直接或间接,是有意或无意,大都沿着这两条主线进行艺术创作,逐步形成岭南诗歌的独特风貌。"④

第三节　张九龄的散文

张九龄能诗亦能文,其文才卓然,笔翰如流。唐玄宗赞誉道:"此人(按:张九龄)真文场之元帅也。"⑤(《开元天宝遗事·文帅》)。《张九龄集校注》收录其文章249篇,另有有题无文2篇,备考6篇、辨误2篇。张九龄文体众多,有制、敕、书、序、赞、策、表、传、碑、铭、颂、赋、祭文等十几种,主要包括制敕诏令类120余篇,奏议状策类文章80多篇,祭文碑志类29篇,序文书信类约17篇,颂赞赋(并序)约6篇。从现存张九龄的文章篇目来看,大多是实用性较强的公文,如制敕诏令、奏议状策类文章;除此之外,当归为其他类散文。

---

① 顾建国:《张九龄研究》,北京:中华书局2007年版,第176页。
② (清)屈大均:《广东新语》,北京:中华书局1985年版,第345页。
③ (清)翁方纲:《石洲诗话》(卷一),郭绍虞选编,富寿荪校点:《清诗话续编》,上海:上海古籍出版社1983年版,第1366页。
④ 中山大学中国古文献研究所编:《全粤诗》(第1册),广州:岭南美术出版社2008年版,第3—4页。
⑤ (五代)王仁裕:《开元天宝遗事·文帅》,丁如明辑校:《开元天宝遗事十种》,上海:上海古籍出版社1985年版,第98页。

一、制敕诏令、奏议状策

张九龄为官三十余年,在京先后担任秘书省任校书郎、左拾遗、左补阙、礼部员外郎、司勋员外郎、中书舍人、工部侍郎、知制诰、中书侍郎、中书令、右丞相等职。其制敕诏令、奏议状策等公文类文章大多写于开元十年(722)至开元十四年(726)任职中书舍人,自开元二十年(732)由桂州还西京任秘书少监兼集贤院学士副知院事,后相继任工部侍郎、知制诰,再到中书侍郎同中书门下平章事兼修国史,直到中书令任职期间。所作公文类文章,从数量上来看,敕书最多,多达123篇;其次为表状,67篇,另有10余篇策书和疏奏等。张九龄公文类文章内容广泛而深入,涉及当时的社会政治、经济、军事、民族关系等各个重大方面,文章气势宏阔、典雅征实,并能直陈时事、直抒己见、主旨明确、语言明朗、能济时用,有垂绅正笏气象和"大雅"遗风,具有鲜明的时代气息和政治色彩,具有重要的文献学价值。

张九龄以文直谏,所作朝廷公文亦能表达明确的政见和主张,对君王和官员起到劝诫的作用。王夫之说:"唯开元之世,以清贞位宰相者三:宋璟清而劲,卢怀慎清而慎,张九龄清而和,远声色,绝货利,卓然立于有唐三百年之中,而朝廷乃知有廉耻,天下藉以乂(按:有学者认为是'义')安!"①张九龄是盛唐开明政治的代表,在京任职期间,他忠于职守,秉公办事,常不畏权威、不避利害,犯颜直谏。早在开元元年(713)宰相姚崇因用人不当,引起非议,张九龄劝诫他用人当杜绝徇私,通过正常程序选拔人才,剔除谄媚逢迎之辈,作《上姚令公书》:"自君侯职相国之重,持用人之权,而浅中弱植之徒,已延颈企踵而至,谄亲戚以求誉,媚宾客以取容,情结笑言,谈生羽翼,万事至广,千变难知。其间岂不有才?所失在于无耻"②。当张守珪因斩突厥有功,玄宗想迁他为侍中,张九龄作《谏相张守珪》,谏言曰:"宰相者代天理物,非赏功之官也。惟名与器不可以假人,君之所司也。且守珪才破契丹,陛下即以为宰相;若尽灭奚、厥,将以何官赏之?"③他直谏力劝玄宗不可用官位作为赏功之物,曾使玄宗龙颜大怒:"乃事皆由卿言乎?"张九龄正色立朝、直言极谏,据理力争:"陛下不知臣愚,使待罪宰相,事有未允,臣不敢不尽言。"④当玄宗欲用李林甫为相,张九龄作

---

① (清)王夫之著,勾利军、刘海文主编:《读通鉴论》(卷二十二·玄宗[三]),太原:山西人民出版社1994年版,第728页。
② (唐)张九龄:《上姚令公书》,张九龄撰,熊飞校注:《张九龄集校注》,北京:中华书局2008年版,第855页。下引张九龄文皆出自此书此版本。
③ (唐)张九龄撰,熊飞校注:《张九龄集校注》,第1122页。
④ (宋)司马光编撰,沈志华、张宏儒主编:《资治通鉴》(唐纪三十),北京:中华书局2009年版,第8998页。

《谏相李林甫》,极力反对,犯颜直谏:"宰相系国安危,陛下相林甫,臣恐异日为庙社之忧!"①当唐玄宗准备起用凉州都督牛仙客为尚书时,张九龄上书反对,认为:"尚书,古纳言,唐家多用旧相,不然,历内外贵任,妙有德望者为之。仙客,河、湟一使典耳,使班常伯,天下其谓何?"②在上书直谏文章中,最为知名的是《请诛安禄山疏》,张九龄不惧触怒玄宗,大胆直谏处置安禄山:

> 守珪所奏非虚,禄山不宜免死!况形相已逆,肝胆多邪,稍纵不诛,终生大乱。夫阳者发生之道,阴者肃杀之义。必肃杀而后能发生者,势也。苟秋肃不行,适为姑息之惠,欲发生而必须肃杀者,时也。惟春恩欲遍,无存养奸之弊。系非细故,臣切大忧!是以率直犯颜,望行天怒,深听守珪之奏,立斩禄山之叛。斯逆一惩,底宁万邦,天下幸甚!国家幸甚!③

张九龄眼光犀利、明察秋毫,有政治远见。他通过疏文规劝玄宗把握好"苍生之大权""圣人之巨柄",不能"彰瘅失宜",否则难让三军立下战绩,并一针见血地指出安禄山"失律而逃,更当惩戒",他"狼子野心,兽面逆毛",当安禄山因"恃勇轻进"而大败,被械送京师时,张九龄坚持将之正法于军中以显扬军威。张九龄在安禄山羽翼丰满之前就察觉到他心怀异心,故力谏诛杀安禄山,否则"终生大乱",表现出敏锐的政治洞察力和过人的胆识。

张九龄以文论国事,其文章表达对国事和民生的关心,对国家前途的忧虑,呈现出一个政治家兼济天下的情怀和风度。王维《献始兴公》诗赞曰:"侧闻大君子,安问党与仇。所不卖公器,动为苍生谋。"④开元三年(715)张九龄作《上封事书》讨论吏治问题。唐代重京官,轻地方官,有选官内重外轻之弊,张九龄称刺史、县令为亲民之官,关系着人民身家性命和切身利益,明确指出"亲人之任,宜得其贤,用才之道,宜重其选",并提出:"凡不历都督、刺史,有高第者,不得入为侍郎、列卿;不历县令,有善政者,亦不得入为台、郎、给、舍。即虽远处都督、刺史,至于县令,以久差降,以为出入,亦不得十年频在京职,又不得十年尽任外官。如此设科,以救其失,则内外通理,万姓获宁。"⑤他反对论资排辈,主张破格提拔有真才实学而官职低微的人,并委以重任。《上封事书》大多采用四六言句式,未脱骈体文的影响,但语句变化有致,内容上直陈利弊。

张九龄还作有三篇《敕处分十道朝集使》,这是其忠君爱民思想的体现,敕文云:

---

① (唐)张九龄撰,熊飞校注:《张九龄集校注》,第1123页。
② (唐)张九龄:《谏官牛仙客尚书及赐实封》,张九龄撰,熊飞校注:《张九龄集校注》,第1116页。
③ (唐)张九龄撰,熊飞校注:《张九龄集校注》,第1115页。
④ 傅东华选注,孟跃龙校订:《王维诗》,北京:商务印书馆2019年版,第38页。
⑤ (唐)张九龄:《上封事书》,张九龄撰,熊飞校注:《张九龄集校注》,第847—848页。

凡今政要,略有四端:衣食本于桑农,礼义兴于学校,流亡出于不足,争讼由于无耻。故先王务其三时,将以厚生也;修其五教,将以惇俗也。有国有家,同知此义,不患不知,患在不行尔。且长吏数改,政教屡移,在官当先,为国理人,各惕其职;不当冒荣干进,苟利其身。(其一)①

一郡之政,系一己之能。泉源既清,蓬麻自直;为长吏者,可不勉之!卿等至州,递相慰诲,以副共理之意,用光分忧之委。且如江左,爰及山南,岁小不登,人已菜色。皆由好逐朝夕之利,而无水旱之储,卒遇凶年,莫非艰食。(其二)②

张九龄希望国家君圣相贤、国泰民安、百姓安康,《敕处分十道朝集使》(其一)先指出朝廷用人当唯贤是举、励精图治,重视农桑和教育;接着鞭笞官员各司其职,要不为个人利益谋,需为国理人。《敕处分十道朝集使》(其二)概作于开元三十一年(743),敕文先说明君王以贤治国的良苦用心,阐明作为一郡之长,当如泉源清冽般的清廉从政,勉励各州官吏自律,做出表率,明确指出江左和山南之饥荒灾难缘于他们追逐声名利益,文章起到警诫官员的作用。几篇敕文语言平实、言成雅令,康熙称赞《敕处分十道朝集使》曰:"语劲而气弥舒,词腴而旨益切,可识九龄风度矣。"③张九龄重视发展农商,曾撰多篇文章讨论农商问题,他作《籍田之制》道:"粢盛所以奉神祇,耕籍(所)以助人力。既义率于下,而敬在其中,是为先农,存诸大典。"④文章最后以皇帝的口吻,要求大臣每逢春耕都要参加籍田劳动,以示对农业的重视。张九龄另有《籍田敕书》《贺雨状》《贺雨晴状》《贺雪状》和《贺麦登状》等文章,虽多为应制或歌颂圣德之词,但陈述皆口吻切实,足见张九龄对农事的关心。

从内容上来看,张九龄的制敕诏令、奏议状策等公文无不从唐王朝能够开明强盛、长治久安出发,涉及朝廷政事和民生等问题、抨击时弊、提出谏议、不卑不亢、情感诚挚,这是张九龄"尚直"精神的寄托。从形式上看,这些篇章与纯文学的作品不同,它们用语谨慎,语言简练劲健、以"尚用""辞达"为目的、不善修饰,雅俗共赏,大多用骈散兼行的文体,充分体现了"如轻缣素练""济时适用"的行文特点。

二、碑志祭文

张九龄还创作了一些文学性较强的碑志祭文、序文书信,其中墓志碑铭20篇,祭

---

① (唐)张九龄撰,熊飞校注:《张九龄集校注》,第467页。
② (唐)张九龄撰,熊飞校注:《张九龄集校注》,第471页。
③ (清)陈鸿墀:《全唐文纪事》(圣主仁皇帝御制文三集·古文评论),北京:中华书局1959年版,第11页。
④ (唐)张九龄撰,熊飞校注:《张九龄集校注》,第509页。

文9篇,这些文章写得生动而有情致。

现存张九龄墓志碑铭数量较多,多篇为受人所托而撰写,如唐玄宗《赐张九龄敕》曾云:"赠太师(裴)光庭,尝为重任,能徇忠节,忽随化往,空存遗事。其子屡陈诚到,请朕作碑,机务之繁,是则未暇;朝廷词伯,故以属卿。彼之行能,卿之述作,宛其鸿裁,因兹不朽耳。"①学界对张九龄的碑铭墓志褒贬不一。不管怎样,其《故开府仪同三司行尚书左丞相燕国公赠太师张公墓志铭并序》无疑是因情为文,是一篇文情并茂的作品,可算是其碑铭墓志的代表作。张公,即张说,他前后三次为相,执掌文坛三十年,为开元前期一代文宗,与许国公苏颋齐名。张说是张九龄的伯乐,对张九龄有提携和举荐之恩,是张九龄万分仰慕和感激之人,于开元十八年(730)十二月去世。此篇铭文作于张说去世之后的第二年,与《祭张燕公文》(按:作于开元十九年)写作时间相隔不久。张九龄怀着万般悲痛之情书写而成,序言部分先告知国人张说去世的消息,再写举国哀痛,称赞张说丰功伟绩和不凡的人生:"公义有忘身之勇,忠为社稷之卫,文武可宪之政,公侯作捍之勋,皆已昭昭于天文,虽与日月争光可矣!"②"公侯作捍之勋"句用典,化用《诗经·周南·兔罝》中的"赳赳武夫,公侯干城"句,认为张说如盾牌般城墙保护国家,用"作捍"、"勇"、"忠"、"文武"词语赞颂张说杰出的贡献。正文部分依次叙说张说籍贯、家世、生平、行状、夫人与后代承泽等。此文详略得当,收放有度。张说一生的作为和贡献是此墓志铭详细叙述部分,文曰:

> 起家太子校书,迄于左丞相,官政四十有一,而人臣之位极矣!尚书,国之理本,公悉更之;中书,朝之枢密,公亟掌之。……至若三登左右丞相,三作中书令,唐兴以来,朝右莫比。……公志玄远,而性高亮,未尝自异,会节乃有立;何所不可,体道以为宗。既定国于一言,亦保身之(大)雅。其于经理世务。杂以军国,决事如流,应物如响,纷纶辐辏,其犹指掌。及夫先圣微旨,稽古未传,阙文必补,坠礼咸甄,与经籍为笙簧,于朝廷为粉泽,固不可详而载也。始公之从事,实以懿文,而风雅陵夷,已数百年矣。时多吏议,摈落文人,庸引雕虫,沮我胜气。……及公大用,激昂后来,天将以公为木铎矣。③

上述引文说明张说为郡国贤良,后又叙说他居"人臣"之极位,一生辉煌,才高气清,三次为左丞相,三作中书令;其志向高远,品性高洁;在政务处理方面,张说办事干

---

① (清)董诰等编:《全唐文》(卷三六),北京:中华书局影印1983年版,第393页。
② (唐)张九龄:《故开府仪同三司行尚书左丞相燕国公赠太师张公墓志铭并序》,张九龄撰,熊飞校注:《张九龄集校注》,第951页。
③ (唐)张九龄:《故开府仪同三司行尚书左丞相燕国公赠太师张公墓志铭并序》,张九龄撰,熊飞校注:《张九龄集校注》,第952页。

练,思维敏捷;他在开元盛世的礼乐文明建设和提升文儒地位等方面起到了巨大的作用。从《故开府仪同三司行尚书左丞相燕国公赠太师张公墓志铭并序》可以看出,张九龄的碑铭墓志语言质朴、叙事平实、文笔庄重肃穆,虽然没有对人物和事件的生动描述,但"铭末尚实"(曹丕《典论·论文》)、注重"典正"(挚虞《文章流别论》),因此它们在史学和文学史上都有着重要的价值。

在张九龄所作祭文中,《祭舜庙(文)》《祭洪州城隍庙神(祈晴)文》和《惠庄太子哀册文》因公职致祭而作文;《为吏部侍郎祭故人文》《为王司马祭妻父文》和《为王司马祭甄都督文》为替他人代作;《祭张燕公文》《祭故李常侍文》和《追赠祭文》因私人情感而作。在因公而作的祭文中,张九龄亦能明确表达自己的见解,如《祭舜庙(文)》云:"惟神幽鉴,愿表微诚。若私僻为谋,公忠有替,明鉴是殛,俾无远图。如悉心在公,惟力是视,当福而不福,为善者惧矣!"①面对舜庙,张九龄表达一心为公,怀有至诚之心。《祭洪州城隍庙神(祈晴)文》云:"谷者,人之所以为命;人者,神之所以为祀。祀,可不以为利;义,可不以不福。"②认为有无谷物决定百姓能否生存,作为被贬洪州的地方官员,他当恪尽职守,全心为民祈福。在代他人所作的祭文里,张九龄将自己放在祭者的位置上,洞晓世事变迁,及逝者之经历,悲悼之情自然流露。《祭张燕公文》《祭故李常侍文》两篇祭文因情而作,写得深情绵邈,其中《祭张燕公文》最为感人,张说去世后,张九龄怀着悲痛之情写下此祭文,祭文云:

> 惟公应有期之运,降不世之英,坦高轨以明道,谨大节而立诚。悬镜待人,虚舟济物,妙用无数,精心惟一。明未朕而先睹,听有余而每黜,犹豹变而成文,尝凤鸣而中律。故能羽翼圣后,丹青元化,陈皋陶之谟谋,尽仲山之凤夜。道因虑于文武,业惟永于王霸。绸缪恩渥,荏苒代谢,国重元辅,门承下嫁。实大我之宗盟,与人君之姻娅。天盖福善,地益华宗,赫赫为尹,岩岩比崇。不享黄髪,如何玄穸?既道长而运短,岂祥降而惠终?人亡令则,国失良相,学堕司南,文殒宗匠。惟国华之见夺,何天道之弗谅?③

由《祭张燕公文》可充分看出张九龄的忠厚和深情,他从心灵深处为张说去世感到万分哀痛,"想德辉而不见,望仁里而徒泣;树所叹而犹存,人具瞻而永戢",祭文既表彰张说的功绩,又抒写自己深切的怀念,是一篇感情真挚、文辞精美的抒情散文。

从总体上看,张九龄的碑铭祭文的文字不善藻饰、不事生动的描绘和记述,甚至有的篇章有略显板涩之嫌,但其语言率直恳切,善于化用典故,文章亦具备"尚实"

---

① (唐)张九龄撰,熊飞校注:《张九龄集校注》,第929页。
② (唐)张九龄撰,熊飞校注:《张九龄集校注》,第937页。
③ (唐)张九龄撰,熊飞校注:《张九龄集校注》,第945页。

"典正"、自然、清雅、洗练之特点。此外,张九龄在碑志祭文中夹杂议论,同时融入个人情感,这为后代如韩愈等文人创作融叙事、议论、抒情为一体的墓碑文奠定了基础。

三、序文书信

张九龄的序文十五篇,内容丰富而广泛,有写游宴的《陪王司马宴王少府东阁序》《韦司马别业集序》和《岁除陪王司马登薛公逍遥台序》等;有写送别的,如《饯宋司马序》《送幽州王长史赴军序》和《别韦侍御使蜀序》等;有纪事的,如《开凿大庾岭路序》;有题画的,如《鹰鹘图赞序》等等。这些序文文学色彩较浓,呈现出多种写作风格。其《韦司马别业集序》作于张九龄早年任礼部员外郎期间,携友游赏别业,娱兴起而作此文,序文长于写景:"杜城南曲,斯近郊之美者也。背原面川,前峙太一;清渠修竹,左并宣春;山霭下连,溪气中绝"①,文章将韦司马别业之美景生动地呈现出来,同时在写景中融于文人的情趣:"倚琴相欢,杂以啸歌之韵。清言移景,闲步周林,翻飞自情,俯仰为得,斯亦吾侪之乐事,幸可而同也!"②序文最后赞叹韦司马洒脱的生活方式,这正是张九龄所向往的。此文语言朴素,引散文句式入骈文,使用奇句单行文字,骈散结合,文笔清新流畅,显得清丽雅致。

《岁除陪王司马登薛公逍遥台序》和《陪王司马宴王少府东阁序》作于开元四年(716)至开元五年(717)作者赋闲韶州期间,暗含失意文人之心境。王司马,名不详,为韶州司马,张九龄南归后曾与其游宴为伴。序文云:

> 故郡城有荒台焉,虽层宇落构,而遗制肖然,邑老相传,斯则薛公道衡之所憩也。薛公不容隋季,出守海隅,岂作台榭以崇奢?盖因丘陵而视远,必有以清涤孤愤,舒啸佳辰,寄文翰以相宣,仰风流而未泯。今司马公英达好古,清誉满时,迹有忤于贵臣,道未行于明主。……属府庭闲暇,江浦清明,南土阳和,觉寒氛之向尽;东郊候暖,爱春色之先来。于是命轻舸以乘流,趣高台而降望。越荒堞,披古道,跻隐嶙而三休,俯芊绵而四极。其远则烟连井墟,指瓯貊以南驰;云合山川,距荆吴而北走。其近则深溪见底,鳞介之所出没;乔林夹岸,羽毛之所翱翔。悠哉薛公,无不寄也!……(《岁除陪王司马登薛公逍遥台序》)③

> ……尝以风月在怀,江山为事,簿领何废,形胜不辜。既好乐而无荒,亦上同而不混。迫乎倚层阁,凭华轩,川泽清明,上悬秋景;岑岭回合,下带溪流;联草树

---

① (唐)张九龄撰,熊飞校注:《张九龄集校注》,第900页。
② (唐)张九龄撰,熊飞校注:《张九龄集校注》,第901页。
③ (唐)张九龄撰,熊飞校注:《张九龄集校注》,第886—887页。

而心摇,际烟氛而目尽。兹邦枕倚,是日登临,岂子虚之过诧,诚仲宣之信美。物色起殊乡之感,谁则无情? 而道术得异人之资,吾方有适。于是旨酒时献,清谈间发,歌沧浪以放言,咏蟋蟀而伤俭。……(《陪王司马宴王少府东阁序》)①

前一篇借古写今,由隋炀帝时期被贬的番州(治今韶关市)刺史薛道衡当年登临休憩之地,写到作者与王司马一同临赏,交代古今生不逢时、未得重用于明主的文人同样的境遇,叙事、写景和议论相结合,景物描写生动。后一篇先是将古今对比,赞赏古代圣贤的"推其分、养其和"的处世之道,随后张九龄描绘出一个美丽的境界,失意文人雅士身在其中,"旨酒事献,清谈间发""赋诗以扬其美"。两篇序文皆夹叙夹议,兼具诗情与画意,显得持重沉稳,呈现出与《韦司马别业集序》不同的风格。

《开凿大庾岭路序》为纪事之作,记开大庾岭路之事,作于开元四年(716),当时张九龄去官返乡,奉养老母,他目睹家乡交通闭塞,曾献状请开大庾岭新路,朝廷同意并委托他主持开凿。大庾岭是中原入粤的通道,山势险峻,《开凿大庾岭路序》写道:"岭东废路,人苦峻极。行径寅缘,数里重林之表;飞梁嶪嶫,千丈层崖之半。颠跻用惕,斩绝其元。"②当时道路容不下一辆车,人们只能舍车而背负过岭。开元四年(716)冬,张九龄以左拾遗内供奉的身份,"饮冰载怀,执艺是度,缘磴道,披灌丛,相其山谷之宜,革其阪险之故。岁已农隙,人斯子来,役匪逾时,成者不日,则已坦坦而方五轨,阗阗而走四通,转输以之化劳,高深为之失险。于是乎镶耳贯胸之类,殊琛绝赆之人,有宿有息,如京如坻。"③张九龄率众披荆斩棘,勘查大庾岭南北地形,把握施工工艺标准,最后大庾岭路开凿成功,惠及后人,改善了南北交通阻塞的局面,促进了南粤与中原地区各个方面的交流,促进了广东地区的发展,尤其是对岭南经济文化的发展起到积极的作用,从中也看出作为一个具有文人气质的政治家的风采。《开凿大庾岭路序》一文首先交代修路问题提出的时间和背景,指出旧路给人民造成的不便,突出修路的必要性与重要性。随后叙述自己受命主持开路,人民踊跃参与,工程进展显著。最后写出开路工程的不同寻常的意义。序文层次鲜明、语言简朴,文字省净、纪事平实,是一篇较好的叙事散文。

现存张九龄的书信仅2封。《与李让侍御书》为其早年干谒之作,张九龄曾干谒李让侍御史,请求随其赴岭南理铨选事,遭到拒绝,故作《与李让侍御书》请求李让举荐提携,书信写道:

> 然下官所以勤勤自致,其功靡他,正以居本海隅。始无朝望,昔遇光华启旦,

---

① (唐)张九龄撰,熊飞校注:《张九龄集校注》,第875页。
② (唐)张九龄:《开凿大庾岭路序》,张九龄撰,熊飞校注:《张九龄集校注》,第890页。
③ (唐)张九龄:《开凿大庾岭路序》,张九龄撰,熊飞校注:《张九龄集校注》,第891页。

朝制旁求,误登射策之科,忝职藏书之阁。又属朝廷尚义,端士相趋。复以无依见容,不得弃置;所以迟回城阙,感激身名。未甘田里之平人,所慕君亲之大义!而才能不急,时用无施,俸犹拟于侏儒,举未优于储峙。所以饥寒在虑,扶侍增遥;而慈亲在堂,如日将暮;遂乃甘心附丽,乘便归宁。不然,则命非饮冰,幸安中土,又安能崎岖执事之末,还无一级,去且二年?①

书信请求李让提携,写得不卑不亢,表达文人的积极进取的精神与当时封建官僚体制的冲突,情理交融,叙议结合。而《答严给事书》作于张九龄被贬洪州期间,与好友严挺之间应答之作,任情使气,尽情宣泄心中的郁闷之情,并感谢好友在自己政治失意之时,不离不弃,能给予温暖问候,保持兄弟情义。

此外,张九龄还作有两篇托物咏怀赋,即《白羽扇赋并序》和《荔枝赋并序》。前者因玄宗赐白羽扇而作,借此明志。全赋并不长,却写得极有情致,赋曰:"当时而用,在物所长。彼鸿鹄之弱羽,出江湖之下方。安知烦暑,可致清凉;岂无纨素,采画文章;复有修竹,剖析毫芒;提携密迩,摇动馨香。惟众珍之在御,何短翮之敢当?而窃恩于圣后,且见持于未央。伊昔皋泽之时,亦有云霄之志;苟效用之得所,虽杀身而何忘!肃肃白羽,穆如微风,纵秋气之移夺,终感恩于箧中。"②张九龄明写白扇,实写自己的心境,道出了社会世道炎凉的现实,借咏扇表达他忧谗畏讥、忠于君王的拳拳之心。张九龄外放洪州之时,感荔枝起兴,作《荔枝赋并序》赞美家乡特产荔枝,赋云:"南海郡出荔枝焉,每至季夏,其实乃熟,状甚瑰诡,味特甘滋,百果之中,无一可比。余往在西掖,尝盛称之,诸公莫之知,而固未之信。惟舍人彭城刘侯,弱年迁累,经于南海,一闻斯谈,倍复喜欢,以为甘旨之极也。"③张九龄描述荔枝形状奇异、味道甘甜,"其珍可以荐宗庙,其珍可以羞王公"。作者感物起兴、借物抒怀、寄托讽喻,此文蕴含着作者对才华埋没的文人雅士的同情以及对命运的思考;荔枝"不高不卑""不丰其华",品性高洁的象征,也是作者自身的写照。两篇赋文状物、抒情言志融为一体,结构严谨、寓意深刻、含蓄有力,皆为发人深省的文章。

总的来看,初唐绮靡浮艳文风盛行,以虞世南、上官仪为代表的宫廷文人作文大多争文华而不实。魏徵从政教得失出发,力倡文风改革,力避齐梁浮华,倡自然朴素之文风。至高宗和武后时代,改革文体文风的要求蔚然成风,以"四杰"为代表的一批骈文家崛起,反对浮靡文风,有刚健清新之风,其骈文有了新的特色,但其创作尚且

---

① (唐)张九龄撰,熊飞校注:《张九龄集校注》,第867—868页。
② (唐)张九龄撰,熊飞校注:《张九龄集校注》,第413页。
③ (唐)张九龄撰,熊飞校注:《张九龄集校注》,第415页。

未能摆脱六朝余习;此后陈子昂提倡"兴寄""汉魏风骨",以风雅革浮侈,文风为之一变。继陈子昂之后,张九龄把性情之真融入文章,将散文的气势与形式引入骈文,改革骈体文风,文章奇偶相间,体制上趋向散化,推动了骈文的散化,显示了开元年间文章骈散结合的趋势。张九龄反对齐梁绮靡文风,主张"去华务实"(《集贤殿书院奉敕送学士张说上赐燕序》),承《风》《骚》传统,他在《故安南副都护毕公墓志铭》中称赞毕都护"文非务华",在《故韶州司马韦府君墓志铭》中称赞韦司马"学不为辩,每抑其华",其《答陈拾遗赠竹簪》又云"幽素宜相重,雕华岂所任"[①],都表明他反对雕饰、崇尚朴实的倾向,故其所作文章文字简练自然、语言朴素,却能显得质朴有力,含深湛之思,气味深厚。张九龄是继张说、苏颋之后的文坛大手笔,是关联初、盛唐散文发展的纽带,在盛唐初期文学革新过程中有着重要的历史地位。

---

① (唐)张九龄撰,熊飞校注:《张九龄集校注》,第94页。

第二编　宋元文学

概　　述

宋太祖开宝四年(971)二月,在宋军的武力压迫下,南汉后主刘𬬮素服请降,广东重新回归中原王朝的管辖。在宋元时期的三百年间,广东虽然经历了南宋末年和元朝末年两次大的社会动乱,但在大部分时间里,社会生活比较稳定,政治、经济、文化得到快速发展,为广东文学的繁荣兴盛创造了良好的条件。而本土文人与入粤文人各施所长、各尽所能,共同开创了广东文学发展的新格局。

首先,继唐代的张九龄之后,宋元时期的广东又出现了若干具有全国影响力的本土作家。宋朝的余靖、葛长庚,元朝的观音奴在诗歌领域最为出色。北宋的余靖是诗文革新运动的主要参与者,也是宋代广东最优秀的本土诗人。他创作的《胡语诗》促进了北宋和辽两大王朝的友好关系,在中国文学史上应占有一席之地。南宋的葛长庚是全真道南宗的实际创始人,他的诗歌光怪陆离、雄丽瑰奇,富于浪漫主义色彩,又带有现实主义的浓厚气息,是极具传奇性的著名道教文学家。元朝的观音奴与萨都剌是同科的右榜进士,又都是活跃于元末诗坛的优秀少数民族诗人。李昴英则在词的创作领域独领风骚,他的词作常在凌云健笔之中透出一股清雅之气。明朝毛晋选编《宋六十名家词》时,《文溪词》入选其中,标志着李昴英已跻身宋词名家的行列。

其次,这一时期的广东文坛,文学作品的创作数量空前增加,质量也有了显著的提高。余靖、李昴英、葛长庚与赵必𤩪等本土文人都有别集传世,而唐庚、苏轼、杨万里等入粤文人完成于广东的作品数量都在百首以上,杨万里还有专门收录宦游广东的诗集《南海集》。名篇佳作更是层见叠出,如余靖的《山馆》,苏轼的《荔枝叹》《六月二十日夜渡海》《潮州韩文公庙碑》,杨万里的《峡山寺竹枝词五首》《明发房溪二首》《舟过谢潭三首》,文天祥的《过零丁洋》,胡铨的《好事近》《如梦令》等等,优秀作品的大量增加,体现出广东文坛已非昔日的吴下阿蒙,开始从文学的边缘向中心迈进。

最后,广东的文学形象也在宋元时期发生嬗变,逐渐从令人闻风丧胆的瘴疠之乡转换为"衣冠礼度并同中州"①的王化之地。两宋以前的广东,由于经济、文化、教育

---

① (宋)王象之:《舆地纪胜》卷一百四,北京:中华书局1992年版,第3198页。

的全方位落后,本土文人寥若晨星,很难跻身主流文坛,空怀对于家乡的热爱,却无力承担宣传家乡的重任;外地文人如韩愈、刘禹锡等名家多因贬谪的缘故来到广东,对本地的气候和风土抱有强烈的畏惧心理,他们笔下的广东,不仅是偏远蛮荒的化外之地,也是有去无回的瘴疠之乡与险恶之境。而宋元时期的广东经济进入了一个新阶段,农业、手工业和商业全面发展,海外贸易蓬勃兴旺,广州已经成为人口众多、城邑富庶、环境优美的商业大都市。随着经济的快速发展,在宋元两朝重视文治教化的大背景下,广东的教育事业也取得了长足的进步,甚至最偏远的吉阳军也修建了学校,优秀的本土文人开始大量涌现。他们衷心热爱自己的家乡,用饱含感情的笔墨来描绘广东的自然人文景观,罗浮山、丹霞山、梅岭等自然名胜,蒲涧、光孝寺、南华寺等文化遗产,都成为他们频繁书写的文学对象。而入粤文人的陌生感与畏惧感也随着广东的大发展逐渐消失,他们开始平和甚至乐观地看待自己所处的生活环境,在广东的奇山丽水、独特风物中发现异质之美,并一一付诸吟咏。本土文人与入粤文人勠力同心,重新建构了广东的文学形象。

毋庸讳言,宋元时期的广东文学也存在有明显的缺陷:其一,本土作家和入粤作家的不平衡。虽然广东已经出现了余靖、葛长庚、崔与之等一批优秀作家,但和苏轼、杨万里、秦观与范梈等入粤作家相比,无论是创作理论还是创作实践上都有着显著的差距;其二,本土作家地域分布的不平衡。宋元时期的作家分布较之前代已有所改善,梅州、揭阳、海康、海南也有了自己的诗人,但广州、韶州、连州仍是作家最为集中的区域;其三,雅文学与俗文学发展的不平衡。广东的雅文学发展比较顺利,诗、词、文都有代表性的作家作品;俗文学则发展极为迟缓:小说种类单一,宋元流行的话本小说在广东全无踪迹,本土小说家严重缺失;元代最具生命力和典型性的戏曲和散曲,广东也未见任何作品传世。

第一章　两宋时期的本土诗人

在中国诗歌史上,宋诗是与唐诗并峙的另一座高峰。在文化发达区域的诗人们努力创造自成一代的诗风时,僻处边隅的广东本土诗人仍在蹒跚前行,仅有走出五岭的余靖、崔与之、李昴英与葛长庚等人勉强追赶着时代的步伐。北宋的余靖积极参与欧阳修主导的诗文革新运动,用他骨格清苍、幽深劲峭的诗歌来矫正"浮艳"的西昆诗风,也引导着广东诗歌的前进方向。南宋的崔与之与李昴英身值衰世,用内容充实、风骨遒劲的诗歌来表现家国一体、休戚与共的思想情感,在张九龄开创的"雄直"传统之外,又增添了一抹宋诗的格调。方外诗人葛长庚的诗风雄博瑰丽,充满着浓烈的浪漫主义色彩,并在诗体革新上独有建树。宋元之际的爱国诗人们时值崖山之变,长歌当泣,慷慨激烈,一扫南宋后期诗坛格局偏狭,气骨衰敝的不良诗风,为宋代广东诗歌画上了完美的句号。

第一节　余靖:两宋粤诗第一人

余靖(1000—1064),初名希古,后更名为靖,字安道。曲江人。自少博学强记,广涉诸家,"至于历代史记、杂家、小说、阴阳、律历,外暨浮屠、《老子》之书,无所不通"①。学识修养,闻名于乡里。宋仁宗天圣二年(1024)春,25岁的余靖进士及第,名列二甲,充任赣县尉。八年(1030),试书判拔萃科,名列第一,改将作监丞、知新建县,迁秘书丞,勘校经史。历仕至工部尚书。卒,特赠刑部尚书,谥曰"襄"。有《武溪集》20卷。

余靖一生三起两落,沉浮宦海四十余年,始终以《从政六箴》作为自己的座右铭。他在外任时体恤百姓疾苦,勇于承担责任,政绩卓著;在朝廷时积极献言进策,坚决支

---

① (宋)欧阳修:《赠刑部尚书余襄公靖神道碑铭》,洪本健校笺:《欧阳修诗文集校笺》卷二三,上海:上海古籍出版社2009年版,第658页。

持以范仲淹为首的改革派，两遭贬谪。蔡襄在《四贤一不肖》诗中，将余靖与范仲淹、尹洙、欧阳修并列为"四贤"：

> 南方之强君子居,卓然安首襟韵孤。词科判等屡得隽,呀然鼓焰天地炉。三年待诏处京邑,斗粟不足荣妻孥。耳闻心虑朝家事,螭头比奏帝日都。校书计课当序进,丽赋集仙来显涂。诰墨未干寻已夺,不夺不为君子儒。前日希文坐言事,手提敕教东南趋。希文鲠亮素少与,失势谁复能相扶。崭然安道生头角,气虹万丈横天衢。臣靖胸中有屈语,举噫不避萧斧诛。使臣仲淹在庭列,日献陛下之嘉谟。刺史荣官虽重寄,奈何一郡卷不舒。言非由位固当罪,随漕扁舟尽室俱。炎陬此去数千里,橐中狼藉惟蠹书。高冠长佩丛阙下,千百其群诃尔愚。吾知万世更万世,凛凛英风激懦夫。①

作为景祐之际党争的一个高潮式结局，《四贤一不肖诗》的创作透露出强烈的宋代士大夫的政治主体意识，把处于改革阵营的士大夫们团结在了一起。余靖作为范仲淹的好友，为官清廉，初到京师，贫穷得让妻儿与自己一起忍饥挨饿，"斗粟不足荣妻孥"是余靖生活的真实写照。即使生活如此艰苦，他仍然"耳闻心虑朝家事"，为营救范仲淹仗义执言，自己也被牵连，贬谪到千里之外。蔡襄用诗歌的形式重现了余靖当时的所作所为，歌颂了他过人的胆魄和勇气。

余靖还是当时难得的外交人才，多次建议朝廷利用西夏与辽的矛盾，解除两国对于宋朝的威胁，并三次出使辽国，顺利完成外交使命。他集文学之才士与治世之能臣于一身，堪称宋代士大夫的典型。

在广东文学史上，若说唐代张九龄是开创一代诗风的宗师，至宋代，则应推余靖为粤诗第一人。

一、尚通趣的诗学观

余靖与欧阳修不仅是政治上的同路人，也是诗文革新运动的同盟军。他在《孙工部诗集序》中，认为"诗人必经穷愁，乃能抉造化之幽蕴，写凄辛之景象，盖以其孤愤郁结，触怀成感，其言必精，于理必诣也"②。这种观点与欧阳修《梅圣俞诗集序》

---

① （宋）蔡襄：《蔡襄全集》卷三，福州：福建人民出版社1999年版，第69页。
② 本章征引的《余靖集》文字，均以黄志辉校笺，天津：天津古籍出版社2000年版《武溪集校笺》为底本。

"非诗之能穷人,殆穷者而后工也"①的诗论交相呼应;强调"有美必宣,无愤不写",又与主将梅尧臣"因事有所激,因物兴以通"②的理念不谋而合;而他所提出的作诗之法:"取譬引类,发于胸臆,不从经史之所牵,不为文字之所拘,如良工饰材,手习规矩,但见方圆成器,不睹斧斤之迹。"这又是对西昆体"历览遗编,研味前作,挹其芳润,发于希慕"③,专事摹仿而缺乏自立精神的强力批判。

北宋文人论诗,尚通达,求意趣,余靖应是开风气之先者④。《曾太博临川十二诗序》云:

> 古今言诗者,二雅而降,骚人之作号为雄杰。仆常患灵均负才矜己,一不得用于时,则忧愁恚敦,不能自裕其意,取讥通人,才虽美不足尚。久欲著于言议而未得也。今兹得罪去朝,守土滨江,同年不疑曾兄惠然拏舟见顾,间日共言临川山水之美,因出十二诗以露其奇。其诗皆讽咏前贤遗懿,当代绝境,未尝一言及于身世,陶然有飞遁之想。通哉不疑!不以时之用而累其心,真吾所尚哉!遂题其篇。

此序首起于"通",落脚于"趣",提倡无论是困穷还是显达,都应坦然自若,释然于怀,如此通人方有通诗,通诗方有通趣。人生若通于趣,则无所往而不乐;诗歌若通于趣,则无所作而不佳。"望岫幽人兴,观空达士情"(《寄题宝峰山玩云亭》);"休羡井梧能待凤,凌寒坚守岁寒心"(《和胡学士馆中庭树》);"棋酒等闲忘世虑,溪山最乐是家林"(《寄题宋职方翠楼》),以上佳句鲜明地体现了余靖的通趣观。

二、在朝诗与在野诗

余靖现存诗歌约一百四十首,题材丰富,形式多元。若按作者的身份际遇来划分,大体可分为在朝与在野两种类型。在朝诗重在表现余靖"致君尧舜上,再使风俗淳"⑤的政治追求与实践,在野诗则反映作者"相逢莫问市朝事,绿水青山是胜游"(《和王子元同归曲江有感》)的自适之乐。两者相辅相成,共同勾勒出一幅宋代士大

---

① (宋)欧阳修著,李逸安点校:《欧阳修全集》卷四三,北京:中华书局2002年版,第2册,第612页。
② (宋)梅尧臣:《答韩三子华韩五持国韩六玉汝见赠述诗》,朱东润笺校:《梅尧臣集编年笺校》,上海:上海古籍出版社1980年版,第336页。
③ (宋)杨亿:《西昆酬唱集序》,王仲荦:《西昆酬唱集注》,北京:中华书局1980年版,第2页。
④ 张海鸥:《北宋诗学》第二章《真宗、仁宗之世复古以求新变的诗学思想》,开封:河南大学出版社2007年版,第62—72页。
⑤ (唐)杜甫:《奉赠韦左丞丈二十二韵》,(清)仇兆鳌注:《杜诗详注》,北京:中华书局1979年版,第1册,第74页。

夫的标准像。

在朝诗中,最应进入中国文学史而被忽视的作品是余靖的《胡语诗》:

> 夜宴设逻(厚威也)臣拜洗(受赐),两朝厠荷(通好)情感勤(厚重)。微臣雅鲁(拜舞)祝若统(福祐),圣寿铁摆(嵩高)俱可忒(无极)。

此诗属于汉语与契丹语的合璧体,完成于宋仁宗庆历五年(1045),余靖第三次出使辽国时。北宋士人普遍秉持"华夷之辨"的观念,贵华而贱夷,对契丹、党项等周边少数民族颇为歧视。来自"南蛮之地"的余靖在不屈使节之礼的前提下,主动抛弃成见,努力学习契丹语,认真观察辽国的风土人情,与辽兴宗耶律宗真及其朝臣们建立了良好的关系。他借用中国传统的颂诗体裁,融入契丹语的词汇,赋诗答谢辽国皇帝的热情接待,增进了辽、宋两国的友谊,圆满完成了出使的任务。《胡语诗》艺术价值虽然不高,但它的社会价值和文化价值却是绝无仅有的①。

宋仁宗庆历年间,统治阶级内部存在着严重的党争。余靖服膺于儒家经世治民的政治理想,"怀忠事君,不敢自爱"(《论范仲淹不当以言获罪》),始终站在以范仲淹为首的改革派一边,直言敢谏,支持新政,也因而招致嫉恨,两遭贬斥。忠君而见疑的现实处境必然带来心态的起伏,这在诗歌中有着生动的体现。如《子规》诗:

> 一叫一春残,声声万古冤。疏烟明月树,微雨落花村。易堕将干泪,能伤欲断魂。名缰惭自束,为尔忆家园。

庆历三年(1043),时任参知政事的范仲淹被贬为陕西四路宣抚使。余靖上章慷慨陈词,亦被贬为监筠州酒税。这首《子规》即诗人感于此事而作,字里行间,充满了友朋间的生死不渝之情。首联托物起兴,沉郁凄凉,暗示范仲淹被贬是万古奇冤。颔联写景,疏烟明月,微雨落花,一幅残春之境,子规啼鸣其间,声声入耳,更觉凄婉。颈联转为直抒胸臆,由景及情,尾联则由兴化赋,表达自己欲归田园的心理活动。全诗情景交融,幽深清婉,较之梅尧臣《子规》诗更显质直,是思想性与艺术性完美结合的一篇作品。

虽然屡遭打击,公忠许国的余靖始终没有放弃高尚的政治操守。"切磋甫得依贤检,疾恶刚肠愈不回"(《恩守赣上谢和叔见寄次韵》)、"不学鹰鹯因肉饱,背人飏去恣飞鸣"(《回雁》)表达自己坚守正道、鄙弃奸佞的决心,掷地可作金石声;"吾道本以忠许国,世途休叹老登朝"(《送任秘丞知长兴县》)、"相期勉力宣新政,侧耳民谣起少城"(《送张屯田通判益州》)鼓舞同仁同心同德,革新图治,洋溢着忧国爱民、积极进取的情感色彩。

---

① 曹家齐:《北宋名臣——余靖》,广州:广东人民出版社2006年版,第83—84页。

在野诗作于余靖归乡田居时期。康定元年(1040)、庆历六年(1046),余靖先后两次返回故里,隐居时间长达八年之久,创作了大量的诗歌作品,多有佳制。如《山馆》:

> 野馆萧条晚,凭轩对竹扉。树藏秋色老,禽带夕阳归。远岫穿云翠,畲田得雨肥。渊明谁送酒?残菊绕墙飞。

诗人由近及远,由景及情,先写山馆的萧条,再作眼前景物的绘刻,最后自然过渡,一泻情怀。语言平淡精工,意境恬静幽美。一草一木都拟人化、个性化,烘托出作者恬静中又带几分落寞的复杂心境,凸显诗人清高脱俗的胸襟情怀。此诗既有王维辋川诸作的风格,又有陶谢山水诗歌的意蕴。

余靖对于家乡有着深厚的感情,吟咏广东名胜、歌颂广东人物成为在野诗的重要题材。《游韶石》以瑰丽的笔墨描写了韶石一带山水奇峭壮伟的自然景观,"肤寸起成霖,崇高一方仰。跻之佐衡霍,无惭公侯享"以韶石山理应跻身名山之列作比,体现出身处南荒的广东人不卑不亢、勇于进取的精神。《仁化锦石岩》描绘出丹霞山高倚云隈的形象和万玉结堆的奇观,借景物表达出自己坚定的意志和追求。另如《游临江寺》《和董职方见示初到番禺诗》,也都是描述岭南山水的名篇佳作。

对于广东先贤,余靖更是表现出崇敬之情。庆历六年(1046),诗人重经大庾岭,触景生情,写下了《和王子元过大庾岭》诗:"秦皇戍五岭,兹为楚越隘。尉佗去黄屋,舟车通海外。翘巘倚云汉,推轮日倾害。贤哉张令君,镌凿济行迈。地失千仞险,途开九野泰。安得时人心,尽夷阴险阨。"诗中极力歌颂了张九龄开山凿岭,化天险为通途的伟大成就。即使是外地来广东做官的士人,只要有过造福一方百姓的事业,也会得到余靖的表彰。河南籍的蔡抗、蔡挺兄弟分别担任广东转运使和江西提点刑狱,同力整治大庾岭道,使年久失修的驿路焕然一新。余靖十分欣慰,连赋《通越亭》《来雁亭》《叱驭楼》三首七律,颂扬蔡氏兄弟的政绩,同时也反映出他情系桑梓,珍爱家山的赤子情怀。

三、擅用兴寄与长于五律

余靖继承了诗骚的优秀传统,特别擅用兴寄手法,借物言志。如《双松》诗:"自古咏连理,多为阳艳吟。谁知抱高节,生处亦同心。风至应交响,禽栖得并阴。岁寒当共守,霜雪莫相侵。"松之特性与人之秉性具有审美上的相似性。诗人借此而喻彼,表明自己愿与范仲淹、欧阳修等同道中人固守忠节、匡扶社稷的决心。《五色雀》:"五方纯色俨衣冠,应是山灵寄羽翰。多谢相逢殊俗眼,谪官犹作贵人看。"诗歌引入罗浮山五色雀"非时不见"的神话传说,批判人不如禽的社会现实,流露出作者被诬而不自弃,遭贬而志犹高的旷达胸怀。

"以议论为诗",是余靖诗歌的又一重要特点。纵观余靖一生行迹,北至燕京,南抵广州,生活阅历之丰富远超同时代的一般士人。他对于物象的观察从未停留在简单的再现,也不是以抽象的概念去阐述枯燥的道理,而往往是因景生情,引出理趣;或者情妙理合,意理自显。这就使他的诗歌既优美动人,又富有哲思。如《游大峒山》:

> 十里松桧风,万仞斗峭壁。阳崖雷自奔,阴壑雪犹积。势争衡霍雄,地控楚越厄。胡为千载间,名未光图籍?物乃因人彰,闻人于在昔。不逢巢许高,箕山亦顽碧。我今共游览,逍遥非俗格。剧论穷古今,玄谈叩虚寂。攀萝蹑孤峰,和云望幽石。濯缨清冷泉,留为不朽迹。

大峒山在韶关东南六十里。诗人极力描写群山的高峭奇伟,引出大峒山千载无名的疑问,顺势讲明了"物乃因人彰"的哲理。诗中的道理是通过鲜明生动的艺术意象自然而然地传达出来,是名副其实的理趣诗。余诗中类似的作品较多,如《重游英州碧落洞》《读车千秋传》等诗,都反映了作者善发议论的创作风格。

就诗体而言,余靖对于五言律诗最有心得,清代梁善长誉之"有晚唐风致"[1]。如《晚至松门僧舍怀寄李太祝》:

> 日暮倦行役,解鞍初息肩。雾昏临水寺,风劲欲霜天。蓼浦初闻雁,人家半在船。思君正惆怅,黄叶更翩翩。

这篇怀友之作,每一联都可以独立成画,而每帧又动静结合,在清冷萧疏的景物描写中寓漂泊之悲慨,流露出淡淡的惆怅,足见诗人对于自然景物的观察入微和对人生体验的敏锐细腻。又如《山寺独宿》:

> 柴车走县尉,穷途秋耿耿。急雨带溪声,残灯背窗影。驱驰下士身,凄凉旅人景。山寒梦不成,愁多知夜永。

此诗应作于余靖赴任赣县尉的途中。耿耿深秋、漫漫寒夜、溪水潺潺、灯影幢幢,清寂的景境烘托出诗人奔波行役的缕缕愁思,颇有"出自北门,忧心殷殷"[2](《诗经·邶风·北门》)的情味。

余靖生活在宋诗转型的时代,他与欧阳修、梅尧臣、苏舜钦等人并肩作战,为革新

---

[1] (清)梁善长:《广东诗粹·例言》,《四库全书存目丛书》集部第411册,济南:齐鲁书社1997年版,第110页。
[2] (汉)毛亨传,(汉)郑玄笺,(唐)孔颖达疏,朱杰人、李慧玲整理:《毛诗注疏》,上海:上海古籍出版社2013年版,第232页。

宋初诗风做出了一定的贡献。同时,他也继承了唐代张九龄开创的雄健遒直的风格,以其坚炼有法的作品,力扫西昆体缺乏真情、雕馈满眼的不良风尚,为宋代广东诗歌的发展开辟了新的路径,与张九龄同被尊为"岭南二诗宗"。

第二节　崔与之:"盛德清风,跨映一代"

崔与之(1158—1239),字正子,增城人。家贫早孤,励志读书。宋光宗绍熙四年(1193)举进士,授浔州司法参军,历仕至右丞相。宋理宗嘉熙三年(1239)致仕,以观文殿大学士提举洞霄宫,封南海郡公。同年卒,享年八十二,谥"文献"。有《菊坡集》。

一、两种情怀的抒写

作为南宋中期的名臣,崔与之的主要精力用于从政与治军,他是主张对金朝实行积极防御的主和派代表人物,写诗乃其余事耳。现存诗33首,多数是酬答赠别,少数是写景抒怀。性格和气质决定了他的诗歌往往是熔铸真情、言之有物,沉郁顿挫中不乏苍劲激昂之气。他的诗歌,主要抒写两种情怀:一是拯救国家与人民于困厄的壮志豪情;一是表达仕与隐的矛盾心态①。

崔与之深受儒家思想的熏陶,一心以报效国家、拯民于水火为己任。他所处的时代,正是南宋统治日趋腐败,政局江河日下之时。他深知时势难为,却意欲力挽狂澜,挥戈返日。这种抱负在《柴秘书分符章贡同舍饯别用蔡君谟世间万事皆尘土留取功名久远看之句分韵赋诗得世字》一诗中表现得淋漓尽致:

> 玉立蓬山巅,声望高一世。清秋玉壶露,耿耿无纤翳。中流屹砥柱,愈激而愈厉。平生学古胸,非为资身计。中边事方殷,命脉实关系。忧世危明主,谁流洛阳涕。直谏逆批鳞,言言皆献替。胡为厌承明,退飞勇且锐。有山郁而孤,雄踞虎头势。兆民困科扰,椎剥已无艺。猩獠丛篁中,跳梁无虚岁。弄印无以易,要起百年弊。西风吹马耳,新凉雨初霁。尺劄闻先声,远氓已怀惠。旌旗簇小队,画戟森兵卫。一方覆孟安,中原谁共济。顾我亦漫仕,空山老松桂。倦悔作归梦,乞身尚濡滞。着鞭公已先,脂秣以相继。②

---

① 关于崔与之两种情怀的抒写,参见管华:《崔与之及其诗作》,《华南师范大学学报(社会科学版)》1996年第3期。
② 本节所引崔与之的文字,皆以(宋)崔与之撰,张其凡、孙志章整理,广州:广东人民出版社2008年版《宋丞相崔清献公全录》为依据。

诗题中的柴秘书即是时任秘书监的柴中行,字与之,江西余干人,曾与崔与之为太学同舍生,因直言极谏而外放知赣州事。作为政治上的同路人,崔与之在诗的开篇即表彰好友是"愈激而愈厉"的中朝砥柱,对他逆批龙鳞的胆识予以了积极的肯定,对其治安一方表达了充分的信心,并用"着鞭公已先,脂秣以相继"表达了追随其后、以身许国的决心。两人虽是挚友,但因南宋王朝已经处于朝堂之内君庸臣奸,朝堂之外民不聊生、叛乱四起的衰世,全诗并未像传统送别诗停留在友情叙述的层面上,而是直视朝廷所面临的种种困境,写尽了勠力同心、共兴国事的壮怀豪情。拳拳国事之心,深挚感人。又如以下两诗:

> 碧幢红旆白貂裘,去踏西风万里秋。要得处方医坏证,便须投矢负全筹。百年机会真难遇,一线光阴更易流。早办出师诸葛表,祁山斜谷郁绸缪。(《送聂侍郎子述淮东帅》)

> 堂堂间世英,大名赫而烜。全才得之天,学力培其本。孤高壁万仞,清郁兰九畹。胸中富甲兵,驰骤菁华苑。文武康济才,孤忠尤謇謇。入可运筹幄,出可临边阃。自许何太廉,一麾江湖远。我来陪隽游,方恨合并晚。盍簪遽分袂,此情殊缱绻。高牙奉亲行,天凉采舆稳。庐山横几案,道院庶嘉遁。金弧夜腾光,三边兵未偃。岂不念王室,罄此忠赤悃。当馈屡兴叹,追锋必于反。江梅小春时,斑衣照归衮。(《张秘书分符星渚同舍饯别用山谷晚风池莲香度晓日宫槐影西分韵赋诗得晚字》)

送别诗最易流于虚与委蛇,满纸谀词。崔与之的作品并无此弊,或以诸葛亮之鞠躬尽瘁激励友朋,或以"岂不念王室,罄此忠赤悃"与人共勉。言不及私,家国为重,一代名臣之形象跃然纸上。

何忠礼说:"考察有宋一代历史,易退难进的大臣,恐怕只有两人:一为北宋名相王安石,另一个就是南宋的崔与之。"① 崔与之以直道事君,勤政爱民,屡有建树。然朝廷内有权臣擅政,外有金、蒙威胁,统治阶级内部矛盾重重,使得崔与之始终徘徊于仕与隐之间,宋宁宗嘉定十七年(1224)由四川安抚使调任礼部尚书时返回故里,七辞参知政事,十三辞右丞相,终老于家。仕与隐的矛盾心态,是崔与之诗歌表现的又一重要内容。

崔与之入仕前期,在政治上还是有所追求的,地方治理也取得了突出的成就,然求退之思、归隐之念,亦时时流露于诗章之中:"我有盟鸥托肺肝""我欲沧江买钓船"(《张进武善风鉴谓予乡骨日耸早晚入台求诗赠之》)。嘉定七年(1214),崔与之改任知扬州兼淮南东路制置使,守淮五年,极大地加强了淮河一线的防务,使金兵无隙可

---

① 何忠礼:《南宋名臣崔与之述论》,《广东社会科学》1994年第6期。

乘。但由于他和宰执大臣在和与战的严重分歧,遂于嘉定十一年(1218)被召为秘书少监。前功尽弃,痛心之余,退隐之志累见于诗篇:"自顾孤危踪,归意尤浩浩"(《陈秘书分符星渚同舍饯别用杜甫老手便剧郡之句分韵赋诗得老字》);"梅花纸帐扁舟梦,但觉归心长羽毛"(《嘉定庚辰正月二日杨尚书率同年团拜于西湖因为西湖之集适湖水四合乘兴凿冰泛舟如所约也杜侍郎赋诗和之》);"要把封疆安社稷,谁教轩冕换山林。殷勤招隐知深意,五老朝来露玉簪"(《谢山神诗》)。嘉定十三年(1220)四月,崔与之被朝廷任命为焕章阁待制、知成都府兼本路安抚使。他以和睦将帅、整顿吏治、荐拔人才、精兵足粮为目标,蜀中也由乱而治,转危为安。然而嘉定十七年(1225)的调任再次破灭了崔与之安国利民的政治理想,使他彻底下定了归隐山林、终老故里的决心。在还家的途中,他百感交集,赋诗一首云:

> 九重天上别龙颜,万里江南衣锦还。圣主有怜双鬓白,老臣长抱寸心丹。短篷疏雨春听浪,瘦马轻寒晓度关。何处好寻幽隐地,长松流水白云闲。(《嘉定甲申以礼部尚书得请便道还家作此诗》)

诗人忠而见弃,只能在怅惘中祈求寻觅一块幽隐的处所,在潺潺溪水的荡涤中洗尽宦途的污浊,在长松白云的荫蔽下抚平心灵的创伤。看似解脱的背后,却有着难与人言的苦痛。

二、沉郁深挚的艺术风格

崔与之的诗大多具有生动鲜明的艺术个性。他以直抒胸臆的抒情手法,表露忧国忧民的真我情怀,自然显得沉郁深挚。诗中出现的人物或是"笑谈更化定大计,乾机坤轴回钧陶"(《寿李参政壁》)的名相;或是"胸藏经济方,医国收全功"(《答李侍郎嘉定庚辰冬之官成都至城外驿侍郎亦赴镇常得相遇于道惠诗答之》)的诤臣;或是"谁知正大传家学,惟有擎拳体国忠"(《送袁校书赴湖州别驾》)的旧友,形象俊爽超迈。诗中出现的物象,或是"万里星槎海上旋"(《峡山飞来寺》)的山中古刹,或是"银潢下泻波千顷"(《嘉定庚辰正月二日杨尚书率同年团拜于西湖因为游湖之集适湖水四合乘兴凿冰泛舟如所约也杜侍郎赋诗和之》)的浩瀚湖光;或是骄矜春色的红药,或是颇耐岁华的霜筠,画面多开阔、明朗,从而使诗章在质直中见高朗,雄健中寓洒脱。

名凭功显,人以文立。崔与之不仅凭借他的人品与事功,赢得了文天祥"盛德清风,跨映一代。归身海滨,当相不拜"[①]的高度评价,而且通过诗歌为我们塑造了一个

[①] (宋)文天祥:《文天祥全集》卷十《跋崔丞相二帖》,北京:中国书店1985年版,第241页。

公忠体国的直臣形象。从后世许多广东诗人的创作理念和艺术风格中,都可以看出崔与之的影响。

第三节 "菊坡样人"李昂英

李昂英(1201—1257),字俊明,番禺人。宋理宗宝庆二年(1226),考取进士第三名。初任汀州推官。淳祐间,累官至龙图阁待制、吏部侍郎,封番禺县男。辞官归里,淡然无复仕进。宝祐五年(1257)卒,谥"忠简"。著有《文溪存稿》。

李昂英是崔与之的门生,也是忠诚的苏轼崇拜者。益国利民是他的核心思想,亦是他一生的追求。他屡屡劝谏宋理宗去内忧、除外患,先后弹劾史嵩之、董宋臣等权臣奸党,刚直不阿,无所回避,文天祥誉之为"菊坡样人"①。李昂英的思想底色和高尚人格,决定了他在论诗时最为重视诗歌的内涵,反对当时文坛上崇尚的"纤巧"风气,认为"雄深倔奇之文,自名一家,人争宝之,价诚金珠矣;使非切于时,无裨人之国,亦徒可玩而已"(《题章公权〈进论稿〉》)②,诗歌的价值也就无从体现。而想要提升诗歌的内涵,则"必有学为之骨,有识为之眼,庶几鸣当世、落后世"(《题郑宅仁〈诗稿〉》),这也契合了宋人论诗首重学识的基本特点。

一、对社会现实的干预

李昂英诗现存159首,写作时间大多集中在作者归隐乡里的时期。诗中内容较为丰富,不但反映作者的思想、生活与交游,还有对于岭南风物的细致刻画。其中最为值得重视的是那些干预社会,批判现实的诗歌作品。他不吝笔墨,表彰清廉刚正、忧国爱民的官员:"一死当凶刃,千家免劫灰"(《哭清远权宰楼海司法二首》),"安得百于公,落落参邦国"(《肇庆府倅王庚应平反广府帅司冤狱诗以纪其事》);送别志同道合的同僚时,他往往会寄予深情厚望:"立朝要敢言,切勿效暗哑。此行众所望,磐石巩宗社"(《送广帅赵平斋汝暨解印趋朝》),"明公自是威风手,南土应无莠害苗"(《迎广帅徐意一大参五首》)。宋理宗淳祐九年(1249),李昂英归里已数载,"穷则独善其身"不失为一种明智的选择。而对于诬良为盗、苛虐流毒的权帅丘迪哲,他在劝止无效后,毅然上奏揭发其罪行,并创作《苦秋暑引》予以辛辣的讽刺:

---

① (宋)文天祥:《文天祥全集》卷十《跋曾子美万言书稿》,北京:中国书店1985年版,第239页。
② 本节所引李昂英的文字,均以杨芷华点校,广州:暨南大学出版社1994年版《文溪存稿》为依据。

> 商金久得柄,老火未退舍。甑中著寰宇,赫酷甚于夏。池汤颇殃鱼,田龟应害稼。桃笙亦浆汗,水国无凉榭。扇挥腕欲脱,忍渴畏杯斝。树间寂秋声,矩令何时下?四序本循环,寒暑相代谢。炎炎推不去,谁与诘造化。人思濯清泠,风露愿一借。再拜祈蓐收,西陆早命驾。

丘氏摄帅司之位,残民以逞;调任时又贪恋禄位,迁延不去。全诗前段极尽描写苛吏为政如同"秋老虎"的酷热天气,导致民不聊生;后段又标明四时更替乃天道之轮回,为官也需要遵循更替之命,而丘氏如同滞留的暑热:"炎炎推不去,谁与诘造化",将他给百姓带来的影响实体化、形象化,想象新奇生新,使读者切实感受到了那股秋暑难耐的热浪,也更能理解暴政下的百姓苦楚。因此,诗人痛发慨叹:"人思濯清泠,风露愿一借。再拜祈蓐收,西陆早命驾",那令人如沐清风的好官什么时候才到来呢?

挺身而出的李昂英,因此遭受了佞臣们的打击报复,竟被革职处理。消息传来,他愤然作《闻褫阁职免新任之报二首》:

> 远民冤甚草菅芟,抗论公庭出至诚。且喜一方全性命,何妨三字减头衔。机关平地藏深阱,仕宦伶人视戏衫。五逊州符今免矣,幅巾藜杖可松杉。
>
> 狂妄孤臣罪有余,三年三度挂丹书。群儿过计愁郎罢,外物浮名总子虚。只是儒酸真面目,不题道号混樵渔。亲朋欲语浇教醉,休与时人定毁誉。

阁职指的是观文殿大学士、龙图阁学士等殿阁学士、直学士、待制等等,是宋代高级文官特有的荣誉官衔。诗人直抒胸臆,一句"且喜一方全性命,何妨三字减头衔"掷地有声,如明月直入,无心可猜,表现了李昂英为民请命的拳拳之心,以及不以一己之得失毁誉为念的无私无畏。第二首更是自嘲"酸儒真面目",直言"外物浮名"都是些子虚乌有的东西,不如隐于渔樵,醉看风月。两诗所论虽是为人所熟知的主旨,却因他的至诚之心而平添一股磊磊落落之气,这与他"士处沉郁顿挫之极,不能无酸楚愤激之辞","羁穷重困,吐不平之气于诗"(《代李守作柳塘诗序》)的诗学追求是完全契合的。

二、山水纪游诗

李昂英醉心岭南山水,诗中多有纪游之作,笔力雄健、意境雄奇,其山水诗在广东诗人中呈现出别具一格的艺术特色。

罗浮山素有"岭南第一山"的美誉,甚至被道教尊为"第七洞天",谢灵运、李白、刘禹锡、苏轼等著名诗人都曾留下墨迹。在他们的诗中,罗浮山或被仙异化,或被疏离化。相较之下,李昂英的罗浮山书写则具有特殊的文化意义,笔下的罗浮山拥有了更丰韵的情态。在《罗浮飞云顶开路记》中,李昂英尽数罗浮之美:"所至有佳泉怪石,奇植瑞羽,忽如雪片棼员,散飞林谷,蝶也;忽如天孙断织,大练下垂,瀑也;忽如垂云掩日,阴亘数十里,乔木也",寥寥几语,勾勒出垂瀑山泉、嶙峋怪石、奇珍异兽等,而飞云顶更是"兀四千丈,十步九折,其下陵深,壑暗无底""俄身在山巅,飘飘然坐鹏背,御长风,宇宙茫茫,八极一视,某州某山,仿佛可指点。云气猝起衣袖,莫认对面",字里行间流露出对罗浮山由内而外的赞叹和喜爱。同样的情感也体现在诗中,七言律诗《罗浮飞云顶》云:

> 山行颇觉思悠然,游遍仙家几洞天。登见日亭风刮面,立飞云顶月齐肩。稚川翁有烧丹灶,景泰师留卓锡泉。我得真人金石诀,无求自可享长年。

道家的葛洪与佛家的景泰师①都是李昂英所仰慕追随的,诗人在飞云顶的烧丹灶、卓锡泉处久久徘徊,独自品味着罗浮山悠久的历史与传说。诗的结尾,诗人似乎已经找到了出路,他以"无求"作为自己的素心,打算从此清静养生。

除了罗浮山之外,李昂英还刻画了白云山、峡山、西樵山、蒲涧等岭南山水景观,他笔下的家乡山水轻灵动人,仿佛温情脉脉地注视着游子的母亲。如《三山亭诗》:

> 山中招提鼎足踞,路如丁字分头入。远看港汊纷长绳,俯见阜丘才小笠。班荆坐仆纵之息,争解绿荷撮红粒。群然饮涧忽喧噪,石兀深丛疑虎立。我起胡床划孤啸,前峰响答松风急。举头云端尚天半,揩竹攀萝进千级。

三山亭在广东廉州城南的三山岭上,景致新奇。"鼎足""踞""虎立""孤啸""风急"等词的运用,给全诗注入一股刚劲之势;"长绳""小笠""红粒""虎立"的比喻,致力于摒除陈言,有意锻造出一种老境。正如何藻翔所评:"朴直,宋诗老境。"②虽是一首纪游之作,但已然跳脱出模山范水的窠臼,笔力直逼黄庭坚、陈师道。又如五律《景泰寺》:

> 树合疑山尽,攀缘有路通。远鸦追夕照,低雁压西风。瀑势雷虚壑,松声浪半空。凭栏僧指似,涨雾是城中。

诗人游览的景泰寺位于广州北郊白云山景泰坑上,相传梁朝景泰禅师卓锡得泉而建。附近有一狭长山谷,是为景泰坑,中多林木,浓荫密蔽,故首句"树合疑山尽"写景甚切。领联"追""压"二字点出秋暮时分远鸦低雁之态,精警而富于韵致,境界全出。颈联最为杰出,瀑势如雷,响彻虚壑,松声似浪,落自半空,其中"雷""浪"为诗

---

① 梁朝时禅师,曾在罗浮山驻锡,留有"卓锡泉"遗迹。
② 何藻翔:《岭南诗存·七古》,香港:至乐楼1997年版。

眼,遒健雄奇,自有一股劲魄之势。

再如七绝《雨行梅关二首》:

浓岚四合冻云痴,水墨连屏斗崛奇。冲雨此行风景别,满山翠滴水帘垂。
通宵雨滴急催梅,枝北枝南晓尽开。多谢花神好看客,随车十里雪香来。

第一首描绘出粤北梅岭的雨景,"水墨连屏""满山翠滴",寓动于静,奇丽清雅。第二首写雨催花发,香飘十里,境界恬淡,清丽可人。

李昴英的山水诗,多数都是描写故乡的名山胜迹,流露出怀慕隐逸的思古幽情。三山亭的阵阵松风,景泰寺的远鸦夕照,梅岭的十里雪香,经他这个熟悉故乡的诗人不经意地叙述出来,历历如画,构成新鲜优美的非凡意境。

三、与苏轼的隔代对话

李昴英还是较早学习苏轼的广东文人。宋理宗淳祐六年(1246),李昴英为右正言,上书弹劾枢密院使、临安尹,触怒理宗,免官南归。张子元是他的门人,毅然决然地放弃来之不易的职位,随侍南还。之后,子元再赴京师,李昴英送至鉴空阁下,感而赋诗云:

南士如君几,妙处方寸境。撑肠五千卷,落笔擅三影。喜谈狂朱云,耻作谀谷永。忧时点髭雪,未肯疏镊镜。摩挲匣中龙,起视斗牛耿。每同画灰语,寒夜僮仆屏。吾侪期岁晏,世俗任炎冷。江亭挥别酒,谑笑斗机警。景文兄弟情,亩异禾同颖。日边多便驿,频书来越岭。(《酌别张子元》)

苏轼曾有《和黄秀才鉴空阁》诗。地点的重合,使李昴英与东坡在空间维度上拥有了奇妙的关联。于是他精心选择了苏诗进行次韵,追慕之情不言而喻。李昴英激赏张子元的才能,展现出两人之间的深厚情谊,尤其诗的末联:"日边多便驿,频书来越岭",珍视不舍之情不加掩饰地流淌胸膛,朴质中透露出动人的温暖,呈现出这位刚正不阿的"谏臣"平易近人的一面。《蒲涧和东坡韵》一诗同样表明了这种心态:

四时冰柱湿风前,绝顶飞来一派泉。瘦蔓相牵根太古,苍崖特立探长天。灶荒孤鹤寻遗迹,寺老幽禽闯坐禅。闲日频游归复梦,结庐曾许蹑坡仙。

宋哲宗绍圣元年(1094),苏轼来到广州的蒲涧,赋诗一首:"不用山僧导我前,自寻云外出山泉。千章古木临无地,百尺飞涛泻漏天。昔日菖蒲方士宅,后来苍卜祖师禅。而今只有花含笑,笑道秦皇欲学仙。"(《广州蒲涧寺》)百年后李昴英再至此地,昔日禅院已成遗迹,但并未影响他与东坡进行一场跨越时空的对话,从立意到语言乃至风格上都承袭苏诗,旷达平远,意境开阔。另如《游峡山和东坡韵》:"平生癖幽壑,便合茅三间。君命何敢留,归棹随赐还。"《题东坡竹》:"叶叶枝枝各标致,密密疏疏总风味。笔为化工壁为地,顷刻种成此君子。虽然月影水影写真似,安得千年尚生意。"末句"月影水影"之喻,正脱胎于东坡"褰衣步月踏花影,烱如流水涵青苹"之语。

《四库全书总目》评李昂英的诗文云:"其文质实简劲,如其为人。诗间有粗俗之语,不离宋格,而骨力遒健,亦非靡靡之音。盖言者心声,其刚直之气有自然不掩者矣。"① 李昂英与崔与之犹如双子星座,照亮了黯淡的广东诗坛。

第四节　道教诗人葛长庚

在漫长的道教史中,南宋时期的广东道士葛长庚是一个独特的存在。他是享誉盛名的全真派南宗五祖之一,金丹派南宗的实际创立者,又是一位留下千余首作品的著名诗人。

一、葛长庚的诗学观

葛长庚(1194—1229),又名白玉蟾,字如晦,又字白叟。祖籍福建闽清。祖父曾任琼州(今属海南省)教官,长庚即出生于此。七岁能诗赋,十岁应神童科,赋《织机诗》。因在现实中找不到出路,转而修习道教,寻求精神上的寄托。但他提出了儒、道、释三教异门而同源的主张,并在实践中将宋代理学和佛家思想融入道家理论,形成了以道家内丹为中心的三教合一的思想,这也成为葛长庚诗学观的哲学基础。

葛长庚的诗学观非常丰富,包括了他对诗歌艺术本质的理解、独特的诗学追求等内涵。具体而言,可以概括为以下两点:其一,诗明造化的功能观。葛长庚有一首七绝《武夷有感·结末》:"道人心与物俱化,对景无思诗自成。诗句自然明造化,诗成造化寂无声。"② 人的主观情志与客观世界相互交接与触发,正是诗思产生的源头。诗人无须刻意地追求诗思,而是在心物交融中完成诗歌的构思和创作。诗歌创作的目的,是为大美无声的客观世界代言。因此,他提倡诗人们置身大自然中品藻山水、平章风月,则"可以诗,苍崖白云皆句也"(《玉隆宫会仙阁记》),并将陶渊明的诗树成典范,认为"陶渊明当刘氏代晋之季,耻为斗米之所折腰,去而归柴桑,终日娱心于

---

① (清)永瑢等:《四库全书总目》卷一六四,北京:中华书局1965年版,第1402页。
② 本节所引葛长庚诗文,皆以周全彬编校,北京:宗教文化出版社2013年版《白玉蟾全集》为依据。

酒,是欲忘世者也。醉梦物我,糠秕天地,湛然无营,泊然不谋,故其诗文超迈群俗"(《心远堂记》)。其二,淡而有情的审美观。由于时代风气和社会心理的变迁,宋人不再像唐人那样追求气象和韵致,而是普遍把"平淡"作为诗歌的审美取向。如黄庭坚评价杜诗:"但熟观杜子美到夔州后古律诗,便得句法,简易而大巧出焉,平淡而山高水深,似欲不可企及。文章成就,更无斧凿痕,乃为佳作耳。"[①]葛长庚虽然是道士,但在诗歌审美上依然受到社会风尚的影响,把平淡之美作为自己的追求:"多多泻酒愁无况,久久吟诗淡有情。"(《夜坐忆刘玉渊三首》)深夜独坐,思怀故友,情与景会,遂成"花作雪飞深一寸,月随云上恰三更"的佳句。平淡之中,颇有情愫。

二、道人之诗与士人之诗

葛长庚一生的绝大多数时间都是道士,但又不脱士人本色。宋宁宗嘉定十五年(1222),长庚赴临安,伏阙上书言天下事,说明他还未曾放弃儒家经世治民的政治理想。出世而未忘世,使葛长庚的诗歌可以按照身份基本划分为道人之诗与士人之诗。

作为道士,诗歌被葛长庚视为宣教布道的有效工具:"道不可得而名言,惟弘之在人耳。所以前辈著述丹经,又形而为之歌诗契论,皆显露金丹之旨,必欲津筏后学,率归仙畛。"(《驻云堂记》)他把北宋紫阳真人张伯端开创的那种寓道法玄理于诗词的文学传统发扬光大,创作了数量极为可观的诗歌作品。许多普通的诗歌题材,在葛长庚笔下都熔铸了内丹修炼的旨趣,比如《晓》《暮》《武夷有感》等诗作看似寻常,但处处因景寓玄,营造了一个修炼内丹的瑰丽世界。譬如《咏雪》:

青女怀中酿雪方,雪儿为麯露为浆。一朝雪熟飞廉醉,投得东风一夜狂。

眼界不同,看见的雪也大异其趣。作为熟谙内丹术的道教宗派创始人,葛长庚将雪与酒巧妙地联系在一起,以"酿雪"来暗指得道的神妙,这是此类诗歌作品的玄机所在。

至于《云游歌》《快活歌》《安分歌》《大道歌》等作品,都是典型的修道歌谣。所谓修道实际上涉及道人生活的诸多方面,从日常起居到气功养生,从游山玩水到升堂讲法。因此,葛长庚的修道歌谣内容也就涉及诸多领域。如《大道歌》首先阐述时光荏苒、世事翻覆的道理,接着列举了种种对"大道"不辨真假的错误理解,然后提出"大道不离方寸地"的观点,最后阐述自己对于"大道"的体悟。而前后《快活歌》主要叙述以精、气、神为根本的内丹修炼原理,以及得道后解脱烦恼,大彻大悟的快活自

[①] (宋)黄庭坚:《与王观复书》(其二),刘琳等点校:《黄庭坚全集》正集卷十八,成都:四川大学出版社2001年版,第471页。

在境界：

> 破衲虽破破复补,身中自有长生宝。拄杖奚用岩头藤,草鞋不用田中藁。或狂走,或兀坐,或端立,或仰卧。时人但道我风颠,我本不颠谁识我。热时只饮华池雪,寒时独向丹中火。饥时爱吃黑龙肝,渴时贪吸青龙脑。绛宫新发牡丹花,灵台初生蕙茋草。却笑颜回不为夭,又道彭铿未是老。一盏中黄酒更甜,千篇内景诗尤好。没弦琴儿不用弹,无腔曲子无人和。朝朝暮暮打憨痴,且无一点闲烦恼。溪山鱼鸟恁逍遥,风月林泉供笑傲。蓬头垢衣天下行,三千功满归蓬岛。或居朝市或居山,或时呵呵自绝倒。云满千山何处寻,我在市廛谁识我。

诗中所谓"华池雪"指的是炼丹时口中的津液,而"丹中火"指的是丹田之热感。至于"黑龙肝""青龙脑"均是譬喻,暗指内丹修炼所获得的特异效果。从操作程序上看,内丹修炼属于个人行为,在外观上又是无形无状的。这种看似封闭的"玄修",实际上却是自我心理调节平衡之法,只有实修且具真体验这方有此等领悟之语。而将修炼内丹的玄修过程用歌谣的形式表达出来,也有利于文化程度普遍不高的信众们的接受,也反映了当时流行的风气①。

虽然葛长庚选择道教作为自己的宗教信仰,但他的底色依然是兼济天下的传统士子。他也和普通士子一样,创作了一批反映社会现实,抒写个人情绪,带有鲜明个性特色的诗歌。如《岁晚书怀》：

> 岁事忽婉娩,旅怀良尔悲。风雾起无边,雨雪凄霏霏。岂无销金帐,唱饮羊羔儿。寄食他人门,屏息从所依。雕鹗翔九天,鹪鹩巢一枝。烟霄有熟路,我当何时归。人间自富荣,信美非所宜。朱颜日已改,华发渐复稀。触目思远人,胜赏怀昔时。园林向衰谢,青山吞斜晖。坐久露华重,吟残云意迟。晴空清已旷,寒月满我衣。莫言一杯酒,容易相对持。病鹤栖草亭,会须唳声飞。

从内容看,当是葛长庚岁晚心境的真实写照。字里行间,我们可以看出葛长庚并非不食人间烟火,也时时展现作为"人"的一面。

长庚亦有慷慨不平之作。如《习剑》：

> 剑法年来久不传,年来剑侠亦无闻。一从袖里青蛇去,君山洞庭空水云。逸人习剑得其诀,时见岩前青石裂。何如把此入深番,为国沥尽匈奴血！

葛长庚生活的时代,正是民族矛盾极为尖锐的南宋中后期。身为道士,却不忘报国,反映出诗人抗敌复仇、救国安民的生命情怀。

---

① 关于葛长庚道士之诗的论述,参见詹石窗《白玉蟾诗词考论》,《武夷文化研究》,福州:海峡文艺出版社 2003 年版。

三、葛长庚的诗学贡献

相较于葛长庚的创作成就,他在诗学领域的贡献更为引人注目。

他对乐府诗的形式进行了改造,在末尾添加了赠诗的对象,使乐府诗成为师友唱酬的交际工具①。如《古别离》一题原是后人拟楚辞与《古诗》所作,一般诉说别离之苦及别后思念等情趣,多为泛泛之辞。而葛长庚的《古别离》五首的末尾分别添加了"上癯庵李侍郎(渊)""上回庵谯大卿(令宪)""上觉非彭吏部(演)""上盘庄黄检院(庸)""上竹庄苏筠州(森)"的小标题,诗歌有了明确的寄赠对象,内容也演变为对于五位名宦高风亮节的推崇。又如《妾薄命》一题,历代作者多用于抒写女子爱情婚姻的不幸。葛长庚的同题之作在题材上并无新意,写得仍然是女子对远行丈夫的思年和对自身不幸的哀叹。然因作者在诗题下注明"有感故先师而作",诗歌就具有以夫妇而比拟师徒的寓意。元代赠别以古乐府分题赋诗,似是受到了葛长庚的启发。

他还丰富了自传体长篇叙事诗的内涵。蔡文姬的《悲愤诗》是我国诗歌史上文人创作的第一首自传体的五言长篇叙事诗。全诗一百零八句,计540字,它真实而生动地描绘了诗人在汉末大动乱中的悲惨遭遇,具有史诗的规模和悲剧的色彩。字字是血,句句是泪,激昂酸楚,在建安诗歌中别构一体。然而根据现存的史料,这一诗歌题材并未得到后世诗人的重视和继承,直到葛长庚《云游歌》的出现。《云游歌》诗分前后两首,采用歌行体的形式,共计1192字,主要讲述葛长庚云游各地寻师访道,历尽百般艰辛苦楚,最终得翠虚真人一语点破,方顿悟真道的历程。它在思想深度方面虽不可与《悲愤诗》相媲美,然在个人体验的范畴仍有着自己的独特性:

> 云游难,云游难,万里水烟四海宽。说着这般滋味苦,教人怎不鼻头酸。初别家山辞骨肉,腰下有钱三百足。思量寻思访道难,今夜不知何处宿。不觉行行三两程,人言此地是漳城。身上衣裳典卖尽,路上何曾见一人。初到江村宿孤馆,鸟啼花落千林晚。明朝早膳又起行,只有随身一柄伞。渐渐来来兴化军,风雨潇潇欲送春。

他几乎走遍了整个南宋管辖的区域,"江之东西湖南北,浙之左右接西蜀。广闽淮海数万里,千山万水空碌碌",忠实地记录了当时的社会风貌和民生疾苦,将自己随旅程而起伏的心态予以细腻的呈现。从某种意义上来说,《云游歌》不仅是一篇自传体长篇叙事诗,也是一篇诗化的游记,这是古人所未能达到的境界。

---

① 刘亮:《论白玉蟾的乐府诗创作》,吴相洲:《乐府学》(第九辑),北京:社会科学文献出版社2014年版,第262—277页。

若说唐代慧能给广东文学史涂抹了一丝佛教色彩,那么葛长庚作为道教诗人,更以题材多样、内容丰富的诗歌以及改造乐府、丰富诗体的贡献为广东文学史添上了奇丽的一笔。

第五节 长歌当哭的宋末诗人

宋理宗端平二年(1235),强大的蒙古军队灭金之后,开始大举进攻南宋。宋恭帝德祐二年(1276),元军攻陷临安,恭帝降元,陆秀夫与张世杰等先后拥立度宗的两个庶子赵昰、赵昺为帝,自温州、福州而广东沿海各地陆续抗元三年,最后退守崖山。帝昺祥兴二年(1279),崖山被元军攻陷,偏安江南长达约一百五十年的赵家王朝彻底宣告灭亡,广东也第一次沦为异族统治。"国家不幸诗家幸,赋到沧桑句便工"①,广东的本土诗歌却在此时大放异彩。

广东的爱国诗人们在宋亡前后采取了两种抵抗方式:其一是追随文天祥、陆秀夫与张世杰等民族英雄奋起抗敌,以身殉国,以欧仕衡、马南宝与陈璧娘为代表;其二是隐居山林草野之间,不仕异族,以赵必瓛、李春叟为代表。他们选择的报国方式有所歧异,但都能在民族危亡之际坚守气节。他们的诗歌都是血泪凝成的战歌或哀歌,风格呈现出慷慨悲凉的鲜明倾向。

一、殉国诗人

殉国诗人中,欧仕衡最具代表性与典型性,创作成就也最高。欧仕衡(1217—1277),字邦铨。南海(今广东顺德)人。宋理宗淳祐年间举乡贡,入太学为上舍生。先后上书弹劾史嵩之、贾似道等权相,不报。归筑九峰书院,讲学授徒。元兵入广,仕衡曾出家资万金,纠集乡兵为声援。宋军屡战不利,仕衡知势不可为,于景炎元年病,遂不食,曰:"吾得为宋家完人,幸也!"翌年而卒。有《九峰先生集》。

仕衡生平慷慨有大略,倜傥有异才,平生以天下为己任。他在太学读书时,曾上《奏宰臣矫诏行私朋奸害正论》,奏弹贾似道"专政柄权,中外朋奸"诸多罪状,不报,愤而赋诗云:

---

① (清)赵翼撰:《题〈元遗山集〉》,李学颖、曹光甫校点:《瓯北集》卷三三,上海:上海古籍出版社1997年版,第772页。

褐衣曾替衮衣愁,肉食谁知藿食忧。斩马尚方无可借,夜深灯下看吴钩。(《萧叶二子夜过》)①

大厦将倾,执政的权贵们依然醉生梦死,丝毫不以家国为虑。诗人将"藿食"与"肉食""褐衣"和"衮衣"并提而论,着意表现平民之士报国无门的深沉悲哀和意欲挥剑诛奸的战斗精神,含蕴甚富,愤慨极深。

欧仕衡归隐乡里后,仍然时刻关心着国家民族的安危。

南渡衣冠废蒯缑,中原尽载向湖游。胡尘不谓飞滇海,鬼火何因暗鄂州。竟使兵家劳策画,到今国是计恩仇。草莱死未忘哀愤,岂但燕云恨白沟。(《书事》)

赵宋王朝自开国起,基本奉行对辽、金等异族政权的退让来换取苟安,结果是中原沦陷,徽、钦二帝成了俘虏。然而,这一教训并未使南宋最高统治集团变得清醒。他们不思恢复,"暖风熏得游人醉,直把杭州作汴州",重蹈汴京陷落的覆辙而不知。身居草野的诗人,清醒地认识到历史悲剧即将重演,对于毫无忧患意识、屡屡丧权辱国的贾似道等权臣予以了严厉的鞭挞。

宋端宗即位于福州,改元景炎。仕衡有《读景炎福州诏书》诗:

多难兴邦海舰移,忽逢祀夏配天时。小臣不死留双眼,东向行都望六师。

大半国土沦入敌手,南宋灭亡已成定局,诗人仍不肯放弃渺茫的希望,固执地期盼着赵宋王朝的再一次中兴。拳拳赤子之心,天日可鉴。

马南宝(?—约1284),香山(今广东中山)人。他并不以诗名世,却凭借自己的赤胆忠心在广东诗坛享有不朽的声名。景炎二年(1277),宋端宗自潮州航海过境,马南宝献粟千石,拜权工部侍郎。元兵陷广州,诸将募兵以行,南宝敬酒曰:"痛饮黄龙府,在此行也。"遂歌岳飞《满江红》以相激励。宋亡,逃匿不降。后传闻帝昺犹在占城,遂与黎德等人起兵反元,战败被执,不屈而死。

崖山之败,宋丞相陆秀夫负帝昺投海殉国,同死官兵十余万。南宝闻讯作《吊祥兴帝》诗二首:

翔龙宫殿已蓬飘,此日伤心万国朝。目击厓门天地改,壮怀难与海潮消。
黄屋匡扶事已非,遗黎空自泪沾衣。众星耿耿沧溟底,恨不同归一少微。②

诗中充满了沉痛悲愤之情,鲜明地体现出其坚定的民族气节和爱国精神。近世

---

① 本节征引的欧仕衡诗,均以中山大学中国古文献研究所编,广州:岭南美术出版社2008年版《全粤诗》第2册为依据。
② 中山大学中国古文献研究所编:《全粤诗》,广州:岭南美术出版社2008年版,第2册,第456页。

粤人陈融吟咏南宝及其诗云："直捣黄龙慷慨歌,人生痛快此行多。少微终解同归恨,清浅蓬莱无弱波。"①可谓精到之语。

广东的殉国诗人中还有一位奇女子陈璧娘。她是潮州人,南宋都统张达的妻子。宋亡,张达以身殉国。下葬之日,璧娘慨然曰:"吾夫能死忠,吾独不能死节乎?"遂闭门不食而死。她曾赋《平元曲》寄送张达,诗云:

> 三年消息无鸿便,咫尺凭谁寄春燕?何不将我张郎西,协义维舟同虎帷?无术平寇报明主,恨身不是奇男子。倘妾当年未嫁夫,愿学明妃献西房。元人未知肯我许?吾能丝竹又能舞。几回闻难不欲生,未审张郎能再睹。②

昭君和亲,换取西汉与匈奴之间的长期和平。璧娘幻想能效法前贤,以一己之牺牲换得宋室太平,弥补身为女子,"无术平寇报明主"的遗憾,忠烈之气,不让须眉,体现了广东女性深明大义、舍身报国的高尚品格。

二、遗民诗人

宋末广东的遗民诗人中,创作成就最高的是赵必𤩪。必𤩪(1245—1294),字玉渊,号秋晓。东莞人。咸淳元年(1265)进士。景炎三年(1278)三月,文天祥收复惠州,必𤩪往谒谈时事,慷慨泣下。天祥敬重其忠义,授朝散郎、签书惠州军事判官兼知录事。十二月,天祥兵败五坡岭被执,必𤩪遁归乡里。入元后,授将仕郎、象州儒学教授,坚不赴任,隐居终老。著有《覆瓿集》。

必𤩪身遭国变,赋诗多愤懑激烈、黍离麦秀之致,读之令人凄然不已。文天祥兵败后,其弟文璧意欲降元,必𤩪逃隐惠州山中,有诗云:

> 收拾当门破敕黄,山中蕙帐梦魂香。风供松叶暖茶灶,云卧茅窗冻笔床。一雨鸣蛙乱深夜,数声啼鸟怨斜阳。风尘浩荡愁如海,怎得山中醉酒方?(《避地惠阳鼓峰用徐心远韵》)③

诗中似乎写隐居时闲逸平和的生活,其中却包含着一位爱国者极大的悲愤。颈联比兴深婉,意在言外。

归隐故里后,赵必𤩪仍无法忘怀国事。每望崖山,则伏地大哭,又设文天祥画像于厅堂中,朝夕泣拜。这一时期的诗歌没有世外高人的超脱,依然充斥着踔厉不平之

---

① 陈融:《读岭南人诗绝句》卷一,香港:香港1975年写印本,第27页。
② 中山大学中国古文献研究所编:《全粤诗》,广州:岭南美术出版社2008年版,第2册,第537页。
③ 本节征引的赵必𤩪诗,均以台北:台湾商务印书馆1986年版《景印文渊阁四库全书》第1187册《覆瓿集》为依据。

气。如《和朱水乡韵》四首:

  已落渊明后,归欤寂寞滨。旧交松处士,新宠竹夫人。诗国尊齐晋,仙溪隔昴辰。南柯还是梦,蝼蚁自君臣。

  江湖双鬓短,风雨一灯孤。买酒初尝苰,抄诗细截蒲。织耕同德曜,编简对韩符。怕有伤时句,磨教棱角无。

  何处著诗豪,白云高更高。山中别天地,门外自波涛。夜雨荒园菊,春风媚观桃。归来怀故宇,招隐愧无骚。

  一我独栖栖,相逢又解携。惊鱼依乱藻,忙燕垒新泥。亦有种桃者,独无芳草兮。买舟欲乘兴,风雨暗前溪。

风骨骞举,感喟弥深,表现出国家危亡之际一位志士的气节。清人何藻翔《岭南诗存》特举此诗,谓赵诗"体格清劲,足为有宋一代之殿"①。

遗民诗人中,李春叟与赵必瓛可并称为"双璧"。李春叟,字子先,号梅外。东莞人。其父李用在宋朝灭亡后义不帝秦,迢迢渡海至日本,以诗书教授为业,被日人尊称为"夫子",开明末清初朱舜水东渡之先河。其师李昴英是南宋中后期的名臣,被称誉为国之干将。父亲与师长的教诲,成就了他特重名节、持正不阿的性格。宋端宗景炎二年(1277),元兵意欲进剿东莞,家居著书的李春叟乘扁舟往谒其帅,以死谏净,使东莞免于屠城之灾。从此绝意仕进,讲学论道,整理乡邦文献,年八十而卒。著有《咏归集》。

李春叟的诗歌中,有两首因与文天祥有关而备受重视:

  龙泉出匣鬼神惊,猎猎霜风送客程。白发垂堂千里别,丹心报国一身轻。划开云路冲牛斗,挽落天河洗甲兵。马革裹尸真壮士,阳关莫作断肠声。(《送熊飞将军赴文丞相麾下》)②

  手持兵甲挽天河,铁石心肝尚枕戈。宾客三千毛遂少,将军百万李陵多。风波如此子焉往? 天道不然人奈何! 岭海书生今已老,天涯无石为君磨。(《文丞相兵挫循州诗以迓之》)

第一首作于宋恭帝德祐二年(1276),姻兄弟熊飞以布衣勤王,前往江西投奔文天祥之时,分别在即,李春叟慷慨赋诗,勉励熊飞挥戈返日,赤心报国;第二首作于宋端宗景炎二年(1277)文天祥退集散兵于循州之际,激赏天祥的忠贞不屈,表达同仇

---

① (清)何藻翔:《岭南诗存·五律》,香港:至乐楼 1997 年版。
② 本节征引的李春叟诗,均以中山大学中国古文献研究所编,广东:广州岭南美术出版社 2008 年版《全粤诗》第 2 册为依据。

敌忾的心志。两首诗正气凛然,风格沉郁悲壮,读之令人感奋。

元朝是第一个征服中国全境的少数族民族政权。李春叟亲身经历了史无前例的以夷变夏,而登山临水,每每借景抒情,寄托深刻的亡国之痛、遗民之思,风格或沉郁苍凉,或冲虚淡远:

> 宇宙皇图远,山川霸气收。唯余汉时月,犹照越台秋。天迥明城树,云空敛海楼。清光对尊酒,莫作古今愁。(《登粤秀山》)

> 谁把渔竿老渭滨,拨开尘鞅对清薰?乾坤浩荡台非旧,湖海凄凉我接君。有客携家来上冢,无人载酒共论文。山阴兴尽空归去,何处天风落五云?(《钓鳌台》)

山河依旧,故国已非,怀古伤今,诗酒中寄托着难与人言的悲慨,真实而细腻地反映出故宋遗民的复杂情感。

三、东莞诗社

诗社是诗人为切磋诗艺、吟咏唱和而定期结聚的社团。自唐宋以来,诗人们每好结成吟社,成为一时之风尚。见于载籍最早的广东诗社当为南宋名臣李昴英所结的吟社,具体的活动情况已不可考。宋元鼎革,以赵必𤩪为首的一群东莞籍遗民诗人,诗酒唱酬,以气节相激励。陈纪撰赵氏《行状》云:"代更世易,凄其黍离铜驼之怀,无复仕进意矣。……而公山林之意已坚,遂隐居于邑之温塘村,惟以诗酒自娱。仰俯林壑,欣然会心,朋侪二三,更唱迭和,歌笑竟日,将以遗世事而阅余龄。"①赵必𤩪《覆瓿集》中,有《吟社递至诗卷,足十四韵以答之,为梅水村发也》《和同社酒边韵》等诗题。卷二有《和同社饯梅》诗云:

> 花开春意动,花谢春意静。逋仙余诗魂,梦断孤山境。飘零万斛香,冷落一枝影。玉笛声声愁,月浸阑干冷。吟翁饯梅行,诗句真隽永。持螯醉酒船,呼童涤茶皿。欲调宰相羹,且归状元岭。离骚不知音,激楚鄘鄠鄩。唯有广平翁,心肠铁石劲。无花实更奇,此意要人领。桃李儿女曹,眼底纷蛙井。酒醒动微吟,心下快活省。

这是岭南第一首较详细地描述诗社唱和活动的诗篇,从中可窥见社友们的志趣。必𤩪诗中所吟咏的梅花形象,正是诗人自己及其遗民诸友的真实写照。

---

① (宋)陈纪:《故宋朝散郎金书惠州军事判官兼知录事秋晓赵公行状》,李修生:《全元文》,南京:凤凰出版社2002年版,第22册,第492页。

赵必豫卒后,共有二十余位写哀挽的诗人,这些人多为东莞籍,不少应是同社的社友。如李春叟、陈纪、张登辰、赵时清、张衡、姚然、梅时举、黎善夫、张昭子、赵东山、黎献、陈仪庆、张孺子等人,皆为遗民。兴亡之感,守节之志,成为他们诗歌创作的共同主题:

> 屋角鸡声一岁分,起搔吟鬓惜芳辰。江山有恨英雄老,天地无私草木春。柏叶又倾新岁酒,梅花同是去年人。东风着物能多少,写入清诗句句新。(陈纪《甲辰元日》)①

> 诸老凋零不忍闻,奈何天又夺斯人。汉初贾谊曾前席,晋后渊明耻屈身。尚想醉归松路月,可堪梦断草池春。同宗闻讣尤伤感,老泪无多暗损神。(赵时清《挽赵秋晓》)②

> 猛为春归苦口嘶,桐花满地绿阴齐。自从康节先生后,孤汝天津故意啼。(张迂衡《杜鹃》)

宋末元初,浙江的浦江也活跃着以遗民诗人为参与对象,以崇尚气节为团体追求的月泉吟社。赵必豫的东莞诗社规模虽小,但从性质上可以视为广东的月泉吟社。

无论是殉国诗人,还是遗民诗人,他们的诗歌创作真实反映了宋元之际动荡变乱的社会现状,以及尖锐激烈的民族矛盾和阶级矛盾,充满深挚的家国之情和沧桑之感,风格悲慨苍凉、沉郁顿挫,鲜明地体现出广东诗歌雄浑苍劲的传统诗风。赵必豫等遗民诗人所结的东莞诗社标志着岭南诗派开始形成,在岭南诗歌史上占有一席之地。

---

① 中山大学中国古文献研究所编:《全粤诗》,广州:岭南美术出版社2008年版,第2册,第509页。
② 中山大学中国古文献研究所编:《全粤诗》,广州:岭南美术出版社2008年版,第2册,第513—514页。

第二章　苏轼入粤时期的文学创作

苏轼(1036—1101),字子瞻,号东坡,四川眉山人。他是中国文学史上杰出的作家之一,与父亲苏洵、弟弟苏辙并称"三苏"。自宋哲宗绍圣元年(1094)至元符三年(1100),苏轼在广东度过了六年有余的贬谪生活。作为一个饱经忧患的垂暮老人,苏轼的创作激情并没有消退,颠沛流离之余,他先后创作了四百余首诗,还有一定数量的文和词,在艺术上也进入了精深华妙的新境界。他书写了文学生涯的最后辉煌,也对广东文学的走向产生了极为重要的影响①。

第一节　入粤苏轼的人生观和文学思想

宋哲宗绍圣元年(1094),刚刚亲政的皇帝赵煦罢斥旧党,恢复新法,启用和司马光对立的章惇做宰相。四月,苏轼以"讥刺先朝"的罪名,由知定州改知英州(治所在今广东英德);六月,赴任途中又被贬为建昌军(治所在今江西南城)司马、惠州(治所在今广东惠阳东)安置;途经江西庐陵(今江西吉安),又改贬为宁远军(治所在今湖南宁远)节度副使,仍惠州安置。十月初,苏轼抵达惠州,平稳度过了两年多的谪居生活。却不料再被贬作琼州(治所在今海南海口)别驾、昌化军(治所在今海南昌江)安置。绍圣四年(1097)四月,他只好把家属留在惠州,独携幼子苏过取道雷州,渡海来琼,七月到达儋州(治所在今海南儋州),一住又是三年。元符三年(1100),宋徽宗即位,遇赦,六月渡海北归,结束了他在广东的贬谪生涯。建中靖国元年(1101)卒,年六十六岁。

一、苏轼谪居广东时的人生观

惠州、儋州的贬谪生活是黄州生活的赓续,苏轼的思想和创作也是黄州时期的继

---

① 本章的写作,主要参考了王水照、崔铭:《苏轼传》,北京:人民文学出版社 2019 年版;曾枣庄:《苏轼评传》,成都:四川人民出版社 1981 年版。

续和发展。佛老思想再次成为他思想的主导,而且较前有所滋长。他说:"吾生本无待,俯仰了此世。念念自成劫,尘尘名有际。下观生物息,相吹等蚊蚋。"(《迁居》)①佛教以世界成坏一次为"劫","念念成劫",是说人世变化神速;道教以世界为"尘","尘尘有际",是说处处有世界。"下观"两句是用《庄子·逍遥游》的典故,说万物的生存,与蚊蚋小虫的呼吸无异。他这时酷爱陶渊明的淡泊避世,对鼓吹清静无为、养生长生的道家也表示出比前更大的兴趣:"愧此稚川翁,千载与我俱。画我与渊明,可作三士图。"(《和陶〈读山海经〉》)"东坡之师抱朴老,真契久已交前生。"(《游罗浮山一首示儿子过》)葛洪,字稚川,自号抱朴子,是东晋著名的道教理论家和著名炼丹家,世称小仙翁,曾在罗浮山炼丹。苏轼以葛洪为师友,似乎想超尘出世,远离人间了,但他并非真正相信虚无,皈依佛、道二教。《广州蒲涧寺》讲安期生在白云山以菖蒲为食,秦始皇派人向他求仙问道的故事:"昔日菖蒲方士宅,后来蒼卜祖师禅。而今只有花含笑,笑道秦皇欲学仙。"对秦始皇求仙的讽刺说明他骨子里是入世的。对于佛教,他在这时写的《答参寥》中说自己只是"粗为知'道'者",但"道心数起,数为世乐所移夺"②,接着自嘲说,"恐是诸佛知其难化,故以万里之行相调伏耳",但是即使远谪万里也仍然"难化",这都说明他对佛老思想的吸取是有一定限度的。

佛老思想对苏轼的主要作用是作为在政治逆境中自我解脱的精神武器。他在儋州写的《观棋》说:"胜固欣然,败亦可喜。优哉游哉,聊复尔耳。"胜负是客观的存在,但苏轼的否定,却使他在屡遭贬逐中保持乐观不屈的精神,保持对生活的信心与热爱。在他的书简中,他说:"譬如原是惠州秀才,累举不第,有何不可!"(《与程正辅提刑》)又说:在贬地"只似灵隐天竺和尚退院后,却在一个小村院子,折足铛中,罨糙米饭吃,便过一生也得"。(《答参寥》)把贬所视作出生的故乡,或看成名城显邦的风景胜地。应该说,佛老思想是苏轼在当时条件下所能找到的唯一精神武器,这是时代与阶级的局限。

贬谪生活给苏轼提供了接近下层人士的机会。他初至儋州,租了几间公房居住,却被地方官赶了出来,只得亲自动手盖了五间草屋,帮助他的是十数个当地的穷学生。特别是他和黎族人民建立了深厚的友谊,彼此结为邻友,甚至说:"鴂舌倘可学,化为黎母民。"(《和陶〈田舍始春怀古二首〉》之二)又如《被酒独行,遍至子、云、威、徽先觉四黎之舍》(其一):

半醒半醉问诸黎,竹刺藤梢步步迷。但寻牛矢觅归路,家在牛栏西复西。

---

① 本章所引苏轼的诗歌,均以(清)王文诰辑注,孔凡礼点校,北京:中华书局1982年版《苏轼诗集》为依据。
② 本章所引苏轼文,均以(明)茅淮编,孔凡礼点校,北京:中华书局1986年版《苏轼文集》为依据。

这首诗作于东坡六十四岁时。写作者有一天带着酒后的醉意遍访"四黎"之家,归途天色已暗,酒意未醒,并且地面上草木丛生,路径不明。他走入竹刺藤梢围绕的迷途中,只好沿着有牛粪的路径走,因为懂得自己的家在牛栏之西。诗篇浅易如话,毫不雕琢,又敢于将人们认为最粗俗的东西"牛矢"写入诗中,但读起来给人感受的不是"浅俗"而是雅,不是"粗丑"而是美。这与作者写得新鲜、写得真实是分不开的。而且诗人以曾官具清贵、才高一世的身份来到儋州,和当地的居民结下深厚的友谊,走在布满藤刺的荒地上,住在牛栏西面的泥房中,不是自伤自怜,而是充满了乐观自得的情趣,使诗歌也具有与庸俗、丑恶截然相反的高尚情操。这也足以说明一个问题:文学作品的"雅"与"俗"是相对的,只要作者人品高洁、功力深厚,写作时能从真情实感出发,大胆创新,任何"俗"的题材都可以创造"雅"的意境。

真切与深刻的底层生活体验,也使苏轼同情人民、关心国事的思想有所发展。他一如既往,关怀民瘼。广州食用咸水,常患疾疫,他给知州王敏仲写信,建议从二十里外的蒲涧山用竹筒引水来城;王敏仲采纳后,他又细心地考虑到竹筒因路远日久可能堵塞,再次写信建议每支竹筒上钻一小眼,以验通塞。(《与王敏仲》)惠州博罗香积寺溪水湍急,他建议县令作碓磨,用来磨麦舂米,后来也实现了,此后便"霏霏落雪看收面,隐隐叠鼓闻春糠。"(《游博罗香积寺》)他又在惠州推广新式农具"秧马","今惠州民皆已施用,民甚便之",避免了弯腰插秧之苦,又详记其范式、尺寸及乘驭之状,托便人到江浙一带推行。(《题秧马歌后》)他的许国济民的积极用世之心始终没有泯灭。

苏轼在广东的六年,儒家思想和佛老思想始终矛盾并存在一起。它们是矛盾的,因为前者的主要精神是积极用世而后者却是消极出世;它们在苏轼身上又是统一的,因为他习惯于把政治思想和人生思想区别对待。最终,苏轼把儒家固穷的坚毅精神、老庄轻视有限时空和物质环境的超越态度以及禅宗以平常心对待一切变故的观念有机结合起来,从而做到了蔑视丑恶,消解痛苦。这种执着于人生而又超然物外的生命范式蕴涵着坚定、沉着、乐观、旷达的精神,因而苏轼在逆境中仍能保持浓郁的生活情趣和旺盛的创作活力。

二、文艺思想的阐释和创作经验的总结

这一时期苏轼并没有写过专门论述文艺问题的长篇论著,但散见于诗文中的文艺见解,仍是十分宝贵的。他晚年在指导后辈学习的诗文中,比较集中地阐述两个问题:一是关于文学的思想性问题,二是关于文学创作中自由和规律相结合的问题。

苏轼在给他的侄孙苏在延(元老)的信中,告诫他写作不要"趋时","务令文字华

实相副,期于适用为佳",并强调苏洵的"家法"(《与侄孙元老书》):一条是文学要有所感而作,一条是文学要有所为而作。文学创作必须来源于作者对生活的观察、体验和感受,不能无病呻吟,文学创作又必须具有明确的目的性,讲究"言必中当世之过",不能为写作而写作。其中心点就是强调文学的思想性。苏轼对一位远道到儋耳来访的葛延之,谈到"作文之法"时,讲了一个生动的比喻:"儋州虽数百家之聚,州人之所须,取之市而足。然不可徒得也,必有一物以摄之,然后为己用。所谓一物者,钱是也。"有了货币,才能购买各种货物,为我所用。"作文亦然。天下之事,散在经子史中,不可徒使,必得一物以摄之,然后为己用。所谓一物者,意是也。"文章要有"意",才能统摄各种材料,为我所用①。文学作品的首要条件在于立意正确,这确实至为重要。苏轼还认为,"有为而作"必须对现实怀有明确的是非评判和热烈的爱憎感情。在海南岛时,他看到子侄辈文字"粲然可观",作诗告诫说:"春秋古史乃家法,诗笔离骚亦时用。但令文字还照世,粪土腐余安足梦!"(《过于海舶得迈寄书酒作诗远和之皆粲然可观子由有书相庆也因用其韵赋一篇并寄诸子侄》)《春秋》传是孔子在困顿时所写,以"春秋笔法"褒贬历史事件;屈原在放逐时所写的《离骚》,抒发了强烈的疾恶如仇的爱国忧民之情。他们的形体虽已消失,但其作品光照千古。这一论点就进一步丰富了文学要有为而作的思想。

《答谢民师书》作于苏轼从海南岛赦回北行途中,是他晚年总结自己创作经验的重要书简。其中写道:

> 所示书教及诗赋杂文,观之熟矣。大略如行云流水,初无定质,但常行于所当行,常止于所不可不止,文理自然,姿态横生。

他在《文说》中讲过相似的话:"吾文如万斛泉源,不择地而出。在平地滔滔汩汩,虽一日千里无难;及其与山石曲折,随物赋形而不可知也。所可知者,常行于所当行,常止于不可不止,如是而已矣。"就是说,文艺创作一方面追求表达的最大自由,应该像"行云流水",像"泉源涌地",生动活泼而没有任何固定的框框;另一方面这种表达"自由"应是基于对艺术规律的高度认识和掌握,以"行于所当行""止于所不可不止"为条件,既随心所欲就又不违规矩,才能做到"文理自然"而又"姿态横生"。与此相联系,《答谢民师书》接着又阐述"辞达"的内涵:"求物之妙,如系风捕影;能使是物了然于心者,盖千万人而不一遇也,而况能使了然于口与手者乎?是之谓'辞达'。"从"了然于心"到"了然于口与手",是讲作家对于客观事物的艺术把握,首先必须对事物特征具有深刻的观察和全面的认识,然后充分发挥文字的功能加以准确

---

① (宋)葛立方:《韵语阳秋》卷三,北京:中华书局1985年版,第25页。

而生动的表现。他关于"辞达"的见解,也指明要做到表达自由和艺术规律相结合,关键在于作家认识生活的深刻、全面和表现生活的准确、生动。这些对艺术创作的真知灼见,是苏轼对广东文学批评的重要贡献。

第二节 苏轼的诗

苏辙说苏轼在海南时,"日啖薯芋,而华屋玉食之念不存于胸中",但他"独喜为诗,精深华妙,不见老人衰惫之气"①,说出了他勤奋创作,老而弥笃的实况。其实,"独喜为诗"的现象存在于苏轼在广东的各个阶段,诗歌也是他表达对社会现实的看法与人生的思考的最有力武器。

一、深沉的批判意识

六年多的贬谪生活并没有使苏轼噤若寒蝉,他对社会现实中种种黑暗丑恶的现象依然抱着"一肚皮不合时宜"②的态度,常常在诗中提出自己的政见,指陈得失。更可贵的是,他的思想因贬谪而变得更加深邃洞彻,体现出更为深沉的批判意识。如《荔支叹》:

> 十里一置飞尘灰,五里一堠兵火催。颠坑仆谷相枕藉,知是荔支龙眼来。飞车跨山鹘横海,风枝露叶如新采。宫中美人一破颜,惊尘溅血流千载。永元荔支来交州,天宝岁贡取之涪。至今欲食林甫肉,无人举觞酹伯游。我愿天公怜赤子,莫生尤物为疮痏。雨顺风调百谷登,民不饥寒为上瑞。君不见武夷溪边粟粒芽,前丁后蔡相笼加。争新买宠各出意,今年斗品充官茶。吾君所乏岂此物?致养口体何陋耶!洛阳相君忠孝家,可怜亦进姚黄花!

这首七言古诗作于宋哲宗绍圣二年(1095),作者谪居惠州时。苏轼初次尝到南方甜美的果品荔枝,极为赞赏;但也不禁联想到汉唐时代进贡荔枝给人民造成的灾难。此诗由汉唐时期官吏为了谄媚帝妃,不顾人民死活地星夜赶送荔枝之史事,联系到本朝官员竞献名茶奇花之现实,已明确超越汉唐以来诗歌中咏叹荔枝的传统主题,

---

① (宋)苏辙:《子瞻和陶渊明诗集引》,(宋)苏辙著,曾枣庄、马德富校点:《栾城集·栾城后集》卷二一,第1401—1403页。
② 费衮《梁溪漫志》卷四载,苏轼有一次问众婢自己腹中有何物,众婢答曰:"都是文章""都是识见"等,苏轼皆不以为然。至朝云,乃曰:"学士一肚皮不合时宜。"东坡捧腹大笑。(宋)费衮:《梁溪漫志》,上海:上海古籍出版社1985年版,第46页。

而着重在于对"争新买宠"的当朝权贵的抨击。诗中重点放在本朝之事,并流露出对这种倾向的深切隐忧,正体现了诗人对社会政治敏锐的观察力和准确的预见性。同时从诗中"我愿天公怜赤子,莫生尤物为疮痍。雨顺风调百谷登,民不饥寒为上瑞"来看,他对当朝权贵的抨击,根本归宿在于对民瘼的关怀。这首诗历来被誉为"史诗",诗中把描写和议论结合起来,把对历史的批判和对现实的揭露结合起来,写得跌宕起伏、沉郁顿挫,深得老杜神髓。

贬谪也让苏轼更加深入了解到边远地区百姓们的疾苦,在力所能及的范围内提供帮助。在惠州时,驻军缺乏营房,军队散居市井,骚扰百姓,苏轼建议修营房三百间;岭南闹钱荒,苏轼又主张百姓纳税交钱交米各从其便。在海南时,他把主要精力放在推广教育、培养后学上,但对于贪官污吏,他仍会不避忌讳,予以直接尖锐的抨击。如《和陶拟古九首》之六谴责当地勒索黎族人民交售沉香的两个官员朱初平、刘谊:"朱刘两狂子,陨坠如风花。本欲竭泽渔,奈此明年何?"苏轼在自顾尚且不暇的处境中,依然如此敢怒敢骂,足见他对宋朝、对人民的深厚感情。

陆游评价苏轼"不以一身祸福,易其忧国之心。千载之下,生气凛然"①,主要是有感于这一类型的诗歌而发的。

二、抒写贬谪时期的人生感慨

和黄州时期一样,抒写贬谪时期复杂矛盾的人生感慨,成了苏轼在广东时期创作的主要内容。他常常抒写谪居生活的艰辛和心情的悲苦。如《籴米》《倦夜》《闻子由瘦》等。他特别爱写出访不遇的题材,以寄寓寂寞冷落的心绪。在过大庾岭后写的《峡山寺》诗中,写山僧不在寺院:"山僧本幽独,乞食况未还。云椎水自舂,松门风为关。"惠州时写的《残腊独出》,访问栖禅寺,也败兴而归:"平湖春草舍,步到栖禅寺。堂空不见人,老稚掩关睡。"这里没有坐愁行叹之语,但平常习见的荒寂情景却写尽了迁谪时的悲凉心情。然而,苏轼更多的诗歌则表现了对苦难的傲视和对痛苦的超越。古人莫不视广东之行为危途,韩愈贬潮州,作诗多为凄苦之音。然而苏轼被贬至惠州时,却作诗说:"日啖荔支三百颗,不辞长作岭南人。"(《食荔支二首》之二)及贬儋州,又说:"他年谁作舆地志,海南万里真吾乡。"(《吾谪海南,子由雷州,被命即行,了不相知。至梧乃闻其尚在藤也,旦夕当追及。作此诗示之》)这种乐观旷达的核心是坚毅的人生信念和不向厄运屈服的斗争精神,所以苏轼在逆境中的诗作依然是笔

---

① (宋)陆游:《跋东坡帖》,钱仲联、马亚中校注:《陆游全集校注》卷二九,杭州:浙江教育出版社2011年版,第10册,第220页。

势飞腾,辞采壮丽,并无衰疲颓唐之病,如《行琼儋间,肩舆坐睡,梦中得句云:"千山动鳞甲,万谷酣笙钟。"觉而遇清风急雨,戏作此数句》:

> 四州环一岛,百洞蟠其中。我行西北隅,如度月半弓。登高望中原,但见积水空。此生当安归?四顾真途穷!眇观大瀛海,坐咏谈天翁。茫茫太仓中,一米谁雌雄。幽怀忽破散,咏啸来天风。千山动鳞甲,万谷酣笙钟。安知非群仙,钧天宴未终。喜我归有期,举酒属青童。急雨岂无意,催诗走群龙。梦云忽变色,笑电亦改容。应怪东坡老,颜衰语徒工。久矣此妙声,不闻蓬莱宫。

宋哲宗绍圣四年(1097)四月,苏轼接到责授琼州别驾、昌化军安置、不得签书公事的诰命,于六月渡琼州海峡至海南岛。在从琼州赴儋州路上遇雨,苏轼写了这首五言古诗。

这首诗前半篇实写琼州山中景色,已富有神奇色彩,后半段造幻境,写神仙世界的情景,明显借鉴了李白《庐山谣寄卢侍御虚舟》《梦游天姥吟留别》等诗的表现手法,因此也闪耀着浪漫主义的奇光异彩。比起李白的诗,此诗在气势雄伟与形象辉煌上稍逊一筹,也少了一些飘逸,却比李诗多了对宇宙人生的睿智思考,也多了沉郁与旷达。此诗展开了罕为人识的海南风光的奇丽画卷,使我们再次看到诗人那一双善于发现美的眼睛,触摸到他那一颗热烈敏感的诗心,体察到他天赋的神奇的艺术想象力。而诗人对宇宙人生智慧的深刻思考、敢于战胜困穷苦难的强大精神力量,以及他对人生、对诗歌、对一切美好事物的执着和追求,也都充溢在这首诗中,使后人深受启迪和激励。在艺术上,这首诗感情丰富、气势充沛、想象飞腾、造语奇伟、意境雄丽高远,前人评价很高。清代汪师韩说:"行荒远僻陋之地,作骑龙弄凤之思。一气浩歌而出,天风浪浪,海山苍苍,足当司空图'豪放'二字。"[1]纪昀云:"以杳冥诡异之词,抒雄阔奇伟之气,而不露圭角,不使粗豪,故为上乘。源出太白,而运以己法,不袭其貌,故能各有千古。"[2]他们都指出了此诗具有与李白诗相似的雄奇豪放风格。

这首五古精神饱满,一气喷薄而出,逐层点清题意,宛如行云流水,却又顿挫跌宕,波澜起伏。更难得的是,它还吸收了七古的特长,抒雄阔奇伟之气,堪称东坡晚期五古诗的压卷之作。

又如《六月二十日夜渡海》:

> 参横斗转欲三更,苦雨终风也解晴。云散月明谁点缀?天容海色本澄清。空余鲁叟乘桴意,粗识轩辕奏乐声。九死南荒吾不恨,兹游奇绝冠平生!

---

[1] 樊庆彦编著:《苏诗评点资料汇编》卷四一,济南:山东人民出版社2019年版,第581页。
[2] (清)纪昀:《纪文达公评本苏文忠公诗集》卷四三,成都:四川大学出版社2007年版,第11册,第35页。

这是苏轼从儋州遇赦北归时所作,诗中流露出战胜黑暗的自豪心情和宠辱不惊的阔大胸怀,气势雄放。方回评此诗云:"章子厚、蔡卞欲杀之,而处之怡然。当此老境,无怨无怒,以为兹游奇绝,真了生死、轻得丧,天人也。"①

还有一部分是表达随遇而安,自适其适的诗歌。如《纵笔》:"白头萧散满霜风,小阁藤床寄病容。报到先生春睡晚,道人轻打五更钟。"这首诗写于惠州。据说这样一首颇带戏谑意味的小诗传到新党宰相章惇耳中,勃然大怒,说他还这么安稳,就再贬儋州。但他到了儋州,仍不改旧习:"寂寂东坡一病翁,白须萧散满霜风。小儿误喜朱颜在,一笑那知是酒红。"(《纵笔三首》其一)他把曾经闯过祸的诗句"白头萧散满霜风"又重新引用,正表示他的倔强与傲岸。

这种随遇而安的思想浸透了他的日常生活,经过他诗笔的美化而成为一种动人的生活情趣。他把"旦起理发""午窗坐睡""夜卧濯足"看作是"谪居三适"。又如汲水烧茶这样的细事,他写得唯美:

> 活水还须活火烹,自临钓石取深清。大瓢贮月归春瓮,小杓分江入夜瓶。茶雨已翻煎处脚,松风忽作泻时声。枯肠未易禁三碗,坐听荒城长短更。(《汲江煎茶》)

先写春天月夜汲江。杨万里曾说此诗第二句"七字而具五意:水清,一也;深处清,二也;石下之水,非有泥土,三也;石乃钓石,非寻常之石,四也;东坡自汲,非遣卒奴,五也"②。三四句说用瓢舀水,仿佛把映在水中的月亮也舀进瓮里;小勺向瓶中倒水,似是把整个江水分了一部分。奇思妙想,使人更感受到江水的清美和作者自适的情绪。五六句写煎茶沸腾时的情状和声音。结尾说,听着谯楼上传来断断续续的打更声,心情悲凉,连这样的好茶也喝不了几碗。

总之,诗中交杂着出世和入世、悲观与乐观的矛盾因素,完整表现出一个苏轼入粤后的精神面貌。

三、对广东生活和风光的赞美与描绘

苏轼对于广东的生活没有表现出前代贬谪文人的疏离感与排斥感,而是积极去适应和习惯,这是他随遇而安思想的自然流露。他或是随缘自适,"我生涉世本为

---

① (元)方回选评、李庆甲集评校点:《瀛奎律髓汇评》卷四三,上海:上海古籍出版社2005年新1版,第1564页。
② (宋)杨万里:《诚斋诗话》,(清)何文焕、丁福保:《历代诗话统编》,北京:北京图书馆出版社2003年版,第2册,第156页。

口,一官久已轻莼鲈。人间何者非梦幻,南来万里真良图。"(《四月十一日初食荔枝》)或把贬谪异地当作叶落归根:"丰湖有藤菜,或可敌莼羹。"(《新年》),用两种菜的对比来说明惠州和故乡并无二致,或者进一步把四川反而视作寄寓之地:"我本海南民,寄生西蜀州。"(《别海南黎民表》)苏轼怀着这种第二故乡的感情来看待广东的一切,用诗歌绘制了一幅幅奇异、旖旎的南国风情画,丰富了中国诗歌史的内涵。《江涨用过韵》:"春江围草市,夜浪浮竹屋。已连涨海白,尚带霍山绿。"《连雨江涨》:"床床避漏幽人屋,浦浦移家疍子船。龙卷鱼虾并雨落,人随鸡犬上墙眠。"这是惠州雨景。"垂天雌霓云端下,快意雄风海上来。"(《儋耳》)这是海南雨后虹挂高空,风来海上的景色。惠州风物之美是这样的:"江云漠漠桂花湿,梅雨翛翛荔子然。闻道黄柑常抵鹊,不容朱橘更论钱。"(《舟行至清远县见顾秀才极谈惠州风物之美》)桂花、荔枝、黄柑、朱橘,色色俱佳。海南过重阳节照例饮酒赏花,然而,菊是"蛮菊秋未花";酒是"蜑酒蘖众毒,酸甜如梨楂";下酒之物竟是"邻家馈灶蛇",使作者感到自己像挂在天涯的月亮:"使我如霜月,孤光挂天涯"(《丙子重九二首》)。其他像槟榔、椰子、龙眼、木棉花、刺桐都阑入诗材,增添了可喜的异乡情调。尤其是他的荔枝诗更有名。如《新年五首》之五、《食荔枝二首》以及前已引用的《四月十一日初食荔枝》等。例如《食荔支》之二云:"罗浮山下四时春,卢橘杨梅次第新。日啖荔支三百颗,不辞长作岭南人。"妙语解颐,风趣横生,善于在生活中发现和捕捉诗情,这才是真正的诗人。

四、淡雅高远的艺术风格

前人对苏轼晚年诗风都做过很高的评价。黄庭坚特别推崇苏轼海外诗作,认为"时一微吟,清风飒然,顾同味者难得耳"①。朱弁也说:"东坡文章,至黄州以后,人莫能及,唯黄鲁直诗,时可以抗衡;晚年过海,则虽鲁直亦瞠乎其后矣。"②苏轼的艺术表现力并未因年衰体弱而迟钝与枯竭,反而爆发了异样的活力。

苏轼入粤之前的诗风,是以超迈豪逸为主要特点的。这一时期随着生活与思想的变化,他转而追求淡雅高远的风格。对陶渊明、柳宗元的推崇和学习,就是突出的表现。他"随行有《陶渊明集》,陶写伊郁,正赖此耳"(《答程全父推官》)。后来又在海南岛黎子云处借得《柳宗元文集》。他把这两部书视为南迁二友。他评价柳宗元诗,"在陶渊明下,韦苏州上",又说"外枯而中膏,似淡而实美,渊明、子厚之流是也"

---

① (宋)黄庭坚:《答李端叔》,刘琳等校点:《黄庭坚全集·宋黄文节公全集》别集卷十四,成都:四川大学出版社,第1751页。
② (宋)朱弁:《风月堂诗话》卷上,北京:中华书局1988年版,第106页。

(《评韩柳诗》)。在《书黄子思诗集后》中说柳宗元、韦应物的诗"发纤秾于简古,寄至味于淡泊",同样可以看作陶渊明的诗格。从绚烂中出平淡,而不是一味枯淡,这是苏轼晚年诗歌旨趣所在。

追求这种艺术旨趣的一个显著例证就是他的"和陶诗"。在来广东之前,苏轼就对陶渊明心向往之,但直到过岭,才真正实现了他在做人上学陶、在诗作上和陶的心愿,这也是他对现实生活反思的结果。黄庭坚《跋子瞻和陶诗》说:"子瞻谪岭南,时宰欲杀之。饱吃惠州饭,细和渊明诗。彭泽千载人,东坡百世士。出处虽不同,风味乃相似。"①指出了和陶诗是在险恶的政治背景下产生的,又指出两者风格的近似。和陶诗中颇有一些直逼陶渊明的作品,如《和陶杂诗十一首》之一:

> 斜日照孤隙,始知空有尘。微风动众窍,谁信我忘身。一笑问儿子,与汝定何亲。从我来海南,幽绝无四邻。耿耿如缺月,独与长庚晨。此道固应尔,不当怨尤人。

这类诗作,冲远淡泊,酷类陶家面目。

前人对这类风格的"和陶诗"往往推为苏诗艺术的极峰。苏辙说:"其诗比杜子美、李太白为有余,遂与渊明比。"②洪迈进一步说:"二者(指陶诗、和陶诗)金石合奏,如出一手,何止子由所谓遂与'比辙'者哉!"③许顗则说:"东坡海南诗,荆公钟山诗,超然迈伦,能追逐李杜陶谢。"④其实,正如陶诗并不"浑身是静穆"的一样,"和陶诗"也既有"飘逸"的一面,又有"金刚怒目式"的一面⑤。《和陶劝农六首》的开头就说,"咨尔汉黎,均是一民",认为对兄弟民族不应歧视;又指斥"贪夫污吏,鹰挚狼食";还对黎族地瘠民贫,"不足于食",表示了深切的同情,希望他们开垦荒田,多植稻谷,改善生活。《和陶拟古九首》之九则写自己谪居的心情:

> 城南有荒池,琐细谁复采。幽姿小芙蕖,香色独未改。欲为中州信,浩荡绝云海。遥知玉井莲,落蕊不相待。攀跻及少壮,已失那容悔。

儋州城南桄榔庵前有荷花池,此诗即借荷花自喻。香色不改,向往"中州";但花

---

① (宋)黄庭坚撰,(宋)任渊、史容、史季温注,刘尚荣校点:《黄庭坚诗集注》,北京:中华书局 2003 年版,第 2 册,第 604 页。
② (宋)苏辙:《子瞻和陶渊明诗集引》,(宋)苏辙著,曾枣庄、马德富校点:《栾城集·栾城后集》卷二一,第 1401—1403 页。
③ (宋)洪迈撰·穆公校点:《容斋随笔·三笔》卷三《东坡和陶诗》,上海:上海古籍出版社 2015 年版,第 304 页。
④ (宋)许顗:《彦周诗话》,(清)何文焕辑:《历代诗话》,北京:中华书局 1981 年版,第 383 页。
⑤ 鲁迅:《题未定草(六)》,《鲁迅全集》卷六《且介亭杂文二集》,北京:人民文学出版社 1981 年版,第 421 页。

落莲成,时光不待,也不必追悔了。越是自我排遣,羁旅之愁越见沉痛。这首"和陶诗"寄寓不平,是富有社会内容的。

关于和韵这种方式,前人褒贬不一。应该说,由于苏轼对诗歌技巧的纯熟掌握,能够不为和韵所束缚,写了一些有内容、有诗味的好诗;然而,一百多首和韵诗这个事实,毕竟表现了他逞才使气、企图因难见巧因而不免作茧自缚的缺点,又难怪引起王若虚对他浪费诗才的惋惜了。

广东时期的苏轼诗作在艺术风格和思想内容上都有了新的特点,几乎找不到一首风格绚烂的诗,在思想内容上多是对人生的探寻、感受和领悟。这是苏轼对生活反思的结果。贬谪广东的苏轼已基本摆脱了对外在功业的追求,全身心地沉浸在对人生的感受和对生命的领悟中。元代文学家袁桷对此有评论:"苏文忠自渡岭海以后,诗律大变。盖其精神气概,逢海若而不慑;喷薄变化,迎受之而莫辞。"①准确总结出了苏轼入粤诗歌的变化。

第三节 苏轼的散文、骈文与词

苏轼是继欧阳修之后宋代古文运动的领袖,在散文和骈文领域都取得了很高的成就。同时,他在词的创作上也取得了非凡的成绩,对词体进行了全面的改革,最终突破了词为"艳科"的传统格局,使词从音乐的附属品转变为一种独立的抒情诗体,从根本上改变了词史的发展方向。他在广东时期的创作,既是他所获成就的重要组成部分,也是他留给广东文坛的重要遗产。

一、散 文

苏轼入粤后的散文各体兼备,为世传诵的名篇尤多。重要的有以下三类:碑铭、史论与随笔(包括书简、题跋、杂记等)。

苏轼说他"平生不为行状碑传"(《陈公弼传》),但就在他谪居广东时所写的数篇碑传,几乎都是脍炙人口的篇章,其中尤以《潮州韩文公庙碑》最为著名。碑文高度颂扬了韩愈的道德、文章和政绩,将议论、描述、征引、对话、诗歌等熔铸于一炉,高论卓识,雄健奔放,骈散兼施,文情并茂,代表了宋代碑传文的最高成就:

---

① (元)袁桷著,杨亮校注:《袁桷集校注》卷四八《书杜东洲诗集后》,北京:中华书局2012年版,第2145—2146页。

匹夫而为百世师，一言而为天下法。是皆有以参天地之化，关盛衰之运，其生也有自来，其逝也有所为。故申、吕自岳降，傅说为列星，古今所传，不可诬也。孟子曰："我善养吾浩然之气。"是气也，寓于寻常之中，而塞乎天地之间。卒然遇之，则王公失其贵，晋、楚失其富，良、平失其智，贲、育失其勇，仪、秦失其辩。是孰使之然哉？其必有不依形而立，不恃力而行，不待生而存，不随死而亡者矣。故在天为星辰，在地为河岳，幽则为鬼神，而明则复为人。此理之常，无足怪者。

自东汉以来，道丧文弊，异端并起，历唐贞观、开元之盛，辅以房、杜、姚、宋而不能救。独韩文公起布衣，谈笑而麾之，天下靡然从公，复归于正，盖三百年于此矣。文起八代之衰，而道济天下之溺；忠犯人主之怒，而勇夺三军之帅。此岂非参天地，关盛衰，浩然而独存者乎？

盖尝论天人之辨，以谓人无所不至，惟天不容伪。智可以欺王公，不可以欺豚鱼；力可以得天下，不可以得匹夫匹妇之心。故公之精诚，能开衡山之云，而不能回宪宗之惑；能驯鳄鱼之暴，而不能弭皇甫镈、李逢吉之谤；能信于南海之民，庙食百世，而不能使其身一日安于朝廷之上。盖公之所能者天也，其所不能者人也。

始潮人未知学，公命进士赵德为之师。自是潮之士，皆笃于文行，延及齐民，至于今，号称易治。信乎孔子之言，"君子学道则爱人，小人学道则易使"也。潮人之事公也，饮食必祭，水旱疾疫，凡有求必祷焉。而庙在刺史公堂之后，民以出入为艰。前太守欲请诸朝作新庙，不果。元祐五年，朝散郎王君涤来守是邦。凡所以养士治民者，一以公为师。民既悦服，则出令曰："愿新公庙者，听！"民欢趋之，卜地于州城之南七里，期年而庙成。

或曰："公去国万里，而谪于潮，不能一岁而归。没而有知，其不眷恋于潮也，审矣。"轼曰："不然！公之神在天下者，如水之在地中，无所往而不在也。而潮人独信之深，思之至，焄蒿凄怆，若或见之。譬如凿井得泉，而曰水专在是，岂理也哉？"元丰七年，诏拜公昌黎伯，故榜曰："昌黎伯韩文公之庙。"潮人请书其事于石，因作诗以遗之，使歌以祀公。其辞曰："公昔骑龙白云乡，手抉云汉分天章，天孙为织云锦裳。飘然乘风来帝旁，下与浊世扫秕糠。西游咸池略扶桑，草木衣被昭回光。追逐李、杜参翱翔，汗流籍、湜走且僵，灭没倒影不能望。作书诋佛讥君王，要观南海窥衡湘，历舜九嶷吊英、皇。祝融先驱海若藏，约束蛟鳄如驱羊。钧天无人帝悲伤，讴吟下招遣巫阳。犦牲鸡卜羞我觞，於粲荔丹与蕉黄。公不少留我涕滂，翩然被发下大荒。"

起笔两句"匹夫而为百世师，一言而为天下法"，劈空而来，突兀高亢，豪迈警策，一下子就将读者的心紧紧抓住。作者并没有急于要说出具体是谁能具有如此崇高的威望和如此深远的影响,而是继续泛论这种伟人的作用能"参天地之化,关盛衰之运",接着又举出申侯、吕侯是岳神降生,傅说死后变为列星的古代传说来说明这类伟人降生到这世上来是有目的的,从这世上逝去后也能有所作为。这就为下文论述浩然之气做了充分的铺垫,蓄足了气势。于是,文章顺势引出孟子的名言"我善养吾浩然之气",并说明这种气无所不在,"寓于寻常之中,而塞乎天地之间"。接着,连用三组排比句,从所遇对象的反应、此气存在的条件和此气存在的方式这三个方面来具体予以描述、评论。三层写完,又用"此理之常,无足怪者"予以归纳小结,使其开阖有序,纵逸中现出严谨。

在碑文首段对于浩然正气做了充分地描述与评论之后,韩愈的高大形象已隐隐出现,于是顺势转入评述其道德文章。碑文先强调自东汉以来,"道丧文弊,异端并起"。即使进入唐朝,在政治、经济上出现了贞观和开元盛世,并先后出现了房玄龄、杜如晦、姚崇、宋璟等贤相,但对于衰弊已久的文风,也无法改变。直到贞元、元和之际,"独韩文公起布衣,谈笑而麾之,天下靡然从公,复归于正,盖三百年于此矣。"用"谈笑""麾之""靡然"等词语来强调韩愈所倡导的古文运动号召力之强、声势之大,是完全符合文学史实际的。接着,碑文连用四个排比分句:"文起八代之衰,而道济天下之溺、忠犯人主之怒、而勇夺三军之帅",以此从文、道、忠、勇四个方面来盛赞韩愈的道德文章和为人行事,概括力极强,气势也极其充畅,因此这四个分句也成为整个碑文最脍炙人口的名句而流传千古。而韩愈在文、道、忠、勇这四个方面的表现,正体现了上文所写的浩然正气,所以苏轼强调说:"此岂非参天地、关盛衰、浩然而独存者乎!"这样,将一、二两段完全挽合起来。至此,读者才充分理解,原来碑文首段所放笔泛写的浩然正气,实际上是句句都在描写韩愈。由此可见此文立意的精巧,用心的良苦。

第三段完全转换角度,另起炉灶,从论"天人之辨"入手,指出天意与人为的区别,并连用排比句进行分析:"故公之精诚,能开衡山之云,而不能回宪宗之惑;能驯鳄鱼之暴,而不能弭皇甫镈、李逢吉之谤;能信于南海之民,庙食百世,而不能使其身一日安于朝廷之上。"在这两相比照中,前项均属天意,后项均属人为。凡属天意者,韩愈都能取得成功;凡属人为者,韩愈全遭失败。所以结论是:"盖公之所能者天也,其所不能者人也。"这样论说,不仅能与上文论述浩然之气的话完全吻合,而且主要是突出和强调韩愈不能安身于朝廷,遭遇贬谪与诽谤全是人为的结果,也即是君昏臣奸的黑暗政治所造成的。

碑文第四段,重点描写韩愈在潮州的政绩以及潮州人民对韩愈的崇敬和怀念之情。由于韩愈在潮州期间重视兴办教育事业,故"潮之士,皆笃于文行,延及齐民";由于韩愈在潮州期间重视水利、根除民患,故"潮人之事公也,饮食必祭,水旱疾疫,凡有求必祷焉"。而对于王涤倡议重建韩愈新庙之举,"民欢趋之"。而当有人以韩愈生前在潮时间很短、对潮并不留恋为由认为在潮修建韩庙并无意义时,苏轼直接出面,以"如水之在地中"来比喻韩愈之神"无所往而不在也",说明韩愈影响之广大深远,既极生动形象,又极具说服力。

碑文最后,为了进一步抒写对于韩愈的高度崇敬之情,作者又展开浪漫的想象,创作了一首热情洋溢、带有奇幻色彩的诗歌,既再一次高度赞扬了韩愈的业绩,天人共鉴,韩愈的精神,感天动地,从而表现一位古文运动完成者对于古文运动开拓者的十分虔敬的心情,又紧密呼应碑文首段对于浩然正气的描述、评论,文心之深细严密,达到了无以复加的程度。

正如明代文学家王世贞所说:"此碑自始至末,无一字懈怠,佳言格论,层见叠出,如太牢悦口,夜明夺目,苏文古今所推,此尤其最得意者,其关系世道亦大矣。"①而宋代著名诗文评论家洪迈,则将它与唐代许多著名作家所撰写的韩愈碑、传、墓志等文章相比,指出它完全超越了前人:"刘梦得、李习之、皇甫持正、李汉,皆称诵韩公之文,各极其挚……及东坡之碑一出,而后众说尽废……骑龙白云之诗,蹈厉发越,直到《雅》《颂》,所谓若捕龙蛇、搏虎豹者,大哉言乎!"②

较之鸿篇巨制的《潮州韩文公庙》,《朝云墓志铭》则又是另外一种风格:

> 东坡先生侍妾曰朝云,字子霞,姓王氏,钱塘人。敏而好义,事先生二十有三年,忠敬若一。绍圣三年七月壬辰,卒于惠州,年三十四。八月庚申,葬于丰湖之上,栖禅山寺之东南。生子遁,未期而夭。盖尝从比丘尼义冲学佛法,亦粗识大义。且死,诵《金刚经》四句偈以绝。铭曰:浮屠是瞻,伽蓝是依。如汝宿心,惟佛之归。

"录其大者"和"语不及私",是苏轼撰写墓志的重要原则。《朝云墓志铭》的最大特色,是事事针对朝云生前最重要的角色,选择最重要的事来写,以一字寓褒贬的春秋笔法,用"敏而好义""忠敬如一"表达了丈夫对侍妾的莫大推崇。志文中用一定的文字来讲述朝云与佛法的缘分,实际是苏轼经历了一场九死一生的文字冤狱后,人生观偏向佛道的写照。铭文力图表现得超然旷达,毋宁是苏轼自我的排解和追求的目标。这种微言大义、言简意重的写作特点,可视为北宋古文运动在墓志方面的表达,可见墓志写作作为文学发展的一部分,跟当时流行的文风密不可分。

东坡擅长议论文。早年写的史论文带有浓厚的纵横家习气,有时故作惊人之论

---

① (清)清高宗乾隆:《唐宋文醇》卷四九,台北:台湾商务印书馆《景印文渊阁四库全书》1986年版,第1447册,第828页。
② (宋)洪迈撰,穆公校点:《容斋随笔》卷八,上海:上海古籍出版社2015年版,第72—73页。

而不合义理。但随着阅历的加深和思想的深刻,纵横家的习气逐渐减弱,内容上变得有的放矢,言辞则剀切沉着,接近于汉贾谊、唐陆贽的文风。在晚年谪琼寓儋期间,他完成了《武王论》《平王论》《隐公论》(上)、《隐公论》(下)、《襄公论》《士燮论》《孔子论》《管仲论》《范蠡论》《子胥论》《六国论》《始皇论》(上)、《始皇论》(中)、《始皇论》(下)、《商鞅论》《范增论》共计十六篇,统称为《海外论》。

"海外十六论"具有强烈的现实关照,体现了苏轼儒家思想的底色和忧国忧民的本色。"十六论"多属人物论,以君主和名臣为论述对象,以具体历史事件为依托,展开论述,寄寓着他晚年的政治思想和现实用意。如《武王论》认为周武王并非圣人,关键在于其伐纣和分封商朝遗民给纣王后裔。前者不合法,因为臣子不能谋杀君主;后者不明智,因为纣王之后必然要谋反复辟。这种观点看似与儒家观念大相径庭,却是他经历生死考验后的哲学反思。《商鞅论》力辩商鞅变法给秦国埋下的祸患,认为"秦之所以富强者,孝公务本力穑之效,非鞅流血刻骨之功业。而秦之所以见疾于民如豺虎毒药,一夫作难而子孙无遗种,则鞅实使之",以此来影射王安石变法。《始皇论》以道德评价第一的标准为秦始皇作历史定位,贯穿全文的观点即:秦始皇"以诈力而并诸侯","不耻于无礼,决坏圣人之藩墙,而以利器明示天下",痛心疾首地点出"秦之祸"在于破坏了道德藩篱,从而使天下人"凡可以得生者无所不为矣"。此外,《管仲论》讲明君子行德政,首应以诚信为本的道理;《襄公论》指出宋襄公之败,非仁义之过,而是假仁义之过。都体现出他纵览古今、见识过人的思想家深度。最具代表性的当属《平王论》:

> 太史公曰:"学者皆称周伐纣,居洛邑,其实不然,武王营之,成王使召公卜居之,居九鼎焉,而周复都丰、镐,至犬戎败幽王,周乃东迁于洛。"苏子曰:周之失计,未有如东迁之缪者也。自平王至于亡,非有大无道者也。彊王之神圣,诸侯服享,然终以不振,则东迁之过也。昔武王克商,迁九鼎于洛邑,成王、周公复增营之。周公既没,盖君陈、毕公更居焉。以重王室而已,非有意于迁也。周公欲葬成周,而成王葬之毕,此岂有意于迁哉?

> 今夫富民之家,所以遗其子孙者,田宅而已。不幸而有败,至于乞假以生可也,然终不敢议田宅。今平王举文、武、成、康之业而大弃之,此一败而鬻田宅者也。夏、商之王,皆五六百年,其先王之德,无以过周,而后王之败,亦不减幽、厉,然至于桀、纣而后亡。其未亡也,天下宗之,不如东周之名存而实亡也。是何也?则不鬻田宅之效也。

> 盘庚之迁也,复殷之旧也。古公迁于岐,方是时,周人如狄人也,逐水草而居,岂所难哉?卫文公东徙渡河,恃齐而存耳。齐迁临淄,晋迁于绛于新田,皆其盛时,非有所畏也。其余避寇而迁都,未有不亡,虽不即亡,未有能复振者也。

春秋时,楚大饥,群蛮叛之,申、息之北门不启。楚人谋徙于阪高。蔿贾曰:"不可,我能往,寇亦能往。"于是乎以秦人、巴人灭庸,而楚始大。苏峻之乱,晋几亡矣,宗庙宫室,尽为煨烬。温峤欲迁都豫章,三吴之豪欲迁会稽,将从之矣。独王导不可,曰:"金陵,王者之都也,王者不以丰俭移都。若弘卫文大帛之冠,何适而不可?不然,虽乐土为墟矣。且北寇方强,一旦示弱,窜于蛮越,望实皆丧矣。"乃不果迁,而晋复安。贤哉导也,可谓能定大事矣。嗟夫!平王之初,周虽不如楚之强,顾不愈于东晋之微乎?使平王有一王导,定不迁之计,收丰、镐之遗民而修文、武、成、康之政,以形势临东诸侯,齐、晋虽强,未敢贰也,而秦何自霸哉?

　　魏惠王畏秦,迁于大梁;楚昭王畏吴,迁于郢;顷襄王畏秦,迁于陈;考烈王畏秦,迁于寿春,皆不复振,有亡征焉。东汉之末,董卓劫帝,迁于长安,汉遂以亡。近世李景迁于豫章,亦亡。故曰:周之失计,未有如东迁之缪者也。

　　本文题为论平王,但不是人物评传,只是论说东迁雒邑一事,作者引用大量史料,证明东迁的失策,实在是有的放矢。是时北宋王朝在北方少数民族频繁入侵骚扰的局势下,有意南迁,以避其锋。东坡反对此举,遂有此文,是为借古喻今。东坡为论,立意明确,用心专一,常能以一字概括之。本篇中作一线贯穿者是"迁"字。茅坤在《唐宋八大家文钞》中说:"此文以'迁'之一字为案:以无畏而迁者五,以有畏而不果迁者二,以畏而迁者六,共十三国,以错证存亡处如一线矣。"[①]

　　《平王论》条分缕析,一气呵成,文气旺盛,笔意丰沛。体现了东坡强烈的爱国热忱,这种热忱是通过论史反映出来的,作者的地位和当时的处境都不允许他犯颜直谏,其良苦用心只能在谈古时曲笔道出,这就增加了写作的难度。作者正是很好地处理了这一点,纵观全篇,均未涉及北宋南迁之事,但文章立意已在不言自明之中,作者的好恶及他那忧国忧民的一腔热血亦在字里行间潺潺流出。

　　史论和政论虽然表现出苏轼非凡的才华,但书札、杂记、杂说、小赋等,更能体现苏轼的文学成就。这些文章同样善于翻新出奇,但形式更为活泼,议论更为生动,而且往往夹叙夹议,兼带抒情,既体现出作者坦率超迈的胸怀,也表现出他对人生对文艺的见解和爱好,成就远在他的政治论文之上。

　　苏轼的书简、题跋、杂记等文,有许多是文学散文,在苏轼散文中艺术成就最高。这些作品内容极其广泛,无所不包,或抒人生感慨,或讲身边琐事,或记异闻轶事,或述风土人情,在艺术上表现出信手拈来,随口说出,漫笔写成的特点。苏轼自评其文时还说过"闲暇自得,清美入口"(《答毛滂书》)、"词语甚朴,无所藻饰"(《上梅龙图

[①] (明)茅坤:《唐宋八大家文钞》卷十二,合肥:黄山书社2010年影印版,第6册,第3200页。

书》)的话,这类文字正是好例。如《与元老侄孙》:

> 侄孙元老秀才,久不闻问,不识即日体中佳否?蜀中骨肉,想不住得安讯。老人住海外如昨,但近来多病瘦瘁,不复如往日,不知余年复得相见否?循、惠不得书久矣。旅况牢落,不言可知。又海南连岁不熟,饮食百物艰难,及泉、广海舶绝不至,药物鲊酱等皆无,厄穷至此,委命而已。老人与过子相对,如两苦行僧尔。然胸中亦超然自得,不改其度,知之,免忧。

又如《与程秀才书》:

> 此间食无肉,病无药,居无室,出无友,冬无炭,夏无寒泉,然亦未宜悉数,大率皆无耳。惟有一幸,无甚瘴耳。近与小儿子结茅数椽居之,仅庇风雨,然劳费亦不资矣……尚有此身,付与造物,听其运转,流行坎止,无不可者。故人知之,免忧。

两文都把羁旅、屈辱、穷愁置之度外,在写法上又一似胸中自然流出,全不着力,和文中所表达的主旨、情调相吻合。

《试笔自书》则体现出苏轼深邃的哲思:

> 吾始至南海,环视天水无际,凄然伤之,曰:"何时得出此岛耶?"已而思之,天地在积水中,九州在大瀛海中,中国在少海中,有生孰不在岛者?覆盆水于地,芥浮于水,蚁附于芥,茫然不知所济。少焉水涸,蚁即径去,出涕曰:"几不复与子相见。"岂知俯仰之间,有方轨八达之路乎?念此可以一笑。戊寅九月十二日,与客饮薄酒小醉,信笔书此纸。

此文乃苏轼谪居海南次年所作,具体生动地描述了他摆脱愁苦的过程。诗人首先由大看小,从天地、九州、中国,乃至所有生物都在岛中的宏观视野来宽慰自己;接着由小观大,于是满腔的愁苦涣然冰释,超越悲观消极思想,保持乐观豁达精神。这一思索过程,凸显出苏轼作为哲人的人生智慧和辩证思维。这条走出困境的"方轨八达之路"就是不以一种既定的具体价值标准来衡量眼前的处境,而是转换思考问题的逻辑前提,把它放在一个更为阔大乃至终极背景上去论辩。于是一切具体的价值意义不复存在,生活便成了一种纯粹的生命活动,成了一种审美的情感观照。

《记游松风亭》则打破了传统记游文的写作模式:

> 余尝寓居惠州嘉祐寺,纵步松风亭下。足力疲乏,思欲就亭止息。望亭宇尚在木末,意谓是如何得到?良久,忽曰:"此间有甚么歇不得处?"由是如挂钩之鱼,忽得解脱。若人悟此,虽兵阵相接,鼓声如雷霆,进则死敌,退则死法,当恁么时也不妨熟歇。

松风亭在今广东省惠阳区东弥陀寺后山岭上。宋哲宗绍圣元年(1094),哲宗亲政,章惇为相,苏轼被贬至惠州。十月,苏轼到达惠州,居住在嘉祐寺,游览松风亭时作此文。文章题目标明"记游",本可记述游历经过和松风亭的由来及四周的景物。但苏轼非为叙事,而是明理。从"意谓如何得到",悟出世间"有甚么歇不得处"的道理。这种即时放下、随遇而安,"当恁么时也不妨熟歇"的旷达态度,正是苏轼从自己丰富的人生磨砺中,触动外物,偶然得之的。一件本来令人沮丧的遭遇,换个角度想,豁然开朗,"由是如挂钩之鱼,忽得解脱"。这种思考方式,在后来贬谪过程中不断从苏轼笔下表现出来,这既是苏轼对自己生活困境的一种积极反抗——以乐处哀,又是苏轼在具体现实中始终不堕其精神品格、自我提升到一种旷远开阔境地的呈示。

文章读来有味,是因为作者写出了他由"思欲就亭止息"到悟出"此间有甚么歇不得处"后的自得心情。这自得既表现在他对做出决定后"是心""忽得解脱"的描述,又表现在他对"若人悟此"当有之事的想象。其实,他的自得,实是对随遇而安人生态度的肯定。小品仅记作者生活中的一点感受,并不追求情节的完整和事理的严密,思之所至,笔亦随之。又出语平淡、通俗却意味深永,能真实再现作者为人天真、达观、有趣的一面。

二、骈　文

苏轼继承欧阳修开创的散体四六的风格,并将其发扬光大,将以古文为四六的原则贯穿于骈文的写作,工丽绝伦而又笔力矫健,独辟异境。他的骈文是古文与四六文的最佳融合,是散体四六的最高代表。

最能代表苏轼骈文文采的就是谢表。宋代谢表作为一种礼仪文书而存在,一般有固定格式和固定用语,重视实用性而不重艺术性。苏轼遭贬广东后写的谢表真切感人,是四六中难得的性情之作。

苏轼到英州时,处境已十分艰难,《英州谢上表》在对自己功过做了一番不卑不亢的自叙后,接着说:

> 累岁宠荣,固已太过。此时窜责,诚所宜然。瘴疠炎陬,去若清凉之地;苍颜素发,谁怜衰暮之年。……在先朝偶脱其诛戮,故此日复烦于典刑。顽戾如斯,生存何面。臣敢不噬脐悔过,吞舌知非。革再三不改之愆,庶万一善终之望。杀身莫喻,敢怀穷困之忧;守土非轻,尚畀遐荒之俗。觊先朝露之化,永惟结草之忠。

苏轼到了昌化军,则更是身处恶境,本应认罪和谢恩,但这些谢表中所表现出来

的"顽戾"和"再三不改"之性情,仍是百折不回的精神。典范之作如《到昌化军谢表》:

> 今年四月十七日,奉被告命,责授臣琼州别驾、昌化军安置,臣寻于当月十九日起离惠州,至七月二日已至昌化军讫者。并鬼门而东鹜,浮瘴海以南迁。生无还期,死有余责。臣轼中谢。伏念臣顷缘际会,偶窃宠荣。曾无毫发之能,而有丘山之罪。宜三黜而未已,跨万里以独来。恩重命轻,咎深责浅。此盖伏遇皇帝陛下,尧文炳焕,汤德宽仁。赫日月之照临,廓天地之覆育。譬之蠕动,稍赐矜怜;俾就穷途,以安余命。而臣孤老无托,瘴疠交攻。子孙恸哭于江边,已为死别;魑魅逢迎于海上,宁许生还。念报德之何时,悼此心之永已。俯伏流涕,不知所云。臣无任。

历代评论家对此篇评价甚高。明末陈天定评曰:"读此而不酸心者非人也。"①高嵣亦以为"此到军后表,地故在儋耳,非人所居,故篇中写得气象愁惨,不堪卒读"②。用谢表这种文体而达到良好的抒情目的,实属不易。从艺术风格上来讲,此文堪称骈文的代表作之一,能以古文笔法挥洒自如于四六文体,没有苏轼那样的充沛才力作后盾是很难做到的。这正是苏轼骈文与常人不同之处,也是其高出常人一筹之处。

三、词

苏轼贬谪惠州与儋州时的词作,可考者不足十首,也以抒写谪居时的矛盾心情为主。有时旷达,如《减字木兰花·己卯儋耳春词》:

> 春牛春杖,无限春风来海上。便丐春工,染得桃红似肉红。
> 春幡春胜,一阵春风吹酒醒。不似天涯,卷起杨花似雪花。③

这首词作于苏轼贬谪儋耳之时。己卯,宋哲宗元符二年(1099)。春词,为立春所作之词。海南在宋时被目为蛮瘴僻远的"天涯海角"之地,前人偶有所咏,大都是面对异乡荒凉景色,兴起飘零流落的悲感。苏轼却有所不同。他一生足迹走遍大半个中国,或是游宦,或是贬逐,但对所到之地总是怀着第二故乡的感情,对异地风物不是排斥、敌视,而是由衷地认同,这反映出他随遇而安的旷达人生观。此词以欢快跳跃的笔触,突出了边陲绚丽的春光和充满生机的大自然,在我国词史中,这是对海南

---

① 张志烈、马德富、周裕锴主编:《苏轼全集校注》,石家庄:河北人民出版社2010年版,第2728页。
② 张志烈、马德富、周裕锴主编:《苏轼全集校注》,石家庄:河北人民出版社2010年版,第2787页。
③ 本节所引苏轼的词,皆以邹同庆、王宗棠注,北京:中华书局2002年版《苏轼词编年校注》为依据。

之春的第一首热情赞歌。

《减字木兰花》上、下片句式全同。首句交代立春日习俗后,第二句都是写"春风":一则曰:"无限春风来海上",不仅写出地处海岛的特点,而且境界壮阔,令人胸襟为之一舒。二则曰:"一阵春风吹酒醒",点明迎春仪式的宴席上春酒醉人,兴致勃发,情趣浓郁。两处写"春风"都有力地强化全词欢快的基调。后都出以景语:上片写桃花,下片写杨花,红白相衬,分外妖娆。特别是作者用海南所无的雪花来比拟海南早见的杨花,那么,海南不是跟中原一般景色么!于是发出"不似天涯"的感叹了。这实是全词的主旨所在。

此词内容一是礼赞海南之春,在我国古代诗词题材中有开拓意义;二是表达作者旷达之怀,对我国传统知识分子影响深远。这是苏轼此词高出常人的地方。

这首词在全词八句中,共用七个"春"字(其中两个是"春风"),但不平均配置,有的一句两个,有的一句一个,有三句不用,显得错落有致;而不用"春"字之句,如"染得桃红似肉红","卷起杨花似雪花",却分别用了两个"红"字,两个"花"字。其实,苏轼并非有意要做如此复杂的变化,他只是为海南春色所感发,一气贯注地写下这首词,因而自然真切,朴实感人,而无丝毫玩弄技巧之弊。

苏轼有时又不免苦闷,如《西江月》:

> 玉骨那愁瘴雾,冰肌自有仙风。海仙时遣探芳丛,倒挂绿毛么凤。
>
> 素面常嫌粉涴,洗妆不褪唇红。高情已逐晓云空,不与梨花同梦。

这首词是苏轼贬到惠州以后,绍圣三年(1096)十月间的作品。宋人释惠洪《冷斋夜话》、王懋《野客丛书》都说这首词是苏轼为悼念侍妾朝云而作。

朝云,字子霞,姓王氏,钱塘(今浙江杭州)人,能歌善舞,少归苏轼为妾,曾生一子名遁,小名榦儿,未周岁而夭。绍圣元年(1094),苏轼南贬时,只有朝云相从,绍圣三年七月五日死于惠州,年三十四。苏轼作有《朝云墓志铭》《悼朝云》诗及这首《西江月》词。

这一首悼亡词是借咏梅来抒发自己的哀伤之情的,写的是梅花,而且是惠州特产的梅花,却能很自然地绾合到朝云身上来。当东坡南贬时,只有她不畏瘴疠,跟随着万里投荒,她不仅有美的容貌,兼有美的心灵。词作赞赏惠州的梅花,实质上则是怀念朝云对自己的深情。

咏物词贵在空灵蕴藉,言近旨远,给人以无限深思的空间,而忌拘于形似,索寞乏神。在这首《西江月》里,他紧紧地把握住广东梅花的特色,用夸张的描写手段,多方面烘托出它的亭亭玉立、妖娆多姿的形象,单就写花来说,已经到了绝妙的境地,更妙的是这亭亭玉立、妖娆多姿的形象,同时也就是朝云的形象,如庄周化蝶,两相契合,浑然无迹,把比兴的表现手法发展到了一个新的高度。最后两句,回荡一笔,点明了主题,凄然伤怀之情,溢于言外。广南的梅花在这首词里获得了永久的生命,朝云也随之而获得了永久的生命,两种生命同时存在于仅仅五十个字的一首小令之中,这种回天的笔力,巧妙的构思,在咏物的诗词里极为罕见,具有很强的感染力量。

绍圣四年(1097),秦观在衡州遇到时任知府的孔平仲(毅甫)。因境遇相同,秦观向他赠送了旧作《千秋岁》词,孔氏步原韵和词一首。元符三年(1100)四月,秦、孔二人所作的《千秋岁》传到了远谪琼州的苏轼那里。苏轼有所感触,挥笔写下了他在广东的最后一首词《千秋岁·次韵少游》:

> 岛边天外,未老身先退。珠泪溅,丹衷碎。声摇苍玉佩、色重黄金带。一万里,斜阳正与长安对。
>
> 道远谁云会,罪大天能盖。君命重,臣节在。新恩犹可觊,旧学终难改。吾已矣,乘桴且恁浮于海。

秦观《千秋岁》词抒发离愁别绪,情意缠绵。苏轼的词比秦词心境开阔,一是他能直抒胸臆,表达自己的"丹衷""臣节",发泄"未老身先退""罪大天能盖"的幽怨不满情绪。二是他能将这种消极的情绪置之度外,我行我素,不理会人家的评说,表现出一贯的超脱达观态度。全词波澜起伏,情感激荡,令人感受苏轼胸中炽热的情感还未泯灭,表达了他虽历经磨难仍不改报效国家的政治抱负。

第四节 苏轼对广东文学的影响

苏轼谪居广东六年,在广州、惠州、海南等地留下不少遗迹,惠州的苏堤、东坡井、朝云墓,海南的载酒亭、洞酌亭、苏公祠等名胜至今为人所宝重。苏轼在岭南的轶事,被人们津津乐道;而苏轼的佳句名篇,早已流传众口[①]。

苏轼对广东诗人影响尤为深远。南宋诗人李昴英,诗风雄奇遒劲,如古风《题石室木》,七律《闻襫阁职免新任之报二首》,真能得苏诗之神髓。葛长庚诗,风格多样,而其中雄健、恬淡之作,亦与坡翁仿佛。可以说,南宋的广东诗人,大多数都受到苏轼诗的熏染,如陈焕的《梅花村咏梅作》、刘镇的《严子陵钓台》、区仕衡的《读景炎福州诏书》等作品,都可以看出模拟苏诗的痕迹。宋末元初,遗民诗人赵必瓈,其诗歌体格清劲,足为有宋一代之殿军,他的七律、七绝,意气豪宕,多慷慨激烈之语,殆学坡翁

[①] 此节主要参考陈永正师:《岭南诗歌研究》第一章《在中原文化熏陶中成长的岭南诗歌》,广州:中山大学出版社2008年版。

而又能化者。

元、明两代广东诗人崇尚唐音,但宋人的影迹犹存。明代学者陈献章为诗,以自然为宗,风格超妙冲淡,寄寓哲理,极近于苏轼那种行云流水般的诗风。如《和林子逢至白沙》《初晴》《赠别伴》等诗,置于东坡集中,亦为上乘之作。学者黄佐,虽有"粤中昌黎"之称,其诗格实在韩、苏之间,《横州伏波庙》《春夜大醉言志》等诗壮浪恣肆,更与苏近。"南园后五先生"标榜盛唐,但他们多曾师从黄佐,对苏诗仍抱有好感。梁有誉《妙高台谒苏文忠公像》长篇五古,对苏轼备致倾慕之意;欧大任亦曾游蒲涧寺,谒苏文公祠,为诗以寄慨。明末"岭南三家"不满宋诗,但对东坡却极表尊重,连痛斥宋诗为诗之至丑者的屈大均,也一而再地追和东坡游罗浮山、合江楼等诗作,均极意仿效原诗,盖因屈氏才情甚似坡翁,故能摒除成见,心摹手追,其《题白鹤峰苏文忠公祠》诗,更热情赞美东坡的文章风流。至如梁佩兰的《浴日亭和东坡先生韵》、陈恭尹的《登合江楼饮王使君南区宝坻酒次坡公韵》等诗,气势豪迈,颇具阳刚之美,则与苏诗略无二致了。

降及清代,广东诗人学宋已成风习,历苏轼、陆游以上追韩愈、杜甫。如惠士奇评价顺德诗人罗天尺的诗说:"诗与其为赝唐,不若真宋。精求于韩、杜,而钦助以眉山(苏轼)、剑南(陆游),是惟吾子。"①与罗天尺齐名的何梦瑶,亦学苏诗,因有"海涵地负东坡老"②之倾倒之语。乾隆年间,黄绍统为诗,其苍劲的诗风主要学习韩愈和苏轼。冯敏昌学杜、韩,所得于东坡尤多,观其《谒宋苏文忠公祠》一诗可见。宋湘诗力追东坡,谭宗浚称其"波涛奇谲同苏海"③;陈柱又谓其潇洒纵逸从东坡来。岭南诗人学杜、韩、苏,至宋湘,可为一大结穴。嘉、道年间,学苏者甚多。谢兰生尝自刻"师事大苏"小印,以志景慕之情。集中如《夜渡鄱阳湖》《与同舟诸子登天门山》等诗,逼肖东坡。刘彬华称其"诗宗法大苏,又出入杜、韩两家,而得其神骨"④。至如黄玉衡诗瓣香东坡,徐荣诗各体得力于东坡,更是专意学苏而有得者。

近代大家如黄遵宪、康有为等,博采诸家,东坡自在汲取之列。而张荫桓、江逢辰、何藻翔等文人,都不同程度地受到苏轼诗的影响。如陶邵学少作《读苏文忠集》,内有"平生颠倒为公诗"之句,可见其倾慕之意。直至现当代,东坡的流风余韵在广东各地依然未绝。

---

① (清)劳孝舆:《瘿晕山房诗抄·序》引,(清)罗天尺:《瘿晕山房诗抄》,清乾隆刊本。
② (清)何梦瑶:《匊芳轩诗抄·读历朝诗》,清乾隆十七年(1752)刊本。
③ (清)谭宗浚:《黎村草堂诗抄·读宋芷湾诗集》,清光绪十八年(1892)刊本。
④ (清)刘彬华:《玉壶山房诗话》,《岭南群雅》初补下,清嘉庆十八年(1813)刊本。

第三章 两宋时期的入粤诗人

两宋时期,广东诗歌出现了第一次高潮。大量不同风格的著名诗人因为各种原因来到广东,使诗坛呈现出全面繁荣的景象。除苏轼外,唐庚、杨万里和文天祥等诗人受到粤文化的熏染,在艺术上也各有创造,而方信孺第一次将百咏体应用于广东书写,为宋代岭南风物保存了珍贵的记忆。

第一节 入粤而诗大成的唐庚

唐庚(1071—1121),字子西,眉州丹棱(今属四川眉山)人。宋徽宗大观四年(1110),因张商英与蔡京政见不合,唐庚受张商英牵连,由京畿路提举常平谪居惠州,重复了苏轼的轨迹,直到政和五年(1115)遇赦还京。唐庚在惠州整整生活了五年,他的大多数作品都写于这一时期。

唐庚的惠州诗抒写艰苦的谪居生活和新奇的岭南风情,充溢着他对故乡和亲友的思念、对朝廷奸佞专权、党同伐异的悲愤与抗议。诗人的内心充满了孤寂、郁闷与痛苦,便努力以儒家"穷则独善其身"的人格理想和佛老随缘自适的思想来排遣苦闷,以一种超旷放达、豪迈乐观的精神状态面对人生厄难。他仍然关注政治现实,同情人民疾苦,敢于以诗笔针砭弊政。他的惠州诗坦率鲜明、细腻丰富地展现出诗人刚直不阿、嫉恶如仇的高洁品格,洒脱磊落的胸襟以及性灵洋溢的生活情趣,与东坡的惠州诗的思想感情息息相通①。

一、针砭朝廷弊政,同情人民疾苦

宋徽宗在位期间,君臣昏庸无能、奢靡无度,又好大喜功,对外发动战争,使普通百姓苦不堪言。唐庚在惠州不顾自己处境艰危,毅然以诗抨击政治弊端,反映人民苦

---

① 本节论述主要参考陶文鹏:《论"小东坡"唐庚的诗》,《南京师范大学文学院学报》2003年第1期。

难。他在《城上怨》中,将巡城老兵在寒风冷雨中的哀歌同自己醉后伴和着风雨声的推枕长叹的情景连接起来描写,哀歌与悲叹融为一片。"戍边役重畏酷法"与"战士连年不解戈"二句①,一针见血地揭露重役酷法与轻启边衅给人民带来深重的灾难。在《武兴谣》中,诗人以歌谣的形式反映山区连年黍稷不收,山民们以草根橡实充饥。"今年都尽橡实贵,山中人作寒蝉枯",诗的结尾推出山民饿殍如干枯寒蝉的惨象,令人触目惊心。

唐庚的心紧系着人民的甘苦悲欢。五律《江涨》:"秋来雨似浇,雨罢水如潮。市改依高岸,津喧救断桥。云阴哭鸠妇,池溢走鱼苗。天意良难测,前时旱欲焦。"炎夏天旱,禾苗枯焦,诗人忧心如焚;秋来暴雨,江涨池溢,鱼苗散失,诗人的心仿佛也同雌鸠一起哀哭。《壬辰九月不雨癸巳年三月穑事去矣今夕辄复霈然喜甚卧作此诗》云:"老去生涯白木镵,脱逢艰食更何堪。春深野色忧年恶,夜半檐声觉雨甘。睡外莫听泥活活,想中已睹麦含含。明朝竹径添幽事,玉版堂头作小参。"此诗抒写诗人由忧旱到喜雨的感情变化,表现他体恤民艰、与农民喜乐相通的心境。诗中不出"喜"字,却以忧衬喜,喜情洋溢。诗人想象泥水翻滚之声与禾苗复苏之状生动真切,对仗开合流转,叠字摹状传声,更渲染出心花怒放的情态。

当朝廷暴政和世间疮痍使诗人实在无法抑制愤激之情时,他的胸中直如火山爆发,喷吐出熊熊烈焰:

> 炭寒火冷灯微明,虚檐泻雨如倾瓶。酒酣耳热身体轻,抚膺大吼黄钟声。怒目直视如流星,拔剑击柱傍人惊。丈夫宁可五鼎烹,安得容此吞舟鲸。(《醉后怒笔》)

"鲸"与"京"同音,显然是影射祸国殃民的当朝宰相蔡京。诗人毫不隐晦他对权奸的深仇大恨,在酒酣耳热时拔剑击柱,发誓宁遭五鼎之烹,也要斩杀这吞舟之巨鲸。在北宋诗坛上,这种怒火填膺、锋芒毕露、誓斩权奸的作品极为罕见,读之使人热血沸腾!

二、抒写谪居生涯,怀思故友亲朋

谪居生活是艰苦的,但唐庚却能像苏轼一样苦中作乐,表现出对于苦难的傲视和对痛苦的超越。他有两首抒写谪居生活境况的五律:

---

① 本节所引唐庚的文字,皆以黄鹏编著,北京:中央编译出版社2012年版《唐庚集编年校注》为依据。

无复更残暑,夜深清欲饥。叶飞魂梦数,露重语音知。月色到秋苦,更声临晓迟。平生憎墨翟,老去亦悲丝。(《夜久睡觉不复能寐凄然有感》)

啖蔗入佳境,冬来幽兴长。瘴乡得好语,昨夜有飞霜。篱下重阳在,醉中小至香。四邻蕉向熟,时致一梳黄。(《立冬后作》)

一写秋夜饥寒,凄苦难眠;一写立冬后遣兴饮酒,四邻赠蕉;一悲一乐。唐庚的惠州诗,正是这样交织着悲苦与旷达、消沉与乐观的复杂情绪,无论是抒愁情还是写乐境,都那么真率生动、感人肺腑。

在漫长的谪居生活中,前贤和亲友是唐庚的精神支柱和心理安慰。他创作了许多思乡怀人的诗歌,每一首都流溢着款款的深情。

唐庚是苏轼的同乡后辈,曾作《闻东坡贬惠州》诗,深深同情苏轼的不幸遭遇,并表示苏轼与其胸中元气必将与"道"一起"逍遥天地外",足见他对苏轼的推崇。他被贬官惠州的经历与苏轼相似,又在文学领域潜心向苏轼学习,时人誉之为"小东坡"。他有一些作品就是怀念苏轼的。七律《乙未正月丁丑与舍弟椁小舟穷西溪至愁绝处度不可进乃归溪侧有两榕甚奇清阴可庇数十榻水东老人尝饮酒其下云》,题中"水东老人"即指苏轼。五古《双榕》云:"水东双榕间,有叟时出游。清风衣屦古,白雪须髯虬。吟哦明月夕,簸弄寒江秋。惊传里中儿,不泊岸下舟。君看魑魅中,有此风味不?"生动传神地再现了东坡在水东榕树下饮酒吟诗的风神潇洒形象。五律《水东感怀》:"往事孤峰在,流年细草频。但知其室迩,谁识所存神。碑坏诗无敌,堂空德有邻。吾今稍奸黠,终日酒边身。"诗人置身于东坡当年所居之地,面对空堂断碑,凝视细草孤峰,感念斯人已逝,但其神仍存,其德仍在,其诗仍天下无敌。由于当时党禁正严,故而诗写得隐晦,却情深意长,令人回味不已。

家人也是唐庚怀思的主要对象。如《收家书》:"西州消息到南州,骨肉无他岁有秋。骥子解吟青玉案,木兰堪战黑山头。即时旅思春冰坼,昨夜灯花黍穗抽。从此归田应坐享,故山已为理菟裘。"诗人遥想儿女勤奋读书,已经能为父亲分忧分责,仿佛已魂归眉州,躬耕田园。真是乐中含悲,悲中思乐,是诗人饱蘸热泪写下的文字。五言古诗《示蜃》是写给幼子蜃的诗简,与左思《娇女诗》、陶潜《责子诗》、李商隐《骄儿诗》以及苏轼《将至广州用过韵寄迈、迨二子》等作品一脉相承。诗中写他四十三岁得幼子的欢喜,描绘幼子清秀眉目和不凡气质,回忆"辄然攫吾须,霜雪落几案。岂惟不肯嗔,更付一笑粲"的嬉戏情景,最后谆谆叮嘱幼子努力读书上进。诗人笔端注满老牛舐犊的深情,又织入人生坎坷之慨,作品流溢出含泪微笑的动人情味。只有性情真醇、品格纯正的人,才有可能写出这种闪耀出人性美光彩的诗歌。

三、舞动生花妙笔,描绘奇山秀水

热爱生活、关心人民、钟情大自然的诗人唐庚在谪居惠州期间,用一双好奇的眼睛细心观察岭海地区的风土人情,饶有兴致地探访那里的奇山秀水,从中敏锐地发现和捕捉诗意和情趣。他挥动一支生花妙笔,继苏东坡之后,描绘出一幅幅生机勃勃、旖旎多姿的南国风情画与风景画。

唐庚在诗中津津有味地描写广东五光十色、新鲜奇异的景物,诸如杨梅、卢橘、荔枝、龙眼、榕树、古藤、蜜果、槟榔、甘蔗、孔雀、仙鹤、白鹭、墨鱼,还有秧马、竹布、椰汁、桂酒等等,都被他收摄进诗的画幅之中。惠州的西溪、东麓、丰湖、钟潭、栖禅山,还有广州的悟性寺、越王台与达磨井,这些风景名胜也联翩涌入他的笔底。惠州是滨海的水乡,当地人民多有船居的。唐庚到惠州后,也曾以船为家。他的《船居》诗生动地描写了这种水上流动住居生活的情趣:"不但燕闲充泛宅,亦堪来往多浮骖","非复云安忧斗水,床头垂手得清甘"。《圆蛤》诗写他听见水中有黄牛鸣声,十分惊奇,循声探寻,捉得一只铜钱大小的青蛙。当地老人对他说,这是圆蛤,"夏潦涨沟渠,喧呼自酬答"。诗人从这圆蛤中悟出"物生元气中,大小各异趣"的道理。《杂诗二十首》是唐庚精心写作的一组五言律诗,这组诗多侧面、多角度地抒写他在惠州的生活和心境。每一首都紧密结合当地风光景物或民俗风情的特点来写,意象新奇真切,平淡中见深致,琐细处显情趣,透露出鲜明的地方色彩和浓郁的生活气息。试看其中的二首:

饱食为茶地,深耕觅酒材。翻泥逢暗笋,汲井得飞梅。湖尽船头转,山穷屐齿回。田间良自苦,清兴亦悠哉。

水过鱼村湿,沙宽牧地平。片云明外暗,斜日雨边晴。山转秋光曲,川长暝色横。瘴乡人自乐,耕钓各浮生。

元人方回评云:"子西惠州《杂诗》凡二十首,佳句甚多。……'山转秋光曲'一联尤古今绝唱。他如'身谋嗟翠羽,人事叹榕根''茶随东客到,药附广船归''翻泥逢暗笋,汲井得飞梅''湖尽船头转,山穷屐齿回''濯足楼船岸,高歌抱朴村''雪曾前岁有,地过此邦无''笋蕨春生箸,鱼虾海入盘''草平连别峒,雨转入他山''人情双鬓雪,天色屡头风''国计中宵切,家书隔岁通'等,皆隽永有味。"[①]是中肯的。

苏轼诗思敏捷,运笔灵活,语言爽利,尤其善于捕捉稍纵即逝或刹那变幻的自然

[①] (元)方回选评,李庆甲集评校点:《瀛奎律髓汇评》卷十二,上海:上海古籍出版社2005年版,第446页。

景象。唐庚学习苏轼,也喜爱追蹑瞬息变幻的妙景奇观。例如《栖禅暮归书所见二首》:

> 雨在时时黑,春归处处青。山深失小寺,湖尽得孤亭。
> 春著湖烟腻,晴摇野水光。草青仍过雨,山紫更斜阳。

诗写游栖禅山暮归所见的湖烟水光、绿野紫山、骤雨斜阳,展现晴雨不定的天气和奇妙变幻的景象。忽明忽暗之光,青紫红黑金黄之色,闪烁跳跃,绚丽浓艳,犹如印象派画家对景写生之作,生动逼真地表现出岭南春天特有的风景气象,堪称宋代山水绝句的妙品。

四、因表情而写事,借叙事以抒情

唐庚也像苏轼一样,善于叙事写人。唐庚的不少赠人之作,多能以腾挪、跳跃式的写法,因表情而写事,借叙事以抒情,并在叙事与抒情的结合中突出人物某一方面特征,粗线条地勾勒出生动的人物形象。例如《题崔令曲海后》:"崔令饮酒五七斗,崔令唱辞一千首。时时浪饮辄高歌,利锁名缰总无有。人称崔令为颠狂,我知崔令非颠狂。承流宣化有余力,高歌浪醉也何妨。"诗人以自然、跳脱的笔墨叙事抒情,突出崔令浪饮高歌的特征,活现出这位善于教化百姓却又豪放洒脱的官吏的形象,并抒发出对他的赞赏之情。《寄题张志行醉峰亭》写道:"先生饱蕴藉,表里俱纯粹。独推糟与粕,施之为政事。百里饮其德,陶陶有欢意。余醺落嘉陵,一江醇酒味。沉酣到山骨,颓然偃苍翠。亭中时把酒,坐对青山醉。醉乡在何许?只此中间是。先生况多文,为续醉乡记。"诗中写张志行吏才与文才兼备,蕴藉深厚,为人表里纯粹。他施政清明,百姓感戴其德,为之欢欣鼓舞。于是他把酒江亭,笑对青山,颓然自放,沉酣于酒乡之中。诗仅八十字,一个才华横溢、气质浪漫的清官形象已生气勃勃,跃然纸上。诗人用夸张的手法、洒脱的笔调、形象鲜活的语言,将叙事与抒情、状景与写人、绘形与传神融为一体,写得更出色的,是《张求》:

> 张求一老兵,著帽如破斗。卖卜益昌市,性命寄杯酒。骑马好事人,金钱投瓮牖。一语不假借,意自有臧否。鸡肋巧安拳,未省怕嗔殴。坐此益寒酸,饿理将入口。未死且强项,那暇顾炙手。士节久凋丧,舐痔甜不呕。求岂知道者,议论无所苟。吾宁从之游,聊以激衰朽。

诗人以张求不畏权势的强项精神对照士大夫舐痔吮痈的丑恶行径,抒发出他对当时世风日下、士节沦丧的强烈愤慨之情,最后表达他愿与张求交游,借以激发自己暮年的衰朽意气。此诗叙事写人,有传神的外在特征性形象刻画,有人物的行为动作,有生动的场景和细节。诗人有意追求一种生硬朴拙的语调,造成豪放中带苦涩的情味,使之与老兵侠义而寒窘的形象协调一致。总之,诗人从社会下层市井生活中发掘和塑造出老兵张求这一人物形象,性格鲜明,有血有肉。这首诗无愧为宋诗中塑造人物形象的佳作,把它置于苏轼和黄庭坚那些描绘市井奇人形象的优秀篇章之中也不逊色。

五、随事显趣,触处生谐

宋人喜幽默,故宋诗多谐趣。诗人们常以诗相互调侃取乐。苏轼面对一次次的人生磨难,善于以幽默风趣的诗歌自我戏谑,表达藐视患难的旷达乐观情怀。唐庚也具有东坡这种幽默诙谐的天性,他的谐趣化为诗歌创作的机杼,以幽默滑稽的语言描写谪居生活中自我的困窘境况。例如《白小》诗写他原想到了惠州有机会饱餐鲸肉美味,不料穷困得只能用一种叫"白小"的小小鱼儿糊口。诗中写道:"百尾不满釜,烹煮等芹蓼。咀嚼何所得?鳞鬣空纷扰。"上百尾小鱼竟然不满一釜,咀嚼半天没什么肉进到肚里,只有鳞片骨刺在他的嘴里捣乱。诗人以幽默风趣的诗句自嘲,将穷困狼狈的生活情状化作了带着苦涩的笑料。

唐庚的谐趣诗取材广泛,形式多样,笔调活泼,达到随事显趣,触处生谐。他的《代内》诗代老妻调侃他并非英俊又有权势之士,不能携带家室致身青云,还不如到鹿门山采药,以余暇著书,或许尚可流芳百世。他以《答》诗风趣地回答妻子说,你能唤我回乡,不怕我一头黑发都变白了。没有我这偃老头,也就没有你这样的痴心老婆子了。著书流传千秋,我没有这样的本事,但到山野去,大概总可以采到些幽趣吧?何必一定登鹿门?只要是山都可以养老。诗人以夫妻调侃的方式,化解了仕途失意抱负成空的悲哀。又如《闲居二首》(其一)诗云:"有诗为爱袁家渴,无病缘抄陆氏方。身杂蛋中谁是我?食除蛇外总随方。"也以风趣幽默表现自己入乡随俗,所以诗多病少。还有一首《览镜》诗,写他对镜自嘲形貌瘦小如"山泽癯","头目颇麖鼠",比起"褒衣佩长剑,轩昂真丈夫"的父亲来,真是"愧忝虎豹驹"了。这首诗正如朱光潜先生论谐趣诗时所说,是诗人"以游戏态度,把人事和物态的丑拙鄙陋和乖讹当作一种有趣的意象去欣赏"①。

幽默与讽刺本是紧密联系的。唐庚《白鹭》诗云:

说与门前白鹭群,也宜从此断知闻。诸公有意除钩党,甲乙推求恐到君。

---

① 朱光潜说:"文字游戏不外三种:第一种是用文字开玩笑,通常叫作'谐'。"见氏著《诗论》,北京:中华书局2012年版,第25—26页。

诗人托物寓讽,借着对白鹭的劝诫警告来构思命意。门内的自我已是罪人,不能不担忧门前的白鹭也被甲乙推求难逃罗网,从而尖刻地讽刺朝廷清除钩党株连之广。此诗锋芒毕露,却紧扣着白鹭的形象来议论,故罗大经赞曰:"殊有意味。"①

《讯囚》是唐庚讽刺诗的杰作:

> 参军坐厅事,据案嚼齿牙。引囚到庭下,囚口争喧哗。参军气益振,声厉语更切:"自古官中财,一一民膏血。为吏掌管钥,反窃以自私;人不汝谁何,如摘领下髭。事老恶自张,证佐日月明。推穷见毛脉,那可口舌争?"有囚奋然出,请与参军辩:"参军心如眼,有睫不自见。参军在场屋,薄薄有声称。只今作参军,几时得骞腾?无功食国禄,去窃能几何?上官乃容隐,曾不加谴诃。囚今信有罪,参军宜揣分;等是为贫计,何苦独相困!"参军嗫无语,反顾吏卒羞;包裹琴与书,明日吾归休。

诗人揭露和抨击当时吏治腐败、大官小吏人人贪赃枉法的丑恶现实,却用类似讽刺喜剧的形式表现。参军大人高坐堂上审问已成罪囚的小吏。开始时,他切齿咬牙,声色俱厉,义正辞严地斥责小吏知法犯法,监守自盗。不料小吏"奋然"而起,反戈一击,揭了他无功食禄、靠上司包庇罪过的老底,使他羞惭满面,只好声称归隐来掩饰窘态。参军与罪吏相互讯问攻讦,声情毕肖,语调幽默;诗的结尾出人意料,非常滑稽,令人忍俊不禁,在笑声中看清了大官小吏的丑恶嘴脸。他是自觉地把《讯囚》写成一出逗人发笑的讽刺喜剧,这真是匠心独运的艺术创造。

六、擅长联想,活用比喻

唐庚的联想力很敏锐,善于在貌似不伦不类的事物之间找到相关联的特征,并且喜爱运用比喻把新鲜、活泼的联想生动形象地呈示出来。例如:"楼前西日堕江红,一见如逢邻舍翁"(《登越王台》),把楼前落日比作邻舍翁;"谓当鱼纵壑,犹作鸟粘黐"(《任满未闻除代》),用鱼纵壑和鸟粘黐分别比喻任满的自由和未能除代的束缚;"大游落落如长松""小游濯濯如春柳"(《游使君诸子歌》),用落落长松与濯濯春柳分别描状游使君的两个儿子;"好山一一如佳客,令人欲作倾家酿"(《将家游治平院》),把好山比作佳客,进而要倾家酿美酒来招待它们。以上这些比喻,准确、生动、形象、新颖,又具有唐庚特有的幽默风趣。唐庚更有意同东坡竞用博喻,正如钱钟书先生所说:"一连串把五花八门的形象来表达一件事物的一个方面或一种状态。这

---

① (宋)罗大经:《鹤林玉露》卷四,北京:中华书局1983年版,第68页。

种描写和衬托的方法仿佛是采用了旧小说里讲的'车轮战法',连一接二的搞得那件事物应接不暇,本相毕现,降伏在诗人的笔下。"①先看《棕花》:

  斫破夜叉头,取出仙人掌。鲛人满腹珠,鲖鱼新出网。

  全诗四句,一句一喻,四个比喻新奇诡异,把一般人不易见到的热带植物棕花鲜活地表现出来,达到令人惊喜的审美效应。

  唐庚往往一落笔便联想翩翩,推出奇妙的比喻:"归心如跃马,奋迅不可驻;别情如放猿,已去犹返顾",这是《北归至广州寄惠州故人》的开篇;"百虫蛰处安如家,阿香夜起推雷车",这是《冬雷行》的开篇;"伏波江面莹如磨,忽尔崩腾作沸涡",这是《鸭步》的开篇;"归心急似陇头水,华发多于岭上梅",这是《即事三首》(其一)的开篇;"秋来雨似浇,雨罢水如潮",这是《江涨》的开篇;"山静似太古,日长如小年",这是《醉眠》的开篇等等。那么多诗用比喻开篇,在中国诗史上恐怕很少有别的诗人这样做。这样做在艺术构思上未必都好,但喻象扑面而来,使人一见而惊奇,也显出唐庚联想敏捷,善于取譬。又如七律《春日郊外》:

  城中未省有春光,城外榆槐已半黄。山好更宜余积雪,水生看欲倒垂杨。莺边日暖如人语,草际风来作药香。疑此江头有佳句,为君寻取却茫茫。

  诗写春郊美景,题材和构思与苏轼的《新城道中二首》相似,尾联从苏轼的"作诗火急追亡逋,清景一失后难摹"(《腊日游孤山访惠勤惠思二僧》)化出。此诗捕捉春景敏锐生动,笔调轻松活泼,风格清新流丽,也颇似东坡的新城道中诗。但细加玩味,东坡诗放笔快意,天然自得,不假人工雕镂;唐庚诗却极意推敲,悉心磨砺,由锤炼而得自然。唐庚曾说他写诗每每"悲吟累日,反复改正"(《自说》),又说:"诗在与人商论,深求其疵而去之,等闲一字放过则不可;殆近法家,难以言恕矣,故谓之诗律。东坡云:'敢将诗律斗深严。'予亦云:'诗律伤严近寡恩。'"②可见他作诗推敲、锤炼之苦。正因为峻刻寡恩地讲求诗律,他的五、七律诗简练紧凑,意新味长。《春日郊外》诗虽不如东坡《新城道中》那么轻松活泼、自然随意、天机洋溢,却显出状景奇巧、句式多变、炼字精警的特色。此诗在立意上不同于东坡诗借写春日田野景象抒发厌恶俗务、热爱自然、意欲归隐的情思,而是从表现阳春烟景的诗情画意中,感慨良辰乐事自古难全,并且深切地道出诗家用文字捕捉清景的甘苦,在学苏中自有创新。

---

 ① 钱锺书:《宋诗选注》,北京:人民文学出版社1989年版,第61页。
 ② (宋)唐庚:《唐子西文录》,《丛书集成》初编本,上海:商务印书馆1936年版,第2页。

屈原在《九章·惜诵》中提出："发愤以抒情。"①欧阳修《梅圣俞诗集序》也说："非诗之能穷人,殆穷者而后工。"②作为士大夫的唐庚被贬惠州是不幸的,作为诗人的唐庚谪居惠州却是幸运的。坎坷失意使他"发愤以抒情",写出真情充沛、正气凛然的诗歌。长期的谪居生活丰富了他的阅历,扩大了他的视野,使他对大自然和社会人生都有了真切深刻的体验,诗兴源源而来,诗歌的思想与艺术都趋向成熟。他开拓了宋诗的表现领域,丰富了宋诗的艺术技法,确实无愧于"小东坡"这一美誉。

第二节 杨万里:"南纪山川题欲遍"

南宋时期的入粤诗人中,声名最著者当推杨万里。他与陆游、范成大、尤袤并称中兴四大诗人,又是"诚斋体"的创造者。他在广东任职的两年时间里,足迹几乎踏遍了大半个省,创作了一批兼具岭南特色与诚斋风格的优秀作品,为广东诗坛留下了一笔宝贵的文化遗产。

一、"天遣南游天尽头"

杨万里(1127—1206),字廷秀,号诚斋,吉州吉水(今属江西吉安)人。宋高宗绍兴二十四年(1154)进士。孝宗初,知奉新县,历太常博士、太子侍读等。光宗即位,召为秘书监。晚年家居15年不出,因不满韩侂胄擅权专政,忧愤成疾而卒。有《诚斋集》。

宋孝宗淳熙六年(1179)正月,杨万里被任命为提举广东常平茶盐公事。淳熙七年(1180)正月,离吉水赴任广东,淳熙八年(1181)二月,改任广东路提点刑狱。闰三月,赴韶州就任。夏末行部决狱至南雄,秋季率兵平定沈师之乱,自韶州东进至梅州,南下之潮州,西折经潮阳、惠州至广州,自广州返棹北上,淳熙九年(1182)二月方归韶州。七月,继母去世,杨万里丁忧离任返里,结束了将近两年半的广东生活。

杨万里与苏轼等贬谪文人不同,他来广东任职属于正常的仕途调动,甚至有重用的意味。南宋的提举常平盐茶司主掌一路仓储赈济之事;提点刑狱主掌一路刑狱复谳之责。他出任的两个职位与安抚使、转运使并称帅、漕、宪、仓四司,均属路一级的

---

① (宋)洪兴祖撰、白化文等点校:《楚辞补注》,北京:中华书局1983年版,第121页。
② (宋)欧阳修:《梅圣俞诗集序》,李逸安点校:《欧阳修全集》卷四三,北京:中华书局2001年版,第2册,第612页。

高官,还享有监察地方行政的权力。此外,杨万里在广东还获得了建功立业的意外机会。淳熙八年(1181),沈师在福建、广东、江西的交界之地率众暴动,十二月进入梅州境内。广南东路经略安抚使巩湘檄招诸郡官军进剿,杨万里以广东提刑出兵潮州、梅州,同年底即平定叛乱。宋孝宗褒奖其有"仁者之勇""书生知兵",赐予"直秘阁"的贴职①,隐然有重用之意。所以杨万里在广东的心态大体是平和的,这在诗歌中表现得十分清晰:

> 诗人正坐爱闲游,天遣南游天尽头。到得广州天尽处,方教回首向韶州。(《闰三月二日发船广州来归亭下,之官宪台》)②
>
> 月在荔枝梢上,人行豆蔻花间。但觉胸吞碧海,不知身落南蛮。(《宴客夜归六言》)

前一首的"诗人正坐爱闲游",后一首的"不知身落南蛮",表现出作者对于广东生活的接受度和满意度还是比较高的。正是这种从容的生活态度与良好的政治心态,使杨万里在岭南的风土人情中找到了创作灵感,贡献了收录有393首诗的《南海集》。

二、"万象毕来,献予诗材"

宋孝宗淳熙十四年(1187),杨万里在《荆溪集序》中记叙了其于淳熙五年(1178)创作境界豁然开朗的感受:

> 其夏之官荆溪,既抵官下,阅讼牒,理邦赋,惟朱墨之为亲,诗意时往日来于予怀,欲作未暇也。戊戌三朝,时节赐告,少公事,是日即作诗,忽若有寤,于是辞谢唐人及王、陈、江西诸君子,皆不敢学,而后欣如也。试令儿辈操笔,予口占数首,则浏浏焉无复前日之轧轧矣。自此,每过午,吏散庭空,即携一便面,步后园,登古城,采撷杞菊,攀翻花竹,万象毕来,献予诗材,盖麾之不去,前者未雠,而后者已迫,涣然未觉作诗之难也。盖诗人之病,去体将有日矣。方是时,不惟未觉作诗之难,亦未觉作州之难也。

杨万里开悟之后,开始走出书斋而奔向自然。整个大自然在诗人的眼中,是有意识、有生命的对象。他试图赋予自然物以灵性或生命,着意体悟并传达它们的情思和

---

① (宋)杨长孺撰:《宋故宝谟阁学士通奉大夫庐陵郡开国侯赠光禄大夫诚斋杨公墓志》,(宋)杨万里撰,辛更儒笺校:《杨万里集笺校》附录四,北京:中华书局2007年版,第10册,第5340页。

② 本节所引杨万里的文字,均以辛更儒笺校,北京:中华书局2007年版《杨万里集笺校》为依据。

意欲,"努力要跟事物——主要是自然界——重新建立嫡亲母子的骨肉关系,要恢复耳目观感的天真状态。"[①]在完成这一重要诗学观念转变的两年以后,杨万里来到了广东。由于地域的特殊性,广东的自然环境和人文景观与他所熟悉的江南存在着较大的差异,这些都是杨万里笔下的绝好诗材,广东也成为他将诗学理论付诸创作实践的重要一站。

杨万里在广东的两年多时间,大体是在行役中度过的,也因此饱览了新奇壮美的自然景观。其中海洋是杨万里着意写作的重点对象。晚年观海给他带来了额外的激情。《登大鞋岭望大海》:"更将垂老眼,何许看风烟。"《晨炊叱驭驿,观海边野烧》:"山神海伯争新巧,并慰诗人眼一双。"变幻万状的大海触发了他潜藏的写作灵感,一落笔便浮想联翩:

> 大风吹起翠瑶山,近岸还成白雪团。(《海岸七日沙》)
> 银山一朵三千丈,隔海飞来对面销。(《鲈鱼潭登舟》)
> 青山缺处如玉玦,潮头飞来打双阙。(《南海东庙》)
> 最爱五更红浪沸,忽吹万里紫霞开。(《南海东庙浴日亭》)

诗人所咏的本是普通的海浪,却能捕捉住最具动感和色彩的瞬间画面,推出新颖的想象,运用活泼的语言,使海浪的盎然生机得以凸显,富有情趣。

广东的奇山丽水,也为杨万里奉献了丰富的诗料。石山七峰的尖秀、摩舍那的险滩危泷、岑水岭的玉虹倒挂,陂子迳的乔木蔽天,各色美景奇景令杨万里目不暇接,他也有意识地网罗山水风月、花草树木、春色秋光乃至鸟兽虫鱼等自然生态,刻画入诗,以敏锐的观察与细密的体悟发现新的感受与视角。如《舟过谢潭三首》:

> 风头才北忽成南,转眼黄田到谢潭。仿佛一峰船外影,褰帷急看紫巉岩。
> 夹江百里没人家,最苦江流曲更斜。岭草已青今岁叶,岸芦犹白去年花。
> 碧酒时倾一两杯,船门才闭又还开。好山万皱无人见,都被斜阳拈出来。

宋孝宗淳熙七年(1180),杨万里由江西赴任广东,选择溯赣州而上,越大庾岭入粤,再沿浈水(今北江)至广州,此组诗即作于由黄田到谢潭的途中。第一首写在疾驶的舟中所见,第二首写舟行荒江时所见草青芦白的景象,第三首写船行过程中欣赏斜阳映山的景色。这三首旅途即景之作善于捕捉转瞬即逝,不为一般人所注意的自然景物,再用浅切明快的语言生动地表现出来。钱锺书曾指出杨万里"如摄影之快镜,兔起鹘落,鸢飞鱼跃,稍纵即逝而及其未逝,转瞬即改而当其未改,眼明手捷,踪矢

---

① 钱锺书:《宋诗选注》,北京:人民文学出版社1989年版,第161页。

蹑风，此诚斋之所独也”①，如“仿佛一峰船外影，褰帷急看紫巉岩”“岭草已青今岁叶，岸芦犹白去年花”“好山万皱无人见，都被斜阳拈出来”，正是绝妙的写生，往往能呈现出出乎意料的美感。

即使描绘静态的景物，杨万里也能够做到静中有动、动静结合：

> 化工到得巧穷时，东补西移也大奇。君看桄榔一窠子，竹身杏叶海棠枝。(《题桄榔树》)
>
> 直不为楹圜不轮，斧斤亦复赦渠薪。数株连碧真成菌，一胫空肥总是筋。(《榕树》)

这两首诗都是吟咏广东的特色树种，前一首绘出桄榔树“竹身杏叶海棠枝”的独特树形，后一首聚焦榕树“数株连碧真成菌”的生长特色，体现出杨万里善于捕捉景物特质的超卓能力。而“一窠子”的俗语选择、“一胫空肥总是筋”的拟人化修辞，又使得桄榔树和榕树的生命力不加掩饰地流露出来，展现出大自然活泼泼的生机。

对于广东的人文历史景观，特别是那些与苏轼有渊源的名胜古迹，杨万里表现得兴趣盎然。他乘船路过英州，便留下了“道是荒城斗来大，向来此地著东坡”(《小泊英州》)的诗句。清远的峡山寺，韶关的南华寺，惠州的丰湖，广州的蒲涧、浴日亭与南海神庙等东坡所历之处，杨万里都怀着崇敬的心情一一瞻仰。淳熙九年(1182)正月，诗人行经惠州，游东坡白鹤亭故居，抚今怀昔，感而赋诗：

> 诗人自古例迁谪，苏李夜郎并惠州。人言造物困嘲弄，故遣各捉一处囚。不知天公爱佳句，曲与诗人为地头。诗人眼底高四海，万象不足供诗愁。帝将湖海赐汤沐，仅仅可以当冥搜。却令玉堂挥翰手，为提椽笔判罗浮。罗浮山色浓泼黛，丰湖水光先得秋。东坡日与群仙游，朝发昆阆夕不周。云冠霞佩照宇宙，金章玉句鸣天球。但登诗坛将骚雅，底用蚁穴封王侯。元符诸贤下石者，只与千载掩鼻羞。我来剥啄王粲宅，鹤峰无恙江空流。安知先生百岁后，不来弄月白蘋洲。无人挽住乞一句，犹道雪乳冰湍不。当年醉里题壁处，六丁已遣雷电收。独遗无邪四个字，鸾飘凤泊蟠银钩。如今亦无合江楼，嘉祐破寺风飕飕。(《正月十二日，游东坡白鹤峰故居，其北思无邪斋，真迹犹存》)

此诗有意模仿苏轼豪迈旷荡的诗风，大胆的夸张，惊人的想象，塑造了一个遨游于天地之间，超脱出尘俗之外的诗仙东坡。淋漓挥洒、跌宕起伏的诗笔，道出了杨万里对苏轼的崇敬之情。

---

① 钱钟书：《谈艺录》，北京：三联书店2001年版，第353页。

三、"不是胸中别,何缘句子新"

宋孝宗乾道二年(1166),杨万里作《和李天麟二首》诗,提出了"学诗须透脱,信手孤自高"的重要观点。"透脱"是宋代理学家们普遍追求的一种悟道的境界,是一种不拘泥于世俗的见识,不沾滞于事物的形迹,活泛流转,无入而不自得的境界。在杨万里看来,只有心胸"透脱",才能随物宛转,信手拈来,涉笔成趣。杨万里来到广东后,始终以透脱无碍的态度来观察自然万物,这使他的诗既有浓郁的生活气息,又新意迭出,理趣兼备。且看以下两诗:

  万山不许一溪奔,拦得溪声日夜喧。到得前头山脚尽,堂堂溪水出前村。(《桂源铺》)
  水嫌岸窄要冲开,细荡沙痕似剪裁。荡去荡来元不觉,忽然一片岸沙摧。(《岸沙》)

第一首写溪与山的搏斗,第二首写水与沙的纠缠。所咏的都是十分平常的景象,内中却蕴含对于奋斗精神的礼赞。小诗没有理语,但诗人目击道存,理寓景中,情、景、理、趣融为一体,这是哲理诗的上乘境界。

"透脱"的观物态度,让杨万里没有重蹈前人的覆辙,"不让活泼泼的事物做死书的牺牲品,把多看了古书而在眼睛上长的那层膜刮掉,用敏捷灵巧的手法,描写了形形色色从没描写以及很难描写的景象"[①]。他用"稚子玉肤新脱锦,小儿紫臂未开拳"(《初食笋蕨》)来形容竹笋与蕨菜,用"幸自琉璃青一片,落滩碎作雪花堆"(《上濛冲滩》)来写滩头的浪花,用"尽日向人挥玉麈,知将何事语春风"(《宿南岭驿》)来写高与人齐的茅草。他的想象力在广东这块新异的土地上纵情驰骋,以致姜夔有"处处山川怕见君"[②]的戏言。

"透脱"的观物态度,也使杨万里能够做到思出常格,争新在意不在词。因为诗人胸怀透脱,面对自然风物和日常生活时,能够摆脱思维定式,有特殊的观察角度与认识理解。平时习见之景,因审美视角的转换或表现层面的改移深化,便造成一种独特的审美情趣和不同寻常的"异味"。如《明发房溪二首》(其一):

  青天白云十分晴,轿上萧萧忽雨声。却是松梢霜水落,雨声那得此声清。

此诗写松梢霜水的清韵。首句先写天气的晴朗,第二句突作意外的转折,这就出

---

① 钱锺书:《宋诗选注》,北京:人民文学出版社1989年版,第162页。
② (宋)姜夔:《白石道人诗集》卷下《送朝天续集归诚斋时在金陵》,《四部丛刊》本。

现了波澜,构成了悬念。第三句揭晓谜底,原来这"雨声"并非自天而降,而是松梢凝霜融化后滴落的霜水声。于是自然会在此基础上,将"霜水"声与一般的"雨声"相比较。霜既洁白晶莹,松梢也是清洁无尘,松梢上的霜水自然极"清",不但晶莹澄澈,较之"雨水"还带有泠泠清韵,这就使诗意又多了一层曲折,诗境也显得更为深邃。陈衍评杨万里诗:"他人诗,只一折,不过一曲折而已;诚斋则至少两曲折。他人一折向左,再折又向左;诚斋则一折向左,再折向右,三折总而向右矣。"①这段精到的评论很适合用来说明这首小诗的构思。

为求诗意的新奇,杨万里还爱讲翻案法。"翻案法"是杨万里首次提出,实质上是一种逆向思维,它以活求生、化直为曲、化俚为雅,以命意的新奇校正读者的审美惯性。如《小溪到新田》:"落红满地无人惜,踏作花泥投脚香";《四月八日尝新荔子》:"老饕要啖三百颗,却怕甘寒冻断肠";《明发陈公径,过摩舍那滩石峰下》:"舟行将一月,恨速不恨迟";都是对传统意象或诗句的有意颠覆;而这种反客为主、反常合道的写法,更生动传神地表现出自然万物的灵性和情思,同时也收到一种陌生化、新奇化的审美效应。

杨万里的幽默风趣,在广东的诗歌创作中也得到了充分的表达。他的诗继承了陶潜《责子》,杜甫的《漫兴》,苏轼与黄庭坚诗的诙谐风格,并加以发展至主动与自然万物俳谐打诨,有的诗歌对所表现对象加以比拟、夸张、变形、对比,造成一种滑稽的效果。如《檄风伯》:

> 峭壁呀呀虎擘口,恶滩汹汹雷出吼。溯流更著打头风,如撑铁船上牛斗。风伯劝尔一杯酒,何须恶剧惊诗叟。端能为我霁威否,岸柳掉头荻摇手。

"檄"是古代用于讨伐、征召或晓谕的一种文体,风伯即风神。这首诗的题目就很风趣,即以自己的诗来和风神交涉。风吼涛涌,小船难行。诗人向风伯敬酒,请他息怒敛威。岸柳因风而摇头,芦荻因风而摆手。诗人把岸柳芦荻在风中的姿态看成是风伯的拒绝,联想新奇;而诗人将打头风视作风伯的恶作剧,并一本正经地劝酒交涉,似乎是面对老朋友的姿态,既幽默又诙谐。

四、"不许刘郎夸竹枝"

唐穆宗长庆二年(822),刘禹锡任夔州刺史时,非常喜欢流行在当地的竹枝歌,便采用了当地民歌的曲谱,制成新的《竹枝词九首》,描写当地山水风俗和男女爱情,

---

① 黄曾樾:《陈石遗先生谈艺录》,上海:中华书局1937年版,第1018页。

富有浓郁的生活气息。在写作上不用或少用典故,多采用白描手法,语言清新活泼,生动流畅,民歌气息浓厚。宋代的苏轼、黄庭坚、贺铸与苏辙等诗人都很喜欢仿作竹枝歌,并将刘禹锡的创作视为典范。

广东的民歌千姿百态,是远古文明与百越先民生活结合的典范。随着这一地区语言发展的繁衍,特别是粤语、潮汕语、客家语等几个方言支系语调的鲜明反差,衍生成音调和结构形态相异的百十个不同的歌种。它们遍布南粤大地,旋律优美、含蓄,富有美丽深远的文化内涵和朴实的生活气息。杨万里行走于山海之间,跨越了广东的三大方言区,开始有意识地吸收粤地民歌的艺术养料,以七言绝句为载体,创作了一系列的竹枝词。如《峡山寺竹枝词五首》(其一,其二):

峡里撑船更不行,棹郎相语改行程。却从西岸抛东岸,依旧船头不可撑。
一水双崖千万萦,有天无地只心惊。无人打杀杜鹃子,雨外飞来头上声。

广东北江有三峡,自南而北,"头中宿,尾贞阳,香炉一峡在中央"。中宿峡又名飞来峡、清远峡或者峡山,在清远城北二十三公里处。江水由北而下,到此为峡谷所束,咆哮激怒,涌浪拍山,五六月间,水势更盛,舟航时有危险。宋孝宗淳熙八年(1181),杨万里踏上归途,从广州逆流而上,风停水急,寸步难行,真正领略到峡山航程的艰苦,以诗歌的形式记录下了当时的境况。

第一首诗,是写水势湍急,船走不动,船夫商量改变走法,结果依然寸步难行。该诗用的纯是白描手法,船行之艰苦历历分明,仿佛当日情景如在目前。第二首着重描写困在船上的诗人进也不能,退也不是,由不得迁怒啼鸣如说"不如归去"的杜鹃,语言新鲜活泼,情感真实生动,带有明显的民歌色彩。

杨万里也常常使用民歌中常见的重复、顶针、连环句式以及叠字叠词,造就一种错落爽利、活泼明白的民歌风味。如《明发龙川》:"山有浓岚水有氛,非烟非雾也非云";《出真阳峡》:"入峡长思出峡行,出来却忆峡中清";《过显济庙前石矶竹枝词二首》(其二):"大矶愁似小矶愁,篙稍宽时船即流";诗语突破书面语与口头语的界限,使得杨万里的表达得到了更大的自由,能更亲切妥帖、生动细致地描刻出情景与事理。

淳熙十三年(1186),杨万里自作《南海集序》云:"予生好为诗,初好之,既而厌之。至绍兴壬午,予诗始变,予乃喜。既而又厌之。至乾道庚寅,予诗又变,是时假守毗陵。后三年,予落南初为常平使者,复持宪节。自庚子至壬寅,有诗四百首,如《竹枝歌》等篇,每举示友人尤延之,延之必击节,以有刘梦得之味,予未也敢信也。"尤袤对于杨万里《竹枝歌》的赞赏,即是对诗人主动学习广东民歌并学有所得的充分肯定。

综而言之,杨万里和广东是相得益彰、彼此成就的最佳关系。广东以奇异瑰丽的自然风物和浓郁厚重的地域文化拓展了杨万里的眼界与心胸,加速了"诚斋体"的成熟①,杨诗也因此成为宋诗中独具面目的一家。而广东也因杨万里的播扬而逐渐褪去了南荒的底色,开始以山水绝美、风情独特的新形象为世人所熟知并接受。

第三节　方信孺与《南海百咏》

两宋时期,伴随着地域文化的繁盛发展与日渐兴起的方志纂修热潮,风土百咏诗开始大行于世,正如四库馆臣所言:"宋世文人学士,歌咏其土风之胜者,往往以夸多斗靡为工。如阮阅《郴江百咏》、许尚《华亭百咏》、曾极《金陵百咏》,皆以百首为率。"②其中,方信孺的《南海百咏》采用组诗的方式,吟咏南宋时期广州地区的百余处自然与历史人文景观,开启了有意识地对岭南风土人情进行建构的地域文化传承行为,其影响一直延续到晚清,堪称广东诗歌发展史的一朵奇葩。

一、《南海百咏》的定名

方信孺(1168—1222)生于兴化军莆田地区(今福建莆田)的名门望族,理学世家,家学渊源深厚。父崧卿,登宋孝宗隆兴元年(1163)进士第,任广西转运判官时卒。方信孺年方二十,得以荫补番禺县尉,从广州开始了他的仕宦生涯。宋宁宗嘉定元年(1208),方信孺任肇庆府通判,三年(1211),又升知韶州,与广东结下了不解之缘。

方信孺的好友叶孝锡在《南海百咏》序中写道:"方君来尉番山,剔苔剔藓,访秦汉以来数百年莽苍之迹,可考者百而缀以诗。"③由此可知,诗集作于方氏担任番禺县尉的时期。诗中吟咏的名胜古迹并不局限于南海一县,东莞、清远、新会、增城等旁县都有涉及,如黄巢矶、清远峡、飞来殿、广庆寺在清远;资福寺、罗汉阁在东莞;凤凰台、会仙观在增城;龙窟、金牛山、仙涌山在新会。南宋高宗绍兴年间,广州置设八县,即南海、番禺、增城、清远、怀集、东莞、新会、香山。因此题中的"南海"并非确指南海县,而是当时广州的代称。

---

① 关于广东之行与"诚斋体"的成熟,可参看李海燕:《〈南海集〉与"诚斋体"的演变》,华南师范大学2007年硕士论文。
② (清)永瑢等:《四库全书总目》卷一六五"张尧同《嘉禾百咏》"条,第2185页。
③ (宋)方信孺:《南海百咏》,清光绪八年(1882)刊本。

《南海百咏》的产生,体现一个核心观念及相关的导向,这个核心观念是"地方"①。南宋以降,"地方"的观念变成士人思想中非常重要的一个概念,人们对地方的理解已经有了边界意识,对不同区域的文化传统也有了更深刻的区别和认知。他们将目光转向了身边的家乡、宦游的任所、行旅的山水,在吟咏的同时,进行了详细的记录与情感空间的定格。因此,当方信孺来到广州,他会不辞辛劳地踏赏"秦汉数百年来莽苍之迹",着力创作打上时代以及他本人印记的舆地胜览,为南宋时期的岭南风物留下了珍贵的记忆。

二、有意味的形式

在表现区域文化的诗歌写作中,组诗的认识价值和艺术魅力在于其丰富性、自觉性、系统性和独特性。风土百咏诗发展为宋代组诗的代表形式之一,以一景一诗,百诗并列的布局来对各地风土景观进行全方位的介绍,这无疑是一种很好的载体选择。《南海百咏》首次将百咏诗的形式引入广东地区,用于吟咏广州地区的一百处风景名胜,大到山川城池,例如《禺山》《金牛山》《药洲》等,小到楼榭亭台,例如《五仙观》《菩提树》《贪泉》等。每首诗歌叙述一个主题,或景观或风俗或人物,这些组合的小单元相互勾连,展示着该地风土人情的美妙,述说着人文景观的历史,不论是实写还是虚写,它们并列铺陈开来,均能够组成一个既可俯瞰又可近观的完整画卷。同时,这一形式也突破了单首诗歌囿于特定时空的局限,使可视的空间得到了有效的延展,使诗歌的时间性实现了从古到今的跨越。

《南海百咏》还采用了诗注互补的形式。阮元在《四库未收书提要》称:"是编乃其官番禺县尉时所作,取南海古迹,每一事为七言绝句一首,每题之下各记其颠末。注中多记五代南汉氏事,所引沈怀远《南越志》、郑熊《番禺杂志》,近多不传。"②七言绝句的优点是篇幅短小精悍,不拘对偶,故构写自由;讲究声律,故朗朗上口,很适合"览江山之胜迹,发思古之幽情"的风土诗,也能更好地展示作者的才力。而这种诗体的缺陷是容量有限,如果对诗中所描述的自然景观、风土人情与历史传统不甚熟悉,就无法领悟诗人的真实用意。《南海百咏》采取"题下注"的方式,在以景点命名的诗题之下,一方面详细介绍地理位置、得名由来、沿革兴废、历史故事、神异传说等相关内容,并征引史籍地志、前人或时人相关的诗文,全方位补充了诗歌写作的背景

---

① 关于《南海百咏》的论述,可参看翁筱曼:《晚清岭南文化传承的自觉与乡土认知的新变——以〈南海百咏〉的晚清流播为论述中心》,《中山大学学报(社会科学版)》2016年第4期。
② (清)阮元:《四库未收书提要》卷三,《揅经室集》,北京:中华书局1993年版,第1242页。

知识,与诗歌主体描写和抒情相得益彰,二者共同营构了一个充满地域风情的诗意世界。例如《南濠》诗,题下有注:"在共乐楼下,限以闸门,与潮上下,盖古西澳也。景德中高绅所辟,维舟于是者,无风波恐。民常歌之,其后开塞不常",后有诗云:"经营犹记旧歌谣,来往舟人趁海潮。风物眼前何所似,扬州二十四红桥。"①小注将南濠的地理位置、繁华的景象、开辟之历史用寥寥数语便交代清楚,而诗歌的渲染与情感的抒发则与注释互相发明,让南濠不复存在的年代,后人仍然能够由此诗此注打开时光的大门,回到那段似扬州红桥般繁华景致的南濠时光。又如《石门》:

> 在州西南二十里,或谓十五里。《郡国志》及《图经》云:"吕嘉拒汉,积石江心为门。"《岭表录异》云:"汉将军韩千秋征南越,全军覆没之地也。"《汉书》云:"韩千秋兵之入也,未至番禺四十里,越以兵击千秋等,灭之。"又"元鼎六年冬,楼船将军将精卒先陷寻峡,破石门"。
>
> 吕嘉积石浪相传,双阙天开尚宛然。成败古来俱一梦,千秋何似老楼船。

作者在短短的28个字中连续使用了三个发生于广东的历史典故,首先是南越国丞相吕嘉拒绝归附汉室,在江中堆石拒汉的史事;其次是汉将军韩千秋征讨南越国,溃败而归的历史事件;为了与韩千秋的失败形成对比,又引用了楼船将军杨仆攻破石门,胜利凯旋的故事来表达成败皆梦的喟叹。三个典故皆与当地景观的历史文化有着深切的联系,却并不为广东以外的世人所熟知。诗注从自然景观和历史文化两个方面,以散文化的通俗语言来阐释正文内容。若无诗注的补充发明,作者意欲表现的沧桑之变、兴亡之感也很难为人所体悟与接受。

《南海百咏》中,题下注为诗歌的写作提供了坚实的知识背景,而诗歌的吟咏则反过来让题下注变得生动鲜活,二者互相配合,有效地提高了诗歌的表现力。

三、宋代广州的城市指南

方信孺并未像同时代的宋人那样资书以为诗,而是剜苔剔藓、不辞劳苦地亲自搜访广州各处名胜古迹,并结合历史文献做了一番严谨细致的考证,用诗注互补的组诗形式创作了《南海百咏》。集中的诗歌如同一幅幅画卷,从不同的角度展现了宋代广州的风土人情,全面而生动地记录了广州城丰富且悠长的历史。

广州是一座拥有两千余年历史文化的古城,是海上丝绸之路的起点。在中原文明与海洋文明的双重滋养下,南宋时期的广州就已经是一个既具有独特的地域色彩,

---

① 本节所引方信孺的文字,均以清光绪八年(1882)刊本《南海百咏》为依据。

又拥有浓郁的异域风情的多元化大都市了。方信孺敏锐地关注到广州城的这一重要特征,并在诗歌中予以了呈现:

  始于唐时,曰怀圣塔。轮囷直上,凡六百十五丈,绝无等级。其颖标一金鸡,随风南北。每岁五六月,夷人率以五鼓,登其绝顶,叫佛号以祈风信。下有礼拜堂。
  半天缥缈认飞翚,一柱轮囷几十围。绝顶五更铃共语,金鸡风转片帆飞。
(《番塔》)

  在城西十里。累累数千,皆南首西向。
  鲸波仅免葬吞舟,狐死犹能效首邱。目断苍茫三万里,千金虽在此生休。
(《番人冢》)

  唐宋时期,由于中国和外国经济、文化往来频繁,和平友好的联系十分密切,致使大批的外国商人移居中国,同时也将他们的生活习俗与宗教信仰带到了中国。广州作为东南沿海最大的港口,大量不同种族、不同宗教的人士生活在这里。为便于管理,官府还设立了外侨社区——蕃坊,蕃坊设蕃长,管理侨民事务。其中的穆斯林商人们由于宗教生活的需要,开始在广州建设清真寺这一伊斯兰教的重要标志性建筑。番塔即今天的光塔,原本是清真寺里的宣礼塔,是教中长老每日召唤早悼的场所;番人冢俗称"回回冢",是当时侨居广州的伊斯兰教徒的墓地。《番塔》诗重在描述,生动地还原了宋代履粤穆斯林群体祈祷的历史场景;《番人冢》则带有几分批判的意味,反映了中国与外国在乡土观念上的差异。

  作为宋代对外贸易的重要口岸,广州容纳了来自世界各地的不同文化,它们与本土文化相互碰撞与融合,形成一种"中体西用"式的地域文化。《南海百咏》对此亦有所涉及,如《菩提树》诗:"庭前双寺尚依然,何处犹参无树禅。一自老卢归去后,年年长结万灯缘。"有小注:"菩提树在六祖影堂前,宋求那支摩三藏所手植,六祖开东山法门于其下。树虽非故物,亦其种也。广人凡遇元夕,往往取其叶为灯,而此寺独盛。"佛祖释迦牟尼在菩提树下修成正果的,佛教徒将其视为"神圣之树"。当时的广州人却别出心裁摘取菩提树叶做成灯笼,庆祝中国传统的元宵节,真可说是"拿来主义"了。

  方信孺一方面吟咏广州的地方风物,将名胜古迹、历史传说、文化传统等糅合入诗,刻画形容;另一方面也会在作品中注入浓重的历史之思和兴亡之慨,给诗歌打上了咏史怀古的清晰印记。《南海百咏》所记载的古迹,大多与南越与南汉两个地方政权有关。尤其是短祚的南汉王朝,虽然历时才五十余年,却大兴土木,劳民伤财,帝王也是花招迭出,留下了很多悲惨的、骄奢的、香艳的传说故事。方信孺身处原南汉都城的广州,见古迹,思旧邦,抚今追昔,痛责南汉君王的荒淫无道,同情深受其害的平民百姓。例如《刘氏铜像》批判刘氏父子"范铜为像,少不肖似即杀冶工"的罪恶行径;《刘氏郊坛》揭示刘氏徒然祭天告福,依然改不了"荒凉到处游麋鹿,谁识郊坛八面圆"的最终命运,又如《媚川都》诗:"渧渧愁云吊媚川,蚌胎光彩夜连天。幽魂水底犹相泣,恨不生逢开宝年。"题下注云:"伪刘采珠之池也。隶役凡二千人,每采珠,因而死者靡日不有。所获,既充府库,复以饰栋宇。潘公美克平之后,于煨烬中得所余玑琲珍珠以进。太祖令小黄门持视,宰相且言采珠危苦之状。开宝五年,诏废媚川都,选其少壮者为静江军,老弱者听自便。至今东莞及滨海处往往犹有遗珠。"方信孺以南汉与赵宋两朝对媚川都的不同政策作比,既批评了前朝的暴虐无道,也歌颂了本朝的圣祖仁君。

方信孺《南海百咏》是第一部以广州地区的名胜古迹为咏叹对象的诗歌地理志,从它诞生之日起以至晚清,在广东地区得到广泛的传播,既有明代张诩《南海杂咏》、清樊封《南海百咏续编》等追和之作,又有晚清学海堂将其视作教材,并以《分和方孚若南海百咏》《续和南海百咏》考较士子的致敬之举,从而具有广东乡土文学经典的意蕴和价值。

第四节 "以诗存史"的文天祥

文天祥(1236—1283),字履善,后改字宋瑞,号文山。吉州庐陵(今江西吉安)人。宋理宗宝祐四年(1256),历知瑞州、赣州。恭帝德祐二年(1276)任右丞相,出使元军。宋端宗景炎三年(1278),战败被俘,拘于大都四年,坚贞不屈,从容就义。著有《文山先生全集》。

文天祥是备受崇敬的民族英雄,也是流芳百世的爱国诗人。他的诗歌创作可以德祐元年(1275)起兵勤王来划分:前期诗比较平庸,是传统封建士大夫知识分子的典型吟唱;后期诗则有着独特的面貌、气韵和风骨,是一个欲扶大厦于将倾的政治家的慷慨悲歌[①]。广东是他捍卫南宋王朝、抵御元军进攻的最后战场,也是他挥毫泼墨,实现创作升华的蜕变之地。文天祥在广东创作的诗歌,是他后期诗的重要组成部分,也是南宋诗歌最后也最耀眼的一束光芒。

文天祥极为崇拜杜甫,这与两宋士大夫对杜甫的普遍尊仰固有关系,但他个人还

---

① 本节的叙述,可参看金其桢:《文天祥诗歌散论》,《文学评论》1990年第3期。

有一层更亲切的特殊缘由,那便是身世经历的相似性:世事剧变,社稷崩坏,颠沛流离相似;怀瑾握瑜,节义凛烈,亟思报效又相似。他的《集杜诗序》云:

> 余坐幽燕狱中无所为,诵杜诗,稍习诸所感兴,因其五言集为绝句。久之得二百首。凡吾意所欲言者,子美先为代言之。日玩之不置,但觉为吾诗,忘其为子美诗也……昔人评杜诗为"诗史",盖其以咏歌之辞,寓记载之实,而抑扬褒贬之意灿然于其中,虽谓之史可也。予所集杜诗,自余颠沛以来,世变人事,概见于此矣,是非有意于为诗者也。后之良史,尚庶几有考焉。①

"以咏歌之辞,寓记载之实,而抑扬褒贬之意灿然于其中",这是文天祥推崇杜诗的原因;"以诗存史",也是广东时期的文天祥在创作诗歌时的追求目标。这一时期的诗歌,正和杜诗一样,是可以补史、可以证史、可以入史的伟大的现实主义篇章。

一、痛彻心扉的亡国史

广东是南宋与元朝两军的最后决战之地。文天祥于景炎二年(1277)带兵从江西败退广东,祥兴元年(1278)在五坡岭(在今广东海丰北)被俘,二年(1279)五月出大庾岭北上大都(今北京),几乎完整地参与了这场绵延数年之久的大决战,目睹了南宋王朝的覆灭。他用自己的如椽巨笔,如实地记录了这段可歌可泣的亡国历史,如七古长篇《二月六日海上大战,国事不济,孤臣天祥坐北舟中,向南恸哭,为之诗曰》云:

> 长平一坑四十万,秦人欢欣赵人怨。大风扬沙水不流,为楚者乐为汉愁。兵家胜负常不一,纷纷干戈何时毕。必有天吏将明威,不嗜杀人能一之。我生之初尚无疚,我生之后遭阳九。厥角稽首并二州,正气扫地山河羞。身为大臣义当死,城下师盟愧牛耳。间关归国洗日光,白麻重宣不敢当。出师三年劳且苦,只尺长安不得睹。非无虓虎士如林,一日不戈为人擒。楼船千艘下天角,两雄相遭争奋搏。古来何代无战争,未有锋镝交沧溟。游兵日来复日往,相持一月为鹬蚌。南人志欲扶昆仑,北人气欲黄河吞。一朝天昏风雨恶,炮火雷飞箭星落。谁雌谁雄顷刻分,流尸漂血洋水浑。昨朝南船满崖海,今朝只有北船在。昨夜两边桴鼓鸣,今朝船船鼾睡声。北兵去家八千里,椎牛酾酒人人喜。惟有孤臣雨泪垂,冥冥不敢向人啼。六龙杳霭知何处,大海茫茫隔烟雾。我欲借剑斩佞臣,黄金横带为何人。

---

① 本节所引文天祥诗文,皆以中国书店1985年版《文天祥全集》为依据。

祥兴二年(1279)二月,崖山海战爆发,元军以少胜多,宋军全军覆没。初六日,陆秀夫背负帝昺投海自尽,十余万军民一同殉国,保全了弱宋的最后气节。早为战俘的文天祥被张弘范押至海上观战,为宋元的最后一战留下了真实生动的现场记录:"流尸漂血洋水浑"化用"血可漂橹"的典故,绘制出作为战败者的宋朝军民浮尸海上的惨景;"昨朝南船满崖海,今朝只有北船在"看似平静客观的叙述,其实融入了诗人失去最后寄托、心如死灰的哀愤情绪;"唯有孤臣雨泪垂,冥冥不敢向人啼"堪称点睛之笔,写尽了站在战败者一方的南冠楚囚哀悼家国沦亡,却又不愿被胜利者视为软弱的矛盾心态。诗人有意识地采用抒情叙事最富有表现张力的七言古体,以雄劲的笔力抒写深哀的悲痛,情感悲凉而骨气遒劲。

崖山海战是赵宋王朝留给世界的最后一缕余光,文天祥有意识地用不同的诗体、从不同的侧面来书写这场可歌可泣的战争:

> 揭来南海上,人死乱如麻。腥浪拍心碎,飙风吹鬓华。一山还一水,无国又无家。男子千年志,吾生未有涯。(《南海》)

> 三年海峤拥貔貅,一日蹉跎白尽头。垓下雌雄羞故老,长安咫尺泣孤囚。鱼龙沸海地为泣,烟雨满山天也愁。万死小臣无足憾,荡阴谁共侍中游。(《战场》)

两首诗同作于崖山海战后。诗人熔叙述、描写与议论于一炉,将崖山海战这一重要历史事件用诗歌的形式留存于世,使南宋军民舍生取义的英雄事迹不致被历史湮没,功莫大焉。作者触景生情,景中寓情,巧妙地化用典故,将自己的心理感受与王朝的兴亡交织在一起,抒发了自己深沉而强烈的内心情感,沉郁顿挫而又气贯长虹。

二、败而不屈的抗争史

文天祥从小便受传统儒家思想教育的影响,特别是在南宋理学盛行的整个大环境熏染下,安社稷、济苍生是他一生的目标。然而即使是状元宰相,也无法让溃败的南宋起死回生。"精卫是吾魂,苦胆为忧天"(《赴阙》),预示着他的奔走国事必然是悲剧性的结局。在元军大举南下之时,文天祥为挽救摇摇欲坠的赵宋王朝,曾竭尽全力,折冲樽俎,辗转兵间,可惜壮志未酬,而故国河山终于沦亡。回天固然无力,但民族英雄不屈不挠的抗争却值得被崇敬。文天祥在广东所作的诗歌,也是一部记录他意欲挥戈返日,虽败而犹荣的抗争史。

五坡岭被俘后,文天祥失去了直接抗击元军进攻的军事手段,但他的抵抗意志并未被消磨殆尽,而是愈挫愈炽。张弘范是灭宋元军的统帅,在崖山海战前请文天祥写信招降宋军主将张世杰,文天祥回复说:"我自救父母不得,乃教人背父母,可乎?"(《指南后录》卷一之上),慷慨赋《过零丁洋》以明其志:

> 辛苦遭逢起一经,干戈寥落四周星。山河破碎风飘絮,身世浮沉雨打萍。惶恐滩头说惶恐,零丁洋里叹零丁。人生自古谁无死,留取丹心照汗青!

作者通过环环相扣的前六句,把家国之仇恨、抵抗之艰难渲染到极致,哀怨之情汇聚为高潮,特别是"惶恐滩"与"零丁洋"两个带有感情色彩的地名自然相对,又被作者运用来表现他昨日的"惶恐"与今日的"零丁",真可谓诗史上的绝唱。而尾联又一笔荡开:"人生自古谁无死,留取丹心照汗青!"以磅礴的气势,高亢的情调收束全篇,表现出他宁死不屈的民族气节和舍生取义的生死观。由于结句高妙,致使全篇由悲而壮,由抑而扬,形成一曲千古不朽的壮歌,成为鼓舞后代仁人志士视死如归的格言。

南宋彻底灭亡后,张弘范再次劝降,文天祥以诗代答:

> 高人名若浼,烈士死如归。智灭犹吞炭,商亡正采薇。岂因微后福,其肯蹈危机。万古春秋义,悠悠双泪挥。(《张元帅谓予国已亡矣杀身以忠谁复书之予谓商非不亡夷齐自不食周粟人臣自尽其心岂论书与不书张为改容因成一诗》)

高度重视气节是文天祥一以贯之的立世意识。他早年吟咏梅花诸诗句,庶几可看出日后的历史必然:"花有岁寒心,清贞坚百炼"(《赠梅谷相士》);"惟渠不复凌霜操,千古风标只自知"(《题陈正献公六梅亭》)他在后期的流亡中,又吟出"慷慨为烈士,从容为圣贤"(《高沙道中》)的佳句,道出自己对于生命的终极追求。豫让吞炭,夷齐采薇,"乐人之乐者忧人之忧,食人之食者死人之事"(《指南后录》卷三),君子当自尽其心而已,留名与否,本非考虑的对象。作为敌军统帅的张弘范为之改容,当是为文天祥的"虽九死其犹未悔"的凛然大义所折服。

"少年狂不醒,夜夜梦伊吕"(《英德道中》);"悠悠看晚渡,谁是济川人"(《又呈中斋》)。他被押解离开广东、奔赴大都的途中,依然没有放弃复国的幻想,期待着伊尹、吕尚、傅说般的谋臣能够重整河山、再造乾坤。一息尚存,抗争不已,这也是文天祥在广东创作的诗歌给人留下的最深刻印象。

三、末路英雄的心灵史

文天祥在广东第二次被俘后,已然很清醒地认识到大厦将倾,非一木所能支的残酷现实,从容取义成了唯一的选择。但易代之际的历史最为纷繁芜杂,有着两次被俘经历的他很可能会遭受后人的误解甚至故意的曲解。强烈的使命感使他希望自己的诗文能为后世在史料方面有所取舍判断。他开始有意识地借助诗歌发抒怀抱、诉说衷曲,为自己的忠肝义胆留下一篇正大光明的证词。他在广东所作的诗歌,也是一部记录英雄末路时的心灵史。

文天祥特别看重诗歌言志抒情的功能,他曾经说过"诗句自是人情性中语"(《集杜诗自序》),"动乎情性,自不能不诗"(《东海集序》),"诗所以发性情之和也。性情未发,诗为无声;性情既发,诗为有声"(《罗主簿一鹗诗序》),"诗固出于性情之正而后可"(《题勿斋曾鲁诗稿》)。诗歌创作是否"动乎情性"是诗歌能否有感染力,能否创作成功的先决条件,而创作出来的诗歌也必须要能流露出充沛饱满的情感思想才算是好的诗句。从祥兴元年(1278)正月被俘离开潮州至二年(1275)五月出大庾岭,文天祥的诗歌"皆惓惓焉爱君忧国之诚,匡济恢复之计。至其自誓尽忠死节之言,未尝辍诸口,读之使人流涕感奋,可以想见其为人"①。如《言志》诗:

> 九垠化为魅,亿丑俘为虏。既不能变姓名卒于吴,又不能髡钳奴于鲁。远引不如四皓翁,高蹈不如仲连父。冥鸿堕矰缴,长鲸陷网罟。鹧燕上下争谁何,蝼蚁等闲相尔汝。狼藉山河岁云杪,飘零海角春重暮。百年落落生涯尽,万里遥遥行役苦。我生不辰逢百罹,求仁得仁尚何语。一死鸿毛或泰山,之轻之重安所处。妇女低头守巾帼,男儿嚼齿吞刀锯。杀身慷慨犹易免,取义从容未轻许。仁人志士所植立,横绝地维屹天柱。以身徇道不苟生,道在光明照千古。素王不作春秋废,兽蹄鸟迹交中土。闰位适在三七间,礼乐终当属真主。李陵卫律罪通天,遗臭至今使人吐。种瓜东门不可得,暴骨匈奴固其所。平生读书为谁事,临难何忧复何惧。已矣夫,易箦不必如曾参,结缨犹当效子路。

这是一篇典型的宋诗,诗中运用了大量的历史典故,寄寓了文天祥对于生命价值及人生意义所做的深邃思考。他赞赏那些舍己报国,名垂青史的仁人志士,认为人只要把生命的价值投放到一项伟大的事业中,那就是"死得其所"。受到这种人生信念的鼓舞,文天祥能从容面对各种险境,为了"求仁得仁",可以"有身不得顾",明确表明了自己要学子路那样从容地就义。他不畏死,但不能平平淡淡地去死。他要抗争,抗争愈激烈,牺牲就愈壮观,离"仁"的理想境界就越近。字里行间,充溢着一股慷慨壮烈的节烈之气,可谓是《正气歌》的先声。

这种尽忠死节的表白,在这一时期的诗歌里频频可见:"孤臣腔血满,死不愧庐陵"(《元夕》);"茫茫地老与天荒,如此男儿铁石肠"(《登楼》);"孤臣伤失国,游子叹无家"(《自叹》)。他在走出广东的最后一站,留下了《南华寺》一诗:

---

① (明)韩雍:《文山先生文集序》,(南宋)文天祥:《文天祥全集》卷二〇《附录》,北京:中国书店1985年版,第521页。

> 北行近千里,迷复忘西东。行行至南华,忽忽如梦中。佛化知几尘,患乃与我同。有形终归灭,不灭惟真空。笑看曹溪水,门前坐松风。

诗有附记:"六祖禅师真身,盖数百年矣!为乱兵刲其心肝,乃知有患难,佛不免,况人乎!"一个"耳想杜鹃心事苦,眼看胡马泪痕多"(《读杜诗》)的孤臣孽子,对于个人的生死已经全然看淡,准备从容地记录即将到来的又一番苦难与辉煌了。

《四库全书总目》评价文天祥《集杜诗》:"诗凡二百篇,皆五言二韵,专集杜句而成。每篇之首,悉有标目次第,而题下叙次时事,于国家沦丧之由,生平阅历之境,及忠臣义士之周旋患难者,一一详志其实,颠末粲然,不愧'诗史'之目。"①"诗史"这一评价移用于文天祥在广东所作的诗歌,无疑也是极为精准的。

---

① (清)永瑢等:《四库全书总目》卷一六四,北京:中华书局1965年版,第1408页。

第四章　元代诗人的创作

元代的广东诗坛处于低潮期,作者寥寥。本土诗人中,观音奴与蒲里翰是广东籍的少数民族诗人,其价值不仅仅在于诗,更在于证明了元代诗坛的多样性。元初的赵嗣涣将八景诗推广到乡都一级,标志着广东诗人的乡土意识进一步觉醒;而元末黎伯元、罗蒙正的诗歌揭露了元末动荡的社会现实,诗风延续了广东沉郁劲健的现实主义传统。入粤诗人中,"元诗四大家"之一的范梈、殉节诗人刘鹗的创作在广东实现了思想性和艺术性的双重提升,为冷寂的诗坛增添了一抹亮色。

第一节　寥若晨星的本土诗人

一、赵嗣涣与八景诗

所谓"八景",是指能够代表某一地域文化特色的八处或八处以上的景观,内容可分为自然和人文两大类型。它起源于宋代画家宋迪的《潇湘八景图》,是中国传统文化中一种突出展现地域特色的文化现象。八景诗则指的是以八景为吟咏对象的诗歌,既具有中国古代山水诗或怀古诗的传统特色,又蕴含着丰富多彩的地域文化内涵。广东最早出现的八景诗,应是咸淳状元张镇孙的《广州八景》,而将广东八景文化深入推进的则是元中期的赵嗣涣。

赵嗣涣(1296—1365),字仲举,号梅南。香山(今属广东中山)人。他是宋太祖御弟赵匡美的十一世孙,以道学文章为当世所敬仰。宋朝灭亡后,隐居不仕。有《菉猗诗集》。他有感于桑梓之地的默默无闻,创作了《潮居八景诗》,有小序:

> 潮居,山穷水尽之乡,力耕种谷之俗,周王马迹之所不到,谢公展齿之所不及,盖遐裔也。仆生长于斯,每风日晴明,山川辉媚,未尝不登高远望。游目之际,偶与意会,不书所见,使其物迹湮没,是林惭涧恧耳。因成八景诗,寄情志胜。不拟先生首阐一序,并诗品题,诸公和章叠赐至九十六首。承执事转付默斋先

生,仰尘匠石,运斤成风,斫鼻之垩。斫者诚难,受斫者亦不易。昨蒙发至改本,披味再四,剪芜绝蘩,撮机取要。浩乎吞鸥夷九湖于胸中,而无西子之累。然其中一二,不无疑焉。所谓诗无定鹄,会心是的,信矣!①

潮居(今斗门赤坎村)是宋代香山县的一个乡,僻处边隅,少人知晓。赵嗣渙的贡献,一是将八景诗的创作对象从传统的州县下移至更为基层的乡都,对潮居的自然与人文景观予以了文学的呈现;二是激发了本地文人创作八景诗的热情,"诸公和章叠赐至九十六首",促进了八景文化在广东的传播。

《潮居八咏诗》中,《黄杨天池》《龙归清话》《郊野畋猎》《厓门烟雨》《春宵即事》五首诗歌吟咏本地的风土人情和历史故事,属于八景诗的传统内容;《构亭对竹》《薰风漫兴》《中秋玩月》三首诗歌溢出传统之外,重在展示诗人在潮居生活的自适与自怡,颇有文体创新的自觉。

此后,广东还出现了程文表《南雄八景诗》、黄仲翁《香山八景诗》,它们与赵嗣渙《潮居八咏诗》标志着元代广东士人乡土意识的觉醒,广东的地域文学也开始进入了一个新的发展阶段。

二、观音奴和蒲里翰

元朝是一个大一统的多民族帝国,拥有一个中华民族历史上包容最为广泛,色彩最为纷呈的多元化诗坛,涌现出萨都剌、余阙、廼贤等一批高水平的少数民族诗人。经过数十年的民族融合,他们已经深受汉文化的浸润熏陶,可以很熟练地使用汉语创作诗歌。这是元代诗歌的一大特点。广东籍的观音奴与蒲里翰,也加入汉诗创作的队伍中,并且取得了较为突出的成就。

观音奴,字志能,号刚斋,唐兀人氏。家居新州(今广东新兴)。元泰定四年(1327),他与萨都剌、笃列图、偰善著等人同登右榜(蒙古色目)进士。初授户部主事,转知归德府,廉明刚断,破案如神。仕至都水监官,致仕归,卒年六十九。《元史·良吏二》有传。

观音奴凭借其在政治上的卓越表现,赢得了当世名公对他人品的充分肯定。"元诗四大家"之首的虞集为作《刚斋说》:"应奉翰林文字前进士观君志能长桂林宪幕时,或病其刚,不宜于画诺,遂敛裳去之。及召拜翰林,台省更善其刚,遂以刚得名

---

① 陈永正主编:《全粤诗》第2册,广州:岭南美术出版社2008年版,第574页。

于时,因以名斋。"①至正名臣许有壬也创作了《刚斋铭》:"惟士尚志,志统乎气。日惟至大,刚实与配。"②两位名家采用的文体不一,但都对观音奴刚直不阿的性格表达了欣赏之情。

观音奴的文学才华也备受瞩目。他和元后期著名诗人李孝光、傅若金、张翥等人都有唱和酬赠之作。傅若金的赠诗中分别有"久以才名称阙下,忽持风裁照江浔"(《送观志能赴广西宪司经历》)③的诗句,足见观音奴的声名之著。而元代诗歌创作成就最高的少数民族诗人萨都剌与他更是情深意笃。元文宗至顺三年(1332),两人同赴大都,舟至梁山泊,风雨大至,行舟不能相接,遂停泊于芦苇荡中,萨都剌兴之所至,折芦题诗赠观音奴:"题诗芦叶雨斑斑,底事诗人不奈闲。满泺荷花开欲遍,客程五月过梁山。"④萨都剌独自南还,又有《再过梁山有怀观志能》诗:"故人同出不同归,云水微茫入梦思。记得题诗向叶上,满湖风雨似来时。"⑤两人同属元代第二等级的色目人,又是泰定四年(1327)的同榜进士,又在诗歌领域切磋琢磨,成就了元代诗坛的一段佳话。

《全粤诗》收录观音奴的三首诗。其中,《赈宁陵》是作者亲赴宁陵赈济灾民时所作的一首记事诗:

> 春蚕老后麦秋前,驰驿亲颁赈济钱。属邑七城蒙惠泽,饥民万口得生全。荒村夜月闻春杵,破屋薰风见灶烟。圣主仁慈恩似海,更将差税免今年。⑥

元代的宁陵属归德府管辖,可知此诗作于观音奴知归德府的任期内。作为具有儒家素养的少数民族官员,他始终把百姓疾苦放在第一位。赈灾本是元代官吏上下其手、营私舞弊、大发横财的机会,观音奴却秉正而立,持善而行,亲力亲为,将朝廷的赈济钱款及时发放到七县灾民的手中,避免了饿殍满地、百姓流亡的惨剧发生。"荒村夜月闻春杵,破屋薰风见灶烟"看似平淡的实景描写,却蕴含着作者拯民济世的快慰之情。

---

① (元)虞集:《道园类稿》卷三十,台北:台湾新文丰出版社1985年《元人文集珍本丛刊》影印版,第6册,第183页。
② (元)许有壬:《至正集》卷六六,台北:台湾商务印书馆《景印文渊阁四库全书》1986年版,第1211册,第469页。
③ (元)傅与砺撰,杨匡和校注:《傅与砺诗集校注》卷七,昆明:云南大学出版社2015年版,第286页。
④ (元)萨都剌:《雁门集》卷五《余与观志能俱以公事赴北舟至梁山泊时荷花盛开风雨大至舟不相接遂泊芦苇中余折芦一叶题诗其上寄志能》,上海:上海古籍出版社1982年版,第130—131页。
⑤ (元)萨都剌:《雁门集》卷五,第131—132页。
⑥ 本节所引观音奴的诗歌,均以中山大学中国古文献研究所编,广州:岭南美术出版社2008年版《全粤诗》第2册为依据。

《四见亭》堪称观音奴的代表之作,诗云:

> 卧麟山前江水平,卧麟山下望行云。山云山柳岁时好,江水江花颜色新。长江西来流不尽,东到沧海无回津。我欲登临问兴废,今时不见古时人。

四见亭在今湖北省黄陂区的卧麟山上,可以俯瞰长江。元顺帝元统初,观音奴从武昌返回金陵,途径卧麟山,升亭远眺,赋成此诗。本篇立意高深,由眼前的景象自然引出对前代历史的凝想,感人之处并不在写景的穷形尽相和叙事的丰满委曲,而是潜藏于景物之下的兴亡之慨。诗歌视野空阔、意境苍凉、感慨深沉,在元人的同类诗中亦是优秀的作品。

蒲里翰,又作蒲理翰或蒲里罕,字文渊。他的先祖是西域人,世居蒲昌海(今罗布泊)。南宋宁宗嘉定四年(1211),祖父鲁尼氏自西域而归中国,侍养来粤,占籍广州南海。蒲里翰与新州的观音奴、揭阳的杨宗瑞同登元泰定四年(1327)进士,创造了元代广东科举史的一个奇迹。元顺帝至正四年(1344),蒲里翰由漕运副使调任知溧阳州,在任三年,擢升云南廉访司佥事。其生平事迹见(清代同治)《南海县志》。

蒲里翰存世的诗歌只有三首:《游嵩岳二首》与《中岳投龙简》,似应作于奉命代祀中岳嵩山的行程中。其中,《中岳投龙简》描写的是祭龙功成后的情境:

> 自喜华颠预此行,远赍纶旨告功成。典谟会与唐虞并,文武更祈申甫生。人意达时天意合,金龙投简蛰龙惊。归途岩壑清风响,疑是当年万岁声。①

此诗系歌功颂德之作,格律严谨,隶事精微,体现出作者对于"雅正"诗风的追求。

三、黎伯元

元朝后期的朝政日益昏暗,民族矛盾又趋激化,反元暴动此起彼伏。动荡不安的社会现实影响了广东诗坛的风气,诗人们的题材选择和风格追求有了较大的变化,写实倾向大大增强,代表作家首推黎伯元。

黎伯元,字景初,号渔唱。东莞人。由连山教谕仕至德庆、惠阳儒学教授,深受学子们的尊敬,所至文风以振。著有《渔唱稿》。

元顺帝后至元三年(1337)正月,广东增城县民朱光卿起义,石崑山、钟大明等率众响应,建大金国,年号赤符。四月,惠州归善县民聂秀卿、谭景山等造兵器,拜戴甲为定光佛,与朱光卿相结合,声势浩大。义军虽然先后被镇压,但广东还是进入了长

---

① 陈永正主编:《全粤诗》第2册,广州:岭南美术出版社2008年版,第571页。

达二十余年的军阀混战时期。黎伯元身处江山易代之际,转侧兵戈,流离失所,他的诗情与心境更紧密地结合在一起,作品多是兵后忧时伤乱之作。例如《风火径有警纤道陟崇而行》云:

> 叱驭上险蠘,披茸入蓄翳。向来轻车路,豺虎有吞噬。王事何能安,劳形心孔悸。前登崖壁峻,下陟石路细。羸马付仆夫,蹉跌忧困弊。蛇蟠尚回转,猱度姑少憩。梯凳迹暂离,荆棘牵衣袂。出山见樵牧,相见如相慰。及兹履康庄,巅崖悯劳瘁。平山方寸地,坦坦无拘系。艰难有时遭,浇漓嗟季世。人心甚太行,所遇尤可畏。念此夜达晨,归田宜早计。①

杨万里《过长峰径遇雨遣闷十绝》诗序云:"南人谓深山长谷,寂无人烟,中通一路者,谓之径。"②黎伯元行走于险远之径,依然萦心王事,期待着元王朝能转危为安。然而诗人通过现实的遭际,做出了王朝已经进入季世的准确判断,并决计要辞官归田。此诗写出了逃难者的苦痛与惊恐,沉痛酸楚,使异代之人尚如目睹情状。

身处乱世,避寇成为生活的常态,如《至正丙申端月避寇竹州冈梁家》诗:

> 始识通村坞,因寻遁世人。园庐幽背郭,翁媪喜迎宾。耕凿家随足,过从俗尚淳。囊衣来避寇,终夕话酸辛。
>
> 蚤作逢人日,客途难自舒。四方戎马地,一宿野人居。翠小梅初缀,金匀柳尚疏。阴暝望开霁,世运定何如。

诗人逃难至竹洲冈,获得暂时的平静。但在天崩地裂、兵荒马乱的社会环境下,此地终究不是避秦的桃花源。他渴望朝廷能够关注百姓的生死:"还寻旧约同年乐,谁画流亡民色饥。"(《用郑梅园大尹自述韵》)对上书的友人充满期待:"早献安边策,群凶计日枭。"(《次韵答高茂绩》)盼望出现救世的俊杰:"百蛮风气嗟世变,一代英雄肯陆沉。"(《寄区鲁卿聘士》)然后元政权已是大厦将倾,无法避免灭亡的命运了。

国家岌岌可危,人民灾难深重的时代,富有良知的诗人们往往会自觉地重复杜甫的创作道路,皈依"诗史"。黎伯元亦不例外。他有"北征向后谁知杜"(《读陆放翁》)的评论,也有"乾坤谁有千间厦"(《寄崔德卿郡正》)的化用,而《神符山乡避寇效杜少陵同谷七歌》就是颇得杜甫意蕴的佳构:

> 有客有客黎氏子,携书积岁辞故里。朝食日照首蓿盘,夜灯风露亲图史。三

---

① 本节所引黎伯元诗歌,皆以中山大学中国古文献研究所编,广州:岭南美术出版社2008年版《全粤诗》第2册为依据。
② (宋)杨万里撰,辛更儒笺校:《杨万里集笺校》卷十七,北京:中华书局2007年版,第870页。

年官闲归未得,避寇转徙荒山里。呜呼一歌兮歌激扬,青春伴我留他乡。

短檠短檠吾与汝,天涯到处同甘苦。黄尘涨天白日暮,眵昏书眼犹汝顾。迩来无烛照逃亡,天阴燐火行失路。呜呼二歌兮歌始奋,呼酒为我散孤闷。

有弟有弟兮雁行,三人将老一弟亡。谁知生别成永诀,魂招不来我涕滂。鹡鸰在原心尽伤,况我飘泊值寇攘。呜呼三歌兮歌且止,苍生无数遭兵死。

有子有子才俱庸,诗书世泽谁亢宗。大男耻称弓弩手,小男懒学宜归农。扁舟江海合早计,蒿目世路多奸凶。呜呼四歌兮歌四举,鹧鸪啼急千山雨。

粤山云霾粤溪暝,黄雾渝渝迷四境。号狐舞蟮乘海暝,射工含沙伺人影。有生何为随溟峤,抚掌三叹发深省。呜呼五歌兮歌怆神,巅崖无人问苦辛。

岛有夷兮在海隅,呰窳偷生托樵渔。喜人怒兽易变态,寇攘乘时闯州间。水中鲛鳄陆豺虎,坐此困阨谁驱除。呜呼六歌兮歌思沉,林间变色成春阴。

男儿生能立功死不朽,济时谁是经纶手。将军何日诛贼奴,肘系金章大如斗。儒生致身苦不早,勋业蹭蹬空白首。呜呼七歌兮歌七阕,天若有情亦呜咽。

《同谷七歌》全名为《乾元中寓居同谷县作歌七首》,是杜甫作于唐肃宗乾元二年(759)十一月的名作。这一年是他一生中行路最多的一年,也是最苦的一年。在饥寒交迫的日子里,他在形式上学习张衡《四愁诗》、蔡琰《胡笳十八拍》,采用了联章组诗的写法;在内容上较多地汲取了鲍照《拟行路难》的艺术经验,然而又不袭形貌,自创"七歌"一体,用以描绘流离颠沛的生涯,抒发老病穷愁的感喟,大有"长歌可以当哭"的意味。风格奇崛雄深,顿挫淋漓,有一唱三叹之致。黎伯元与杜甫有着相似的遭遇,形式上效法《同谷七歌》,内容上注入自己的遭际与心态,借他人之酒杯,浇胸中之垒块。此诗的整体水平虽难以企及杜甫原作,但在诸多仿作中应有一席之地。

黎伯元以充满真情实感的诗歌,真实地反映了元末广东动荡纷乱的社会现实,沉郁顿挫而又慷慨悲凉。张其淦《吟芷居诗话》云:"黎渔唱生当元季,苜蓿盘飧,避寇竹洲之冈,纤道风火之径。躬逢丧乱,效少陵《同谷七歌》。近体尤多沉着语。……沉郁悲凉,所造甚深。比诸丁鹤年诸诗,未遑多让。"[1]可谓确当之论。陈融《读岭南诗绝句》有评黎伯元七绝三首,其三云:"朝阳鸣凤久消沉,人恨桃园路不深。如此江山如此句,百年棋局颇关心。"[2]精确概括了黎伯元其人其诗的特点。

---

[1] 张其淦:《吟芷居诗话》,张其淦:《东莞诗录》附录,民国13年(1924)刻本。
[2] 陈融:《读岭南人诗绝句》卷一,香港:香港1975年写印本,第31页。

四、罗蒙正

元末广东诗坛较为萧瑟,能与黎伯元齐肩并立的诗人,唯有罗蒙正一人而已。

罗蒙正,字希吕。新会人。弱冠学诗,先后师从肇庆罗斗、海康王景贤①,声名鹊起。县尹沈筹建古冈书院,礼聘罗蒙正为师,学者云集。不久被任命为高州学正。天下大乱,迁居至广州避难,过着"简编灯火伴青衿"(《谢吴元良》)的生活。罗蒙正有《甲子年九月十五日西寇犯高凉战于坡山》诗,甲子是明太祖洪武十七年(1384),可知此年尚在人世。著有《希吕集》。

元顺帝至正年间,广东各路军阀进行争权夺地的大混战,不仅使社会经济遭受严重的破坏,更给百姓带来沉重的灾难。罗蒙正身历其境,有切肤之痛,他在诗歌中对战争的惨状进行了如实的描述:"乱离如今那可说,荒郊过雨骷髅腥。"(《寄黄尚书》)②"独秀峰前鬼燐青,战尘未洗血痕腥。"(《独秀峰即事呈都阃诸公》)都反映出战乱给人们带来的深重灾难。

频繁的流亡,故乡成了魂牵梦萦的地方,罗蒙正用诗表达他对家乡的思念:

> 落日关河笛一声,感时怀抱若为平。燕台已朽千金骨,秦塞虚防万里城。大火西流金有令,长江东去水无情。故园回首干戈满,空负沧浪白鸟盟。(《初秋》)

秋天,草木黄落、原野萧条、苍凉凄清的景象,最易触动离人游子的伤感,勾起羁旅行役的乡愁。宋玉《九辩》:"悲哉,秋之为气也"首开其端,古往今来,多少文人骚客以"悲秋""秋兴"为题,抒发了思乡怀人的感慨。此诗并未仅仅凭秋色以诉离情,托秋意以写别恨,而是另出机杼,将干戈满地、故园难归与元朝统治者推行民族歧视政策,不能对各族群的才俊一视同仁联系起来,以景起,以情结,以理胜,写景开阔,抒情细腻,说理透彻,耐人咀嚼。

罗蒙正的怀友诗,情感自然真挚,如《怀马教授》:"水生白石渡头湾,念子携书共往还。今日相思不相见,越南残照海门山。"马教授即马桂逊,曾为辽阳教授。小诗语浅情真,具见两人的深谊。又如《寄谢何东道》:"故人违我久,千里慰相思。尊酒成山瓮,笼鹅到墨池。青山荒草径,暮雨落花时。赖有春洲雁,南来可寄诗。"怀人之

---

① 王景贤,字希贤,海康人。工文善诗。元英宗至治三年(1329),拜谒谪居海南的图帖木儿,因献诗蒙受嘉赏,手书"愚谷"二大字赐之。文宗即位后,又赐六花官袍。
② 本章所引罗蒙正诗歌,皆以中山大学中国古文献研究所编,广州:岭南美术出版社2008年版《全粤诗》第2册为依据。

诗,格调上一般以低回婉转容易取得成功,但此诗的气格却颇觉高远,出语平淡而奇情深邃,也是诗歌的一种境界。

罗蒙正的诗歌,清人顾嗣立评价"格调颇高"①。就现存的诗歌判断,主要体现在七言律诗的创作上。如《次韵余太常观国招抚江南航海至新会八首》:

三殿传宣敕使来,皇华后彩焕中台。方蓬瑞气翔双凤,渤澥涛声殷万雷。云梦心胸吞芥蒂,丘山名节冠崔巍。秋期归对金莲直,人在中天白玉台。(其四)

天开闾阖百官朝,贤俊宁烦束帛招。丹凤九重传凤诏,苍龙万里过龙标。飘飘高步瀛州客,袅袅余音赤壁箫。归路湘南芳草遍,清风离思转迢迢。(其七)

舳舻千里快乘风,百粤三韩去路通。岛树隐霞春绰约,梅花吹雨晓空濛。水环鳌极坤维碧,云捧蓬莱日色红。驰志伊吾鸣剑夜,中兴今待汉臧宫。(其八)

罗蒙正毕生活动在广东,并未有过大都任职的经历。但这组次韵诗雄浑典丽、造语堂皇,与元中期虞集、马祖常等名家的台阁作品极为相似,这应是他在诗学上躐武盛唐、崇尚雅正的自然结果。

罗蒙正的七言绝句也很有意趣。《和白石马教授》:"秧绿溪桥烟树树,残红池沼雨家家。游蜂不悟青韶去,犹抱虚庭荠菜花。"写残春景色,婉丽清新,绰有风致。《题画》:"修竹千竿屋数椽,白云寒瀑挂岩边。就中若许添尘客,愿借山翁一榻眠。"奇思蔚发、机趣横生,拓展了画的意境。

要而言之,罗蒙正是元代广东诗歌的终结者,也是明代广东诗歌的开启者。温汝能云:"元人诗多丽缛为病,刻翠剪红,或近晚唐小令。独吾粤罗希吕圭臬盛唐,元气浑然,调高字响,开南园后五先生之派。"②这是比较客观公允的评价。

第二节 穷而后工的入粤诗人

一、范 梈

范梈(1272—1330),字亨父,又字德机。清江(今属江西)人。年三十六岁辞家北游,卖卜燕市。御史中丞董士选延教家塾。后被荐为左卫教授,迁翰林国史院编修官。秩满,转海南海北道、江西湖东道廉访司照磨,福建闽海道知事。因病回乡,徙家

---

① (清)顾嗣立:《元诗选·三集》,北京:中华书局1987年版,第589页。
② (清)温汝能:《粤东诗海》,广州:中山大学出版社1999年版,第17页。

新喻百丈山下。元文宗天历二年(1329),授湖南岭北道廉访司经历,以养亲为由未赴职。明年十月,病故,享年五十九岁。范梈耽诗工文,用力精深,与虞集、杨载、揭傒斯齐名,被称为"元诗四大家"。所著《燕然稿》《东方稿》《海康稿》《豫章稿》《侯官稿》《江夏稿》《百丈稿》等共十二卷,今均已散佚不存。其诗由葛雕选编为《范德机诗集》七卷,刊于元末,是重要的元人别集。

元仁宗延祐元年(1314)十二月,范梈赴任海南海北道肃政廉访司照磨①;元英宗至治元年(1321),改调江西湖东道照磨,停留广东的时间长达七年之久。按照一官一稿的编纂原则,他将这一时期的作品合为一集,定名为《海康稿》。

元代中期,社会渐趋稳定,民族矛盾有所缓和。在这种历史背景下,诗坛上占主导地位的诗学观念是崇尚"雅正"。所谓"雅正",有两层内涵:一是诗风以温柔敦厚为皈依,二是题材以歌咏升平为主导。此期的诗歌消解了对社会、政治的批判功能,也削弱了抒发真情实感的抒情功能。诗坛上最流行的是歌功颂德、粉饰太平和赠答酬唱、题咏书画的题材,仅有少数诗人偶尔能突破这种风气。范梈出身贫寒,曾流落大都的集市卖卜为生,虽经董士选等人的荐举进入了翰林国史院,但不久便从正八品的翰林编修降任正九品的廉访司照磨,派驻地又是广东的雷州②。从繁华的京师沦落至偏远的边域,从人人羡慕的清要之职调整至事务繁剧的底层职位,这是范梈个人命运的不幸;然而"非诗之能穷人,殆穷者而后工也"③,他在广东的创作因此摆脱了主流诗风的笼罩,实现了思想性与艺术性的双重升华。

范梈在《傅与砺诗集序》中写道:"古人云:声音之道,与政通。夫声者,合天地之大气,轧乎物而生焉。人声之为言,又其妙者,则其因于一时盛衰之运,发乎情性之正,而形见乎辞者可觇已。故曰:治世之音安以乐,其政和;乱世之音怨以怒,其政乖;亡国之音哀以思,其民困。正得失,动天地,感鬼神,莫近于诗。夫诗道,岂不博大哉?要其归,主于咏歌感动而已。"④可知范梈非常重视诗歌反映和批判社会现实的功能。如《郡中即事十二韵》:

儋耳九州外,邈然在南荒。周回数千里,大海以为疆。古来非人居,禽兽相伏藏。自从中世来,贡赋登明堂。其或失抚驭,山薮更陆梁。聚则成蜂蚁,散即

---

① 范梈有《百丈山中夜坐闻谨思将还忆甲寅入南中正此日也十二月二十三日六首》诗。甲寅为元仁宗延祐元年(1314),可推知范梈入粤的时间。
② 海南海北道肃政廉访司是元代地方监察官署名,设于元世祖至元三十年(1293),置地雷州路。
③ (宋)欧阳修:《梅圣俞诗集序》,李逸安点校:《欧阳修全集》卷四三,北京:中华书局2001年版,第2册,第612页。
④ (元)傅与砺:《傅与砺文集》,台北:台湾商务印书馆《景印文渊阁四库全书》1986年版,第1213册,第182页。

驱牛羊。高结舞大卤,上衣不备裳。杀戮乃酬劝,诛之仁者伤。吾尝七八月,持节泛沧浪。一旬录郡狱,询事考纤芒。问之守郡人,莫识为治方。但见西风多,廨宇秋芜长。圣哲戒忠信,勿谓不足行。及兹蛮貊邦,始见斯道臧。①

据《宪台通记》记载:各道廉访司官员须每年八月中分巡所属各地,至次年四月中还司,负责监察官员、了解民情、审理囚徒等多项工作。此诗即作于范梈巡历海南岛的路途中。诗人以锋利的笔触,将黎族百姓的叛服无常归咎于守土官员不懂以忠信治民的方略,谴责了他们以杀戮为酬劝的残暴行径。离开广东时,他还给身在京城的好友元明善寄诗,庆幸生出鬼门关的同时,还在反映本地赋税苛重的问题:"赋有均输今再倍,相携卖子尽诸蛮"(《出岭即事,奉寄中书元翰林》)。拳拳爱民之心,历历可见。

对于属地的文化教育事业,作为文人的范梈也倾注了一番心血。在雷州,他和廉访司佥事赵珍一起兴学明教;在廉州,他访得苏轼曾题"万里瞻天"的海角亭遗址,嘱咐郡吏予以修复。当海康有史以来第一次有五名士子举进士试的时候,范梈难掩激动之情,赋诗一首:

圣主征儒用文学,翩翩五士起海角。元戎虎帐飞莩鹗,泮水成材玉新琢。吉日举荐钟鼓作,皇华大夫绣朱襮。快马凿蹄轮脱斫,相送西风出郊郭。问君此行事何若,於菟要是赤手缚。候雁南飞不踰岳,洞庭山秋木叶落。词场先锋夺霜锷,万里青山上黄鹤。明光宫中问礼乐,董生策有经济略。一朝声名动河朔,往取青紫如六博。前年礼闱开峻擢,明当接武丝纶阁。归来锦衣照丘壑,人生无如进士乐。乌乎人生无如进士乐,勖尔高步翔寥廓。(《赠海康举进士者》)

元代的科举制度实行族群配额制和左右榜制,属于最低等级的"南人"处于完全的劣势,南方江浙、湖广、江西三行省每科的乡贡进士名额不超过一百人。向称文化落后地区的海康居然能有五人同时得到赴大都参加会试的机会,无疑与范梈等地方官员的努力是分不开的。此诗对王震、陈杞、王景贤、莫士纯、周政五位士子表达了万里鹏程自此起的期盼,洋溢着无比的真诚和喜悦,也说明他真是以百姓心为己心的。

范梈在馆阁时间虽短,但因其人品与才华赢得了在京文人们的敬重与钦慕。赵孟頫、虞集、元明善、张养浩、马祖常等人经常与范梈一起游山玩水,诗酒唱酬,结下了深厚的友谊。范梈身处遐荒远域,常年奔波于险山大川之间,孤寂无聊的行旅,很容易让他想起远在京师的至交好友。如《徐闻县怀京下旧游》:

---

① 本节所引范梈诗歌,皆以台北:台湾商务印书馆《景印文渊阁四库全书》1986年版,第1208册《范德机诗集》为依据。

> 平生不识张廷尉,中岁方逢马伏波。昨见山川皆胆落,稍侵霜露始心和。皇恩远荷优隆至,旅况深粲慨惜多。天上故人安好在,西风迟暮意如何。

此诗为张养浩与马祖常而作。诗人选择了具有典型意义的时间和空间,时间是霜露初降的秋天,地点是雷州半岛最南端,渡海必经的徐闻县,踽踽独行,思念故友、感叹身世的情绪自然流出,不假雕饰,宛曲动人。又如《忆京师诸公书崖州驿》:

> 甚忆清河元侍讲,送行犹有玉堂诗。只今夜夜陇头月,照见征人有所思。
> 复忆济南张吏部,作新文气压诸公。佳儿亦是门生辈,尚想他年似若翁。
> 绣衣御使果能文,蜀道新来有李君。记得京城黄菊烂,为余来觅董将军。
> 妙为文字吾雄甲,精切于今孰与俦?说着奉常虞博士,恨渠犹不见崖州。

四诗分怀元明善、张养浩、李洞与虞集等师友,所忆重点有别,情感一以贯之地诚挚恳切。特别是最后一首,在肯定虞集创作成就的同时,"恨渠犹不见崖州"语出意外,点明长期的台阁生活对于虞集的限制。范梈去世后,虞集有《赋范德机诗后》:"玉堂妙笔交游尽,投老江南隔死生。最忆崖州相忆处,华星孤月海波清。"①可以视作虞集的追和。

揭傒斯曾为范梈诗集作序,称其"工诗,尤好为歌行"②,今存诗集中歌行体约占四分之一。他在广东创作的七言歌行共有五首,主要学习李白,风格豪放超迈,跌宕纵横又流畅自如。《奉酬段御史登岳阳楼之作时分理盗贼至海康》是其中的名作:

> 谁能手铺湘水平,划却君山看洞庭。昔人已骑黄鹤去,楼前乱芷春兰青。岂知绣衣后千载,远违凤阙来江城。凭高吊古落日紫,领客置酒开雪屏。酒酣点笔赋新句,薄海传诵令人惊。忆我初游白玉京,与君联步趋承明。手宣皇猷敷帝绩,济济学士如登瀛。一行竟堕万里外,回首沧浪思濯缨。守官区区事无补,惟有白发欺人生。牂牁水外万竹底,四时鸟语烟送鸣。忽忽此地复相见,怳如幽梦来仙灵。中宵秣马不遑暇,君又北予南征。如兹后会复何日,念之使我双涕零。宫中圣人总四溟,所过海岳须澄清。铁冠峨峨望天下,青霄快展皆修程。由来豺虎伏仁兽,况有鹰隼当秋横。明夜相思隔云岛,月落高台闻笛声。

唱酬的本质非为情而造文而是为文而造情,最易沦为对原作的逢迎酬答。但此诗因范梈灌注入个人的身世之嗟和家国之慨而显得内容充实、情感充沛、境界高远。

---

① (元)虞集:《道园学古录》卷三〇,台北:台湾商务印书馆《景印文渊阁四库全书》1986年版,第1207册,第434页。
② (元)揭傒斯:《范先生诗序》,李梦生校点:《揭傒斯全集·文集》卷三,上海:上海古籍出版社1985年版,第287页。

在表彰段御史诗作"薄海传诵令人惊"之后,一笔荡开,转而追忆两人在京师的遇合以及表达别而复聚的欣喜,再转聚而复别的忧伤,勉励身为御史的友人澄清天下;表达的情绪也从喜悦到悲伤再趋悲壮。诗人把矛盾的感情处理得如此洒脱灵活,写得动荡开阔、气象万千。清人张景星等将此诗选入《元诗别裁集》,给出了"弗坠唐音"①的高度评价。

除了七言歌行以外,范梈还擅长五言古体。他曾说过"五言在王国,安所雕琢工"(《咏古》),称赞汉魏,学习颜谢,批评"组绘丽群巧"的诗风。五古最能体现范梈自然素朴、淡泊幽远的人格,如《秋日海康斋居》:

> 吟事久已落,兹晨遇高秋。泠泠空中籁,袭我书帷幽。如何寒暑疾,径与大江流。江流不复转,岁月已还周。游子去京华,邈在天尽头。胡雁不逾岭,眷眷非良谋。排云抠飞观,金爵露光浮。在远心所仰,胡为滞沧州。茅屋足花草,洵美难久留。苟能一吾志,斯道将何忧。

作者长年飘游在外,闻瑟瑟秋风而引发思乡欲归之念,情感颇为黯然。全诗情景结合,抒情深切而不浮泛,辞语清拔而不造作,颇有汉魏风致。

范梈的七绝也不乏佳篇,胡应麟称"元人绝句莫过虞、范诸家,虽与盛唐辽绝,尚不坠晚唐窟中"②。如《封州作》:"魏阙迢迢隔彩霞,别来几岁客天涯。春风二月崖州道,时见棠梨一树花。"首句表示对于朝廷的顾恋,末句表示要学习深受百姓爱戴的召公,实行仁政。彼此呼应,妙在不留痕迹。《定安县》:"坞上晴云灭复生,谁家吹笛海天明。县堂晓起西风急,半是深黎夜雨声。"晴云隐现,笛声催明,西风乍起,使海角仙城夜雨初晴的境界宛在眼前。《琼州出郭》:"自出琼州古郭门,更无平衍似中原。重重叶暗桄榔雨,知是黎人第几村。"隽永有味,宛似唐人绝句。

广东之行是范梈告别庙堂,走向民间的开始。范梈担任廉访司照磨一职,几乎走遍粤西、海南,直面官吏的横暴和百姓的疾苦,人生阅历和情感体验较之京师不可同日而语。七年的广东生活,使范梈逐渐变成了一个忧国忧民的诗人,确定了此后生活道路与创作道路的方向。不久,他便创作出可与王安石《河北民》相媲美的《闽州歌》,奠定了他在元代文坛的地位。

二、刘 鹗

刘鹗(1290—1364),字楚奇、永丰(今江西永丰)人。弱冠漫游四方。元仁宗皇

---

① (清)张景星等编选:《元诗别裁集》,长沙:岳麓书社1998年版,第131—132页。
② (明)胡应麟:《诗薮》外编卷六,上海:上海古籍出版社1979年版,第237页。

庆元年(1312),荐授扬州学录,转齐安河南三书院山长。元文宗天历二年(1329),擢泰州路儒学教授,未赴。入京,初掾缮工司,继掾太医院,以才干称。元顺帝后至元二年(1336),授将仕佐郎、京畿漕运司照磨。至正元年(1341),升授湖广儒学副提举。未几,转秘书监秘书郎。至正六年(1346),迁承直郎、广东南雄路经历。至正十年(1350),回京,授奉训大夫、翰林修撰。丁内艰,家居。至正十二年(1352),任江州路总管。至正十六年(1356),任瑞州路总管,未赴。至正十七年(1357),升授中顺大夫、广东廉访副使。至正十九年(1359),奉命镇守韶州。至正二十二年(1362),擢授嘉议大夫、江西参政。至正二十四年(1364)十月,韶州城陷,被俘,关押慈云寺。二十六日,不食而卒。享年七十有五。有《惟实集》。

刘鹗先于元顺帝至正年间先后两次来广东任职,累计时间长达十一年。广东既是刘鹗为元朝尽忠殉节之地,也是他创作思想、创作实践与创作风格的升华之地。

刘鹗早期的诗作中,送赠、怀古和写景、题画之作占绝大多数,题材狭窄逼仄,风格趋于雅正。壬辰之乱后,蒙元政权处于风雨飘摇之中,现出大厦将倾之势。刘鹗素怀经世之志,关心国事,同时又离开大都,出任广东地方长官,长期镇守边城韶关,处在战斗的一线,目睹了战乱给百姓和社会带来的灾难,了解到国事日非的真相。他的诗歌创作发生了很大的变化,"上忧国步艰,下慨生民疲"①(《早发湴湖驿行康铜铺》)成为诗歌创作的主旨。这一阶段的作品中,同情百姓疾苦、反映人民苦难的题材占据了一定的比例,如《寄监宪》:"生民久涂炭,郡邑久陵谷。道路少人行,冤鬼白昼哭";《感时》:"白日当交衢,杀人莫知御。官府不敢问,屈意尽摩抚";《奉别瑞甫高掾郎还南台》:"台端历历陈世弊,十道疲民未得苏";而《官军破苏村恶其与贼通贼军破白沙恶民之不相随》写得尤其深刻凝重:

> 苍生果何辜,十载堕涂炭。天心不可知,令我重悲惋。自从丧乱来,盗贼苦构患。有田不能耕,有园不能灌。牛羊被虏掠,妻子各分散。穷冬尚无衣,日午犹未饭。官府不我恤,沉浮等鸥雁。胁从姑偷生,纵死冀少缓。昨夜官军来,又复诛反叛。粗豪甚豺狼,猛毒如狴犴。一概尽杀掠,去贼才一间。玉石俱不分,生民重糜烂。纵贼官府嗔,为民贼杂乱。左右将安归,泛若无畔岸。新春雨潇潇,何忍听悲叹。愿言忍须臾,维持夜将旦。

季世的百姓身处官军和盗贼的双重胁迫下,进退两难,横遭诛戮。如此真实而残酷的主题,即使在余阙、杨维桢、丁鹤年等同时期著名诗人的作品中也极为罕见。

刘鹗清醒地意识到社会动乱的根源,并在《感怀》诗三首中直言不讳:

---

① 本节征引的刘鹗文字,均以台湾商务印书馆1986年版《景印文渊阁四库全书》本《惟实集》为依据。

> 丧乱八九年,乾坤日流血。人心久不古,伦义悉磨灭。豺虎在城市,生民半鱼鳖。张弓不得射,令我重呜咽。欲付之忘言,宁无愧司臬?
>
> 醉者常百千,醒者才一二。苟或不自持,醒者亦复醉。诸君愿正大,政好持善类。庶几纲目张,或可起憔悴。政事如修明,盗贼亦人尔。无令贾长沙,痛哭至流泪。
>
> 丧乱靡有定,天下无全材。苟不事淫酗,辄复多疑猜。徒知尚权势,不恤治体乖。生民化盗贼,田里多蒿莱。狂澜亦既倒,纵挽不可回。愿忍贾生泪,且进渊明杯。

此诗指出当权者对于百姓的剥肤椎髓是"生民化盗贼"的根本原因。"盗贼亦人耳",政治清明可以彻底解决百姓造反的难题,可以让社会回归到正常秩序。

然而刘鹗对于人民的同情是有限度的。在"忠君"和"爱民"产生矛盾时,他毫不犹豫选择站在统治者的一边,忠于王事,仇视义军。究其原因,一方面固然是儒家传统思想的长期熏染,另一方面也是因为元朝皇帝赐予他的特殊宠遇。作为元朝族群最低等级——"南人"中的一员,刘鹗几乎升到了本族群成员在仕途上所能到达的最高职位——参知政事,这无疑使他对元顺帝感激涕零。例如《滑石迳》:

> 盛暑远行役,既老犹难堪。矧兹滑石径,乱石何崇巉。上有千丈崖,下有百尺潭。于焉苟失脚,下饱饥蛟馋。况余发尽白,齿落余二三。胡为远行役,揽辔冲瘴岚。为怀圣主恩,优渥如云昙。临难重却避,臣子宁无惭?平生志许国,何敢辞苦甘?乌知有险阻,快若乘风帆。督师急讨贼,丑类俱除芟。持以谢明主,拂袖还江南。

此时的刘鹗,已经是年已七旬的老人。他采用自问自答的形式,表明了自己罔顾年老体衰,依然奔走于崇山峻岭之中,戎马倥偬的真实原因,那就是"为怀圣主恩,优渥如云昙",功成方能身退也就成了他唯一的选择。

除了与元朝相始终以外,他不存在任何其他的念头。他为维系元朝对广东的统治殚精竭虑。他作题画诗,会鞭挞庸懦无能的统军将领:"今日总戎总竖子,徒耽歌舞误苍生。"(《题东山高卧图》);他寄赠同僚,会强调天佑皇元:"上天既悔祸,盗贼亦厌乱。何况天下心,乱极重思汉。"(《寄监宪》);他次韵好友,会施以勉励:"揽辔澄清当努力,诚心北望思漫漫";鼓励他们"笑取虎符归故里,兹行殊不负平生"(《次韵》)。作品充溢着昂扬高亢的战斗激情和不屈不挠的战斗意志,体现出刘鹗为元朝"虽九死其犹未悔"的倔强心理。

无论刘鹗如何努力,腐朽的元朝终将灭亡,他也逃脱不了与元忠臣李黼、余阙、全普庵撒里等人的共同命运。在经过数年的苦战之后,韶关还是沦陷了,他也被软禁在

慈云寺。殉国之前,刘鹗挥笔写下了绝命诗,表明了他忠君报国的气节:

>生为元朝臣,死作元朝鬼。忠节既无惭,清风自千古。

刘鹗的绝命诗表达的不仅是绝望的情绪,同时也透露着解脱的愉悦,毕竟结束自我的生命相较于勉力支撑即将倾覆的帝国大厦要轻松得多。而带来这种愉悦的,是他内心两种更深层的意识:青史留名的满足感与坚守气节的自豪感。在此,坚守纲常的教化追求与渴望不朽的个体需求,感叹朝廷倾覆的悲愤绝望与如释重负的自在解脱,构成了刘鹗复杂丰富的诗学内涵与情感倾向,富于张力的审美效果也为读者提供了激荡心灵的独特体验。

欧阳玄评价刘鹗诗云:"及观楚奇作,辞气深妥,境趣一真,所谓佳处可传者,真如乃祖之训。"①刘鹗在广东的诗歌创作践行了其祖父"贵实"的家训,形成了平易朴质的诗歌风格。他的一篇一句皆寓忧君爱国之心,如"一片忠君心似血,鬓边白发迩来增"(《明日鹏飞照磨赐和再用前韵二首》),"老夫束手愁无奈,白尽平生未白头"(《谩书》),"凌人劫运今还盛,报国忠心老未衰"(《岁晚书怀》),激荡的诗情沛然从肺腑间流出,看不到一丝矫揉造作的痕迹。四库馆臣褒扬刘鹗的诗歌"大都落落不群,无米盐龌龊之气"②,主要也是指这一时期的诗歌而言的。

刘鹗应是借鉴了宋末诗人汪元量创作《湖州歌》《越州歌》等的经验,用大规模的组诗来反映他在元末广东的所见、所闻与所历,体裁仍使用七言绝句。而他的创新之处,就是将组诗定名为《野史碑》,用诗歌来承载碑体的功能。《野史碑》虽在题材的重大程度上有所不足,但在内容的具体程度上较之《湖州歌》等作品却有所过之而无不及,而其精神则息息相通。《野史碑》共有46首,今选列6首:

>五百健儿乘锐出,十三个贼一时来。行粮功赏俱乌有,兴尽翻然解贼回。
>得财纵贼寻常事,为报私仇或灭门。我亦临风长太息,一家富贵百家冤。
>王师为体须持重,主将犹须纪律明。功业直须豪杰做,如何贪鄙可论兵?
>何以齐桓成伯业,为能专任管夷吾。毁誉黑白今无辨,后世谁烹阿大夫?
>直将民社同儿戏,不蓄干戈不蓄兵。军马不来无别策,只催百姓急修城。
>坟墓俄惊俱发掘,妻孥生死若云浮。凭谁乞我金千镒?自愿提兵殄寇雠。

不同于汪元量直书其事,并无议论的写法,刘鹗往往会加入自己的议论,表达自己的痛愤之情。这些组诗虽然记录的是广东所发生的事件,但赏罚不明、忠奸颠倒、

---

① (元)欧阳玄:《惟实集外序》,李修生:《全元文》,南京:凤凰出版社2004年版,第34册,第450页。
② (清)永瑢等:《四库全书总目》卷一六七,北京:中华书局1965年版,第1439页。

主将无能、得财纵贼、掘墓盗财等不良现象几乎在每一个战区都有发生,具有普遍性与典型性,这也是农民起义屡扑不灭、元朝最终灭亡的原因所在。宋人李珏跋汪元量诗,赞云:"水云之诗,亦宋亡之诗史也。"[1]。刘鹗之诗,誉之为元朝灭亡的历史,也是当之无愧的。这同样也是对杜甫"诗史"传统的继承与发扬。

刘鹗在广东时期的作品抒写深沉的家国情怀,表达"明知不可为而为之"的崇高意志,它笼罩着一片宗社沦倾的悲哀,激荡着一种郁勃难平的情调,艺术风格也显得苍凉悲壮,足以和历代爱国诗人的作品相互媲美,先后辉映。

---

[1] (宋)李珏:《书汪水云诗后》,(宋)汪元量撰,孔凡礼辑校:《增订湖山类稿》,北京:中华书局1984年版,第187—188页。

第五章 宋元时期的词

广东地处僻远,文献散佚严重,南宋前的词作流传极少。广东词人中见于载籍最早的是五代连州(今广东连州)人黄损,现存的词仅有《望江南》一首。又有南汉曲江人何成裕,被评为"尤工小词"①,但词不存。直至南宋时期,广东词家稍稍著称于世。南宋光宗时的名臣崔与之被称为"粤词之祖",创了以"雅健"为宗的广东词风。李昴英是崔与之的学生,也是这种词风的直接继承者。他的词作沉郁苍凉、高华优爽,完全摆脱了当时盛行的姜夔、吴文英等格律派词人的影响。南宋末年,国势衰落,祸乱频仍,赵必𤩪、陈纪等人的词作中交织着亡国之感与黍离之悲,体现出他们热忱忠贞的家国之念。宋代广东的词家虽然不多,但已有可观的建树。他们的作品反映了当时风云万变的时代,表现了词人真挚的忧乐之情,所形成的"雅健"词风更为后世的广东词人继承。

两宋时期,广东或成为入世词人的宦游地,或接纳贬谪词人的伤心地,或是流亡词人的避难所,又或是抗战词人的战场。这些入粤词人同样写下了瑰丽而动人的辞章,为后世留下了一笔宝贵的词学遗产。

元代广东词人的作品俱已无传。

第一节 宋元本土词人的创作

一、崔与之、刘镇、李昴英

崔与之是南宋名臣,圆满实现了儒家"三不朽"的人生价值,守淮五载,卫护四蜀,却又盛德清风,急流勇退。他的谥号是"清献",与谥号"文献"的张九龄合称"二献"。除了军政上的赫然功绩外,崔与之还因词笔老劲,开广东词坛"雅健"一脉,被

---

① (清)吴任臣:《十国春秋》卷六二《南汉五·列传》,北京:中华书局1983年版,第890页。

推尊为"粤词之祖"。今存词二阕,分别为《水调歌头·题剑阁》和《贺新凉·寿转运使赵公汝燧》。其中前首尤佳:

> 万里云间戍,立马剑门关。乱山极目无际,直北是长安。人苦百年涂炭,鬼哭三边锋镝,天道久应还。手写留屯奏,炯炯寸心丹。
>
> 对青灯,搔白发,漏声残。老来勋业未就,妨却一身闲。梅岭绿阴青子,蒲涧清泉白石,怪我旧盟寒。烽火平安夜,归梦到家山。①

该词作于崔与之出任成都知府,接管戍边重任之时。当时,秦岭、淮河以北的大片土地早已沦陷,南宋王朝和戎多年,暮气沉沉,早已没有了收复故土的决心和勇气。词人立马剑门,北望长安,只见乱山极目,生灵涂炭,悲从中来,却依旧雄心勃勃:手写留屯奏,以表赤子心,期冀能振作天下士气,勷力王室。下阕则抒发壮志未酬的苦闷和感慨,谦厚蕴藉,晓畅自然。全词沉郁苍凉,老健豪壮,潘飞声评曰:"此词起四句,雄壮极矣,虽苏、辛亦无以过之。"②激赏其激昂雄直的气魄。麦孟华更是认为"菊坡虽不以词名,然此词豪迈,何减稼轩"③!

这首词在当时得到了李昂英的高度赞赏,他在《题菊坡〈水调歌头〉后》评道:"清献崔公剑阁赋长短句,卷卷爱君忧国,遑恤身计,此意类《出师表》。"④将该作与诸葛亮《出师表》并论,称颂其赤诚热忱的爱国之心。后世有梁梅评曰:"青灯自写留屯奏,想见丹心炯不磨。"⑤谭莹《论词绝句》曰:"但许词家品已低,推崇独说李文溪。出师拜表如忠武,水调歌头剑阁题。"⑥均颂扬其高尚的人品和词品。

这首《水调歌头》一扫南宋后期盛行的"格律词派"的哀怨格调,开创了广东词感时忧国的主题和雄浑雅健的词风,受到后世词人们的广泛推崇。早在南宋后期,刘克庄等名家就相继有次韵之作。明世宗嘉靖年间,经方献夫、霍韬等广东官员在创作上的身体力行,成为闻名一时的次韵名篇,可称是宋词接受史上的经典个案。

与前首相比,崔与之留存下的另一首寿词《贺新凉》则是应酬之作,潘飞声称:"然寿辞出以典雅,亦复不易。"⑦但与前首相比,就远不及了。

刘镇,字叔安,号随如,南海人,宋宁宗嘉泰二年(1202)进士。少以文名,尤工于

---

① 本节所引崔与之的词,皆以唐圭璋编,北京:中华书局1986年版《全宋词》为依据。
② 潘飞声:《粤词雅》,唐圭璋:《词话丛编》,北京:中华书局1986年版,第4883—4884页。
③ 梁令娴编,刘逸生校点:《艺蘅馆词选》,广州:广东人民出版社1981年版,第115页。
④ (宋)李昂英撰,杨芷华点校:《文溪存稿》卷四,广州:暨南大学出版社1994年版,第48页。
⑤ (清)梁梅:《论词绝句一百六十首录十六首》,孙克强、裴哲:《论词绝句二千首》,天津:南开大学出版社2014年版,第381页。
⑥ 孙克强、裴哲:《论词绝句二千首》,天津:南开大学出版社2014年版,第461页。
⑦ 潘飞声:《粤词雅》,唐圭璋:《词话丛编》,北京:中华书局1986年版,第4884页。

词,是南宋广东代表词人之一。其词格高气远,情致绵邈,在广东诸家中有其独特的风格。刘克庄曾评道:"叔安刘君落笔妙天下,间为乐府,丽不至亵,新不犯陈,借花卉以发骚人墨客之豪,托闺怨以寓放臣逐子之感。周、柳、辛、陆之能事,庶乎其兼之矣。"①一针见血地点出了刘词的三个典型特点。

其一,丽不至亵。刘镇词风清丽可诵、情思细腻,然而又不流于艳俗慵媚。其中,描摹物情之词如《念奴娇》:

> 调冰弄雪,想花神清梦,徘徊南土。一夏天香收不起,付与蕊仙无语。秀入精神,凉生肌骨,销尽人间暑。稼轩愁绝,惜花还胜儿女。
>
> 长记歌酒阑珊,开时向晚,笑浥金茎露。月浸阑干天似水,谁伴秋娘窗户。困攲云鬟,醉欹风帽,总是牵情处。返魂何在,玉川风味如许②。

该词咏茉莉花③,杨慎《词品》:"评者以为不言茉莉而想象可得,他花不能承当也。"④可见刘镇对茉莉特点的准确把握和精妙描摹。词中用"冰""雪""清""凉""浥""浸"等字眼,有意营构出清冷雅致的艺术感觉,以衬托茉莉淡雅高洁、超凡脱俗的品质。"月浸阑干天似水,谁伴秋娘窗户"二句融合茉莉与闺阁情事,却没有沾上儿女情长的哀怨,只有淡如月色的思绪。潘飞声评其"赋物小题,而托体高华,此宋人与元明人异处"⑤是准确而中肯的。此外还有《清平乐·赵园避暑》:

> 柳阴庭院,帘约风前燕,著雨荷花红半敛,消得盈盈绿扇。
>
> 竹光野色生寒,玉纤雪藕冰盘,长记酒醒人静,暗香吹月栏干。

该词写词人在赵园避暑时的清幽景色,上阕写"柳阴""风前""著雨",力逼出下阕一"寒"字,清透阴凉之感扑面而来。末语"暗香吹月栏干",韵味绵长,犹有佳致。

其二,新不犯陈。刘镇不避旧题,却又能以极高的才情推陈出新,不落前人窠臼。如《蝶恋花·丁丑七夕》:

> 谁送凉蟾消夜暑。河汉迢迢,牛女何曾渡。乞得巧来无用处,世间枉费闲针缕。
>
> 人在江南烟水路。头白鸳鸯,不道分飞苦。信远翻嗔乌鹊误,眉山暗锁巫阳雨。

---

① (宋)刘克庄:《跋刘叔安感秋八词》,《后村题跋》卷二,北京:中华书局1986年版,第113页。
② 本节所引刘镇的词,皆以唐圭璋编、北京:中华书局1986年版《全宋词》为依据。
③ 一说为素馨,据上阕"稼轩愁绝"句,辛弃疾有《小重山·茉莉》词:"越惜越娇痴。"故采前说。
④ (明)杨慎著、王幼安校点:《词品》卷五,北京:人民文学出版社1998年版,第140页。
⑤ 潘飞声:《粤词雅》,唐圭璋:《词话丛编》,北京:中华书局1986年版,第4887页。

历来咏七夕的诗词,多借牛郎织女鹊桥相见之事,写情人相会的圆满之意。而此词则异想天开地从别情着意,开篇一笔"牛女何曾渡",如当头棒喝,击碎了从古至今一直流传的美丽传说。下句"乞得巧来无用处,世间枉费闲针缕",将天上的幻灭拉回人间:情人相别,纵是乞得心灵手巧的手艺,也终是虚事罢了。下阕极写分离之苦,情味深永,缠绵动人。刘镇的另一首《水龙吟·丙戌清明和章质夫韵》:

> 弄晴台馆收烟候,时有燕泥香坠。宿醒未解,单衣初试,腾腾春思。前度桃花,去年人面,重门深闭。记彩鸾别后,青骢归去,长亭路、芳尘起。
>
> 十二屏山遍倚。任苍苔、点红如缀。黄昏人静,暖香吹月,一帘花碎。芳意婆娑,绿阴风雨,画桥烟水。笑多情司马,留春无计,湿青衫泪。

该词次韵章质夫咏杨花的《水龙吟》词。章词"命意用事,清丽可喜"①细腻新美,别有风韵,苏轼喜而和之,其作"起句便合让东坡出一头地,后片愈出愈奇,真是压倒今古"②。在这两首"绝唱"之后,再次韵咏杨花,其实是吃力不讨好的。刘镇并没有将重心放在物象的描摹,而是从"清明"时令着笔,写暮春时节的离情春恨,在秀美的词笔中隐隐透露出愁恨哀怨的情调。潘飞声谓其情思宛妙,与章词和苏词相比,别有一番清绮的韵味。

其三,庶兼周、柳、辛、陆之能事。刘镇诸体兼备,杨慎誉其为"南渡填词巨工也"③,创作各种题材的词都有自己独特的风格。他描摹物情、叙写时令的词,如:"正玉尘生风,银床坠露,凉叶飕飕"(《木兰花慢》);"宿醉未消花市月,芳心已逐柳塘风。丁宁莺燕莫匆匆"(《浣溪沙·丁亥饯元宵》);"柳外归鸦,点点是离愁。空倚阳关三叠曲,歌不尽,水东流"(《江神子·三月晦日西湖饯春》)等,均情思宛妙,清丽可人。

而几首寄内怀远之作,写得感情深挚,颇为动人,有思念故人的愁绪:"客情怀远,云迷北树,草连南浦。离合悲欢,去留迟速,问春无语"(《水龙吟·庚寅寄远》);也有重温旧欢的美好:"人去后,庭花弄影,一帘香月娟娟"(《汉宫春》)。刘镇擅长将内心的情愫与词的意境完美融合,使情与景交织难分,达到情文并至的艺术境界。

刘镇生性恬淡,故笔下经常流露出淡泊开阔的胸襟。如一首《木兰花慢》:

> 看纤云护月,湛河汉,夜声收。正玉尘生风,银床坠露,凉叶飕飕。襟怀静吞八表,莫登山临水易惊秋。闲想多情宋玉,旧来空替人愁。
>
> 温柔。乡解老秋不。丝竹间秦讴。向橙橘香边,持螯把酒,聊伴清游。骚人

---

① (宋)朱弁:《曲洧旧闻》卷五,北京:中华书局2002年版,第158页。
② (南宋)张炎:《词源》,唐圭璋:《词话丛编》,北京:中华书局1986年版,第265页。
③ (明)杨慎著、王幼安校点:《词品》卷五,北京:人民文学出版社1960年版,第140页。

自应念远,与黄花、评泊晋风流。明日莼鲈兴动,待寻江上归舟。

词中"玉麈生风""襟怀静吞八表""丝竹间秦讴""评泊晋风流",以一种从容的气度写尽优雅冲淡、淡泊宁静的襟怀,真能达到"不以物喜,不以己悲"的境界。另外如"尘外闲寻行乐地,任傍人歌舞喧台榭"(《贺新郎》),"物象搜奇,风流怀古,消得文章万丈虹"(《沁园春》)等句,皆襟怀广远,具见高格。也难怪潘飞声盛赞道:"其词格高气远,情致绵邈,而才足以运之,为宋代词家特出。"[1]

李昴英为南宋名臣,耿直孤介,不畏强御,直言敢谏,曾上书弹劾史嵩之、贾似道、陈铧等权臣,被宋理宗称之为"南人无党"。这位正直的政治家在词学上的造诣也颇深,其词被编为《文溪词》。明代毛晋编著的《宋六十名家词》中将李昴英所作的三十首词悉数录入《文溪词》一卷,足以证明其在宋代名家词中占有一席之地。

作为一位骨鲠之士,李昴英词中多念国事,其成名作《摸鱼儿·送王子文知太平州》便是其一:

怪朝来,片红初瘦,半分春事风雨。丹山碧水含离恨,有脚阳春难驻。芳草渡。似叫住东君,满树黄鹂语。无端杜宇。报采石矶头,惊涛屋大,寒色要春护。

阳关唱,画鹢徘徊东渚。相逢知又何处。摩挲老剑雄心在,对酒细评今古。君此去。几万里东南,只手擎天柱。长生寿母。更稳坐安舆,三槐堂上,好看彩衣舞。[2]

王孜,即王埜,是南宋后期主战派官员,在多地的军政工作都取得赫赫成效,也是李昴英惺惺相惜的好友。此行王埜赴任的太平州,居于南北交通枢纽,为古来兵家必争之地。因此词人虽对离别万分不舍:"丹山碧水含离恨,有脚阳春难驻",却对好友调往军防重地力表支持,"报采石矶头,惊涛屋大,寒色要春护",用自然景观的险恶暗喻太平州的重要位置和艰危形势,暗喻须由豪杰之士去担当重任。临行之时,词人摩挲老剑,久蓄大志,饱经千磨百折而雄心依旧,殷切嘱托好友此去定要"只手擎天柱",可见二人相知相期之深切。全词至此,气脉一贯而下、遒炼紧凑、词语畅达而情感沉郁。可惜的是,下阕用寿语收束,后劲不接,出语陈腐,令全篇有所减色。尽管如此,该词上阕跳荡转折、喟叹慷慨,境界亦大。下阕前半富有雄直峻健之气,没有落入送别词沉溺个人伤感情绪的俗套,而是巧妙融合景色与情事,勾连私人离合之感和社稷安危,使作品能够保持激昂向上的格调,与词人的胸襟抱负密不可分。毛晋评此词

---

[1] 潘飞声:《粤词雅》,唐圭璋:《词话丛编》,北京:中华书局1986年版,第4885页。
[2] 李昴英的词,皆以明毛晋辑,上海:上海古籍出版社1989年影印版《宋六十名家词》为依据。

云:"余读《摸鱼儿》诸篇,其佳处岂逊'杨柳外,晓风残月'耶?"①

《文溪词》长调多而短调甚少,工于比兴,尤擅铺陈,写景言物,细腻动人。如《兰陵王》:

> 燕穿幕。春在深深院落。单衣试、龙沫旋熏,又怕东风晓寒薄。别来情绪恶。瘦得腰围柳弱。清明近,正似海棠,怯雨芳踪任漂泊。
>
> 钗留去年约。恨易老娇莺,多误灵鹊。碧云杳渺天涯各。望不断芳草,更迷香絮,回文强写字屡错。泪欲注还阁。
>
> 孤酌。住春脚。便彩局谁饮,宝轸慵学。阶除拾取飞花嚼。是多少春恨,等闲吞却。阑干猛拍,叹命薄,悔旧诺。

这是一首闺怨词。杨慎在《词品》中评此阕"绝妙,可并秦、周"②,最为有眼。这首词妙在构思精巧,设想出奇,新意连翩。其中设置的情境如"回文强写字屡错""阶除拾取飞花嚼。是多少春恨,等闲吞却",为李调元所赏,称其语均为前人所未经道。又借闺中春恨,用比兴之法抒发"信而见疑,忠而被谤"的苦闷情绪,言近旨远,流露出深沉的失望和怨愤。结拍三句"阑干猛拍,叹命薄,悔旧诺",怨而生怒,尤其是"悔旧诺"三字,真有"不是思君是恨君"之意。通过杜牧式的"刻意伤春复伤别",在作品中寄托对君国安危的深切忧虑。

李昴英以孤直著称于时,不媚事权贵,淡泊自守,恪守晚节。这样的高洁情操也反映在他所创作的咏物词中,例如《贺新郎·赋菊》:

> 细与黄花说:是天教、开遇重阳,玉裁金屑。老行要寻松竹伴,雅爱山翁鬓雪。任满插、追陪节物。惟有渊明吾臭味,傍东篱、盘薄芳丛撷。便无酒,也清绝。
>
> 芒寒色正孤标洁。惯平生、餐霜饮露,倚风迎月。不比芙蓉偏妩媚,不比茱萸太烈。似隐者、萧闲岩穴。至老枝头犹健在,笑纷纷、红紫尘沙汩。香耐久,看晚节。

全词表面上句句写的是秋菊,实际上处处暗喻自己高尚的品行。"老行要寻松竹伴,雅爱山翁鬓雪"借菊写自己交游之雅;"惟有渊明吾臭味"暗比渊明以表心志;"芒寒色正孤标洁"以菊之清峻高洁自喻;"不比芙蓉偏妩媚,不比茱萸太烈。似隐者、萧闲岩穴"以菊之冲淡平和抒发追求,最后以"香耐久,看晚节"以自励。事实上,

---

① (明)毛晋:《文溪词跋》,施蛰存:《词集序跋萃编》,北京:中国社会科学出版社1994年版,第326页。
② (明)杨慎著,王幼安校点:《词品》,北京:人民文学出版社1960年版,第141页。

词中末二语也是他一生的总结。

李昂英词继承了崔与之的"雅健"一脉,峻健刚劲中透出一股淡雅清逸之气。例如同样写登高望远的《水调歌头·题登春台》:

> 野趣在城市,崛起此台高。谁移蓬岛,冯夷夜半策灵鳌。十万人家甃碧,四面峰峦涌翠,远峙拍银涛。插汉笔双塔,簸两叶轻舠。
>
> 我乘风,时一到,共嬉遨。江山无复偃蹇,弹压有诗豪。宝剑孤横星动,铁笛一声云裂,寒月水宫袍。沧海一杯酒,世界眇鸿毛。

词人游目骋怀,只见峰峦涌翠,远岫银涛,雄奇胜概,尽入眼底。下阕写登临者的豪迈兴致,以诗豪"弹压"江山的"偃蹇",末句"沧海一杯酒,世界眇鸿毛",更是将豪情雄志发乎胸际。

李昂英在广州活动时,钟爱广州的风景名胜,留存下不少歌颂当地胜地的词作,如《水调歌头·题斗南楼和刘朔斋韵》:

> 万顷黄湾口,千仞白云头。一亭收拾,便觉炎海豁清秋。潮候朝昏来去,山色雨晴浓淡,天末送双眸。绝域远烟外,高浪舞连艘。
>
> 风景别,胜滕阁,压黄楼。胡床老子,醉挥珠玉落南州。稳驾大鹏八极,叱起仙羊五石,飞佩过丹丘。一笑人间世,机动早惊鸥。

词中提到的斗南楼在广州府治后城上,黄佐《广东通志》称其东瞰扶胥浴日之景,西望灵州吞纳之雄,南瞻珠江,北倚越台,楼上的雄壮之景让历代名人吟咏不绝。李昂英登高远眺,遥望珠江口,视野开阔,胸襟旷远,气概豪迈,一"豁"字而境界全开。下阕融入广东羊城的神话传说,又联想到烟波万里之外的异域,更染上了奇幻瑰丽的地方特色,堪称是描绘广州胜概的佳篇。周笃文《宋百家词选》谓此词可与柳永西湖之词、东坡赤壁之咏鼎足而三,给予很高的评价。

李昂英是两宋广东地区的代表词人之一,在词家中有自己的一席之地。明代郭棐所著《粤大记》将李昂英与崔与之等并举为宋代"岭南六先生",并誉此六人"真五岭间气之钟灵,百代士林之仪表"①,对后代广东词风有一定的影响。

二、葛长庚、赵必𤩪、陈纪

葛长庚,又名白玉蟾。天资聪颖能诗文,词学成就也不小,著有《海琼集》,其中存词二卷,是宋代道士中存词数量较多的一个。

---

① (明)郭棐:《粤大记》卷十七,广州:广东人民出版社2014年版,第467页。

葛长庚是虔心的修道者,长在山中生活,因此对修道者的心态及周围的环境,都很了解和熟悉。笔下经常流露出真情实感,显得清隽飘逸,颇为动人。如《水龙吟·采药径》:

> 云屏漫锁空山,寒猿啼断松枝翠。芝英安在,术苗已老,徒劳展齿。应记洞中,凤箫锦瑟,镇常歌吹。怅苍苔路杳,石门信断,无人问、溪头事。
>
> 回首暝烟无际,但纷纷、落花如泪。多情易老,青鸾何处,书成难寄。欲问双娥,翠蝉金凤,向谁娇媚。想分香旧恨,刘郎去后,一溪流水。①

葛长庚一生大部分时间在游览名山、隐居学道中度过,他曾到过罗浮、武夷、天台等名山,这"采药径"应是他在山中采药炼丹时常常经过的一条小路。重来采药径,还是旧家景致,但青山不老,人颜已改,年齿徒增,求仙无成。"空山""寒猿",一派凄清色彩。旧地重游,恍如隔世,缅怀往事,梦想前身。下阕笔锋一转,由暮春之景引出迷惘之意,青鸾本是仙家信使,不见青鸾,也就是不得成仙的消息。类似的感叹在他的词里一再出现:"长念青春易老,尚区区、枯蓬断梗"(《水龙吟·层峦叠巘浮空》);"青鸟无凭,丹霄有约,独倚东风无限情"(《沁园春·嫩雨如尘》);"叹未有紫云梯。绛阙消息子,也无一二,枉垂涕"(《菊花新·十二楼台》)等。结尾将眼前之景与梦幻之景打成一片,显得十分空灵。全词写得迷离恍惚,虚实结合。其情感冷热交作,时而陷入狂热的幻想,神仙世界缤纷缭乱;时而跌入冷落的现实,落花空山香无人迹。词作将过去、现实、幻想融为一体,创造出一种凄艳而神奇的境界,虽不出婉约词格调而别有一种滋味。

葛长庚常往来于罗浮、武夷诸山修道,下面这首《行香子》写的就是他在罗浮山中行炁存想、侣麋鹿、眠白云的潇洒生活:

> 满洞苔钱。买断风烟。笑桃花流落晴川。石楼高处,夜夜啼猿。看二更云,三更月,四更天。
>
> 细草如毡。独枕空拳。与山麋野鹿同眠。残霞未散,淡雾沉绵。是晋时人,唐时洞,汉时仙。②

罗浮山在广东境内,据传说,浮山为蓬莱之一阜,唐尧时,浮海而至,与罗山并体,故称"罗浮"。旧说山高三千丈,有七十二石室,七十二长溪,有玉树朱草、神湖神兽,道家列为第七洞天,晋代的郭璞曾在此炼丹求仙。这首词写道家的山中生活,修炼功夫,却没有堕入"金公姹女""离龙坎虎"那一套道士呓语中,着力描写的是山中风光

---

① 本节所引葛长庚的词,皆以唐圭璋编,北京:中华书局1986年版《全宋词》为依据。
② 词有小注:"洞府自唐尧时始开,至东晋葛稚川方来。及伪刘称汉,此时方显,遂兴观。"

的悠长,洞中岁月的洒脱,自然的美好和永恒,以及摆脱人世负担后的轻松,因此,其情调不是道学气式的荒诞或空寂,而更为野放清新、晓畅自然。

但葛长庚写得最好的,并不是那些飘飘仙举、修道遁世的作品。他虽然向往仙家的生活,但却又未能抛却对人间生活的留恋,所以在他的词作中,有不少仍然散发出情意缠绵的人间烟火气息。恰恰是这些有人情味的作品,才是《海琼集》中的佳制。陈廷焯在《白雨斋词话》中,就极喜他那首"无方外习气"①的《水调歌头》:

江上春山远,山下暮云长。相留相送,时见双燕语风樯。满目飞花万点,回首故人千里,把酒沃愁肠。回雁峰前路,烟树正苍苍。

漏声残,灯焰短,马蹄香。浮云飞絮,一身将影向潇湘。多少风前月下,迤逦天涯海角,魂梦亦凄凉。又是春将暮,无语对斜阳。

把别情写得那么浓烈,就是长庚词执着于世情的明证。陈廷焯评其"风流凄楚,一片热肠"②是极为中的的。这首词最显著的特点,是选词造句功夫极深,几乎字字句句都经得起琢磨咀嚼。开篇二句,选用江、山、云等巨幅背景入词,"远""长"二字暗示行人辽远的去向,"春""暮"二字写出最叫人伤神的时令。起首十字虽未出"相留相送"之意,而已蓄涵了惜别的全部情绪。结尾处的"又是春将暮"既呼应"江上春山远",又挽住不尽的跋涉;"无语对斜阳"既呼应"山下暮云长",又挽住无穷的凄凉。二句总揽全篇大旨,形成"众流归海"之势,也使词作浑然一体、精魄飞动,沉郁中不见板滞,反见疏快,实为词中佳品。

此外,葛长庚还有不少佳作豪放劲健、情辞俊朗,颇近苏、辛风格,如《贺新郎》一词,陈廷焯就誉之为"意极缠绵,语极俊爽,可以步武稼轩,远出竹山之右"③:

且尽杯中酒。问平生、湖海心期,更如君否?渭树江云多少恨,离合古今非偶。更风雨、十常八九。长铗歌弹明月坠,对萧萧、客鬓闲携手。还怕折,渡头柳。

小楼夜久凉微透。倚危阑、一池倒影,半空星斗。此会明年知何处?苹末秋风未久。漫输与、鹭朋鸥友。已办扁舟松江去,与鲈鱼、莼菜论交旧。因念此,重回首。

此词别意甚深、友情甚深,脱尽方外习气,饱含着人间烟火的世俗味,远非那些仙气弥漫的呓语所及。又如《水调歌头·丙子中元后风雨有感》一词:

---

① (清)陈廷焯著,杜维沫校点:《白雨斋词话》卷六,北京:人民文学出版社1959年版,第150页。
② (清)陈廷焯著,杜维沫校点:《白雨斋词话》卷六,北京:人民文学出版社1959年版,第150页。
③ (清)陈廷焯著,杜维沫校点:《白雨斋词话》卷二,北京:人民文学出版社1959年版,第52页。

一叶飞何处,天地起西风。夜来酒醒,月华千顷浸帘栊。塞外宾鸿来也,十里碧莲香满,泽国蓼花红。万象正萧爽,秋雨滴梧桐。

　　钓台边,人把钓,兴何浓。吴江波上,烟寒水冷剪丹枫。光景暗中催去,览镜朱颜犹在,回首鹫巢空。铁笛一声晓,唤起玉渊龙。

此词起句奇兀,结句豪壮,词笔老健,境界雄阔。《词统》认为此词足以匹敌苏轼同调之"明月几时有"一词,所评虽有溢美之嫌,但葛词实在写得情辞双美,堪称佳作。

葛长庚词以长调居多,短调较少。短调中的"山衔初月明疏柳,平野垂星斗"(《虞美人》)、"沙头三两雁相呼,萧萧风卷芦"(《阮郎归》),写江边秋景如画,颇为不俗;"柳絮欲停风不住,杜鹃声里山无数""醉里寻春春不见,夕阳芳草连天远"(《蝶恋花》),景中有情,深见缠绵不尽之意。值得一提的是,他的《霜天晓角·绿净堂》,虽不脱方外习气,但却写出了广州的风土特色,被潘飞声称誉为"壮游中饶有仙气,自成一格"①。词曰:

　　五羊安在?城市何曾改?十万人家阛阓,东亦海,西亦海。
　　年年蒲涧会,地接蓬莱界。老树知他一剑,千山外,万山外。

词中提到的"五羊",有一仙羊衔穗下临广州祝愿此地永无饥荒的美好传说。"东亦海,西亦海",则写出当年广州几面环海的地理特点。下阕的"蒲涧"在广州城北的风景胜地白云山上,相传为秦代郑安期隐居及成仙之地。此词虽亦有仙气,但却能写出广州的地方特色,与寻常的仙家呓语有别。

葛长庚的词内容丰富,风格多样,从总体上看,可分为两大类:一类是与道教有关的词,体现葛长庚作为"方外人"的身份;一类是入世之词,更多看到葛长庚世俗的一面,可见其"才子"身份。综观葛长庚词,入世之作胜于出世之作。他写得最好的,是那些带有人间烟火味的作品;泛写道家山中生活的则次之;最为下劣的便是那些专意描述炼丹,为道家修炼做宣传之作。尽管作品层次参差不齐,但不可否认的是,葛长庚依旧是南宋道流中少有的词学奇才。

赵必瑑,字玉渊,号秋晓。宋度宗咸淳元年(1265)进士,任南康县丞,后文天祥驻军广东潮惠地区,遂辟摄军事判官。入元,隐居不仕。著有《覆瓿集》二卷。他年轻时甚喜周邦彦词,集中词就有九首追和美成韵。例如《风流子·别赣上故人用美成韵》:

　　春光才一半,春未老,谁肯放春归?问买春价数,酒边商略;寻春巷陌,鞭影

---

① 潘飞声:《粤词雅》,唐圭璋:《词话丛编》,北京:中华书局1986年版,第4893页。

参差。春无尽,春莺调巧舌,春燕垒香泥。好趁春光,爱花惜柳;莫教春去,柳怨花悲。

春心犹未足,春帏暖,炉薰香透春衣。说与重欢后约,春以为期。记春雁回时,锦笺须寄;春山锁处,珠泪长垂。多少愁风恨雨,惟有春知。①

写春日离情,全词"春"字多达16个,精心营造音韵上的复沓之感,读来朗朗上口而节奏明快,虽无深意,却自成一格。与周邦彦原词相比,显得流丽自然,温婉可诵。又如《华胥引·舟泊万安用美成韵》:

沧浪矶外,小舣兰舟,旋沽竹叶。雨过溪肥,波心荡漾鸥对唼。烟晚欸乃渔歌,和橹声咿轧。要泛五湖,只恐西施羞怯。

年少飘零,鬓未霜,底须轻镊?江南归雁,寄来鸳笺细阅。盟言誓语,满鲛绡罗箧。撩弄相思,琴心寸寸三叠。

上阕写泊舟沧浪矶时眼前所见之景,下阕写对情人的眷恋情感,写尽羁旅愁绪,格调极似周邦彦,足见词人早年对周词用功颇深。

三十岁后,赵必𤩞目睹南宋的覆亡,词风为之一变,笔端交织着亡国之愤与忧患之感。如《满江红·和李自玉蒲节见寄韵》一词:

如此风涛,又断送、一番蒲节。何处寄、黍筒彩线,龙馋蛟啮。已矣骚魂招不返,兰枯蕙老余香歇。俯仰间、万事总成陈,新愁结。

梅子雨,荷花月。消几度,头如雪。叹英雄虚老,凄其一哽。回首百年歌舞地,胥涛点点孤臣血。问长江、此恨几时平?茫无说。

该词由端午想见耿耿孤忠的屈原,已经是"已矣骚魂招不返",借而倾诉亡国孤臣的难平之恨,英雄虚老,只剩一腔愁愤消散在茫茫的长江上。末句弥漫着一股强烈的末世哀感。入元后,赵必𤩞一直隐居,不再出仕,以遗民终老。后期创作的如《念奴娇·饯朱沧洲》中就表达了自己的归隐心境:

中年怕别,唱阳关未了,情怀先恶。回首西湖十年梦,几夜檐花清酌。人世如萍,客愁似海,吟鬓俱非昨。风涛如许,只应高卧林壑。

菊松尽可归欤,叹折腰为米,渊明已错。相越平吴,终成底事,一舸五湖差乐。细和陶诗,径寻坡隐,时访峰头鹤。罗浮咫尺,春风寄我梅萼。

此前,词人曾奔走呼吁,力求抗元复宋,但大事不成,英雄末路,只能感叹菊松应

---

① 本节所引赵必𤩞的词,均以台北:台湾商务印书馆1986年《景印文渊阁四库全书》第1187册《覆瓿集》为依据。

归,渊明已错,自嘲道:"相越平吴,终成底事,一舸五湖差乐。"虽然在上阕的结尾,词人表明自己将"高卧林壑"过平生,但词中处处流露出百无聊赖的痛苦心境。

赵必王象词,陈纪则谓其"乐府风流动荡,得秦、晏体"①,在一定程度上肯定了他的词学成就。但与他书写忠愤之气的遗民之诗相比,还是落于下乘。除了《满江红》等几首有遗民之痛外,其他词作则甚少反映亡国之耻的内容。至于其余祝寿贺娶的应酬游戏之作,就更是等而下之,平庸无味了。

陈纪,字景元,东莞人。宋度宗咸淳十年(1274)乡贡进士,官通直郎。宋亡后隐居不仕,与遗民唱和。著有《越吟斐稿》《秋江欸乃》等,不传。《粤东词钞》仅辑得其词四首。

陈纪存词虽少,但质量较高。不论登临怀古,抑或咏物抒情,均见高格。如《满江红·重九登增江凤台望崔清献故居》:

> 凤去台空,庭叶下、嫩寒初透。人世上、几番风雨,几番重九。列岫迢迢供远目,晴空荡荡容长袖。把中年、怀抱更登台,秋知否?
>
> 天也老,山应瘦。时易失,欢难久。到于今惟有,黄花依旧。岁晚凄其诸葛恨,乾坤只可渊明酒。忆坡头、老菊晚香寒,空搔首。②

这是词人在重阳节追怀南宋名臣崔与之之作。词中"凤去台空"和"黄花依旧",以凤凰和老菊相喻,表达对已故的前贤的追慕和景仰。又借登高之事,抒发沉痛的亡国之恨,写出了南宋遗民饱经世乱、伤于哀乐的中年怀抱,这是他人所不易领会的。南宋亡后,陈纪息影乡园,不与世事。其《甲辰元日》诗:"江山有恨英雄老"③,可为此词注脚。全首词笔清挺,继承了崔与之、李昴英一脉的"清健"词风。另一首《念奴娇·梅花》也同样可见类似的风格:

> 断桥流水,见横斜清浅,一枝孤裒。清气乾坤能有几?都被梅花占了!玉质生香,冰肌不粟,韵在霜天晓。林间姑射,高情迥出尘表。
>
> 除是孤竹夷齐,商山四皓,与尔同调。世上纷纷巡檐者,尔辈何堪一笑。风雨忧愁,年来何逊,孤负渠多少。参横月落,有怀付与青鸟。

全词托物寓意,句句咏梅,却处处流露出词人的逸民心态,亦花亦人,混融一体。词人盛赞梅花,正是以花自况,表明自己隐居不仕的高洁情怀。此外,写乱离愁绪的

---

① (宋)陈纪:《故宋朝散郎签书惠州军事判官兼知录事秋晓赵公行状》,(宋)赵必王象撰:《覆瓿集》,台北:台湾商务印书馆《景印文渊阁四库全书》1986年版,第1187册,第310页。
② 本节所引陈纪的词,皆以唐圭璋编,北京:中华书局1986年版《全宋词》为依据。
③ 中山大学中国古文献研究所编:《全粤诗》,广州:岭南美术出版社2008年版,第2册,第513—514页。

《倦寻芳·郭颐堂寒食有无家之感为赋》也清婉可诵,富有情韵:

> 满簪霜雪,一帽尘埃,消几寒食。手捻梨花,还是年时岑寂。簌簌落红春似梦,萋萋柔绿愁如织。怪东君、太匆匆,亦是人间行客。
>
> 问几度、五侯传烛。但回首东风,吹尽陈迹。笑杜陵泪洒,金波如积。对酒且宽愁意绪,题诗与寄真消息。待归来,细温存、慰伊相忆。

宋末离乱,导致生民流离失所,无家可归,况逢佳节,情何以堪。陈纪此词,有感怆意、有慰勉意,写出忧患中故友之间的拳拳厚谊,真是涸辙中"相响以湿、相濡以沫"难得的至情。黄佐评陈纪"尤工小词,有周美成、康伯可风韵"①。此外,陈纪还有一首《贺新郎》,被许昂霄评为章法绝妙。

总的来说,两宋时期广东地区的词家不多,但崔与之和李昴英为南宋直臣,词中流露出一股凛然正气;葛长庚词多学道飘逸之语,一些入世之作却又颇具人间烟火气;赵必瓛和陈纪生于末世,故词中含有深切的遗民之恨;刘镇词则兼长众体,多闲适情味。这些词家都以自己的作品,从不同方面反映了南宋时期的社会状况和历史面貌,表达了各自不同的思想感情,影响了后世广东词坛的走向。

第二节　宋元入粤词人的创作

除了本土词人外,也经常有外来词人因贬谪(如秦观、赵鼎、胡铨)、流亡(如朱敦儒)、仕宦(如刘克庄)、抗元(如文天祥)等种种原因进入广东地区。一方面,这些入粤词人以一种区别于本土词人的他者眼光,书写在广东的所见所闻,展示出广东地域风貌的不同维度。另一方面,离开地处中原的故乡,词人带着复杂而微妙的心境南下,当时的广东地区还很荒凉僻远,却也给予了词人独特的生命体验。尤其是南渡以后,广东唱词之风渐兴,不但作家队伍日益壮大,作品内容也一改原来较为单一的贬谪文学模式,不少词人(如朱敦儒、文天祥)的词风也因至广东后更复杂的人生经历而发生重大转变。这些外来词人们将苦难熔铸在一首首词作中,赋予了广东词坛前所未有的活力。

一、贬谪词人:秦观、赵鼎、胡铨

秦观是两宋时期第一个被贬至广东的著名词人。受北宋党争影响,宋哲宗绍圣

---

① (清)阮元:(道光)《广东通志》卷二七〇《陈庚传》附《陈纪传》,清道光二年(1822)刊本。

元年(1094)春,秦观由国史院编修改官馆阁校勘,出为杭州通判。未至杭州,中途贬至处州,绍圣三年(1096)又由监处州酒税削秩编管郴州,明年再由郴州流徙横州编管,元符元年(1098)九月,秦观又被"特除名,永不收叙,移送雷州(今属广东湛江)"①。经历了坎坷波折的一贬再贬后,来到雷州的秦观的心态已经发生了巨大变化,甚至写了一篇《自作挽词》,抒发了党争"奇祸"所造成的流徙南荒的深哀巨悲。元符三年(1100)五月,苏轼量移廉州,修书与秦观,期于一晤。就在这一年的六月二十五日,秦观在海康与苏轼见了最后一面,悲喜交集,写下了《江城子》:

> 南来飞燕北归鸿,偶相逢,惨愁容。绿鬓朱颜重见两衰翁。别后悠悠君莫问,无限事,不言中。
>
> 小槽春酒滴珠红,莫匆匆,满金钟。饮散落花流水各西东。后会不知何处是?烟浪远,暮云重。②

秦观为"苏门四学士"之一,而苏轼在四学士中又最赏识秦观。二人因受党争之祸,屡屡遭贬,成为患难之交。这次在雷州偶然相逢,秦观喻自己是"南来燕",苏轼则是"北归鸿",同是天涯沦落人,相见只剩"惨愁容"。曾经的绿鬓朱颜已经不再,只剩下两个衰翁,真可谓百感交集。师徒相见,心中自有千言万语想要倾诉,见面时却不约而同地选择了沉默:"别后悠悠君莫问,无限事,不言中"。然而无言并不代表着没有愁绪,两人都心照不宣地将心事驱入酒杯中,"莫匆匆,满金钟",希望这相聚饮酒的时光能慢些走,毕竟此次一别,两人如同漂浮在流水中的花瓣,随波逐流,不知道何时才能够再相见。秦观本人也对重逢不抱有太大的希望,结语"烟浪远,暮云重",所写皆是至远至幻之景,如同二人渺茫无望的未来。这些凄婉的文字最终成了词人生命的谶语,两个月后,他就在北返到藤县的夏日走完了人生的最后旅途。这首词抒写秦观与老师苏轼重逢时的情境与真切感受,感情真挚,充满今昔之感,至哀至痛,无复当年婉丽动人、细腻自然的词风,而染上了无法排遣的愁苦。

南宋时期被贬到广东的词人有赵鼎。赵鼎是南宋名臣,尝任两任宰相,高宗曾非常信任他,称他为"真宰相"。他为国专以固本为先,认为根本固而后敌可图、仇可复,对南宋的中兴事业有所建树。赵鼎曾在朝中因议和问题与秦桧进行过激烈的较量,由于高宗赵构偏袒秦桧,致使他被罢谪到广东潮州。但是他的兴复之志从未泯灭,秦桧等权臣对他的加害反而映鉴出他铮铮不屈的铁骨。当他为使全家不遭秦桧的诛杀,而决定绝食时,还在预制的铭旌上留下了两句诗以明心志:"身骑箕尾归天

---

① (清)毕沅:《续资治通鉴》卷八五,周义敢、周雷编:《秦观资料汇编》,北京:中华书局2001年版,第272页。
② (宋)秦观著,徐培均校注:《淮海居士长短句》,上海古籍出版社1985年版,第66页。

上,气作山河壮本朝。"①其报国之雄心可谓苍天可鉴。在贬谪到广东潮州时,他写下了这一首《洞仙歌》:

空山雨过,月色浮新酿。把盏无人共心赏。漫悲吟,独自拈断霜须,还就寝,秋入孤衾渐爽。

可怜窗外竹,不怕西风,一夜潇潇弄疏响。奈此九回肠,万斛清愁,何处邈如天样。纵陇水秦云阻归音,便不许时闲,梦中寻访?

全词记录下了词人秋夜的情思。上阕"悲吟""独拈""孤衾"几个典型的生活细节,流露出词人的郁愤之气。空山雨过,山月新出,词人月下把盏却无心赏美景,被贬谪、被软禁的愤慨无处申诉,只能长歌悲吟以减轻胸中的郁闷,不知不觉竟拈断霜须。这种愁苦心绪至睡前都没有得到排遣,词人只感寒凉萧瑟的秋气进入薄被。久久不能入睡,于是词人聆听着窗外的竹声:"可怜窗外竹"三句,既是景语,更是情语,"可怜""不怕""弄"三个词语暗赞颂了竹子的抗风斗寒的品质,词人受此鼓舞,也有了结尾处梦寻故土的决心。"九回肠",出于司马迁的《报任安书》:"是以肠一日而九回",言怨极多。此处亦言心中装着万斛苦恨,致使愁肠百结,"人何处、邈如天样"诉说自己被远抛闲置在遥远的广东的苦闷与不平。然而,词人并未就此一味地悲怆叹息下去,而是在结尾处一转而为热烈而高亢的格调:"纵陇水秦云阻归音,便不许时闲,梦中寻访?"陇水,即陇头之水;秦云,即秦岭之云。这都是环绕在故都长安的山川风云,进出长安必须通过这些障碍物,这里用以指秦桧一类的朝中权奸。数句言纵然有奸邪当道阻挡我回到朝廷,总不能不许我闲时到梦中去寻求归路。这样的气概正如他从潮州移吉阳军(今属海南三亚)给高宗的谢表中所表的心志:"白首何归,怅余生之无几;丹心未泯,誓九死以不移。"全词不以剪裁工巧取胜,而以描写深刻细腻见长,河山之恋、故土之思,溢于言表,其中充斥着难以掩抑孤寂、凄楚和愤慨之情。

同样因受到迫害而被贬广东的还有胡铨。宋高宗绍兴八年(1138),秦桧再次入相,力主和议,派王伦往金议和。这事激起了朝野一片抗议,当时身为枢密院编修官的胡铨尤为愤慨,上书高宗说:"臣备员枢属,义不与桧等共戴天。区区之心,愿斩三人头(指秦桧、王伦、孙近),竿之藁街。……不然,臣有赴东海而死耳,宁能处小朝廷求活耶!"②此书一上,秦桧等人十分恐惧、恼怒,以"狂妄凶悖,鼓众劫持"的罪名,将

---

① 本章所引赵鼎的文字,皆以(宋)赵鼎撰,李砾点校,上海:上海古籍出版社 2018 年版《忠正德文集》为依据。
② (宋)胡铨:《上高宗封事》,《澹庵文集》卷二,台北:台湾商务印书馆《景印文渊阁四库全书》1986年版,第 1137 册,第 21 页。

胡铨"除名,编管昭州(今广西平乐)"①,四年后又押配新州(今广东新兴)。胡铨的《好事近》就是这个时候写的:

> 富贵本无心,何事故乡轻别? 空使猿惊鹤怨,误薜萝秋月。
> 囊锥刚要出头来,不道甚时节! 欲驾巾车归去,有豺狼当辙!

这首词的上阕说自己本无心于富贵,可是却出来谋官,感到后悔。"空使猿惊鹤怨,误薜萝秋月。""猿惊鹤怨"用《北山移文》文意。词人做官而未能遂愿,连用"空"字、"误"字,把自己的悔恨表现得更为强烈。下阕开头"囊锥刚要出头来,不道甚时节",其中"囊锥出头"就是"脱颖而出"的意思,用的是毛遂自荐的典故。这两句是说:你硬是要出头、逞能,你也不想想这是什么世道! 很明显,"出头"事是指十年前反对和议、抨击秦桧的那场斗争。于是,词人萌生了归隐之志,可是"有豺狼当辙",想回也回不去!"豺狼"正是讽刺秦桧等卖国求荣的奸臣。这首词是作为"罪人"的胡铨在那险恶的政治气候下写作的,表现了词人无畏的斗争精神和对国事的深切忧愤,它与《上高宗封事》同为反和议斗争的名篇,为词人赢得了很高声誉。朱熹就热烈赞扬胡铨是"好人才",说:"如胡邦衡之类,是甚么样有气魄! 做出那文字是甚豪壮!"②除这首词外,胡铨在广东新州还写过一首《如梦令》:

> 谁念新州人老,几度斜阳芳草。眼雨欲晴时,梅雨故来相恼。休恼,休恼,今岁荔枝独好!③

和前一首豪气澎湃的气格相比,这首小令自然清新,却又深沉真挚。首句发问:谁还惦记放逐到新州的人呢? 词人作此词时,年纪已老,春秋寒暑见了多少! 泪眼欲干时,黄梅雨故意勾起烦恼。在描景叙事中穿插情语,最后借荔枝自慰,作解脱语,实际上潜寓有大志未酬、被贬僻地的深深愁苦。

二、流亡词人:朱敦儒

南渡后大量北方文人避难或迁居广东,并在当地开展词学活动,广东词坛局面由此得到相当大的改观。一方面,由于广东地处偏远,避地于此,比较安全。另一方面,建炎、绍兴初年,北方士民集体南迁,导致两浙等东南富庶之地人口急遽膨胀,物价飞涨。与此情况相反,当时的广东自潮州而南,居民鲜少,山荒甚多,士大夫多有避地广

---

① (元)脱脱等撰:《宋史》卷三七四《胡铨传》,北京:中华书局1981年版,第11582页。
② (宋)黎靖德编,王星贤点校:《朱子语类》卷一〇九,北京:中华书局1986年版,第2702页。
③ (宋)胡铨:《澹庵文集》卷六,台北:台湾商务印书馆《景印文渊阁四库全书》1986年版,第1137册,第57页。

东者,这其中不乏如吕本中、曾几、朱敦儒、陈与义等著名文士。其中,朱敦儒进入广东后,写下了许多佳作①。

朱敦儒,字希真,别号岩壑老人。有词集《樵歌》存世,词246首,其中流寓广东的词共13首。朱敦儒志行高洁,虽为布衣而有朝野之望。宋钦宗靖康元年(1126),金兵攻占汴京,宋室南渡。在这场政治的剧变中,朱敦儒不得不离开生养之地的洛阳,随着逃难的人流萍飘梗泛,辗转来到广东,途经南雄、广州、肇庆、康州(今广东德庆),最终在粤西泷州(今广东云浮)暂住下来。去国离乡的悲痛、疮痍满目的现实,极大地震撼了词人的心灵。他的词风为之一变,再也写不出年轻时"且插梅花醉洛阳"(《鹧鸪天·西都作》)的流连光景之作,而是充满沉郁苍凉的格调,如他泊船德庆时所作《浪淘沙·康州泊船》:

> 风约雨横江。秋满篷窗。个中物色尽凄凉。更是行人行未得,独系归艎。
> 拥被换残香。黄卷堆床。开愁展恨煞思量。伊是浮云侬是梦,休问家乡。②

逃亡途中,词人所见之景尽是凄凉,继而怀念自己的妻子,却不能归,如云如梦,无法触碰,只能休问家乡。虽然是一首寄景怀妻之作,字里行间流露出深切浓烈的亡国之恨。在词的创作中,朱敦儒不断通过"扁舟""浮萍""天涯客"等意象来表达自己去国离乡的悲苦。如《醉落魄·泊舟津头有感》:"我共扁舟,江上两萍叶。"又如《鹊桥仙·康州同子权兄弟饮梅花下》:"悲歌醉舞,九人而已,总是天涯倦客。"与知己好友饮酒作乐,本来应该是一件令人宽心的事,可是喝酒的九个人都是客居异乡的人,"北客相逢弹泪坐,合恨分愁"(《浪淘沙·中秋阴雨,同显忠、椿年、谅之坐寺门作》)。他乡遇故知,欣喜之情不言而喻,然而一句"天涯客"就把这种欣喜破坏了,"西江碧,江亭夜燕天涯客。天涯客,一杯相属,今夕何夕。"(《忆秦娥·若无置酒朝元亭,师厚同饮,作》)又如《雨中花·岭南旧作》:

> 故国当年得意,射麋上苑,走马长楸。对葱葱佳气,赤县神州。好景何曾虚过,胜友是处相留。向伊川雪夜,洛浦花朝,占断狂游。
> 胡尘卷地,南走炎荒,曳裾强学应刘。空谩说螭蟠龙卧,谁取封侯。塞雁年年北去,蛮江日日西流。此生老矣,除非春梦,重到东周。

这首流离广东之作是朱敦儒词风由绮丽转向悲凉的重要标志,早期词作中疏狂放浪的情怀已消失殆尽。词中通过今昔对比,上阕对故国极尽赞美之词,一展五陵年

---

① 关于朱敦儒的论述,参见谭邵娜:《朱敦儒在岭南的生活与创作》,《词学》第二十八辑,第32—45页。
② 本节所引朱敦儒词,均以邓子勉校注,上海:上海古籍出版社2010年版《樵歌校注》为依据。

少的得意豪迈之态。然而靖康之变,使得这美好的生活瞬间被毁。生活环境的突变让朱敦儒对前途灰心不已,他一方面追思当年和平安适的生活,一方面诉说着在广东寄人篱下的不适,极盼能返回故土,但又深感希望渺茫,于是百感交集,放声慨叹。字里行间流露出面对山河破碎、满目疮痍的凄凉景象的亡国之痛,表现出沉郁顿挫的苍凉之感,堪与李清照的名作《永遇乐·落日镕金》相媲美。朱敦儒特别擅长用今昔之对比写心情之落差,例如另一首《采桑子》:

> 一番海角凄凉梦,却到长安。翠帐犀帘,依旧屏斜十二山。
> 玉人为我调琴瑟,颦黛低鬟。云散香残,风雨蛮溪半夜寒。

生活在偏远的南蛮之地,由于生理与心理上的不适,词人更加思念故地,不觉梦回故都,那华丽的屏风,玉人的琴瑟,再次出现在眼前。可惜好梦不长,醒来之后还得面对现实。和《雨中花》一样,今昔对比的巨大落差通过日常生活中的小事体现出来,更能让人品味到词人心中的凄凉。

大多数时候,朱敦儒在广东的心境是不够豁达、不够开朗、不够阳光的。这样的思想也反映在他的词作中。在13首流亡广东所作的词中,伤春悲秋的作品竟多达7首。词人习惯于借暮春、寒秋之景,来表达自己的悲愁。如《浪淘沙·康州泊船》:"风约雨横江,秋满蓬窗,个中物色尽凄凉。"《相见欢》:"泷州几番清秋。"《沙塞子》:"不见凤楼龙阙又惊秋,""蛮树远,瘴烟浮。"《十二时》:"连云衰草,连天晚照,连山红叶。"《忆秦娥》:"西江碧,江亭夜燕天涯客。"这都是他当时心情的真实写照。在朱敦儒看来,故国的宫殿,昔日的酒家,都高贵得如同天上仙境,而广东所有的东西,即使是盛开着的鲜花、飘飞着的白云、潺潺流淌着的溪水,甚至是那极富民族风情的铜鼓,也丝毫吸引不了他的注意,反倒增添了他的惆怅和伤感。如《卜算子》:"惨暗蛮溪鬼峒寒,隐隐闻铜鼓。"《浪淘沙》:"圆月又中秋,南海西头,蛮云瘴雨晚难收。""天家宫阙酒家楼。"《沙塞子·前调太悲,再作》:"蛮径寻春春早,千点雪,已舒梅。"等等,所流露的都是同样的心情。

虽然在广东前后逗留了有三年之久,朱敦儒的内心似乎没有认可或者接纳过这一片安宁而淳朴的土地。他总是把自己当作一个外乡人,哪怕看到的明明是东去的流水,他也要把它们的流向解读为"西去"。例如:"塞雁年年北去,蛮江日日西流。"(《雨中花·岭南作》)"九日江亭闲望,蛮树远,瘴烟浮。肠断红蕉花晚水西流。"(《沙塞子》)岭南境内的北江、西江、泷江等河流,都是"大江东去",朱敦儒为什么偏偏要说它们是"西流"呢?他不是不明白这个事实,例如在《蓦山溪·和人冬至韵》里,他就写有"西江东去,总是伤时泪"。这说明从常识上讲,他是知道"西江"是"东去"的。而在上述这两首词里,他偏偏要把"东去"的"西江"写成"西流",可能出于一种刻意。由"鸿雁"的"北去","蛮江"的"西流",寄寓了一种在常人看来似乎是难以实现的愿望,即北归。

即使朱敦儒对广东一直有异地的排斥感,但这并不影响他的词作在南渡时完成转型。黄昇云:"(希真)博物洽闻,东都名士。南渡初以词章擅名,天资旷远有神仙风致。"①南宋词家汪莘"诗余有自序,称所爱者苏轼、朱希真、辛弃疾三人,谓之词家三变"②。可见朱敦儒在宋代词坛的地位。

三、仕宦词人:刘克庄

刘克庄(1187—1269),字潜夫,号后村居士,福建莆田人。宋理宗淳祐六年(1246)赐同进士出身,官至工部尚书兼侍读,特授龙图阁学士。刘克庄诗词兼擅,风格豪迈激越,是南宋辛派重要词人。词集有《后村别调》。

宋理宗嘉熙三年(1239),刘克庄擢授广东提举,此后升任转运使兼提举市舶使。任职广东时,他从福建家乡多次往返惠潮驿道,留下多篇词作。如《临江仙》:

> 去岁越王台上饮,席间二客如龙。凭高吊古壮怀同。马嘶千嶂暮,乐奏半天中。
>
> 今岁三家村市里,故人各自西东。菊花时节酒樽空。可怜双雪鬓,禁得几秋风。③

作此词时,词人在海丰县(治所在今广东汕尾)以转运使代理帅事,词中提到的越王台在广州越秀山,为汉时南越王赵佗所筑。这首词前半阕写去年和友人会饮时的凌云壮志,格调高亢激昂;而后半阕却落入"可怜双雪鬓,禁得几秋风"的伤老慨叹之中。刘克庄是一个充满爱国激情的词人,即使身处遥远的广东,也时刻怀有报国之志。然而当时的朝廷却偏安江左,毫无恢复山河的意图,反观自己已经不再年轻,胸中抱负依然不得实现。这样的现状使词人深为痛苦,本词流露出的就是这样一种情绪。离开广东时,词人又写下了一首《临江仙·潮惠道中》:

> 不见仙湖能几日,尘沙变尽形容。夜来月冷露华浓。都忘茅屋下,但记画船中。
>
> 两岸绿阴犹未合,更须补竹添松。最怜几树木芙蓉。手栽才数尺,别后为

---

① (宋)黄昇:《花庵词选》,北京:中华书局1958年版,第179页。
② (清)永瑢等:《四库全书总目》卷一六三,北京:中华书局1865年版,第1397页。
③ (宋)刘克庄著,钱仲联笺注:《后村词笺注》卷一,上海:上海古籍出版社2012年版,第62—63页。

谁红。①

其中描写的"仙湖"疑即今潮州之小西湖。这首词当为刘克庄离潮时作。词人在潮数年，一旦离开，颇有依依不舍之情。词人回忆起在月色凉如水的夜晚，乘坐画船泛游仙湖上的往事，留恋不已。这样的情愫甚至转移到了潮州的一草一木上："两岸绿阴犹未合，更须补竹添松。"临行之际，词人还遗憾着仙湖两岸绿植栽种得仍然不够，而自己亲手栽的芙蓉才数尺高，当花红之日，却早不是当年人。这首词虽短小朴实，却清新自然，流露出词人对广东潮州最真挚的感情。

四、抗元词人：文天祥

除了仕宦、流亡和贬谪外，还有因抗元而进入广东地区的词人，文天祥就是其中的典型代表。南宋德祐元年（1275），元军南下攻宋，宋军屡战屡败，退至福建一带。文天祥在福州参与拥立益王赵昰为帝，又自赴南剑州聚兵抗元。景炎二年（1277）再攻江西，终因势孤力单败退广东。即便如此，文天祥却从没有放弃过抗元的决心，在广东，除了著名的《过零丁洋》外，文天祥还写下了一首词作《沁园春·题潮阳双忠庙》：

> 为子死孝，为臣死忠，死又何妨。自光岳气分，士无全节，君臣义缺，谁负刚肠。骂贼张巡，爱君许远，留得声名万古香。后来者，无二公之操，百炼之钢。
>
> 人生翕欻云亡。好烈烈轰轰做一场。使当时卖国，甘心降虏，受人唾骂，安得留芳。古庙幽沉，仪容俨雅，枯木寒鸦几夕阳。邮亭下，有奸雄过此，仔细思量。

这首词是时任少保右丞相兼枢密使的文天祥在祥兴元年（1278）十一月行府进屯潮阳时，用宝剑在张许庙的墙壁上刻下的题词，"字体如铁线盘曲，谛视始辨。后人恐其日久就湮，复于旁立一石，大书深刻以便读者"②。"张许庙"又称"双忠庙"，所祭祀的是张巡、许远两位大唐忠臣。安史之乱时，张巡、许远守睢阳，奋力抵抗叛军并英勇就义，"守一城捍天下，以千百就尽之卒，战百万日滋之师，蔽遮江淮，阻遏其势"③。自唐代中后期起，从中原的睢阳以至广东的潮汕地区，多有纪念张巡、许远等英雄丰功伟绩的祠或碑。

首句"为子死孝，为臣死忠，死又何妨"，起笔突兀，以一段震古烁今的议论开头，奠定了全词高亢不屈、视死如归的格调。紧接着赞颂张巡、许远两人取义成仁，爱国

---

① （宋）刘克庄著，钱仲联笺注：《后村词笺注》卷一，上海：上海古籍出版社2012年版，第63页。
② （清）金武祥：《粟香随笔·五笔》卷七《潮阳东山文信国公》，清光绪刻本。
③ （唐）韩愈：《张中丞传后叙》，马其昶校注，马茂元整理：《韩昌黎文集校注》卷二，上海：上海古籍出版社2014年版，第84页。

精神长久不灭,与文天祥的《正气歌》气脉贯通。"自光岳气分,士无全节,君臣义缺,谁负刚肠",四句扇对,笔力精锐,其中流露出的堂堂正气,令人振奋不已。"留取声名万古香",语极高迈,点明张、许二人虽然肉身已死,而精神永存。下一句"后来者,无二公之操,百炼之钢"将所叙之事从唐代一笔带至今日,用笔裕如。宋亡之际,叛国投降者不胜枚举,上自"臣妾签名谢道清"的谢后,下至贾余庆之流。故天祥感慨深沉如此。"二公之操,百炼之钢",对仗歇拍,笔力精健。下阕"人生翕欻云亡。好烈烈轰轰做一场"紧承上意,再以大声势、大手笔以表心志。下句以激昂的语句给"降虏""卖国"的"奸雄"以当头棒喝、无情鞭挞,褒贬爱憎极其鲜明。最后,词人深深凝望着幽邃深沉的庙宇,两位节义之士的塑像仪容庄严典雅,栩栩如生。枯木、寒鸦、夕阳,一派凄凉哀婉的景象,然而即使枯木有腐朽的一天,太阳有落下的一刻,忠臣的赤子之心却能永垂不朽、万世流芳。这首词虽然重在议论但情寓于景,颇能反衬主题,便觉词情神致超逸。尾句"邮亭下,有奸雄过此,仔细思量"寓意深刻,想那些横流巨恶,良知应未完全泯灭,未来当有可悟之时,也可见文天祥对当时卖国贼的痛恨。全词吊古伤今,反映南宋爱国志士既要同外族侵略者、又要同内部投降派做斗争的史实,咏史言志,表示自己尽忠死节的决心。词人以议论抒情为本,融从容娴雅于刚健雄放之中。对句层出,语重心长,风骨甚高。

宋亡之后,不乏书写亡国题的遗民词,虽也痛惜王朝的覆灭,抒发深切身世之哀、家国之恨,然而大多风格低回掩抑、凄黯伤感,卑弱之气较盛,缺乏鼓舞人的力量。而文天祥所填的词却能远超同时代的词人,这和他常人无法比拟的气节品质直接相关。南宋即将灭亡时,不少人投元为官,而文天祥爱国丹心不灭、复国壮心不已。文天祥起兵勤王之时,国事已不可收拾,但他还是竭尽全力扶持幼主、救亡图存,欲以一木支大厦于将倾。他的词慷慨悲歌,代表了整个民族的凛然正气,是他所处时代的最强音。刘熙载评文天祥词:"文文山词有'风雨如晦,鸡鸣不已'之意,不知者以为变声,其实乃变之正也。故词当合其人之境地以观之。"①王国维说文天祥词"风骨甚高,亦有境界,远在圣与(王沂孙)、叔夏(张炎)、公谨(周密)之上"②,首先就是着眼于这一点。

这些个性鲜明的入粤词人用不同的眼光书写岭南见闻,词作风格各异,或余恨不尽,或伤时哀国,或高迈豪放,或清新晓畅,然而背后流露的都是极为真挚动人的情感。他们开拓了仕宦、贬谪、流亡、抗战等多种题材,或留恋广东的风土人情,或抒发远谪的苦闷,或书写流亡的见闻感触,或表明宁死不屈的心志等等,极大地丰富了广东词的写作内容,在一定程度上提升了广东地区的词学创作水平。

---

① (清)刘熙载:《艺概》卷四,上海:上海古籍出版社1978年版,第112—113页。
② 王国维著,徐调孚、周振甫注,王幼安校订:《人间词话》第三一则,北京:人民文学出版社1960年版,第236页。

第六章　宋元时期的散文与骈文

在宋代散文取得辉煌成绩的大背景下,广东的散文创作也在按照自己的节奏稳步前行。余靖科学论文的阐幽探赜,崔与之、李昴英政论文的洞彻时弊,葛长庚山水游记的纡徐有致,各具鲜明的创作个性。杨万里、李光、李纲等入粤名家则立足于广东的现实生活与自身的生存际遇,将记体文、山水游记和题跋文的写作风尚发扬光大。而骈文的创作成就主要集中在谢表一体,涌现出一批脍炙人口的四六名篇。

元代是广东散文和骈文创作的低潮期,优秀的作家寥寥无几,作品也乏善可陈。

第一节　卓有建树的本土文人

一、北宋时期

北宋时期在文章写作领域首屈一指的广东作家,仍是与唐代张九龄齐名的余靖。

宋仁宗庆历前后,欧阳修针对五代和宋初浮艳颓靡的文风,开始发起以革新文风为目的古文运动。作为欧阳修的重要盟友,余靖十分重视文章的社会功用,他提出"夫文者,经世之具也"[①](《宋太博尤川杂撰序》)的观点,主张文章应"究当世利害,著之篇牍";强调文章应是有为而作:"词章之作,寄谋赏而明教化也……朋游独处,悲欢荣悴,未尝不发于文"(《宋职方忧余集序》)。余靖的创作,基本是在这一文学观念的指导下进行的。

余靖的散文内容充实,形式多样。无论是议论还是叙事,都是切于实际,有感而发。他的政论文具有积极的实质性内容,如《乞宽租赋防盗贼》《论御盗之策莫先安民》《论当今可行急务》诸文提出改革吏治、整顿军事等政治主张,体现出他忧国恤民、以天下为己任的士大夫心态;《论元昊请和当令权在我》《论元昊求和》《论敌人求

---

① 余靖的文字,皆以(宋)余靖撰、黄志辉校笺,天津古籍出版社2000年版《武溪集校笺》为依据。

索不宜许》《论契丹请绝元昊进贡事》诸文,以战略家的姿态分析宋、辽与西夏之间复杂的对峙形势,提出切实可行的对策,体现了余靖既坚持原则,而又灵活应变的外交思想;《论太白犯岁星》借宋仁宗庆历三年(1043)岁星与木星相交的异象,针对当时的政治弊病提出了整兵备、慎任官、宽赋役等治理措施,对皇帝也提出了"省声色之娱,杜奢淫之好,绝畋游之乐,节台榭之观,顺四时而安玉体,亲万物而奋宸断"的严格要求,体现出余靖的"民本"思想和直谏精神。

余靖的史论文看似是作者对于历史问题的精研和思考,其实也是针对现实而立论的典范。如《秦论》分上下两篇,上篇针对前人有关秦国据河山之险而得天下的论点,列举历史上秦国以任百里奚、由余、商鞅、蔡泽诸贤而国强,以殉葬三良而国衰的事实,论证了秦得天下之根本原因在于能举贤任能。下篇针对秦亡于赵高逸邪、胡亥蔽愚的主流观念,指出丞相李斯为政失当,导致赵高、胡亥得势,才是秦朝灭亡的根本原因。联想到宋前中期的宰相任命与党争的关系,不难看出余靖为文的良苦用心。

余靖重视文学的实际功用,但并没有单纯地将文学视作载道的工具,他很重视将散文的议论、叙事和抒情三大功能融为一体,使散文的实用价值和审美价值更好地结合起来。如《汉武不宜称宗论》:

或曰:孝武雄才远略,高出百王,西开夜郎之境,东建朝鲜之郡。匈奴徙庭,瓯越请吏。修典礼,向儒学,登封告成,而汉之制度于是乎备,若如所论,不亦过乎?

曰:邦土虽辟,兵已黩矣;远夷虽服,民已耗矣;乐府虽盛,雅亦乱矣;泰山虽封,制亦侈矣。文景之俗由是而衰,可胜道哉!末年下哀痛之诏,进笼榷之术,有富民之心,而不能得其道也。世谓汉家杂以霸道,愚于武帝,观之曾霸者之不及代,庙弗毁,后嗣何以观乎?西汉称宗者四,而东汉无复区别,至于安、桓亦有庙号,其失自武帝始,故著论云。

在汉初的政治经济日益发展、日益巩固的基础上,汉武帝施展雄才大略,内外经营:镇压了阴谋叛乱的宗室藩王;平定了割据东南沿海的东瓯闽越等地;凿山通道,开发并控制了西南少数民族地区;坚决实行盐铁国有的政策,打击强豪富贾的经济垄断;实行罢黜百家、独尊儒术的思想文化政策,进一步加强了汉王朝的封建集权制。余靖却反常道而为文,针对汉武帝所谓的"丰功伟绩"逐一驳斥,用"黩""耗""乱""侈"来形容汉武帝相关政策的严重后果,主要是劝诫宋朝统治者不要重蹈汉武帝好大喜功的覆辙,在说理中渗入强烈的感情色彩,强化了文章的抒情性质和文学意味。

《正瑞论》是余靖的代表作,主要批评当时的地方官员谎报祥瑞以附会政治,粉饰升平的弊病,阐明"国之兴也,在乎德不在乎瑞;国之亡也,在乎乱不在乎妖"的进

步观点。为增强文章的说服力与感染力,余靖在写作时注重吸收骈文在辞采、声调方面的长处,以构筑散文的节奏音韵之美:

> 尧以敦九族、和万邦而兴,舜以举十六相、去四凶则又兴,禹以平水土兴,汤以行仁政兴,周人以积德累仁兴。夫是者,虽无祥瑞,可不谓圣且治乎?癸以侈奢亡,辛以暴虐亡,厉王以聚敛亡,幽王以女色亡。夫是者,虽无妖怪,可不谓昏且乱乎?

思想性与艺术性并重,可说是余靖论体文的突出特点。

学术文章的写作是余靖较之于欧阳修、梅尧臣等人更胜一筹的领域。余靖成长在东西文化交汇的广东,具有实事求是的科学精神。早在宋仁宗庆历四年(1044),余靖上《乞罢迎开宝寺塔舍利》,即以科学的态度揭示出舍利经火不坏的原因,以及舍利有光与祸福无关的基本事实。其后,由于对唐代卢肇"日激水而潮生,月离日而潮大"(《海潮赋》)的"太阳起潮论"产生怀疑,余靖亲赴沿海地区进行实地考察,东边到过长江口北岸的海门(在今江苏海门),南边到过珠江口东岸的武山(在今广东东莞虎门西),写出了著名的《海潮图序》,总结出潮汐形成的真正原因和规律:"潮之涨退,海非增减。盖月之所临,则水往从之,日月右转,而天左旋,一日一周,临于四极。故月临卯酉,则水涨乎东西;月临子午,则潮平乎南北",指出潮汐成因是以月亮的引力为主。这一理论被称为"月亮起潮论",推翻了卢肇等人的"太阳起潮论"。《海潮图序》是广东第一篇海洋科学论文,不仅体现了余靖崇尚科学、独立思考的精神,而且其理论也被后世治河、治潮者所利用,为沿海各地的航海安全和经济建设提供了科学依据。

余靖的记叙文大都言之有物。《韶州新修望京楼记》本为应酬之作,以论说为主,却把叙事、抒情和议论结合得水乳交融:

> 飞轩缭砌,一望四野,重峦复岫,周遭万形。烟颜雨态,远近异色。溪流浼浼,逗碧洞清。鸟声渔唱,出入杳冥。君子访境也皆绝,其命名也必古。身居江海之上,心存魏阙之下,故临其西楼曰望京之楼。

寥寥数笔即刻画出一个清宛澄澈的境界,而情景交融的描写又是直接配合"非守臣之贤,此景孰为来哉"的议论。句式整齐而有韵律,与前后文的散文句式交错使用,使文章显得错落有致,富于变化。他如《同游泐溪石室记》《留亭记》《涌泉亭记》诸文,描写故乡胜景,文字平实流畅而有法度。与其议论文相比,余靖的这些文章更有文学韵味。

余靖早年为了应试,对骈文下过较深的功夫。他的制诰明畅通达、典重浑成。他遭受贬谪后的谢表更写得真切感人,是四六文中难得的性情之作。如《吉州谢上表》：

> 臣既频到虏庭,欲练胡事,上则接谈于宾主,下则访事于舆隶。示相亲狎,则务通其情;所临机会,则未尝屈礼。本谓六蕃之语,可以博之;岂料一言之失,不能免罪。

余靖三次出使辽国,熟习胡语,一心报国,却在庆历五年(1045)五月横遭御史王平、刘元瑜的弹劾,诬以"尝为蕃语诗""失使者体""辱国命"的罪名,遭贬出知吉州。谢表本是官员到任后的官样文章,余靖却在表中娓娓道出自己修习蕃语的动机,怨而不怒,颇得四六之体。

清代四库馆臣评价余靖的文章:"狄青讨平侬智高,靖摩崖作记,以旌武功,当时咸重其文。尝奉命使辽,作《契丹官仪》一篇,颇可与史传参证。他如论史、序潮诸作,亦多斐然可观。以方驾欧、梅,固为不足。要于北宋诸人之中,固亦自成一队也。"①卓然自成一家,是对余靖文客观而又准确的评价。

二、南宋时期

南宋时期,广东的文坛开始变得活跃,涌现出李昴英与葛长庚等一批优秀的作家。

李昴英天性刚直,特别重视文章的社会功能。他在《游忠公鉴虚集序》中说:"君子立言,不独以书传也。苟于世教无关,于人国无裨,不过组篇缕句,落儒生口耳。虽或可托姓名以不朽,而萎然无复生意矣。"②因此他推崇韩愈《谏佛骨表》,"盖其言用舍系当世安危,千载下犹使忠臣谊士闻风而兴起,尚论古人大节为先,不专在言语文字间也。"而要使文章立意高远,平时就必须注意培养胸中浩然正气,"遇大事敢言,临大变不怵,死生祸福不入胸次。盖爱君爱国,发于至诚,无一毫邀誉之心,谅乎其为忠也。"崇尚一种刚健有力、忘怀得丧、坚贞不屈的人格力量,这样,为文时自然就能体现出这种浩然之气,"笔下流出,自无软腐语"。李昴英将创作主体的气节操行与文学品格自然联系在一起,提升了文学的精神价值。他如《题章公权进论稿》、《题郑上舍大学策稿》诸文,亦体现了同样的文学观。

李昴英的政论文多以替朝廷出谋划策,力图王朝复兴为主要内容,政治功利目的十分明确,大都秉笔直书,义正词严。它们不很注重文学技巧,然而内在逻辑严密,气

---

① (清)永瑢等:《四库全书总目》卷一五二,北京:中华书局1965年版,第1311页。
② 本节所引李昴英的文字,均以(宋)李昴英撰,杨芷华点校,广东人民出版社2006年版《文溪存稿》为底本。

势雄伟。如《宝祐甲寅宗正卿上殿奏札》,起首即痛心地指出当时国家的危殆之势云:"甚矣!东南舆图,寝非全璧之旧;吾国事力,何异垂罄之虚?外侮内攻之多虞,百孔千疮之毕露,如居败屋,东撑西拄于疾风苦雨之中;如驾漏船,左支右吾于汪洋惊涛之上。"他认为,导致当时颓局的原因是君王纵情声色,怠于政事,"迷而不复,迄无幡然改易之良图,遂致圮坏","北司窃弄,藉势招权,掖庭嬖妮,凭宠干请,倖门四辟,贿径多蹊。前者得而后者慕。名藩巨镇,视如探囊。好官美职,争欲染指。无耻之顽,因应澜倒;尝自爱者,亦复效尤。"最后,他严正地提出告诫说:

> 臣愿陛下思祖宗付托之不轻,念国势阽危之已极。克己如胜敌,窒欲如防川。戒谨恐惧,无一息之间断;精粹纯白,无一毫之瑕疵。痛惩前失,猛划宿弊。如人之久病力救,幸而有瘳,多方防其复作。陛下悔过之心既坚,上天悔祸之心必速。则外患潜消,天下事可以渐就吾之条理矣。不然,君臣不悛,以乐玩忧,将有如唐晋季世之叹,可不惧哉?

这篇奏札义正词直,见解深刻,忠君爱国的浩然之气跃然纸上。又如《再论史丞相疏》云:

> 嵩之包藏祸心,窃据相位;不以事天事陛下,而视国家如仇,此凶人耳,罪人耳,复以大臣待之,可乎?自其漏我师期,于是乎有京洛之败;假挟北使,于是乎有邀索之辱;导敌入寇,于是乎有淮甸之祸。是为卖国之贼臣。席卷部内之帑藏,囊括诸路之利源,借国用匮乏之名,蹉贩贸易,笼归私室,富且数倍于国,是为蠹国之盗臣。给谏宰掾,朋分杂布,以障蔽人主之耳目,以窃弄人主之威柄,是为擅国之强臣。科抑太繁而民怨,券给不均而兵怨,扼遏摧沮之过甚而士大夫怨,是为误国之奸臣。

一针见血地指出权相史嵩之的种种奸恶罪状,慷慨激昂,表现出嫉恶如仇的战斗精神。

李昂英的政论文反映了南宋中后期的社会现实,洋溢着殉国忘身,不以一己之得失毁誉为念的无私精神,实现了文品与人品的高度统一。《四库全书总目》评云:"其文质实简劲,如其为人。"[①]论者以为确当。

葛长庚云游名山大川,阅历丰富,其文长于写景状物,尤以记叙散文为胜。如《涌翠亭记》写嘉定十一年(1218)与友人游武城涌翠亭事,条理井然,甚见法度。其中写涌翠亭一段云:

> 观其风物,披其景象,如章贡之郁孤台,如浔阳之琵琶亭者,涌翠亭也。飞翚

---

① (清)永瑢等:《四库全书总目》卷一六四,北京:中华书局1965年版,第1402页。

际天,倒影蘸水。天光水色,上下如镜;烟柳云丛,高低如幕。绿窗漏蟾,朱檐啄雨,华橡跃凤,鳞瓦铺鸳。四榻无尘,一间如画。玉栏截胜,银海凝清。鸥鹭不惊,龟鱼自乐。

山光浩荡,江势澎湃。松声如涛,月华如水。萤火万点,俯仰浮光。禽簧一声,前后应和。飞青舞碧,凝紫流苍。于是而曰"涌翠"。①

文章以四言句式为主,杂以六言、七言、八言,跌宕顿挫。又采用直陈、比喻、映衬、对偶、排比等手法,远近、上下、前后、周围、天上地下、山光水色、动物植物,一一铺叙。或动或静,有声有色。文采纷呈,引人入胜。他如《仙岩记》《云窝记》《驻云堂记》诸篇,状写山水胜景之乐,亦各有可观之处。

《琴乐序》写在杭州西湖听琴的情形。文章是这样描绘琴声变化的:

琼山闻之,如春风鸣条,黄鹂有声,云寒雨暝,在乎远汀,倏而声回,十指俱暖,花神入弦,林鹤婉婉。复转一腔,声如南风,暮天归燕,呢喃帘栊。忽忽拈抹,其韵虚谹,如在池亭,莲花灿发。移宫换羽,变入姑洗。七弦凄凉,使我眉茧。或详顿促,如秋空云。千林暝合,孤尖啼猿。飞弦舞軫,意在霄汉。群树乌号,万山烟断。黯然凛然,如霜如冰。又如竹屋,霏霏雪声。琼山惊叹而且谓曰:观子之琴,如登昆仑之巅,千岩万壑,云屏烟障。飞奋跳麑,紫翠青红。一日所收,五官欣舞。又如泛渤澥之面,十洲三岛,涛山浪屋,奔駃鼓荡。鲲鲸鼋鳌,万变在目,双耳如聋。今子之琴倐忽万象,顷刻四时。能使枯木寒泉之士,斗然长啸;酥珠琼翠之女,蹙然颦眉。在子之心,上契太古,内合无为,何其乐哉!

闻琴声如见四时景物交替变化,而令人有登山泛舟、饱览河山之感。生动形象地描绘出柔和、热烈、凄清、凛冽的琴声给人的种种奇妙感受,使人仿佛亲身领略了音乐的神奇力。

葛长庚是有宋以来谈道者无不推为正宗而又极富传奇性的道教宗师,他的散文雄奇瑰丽、光怪陆离,富于浪漫主义色彩。文字不求甚工,却时有精彩之笔。他在广东散文史和道教散文史上都占有一席之地。

除李昂英和葛长庚之外,南宋遗民们的散文创作也很值得关注。赵必瓛《祭赵北山文》以沉痛的笔调悼念同为南宋遗民的挚友,沉郁苍凉,具有强烈的感人力量;梁起《与谢枋得书》表明了自己誓死不仕元朝的决心,与好友相勉,共保志节。这封信深沉凝重而又饱含悲壮的激情,是同类题材文章的代表之作;欧仕衡《论奸臣误国疏》《上陈丞相书》《纠集乡兵疏》充满爱国热忱,风格刚正俊健。这些文章淋漓尽致

---

① 本节所引葛长庚诗文,皆以周全彬编校,北京:宗教文化出版社2013年版《白玉蟾全集》为依据。

地表现出广东雄直简劲的传统文风,对后世的本土文学有一定的影响。

三、元朝时期

与两宋时期相比,元代广东的散文创作显得有些凋敝,留存至今的只有十数篇,阮泳《香山县署记》、谢应子《新州宣慰使阿里元帅平瑶碑》等应酬文字占据了多数。其中,侯圭《廉泉亭记》虽稍显繁冗,却也不乏精妙之笔:

> 侯酌泉饮之,信,买石甃井,因旧址为亭,因旧名为榜。成之日,名胜咸会,侯顾亭榜而言曰:亭泉之名,祖濂溪,然因名以寻其义则省身,公之意亦非苟然也。凡并海之水皆咸,惟此独甘冽,是众浊之中而独清也。众浊而独清,廉者之事也。……水始达者,无有不清。其不清者,或汩之也。能以赤子之心为心,又能以龙骧公不易心为心,则无愧此泉矣。

广州有贪泉,在石门下游。古代来穗任官者,大多贪黩无厌。粤人特标"贪泉"之名于石门,以作讽诫。"廉泉"之名,取自于周敦颐书于连州的"廉泉之源",其本意是与"贪泉"对举。在中国传统文化中,清廉是百姓对于官员最高的褒奖。真正的清廉之士,无论处在何种环境或条件下,都会坚持清者自清的节操,做到出淤泥而不染。由贪泉故事而衍生的廉政文化作为广东优秀文化的重要组成部分,自诞生日起就影响了土著和入粤的各级官员。侯圭巧借摄东莞县令周应木之口,以泉喻政,拈出一"清"字,表达出他对于地方官吏的道德期许,构思巧妙,令人叹服。

行状叙述死者世系、生卒岁月、生平、事迹的文章,常由死者门生故吏或亲友撰述,留作撰写墓志或史官提供立传的依据,写作最易落入公式化的窠臼。陈纪《赵必㯱行状》有重点地选取事件,通过富于感情的语言,记述了老友赵必㯱坎坷而不屈的一生。特别是描写赵氏在易代之后的隐居生活,艰难清苦而又怡然自得,十分传神:

> 代更世易,凄其黍离铜驼之怀,无复仕进意矣。以故官例,授将仕郎、象州儒学教授,而公山林之意已坚,遂隐居于邑之温塘村。惟以诗酒自娱,仰俯林壑,欣然会心。朋侪二三,更倡迭和,歌笑竟日,将以遗世事而闲余龄。尝自题其隐居之室有曰:"诗人只合住茅屋,天下未尝无菜羹?"则其所养可知矣。①

这段文字在叙事中有形象、有性格,生动地绘就一幅"归来怀故宇,招隐愧无

---

① (宋)陈纪:《故宋朝散郎金书惠州军事判官兼知录事秋晓赵公行状》,李修生:《全元文》,南京:凤凰出版社2002年版,第22册,第492页。

骚"①的遗民画像。

陈大震,南海人,仕元,任广东儒学提举。元成宗大德七年(1303),他创作了《重建波罗庙记》一文,详细介绍了南海波罗神庙由隋至元的沿革史,具有很高的文献价值。

第二节 创新文体的入粤文人

一、两宋时期

两宋的入粤文人往往是文章大家。他们的优秀作品大多集中于记体文、书简文与题跋文三种体裁。

记体散文是前代已有的题材,经宋人的继承发展与改造创新后而大放异彩。文人们来到广东,应当地官民的要求,围绕着兴学、营造、祭祀等主题,创作了数量可观的记体散文,其中不乏名篇佳什。如杨万里在《韶州州学两公祠堂记》肯定了张九龄和余靖的名节与文学,号召韶州士子追法先贤,开篇写得很有气势:

> 人物粤产,古不多见,见必奇杰也。故张文献公一出,而曲江名天下。至本朝余襄公继之。两公相望,揭日月,引星辰,粤产亦盛矣。盖自唐武德放于今,五百有余岁,粤产二人而止尔,则亦希矣。然二代各一人,而二人同一州,又何富也!世谓以文取人,抑末也。两公俱以文学进,以名节显。以文取人不可也,以文废人可乎?②

杨万里的文章题材是祠堂记,通篇却是议论,表达出宋代记体文的显著特点。他对张九龄和余靖的评价,进一步确立了两人在文学史上的地位。

更多的优秀记体文,则是贬谪文人所创作的。他们作为入粤作家的主体,记体散文往往会结合他们的现实际遇,呈现出别样的风格。如郑刚中《草亭记》:

> 观如所僦蒙氏半宅,四向止于壁。累月之后,主人谓予墙败不相疑,枣过不见窃,可与为邻也。又辍屋后三椽,并西壁外数丈瓦砾之地,俾得营葺。庚午春,取后屋加窗牖为山斋,其冬窖藏瓦砾,因立小亭其上,深广皆一丈二尺,覆之以

---

① (宋)赵必𤩴:《和朱水乡韵》,陈永正主编:《全粤诗》,广州:岭南美术出版社2008年版,第2册,第465页。
② (宋)杨万里撰,辛更儒笺校:《杨万里集笺校》,北京:中华书局2007年版,第6册,第3036页。

草。亭成,愚甥杨故达请命以名……自蔓草不留之外,其余抱寸心者,长短高低,听其自绿。草屦往来,日涉成趣。雨余远望,动摇春风,则烟草极目,盖亦草创而有趣者。旁舍皆草茅寒士,时至亭上,问经义,说田亩草莱事。欢至则草饮至暮,每事草草而止。惟是罪大恩深,结草愿报之心,登吾亭者,皆所不知汝问亭之名,具纸笔,吾以草亭命之。①

郑刚中(1088—1154),字亨仲,婺州金华(今浙江金华)人。南宋抗金名臣。因得罪奸相秦桧,宋高宗绍兴十九年(1149)贬谪封州。《草亭记》作于绍兴二十年(1150),记叙草亭之由来及其独特的风景,表达谪居的悠然自适与盎然雅趣,表现出不以谪为患,不以物伤性的坦荡胸怀和处逆境而不屈的精神。语言流走如珠,意境清幽明秀,颇有宋初王禹偁《黄州新建小竹楼记》的意趣。

可堪与《草亭记》相比的,是李光的《琼州双泉记》。李光(1078—1159),字泰发,与李纲、赵鼎、胡铨并称"南宋四名臣"。李光刚直耿介,晚年也因触犯秦桧被贬到海南,先后在琼州和儋州安置,直至绍兴二十五年(1155)秦桧病卒后方得内迁,滞留长达八年之久。李光在海南,将苏轼作为自己的榜样,秉持一种随遇而安、超然旷达的人生态度。《琼州双泉记》最为鲜明地体现了他的人格与精神:

> 世所称甘泉多出于深山乱石中,好奇之士至穷探远讨,不惮岩壑之险,攀缘上下,然后得之。今乃不出户庭,几席之上,清流混漾,影摇窗扉,潺湲之声,夜到枕上。风月之下,每与客把酒徘徊,酌泉而歌之曰:"泉之泠泠兮,以濯予缨;泉之湛湛兮,以洗予心。朝资予之食饮兮,暮伴予之孤吟。或泛流柸,或横素琴。予既寓居之久矣,日涉浅而汲深;咽漱元和,涤除烦襟。玉池生肥兮,沙砾变金。凛冰雪之绕齿兮,何瘴烟毒雾之能侵邪。"歌罢,辄欣然自得,忘其身之在万里外也。②

把酒徘徊,酌泉而歌,身在宇宙之内,神逾物我之外,大有赤壁矶前苏子旷达之态,表达了作者在遭贬之后仍能自放于山水之间的乐观和洒脱。文章融记事、写景、咏怀于一体,写得优美生动,情韵深长。

李纲《游罗浮山行记》是一篇很特别的山水游记:

> 武阳李某归自海上,舣舟泊头镇,游罗浮山,憩宝积延祥寺,饮卓锡泉,见五色雀。暮抵冲虚观,月下望麻姑峰,秉烛观稚川祠堂。丹灶有老道士,尝识东坡,

---

① (宋)郑刚中:《北山集》卷二五,台北:台湾商务印书馆《景印文渊阁四库全书》1986年版,第1138册,第269页。
② (宋)李光:《庄简集》卷十六,台北:台湾商务印书馆《景印文渊阁四库全书》1986年版,第1128册,第608—609页。

呼与语久之,乘月而归。乡人游有同来,男宗之从行。建炎庚戌岁仲夏望日记。①

此文打破了宋代游记写景记游必兼议论说理的常规范式,形式上更接近于宋人开创的日记体。全篇仅八十余字,却将所观风景、欣赏方式、陪同人员、游观时日一一写来,娓娓而谈,生动形象。而其运意措辞,简洁凝练,极见功力。

书简也是入粤文人创作的重点文体。他们背井离乡,来到万里之遥的广东,书简成为他们与家人朋友联系的情感纽带。尤其是同遭贬谪的文人,书简更是他们彼此安慰、相互扶持的重要手段,也因灌注了真挚的情感而动人至深。例如李光《与胡邦衡书》云:

> 吉阳天下至陋穷处,今学者彬彬,知所尊仰,何陋之有？刘宾客作谪九年,赋意谓阳数之终当变。况吾二人已逾一纪,天道好还,但力行一"忍"字。《需》之象曰:"君子以饮食宴乐。"若能日饮醇酎,不辜此风月,则无入而不自得也。相与勉之而已。

> 儋耳,天下至恶弱之地,吾二人居之,能不以为陋,内有黄卷圣贤,外有青衿士子,或一枰之上,三酌之余,陶然自乐,是非荣辱,了不相干。故十五年之间,虽老而未死,盖有出乎死生之外者。②

李光和胡铨都是力主抗金反对求和的名臣,也是公开向秦桧挑战而被贬谪到海南而相互支持的战友。李光上引孔夫子的言论、刘禹锡的事迹,下用自己的亲身经历开解好友,语简情长,非患难之交不足以言此。

在宋代学术文化昌盛的背景下,题跋文成为后起之秀。题跋文体无定格,内容丰富,以趣味见长。入粤文人中,多有擅写题跋的名手,也创作了一批构思精巧、文采斐然的作品。如李纲《跋东坡小草》:

> 东坡居儋耳三年,与士子游,墨迹甚多。余至海南寻访,已皆为好事者取去,靡有存者。甚哉好恶之移人也！方绍圣、元符间,摈斥元祐学术,以坡为魁,恶之者必欲置死地而后已。及崇、观以来,虽阳斥而阴予之。残章遗墨,流落人间,好事者至龛屋壁、彻板屏,力致而宝藏之,惟恐居后。故虽鲸海万里,搜罗殆尽,此与迹削于生前而履传于身后者,亦何以异？北归次端溪,郡守陈侯出示小草一幅,云得于钱塘僧舍,盖坡倅杭时所书也。士大夫所藏真行多而草少,此幅尤可

---

① (宋)李纲著,王瑞明点校:《李纲全集》卷一三三,长沙:岳麓书社2004年版,第1282页。
② (宋)李光:《庄简集》卷十五,台北:台湾商务印书馆《景印文渊阁四库全书》1986年版,第1128册,第597、601页。

宝爱云。①

题跋者不是就东坡的书法推评议论,而是通过自己在儋耳寻访东坡墨迹而不得的经历,揭示书以人贵的道理。文章寓褒贬于叙事之中,立意新颖,令人回味。

又如杨万里《跋韶州李倅所藏山谷书刘梦得王谢堂前燕诗帖》:

> 此山谷归自黔南,之官当涂时所作也。虽放舟大江,顺流千里,而两川云烟,三峡怒涛,尚勃郁汹涌于笔下。②

文字简短,意趣高远,仿佛一幅栩栩如生的山水画。

入粤文人的骈文创作也进入了一个小高潮,特别是谢表的创作成就斐然。

谢表是臣子向皇帝谢恩的文章,是"昉于汉魏六朝,盛于隋唐,而极于宋"③的一种上行文体,通常采用四六文,以求典雅整饬。两宋时期,大批的文臣武将因政治斗争的失败而被贬谪到广东各地,其中就包括苏辙、李纲、李光、胡铨等著名文人。他们对皇帝和朝廷忠心耿耿,却似屈原般横遭窜逐,还要在谢表中表达对皇帝的感激之情,这无疑是对人性的严峻考验。他们大都能够坦然面对,既表达自己"怨而不怒"的感恩之心,又不失独立人格和政治操守,可谓深得忠臣之体,例如赵鼎《谢到吉阳军安置表》:

> 一谪五年,咎将谁执;再投万里,戚本自贻。罪大难名,恩深莫报。伏念臣起从孤远,幸际休明。猥被眷知,叨逾宠数。既昧祸福之倚伏,不虞罪恶之贯盈。宜自省循,益疏周慎。天其或者,将必至于颠隮;臣犹知之,固难逃于谴罚。苟全要领,有愧面颜。此盖伏遇皇帝陛下性蕴尧仁,躬行舜孝。王者之法难犯,固有刑章;圣人之德好生,终归善贷。如臣缪戾,尚辱哀矜。白首何归,怅余生之无几;丹心未泯,誓九死以不移。④

赵鼎(1085—1147)是南宋初年力主抗金反对求和的名臣,也是公开向奸相秦桧挑战并被贬谪至广东的忠臣。他以宋高宗绍兴九年(1139)十月责授清远军节度副使、潮州安置;绍兴十四年(1144)移吉阳军,谢表即作于此时。全文忠君爱国之诚,蔼然溢于言意之表,气节凛凛犹如严霜烈日,配合着铿锵有力的语言,沉郁悲壮的节奏,凝结成四六骈文史上的灿烂乐章。

---

① (宋)李纲著,王瑞明点校:《李纲全集》卷一六三,长沙:岳麓书社2004年版,第1500页。
② (宋)杨万里撰,邓子勉笺校:《杨万里集笺校》卷九九,北京:中华书局2007年版,第7册,第3783页。
③ (明)胡松:《唐宋元名表原序》,《唐宋元名表》,台北:台湾商务印书馆《景印文渊阁四库全书》1986年版,第1382册,第292页。
④ (宋)赵鼎撰,李礠点校:《忠正德文集》卷四,上海:上海古籍出版社2018年版,第73页。

由于对岭南的气候与风土有畏惧心理,加之遭遇贬谪的怨悱愤懑,故在谪居广东的大多数文人笔下,这里不仅是化外之境,也是险恶之境。他们把这种悲苦的情绪注入谢表中,使原本的官样文章具有了感人的力量。如苏辙《雷州谢表》云:

> 臣辙诚惶诚惧,顿首顿首。伏念臣性本朴愚,老益顽鄙。连年骤进,不知盈满之为灾;临出妄言,未悟颠危之已至。命微如发,衅积成山。比者水陆奔驰,雾雨烝湿;血属星散,皮骨仅存。身锢陋邦,地穷南服;夷言莫辨,海气常昏。出有践蛇茹蛊之忧,处有阳淫阴伏之病。艰虞所迫,性命岂常?念咎之余,待尽而已。①

岭南风土,一经其笔椽濡染,则险恶之状尽显。作者对于生命无常的忧虑,也就在情理之中了。

此外,李光《移至昌化军谢表》《琼州安置谢表》用典精确恰当、词伟气壮,具有独特的生命情调和个性风格,也是两宋谢表中公认的佳作。

南宋灭亡的前夕,广东诞生了四六文的经典之作——《拟景炎皇帝遗诏》。陆秀夫身当国家倾危之际,受命草诏,其处境与南宋初年的汪藻相似。他所撰写的遗诏也和汪藻的《皇太后告天下手书》一样,既明畅洞达、曲尽情事,又具有直击人心的情感内蕴:

> 朕以冲幼之资,当艰危之会。方太皇命之南服,黾勉于行;及三宫胥而北迁,悲忧欲死。卧薪之愤,饭麦不忘;奈何乎人,犹托于我?涉瓯而肇霸府,次闽而拟行都。吾无乐乎为君,天未释于有宋。强膺推戴,深抱惧惭!
>
> 而敌志无厌,氛祲甚恶,海桴浮避,澳岸栖存。虽国步之如斯,意时机之有待。乃季冬之月,忽大雾以风,舟楫为之一摧,神明拔于既溺。事而至此,夫复何言?矧惊魂之未安,奄北哨其已及。赖师之武,荷天之灵,连滨于危,以相所往。沙洲何所,垂阅十旬;气候不齐,积成今疾。念众心之巩固,忍万苦以违离。药非不良,命不可逭。
>
> 惟此一发千钧之重,幸哉连枝同气之依。卫王某,聪明夙成,仁孝天赋,相从险阻,久系本根。可于柩前即皇帝位,传玺绶。丧制以日易月,内庭不用过哀,梓宫毋得辄置金玉,一切务从简约,安便州郡,权暂奉陵寝。
>
> 呜呼!穷山极川,古所未尝之患难;凉德薄祚,我乃有负于臣民。尚竭至忠,共扶新运。故兹诏示,想宜知悉。②

---

① (宋)苏辙著,曾枣庄、马德富校点:《栾城集·栾城后集》卷十八,第1364页。
② 郭预衡主编,林邦均选注:《宋辽金元散文选注》,长沙:岳麓书社1998年版,第217页。

宋端宗景炎三年(1276)四月,年仅十一岁的小皇帝井澳遇风,惊悸成疾,移驻硇州之后,病势转危,十五日遂崩于舟中,遗命卫王赵昺即位。陆秀夫奉命拟写遗诏,既不能回避神州陆沉、宗庙倾覆的现实危机,又要在"群臣皆欲散去"的局面下收拢人心,共御外侮,确是一篇很难做的文章。但陆秀夫仅用寥寥数百字就把上述内容委曲周详地表达出来:首段略述景炎皇帝登基的经过,接着详叙赵昺在元军追击下遇难惊病的经过,再以简明雅正之笔交代后事:一赞卫王聪明仁孝可以即皇位,二是丧事"一切务从俭约",三是勉励大家竭忠尽智"共扶新运",全文在殷殷切切的叮咛中结束。遗诏的词意恳挚沉痛,语言质朴凝练,风格深厚深沉,一扫晚宋四六轻靡卑弱的衰敝之气,成为宋代骈文中的名篇。

二、元朝时期

元代没有像韩愈、柳宗元、欧阳修、苏轼般的文章大家,而当世以文章著称的姚燧、柳贯、虞集、欧阳玄等人也都没有在广东任职或生活的经历,这就导致这一时期入粤文人的散文创作处于低潮期,唯有刘鹗的散文布置谨严、文笔酣畅,可称名家。

刘鹗为元末忠臣,以功业和气节彪炳史书,他的散文大多是应用文,以抗敌御侮、谋划中兴为主要内容,大都秉笔直书,不太注重写作技巧,然而气势磅礴、义正词严,具有较强的政治功能和社会意义。如《请旨益师疏》云:

> 臣虽至愚,前此职任翰林修撰,亲承命令,宣布政治,鞠躬数载而受恩汪濊,是臣犹在天地之中,戴天而不知其高,履地而不知其厚也。今者洞獠作乱,诏守韶地,寝不安席,食不甘味,兢兢焉,只为国家是计、民生是安,即刀锯在前,鼎镬在后,决不敢二三其志,以负我皇上优隆之至意。①

内寓孤臣孽子之心,悱恻与悲壮兼而有之,表达出七旬老臣"鞠躬尽瘁、死而后已"的精忠精神。又如《直陈江西广东事宜疏》强调加强广东的海防,《张文献公祠堂记》表彰张九龄"身之进退,唐之安危系焉"的丰功伟绩,《送府推郑君仁化令尹序》对儒之迂阔的反驳等等,政治功利目的十分明确,不事雕饰而自有风味焉。

入粤文人的散文创作中,祠记与庙记占据了一定的比例。何民先《重建水东韩庙记》、姚然《重建元公书院记》、范樟《东坡祠记》诸文纪念为广东的政治、教育和文化等领域做出贡献的韩愈、周敦颐、苏轼等岭外名贤,表达了"士君子宦游以得江山为乐,江山以得士君子为重"的文化思想。其中,刘应雄《潮阳县东山张许庙记》能脱

---

① 本节所引的刘鹗文,均以(元)刘鹗撰,台湾商务印书馆1986年《景印文渊阁四库全书》第1206册《惟实集》为依据。

出体裁的局限,将潮阳有张巡、许远庙一事写得想象力十足:

> 公死三日而援至,十日而贼亡,而唐得江淮财用以济中兴,皆二公之力,可谓以死勤事,以劳定国矣!当时犹有议者,赖韩昌黎辞而辟之,廓如也。肆今崇祀,隶韩公过化之乡,意皆精灵之合,以韩公为知己,故翩然披发而下大荒。不然,神之周流如水之行地中,无往不在,何乃洋洋于潮之子男邦耶?①

祠庙记的风格本应典雅庄重,刘应雄的议论却兴会生动,可以视作破体的范例。陈思善《东湖读书亭记》为广东进士陈庚、陈纪而作,铺写东湖胜景,遥想从游之乐:

> 抑吾闻东湖之胜:荷花十里,云锦绚粲;属玉鸂鶒,浮游后先;徘徊徜徉,鱼我同乐。风止雨霁,遥山蘸碧,天影在下,君友于期间,一觞一咏,自有乐处。顾予以一囊空粟所羁,不能云龙追逐以从。俟官秩满,公事了,一棹乘兴,风乎东湖之上,把酒酹湖山之神,虽老矣,犹能为君赋之。②

字字如画、句句似诗,通过有意识地夸张与渲染,使人有身临其境之感。巧用排比与对仗,又增添了文字的音乐感,读起来更增一份情趣。

相较而言,宋元时期广东的散文较之唐代有了长足的进步,既有一定数量的作家,作品也带有鲜明的地方特色。骈文领域取得的成就更是足以媲美中原,诞生了《拟景炎皇帝遗诏》等具有全国影响力的四六骈体名作。这是广东社会政治、经济与文化发展的必然结果,也和文人们的共同努力密不可分。

---

① 李修生:《全元文》第三六册,南京:凤凰出版社2004年版,第354页。
② 李修生:《全元文》第二二册,南京:凤凰出版社2004年版,第402页。

第七章　宋元时期的小说

宋元时期，中原人口大量迁入广东，带来了先进的农业文明和手工业文明，使本地的社会经济得到了发展，经济的发展也带动了文化的发展。同时，部分有影响力的文人因各种原因相继进入岭南，这使中原文化在广东地区得以进一步传播，对本土文化发展起到了积极的推动作用。

这一时期的广东尚未培育出自己的本土小说作家，小说作家均来自中原，洪迈、朱彧与周去非等皆为寓居或仕宦于广东的中原人。由于中原作家仍对富有异域色彩的广东抱有猎奇的态度，因此小说文体仍以志怪为主，轶事小说寥寥无几，传奇小说则不见踪迹，小说文体的发展极不平衡。

较之汉唐，宋元时期的志怪小说有了一定的进步，内容渐趋丰富，不仅有地理博物体内容，还有鬼神和仙释内容，艺术表现能力增强，洪迈《夷坚志》中的广东志怪小说情节曲折，语言优美，带有几分唐传奇风格，朱彧《萍州可谈》与周去非《岭外代答》中的广东志怪小说构思新颖独特，语言清新优美，诗意浓郁，但广东小说想要获得良性的发展，还有待于本土作家的出现①。

第一节　《夷坚志》中的广东小说

洪迈（1123—1202），字景庐，号容斋，江西鄱阳人。宋高宗绍兴十五年（1145）登博学宏词科进士。因父洪皓忤秦桧，受连累，出为福州教授。后累迁起居舍人、中书舍人、同修国史、翰林学士等职。曾出使金国，几被扣留。历知泉州、吉州、赣州、建宁、婺州、太平、绍兴诸州府。嘉泰二年（1202），以端明殿学士致仕，年八十岁卒，赠光禄大夫，谥文敏。洪迈是南宋文坛上的一位重要人物，"尤以博洽受知孝宗，谓其文备众体。迈考阅典故，渔猎经史，极鬼神事物之变"②。洪迈一生著述甚丰，其中最

---

① 此章主要参考耿淑艳：《岭南古代小说史》第二章《宋代岭南小说》，北京：社会科学文献出版社2015年版。
② （元）脱脱等撰：《宋史》卷三七三《洪迈传》，中华书局1981年版，第11574页。

有代表性的是《夷坚志》《容斋随笔》两部笔记小说。

《夷坚志》是洪迈倾60余年心血编纂而成的,是宋代最重要的志怪小说集①。是书所记,多为神仙异人、狐鬼精怪、忠孝节义等故事,故以"夷坚"为名。此书涉及地域非常广泛,包括江西、浙江、江苏、福建、岭南、巴蜀等,甚至包括当时的金统治区,这与洪迈仕宦于各地有密切关系,"游宦四方,采摭众事,集成此编"②,《夷坚志》中的小说也因之具有了地域风格。

洪迈曾在广州仕宦和居住。据凌郁之的《洪迈年谱》载:绍兴十七年(1147),迈25岁,父亲洪皓被贬为濠州团练副使,英州(今广东英德)安置,迈侍父居英州,其间,置田百亩,与僧希赐交游,游英州北金山寺,谒朱翌于韶州;绍兴二十四年(1154),迈32岁,任职广东,尝与黄公度游番禺药洲,作《素馨赋》;绍兴二十五年(1155),迈33岁,在广州、南海居住,游清远县之峡山寺,作《重修广州都监仓记》《广州三清殿碑》,洪皓病重,迈侍父自岭南徙宜春,十月,父皓卒于南雄途次。

由此可知,洪迈居住广东期间漫游英州、韶州、番禺、清远、广州、南海等地的名山大川,深入地接触并了解了广东的社会与文化,结交了僧希赐、朱翌、黄公度等友人,这些都为他创作以广东为表现对象的小说奠定了基础。

洪迈是以审实的原则创作《夷坚志》的,即客观地记述他人异闻或亲身见闻,不加以主观评述。《夷坚志》中约有60则小说记录了流传在广东的志怪故事。这些故事主要来自洪迈在岭南的亲戚和朋友,例如僧人希赐为其讲"鼠灾"和"草药不可服"故事,潮人陈安国为其叙述"开源宫主"故事;有的来自洪迈的亲身见闻,如《广州女》是洪迈在南海亲闻的一则故事。有的则来自岭南人所做的传记,《峡山松》本于曲江人胡愈所作的《松梦记》,《罗浮仙人》本于英州人郑总所作的传。这种审实的创作原则使这些小说基本保留了传说的原貌。

一、动植物志怪

用夸张的笔法写动物的形体特征,以追求奇异之美,这是广东地理博物体志怪小说的一个传统。《夷坚志》中的广东动物志怪小说延续了东汉杨孚《异物志》的叙事传统,如《海中红旗》着意突出动物形体之巨大,给人以惊心动魄之感:

> 赵丞相居朱崖时,桂林帅遣使臣往致酒米之馈,自雷州浮海而南。越三日,方张帆早行,风力甚劲,顾见洪涛间红旗靡靡,相逐而下,极目不断,远望不可审,

---

① 本章征引《夷坚志》的文字,均以中华书局2006年版《夷坚志》为依据。
② (元)沈天佑:《夷坚志序》,(宋)洪迈:《夷坚志》,北京:中华书局2006年版,第1833页。

疑为海寇或外国兵甲,呼问舟人。舟人摇手令勿语,愁怖之色可掬。急入舟,被发持刀,出篷背立,割其舌,出血滴水中,戒使臣者,使闭目坐船内。凡经两时顷,闻舟人相呼曰:"更生,更生。"乃言曰:"朝来所见,盖巨鳝也,平生未尝睹。所谓红旗者,鳞鬣耳。世所传吞舟鱼何足道!使是鳝与吾舟相值在数十里之间,身一展转,则已沦溺于鲸波中矣。吁!可畏哉!"是时舟南去而鳝北上,相望两时,彼此各行数百里。计其身,当千里有余,庄子鲲鹏之说,非寓言也。时外舅张渊道为帅云。

描写异常的动物,并将其与祸福预兆联系起来是岭南汉唐地理博物体志怪小说的又一传统,这在《夷坚志》中也有体现。如关于鼠灾,东汉杨孚《异物志》云:"水田有灾,有,即鼠母起也。"①《夷坚志》中的《鼠报》亦将鼠灾和自然灾害联系在一起:

> 绍兴丙寅夏秋间,岭南州县多不雨。广之清远,韶之翁源,英之贞阳,三邑苦鼠害,虽鱼鸟蛇,皆化为鼠,数十成群,禾稼为之一空。贞阳报恩寺耕夫获一鼠,臆犹蛇纹。渔父有夜设网,旦得数百鳞者,取而视之,悉成鼠矣。逾数月始息,以是米价翔贵,次年秋始平。僧希赐说。

《夷坚志》还有一部分岭南动物志怪反映动物和人之间的关系,包括动物与人类之间的相互依赖、相互斗争,动物和人类的爱情等,并且动物开始人格化,如《潮州象》写动物和人类为了各自的生存而进行的斗争:

> 乾道七年,缙云陈由义自闽入广省其父,提舶□过潮阳,见土人言:"比岁惠州太守挈家从福州赴官,道出于此。此地多野象,数百为群。方秋成之际,乡民畏其踩食禾稻,张设陷井穿于田间,使不可犯。象不得食,甚忿怒,遂举群合围惠守于中,阅半日不解。惠之迓卒一二百人,相视无所施力。太守家人窘惧,至有惊死者。保伍悟象意,亟率众负稻谷积于四旁,象望见,犹不顾。俟所积满欲,始解围往食之,其祸乃脱。"

宋代广东人口迅速增加,为了生存,必然会侵犯动物的生存环境,人类和动物不可避免地产生了矛盾。此则小说中人类伤害动物,动物报复人类,正是这一矛盾冲突的反映。

这一时期开始出现动物人格化的小说。如《钱炎书生》就讲述了人蛇相恋的故事:

> 钱炎者,广州书生也。居城南荐福寺,好学苦志,每夜分始就寝。一夕,有美

---

① 骆伟、骆廷辑注:《岭南古代方志辑佚》,广州:广东人民出版社2002年版,第16页。

女绛裙翠袖,自外秉烛而入,笑揖曰:"我本生于贵戚,不幸流落风尘中,慕君久矣,故作意相就。"炎穷单独处,乍睹佳丽,以为天授神与,即留共宿,且有伉俪之约。迨旦乃去,不敢从以出,莫能知其所如。女雅善讴歌,娱悦性灵,惟日不足,自是炎宿业殆废,若病心失感。然岁月颇久,女怀孕。郡日者周子中,与炎善,过门见之,讶其尪羸,问所以,炎语之故。子中曰:"以理度之,必妖祟耳。正一宫法师刘守真,奉行太上天心五雷正法,扶危济厄,功验彰著,吾挟子往谒求符水,以全此生,不然,死在朝夕,将不可悔。"炎悚然,不暇复坐,亟诣刘室。刘急索盆水,施符术照之,一巨蟒盘旋于内,似若畏缩者。刘研朱书符付炎曰:"俟其物至则示之。"炎归,至二更方睡,而女来情态如初。炎曰:"汝原是蛇精,我知之矣。"示以符,女默默不语,俄化为二蛇,一甚大,一尚小,逡巡而出。炎惶怖,俟晓走白刘,仍卜寓徙舍,怪亦绝迹。

这是一个悲剧性的人妖相爱故事。小说中的蛇不仅具有人的特征,"绛裙翠袖""雅善讴歌,娱悦性灵",而且具有人的情感,当被钱生拆穿身份时,她颇为哀伤,"默默不语""逡巡而出",这一人格化的形象超越了以往广东志怪小说中简单的动物形象。这个故事曲折地反映了封建社会妇女追求幸福生活的愿望,以勇敢的行为反击了道学家"存天理、灭人欲"的说教,小说写得比较细腻曲折,富于传奇色彩,达到了一定的艺术水平。

广东植物志怪在汉唐间相对较少,虽间涉植物与动物间的相互变化,如"化竹为雉""化竹为蛇"等,但没有出现人格化的植物。《夷坚志》中的植物志怪仅有《峡山松》一则,但其中的植物已人格化。小说写清远峡山寺内的老松被人取膏,老松变为老叟,"鬓须皤然",且"面有愁色",他诚恳地请求钱吉老为他疗伤:"吾居此三百年,不幸值公之宗人不能戢从者,至斧吾膝以代烛,使我至今血流。公能为白方丈老师,出毫发力补治,庶几盲风发作,无动摇之患,得终天年,为赐大矣。"并曰:"吾非圆首方足,乃植物中含灵性者。"小说塑造了一个具有人的特征和情感的老松形象。

二、鬼神类志怪

广东鬼神类志怪产生于魏晋,但数量甚少,现仅存一则,见于晋代刘欣期的《交州记》:"刺史陶璜,昼卧,觉有一女子枕其臂,始欲投之,以爪撑其手,痛不可忍,放之,遂飞去。"[①]此则情节甚为简略、艺术性不高,这种状况一直到《夷坚志》才有所改观。《夷坚志》中的广东鬼神类志怪小说颇多,有《开源宫主》《芭蕉上鬼》《陈王猷子

---

① 骆伟、骆廷辑注:《岭南古代方志辑佚》,广州:广东人民出版社2002年版,第67页。

妇》《郝氏魅》《万寿宫印》《赵士藻》《王敦仁》《肇庆土偶》《忠孝节义判官》《广州女》《张敦梦医》《陈通判女》《海外怪洋》《鬼国母》《贾廉访》《英州太守》《黄惠州》等,它们大多富有想象力,内容也较新颖独特,如《海外怪洋》反映了濒海的岭南人对海上神鬼世界的想象:

> 大观中,广南有海贾使帆,风逆,飘至一所。舟中一客,老于海道,起四顾变色,语众曰:"此海外怪洋,我昔年飘泛至此,百怪出没,几丧厥生。今不幸再来,性命未可知也!"至日没,天水皆黄浊,有独山峙水中央,山巅大石崩,巨声振厉,激水高丈余,黑云亘山,横起云中。两朱塔,隐隐然有光。老者趣移舟,曰:"是龙怪也。"令众持弓矢满引,鸣钲鼓,叫噪而行。巨人长丈余,出水面,持金刚杵,稍逼舟次。众齐声诵观音救苦经文,乃没。老者曰:"此不宜夜泊,盍入怪港。"指示篙师,水迅急,转盼即到。夜深,碇泊港心,风止月明,老者令拚饭数百块,以待需索。或问之,曰:"第为备,勿问也。"二更时,有大舟峨然来,欲相并,亟掷饭与之,且唾且骂。彼人争夺而食。顷刻舟益多,或出或没,掷饭如前时。约四更,始散去。老者曰:"是皆覆舟鬼也,视舟行月中无影。若无以充其饥,害吾人必矣。"天将晓,张帆盲进,水气腥秽,大蟒千百,出没波间。又漂至一高岸,隆然如山,多荆棘。少壮三数人登岸问途,行四五里,见长城横亘,不知艺极,高可百尺。到一门,两巨人坐门下,各以一手持众礜,挂于大木杪,入门携火盆出,取一人投火中,炙至焦黑,分食之。既携盆复入,众悉畏骇,共议曰:"若再来,吾属无噍类矣。"断发沿水疾驰至舟中,急解维,虽老者亦不知为何处。幸风便,犹数月到家。

对海洋世界的想象一直是岭南志怪小说的一个传统,唐代的刘恂就在《六国》中虚构了狗国、大人国、小人国等海外世界。《海外怪洋》的想象力更进一步,它描写了一个令人恐怖的海外鬼怪世界,有龙怪、有覆舟鬼、有巨人,诡奇异常。此小说艺术性较高,情节紧张曲折,注重通过环境描写来渲染氛围,当遇到龙怪时,山崩石裂,天水皆浊;当进入鬼域时,反倒风止月明,令人压抑;当遇到巨人时,则又长城横亘,多荆棘。

三、仙释类志怪

仙释类志怪是以道教和佛教人物为反映对象的小说。广东道教发达,关于道教仙人的传说十分兴盛,现存最早的为南朝宋沈怀远的《南越志》中所写的道家仙人鲍靓的故事。《夷坚志》中的广东仙释类志怪有5则,包括《何同叔游罗浮》《潘仙人丹》

《雷州病道士》《安昌期》《罗浮仙人》，均为道家仙人故事，主要写道家仙人的成仙经历和奇能异术，这些小说清新自然，颇有风致，其中艺术质量较高的是《罗浮仙人》：

> 蓝乔，字子升，循州龙川人。母陈氏无子，祷罗浮山而孕。及期，梦仙鹤集其居，是夕生乔，室有异光，年十二已能为诗文。有相者谓陈曰："尔子有奇骨，仕宦当至将相，学道必为神仙。"乔曰："将相不足为，乃所愿则轻举耳。"自是求道书读之，患独学无师友，因辞母，之江淮，抵京师。七年而归，语母曰："儿本漂然江湖，所以复反者，念母故也。"瓢中出丹一粒馈焉。曰："服之可长年无疾。"留岁余，复有所往，以黄金数斤遗母曰："是真气嘘冶所成。母宝用之，儿不归矣。"潮人吴子野遇之于京师，方大暑，同登汴桥买瓜。乔曰："尘埃污吾瓜，当于水中啖耳。"自掷于河。吴注目以视，时时有瓜皮浮出水面，龁迹俨然。至夜不出。吴往候其邸，则已酣寝。鼻间气如雷。徐开目云："波中待子食瓜，久之不至，何也？"吴始知乔已得道，再拜愧谢，遂与执爨。后游洛阳，布衣百结，每入酒肆，辄饮数斗，常置纸百番于足下，令人片片拽之，无一破者，盖身轻尔也。语人曰："吾罗浮仙人也，由此升天矣。"一日，货药郊外，复置纸足底，令观者取之。纸尽足浮，风云翛翛，蹑而上征。仙鹤成群，自南来迎，望之隐然。历历闻空中笙箫音，犹长吟李太白诗云："下窥夫子不可及，矫首相思空断肠。"母寿九十七而终，葬之日，樵枚者闻墟墓间哭声，识者知其来归云。英州人郑总作传。

此则情节曲折，描写细腻，堪称广东志怪小说中的佳作。此小说对后世影响颇大，明清以来的广东笔记多述此事。《夷坚志》仙释类志怪中还有一则"崔媪"，而见于清道光年间广东鹤山人吴应逵编撰的《岭南荔枝谱》，小说简短，笔法精练，且富有岭南生活气息：

> 崔倅仕广州，家有乳媪，善为小伎嬉戏。一日抱婴儿戏门前，见有提福荔过前，儿欲之不得，媪曰："我别有计。"乃取小盒子置几上，旋发视之，则满盒皆荔。崔倅闻而骇异，欲穷其术，媪笑曰："此乃神术，官人试观之。"拉诣其家酒坊，时酒坊用大釜煮酒，媪跳入其中，遂不见矣。

总体来看，《夷坚志》中的岭南志怪小说丰富了岭南小说的内容，开拓了岭南小说的表现领域，提高了岭南小说的艺术水平，为岭南小说的发展做出了贡献。

四、轶事小说

广东汉唐间轶事小说向不发达，至宋代亦如此，数量甚少，《夷坚志》中有2则，包括《盗敬东坡》《林宝慈》，《盗敬东坡》写盗寇敬重东坡的故事。《林宝慈》写海南黎民聚兵救守令林宝慈于厄难的故事,赞扬了黎民的侠义行为,小说在结尾议论道:"议者常谓蛮蜒无信义,观此一事,报德排难之节,可侔古人,中州有所不如也。"

第二节　其他笔记中的广东小说

宋代仕宦或流寓广东的作家所著笔记,如朱彧的《萍州可谈》、周去非的《岭外代答》等,多记广东山川物产、风土习俗、市井人情,其中夹杂记载奇闻逸事的小说,这些小说数量并不多,且多为志怪,但也不乏内容和艺术都臻上乘的优秀之作。

一、《萍州可谈》

朱彧,字无惑,乌程(今浙江吴兴)人。父朱服曾为广州帅。《萍州可谈》卷二记载"余在广州尝因犒设蕃人""余在广州购得白鹦鹉""广右英州清远峡小龙祠,余尝谒之"[①],可知朱彧曾随父居广州。《萍州可谈》第二卷专记广州蕃坊市舶之事,收录有若干则志人小说,而王士良事最为神异:

> 广州医助教王士良,元祐元年死,三日而苏。自言被追至冥府,有衣浅绛衣如仙官者,据殿引问:士良尝为人行药杀妻。士良不服。有吏唱言是熙宁四年始,即取籍阅,良久云并无。仙官拊案曰:"本是黄州,误做广州。"令放士良还。既出,又令引至庑下,有揭示云:"明年广南疫,宜用此药方。"士良读之,乃《博济方》中钩藤散也。本方治疫。士良读之,乃窃询左右:"此何所也?"或言太司真人,治天下医工。时蔡元度守五羊,闻之,召士良审问,令幕客作记。及春,疫疠大作,以钩藤散治之,辄愈。士良又云:幼习医,至熙宁四年方用药治病,冥冥中已记录。可不慎哉。

王士良误被捉去阴间,却因祸得福,被仙官告知治疗明年广南瘟疫的药方,并得以重返人间。第二年的疫情如期而至,王士良的药方发挥了重要作用,治愈了遭疫的广东百姓。故事主要宣扬冥冥中自有天意的消极思想,但情节曲折、波澜迭起,是一篇带有几分现实性的优秀作品。

书中还记载了一些贬谪广东的文人轶事,比较可读的如:

---

① 本章所引《萍州可谈》的文字,均以周光培编,石家庄:河北教育出版社1995年版《宋代笔记小说》为依据。

  邹浩志完,以言事得罪贬新州,媒孽者久犹不已。元符二年冬,有旨付广东提刑钟正甫就新州鞠问志完事,不下司。是时钟挈家在广州观上元灯,得旨即行。漕帅方宴集,怪其不至,而已乘传出关矣,众愕然。钟驰至新,召志完,拘之俗室。适泰陵遗诏至,钟号泣启封,志完居暗室,不自意得全,又闻使者哭泣,罔测其事,意甚陨获。良久,钟遣介传语,止言为国恤不及献茶,且请归宅。志完亦泣而出。其后东坡闻之,戏云:"此茶不烦见示。"

  邹浩字志完,常州晋陵(今江苏常州)人。宋神宗元丰五年(1082)年进士,累迁兵部侍郎。因弹劾章惇不忠侵上的罪恶,被削官,羁管新州。广东提刑钟正甫接到圣旨后立即驰至新州拘押邹浩,又在接到宋哲宗遗诏后请邹浩归宅,表现出反复无常的小人嘴脸。这篇小说在艺术上很有特点,人物刻画生动,情节波澜起伏,引人入胜。苏轼的戏语更是点睛之笔,提升了整个故事的趣味性。

  朱彧在广州曾经见过北归的苏轼,留下了关于东坡的第一手材料:

  东坡元丰间知湖州,言者以其诽谤时政,必致死地,御史台遣就任摄之,吏部差朝士皇甫朝光管押。东坡方视事,数吏直入上厅事,摔其袂曰:"御史中丞召。"东坡错愕而起,则步出郡署门,家人号出随之。弟辙适在郡,相逐行及西门,不得与诀,东坡但呼:"子由,以妻子累尔。"郡人为之泣涕。下狱即问五代有无誓书铁券,盖死因则如此,他罪止问三代。东坡为一诗付狱吏,他日寄子由,其诗曰:"圣主如天万物春,小臣愚暗自亡身。百年未满先偿债,十口无归更累人。是处青山可埋骨,他时夜雨独伤神。与君世世为兄弟,更结来生未了因。"狱吏怜之,颇宽其苦楚。狱成,神考薄其罪,止责散官,安置黄州。元祐中,复起为两制用事。绍圣初,贬惠州,再窜儋耳。元符末,放还,与子过乘月自琼州渡海而北,风静波平,东坡叩舷而歌,过困不得寝,甚苦之,过率尔曰:"大人赏此不已,宁当再过一巡。"东坡矍然就寝。余在南海,逢东坡北归,气貌不衰,笑语滑稽无穷,视面多土色,靥耳不润泽。别去数月,仅及阳羡而卒。东坡固有以处忧患,但瘴雾之毒,非所能堪尔。

  朱彧不仅提供了"乌台诗案"的若干细节,更是将晚年东坡的乐观旷达形象做了最真实的呈现。特别是东坡渡海而北的细节刻画,完全符合民间对于苏轼的浪漫想象。此则作品以诗歌与散文相结合,既有美妙的意境,又有细致的刻画;既有一定的想象,又有如实的描绘,无论在现实意义还是美感价值来看,都是不可多得的佳作。

二、《岭外代答》

  周去非,字直夫,温州永嘉人,曾做过钦州教授。著有《岭外代答》十卷,为地理博物体的著作。周去非因岭外多"荒忽诞漫之俗,瑰诡谲怪之声""亲故相劳苦问以绝域事,骤莫知所对者"①,于是在任期内记笔记400余条,用以代答,故名其书《岭外代答》。

《岭外代答》记录岭南的山川地理、物产风俗,内容多平实客观,亦包括《蛇珠》《辟尘犀》《琥珀》《古富洲》《挑生》《罔两》《转智大王》《新圣》等小说,这些作品承汉唐地理博物体志怪小说的余绪,但不再重复记录汉唐间久远的传说,而是注重记载宋代社会流传的关于广东动物植物和奇珍异宝的故事,增强了小说的时代感,如《蛇珠》:

> 乾道初,钦州村落妇人黄氏,晒禾棚屋上。忽一物飞鸣而来,坠其髻上,复坠禾中,光曜夺目,盘旋不已。就取乃一大珠。是夜光怪满室,邻里异之。里正访知而索焉,不得,闻之县官,其家惧,取蒸熟,光遂隐。后钦有士人姓宁,得与赴省,以万钱赊买往都下。贾胡叹曰:"此蛇珠也,惜哉!"宁以不售,携归还黄。今其珠故在,置之盘中,犹有微晕映盘。

宝珠从天而降砸中妇人,里正勒索,妇人煮之,小说对社会黑暗有一定批判,故事情节颇为离奇新颖。此外,还有轶事小说二则,其中《转智大王》较有批判性:

> 钦州陈承制,名永泰。熙宁八年交阯破钦,死于兵。先是交人谓钦人曰:"吾国且袭取尔州。"以告永泰,弗信。交舟入境迅甚,永泰方张饮,又报抵城,复弗顾。交兵入城,遂擒承制以下官属为行衙,曰:"不杀汝,徒取金帛尔。"既大掠则尽杀之。钦人塑其像于城隍庙,祀之,号曰转智大王。凡嘲人不慧,必曰陈承制云。

小说反映了北宋时期广东地区的兵燹之灾,批判了岭南官员迂腐无能的社会现实,是一篇较为成功的轶事小说。

宋元时期是小说史上一个继往开来的阶段。这是以话本为基础的白话小说开始发达的时代,也是以史传为渊源的文言小说走向衰微的时代。然后宋元时期的广东小说显然落后于主流小说的发展步伐,仍是文言小说占据较大的优势,直至明成化末年、弘治初年的中篇传奇小说《钟情丽集》的出现,这一格局方才得以改观。

---

① 本章所引周去非的文字,均以江苏广陵古籍出版社1983年版《岭外代答》为依据。

第三编　明代文学

概　　述

　　有明二百余年,广东文坛文人辈出,结社雅集活动与文学创作开始活跃,相似的思想价值观与文学审美追求开始形成,特定的文人集团也开始在全国文坛绽放异彩。这一时期的文学,无论是诗歌、散文还是戏剧、小说,均开始稳步发展,标志着广东文坛在全国的崛起。正如清初广东学人屈大均所说,广东文明"始燃于汉,炽于唐于宋,至有明乃照于四方焉。"①其中特别值得注意的是,对广东文学传统的建构与传承开始成为文人的一种自觉意识,对后代的广东文坛产生了深远的影响。

　　明代广东文人政治地位的变化与交游圈的扩大给广东文坛带来复活的契机。"南园五子"在明初的入幕经历大大激发了其关注时事的积极性与创作热情。他们的文学活动,不仅是岭南诗坛在元代的沉寂之后的一次复兴,更标志着岭南诗坛在全国的崛起。但随即而来的文化专制,则给明初的广东文坛带来沉闷的气息和创作上的不安全感。文人们在积极仕进与失意打击之间努力调整心态的平衡,其创作既有典雅平和的审美追求,也充分体现了此时期的复杂心态。明中叶"南园后五子"均进入仕途,与岭外诗人的交往对他们的思想与文学创作均产生了一定的影响。明代中后期,霍韬、海瑞、罗虞臣、袁崇焕、陈邦彦等一大批广东文人登上政坛,他们与来自中原、江浙等地的文人官吏们交往密切,并积极参与政事,其创作真实、准确地反映了当时的社会现实与矛盾,也充分体现了明代广东文人一心为民的真挚情怀与忠于君国的政治品格。在明末家国危难之际,抗清志士与爱国文人们忧心国事、悲怆激愤的真情在一定程度上冲破了儒家温柔敦厚的文学传统,堪称"变风""变雅"之音,呈现出广东文学高古雄健的独特风格。

　　明代岭南理学的兴起也成为广东思想文化活跃的重要契机。陈献章倡导的心学开启明代心学先河;他提出的学宗"自然"、提倡"自得""静养出端倪"等哲学思想及对个人主体价值的张扬,深刻影响了明代文人的精神世界,也给明代的广东文坛带来无穷活力。如主张写诗要率性而为、重视诗人的个体价值等成为诗论家们的共同理念;诗坛上出现了很多优秀的抒怀言志诗,情感真挚,极富个性特色;散文中无论是评

---

① (清)屈大均:《广东新语·文语》卷十一,北京:中华书局1985年版,第316页。

议历史、谈论时政,还是批判现实、建言献策,均能大胆、自由地表达个人独到的见解;戏剧、小说等俗文学领域也更多地展现人情与人性。思想的解放与对个体价值的认可在一定程度上影响到文学思想及文学创作,令明代的广东文坛呈现出新的面貌。

明代广东文人在文学交流与思想碰撞中形成了共同的文学理念,并自觉建构与传承岭南文学传统。如明代广东的诗学思想基本形成了三个核心:恢复风雅之道、重视性情、崇尚自然。特别是以南园前后五子为代表的广东诗人在创作实践中"形成了共同的审美情趣和鲜明的地域特质……强化了岭南文人的地域文化认同,也奠定了岭南诗派的文化和文学传统"[1]。这其实就是对岭南文学传统的自觉建构。同时在文学理念的代际传承中,岭南文学传统不断得以强化和传承,对后代文学产生了深远的影响。如明代后期,岭南诗人们自觉继承先贤的诗学理想,重申诗歌的教化作用,强调"温柔敦厚"的诗学理想,重申主情论,重视诗歌的音律及兴寄功能等,同时又有所生发和创新,表现出较为通达的观点。尤其值得注意的是,广东文人的乡邦意识开始觉醒,如薛始亨对广东本地的诗歌群体非常重视,精心编选《明粤七家诗选》以示后学,并提出文学创作应当"有一大贤首倡而群贤和之",方能成其气候。

文学开始进入全面繁荣的时期。在诗歌领域,明初"南园五子"结社南园抗风轩,标志着明代广东文坛的崛起;明代中期,陈献章及其弟子湛若水的理趣诗在当时诗坛独树一帜;黄佐的诗歌题材多样,诗风雄奇瑰丽,极富个性色彩;"南园后五子"的诗歌创作促进了岭南诗坛的振兴。晚明时期,广东诗人以激越凄楚之情调描绘明末社会现实,感慨时事、关心民生疾苦,堪称"诗史";诗歌中流淌着雄浑沉痛的家国情怀,体现出鲜明的时代特色,对推动岭南雄直诗风的形成有积极意义。明代广东的散文虽谈不上繁荣,但也进入一个新阶段。散文作者增多,文章质量也有很大提高。明代前期,孙蕡散文格调高标,颇有魏晋之风;黎贞和陈琏的散文无论是议论古今治乱兴废、世道得失还是品评人物、描绘景色,都有独到之处;台阁派代表丘濬和梁储的散文叙事说理温和从容。明代中后期,陈献章及弟子湛若水的散文体现了理学派散文的特色;政治家霍韬、海瑞、罗虞臣、袁崇焕、陈邦彦等人的散文充分表现了文学干预政治、关注社会的实用功能;黄佐、郭棐的地方文献编撰及邝露对广西风俗民情的记载均具有重要的史料价值;张家玉、林际亨等爱国志士的散文则表达出强烈的爱国主义精神和坚贞不屈的崇高气节。总的来说,明代广东的散文有了很大的发展,但与当时中原及江浙文坛的散文相比,还有一定差距。明代词人不囿于流俗,创作了风格多样的词作,既很好地承袭了南宋"粤词之祖"崔与之开创的"雅健"词风,也体现了

---

[1] 陈恩维:《论地域文人集群与地域诗派的形成——以南园诗社与岭南诗派为例》,《学术研究》2012年第3期。

柔婉清丽的一面,还有些词则苍凉悲慨,为清代词的繁盛打下了坚实的基础。戏剧领域则出现了大量的教化剧。如丘濬的伦理教化剧《五伦全备记》为明代戏剧小说等通俗文学在经历近百年沉寂后的再度复兴做出了重要贡献,同时该剧也客观地展示出忠孝难以两全的矛盾、儒家与道家思想之间的矛盾,在思想上具有一定的进步意义。韩上桂《凌云记》侧重于展现文人在志得意满之下的情场处境,也值得关注。明代的小说也获得了突破性进展。本土小说作家集中涌现,他们开始创作轶事小说和传奇小说,并注重反映广东的人和事,改变了中原作家偏重于志怪小说的风气,为明代以及后世岭南小说的健康发展做出了重要贡献。

第一章　明初"南园五子"与岭南诗坛之崛起

明初以孙蕡为首的"南园五子"结社吟诗,堪称广东诗歌史上的结社之始。他们虽诗风各异,却在雅集唱和中形成了共同的审美理想,力争恢复风雅传统,在当时影响较大。四库馆臣评价说:"粤东诗派,数人实开其先,其提倡风雅之功,有未可没者。"①"南园五子"以南园社集为纽带,聚集了当时广州的大批文人才士,他们的群体意识和丰富的诗歌活动带动了岭南诗坛的兴起,促进了岭南诗派的形成和岭南地域文学的成长,对明代岭南文坛影响深远,在岭南文学发展史上具有重要意义。胡应麟《诗薮》评价:"国初吴诗派昉高季迪,越诗派昉刘伯温,闽诗派昉林子羽,岭南诗派昉于孙蕡仲衍,江右诗派昉于刘崧子高。五家才力,咸足雄据一方,先驱当代。"②"南园五子"与以高启为首的"吴中四子"、以林鸿为首的"闽中十子"等一起,极力扭转元末以来秾丽柔靡的诗风,开有明一代风雅之先。

第一节　"南园五子"的结社活动

元明时期岭南的诗歌结社较为随意,再加上元末明初政治时局的动荡,"南园五子"的结社并不都是共处一时一地的雅集活动,每次参与诗社活动的人数也不固定,南园也不是他们结社吟诗的唯一活动场地,故对于这一时期的南园结社,应该结合当时的具体环境来考察和理解。南园更像一种象征符号,"代表了他们对于元末诗酒生活的美好记忆"③。与南园相关的诗歌酬唱活动从元末一直延续到明初,根据其雅集活动的真实状况可分为四个阶段。

第一阶段,自元顺帝至正十一、二年(1351、1352)至至正十八年(1358)。元至正十一、二年(1351、1352),中原已陷入战乱,岭南因远离中原而暂保安宁,青年诗人们

---

① (清)永瑢等撰:《四库全书总目》卷189,北京:中华书局1965年版,第1714页。
② (明)胡应麟:《诗薮》续编卷一,上海:上海古籍出版社1979年版,第342页。
③ 左东岭:《南园诗社与南园五先生之构成及其诗学史意义》,《西北大学学报(哲学社会科学版)》2013年第1期。

遂得以在广州南园等处结社吟诗。关于当时的结社,孙蕡《琪林夜宿联句一百韵》序记载甚详:"因思年十八、九时,承先人遗泽,得弛负担,过从贵游之列。一时闻人,相与友善,若洛阳李长史仲修、郁林黄别驾楚金、东平黄通守庸之、武夷王征士希贡、维扬黄长史希文、古冈蔡广文养晦、番禺赵进士安中及其弟通判澄、征士讷、北平蒲架阁子文、三山黄进士原善,皆斯文表表者也。共结诗社南园之曲,豪吟剧饮,更唱迭和。"①从记载可知,当时的南园社集繁况空前,孙蕡、王佐、李德、黄哲等"南园四子"及很多其他岭南诗人参与了这一时期的社集活动,赵介因年幼未能参与。此阶段的南园社集以孙蕡为首。元至正十三、四年间(1353—1354),邵宗愚起兵南海三山,广州及其附近地方受到威胁,陷入混乱之中,南园的结社活动受到一定程度的影响。特别是至正十八年(1358),王佐离开广州回南雄避乱,孙蕡、李德等人也隐居避乱,自此南园的结社活动失去了先前的繁盛。

第二阶段,自至正十八年(1358)至至正二十三年(1363)。此时期广州城战乱多发,孙蕡隐居在罗浮山琪林碧虚观中读书,李德、黄哲等人亦隐居在广州附近。这段时间赵介诗名鹊起,与孙蕡、黄哲之间亦常有唱和。这一时期他们诗歌酬唱的场所并不限于南园一地,还包括赵介居所"临清轩"等地。如孙蕡《临清轩题壁》诗云:"思君几日不相见,特向城南问隐居。巢鹤不惊流水静,一炉香炷数编书。"②诗题中"临清轩"即为赵介广州城南所居之轩。此外,从孙蕡《忆得四首》其一所云"走马城南觅旧游"可推测,孙蕡似乎经常从碧虚观隐居之处骑马到城南(南国)参加诗歌酬唱活动。黄哲跟赵介也尝于"临清轩"唱和交往。这一时期,由于王佐已回归南雄,孙蕡等人隐居,兼之战乱,南园虽偶有雅集,隐居在广州附近的诗社人员也常有往来,但南园的社集活动整体走向消沉,不复之前的盛况。

第三阶段,自元至正二十三年(1363)至明洪武三年(1370)前后。元至正二十三年(1363),岭南地方势力何真攻退邵宗愚,开府署延名士,"(孙蕡)与王佐、赵介、李德、黄哲并受礼遇,称五先生"③。"南园五先生"在何真幕府的聚合使得南园社集再次掀起活动高潮。王佐《酬孙典籍仲衍见寄》曾记载他们的社集:"忆昨交游日馨欢,清时曾议共弹冠。春风草檄将军幕,夜月联诗羽客坛。"④但这一时期,广州并不太平。赵介因家难回龙潭奉养父亲。元至正二十四年(1364),黄哲度岭北游⑤,"南园

---

① (明)孙蕡:《西庵集》卷五,《景印文渊阁四库全书》第1231册,台北:台湾商务印书馆1986年版,第566—567页。
② (明)孙蕡:《西庵集》卷七,《景印文渊阁四库全书》第1231册,第545页。
③ (清)张廷玉等:《明史》卷二百八十五,北京:中华书局1984年版,第7331页。
④ 梁守中点校:《南园前五先生诗》,广州:中山大学出版社1990年版,第90页。
⑤ (明)黄佐:《广州人物传》卷十二,《四库全书存目丛书》史部第90册,济南:齐鲁书社1996年版,第514页。

五子"的社集开始离散。元至正二十五年(1365)邵宗愚再次攻陷广州城。次年,何真再逐邵宗愚,得复广州。至正二十八年(1368),征南将军廖永忠攻取广东,何真撤署归顺明朝,"南园五子"的聚合再次解散。这一时期社会的动荡使南园的结社活动失去了和平安宁的土壤。明洪武元年(1368),孙蕡接受征南将军廖永忠征辟,出掌广州郡教,致力于建立学校、培养人才。当时李德、赵介等人均在广州,南园诸子再次结社雅集,当时陆续有新成员加入。但这一时期王佐还乡隐居,黄哲出游吴越未归,二人均未能参与诗社的雅集活动。明洪武三年(1370),孙蕡、李德、王佐等先后被荐举入仕朝廷,赵介则回乡隐居,南园结社活动再告消歇。此后南园诗人们只能在三三两两的往来寄赠中重温南园旧事。

第四阶段,明洪武六年(1373)之后。此阶段为南园结社的余响。明洪武六年(1373),黄哲回到阔别多年的故乡,开始了寄意山水的生活。洪武八年(1375),孙蕡、王佐同在南京,二人之间多有唱和,并相约归乡。洪武九年(1376),王佐南归。不久,孙蕡亦自钟山还,与王佐重游南园故地,作《南园歌赠王给事彦举》云:"分飞几载远离群,归来城市还相亲。闲来重访旧游处,苍烟万顷波粼粼。波粼粼兮日将夕,西风一叶凌虚舟,犹可题诗寄青壁。"①二人回忆当年结社往事,感慨万分。这一时期,黄哲也分别作《王彦举听雨轩》和《喜故人孙仲衍归》欢迎辞官南归的王佐和归乡的孙蕡。但是,由于孙蕡归期较短,李德自明洪武三年(1370)出仕后,也长期漂泊在外,直到晚年才南归,黄哲于明洪武九年(1376)因讹误被杀,王佐于洪武十年(1377)病逝,赵介隐居与人交游甚少,以五先生为中心的南园诗人的群体性诗歌活动从此消歇。

第二节　岭南诗宗孙蕡的诗歌

孙蕡(1336—1390),字仲衍,号西庵先生,广东南海平步乡(今属顺德乐从镇)人。自幼聪明好学,博览群书,诗文援笔立就。负节概,不妄交游。元末与王佐、赵介、李德、黄哲等人被招入何真幕,史称"五先生"。洪武三年(1370),孙蕡应乡试中举,授工部织染局使,后历任虹县主簿、翰林典籍、平原主簿、苏州府经历等职。洪武二十二年(1389)以事坐累,谪戍辽东。次年受党祸牵连被杀。孙蕡博学工诗文,诗风清圆流丽,有《西庵集》。

---

① (明)孙蕡:《西庵集》卷三,《景印文渊阁四库全书》第1231册,台北:台湾商务印书馆1986年版,第495页。

孙蕡是南园诗社的首创人,被公认为"南园五子"之首,亦被誉为"岭南诗宗",对后世影响深远。四库馆臣认为:"蕡当元季绮靡之余,其诗独卓然有古格,虽神骨隽异不及高启,而要非林鸿诸人所及。"①肯定了他在元明之际诗坛的地位。王夫之也评价说:"仲衍、季迪,开代两大手笔,凌宋争唐,不相为下也。"②将他和高启同看成是明代诗歌史上开启时代的诗人。孙蕡发起并创建南园诗社,与南园诸子一起扫除元代诗坛纤弱萎靡之气,开创了明初岭南诗坛一代新风,在全国诗坛占据一席之地。在创作中,孙蕡能兼收并蓄,崇尚汉魏,标举唐音,继承和发展了张九龄的清淡诗风,创造了富有特色的岭南诗风。明人张习评价其诗说:"严之于庙朝,逸之于山林,固无所弗体。尊之为道德,显之为政教,明之为事功,幽之为仙鬼,亦无所弗着与。"③道出了其多样化的诗风。

一、贴近生活,关注现实

从诗歌的表现内容来看,孙蕡很多诗歌贴近社会生活,遣词造句生动平实。如《捕鱼图》云:"小孤洲前春水绿,泛湖小船如小屋。白头渔父不解愁,往来捕鱼湖水头。得鱼换米纳官税,妻孥衣食长优游。大儿十三学网罟,小女七岁能摇橹。江口赛神夜吹角,村边卖鱼朝打鼓。雨来维梢依古岸,风起鸣榔入长浦。荻芽短短桃花飞,鳜鱼上水鲥鱼肥。脍鱼烧笋醉明月,蛮歌唱和声咿咿。月明在天光在水,但愿年年只如此。无风无浪安稳眠,湖中有鱼鱼得钱。"④生动描绘了渔民平静安宁的日常生活,人和景明,画面感强,语言质朴,层次清晰,充满了浓郁的生活气息。再如《田家欢》用平实浅近的语言描绘了田家夫妇终年辛苦劳作的场景,也生动展现了田家夫妇的喜与忧。此类反映百姓生活的诗作在孙蕡诗集中比比皆是。如《织妇词》《蚕妇词》《耕父词》《渔父词》等,均如实描摹现实,有感而发,表现了诗人关心民瘼的悲悯情怀。"朝看箔上蚕,暮收茧上丝。丝成给日食,不得身上衣。早知阿家蚕事苦,不若当初学歌舞。"(《蚕妇词》)"朝耕山下田,暮耕山下田。辛苦食筋力,持此终岁年。耕田得谷岂不乐,但愿年丰莫作恶。"(《耕父词》)"顺流得鱼易,逆流得鱼难。难易有天定,顺流心所安。网罗疏疏钓曲直,老翁取鱼兼取适。"(《渔父词》)这些诗句看

---

① (清)永瑢等撰:《四库全书总目》卷169,北京:中华书局1965年版,第1473—1474页。
② (清)王夫之评选,陈新校点:《明诗评选》卷一,北京:文化艺术出版社1997年版,第17页。
③ (明)孙蕡:《西庵集》卷首,《景印文渊阁四库全书》,台北:台湾商务印书馆1986年版,第1231册,第471—472页。
④ (明)孙蕡:《西庵集》卷四,《景印文渊阁四库全书》,台北:台湾商务印书馆1986年版,第1231册,第511—512页。

似随意而出,却真诚感人,表现了诗人为人民的疾苦感到悲愤和不平。

  出任地方官时期,孙蕡有更多机会接触到百姓的日常生活,也创作了一批哀叹时世艰难、反映民生疾苦的作品。如任平原县主簿时所作的《平原田家行》:"零星矮屋茅数把,散住榆林柳林下。磊墙遮雪防骤风,妇女颓垣拾砖瓦。黄牛买得新垦田,土戟犁浅牛欲眠。古河无水挂龙骨,自萦蒲绳探苦泉。山蚕食叶黄茧老,野火烧桑桑树倒。四畔灵鸡喔喔啼,九月霜风落红枣。春丝夏绢输税钱,木绵纺布寒暑穿。夜舂黄米为新酒,学唱《清商》作管弦。平田旱多黍少熟,杏尽梨苦惟食粟。衣粗食恶莫用悲,犹胜北军离乱时。"①诗歌描摹了战乱后农村凄凉的生活场景:茅屋零星、人家稀少、河水干涸、树被焚烧,处处是断墙颓垣,四周是嘈杂的鸡鸣之声,枣果未熟就在霜风中凋落,黍梨欠收唯能粗食度日。生产凋敝官税却照收不误,百姓生活困顿却依然自我安慰。"衣粗食恶莫用悲,犹胜北军离乱时",最后两句诗道尽了百姓的悲苦无奈,令人潸然泪下。另作于同一时期的《平原行》诗云:"古原县郭如荒村,家家草屋荆条门。自罹丧乱新复业,千家今有一家存。稚子采薪割蒿草,妇女携筐拾梨枣。丁男应役不在家,长驾牛车走东道。黄河水涸无鱼虾,居人七月方食瓜。人烟星散不成集,棠梨苦叶烹为茶。凌州九月官税促,黍子在田犹未熟。春霜夏旱蚕事空,不卖新丝卖黄犊。银河七夕如水流,明年麦好君莫愁。"②真实描绘了战乱后平原县百姓痛苦不堪的生活,流露出诗人对人间疾苦的深切同情和悲天悯人的胸怀。

二、真实摹写人生心境

  真实地呈现与摹写人生经历和个人心境,是孙蕡诗歌最有个性和价值的地方。他的诗歌创作经历了从元末吟赏烟霞、诗酒酬唱的惬意自适到明初入仕新朝时的意气风发、振奋昂扬再到历经仕途坎坷后的感伤低落、仕隐矛盾三个不同的心理阶段,"是那一时代文人心理变迁的典型体现"③。

  孙蕡早期的诗歌创作主要表现他元末诗酒酬唱与寄意山水的生活。这时期的南园结社赋诗是他较为愉快的时光。这时期孙蕡的诗歌以五古为主,叙事写景平和自然,表现了此时期诗人惬意自适、从容平静的心态。如《南园》诗曰:"诗社良燕集,南园清夜游。……丽景不可虚,众宾起相酬。长吟间剧饮,楚舞杂齐讴。陵阳杳仙驾,韩众非我俦。聊为徇时序,娱乐忘百忧。"④

---

① (明)孙蕡:《西庵集》卷三,《景印文渊阁四库全书》第1231册,第498—499页。
② (明)孙蕡:《西庵集》卷三,《景印文渊阁四库全书》第1231册,第498页。
③ 左东岭:《孙蕡的诗歌创作历程与明初文人命运》,《中国文化研究》2012年第2期。
④ (明)孙蕡:《西庵集》卷一,《景印文渊阁四库全书》第1231册,第473页。

明洪武元年（1368）孙蕡接受征南将军廖永忠征辟，出掌广州郡教。新朝的建立激活了他求取功名的愿望，作于此年的《别弟》诗就明确表达了此种心情："良时幸休明，天路开清夷。翩翩两鸿鹄，振翼思奋飞。"①明洪武三年（1370），朝廷设科取士，孙蕡得中高选，后又被选入翰林典籍，参与编修《洪武正韵》。从此孙蕡远离了"郡城多暇日""诗社良燕集""幽独抒雅怀"的闲适生活，开始走向仕途。这一时期他的生活和心态都发生很大变化，特别是对新朝抱着十分的期盼，其诗歌也展现出旷达、乐观的性格。

然而不久之后，富有才情、自负气节的孙蕡发现自己很难适应权力中心错综复杂的官宦生活，其生活与心态再次发生变化。明洪武十年（1377），孙蕡离开京城，出任平原县主簿，其诗歌情调也转向低沉与感伤。如《杂诗六首》其二云："浮萍无根蒂，泛泛江海间。狂风簸巨浪，漂泊何当还。亦似离家客，长年去乡关。莽莽涉万里，迢迢度千山。沉忧损精魂，远道多苦颜。无为歌此词，恻怆伤肺肝。"②离家万里原为的是施展抱负，可如今仕途的不顺及前途的难以把握让他像无根的浮萍一样随风浪漂泊，失去依托的诗人茫然感伤，只能"恻怆伤肺肝"。谪迁途中，孙蕡不止一次地抒发"苦哉离家人，坐念生百忧"（《苦寒行》）的感伤情怀，对家乡与亲友的思念也愈发强烈："怅望乡园去计违，春来惟有思依依"（《客平原春日有怀》）；"故人今不见，孤客倩谁怜"（《过东阿怀雪篷》）；"冷雨青灯吟客梦，东风蓬鬓异乡人"（《思家》）。诗歌成为他舒泄奔波之苦与思乡愁绪的一剂良药。

洪武十一年（1378），孙蕡被贬谪回乡，重新开始了隐居生涯；洪武十五年（1382），他又被召拜为苏州经历，再次投身仕途；洪武二十二年（1389），孙蕡再次被流放辽东，次年受党祸牵连被杀。这段时间，孙蕡一直在政治的漩涡中沉浮，其心态也在隐与仕之间徘徊挣扎，直到最后渐趋平静。此番心境的波动在其诗歌中也得到了充分地展现。郭棐《粤大记》记载云："十一年，罢归田里，遨游云林中，益肆力于问学，所见益深，有轻生死、齐物我之意。尝和陶潜《归去来辞》以写其情。"③孙蕡《和归去来辞》云："归去来兮，离家十年今始归……归去来兮，罢吴楚之宦游。……人生会遇良有时，丹崖绿壑不少留。世路如此将安之？心与造物游，全归以为期。"④明确表达了归隐之情。其后孙蕡再被征召及流放，经历种种变故，他的诗歌表达了颇为矛盾的心情：既有遭贬去官后摆脱仕途险恶的轻松，又心怀朝廷、难舍出仕理想。如

---

① （明）孙蕡：《西庵集》卷一，《景印文渊阁四库全书》第1231册，第476页。
② （明）孙蕡：《西庵集》卷一，《景印文渊阁四库全书》第1231册，第472页。
③ （明）郭棐：《粤大记》卷二十四，《日本藏中国罕见地方志丛刊》，北京：书目文献出版社1990年版，第467页。
④ （明）孙蕡：《西庵集》卷九，《景印文渊阁四库全书》第1231册，第573页。

"江河万里杳何极,行役半生犹未休"(《清河口》)感叹羁旅行役之苦;"谩有微吟追太白,此身疑谪夜郎还"(《过三洪》)抒发遭贬时的复杂心情;"谁怜漂泊向江关,独倚长风忆妙颜"(《怀朱太史苐宋舍人璲》)是向朋友诉说被贬时内心的苦楚;"我行欲济无方舟,长吟泽畔成久留"(《行路难》)则表现了屡遭排挤、报国无门的愤懑与凄怆。这一时期孙蕡还创作了《幽居杂咏》组诗,由74首七言绝句组成。"这是一组名副其实的'杂咏',内容广泛而没有集中的题旨……足以看出其意旨的矛盾与杂乱。"①这些杂乱的文字背后隐藏的是孙蕡欲想超脱世俗、随意而安却又无法真正放下仕途与抱负的矛盾、犹豫、委屈与不甘的复杂心态。难能可贵的是,尽管孙蕡受尽人生挫败与精神折磨,却从没有失去进取之心,"在他貌似齐物我轻生死的背后,涌动着入世的激情。"②如《沙门岛三首》其二诗曰:"兴来落笔才无敌,老去从戎力尚堪。"③豪迈的诗句足以看出孙蕡百折不回的坚韧与刚健洒脱的气度,与李白晚年虽屡受挫败却仍旧激情从戎的心境如出一辙。

三、雄直率真,诗为心声

雄直率真、诗为心声,是孙蕡诗歌的最大特色。其诗大多脱口而出,充分展现了真性情。如《幽居杂咏》之二十云:"野吟诗句出天成,景物如云眼底生。白石江头乌桕树,夕阳疏雨鹁鸠声。"④孙蕡认为作诗就是要纵情率性,能把自我的感情和大自然融为一体。他的很多诗篇,确实像不经意间道出,却又能做到情景交融,自然和谐。如《荔湾渔隐》诗云:"家住半塘曲,沿回几折湾。门前荔枝熟,屋后钓舟闲。杳邈熊罴兆,空濛虎豹关。如何三里外,便是五湖间。"⑤诗从眼前的家居环境写起,前四句以白描之法直观地勾勒渔隐居所之清幽;后四句则巧妙运用暗喻、用典等手法,以熊罴、虎豹暗喻元末社会之黑暗势力,借越国大夫范蠡泛舟五湖的典故,表达自己的隐居之志。全诗真如信手拈来,非常自然。再如《淮上思家》把深挚的思乡感情倾注于对岭南一花一草一果一木的记忆之中,写得自然纯真,令人动容。

孙蕡诗中还有很多赠人之作,不仅是孙蕡不同人生阶段与他人交往活动的记录,也是他珍视友情、诗歌率真的具体表现。如明洪武十年(1377),孙蕡由京城至平原县任主簿时,作《往平原别高彬》与好友道别。高彬是孙蕡元末在何真幕府中结识的

---

① 左东岭:《孙蕡的诗歌创作历程与明初文人命运》,《中国文化研究》2012年第2期。
② 左东岭:《孙蕡的诗歌创作历程与明初文人命运》,《中国文化研究》2012年第2期。
③ (明)孙蕡:《西庵集》卷六,《景印文渊阁四库全书》第1231册,第538页。
④ (明)孙蕡:《西庵集》卷七,《景印文渊阁四库全书》第1231册,第549页。
⑤ (明)孙蕡:《西庵集》卷五,《景印文渊阁四库全书》第1231册,第523页。

一位将领,二人在共事中结下了深厚的友情。此诗回忆了他们共事何真幕府时结社酬唱的情景。在诗中除了称颂好友高彬的贤德与才能之外,更多的是直抒与好友的依依惜别之情,表达"应有音书慰别愁"的渴盼与承诺。王夫之评此诗说:"高情亮节,真岑嘉州嫡嗣""旷五百余年,除宋人烟雨而批青天、临白日,洪武诸公廓清之功大矣!"①认为其诗歌继承了盛唐诗人岑参豪放脱俗的艺术风格,情感真实充沛,廓清了宋诗那种重理性而压抑真情的阴霾。任职平原主簿期间,他曾经的幕主何真北上路过平原,两人得以相见,孙蕡创作《送何三元帅北上》,颂赞何真的功业,其中连续书写"我与何郎情最多""何郎与我情最厚",非常坦荡直接地表达了与何真的深厚友情及"临岐送别"时的不舍。何真一度是元朝廷认可的地方割据政权,高彬也是孙蕡在何真幕府中的同事,虽然后来在孙蕡的促成下何真归附明朝,高彬后来也出仕明朝,但入明之后对元末割据政权时的人与事理应有所回避,孙蕡却不但不讳言,还多次形诸文字,写下了《寄高彬》《宿高彬第》《送高文质游杭州》《投赠山东何方伯二首》《送何都阃济南省亲至京还广》等诸多诗篇,充分表现他们的深情厚谊及密切交往,这"固然说明在洪武初年诗人的创作还较少忌讳,但同时也体现出孙蕡性情的真挚自然,创作往往任凭情感的倾泄而较少利害的算计"②。

四、秀丽清圆,流畅自然

秀丽清圆,流畅自然,是孙蕡诗歌的又一大特点。徐泰《诗谈》评论孙蕡之诗"清圆流丽,如明珠走盘,不能自定"③。如《广州歌》:

> 岭南富庶天下闻,四时风气长如春。长城百雉白云里,城下一带春江水。少年行乐随处佳,城南南畔更繁华。朱楼十里映杨柳,帘栊上下开户牖。闽姬越女颜如花,蛮歌野曲声咿哑。岢峨大舶映云日,贾客千家万室家。春风列屋艳神仙,夜月满江闻管弦。良辰吉日天气好,翡翠明珠照烟岛。乱鸣鼍鼓竞龙舟,争睹金钗斗百草。游冶留连望所归,千门灯火烂相辉。游人过处锦成阵,公子醉时花满堤。扶留叶青蚬灰白,盘钉槟榔邀上客。丹荔枇杷火齐山,素馨茉莉天香国。别来风物不堪论,寥落秋花对酒樽。回首旧游歌舞地,西风斜日淡黄昏。④

此诗第一次从地理气候、自然风光、市井商贸、社会生活、乡俗物产等多角度全方

---

① (清)王夫之评选,陈新校点:《明诗评选》卷二,北京:文化艺术出版社1997年版,第44页。
② 左东岭:《孙蕡的诗歌创作历程与明初文人命运》,《中国文化研究》2012年第2期。
③ 梁守中点校:《南园前五先生诗》,广州:中山大学出版社1990年版,第13页。
④ (明)孙蕡:《西庵集》卷三,《景印文渊阁四库全书》第1231册,台北:台湾商务印书馆1986年版,第495—496页。

位地描绘广州城的富裕繁华与蓬勃生机,也充分表现了诗人和谐惬意的乡土情怀,清圆流丽,极尽琳琅烂漫之姿。正如屈向邦所说:"广州自南越立国、南汉建都以来,以地势重要,交通便利,故名物殷繁,商贾荟集,蔚然岭南之大都会。……孙西庵特为之歌,读之,昔日风光,令人神往。"①孙蕡晚年的诗歌也呈现出清丽流畅之风。如《白云山》:"白云山下春光早,少年冶游风景好。载酒秦佗避暑宫,踏青刘𬬮呼鸾道。木棉花落鹧鸪啼,朝汉台前日未西。歌罢美人簪茉莉,饮阑稚子唱《铜鞮》。繁华往似东流水,昔时少年今老矣。荔枝杨梅几度红,柴门寂寂秋风里。"②诗歌通过回忆白云山下木棉花落、荔枝遍红、少年冶游、美人歌舞等风土人情,感叹时光飞逝,透露出一种淡淡的哀愁。全诗清圆流畅,对家乡的热爱及对青春的怀念很自然地寄寓于风土人情之中,情与景达到完美融合。诗中提及的南越国创建者赵佗和南汉后主刘𬬮两位有代表性的岭南历史文化名人及朝汉台、素馨墓等历史遗迹,又充分呈现了岭南独特的历史文化底蕴。另《古意二首》其二运用"梧桐""金井床""断蛩""月如霜""玉漏""清秋夜"等绮丽的意象,把女子的孤独寂寞与青春易逝的伤感和盘托出,流转自然。

五、豪放洒脱,气势雄浑

豪放洒脱,气势雄浑,是孙蕡诗歌的另一重要特点。孙蕡在明初曾经有过一段意气风发的创作高潮期。明洪武三年(1370)孙蕡入朝不久即结识宋濂,并与宋濂等重要的台阁作家交往密切,故其诗歌多是抒发豪迈奋发之情。如《赠留隐士中美》诗云:"王道今清平,有才赞鸿猷。谁令抱孤志,坐恋林与丘。"③《赟翰林宋先生诸老》诗云:"惠然枉礼遇,揣己愧明恩。际会信有时,感激复何言。"④此类诗歌虽多是应酬之作,却也难掩其受到新朝接纳时的感恩之情及对新朝的希冀。诗中体现出的从容、自信与洒脱完全不同于元末隐居时期的诗风。

孙蕡还写过一些高亢雄壮的酬唱赠别诗,如《送张典籍讷之官大同经历》一诗,意象雄奇,气势壮阔。另如:"云连白雪飞花片,风卷黄沙似海涛。"(《送张翰林孟廉赴山西行军》)"敦煌城下沙如雪,敦煌城头无六月。""黄旗卷日大军行,旄头化石夜有声。""叱咤犹在轮台北,匹马已入渠黎国。"(《送翰林典籍张敏行之官西上》)可谓笔力雄奇,意态横肆,颇有岑参、高适七言歌行的韵味。在游览山水名胜之际,他也创

---

① 屈向邦:《广东诗话正续编》,香港:香港龙门书店1968年版,第48页。
② (明)孙蕡:《西庵集》卷四,《景印文渊阁四库全书》第1231册,第505页。
③ (明)孙蕡:《西庵集》卷一,《景印文渊阁四库全书》第1231册,第475页。
④ (明)孙蕡:《西庵集》卷一,《景印文渊阁四库全书》第1231册,第478页。

作了很多气象雄浑的佳作。如《下瞿塘》诗借用民间传说刻画瞿塘激流险滩的同时，细腻描绘了渡水时惊心动魄的情景，特别是"怒流触石为漩涡""破浪一掷如飞梭""沿洄划转如旋风"等诗句生动传神，气势雄浑，令人有身临其境之感。再如《过瞿塘》一诗既通过听觉、视觉、触觉等多感官细致刻画瞿塘的奇险，又借助想象和神话传说渲染瞿塘的神秘气氛，虚实结合，气势磅礴。黄佐评论孙诗说："初若不甚经意，而气象雄浑，兴喻深致，骎骎乎魏晋之风。"[①]

孙蕡诗歌在风格上体现出雄直率真、洒脱雄浑、秀丽清圆等多种风格并存的特点，被广东后代诗人继承和发扬，对岭南诗派的延续和广东诗坛的发展均产生了深远的影响。其诗歌表现内容丰富，贴近社会生活，也呈现出诗人真实的人生历程与复杂心态，特别是他用诗歌创作昭示了元末文人从积极入仕新朝到明初意气昂扬再到在严酷的政治与党案牵连下陷入困顿的人生转变及心路历程，为后人了解这一时期文人的思想状况及诗歌走向提供了鲜活典型的样本。孙蕡其人其诗，在明初诗坛有不可忽视的重要地位。

第三节 南园其他四子的诗歌

"南园五子"虽家世背景、生平遭际、才情秉性各有不同，其诗歌风格、创作成就及后世影响也有所差别，但他们借"南园五子"这一群体并称雄起于明初诗坛，他们的群体性的诗歌创作活动扭转了广东诗坛长久以来的沉寂局面，标志着广东的文学创作进入自觉时代。"南园五子"中除孙蕡外，其他四子分别是：王佐、黄哲、李德、赵介。

一、雄浑清新王佐诗

王佐（1334—1377），字彦举，人称听雨先生，祖籍河东（今山西永济蒲州）。元朝末年随其父仕宦南雄，经乱不得归，遂占籍南海。元末曾入何真幕府，明洪武初年，征拜给事中。后告归返里，得其善终。原著有《听雨轩集》《鸡肋集》《瀛州集》，今佚。现存诗十数首，主要收入《南园前五先生诗》中。

王佐的诗歌在当时与孙蕡齐名，明代广东名儒黄佐说："佐才思雄浑，体裁甚工，

[①] （明）黄佐：《广州人物传》卷十二，《四库全书存目丛书》史部第90册，第513页。

赍深重之。构辞敏捷,王不如孙;句意沉着,孙不如王。"①点出了其诗意沉着的特点。明代赵绚也评论说:"吾郡国朝初,作者迭出。然求其清词雅韵,雄浑悲壮,足以驰声中夏,追迹前古,亦不过孙典籍、李长史、黄雪蓬、彭参政、郑御史、赵汪中、明中数公而已……有若听雨王先生……其清才逸气,殆与秋旻健准相高。矧尝入侍金门,亲承清问,目睹朝廷礼乐声文之盛。故发于诗,清新富赡,肖其为人。"②认为王佐的诗歌既雄浑悲壮,又清新富赡。可见,随着人生经历和生活的变化,王佐的诗歌也呈现出不同的风貌。

才思雄浑,悲壮沉着,是王佐诗歌的主要特点。元顺帝至正十八年(1358),各地反元义军纷纷起义称王,天下大乱。王佐随父客宦南雄,作五律《戊戌客南雄》,表现了当时社会混乱、民不聊生的动荡局面和自己的愁苦心情。其诗云:"寂寞江城晚,依依独立时。回风低雁鹜,返照散旌旗。家在无人问,愁来只自知。几回挥涕泪,忍诵《北征》诗。"③诗歌融情于景,写出了"寂寞江城"的苍凉与自我的悲苦,有杜甫诗歌的沉郁顿挫之风。另一首五律《忆舍弟彦常》表现了青春逝去、壮志未酬之际对兄弟的思念。诗歌以景起,渲染出伤感、惆怅的气氛;又以景结,含有言尽意无穷的韵味,委婉沉着,感人至深。另外王佐晚年作的一些诗也表现了沉郁雄浑的特点。如其《书所见感旧》诗运用比兴、象征等手法,表现了经历宦海风云的诗人壮志落空、生发归隐之心的苦楚与感伤。诗中的"银筝""古调""新弦""芙蓉""鹦鹉""金笼"等意象均有丰富的内涵,王夫之评之曰:"不浮。"④"不浮"即沉郁雄浑的意思。

王佐诗歌善于用典,且喜用讽刺手法。大量典故的使用增加了诗歌的历史厚重感,也使其诗呈现出典雅雄浑的风味;讽刺手法的运用让其诗歌更具针对性和批判性,也体现了诗人对历史现实的沉痛思考。如七古《醉梦轩为钱公铉赋》借写钱铉"但知痛饮复高眠"、不谈臧否、不辨妍媸的醉生梦死之乐,来发泄对现实的不满。诗歌运用反语,极富讽刺意味,表面上对"捐躯博得千载名"的屈原和"昼夜营营算不休"的王戎表示不屑,反而推崇"百事无闻只酣寝"的"人生适意",实则是倾诉满腹牢骚,其对现实政治的怨恨激愤之情不言而喻。诗歌中屈原、王戎、李白、陈抟等历史名人及"扬州鹤""力士铛""邯郸枕"等典故的巧妙穿插,使诗歌意蕴更加丰富,也增添了含蓄浑厚、庄重典雅之美,达到耐人寻味的艺术效果。另外,他《唐仙方技图》借题画以咏史,尖锐地批判唐玄宗晚年贪图奢侈享乐,"万机日少乐事多""斗鸡舞马看不足",最终导致"延秋门外羽书飞,却驾青骡向西避"的尴尬惨痛的局面,特别是通过

---

① (明)黄佐:《广州人物传》卷十二,《四库全书存目丛书》史部第90册,第513页。
② (明)黄佐:《广东通志》卷四十二,广东省地方史志办公室誊印,1997年,第1060页。
③ 梁守中点校:《南园前五先生诗》,广州:中山大学出版社1990年版,第89页。
④ (清)王夫之评选,陈新校点:《明诗评选》,北京:文化艺术出版社1997年版,第369页。

开元年间"锦绣山河壮京室"及天宝之后"风檐铁马响昭陵"的前后对比,引发对盛唐由盛转衰的原因的深入思考,从"衡山老仙何所有,亦复通籍承恩荣""九龄归卧曲江上,牛郎又入中书相"等诗句可看出诗人敏锐的政治眼光。诗人说"仙人岂是呈仙伎,画者传之有深意",指出这幅图的价值之所在,可见其反思历史的沉痛伤感与警诫世人的良苦用心。

王佐还有些诗写得清新富赡、轻快流丽,特别是题画诗立意新颖、构思精妙,最能见其真性情。如《题桑直阁〈江山胜概图〉》诗,构思高妙,并没有像一般的题画诗那样直接从画面着眼,而是先叙述了自己曾经游览庐山时所见到的山光水色,表达了自己的林泉之思,接着再以"君家此图谁所摹,似我当时旧游处"两句诗过渡到画中之景。除了咏赞画中所表现的山水美景之外,诗人又将视线集中于"中流放棹何自人,锦袍坐岸方乌巾"两句诗中,通过悬想画中之人来重申自己归老泉林之志趣。整首诗虚实结合,将画中与画外、山水美景与个人愿景相结合,既是题画,又是言志,一切水到渠成又别有意趣。再如《美人红叶图》联想丰富,典故信手拈来,构思巧妙,风格清丽;《百马图》节奏轻快,想象奇特,动静结合,虚实相生,体现了诗人精湛的表现力。

在清新流丽之余,王佐的诗歌还呈现出一种卑弱之气,这也是其诗遭人诟病的地方。《四库全书总目》称王佐诗"气骨稍卑,未能骖驾"①。如王佐入仕明朝初期精神极为振奋,为表达忠君爱国之心,曾作有一首《应制赐宋承旨马》,赞扬了开国君主朱元璋统一天下的功业和赐马臣下的恩情,但其中"须知君恩如海深,臣骑黄马当赤心"的句子有失风骨,体现出作为一名文学侍从的卑弱与无奈。

王佐诗风兼雄浑与清新于一体,固然与其人生经历及创作心态密切相关,但也与其诗学追求有关。王佐诗歌众体兼善,且不同体裁风格各异。"评者谓先生之诗,古风、歌行,伯仲高、岑之间;律绝则方驾虞、揭。"②一方面,王佐诗歌继承岭南诗歌传统,崇尚唐音古韵,故其古风、歌行体雄浑悲壮,风格上与高适、岑参相近;另一方面,受时代风尚影响,他也学习元代馆阁诗人虞集、揭傒斯等人的诗风,特别是律诗和绝句意境浑融、清和流丽,有些安定和平心态下创作的诗作呈现出一片承平气象,甚至不免气骨卑弱。陈融《论岭南诗人绝句》论王佐云:"烟霞归去草堂深,击壤无忘报国心。古调独弹秋梦远,不惊人处是高岑。"③结合王佐的生平行迹揭示了其诗歌的风格特征,颇为恰当。

---

① (清)永瑢等撰:《四库全书总目》卷189,北京:中华书局1965年版,第1714页。
② (明)黄佐:《广东通志》卷四十二,广东省地方史志办公室誊印,1997年,第1060页。
③ 广东文物展览会:《广东文物》卷九,中国文化协进会,1941年,第905页。

二、"选体"风味黄哲诗

黄哲,字庸之,番禺人,生卒年难以确考。黄哲家原为荔湾大姓,后因父母早逝,家道中落。何真据岭南,开府辟士,黄哲被招入幕。朱元璋建吴国,招徕名儒,拜黄哲翰林待制。明洪武初,出知东阿县。洪武四年(1371),升东平通判。适值黄河决堤,黄哲上疏陈时务十数事,触怒朱元璋,几罹杀身之祸,后得释南归。曾一度在广州讲经授徒。洪武八年(1375),以"在郡诖误"的罪名被召回山东处死。尝建轩"听雪蓬",学者称雪蓬先生。有《雪蓬集》。

黄哲现存诗歌七十余首,数量在五子中排第二。诗歌体裁包括古乐府、五古、七古、五律、七律、七绝、五言排律等。黄哲作诗善于学习古人,尤其是崇尚魏晋六朝及唐代诗歌。史载:"哲弱冠而孤,刻苦读书,通五经。尝借人《文选》手抄之,沉玩究竟,遂能作诗,造晋唐奥域。"①黄哲诗歌以古乐府及古体诗居多,尤其善于模拟魏晋六朝之诗,被称为"选体",如《白苎词》《乌栖曲》《战城南》《东平谒尧祠》《自君之出矣》《临高台》《雉朝飞》等诗虽见功力,但刻意仿古,个性不强。

黄哲性好山水,早年曾遍游岭南诸名胜,在诗歌中也表达了对岭南山水名胜及山林修道生活的热爱。如《题蒲涧读书处》《小塘山居》等诗写得较为清新。《分题赋罗浮山赠何景先百户》《寄萧道士止庵二首》等诗表达了栖隐山林的意愿,《怀碧虚观寄止庵萧炼师五首》明确表达了为俗务所扰,欲摆脱尘世而不得的无奈心情。

黄哲诗歌中数量较多的是酬唱应制之作。特别是对于应制唱和诗,黄哲深谙其道。元至正二十六年(1366)六月大旱,朱元璋在钟山祷雨成功,赋七言《喜雨》诗,命黄哲等赓和。左丞相徐达北伐大捷,黄哲又奉命赋《北捷应制》。这两首诗都深得朱元璋赞赏,黄哲也因此升任翰林典签。这段时间,黄哲留下的作品有五言古诗《初入书阁,呈董宗文博士,兼简同舍诸公》《十一月十二日四望山陪祀礼成呈诸执事》《呈汪朝宗参议》《赞相国李公善长》等,多呈现出一片承平气象。

黄哲还有一些纪游怀古诗及思念友人的诗作,意境阔大,气势雄浑,展现了很高的艺术水平。如《谒黄石公庙》:"榆径深深一草堂,松阶寂寂半斜阳。青山远近分齐鲁,黄石英灵阅汉唐。碑断蟠龙荆棘暗,坛空鸾鹤桧槐苍。乡人更说传书意,故国风云入渺茫。"②诗歌选用斜阳、断碑、荆棘、桧槐等落寞的意象,并以"深深""寂寂""暗""苍"等字眼来渲染悲凉的气氛,将人置于阔大深远的历史时空当中,境界深沉

---

① (明)黄佐:《广州人物传》卷十二,《四库全书存目丛书》史部第90册,第514页。
② 梁守中点校:《南园前五先生诗》,广州:中山大学出版社1990年版,第150页。

悲壮,风格雄浑,营造出一种历史的沧桑感。再如《舟泊龙湾寄仲衍》,用"吴樯楚柁"这一悠远的历史背景增添了诗歌的厚重感,"九州""七泽"等壮大的意象延伸了诗歌表现的空间,"风雨""波涛"则让诗歌多了一种凝重浑厚,诗人将前途茫然的忧虑、功业无成的懊悔及对南园故友的思念安放到雄浑壮阔、气势恢宏的自然山水之中,使得情感更为雄直深厚。另如《王彦举听雨轩》回忆了当年与南园诗友孙蕡在王佐听雨轩诗酒唱和的情景,联想到如今与友人"一别凄凉十二年,关河风雨隔幽轩"①的落寞与颓唐,充满感慨。诗歌虽借用了谢灵运的诗句,有模拟六朝诗歌的痕迹,却情感真挚,较为动人。

还有一些诗歌融入了黄哲对民生疾苦的关注。如到山东赴任时,黄哲沿途所见满目疮痍,白骨散落,城郭萧条,猎火荒凉,战乱未息,遂创作《寓治谷城寄京华亲友》一诗,最后两句"令人却忆鲁连子,一箭名成东海间"感慨沉痛,表达了对饱经战乱的人民的深切同情和救民众于水火之中的愿望。另外,在任职东平通判时,适逢黄河决堤,百姓深受其苦,黄哲作《河浑浑》一诗,真实地记录了自然灾害给百姓造成的痛苦:"民不粒食乡无庐。桑畦忽变葭苇泽,麦垄尽化鼋鼍居",诗歌也表达了希望疏浚黄河,还百姓安宁的美好愿望:"龙门一疏凿,亘古功巍巍。巍巍功可成,河水浑复清。"②最后黄哲也力排众议,大胆改变了前朝的堵塞方法,采用疏浚的方法顺利完成了黄河河堤的修复工作。这样的诗作数量不多,但也表现了黄哲勤政爱民的品质和忧国忧民的情怀。

黄哲是"南园五子"中最先走出岭南并向岭外人展现岭南诗坛实力的诗人。陈融《论岭南人诗绝句》曾高度赞誉他:"遇客秦淮雪打襟,才如白雪得知音。雪声天下奇音韵,坐听孤篷酒满斟。"③"南园后五子"之一的欧大任也在《五怀诗》中说:"哲也荔湾君,结茅蒲涧下。荐入侍书阁,扈跸钟山驾。雪篷冈终遁,世已微法缠。郢斤忘垩质,成风几悲咤。唯有南浦篇,湘兰遂凋谢。"④既叹其才情,又惜其屈死。黄哲出入岭南、游历吴越齐楚的丰富经历与仕而隐的人生体验及取径汉唐的诗学追求使其诗歌形成了质朴流畅与雄直浑厚的特点。其诗歌"才情少劣,气骨胜之"⑤,不足之处在于模拟痕迹较重,个性不够鲜明。朱彝尊认为:"其五言诗源本六代,七言亦具体。品当在仲衍之下,彦举之上。"⑥

---

① 梁守中点校:《南园前五先生诗》,广州:中山大学出版社1990年版,第139页。
② 梁守中点校:《南园前五先生诗》,广州:中山大学出版社1990年版,第134页。
③ 广东文物展览会:《广东文物》卷九,中国文化协进会,1941年,第905页。
④ (明)欧大任:《欧虞部集》,《北京图书馆古籍珍本丛刊》第81册,北京:书目文献出版社1990年版,第567页。
⑤ (清)胡应麟:《诗薮》续编卷一,上海:上海古籍出版社1979年版,第344页。
⑥ (清)朱彝尊:《静志居诗话》卷一,北京:人民文学出版社1990年版,第77页。

三、风格多变李德诗

李德,字仲修,番禺人,生卒年不详。李德有很深的理学修养,早期崇尚道教,少时自号"采真子",晚年则潜心伊洛之学。明洪武三年(1370),因精通《尚书》被荐至京师,授洛阳长史,秩满后历任南阳、西安二府幕官。后任湖广汉阳县、广西义宁县教谕。年老辞官,后卒于家。著有《易庵集》,已散佚。现存诗收入《南园前五先生诗》中。

李德早期多模拟之作。李德作诗初学二李(白、贺),力追古作,曾被孙蕡讥为"浑元皇帝远孙"①。如其《青楼曲》《天上谣》《秋情》《十二月乐章》等诗,无论是构思还是立意,均与二李极为相似。特别是在想象奇崛、造句险拗方面,与李贺更为接近。如其《天上谣》诗模拟李贺同题诗,想象奇特,语言瑰丽新奇,具有浓郁的浪漫气息。有些句子明显是从李贺诗中化用而来,如"海水生尘变成土""金河流水连云注"二句就脱胎于李贺的"海尘新生石山下""银浦流云学水声"。可惜的是最后四句归结到理性的思考,与前诗的浪漫气息不合,显得才情稍弱。再如《十二月乐章》是模拟李贺《十二月乐词》而作。诗歌扣紧四季不同的景物来写,表现了诗人对岭南地区风物变化的细致观察与感受。如"石间苔蚀菖蒲根""千年古血生青草""白日河庭泣鱼鳖""湘神抱瑟愁波涛""官街力兽驮寒去"等诗句意象奇特,语言新颖诡异,意境神秘幽奇,与李贺诡异深奇的诗风极为相似。惜李德的此类模拟之作虽见功力,但大多只是形似,缺乏真情实感,难称上乘之作。故陈田指出:"仲修诗长于古体,短篇音节流美,长篇则才力较弱,不奈多吟耳。"②

后期李德将多重的人生体验与理学哲思相结合,创作了一些古朴沉郁的诗作,在风格上学习杜甫和陶渊明。明洪武三年(1370)李德出仕之后,游宦十余年,但最终功业无成。把旅途的经历见闻与仕途不顺的颓唐失望伤感等情绪交织在一起,其诗风也逐渐转向沉郁顿挫。如他模拟杜甫组诗《秋兴八首》创作了《春兴六首》,展现了自己的游宦生涯,"十年趋走金陵道,到老低垂汉水滨"(《春兴六首》其四);"江汉漂零今六载,故园迢递尚三千"(《春兴六首》其六)等诗句均记录了漂泊不定的行踪,充满了仕途失意、壮志未酬的感叹,"为报山人休索价,可能容我伴渔樵"(《春兴六首》其三);"暮年正尔逢知己,布袜青鞋信杖藜"(《春兴六首》其五)则流露出明显的归隐之志。这些诗歌内容深厚、含蓄蕴藉,近似老杜诗风,唯情感表达稍显平淡。另

---

① (明)黄佐:《广州人物传》卷十二,《四库全书存目丛书》史部第90册,第515页。
② (清)陈田:《明诗纪事》甲签卷九,上海:上海古籍出版社1993年版,第209页。

《济南寄孙仲衍》:"南园虚夜月,风景罢登临。巩洛成尘迹,青齐入苦吟。升沉凋壮节,匡济负初心。薄宦容身得,宁辞雪满簪!"①抒写诗人内心郁结不舒的落寞失意和羁旅愁思,是一篇习杜佳作。但在情感的表达上,有壮志未酬的悲愤但不浓烈,有理想难成的伤感却不悲苦,给人一种点到为止的感觉,这可能与李德深受理学思想的影响有关。

因为邃于经学,加上一直向慕隐居生活,李德与陶渊明在思想志趣上非常相近,故李德后期作诗还主动学习陶渊明,很多诗篇有一种自然淡远的韵味。如《留题郎步山庄》:"出门望南山,山翳林木稠。飞鸟欣有托,吾生念归休。行行度前坂,褰裳涉荒沟。好风吹我怀,禾黍亦盈畴。人生衣食尔,过此欲何求?日夕返穷庐,聊以忘吾忧。"②不仅直接化用了陶渊明《读〈山海经〉》(其一)、《五柳先生传》《自祭文》《归去来兮辞》中的语句与意象,还整体模拟陶诗的意蕴与风格,通过朴素的语言、白描的手法,真率自然地抒写游览郎步山庄时的所见所感,一切好像是从"胸中自然流出",没有一点斧凿的痕迹,读来十分亲切。另如《孟夏五日感兴》也写得平淡自然,将内心的痛苦消解在平淡恬静的琴酒生活之中,深得陶诗之韵味。故何藻翔评李德诗"短篇炼气归神,静穆而淡远"。③

李德的诗歌创作无论是前期的模拟二李,还是后期的习杜和拟陶,均力追古作,"跨晋唐而砾宋元"④,呈现出多样化的特色。这表现了生活阅历和人生变迁对诗歌创作的影响,也是受时代诗学时尚影响的结果。模拟李贺、李白缛丽、雄壮的诗风是元末的诗歌潮流,而效法陶渊明、尊崇杜甫,崇尚质朴真切、寄慨深远则与明初的诗坛风尚相一致。因此,从李德的诗风变迁可以看到元末明初诗歌风尚的悄然转换。但总体而言,李德的诗歌因受理学和道家的影响较深,情感的表达稍显平淡。

四、"广之高士"赵介诗

赵介(1344—1389),字伯贞,号临清,番禺人。博通六籍,于释老星历医卜之学,无不究心。无意仕途,平日自比陶潜,曾植二松于所居之处,名为临清轩,人称临清先生。性狷介,屡为有司所荐,皆辞免,终生为布衣之士。洪武二十二年(1389)因事逮解入京,事白,在归乡途中染病而逝。著《临清集》,已佚。今存诗数首。

对于其诗,陈琏《临清集序》指出:"虽出入汉、魏、盛唐诸大家阃奥,而尤究心《三

---

① 梁守中点校:《南园前五先生诗》,广州:中山大学出版社1990年版,第113页。
② 梁守中点校:《南园前五先生诗》,广州:中山大学出版社1990年版,第102页。
③ 转引自陈永正:《岭南历代诗选》,广州:广东人民出版社1985年版,第137页。
④ (明)黄佐:《广州人物传》卷十二,《四库全书存目丛书》史部第90册,第515页。

百篇》之旨,以故所作出乎性情,止乎礼义,有关世教,读之可以见其志。"①惜现今赵介诗存世不多,无法窥见其全貌,现只能结合其留存下来的数首诗稍作分析。

赵介终生未出仕,平日深居简出,不喜交游,深受道教思想影响,故诗中游仙题材较为多见。陈融《论岭南人诗绝句》云:"临清破屋老松敧,幻影人生恨觉迟。夜上南楼看明月,乘风高唱步虚词。"②就指出了赵介的游仙生活与超脱尘世的淡泊心态。赵介曾作《步虚词》云:"采采清露英,皎洁玉不如。元和合真一,饮之极甘腴。自然生羽翼,何用登云车?迢迢大汉上,琼台旷清虚。永从众仙去,天风摇佩琚。"③步虚是道士在醮坛上讽诵词章采用的曲调行腔,根据步虚音乐填写的字词,称为"步虚词",主要描述歌颂众仙缥缈升天的美妙景象。宋代以来这类作品常常把仙话典故同神游的心绪相糅合,通过双关语的应用,而产生奇特联想效果,耐人寻味。赵介此诗写清晨采集露水而饮,其甘腴的滋味让诗人产生了飞升神游的奇妙感觉,表现了赵介对神仙道教生活的向往及欲摆脱世俗羁绊的愿望。另其《寓山家留壁》诗也细腻地描绘了自己的修道游仙的惬意生活,营造出一种寂静恬淡、与世无争的意境。

赵介是一位精通儒释道三家的博学之士,他"博通六籍,虽星官医卜之说、浮屠老子之书,靡所不究"④。其诗歌也融汇了儒释道三家的思想。如《白云山》表现了关注现实的儒者情怀。诗的前半部分充满浪漫主义色彩,后半部分则展现出"有关世教"的特点。"浮屠寂寞空自苦,夷齐孤高竟何益"两句,语出惊人,非常大胆,站在救世济民的角度,讽刺了佛教的清修之徒与向来为人称道的伯夷叔齐等隐居之士。诗的最后出现反转,用"山僧一笑"与"浮大白"将前两句的诗意在嬉笑之中消解。无论戏言也好,认真也罢,诗人看似淡泊超脱实则关心百姓疾苦的形象已跃然纸上。另一首《怀仙吟题玉枢经卷后》则融汇了道家与佛家思想。诗歌描写了一场瑶台上的盛宴,"瑶台百丈""至道本无物""吸晨霞"等充满浓郁的道教气息,中间"天王含笑挥玉拂,举手向空如画一""琪花散空碧"又有一些佛教说法的味道,最后两句"倚剑长歌一壶酒,龙吟万壑松声寒"则呈现出一种桀骜不驯、万事不足以萦怀的傲然姿态。

在"南园五子"中,赵介是唯一以布衣终老的诗人,其胸怀与情操为时人称道,被誉为"广之高士"⑤。陈融《论岭南诗人绝句》有云:"出处枯荣一笑空,诗囊随杖步芳

---

① (明)黄佐:《广东通志》卷四十二,广东省地方史志办公室誊印,1997年,第1060页。
② 广东文物展览会:《广东文物》卷九,中国文化协进会,1941年,第905页。
③ 梁守中点校:《南园前五先生诗》,广州:中山大学出版社1990年版,第17—18页。
④ (明)黄佐:《广州人物传》卷十二,《四库全书存目丛书》史部第90册,第515—516页。
⑤ 梁守中点校:《南园前五先生诗》,广州:中山大学出版社1990年版,第9—10页。

丛。人间唱和无聊赖,孰似西樵八十翁。"①高度赞扬了他不慕荣利、从容洒脱的人生姿态。其诗歌数量虽不多,却"气充才赡"②,立意高格,颇有情韵。如《听雨》:"池草不成梦,春眠听雨声。吴蚕朝食叶,汉马夕归营。花径红应满,溪桥绿渐平。南园多酒伴,有约候新晴。"③首联巧用谢灵运梦中得"池塘生春草"诗句的典故,写自己因听春雨而不得入梦;颔联用吴蚕食叶与汉马归营来比拟雨声,极为形象;颈联想象次日雨后落红满径、溪水平桥的景象;尾联想象雨后与南园诗友相约诗酒酬唱的情景。这首诗重在"听"字,故隐去了直观的视觉描写,而用比喻传神地拟写雨声,将无形的声音具体化,并借丰富的想象来展现雨后的场景,富有情趣。此外,《长门怨》中"泪将寒漏水,夜夜滴空壶"④,将寒夜漏壶的滴水比作宫女的眼泪;《南楼对月》浮生"万里凉风满襟袖,洞庭七泽涵清秋""试吹玉管遏行云,曲中仿佛霓裳舞"⑤的壮阔情思;"但愿清尊长对月,今人古人何足伤"⑥,表现出一种超脱于尘世之外的无挂无碍的平静心境;《朝汉台》发出"霸图王业今何在,回首咸阳几劫灰"⑦的盛衰无常、世事沧桑的感叹,均饶有情趣,意蕴悠长。

总体来看,"南园五子"的诗歌虽各有特色,但作为一个创作群体,他们在频繁的酬唱与交流中也形成了共同的审美理想,诗歌创作也体现出一定的共性。具体表现如下:

其一,鲜明地体现了明初诗歌由元末纤弱绮丽的文风向明代质朴典雅之风转变的过程。"南园五子"亲历了改朝换代的巨大变迁,对种种灾难和痛苦有着切身的体验,他们在出仕与归隐的身份切换中也加深了对社会、政治乃至人生的认识,故其诗歌创作富有现实内容,如关注社会现实、反映民生疾苦、摹写仕途体验等,在很大程度上摒弃了元末文坛上的浮华淫巧之陋习。在风格上,"南园五子"也多有前后期的转变,或呈现出多样化的特色,如孙蕡诗歌率真、雄浑、秀丽等多种风格并存,王佐诗歌兼有雄浑与清新之风,黄哲诗歌由早期的清艳绮丽走向后期的雄浑典雅,李德诗歌也由前期的模拟二李转变到后期的习杜和拟陶,他们的诗风变迁可以看到由元末模拟李贺、李白缛丽、雄壮的诗学风尚向明初崇尚质朴真切、寄慨深远的诗歌潮流的悄然转换。

其二,在向明初台阁体诗风靠近的同时,也能保持岭南诗人的个性特色,体现了

---

① 广东文物展览会:《广东文物》卷九,中国文化协进会,1941年,第905页。
② (明)黄佐:《广东通志》卷四十二,广东省地方史志办公室誊印,1997年,第1060页。
③ 梁守中点校:《南园前五先生诗》,广州:中山大学出版社1990年版,第20页。
④ 梁守中点校:《南园前五先生诗》,广州:中山大学出版社1990年版,第17页。
⑤ 梁守中点校:《南园前五先生诗》,广州:中山大学出版社1990年版,第19页。
⑥ 梁守中点校:《南园前五先生诗》,广州:中山大学出版社1990年版,第19页。
⑦ 中山大学中国古文献研究所编:《全粤诗》第3册,广州:岭南美术出版社2008年版,第240页。

广东文人的独立性。"南园五子"中除赵介外,其他四子都有过仕宦京城的经历,他们与当时的台阁大臣来往密切,特别是黄哲、王佐二人的应制诗曾深得朱元璋赏识,其诗歌创作不可避免地呈现出一些台阁体的风味,但诸子均能保持自身的创作个性,诗风并未完全受台阁诗风的浸染,表现出一定的独立性。

其三,崇尚汉唐诗歌,奠定了岭南诗歌的发展方向。"南园五先生"的诗学主张虽不完全一致,但推崇汉魏及唐诗是他们共同的核心主张。此点将在第六章《明代诗文理论》中进行专门探讨,此处不再赘述。

"南园五子"的诗歌成就虽不能代表岭南诗歌的最高水平,但他们的诗歌活动在岭南地方形成了浓郁的文学氛围,取得与明初吴中派、浙东派、江右派、闽中派并驾齐驱的成就和地位,昭示着岭南诗歌流派的形成和岭南诗歌的整体崛起。

第四节　明初其他诗人

除"南园五子"外,明初广东诗坛上较有诗名的诗人还有黎贞、陈琏、罗亨信等人。他们的诗歌内容极为丰富,或应制唱和,点缀承平气象;或寄心山林,追慕道踪仙迹;或表现文学侍从的卑弱与无奈;或展示仕隐矛盾下文人的复杂心态;或如实描摹现实,表达悲天悯人的儒者情怀。

黎贞(1348—1407),字彦晦,广东新会人。晚年号秫坡,世称秫坡先生。少时随父外出就学,成年后求学于孙蕡门下。明洪武元年(1368)入补郡廪生,洪武八年(1375)以明经辟荐入京应考。在南京时与学者名士多有交流。后被任命为新会县训导,推辞不就,筑钓鱼台于新居宅前。洪武十二年(1379)因事被诬陷,遣戍辽东。洪武二十六年(1393),其师孙蕡因蓝玉案受株连,在辽阳被处死。黎贞抱尸哭,典衣营葬于安山之阳。洪武三十年(1397)遇赦返乡,在乡间讲学著述。卒年五十九岁。著有《秫坡集》《古今一览》《家礼举要》等。

黎贞《秫坡集》中,较有价值的是其远戍辽阳时所写的诗。这些诗多表现流放时的痛苦生活,表达对家乡及亲人的深切的思念,往往能融情于景,感人至深。如其作于北行途中的诗《夜宿南津》云:"夹岸丛芳涌翠痕,寒江烟火数家村。云连野色生离思,风激湍声入梦魂。时把香醪消永日,愁闻戍鼓报黄昏。缘知老母遥相忆,华发萧萧独倚门。"[①]诗歌借景抒情,描绘了北行途中的所见所景,表达了远戍他乡的悲愁。特别是最后两句,采用从对面写来的手法,想象华发老母倚门望归的场景,颇为动人。

---

① 中山大学中国古文献研究所编:《全粤诗》第3册,广州:岭南美术出版社2008年版,第331页。

另如其弟彦器病死南宁后,黎贞闻讯而作组诗《哭弟彦器七歌》以寄哀思。可谓情感真挚,字字血泪。诗歌仿效杜甫《同谷七歌》而作,在"劲雪颠风""暮云凝""雁行相分""泪成血""云冥冥"等生动的意象中,自然地倾注了自己的满腔悲痛,情景完美统一,充分表现了深厚的手足之情。正如黄佐所称赞的:"滔滔自胸中写出,无斧凿痕。"①

黎贞为人胸怀旷达,在《午夜还乡,呼酒先登钓台,书于壁》一诗中,毫不掩饰地表现了洒脱情怀:"十年戎马不离鞍,沙漠长城万里寒。今日归来浑未老,青山还许白头看。"②此诗作于诗人久戍赦归之时。诗人抵家时已是薄暮时分,仍乘月色泛舟登上朝思暮想的钓鱼台,吟啸许久才回家。诗人久经患难,虽满头白发,却仍觉"浑未老",其心态与胸襟可见一斑。另其在《钓台》一诗中,也直抒胸臆,在平淡如话的文字中坦然表达了自己淡泊名利、钟情于山水的高洁胸怀:"云根几尺枕清流,水色山光物物幽。堂上倦归同海燕,阶前分食与沙鸥。春潮风动涛翻雪,夜浦波澄月在钩。自有江湖烟景在,执鞭富贵亦何求。"③

陈琏(1369—1454),字廷器,别号琴轩,广东东莞人。洪武二十年(1387)举人。授职桂林教授。永乐元年(1403),因有治理才能,擢为许州知州,永乐三年(1405)改任滁州知州。累擢扬州知府、四川按察使。后以南京礼部左侍郎致仕。陈琏在任上验丁赋、省徭役、修学校、劝农桑,颇有政绩。滁人感其大德,把他与欧阳修、王禹偁并列,共祀一祠,号为三贤祠。陈琏博通经史,文才出众,著有《琴轩集》及《归田稿》等。

陈琏仕宦经历丰富,旅途游览之处较多,故其诗中多有四方写景之作,"颇为平稳工致"④,同时其集中宏伟壮观之作也较为多见。如《经浮滩观瀑布》从不同角度写出了瀑布的磅礴气势:"山中夜来风雨恶,晓见奔流出岩壑。千尺浑如组练飞,满空又似珠玑落。舟行渐近声转雄,听来恰与春雷同。扁舟鳖然江上去,回望云边垂白虹。"⑤《迎翠楼》写登上迎翠楼所见的壮观景象,也充满了历史沧桑之感。《华盖观瀑》则描绘了广东西樵山大科峰所见的宏伟景象。另其《多景楼》写登楼所见之景,视野由京口(镇江)而及芜城(扬州),较为开阔;其《开平道中》《望峨眉山》《雪山歌》《宝安八景》等诗均笔力雄健,写得较为壮丽。

陈琏作诗擅长模拟唐代诗家,如其《华山歌》字句有很明显的模拟李白《蜀道难》

---

① (明)黄佐:《广州人物传》卷十三,《四库全书存目丛书》史部第90册,济南:齐鲁书社1996年版,第515—516页。
② 中山大学中国古文献研究所编:《全粤诗》第3册,广州:岭南美术出版社2008年版,第304页。
③ 中山大学中国古文献研究所编:《全粤诗》第3册,广州:岭南美术出版社2008年版,第319页。
④ 陈永正:《岭南文学史》,广州:广东高等教育出版社1993年版,第167页。
⑤ 中山大学中国古文献研究所编:《全粤诗》第3册,广州:岭南美术出版社2008年版,第439页。

的痕迹:"孤高拔地五千仞,三峰秀出北斗傍。乾坤开辟几万载,但见山色恒苍苍。云梯石磴之险不可以径上,仰见铁缰络石生寒光。游人扳缘若猿狖,下瞰绝壑魂飞扬。险巇历尽至平坦,琳宫贝阙何辉煌。……吁嗟乎,泰华之胜有如此,况遇异人过后名逾彰。"①其《虎图为礼部张尚书赋》以文为诗,如"壮哉於菟山之陲,踞视二子心若怡""有时一吼山石裂,腥风怒卷红叶飞""伊谁妙笔能绘之,生狞猛烈看愈奇"②等诗句深得韩愈诗歌之精髓。他还作有《十二月词效李长吉体》,学李贺想象丰富、构思奇特的浪漫主义诗风。

陈琏的怀古咏史诗也写得很有特色。如《孟尝君墓》诗通过回忆孟尝君礼贤下士、赴秦险行、合纵伐齐、死后诸子争产等事件,并将其生前死后的遭遇进行鲜明对比,抒发了世事无常的历史感慨。其他怀古咏史诗,如《华清宫怀古》《姑苏台》《铜雀台》《鸿门宴》等,诗笔朗健,抒发了个人对历史的独特思考。还有些怀古诗,如《观岳鄂王像》《战韶阳为义士熊飞作》等诗作歌颂了岳飞、东莞义士熊飞等抗敌爱国英雄,笔力千钧,充满忠贞激愤之气。

罗亨信(1377—1457),字用实,号乐素,广东东莞人。明永乐二年(1404)中进士,授工科给事中。不久,提为右给事中。后因事所累,被贬交趾镇夷卫(今越南)为吏。明仁宗时起为山西道监察御史。先后任右佥都御史、通议大夫、右副都御史、左副都御史等职。在任期间,兴利除弊,颇有政声。正统十四年(1449),英宗在土木堡被瓦剌所俘,史称"土木堡之变",罗亨信坚守宣府,设策捍卫,据力死守。景泰帝时擒获与敌人在城下私自议和的宦官善宁,皇帝赐玺书褒扬他"为国除患"。后辞官回乡,享年81岁。著有《觉非集》。

罗亨信与陈琏是同乡同僚,二人交往较为密切,诗风却各异其趣。罗亨信的诗歌擅长摹写女子情怀,语言平实如话。如《古意》:"傍石蒲草瘦,傍湖蒲草肥。因依各已定,不愿更相移。"③此诗写一位贫家少妇对丈夫的忠贞不移之情,寄托深远。另其《戍妇词》云:"去年戍桑乾,今年戍交河。书来浑不定,教妾梦如何。"④写征夫久戍不归,戍守之地频繁变更,女子的梦境也无处着落。表现了诗人对征夫怨妇长期不得团聚的深切同情,言浅意深。

罗亨信还写了大量的咏怀诗,其中佳作颇多。有的是借咏物以咏怀,此类诗多为绝句。如《咏松》:"矫劲神偏古,孤高韵自清。终令众恶草,不敢傍根生。"⑤《题雨

---

① 中山大学中国古文献研究所编:《全粤诗》第3册,广州:岭南美术出版社2008年版,第429页。
② 中山大学中国古文献研究所编:《全粤诗》第3册,广州:岭南美术出版社2008年版,第452页。
③ 中山大学中国古文献研究所编:《全粤诗》第3册,广州:岭南美术出版社2008年版,第796页。
④ 中山大学中国古文献研究所编:《全粤诗》第3册,广州:岭南美术出版社2008年版,第797页。
⑤ 中山大学中国古文献研究所编:《全粤诗》第3册,广州:岭南美术出版社2008年版,第796页。

竹》:"傲历冰霜久,沾濡雨露深。青青长自苦,不改岁寒心。"①《题墨梅写怀》:"玉骨冰肌铁石肠,相逢几度月昏黄。别来京国无知己,独抱孤贞傲雪霜。"②三首诗分别以松、竹、梅这些文人笔下常见的题材来表现自己坚贞孤高的文人气骨,语言精练,诗意隽永,亦花亦人,富有情趣。还有些诗在咏史的同时咏怀。如"醉倚南窗多逸兴,高风千古托羲皇"(《渊明赏菊》);"归周已觉年将迈,佐业宁知志独勤。千载画图留伟迹,令人歌咏想精神"(《西伯访渭》);"晓吟自觉诗怀壮,夜饮应知酒量加。结实待看调鼎鼐,莫嫌孤淡负韶华"(《林逋观梅》)等,在歌咏古代贤士的同时将自己的心志胸怀寄寓其中,别有深意。还有些咏怀诗,则直抒胸臆。如《自题小影》:"霜鬓萧萧七帙馀,豸冠绣服竟何如。忝为宪职粗知律,空负儒名少读书。修竹寒梅娱晚节,清风明月称幽居。等闲有问襟怀事,湛湛灵台点翳无。"③回顾了自己一生的仕宦生涯,以"修竹寒梅"及"清风明月"来自喻,表达高洁自豪之襟怀,毫不掩饰。丘濬对罗亨信的诗极为欣赏,曾评价说:"其诗不喜锻炼,用眼前语,写心中事,讽咏之可知其心中之洞达明白,无城府町畦也。"④颇为中肯。

明初以南园五子为核心的广东诗人的文学活动与诗歌创作,不仅是广东诗坛在元代的沉寂之后的一次复活,更标志着广东诗坛在全国的崛起。总的来说,这一时期的广东诗歌在一定程度上受到明初台阁体的影响,多有应制唱和、点缀承平气象之作,有些诗作格调也稍显卑弱,但此时期诗歌创作中最大的特色是现实性增强,情感真挚,内容阔大。"南园五子"与明初黎贞、陈琏、罗亨信等诗人均能积极摆脱元末绮丽浮华诗风的影响,努力接续汉唐之音,在传承中华诗歌大传统的同时能保持独立个性,并开始在诗歌中呈现岭南地域风物,为扭转明代诗风、开启广东诗坛新气象做出了一定的贡献。特别是"南园五子"的结社对后世广东诗歌的发展也造成了深远的影响。一百多年后的明嘉靖年间,诗人欧大任、梁有誉等人在南园故址重修南园诗社,史称"南园后五子";明末崇祯年间,陈子壮、黎遂球等十二名诗人又修复南园诗社,史称"南园十二子";清末梁鼎芬等八位诗人又重聚抗风轩,振兴岭南诗歌。南园诗社可以说是岭南诗坛的圣地,是岭南诗人的精神家园,南园诗社的传统也融入岭南诗歌的血脉中,被不断传承与发扬。

---

① 中山大学中国古文献研究所编:《全粤诗》第3册,广州:岭南美术出版社2008年版,第796页。
② 中山大学中国古文献研究所编:《全粤诗》第3册,广州:岭南美术出版社2008年版,第802页。
③ 中山大学中国古文献研究所编:《全粤诗》第3册,广州:岭南美术出版社2008年版,第777页。
④ 陈永正:《岭南文学史》,广州:广东高等教育出版社1993年版,第169页。

第二章　明前中期诗歌

　　随着明代社会的发展,经济从明初的凋敝中逐渐恢复;政治氛围也不复明初的紧张压抑,明初诗坛上盛行的台阁体也不可避免地走入僵化的困境。为克服台阁体的流弊,茶陵派应时而生,广东诗坛也在一定程度上受到时代风气的影响。丘濬正是处在这一转型时期的典型代表,他的创作生动展现了明代诗歌由台阁体向茶陵派的过渡。明代中期,广东的思想文化日渐活跃,出现了陈献章、湛若水、黄佐等重要的思想家。特别是以陈献章心学为核心的岭南理学的兴起,有力地推动了明代广东的文学创作。如陈献章本人以道为诗的创作特色及追求自得之趣的诗风,就是其哲学思想的外在体现;其弟子湛若水的诗歌在自然山水中体悟理趣,既是对前代诗歌创作艺术的继承与发展,也是对其师陈献章哲学思想的继承发展及自我审美观念的投射。同样作为理学家的黄佐,其诗歌创作则呈现出另一番风貌。他的诗歌创作为岭南诗坛注入了新的活力,且培养了众多杰出诗人,其中以梁有誉、欧大任、吴旦、黎民表和李时行五人为典型代表。此五人被誉为"南园后五子",他们继"南园五子"而起,大力发扬岭南诗歌传统,对明代中期以后的广东诗坛风气产生了很大的影响,促进了岭南诗坛的振兴。此外,区大相的诗歌创作摆脱了明中后期的拟古风气,也有力地推动了广东诗歌的发展。

第一节　丘濬的诗歌

　　丘濬(1421—1495),字仲深,号深庵、玉峰,别号海山老人,广东琼州府琼山县(今海南琼山)人,明代前期杰出的政治家、经济家和文学家。时人尊称为琼台先生。少年颖异,读书过目成诵,年少时常信口为诗,语皆警拔。明景泰五年(1454)进士,入选翰林院庶吉士,后历任翰林编修、侍讲学士、国子监祭酒、礼部尚书、太子少保等职。丘濬一生笔耕不辍,著作颇丰,曾参与修撰《英宗实录》《宪宗实录》《续通鉴纲目》等书。晚年进献《大学衍义补》,得弘治帝嘉奖。弘治八年(1495)病死于任上,被追封为太傅左柱国,谥号"文庄"。又被称为明代"中兴贤辅""理学名臣"和"有明一代文臣之宗"。

丘濬一生历经永乐、洪熙、宣德、正统、天顺、景泰、成化、弘治八朝,而其成就主要集中于后三朝。丘濬曾是馆阁重臣,因此文学创作不可避免地受到台阁体平正典雅风格的影响,但同时他生活的阶段正是明代台阁体由盛转衰的过渡时期,诗歌创作也开始重视个人性情的表达。故总体而言,丘濬的诗歌风格是平正、典雅、通俗并举,性情兼备,多种风格在他笔下糅为一体,浑然天成,他也堪称成弘间的文学大家。

一、唱和应酬诗

从丘濬现存诗歌来看,体裁上以古乐府和七律诗见长,内容上多限于台阁体传统题材。作为明代馆阁的重要成员之一,丘濬与同僚交往较为密切,故其诗歌多唱和、送别、题赠之作。他在诗歌创作中积极践行儒家诗教观,重视诗歌的社会教化功能。如《题杨廷玉忠义》中"要留世上不朽名,羞见人间不平事";"君臣义大此身小,问甚鸿毛与泰山";"丹心自结明主知,时时持节衔王命";"好生恶杀天之道,圣主仁明法天道"①等诗句充满仁义、勇猛、忠君、爱国等正能量,体现了诗人弘扬儒家伦理道德的良苦用心。但在这些传统的唱和应酬文字之中,丘濬能突破台阁体的局限,个性情感在其诗歌中也多有表现。如《送张端》诗云:"功名富贵身外事,得丧悲欢须底计"②表现了诗人漠视功名利禄、不为外物所缚的气概;《送刘绍和回南京》《送伍天锡》《送嘉禾伍公矩归桂林兼问讯海盐张靖之》等诗,也展现了诗人乐观豁达的心态;再如《送张茂兰、黄自立二同年回南京》诗,并没有太多离别的伤感,字里行间跳跃着一股豪放、开阔之气,极为洒脱、豪迈。

二、悼亲抒怀诗

丘濬诗集中最具深情的是悼亲诗。丘濬曾创作十九篇悼念亡妻的诗作,包括《悼亡》五古十首、《梦亡妻》七绝一首、《悼亡》五律三首、《悼亡》集句诗五首。如《悼亡十首》其十云:"皇天亦何高,后土亦何深。冥鸿失其偶,飞飞吐哀音。茫茫宇宙间,辽邈畴能寻。此生甘且休,不尽古今心。哀伤谅无益,暂醉聊自吟。"③语言质朴,情感真挚,令人泪下。另《梦亡妻》也直抒十年来对亡妻的不尽相思,无限深情,溢于笔端。丘濬晚年先后丧次子丘崶和长子丘敦,老来丧子的人生悲痛让丘濬的诗歌显

---

① (明)丘濬著,周伟民等点校:《丘濬集》第8册,海口:海南出版社2006年版,第3758页。
② (明)丘濬著,周伟民等点校:《丘濬集》第8册,海口:海南出版社2006年版,第3751页。
③ (明)丘濬著,周伟民等点校:《丘濬集》第8册,海口:海南出版社2006年版,第3707页。

得格外凄凉与悲怆。其《哭子崑》云:"莫怪频频叹息声,天生我辈正钟情。早知今日会有死,何似当初莫要生。垂老可堪增拂郁,养儿何用太聪明。思量于我真无益,落得横斜两泪倾。"①颔联两句看似无情却充满深情,催人断肠。

丘濬的抒怀诗没有局囿于台阁体的限制,少有刻板气息,却多了一些真性情。如其思乡抒怀之作写得极为感人。特别是晚年,困顿的晚景、丧子的悲痛、落叶归根的渴望,使得丘濬的思乡之作变得沉郁悲凉。如《晚感》:"寒鸦日日晚投林,却忆山家隔万岑。岂是不归归未得,暗风吹泪落衣襟。"②这首诗语短情深,传达出一种浓烈的悲凉意味。首先题目本身就带有一种迟暮之年的悲凉,其次前两句通过家隔万里的游子与日日投林的寒鸦进行鲜明对比,有一种人不如鸟的悲衷;后两句进一步点明自己欲归家却不得的伤感,情感更为沉郁。特别是最后一句以景结,达到言有尽而意无穷的效果。另如"故园松竹渐成林,无夜思家不上心"(《思家》);"乞得身闲便归去,看鱼听鸟过残年"(《梦起偶书》);"欧公思颍终归颍,老我怀乡不得归"(《思归偶书》)等思乡的诗句都表现了丘濬晚年一心思归却无可奈何的悲凉哀伤。

丘濬还创作了不少拟古抒怀诗,有些诗篇借传统题材来抒发个人心志。如《捣衣曲》作于"土木堡之变"发生之时。诗歌叙写"思妇"在秋天为远戍边关的"征夫"准备寒衣的传统题材,极写了夫妻因战争而两地分隔的悲苦及"思妇"因"征夫"音讯渺茫、生死难料而遭受的心理折磨,表达诗人的厌战情绪。同一时期诗人还作有《拟古》四首,多是表现女子对"征夫"的思念,其创作初衷与《捣衣曲》一致,均表达了对造成国家巨变的土木堡战争的反感。

三、咏物风情诗

丘濬咏物诗的对象多是古人常咏之物,如梅兰竹菊等,但特别的是,他喜欢同题数作。如咏梅花的有《红梅》《题梅二首》《题墨梅》《梅花为仪曹主事彭君题》《梅窗》等,咏菊花的有《咏菊》《叹菊》《十月见菊》《瑞菊颂》等。还有一些诗歌咏家乡的特产,不仅寄寓了丘濬浓郁的乡情,还融入了他的个人境况与心态。如《吉贝》云:"吉贝传从海上来,性尤温暖易栽培。富贵贫贱皆资赖,功比桑麻更倍哉。"③吉贝乃木棉,是岭南常见之物。丘濬赞扬吉贝实用且容易栽培,能惠及各阶层百姓,应该多些种植。诗的最后一句"功比桑麻更倍栽",将南方的吉贝与北方的桑麻进行对比,希望吉贝像桑麻一样得到应有的重视。这就隐隐有一种自况的意味。丘濬因为来自偏

---

① (明)丘濬著,周伟民等点校:《丘濬集》第8册,海口:海南出版社2006年版,第3896页。
② (明)丘濬著,周伟民等点校:《丘濬集》第8册,海口:海南出版社2006年版,第3838页。
③ (明)丘濬著,周伟民等点校:《丘濬集》第8册,海口:海南出版社2006年版,第3858页。

远的岭南,在朝中常常遭受偏见与刁难,此诗表面上是为吉贝的功名不相称而抱屈,实际上是表达自己虽有才却不受人重视的困窘。另其七绝《鹦鹉》诗云:"为禽只合作禽言,水饮林栖任自便。只为性灵多巧慧,一生常是被拘牵。"①此诗语言通俗质朴,却善于翻空出奇。诗人能一反陈见,写出新意。鹦鹉因性灵巧慧而被人拘牵在牢笼之内,无法享受栖息山林的自由与乐趣;丘濬因学识和才干被囚困在朝堂,即使古稀之年也不得返乡休憩,其境地与鹦鹉是何等的相似!可见此诗有借鹦鹉自况之意,意味深长。

丘濬还有一些描绘岭南风景名胜、风俗民情的诗歌,也值得关注。如他的名作《题五指山》诗云:"五峰如指翠相连,撑起炎荒半壁天。夜盥银河摘星斗,朝探碧落弄云烟。雨余玉笋空中现,月出明珠掌上悬。岂是巨灵伸一臂,遥从海外数中原。"②这首诗想象丰富,意象雄大,充分展现了丘濬诗歌的雄奇之风。首联指出五指山的地理位置;颔联两句用奇特的想象、高度的夸张来极写五指山之高,颇有雄浑壮阔之气。颈联用"玉笋"比喻秀丽的五指峰如玉笋般在空中耸立,尾联又将五指山比拟为一位"巨灵"的手指,想象奇特且形象。特别是"数中原"三字,气势豪迈,充满岭南人的自负与傲气。另《岐山八景诗》《琼台春晓》《七星山》《下田村》等诗都充分展现了岭南的地域特色,《归田乐诗序》则描述岭南乡间的醉花、吟月、竞渡、赛社、观渔、督耕、结会、厚俗等乐事,表现了岭南的民俗风情和历史变迁。

四、关注民生诗

还有一些体恤民艰的诗作,也写得真情满纸,充分体现了丘濬对民生的关注。如《七月大雨不止感之有作》:"端居高堂上,对雨为民忧。公役与私计,全望此一秋。禾苗垂结实,一旦俄成休。仰首问苍天,天乎民何尤?愿言早开霁,冀得少半收。我心且如此,民心宁不愁……"③他担心大雨不止会造成雨涝灾害,给百姓带来生活上的困难,因此向苍天发出呼告,这鲜明地表现了丘濬深沉的忧患意识。"愿言早开霁,冀得少半收。我心且如此,民心宁不愁"这几句诗,生动地刻画出一位悲悯苍生的儒官形象。

作为明代前期重要的台阁大臣,丘濬在诗歌创作中极力纠正台阁体末流缺乏自我情感与创作热情的弊端,在诗歌创作中渗入真性情,意欲重振台阁体。他的诗歌形式多样,除创作大量传统的古诗、乐府诗、律诗、绝句外,还创作了七言律诗首尾吟、回

---

① (明)丘濬著,周伟民等点校:《丘濬集》第8册,海口:海南出版社2006年版,第3850页。
② 陈永正:《历代岭南诗选》,广州:广东人民出版社2009年版,第144页。
③ (明)丘濬著,周伟民等点校:《丘濬集》第8册,海口:海南出版社2006年版,第3713页。

文诗、集句诗等,表现出高超的作诗技巧与炽烈的创作激情;他的诗歌既雄奇豪迈又质朴情真,既典雅又通俗,体现出重情重性的一面,体现出台阁体后期向私情化转向的迹象,对后来茶陵诗派的李东阳等人,也有一定的启发意义。

第二节　陈献章及其弟子湛若水

一、陈献章的诗歌

陈献章(1428—1500),字公甫,号石斋,广东新会白沙里人,世称白沙先生。明代著名的思想家、教育家、诗人。明正统十二年(1447)中秀才,入国子监读书。景泰二年(1451),拜江西学者吴与弼为师,成化二年(1466),复游太学入京,得到国子监祭酒邢让推荐,出任吏部主事,辞官回乡,聚徒讲学。成化十九年(1483),明宪宗授翰林院检讨,居乡讲学,屡荐不起,研究心学方法。弘治十三年(1500)病逝,谥号"文恭"。著有《白沙子全集》。

陈献章是明代心学的开山人物、明代性灵诗派的开创者,后世尊为"圣代真儒""圣道南宗""岭南一人"。他倡导的白沙心学,打破程朱理学沉闷和僵化的模式,开启明代心学先河;他提出学宗"自然"、提倡"自得""静养出端倪"等哲学思想,以其独创性和深刻性成为从程朱理学到阳明心学嬗变中的关键性人物;他重视个人在天地万物中的存在意义,张扬个人的主体价值,对明代文人的精神产生了深刻影响。他的诗学观点及诗歌,开启明代性灵诗派,成为中国诗歌史上的一个重要转折点。

在明代中期诗坛以拟古为尚的风气中,陈献章的诗歌显得格外卓荦特异。陈献章"以道鸣天下,不著书,独好为诗"[①],他对诗歌赋予了新的功用,即借诗歌建构了自己的整个理学体系,让诗歌成为理学思想的特殊载体,故理学诗是陈献章诗歌中最富有特色的部分;同时,陈献章倡导的白沙心学非常重视自我体悟,并追求自得之趣,他的诗清新自然,满心而发,肆口而成,故追求自得之趣、纯乎性情也构成他诗歌创作的另一特色。

(一)以道为诗

《广东新语》说:"粤人以诗为诗,自曲江始。以道为诗,自白沙始。"[②]的确,陈献

---

① (明)陈献章著,孙通海点校:《陈献章集》附录一,北京:中华书局1987年版,第700页。
② (清)屈大均:《广东新语》卷十二,北京:中华书局1985年版,第388页。

章"以道为诗",他常常用诗歌来表达"道通于物"的自然宇宙观。如《夜坐》诗:"半属虚空半属身,氤氲一气似初春。仙家亦有调元手,屈子宁非具眼人?莫遣尘埃封面目,试看金石贯精神。些儿欲问天根处,亥子中间得最真。"①这是一首典型的理学诗,创作于白沙春阳台静坐十年时期。陈献章提倡静坐深思以自得,主张端坐澄心,于静中养出端倪。陈献章借这首诗说明自足圆融存在于虚实之间,只有静坐修养,在半实半虚的状态中才可以达到自我与宇宙共生的境界。另如《浮螺得月》:"道眼大小同,乾坤一螺寄。东山月出时,我在观溟处。"②这首小诗也是一首理学诗。诗人认为悟道的途径没有大小之分,博大精深的乾坤之道也可能会寄于小螺之中,因此观察小螺也可探究乾坤之道;同样赏月观海也可体认乾坤之道。他强调观察万物都可以洞察世界。诗歌将难以言状的抽象的"道"融入具体可感的物象之中,浅显易懂,富有理趣。

陈献章常常用诗来表达他的哲学见解,这使其诗中多有理语,有点类似于宋诗的以议论为诗,以理趣为诗。如"江山摇落见霜范,枕畔香风到细丫。不是先生爱孤寂,人间回首已无花。"(《吴瑞卿送菊,用东坡韵答之》)"小胜江山大胜诗,斩关直出两重围。自家真乐如无地,傍柳随花也属疑。"(《偶忆廷实迁居之作,次韵示民泽》)在江山花木的物象之间蕴含着丰富的哲理,让人在审美体验中回味深省。但与宋诗的偏重议论和哲理不同的是,陈献章的理学诗往往并不黏滞于物象刻画,而是通过物象生发出一种高远的意境,继而创造出深邃广大的诗境。如《春中杂兴》其二:"小雨如丝落晚风,东君无计驻残红。野人不是伤春客,春在野人杯酒中。"③《六言》:"柳渡一帆秋月,江门几树春云。来往一时意思,江山万古精神。"④诗人随机捕捉自然界中的风雨、残红、秋月、春云等物象进行点染,诗因具体可感的物象而起,诗意却跳脱于物象之外,展现了诗人对人生、宇宙、外在世界的一种悠然心会。

还有些写景诗,陈献章能把眼前之景与宇宙万物联系在一起,展现出一种不离万物又不滞于万物的主体精神与生命意识。如七律《和景孚游山》:"青云偶共白云飞,白云闲映山人衣。一路风光春淡泊,隔林烟霭昼霏微。江山到我无前辈,造化磨人是小儿。花下一壶休泻尽,明朝留得送春归。"⑤在对山光云态的描绘中表现了诗人独立的主体精神。颈联两句充满了自信乃至自负。江山也好,造物主也罢,在诗人眼中根本算不了什么,这无疑传达出诗人主体实为万物主宰的豪迈气概,读之使人觉得处

---

① (明)陈献章著,孙通海点校:《陈献章集》卷四,北京:中华书局1987年版,第422页。
② (明)陈献章著,孙通海点校:《陈献章集》卷六,北京:中华书局1987年版,第793页。
③ (明)陈献章著,孙通海点校:《陈献章集》卷六,北京:中华书局1987年版,第567页。
④ (明)陈献章著,孙通海点校:《陈献章集》卷五,北京:中华书局1987年版,第544页。
⑤ (明)陈献章著:《白沙先生诗近稿》第10卷,广州:中山大学出版社2014年版,第107页。

处有诗人浩然的精气神在。再如五古《卧游罗浮四首》其一:"马上问罗浮,罗浮本无路。虚空一拍手,身在飞云处。白日何冥冥,乾坤忽风雨。蓑笠将安之?徘徊四山暮。"①此诗写诗人登上罗浮山飞云峰,在罗浮极巅上忽遇风雨,诗人披上蓑衣、戴上竹笠,在马背上卧瞰风雨沧溟,毫不畏缩、泰然处之的从容心态。诗歌也在世间物象的点染与描绘中高扬了主体精神的淡定与强大,令人深思。"身居万物中,心在万物上。"(《随笔》)诗歌中表现出的这种以主体为世界主宰的思想正与陈献章的心学宇宙观相一致。诗人的宇宙观已经如盐入水般融入诗歌的意趣之中,无处可寻却又无所不在,正是这些哲学思考,使他的诗歌总是蕴含着一种高远的情思,展现出一种通向宇宙深处的高渺意境,让其诗歌具有无穷的魅力。正如其弟子湛若水评价所说:"今读先生之诗,风云花鸟,触景而成。若无以异于凡诗之寄托者,至此心此理之微,生生化化之妙,物引而道存,言近而指远,自非澄心默识,超然于意象之表,未易渊通而豁解也。"②

此外,陈献章诗集中还有一些对门生的教诲之作,如《示黄昊》《示湛雨》《忍字赞》等,露出一副道学家的面孔,在诗歌中直露无遗地发议论,缺少审美意趣,被称为"理障"之作,是陈献章诗歌中的败笔。不过,这类诗作数量较少,非白沙诗的主流。

(二)自得之趣

陈献章的心学是以自然为宗,以静坐为径,以自得为终。这种理学思想投射到诗歌创作领域,就是重视诗歌的真性情表达,强调诗歌的自然风韵和自得之趣。他说:"大抵论诗当论性情,论性情先论风韵,无风韵则无诗矣。"③"率吾情盎然出之,无适不可。"④他所倡导的"自得",是指不受外在事物的缚累,在一种虚静澄明的状态下,在对世间万事万物的随机感悟中来认识"本心"、体悟"天机"。他曾对弟子湛若水说:"日用间随处体认天理,着此一鞭,何患不到古人佳处也。"在诗中也说"鸢飞鱼跃,乃见天机"(《拨闷》),这些都是强调在日常事物和大自然的观照中达到"自得"。

陈献章创作过很多山水田园诗,在诗歌中就很好地将理学中的"自得"追求融入对自然景物的欣赏之中。他说:"一痕春水一条烟,化化生生各自然。"(《观物》)"身与白云同去住,客从何处问行藏。"(《游白云》)"遥看落日苍梧外,独立横槎古寨边。"(《望顶湖山》)"江门卧烟艇,酒醒蓑衣薄。明月照古松,清风洒孤鹤。"(《送刘方伯东山先生》)诗人的主体精神与自然界的一切融为一体,营造出一种"物我两忘,

---

① 陈永正:《岭南历代诗选》,广州:广东人民出版社1985年版,第157页。
② (明)陈献章著,孙通海点校:《陈献章集》附录一,北京:中华书局1987年版,第700页。
③ (明)陈献章著,孙通海点校:《陈献章集》卷二,北京:中华书局1987年版,第203页。
④ (明)陈献章著,孙通海点校:《陈献章集》卷一,北京:中华书局1987年版,第5页。

浑然天地气象"的境界,达到寄情于自然又忘情于自然、与大化同一的自得状态。此类诗歌表现出一种任性率真、超凡绝尘、自然平淡之诗风。

陈献章在诗歌创作中追求自得之趣,也即追求自然真实的心灵体验,这往往使他的表现人生和自然的诗歌与哲学境界很自然地融为一体,故其很多得自然之趣的诗作同时也成为富有理趣的佳作,达到情景理的高度融合。如《偶得示诸生》其二诗抒写了诗人在雨后秋江的月色下泛舟的情景。最后一句"满身明月大江流"意境明朗开阔,表现了人与自然完美融合的自得之乐,也展现了诗人澄明淡远的心境,具有很高的审美价值。另外,《四月》诗描写了初夏时节的美景:荷柄迎风而曲、柏枝擎雨低垂、新竹抽芽参差,一切都显示出蓬勃生机。面对眼前的无限生意,诗人静坐观妙,心有所得,全诗充满自得之趣。诗人认为乾坤天地间充满无限生机之"理",但诗中对"理"的阐述并未虚发,而是将之渗入自然物象的描摹中,以实带虚,使得抽象之"理"与诗中之景及诗人的惬意情感和谐一致,达到很高的艺术效果。

陈献章诗中的自得之趣,还得益于对陶渊明诗歌的接受与模拟。陈献章极为推崇陶诗,他说:"晋魏以前无近体,独怜陶谢不托泥。"①又说:"五言夙昔慕陶韦,句外留心晚尚痴。"②他创作了多首和陶、效陶诗,诗歌中也多用陶事、陶典,故杨慎指出"白沙之诗,五言冲淡,有陶靖节遗意,然赏者少。"③清人朱彝尊也说白沙诗歌"虽宗击壤,源出柴桑"④。陈献章对陶诗的接受集中表现在其《和陶诗十二首》中。如其一云:"我始惭名羁,长揖归故山。故山樵采深,焉知世上年。"陈献章在诗中坦言自己对自然山水与田园生活的向往,表达了不愿被官场所羁绊的旷达胸襟,是其追求自然、自得精神的诗性表达,也是其真性情的外现。陈献章弟子湛若水评价说:"和陶十二章止此,读之可想见先生之高风,足以廉顽立懦,为百世之师矣。"⑤

在明代中期诗坛上,陈献章是一位不同流俗、风格独特的大匠。因被理学家的声名所掩,他的诗歌在当时尚未引起足够的重视。他以道为诗的创作特色及追求自得之趣的诗风,与他的哲学思想有着紧密的内在联系,甚至诗歌本身就是其哲学思想的外在体现,这正是明代思想史与文学史关系的一个缩影。

二、湛若水的理趣诗

湛若水(1466—1560),字元明,号甘泉,广东增城人,明代著名的思想家、哲学

---

① (明)陈献章著,孙通海点校:《陈献章集》卷五,北京:中华书局1987年版,第449页。
② (明)陈献章著,孙通海点校:《陈献章集》卷六,北京:中华书局1987年版,第671页。
③ (明)杨慎:《升庵诗话》,见丁福保辑:《历代诗话续编》,北京:中华书局2006年版,第779页。
④ (清)朱彝尊:《静志居诗话》,北京:人民文学出版社1990年版,第182页。
⑤ (明)陈献章著,孙通海点校:《陈献章集》附录一,北京:中华书局1987年版,第744页。

家、政治家、教育家、书法家、大儒。明弘治五年(1492)举人。拜名儒陈献章为师,深得陈的赏识,是白沙学说的衣钵传人。弘治十八年(1505)进士,授翰林院编修。历任南京国子监祭酒,南京吏、礼、兵三部尚书。后筑西樵讲舍讲学,学者称甘泉先生。卒谥文简。著有《甘泉集》。

无论是隐居西樵、北上京师,还是游宦两京、致仕归乡,在湛若水的人生经历中,诗歌创作贯穿其一生,展现了他不同时期的不同身份及不同心态,内容涉及治学态度、朋友酬唱、咏志抒怀及归隐生活等。值得注意的是,湛若水的诗歌也是其"随处体认天理"思想的情感表达。湛若水继承其师陈献章"学以自然为宗"的思想,将观察自然作为"体认天理"的重要方式,特别是其山水诗和理趣诗很有特色。

"随处体认天理"是湛若水的核心观点,他强调对自然的体认与感受应从"拟诸形容,类其物宜,状其性情功用"[1]的视角进行,而对自然山水的游乐也是一种"体认天理"的方式,故其诗歌也多表达山水给他带来的审美感受。如《题青原山房壁》:"信脚元来便是天,螺溪船亦武溪船。青原月满归时路,桃李无言共一川。"[2]此诗为湛若水晚年重游南岳,赴青原之会时所作。信脚,犹信足,即随兴而漫步。螺溪,在江西省吉安县内;武溪,在湖南湘西土家族苗族自治州。在诗人看来,随兴而至就是最好的出游境界;无论江西的船也好,湖南的船也罢,只要内心安宁,二者并没有什么本质的不同。诗歌前两句借景说理,强调一种随兴而至、外物化一的自由状态。后两句对江西青原山夜晚的美景进行了描绘,月光山壁触发了他心中对于自然客体的体认。诗中寓理于景,景理融为一体,在对自然山水的形象描绘中又带有哲人的巧思,显得自然而和谐。可以说,湛若水在山水的审美中完成了自己的思想与人格的建构,而山水诗则是他情怀的诗意表达。

湛若水的一生中,山水隐逸情怀可以说贯穿其始终。早年尚未步入仕途时,爱好山水是湛若水真性情的表现。他经常与同学友人游览岭南的名胜之地。如《游罗浮》生动地描绘了罗浮山的美景及诗人的游览感受。为官时期,湛若水也经常在诗中表现隐逸情怀。如《题趣菊》:"菊亦有何趣,趣之存乎人。花光映天地,自性求灵根。植根植欲深,采花采其神。欲辨神灵理,南山已忘言。我闻子云子,藏心亦云渊。寄语趣菊翁,难为俗人传。"[3]菊花在古代是象征着隐逸风骨的文化形象,故而诗中菊花、南山的意象很显然表现了诗人对山林隐逸生活和自由的精神状态的向往,这正是

---

[1] (明)湛若水著,钟彩钧、游腾达点校:《泉翁大全集》,台北:"中央研究院"中国文哲研究所 2017 年版,第 380 页。
[2] (明)湛若水著,王文娟、游腾达点校,钟彩钧审订:《甘泉先生续编大全·补编》,台北:"中央研究院"中国文哲研究所 2018 年版,第 232 页。
[3] (明)湛若水:《甘泉先生两都风咏》,南宁:广西师范大学出版社 2014 年版,第 88—89 页。

湛若水矛盾思想的体现。即便湛若水在身居高位之时,也不能真正达成自己的政治理想,故时常转向山水追寻自由的精神境界,以消解内心的烦恼与苦闷。还有些山水诗,虽涉山水,表现的却是朋友间的酬唱赠别。如正德二年(1507),好友王阳明赴谪贵阳,湛若水为之饯行,作有五言组诗《九章赠别》,其九云:"天地我一体,宇宙本同家。与君心已通,别离何怨嗟?浮云去不停,游子路转赊。愿言崇明德,浩浩同无涯。"①《九章》本是屈原所作,湛若水作《九章》以送遭贬的王阳明,似有取屈原去国忧君之意。诗人运用比兴的手法,从眼前的天地、浮云等自然景色写起,劝慰友人不要悲伤。同时诗歌情景理融合,"天地我一体,宇宙本同家"两句则是心学思想的体现。晚年归隐西樵后,湛若水更在诗中吐露欢愉而闲散的心态:"进退嗟维谷,奉诏归园田。使君行仁政,许与受一廛。地僻东北隅,窈然一洞天。……柴门日长闭,于以谢嚣尘。浮云蔽日月,亦或忘晨昏。宴坐以终日,潮汐入水关。理棹登小艇,如乘万里船。多士有时来,共究古人编。忽焉会意处,圣人亦无言。"②此时的湛若水已经超脱了"山林"或"朝堂"身份的纠结与烦扰,心无挂碍,彻底到达尽归自然的浑然化境。

由于受到老师陈献章崇尚自然思想的影响,且受儒家"歌咏性情"的影响,湛若水在诗歌创作中也追求率真自然的感情流露,他善于运用比喻、想象、比拟、动静结合等手法来描绘自然山水,形象生动又情趣盎然。如《题邹山人江湖诗舫,因以赠之》一诗中,诗人将世间之江河喻为天河,将游船想象成往来于天地之间的木筏,又以阴阳二气为双桨,表现了其高超的想象力,营造出亦真亦幻的美景。再如"江岸芙蓉如盛妆,花光为色叶为裳。不妨远地无人采,独自临风弄晚芳"(《郴江口见江岸野生芙蓉》),将盛开的芙蓉花比喻作盛妆少女,迎风弄霞,婀娜多姿,饶有情趣。《次韵元默弟登黄云》巧用"坠"和"摇"两个动词,写出黄云峰上桃花满天的美景和竹海生风的清凉,又以"鸟啼""樵语"反衬出山林的幽静,在动静对比之中提升了诗的意境。

湛若水的诗歌在自然山水中体悟理趣,既是对前代诗歌创作艺术的继承与发展,也是其哲学思想及审美观念的投射,从另一个侧面体现了明代的心学思想对文学创作的影响。

---

① (明)湛若水著,钟彩钧、游腾达点校:《泉翁大全集》,台北:"中央研究院"中国文哲研究所2017年版,第1018页。
② (明)湛若水著,钟彩钧、游腾达点校:《甘泉先生续编大全》,台北:"中央研究院"中国文哲研究所2017年版,第398—399页。

第三节　黄佐与明中叶岭南诗坛振兴

一、力为起衰的黄佐

黄佐(1490—1566),字才伯,号泰泉居士,广东香山(今中山)人。明中叶著名学者、诗人、理学家。明正德十五年(1521)进士。嘉靖初授翰林院编修。有司请修《广州志》。以翰林外调,历江西佥事、广西学政。因母病弃官归家。嘉靖十五年(1536)复出为翰林编修兼左春坊左司谏。历任侍读、南京国子监祭酒、詹事府少詹事。晚年谒哲学家王守仁,得到王守仁称赞,后弃官归养,潜心研习孔孟之道,并讲学于泰泉书院。"南园后五先生"多出其门下。穆宗诏赠礼部右侍郎,谥"文裕"。著有《泰泉集》十卷,同时撰有《广东通志》七十卷、《广州人物志》二十四卷及《香山县志》《罗浮山志》等。

黄佐是明中叶岭南诗坛的重要诗人,其诗题材多样,境界雄阔,意蕴深厚,无论思想性和艺术性都达到一定高度,有"粤之昌黎"之称。从题材上来看,黄佐的诗歌涉及咏史怀古、交际酬唱、写景纪游、反映现实、集句、题咏等,其中最有价值的是他的描写社会现实、反映民生疾苦及表达忠君爱国情感的诗歌,另其咏史怀古之作与描写岭南山水的诗歌也有较高的艺术价值。黄佐可以称得上是明代广东文坛上一位承上启下的重要人物。

黄佐的思想主要以儒家积极入世的思想为主,其诗歌也继承了杜甫以来的现实主义传统。翻开其诗集,随处可见其忧民忧国之作。如《忧旱词四首次周太保韵》抒写苦旱之时诗人的焦灼情绪。其一诗云:"火旻何碑兀,赪霞倏舒敛。阳崖卉渐腓,阴畛穗犹惵。凌晨秉良耜,届午已重趼。丰殷虽有愿,蕉荟竟难展。龟折遍沮洳,象耕失岩𪩘。赤子本谁责,黄尘眯予眼。下泉良可悟,膏雨亦云远。桔槔正纡急,袯襫俄揭浅。蹙嘯起长叹,司命孰回转。"① 久旱之时,滋润作物的霖雨迟迟不到,诗人"蹙嘯起长叹",其忧民之思跃然纸上。为了缓解旱情,诗人甚至祈求"谁能挥龙渊,为我刑蟫蝀"(《忧旱词四首次周太保韵》其二),充分流露出对民生疾苦的深切关注。黄佐诗歌还表达对于风调雨顺、百姓丰收的美好生活的祈愿。其《秋获喜晴》诗用白描手法勾勒了一幅丰收在即、明丽欢乐的农村风光图。诗人融情于景,把明丽的自然风

---

① 中山大学中国古文献研究所编:《全粤诗》第七册,广州:岭南美术出版社2009年版,第615页。

光、淳朴的乡村习俗及农民渴望丰年的心愿和谐地统一在一起,营造出恬淡、优美的意境,也表达了诗人关注民生的情怀。

黄佐还有些诗歌敢于批判黑暗现实,对人民大众寄予了深厚的同情。有些诗作矛头甚至直指皇帝,表现出为民请命的伟大气魄。明正德十四年(1519),黄佐北上参加会试,恰逢宁王朱宸濠发动叛乱,黄佐亲身感受到战乱之苦,便作诗《临江道中正德己卯》记录下这场给人民带来深重灾难的战乱:"荞麦花开山翠飞,腰镰翁孺愁相依。金川道上风浪急,玉笥山前烟火微。长鲸已堕黄石矶,大将犹搴龙虎旗。翩然扬袂者谁子,陌上酣歌缓缓归。"①开头两句写荞麦花开的季节,眼看丰收在即,本应高兴的百姓们却愁容满面。因为徭役繁重,致使庄稼无壮丁去收割。宁王叛乱,在江西的聚敛刻薄及其叛乱的直接破坏,使江西人民深受其害,而明武宗的南下巡游,又使这种灾难进一步加深。"长鲸已堕黄石矶,大将犹搴龙虎旗。"这两句诗极带讽刺意味。宁王犯安庆时曾泊舟黄石矶,不久即被赣南巡抚王阳明平定。宁王叛乱发生之后,明武宗为了贪冒军功和趁机去江南游乐,自封"奉天征讨威武大将军镇国公",亲自率兵南征,开展了一场空前的南下出巡游乐活动。一路上游山玩水,捕鱼打猎,征索财物,甚至强抢民女,造成江南一带民间汹汹不安,苦不堪言。更加荒唐的是,明武宗途中收到王阳明生擒宁王的捷报,仍一意南征。后来在江南游乐近一年才班师回朝。诗中最后一句"陌上酣歌缓缓归"就是对明武宗淫乐扰民的荒唐行为的直接批判。

对于武宗亲征之事,黄佐还另作组诗《南征词六首》以示讽刺。其五诗云:"柳映金陵暮,花摇玉帐春。江淮明炮火,阊阖动梁尘。秘戏征西域,迷楼构北辰。三千歌舞地,谁似掌中人。"②首联二句点明武宗名为南征,实为游乐。颔联讽刺武宗的南征实乃虚张声势。宁王之乱发生在江西,武宗却兴师动众巡游于江淮一带,他的行宫里歌舞升平。尾联中"三千歌舞地"用夸张手法极言人之多,"掌中人"则运用了赵飞燕"掌中跳舞"的典故,信手拈来,极言武宗耽于淫乐。整首诗借古讽今,写得含蓄委婉却又切合现实,明显是受到杜甫以来的现实主义诗歌的影响,表现出极高的创作水平。

黄佐的咏史怀古诗也非常出色。有的诗歌借怀古来反思历史,寄寓对眼前国事的深沉忧思,有的借咏史来抒发自己报国无门的伤感与无奈,有的则表达了对历史英雄的崇敬与同情,均写得情感真挚,令人动容。如《虎丘怀古》借咏叹历史古迹来表达诗人对历史政治的深沉反思。"夫椒先自败,于越遂能军",这两句诗揭示了溃败

---

① 中山大学中国古文献研究所编:《全粤诗》第七册,广州:岭南美术出版社 2009 年版,第 615 页。
② 中山大学中国古文献研究所编:《全粤诗》第七册,广州:岭南美术出版社 2009 年版,第 685 页。

往往从内部开始、淫逸必亡的历史规律,"千年金虎去,谁守阖闾坟"①,借咏叹历史来抒发对时政腐败的忧虑,希望能引起统治阶层的重视。还有一些怀古咏史诗,抒发了诗人平和通达的历史观。如《粤台怀古四首分韵得幽字》写诗人登临粤王台,想起了当年赵佗建立南越国的风光,可如今一切功绩都随历史而去,南越国最终统一于汉,诗人遂发出"向来南海尉,辛苦事嬴刘"的历史喟叹。诗人用平和的心态去反观历史,认为朝代兴亡不过是历史演进的平常过程,表达了通达的历史观。

黄佐还频繁凭吊岭南本土的历史遗迹如广州越王台、新会崖门三忠祠等地,颂扬历代忠勇之士,以寄托悲壮慷慨的爱国之情。如《五坡岭文山丞相表忠祠》借用"三户亡秦""八公草木""精卫填海""苌弘画碧"等典故高度赞扬了文天祥以身殉志的伟大的民族气节。《宋行宫》《全节庙》《大忠祠》等诗表达了对抗元英雄陆秀夫、张世杰等人的由衷钦佩及深切怀念。再如《厓山怀古六首》更是切合明朝当时内忧外患的时代背景有感而发,流露出诗人强烈的现实关怀感。如"黄冠不到江南路,长使遗民叹黍离"(《厓山怀古六首》其二);"千古海陵遗迹在,云涛回望重堪哀"(《厓山怀古六首》其四);"会与英雄消积恨,直从龙凤定中原"(《厓山怀古六首》其六)。这些诗句雄浑悲壮,充满了山河破碎之痛与哀苦伤今之思,也传达出江山代谢、历史无情,诗人强自振奋的精神。这些怀古咏史诗多围绕岭南本土的历史文化古迹来书写,蕴含了黄佐浓郁的桑梓情怀,也极大地丰富了岭南诗歌的表现范围,具有独特的诗史意义。

此外,黄佐还创作了大量的写景纪游诗,特别是有很多赞美岭南风光的诗作。与岭外诗人笔下的岭南有着天壤之别的是,黄佐的纪游诗充分表现了岭南地区的独特的自然环境、气候物产及乡俗民情,流露出诗人对乡邦风物的热爱,体现了明代文人对岭南文化的自我认同。如"百年闻道属斯人,碧玉中藏太古春。今我登楼望江水,青山红树四无邻。"(《访白沙宅四首》其二)表达了对岭南大儒陈献章的敬仰之情;"濯濯鹤上仙,缤翻乘雨来""元命归太初,千椿尚婴孩"(《罗浮朱明洞缓声歌三首》其三),赞美了罗浮山核心景区朱明洞的壮丽景色;"孤根通碧落,彩色化虹霓"(《罗浮瑶台石》),运用夸张手法写出了瑶台石的神奇景观。

作为明代的一位理学大家,黄佐的诗歌虽时有理语,但绝非一本正经的"说理"或"讲义"。从艺术表现上看,其诗多从胸中流出,情感颇为真挚。如他的寄赠酬唱诗表现了对朋友、晚辈的真诚鼓励,在他对社会现实的描写与呈现中可感受到他对国事和民生疾苦的忧虑及忠君爱国之情;他的部分诗歌带有很强的叙事性,如《都城引送陈七表兄之横浦》《厅前槐树歌为少傅蒋公赋》《中宿篇游清远峡山寺作》等宛如一

---

① 中山大学中国古文献研究所编:《全粤诗》第七册,广州:岭南美术出版社2009年版,第651页。

篇篇记事散文,《平潮夷雅》《江南弄七首》《琴操三首》等诗则充分利用诗序及诗歌自注,将诗序与诗歌本身融为一体,或交代诗歌创作的情境,或为诗歌解读提供翔实的信息与背景;他还多用组诗形式来延展诗歌表现的内容,增强情感的表现;此外,黄佐还擅长在诗歌中大量运用典故,在增强诗歌历史感的同时,也使诗作表现得含蓄有致、言简而意丰。

就诗歌风格而言,雄直恣肆是黄佐诗歌的主导风格。黄佐的诗歌取法三唐,多直抒胸臆,具有阳刚雄直之美;尤其是他深受韩愈诗歌的影响,诗风雄奇瑰丽,如《碧梧丹凤图为黎侍御一卿题》甚至"纯用韩诗之法,模拟之迹较露"①。另其《春夜大醉言志》云:"拔剑起舞临高台,北斗插地银河回。长空赠我以明月,天下知心惟酒杯。门前马跃箫鼓动,栅上鸡啼天地开。倦游却忆少年事,笑拥如花歌落梅。"②其雄伟奇丽的诗风极似韩愈。该诗语言雄浑豪放,情感奔腾而出,表达上曲折委婉,激荡回环,结尾又归于冲淡平和,气定神闲。

难怪陈永正评价说"此诗'倜傥不群,神来气来'。在明代诗坛中,广东出现了这样的诗人,写出这样的诗篇,真是奇事"③。

黄佐的诗歌创作为岭南诗坛注入了活力,且培养了以梁有誉、欧大任、吴旦、黎民表和李时行为代表的众多杰出诗人,对明代中期以后的广东诗坛风气产生了很大的影响,促进了岭南诗坛的振兴。朱彝尊称:"岭表自'南园五先生'后,风雅中坠,文裕力为起衰,如黎惟敬、梁公实辈,皆其弟子。嘉靖中'南园后五先生',二子与焉。盖岭南诗派,文裕实为领袖,不可泯也。"④四库馆臣也评价说:"广中文学复盛,论者谓佐有功焉。其诗吐属冲和,颇见研练。"⑤洵为的论。

二、"诗书帅"翁万达

与黄佐同时代的诗人还有被称为"诗书帅"的翁方达。他的诗歌表现出鲜明的现实主义精神及积极的入世情怀。

翁万达(1498—1552),字仁夫,号东涯,潮州府揭阳县(今汕头市金平区)人。与陈北科、林大钦并称为"潮汕三杰"。翁万达出身寒门,为嘉靖五年(1526)进士。历任户部主事、员外郎、广西梧州府知府,陕西布政使、巡抚,宣大总督,兵部尚书等职,

---

① 陈永正:《岭南诗歌研究》,广州:中山大学出版社2008年版,第9页。
② (明)黄佐:《泰泉集》,《广州大典》第424册,广州:广州出版社2015年版,第127页。
③ 陈永正:《韩愈诗对岭南诗派的影响》,《中山大学学报(社会科学版)》1993年第2期。
④ (清)朱彝尊:《明诗综》卷三十七,北京:中华书局2007年版,第1803页。
⑤ (清)永瑢等编:《景印文渊阁四库全书》第4册,台北:台湾商务印书馆1986年版,第543页。

曾协助兵部尚书毛伯温平定安南动乱,后期统理北部边防,抗击蒙古俺答汗侵扰,屡立战功。又修筑大同宣府间长城800余里,烽堠300余座,使边境得以安定。素有"岭南第一名臣"之美誉。后三罢三起,于嘉靖三十一年(1552)逝于回乡途中。时北部边情再次紧急,嘉靖帝第三次起用翁氏为兵部尚书,惜未闻命已故。明穆宗时追赠太子少保,谥号"襄敏"。今存《东涯集》《稽愆集》《思德堂诗集》等。今人辑有《翁万达集》。

翁万达兼备文武才略,被"嘉靖八才子"之首的王慎中称为"诗书帅"①。《明史》对其政绩边功做了充分的肯定和很高的评价,又称他"操笔顷刻万言"②。其诗歌涉及范围极广,大致可分为行边述怀、思乡寄怀、写景抒怀、借古咏怀几类,尤以书写边塞风光、抒发羁旅愁思的作品最有特色。

翁万达诗歌对典边时的戎马倥偬的生活描绘最有特色,这些边塞诗歌颂将士们的英雄气概,体现了他心系苍生、抗敌安边的报国情怀,有很强的艺术感染力。如翁万达在任兵部侍郎总督宣府、大同、偏头关、保定军务兼理粮饷之时,曾作两首七言古绝《枳儿岭》。其一云:"枳儿岭上烟火微,枳儿岭下行人稀。长风卷树叶飞落,道是将军射虎归。"③枳儿岭是晋冀交界边塞的小村,由于边患加上虎害,枳儿岭烟火疏微,行人稀少,开头两句诗就写出了小村萧条荒凉之景象。转句陡然异峰突起,猛然间长风呼啸而来,树叶飞落,马蹄声急,原来是大将军带着一队人马射虎凯旋。结句一个"道"字,描画出村民们沸腾雀跃的热烈场景。全诗写得气势磅礴,表现了将军的威风与气派,也展现了诗人的炼字之功。其二云:"大儿床前号无衣,小儿膝下饥复啼。肘束黄金求骏马,挥鞭直渡黄河西。"④则塑造了戍边将士群体的英雄形象。诗歌起承两句表现了战争给百姓带来的苦难与伤痛。戍边将士的家眷儿女也饱受饥寒之苦,但在边关告急、大敌当前之时,将士们义无反顾,挥鞭渡河,勇猛地奔赴前线。转结两句气势雄伟、生动凝练地写出了将士们一往无前的英雄气概和舍小家为大家的可贵精神。

再如七律《夏季驻云中》诗写的是战前的总动员。诗歌开头勾画出一幅雄壮威武的"防秋"图景。"缚虏谁将神草结"用反问语气,激励将士们用"神草"结绳捆缚胡虏。全诗描绘生动形象,情感真挚沛,展现了一位运筹帷幄、指挥若定的将帅形象,字里行间读者也可以感受到众将士摩拳擦掌、斗志昂扬的备战场景,洋溢着振奋

---

① 王慎中七绝组诗《寄翁司马夺情总制易州》第一首有"庙谟知用诗书帅"句,诗见上海人民出版社和迪志文化出版有限公司合作出版之《文渊阁四库全书》集部六《遵岩集》卷七。
② (清)张廷玉:《明史》,卷一九八,北京:中华书局1974年版,第5252页。
③ (明)翁万达:《思德堂诗集》,清道光十三年(1833)翁氏约心轩家藏版重刊本,卷二第5页。
④ (明)翁万达:《思德堂诗集》,清道光十三年(1833)翁氏约心轩家藏版重刊本,卷二第5页。

乐观的战斗豪情。另外,他的七律《朔州道中》诗云:"柳枝侵夏意仍怯,山麓出泉寒不流。我已十年穿虎窟,地今四月尚狐裘。思乡路远频挥泪,报主身轻岂所忧。不惜千金求死士,雕戈直向古丰州。"①诗歌从边塞朔州的天气和景色写起,表现了边塞之地气候的艰苦与恶劣。三四句描述了诗人十年间在朝廷的步履维艰及现今所肩负的重任,五六句则转而勉励自己不要过多考虑自身安危,而应以报效朝廷为职责,最后两句进一步展现了赤心报国的豪迈胸襟,即不惜千金招募敢死之士,誓将侵略者赶出古丰州之外。这些铿锵有力的诗句,表现了诗人以天下苍生为重、忧国忧民的伟大胸怀,读之令人肃然起敬。

长期征战边疆的翁万达,也常常借诗歌表达对亲人、朋友及家乡的思念之情。如七律《有怀薛中离》写他在塞外登高望月之时,不由怀念起家乡的老友,并回忆起二人一起谈经论道的美好生活。薛中离,即薛侃,广东潮州人,曾师事王阳明于江西赣州。后传阳明心学于岭南,是为岭表大宗。翁万达曾与他一起在宗山书院讲学。诗人叙述自己离开家乡远赴西北边疆,军务繁忙中无暇再顾及学问。诗中充满对友人能继续寄情山水在家乡讲学的羡慕与向往。还有一首《浔阳》:"浔阳邑水接潺湲,六月旌旗烟雨间。偶听乡音疑梦幻,偏惊物色异江关。"偶然听到乡音还以为是回到家乡,可身边的景色却提醒自己仍在他乡。诗歌短小精悍,在一"疑"一"惊"之间,就表达出诗人浓重的思乡之情。另外,他临终前不久在前往福建武夷山途中曾作七律《宁化道中》。诗人当时病痛缠身,心情极度抑郁,遂借东汉马援功成被谤、西汉冯唐身老无所作为的典故来自比,并发出"铁山回首惟流泪,龙塞关心知复谁"的慨叹,表达对边疆战事的忧心,希望当世能有更多像廉颇、李牧一样的抗敌英雄来为国分忧,感叹自己虽雄心万丈却无用武之地。诗中隐隐透出一丝委屈与激愤,但其至死不渝、心忧家国的情操却感人至深。梁善长《广东诗粹》评曰:"忠孝之思,蔼然如见。"②

"翁万达的边塞诗,继承了初盛唐边塞诗的爱国主义和英雄主义的优秀传统,但他没有走初盛唐国力强盛时期边塞诗纵横捭阖的浪漫主义诗派之路,却更多地闪耀着积极现实主义的光彩,让人感到更为有血有肉。"③翁万达这种诗风的形成,与明代"唐宋派"文学主张的影响不无关系。明代嘉靖、隆庆年间,以王慎中、唐顺之、茅坤、归有光等人为代表的"唐宋派",反对前后七子所坚持的"文必秦汉,诗必盛唐"的拟古主义,提倡文道合一,提出"本色论""神理说",主张直抒胸臆,意在改变一味模拟、抄袭的流弊,在当时文坛产生了一定的影响。翁万达与王慎中、唐顺之等人是多年好

---

① (明)翁万达:《思德堂诗集》,清道光十三年(1833)翁氏约心轩家藏版重刊本,卷二第21页。
② (清)梁善长:《广东诗粹》卷四,《四库全书存目丛书》集部第41册,济南:齐鲁书社1997年版,第18页。
③ 陈作宏:《浅论翁万达的边塞诗》,《韩山师范学院学报》2015年第1期。

友,常有书信往来,诗文酬唱,多少受到唐宋派文学主张的影响。其诗歌能突破地域限制,体现出很高的艺术价值。特别是其诗中体现出的强烈的忧患意识和家国责任感表现了岭南文人勇于担当的精神品格。

第四节 "南园后五子"的结社与诗歌创作

"南园后五子"是指欧大任、梁有誉、黎民表、李时行、吴旦五位明中叶的广东诗人。他们续"南园前五子"而起,在南园结社吟唱,在广东诗坛影响较大;同时在任职京师期间,他们也与当时诗坛名流交往频繁,如欧大任、梁有誉、黎民表在京期间均与当时诗坛名流李攀龙、王世贞、文徵明、徐中行等人同盟结社,日与唱和,名声益起;梁有誉甚至名列明"后七子";李时行弃官后也与吴中诸名士结为方外之交。他们在诗歌创作中自觉继承岭南诗歌的优良传统,有力地推动了明代中后期岭南诗歌的健康发展。

一、才笔纵横欧大任

欧大任(1516—1595),字祯伯,号仑山,广东顺德县陈村人。欧大任出生于世代书香之家,自小聪颖好学,博涉经史,工古文辞诗赋。欧大任和梁有誉、黎民表等人曾在著名学者黄佐门下读书。14岁时,督学曾集中十郡的优等生会考,他三试皆列第一,名噪诸生。但科举不顺,八次乡试均落榜,直至嘉靖四十二年(1563),四十七岁的欧大任才一鸣惊人,以岁贡生资格入京广应试,名列第一。明神宗万历三年(1575),欧大任升国子监助教。在京待官期间与李攀龙、王世贞、文徵明等著名诗人同盟结社,日与唱和,名声益起。后任南京工部屯田司主事、南京工部虞衡郎中,别称欧虞部。万历十三年(1585),以老乞归,享年八十岁。其诗文作品颇多,后人汇刻为《欧虞部诗文全集》。

"南园后五子"的结社约在嘉靖三十二年(1553)至三十五年(1556)间。当时,欧大任游南园故地抗风轩,见南园故址内桃花依旧,却社废园荒,"南园五先生"的诗歌风流早已不复。欧大任追慕先贤遗风,心有所感,遂写下了《五怀诗》,深切缅怀"南园前五先生"。他深感岭南诗坛自"前五子"后比较沉寂,便与平日志趣相投者梁有誉、黎民表、吴旦、李时行等人共同修复南园,结社联吟于抗风轩,重振岭南诗坛。世称"南园后五先生"。

欧大任才笔纵横,诗歌数量极丰,至今留下了近五千首诗歌,是明代广东诗歌数量比较多的一位诗人。陈田《明诗纪事》指出:"桢伯诗才笔纵横,并长诸体。七言古弇州(王世贞)独擅胜场,自于鳞(李攀龙)以下,已不能工。桢伯早岁结社南园,有乡先生孙西庵(孙蕡)、黄雪蓬(黄哲)之遗风,此体尤为到格,余子不及也。"①其诗歌题材全面广博,"睇景抒怀,即事导兴,或于官庭卢卫而登纪录,或于仙台梵宇而述宴游,或以访古而寄慨,或以停御而眷心,或点缀于酬知,或湛思于掩阁,清裁骏发,庪映篇流,所为瑰其志而肆其端者,盖得江山之胜非尠矣。"②

在欧大任诗歌中,较有特色的是抒怀言志诗、怀古咏史诗及反映社会现实的诗歌三类。抒怀言志诗占欧大任诗作的一半以上,也体现了较高的艺术性。欧大任从小胸怀报国大志,在诗中也直陈心曲。如《今昔篇送陈梦庚》诗,从创作初衷看,是一首赠别诗,从题材表现上看,该诗又不落赠别诗的窠臼,兼以抒怀言志,既表达了与友人陈梦庚惺惺相惜、依依不舍的离愁别绪,也表达了诗人虽有远大胸怀却壮志未酬的抑郁之情,气势豪迈,情感真挚。还有些抒怀言志诗借羁旅纪游来抒发思乡情怀,令人回味。如《过官渡河入光山》诗:"候晓津亭驿骑多,中原道路此经过。镇淮楼影临官渡,浮弋山光带寨河。白氎尚存京洛俗,青翰空忆越人歌。北风吹雪千馀里,零落貂裘奈尔何。"③诗歌前四句描绘旅途所见之风光,络绎不绝的驿骑,官渡河边宏伟的镇海楼,这些异域风光给诗人带来新奇的感觉。颈联直抒胸臆,表现了诗人浓重的思乡之情。最后两句描绘了北方冬季的恶劣环境与旅途的艰辛,对温暖南国的思念之情不言而喻。另外,欧大任还有一首《除夕寓九江官舍》,也作于羁旅途中,也写得真切动人。最后两句诗"家人计程远,应已梦长安"④学习了杜甫《月夜》中从对面写来的技法。沈德潜指出:"一结忆及家人,又于家人意中念已之梦长安,曲折往复,善学少陵。"⑤给予很高的评价。

欧大任的怀古咏史诗也写得极为深厚沉郁。如《镇海楼同惟敬作》抒发了历史沧桑的无限感慨。"朔南尽是尧封地,愁听樵苏说霸功",诗人因听到打柴砍草的百姓谈到割据霸功而发愁,表达了他心怀天下苍生、渴望祖国一统山河的愿望,情感极为沉痛。檀萃《楚庭稗珠录》称许道:"气韵沉雄,固当以此章擅场。"⑥另其《金陵览古》写诗人游览金陵古迹,想起了南朝君主耽于歌舞享乐,不务军政,以致亡国的历

---

① (清)陈田:《明诗纪事》己签卷四《欧大任》,上海:上海古籍出版社1993年版,第1935页。
② (明)欧大任:《欧虞部集》,《北京图书馆古籍珍本丛刊·子部》第81册,北京:书目文献出版社1988年版,第480页。
③ 郑力民点校:《南园后五先生诗》,广州:中山大学出版社1990年版,第270页。
④ 中山大学中国古文献研究所编:《全粤诗》第9册,广州:岭南美术出版社2010年版,第167页。
⑤ (清)沈德潜:《明诗别裁集》卷九,北京:中华书局1975年版,第100页。
⑥ (清)檀萃撰,杨伟群校点:《楚庭稗珠录》卷二,广州:广东人民出版社1982年版,第47页。

史,不禁抚今追昔,感慨万千。特别是最后两句"惟有南朝旧歌舞,至今犹在绮罗边"①,借古讽今,表现了诗人对昏庸的政治现实的失望与痛心。

欧大任虽然大半生仕途困顿,无法施展抱负,但他始终以民生家国为念,创作了很多反映社会现实的诗篇,表现了忧国忧民的伟大胸怀。如《三河水》:"三河水,万军泪,泪滴三河水不流,胡笳吹落蓟门秋。河水流不住,胡笳过何处? 谁使十年来,移营两屯戍? 君不见胡骑已驰墙子关,汉军尚哨熊儿峪!"②此诗是针对嘉靖四十二年(1563)冬鞑靼军进犯京畿的时事而作。诗人谴责朝廷兵备废弛,给鞑靼以可乘之机,造成严重后果。最后两句用呼告与对比,表现了汉军与胡骑之间的巨大差异,足见其痛心疾首的忧愤之情。此类诗意在讽喻,但表达上则委婉含蓄、微言大义,实得风人之旨。还有些反映现实的诗歌则直陈时弊,真情大胆流露。如《群盗二首》《东南叹》《闻岭外苦旱,岛夷再围潮州和惟敬》《闻岭南海警急,寄陈德基袁茂文》等篇,大胆揭露时弊,对"疲兵当贼境,久旱罢农耕"③,"东南夷寇经年月,吴越丁男厌骸骨"④的现实境况深表忧虑和悲愤,感叹百姓的苦难何时才能结束:"呜呼此恨终何已,夜向星前把剑看!"⑤他直指当朝权臣的腐败与无能,发出"谁为纾长策,毋令藿食忧"⑥的痛心呐喊,诗中呈现出的忧心国事、悲悯苍生的形象令人感佩。

总体来说,欧大任的诗歌继承了南园诗人雄直、清丽的传统诗风,呈现出温厚雅驯、清俊流丽、直抒胸臆的特色。但他难免受到当时诗坛盛行的复古、拟古之风的影响,也有不少作品"词气温厚"⑦却空洞无物。如一些为皇帝歌功颂德、粉饰太平盛世的应酬之作,用词雅正却缺乏真情实感。他那些直抒胸臆、不依傍古人的诗歌内容充实,情感充沛,不落俗套,令人耳目一新,是明代广东优秀诗作的代表。

二、不逐时好梁有誉

梁有誉(1519—1554),字公实,号兰汀,广东顺德人。出身书香门第。诸生时与欧大任、黎民表、吴旦同师事黄佐。嘉靖二十九年(1550),登进士第,授刑部主事,故世称"梁比部"。学者称其为兰汀先生。博览群书,著作甚丰。在京待官期间与李攀

---

① (明)欧大任:《欧虞部集》,《北京图书馆古籍珍本丛刊·子部》第81册,第133—134页。
② (明)欧大任:《欧虞部集》,《北京图书馆古籍珍本丛刊·子部》第81册,第152页。
③ (明)欧大任:《欧虞部集》,《北京图书馆古籍珍本丛刊·子部》第81册,第162页。
④ (明)欧大任:《欧虞部集》,《北京图书馆古籍珍本丛刊·子部》第81册,第81页。
⑤ (明)欧大任:《欧虞部集》,《北京图书馆古籍珍本丛刊·子部》第81册,第81页。
⑥ (明)欧大任:《欧虞部集》,《北京图书馆古籍珍本丛刊·子部》第81册,第99页。
⑦ (清)钱谦益:《列朝诗集小传》丁集卷六,《四库禁毁书丛刊》集部第96册,北京:北京出版社2005年版,第301页。

龙、徐中行、王世贞等人结社为诗，合称"七才子"，即"明后七子"。辞官归乡后得寒病而卒，年仅36岁。有《兰汀存稿》（又名《比部集》）八卷存世。

作为"后七子"之一，梁有誉的诗学主张当然与"后七子"有比较接近之处，但他在京城与李攀龙、王世贞等人相处的时间其实很短，"虽入王（世贞）、李（攀龙）之林，然习染未深。"①其诗歌创作及诗学理想更多的还是受到黄佐的诗教及黄门诗歌创作活动的影响，体现出对岭南诗歌现实主义传统的继承。

梁有誉的诗歌创作，受黄佐的影响很大。黄佐曾经表示，"作为诗文，不逐时好，力挽国初雄浑之气，直欲颉颃宋刘，而与汉唐名家相长雄"②。认为后世学诗应该学习汉唐名家，特别是学其诗歌的雄浑之气，而不是投逐时好，丧失生气。梁有誉也曾多次明确表示："丈夫生当龙蠖，岂能局促效辕下驹？"③他还在《五子诗》中说："古来贤达士，道在从龙蠖。"④可见他所提倡的复古，是要兼学习古人的高尚气节，能屈能伸，亦即能知变通，而不是死板的一味模拟。梁有誉还指出："自兹以降，作者不乏，莫不渊岳其情，麟凤其采，论胸怀则旷而且真，语制述则典而有矩。"⑤认为最好的诗歌应该是旷而且真，典而有矩。即既重视情感的真诚旷达，也讲究诗歌的典雅与法度。这也是对岭南诗歌重视诗歌内容与情感真挚的创作态度的继承与发展。

情感细腻真实，是梁有誉诗歌的最明显的特点。他的写景咏怀诗，常常能融情入景，达到情景合一的境界。如《咏怀》其一："心星转坤维，芳荣遽销谢。玄蝉号树间，蟋蟀吟幽榭。商飙荡陵苕，物性随时化。瞻彼孤飞鸿，游戏清澜下。霜霰既以违，喹藻何雍暇。微禽尚有适，而我独悲咤。志士惜流光，哀歌达长夜。愧无鲁阳德，何以回羲驾？"⑥诗歌开头从身边的星辰、花草、玄蝉、蟋蟀等客观物象写起，表现时光流逝与生命的短促，同时也指出天地宇宙的一切都不以人的意志为转移。但动物尚且有快乐的时光，而我却徒有独自悲伤，暗含生命短暂却一生庸碌无所成的忧伤。在物与我的对比中，诗人的生命焦虑与人生失意之悲和盘托出。此诗用笔清淡却意味无穷，令人回味。

胡应麟说："公实于诸子最早成，律尤温厚缜密，但气格微弱。"⑦陈田亦说："若

---

① （清）朱彝尊：《静志居诗话》卷13，北京：人民文学出版社1990年版，第388页。
② （明）黄佐：《泰泉集》卷四十二《秋斋文集序》，《广州大典》第424册，广州：广州出版社2015年版，第520页。
③ （明）欧大任：《欧虞部集》，《北京图书馆古籍珍本丛刊·子部》第81册，北京：书目文献出版社1988年版，第742页。
④ 郑力民点校：《南园后五先生诗》，广州：中山大学出版社1990年版，第359页。
⑤ （明）梁有誉：《兰汀存稿》卷八《雅约序》，《广州大典》第426册，广州：广州出版社2015年版，第765页。
⑥ 郑力民点校：《南园后五先生诗》，广州：中山大学出版社1990年版，第363页。
⑦ （明）胡应麟：《诗薮》续编卷二，上海：上海古籍出版社1979年版，第355页。

夫词采既炳,而树骨未遒,斯乃天限之也。"①均认为梁有誉在诗歌创作方面成名较早,但由于过早去世,少了些许人生阅历的磨砺,故其诗格稍显卑弱。但梁有誉诗中却不乏气势雄浑之佳作。如其怀古咏史诗《崖门吊古》:"谁悟当年谶已真,汴杭回首总成尘。愤无勾践三千士,死恨田横五百人。海上乾坤春梦短,崖前风雨客愁新。贞魂若作啼鹃去,葛岭山头哭万巡。"②梁有誉登临宋元海战的古战场崖门,有感于南宋覆亡的史事,对历史进行了深沉的反思。诗人愤慨南宋皇帝沉迷酒色、不思进取,也痛惜朝廷中没有像勾践的三千死士和田横的五百壮士那样的军队来保家卫国,最终导致国家的灭亡。全诗直抒胸臆,风格雄直悲慨,不失为咏史诗之佳作。

反映现实的诗歌在梁有誉集中也为数不少。如《夜宿清远江口》:"短棹依依系晚风,壮怀离思浩无穷。荒村夜急菰蒲雨,远戍秋悲鼓角风。白雁影斜江树暗,青猿声断岭云空。更堪处征输急,深箐休论战伐功。"③明嘉靖二十九年(1550),鞑靼军南侵京畿,史称"庚戌之变"。其时诗人夜宿清远,羁旅中愁绪顿生。"荒村""秋悲""白雁影斜""青猿声断"等意象充满凄苦,表现了诗人为国家遭受外敌侵扰而忧虑,更为战乱及统治者的征敛给老百姓带来的生活困苦而鸣不平,感情极为深沉悲慨,显见其忧国忧民之情怀。另其《汉宫词》云:"云匝蓬莱迎玉辇,星连阁道闪朱旗。仙娥引烛祈年夜,内史催词礼斗时。赤雁新传三殿曲,青鸾多集万年枝。蕊宫别有欢娱处,春色人间总未知。"④此诗是一首时事讽喻诗。嘉靖帝迷信丹药方术,花费大量财力物力让道士们炼制丹药,还大兴宫殿庙宇,几十年不上朝。甚至为满足自己修道和淫乐,数次遴选民女入宫,每次数百名,对民间造成极大的骚扰。梁有誉此诗表现出大胆的批判意识,颇具岭南诗歌的雄直豪放之气。

总的来说,梁有誉在拟古诗盛行的明代中叶,虽名列"后七子",却并没有完全被拟古陋习所熏染,很好地继承了岭南诗歌的现实主义传统,关注家国民生,同时作诗强调内容充实与情感真挚,给当时诗坛带来一股清新之气。尽管他英才早逝,但对当时的岭南诗坛也产生了积极的影响。

三、风骨典重黎民表

黎民表(1515—1581),字惟敬,自号瑶石山人,广东从化县人。其人学识广博,能文善诗,著有《瑶石山人诗稿》十六卷及《梅花社稿》《北游稿》等,并曾参与修撰

---

① (清)陈田:《明诗纪事》己签卷二,上海:上海古籍出版社1993年版,第1902页。
② 郑力民点校:《南园后五先生诗》,广州:中山大学出版社1990年版,第412页。
③ 郑力民点校:《南园后五先生诗》,广州:中山大学出版社1990年版,第410页。
④ 郑力民点校:《南园后五先生诗》,广州:中山大学出版社1990年版,第409页。

《广东通志》《从化县志》及《罗浮山志》。

《瑶石山人诗稿》现存诗一千六百余首,诸体皆备。其古体诗多模拟六朝诗风,王世贞谓其"自建安而下逮梁陈,靡所不出入,和平丽尔。"①如《出郭十里望白云山》描写白云山的秀丽景色,用语典雅,笔力沉着,极似六朝名家之作。再如一些应制诗,歌颂太平盛世,多表现喜庆宴饮、君臣游乐,喜铺张景物,多称上意。此类诗用词富丽,结句严谨,体现了庄重典雅的诗风,但模拟痕迹过重,个性不够明显。

黎民表有些反映现实的诗则语言朴素,真切感人。如七言古诗《运丁行》直陈服役民工一路艰辛,饱经风雨,食不果腹、衣不蔽体的苦况。"大车小车输上仓,官家却用大斛量。拣成颗粒明如玉,复以风轮扬去糠。仓中鼠雀尽张喙,片言不合辄答捶。"②极写官家盘剥百姓的不合理现象。特别是诗中对民工"入口沙泥尚不充,掩骭单衣岂成睡"的寝食难安的生活现状的描写,表现了作者对百姓的深切同情与怜悯。又如《癸亥十月书事》是作者有感于鞑靼军进犯北京的时事而作,语言质朴,表现了诗人关注民生、乐观昂扬的精神。另如怀古咏史诗《歌风台》,作者途经歌风台,遥想当年刘邦高歌"大风起兮云飞扬,威加海内兮归故乡,安得猛士兮守四方"之豪情,感慨如今朝廷却废弛边守,使百姓遭受鞑靼入侵之苦,感情沉痛深切。《四库全书总目》评价说:"朱彝尊《静志居诗话》谓民表诗读之似质闷,而实沉着坚韧。……虽错采镂金,而风骨典重,无绮靡涂饰之习。"③

黎民表还有些诗风格清劲深远,很有特色。如《留都》:"伊昔风云际,谁依日月光?鹿穷归历数,龙变化侯王。俎豆丹青里,江山剑戟傍。铅刀思一骋,流恨向宫墙。"④此诗思想深邃,表现了世事的风云变幻,没有长期的生活磨炼和经验积累,断不可能写出。另外其咏物诗也写得别有生趣。如《食荔枝贻李季常兼柬欧经季欧子耕》向北方朋友介绍岭南佳果荔枝的生长环境、习性、气味、颜色、功效等等,宛如一篇说明文。最后还叮嘱朋友要"细咽无匆匆"⑤,幽默风趣,饶有生活情趣。

黎民表是继梁有誉之后从岭南走向明代中心诗群的第二位黄门诗人。其诗歌主要是体现出沉着典雅的风格,也具有情感真挚、清劲深远的特点。胡应麟在《诗薮》中指出:"黎惟敬五七言律,深靓庄严,类梁公实而老健过之"⑥。陈田《明诗纪事》亦称:"岭南当时诗家梁、欧、黎三人工力悉敌,公实质地较优,而中道夭折;桢伯、瑶石

---

① (明)王世贞:《弇州四部稿》卷六十六《瑶石山人诗稿序》,《景印文渊阁四库全书》第1280册,台北:台湾商务印书馆1986年版,第151页。
② 郑力民点校:《南园后五先生诗》,广州:中山大学出版社1990年版,第487页。
③ (清)永瑢等编:《四库全书总目》卷172,北京:中华书局1965年版,第1506页。
④ 郑力民点校:《南园后五先生诗》,广州:中山大学出版社1990年版,第498页。
⑤ 郑力民点校:《南园后五先生诗》,广州:中山大学出版社1990年版,第472页。
⑥ (明)胡应麟:《诗薮》续编卷二,上海:上海古籍出版社1979年版,第361页。

享中寿,故成就有不同耳。"①对其评价较为中允。

四、栖霞未忘国忧的李时行

李时行(1514—1569),字少偕,广东番禺人。少时读书于罗浮山青霞谷,自号青霞子。李时行自少发奋,为郡学生员时即得督学田汝成赏识,嘉靖十九年(1540)登进士第,授浙江嘉兴知县。为官刚直,不畏权贵,叙绩迁南京兵部车驾司主事,故世又称之为李驾部。后为同僚所忌,受流言蜚语中伤,无法自明,愤然弃官,与吴中诸名士交往,遍游吴、越、燕、齐、梁之故墟,度蓟门,过塞北。晚年南归广州,在西郊筑浮丘草堂杜门读书。时增城湛若水、香山黄佐倡学东南,李时行先后从游讲学,又与欧大任、梁有誉、黎民表、吴旦等人重结南园诗社,对振兴岭南诗风做出贡献。卒年五十六。著有《驾部集》《青霞漫稿》等,存诗三百多首。

李时行一生遍游名山大川,其诗或高旷冲淡,或慷慨激昂,有一种纵情于山水之间的清逸感。如《夜坐》写诗人夜半独坐时的纷繁心绪,诗中用云、月、河汉、林丘、山川来映衬心情,感觉天地间万物均可信手拈来,读之令人心胸开阔。又如《酬陈鸣野见寄》一诗写友人千里寄书,但碍于岭南、岭外两地天涯隔阻,自己的书信难以传达。颈联两句"草径秋深吟蟋蟀,石池霜冷落芙蕖",因情而生景,又由景而入情,抒写了友情被山川阻隔的淡淡感伤。实可谓山川万物皆含情。尾联两句又宕开一层,"关河迢递风尘隔,两地同看月色虚"②,虽两地相隔,但情意契合之人可以借同看月色来表达问候与思念。全诗写得夷旷冲淡,情真意切。另其《听张使君美人弹琴》一诗表现听琴时的情境和韵味,别出心裁。诗歌"以夜月照水表现琴意的'静'境,以秋风吹林表现琴意的'动'境,格韵俱高,倘非长期寄情山水,是很难用自然景色把琴音意境衬托得如此贴切传神的。"③

虽晚年"栖踪霞外",但李时行却并未忘情内忧外患的社会现实,他继承了岭南诗歌的现实主义传统,常在诗中表达对家国现实的关注。如《登吴兴城楼》诗有云:"怀古意方惬,感时心独摧。烽火西北警,输饷东南催。悲笳生隐忧,徒自罄深杯。乡关望不极,离思杳难裁。"④诗人对景赋诗,抒发胸中抑郁不平之气,也深怀忧国怀乡之情。再如《感咏》其十七用冷峻的笔墨描绘了社会现实,指斥连年战争给百姓带来的极大伤害。全诗充满了对社会黑暗的控诉及对百姓的怜悯。另其《登宣武城

---

① (清)陈田:《明诗纪事》己签卷五,上海:上海古籍出版社1993年版,第1949页。
② 中山大学中国古文献研究所编:《全粤诗》第10册,广州:岭南美术出版社2010年版,第373页。
③ 陈永正《岭南文学史》,广州:广东高等教育出版社1993年版,第187页。
④ 中山大学中国古文献研究所编:《全粤诗》第10册,广州:岭南美术出版社2010年版,第351页。

楼》云:"呜呜画角语城头,四野风烟动客愁。露下星河双阙曙,月中砧杵万家秋。上书自愧冯唐老,去国空怀贾谊忧。赖有北门诸将在,早将戈甲护神州。"①战事频仍,百姓生活在水深火热之中,诗人忧心忡忡却又无能为力,只能寄望于边关的将士,祈求天下太平。全诗感慨深沉,格调高远。清人檀萃评价李时行"七律格高调逸"②,此诗实足称之。此外,李时行往往还通过拟作一些闺怨之词,隐晦地表达自己对家国时事的关切。如其《情诗》表面是写女子思念丈夫的闺怨之辞。丈夫远游未归,女子只能与流萤之光、蟋蟀之鸣相伴。诗歌最后四句"宁作清流源,不作浊水泥。冰霜谅自保,兹怀君讵知"③表现了女子的绵长深情与冰霜之志。清代梁善长《广东诗粹》指出:"情谓忠君爱国之情,作者多写妇人思夫之辞,乃托言也。"④可谓知言。

五、清新俊逸吴旦诗

吴旦,字而待,号兰皋,生卒年难确考,南海沙头人。少颖悟,十岁能属文。嘉靖十六年(1537)中举,后授官归州(今湖北秭归县)知州,以治行第一擢山西按察司佥事。为诸生时,师事黄佐。著有《兰皋集》,已失传,今仅存诗十八首。由于存世诗作较少,故无法完全窥见其诗歌全貌。对于吴旦诗歌的评价,尚存在一些争议。朱彝尊称其"诗格清新俊逸"⑤,陈田称"而待诗才藻俊丽"⑥,檀萃则说:"五先生中,欧、黎、梁、吴俱从黄泰泉游,而吴兰皋诗最少。选中合古今体仅十七首,又无杰出之作,……与朱竹垞所称'清新俊逸',去之远矣。疑兰皋之稿已失传,而后人代为捉刀耳。"⑦

吴旦现存的诗歌当中,最受诗学评论者好评的是《秋夕城闉纳凉》:"同游冠盖晚相招,泽国山川正泬寥。官阁迥临秦代垒,女墙斜带越江潮。流萤草短风先入,绕鹊枝长露易飘。多少高楼人不寐,碧天凉月夜吹箫。"⑧诗歌记叙了与友人一起到城闉纳凉,"泽国山川正泬寥"一句极度凝练,写尽南国秋色,颈联两句细腻地描摹深秋晚景,结句将视野拓展开去,营造出深远的意境。

吴旦还创作了一些较好的七言古诗,意境也较为开阔。如《无人》咏叹汉代大将李

---

① 中山大学中国古文献研究所编:《全粤诗》第10册,广州:岭南美术出版社2010年版,第379页。
② (清)檀萃撰,杨伟群校点:《楚庭稗珠录》卷四,广州:广东人民出版社1982年版,第114页。
③ 中山大学中国古文献研究所编:《全粤诗》第10册,广州:岭南美术出版社2010年版,第353页。
④ (清)梁善长:《广东诗粹》卷五,见《四库全存书目丛书》集部411册,济南:齐鲁书社1997年版,173页。
⑤ 郑力民点校:《南园后五先生诗》,广州:中山大学出版社1990年版,第175页。
⑥ (清)陈田:《明诗纪事》己签卷六,上海:上海古籍出版社1993年版,第1970页。
⑦ (清)檀萃撰,杨伟群校点:《楚庭稗珠录》卷四,广州:广东人民出版社1982年版,第114页。
⑧ 中山大学中国古文献研究所编:《全粤诗》第10册,广州:岭南美术出版社2010年版,第234页。

陵血战匈奴,最终因没有援军,寡不敌众,兵败被俘之事,似有无限不尽之意隐藏其中。另其题画诗《文衡山山水画》诗云:"路入云林一径斜,红尘飞断即烟霞。江南小隐无多地,杨柳阴中只数家。"①诗歌内容与画境相得益彰、浑然天成,呈现出清新俊逸的特点。此外,吴旦的诗有明显的模拟唐诗之痕迹,空有其形却无其神韵。如《九成台》诗云:"风泉尚带弦琴曲,谷鸟犹呈羽凤仪。"檀萃认为此句乃"仿义山而得其下下者"②。

"南园后五先生"的诗歌,风格和成就各不相同。他们结社南园,在频繁的酬唱往来与切磋交流中,诗歌也表现出一些共同的特色。他们以"南园前五先生"的继承者自居,继承了岭南现实主义诗风,都创作了一些关注现实、关心国计民生的作品,体现了岭南文人的家国情怀。因受到明代诗坛复古风气的影响,他们的诗作或多或少都带有一些模拟的痕迹,没能完全跳出汉魏盛唐之窠臼。同时他们的诗歌又有感情真挚、清新自如之特色,呈现出独特的岭南风味,对后世的岭南诗坛产生直接的影响。

第五节　区大相

区大相(1549—1616),字用孺,号海目,广东佛山市高明区阮埇村人。少负异质,明敏好学,为文有奇气,援笔数千言。万历十七年(1589)进士。官翰林检讨,同修国史,经筵展书,历官赞善、中允,掌制诰,居词垣十五年。后调任南太仆丞,后称病回乡。居乡八年而卒。有《区太史诗集》传世。存诗1500余首。在复古主义笼罩的时代,区大相"力祛浮靡,还之风雅"③,创作了大量关切社会现实、情感深挚的作品,完全摆脱了前后七子的影响,对后代诗坛产生了深远的影响。

一、忧时伤世,关心民瘼

"区大相在诗歌创作上的主要贡献,是把岭南诗歌的现实主义传统推向一个新的高度。"④在区大相出仕之时,明王朝正在走向衰落。区大相深受儒家积极入世思想的熏陶,怀抱"修身齐家治国平天下"的崇高理想,忧时伤世,关心民瘼。尤其是他在万历二十三年(1595)和万历二十九年(1601)两次奉命分册藩邸,途经山东、山西、

---

① 中山大学中国古文献研究所编:《全粤诗》第10册,广州:岭南美术出版社2010年版,第235页。
② (清)檀萃撰,杨伟群校点:《楚庭稗珠录》卷四,广州:广东人民出版社1982年版,第114页。
③ (清)屈大均:《广东新语》卷十二,欧初、王贵忱主编:《屈大均全集》,第4册,北京:人民文学出版社1996年版,第322页。
④ 陈永正:《岭南文学史》,广州:广东高等教育出版社1993年版,第189页。

河南、江苏、浙江、湖南各省,目睹百姓的深重苦难,写下大量反映民生疾苦的诗作,表现出深广的忧患意识,风格与杜甫的离乱诗极为相似。如其《将至淮阴泊清河县》描绘了淮阴水灾后的惨象:"粳稻岁不登,妻孥何由饱。不如水上凫,犹得喰萍藻。"诗歌还记录了老人下跪请求官员以仁爱为本的情形:"老父跪致辞,使君勿复道。丘民何足贵,仁亲乃为宝。"①表现了诗人对百姓的同情与对当权者施恩于民的劝谏。另如《黄河》《渡河》《壬寅元日使归家园作》《舟行杂咏》等,表达出诗人忧国忧民的情怀。

区大相关心国计民生,自觉以诗歌反映现实的精神,是对张九龄、杜甫等现实主义诗人精神的继承。万历三十三年(1605),区大相自京南归广州,他将此间的所见所闻所思所感写成《南行感怀》四十首,从宦官专权、繁重赋税、经济崩溃及忧及民生等多个方面进行记述与评论,既具有"诗史"的意义和价值,也表现了诗人敏锐的社会洞察力及忧心家国的感人深情。如其二十五云:"乱端不可匿,愁绪更难寻。边计无朝夕,河流变古今。群公徒仰瓦,谋士但沾襟。切恐呼庚癸,谁能救陆沉?"②边患频仍,赋役繁重,百姓一贫如洗,谋士亦无回天之力。眼光敏锐的诗人已预感到明王朝行将覆灭,在此诗中表达了对国家民族前途的无限忧虑与痛心。此诗用语平实,情感喷涌而出,表达极为诚挚。另《京师苦雨作》《田家吟》《过皇店》等作品也从不同角度抒发了诗人对百姓疾苦与切身利益的关切之情。这些关注国计民生的诗歌,"写得境界宏阔,气势豪迈,颇具阳刚之美,开了明末邝露、黎遂球诸家慷慨悲歌的先声"③。

此外,区大相还在诗歌中描写战争。如明万历二十六年(1598)秋,区大相以翰林院官员的身份参与了中朝联合抗倭的"朝鲜之役",史称"壬辰之役"。区大相创作了多首诗歌来记录这段历史,如《定朝鲜》《东征从军行》《兵车何煌煌》《石门行》等,还认真总结、分析了战争给国家、百姓所造成的伤害,具有很高的思想性和史料价值。

二、平淡自然,情感真挚

区大相诗歌摆脱了前后七子拟古诗风的束缚,内容丰富,感情充溢,语言真率自然,具有感人的力量。这在其与朋友的赠别诗中体现得尤为突出。如《赠别林宫赞咨伯》(其一)细腻地描绘了与"良友"分别时的内心活动,表达出依依不舍之情,语淡而情真,同时也表现了身担官职的责任感。朋友离别本是人世间最常见的,要将平凡

---

① (明)区大相、区大伦撰,刘正刚整理:《区太史诗文集 外二种》,济南:齐鲁书社2017年版,第93页。
② (明)区大相、区大伦撰,刘正刚整理:《区太史诗文集 外二种》,济南:齐鲁书社2017年版,第236页。
③ 陈永正:《岭南文学史》,广州:广东高等教育出版社1993年版,第191页。

的情感写出新意实属不易。区大相"从淡处着笔,不事渲染,诗味转觉隽永"①。如其《赠别黄平倩编修》(其五)中:"临风结长想,愿托西飞翼。"②诗人临别时突发奇想,愿托西风将我的不舍之情与思念都带到你的身旁。诗歌从小处着眼,别有情趣。

还有些对故园和亲人的思念之情也写得浓烈感人。如《人日怀故园》:"人日登楼望岁华,可怜久客独思家。南中尽道花如锦,北地才看锦作花。非关帝里春光少,但惜故园春事早。借问花开桃李蹊,何如雪满关山道?此日登高且放杯,谁家吹笛上春台。未报楼前折新柳,已闻江上落残梅。"③诗人于人日在异乡登楼遥望故乡,设想南方应是繁花似锦,北方却仍是冰天雪地。于是诗人又在想象中将故乡的桃李满园与北方的雪满关山进行对比,不知到底哪个更为美丽。最后两句以景结尾,在南北方的时令差异中抒发了浓烈的思乡之情。还有的诗歌借助常见的自然意象来传达对亲人的眷恋。如《望月有怀侍御弟》:"昨夜西楼月,同欢对凤池。今来千里望,复值再圆期。思切披帷屡,情多度汉迟。鸟栖知向府,鹊绕定何枝?"④诗人在落寞中思念起自己的弟弟,回忆起之前和弟弟相处的点滴,诗人无法入睡。最后句将鸟与鹊进行对比,实际上是借鹊来比拟自己在宦海中的漂泊不定。此诗赋予了月、鸟、鹊丰富的内涵,在思念亲人的感情中又融入了自己的人生感悟,加深了诗歌的情感力量。

三、感慨遥深,雄健慷慨

区大相一生有远大抱负,游历途中也多拜访先贤遗址,表达对先贤的追慕与仿效意愿,此类诗作也感慨遥深。如《谒张文献祠》:"一代孤忠在,千秋大雅存。诗才推正始,相业忆开元。曝日陈《金鉴》,蒙尘想剑门。更吟《羽扇赋》,摇夺不堪论。"⑤张文献即岭南先贤张九龄,唐开元时官至宰相。张九龄曾看出安禄山有反意,并劝谏唐玄宗诛杀安禄山,未被采纳。事后张九龄还创作《白羽扇赋》试探唐玄宗的心意,结果还是被驳回。后来安禄山谋反,唐玄宗才后悔没有听从张九龄的劝谏。可惜为时

---

① 陈永正:《岭南文学史》,广州:广东高等教育出版社1993年版,第192页。
② (明)区大相、区大伦撰,刘正刚整理:《区太史诗文集 外二种》,济南:齐鲁书社2017年版,第88页。
③ (明)区大相、区大伦撰,刘正刚整理:《区太史诗文集 外二种》,济南:齐鲁书社2017年版,第138页。
④ (明)区大相、区大伦撰,刘正刚整理:《区太史诗文集 外二种》,济南:齐鲁书社2017年版,第175页。
⑤ (明)区大相、区大伦撰,刘正刚整理:《区太史诗文集 外二种》,济南:齐鲁书社2017年版,第179页。

已晚！诗人对张九龄的这一遭遇深感怅恨。屈大均《广东新语》也盛赞此诗："即此一篇已工绝。"①区大相还创作过一首《襄阳仲宣楼》，为王粲的不得志而惋惜。尤其是王粲离乡远赴异地却不得赏识的孤独与凄苦引发了诗人情感上的强烈共鸣，情绪极为沉痛悲慨。

区大相诗歌继承了岭南诗歌的风格传统，还呈现出"雄健慷慨"的特征。他曾直言自己内心的游侠情结："生平重游侠，中岁颇艰虞。宝剑南来越，雕弓北射胡。风云开上国，雨雪壮长途。候吏何须问，关门昨弃襦。"(《虔州西津桥作》)当时诗人正值中年，但内心仍然向往那些豪爽侠义、勇于排难解纷的年轻侠客，希望自己有一天能仗剑走天涯，保家卫国。全诗刚健有力，豪情万丈。另外，他还在《题博望驿壁》中抒发国力强盛的自豪感，格调高昂，其《东征诗》也饱含了对出征将士的期望，情感表现得慷慨激昂。即使在怀古咏史诗中，区大相不仅追慕仿效先贤、感慨历史兴亡与政治得失，还表达出愿以忠义之士为榜样，大展宏图的心理。他曾登临曾发生过宋元海战的崖门，创作《崖门吊古五首》，深切缅怀曾经为宋尽忠的臣民，并对他们誓死保卫国家、坚贞不屈的精神致以崇高的敬意。这些怀古作品不过多渲染伤悲情绪，"词气恢宏，大处着墨，情调亦较一般怀古伤今的篇什显得积极"②，带给人一种前行的力量。

区大相的诗歌摆脱了明中后期的拟古风气，内容充实，格调高响，"深厚雄奇，亦杜亦韩"③。他继承了杜甫以诗存史的传统，借诗歌来反映现实，也创作了很多关心国计民生的诗歌，体现了岭南诗歌的现实主义传统和岭南诗人的家国情怀。

与明初诗坛相比，明中期的广东诗坛整体趋于繁盛，广东诗歌的地域特性也日渐突显。一方面，受广东诗歌重性情的传统及主流诗坛茶陵派崛起的影响，明中期的广东诗人更为注重诗歌中真性情的表现。如台阁大臣丘濬在诗歌创作中渗入真性情，其创作生动展现了明代诗歌由台阁体向茶陵派的过渡；陈献章及弟子湛若水创作的理学诗追求自得之趣及率真自然的情感流露，黄佐、"南园后五子"、区大相等人的诗歌也多直抒胸臆，感情颇为真挚，对后世的岭南诗坛产生直接的影响。另一方面，岭南诗歌中的现实主义传统得到强化。欧大任、翁方达、"南园后五子"、区大相等广东诗人们继承了杜甫以诗存史的传统，在诗歌中描写社会现实、关心国计民生，表达忠君爱国之思想，体现了岭南诗歌的现实主义传统和广东诗人积极入世的情怀及忧国忧民的伟大胸怀。他们的创作对后来的广东诗人产生了深远的影响，如陈邦彦、邝

---

① （清）屈大均著，李育中等注：《广东新语注》，广州：广东人民出版社1991年版，第311页。
② 陈永正：《岭南文学史》，广州：广东高等教育出版社1993年版，第192页。
③ 陈永正：《岭南诗歌研究》，广州：中山大学出版社2008年版，第9页。

露、屈大均等在诗歌中呈现社会现实,注重摹写民生疾苦,表现出浓烈的家国情怀与责任担当意识,显现出岭南诗派不凡的创作实力。最后,这一时期诗歌中对岭南风景名胜、气候物产及乡俗民情的集中展现充分表现了岭南的地域特色,流露出诗人们对乡邦风物的热爱,也体现了明代广东诗人的自信与对岭南文化的自我认同,这对广东文学的全面发展起到了直接的推动作用。

第三章 "岭南前三家"

明代后期,政治局势动荡不安,国家民族面临重重危难,特别是在明末国家民族危难之际,广东成为汉族政权的最后栖息地之一,很多忠烈的广东文人再次得以进入政坛,在南明多个政权间辗转奔走,有的甚至冲在抗清最前沿。其中,陈邦彦、黎遂球、邝露三位在明末广东诗坛较有影响的诗人,积极投身抗清,展现了忠贞的文人气节。他们的诗歌也真实地反映了明末的社会现实,歌颂明朝末年的抗清义士,揭露清军南下的种种暴行,描述明清之际改朝换代的动荡政局及战乱不断给普通百姓带来的生活的疾苦,总体体现了现实主义的诗歌风格,时称"岭南前三家"。"岭南前三家",是相对清初"岭南三大家"而言。陈永正《岭南诗歌研究》说:"最能体现岭南雄直诗风的当为明末及清初的'岭南前三大家'和'岭南三大家'。前三家指被誉为'粤中屈原''粤中李白''粤中杜甫'的邝露、黎遂球、陈邦彦。邝露诗汪洋恣肆、黎遂球诗苍劲悲凉、陈邦彦诗雄奇老健。"①岭南前三家的诗歌创作是岭南雄直诗风的典型代表。

第一节 "岭南三忠"之一陈邦彦

陈邦彦(1603—1647),字令斌,一字会份,号岩野,广东顺德龙山人。明末唐王隆武元年(1645)举人。次年,升兵部职方司主事,监粤西"狼兵"。隆武帝死难后,参与拥立永历帝,授兵科给事中。明桂王永历元年(1647),陈邦彦招募义军,联结张家玉、陈子壮牵制清军,欲图恢复,兵败退守清远,城陷被执,不屈遇害。与陈子壮、张家玉并称"岭南三忠"。陈邦彦是明末岭南著名诗人、散文家,与番禺的黎遂球、南海的邝露并称为"岭南前三家",有《雪声堂诗文集》《南上草》等遗世,后人编为《陈岩野先生全集》。陈邦彦的诗师法杜甫,笔力老健、感慨深沉,被誉为"粤中杜甫"。陈邦彦的诗歌真实记录了明末的社会及政局,具有强烈的诗史意味,同时充满浓郁的家国情怀,展现了一位爱国儒士的社会责任感与担当意识。

---

① 陈永正:《岭南诗歌研究》,广州:中山大学出版社2008年版,第36—37页。

一、家国之痛与现实之悲

陈邦彦自幼受到良好的儒家教育,自小慷慨有大志,忧国忧民。他早年设馆讲学,为当时南粤硕儒名师。明崇祯十七年(1644),清兵入关,北京陷落,明福王即位于南京。陈邦彦闻讯五内俱焚,悲痛难已。此时他撰写组诗《闻变》十二首,抒发山河破败之痛与忧国忧民、为国效力之豪情,诗歌意境雄阔,直抒胸臆,感人至深。如"野树春残巢幕燕,鲜原日暮泣幽磷"(《闻变》之二)、"南北安危忧不细,早腾恩诏到居延"(《闻变》之八)等诗句,表达了对时局的担忧;"江流不尽敷天耻,薪胆凭将献至尊",抒发了愿将一片忠心献给君主的炽热感情;"陇上赕纯今在否?早教黎献乐樵苏",抒写了希望人民安居乐业的美好愿望。另其"蹇余生不辰,西北风尘起""汤汤横流波,半壁东南峙""抚膺疏往事,血泪欲盈纸"(《南上述怀》)等诗句,国土沦丧之悲与时局破败之忧溢于言表。北上途中,他目睹国破的惨状,陷入深沉的思考中:"天家板荡今如此,谁向清宵有所思。"(《闻变》之十)"古刹尚能来远道,劫灰何事付飚轮?"(《中宿峡》)表现了一位儒家知识分子的理智与担当。同时,他精心撰写了《中兴政要书》数万言,针对现实局势提出了三十二条抗敌救国方略,踌躇满志地只身赴南京进呈弘光帝,惜未被采纳。

陈邦彦诗歌最有价值的部分是真实再现了明末动荡的社会政局,字里行间充满了对国家的忧虑与悲哀。他曾创作《疏草成》诗:"七尺昂藏愧此躯,褐衣徒步一迂儒。未能健翮随鸿鹄,谁与修弧射训狐。忧国独余填海恨,著书何异徙山愚。盈庭此日多长策,为问刍荛定有无。(其一)严寒风色昼萧萧,极目关河涕泪遥。陇首自啼秦吉了,军中宁乏霍嫖姚。雁臣聚朔卢龙暗,鲛室徂秋赤魃骄。纵使微忱动天听,空言何补圣明朝。(其二)"①面对岌岌可危的国势,诗人充满担忧。前一首诗表达自己虽是一个迂阔的儒生,仍然深心忧国,有愚公移山之志、精卫填海之诚。自己虽未能如鸿鹄般矫健高飞,走上政治舞台,但在位群公,又有谁能修整弓矢,对着外来的侵略者射击?("训狐"是指猫头鹰,古时常被视为不祥之恶鸟,在此比喻凶恶的侵略者。)我给皇上进献的《中兴政要书》,虽然是"刍荛之言",或者为群公的治国安邦之策中所未计及,就不妨听听吧!后一首诗的情感较为激愤。诗歌开头两句慨叹山河倾动,令人涕泪忧虑。然而目前朝中现实局势却令人伤感。"陇首自啼秦吉了,军中宁乏霍嫖姚。"朝堂上的官员不敢向皇帝进谏,就像秦吉了不能在凤凰之前代白冤苦,他们无用的自啼只是徒增聒噪。白居易《新乐府》有"秦吉了"一篇,标题云:"哀

---

① (清)温汝能:《粤东诗海》卷52,广州:中山大学出版社1999年版,第975页。

冤民也。"诗人用此典来说明当时内政昏聩,官员们不能为民请命。军中的将领大都庸懦无能,以致外患日逼,难道真是缺少像霍去病这样能干的将领吗?只是不被当权者信任罢了。当时如袁崇焕、熊廷弼、卢象升等都是非常能干的将领,可是明思宗不能信用,以致不断溃败。对此陈邦彦最为痛心疾首。颈联中"卢龙暗""赤魅骄"是指大江南北烽烟遍地,入侵的清军铁骑纵横,凶恶猖狂。如今的形势已经破败不堪,欲想力挽狂澜实属不易,我这些微弱的策略实际上亦未必能奏效,何况皇帝未必能愿意采纳呢?这两首诗真实描绘了现实时局,善用典故和比喻,直抒胸臆,表现了诗人既想为国出力、收复失土,又愧于自身能力有限和地位低微,在该不该献策和献策是否有用之间摇摆不定的矛盾心理。诗歌境界雄浑壮阔,情感的表达豪迈而厚重,将诗人对国家的一片赤诚和盘托出,令人动容。

陈邦彦有些反映明末社会现实的诗歌,写得悲痛满纸,颇有杜甫沉郁顿挫的风格。如《南上述怀》充分表现了一名爱国儒士的报国之志。虽然自己只是一介布衣,但为国抗敌雪耻,仍然义不容辞,即便受人讥笑,也毫不退缩。诗歌语言平实却饱含对国家的一片赤诚。陈邦彦上疏《中兴政要书》未被采纳,失望而归。后唐王在福州建立南明隆武朝,委任陈邦彦为兵部职方司。隆武失败后,陈邦彦被迫率部撤回广东。暂憩家园之际,他有感于当时动荡的局势,遂创作《丁亥仲春,余归自岭右,暂憩乡园,读杜工部秦中杂咏,怅然感怀,因次其韵》组诗二十首,以抒悲愤之情。其十五诗云:"物产川原尽,生涯寇盗间。无愁应岸柳,不改是春山。古戍饥乌集,江村乳燕还。未须愁远道,多恐泪痕斑。"①丧乱之后,满目疮痍,百姓在盗贼兵火之间垂死挣扎,唯有岸柳不识愁苦,春山不改苍翠。饥乌乳燕无食可觅,无家可归;当地的人民也泪渍斑斑,更毋庸说那些背井离乡的人,其苦痛处境也是可想而知。诗歌语言平实,对百姓的同情溢于言表。有些诗关心民间疾苦,写得沉郁苍凉,深刻地反映了社会现实,既表现了诗人忧国忧民的胸怀,又具有"诗史"的价值。陈永正先生评价说:"代表作如五律《丁亥仲春,余归自岭右,暂憩乡园,读杜工部秦中杂咏,怅然感怀,因次其韵》二十首,揭露清兵杀掠的暴行,抒发山河沦丧的悲慨,表达效忠明室抗清到底的决心,风格慷慨苍凉,为诗人极意之作。……诗中充满家国之痛,逼肖杜甫原作。"②

二、中兴之愿与报国豪情

陈邦彦诗歌中最能打动人心的是那种虽目睹国家千疮百孔之现实,却未失恢复

---

① (明)陈邦彦:《陈岩野集》,马以君主编:《顺德文献丛书》,佛山:顺德县志办公室印,1987年,第91—92页。
② 陈永正:《岭南文学史》,广州:中山大学出版社1999年版,第201—202页。

之志,仍不辞劳苦为国事驰驱奔走的豪情。如《拜疏》其三诗云:"天戈早遣平卢隗,泽畔羊裘恣所如。"①陈邦彦希望军队早日出征,收复失地,让百姓得以安居乐业。《厓门吊古》其四诗云:"赖是圣明回汉甸,只今邦计仗南琛。春陵佳气中兴日,借取当年义士心。"②他指出,如今正是朝政中兴之日,也是南方的豪杰英雄们报国效力的时候,大家应学习当年厓门海战时志士的赤胆忠心,勇敢地捍卫国家。另如"累臣万死有余诛,遗恨千秋留哽咽。义士依墙欲控谁?书生洒泪挥如血。……悲歌投赠写中丹,击楫扬舲向天阙"(《舟发韶州,赠宋大都督》),抒写了危难之际愿为国家出力的豪情壮志;"绿野身名魏阙心,元成衔谢为恩深"(《送黄符鼎奉表入京》其三),表达了虽身在江湖,却心系朝廷,希望有机会报效国家的忠心。他还多次在与友人的诗歌酬唱中表达自己的中兴之愿与建功之志。如其《次答黄秉昭》诗劝慰朋友不要灰心,应从长计议,深思熟虑,为重振国事而精心谋划。

明王朝倾覆之际,陈邦彦率义兵支撑危局,英勇抗清,甚至不惜牺牲家庭和生命。殉国前诗人还写清远题壁诗以抒发对国家的一片丹心。其诗有云:"千秋而下,鉴此孤贞。"(《清远题壁诗》其一)直抒自己的一片忠贞之志;"平生报国怀深,望断西方好音。已共苌弘化碧,还同屈子俱沉。"(《清远题壁诗》其二)诗人以苌弘、屈原自况,表现了忧国忧民的高尚情怀和甘为理想献身的精神;"负伤如未觉,无泪不须挥。……只应魂气在,长绕玉阶飞。"(《清远题壁诗》其三)可见为了国家,诗人鞠躬尽瘁,完全将生死置之度外。诗人临死前所高歌的《临命诗》更是直抒胸臆,集中传达出了他的一片忠心:"天造兮多艰,臣也江之浒。书生漫谈兵,时哉不我与。我后兮何之?我躬兮独苦。崖山多忠魂,后先照千古。"③《粤东诗海》记载:"梁郁洲云:'先生诗使笔如铁,运腕如风。绝去华靡,独存真气。精沉遒健,纯是忠义之气所发者。'"④洵为的论。

作为"岭南三忠"之首,陈邦彦获得世人的景仰,也成为岭南诗坛的精神领袖。其诗风格沉郁苍凉、境界雄伟、气象宏阔,尤其擅长创作组诗,真实再现了当时纷乱的社会状况;在表现手法上则多直抒胸臆,且善用典故与比喻,情感悲壮豪迈,既有深刻的思想内涵,也展现了高超的艺术技巧,是明末岭南雄直诗风的典型代表。他的诗歌创作对明清之际的岭南诗坛影响很大。如享誉清初诗坛的"岭南三大家"与陈邦彦关系密切,其中陈恭尹为陈邦彦之子,屈大均为陈邦彦的学生,梁佩兰亦自称为陈邦彦的私淑弟子。他们诗歌的艺术风格也在一定程度上受到了陈邦彦的影响。陈恭尹

---

① (明)陈邦彦:《陈岩野集》,马以君主编:《顺德文献丛书》,第116—117页。
② (明)陈邦彦:《陈岩野集》,马以君主编:《顺德文献丛书》,第123页。
③ (明)陈邦彦:《陈岩野集》,马以君主编:《顺德文献丛书》,第86页。
④ (清)温汝能:《粤东诗海》卷52,广州:中山大学出版社1999年版,第964—965页。

的诗沉雄郁勃,直抒胸臆,是对其父雄直之风的继承;屈大均诗中的雄健豪迈,有陈邦彦的遗风;梁佩兰早期和中年的诗歌沉痛悲慨、气势雄健,和陈邦彦的诗风也极为相似。此外,"岭南四子"薛始亨、何绛、罗大宾、程可则,均曾先后受教于陈邦彦。"岩野之诗卒开'三家''四子'面目,世称'锦岩诗派'。"①张家珍《寒木楼遗诗》曰:"燕京闻变写忧虞,吊古压门声泪俱。此是生平矜意作,风容乘格亦区区。狱中黑暗气如春,喜得皇明有死臣。……广大诗门撷众英,三家四子各峥嵘。锦岩萧索风烟后,仅有斐然岭学声。"②

第二节 "黄牡丹状元"黎遂球

黎遂球(1602—1646),字美周,广东番禺人。工诗、古文词,精书画,善书法,人称绝代才子。明天启七年(1627)举人。明崇祯十三年(1640),黎遂球进京赴试后南归,途经扬州时参与郑超宗"影园"黄牡丹诗会,即席咏诗十首而夺魁,被誉为"牡丹状元"。明崇祯十七年(1644),闯军陷北京,遂球闻变痛哭,誓死报国。福王立,征拜兵部职方司主事,带领广东兵马救援赣州。隆武二年(1646),城破殉难,追赠兵部尚书,谥号忠愍。著有《莲须阁诗集》《莲须阁文钞》。

黎遂球是明末岭南诗坛上颇有造诣的诗人,也是充满民族气节的爱国英雄,更是明清时期岭南诗派的重要人物。他与当时著名的诗人邝露、陈邦彦并称为"岭南前三家",被温汝能称为"粤中李白",是明末"南园十二子"之一。陈田在《明诗纪事》中称:"粤东诗派,自南园五子以逮黄才伯、梁公实、黎瑶石、欧桢伯、区海目,皆讲风格,未及靡曼。至美周醉心六朝、初唐,乃为轻艳之词,歌行短曲,风致嫣然,然时有壮健之篇,此其超迈之性,不汩没于绮语冶词者也。"③黎遂球的诗歌风格较为明显,部分诗作词采华美,尚有西昆体习气;另一部分诗歌特别是后期诗作则格调高华苍劲、痛快沉着,有很强的艺术价值。

一、西昆习气与雄健超迈并存

黎遂球早年的诗作绮丽精美,尚有一丝西昆体习气。如《遥夜叹》:"美人楼头剪银烛,照入镜中寒浸玉。楼前湖影明绿波,惊起鸳鸯睡难足。却愁君梦正吹来,吹来

---

① 陈颙庵:《读岭南人诗绝句》上册,香港影印本,第153页。
② 陈颙庵:《读岭南人诗绝句》上册,香港影印本,第152—153页。
③ (清)陈田:《明诗纪事》,《明代传记丛刊》,第15册,台北:明文书局1991年版,第538页。

并堕阑干曲。烟水沉沉千里许,妾梦难携君梦语。湖波烛影两摇摇,镜前袅袅娇无主。"①从诗作内容上看,表现的是孤独的闺中女子的相思之情;从选用的意象上看,"美人""银烛""镜""鸳鸯""阑干""烟水""烛影"等均是闺怨艳情诗中常见的意象;诗歌用语也轻艳繁丽,风致嫣然,体现了诗人对六朝、初唐绮丽诗风的推崇。再如《竹》《咏木棉花》等诗,意象精美、词采精丽、音律和谐、对仗工整,惜思想情感稍嫌贫乏。

但作为一位心系家国的诗人,黎遂球并不局囿于个人世界,也没有完全沉醉于对绮艳文风的追求,其作品亦多为雄健超迈之篇。陈伯玑云:"美周近体艳丽,五言拟古诸作,高于今人。"②如《古侠士磨剑歌》诗云:"十年磨一剑,绣血看成字。字似仇人名,难堪醉时视。旧仇剑边鬼,新仇眼中泪。倚啸复悲歌,啮断长虹气。不得语公孙,阿世斯其志。"③这首诗与一般常见的拟古之作大不相同,诗歌充满豪情侠气,"壮怀激越,当有深仇大恨在焉,疑为阉党魏忠贤等而发。"④再如《结客少年场行》赞扬了高渐离、田光、灌夫、张良等意气风发、勇于任事、慷慨悲歌的勇士,讥讽了秦舞阳之类的贪生怕死之竖儒,表现了诗人慷慨激昂的英雄主义气概及舍生取义的意愿。明天启年间,魏忠贤等宠臣擅权误国,迫害正义之士,政治一片黑暗。黎遂球作此诗当有所指。陈永正说:"此诗写结交慷慨志节之士,大有刺仇报国的意思。"⑤

二、寄寓丰富的咏物诗

黎遂球《莲须阁诗集》中的咏物诗较多,大多借托物以咏怀言志、有所兴寄。最为著名的是他在扬州影园所创作的那组黄牡丹诗。明崇祯十三年(1640)扬州名士郑超宗影园的一株黄牡丹花开,郑超宗以"黄牡丹"为题征诗,遂引发了一场盛大的牡丹诗赛。当时黎遂球赴京应试后不第而归,途经扬州,恰逢此会,即席赋诗十首,最后在数百首律诗中脱颖而出,夺得"黄牡丹状元"的桂冠,一时声名鹊起。黎遂球的黄牡丹诗之所以能脱颖而出,就在于其诗歌充满寄托,内涵丰富,不同于一般的咏物写景之作。比如《扬州同诸公社集郑超宗影园即席咏黄牡丹十首》其八诗云:"谁写春容出塞看,胡沙漠漠照衿寒。扶来更学灵妃步,睡起羞为道士冠。琐骨传灯开五

---

① (明)黎遂球:《莲须阁集》卷4,《四库禁毁书丛刊》集部第183册,北京:北京出版社2000年版,第68页。
② (清)温汝能:《粤东诗海》卷46,广州:中山大学出版社1999年版,第873页。
③ (明)黎遂球:《莲须阁集》卷3,《四库禁毁书丛刊》集部第183册,北京:北京出版社2000年版,第55页。
④ 陈永正:《岭南历代诗选》,广州:广东人民出版社1985年版,第246页。
⑤ 陈永正:《岭南历代诗选》,广州:广东人民出版社1985年版,第244页。

叶,鞠衣持茧献三盘。相思莫误朱成碧,烛泪盈盈蜡晕干。"①诗歌通篇用拟人手法,赋予了黄牡丹丰富的人格内涵,也充分展现了诗人丰富的想象力和创造力。首联用昭君出塞的典故,写出了昭君背井离乡、面对胡沙大漠时的凄凉与幽怨,隐隐透露出作者不第而归的抑郁心情,也蕴含对当时国势不振的忧虑。颔联运用拟人手法,用洛神(灵妃)"凌波微步"之形象来比拟黄牡丹之美艳。颈联重点写牡丹的花叶。尾联引用"看朱成碧"的典故直抒胸臆,希望不要因对牡丹相思甚深而导致魂不守舍,以至于"看朱成碧"。全诗表达了诗人对牡丹的怜爱及执着的思念。再如其十诗云:"天宝何因便改元,尚怜芳影秘泉温。不闻金鉴留丞相,多恐玉环蒙至尊。朱紫故宜当日贱,衣裳能得几时恩。扬州芍药看前事,功父纶扉并尔存。"②借咏牡丹来抒发对前朝史实的评价与感叹,表现了诗人的政治见解与现实关怀。

三、纪游酬唱诗与现实关怀

黎遂球还在山水纪游诗中加入了现实关怀的元素,突破了传统山水诗的范式,扩大了山水诗的题材范围,使幽静淡远的山水诗具有独特的雄直特征。如《河上怀徐巨源》写诗人在黄河边上思念友人,并没有描绘黄河的自然景色,而是通过"野店短衣眠乱草,戍楼横笛向垂杨"③这一战后萧条、荒凉的场景的描绘来反映边患对百姓生活的影响,充满了对天下苍生的悲悯情怀。再如《庚辰出都二首》其一诗云:"盗贼绕山城,金钲昼夜鸣。经过逆旅舍,无复控缰迎。疲马失中食,随人逐暮程。村墟有来骑,临望互相惊。"其二诗云:"古驿石桥边,迢绕草际天。庙昏吹鬼火,城晓冷人烟。乐计江南近,烽讹塞北传。看花怀士兴,空愧祖生鞭。"④前首诗描写了在旅途中的所见所感,表现了战乱频仍、贼寇四起给百姓带来的惶恐生活。第二首诗最后两句借用"祖生鞭"的典故,抒发了自己报国无门、有愧先贤的无奈与惭愧,表达了诗人对国事的紧张与关注。再如《莫愁曲》采用古乐府旧题,借古咏今,寄托遥深。陈永正先生评价云:"本诗也不是一般的情诗,当寄托着作者的深意,是身世之感?是家国之恸?虽不能逐字逐句推寻,但从'身是江南人,不见江南春'二语中,已可窥知诗人所感甚大了。"⑤

黎遂球的一些友朋酬唱诗也寄寓了对社会和国事的关心。如《送李烟客出塞二

---

① (明)黎遂球:《莲须阁集》卷7,《四库禁毁书丛刊》集部第183册,第94页。
② (明)黎遂球:《莲须阁集》卷7,《四库禁毁书丛刊》集部第183册,第94页。
③ (明)黎遂球:《莲须阁集》卷7,《四库禁毁书丛刊》集部第183册,第93页。
④ (明)黎遂球:《莲须阁集》卷5,《四库禁毁书丛刊》集部第183册,第82页。
⑤ 陈永正:《岭南历代诗选》,广州:广东人民出版社1985年版,第255页。

首》是为好友李烟客奔赴塞外、入袁崇焕幕送行而作。诗一开篇即勉励朋友坦荡前行,不要被一路的桃花所牵绊。中间四句想象李云龙出塞途中寒水奔流、老树萌芽、春意渐浓的情景及他在军中尽情畅饮、听弹琵琶的豪爽场景,与一般边塞诗中的苦寒之语迥然有别,表现了一种慷慨激昂、生机蓬勃的精神状态。最后两句劝勉好友战事未平,不要思归,可见对友人的殷殷厚望。诗歌言语恳切、情感真挚,"格调高华壮丽,与明人摹拟盛唐之作不可同日而语。"①再如《陆将军行 赠震湖都护》用歌行体,将记人叙事、抒发感慨融为一体,展现了陆将军英勇善战却因受袁崇焕事件牵连,不得不去官归隐的苍凉人生,表达了诗人对政治昏聩的愤懑。袁崇焕屈死后,他的许多部属也受到牵连,致使边塞无人,国防虚空,思及之,黎遂球十分痛心。全诗真气流宕,内容充实而生动。

四、政治时事诗的情感特征

面对明末社会动荡不安、内忧外患齐袭的政治时局,诗人对社会现实的关注日渐升温,在政治时事诗中往往倾注强烈的爱憎之情,读之令人震撼。如黎遂球创作的《戊辰长安感述》组诗,情感表现至为诚挚。其五诗云:"盈庭诸论惯相持,曲直三朝未可知。讥刺互操南史笔,织罗偏入党人碑。焚香喜见新枚卜,振翮应怀旧羽仪。近日正资谋野画,愿捐成见答清时。"②诗歌描述了国家危亡之际朝臣结党,排除异己的混乱政局,希望他们能以国家大局为重,放下门户之见,齐心协力,共克时艰。其七诗"慨叹国家频年为边事而输尽金钱粟米,然而良将已亡,御侮无术,坐令关塞为虎狼所踞,边烽日急,希望再有良将出来,扫除满洲贵族,保障国家的安全,语意至为诚挚。"③再如《湖上同胡小范夜饮,座中听其家元戎敬仲与房都护占明盛谈往事》诗表达了对民族英雄袁崇焕的钦慕之情,抒发了错杀良将、国破家亡的悲慨,也毫不留情地对皇帝的昏庸残暴进行了严厉的指责,实可谓酣畅淋漓、大快人心。"读其诗,觉有灵光异采在目光离合间。"④

清顺治二年(1645),清军攻克了南京,南明唐王于五月间在福建称隆武帝,黎遂球被任为兵部职方司主事,提督两广水陆义师支援赣州的南明军队。次年五月,清军攻入城区,他率数百义兵与之巷战,身中三箭,壮烈殉国。《广东诗语》云:"美周……困守虔州临危时,击剑扣弦,高吟绝命,有云:'壮士血如漆,气热吞九边。大地吹黄

---

① 陈永正:《岭南历代诗选》,广州:广东人民出版社1985年版,第247页。
② (明)黎遂球:《莲须阁集》卷7,《四库禁毁书丛刊》集部第183册,第89页。
③ 黄海章:《明末广东抗清诗人评传》,第68页。
④ (清)温汝能:《粤东诗海》卷46,广州:中山大学出版社1999年版,第873页。

沙,白骨为尘烟。鬼伯舐复厌,心苦肉不甜。'一时将士闻之,皆为之袒裼争先,淋漓饮血,壮气腾涌,视死如归。以视李都尉兵尽矢穷,委身降敌,韦韝椎结,对子卿泣下沾襟,相去何啻天壤哉。"①陈永正先生指出:"本诗竟逼肖孟郊苦心孤诣之作,有如《寒地百姓吟》的悲怆激越的呼号,有如《苦寒吟》的严酷阴惨的气氛,读之令人气结不舒。"②

综观黎遂球的诗歌,无论是咏物诗、山水纪游诗,还是酬唱赠别,抑或摹写政治时事,其诗歌中总是流淌着一种沉痛的家国情怀,涌动着对国家民族前途命运的关注与担忧,这是其诗歌最有价值的部分,也是岭南诗歌雄直气的典型表现。在心为志,发言为诗。黎遂球其人其诗,均可称岭南诗人之楷模。正如潘耒《黎忠愍公像赞》所云:"读其文则锦心绣口,镂月而裁云;瞻其像则秀眉明目,兰芬而玉温;乃能捐躯殉国,取义成仁。勇断霁云之指,愤嚼睢阳之龈。配四烈于章江,追三忠于厓门。盖天地严凝灵淑之气并萃于一身。"③

第三节　岭南奇人邝露

邝露,初名瑞露,字湛若,别署海雪畸人,明福洞主,广东南海人。邝露是一个秉性不羁、气质浪漫、鄙视金钱、不慕科名、蔑视传统礼法的"奇人"。他出生于书香世家,自幼才华卓越,工诗词、精骈文、擅古琴;又是篆、隶、行、草、楷各体兼擅的书法家。邝露喜读《左》《庄》《屈赋》,追慕前代的竹林七贤,通晓兵法、骑马、击剑、射箭,又是古文物鉴赏家和收藏家,"是一个博通多能、思想不大安分的读书人"④。南明唐王时任中书舍人,永历帝时出使广州,清兵入粤,邝露与诸将勠力死守,凡十余月,城陷,不食,抱琴而死。著有《峤雅》二卷、《赤雅》三卷。

一、注重兴寄,委婉含蓄

注重兴寄,善于在诗歌中运用托物或托人的方式以遣怀,这是邝露诗歌的一大特点。他常常借咏物来表现自己的思想情感及对社会人生的看法,或借托人的方式来

---

① (清)屈大均:《广东新语》卷12,北京:中华书局1985年版,第349页。
② 陈永正:《岭南历代诗选》,广州:广东人民出版社1985年版,第256页。
③ (清)潘耒:《遂初堂集》卷二十《像赞二十二首·黎忠愍公》,《续修四库全书·集部》第1418册,上海:上海古籍出版社2002年版,第28页。
④ 宁祥:《明末广东诗人邝露》,《佛山大学佛山师专学报》1988年第1期,第6页。

表现自己的操守、抒发自己怀才不遇的苦闷和对功名的渴求。在他的笔下,草木虫鱼鸟兽风云雷电等世间万物都带有浓厚的感情色彩。这种写法与屈原《离骚》及楚辞中所表现出的寄情于物、香草美人式的寄托手法是一脉相承的。如其七律组诗《赤婴母》就是咏物寄怀的典型代表。赤婴母,即赤鹦鹉。此组诗作于崇祯十三年(1640),其时崇祯帝下诏征贤,邝露应征未果,北还时途经扬州,恰逢黎遂球在郑超宗影园作咏黄牡丹诗十首夺魁,有"牡丹状元"之称,邝露遂赋七律十二首《赤婴母》以和,其诗或借鹦鹉以遣己怀,或借鹦鹉针砭时弊,在江南士林之间引起轰动而传唱一时,邝露亦被誉为"邝鹦鹉"。如其一诗云:"冶服微言宫里稀,金桄香篆隐朱扉。摘文绝代还憎命,弱羽三年不假飞。陇首秋云淹远梦,芳洲春草吊斜晖。谁裁半幅江郎锦,会向华清换雪衣。"①诗歌写笼中的鹦鹉虽羽毛艳丽、言辞精微,却被豢养于富贵人家的深宅大院,长年被困笼中,羽翼不得施展,更无法翱翔于广阔天空。此诗咏物却并不拘泥于物,"诗人借写笼中鹦鹉抒发自己才命相妨、空有美才而不见用于世的感慨,兴寄深厚,非寻常的咏物诗所能企及"②。

在情感的表达方面,邝露早期诗歌呈现出含蓄委婉的特色,"得《小雅》《离骚》之旨"③,"有骚人之遗音"④,如《美女篇》借写美人来抒发自己的襟抱。《乐府解题》曰:"美女者,以喻君子,言君子有美行,愿得明君而事之,若不遇时,虽见征求,终不屈也。"⑤诗后邝露自笺云:"亥子之交,予端居处默。客有嘲元之尚白者,作《美女篇》以自况焉。"⑥诗歌通过描写一位美艳动人却不为富贵所动、自保昭质的美女来表现诗人于流俗中洁身自好的品格和怀才不遇的苦闷,情感表达较为委婉含蓄。

二、雄直豪迈,大胆批判

邝露也是一位富有批判精神和正义感的岭南文人,随着明末政治时局的变化,他的诗风也开始发生变化,流露出一种雄直之气。他在诗歌中大胆揭露和批判了封建权贵们的骄奢昏庸,并对他们的蛮横行径进行无情的挖苦和鞭挞。其中最具代表性的是《君子有所思行》。崇祯七年(1634)七月,邝露途经安徽,目睹了权贵们巧取豪夺、百姓被迫背井离乡的现实,遂有感而发,对封建贵族骄奢淫逸的种种情事做了无

---

① (明)邝露撰,黄灼耀校点:《峤雅》卷六,广州:广东高等教育出版社1990年版,第338页。
② 陈永正:《岭南文学史》,广州:广东高等教育出版社1993年版,第197页。
③ 钱仲联:《清诗纪事》(一),南京:江苏古籍出版社1987年版,第150页。
④ (清)王士禛:《带经堂诗话》,北京:人民文学出版社1963年版,第274页。
⑤ 夏传才主编,王巍校点:《曹植集校注》,石家庄:河北教育出版社2013年版,第93—94页。
⑥ (明)邝露撰,黄灼耀校点:《峤雅》卷一,广州:广东高等教育出版社1990年版,第55页。

情的揭露。他提醒统治者"积薪尚酣寝,欹器难久盈",并"寄言轩冕客,天爵尔勿轻"①,希望统治者能够重视自身的品德修养。另外,邝露在出游途中还写了一组《述征》诗,格调苍凉沉郁,表达了诗人离家出游时复杂的思想感情。诗中提及群雄割据地盘就像龙蛇争斗一样,而"华叶辨丰凶,巢穴识风雨"两句也似隐含着深刻的寓意,可以看出他对社会现实的关注及人世间善恶美丑的思考。

随着对社会现实认识的加深及自身思想的日益成熟,邝露诗中的批判意识更为强烈。如其《止酒和陶靖节》诗云:"止酒不可止,得酒性乃便。何世非大梦?何夜非长年?何天非梦梦?何帝非陶然?大饮盗海岳,酾龙醋麟肩。小饮盗沼沚,烹葵畷茎莲。嗒然既丧我,优哉复忘天。天岂与我违?太和同周旋。笑彼独清醒,怀沙甘湛渊。沐猴希万乘,封豕冠进贤。乘舆辱执盖,萁豆横相煎!手持一樽者,不受诸可怜。"②虽是和陶诗,但此诗却丝毫没有陶渊明诗中所流露出的闲适之情,而是显得异常愤慨与沉重。诗中连用了四个反问,在人生如梦的消极情绪中表达了对黑暗现实的不满与愤懑。"沐猴希万乘,封豕冠进贤"两句强烈地表达了诗人对这个是非不明、纲纪失常的社会的控诉。"乘舆辱执盖,萁豆横相煎"则讥讽了当朝统治者在大厦将倾之时,还在手足相残、记挂着帝位之争。

三、直击现实,慷慨悲郁

在邝露《峤雅》诗集中,最打动人心的是他在明末政局动荡之际唱出的慷慨悲郁的调子。此类作品,主要是反思明亡之因、描述战乱的惨况,以及抒发亡国哀思,虽是亡国悲慨之音,却饱含着这位被誉为"旷世未易之才"的岭南诗人的浓郁的家国情怀。陈遇夫《岭海诗见序》称:"有明三百年,吾粤诗最盛,比于中州,殆过之无不及者。其体大率亦三变:明初南园五先生倡之,轻圆妍美,西庵为首;嘉靖七子建旗鼓于中原,梁公与焉,所尚高丽庄重,名馆阁体;驯至启、祯,政乱国危,奇伟非常之士出,抚时感事,悲歌当泣,黎、邝诸君发为慷慨哀伤之言,而明祚亦遂终矣。"③亡国之际,邝露目睹了种种社会惨况,其诗中充满了凄凉感伤之意。如他曾创作五古组诗《七哀》,诗前有序云:"'七哀',谓痛而哀,义而哀,感而哀,怨而哀,耳目闻见而哀,口叹而哀,鼻酸而哀也。乙亥客二京,规今鉴古,沿遡曹王之业,以通哀思。论世者考焉。"④可知此组诗作于明崇祯八年(1635),描写诗人羁旅南京和北京途中的所见所

---

① (明)邝露撰,黄灼耀校点:《峤雅》卷一,第37页。
② (明)邝露撰,黄灼耀校点:《峤雅》卷二,第173—174页。
③ (清)陈遇夫:《涉需堂集》,清光绪六年(1880)刻本。
④ (明)邝露撰,黄灼耀校点:《峤雅》卷二,第94页。

闻。诗中展现了在当时农民起义愈演愈烈的动荡时局下,普通百姓民不聊生、妻离子散、尸横遍野的凄凉境况,表达了诗人的悲愤与哀怨。此组诗深得杜甫沉郁顿挫的精髓,具有强烈的诗史意味。

另其《浮海》诗云:"玉树歌残去渺然,齐州九点入荒烟。孤楂与客曾通汉,长剑怀人更倚天。晓日夜生圆峤石,古魂春冷蜀山鹃。茫茫东海皆鱼鳖,何处堪容鲁仲连?"该诗题下注云:"时南都已失。"①清顺治二年(1645)五月,清兵渡长江,陷南京,福王出逃,明大臣王铎、钱谦益等马首迎降。当时弘光朝廷气数已终,诗人渡海南还,途中远望故国,一片凄凉沉痛、悲愤渺茫之感油然而生,因此发出"何处堪容鲁仲连"的深重慨叹。"这些作品在悲劲苍凉中别有一种幽艳凄绝的情调,感染力特强。"②

明亡后,万里河山满目疮痍,战乱之后的百姓困苦不堪。诗人寓目所见,均是惨痛现实,令人心塞断肠。他将对百姓的同情与悲悯也全部融入诗歌的创作之中。如其乐府诗《儿母牵衣啼》模仿一位妻子的口吻来诉说战后苦不堪言的生活,希望丈夫能担起家庭的重任。这首诗构思巧妙,从一家一口的角度出发,勾勒出了当时受战祸困扰、处于水深火热中的黎民百姓的生活场景,表现了诗人对民生疾苦的关注与无限的悲悯。

邝露一生性情真淳、才华横溢。他的诗歌,继承了"缘情"与"言志"的传统,爱憎分明,善于讽喻,既有含蓄委婉缠绵不尽之意,也有怒发冲冠忧时伤国之情,体现出知识分子的责任担当与博大的家国情怀。特别是其晚期诗歌多鞭挞权贵、指陈时弊,伤悼明朝之败亡、同情民众之疾苦,多慷慨激昂之音,少无病呻吟之叹,与当时萎靡不振的中原诗坛大不相同,体现了岭南诗坛慷慨悲歌、雄直深沉的主流诗风。

岭南诗歌中的雄直之气,深为清代之后诗论家所认同。清人陆莹《问花楼诗话》卷三有言:"国朝谈诗者,风格遒上推岭南。"③洪亮吉《道中无事偶作论诗截句二十首》曾谓:"尚得昔贤雄直气,岭南犹似胜江南。"④清末学者程秉钊《国朝名人集题词》云:"浩瀚雄奇众妙该,遗民谁似岭南才?"⑤近人汪辟疆亦说:"雄直二字,岭南派诗人当之无愧也。"⑥他们所说的"风格遒上""雄直气""浩瀚雄奇"都是从不同侧面表达出了岭南雄直诗风的审美内涵,也都指出了雄直是岭南诗歌区别于其他地域或

---

① (明)邝露撰,黄灼耀校点:《峤雅》卷六,第308页。
② 陈永正:《岭南文学史》,广州:广东高等教育出版社1993年版,第195页。
③ 郭绍虞:《清诗话续编》,上海:上海古籍出版社1983年版,第2312页。
④ (清)洪亮吉:《更生斋诗集》卷2,上海涵芬楼影印北江全书本。
⑤ 陈永正:《屈大均诗词编年笺校》下册,广州:中山大学出版社2000年版,第1364页。
⑥ 汪辟疆:《近代诗派与地域》,《汪辟疆文集》,上海:上海古籍出版社1988年版,第314页。

流派诗歌的主要特征。这些评论虽集中出现在清代,但岭南诗歌的雄直之气却可追溯到明代。陈永正先生甚至认为这种岭南诗歌的"雄直气",从唐代就可以找到渊源。他说:"邵谒诗的真朴与张九龄诗的雅正,成为岭南诗派两条艺术主线,一直影响着各代的诗人,……岭南诗歌'雄直'之气已露端倪。"①岭南诗歌的雄直气,与岭南独特的地域环境有密切关系,王士禛《池北偶谈》曾云:"正以僻在岭海,不为中原江左习气熏染,故尚存古风耳"②,但同时也受政治环境、时代风气、审美趣味、诗家性情等的影响,在不同的创作时期有细微的差异与变化。

陈邦彦、黎遂球、邝露三人虽诗风各异,但其诗歌集中体现出关注社会现实的精神,展现了岭南诗歌关注现实的传统,具有强烈的诗史意味。他们借诗歌再现纷乱的社会现实,关注政事、指陈时弊,哀叹明朝之将亡、同情民众之疾苦,内容丰富深刻,情感悲壮豪迈,往往意象浩大、气势雄壮,表达上则不矫不媚,多直抒胸臆,这正是明代后期岭南诗歌雄直之气的生动体现。

---

① 陈永正:《岭南诗歌研究》,广州:中山大学出版社2008年版,第26页。
② (清)王士禛著,靳斯仁点校:《池北偶谈》,北京:中华书局1982年版,第251页。

第四章　明代后期的广东诗群与"变风""变雅"

在明代后期特殊的政治环境下,广东诗坛涌现出一批优秀的诗人,诗坛整体呈现出异常繁荣的局面。除了"岭南前三家"之外,走在抗清最前沿的还有"岭南三忠"陈子壮、陈邦彦、张家玉,他们通过诗歌来反映明代后期的社会现实,在诗歌中表达了感慨时事、关注民生、忠君报国等思想,一扫主流诗坛的靡曼之音而开岭南雄直新风;张家珍、屈士煌、张穆、李云龙等参加过抗清斗争的退隐诗人,其诗歌倾注了浓郁的明亡之恨、家国之感,也表现了广东诗人对明末现实的理性思考;陈子升、薛始亨、王邦畿等隐居草野的遗民诗人,其诗歌集中体现了亡国之痛与恢复无望之际的无奈之感,展现了岭南遗民诗人的真实心态。此外,广东诗人的结社雅集活动继续发展,以陈子壮、黎遂球、陈子升等人为核心的"南园十二子"延续南园前后五子的遗绪,其诗歌创作呈现出高古、雄健的独特风格,岭南诗风为之一振。

第一节　爱国诗人

一、"岭南三忠"之一陈子壮

陈子壮(1596—1647),字集生,号秋涛,谥文忠,广东南海沙贝村(今属广州市白云区石井镇沙贝村)人。明末抗清官员,与陈邦彦、张家玉合称"岭南三忠"。明神宗万历四十七年(1619)进士。明崇祯年间,累迁礼部侍郎。南明弘光政权建立,出任礼部尚书。永历元年(1647),累迁东阁大学士兼兵部尚书。联合陈邦彦、张家玉等起兵抗清,坚持作战十个月,最终为清军所破,兵败被俘,宁死不屈。永历帝继位后,追赠番禺侯,谥号"文忠"。著有《礼部存稿》八卷、《昭代经济言》十四卷、《南宫集》十五卷、《秋痕集》五卷、《云淙集》《练要堂稿》六卷、《陈忠简公遗集》三卷。

陈子壮出生于明代诗书之家,自幼聪颖,受到良好的儒家教育。明末与黎遂球、陈子升等人再结南园诗社,为"南园十二子"之首。其诗歌继承了南园前后五子以来的诗学传统,也带有一些个人的身世之感,"时亦流露出悲怆之气"①。陈子壮的一生与明末的社会格局及历史变迁紧密相连,故其诗不仅是个人生活与情感的记录,也描绘了大历史转变过程中的社会矛盾和斗争,还反映了自我复杂的心路历程。总体而言,陈子壮的诗可分为酬唱赠答、咏物抒怀、纪游怀古、摹写现实等几类。

酬唱赠答类的诗歌在陈子壮诗集中数量较多,他经常在与朋友的唱和对答诗中坦诚地表达了自己对政治人生及社会的深沉思考与独到见解。如《答曾霖寰民部白下见寄》诗对小人得志、君子道消的社会现状进行了描绘和批判。《答区启图闲居见存之作》诗中"世事浑如千日酒,男儿何必五车书"②两句用反语,暗喻世事混乱,有识之士无用武之地,读再多书也是枉然。字里行间隐隐透露出诗人对倒行逆施的社会现实的愤慨。另《种桄榔以一株分黄土明少宰园中辄惠佳韵敬答》(其二)诗借桄榔树表现了自己不为外物所惧、独立无畏的耿介胸怀。伍元薇云:"先生诗,轮囷兀鼻,古色苍然,望而知为端人杰士。"③

陈子壮的咏物诗也大多托物言志,借咏物以抒发个人光明磊落的心志,展现出感人至深的人格力量。其中最突出的是十首组诗《对菊绝句》,继承了用香草美人比拟君子的传统。如其三云:"浮名三十脱乌纱,双鬓生成一插花。春去秋来浑未改,终知输尔傲霜华。"④以菊花的不畏严寒、坚毅傲霜来比喻君子的高贵品节,也象征着纵使时令变迁诗人依然不改其志的傲岸品质。再如《咏白莲十首》《柏》等咏物诗,专注于突出中心物象的抽象品德,对事物的声色形态的描绘着墨不多,这显然是传承了屈原《橘颂》"比德体"的创作主旨。同时,陈子壮也传承了杜甫借咏物来托讽时事的诗歌传统。如《狱中杂咏》组诗十四首表现了陈子壮对黑暗现实的愤慨情绪与忠直气节。如其七诗云:"木脱天高永巷斜,朝喧乾鹊暮喧鸦。春来墙上寄生草,偏笑玄都旧种花。"⑤此诗"言近旨远,颇有幽默感"⑥。前两句写诗人被关押狱中,前程吉凶未卜,心情异常沉重矛盾。后两句表现了诗人屡遭奸人排挤陷害与小人讥诮的委屈与愤懑。陈子壮还把批判的矛头直指黑暗的现实,为众多遭受打压的贤士能臣叫屈。其六诗云:"色味难分秽净天,百瓢同歃洗冤泉。行歌乞食今何世?只当胡麻值一

---

① 傅璇琮,许逸民等主编:《中国诗学大辞典》,杭州:浙江教育出版社1999年版,第559页。
② (明)陈子壮:《陈文忠公遗集》卷3,《丛书集成续编》第149册,台北:新文丰出版公司1988年版,第55页。
③ 伍元薇:《陈文忠公遗集跋》,陈子壮:《陈文忠公遗集》卷末,《丛书集成续编》第149册,第142页。
④ (明)陈子壮:《陈文忠公遗集》卷3,《丛书集成续编》第149册,第55页。
⑤ (明)陈子壮:《陈文忠公遗集》卷8,《丛书集成续编》第149册,第102页。
⑥ 陈永正:《岭南历代诗选》,广州:广东人民出版社1985年版,第241页。

钱!"①这是对当时黑白颠倒,许多知识分子无罪蒙冤的控诉。他们虽有才干,亦只好以行歌乞食为生,"不过如胡麻之值一钱而已!"②其十三诗以老鼠比喻朝中小人,花猫比喻贤能之士,表现朝廷奸臣当道、正义不得伸张的混乱局势。

陈子壮一生忠义,无时无刻不在为民族百姓大业而费心思量,即便是身陷囹圄、蒙冤受屈,或者天倾地陷、神州陆沉,他也依然心怀魏阙,对故国故君念念不已。其诗集中悲悯天下苍生之沉郁、揭露权奸之沉痛,在在皆是,令人动容。此类诗是其诗集中最具有价值的部分,也最能体现岭南诗歌的雄直之气。

明天启年间,陈子壮与其父陈熙昌因双双得罪魏忠贤,同日夺职后回到家乡广东。陈子壮闲居岭南期间,对魏阉专权乱政的丑恶行径难以忍受。他怀着满腔激愤,写下了长达620字的五言长诗,以揭露魏忠贤的种种罪恶。《秋日自遣遂成长篇》诗云:"……瓜葛尽株蔓,四方走缇骑。诏狱剥群绅,有若游屠肆。出守满边津,体貌凌大吏。翼虎各负嵎,可怜鹰鼠辈。九列厚奴颜,三台率灶媚。尸祝流藩镇,茅土爵延世。不避劝进名,且援专征例。污淖太学傍,推崇配祔祭。筑怨归大工,沉冤激天地。辇毂千家裂,数里轰震异。煨烬朝天宫,虐焰乃益炽。司马发危言,弃之若敝屣。片语下纶扉,敷张代圣制。……"③此诗前部分回顾了自己仕途上的种种经历,后部分痛快淋漓地抨击了阉党专权祸国、肆意妄为的种种罪行,写得触目惊心。作此诗时,正是魏忠贤气焰嚣张之时,陈子壮无所畏惧,仗义执言,将生死置之度外,表达了自己和权奸斗争到底的决心,充分体现了士大夫的铮铮铁骨和凛然正气。

赋闲岭南期间,陈子壮对国计民瘼依旧念念不忘。崇祯初年,诗人有感于满目疮痍的社会现实,作《欲将》一诗以表达济世泽民的理想。"海国春无旱,连春旱不任。举天云汉咏,匝地桔槔心。繁露皆儿戏,重溟有盗侵。欲将双泪眼,洒作一朝霖。"④诗歌开篇写出了原本不应有春旱的海国却连年春旱,令百姓苦不堪言。颈联具体描绘出灾民呼天抢地、运水御旱的场景。颔联二句是说百姓们一方面求雨不得,另一方面还要应付海盗的侵扰,表现了民不聊生的残酷现实。尾联表现诗人体恤民瘼,愿与百姓同甘共苦的恳切之情。全诗言辞平实,情感炽烈,充分体现了一位爱国者的高尚情操。

还有的诗歌与时事关联密切,表现了明末政局的动荡与百姓的悲苦生活,足具"诗史"性质。如在《边报》诗中,诗人说:"长年生牧地,驼马不胜收",指出胡人长年扩展牧场、蓄养驼马,暗示其战斗力日强,将对明朝造成很大的威胁;又说"只今夸羽

---

① (明)陈子壮:《陈文忠公遗集》卷8,《丛书集成续编》第149册,第102页。
② 黄海章:《明末抗清诗人评传》,广州:广东人民出版社1987年版,第35页。
③ (明)陈子壮:《陈文忠公遗集》卷5,《丛书集成续编》第149册,第74页。
④ (明)陈子壮:《陈文忠公遗集》卷6,《丛书集成续编》第149册,第82页。

猎,似欲变旌旗"①,亦是对关外游牧民族野心的暴露,希望引起当权者的重视。另《闻八月十五夜同吴长吉院长、姜燕及刘蓬元二宫端集马园》诗表现诗人对边塞军情的关注;《题太平渔长图》指出在时势紧迫、生死存亡的紧要关头,大丈夫应该为国效力,而不能像张志和那般逍遥自在。

作为明末岭南政坛上举足轻重的风云人物,陈子壮深受岭南士人的崇敬与怀念。他的诗歌创作对当时岭南的诗风也产生了不容忽视的影响。特别是在国破家亡、生灵涂炭之际创作的感慨时事、关心民生疾苦的诗作,堪称"诗史"。且诗中表现的诗人忧心国事、悲怆激愤的炽烈真情与晚明之际公安、竟陵派诗人的幽僻孤峭的思想情绪迥然有别,初步呈现出岭南诗歌高古雄健的独特风格,对推动岭南诗派雄直诗风的形成有着积极意义。

二、"岭南三忠"之一张家玉

张家玉(1615—1647),字玄子,号芷园,广东东莞人。明崇祯十六年(1643)进士。李自成破京师时被执,劝自成收人望。自成败,南归。隆武帝授翰林侍讲,监郑彩军。隆武帝败,回东莞。永历元年(1647),举乡兵攻克东莞城,旋失。永历帝任之为兵部尚书。又结连草泽豪士,集兵数千,转战归善、博罗等地,旋为清重兵所围,力尽投水死。年仅三十三岁。永历帝谥文烈。精通经文词书画,好击剑,任侠,多与草泽豪士游。有《张文烈公遗诗》一卷。其诗风格豪迈,尤其以他在东莞起兵时所作的《军中遗稿》最为著名,表现了诗人强烈的民族意识和宁死不屈的斗争精神。友人罗应垣谓其诗"率皆贯虹喷碧之语,读之令人悲其志,惜其遇,悯其忠而复壮其气魄,如对岘山之碑,不觉堕泪"。②

张家玉的很多诗歌与自身的抗清斗争紧密相连,真实生动地描绘了严酷惨烈的战争现实。永历元年(1647)三月,张家玉在东莞到滘(今道滘)起兵,收复莞城。清兵疾至先攻,东莞复陷,家玉祖母、母亲、妻子、妹妹俱殉难,家玉败走新安(今宝安)。悲痛之际,张家玉作诗《自举师不克,与二三同志怏怏不平赋此》:"落落南冠且笑歌,肯将壮志竟蹉跎。丈夫不作寻常死,纵死常山舌不磨。"③诗题中"举师不克",即指收复东莞失败之事。常山,指颜杲卿。天宝十四载(742),安禄山发动叛乱。常山太守颜杲卿应其从弟平原太守颜真卿之约,联合起兵断禄山后路,擒杀敌将。次年史思

---

① (明)陈子壮:《陈文忠公遗集》卷7,《丛书集成续编》第149册,第91—92页。
② 陈永正:《岭南诗歌研究》,广州:中山大学出版社2008年版,第364页。
③ 中山大学中国古文献研究所编:《全粤诗》第20册,广州:岭南美术出版社2017年版,第234页。

明攻破常山,颜杲卿被执送至洛阳,痛骂安禄山,被割断舌头,不屈而死。诗歌最后两句借用"常山"之典,以宣誓式的语言明确表达了诗人虽兵败却仍壮志不渝,还要效法唐代民族英雄颜杲卿的不屈斗志和顽慨豪迈的英雄气概。张家玉在另一首《军中夜感》诗中写道:"惨淡天昏与地荒,西风残月冷沙场。裹尸马革英雄事,纵死终令汗竹香。"①同样也表现了视死如归的战斗豪情。

其后,张家玉得地方武装势力支持,复振兵势。七月,张家玉自龙门出兵,攻克博罗,未几,清将李成栋率重兵包围博罗,相持二十日,清兵以东江水灌城,城中缺乏粮草,家玉不得不弃城还归龙门。是年重阳节,诗人起兵已半年,回想起沦陷的故乡,更伤悼追随自己作战牺牲的将士,不由感慨万千,遂作《丁亥重阳悼阵亡将士》诗。其诗云:"回首天涯忆故乡,忽闻节候又重阳。断肠何处啼猿月?警梦当阶唳鹤霜。击楫几时清海浦?枕戈犹未扫欃枪。可怜多少英雄骨,空照黄花吐烈香!"②此诗直抒胸臆,真挚自然,感人肺腑。陈永正先生说:"艰苦的战斗生活,激发起诗人强烈的诗情,喷薄而出,血热满纸,断非寻章摘记者所能企及的。"③

还有一些咏史怀古诗,抒发了张家玉对现实的激愤与思考。如《燕市吊袁督师》表现了诗人对袁崇焕屈死的愤慨。诗歌一开头就用简练形象的语言描述了"黄沙白雾"笼罩下,后金(清)兵围攻宁远城的情景。而身负重任守边的"孤臣"袁崇焕用睿智与胆略率军民勇敢地迎战敌兵。面对强敌压境,袁崇焕"啮血作书",率领铁血死士突破重围,获得了胜利。"遂令汉卒闻笳奋,共扫妖氛奏凯归。"④将士们听到胡笳声便感到振奋,本以为可以"共扫妖氛",边尘尽扫指日可待,凯歌高奏的回归日为期不远,但最后两句却陡然一转,将思绪拉回残酷的现实。"中山何事谤书飞",奸邪之人为何要置建立边功的袁督师于死地呢?诗歌戛然而止,为读者留下了思考的空间。整首诗通过对历史的回顾,流露出对袁崇焕的深切缅怀,宣泄心中的不满与怨愤,特别是结尾骇人心目,发人深省。另外,张家玉的《读史》诗,联想到西晋亡后士族豪门纷纷南逃、偏安江南、不求进取的历史事实,激发了抗清的决心,立志要做闻鸡起舞的祖逖和拯救唐朝的郭子仪,表现了强烈的社会责任感。

作为一名投身抗清的将领,张家玉的诗歌带有强烈的时代痕迹,也充分展现了当时的社会现实。其中最感人的是诗中体现出的君子人格、宁死不屈的战斗激情及对家国的一片赤诚。清人王夫之说:"家玉诗材亢爽,于军中作悲愤诗百余首……其志

---

① 中山大学中国古文献研究所编:《全粤诗》第20册,广州:岭南美术出版社2017年版,第235页。
② 中山大学中国古文献研究所编:《全粤诗》第20册,广州:岭南美术出版社2017年版,第236页。
③ 陈永正:《岭南诗歌研究》,广州:中山大学出版社2008年版,第365页。
④ 中山大学中国古文献研究所编:《全粤诗》第20册,广州:岭南美术出版社2017年版,第226页。

操可睹矣。"①其诗歌正是明末岭南诗坛雄直之风的最好诠释。

三、抗清名将袁崇焕

袁崇焕(1584—1630),字元素,号自如,广东东莞人。明末抗清名将,爱国将领。万历四十七年(1619)进士,历官福建邵武知县、山东布政司右参政、山东按察使、右佥都御史、辽东巡抚兼兵部侍郎、兵部尚书兼右副都御史。袁崇焕一生功勋卓著。在抗击清军(后金)的战争中先后取得宁远大捷、宁锦大捷,但因为不得魏忠贤欢心辞官回乡。明思宗时重被启用,于崇祯二年(1629)击退皇太极,解京师之围后,魏忠贤余党捏造多项罪名弹劾袁崇焕,皇太极又趁机实施反间计。崇祯三年(1630)八月,袁崇焕被朱由检认为与后金有密约而遭凌迟处死。有《袁督师遗集》存世,今人辑有《袁崇焕集》。袁崇焕诗存世76首,诗歌体裁多样,包括古诗、五律、七律、五绝、七绝等,艺术风格亦丰富多样,别具一格。

慷慨激昂、真气豪迈,是袁崇焕诗歌的主要特色。清代梁章钜评价说:"公不必以诗名,而所作皆豪迈有真气,足称其为人。"②袁崇焕一生忠君爱国,在诗歌中也多次表达建功立业的渴望与报效国家的远大志向。如《舟过平乐登筹边楼》:"何人边城借箸筹,功成乃以名其楼。此地至今烽火静,想非肉食所能谋。我来凭栏试一望,江山指顾心悠悠。闻道三边兵未息,谁解朝廷君相忧。"③诗歌直抒胸臆,表达了为君主分忧、为国家效力的雄心壮志,豪迈激昂,具有鼓舞人心的力量。《独秀山》借写山来言志,表达了自己要卓尔不群、成为"南天一柱"的宏大理想,气势豪迈,直干云霄。另《到家未百日即为崇祯元年诏督师蓟辽拜命入都》诗云:"痛心老母牵衣泣,挥手全家忍泪行。只为君恩辞不得,未曾百日事躬耕。"④此诗为得罪魏忠贤落职后重被崇祯帝启用复出时所作。诗歌用语平实,却有一股忠心爱国之真气从胸中喷涌而出,表现出诗人慷慨磊落、敢于担当的男子汉气概。即便是遭奸人陷害临刑之时,诗人的豪迈真气丝毫没有减弱。他的《临刑口占》诗云:"一生事业总成空,半世功名在梦中。死后不愁无勇将,忠魂依旧守辽东。"⑤即便是屈死,诗人也没有一丝怨言,其忠魂还要继续镇守国土,维护国家社稷的安宁,其慷慨悲壮的赤诚之心令人感动。

---

① (清)王夫之:《永历实录》卷18《二张传》,上海古籍出版社1987年版,第153页。
② (清)梁章钜著,蒋凡校注,梁超然审订:《〈三管诗话〉校注》,南宁:广西人民出版社1996年版,第84页。
③ 石瑞良编:《袁崇焕诗赏析》,北京:中国书籍出版社2006年版,第68页。
④ 石瑞良编:《袁崇焕诗赏析》,北京:中国书籍出版社2006年版,第249页。
⑤ 石瑞良编:《袁崇焕诗赏析》,北京:中国书籍出版社2006年版,第293页。

袁崇焕的诗歌情感浓烈,还有些作品是悲愤与幽怨相交织,呈现出另一种风韵。如袁崇焕同朝为官的好友熊廷弼经略被阉党以"莫须有"罪名杀害之后,他创作《哭熊经略二首》,回忆了昔日和熊廷弼经略深夜谈兵的美好往事,表达了对朝廷痛失重臣的悲痛。"功到雄奇即罪名"运用反语,表现了诗人对文武全才、为国效力的友人惨遭冤害的极度愤慨。另《前经略宗人应泰藁葬辽阳城外,予买棺殓之,并归其榇》诗也描绘另一位友人忠君害国,功勋卓著,最后却落得"无定河边骨未收""死后裹尸无马革"的悲惨结局。丑恶的现实激发了诗人对政治现实的反诘:"边衅久开终是定,室戈方操几时休?"(《偕诸将游海岛》)

最令人感动的是袁崇焕诗中体现出的大义凛然的气度与将死生置之度外的豪迈。如《南还别陈翼所总戎》其二:"慷慨同仇日,间关百战时。功高明主眷,心苦后人知。麋鹿还山便,麒麟绘阁宜。去留都莫讶,秋草正离离。"①此诗作于明崇祯初年诗人重被朝廷召回任用之时。诗人放弃了独善归隐的生活,坚定地投身于保卫家国的斗争之中。"功高明主眷,心苦后人知。"表明诗人的辛劳戎事,绝非求取个人的功名利禄,而是为民族事业,相信天下百姓终能明白自己的一片苦心。"去留都莫讶,秋草正离离。"表现了不计个人荣誉得失的洒脱、坦荡气度。此外,袁崇焕还创作过几首清新自然的边塞诗。如《边风》描绘了一幅边塞的秋景图,画面生动,视觉、听觉相交织,令人耳目一新。《边雨》展示了边塞战士别具特色的军旅生活,充溢着一股清新之气,与展现征战之苦的其他边塞诗完全不同。

袁崇焕一生经历坎坷、命运多舛,但他始终以家国为念,不计较个人得失,其坦荡豪迈、执拗刚烈的性格让其诗歌带上了慷慨激昂、豪气干云的风格,其对现实的清醒认识与反思则为其诗歌增添了一些凄怆迷离、幽怨悲愤的色彩,同时其部分诗歌也略带自然清新之风韵,这些摇曳多姿的艺术风格展现了明末岭南诗坛的多样化诗风。而其质朴自然的语言、雄直酣畅的表达方式对岭南雄直诗风的形成也起到了一定的推动作用。

第二节 抗清后的退隐诗人

一、抗清义士张家珍

张家珍(1631—1660),字璩子,东莞人。抗清名将张家玉之弟。南明永历元年

---

① 石瑞良编:《袁崇焕诗赏析》,北京:中国书籍出版社2006年版,第78页。

(1647),从家玉起兵抗清。家玉殁,家珍与总兵陈镇国集余部数万于龙门,以图恢复。明桂王(朱由榔)封家珍为锦衣卫指挥使。清顺治七年(1650),广州城再破,家珍隐于东莞铁园,家居养父,折节读书,广交朋友。年三十而卒。家珍诗歌伉爽有气,其遗作被友人编为《寒木居诗钞》一卷。

作为一名遗民诗人,张家珍曾与兄一起参加抗清斗争并饱尝了兄长殉难之痛,其诗歌也集中体现了岭南遗民诗人的故国之痛与恢复无望之际的无奈之感,展现了岭南遗民诗人的真实心态。张家珍曾作一首《梦马诗》,深得后人称赞。其诗云:"久失飞黄马,空馀战血衣。可怜横草后,不得裹尸归。力尽犹追敌,功高几溃围。年来生髀肉,梦尔泪频挥。"此诗前有一小序,说明了作诗之缘起:"昔余在军中得一良马,汗血权奇,陷阵溃围者屡矣。不意死于龙门,埋之小丘,已十年所。今归卧蓬蒿,忽夜梦之,驰驱如前,悲鸣犹恋,觉而为诗以吊之。"①联系张家珍生平事迹可知,此诗表面上是悼马,其实也是哀悼兄长张家玉和他自己。张家珍十六岁从兄家玉起兵,曾得良马,十分喜爱,曾骑此马驰驱沙场,屡建功勋。后来马死,家珍将之葬于龙门山中。十年后,南明政权俱败,其兄家玉在增城战败投塘自尽,诗人也不得不退隐草野,英雄再无用武之地。一夜诗人忽又梦驰此马,临阵杀敌,醒后乃作诗悼之。眼下家国沦丧,家珍虽壮志难酬却雄心不已,思及兄长,又悲慨满胸,于是在诗中感叹"髀肉复生",空有"泪频挥"。

兄长张家玉的死难令张家珍悲痛不已,他曾多次在诗中抒发对亡兄的哀悼。如《忆先文烈兄增城侯》诗云:"草堂睡起怜孤影,忆到增城莫可寻。杜宇年年枝上血,鹈鸰夜夜梦中心。剑同王气沉秋水,星暗流云失羽林。鼙鼓中原睢泪尽,不堪风雨独哀吟!"②对亡兄的思念日日夜夜未曾停息。可谓字字血泪,悲壮激昂。再如"乱离何处堪回首?魂梦犹如未解鞍"(《先文烈兄没产复勘,偶成一律》),"碧血难寻天地阔,幽怀无诉鬼神知"(《忆先文烈兄增城侯》其二),"鹈鸰原上如闻语,鸿雁洲边似有声"(《秋怀》其五),均是诗人的真情流露,读之令人肝肠寸断。

故国山河之恸,在家珍诗中也多有表现。如他曾创作组诗《秋怀》六首,淋漓尽致地抒写了自己的亡国之痛与事无可为、不得不归隐草莽的无奈。其三诗云:"金陵回首事成空,禾黍凄凉满故宫。万里关山听暮角,百年风雨感飘蓬。荷衣制就徒怀屈,麦饭炊来却忆冯。我亦艰难同此日,南宫烟树思何穷。"③其六诗云:"何处悲秋不可怜,无心奏曲入冰弦。窗前山水消闲日,镜里光阴度壮年。社燕方辞红叶冷,宾鸿

---

① 陈永正:《岭南诗歌研究》,广州:中山大学出版社2008年版,第375页。
② 黄海章:《明末广东抗清诗人评传》,广州:广东人民出版社1987年版,第117页。
③ 中山大学中国古文献研究所编:《全粤诗》第21册,广州:岭南美术出版社2017年版,第698页。

欲过碧云连。从来物态关人意,自展鸾笺一惘然。"①无论是直抒胸臆还是借用典故,均写得情感深重,令人动容。

作为一名刚直、爱国的勇士,张家珍虽多次在诗中表达黍离之悲,但其报国热情始终未有减退。即便身处草野,他也仍与爱国志士保持联系,并没有轻易放弃恢复之机。如《今日僧李正甫还零丁山》诗云:"靖康一买钓鱼船,牢落零丁有几年?今夜暂同灯下醉,明朝相望岛中天。山深麋鹿依弘景,海阔鱼龙傍鲁连。莫叹无成当此日,从来贤哲本山川。"②李成宪,字正甫,番禺抗清志士。明亡后削发为僧,隐居于零丁山,号"零丁山人"。零丁山,在珠江口零丁洋中。李成宪名为隐居出家,实则图谋与海上义军联络以图恢复。张家珍此首七律,"以深挚之语写国破家亡后的感受,但又不溺于颓丧哀伤。末二句大笔振起,正气浩然"③。

二、爱国志士屈士煌

屈士煌(1630—1685),字泰士,一字铁井,广东番禺人。贡生。明唐王隆武二年(1646)冬,广州陷,士煌与兄士燝往来陈子壮、张家玉、陈邦彦等诸义军中,以图相为犄角。诸军溃败后潜归奉母。及广州再陷,隐遁西樵。明桂王永历八年(1654),闻李定国率师复高、雷、廉州三府,士煌与兄微服往从不果,乃入化州。后李定国护驾入滇,士煌乃跋涉前往,上书陈三大计六要务,授礼部仪制司主事。清军进逼,永历帝走永昌,士煌兄弟追之不及,遂东还。抵家而所聘之妻苏氏已忧悒而终,弟士煜亦死难四年矣。未几,兄士燝、弟士灼、士熺俱殁。士煌独立奉母,后亦先母而卒。其诗今存八十余首,有香港何耀光至乐楼本《屈泰士遗诗》传世。

屈士煌与兄士燝在明亡之际历尽艰难,多次追随南明永历帝,以图复国大业,充分体现出坚韧的意志及民族存亡的关切之情,其诗歌对此也多有表现。如《羊城秋忆》其九诗云:"全家阁泪出仙城,牧马南来又北征。五夜管弦金屋梦,一天风雨玉关情。衰年落寞悲慈母,远道提携仗阿兄。孤寡莫嗟行路苦,闾阎离散久吞声。"④诗歌叙写了屈士煌与兄士燝在明末动荡的时局中无法在家侍奉老母,相互扶持、为国事而奔走的艰难历程及行踪漂泊的落寞心情。最后两句诗"孤寡莫嗟行路苦,闾阎离散久吞声",将自我的人生体验拓展为普泛化的人类情感,写出了家国沦丧之际普通百姓流离失所的悲痛,非亲身经历难以道出。另一首《登龙门岛》诗作于士煌兄弟追赴

---

① 中山大学中国古文献研究所编:《全粤诗》第21册,广州:岭南美术出版社2017年版,第699页。
② 陈永正:《岭南诗歌研究》,第375页。
③ 陈永正:《岭南诗歌研究》,第375页。
④ 中山大学中国古文献研究所编:《全粤诗》第21册,广州:岭南美术出版社2017年版,第567页。

李定国部队未果而遁迹化州之时。其时靖氛将军邓耀屯龙门岛抵抗清军,闻士煌兄弟名,乃迎至龙门,共图恢复大计。诗歌最后两句"满目山榛吟兴起,美人何处瘴烟迷"①,借《诗经·国风·邶风·简兮》中"山有榛,隰有苓。云谁之思?西方美人"之诗意,将明桂王比之美人,表达了在烽火迷烟之中追随桂王踪迹而不得的伤感心绪及"心向往之"的坚韧意志。

屈士煌的诗真实记录了他的人生遭际与不同时期的复杂心情。桂王入滇后,屈士煌曾在滇南任职,希冀能为重新收复河山出力。此时期他作有《望昆明池》一诗,风格清新明朗,描绘了昆明池的美丽景色,此种平和的情调在屈士煌诗集并不多见,显见诗人对未来前程充满希望。同作于此时期的另一首诗《滇南元夕》,则表现了他对现实的深沉忧虑。诗云:"一气回阳万井烟,红衫宝马迸如泉。春街烂漫清平屦,月地噌吰大小弦。度曲千门翻白纻,悬灯百戏选青钱。繁华好梦频消歇,粉饰怜看半壁天。"②诗歌极力描绘了桂王入滇南后元夕佳节的盛况。但"红衫宝马""清平屦"往来的"春街烂漫"不过是一场表面的繁华,所谓好梦易醒,他希望统治者不要忘记国耻家恨,与人民一起共图恢复。这些诗既是对史实的描绘,也真实记录了屈士煌恢复祖国山河的顽强心志。

屈士煌忠心为国,力图恢复,然其所献方略计策却往往为人所阻,心情极度悒郁与无奈。其《感时》其一诗云:"乾坤作戏未逢场,人力天心两渺茫。粉黛纵工愁掩袖,菁华如竭忍褰裳。非才论计终投石,短鬓忧时欲见霜。万里麻鞋成底事,悲来无地可佯狂。"③据屈大均《翁山文外·铁井先生墓表》记载,屈士煌入滇后,上书陈三大计六要务,且极言孙可望之恶。其时可望被封秦王,握重兵,朝议欲羁縻之,章表遂留中不发。其后孙可望叛明,叛臣洪承畴入滇,留守汉阳王马进忠弃贵阳而走,士煌上书数其失律、弃城、不战之罪,朝廷不报。这些事均令士煌心灰意冷,他深感国难之际贤士不多,前路艰难,却又不忍褰裳离去。这首诗就生动地表现了他报国被阻的无奈与进退两难的痛苦心情。永历帝奔走永昌之后,士煌追之不及,不得不返回家乡,他在《归自滇中呈故园同社》诗中说:"浮生孟浪终惭道,未死颠连恐负恩。"④表现了因家贫亲老不能继续为复国而尽力的痛苦与矛盾。《国朝岭海诗钞》评此诗说:"恨不死于庚子以前而死于壬寅以后,为有母在故也。读五、六语可以悲其志矣。"⑤准确道出了屈士煌忠孝两难的矛盾心理。另外,屈士煌还创作组诗《金陵杂感》八首、《山

---

① 中山大学中国古文献研究所编:《全粤诗》第21册,广州:岭南美术出版社2017年版,第574页。
② 中山大学中国古文献研究所编:《全粤诗》第21册,广州:岭南美术出版社2017年版,第575页。
③ 中山大学中国古文献研究所编:《全粤诗》第21册,广州:岭南美术出版社2017年版,第573页。
④ 中山大学中国古文献研究所编:《全粤诗》第21册,广州:岭南美术出版社2017年版,第577页。
⑤ (清)凌扬藻:《国朝岭海诗钞》,道光六年(1826)狎鸥亭刻本。

居》三十首等,表现了自己的兴亡之感与恢复无望之际的痛苦心情。

屈士煌的诗歌还深刻反映了战乱之际的社会现实及政治局势,这是其诗歌中最有价值的内容。为复国抗清,屈士煌历尽千辛万苦、不屈不挠,但对当时惨痛的社会现实及昏聩的朝政,他也勇于大胆批判。比较有代表性的是其创作的七律组诗《羊城秋忆》十八首。其六云:"市廛何地不征求,悉索东南尚未休。几处铸山穷绝域,频年煮海截长流。波斯特献珊瑚树,陇右遥供翡翠裘。早悟多藏容易散,内庭何苦夜持筹。"①谴责了南明统治者不思抗清大业,却残酷地剥削人民,大肆搜刮民脂民膏,最终导致亡国之灾,所藏全部归于一空,不过是枉费心机。其七谴责广州的藩王鱼肉百姓,大兴佛寺以祈福的可恶行径。最后两句"借问羊城饥饿魄,曾从只履到莲邦"②极富讽刺意味,揭露了统治者的愚昧与荒诞。其十讽刺统治者贪图享乐,大建楼台、宅院,结果繁华转瞬倾覆,只剩暮鸦聒噪。这些诗歌均反映了屈士煌诗歌的现实主义精神,具有强烈的诗史意味,也表现了岭南诗人对明末现实的理性思考。

三、传奇侠士:张穆、李云龙

张穆,字穆之,号铁桥,亦号铁桥道人,广东东莞人。工诗,善画马,喜习武,能击剑,留心研习兵法,好游历结友,与广东名士黎遂球、梁朝钟、邝露等同游。明崇祯五年(1632),逾南岭向北游历,足迹到达衡岳、湖湘、楚南、吴越、钱塘等地。崇祯八年(1635)返回家乡茶山。清顺治二年(1645)南明唐王朱聿键即位于福州,张穆受命与张家玉到惠州、潮州募兵,并用书信招服了聚众攻打澄乡的赖其肖归顺南明抗清。唐王被杀后,南明统治集团内部纷争,张穆见事不可为,辞官归里隐居,寄爱国忧民之情于诗画中。著有《铁桥山人稿》。

张穆自幼习武,一生尚武任侠,是明末岭南重要的侠客之一。钱澄之称"铁桥少好游侠,通剑术,志在万里"③。张穆还蓄养名马于家,勤练骑射与剑术,平生也多结交侠义豪杰之士,自称"虽非千金子,宝马常在途。衡门多杂宾,意气皆丈夫"④。年轻时的张穆希望能尽情施展自己的才华,为国立功,但终未能如愿。明崇祯六年(1633),张穆就逾岭北游,思立功边塞。他游历江西、湖北、江苏、浙江等地之后,于崇祯八年(1635)回到家乡东莞。后曾入总兵陈谦幕,参与平定连州八排瑶乱。唐王朱聿键即位于福州期间,张穆曾受命为抗清募兵而四处奔走。作于此时期的《留别

---

① 中山大学中国古文献研究所编:《全粤诗》第21册,广州:岭南美术出版社2017年版,第566页。
② 中山大学中国古文献研究所编:《全粤诗》第21册,第567页。
③ (明)钱澄之撰,彭君华校点:《田间文集》,合肥:黄山书社2014年版,第403页。
④ 中山大学中国古文献研究所编:《全粤诗》第21册,第508—509页。

韩季闲耳叔林榕溪赴闽行在》一诗,就充分表现了他为国事勇赴前线、以图恢复大业的大义凛然的姿态。诗云:"乾坤板荡复何言,此日安危敢自怜。暮色满江红蓼外,秋声孤雁白霜天。身名笑我终何事,肝膈如人未必然。闻道明良方励治,敢私岩壑赋招贤。"①他认为,在国家危难之际,有志之士应尽力到前方为国效力,如果置身于岩壑之间,只顾保全个人安危,是不应该的。可惜的是,唐王被杀后,南明统治集团内部纷争不断,特别是广州的绍武政权与肇庆的永历政权以兵戈相见,自相残杀。张穆叹息说:"诸当事不虞敌而急修内难,亡不旋踵矣。"②认为事无可为,遂辞官归里,隐居于老家东莞茶山。

张穆一生任侠,志在立功报国,然而壮志未成,失落满怀。其知心好友屈大均曾作《送铁桥道人》诗:"十二慕信陵,十三师抱朴,十五精骑射,功名志沙漠。袖中发强矢,纷如飞雨雹。章句耻不为,孙吴时间学。蹉跎遂暮年,丧乱成萧索。洗心向林泉,所望惟鸾鹤。瀑水与萝花,飘飘梦中落。"③点明在张穆心中总有一种郁郁不平之气。友人邝露也说他是"垂天之羽"而"困于燕雀"。晚年张穆仍练武习剑,但"壮心烈士悲暮年",虽有"用之疆场一敌万"之才,却落得"如何闲置荒垌畔"的下场。

经历了明王朝的灭亡,又目睹了南明政权内部的纷争与最终的覆灭,失意的人生与风雨飘摇的政局,使张穆的诗歌表现得极其沉郁。如《酬客》:"吾本罗浮鹤,孤飞东海东。宁愿南矞马,不逐北来鸿。坐爱千年树,高如五尺童。乘轩亦何苦,随意水云中。"④表现了自己退隐山林的无奈。《重阳后二日同张雏隐、何不偕、陈元孝、陶苦子、高望公、林叔吾集梁芝五斋中》云:"西园月向九秋逢,素影先分海色空。幽径菊留元亮趣,闲堂尊上孔融风。霜侵宿鸟翻桐叶,香冷流萤掠桂丛。每感韶华侵短发,四愁歌罢对冥鸿。"⑤诗人尽管隐居于草野,但心中并未真正放下民族国家,政治动荡,战鼓不息,然而英雄却并无用武之地,诗人只能黯然神伤。"白首壮怀消已尽,谁家明月夜吹箎"⑥;"千古遗弓终抱恨,十年磨剑尚如新……试问雄心销几许,从来英杰返天真。"⑦这些看似萧然出尘之语实则蕴含着诗人的愤激与无奈。但尤为感人的是,张穆在自甘隐遁的外表隐藏着一颗不屈的英勇之心。释今释曾言其"晚年皈心

---

① 中山大学中国古文献研究所编:《全粤诗》第21册,第500页。
② 黄海章:《明末广东抗清诗人评传》,广州:广东人民出版社1987年版,第95页。
③ (清)屈大均著,陈永正主编:《屈大均诗词编年笺校》上册,广州:中山大学出版社2000年版,第23页。
④ 中山大学中国古文献研究所编:《全粤诗》第21册,广州:岭南美术出版社2017年版,第545页。
⑤ 中山大学中国古文献研究所编:《全粤诗》第21册,广州:岭南美术出版社2017年版,第504页。
⑥ (清)张穆:《西郊同岑梵则王说作陈乔生梁药亭陈元孝集高望公客斋赋》,中山大学中国古文献研究所编:《全粤诗》第21册,第501页。
⑦ (清)张穆:《寿卫菉园》,中山大学中国古文献研究所编:《全粤诗》第21册,第517页。

华首,深究无生之旨……于酒酣耳热时有悍悍之气,如一线电光,发于冷云疏雨中。"①"易堂九子"之一的曾灿曾到东莞过访张穆,"尝饮其东溪草堂,酒酣耳热道当日少壮时事,辄欲击剑起舞"②。这些均可显见张穆深藏内心的报国情怀。

张穆诗集中,有些关注家国民生的作品,有很强的现实意义。这些诗"多写战争给人民带来的灾难,反映出苍凉悲壮的时代气息。诗笔隽朗雅健,功力甚深"③。如《建宁行在感赋》:"溪头虎帐寂衔枚,城上千灯禁旅开。漫说貔貅雄细柳,不闻骐骥上高台。霞关夜阕私传警,象郡年来已赐裁。四顾更谁通臂指,调剂空负折肱来。"④此诗是诗人投奔唐王时对建宁行在的现实状况的叙写。福建处于孤立无援的状态,军容不振,良将乏人,加上内讧不息,无人可调停,诗人对家国前途充满无限隐忧,其诗之感时言事,与杜甫相似。对清朝贵族屠杀人民的罪行,他在诗中也多有表现。如"颓垣野妪啼青草,战垒遗骸知阿谁。遗骸不掩枯连镞,暮景低原闻鬼哭。参差高阁成墟烟,永巷蓬蒿深簇簇"(《苍头还山言故乡茶山离散之状感作》),无比痛心地描绘了战乱后故乡的惨状。"里门枯草破垣齐,邻屋无烟白露低。社酒坛边思故老,莎鸡自咽路旁藜"(《里门秋过有感》),"五月雨深松阁梦,兼旬烽断莞城书。三都正是愁珠玉,桑里贫交草满闾。"(《山中避乱怀故园亲友》),"人人远忆桃花路,日日愁看虎豹邻"(《兵戈日与西越诸君隐居湖上》),形象描绘了乱世中生灵涂炭、百姓苦不堪言的场景。

亡国伤痛在张穆诗中也多有抒发。如咏物诗《梅花》云:"千山落木照寒空,别有香云独结丛。马首易逢零乱处,柴门时隔有无中。最宜鹤立同孤洁,未许蜂阑似众红。闻道玉门春不度,可怜空听笛边风。"⑤"千山落木"暗指明王朝的覆灭,"香云结丛"暗指散布各地的反清力量。在兵戈四起的动荡时局中,诗人预感恢复无望,遂隐居山林,独抱遗民立场,但黍离之悲与对祖国前途的担忧却无时无刻不萦绕于心。

张穆的诗不仅融入了个人的经历遭际,也倾注了浓郁的明亡之恨、家国之憾,表现出雄直刚健的风姿,反映了明末岭南文士的精神风貌。特别是其诗歌直陈明末动荡的社会现实,表现了岭南诗歌的诗史价值。至于其诗中凝结的久久不散的烈士暮年、壮志未酬之抱憾,其好友屈大均的诗歌可以说是最好的注解:"迩来剑得白猿术,登台尝舞双芙蓉。清泉白石心已厌,慷慨欲游关塞中。怜君少小事游侠,智勇深沉慕荆聂。悲来每叩玉壶歌,酒酣频向南山猎。平生画出真骅骝,将寻天子昆仑丘。万里

---

① (清)杨钟羲撰集,刘承干参校:《雪桥诗话三集》卷一,北京:北京古籍出版社1991年版,第21页。
② (清)曾灿:《题张铁桥像后》,《六松堂文集》卷十三,胡思敬辑:《豫章丛书》第193册,民国南昌豫章丛书编刻局刊本(1915—1921)。
③ 陈永正:《岭南历代诗选》,广州:广东人民出版社1985年版,第297页。
④ 中山大学中国古文献研究所编:《全粤诗》第21册,第501页。
⑤ 中山大学中国古文献研究所编:《全粤诗》第21册,第523—524页。

风沙开缟素,千群汗血骋王侯。"①

明末和张穆一样具有豪侠气的还有诗人李云龙。李云龙,字烟客,广东番禺人。少补诸生,负奇气,慷慨重节义,一时名士多严事之。年轻时与陈子壮、黎遂球、赵焞夫等人相往还。曾走塞上,入袁崇焕幕。天启年间,崇焕遭谗言乞休后,云龙飘游四方。既而崇焕死,遂为僧,称二严和尚。著有《啸楼前后集》。

李云龙诗中比较有价值的是其创作的五律组诗《咏怀》十首,其悲愤满纸,令人感动。其一云:"三河有壮士,立志常慨慷。出身赴国难,气欲吞渔阳。龙旗飓边风,金甲耀日光。弯弓射旄头,倚剑天山旁。白刃起如林,意气方扬扬。讯言乡曲士,宁知侠骨香。"②诗歌借三河壮士来抒写自己为国立功的壮怀。"出身赴国难,气欲吞渔阳",表现了民族危难之际,愿离家赴难、战死沙场的英雄豪情。诗人不愿屈居乡曲,而是向往弯弓倚剑、意气飞扬的杀敌生涯,这也可以说是对自己人生的刻画。明代末年,清军入侵中原,局势非常危急。李云龙怀抱报国志向,只身远赴塞上,投入袁崇焕幕中,此举在当时令岭南诗人大为赞赏。如区怀瑞《李烟客附舟入北赴袁辽抚招因赠》诗云:"君才自是天生者,何能局蹐困椠铅……胸中甲兵万队生,腰间风雨双龙跃。一顾应酬国士知,千金肯负平生诺。"③黎遂球《送李烟客出塞二首》诗云:"谈兵奋髯戟,骑马策杨枝。为试登楼啸,胡雏满地悲。"④均对之寄予厚望。李云龙对前途也是充满信心。如《咏怀》其八诗云:"弱龄怀远图,高视凌九霄。手提万金剑,跃马向青郊。招邀六郡雄,共逐五陵豪。"⑤诗人年轻时豪气干云,曾招邀四方豪侠之士共谋报国大事。然而事与愿违,一腔抱负终究化为流水,昔日共谋大事的海内豪侠已四处流散,存者不多,眼前国家形势危急,诗人再也无力回天,思及此不禁潸然泪下:"豪雄者谁子,意气秋天高。白日忽以迈,春芳辞秋条。嗟哉命运徂,魂去不可招。俯仰天地间,斯人竟寥寥。一为薤露歌,恻怛令魂销。"⑥

另李云龙曾作《丁卯感秋》诗云:"中丞鹊印旧登坛,一剑霜飞绝漠寒。汉帅岂堪蕃将代,军容争遣内臣观。居人夜傍长榆泣,胡马秋嘶白草残。道是令公今远窜,凭谁免胄阵前看。"⑦李云龙早年曾至塞上投奔袁崇焕帐下。时崇焕总制三边,威名远

---

① (清)屈大均著,陈永正主编:《屈大均诗词编年笺校》上册,广州:中山大学出版社2000年版,第27—28页。
② 中山大学中国古文献研究所编:《全粤诗》第22册,广州:岭南美术出版社2017年版,第4页。
③ 中山大学中国古文献研究所编:《全粤诗》第16册,广州:岭南美术出版社2014年版,第500页。
④ (明)黎遂球:《莲须阁集》卷五,《四库禁毁书丛刊》集部第183册,北京:北京出版社2000年版,第78页。
⑤ 中山大学中国古文献研究所编:《全粤诗》第22册,第5页。
⑥ 中山大学中国古文献研究所编:《全粤诗》第22册,广州:岭南美术出版社2017年版,第5页。
⑦ 中山大学中国古文献研究所编:《全粤诗》第22册,广州:岭南美术出版社2017年版,第119页。

播,云龙也在军中参与谋划。天启丁卯七月,阉党魏忠贤使人弹劾袁崇焕不救锦州,崇焕愤然乞休。云龙也极为悲愤,遂作此诗为之深鸣不平。诗歌开头两句写袁崇焕镇守边疆,威慑四方,敌人不敢轻易来犯。三、四句连用两个反问句表达了对阉党进谏谗言,导致袁崇焕愤然辞官、边地垂危的愤怒之情。五、六句想象从此人民不得安居、胡人趁机进攻中原的情景。最后两句将袁崇焕比拟为唐代的郭子仪,感叹袁崇焕如遭罢黜,今后有谁能单骑免胄深入敌营刺探军情?史载天启初年,袁崇焕曾单身一人前往山海关外查阅地形。全诗情感充沛,抒发了作者的悲愤之情。

袁崇焕被冤杀之后,李云龙心灰意冷,遂削发为僧,号二严和尚。其《咏怀》诗其五有云:"荆棘周道傍,豺虎正纵横。平林有鹒翩,朱凤戢其形。为害苟不顾,何以保令名。改辙理方舟,去去俟河清。"①诗人感叹荆棘满路,豺虎当道,烽烟遍地,欲行不得,苦守节操的志士只能隐于山林,不知何时才有河清祥瑞之日。另其《杂兴》诗云:"世无梧桐枝,尔当游何方。"②以凤凰自喻,表达了万木凋残,无枝可依,唯有息隐山林的悲痛与无奈。

李云龙诗中也有对当时社会现实的描写。如《会冢行美侍郎田公及义士王潜父也》回忆了明桂王永历四年(1650)广州城再次失陷后,清兵在城内大肆屠杀人民的惨状。"沧海已销精卫恨,青山无复杜鹃啼"③两句,充满了沉痛的家国兴亡之感。再如《咏怀》其九:"阴风厉宵旦,平陆飞海水。洪潦溢交衢,滔滔未云已。冯夷扇其波,直欲倾南纪。沙汀杳莫辨,鸿雁哀鸣起。"④用象征的手法,表现了清军所到之处,骚乱顿起,生灵涂炭,哀鸿遍野,人民生活一片凄苦,其对天下苍生的怜悯之情溢于言表。

总之,李云龙的诗歌也从另一个侧面表现了明末岭南豪侠型诗人面临国难危局时的慷慨悲歌与凛然志节,为全面认识明代的岭南诗歌创作提供了一个新的样本。

第三节 隐居草野的遗民诗人

一、"南园十二子"之一陈子升

陈子升(1614—1692),陈子壮之弟。字乔生,号中洲,南海沙贝村人。年十五应

---

① 中山大学中国古文献研究所编:《全粤诗》第22册,广州:岭南美术出版社2017年版,第5页。
② 中山大学中国古文献研究所编:《全粤诗》第22册,广州:岭南美术出版社2017年版,第75页。
③ 中山大学中国古文献研究所编:《全粤诗》第22册,广州:岭南美术出版社2017年版,第22页。
④ 中山大学中国古文献研究所编:《全粤诗》第22册,广州:岭南美术出版社2017年版,第5页。

童子试,补诸生。与黎遂球、陈邦彦等以文章声气遥应江南社。明福王弘光帝立,以明经举第一。永历帝时授兵科给事中,在广东九江起兵抗清。陈子壮殉难后,陈子升携母匿藏深山。入清不仕,晚年贫困,出家于庐山归宗寺。后归家杜门不出,未几而卒。著有《中洲草堂遗集》。

陈子升是明清之际岭南较有影响且具有鲜明创作风格的诗人。他人生历程曲折复杂,交游广泛,是明末"南园十二子"之一,与王鸣雷、伍瑞隆并称"粤东三家";又与陈恭尹、梁佩兰、程可则、王邦畿、王鸣雷、伍瑞隆并称"粤东七子"。他的诗歌创作数量可观、题材丰富、诗体兼备、诗风独特,真实地展现了明清之际的时代风云、诗坛面貌和创作状态,具有丰富的文本意义。

故国黍离之感在陈子升诗中随处可见。如《野阔》诗云:"野阔苍梧云向西,漓江东下楚天低。清秋牧马羚羊峡,落日跕鸢鸲鹆溪。炎峤从来尊赤帝,寒烟几处哭黔黎。可怜旧种桃花客,重问武陵津已迷。"①这首诗写于永历二年(1648)作者奔赴肇庆的途中。诗中具体描绘了沿途所见之景,"野阔""落日""寒烟"等词语写出了战乱所带来的凋落肃杀景象,抒发了家国衰亡的深沉感慨。特别是最后两句,连用两个典故,使全诗情绪更加饱满,达到了言有尽而意无穷的效果。"可怜旧种桃花客",是用了唐代刘禹锡"种桃道士归何处?前度刘郎今又来"的诗意,感叹昔日的美景今已不再;"重问武陵津已迷",则是借用陶渊明《桃花源记》中武陵人欲重觅桃花源却不得的典故来感叹世上再也找不到避乱的乐土。全诗寄寓了对明王朝没落的深重的哀悼。再如《金陵》二首借吊六代之兴亡实哀明廷之覆灭,显现出壮怀激越的故国之悲,给人以强烈的情感震撼。若未经历亡国之痛断不能有此笔触。陈伯陶云:"子升诗悲慨多变雅之音,世以为三闾泽畔、杜陵夔州不过是也。"②

陈子升创作了大量的怀古咏史诗,充满了深沉的历史沧桑之感。如《厓门吊古》借古伤今,笔墨凄怆,对南明之覆亡进行了深刻的反思。另其《七哀》诗云:"燕赵不可游,言遵大海南。海南多风涛,水浊高云阴。方舟靡所届,汤汤迷山岑。蜃气为楼台,帝阍邈且深。下怒吞舟鱼,上惊垂云禽。阳侯仰天啸,渊客中夜吟。我欲叩洪钟,蒲牢增哀音。素女曳霓旌,为我拂剑镡。恍惚不复见,悲风吹远林。轻世世何极,鲁连难为心。"③燕赵历史已随风而逝,而今故明沦丧,复国无望,诗人的人生理想已无

---

① (清)陈子升:《中洲草堂遗集》,《丛书集成续编》第151册,台北:新文丰出版公司1988年版,第361页。
② (清)陈伯陶:《胜朝粤东遗民录》卷1《陈子升传》,周骏富辑:《清代传记丛刊》,第70册,台北:台湾明文书局1985年版,第36—37页。
③ (清)陈子升:《中洲草堂遗集》,《丛书集成续编》第151册,台北:新文丰出版公司1988年版,第297页。

法实现。在苦闷与失落之余,诗人对人生世态看得更加透彻,对生活的感慨也益发深沉。钱谦益曾评价陈子升诗云:"自悼之章,《七哀》之什,长怀思陵,永言金鉴。鲁阳之落日重晖,耿恭之飞泉立涌。岂犹夫函书瞽井,但忏庚申;恸哭荒台,徒传乙丙而已哉!"①

陈子升的一些咏物诗,也充满了家国悲凄之情。最具代表性的是《崇祯皇帝御琴歌》。该诗序云:"道人屈大均自山东回,言济南李攀龙之后其家藏百琴,中一琴名'翔凤',乃烈皇帝所常弹者。甲申三月,七弦无故自断,遂兆国变。中官私携此琴,流迁于此。又朱秀才彝尊曾言有杨正经者,善琴,烈皇帝召见,官以太常,赐以一琴,自国变后结庐,与琴偕隐,作《西方》《风木》二操,怀思先帝。其人今尚存云。壬寅中秋,二三同志集于西郊,闻道人之言,并述杨太常之事,咸唏嘘感慨,谓宜作歌以识之。臣陈子升含毫稽首,长歌先成。"②诗以明崇祯皇帝曾弹奏过的古琴为依托,睹物思人,寄情于物,既表达了对故国故君的忠贞与思念,也表现了对明清之际动荡时局的无限悲痛。全诗一片深情,哀感动人。

陈子升晚年"流落山泽间,为诗多悲慨,为变雅之音"③。特别是兄长陈子壮抗清失败、以身殉国的惨烈事件给了他沉痛的打击,他常常在诗中表达对兄长深沉绵长的怀念,流露出凄怆消极的情绪。如《哭云淙兄》诗云:"取义先申报国劳,师行将克绝号咷。一生心事苌弘碧,百粤经营伍子涛。眦裂虎头清露泣,身骑箕尾玉堂高。平生雁序曾师友,今日招魂尚读骚。"④此诗高度赞扬了兄长以身报国、大义凛然的精神,也表达了对兄长沉痛的悼念之情。无人倾诉、知音难觅的艰难处境更增添了陈子升晚年的孤寂与落寞,他在《感秋》组诗中集中表达了此种凄凉无助的情绪:"世态狂澜倒,何人结古欢";"素交长逝矣!心事谁与论?……携手一相失,吁嗟甘闭门";"大翼风难举,方舟壑暂藏。晻回潜出涕,贤哲几沦亡。"⑤故友沦亡,如今可以倾诉和相助的人已经寥寥无几。放眼四海,人情诡谲、满目荒凉,诗人只能紧闭寒门,栖隐山林。此类诗伤心满纸,令人不忍卒读。

陈子升有很多诗歌表现了直面易代之际的社会现实、关心国家民族命运、关心民生疾苦的儒士情怀,这是其诗歌中最有价值的内容。如《春日登粤王台》诗云:"飘零回望故园空,纵入芳菲似梦中。草接尘沙青不得,云离烟火白无穷。岂因万马惊归

---

① (清)陈伯陶:《胜朝粤东遗民录》卷1《陈子升传》,第36页。
② (清)陈子升:《中洲草堂遗集》,《丛书集成续编》第151册,第310—311页。
③ (清)陈子升:《中洲草堂遗集》,《丛书集成续编》第151册,第273页。
④ (清)陈子升:《中洲草堂遗集》,《丛书集成续编》第151册,第350页。
⑤ (清)陈子升:《中洲草堂遗集》,《丛书集成续编》第151册,第329—330页。

燕,愁向千家数废宫。寂寂古台南武迹,肯容山褐振春风。"①写出了广州沦陷后一片荒凉的景象:万马奔腾,归燕受惊;人民遭受兵乱,四处漂泊;旧时繁荣的村落尽成废墟,满目疮痍,令人伤感顿生。《春夜闻角》诗云:"尉佗城上春吹角,月暗千门夜可怜。几处惊乌栖未暖,往时词客泪应悬。江山一为迷孤枕,笳鼓何劳媚远天。无限微吟向明发,晓风吹断越台烟。"②月暗千门、惊乌未定、笳鼓声远、晓风吹烟,生动地描绘出战后的萧条凄凉之景。只有目睹了生灵涂炭和丧乱时局的人,才能饱蘸伤痛和泪点,写出如此感人肺腑的诗句。正如潘飞声《在山泉诗话》所云:"《中洲集》伤怀故国,感愤时事,篇中有血,自不可磨灭。"③

陈子升还有些诗直接描述了明末岭南的抗清斗争,也展示了渴望投身抗清洪流的自我心态。如《虎贲将军》讴歌了虎贲将军英勇殉国的壮举,表现了反抗民族压迫、弘扬正气的重要主题。《凌海将军》生动再现了抗清烈士陈奇策兵败被捕后步履雍容、笑而受刃的慷慨气概。《赠某将》诗云:"劝君须惜河山誓,不灭胡虏不作家。"④在激励抗清将士英勇杀敌的同时,也隐隐表达了自己的报国壮志。此类诗歌洋溢着战斗豪情,是陈子升关心民族危亡的重要体现,诗中对抗清将士的生动描绘,也具有诗史价值。

陈子升晚年的诗歌大多沉郁悲怆,但其忠贞的遗民气节却随处可见,如其《阁夜》诗洋溢着一种浩然壮气,其酣畅淋漓之势在其晚年诗作中实属少见。其他如"多年贫贱惯,颇觉俗尘稀……抗手谢知己,毋令心曲违"(《感秋》其十五);"累累看客印,岌岌爱于冠"(《有感》);"寄语离居数君子,道心随处恐消磨"(《将泝端水而上贻二三知己》)等诗句均表现他矢志不渝的遗民气节。

陈子升诗风多变,其诗既有所本,又个性鲜明。陈恭尹评价陈子升诗曰:"五律高妙静远,逍遥规矩之中最其自得者也。近所赋《感秋》四十首,于本色中更就古质,如入崇岳,千岩万壑,分则各具一观,合之乃成博大,不复以字句见奇。"⑤朱彝尊《明诗综诗话》评曰:"乔生古诗爱仿《玉台》《金楼》,五律规模太白、浩然,时有单行之句。然其心摹手追者,区海目也。"⑥伍元薇亦评云:"先生诗无所不仿,亦无所不合。"⑦这些评论是颇有见地的。陈子升的诗歌是明清易代之际时代风云与诗人特殊生活经历及个人感受相互作用的艺术显现,其诗歌中体现出的故国之思、遗民情怀及

---

① (清)陈子升:《中洲草堂遗集》,《丛书集成续编》第151册,第384页。
② (清)陈子升:《中洲草堂遗集》,《丛书集成续编》第151册,第355页。
③ 钱仲联:《清诗纪事》(一),南京:江苏古籍出版社1987年版,第533页。
④ (清)陈子升:《中洲草堂遗集》,《丛书集成续编》第151册,第352页。
⑤ (清)陈子升:《中洲草堂遗集》卷末附陈恭尹:《旧刻感秋诗序》,第427页。
⑥ 钱仲联:《清诗纪事》(一),南京:江苏古籍出版社1987年版,第134页。
⑦ (清)陈子升:《中洲草堂遗集》,《丛书集成续编》第151册,第436页。

多样化的诗风对于认识当时社会和研究明清诗风演变特别是岭南诗歌的发展具有独特的意义和价值。

二、剑道人薛始亨

在明季岭南诗人中,湮没不彰者甚多,如顺德草野诗人薛始亨、番禺逃禅诗人王邦畿等。

薛始亨(1617—1686),字刚生,号剑公,别号剑道人、二樵山人。他出生于世宦之家,年轻时在陈邦彦门下受业,与屈大均、程可则为同学。曾居广州五仙观侧,与明贤邝露比邻。明亡后,薛始亨隐居西樵山,闭门研读;后在广州海幢寺及鼎湖山庆云寺受记、受戒,一度遁入缁流,最终隐居罗浮山修道。薛始亨诗文书画皆精,曾名重一时。他现今流传下来的有诗集《南枝堂集》和文集《蒯缑馆十一草》,展现了较高的思想和艺术水平。

《南枝堂稿》收有薛始亨诗作二百三十余首,虽数目不多,但格调高古,个性独特,深得时人赞赏。明代岭南文人黄士俊说:"晋魏以前诗文合而人多擅美,唐宋以下诗文分而士鲜兼长……予尝谓读书种子,不应绝于世,近于吾邑而得一人焉,曰薛子刚生。"①认为其诗文兼美,颇为难得;陈恭尹论当时粤人之诗,将他与屈大均、梁佩兰、邝露、程可则、陈子升、王鸣雷诸人相提并论;邝露也说他"气文而神勇"②。

薛始亨交友广泛,酬答、次韵之作约占全部诗作的三分之一,大多是与志同道合者之间的互诉衷肠、砥砺志节,表现出浓重的遗民情结。如清顺治十五年(1658)春,好友屈大均逾岭北上之际,薛始亨作《送屈子》诗四首,诗云:"君为孤生松,我作幽涧水。愿言勉令德,酌子盈觞旨";"我无渐离筑,赠子绕朝鞭。万里策良骥,无为乡曲贤";"黄鹄何翩翩,誓将千里举。恨无飞翀翼,羡尔凌风羽。"有学者认为,翁山这次出塞名为寻访函可,实为刺杀清廷要人③。薛始亨虽有同心,却为生活所迫,无法追随,只能勉励友人以邦国为念,"颇有临河灌缨之感"④。再如《赠张穆之》诗云:"贫贱今遗弃,惟君反复亲。正同孤屿月,连夕照闲人。浊酒聊欢笑,高歌易怆神。马嘶芳草暮,归去落花春。"表现了明社既屋、山河破碎之际,薛始亨与友人张穆贫贱相

---

① (明)黄士俊:《南枝堂稿序》,(清)薛始亨:《南枝堂稿》前附,香港何氏至乐楼影印本。本节所引薛始亨诗均出自此书,以下不再出注。
② (清)薛始亨:《蒯缑馆十一草》集前附评语,《丛书集成续编》第126册,台北:新文丰出版公司1988年版,第955页。以下所引薛始亨论诗文字均出自此书,不再出注。
③ 邬庆时:《屈大均年谱》,广州:广东人民出版社2006年版,第53页。
④ 黄海章:《明末广东抗清诗人评传》,广州:广东人民出版社1987年版,第150页。

恤,风义相敦的悲痛与凄怆。清顺治十四年(1657),朱彝尊访粤,薛始亨曾到广州与之相聚,临别之际,薛始亨作《留别朱锡鬯》以赠:"黯然挥手向江干,暮雨凄凄失笑欢。鸿鹄怜君翻远举,芙蓉使我佩忘餐。素心晨夕幽居好,青岁飘零行路难。龙性岂堪邻马队,凤趋何日问渔竿。"诗作表现了三五故老在残山剩水之间借酒浇愁、换取暂时麻痹和欢愉的无奈及酒醒之后无法排遣的裂痛与困惑。

还有一些酬唱诗兼有"遣兴"和"咏怀"的性质。如《答蔡炼师》诗明确地表明薛始亨决计隐居山林,韬光养晦,期待尧舜盛世再一展抱负的心志。再如"吾道不行身欲老,乘桴空与此心期"(《送岑金纪游琼海》),表现了壮志未酬的不平与悲愤;"故人流落鬓星星,重忆当时涕欲零。蹩躠控残朱户改,琵琶弹罢玉楼扃。南冠一别成缁染,旧国无归任梗萍。看破豪华真是梦,龛灯长愿诵金经"(《赠愚公》),充满了对友人漂泊无依、不得不遁入空门以保晚节的悲凉身世的慨叹;而其《杜门后答友人僧舍见寄》诗更在隐隐中流露出自己无奈之际不得不归隐的痛苦心情。

薛始亨还创作了很多反映乱离之况及生民之悲的作品,充分体现了"风雅兴寄"的诗学追求。在创作中,薛始亨转益多师,尤其重视对汉魏古体诗、盛唐近体诗的借鉴与学习。在诗歌的体式上,他的五古《咏贫士》《七哀》,七古《吁嗟行》《相逢行》等,风清骨峻,颇具魏晋风度。如《嗟吁行》云:"民生生趣何太戚?日接干戈夜刁斗!诛求处处及几豚,高山为童星在罶。孤儿藁葬未全收,寒妇吞声哭已久。疮痍况复逢荐饥,逃亡那得终南亩!"直抒胸臆,情感奔放,对现实的愤怨不满恣意流荡。他的乐府诗《独不见》《平陵东》《燕歌行》《长歌行》等借乐府旧题表现时事,具有深刻的寓意和寄托。他的五七言律诗则师法杜甫,笔力老健。如《咏贫士》描写一位老翁卖牛鬻器,犹无法供付赋税,不得已弃田遁居深山。归避山林后还担心行踪暴露,唯恐被官役抓去服役。诗歌从一人一事写起,充满了对贫苦百姓的同情,颇得老杜的忧国忧民之风。

还有一些诗歌表现了薛始亨的故国之思和亡国之痛。如七律《漫兴》云:"万井苍茫起野烟,风吹城下草芊芊。自娱粤吏曾箕踞,痛哭书生如倒悬。云散不知龙五色,歌成浑似鹤千年。道旁暮雨愁沽酒,花落春残怨杜鹃。"昔日赵佗雄踞的粤城,而今已野草芊芊。曾经繁华的王朝已经覆亡,故君也不知流落何方。只有城郭依旧,暮雨潇潇,花落春残,杜鹃哀怨。满纸的亡国之痛、故国之悲令人不忍卒读。另《春城》诗在今昔对比中,将无限盛衰之感表现得淋漓尽致。此外,《春日登西樵山》《西郊游》《哭邝湛若中秘》等诗也充满了沧桑变易之感、倦怀故国之思和师友牺牲之痛。高燮《薛剑公先生集叙》云:"观其文,未尝作放下语,其诗亦抑郁离奇,若茹大鲠。"[1]

---

[1] 胡朴安组编,继堂点校:《南社丛选》上册,上海:上海科学技术文献出版社2020年版,第347页。

洵为知言。

三、曲笔写怀王邦畿

王邦畿（1618—1668），字诚籥，今广东番禺人，明崇祯时副贡生。南明绍武政权时以荐官御史。后永历帝定都肇庆，曾追随并寓居肇庆一年。"及桂林倾覆，永历帝西奔不返，邦畿乃东归，避地于顺德之龙江"①，后于雷峰山海云寺拜天然函昰禅师门下，出家为僧，法号今吼，改字说作，隐居于罗浮、西樵一带。王邦畿"少以诗鸣，感时伤事，一寓之于诗"②，今存诗集《耳鸣集》十四卷，与程可则、梁佩兰、陈恭尹、方殿元、方还、方朝并称为"清初岭南七子"。

王邦畿一生关注现实，同情民间疾苦。虽最终由仕入佛，但他始终心怀家国，情感深挚悲痛，表现出坚贞的遗民气节。广州沦陷、绍武政权倾覆后，王邦畿作《丙戌腊末》以寄怀："朔风瘦林木，长陌动烟尘。草野知今日，飘然愧古人。此心空有泪，对面向谁陈。厌看城边柳，春来叶又新。"③清顺治三年丙戌（1646）十二月，清将李成栋攻破广州，大肆屠戮。其时王邦畿虽幸免于难，伏处草野，但他自觉有愧于古人"成仁取义"之训，心中空留无限伤痛，却无人倾诉。永历二年（1648）广州饥荒，王邦畿作《戊子歌》一诗描述当时之惨状。诗中"鸠居鹊巢，主人鼠窜"④，暗喻南明政党纷争导致敌人趁虚而入；"民之憔悴，莫甚于此。哀哀苍天，乱何时已"，则哀叹民生疾苦，期盼战乱早日平息。整首诗情感真挚，充满对百姓的深切同情和对清人入侵的激愤，"激切近变雅"⑤。

永历十六年（1662）四月，永历帝于昆明被害，其时王邦畿已于雷峰寺入禅，但他"感伤家国，欲泣不敢，欲默不能，乃为《秋怀》八章，以寄哀思"⑥。礼佛之人理应四大皆空，但王邦畿的亡国之痛无法抑制，遂寄之于诗。其二诗云："已知世界全无地，遂令波涛尽拍天"⑦，南明大势已去，王邦畿忧心于以清代明，汉族文化精神难以传承。可见，逃禅入佛的王邦畿从未放下士大夫心系家国的抱负和责任。王邦畿还作

---

① （清）温汝能：《粤东诗海》，广州：中山大学出版社1999年版，第1116页。
② （清）陈伯陶：《粤东胜朝遗民录》卷一，《清代传记丛刊》，第70册，台北：台湾明文书局1985年版，第90页。
③ （清）王邦畿：《耳鸣集》，《四库禁毁书丛刊》，集部第87册，北京：北京出版社2000年版，第72页。
④ （清）王邦畿：《耳鸣集》，《四库禁毁书丛刊》，集部第87册，北京：北京出版社2000年版，第48页。
⑤ （清）陈伯陶：《粤东胜朝遗民录》卷一，第90—92页。
⑥ （清）陈伯陶：《粤东胜朝遗民录》卷一，第90—92页。
⑦ （清）王邦畿：《耳鸣集》，《四库禁毁书丛刊》，集部第87册，北京：北京出版社2000年版，第88页。

有一首《燕台怀古》,最能反映其遗民心志。诗云:"地入燕州白日沉,寒云莽莽水阴阴。亦知匕首无成事,只重荆轲一片心。老马过宫频内顾,高台游客独长吟。朱书玉简先朝物,流落人间直至今。"①褒扬了荆轲反抗暴秦、勇于牺牲的精神,也鲜明体现了国破家亡之际岭南遗民的复仇心理和尚侠精神。屈向邦云:"说作怀亡国之痛,悲天下事无可为,思如荆轲之击秦,或亦泄愤之道。适遇社题《燕台怀古》,乃尽情泄发之。上半言欲如荆轲之击秦,下半则故宫禾黍,遗臣与周道之悲矣。"②

在表达方式上,王邦畿的诗歌委婉含蓄、寄托遥深,深得风人之旨。凌扬藻评曰:"(邦畿)所为诗引喻藏义,寄托微远,非身其际者莫得其比兴所由。"③《楚庭稗珠录》也评价说:"集中近体为多,托喻遥深,缠绵悱恻,憔悴婉笃,善于言情,哀而不伤,甚得风人之旨。不细论其身世,几以为体尚西昆,而不知故谬其辞而假以鸣者。所谓'楚雨含情皆有托也'"④。王邦畿的诗歌擅长运用托兴暗喻的隐曲笔法,代表了雄直诗风之外的另一种岭南诗风。如上文所提及的《秋怀》八首,"仿义山无题,缠绵悱恻"⑤,诗歌运用大量典故和神话故事,将丧国之痛娓娓道来。另如《西风飒然至》诗云:"西风飒然至,瑟瑟入长林。木落水流处,孤舟明月心。美人敛颜色,游子罢瑶琴。珍重平生意,前溪霜雪深。"⑥该诗借美人与游子这些常见的意象来寄寓不寻常的亡国之痛,诗中"西风""长林""霜雪"等意象也内涵丰厚,寄喻遥深。陈永正先生认为:"国运的衰颓,志士的悲慨,前路的艰难,都一一寓于诗中,非寻常嘲风弄月之作可比。"⑦

王邦畿的诗歌追求形式的整饬、典丽,带有一些西昆体的习气,但其诗歌并未脱离社会现实。他的崇尚西昆,更像是特殊政治环境下一种委曲自保的表达方式。王邦畿将自己的作品集命名为《耳鸣集》,并自作序云:"耳之鸣也,不可听也。举天下之人告以耳鸣,莫不默喻其所以然者,不以耳听,以心听也。予然之。仅存一二,或以待天下有心人。"⑧可见其良苦用心。"钱受之云:王君诗学殖富,意匠深,云浮胐流,

---

① (清)王邦畿:《耳鸣集》,《四库禁毁书丛刊》,集部第87册,北京:北京出版社2000年版,第86页。
② 钱钟联:《清诗纪事》(二),江苏古籍出版社,1987年,第945—946页。
③ 钱钟联:《清诗纪事》(二),江苏古籍出版社,1987年,第945页。
④ (清)檀萃:《楚庭稗珠录》卷四,广州:广东人民出版社1982年版,第123页。
⑤ (清)陈伯陶:《粤东胜朝遗民录》卷一,第90—92页。
⑥ (清)王邦畿:《耳鸣集》,《四库禁毁书丛刊》,集部第87册,北京:北京出版社2000年版,第58页。
⑦ 陈永正:《岭南历代诗选》,广州:广东人民出版社1985年版,第332页。
⑧ (清)王邦畿:《耳鸣集》,《四库禁毁书丛刊》,集部第87册,北京:北京出版社2000年版,第46页。

殆将别出于岭南诸君子之间。"①王邦畿曲折委婉的诗风展现了明末岭南诗坛的多样化状态。

综上所述,无论是以陈子壮、张家玉、袁崇焕为代表的爱国诗人,还是张家珍、屈士煌、张穆、李云龙等抗清失败后的退隐诗人,乃至隐居草野的陈子升、薛始亨、王邦畿等遗民诗人,均以激越凄楚之情调描绘明末社会现实,感慨时事、关心民间疾苦,充分体现了岭南的现实主义诗风。特别需要指出的是,这一时期的广东诗歌在一定程度上冲破了儒家中正典雅、温柔敦厚的诗学传统,情感多沉郁凄怆、幽怨悲愤,表达方式也极为雄直酣畅,堪称"变风""变雅"之音,呈现出与中原诗坛不一样的风貌。这种"变风""变雅"之作引起了当时诗坛的广泛关注与认同。如薛始亨指出"乔生(陈子升)既东而粤会再陷,追西辙不及,流落山泽间,为诗多悲慨,为变《雅》之音"②;屈大均指出邝露诗中的缠绵悱恻之气"虽《小雅》之怨诽,《离骚》之忠爱,无以尚之"③。朱彝尊也说:"甲申以后,屏居田野……所交类皆幽忧失志之士,诵其歌诗,往往愤时嫉俗,多《离骚》、变雅之体。"④方以智说:"孤臣孽子,贞女高士,发其菀结,音贯金石,愤詟感慨,无非中和。"⑤此类诗作不再汲汲于儒家温柔敦厚、怨而不怒之苑囿,而是与明末风雨飘摇的政治格局、士大夫忧国伤世的情怀相一致,具有强烈的时代意义,是岭南诗歌重视真性情的必然结果,也是岭南雄直诗风的突出呈现,充分体现了广东诗歌敢于突出传统、引领诗学潮流的独特魅力,对清初的广东诗坛也产生了直接的影响。

---

① (清)温汝能:《粤东诗海》卷60,广州:中山大学出版社1999年版,第1116页。
② (清)陈子升《中洲草堂遗集》卷首附薛始亨:《陈乔生传》,《丛书集成续编》第151册,第273页。
③ (清)屈大均:《广东新语》卷12,北京:中华书局1985年版,第351页。
④ (清)朱彝尊《王礼部诗序》,《曝书亭集》卷37,上海:世界书局1937年版,第455页。
⑤ (清)方以智《诗说》,《通雅》卷首三,北京:中国书店1990年版,第47页。

第五章 "南园十二子"的结社与诗歌创作

"南园诗社"是岭南诗坛上历时最长、影响最大的诗社。明末,继"南园五先生"及"南园后五先生"之后,以陈子壮为首的一批广东文士再结南园诗社,时称"南园后劲",又称"南园十二子"。他们一扫当时主流诗坛的靡曼之音而开雄直新风,岭南诗风为之一振。"南园十二子"因此成为明末岭南诗坛上非常重要的一个诗人集群。

第一节 "南园十二子"的结社活动

明崇祯十年(1637),陈子壮以抗疏得罪,除名放归,在广州白云山辟云淙书院,自此寄情诗酒,徜徉于山水之间。陈子壮因一直以来对岭南文化事业的大力扶持及在政坛上的影响,是当时岭南诗坛上举足轻重的人物。他的回乡,为南园诗人的再次聚合提供了契机。次年,广东巡抚葛徵奇重修南园三大忠祠,南海知县蒋棻重刻《南园五先生诗》,陈子壮为之作序,黎遂球作《三大忠祠赋》。此次重修南园三大忠祠、重刻"南园五先生"诗集,在当时社会影响较大,成为"南园十二子"重新结社的直接推动力。

明崇祯十二年(1639)二月十五日(花朝节),陈子壮与弟子黎遂球、弟陈子升、友人欧主遇、欧必元、区怀瑞、区怀年、黄圣年、黄季恒、黎邦瑊、徐荣、释通岸等十二人复修南园诗社,世称"南园十二子"。欧主遇《忆南园八子诗序》云:"崇祯己卯(1639)花朝,陈文忠公主盟修复,四美并会,六诗振响。仰挹五先生风流韵事,为十二人,气谊孔洽,唱和代兴,展时彦之盛已。"①这是岭南诗坛上一大盛事。"后吴越江楚闽中诸名流亦来入社,遂极时彦之盛。"②黎遂球在《三月三日同诸公社集南园禊祓即席限韵》诗中曾歌咏当年盛景曰:"如此临文共可传,气清应信永和年。流觞接席凭虚槛,曲水依城系画船。晴散煖香花作雨,节当寒食柳如烟。谁言禊事兰亭胜,得似明妆醉

---

① 中山大学中国古文献研究所编:《全粤诗》第18册,广州:岭南美术出版社2016年版,第358—359页。
② (清)陈伯陶:《胜朝粤东遗民录》卷二《欧主遇》传,《清代传记丛刊》第70册,第160页。

谪仙。"①诗人们在美丽的春日宴集,诗兴盎然,其乐融融。自此,"南园十二子"以陈子壮、黎遂球师生二人为核心,交往日益密切,影响也日渐扩大。

明崇祯十三年(1640)夏,黎遂球北上应举进士,取道扬州。适逢扬州郑元勋影园大集江南北同盟之人为黄牡丹诗会,遂球与之,其所赋黄牡丹七律诗十首被推为第一,时号"黄牡丹状元",声名大振。次年,黎遂球归至广州。在南园诗社的社集活动中,黎遂球以夺冠之黄牡丹诗展示诗社诸人。陈子壮、曾道唯、高赍明、谢长文、黎邦瑊、区怀年、苏兴裔、梁佑逵八人均和诗十首,后合黎遂球之诗编成《南园花信》一卷,刊印成书。此次黄牡丹和诗事件,是南园诗社活动史上的一个高潮,也是联结南园与影园、岭南诗坛与江南诗坛的一个重要契机。在黄牡丹和诗事件的影响下,南园诗人的影响日益扩大,岭南诗坛再次崛起,开始在全国诗坛散发出独特的魅力。

但随着明朝国势的衰微与政治的动荡,诗社成员流动较大,南园的社集活动亦时断时续,南园诗社日渐衰退。明崇祯十四年(1641),区怀瑞离开家乡,北上任北直隶平山知县;黎遂球离开家乡,赴京会试;南园诗人欧必元逝世。南园社集活动受到一定影响。明崇祯十七年(1644),明崇祯帝殉国。陈子壮闻变,率黎遂球等缙绅千余人在广州光孝寺祭奠痛哭。是年,黎邦瑊闻国变,以忧卒。其后弘光帝立于南京,陈子壮捐资倡义,首助饷银一千两。十月,弘光政权起陈子壮任礼部尚书,陈子壮次月戎装赴南京。次年五月,清兵破南京,执弘光帝。六月,隆武帝立,起陈子壮礼部尚书。隆武二年(1646)四月,黎遂球被授兵部职方司主事,提督两广水陆义师应援赣州的南明军队,后壮烈殉国。同年,清兵陷广州,陈子壮率众浴血奋战,于次年(永历元年)被执殉国。陈子升离开广州城南故居,奔走草野。此后,诗社活动暂告停歇。明永历二年(1648)暮春三月,南园诗友薛始亨还到广州参与南园诗社的社集活动。他的《暮春羊城社集(戊子)》诗云:"南园春草遍池塘,客里邀欢一举觞。上巳风流传曲水,建安词赋擅清漳。江云莫辨三株树,驿路难寻五色羊。谁道海滨邹鲁地,咏归还有舞雩狂。"②诗中流露出动荡之际长歌当哭的无奈与抑郁难言的酸楚。这是目前所能考证的最后一次南园社集活动。随着大明政权的覆亡和主要诗社成员的逝世,南园诗社也逐渐消散。

---

① (明)黎遂球:《莲须阁集》,《四库禁毁书丛刊》集部第183册,北京:北京出版社2000年版,第92页。
② 中山大学中国古文献研究所编:《全粤诗》第20册,广州:岭南美术出版社2017年版,第602—603页。

第二节 "南园十二子"的生平略说

"南园十二子"中,核心领袖陈子壮、黎遂球及重要诗人陈子升的生平在前文中已有介绍,故此处仅对其他九位诗人的生平做简要介绍。

黎邦瑊(?—1644),字君选,号洞石,从化人。从父民表,字惟敬,官至河南布政司参议,"南园后五子"之一也。邦瑊由天启恩贡生官兴业教谕,以世多难,淡于仕进,告归。少承家学,工诗能文,善隶草、竹石、山水。陈子壮发起修复南园,邦瑊曾参与其事。明亡,以忧愤卒。著有《洞石稿》。

欧主遇,字嘉可,号壶公,顺德人。质敏博学,笃于孝友。十赴秋闱不售,明熹宗天启七年(1627)中副榜,贡太学,祭酒孔贞运赏异之。一时荐绅多属以文,问字者履满户外。子壮曾命弟子升从主遇游,致书言以师友代父兄,极为推重。主遇乐善好施,明桂王永历二年(1648)大饥,倡赈,存活数百家,人戴其德。晚年荐秘书,以病辞免。优游林壑,绝迹公门。著有《自耕轩集》《西游草》《北游草》及《醉吟草》。

欧必元(1573—1642),字子建,顺德人。欧大任从孙,欧主遇从兄。明思宗崇祯间贡生。年已六十,以时事多艰,慨然诣粤省巡抚,上书条陈急务,善之而不能用。当时缙绅称之为岭南端士。尝与修府县志乘,颇餍士论。晚年遨游山水,兴至,落笔千言立就。著有《勾漏草》《罗浮草》《溪上草》《珠玉斋稿》等。现存清刊本《欧子建集》。

区怀瑞,字启图,高明人。父大相,万历己丑进士,历官至中允,有《海目先生集》。怀瑞少负大才,赋《秋雁诗》,大为相国赵志皋所赏。曾与李云龙、罗宾王、欧必元、邝露诸人相唱和,并与陈子壮、陈子升等人重修南园旧社。明熹宗天启七年(1627)中举人。历当阳、平山两县知县。明末,与黎遂球、邝露等奔走国事,后遇害。著有《琅玕巢稿》四卷、《玉阳稿》八卷,及《趋庭》《游燕》《游滁》《南帆》诸草。辑粤先辈之诗为《峤雅》一书。今存明天启崇祯间刊《琅玕巢稿》及明崇祯间刊《玉阳稿》。

区怀年,字叔永,高明人。大相仲子。少聪颖,十岁能文,与兄怀瑞齐名。明熹宗天启元年(1621)贡生,任太学考通判。明思宗崇祯九年(1636)入都候选,以内艰回籍。归卧云石,学赤松游,日以赓和撰述为事。怀年尝作《望西樵诗》及《游西樵记》,人竞传之。尝与屈大均为雅约社。晚博综内典,一时缁素多就质疑,称为天童先生。著有《玄超堂藏稿》《击筑吟》《楚亭乡稿》《石洞游稿》《一啸集》诸集。现存清康熙年间刻本《玄超堂藏稿》。

黄圣年,字逢永,号石镛,又号大药山人,顺德龙山人,明神宗万历四十六年(1618)举人。授湖广当阳教谕。以足疾归。与陈子壮等十二人修复南园诗社。卒年六十二。生平好学能文,与其兄圣期少受庭训,著述甚富,尤工书法。有《墙东草》《壬游草》《薜荔斋》等集。

黄季恒,不详其名籍本末。陈子升《中洲草堂集》有《赠黄季恒》诗云:"秋江枫落雁声繁,去岁同君夜论文。醉倚蠛蠓浮北极,梦惊蝴蝶化南园。临文每叹风云事,作赋能忘笔札恩。不见柴桑故人久,几回烟水限桃源。"①其作品今不传。

徐荣,字木之,后改名荣,南海人。明思宗崇祯诸生。现存诗二首。

释通岸(1566—1647),字觉道,一字智海。憨山大师书记。后居诃林。著有《栖云庵集》,今无考。现存诗二十多首。

第三节 "南园十二子"的诗歌创作

"南园十二子"的诗歌创作基本上沿袭了"南园前五子"及"南园后五子"所秉持的"标举唐音""重视风骨"的诗学理想,因受明末政治形势的影响,他们的诗歌内容更为丰富,时代特色更为鲜明,地域书写开始凸显,诗歌中的雄直之气日渐形成,对岭南诗派的形成和发展具有重要意义。

一、酬唱赠答

作为明末清初较有影响的诗人群体,"南园十二子"交游广泛,他们的诗集中亦以酬唱赠答类的诗歌为多。首先,酬唱赠答可以直接地反映出南园诗人们的人际交往情况。如陈子壮自小与同里黎遂球友善,这份友情一直延续终生。二人既是师弟,又是兴趣相投的诗友,在政治生涯也相互砥砺。特别是在明末动荡局势中二人赤诚相待,均表现出坦荡忠贞的儒士风范。陈子壮《黎美周过别》诗云:"方岁即我与,其如津路长。非多乡里贤,落落滞京疆。新木流好音,处处谐春阳。独持径寸姿,延辉照匡床。玉蕤杂坐次,金徽泛而张。大雅只清越,皇风谁为扬。醑酒兴三复,遐矣莫终忘。"②记载了二人深厚的友谊。另《送黎遂球公车北上》云:"易遣春风客思劳,花枝连日亚香槽。少年篷矢知谁敌,艳妇兰舟信所操。金谷从分锦步障,琵琶肯试郁轮

---

① (清)陈子升:《中洲草堂遗集》卷十二,《丛书集成续编》第151册,上海:上海书店出版社1994年版,第356页。
② (明)陈子壮:《陈文忠公遗集》卷7,《丛书集成续编》第149册,第88页。

袍,一竿投赠任公子,东第如今许钓鳌。"①诗中充满对黎遂球的欣赏与勉励。

其次,"南园十二子"的酬唱赠答诗还有很多均交代了较为明确的地点、事件及创作原因,不仅为研究诗人们的生平事迹提供了可靠的资料,也为研究其酬赠对象的生平行踪提供了很重要的线索。如欧主遇《忆南园八子》组诗就是典型的代表。这八首诗是分别为昔日的八位诗社好友而作。作诗时,八位诗友均已逝世。诗人思忆往事,感慨颇多,因而诗歌也用情极深,令人动容。诗前有序云:"盖自南园五先生结社南园在大忠祠内,风雅攸存久矣。崇祯己卯花朝,陈文忠公主盟修复,四美并会,六诗振响。仰挹五先生风流韵事,为十二人,气谊孔洽,唱和代兴,展时彦之盛已。一纪以来,天地横溃,城郭都非。或惨烈尽忠,或仓卒触刃,或忧愤病陨。伤我朋旧,零落为多,所仅存者,区叔永、黄季恒、陈乔生及予四人。又鸿冥云远,鹿走林幽,罕获良晤,感变怆怀,咏言纪往。于是成兹八章,用扬节义骚雅之美。长歌当哭,寄三子属和焉。先是,吴越江楚闽中来入社,多名流,而期不常会。会日有歌伎侑酒,而美名不尽称。且烽烟阻绝,破亡之后,存殁弗得并闻也。予齿老矣,怀忠义之同心,恨死生之乖隔,乃抒身世积愫以表亲友始终云。"②这段序文言简意赅,将作诗之缘起娓娓道来,展示了昔日南园诗社之盛,与今日友朋零落、诗社无存的残酷现实形成鲜明对比,平实的文字中蕴含着诗人对昔日欢乐社集的怀念及对死难社友的深切哀悼,血泪满纸,读之令人悲戚。八首诗在形式上也颇有新意。每首诗前均附有对所赠诗友的生平简介,同时欧主遇还在诗前为每位诗友撰写了一小段评语,以评点其人生功绩,彰显其品格精神。如评价陈子壮云:"词林师臣,以忠谏黜狱,遭乱捐躯,丕振纲常,独留节烈之气";评价黎遂球云:"文人烈士,请缨殉城,实自天性,故忠义为多";评价区怀瑞云:"少为贵公子而博文善治,卒有余忠,是为晚成大器";评价黎邦瑊云:"大雅传家,淡于宦情,养拙以酒,有竹林风致";评释通岸云:"无心无相,善论逍遥,有杯渡之风,禅藻独多"③……生平、评语与诗作内容相互呼应,展现了八位诗友不凡的人生、彰显了其品格精神,也表达了诗人对好友的深重思念。这种方式借用史传体的写法,表现了诗人以诗记史、以诗纪人的良苦用心。这八首诗也成为后人研究"南园十二子"的重要材料。

再次,"南园十二子"的酬唱赠答诗充分展现了自我丰富的内心世界与对人生及社会的深沉思考。如陈子壮《黄逢永过访同赋》诗中"蒋径实寻羊仲旧,翟门虚拟雀

---

① 中山大学中国古文献研究所编:《全粤诗》第17册,广州:岭南美术出版社2014年版,第333页。
② 中山大学中国古文献研究所编:《全粤诗》第18册,广州:岭南美术出版社2016年版,第358页。
③ 中山大学中国古文献研究所编:《全粤诗》第18册,广州:岭南美术出版社2016年版,第359—362页。

罗新"①二句则借用汉代蒋诩辞官回乡,于院中辟三径与求仲、羊仲来往的典故及翟公门庭盛衰之典实抒发了自己归隐之际的心境和对现实的慨叹。黎遂球《送人游西湖》一诗则描绘了八月西湖的美景,体现了诗人随遇而安的心境。区怀瑞《答张鹿垣》诗直抒胸臆,较为诚挚地倾诉了自己任职当阳以来的生活状况,抒写了自己仰慕王粲、愿以文章著述为不朽的夙愿。黄圣年《答子明人日作》诗云:"几度青阳雨,都霑紫陌尘。最怜春作客,空惜日为人。漂泊曾谁问,莺花只自亲。今朝落梅处,定有翠眉颦。"②则借眼前之景表现出羁旅行役之愁与颠沛流离之苦。还有一些酬唱赠答诗表达了诗人对人生和社会的深刻体悟。如陈子壮《答区启图闲居见存之作》诗中"世事浑如千日酒,男儿何必五车书"③,两句诗用反语,暗喻世事混乱,有识之士无用武之地,读再多书也是枉然。字里行间隐隐透露出诗人对倒行逆施的社会现实的愤慨。

最后,"南园十二子"的酬唱赠答诗最具有价值的是他们在诗中融入了对明末时政的关注与愤慨。如陈子壮《答欧子建》诗表达了自己对民生凋敝的忧虑及对朝政的愤慨。欧主遇《送区启图入都》以辅助周宣王中兴的太师尹吉甫及辅佐唐肃宗平定安史之乱、收复两京的邺候李泌来比拟区怀瑞,希望他能施展才华,为朝廷效力。黄圣年《赋得秋闺月和家兄》表现出战事及冰冷纷乱的社会现实所带来的淡淡的伤感。

二、咏物抒怀

"南园十二子"的咏物诗中,最有价值的是那些托物咏怀言志、有所兴寄的诗歌。如陈子壮《黄鹄篇》诗云:"黄鹄浴其羽,矫绝凌青苍。黄鹄志四海,飞飞归故乡。故乡得相见,四海徒相望。燕识主人心,胡为恋屋梁。精卫思填海,空水日已扬。金石有变迁,沧桑岂足量。不见蜉蝣子,楚楚明衣裳。恶木非我阴,覆车非我粮。闵彼事区区,引缴欲奚伤。"④这是一首拟乐府诗,诗以黄鹄自喻,表达了自己的远大抱负及不畏艰险、甘于为国牺牲的心愿。但志在四海的黄鹄抱负不得施展,只能"飞飞归故乡""四海陡相望"。"精卫思填海,空水日已扬";"不见蜉蝣子,楚楚明衣裳",时局的纷乱令人愤慨,理想的难以实现、现实的重重阻碍均令诗人惆怅伤感。诗歌写得情

---

① (明)陈子壮:《陈文忠公遗集》卷二,《丛书集成续编》第149册,第48页。
② 中山大学中国古文献研究所编:《全粤诗》,第17册,广州:岭南美术出版社,2017年,第166—167页。
③ (明)陈子壮:《陈文忠公遗集》卷3,《丛书集成续编》第149册,第55页。
④ (明)陈子壮:《陈文忠公遗集》卷2,《丛书集成续编》第149册,第48页。

真意切,有楚辞遗风。宋人胡舜陟曾云"贤人君子,多去朝廷,故以黄鹄哀鸣比之"①,若联系陈子壮一生忠介耿直,仕途上却屡受挫折的政治遭遇来读此诗,即能悟出诗中自有深意。另其《梅花》《咏狱中柏》等诗均借咏物来比喻自身怀才不遇的悲凉与哀怨。

"南园十二子"还传承了杜甫借咏物来托讽时事的诗歌传统。如陈子壮《北望台》诗云:"台端夹双柳,冉冉为成阴。佳月能无碍,闲轩时独临。冠裳明主意,枹鼓故园心。俯仰堪天地,谁知此夜深。"②此诗描绘北望台月夜的景色。诗人时在一片安详的故园,本应闲适之际仍犹听到远方军旅的枹鼓之声。夜深人静,俯仰天地间,诗人因民情不定而难以入眠。这首诗表现了当时边疆战事不断,诗人即使赋闲在家,但国事仍萦绕于心,感情也因忧国忧民而沉郁。黎遂球《周蔚宗将军铁如意歌》也以袁崇焕生前所持铁如意为歌咏对象,表达了对袁督师蒙冤的同情与哀愤。借咏物托讽时事的诗作体现了"诗史"之性质,足见诗人们的爱国之情及深沉的忧患感。

值得提出的是,"南园十二子"还有一些咏物诗,词采华美,却带有一丝西昆体的习气。如黎遂球《竹》云:"窗纱烟纹破遥峰,粉枝摇落花须红。参差浓淡天玲珑,流泉浸声寒影中。美人停梭掷春思,井阑日午檐阴翠。归客潇湘枕上听,茗椀桃笙酣碧醉。"③诗中"窗纱""烟纹""粉枝""天玲珑""檐阴翠""酣碧醉"等意象的精心选用,词采精丽、意旨幽深,全诗呈现出一种整饬、典丽的艺术特征,但思想稍嫌贫乏。对于此类咏物诗,我们应正确认识。

三、纪游怀古

"南园十二子"爱好登山临水,所到之处均有诗歌流传。诗人们的纪游诗充满了对湖泊山川、寺院亭台的喜爱与敬畏,既表现了诗人赏心悦目的直觉快感,也体现了诗人的广阔胸襟及审美价值观,具有很强的感染力量。但总的来看,虽然"南园十二子"记游写景之作数量不少,但纯粹写景的诗作不多,而是喜欢通过记游写景诗来抒写心志或表达对社会现实的关注。

如陈子壮《南浦不泊》就在纪游诗中融入自己的生活感悟。其诗云:"秋色何迢遥,沤轻舻艗摇。多为名姓累,遂畏友朋招。霞鹜堪孤起,风纯得并骄。南州纷在望,

---

① 转引自(清)钱谦益:《读杜小笺》,(清)钱谦益:《牧斋初学集》,上海:上海古籍出版社1985年版,第2157页。
② (明)陈子壮:《陈文忠公遗集》卷6,《丛书集成续编》第149册,第82页。
③ (明)黎遂球:《莲须阁集》卷4,第77页。

兴寄一长谣。"①诗作并没有对南浦的景色做过多描绘,而是以抒发议论为主。诗中"多为名姓累,遂畏友朋招"两句表现了低调的处世态度,也交代了"不泊"的原因,起到了点题的作用。"霞鹜堪孤起,风纯得并骄"两句引用王勃《滕王阁序》"落霞与孤鹜齐飞"的名句,写出了南浦寂寥雅静的环境。最后两句"南州纷在望,兴寄一长谣"则表达了诗人对未来前途的乐观期待与美好愿望。另陈子壮《题绿珠祠》咏晋石崇歌妓绿珠事。诗中"燕子频来多恋主,杜鹃啼断为招魂"②二句借绿珠宁死不负石崇之事引申开来,融入了自己的情感,阐明了忠贞爱国之心迹,表现对故国故君的怀念。

区怀瑞《登仲宣楼》云:"石削玉阳平,楼簪百堞城。三秋屈子地,十载仲宣名。水绝蛟螭斗,云羣燕雀营。何当此横槊,退虏更论兵。"③仲宣楼,即今湖北省当阳城楼。为纪念东汉末年诗人王粲在当阳作《登楼赋》而建。此诗作于区怀瑞任当阳县令期间,诗歌借怀念王粲来抒写自己愿手持长矛,驱除鞑虏、为国立功的豪情壮志。

释通岸的怀古咏史诗则真实地反映明末遗民僧在自我身份的认知矛盾与文化归属的极端困惑之中挣扎的复杂心态。如其《咏史》诗云:"楚国有和璧,秦王欲得之。偿以十五城,君臣徒自欺。壮哉蔺相如,奉使无游移。一介西入秦,怒发且裂眦。完璧竟先归,嬴政空尔为。屈身避廉颇,状若非男儿。智勇何其全,英风千载垂。"④诗歌描述了蔺相如完璧归赵及与廉颇将相和睦的故事,歌颂了蔺相如的机智勇敢与以国家利益为重、谦抑隐忍之风度。从这两首诗中可以想见诗人亦曾有报国豪情,可惜时局不利,远大理想最终夭折,满腔热情与才能亦无从施展,诗人只能选择退避山林,遁入空门,独善其身。

"南园十二子"的纪游怀古诗中还经常融入社会现实的内容。如区怀年怀古诗《冶城》,借怀古而讽今,构思奇特,蕴含了深重的亡国之悲:"晓出西州道,遥见荒城阓。荒城久芜没,楼观空逶迤。试问城者谁,云是阖闾儿。范铁俾神工,霜花动寒威。一朝按剑怒,齐越供鞭笞。歃盟走诸侯,謦欬风云驰。诸暨负薪人,艳艳当华姿。酣歌上苏台,嫔御失光仪。长夜何未央,般乐及水嬉。霸业日以坠,决裂不复支。属镂谢孤忠,茂苑游鹿麋。风流如可回,千秋把鸱夷。"⑤冶城在今江苏省南京市。明末时局动荡,区怀年在登临冶城之际,面对明朝大好河山即将易主、无力恢复的局势,不由得思接千载而愁肠百转,心有郁积不得抒发,故作诗篇。诗歌有感于吴王阖闾曾建立

---

① (明)陈子壮:《陈文忠公遗集》卷8,《丛书集成续编》第149册,第111页。
② (明)陈子壮:《陈文忠公遗集》卷二,《丛书集成续编》第149册,第53页。
③ 中山大学中国古文献研究所编:《全粤诗》第18册,广州:岭南美术出版社2017年版,第185页。
④ (清)黄登:《岭南五朝诗选》卷12,《四库全书存目丛书》集部第409册,济南:齐鲁书社1997年版,第726页。
⑤ 中山大学中国古文献研究所编:《全粤诗》第18册,广州:岭南美术出版社2016年版,第57页。

霸业,可惜后代吴王夫差恃霸弃才,治国不慎,盛极一时之吴国风流瞬间消散,如今的冶城物是人非,荒凉一片。诗人为伍子胥的一腔忠君爱国之遗恨而叹惋。最后两句,隐隐透出对贤才得以重用的期待,从而丰富了诗歌的意境,提升了诗歌的格调,植入了诗人自己的基因,有别于一般的泛泛怀古之作。

区怀年《春暮有怀》则充满家国之悲与暮年之感。诗云:"越井荒榛晏禊期,呼鸢人逖涨江湄。杜韦曲暗龙媒袞,王谢门更燕子疑。新水藕塘烟漠漠,断云兰泽雨丝丝。采芝歌罢东园老,迟眺云山怅黍离。"①描摹一片江山零落、烟水迷蒙的景象,充满了故国黍离之悲。其他如"玉关回首夜,临望转凄然"(《关山月》)、"倦游伤短鬓,多病负韶年"(《初夏漫兴》)、"倚楫休回首,漓江更向西"(《雨中舟次望苍梧》)等诗句也不乏壮士暮年之叹与家国沦丧之悲,表现了无限伤感与哀痛。另外,区怀年《秋郊晚望》诗云:"玉露凉侵白苎衣,早惊沙雁渐郊扉。戈铤风劲悲摇落,城郭秋阴怅式微。葭际远村渔火暗,水边孤寺梵钟稀。何人静扫烟氛色,痛饮黄龙夜猎归。"②明朝的命运牵动着诗人的心绪,虽然大势已去,虽然满眼黯然,但诗人并没有彻底绝望。最后两句诗表现了诗人期望有人能力挽狂澜,扫除贼寇,收复疆土的美好愿望。

一般说来,对国计民生的关注,并不属于传统山水诗的题材范围,但在"南园十二子"诗中,诗人们不仅写出了自然景观的种种形态与意趣,而且在其背景上加入了对现实的关注及对百姓生活的同情,在原本超然于世外的自然景观上加入了现实关怀的元素,突破了传统山水诗的范式,扩大了山水诗的选材范围,使幽静淡远的山水诗具有独特的雄直特征。

四、摹写现实

作为明清之际重要的岭南诗歌群体,"南园十二子"的诗歌创作对当时岭南的诗风产生了不容忽视的影响。他们最重要的贡献是在国破家亡、生灵涂炭之际创作的关注现实、感慨时事、关心民生疾苦的诗作,其中不少作品以激越凄楚之情调描绘明末的社会状况,堪称"诗史"。

南园诗人的时事诗,表现了对民生疾苦的关注。这些诗畅快中有沉郁,最能体现诗人的爱国情怀,具有较高的艺术价值。如陈子壮《欲将》表达了济世泽民的理想,黎遂球《拟古杂诗三首》表现了诗人对天下苍生的同情及痛苦心情。另如区怀瑞《端州江涨三首》:"峡束低云黯不开,云中奔浪压山来。愁心只似江湍长,剧雨尤风日几

---

① 中山大学中国古文献研究所编:《全粤诗》第18册,第38页。
② 《全粤诗》第18册,第37页。

回。(其一)黔漓千里下鱼儿,候取天边掣电时。来日江流添几尺,月前已有罟师知。(其二)百日霪霖未有晴,蛟鼍吹浪拍江城。溃堤一夜千家哭,宛似嗷嗷鸿雁声。(其三)"①第一首诗具体描绘雨前的景象及百姓的担忧,第二首诗主要写雨水到来时百姓的举动,第三首诗着重呈现雨水连天、江水高涨、百姓叫苦不迭的悲惨情状。最后一首"溃堤一夜千家哭,宛似嗷嗷鸿雁声"形象地表现了江水溃堤给百姓带来的深重灾难,诗人对百姓的深切同情溢于言表。

欧主遇还创作政治时事组诗《不寐》四首,充分展现了诗人的忧国情怀。其一诗云:"平生忧用老,此夕老逢忧。烽烟迷帝座,戈甲指髦头。吴魏争延汉,东西统附周。不须推甲子,吾志在春秋。"②平生因忧伤而老,谁知老后又添忧。诗歌开篇就定下了忧伤的情感基调。"烽烟迷帝座,戈甲指髦头"两句,勾勒出在国家危亡之际,朝臣们不思团结,反而同室操戈、互相倾轧的画面,读之令人心痛。明隆武二年(1646),清兵南下,赣州城被攻破,司礼王坤胁迫永历帝赴梧州。十一月,苏观生在广州拥立绍武帝。其后,永历政权和绍武政权为争所谓的正统地位而大动干戈,互相攻伐,矛盾重重。欧主遇有感于此种纷乱局面,遂作此诗。"不须推甲子,吾志在春秋。"最后两句表达了诗人的美好愿望。诗人希望明朝的各股政治力量能够固结起来一致抵抗外侮,而不要落入到"兄弟阋墙"的悲剧里去。其二诗云:"凄风轻败絮,淫雨重悬旌。用拙干戈世,怀忠草莽情。"③表现了国家动荡不安、战火四起的纷乱政局及诗人无法力挽狂澜,徒有忧国之心的落寞。其三诗云:"悲歌忧社稷,永夜思悠哉。虎豹关谁守,龙彲兆不来。几人沉屈水,何处凿颜坏。暂借卧游得,翻忘邻笛哀。"④明代政权土崩瓦解,山河破碎,诗人眼看国土沦丧,却无力回天,只能悲歌长叹,终夜难眠。虎豹关,指的是南京城。龙彲兆,指得贤人辅助的征兆。颔联二句指当时明朝既无守关之良将,又无辅政之贤臣,表现了诗人对国事的忧虑。然而现如今当权者都忙着争权夺利,有几人真正愿意去为国难而死?又有几人能效颜阖凿培而遁,不受名利引诱?痛苦中诗人自己也只好隐居山林,以免勾起怀旧之情。诗歌写得情真意切,悲苦之意溢于言表。尽管如此,在混乱动荡的局势之下,诗人内心仍然抱存一丝希望,其四诗云:"陆沉人事急,旦暮望王师。数起头难枻,孤眠枕屡欹。龙鳞扳不得,鹤胫断何之。万里曾游此,茫茫入梦时。"⑤烽烟四起,政权旁落,百姓性命堪忧。虽然明朝大势已去,时局似已无法挽回,但诗人仍期待着奇迹出现,可见其对国家的一片赤诚与忠心。

另区怀年《闻燕京变起志哀》诗云:"勾陈北极暗鸾旗,一夜欃枪越尾箕。金册孔

---

① 中山大学中国古文献研究所编:《全粤诗》第18册,广州:岭南美术出版社2017年版,第208页。
②③④⑤ 中山大学中国古文献研究所编:《全粤诗》第18册,第364页。

惭周带砺,玉班俄损汉威仪。云愁巨鹿披三辅,波委卢龙遁六师。闻说鼎湖弓欲折,攀髯天上几人悲。"①此诗饱含悲痛地写出明军战场上的惨败与时局的沧桑巨变。特别是最后两句"闻说鼎湖弓欲折,攀髯天上几人悲",直言帝王的崩逝所带来的举国悲痛,无限哀痛令人动容。

五、地域书写

"南园十二子"是比较典型的地缘纽带型诗人集团,乡景、乡俗、乡情是他们结社雅集的一个重要题材,在诗歌创作中自然流露出的乡邦意识是诗人群体得以联结的重要纽带。吟咏岭南风光,表现浓郁的乡俗乡情,展示岭南丰富的人文典故,是"南园十二子"诗歌创作中极具地域特色的组成部分。

由于对家乡的热爱,"南园十二子"诗歌中的一花一鸟、一景一石,均呈现出生机勃勃、秀丽美好的状态。区怀瑞诗歌中就多有对岭南独特景致的生动描绘。如《泛舟流霞岛作》写的是肇庆"七星岩二十景"之一"霞岛飞琼"的秀丽景色。徐荣《与陈宫詹参戎泛沥湖》则记叙了与友人游览肇庆沥湖的所见所感。诗云:"有约看山不自今,后来仍可逐幽寻。搴芳澹荡沥湖水,选胜周遭祇树林。酒泛星辰花气合,令兼鱼鸟阵云深。泠泠钟鼓空岩动,未信人间识此音。"②语言平实,风格较为清淡。此外,黎遂球《端溪采砚歌 南园社集,同陈秋涛、区启图诸公作》描绘了开采砚石的万千气象,黎遂球《闻鹧鸪》、区怀瑞《咏鸳鸯槟榔粽》等诗均对岭南常见的禽鸟鹧鸪及岭南特产鸳鸯槟榔粽等进行了细腻的呈现。最突出、最集中地呈现岭南风土人情的诗歌要数黎遂球《春望篇 同陈秋涛、黄逢永诸公社集南园作》。诗歌中对鳌光、蚌影、珊瑚实树、木棉、槟榔、荔枝、榕木等岭南独特的风物及"海国四时花""回营柳院出秋千,仙观花街群鞠蹴。百兽鱼龙迎锦阵,万户绮罗结霞麓"等风土人情进行了列锦般的描绘,令人目不暇接。诗中提及的昌华苑、朝汉台、厓门、罗浮山、曹溪等岭南名胜古迹及赵尉、张曲江、韩昌黎、"岭南三忠""南园五贤"等岭南重要的历史人物均呈现出岭南丰厚的历史文化底蕴。因此,有人评价此诗为岭南诗歌中的长篇佳制,描述岭南历史地理与风土人情,有明一代,可与孙蕡《广州歌》媲美。

除了表现岭南独特的风物和景致之外,"南园十二子"还在具有浓郁岭南地域风味的诗歌中融入了自己的人生感悟与身世之感。如区怀瑞《崧台舟中立春》即表现了诗人在立春日再次泊舟于羚羊峡峡口,回想起十九年前游历此地时的情景,抚今追

---

① 中山大学中国古文献研究所编:《全粤诗》第18册,广州:岭南美术出版社2017年版,第36页。
② 中山大学中国古文献研究所编:《全粤诗》第20册,第479页。

昔,无限感叹。黎邦瑊的八首歌咏从化景点的五言绝句则充分展现了诗人的性情与胸怀。如《云台捧日》:"达曙彤云晓,高台散积阴。海隅天万里,犹自捧丹心。"①运用拟人化手法写出了云台日出的壮美景色,构思巧妙,立意高格。《鼓楼济渡》:"磐石临溪岸,潆洄水千尺。时有问津人,风烟随所适。"②展现出一种倜傥潇洒、随遇而安的恬淡心境。另外,黎邦瑊《镇海楼同诸子作》诗云:"频年京国思君梦,此日危楼得共登。暑气半消青嶂里,襟期偏洽白云层。海潮飞雨侵瑶席,涧道流霞断古藤。拼醉不愁明月去,松门深夜有禅灯。"③描绘了与友人同登镇海楼时所见到的景象,气势雄伟,阔大意境中略带一点古朴风味。最后两句将诗人纵情豪饮的坦荡胸怀与随遇而安、超脱自在的佛家心性融二为一,营造出一种特别的韵味。

此外,南园诗人们还有一些诗借写岭南之景来抒发自己的政治理想。如区怀瑞《包井冰清》诗云:"一脉源流几穴成,使君深泽遍端城。霜凝碧甃银床净,日照寒泓玉鉴清。光映冰壶侵座彻,气凌梧叶蔼阶平。舔来一砚清操励,遂使甘泉有令名。"④"包井冰清"是明清时期《肇庆府志》所记载的"肇庆八景"之一。北宋名臣包拯曾知端州军州事三年,当时居民因常年饮用不洁净的水,瘟疫、疾病时有发生。包拯率民开挖水井七口,居民感激万分,将七口水井称为"包公井"。区怀瑞此诗亦盛赞包拯为官清廉、造福于民的丰功伟绩。从中亦可见诗人为民造福的政治理想。陈子壮《海珠谒李忠简公祠》一诗则表达了对南宋探花李昂英的崇敬之情,同时也表现了自己的政治理想。"谕贼障乡邦,疏奸明直说",是赞扬他刚直不阿、扶扬正气,敢于与地方官吏及当朝权贵抗衡;"御榻引裾年,气与霜旻上",是说他敢于当面指责皇帝的过失,即使越出君臣礼节也要斗胆犯颜苦谏。"举手响阳堂,端为文溪榜";"百里出孤峰,海天云日朗"等诗句均表现了他对李昂英的景仰与推崇。其后诗人又联系自身,"每自感遗编,端居邑敵惘",为不能效法李昂英拯生民于水火而愧憾。

"南园十二子"的诗歌创作在继承"南园前五子"及"南园后五子""标举唐音""重视风骨"的诗学理想的基础上,又有所生发和创新。特别是受晚明及明清易代之际政治形势的影响,他们在诗歌中感慨时事、关心民生疾苦,描摹社会现实,堪称"诗史"。"南园十二子"敢于直面政治现实,诗歌内容更为丰富,时代特色更为鲜明。无论是酬唱赠答,还是咏物抒怀、纪游怀古,抑或摹写现实、地域书写,风格多以慷慨激

---

① 中山大学中国古文献研究所编:《全粤诗》第17册,广州:岭南美术出版社2014年版,第666页。
② 中山大学中国古文献研究所编:《全粤诗》第17册,广州:岭南美术出版社2014年版,第666页。
③ (清)温汝能:《粤东诗海》卷37,广州:中山大学出版社1999年版,第695页。
④ 中山大学中国古文献研究所编:《全粤诗》第18册,广州:岭南美术出版社2017年版,第207—208页。

越、悲壮沉郁为主,字里行间也时常涌动着对国家民族前途命运的关注与担忧,流淌着深挚的家国情怀,他们的诗歌创作初步呈现出岭南诗歌高古、雄健的独特风格,对推动岭南诗派雄直诗风的形成有着积极意义,对促进清初诗坛多样化诗风的形成也具有积极意义。

第六章　明代诗文理论

明代广东的诗文理论在创作实践中不断发展与完善。作为明初最有影响的诗人群体,"南园五子"在共同的创作实践与结社交往中形成了一致的群体意识,即以汉魏及盛唐诗歌为宗,强调诗歌的抒情本质,并力争恢复风雅传统。其后的丘濬也极度重视文学的功利性,主张要继承儒家传统诗教观,提倡自然平易的文风,同时又提出诗歌创作要讲究天趣,认为"由乎学力"不如"得天趣之自然"。明代中期,岭南大儒陈献章在继承重视诗歌"征存亡,辨得失"的社会功用这一儒家诗歌传统的同时,也提出诗文创作要追求自然、不受拘束,体现出岭南文人的创新意识与辩证思想。他提出的重视性情的观点也被后世广东诗人所吸取。明中期的黄佐、张萱、区大相等诗论家进一步提出了崇尚自然、力争恢复《诗经》传统的复古观点,主张作诗应有所本,强调诗歌的证史、观政等社会功效和现实意义。特别是黄佐务实创新、不随波逐流,以程、朱思想为宗,同时吸取陈献章"以自然为宗"的思想,并取径汉魏、盛唐,博采众长,建构出以崇尚自然、主张恢复《诗经》传统为主的复古诗论,颇具岭南特色。此外,"南园后五子"继"南园五子"而起,再次结社南园,并自觉继承岭南诗歌的优良传统,注重诗歌对社会现实的反映,感情真挚、风格清新,呈现出独特的岭南风味,也有力地推动了明代中后期岭南诗歌的健康发展。

第一节　明代前期诗学理论

一、"南园五子"的诗学观点

"南园五子"并没有很集中地表达诗学理论的文章,他们的诗学理论散见于诗序、诗作及相关的论诗文字中,其中以五子的核心人物孙蕡最为丰富。

孙蕡的诗学观点较为通达。他在《祭灶文》中说:"臣之于性理亦略通矣。发舒蕴积,学为词章。文摘藻绘,诗咏凤凰。"①其中"性理"概指宋代理学。宋代理学思想以理为万事万物的本源,又称为天理。南宋学者朱熹与陆九渊是理学的发展者。二人的观点多相互对立,朱熹承续了二程的思想,认为理是存在的基础,物质性的气是第二性的。陆九渊是主观唯心主义理学派别的重要代表,他提出"心即理也"的命题,主张发明人之本心,反对著书立说与博取群书。宋代理学的这两派对后来影响较大。元代后期诗坛流行的"师古""师心"之论,就是较为融通地吸收了朱陆之学,本质上并不对立。从"发舒蕴积,学为词章"的说法来看,孙蕡应该也是较为融通地吸收了朱陆两派的思想,认为学习词章应该先通晓性理之学,然后再"发舒蕴积"。此处的"蕴积"既包括要博览群书,获得丰富的学问,又指要发明人之本心,即发舒人内心的情感、思想等。

孙蕡尊崇汉魏盛唐诗歌,并创作了很多"和陶诗"。同为南园诗社首倡者的王佐,其诗学旨趣与孙蕡极为接近。二人曾以联句《琪林夜宿联句一百韵》的形式,道出了他们对汉唐诗歌的推崇:"风流追谢朓(佐),俊逸到阴铿。刻烛催长句(蕡),飞筹促巨觥。欢娱随地有(佐),意气札霄峥。乐事俄成梦(蕡),忧端忽谩生。秦楼丝管歇(佐),越峤鼓鼙铿。培塿封屯蚁(蕡),沧溟吼怒鲸。孤城寻劫火(佐),万姓转饥阬。奔走羞徒步(蕡),艰危学避兵。彭衙愁杜甫(佐),战国老侯嬴(蕡)。"②孙、王二人的观点对南园其他诗人也产生了积极的影响。如李德早期诗歌曾模仿李贺。孙蕡认为李德一味模拟李贺,取法范围太窄而又没有形成自我风格。而李德也虚心接受了批评,开始大力模拟东晋陶渊明。他还创作《题陶渊明像》一诗,旗帜鲜明地引陶渊明为同调,不仅宣称要学习陶渊明的生活方式,而且极力模仿陶渊明的诗歌风格。赵介曾构"临清轩"为息游之所,又号其集曰《临清集》。"临清",立意取自陶渊明《归去来兮辞》中"登东皋以舒啸,临清流而赋诗"。可见赵介也极为崇尚陶渊明。此外黄哲集中颇多模拟六朝吴歌的诗作,可见作诗也以汉魏六朝之诗为尊。

温汝能《粤东诗海·例言》云:"西庵自汉魏、六朝、初盛中唐,无所不学,……若赵、王二公,虽存诗不多,亦清超拔俗。庸之淋漓神致,时近青莲。仲修雕镂肺肝,或仿长吉。"③也明确指出了"南园五先生"推崇汉魏六朝及唐诗的审美追求。"南园五子"的诗学理论虽不成体系,但在吉光片羽中闪耀着对汉魏盛唐诗歌的笃定推崇,奠定了学习汉唐的岭南诗学小传统的基础,是广东诗论的开端。

---

① (明)孙蕡:《西庵集》卷九,《景印文渊阁四库全书》第1231册,第570页。
② (明)孙蕡:《西庵集》卷五,《景印文渊阁四库全书》第1231册,第567—568页。
③ (清)温汝能纂辑,吕永光等整理:《粤东诗海》,广州:中山大学出版社1999年版,第17页。

二、丘濬的文学思想

作为成化、弘治间的重要学者和台阁大臣,丘濬的文学思想深受当时盛行的台阁体的影响。但他并没有完全受"台阁体"的束缚,而是有所创新和发展。丘濬的文学思想主要表现在三个方面。

第一,重视文学的功利性,继承儒家传统诗教观。丘濬以救世济民为己任,在《大学衍义补》中陈述了"治国平天下"的十二个方略,并明确提出"立政以养民"的主张。他说:"自古帝王,莫不以养民为先务。秦汉以来,世主但知厉民以养己,而不知立政以养民,此其所以治不古若也欤!"①在这种"立政以养民"的经世思想的影响下,丘濬强调文学的功利性,认为诗歌应当发挥厚人伦、美教化的功用。如他称赞广西太平府知府钟必华说:"广诗之用以导化邦人,感发其善心,宣导其湮郁,以厚人伦,以美教化,使太平之民翕然太和。"②在历代诗歌中,丘濬最为推崇《诗经》,他认为:"理性情之辞,莫雅乎《诗》;彼风云月露之芜秽,非雅也……于此乎博而求之,求而择之,择而服之,以为身心家国之助,斯不亦尤可尚乎哉。"③认为诗歌应有助于身心家国,仅吟风弄月、无益于教化的诗歌非"雅正"之作。可见,他非常重视诗歌的教化功能。他提出"诗之为用,可以达政事,备问对,资言谈可见也"④,并说:"诗有三经,首之以风,所谓风者,民俗歌谣之诗,诵之者则一方民情之好恶,风俗之美恶,得以考见。"⑤

第二,提倡自然平易,反对词采华丽、险怪艰深的文风。成化二十三年(1486),丘濬利用主考官身份整顿科考文风,他上书《会试策问》对当世流行的奇崛险怪文风进行激烈抨击,指出当世文风存在"艰深奇怪""闳阔矫激"和"大言阔视"的弊端,丧失了洪武、永乐朝的浑厚和平之风,主张重新调整文质关系,重振尚实文风。他极力反对那些华而不实的文章,说:"世之作者,类喜锻炼为奇,不究孔子词达之旨;或剽窃以为功,不识周子文以载道之说。虽有言无补于世,无补于世纵工奚益?"⑥他特别推赏司马光的简易质实文风:"以文论人,若司马文正公,文名虽不及欧、苏,然心术正,伦纪厚,持守严,践履实,积中发外,词气和平,非徒言之为尚也。"⑦并大力倡导

---

① (明)丘濬著,周伟民等点校:《丘濬集》第1册,海口:海南出版社2006年版,第46页。
② (明)丘濬著,周伟民等点校:《丘濬集》第9册,海口:海南出版社2006年版,第4131页。
③ (明)丘濬著,周伟民等点校:《丘濬集》第9册,海口:海南出版社2006年版,第4328—4329页。
④ (明)丘濬著,周伟民等点校:《丘濬集》第3册,海口:海南出版社2006年版,第1161页。
⑤ (明)丘濬著,周伟民等点校:《丘濬集》第9册,海口:海南出版社2006年版,第4216页。
⑥ (明)丘濬著,周伟民等点校:《丘濬集》第8册,海口:海南出版社2006年版,第3686页。
⑦ (明)丘濬著,周伟民等点校:《丘濬集》第8册,海口:海南出版社2006年版,第4026页。

恢复自然平易的文风,提出文学应"达意而止",强调诗文要"质实",同时文采要"自然"。他还赞扬周洪谟的文章"专主乎理,不尚词华,信笔所书,文从理顺,而不为奇诡钩棘之语,滔滔千百言不窘也"①。另外,他也极为推崇岭南贤士张九龄,认为其文"如轻缣素练,实济时用",并在创作实践中以张九龄为榜样。

第三,提出诗歌创作要讲究天趣,注重个人性情。在诗歌创作论方面,丘濬认为诗道贵在自然天成。他认为《诗经》之妙就在于"率意出口,皆协音调"②,即得之天成,而后世则诗道日降,"诗不出乎天趣之自然,而由乎学力之所至"③,与得天趣之诗相差太远。他认为明洪武后诗道大废,诗作多应世之文,缺少天趣和学力,故少有可观者。他主张诗歌创作要多学唐、宋时期的李白、杜甫、苏轼等人的作品,他自己还创作过二十六首《拟杜诗壮游篇》。另外,在他的诗歌创作中也有一些注重个人生命体验的作品,这些都与后来茶陵诗派重视性情、宗杜的诗学观点较为接近。

作为明代台阁体后期的一位大家,丘濬的文学思想的核心是政教文学观,强调文以载道,重视诗歌的社会教化功能;但同时为挽救明正统、成化以后台阁体的流弊,他提出诗歌创作要讲究天趣自然,开始注重个体性情与生命体验,这种独具一格的创作观在当时文坛有一定的价值。这也从一个侧面反映出明代诗坛风尚由台阁体向茶陵诗派的转变。

第二节　明代中期诗学理论

明代中期的诗文创作基本与"南园五子"及丘濬的创作风格一脉相承,在文学主张上大致延续了明前期的诗文理论,也出现了一些新的变化。在此期间,出现了岭南心学大儒陈献章,他建立在理学思想基础上的诗文理论对此后广东文坛产生了深远的影响。同时,在诗文理论上较有影响的还有明正德年间的粤东学者黄佐、明万历年间的学者张萱、诗人区大相等人。

一、陈献章的诗文理论及影响

陈献章在岭南文化中是一位开风气、立学宗的领军人物,他的贡献主要是体现在哲学思想上。他在岭南创立的白沙心学开启明代心学先河,成为宋明理学史上一位

---

① （明）丘濬著,周伟民等点校:《丘濬集》第9册,海口:海南出版社2006年版,第4492页。
② （明）丘濬著,周伟民等点校:《丘濬集》第8册,海口:海南出版社2006年版,第4038页。
③ （明）丘濬著,周伟民等点校:《丘濬集》第8册,海口:海南出版社2006年版,第4038页。

承前启后、转变风气的关键人物。而他的诗论,能辩证地融合南北方的诗学思想,对诗学传统既有继承也有所创新,体现出明显的岭南文化特征。

首先,陈献章对中国两千余年的诗歌发展史进行了梳理和辨析。他旗帜鲜明地表达了对《诗经》所代表的传统儒家诗论的认同,批判了南朝以来至明初诗坛对《诗经》传统的背弃,特别是否定了明初流行于北方主流诗坛的台阁体对诗歌形式的过度专注,他认为这是一种舍本逐末的诗学风尚。他认为台阁体虽然工于诗歌技巧,注重诗歌的声律与法度,但多是应制唱和之作,缺乏真情实感,也缺乏《诗经》的经世致用的功能,没有思想意义和社会价值。他说:"工则工矣,其皆《三百篇》之遗意欤!率吾情盎然出之,不以赞毁欤;发乎天和,不求合于世欤;明三纲,达五常,征存亡,辨得失,不为河汾子所痛者,殆希矣。故曰'诗之工,诗之衰'。"①他提出,背离《诗经》诗学传统,缺乏真情实感和思想内容的形式主义诗风的泛滥,最终将导致诗体的整体衰落。

因此,他从《诗经》为代表的儒家诗学传统的立场出发,高度肯定评价诗"征存亡,辨得失"的社会功用,认为诗歌无论主题大小,均可以发挥其社会功能,而不仅仅是追求形式的"小技"。他说:"夫诗,小用之则小,大用之则大。可以动天地,可以感鬼神;可以和上下,可以格鸟兽;四时行焉,百物生焉;皇王帝霸之褒贬,雪月风花之品题,一而已矣。小技云乎哉?"②这种观点是对儒家正统诗说的继承,虽然没有太多新意,但他在台阁体盛行的明初重申这一观点,无疑是希冀以复古为革新,对挽救诗坛流弊有着重要的现实意义。

其次,陈献章在诗歌创作中积极追求自然、不受拘束的性情表达,体现出岭南诗人的创新意识。第一,他强调写诗要"率吾情盎然出之",重视诗歌中情的作用。陈献章作诗并没有一味谨守传统诗学中的法度、体制及题材要求,而是追求鲜明的个性特色。《四库全书总目》就评价说:"其诗文偶然有合,或高妙不可思议。偶然率意,或粗野不可向迩,至今毁誉亦参半。王世贞信集有《书白沙集后》曰:'公甫诗不入法,文不入体,又皆不入题,而其妙处有超出法与体、题之外者。'"③《四库全书总目》及王世贞的评论是站在北方主流诗坛的立场而言的,至于"偶然率意""粗野不可向迩""不入诗""不入体""不入题"的相关批评足以表明陈献章超越通常的法度、体势等,敢于创新、彰显个性的诗风与文风。而王世贞"其妙处有超出法与体与题之外者"的赞誉则肯定了陈献章诗文中不受成法束缚、令人耳目一新的个性特色。

---

① (明)陈献章著,孙通海点校:《陈献章集》卷一,北京:中华书局1987年版,第5页。
② (明)陈献章著,孙通海点校:《陈献章集》卷一,北京:中华书局1987年版,第5页。
③ (清)永瑢等编:《四库全书总目》卷170,《景印文渊阁四库全书》第4册,台北:台湾商务印书馆1986年版,第507页。

陈献章的诗歌之所以令人"毁誉参半",其根源就在于陈献章勇于在明初诗坛提出富有个性的论断。陈献章认为,诗歌声调的缓急轻重、风格的千姿百态,是由人的喜怒哀乐的情感变化所造成的。亦即诗歌的本源在于人的心灵与情感,诗歌是对真性情的表达。因此只要率性而为,诗歌自然会有千变万化的声调和风格,并不需要刻意的雕琢与修饰。这种观点,无疑与当时盛行的台阁体过分注重形式技巧的诗学风尚完全不同。同时,他还提出:"七情之发,发而为诗,虽匹夫匹妇,胸中自有全经。此《风雅》之渊源也。而诗家者流,矜奇眩能,迷失本真,乃至旬锻月炼,以求知于世,尚可谓之诗乎?"①认为那些只会炫耀诗歌技巧、缺乏真情的作品不是真正意义上的诗。对诗歌创作中"情"的作用与地位,之前的诗论家也有提及,陈献章的观点虽算不上是首创,但在形式主义流行的明初诗坛重申"情"的作用,就具有特定的意义。明清时期蔓延在诗歌、小说、戏曲领域的尊情、主情及至情的创作理念,大胆挣脱了之前抑情、窒情的思想束缚,尽管尚不能确切说就是受到陈献章心学理论及重情诗论的影响,但不可否认的是,陈献章的重情诗论无疑是参与形成明代这股文学思潮的最初的启动元素之一。同时,这也充分显示,之前一直受北方文坛影响的岭南学人,在一定程度上也开始影响中原文化了。

第二,在肯定诗歌中情感作用的同时,陈献章进一步提出诗歌要有"风韵",要"雅健"。他认为,性情决定诗歌,而风韵决定性情,故风韵的有无,决定诗的高低优劣,有风韵的是好诗,无风韵则无诗。同时,他认为性情好,则风韵自好,将风韵与性情相联系,让抽象、无迹可寻的风韵变得具体可感,也使得诗歌成为一种有个性的、主情的存在,这就明显跳出了程朱理学对于情感的限制。为了避免一味任情所引发的弊端,陈献章提出诗歌内容必须典雅脱俗。他说:"作诗当雅健第一,忌俗与弱。"②"若恣意横为,词气间便一切飞沙走石,无老成典雅,规矩荡然,识者笑之"。③ 所以诗人必须"完养心气,臻极和平,勿为豪放所夺"④。他追求雅健就是说诗歌既要有自我性情的流露,又不能流于肆意。而要达到这一要求,陈献章还提出诗歌在遣词造句时应不落俗套,所谓"意郑重而文不烦,语曲折而理自到"⑤。这些诗学观点均表现出陈献章的辩证思想。

第三,诗歌创作要从有性情到有风韵,就要做到"自得"和"不用意装缀"。"学贵

---

① (明)陈献章著,孙通海点校:《陈献章集》卷一,北京:中华书局1987年版,第11页。
② (明)陈献章著,孙通海点校:《陈献章集》卷一,第72页。
③ (明)陈献章著,孙通海点校:《陈献章集》卷二,第170页。
④ (明)陈献章著,孙通海点校:《陈献章集》卷二,第170页。
⑤ (明)陈献章著,孙通海点校:《陈献章集》卷二,第168页。

自得"是陈献章心学思想的基础,在此基础上,他提出了"初须仿古,久而后成家也"①的作诗方法,来实现诗歌的自得之妙。他说,"欲学古人诗,先理会古人性情是如何"②,提出学诗首先得从了解性情出发,再"效其体格、音律"③,如此方能寻得蹊径,自成一家。他还提出了平易自然的审美论。陈献章认为,诗的自得平易必须以性情为前提,有了充沛饱满的性情,即便不"用意装缀"④,诗作也能显示出独特的风韵。

总之,陈献章诗论的核心乃在突出诗歌创作的内在追求与诗人的自我意识,重视诗人本体价值的作用。在将"理"置于不可动摇地位的明代前期,他的重情的诗论的提出实际上具有开一代风气的作用。郭绍虞曾评价说明代"诗论之由师古转为师心,陈白沙便是中间重要的枢纽"⑤。"明代中后期在文学上形成了一个由抑情、窒情到尊情、主情,在规模与声势方面都愈来愈大的'具有近代解放气息的浪漫主义的时代思潮'。"⑥陈献章无疑是这个时代思潮中承上启下的重要人物。

陈献章的诗论表现出与当时北方诗坛截然不同的面目,代表了岭南诗坛不受诗学时尚影响、坚守自我的思想特征。陈献章去世后,他的诗文与思想,在南北文坛流传甚广,如其弟子湛若水在《重刻白沙先生诗集序》中,就大力张扬了诗歌要发抒性灵的理论。他说:"夫诗文,何为者也?曰:人之言尔也。言者,心之声也。是故人不能以无心,有心不能以无言,有言不能以无音,有音不能以无章。言之有章,章而畅者,文也。言之有音,音而律者,诗也。皆心之声也。"⑦认为诗乃心之声,强调诗歌创作应出自诗人的真情实感。这种观点无疑是其师陈献章诗论观点的继承。其后岭南的不少诗论家继续坚持这一原则,并将之发展成为岭南诗论的一个突出特征。另外,陈献章提出的诗要自得,"不用意装缀"的观点,也影响到其后的岭南诗人。如湛若水说:"夫自然者,天之理也。理出于自然,故曰自然也,在勿忘勿助之间,胸中流出而沛乎,丝毫人力亦不存……"⑧肯定了这种从胸臆流出,不加人力雕凿的自然灵妙的艺术境界。陈献章的诗论经过湛若水、黄佐、屈大均、陈子升等明清岭南诗人的发扬,逐渐形成了以自然为宗、追求气韵的岭南诗风,在岭南诗论体系的形成过程中发挥了很重要的作用。而在明代后期北方文坛上出现的王阳明心学、公安派的"性灵说",乃至于蔓延于各种艺术领域的尊情、主情的思想,都多少受到陈献章思想的

---

① (明)陈献章著,孙通海点校:《陈献章集》卷一,第75页。
② (明)陈献章著,孙通海点校:《陈献章集》卷一,第74页。
③ (明)陈献章著,孙通海点校:《陈献章集》卷一,第75页。
④ (明)陈献章著,孙通海点校:《陈献章集》卷一,第74页。
⑤ 郭绍虞:《中国文学批评史》,天津:百花文艺出版社2008年版,第371页。
⑥ 章继光:《陈白沙诗学论稿》,长沙:岳麓书社1999年版,第43页。
⑦ 章继光:《陈白沙诗学论稿》,长沙:岳麓书社1999年版,第192页。
⑧ 章继光:《陈白沙诗学论稿》,长沙:岳麓书社1999年版,第65页。

影响。

二、黄佐的诗歌理论

黄佐在岭南诗歌史上的重要贡献主要表现在其务实创新、不随波逐流的诗论思想。黄佐治学不迷信，善思辨，贵质疑而独树一帜。如他的思想虽"以程、朱为宗，惟理气之说，独持一论"(《明史·黄佐本传》)。同时，他善于吸取前人思想的精华，并能融会贯通地形成自己独特的诗歌理论。如他对陈献章"以自然为宗"，颇具"鸢飞鱼跃之乐"的思想充分肯定，并将之纳入自己的诗学理论之中："取乡先正白沙先生律诗，讽咏从容，觉胸次廓如也。后乃脱去宿习，求之乎李、杜，进之乎汉魏，然后始知《三百篇》之大指皆出于自然也。"①这种崇尚自然、力争恢复《诗经》传统的复古思想可以说是黄佐诗论的核心。比较集中地表现黄佐诗文观念的是其著作《六艺流别》。

黄佐从儒家正统思想出发，以"志"为核心来定位"六艺"之功能。他说："《诗》道志，故长于质"；"《书》行志而奏功者也"；"《礼》以节文斯志者也"；"《乐》以舞蹈斯志者也"；"《春秋》以治正志者也"；"《易》则通天下之志。"②黄佐将源出"六艺"的各种文体类式，统一在"志"这一核心之下，避免了中国古代文体分类的过度支离细碎，建构出了一个庞大精密的文体谱系。

《六艺流别》冠首的是《诗艺》五卷，集中表现了黄佐的诗学理想。《诗艺》分别论述了谣、歌之流别以及各体诗的特点和作法，其论述颇有特色，兹录一段如下："志始于《诗》，以道性情，为谣、为歌。谣之流其别有四：为讴、为诵、为谚、为语。歌之流其别亦有四：为吟、为咏、为怨、为叹。其拘拘以为诗也，则为四言、为五言、为六言、为七言、为杂言。其杂近于文而又与诗丽也，则为骚、为赋、为辞、为颂、为赞。其专事对偶，亡复蹈古，则律诗终焉。"③从其"拘拘以为诗也"及"专事对偶"等措辞来看，黄佐认为近体诗的形式工整、强调对偶等特点恰恰是其弊病所在，实可谓独树一帜。而这种见解正是他崇尚"自然浑成"的文学理想的体现。此外，对于近体诗不注重情感的自然流露、徒取便于吟哦而一味追求排比声律的弊病，黄佐极为不满。他认为《诗经》的情感流露是诗文创作的最高境界，然而文章发展到东汉，"体式纷纭"④，逐辞

---

① (明)黄佐：《泰泉集》卷三十九《白沙律诗解注序》，《广州大典》第424册，第479页。
② (明)黄佐：《泰泉集》卷三十五《六艺流别序》，《广州大典》第424册，第426页。
③ (明)黄佐：《泰泉集》卷三十五《六艺流别序》，《广州大典》第424册，第426页。
④ (明)黄佐：《六艺流别》卷四，《四库全书存目丛书》集部第300册，济南：齐鲁书社1995年版，第153页。

之风大盛;发展至唐代,近体诗大为流行,以至于"非声偶不以为诗"①,甚至连"赋亦有律赋,浸失古意"②。因此他的《六艺流别》选文至隋为止,表现出鲜明独特的存古意识。

黄佐极为强调诗歌中性情的自然流露。他认为《诗经》中四言诗、五言诗等体式是本于性情表达需要而自然出现的,体式为辅,性情为主,而后代所谓的四言诗、五言诗则刻意追求形式,是"有意于摛词"③的失体之作,与《诗经》的自然宗旨与浑成境界大相径庭。黄佐的观点看似偏激,但联系其立言的背景便知,他的观点是针对当时诗坛盲目复古的流弊而提出的。明代中叶,为革除台阁体阿谀粉饰的文风,以李东阳为首的"茶陵诗派"起而振兴诗坛,主张宗法唐诗,以图洗涤台阁体单缓冗沓的风气。他们强调效法唐诗关键在于音节、格调和用字,其后学者过于注重声律和形式的揣摩,思想内容则较为贫弱;其后以李梦阳为首的"前七子"主张"文必秦汉、诗必盛唐",旨在为诗文创作指明一条新路,以拯救萎靡不振的诗风,但李梦阳在复古模拟上坚持主张"刻意古范",句模字拟,逼肖前人,甚至将一些结构、修辞、音调上的问题视为不可变动的法式,这就否定了文学应有的独创性,也否定了创作的现实生活根源,以致发展到后来模拟成风,万口一喙。黄佐对这种盲目复古、过度追求形式与技巧的浮靡诗风极为不满,他希望诗歌的创作能在模拟复古中真正回到《诗经》自然浑成的传统。对于他的努力,四库馆臣做出了颇为公允的评价:"于时茶陵之焰将熸,北地之锋方锐,独能力存古格,可谓不失雅音。"④

在汉魏晋诗人中,黄佐极为推崇陶渊明的诗歌。他说:"陶诗冲澹高古,文质彬彬,六朝之冠也。"⑤在他的诗歌创作中,也体现出对"冲澹高古"的审美理想的追求。在对待唐诗的态度上,黄佐既不盲目苟同时人,也绝不轻易否定,而是较为客观地指出其不足之处,颇有新意。他说:"唐宋间诗文宗匠世所绳誉者,不曰'秋水芙蓉',则曰'流泉洒落苍翠',拟诸形容,若极美矣。佐窃嗛焉。盖雕饬虽去,而景象则弗弘;音响虽清,而膏馥则弗远。"⑥不仅如此,他还能跳出时人宗唐之窠臼,站在历史的高度,注意到诗歌与音乐的辩证关系,并能客观地结合唐代不同时期的政治来探讨其诗歌风格,充分强调了诗歌与政治的密切关系,可以说是发前人所未发。如他认为初唐诗"其音硕以雄,其词宏以达,洋洋乎其邕矣哉"⑦,盛唐诗"其音丰以畅,其词直而

---

① (明)黄佐:《六艺流别》卷五,第154页。
② (明)黄佐:《六艺流别》卷五,第154页。
③ (明)黄佐:《六艺流别》卷三,第111页。
④ (清)永瑢等编:《景印文渊阁四库全书》第4册,台北:台湾商务印书馆1986年版,第543页。
⑤ (明)黄佐:《六艺流别》卷三,第129页。
⑥ (明)黄佐:《泰泉集》卷四十二《郁洲遗稿序》,《广州大典》第424册,第515页。
⑦ (明)黄佐:《泰泉集》卷四十一《唐音类选序》,《广州大典》第424册,第511页。

晦,文胜质矣"①,中唐诗"其音悲以壮,其词郁以幽",晚唐诗"其音怨以肆,其词曲而隐,其五季之先驱"②。黄佐擅长用其独特的眼光来论诗,因而常有与众不同的胜解。

此外,黄佐论诗并不囿于门户之见,既能辩证地对待当时弥漫诗坛的复古风气,也十分赞赏在执守雅正之中进行的创新。他说:"陶渊明尝论诗矣,曰:'宁效俗中言',是古诗贵雅不贵俗也;杜少陵尝论诗矣,曰:'晚于诗律细',是律诗贵细不贵粗也。音也者,与时高下,通乎政者也。吾见近世古诗则以绮靡为精工,律诗则以粗豪为气格……觚不觚,马非马,其可乎哉!梁陈之体足以致寇,赵宋之体不能退虏。《诗三百》而蔽以一言。苍姬所以为有道之长也,变而不失其正。"③他批判宗尚汉魏盛唐者"以绮靡为精工""以粗豪为气格"的盲目拟古,也肯定"不失其正"的改变和创新。这种观点无疑是较为高明的。

三、张萱的诗学理想

张萱(约1553—1636),字孟奇,号九岳,别号西园。广东博罗人。明万历十年(1582)举人,历任中书舍人、户部郎中。万历三十九年(1611)罢归,八十四岁卒。张萱见闻博洽,著作丰富,撰有《疑耀》七卷、《汇雅》前编二十卷、后编二十卷、《西园闻见录》一百零八卷、《秘阁藏书录》四卷等。

张萱《疑耀》一书,内容广博,形式灵活。其中涉及文字48条、诗歌34条。其诗文评点多为摘取某一句或某一事加以辨析议论。如他批评了汉魏之后乐府不入乐的现象,强调诗歌入乐的重要性:"乐府本以被管弦者,今所传古乐府词,多不可读。"④"诗自《三百篇》而后,至于我明,卒未有一语可被管弦者,盖文采有余,性情不足也。"⑤认为不入乐是"性情不足"的表现,其观点有一定新意。

在诗学理想上,张萱与黄佐一致,也极力主张恢复先秦、汉魏、盛唐时期的诗歌传统。他认为作四言诗应以《诗经》为宗,而五言古诗则应以汉魏为准,近体诗则应以盛唐诗为准。又认为乐府诗是继《诗经》和《离骚》之后,"采于民谣,杂以赵代秦楚之风",可被管弦的"诗之正宗"⑥,对之评价甚高。他还将诗歌能否入乐作为评诗的一

---

① (明)黄佐:《泰泉集》卷四十一《唐音类选序》,《广州大典》第424册,第511页。
② (明)黄佐:《泰泉集》卷四十一《唐音类选序》,《广州大典》第424册,第512页。
③ (明)黄佐:《泰泉集》卷三十八《明音类选序》,《广州大典》第424册,第467页。
④ 《疑耀》卷六《乐府之误》,《景印文渊阁四库全书》第856册,台北:台湾商务印书馆1986年版,第265页。
⑤ 《疑耀》卷二《诗叶管弦》,第194页。
⑥ 《疑耀》卷三《乐府讹缺》,第218页。

个重要标准,批评"后人作古乐府,止用其题,不袭其意,亦不谐其调"①。

关于诗的做法,他强调作诗应有所本,且模拟要得法:"作古选体,有一字不从汉魏中来,便不是古选;作律诗,有一字不从盛唐诸公中来,便不是律诗。故唐选体之所以不及汉魏者,是以唐人字眼作古选;宋律诗所以不及唐者,是以宋人字眼作唐律也。"②此外,在诗文的表达风格上,他认为要古奥与显白并重:"典谟之文,《三百篇》之诗,为万世诗文之祖者,以其古而能奥也。"③强调创作诗文不能一味追求显白而失去古奥意,并以此为标准批评欧阳修、苏轼之文及元稹、白居易之诗,观点较为新颖。他的见解与当时主流思潮相左,充分体现了岭南诗人的独特追求。

四、区大相的诗论观点

区大相的诗论散见于其诗文集中,孙肃曾编为《区大相诗话》六十二则,被收入《明诗话全编》。总体而言,区大相的诗论主要是重申儒家诗教,虽无太大新意,但在当时公安派绝去依傍、刱为新诗之际,他能关注诗歌传统,重申诗歌关注现实政治的社会功能,主张恢复《诗经》的风、雅之道,对推动晚明诗风嬗变还是起到了一定的积极作用。

区大相最重要的诗论观点是强调诗歌的社会功效和现实意义。首先他提出诗歌可以用来证史。他说:"古者,史官陈诗采风以观国俗,里歌巷谣猥杂并载,因其美刺以定庆让。"又说:"《诗》亡即《风》亡。王者不采风,诸侯不贡俗,则赏罚不行,故亡。"④强调了采风的重要性,认为采风与采史同等重要。在此基础上,他主张诗人应多写纪事诗,并将此看作是讽刺时局,事关国家兴亡的重大事情。其次,区大相重申诗歌的观政功能:"夫诗者通乎政者也。政之所被而歌咏以导之,倡叹以遂之。厚人伦,美风化,达于事变而怀其旧俗。是故先王之观政也,必陈诗焉。"⑤区大相的观点与孔子提出的"兴观群怨"说是一致的,我们也可将之看作是对当时公安派因一味强调"独抒性灵,不拘格套"、使文章限于抒写闲情逸致、缺乏深厚的社会内容、最终难免流于街口巷语的创作流弊的一种救挽。区大相曾言:"今缙绅学子用博士业起家致通显,乃始反舌学韵语。卑者字窃句剽,无所发明;高者乃恣睢于法度之外,按之而

---

① 《疑耀》卷六《乐府之误》,第265页。
② 《疑耀》卷三《诗文必有所本》,第226页。
③ 《疑耀》卷四《诗文显白古奥》,第242页。
④ 吴文治主编:《明诗话全编》第10册,江苏古籍出版社1997年版,第10528页。
⑤ 吴文治主编:《明诗话全编》第10册,第10534页。

不合节,歌之而不成声。"①很明显他对于当时前后七子剽窃蹈袭、盲目拟古的流弊及公安派矫枉过正、无视法度音律的倾向是极为不满的。

此外,区大相认为"恬愉雅淡"是诗歌的最高之境。他说:"和者其词愉,平者其词恬,正者其词雅,直者其词淡。愉则不躁,恬则不厉,雅则不佻,淡则不浮。夫恬愉雅淡,诗道其至矣。"②而要达到这一境界,必须"养性而达之情","处名位之极而无富贵之心,当失意之甚而无牢骚不平之气"③。强调要达到"恬愉而不伤于躁厉,雅淡而不伤于佻浮"④的最高境界,首先必须锻炼自身的品格与心性,这无疑开清代学者刘熙载"诗品出于人品"理论之先声。

第三节 明代后期诗学理论

明后期岭南诗人中,明确提出自己诗歌主张的人有黎遂球、陈子升、邝露、薛始亨、区怀瑞、黄圣年六位诗人,他们的诗歌观点大致延续了明中期的诗歌理论,在前人诗论的基础上略有新的变化与发展。

一、黎遂球的诗学主张

黎遂球为他人所作的诗集序跋文较多,其中也流露出鲜明的诗学主张。作为明后期重要的岭南诗人,尤其是"南园十二子"的核心成员,黎遂球的诗学主张很能代表明后期诗坛的诗学理想。他的诗学观点主要表现在四个方面。

第一,非常重视诗歌对"情"的表现。黎遂球反复提出,无论是为人还是诗作,只有真情流露才能千古不朽。如在《情诗序》中说:"余谓观人正于其情,情佳则韵况俱佳。"⑤在《费仲雪诗序》中说:"夫诗非情之深者不工。"⑥另外,他强调情志并举,在强调"情"的同时,并不忽视诗歌的思想内容。如在《顾不盈和拟古乐府诗序》中,他提出好的诗人既要有淡泊名利的品性、正直真挚的情感,还要关注社会,有所感悟;好的诗歌既要有性正情深的基础,又要缘事缘物而有所感发。他在《欧叔永诗集序》中

---

① 吴文治主编:《明诗话全编》第10册,第10534页。
② 吴文治主编:《明诗话全编》第10册,第10533页。
③ 吴文治主编:《明诗话全编》第10册,第10533页。
④ 吴文治主编:《明诗话全编》第10册,第10533页。
⑤ (明)黎遂球:《莲须阁文钞》卷8,《丛书集成续编》集部第187册,台北:新文丰出版公司1988年版,第442页。
⑥ (明)黎遂球:《莲须阁文钞》卷8,《丛书集成续编》集部第187册,第441页。

说:"予读《三百篇》,凡所为沉吟,慨慕不能自禁,以至于唏嘘俯仰,悲泣啸歌者,岂必在夫愁惨之状哉?有感故也。其言之者真而闻之者信,于是壮烈之怀或动于物,而伤时之逝追历光景……乌有不传?"①这就既强调了诗歌的情感抒发功能,又强调了诗歌的感物寄兴功能。这种观点"情志并举""文质并重",强调诗歌的思想内容与艺术形式的统一,体现出合理通达的诗论观。

第二,认为文章诗歌之才与作者之平生遭际息息相关。他说:"窃闻之,才也者,所以有事于天下者也。唐虞之际,于周为盛。孔子曰:'才难,不其然乎?'其衰也,乃徒以其一往经纬之气,散为文章诗歌。"②认为人生应当以有用于天下为第一,诗才则为其次。这体现了黎遂球主张文人应积极入世、关注国计民生的胸怀与抱负。这一认识可以说是立德、立功、立言"三不朽"思想在诗学中的具体化。同时他指出,诗文杰出者,正是那些生不逢时、未能"有事于天下"而专用其才于诗文之人:"自孔子删定而后,吾求之千百年来得数人:屈原、宋玉、司马相如、扬雄、司马迁、江淹、鲍照、李白、苏轼。此九人者,不可以不谓之才。生不逢尧与舜,以乐育有成,悲郁慷慨,激烈旁引,甚至谐狎淫耗为可怜惜,然亦难矣。"③同时他认为事功与文章兼善者很少,又说:"唐诗人惟韩退之居阳山有惠政,然观其所作《别知赋》,以侣虫蛇于海陬为怼。先生为诗,未尝有厌薄高凉意,故与其民人相得益亲。固知共为雅人深致,所得于《三百篇》之教独远也。"④认为韩愈被贬官阳山,虽然在当地施行惠政,但其《别知赋》一文中却流露出对当地虫蛇出没等恶劣环境的怨怼,这种厌薄之意不符合《诗经》中的雅正之道。在黎遂球看来,即使处于穷愁潦倒之际,诗人仍应做到"哀而不伤"、符合儒家雅正之传统。很明显,黎遂球非常重视诗歌中体现出的品德与格调,其诗论是以儒家诗教观为基础的。

第三,继承黄佐"审音观政"的诗论说,提出诗歌可以观政教之得失,诗歌之兴衰与时代风俗、气候等因素也密切相关。如他在《诗风序》中提出,随着时代背景、制度风俗、地域气候、创作主体等发生变化,诗歌也会有种种变异。这种观点是对明代以来岭南诗论家注重诗歌与音乐辩证关系的观点的升华,与高棅"审音律之正变"的格调论也非常接近。在此基础上,黎遂球充分认识到中国诗赋的多样性,并提出"为家十二"的说法,按旨趣、题材和风格不同将诗赋分为十二种类型,主张诗人应根据不同的目的、题材和场合来选用合适的诗文文体。

---

① (明)黎遂球:《莲须阁集》卷18,《四库禁毁书丛刊》集部第183册,北京:北京出版社2000年版,第246页。
② (明)黎遂球:《莲须阁文钞》卷8《九家集选序》,《丛书集成续编》集部第187册,第434页。
③ (明)黎遂球:《莲须阁文钞》卷8《九家集选序》,《丛书集成续编》集部第187册,第434页。
④ (明)黎遂球:《莲须阁文钞》卷8《方玉堂诗序》,《丛书集成续编》集部第187册,第446页。

第四，针对明末诗坛流派众多的情况，黎遂球指出学诗者要善于辨别其优劣，不必"强同"。他说："今之言诗有数家，大率才放者喜学徐、袁，思精者钟、谭是好，而捉襟见肘者，始优孟何、李以文其短。夫赝何、李，无救于徐、袁钟、谭也；而赝徐、袁、钟、谭，又适所以贵其何、李也。要之徐、袁出巧，钟、谭入拙，皆能以生得新，以新得生，为诗各有萌芽。苟取足而候至，何患不工，抑何必强同耶？"①明前后七子主张文必秦汉、诗必盛唐；徐渭则全盘摒弃前后七子的诗学观，袁宏道对徐渭尤为激赏；竟陵派则倡导幽深孤峭之诗风。明末诗人学诗，大抵以上述诗家或诗派为宗，黎遂球则指出，时人对以上诸派诗家或"学"或"好"或"优孟"，但都未真正学到诸派诗家的精髓，都是赝品。尽管徐、袁与钟、谭有巧拙之分，却"皆能以生得新，以新得生，为诗各有萌芽"，即诸家作诗虽有缺陷所在，却能别开生面而具新意，因其新意而得生存，并非一味模拟假造者可比。

黎遂球反对作诗一味模拟和因循守旧，主张作诗要有所创新。同时，作为一位主张创新的诗人，黎遂球自己论诗也是独出心裁。他喜欢跳出诗体本身，借用不同的艺术形式如绘画、书法等来比拟诗歌创作。如他在《施仲芳诗序》中说："诗与画其法稍同，俱不宜以形似求工，故不求工故工。"②认为作诗与绘画一样，不能只求形似，他认为过度工于形式反而成了赝品。另外，黎遂球在《陈元者诗序》中还用不同的书法字体来比拟不同的诗歌体裁，强调诗歌要求神似，非求形似。他这些观点虽不是首创，但他论诗的方法则别具一格，非常新颖。在反对一味模拟、只求形似的基础上，黎遂球进而强调诗歌要讲求神悟："诗贵神悟。嗟舌吞针、咽肉引肠，皆有真谛。"③

综上可知，重视诗歌的真情表现，注重独创性、反对盲目模拟是黎遂球重要的诗学观点。他提出作诗要能博采众长、转益多师，擅长运用"为家十二"之技巧且能融会贯通。黎遂球诗学的高明之处就在于他能不为世风所染，以追随模拟为赝，以新生萌芽为尚。他能跳出世俗之习见，与陈子升及之前的黄佐、张萱、区大相等人一样，主张创新，强调诗人的独特风格，充分体现了岭南诗人的诗学追求。

二、陈子升的诗学理想

陈子升诗论的主要观点是极力主张恢复《诗经》《离骚》以来的"风雅兴寄"传统。在诗歌创作中，陈子升也努力践行自己的诗学理想，其诗歌"以风、雅为第宅，以

---

① （明）黎遂球：《莲须阁文钞》卷8《徐无减诗序》，《丛书集成续编》集部第187册，第442页。
② （明）黎遂球：《莲须阁文钞》卷8《施仲芳诗序》，《丛书集成续编》集部第187册，第440页。
③ （明）黎遂球：《莲须阁文钞》卷8《李定夫游草序》，《丛书集成续编》集部第187册，第440页。

《骚》《选》为苑囿。"①"上凌汉魏,下轹三唐。"②可以说,恢复《诗经》以来的风雅之道,是陈子升及历代岭南诗人所共同追求的诗学理想。

陈子升诗论中的另一个主要观点是对前后七子以来字剽句窃的复古诗风及公安、竟陵派过度追求形式与技巧的浮靡诗风极为不满,提出作诗要自成一家。他说:"唐人作自己诗,有三唐之分。今人作唐人之诗,无一唐之合。是以不成其为唐诗,复不成为自己诗。"③明确反对前后七子的盲目复古,主张诗歌创作能在模拟复古和学习前人格调的同时跳出窠臼,自成一家。同时,他极力反对次韵之作,认为"次韵之诗,拘挛无味"④。在创作实践中,陈子升极力摆脱时人之流弊,力求在复古与创新中找到最佳结合点,形成自己的独特风格,其"古诗五言,静理高气,不踵蹈汉魏而实追汉魏;七言奇逸不可名;近体开、宝无此幽别,大历无此刻陗,元和而后无此高闲,方且兼三唐之长。"⑤"气力甚厚,不见规摹之迹"⑥。

最后,陈子升非常重视诗歌的音律。他对具有岭南地域特色的诗歌情有独钟,特别是对岭南诗人大多精通音律、"能以诗按声而歌"而深感自豪:"南越之能诗者,莫若广州。广州多诗,而人人能以诗按声而歌,则莫若五羊城。城中歌诗凄凄婉婉,甚清以长,号曰'楚吟'。盖音之动人以悲,而委约悲愁极于《骚》些。南越,故楚地延迤而南所自来矣。"⑦重视音律,这也是岭南诗论中较为鲜明的特色之一。如黄佐就曾站在历史的高度,注意到诗歌与音乐的辩证关系,并能客观地结合唐代不同时期的政治来探讨其诗歌风格,充分强调了诗歌与政治的密切关系。其后张萱提出不入乐是"性情不足"的表现,还将诗歌能否入乐作为评诗的一个重要标准。陈子升则在黄佐及张萱等人的基础上,指出了岭南诗歌与音乐的关系,并从地域的角度来探讨岭南歌诗"楚吟"的由来及风格特色,这无疑是在音乐与诗歌关系探索中的又一个进步。

三、邝露的诗论观点

邝露的诗学观点主要表现在两个方面。其一,邝露认为诗是人情感的表达,主张作诗须有强烈的感情。其《张穆之诗序》曰:"诗之道,一喜一愠,尽之矣。无所喜,无

---

① (清)陈子升:《中洲草堂遗集》前附钱谦益:《中洲集序》,第270页。
② (清)陈子升:《中洲草堂遗集》前附薛始亨:《中洲草堂诗刻原序》,第272页。
③ (清)陈子升:《中洲草堂遗集》卷22《谭公子南征诗序》,第415页。
④ (清)陈子升:《中洲草堂遗集》卷22《谭公子南征诗序》,第415页。
⑤ (清)陈子升:《中洲草堂遗集》卷末附谭宗《致陈乔生先生》,第426页。
⑥ 邓之诚:《清诗纪事初编》,周骏富辑:《清代传记丛刊》第20册,台北:明文书局1986年版,第321页。
⑦ (清)陈子升:《中洲草堂遗集》卷3《楚吟行》,第289页。

所愠,无诗矣。喜斯陶,陶斯咏,咏斯犹,犹斯舞,八伯赓歌,明良喜起之所为作也;愠斯戚,戚斯叹,叹斯辟,辟斯踊,《三百篇》,圣贤发愤之所为作也。"①他尤其钟爱《小雅》及《离骚》中因现实感触而生发出的缠绵悱恻之气,并在诗歌创作中孜孜以求,"为诗则忧天悯人,主文谲谏,虽《小雅》之怨悱,《离骚》之忠爱,无以尚之。"②何日愈评价其诗:"得《小雅》《离骚》之旨。"③王士禛也说:"露南海人,著《峤雅》,有骚人之遗音。"④

其二,邝露极为追求诗歌中的音律美,这与大多岭南诗论家的观点一致。他说:"诗贵声律,如闻中宵之笛,不辨其词,而绕云流月,自是出尘之音。"⑤强调了诗歌音律的重要性。但是,与其他岭南诗论家不同的是,邝露不仅强调诗的音律美,他在作诗时还喜欢过度用典,更爱使用生僻字眼。片面强调音律、过度锤炼字句,容易导致内容贫乏,这可以说是邝露诗论的缺陷所在。对于此点,檀萃曾批评说:"湛若之集……多用古字,聱牙难读。"⑥又说:"大抵粤诗自黎美周、邝湛若而后,变尚西崑,而王说作尤造其极……虽以三家之雄才,其古音纵横,浩荡不可端倪,而至于近体,则梁陈萎靡,无复南园后五先生高华典贵之风焉。"⑦他认为黎遂球、邝露、王邦畿等岭南诗人的诗歌辞藻华丽、声律和谐,具有西崑体之习气,过度追求形式的整饬、典丽,思想内容却贫乏空虚,脱离社会现实,与"南园后五子"的高华典贵之风完全不同。这也说明,在明末岭南诗坛,除了雄直的诗风之外,还存在着另外一种柔婉诗风。但此种诗风由于其雕采太甚,用典失度,形式精丽浮艳,与岭南诗歌重雄直的诗学传统不符,因此受到后人诟病。檀萃还批评了黎遂球、邝露等人的诗论倾向对当时的岭南诗坛造成的不良影响。他说:"海目二子启图、叔永皆能诗,而格调一变,入于温、李。盖其昆弟多与黎美周、邝湛若诸公游,故不能无所渐染耳。"⑧这些评论有助于我们全面认识明末岭南诗坛的多样化,也有助于我们认识岭南诗风的嬗变过程。

四、薛始亨的诗学思想

在明末岭南诗人中,薛始亨湮没不彰,学界对其少有关注。其作品数量不多,却

---

① (明)邝露撰,黄灼耀校点:《峤雅》卷7,广州:广东高等教育出版社1990年版,第377页。
② (清)屈大均:《广东新语》卷12,北京:中华书局1985年版,第351页。
③ 钱仲联:《清诗纪事》(一),第150页。
④ (清)王士禛:《带经堂诗话》,北京:人民文学出版社1963年版,第274页。
⑤ (清)屈大均:《广东新语》卷12,北京:中华书局1985年版,第357页。
⑥ (清)檀萃:《楚庭稗珠录》卷4,广州:广东人民出版社1982年版,第131页。
⑦ (清)檀萃:《楚庭稗珠录》卷4,广州:广东人民出版社1982年版,第133页。
⑧ (清)檀萃:《楚庭稗珠录》卷4,广州:广东人民出版社1982年版,第115页。

展现了较高的思想和艺术水平,特别是寥寥数篇书序文字中,体现了鲜明的诗学观点,具有一定的诗学价值。

薛始亨诗论中的重要观点之一是重申诗歌的教化作用。他说:"诗也者,先王所以正性情、宣志气,命𫐄轩而观风俗,纪盛德而格神明之具也。"①这是对儒家"兴观群怨"的传统诗学观念的演述。明代岭南诗论自区大相以来一直以重申儒家诗教为己任。薛始亨的观点在区大相的诗论基础上有所发展。他提出诗的最高理想是达到"温柔敦厚",认为诗歌创作要"去委巷之陋而泽于温厚和平",使"匹夫匹妇之词"也能"合乎士君子之义",这就是强调诗歌的社会教化作用。薛始亨还将亡国的直接原因归结为诗道的失落,其观点虽失于片面,但他在浮靡文风弥漫文坛的晚明重申诗道的重要性,力求恢复诗教,追索诗歌的本原,是有进步意义的。

薛始亨希望能恢复"温柔敦厚"的理想诗风,但在具体的诗歌创作中,如何才能达到这一理想呢?薛始亨曾和朱彝尊探讨过这一问题,并明确提出了自己的观点:"卿诗风华秀逸,卓尔擅场,惟'格调高老'四字尚须留意。格调之高不在字句,能于汉魏晋诸子深蕴而精涵之,则得矣。"②他认为朱彝尊的诗歌风华秀逸,具有很高的艺术水平,但诗之"格调"还有待进一步提高。他强调诗歌要想达到高古的格调,不仅是要在声律、字句等体制方面下功夫,更应从思想、情趣等立意方面去追寻。同时,他主张要从汉魏诸子的诗歌中去体悟学习。

号召恢复汉魏盛唐诗歌高古雅正的格调,不仅是薛始亨的诗学理想,也是历代岭南诗人的共同主张。而薛始亨所提倡的"格调高古"有更确切的指向,即特指盛唐张九龄诗所呈现出的"继承汉魏的传统,而又参以楚辞的表现手法,崇尚高古的格调"③的"曲江流风",他认为只有这样,才能达到儒家诗论中的温厚雅正之美。他说:"洪、永、成、弘以迄于今,天下之诗凡数变矣。独吾粤犹奉先正典型……彬彬乎曲江流风,于斯为盛。"④在岭南诗论家中,薛始亨是第一位明确提出"曲江流风"的诗人,此点对岭南诗派理论的形成和发展意义重大。薛氏好友屈大均也说:"吾粤诗始曲江,以正始元音先开风气,千余年以来,作者彬彬,家三唐而户汉魏,皆谨守曲江规矩,无敢以新声野体而伤大雅,与天下之为袁、徐,为钟、谭,为宋、元者俱变。故推诗风之正

---

① (清)薛始亨:《明粤七家诗选序》,见薛始亨:《𬘡绶馆十一草》,《丛书集成续编》第126册,第964页。
② (清)薛始亨:《与朱锡鬯书》,见薛始亨:《𬘡绶馆十一草》,第960页。
③ 陈永正:《岭南诗派略论》,左鹏军主编:《岭南学》第一辑,广州:中山大学出版社2007年版,第3页。
④ (清)陈子升:《中洲草堂遗集》前附薛始亨:《中洲草堂诗刻原序》,第272页。

者,吾粤为先。"①他所提出的"曲江规矩",其内涵应与薛始亨的"曲江流风"是一致的。

同时,薛始亨具有强烈的诗史意识。他认为诗歌发展到唐代,虽然开始讲究格律声调等诗歌表现形式,但能文质并重,尤其是"义通风雅",故能流传千古而不废。即使是中唐元和以后诗风日下,但其中仍有不少佳作可采,其成就远高于宋、元之诗。他批判宋诗的缺点在于议论过多,元诗的缺点则在于杂以词曲。他认为诗歌发展到明代呈现出新的发展态势,但同时又存在着应酬之作过多,且内容重复、音调平庸,缺乏真情和新意等缺点,失却诗歌的蕴藉之味。至晚明公安、竟陵派出,又陷于俚俗、浅露、轻浮,实则是矫枉过正,导致风雅传统荡然无存。这与屈大均所批判的公安、竟陵"以新声野体而伤大雅"②的观点相一致。

针对明末诗坛的惨淡状况,薛始亨也一针见血地指出了其根源所在。他说:"今天下谈诗,搦管夫人皆然,然则诗当盛而反衰,何也?非其才之不宏,学之不博,思之不渺,而唯取则之不正故也。"③他把明季诗道的衰落和诗风的萎靡不振归结为"取则之不正"。至于薛始亨所推崇的诗歌之"则"究竟是什么,他并没有明确交代,但我们可以从其文字中窥探端倪。薛始亨《与杨宪卿书》云:"国朝史学尚逊唐宋,无论两汉。而礼乐遗缺,较宋殆甚焉。"④他指出明代史学衰落,学风不振,同时也将明代文化衰微的原因归结为礼乐的严重缺失。他认为礼乐的遗缺是造成明代诗坛风雅消亡的根本原因,故其推崇的诗歌之"则"应为"礼"。他的观点,对黄佐所强调的诗歌与政治的密切关系做了更为明确深入的阐释,也是对明代以来岭南诗论家注重诗歌与音乐辩证关系的观点的升华。

对一个时代文风乃至文学流派的形成,薛始亨也提出了自己的见解。他说:"生今之世,欲复古圣贤之道,非一手一足之烈,盖必一大贤倡之而群贤者亦鼓吹应焉。如韩昌黎之文起八代之衰,而一时亦有李翱、张藉、冯宿、皇甫湜之流,以至柳河东且与之并起,不自寥寥也。"⑤他认为要想通过文学的创作来恢复古圣贤之道,就应当有一大贤首倡而群贤和之,方能成其气候。这种观点实际上涉及了文风或者文学流派的形成与其广泛的群众基础之间的重要关系。也就是说,只有大批有着相同或相近的审美观点或一致的创作风格的作家群的出现,才能自觉或不自觉地形成一个文学

---

① (清)屈大均:《翁山文外·广东文选自序》,欧初、王贵忱主编:《屈大均全集》第3册,北京:人民文学出版社1996年版,第43页。
② (清)屈大均:《翁山文外·广东文选自序》,《屈大均全集》第3册,第43页。
③ (清)薛始亨:《玄超堂稿序》,见(清)江藩撰:《(道光)肇庆府志》卷21,清光绪二年(1876)重刻道光本。
④ (清)薛始亨:《与杨宪卿书》,见薛始亨:《蒯缑馆十一草》,第961页。
⑤ (清)薛始亨:《与陆丽京书》,见薛始亨:《蒯缑馆十一草》,第960页。

集团或派别。他对文学流派形成规律的总结无疑是正确的,这对岭南诗人的相互影响及岭南诗派的最终形成无疑起到了一定的指导和影响作用。

在此基础上,薛始亨诗论表现出对岭南诗歌群体的充分重视,尤其是他精心编选明代粤籍诗人孙蕡、黄佐、梁有誉、欧大任、黎民表、区大相、邝露等七人的诗作,合为《明粤七家诗选》以示后学。他认为,明粤诗七家虽不能完全达到"周之雅、南之奏"①的境界,但能宗汉唐之诗风,使明诗复振,对当时的诗坛做出了积极的贡献。薛始亨认为"明粤七家"的诗歌均能"奉先正典型",即既能宗尚《风》《雅》、汉、魏、三唐,又能达到高古之境界。可见,薛始亨编选《明粤七家诗选》的目的,就是想通过彰显自张九龄以来历代岭南诗人一贯沿袭的这种诗学传统,使这种诗风能通过"一大贤倡之而群贤者亦鼓吹应焉"的方式得到广泛认可而影响一代诗风之转变,以挽救明末诗坛流弊。而这种共同的诗歌风格恰好又是岭南诗派得以形成的共同的理论基础,这就不仅肯定了岭南诗群对明季诗坛的影响,对推动岭南诗派的形成也具有重大的意义和价值。此外,前代很多诗家在弘扬诗旨时大多是选取古人作样板来论诗,而薛始亨能将目光聚焦于当代,从当时当地的诗人群中找到代表进行阐述,这说明薛始亨在"尚古"之际并不盲目"非今",这种诗学见解是颇具辩证意识的,也是前代及同代人所鲜有的。

当然,薛始亨的诗学主张也有缺陷之处。如将诗歌视为教化工具、忽视诗歌的文学特质和审美价值,极度鄙夷公安、竟陵之诗,甚至将其视为明末风雅消亡的罪魁祸首,彻底否定宋诗、元诗等观点都不免失之片面,但总的来说,他重申雅正传统的诗学观点,对明代粤诗的发掘及其地位的确立有着重要的时代意义,在一定程度上推动了岭南诗派的形成和发展,这些都应该给予充分肯定。

五、区怀瑞、黄圣年的诗学观

区怀瑞《肇庆府志·艺文志》序云:"昔人云:'三代无文人,六经无文法。'又云:'六经之文,如日月丽天,江河行地。'此要其至言之耳。若修词立诚之君子,考典陈谟,出风入雅,即圣远气靡,宁不抒泄心灵,昭回一代乎哉!而论者又谓清庙明堂之什,与里谣巷讴异;雕虫刻楮之章,与经国修政异,夫异则诚异,于以贲人文、传天籁,均之不可掩也。"②该序文强调了诗文在个人的修身养性、澄净心灵等方面的重要作用。特别难得的是,区怀瑞认为好的诗文作品是没有尊卑等级之分的,这表现了岭南

---

① (清)薛始亨:《明粤七家诗选序》,薛始亨:《蒯缑馆十一草》,第964页。
② 欧阳健、欧阳紫雪、欧长生主编:《古代三欧文选》,北京:中国文史出版社2014年版,第375页。

诗人对诗文的通达观念与博大胸怀。有学者评论说,"此序认为,'清庙明堂之什'与'里谣巷讴','雕虫刻楮之章'与'经国修政',都是'贲人文,传天籁'的不可掩的艺文佳作,难得的宽容之见。"①区怀瑞的这种观点是对其父亲区大相诗论观的进一步发展。区大相特别强调诗歌的观政功能,并提出诗歌可以用来证史,认为在观政的功能方面,采风与采史同等重要。区怀瑞的上述观点即是在此基础上的生发与延伸。

另外,屈大均《广东新语》记载云:"瑶石后有区海目者,直追初唐,置大历以下不复道。……其论诗有云:'弘正间,力驱宋元还之古,始合者什一。近世求多于古,自用我法,未免恣睢于情之中,而决裂于格之外。按之而不合节,歌之而不成声。'其子启图亦云:'国朝之文章,自北地以还,历下继之,盛于嘉隆而即衰于嘉隆。其病在夸大而不本之性情,率意独创而不师古,遂使唐、宋、明代,畛分为三。声气之元,江河不返。'此皆笃论也。"②区大相、区怀瑞父子均对明末前后七子剽窃蹈袭、盲目拟古的流弊及公安派矫枉过正、恣意纵情、一味求新却完全无视法度音律的倾向均表示不满。可见区怀瑞尊奉的仍然是儒家"温柔敦厚"的诗风。讲究忠厚平和,强调音律和法度,主张情感的表达要适度,这些观点表现了他对传统儒家诗论的执守。

黄圣年在《三妇艳》诗序中的一段文字充分体现了他的诗论观。从诗序来看,黄圣年对诗歌体式内容及相关理论的学术探索兴趣盎然,具有自觉的学术意识。他在《三妇艳》诗序中云:"颜之推云:妇是对舅姑之称,古者子妇供事舅姑,旦夕在侧,无异儿女,故有此言。近世文士作三妇诗,乃为群妻之意,又加郑、卫之辞,大雅君子,何其谬乎。余又考《古今乐录》,大曲艳有趋,则知艳亦曲名,非谓色也。余既喜颜论足破前惑,因造斯篇,志乃不在摹古,冀有俾于风规云尔。"③记载了他对《三妇艳》这一诗题及其所表达的内容的辨析,表现出很强的问题意识及学术探讨精神。《三妇艳》原为乐府相和歌辞篇名。宋代郭茂倩《乐府诗集》相和歌辞类收录了《相逢行》及《长安有狭斜行》的汉乐府诗,其后段都有大妇、中妇、小妇等辞。《三妇艳》即专取此古诗的后六句为式,亦省作"三妇",在古代乐府诗中频繁反复出现,成为富贵人家的象征,积淀成为一种具有特定含义的文化符号。其本质是歌舞艺人以取悦和娱乐富豪贵族为目的而创作的奉承之歌,是世俗化、娱乐化的艺术消费品,是盛世风气中的歌颂文学。明代则有人望文生义,误将《三妇艳》作为艳体诗,来表达妻妾成群之意。黄圣年通过对"妇"及"艳"的涵义进行认真的考证,纠正了当时诗坛对这一诗题的错误理解,并亲作《三妇艳》诗一首以正风俗,弘扬了忠孝、勤劳、友爱等儒家的传统美德与人伦常理,体现了重视诗歌的社会教化功能、借诗歌来维护与宣扬儒家传统的

---

① 欧阳健、欧阳紫雪、欧长生主编:《古代三欧文选》,北京:中国文史出版社2014年版,第375页。
② (清)屈大均:《广东新语》卷12,北京:中华书局1985年版,第356—357页。
③ 中山大学中国古文献研究所编:《全粤诗》第17册,广州:岭南美术出版社2014年版,第165页。

理想。

　　明代广东文学的全面繁盛,极大地推动了诗文理论的成熟与发展。明初广东文学初步崛起,这一时期并没有形成完整的诗文理论体系,以孙蕡为代表的"南园五子"只在部分诗序、诗作及相关的论诗文字中零散地表达对汉魏盛唐诗歌的推崇,奠定了习汉尊唐的岭南诗学小传统的基础,是广东诗论的开端;其后台阁大臣丘濬以儒家传统诗教观为核心,强调文以载道,重视诗歌的社会教化功能,但同时也提出创作要讲究天趣,注重个体性情与生命体验,与其后兴起的茶陵派的诗学主张较为一致,也奠定了广东诗论重视性情的传统。明代中期,广东诗论在继承中不断开拓创新,体现出较为明显的岭南诗论特征。具体表现为:推崇儒家诗教传统,尊崇汉唐诗歌,重视个体情感的表达,论诗不流于时俗、能坚守自我等。特别是岭南理学大儒陈献章辩证地融合南北方的诗学思想,对诗学传统既有继承也有所创新,"他的诗学理论从伦理纲常转向了对自我情感的重视,开启了晚明性灵文学的先河。"[①]黄佐、张萱论诗也能务实创新、不随波逐流,能辩证地对待当时弥漫诗坛的复古风气。诸人的诗学思想均体现出岭南诗论不受诗学时尚影响、坚守自我、敢于创新、辩证包容的特点。明代后期的诗论大致延续了明中期重视诗歌的教化作用、沿袭主情论、号召恢复汉魏盛唐诗歌高古雅正的格调、坚持辩证地看待诗学时尚等诗歌理论,在前人诗论的基础上略有新的变化与发展。此时期诗论较为鲜明的特色是强调诗歌音律的重要性,特别是开始注意到岭南诗歌的地域性特征,如陈子升对岭南诗人大多精通音律,"能以诗按声而歌"而深感自豪,并从地域的角度探讨岭南歌诗"楚吟"的由来及风格特色。最值得注意的是,这一时期岭南诗人的乡邦意识开始觉醒,如薛始亨对岭南本地的诗歌群体非常重视,精心编选《明粤七家诗选》以示后学,并提出想通过文学的创作来恢复古圣贤之道,就应当有一大贤首倡而群贤和之,方能成其气候。他对文学流派形成规律的总结对岭南诗派的最终形成无疑起到了一定的指导和影响作用。总之,明后期广东诗人们既维护儒家诗学大传统,也重视地域小传统;同时游走平衡于时代思潮与诗学传统之间。他们对岭南诗学传统的建构与传承、发展,标志着岭南诗歌理论的成熟,也直接推动了清代岭南诗派的繁荣与发展。

---

① 雍繁星:《从性气到性情——陈献章与明代主情文学思想》,《首都师范大学学报(社会科学版)》,2007年第1期。

第七章 明代散文与词

明代广东的散文创作有了新的发展。明初孙蕡的散文创作带有较为明显的个性化特征,其抒情言志的散文情感充沛,富有感染力;其弟子黎贞的散文题材较为广泛,见解也较为独到。明代前期,台阁派散文较为兴盛,其代表人物是丘濬和梁储。他们两人都曾先后入阁任宰辅,文风深受当时流行的台阁体影响,叙事说理温和从容,较为符合儒家温柔敦厚的文学传统。明代中后期,岭南理学兴起,理学大师家陈献章及其弟子湛若水的散文则带有明显的理学色彩,他们为文多阐述义理,也有一些自然超妙、颇有意趣的作品。虽然在散文的闲雅优美方面稍有欠缺,但别有严整明畅的风格。霍韬、海瑞、罗虞臣等人都是朝廷大臣,他们的散文以奏疏为主,充分表现了文学干预政治、关注社会的实用功能,其特点是议论纵横、征引繁博、论证严密。此时期还出现了黄佐、郭棐两位卓有成就的地方文献学者。他们编撰的系列地方文献著作不仅具有充分的史料价值,也展现出了刻画人物及驾驭文字的深厚功力。另外邝露的散文也记录了广西少数民族地区的风土人情、山川地貌等,很有史料价值。在明末国家民族危难之际,很多广东文人也加入救亡图存的抗清斗争之中。袁崇焕、陈邦彦、张家玉、林际亨等爱国志士的散文表达出强烈的爱国主义精神和坚贞不屈的崇高气节。

词的创作经历了宋代的繁华之后,到明代进入衰落时期,明代的词坛可谓黯淡一片。当时的词坛大家如杨慎、王世贞、汤显祖、马洪等,一味恃气逞才,对音律的重视不够,词格也渐趋卑弱。然而,在明代的广东词坛,丘濬、陈献章、霍韬、陈子升、张乔等人创作了风格多样的词作,呈现出豪迈雅健、清丽柔婉、苍凉悲慨等不同的词风。

第一节 明代前期散文

明代初期的文人大多生活元明交替时期,经历过元末动荡的战乱与明初整饬政策下的高压统治,文坛缺少应有的活力。在明初广东散文创作领域,较有影响的是孙蕡与黎贞、陈琏的创作。其次是以明代大臣丘濬和梁储为代表的台阁派散文。

一、格调高标的孙蕡散文

孙蕡以诗歌见称于世,被誉为"岭南诗宗"。他也写过一些气势开张、格调较高的散文。现存的《西庵集》收有其文二卷,其中较为可观的有《五仙观记》及《和归去来辞》二篇。

明洪武元年(1368),孙蕡接受廖永忠征辟,出掌广州郡教。是年,广州五仙观在火灾中被毁,孙蕡耐心地向廖永忠说明五仙观对于广州的特殊意义,并劝他修复五仙观。其后,孙蕡作《重修五仙观记》,记叙了广州五仙观的由来及被火烧毁后重建之事,这篇文章对考察五仙观的历史有一定的文献价值;不足之处是文中多有仙家之语,带有一定的迷信色彩。《和归去来辞》是孙蕡自平原县罢归故里之作。洪武十一年(1378)秋,孙蕡因触怒龙颜被罢归。当时他的心情极为矛盾,既因壮志未酬而心有不平,又庆幸自己脱离宦海风波。《和归去来辞》是对放迹山林的惬意心情的表现。此文在形式和内容上全部仿效陶潜的《归去来辞》,其中"穷岁时以静赏,摅夙昔之烦忧。侣渔樵于山泽,服稼穑于田畴。心淡止水,身如虚舟"①等句子充分表现了归隐田园的乐趣。此文虽是和作,却也流畅自然,表现了作者的创作功力。

另一篇作于孙蕡罢归时期的《祭灶文》,"假托向灶君陈辞,抨击贿赂公行、阿谀成风的世态",文中连用几个排比句:"臣之于读书可谓勤矣","臣之于性理亦略通矣","臣之为文可谓有成矣","臣之于内行可谓无愧矣","臣之外貌可谓不俗矣","臣之立志可谓寥廓旷绝而不凡矣"②,气势雄浑;接着用犀利的语言细数自己的不幸遭际,表现了他壮志不能施展的怨愤之气,令人对其心生怜惜,并对统治者压抑贤才的行径切齿痛恨,难怪《广州人物传》评价孙蕡为文"初若不甚经意,而气象雄浑,兴喻深致,骎骎乎魏晋之风"③,实乃的论。

此外,清末吴道镕编选的《广东文征》收有孙蕡的《夜游栖禅寺纪事诗序》。栖禅寺是从前在惠州城外的一所庙宇,现已不存。此文记述孙蕡在栖禅寺游宿,梦遇苏轼侍妾王朝云之事。后来孙蕡有感而作百韵长诗记录此事,本文即为长诗之序文。该文文笔清丽流畅,描写形象生动,用幽深凄清的笔调表现出作者在严峻的社会环境下的彷徨苦恼、孤独凄冷的心情,表现出较高的艺术水平。

---

① 马积高、曹大中主编:《历代词赋总汇》明代卷第6册,长沙:湖南文艺出版社2014年版,第4894页。
② 陈永正:《岭南文学史》,广州:广东高等教育出版社1993年版,第172页。
③ (明)黄佐著,陈宪猷疏注、点校:《广州人物传》,广州:广东高等教育出版社1991年版,第290页。

二、黎贞、陈琏的散文

《秫坡集》收有黎贞文四卷,陈献章对其散文评价甚高,说:"吾邑以文行诲后进,百余年来秫坡先生一人而已。"①黄佐《广州人物传》论其诗文"滔滔自胸中写出,无斧凿痕。议论古今治乱、兴废、与世道得失、人物贤否,类出于已意而多得之"②。黎贞的论说文生动精警,如《廉说》《刚辨》两篇文章爱憎分明、文笔锋利,作者不从正面称赞"廉""刚"的美德,而是从反面直斥"矫情饰廉"者不是真廉、"奸吏以辨急残忍为刚"的丑恶面目,立意新颖。他的"赠序"文也写得情感真挚。如《崖门送别序》表现了朋友间的依依惜别之情;《渔隐序》指出士"隐于渔樵耕牧","实乃上天晦其迹、养其明而坚其志,将降大任于异时也"③,生动地表现了隐者择时而动、期待有用于世的心态。另其《溪隐记》,通过对梁翁住地的幽美风光及惬意的隐居生活的描述,曲折地表达了作者对黑暗现实的不满及对安稳、恬静的生活的向往和追求。此外,黎贞还有一篇《五羊八景图序》,以简洁的文字描述了元代"羊城八景"的秀丽景象,抒发了"景物富则山川丽,山川丽则人才盛"④的感慨,具有一定的文献价值,也充分表现了作者敏锐的观察力及创作技巧。

陈琏受人称道的文章多为应酬之作,惜思想性艺术性都不算高。但是他那些记述山川人物、风俗物产的短文,如《罗浮山志序》《登泰山赋》等,较为清新优美,有一定的可读性。他创作的《石门贪泉记》,融写景叙事说理于一体,较有特色。广州近郊石门因为有"贪泉"而出名,世传饮之者其心无厌。晋代广州刺史吴隐之酌而饮之,并赋诗云:"石门有贪泉,一酌重千金。试使夷齐饮,终当不易心。"⑤后来他并没有变贪。作者在文中描绘了石门的景色,赞扬了吴隐之清白廉洁的操守,并以"日饮贪泉,不能易吾之清"自励,说明人的品性是否改变,主要造信念而非外物。此外,他的《上舍区公墓表》记事详细,写出区仕衡正直不阿、关心家国的高尚品格,《驰马赋》托物寓意,感叹"物不自贵,以人而贵;物不自异,以人而异"⑥的道理,对人才"遇与不遇"的不同命运进行了深沉的探讨。

---

① 新会县地方志编纂委员会编:《新会县志》,广州:广东人民出版社1995年版,第1121页。
② (明)黄佐著,陈宪猷疏注、点校:《广州人物传》,广州:广东高等教育出版社1991年版,第305页。
③ 陈永正:《岭南文学史》,广州:广东高等教育出版社1993年版,第273页。
④ (明)郭棐编撰,王元林校注:《岭海名胜记校注》,西安:三秦出版社2012年版,第17页。
⑤ (南朝宋)刘义庆著,刘孝标注:《世说新语》,杭州:浙江古籍出版社2011年版,第13页。
⑥ 马积高,曹大中主编:《历代词赋总汇》明代卷第6册,长沙:湖南文艺出版社2014年版,第5069页。

三、台阁派散文

丘濬是明代前期台阁派散文的重要代表人物。丘濬有《重编琼台会稿》24卷。此集编选严格,俱是精华,足以代表丘濬的诗文创作水平。丘濬重视文学的教化功能,提倡平易顺畅的文风,故其散文温润尔雅,无论说理文,还是小品文,大多都能旁征博引,文笔优裕。虽偶有浅俗之作,但皆能有感而发,非游谈无根者可比。如其《长城议》,首先列举历代修筑长城的史实,指出长城的作用,继而指出前代筑城的过失,最后作结道:"长城之筑,虽曰劳民,然亦有为民之意存焉。……后世守边者,于边塞之地,无山川险阻之限,而能因陂狭之阙,顺形势之便,筑为边墙,以扼房人之驰突,亦不可无也,但不可速成而广扰尔。"①短短百字文章,史料翔实,论辩有力,词气温厚,足以服人。他如《本说送沙文远》《考隶送张正夫》等,皆体现了他求实致用的文风。

丘濬散文文体主要有序、记、传、赋、颂、墓志、神道碑等。其中数量最多的是序文,包括诗集序两卷、送别序四卷,如《曲江集序》高度评价了张九龄在政治和文学方面的重大贡献,认为张在唐代不但是岭南、江南,而且是全国的第一流人物:"苟非为乡后进者表而出之,天下后世,安知其终不泯泯也哉"②;再如《送乡友林茂才赣州府学训导序》写得较有文采,文中以秋水浩荡喻友人文才,排比句式的连用,使文章气势磅礴、感情充沛。质量最高的是记类,有四卷,如《琼山县学记》《凤阳府重修儒学记》《存耕堂记》《半山亭记》等。其《藏书石室记》记叙了自己竭尽生平积蓄购买书籍,并在家乡建造石室来收藏图书,以造福家乡后学之事,文中无论是描述了自己少时家贫、读书只能四处求借、备受白眼的艰辛的求学历程,还是极力陈述读书之重要性或传授读书之方法,均言辞恳切,如"书之功用大矣,由一理之微,而可以包六合之大,由一日之近,而可以尽千古之久,由一处之狭,而可以通四海之广,由一事之约,而可以兼万物之众";"人生天地间,不为儒则已,有志于儒,以从事乎圣贤之道,未有舍书而能成者也";"书不贵多而贵精,学必由约而后可以致于博"③等语句,表达了一个长者对同乡后辈的殷切期望,极富感染力。其人物志传二卷,其中《夏忠靖公传》《余肃敏公传》《金侍郎传》善用史传笔法,叙述人物生平事迹,也写得较有特色,如《夏忠靖公传》通过写夏原吉少年时勤奋好学、为官后治理国事以民为本、兴修水利、施政有方、生活上清正廉洁、坦对亲情等事迹,高度赞扬了他的德量、气节、学术和才

---

① (明)丘濬著,周伟民等点校:《丘濬集》第5册,海口:海南出版社2006年版,第2344页。
② (明)丘濬著,周伟民等点校:《丘濬集》第8册,海口:海南出版社2006年版,第4022页。
③ (明)丘濬著,周伟民等点校:《丘濬集》第9册,海口:海南出版社2006年版,第4357页。

能;赋文十篇,其中《南溟奇甸赋》较有文采。另其墓志铭、神道碑等,大多歌颂传主的高尚道德及斐然功绩,如《明故都察院左副都御史盛公墓志铭》记史颢赈灾、断讼、除奸的事迹;《明故进阶荣禄大夫兵部尚书致仕王公神道碑铭》写王竑在土木堡之变后铲除奸臣,保卫北京,救济灾民的功绩等。明人焦竑评价丘濬散文说:"雄浑壮丽,四方求者沓至,碑铭序记词赋之作流布远迩。"①

丘濬的散文体现出他"实济时用"的政教文学观,积极进取的入世精神,深沉的忧患意识,朴素的民本思想以及对儒家伦理的践行,与明朝开国文人刘基、高启等人纵横捭阖的艺术风格完全不同,对当时文坛影响较大。黄佐评其文学成就:"其经筵之启沃圣心,国史之阐扬谟烈,奏议章表之论思献纳,经纶匡济,可谓丽正之臣矣。诗赋颂箴记序论说志铭之作,则出其绪余者也。至于柄文衡,造多士。词章骀浮靡者,必斥;虚寂立门户者,必辩。一时士风,翕然顿变。"②可见丘濬的散文及其人对当时文坛产生了重要的影响。

梁储的散文也带有明显的台阁派特色。梁储(1453—1527),字叔厚,又字藏用,号厚斋,晚号郁洲,顺德县石膏堡(今属南海)人。明成化十四年(1478)会试第一,选庶吉士,授翰林编修。历官至吏部尚书、华盖殿大学士、太子少师。正德十年(1515),出任内阁首辅。正德十四年(1519),授特进光禄大夫、左柱国。梁储刚正不阿,力抗邪风,心系百姓,敢于进谏,嘉靖初罢归故里,卒年七十四岁,谥文康。著有《郁洲遗稿》10卷。

梁储历事三朝,济世救国之心颇为感人。集中收录其许多奏疏,写得正气凛然,也颇能反映他经世治国才能。例如武宗自封为镇国公,梁储上疏力阻,入情入理;武宗轻许给秦王关中农田为牧地,梁储则在草敕时,危言以动听,制止了变农田为牧地的荒唐行为;武宗四处游玩,梁储则力请回銮疏至八九上,足见其耿耿忠爱之心。《四库总目提要》评论梁储的奏疏"虽辞乏华腴,而义存规谏,亦可云古之遗直矣"③。

他的一些赠序文也写得平和温雅,真挚恳切,十分感人。如《送陈文用任潮州推官序》,勉励友人发扬家风,以平生所学"举而合之于当今之律令,引而伸之于凡物之大情",明刑慎狱,"以称吾君相之心,以副吾诸友相望之意"④。谆谆道来,颇有长者之风范。

---

① (清)明谊修,张岳崧纂:《道光琼州府志》第4册,海口:海南出版社2006年版,第1461页。
② (明)丘濬著,周伟民等点校:《丘濬集》第8册,海口:海南出版社2006年版,第3694页。
③ (清)永瑢等编:《景印文渊阁四库全书》第4册,台北:台湾商务印书馆1986年版,第520页。
④ (清)屈大均辑,陈广恩点校:《广东文选》上,广州:广东人民出版社2008年版,第274页。

第二节　明代中后期散文

明代中期,岭南理学兴起,思想界的新变也影响到散文创作。理学派散文作家代表为当时岭南理学大家陈献章及其弟子湛若水。他们为文多阐述义理,也有一些文章自然超妙、颇有意趣。随着明代中期的朝政日渐黑暗腐败,国势也日渐衰弱,广东文人以匡时救世为己任,创作了很多关注社会现实的作品,其文风慷慨激昂,豪气干云,展现了广东儒家文人的耿直气节与强烈的社会责任感。其中较有代表性的有霍韬、海瑞和罗虞臣。明代末年,社会动荡不安,大敌步步进逼,明朝政权面临着覆灭危机,特殊的政治环境给文坛带来了新变。特别是作为汉族政权最后的栖息地之一,广东聚集了大批英勇抗清的岭南义士,也产生了不少表现国变艰难、发出救亡图存呼声的热血文章,带有鲜明的时代特征,也为岭南文坛增添了浓墨重彩的一笔。

一、理学派陈献章、湛若水的散文

陈献章大多文章旨在阐述义理,文学价值不高,但有些山水游记及书序信札,则写得朴素自然,较有意趣。如他有一篇《湖山雅趣赋》云:

> 丙戌之秋,余策杖自南海循庾关而北。涉彭蠡,过匡庐之下。复取道萧山,泝桐江,舣舟望天台峰,入杭观于西湖。所过之地,盼高山之漠漠,涉惊波之漫漫。放浪形骸之外,俯仰宇宙之间。当其境与心融,时与意会,悠然而适,泰然而安。物我于是乎两忘,死生焉得而相干,亦一时之壮游也。追夫足涉桥门,臂交群彦。撤百氏之藩篱,启六经之关键。于焉优游,于焉收敛。灵台洞虚,一尘不染。浮华尽剥,真实乃见。鼓瑟鸣琴,一回一点。气蕴春风之和,心游太古之面。其自得之乐,亦无涯也。出而观乎通达,浮埃之濛濛,游气之冥冥,俗物之茫茫,人心之胶胶,曾不足以献其一哂,而况于权炉大炽,势波滔天,宾客庆集,车马骈填。得志者扬扬骄人于白日,失志者戚戚伺夜而乞怜。若此者,吾哀其为人也。嗟夫,富贵非乐,湖山为乐。湖山虽乐,孰若自得者之无愧怍哉?
>
> 客有张璪者,闻余言,拂衣而起,击节而歌曰:"屈伸荣辱自去来,外物于我何有哉?争如一笑解其缚,脱屣人间有真乐。"余欲止而告之,竟去不复还。噫,斯人也,天随子之徒与?"振衣千仞冈,濯足万里流。"微斯人,吾谁与俦。①

---

① 马积高、曹大中主编:《历代词赋总汇》明代卷第6册,第5256—5257页。

这篇散文借写出游西湖而阐发哲理，文题虽曰《湖山雅趣赋》，在文中却并没有具体描绘西湖风光，而是将抽象枯燥的"自得"之理阐述得生动形象。整篇文章叙事、抒情、说理俱佳，语言清新脱俗，流露出一种豪旷之气，充分体现了作者的豁达胸襟与文学才华。另外，他还有一篇《〈夕惕斋诗集〉后序》也较为特别。在序文中，陈献章完全改变了一般集序的写法，没有提及诗集作者的生平事迹、诗文创作情况及对其诗作的评价，而是重点谈了自己对于诗歌创作的看法，并批评了当时诗坛"矜奇眩能，迷失本真"的现象，强调诗作应该是真实感情的流露。对诗集作者仅在文末简单交代，并说："若夫先公吟咏之情，具在集中，览者当自得云"①，其客观公正的态度在集序文中均较为难得。

湛若水学识渊博，一生著述丰富，其散文创作也充分体现了他饱读诗书的学者风范。如《亲民堂记》记述了亲民堂修建的缘起和过程，赞扬了知州夏臣廉正亲民的作风。后半部分具体解说堂名"亲民"的涵义，旁征博引、推理严密，遣词造句十分严谨。湛若水的散文风格与其师陈献章非常相似，多喜欢通过记事或写景来生发哲理。如《琴川记》在交代了琴川得名的由来之后，又生发出一番议论：

> 吾不知琴，吾居甘泉之洞泉叟也，盖尝有得于泉之音，推是其亦可以契琴川之义乎。有所泓然如土焉，其宫欤！有所穆然如木焉，其角欤！有所铿然如金焉，其商欤！有所勃然如火焉，其徵欤！有所渐然如水焉，其羽欤！然而为泉一也。推是道也，非特川之琴为然，而吾心之琴可知也已。②

作者由推测琴川之义生发出"心琴之道"，认为其实质就是顺应自然五行，协调万物，并继而推及至治国平天下之道：

> 琴音调而天下治。夫治国家而弭人民者，无若乎五音者……是故五弦和平，大小识职。君子法之以自强不息，内以养德，上以辅极，民风其易，物顺其则，政事不忒，八方宣和，四时顺历，天下化中，四灵来格，治之至也。③

将对哲理的感悟融于天地自然之间，字里行间充满无穷意趣，非常巧妙。

另其《游西樵记》记载与邓德昌等三位友人同游西樵山之事，充分展现了西樵山的美景。其对西樵山风光的描写十分精彩。如描写西樵之泉：

> 关之内有泉，㶁然流石上，泉夹两山之间，山回泉折，注为石潭。潭之深渊不可测，相传谓尝有好事者坠线下之，莫知其底云。逾潭之西又行数十步，得瀑布

---

① （清）屈大均辑，陈广恩点校：《广东文选》上，广州：广东人民出版社2008年版，第268页。
② （清）屈大均辑，陈广恩点校：《广东文选》上，广州：广东人民出版社2008年版，第576页。
③ （清）屈大均辑，陈广恩点校：《广东文选》上，广州：广东人民出版社2008年版，第576—577页。

泉,飞流映空,自以为绝观矣。①

又书西樵宝峰寺之景:

> 遂观小岩,有泉由岩端飞洒而下。穿林而东,行二里,一谷焉;中虚而旁围有三泉绕其侧,二十二峰倚其后。②

这些对西樵山山水美景的描写非常精彩,也表现出作者对家乡山水的热爱。在文章末尾,湛若水又发出感慨:"吾以是知天下之山水,胜者不必名,名者不必胜;高者不必高,深者不必深。惟吾耳目之所得,精神之所通,而未始有穷焉。"③在山水之间体悟深奥的哲理,这正是其"随处体认天理"的哲学思想的体现。

二、政治家霍韬、海瑞、罗虞臣的散文

霍韬(1487—1540),字渭先,号兀崖,南海县石头乡(现属佛山市禅城区澜石镇)人。霍韬平生勤奋上进,广博多学,文人学士多称他为渭崖先生。明正德九年(1514)进士。"大礼朝议"斗争之时,他援引古礼,主张嘉靖帝应尊生父"兴献王"为皇考,义正词严,力排众议,深得嘉靖帝嘉许。事后因避嫌,对皇帝授官三次坚辞不受。嘉靖十五年(1536)才官至礼部尚书、太子少保。后在京暴病逝世,享年54岁。谥文敏。有《渭厓文集》十卷。后人将他和梁储、方献夫并称为明代南海县的"三老阁"。

作为一位很有作为的政治家,霍韬能坚持己见,不随波逐流,其文章也多纵横捭阖,征引繁博,论证严密。霍韬成名之作是他的《议大礼疏》。时明世宗以藩王入继帝位,使礼臣议其生父兴献王的尊号。廷议据封建礼法,主张称孝宗(武宗父)为皇考,兴献王为皇叔。霍韬上疏反对,云:"臣以圣贤之道观之,孟子言:'舜为天子,瞽瞍杀人,皋陶执之,舜则窃负而逃,是父母重而天下轻也。'"④他以"圣贤之道"最尊"孝道"为由反对封建礼法,思想较为通达。其文旁征博引、言辞犀利,颇具政治论辩色彩。

霍韬的奏疏文多写与国家民族民生息息相关的大事,真实地反映了明代中后期尖锐的社会矛盾,很有进步意义。如其名作《禁讹言疏》,揭露了明代中叶皇帝出巡

---

① (明)郭棐编撰,王元林校注:《岭海名胜记校注》,西安:三秦出版社2012年版,第629页。
② 蒋松源主编:《历代小品山水》,武汉:崇文书局2004年版,第345页。
③ (明)郭棐编撰,王元林校注:《岭海名胜记校注》,西安:三秦出版社2012年版,第629页。
④ 黄克主编:《中国历代名臣言行录(先秦—晚清)》第4卷,北京:中国城市出版社1998年版,第2728页。

时对民间的扰害,严厉斥责宫廷内外各级官员制造皇帝再次出巡的讹言乘机搜刮民众的可耻行径,其对文臣纵恣、内臣武臣竞相效尤的描写"实在是一幅不可多得的《官场百丑图》"①。论及讹言之危害,他义愤填膺,为文云:"贪婪有司,闻风科敛。讹言愈久,流毒愈深。皆前次各官暗请关文,骚扰百姓,自为身计,不为陛下忠谋所致也。"其分析利害,激昂有力。再如"凡有互传讹言,谓圣驾将南巡,即便拏获,追问造言根因,比照'妖言律'治罪。州县有司承行讹言科敛民财,即日退出还民。如有侵克入己,巡抚访查追赃给民,比照'妖言律'重治。庶赃贪迹息,讹言不行。地方万幸,生灵万幸"②,则言辞恳切,拳拳忠君爱民之情溢于言表。另其《救积弊疏》言辞痛切,力陈明代种种弊政,令人触目惊心,文中提出的对策,也鲜明地表现了一位政治家的抱负与才能。

海瑞(1514—1587),字汝贤,号刚峰,海南琼山人。明朝著名清官。一生经历正德、嘉靖、隆庆、万历四朝。嘉靖二十八年(1549)举人。历任福建南平教谕、浙江淳安和江西兴国知县、州判官、户部主事、兵部主事、尚宝丞、两京左右通政、右金都御史等职。嘉靖年间任户部主事时,因明世宗迷信道教,上疏极谏,被逮入狱。世宗死后获释,复任应天巡抚,历官南京吏部右侍郎和南京右金、都御史。他一生打击豪强,疏浚河道,修筑水利工程,力主严惩贪官污吏,有"海青天"之誉。万历十五年(1587)病逝于南京官邸。获赠太子太保,谥号忠介。有《海刚峰集》,今人辑有《海瑞集》。

海瑞为人刚直耿介,其文章也义正词严,往往能切中肯綮。如嘉靖二十八年(1549)海瑞在参加乡试时写的《治黎策》中针对海南黎族与汉族矛盾重重,乃至兵戎相见、生灵涂炭的惨痛现实,提出开通十字道路、设县所城池等见解,建议当朝通过军事、政治、文化的相互促进以化解民族矛盾,其观点具有一定的前瞻性。海瑞一生为国倾注忠心,其文集中政论文较多,多涉及一些具体的政事,如《开吴淞江疏》《革募兵疏》等,其中最值得一提的是曾令他名噪天下的《治安疏》。

《治安疏》是海瑞写给明世宗朱厚熜的一篇奏疏。他大胆揭发官场的弊端和统治阶级的罪恶,同时提出改革意见,希望统治者能够采纳。这篇文章观点鲜明、结构完善、逻辑清晰、表达流畅,论事说理切合时局,是一篇气势恢宏的政论文。文章开头第一句可谓石破天惊,奠定了这部奏疏的基调:"户部云南清吏司主事臣海瑞谨奏:为直言天下第一事以正君道、明臣职、求万世治安事。"③接下来,作者阐述何为"君道""臣职",并从现实出发,指责当朝官场君道不正、臣职不明,大胆地直斥嘉靖的一系列错误:"竭民脂膏""侈兴土木""二十余年不视朝""猜疑诽谤臣下""薄于父子夫

---

① 仇江选注:《岭南历代文选》,广州:广东人民出版社2009年版,第117页。
② 仇江选注:《岭南历代文选》,广州:广东人民出版社2009年版,第119页。
③ (明)海瑞著,李锦全、陈宪猷点校:《海瑞集》上册,海口:海南出版社2003年版,第115页。

妇"等,他把最大的问题归结于嘉靖的玄修:

> 陛下之误多矣,大端在修醮,修醮所以求长生也。自古圣贤止说修身立命,止说顺受其正,盖天地赋予于人而为性命者,此尽之矣。尧、舜、禹、汤、文、武之君,圣之盛也,未能久世不终。下之亦未见方外士自汉、唐、宋存至今日,使陛下得以访其术者。陶仲文,陛下以师呼之,仲文则既死矣。仲文尚不能长生,而陛下独何求之?①

他诚恳地指出玄修对嘉靖个人没有任何用处,对朝政也带来极大的损害,最后他希望君主能停止玄修,勤于朝政,节省开支,广开言路,君臣共治,以民为本。最后一段言辞甚为恳切:"君道不正,臣职不明,此天下第一事也。于此不言,更复何言。大臣持禄而外为谀,小臣畏罪而面为顺,陛下诚有不得知而改之行之者,臣每恨焉。是以昧死竭惓惓为陛下一言之。"②这篇文章正气凛然、掷地有声,其文字的大胆直率,在历来的奏疏中也是罕见的。由此也可见广东文人自古以来的铮铮气骨。

另外,海瑞在青年时代还写过一篇《严师教戒》(亦题曰《自誓词》),是他对自己言行品德的要求,更是他一生立身行事的准则。他认为人生在世,"有此生必求无忝此生而后可"③。如何做到无忝此生呢?那就是不能被外界的一切所诱惑:

> 入府县而得钱易易焉,宫室妻妾,无宁一动其心于此乎?昔有所操,今或为怊怊者一易之乎?财帛世界,无能矻中流之砥柱乎?将言者而不能行,抑行则愧影,寝则愧衾,徒对人口语以自雄乎?……亦奚颜以立于天地间耶?俯首索气,纵其一举而跻己于卿相之列,天下为之奔趋焉,无足齿也。呜呼!瑞有一于此,不如速死!④

此段文字气势磅礴、笔力雄健,读之亦令人肃然起敬。

罗虞臣(1506—1541),字熙载,号华原,顺德大良人。明嘉靖八年(1529)进士,历任江西建昌推官、刑部主事、吏部主事。自幼颖悟绝人,观书目数行下,九岁能属文。为人尚气节,好刚疾恶,以触忤权贵,被诬下狱,革职为民。晚年居庐山,读书纂述。卒年三十五岁。虞臣好学深思,文才敏捷,著有《罗司勋集》八卷。

罗虞臣平生志趣不在诗赋,工于散文。其《罗司勋集》中收录的都是散文。罗虞臣文章刚劲明快,才华横溢。冼桂奇为其文集作序,以司马迁拟之。罗虞臣的散文带有他刚直的个性色彩,如被诬下狱后他在狱中写的上皇帝书,直陈自己被诬陷的过

---

① (明)海瑞著,李锦全、陈宪猷点校:《海瑞集》上册,海口:海南出版社2003年版,第118页。
② (明)海瑞著,李锦全、陈宪猷点校:《海瑞集》上册,海口:海南出版社2003年版,第121页。
③ (明)海瑞著,李锦全、陈宪猷点校:《海瑞集》下册,海口:海南出版社2003年版,第703页。
④ (明)海瑞著,李锦全、陈宪猷点校:《海瑞集》下册,海口:海南出版社2003年版,第703—704页。

程,言辞坦诚且不卑不亢,充分体现了广东文人的风骨。另其文中较能体现其胸怀志向的是《辨惑论》。这是一篇反对封建迷信的议论文。文章有破有立,有理有据,论证严密,令人信服。文章开门见山地批驳了当时流行的"风水"之说,提出"邪术惑世以愚民"①的观点,并列举大量历史事实,证明人的吉凶祸福与风水无关,他说:"人之禄位隆炽,多缘厚德;贫贱夭绝,必有恶积。是知获庆在人,丘陇无与。"同时,他还提出:"盛衰消长之变,虽圣智无能推移,故富贵可遇而不可求,盖人道秘而神功不可测者也。"②认为人命的盛衰消长等变化,是不以人的意志而改移的,富贵也只可偶遇而不可强求,天道不可测度,这种尊重客观规律、敬畏天地自然的观点,在当时是非常可贵的。最后,作者发出"邪说之毒,人也过于猛兽"的慨叹,并说:"余悲宗人未葬,远者至二世,近者或十余年,此非其子孙贪鄙心胜,乃拘于阴阳忌讳之说哉,故采于此篇,谓其文辞颇有所讽刺也,并论次其卒之年月,庶乎览者有所感怆云尔。"③他希望写此文能改变世人受邪说蛊惑而导致的不良后果。从中亦可看出他关爱百姓、改良民风的担当意识。

三、地方文献学者黄佐、郭棐及邝露的散文

在明代后期的广东文坛,黄佐、郭棐这两位卓有成就的学者的散文创作也较有特色。黄佐是与丘濬、陈献章齐名的明代岭南大学者,他学识渊博,贯通今古,一生著述宏富,是岭南著名的地方文献学家、思想家。除了《泰泉集》,黄佐还撰有《广东通志》以及《广州府志》《香山县志》《罗浮山志》《广州人物传》等多种大型地方文献著述,总数多达二百六十余卷。他在主持泰泉书院期间,培养了许多人才。"南园后五先生"中的欧大任、梁有誉、黎民表、李时行都是他的学生。《四库全书总目》谓其"在明人之中,学问最有根柢,文章衔华佩实,亦足以雄视一时"④。

黄佐的人物传记颇得司马迁《史记》的笔法,体现出很高的艺术价值。如其撰写的《周宪使传》,记述明成祖时监察御史周志新的一生,作者通过精选典型事例来塑造人物,栩栩如生地刻画了一位"弹劾敢言,贵戚畏之"的"冷面寒铁公"的形象。后段写周志新被锦衣卫纪纲诬陷之事,叙事井然,语言凝练:

---

① (晋)郭璞撰,郑同校:《四库存目青囊汇刊(二):青囊海角经》,北京:华龄出版社2017年版,第186页。
② (晋)郭璞撰,郑同校:《四库存目青囊汇刊(二):青囊海角经》,北京:华龄出版社2017年版,第187页。
③ (晋)郭璞撰,郑同校:《四库存目青囊汇刊(二):青囊海角经》,北京:华龄出版社2017年版,第187页。
④ (清)永瑢等编:《景印文渊阁四库全书》第4册,台北:台湾商务印书馆1986年版,第543页。

初，锦衣卫指挥纪纲用事，使千户往浙缉事，多作威福，受吏赇。新时进须知如京师，遇诸涿州，捕系之。千户脱走，诉于纲，纲乃更诬奏新，上怒，令驰马逮新。承纲意者，榜掠无完肤。既至，伏陛前，犹抗声曰："按察司行事，与在内都察院同，陛下所诏也。臣奉诏擒奸恶，奈何罪臣？臣死且不憾。"上愈怒，命戮之。临刑大呼，曰："生为直臣，死当作直鬼！"他日，顾问侍臣曰："周新何许人？"对曰："广东。"上叹曰："广东乃有此好人耶！枉杀之矣。"后纪纲以罪诛，事益白。①

短短百余字，通过对周志新临刑前的动作、语言的生动描绘，鲜活地再现出周志新"直而不挠"的品格，同时也充分表现了封建帝王的昏聩暴虐、宦官的跋扈横行。而作者个人的褒贬爱憎也就隐含在看似平淡的描述之中。

与黄佐同时的还有一位地方文献学者郭棐。郭棐（1529—1605），字笃周，号梦兰，广东南海人。师事湛若水，明嘉靖四十一年（1562）进士，初授户部主事，后改礼部，曾疏陈十事，皆见采纳；因数忤当权，被外调做夔州知府，后任湖广道屯田副使，四川提学、广西右江副使、云南右布政使等，晚为光禄寺卿。著有《梦菊全集》《齐楚滇蜀诸稿》等。

郭棐为地方文献的修撰做出了很大贡献。他非常重视家乡的方志事业，自万历五年（1577）至万历二十九年（1601）二十余年间，曾为广东修成《粤大记》《岭海名胜志》《［万历］广东通志》三种方志。此外，在地方任官期间，他还修撰了《［万历］四川总志》《［万历］夔州府志》《酉阳正俎》《右大江志》和《宾州志》等地方文献。郭棐对地方志的纂修，其可贵之处，在于修志重明是非，"不虚不隐"，发扬史笔直书传统，颇为时人所称颂，对后世修志也颇有影响。

其中《粤大记》共三十二卷，是一部记载广东地方事迹、人物和典章制度的专志。全书共分事纪、科第、宦绩、献征、政事五类。全书以人物为主，辅以记事；以历史为主、辅以地理；以叙述为主，辅以评论。书中引用资料非常丰富，颇有史料价值和文学价值。书中介绍的广东人物达574人，与广东有关的人物传记421人。在人物的表现上，郭棐能摆脱旧史传中常见的陈词滥调，以小见大、绘声绘色地展现人物独特的个性与为人。如《广州太守周公传》一文，能以极简洁生动的文字，刻画出传主的性格特征及鲜明形象：

诸生时，每为人研精，辄以指撚其发，发落若秃。人多笑之，率自如也。②

---

① （清）屈大均辑，陈广恩点校：《广东文选》上册，广州：广东人民出版社2008年版，第676—677页。
② 仇江选注：《岭南历代文选》，广州：广东人民出版社2009年版，第198页。

此类文字,注重人物形象的细节化与生活化,写得极有情趣,颇有公安、竟陵派晚明小品文轻俊灵巧、率真直露的特点,也充分地展现出作者细致的观察力、敏锐的捕捉力与高超的文字驾驭力。

邝露年轻时因得罪县令,弃家出走,游走粤西,历蓝、岑、胡、侯、槃五姓土司境,曾为瑶族女首领云㜑娘书记。著有《赤雅》一书,共三卷,一百九十七条。记录了广西少数民族地区的民族风情、山川地貌、古迹名胜、珍禽异兽、趣事逸闻,蔚为大观,影响深远。如《云㜑君兵法》记载了广西瑶族首领带兵打仗的军令、阵法及奖罚规则,对于我们了解明末广西瑶族的风土人情及习俗惯例有一定的帮助。另如"峒女于春秋时,布花果笙箫于名山,五丝刺同心结,百纽鸳鸯囊,选峒中之少好者,伴峒官之女,名曰天姬队。余则三三五五,采芳拾翠于山椒水湄,歌唱为乐。男亦三五成群,歌而赴之。相得,则唱和竟日。解衣结带相赠以去。"①记录的便是桂西壮族地区广泛流行的"欢浪花"(意为休闲寻情之歌),仍然被现代人作为研究古代壮族民俗的重要资料。另外还记载了瑶族地区蛊毒的制作过程:"五月五日,聚诸虫豸之毒者,并填器内,自相吞食,最后独存者曰蛊。"②非常神秘奇特。屈大均《广东新语》谓《赤雅》"奇怪若《山海经》《齐谐》,华藻若《西京杂记》"③,评价较为中肯。

《赤雅》中还有些文字文辞瑰丽,叙述简雅,论者谓可与范成大的《桂海虞衡志》相媲美。如《独秀山》对山水景色的描绘清丽脱俗,文字极为精练。其文云:

独秀山,独如黻冕,有王公贵人之象。颜延之出守,读书其中,有五咏堂,西有雪洞,乳名最奇。下临月牙池,山翠尽落,今入靖江王邸。飞楼舞阁,隐出树杪。金碧华虫,绚烂极矣。④

另如《叠彩山》运用比喻、拟人、夸张等手法来写景,生动形象,甚为妙绝。薛寀《赤雅序》评价说:"他人从故纸揽撷,犹怦怦心动者。"⑤评价颇为精当。另外还有一些写景文字则奇伟瑰丽,将作者的情感也一并融入其中。如《鬼门关》用简练的文字形象地描绘了鬼门关的险恶形势及阴森恐怖之状,令人读来如在目前。文中还称引前人诗句,反衬了鬼门关的可怖,也隐隐透露出诗人流落异乡、不知归宿的阴冷心境。

此外,"南园后五先生"不仅以诗鸣于明代广东文坛,其散文创作也能师法汉、魏之文,多有佳作。他们的论说文能指陈时弊,充分表达个人独到的见解,如欧大任

---

① (明)邝露著,蓝鸿恩考释:《赤雅考释》,南宁:广西民族出版社1995年版,第25页。
② (明)邝露著,蓝鸿恩考释:《赤雅考释》,南宁:广西民族出版社1995年版,第29页。
③ (清)屈大均著,李育中等注:《广东新语注》,广州:广东人民出版社1991年版,第294页。
④ (明)邝露著,蓝鸿恩考释:《赤雅考释》,南宁:广西民族出版社1995年版,第73页。
⑤ (明)邝露著,蓝鸿恩考释:《赤雅考释》,南宁:广西民族出版社1995年版,第184页。

《论殷相割肝状》,指出愚忠愚孝者割肝割股以救亲,实乃"毁伤灭绝之罪大矣"[①],请求严令禁止,全文文气贯通,情理兼胜;他在《答梁公实论艺书》中批驳了把文艺视为雕虫小技的错误观点,提出诗文是"六艺之绪言,不朽之盛事"[②],有理有据,很有气势;他们的叙事文能突出矛盾,情节起伏曲折,如欧大任《翁尚书传》记述揭阳名臣翁万达御敌和戎、擒奸拒贼的经过,叙事绘声绘色,引人入胜;写人散文则善于借助典型环境来展现人物,个性突出,如梁有誉《送钱舜臣出宰晋江序》一文中,写钱之选在艰难困苦的环境中苦学成才的故事,语言平实,令人感动。另如李时行《寄田豫阳先生书》《答文衡山先生书》等书札文字也写得极有情致。

四、抗清义士袁崇焕、陈邦彦等人的散文

袁崇焕文章中奏疏较多,虽多为陈政要、言兵事等实用性文字,却写得深切感人。如天启年间,袁崇焕丁父忧,乞假不得,曾作《遵旨回任兼陈时事疏》谈及时事,文中饱含忠君爱国之真情,令人动容。明崇祯元年(1628),袁崇焕重被启用,被任命为兵部尚书兼任右副都御史,督师蓟辽、兼督登莱、天津军务。为避免再次受人诽谤,他曾上书明确阐述自己守土抗敌的方针:"恢复之计,亦不外前之以辽人守辽土,不必更为征调以疲九边;以辽土养辽人,不必尽赖传输以罄四海;以守为正着,战为奇着,款为旁着……法在渐不在骤,在实不在虚。"[③]文中所说"以辽人守辽土,以辽土养辽人";"以守为正着,战为奇着,款为旁着";"法在渐不在骤,在实不在虚",简单明确,极有层次。这些对敌策略是袁崇焕在综合估量了明朝和后金的政治、经济、军事等条件之后提出的,体现了袁崇焕统观全局的雄才大略。同时,他也诚挚地向皇帝表明忠心。其文曰:"而用人之人与为人用之人,俱于皇上司其钥。何以任而勿二、信而不疑,皆非用人者与为人用者所得与……天驭边臣者与他臣异,军中可惊可疑者殊多,故当谕边臣成败之大局,不必道求于一言一行之微瑕。盖着着作实,为怨则多。凡有利于封疆者,俱不利于此身者也。况图敌之急,敌又从外而间之,是以为边臣者甚难。我皇上爱臣至,知臣深,臣何必过为不必然之惧?但衷有所危,不敢不告。"[④]其中"着着作实,为怨则多","凡有利于封疆者,俱不利于此身者也"等语句充满无奈与沉痛,也坦诚地表达了一员边疆大臣的艰难,他希望皇帝能相信自己对君主和国家的一片赤诚。可谓发自肺腑,真切动人。此外,其《祭觉华岛阵亡兵将文》祭奠觉华岛全军

---

① (清)屈大均辑,陈广恩点校:《广东文选》下册,广州:广东人民出版社2008年版,第133页。
② (清)屈大均辑,陈广恩点校:《广东文选》下册,广州:广东人民出版社2008年版,第83页。
③ 仇江选注:《岭南历代文选》,广州:广东人民出版社2009年版,第220页。
④ 仇江选注:《岭南历代文选》,广州:广东人民出版社2009年版,第220—221页。

覆没的水师,高度赞扬了水军将士们以寡敌众,"愤然以死,略无芥蒂"①的大无畏英雄气概,可称声情并茂之佳作。

陈邦彦深具民族气节,其诗文也充满爱国热情和至死不渝的忠贞气节。在《陈岩野先生集》中,现存文数十篇,包括奏疏、书信等各种体裁,充分体现其追求实用的文学思想。其中最为人称道的当数《中兴政要书》。明崇祯十七年(1644),李自成部攻入北京,崇祯帝殉国,清兵入关,定鼎中原,福王朱由崧在南京建立弘光小朝廷。国难当头,陈邦彦五内俱焚,大声疾呼:"此时不思报国者,非丈夫也!"②他结束了讲学生涯,针对时局,精心撰写了数万言的《中兴政要》,具体开列了三十二条抗敌救国方略,踌躇满志地只身赴南京进呈弘光帝,但未被接纳。《中兴政要书》分为"端本""肃吏""保民""励俗""制用""驭戎""固圉""讨逆"八篇,每篇分四论,共三十二论。其中很多内容皆切中时事,言之有物。如其书指出:"夫今日之所急者,兵也,饷也,守也,战也,此盈廷所盱衡而策也。而臣以为有急于此者,何也?人心不固,兵虽多,不能使勿溃也;风尚不清,饷虽多,不能使勿耗也。今日之势,必也联结人心,激发忠义,然后兵饷皆有定画,战守不属空谈。乃谟议而进之,存乎群臣矣;建极而锡之,存乎主德矣。"③对当时的时局分析到位,对策也很有针对性,表现出非凡的治国思想,也充分体现了中兴国家的愿望和对朝廷的耿耿忠心。温汝能评价说:"慷慨涕泣,申明大义";"迄今读之,凛凛有生气焉"④。洵为的论。

除表现忠贞气节之外,陈邦彦的散文也具有浓烈的情感色彩。如其《与张侍郎书》是作者在戎马倥偬之间给兵部侍郎张家玉写的一封信。此文虽短,却深情满纸,一字千钧。信开头诉说了二人虽有同乡之谊却各自为抗清奔走终不得见面的怅惘:"梅关音驿,数得相闻;梓里东西,顿成乖隔。怅叹如何!"⑤接着表达了二人同在困境中坚持抗战的相互慰藉之情:"风靡世中,尚有强项男子如先生者,弟为不孤立矣!"最后表明自己不惜牺牲一切来保卫家国的决心。其中"弟自正月来,崎岖山海间,以苏、张之舌,行申、胥之心";"独无米之炊,殆难为巧耳";"成不成天也,敌不敌势也"⑥等语句大义凛然、悲怆有力,令人肃然起敬。

此时期的很多抗清义军的领导人,在救亡图存的危难国势下或舍身忘死地进行抗清斗争,或毅然拒绝清廷的招降,或兵败后忠贞殉国,其留下的热血文字均充分表

---

① (清)赵之谦纂,王云五主编:《张忠烈公年谱、袁督师事迹》,《丛书集成初编》本,北京:商务印书馆1937年版,第38页。
② 赵里平主编:《人文顺德》,广州:广东人民出版社2011年版,第62—63页。
③ (明)陈邦彦:《陈岩野集》,马以君主编:《顺德文献丛书》,第10页。
④ (明)陈邦彦:《陈岩野集》,马以君主编:《顺德文献丛书》,第6页。
⑤ 仇江选注:《岭南历代文选》,广州:广东人民出版社2009年版,第239页。
⑥ 仇江选注:《岭南历代文选》,广州:广东人民出版社2009年版,第240页。

现了其爱国热忱及顽强不屈的斗争精神。较为突出的是"岭南三忠"之一的张家玉。张家玉在抗清斗争中牺牲,他的母亲、妻子、妹妹都被株连处死。张家玉后来被追赠兵部侍郎,谥"文烈"。他的《与杨司农书》写得丹心一片,令人感动。这封书信是张家玉写给一位姓杨的户部尚书的。司农,是古代官名,主管户籍钱粮,为后世户部尚书的别称。信中勉励杨尚书要在危难中振作起来,"安可付之无可奈何,与巾帼女子为伍耶!"[①]慷慨陈词,情绪饱满,表达了作者顽强不屈的英雄气概,同时他在文中表达的"我辈做人,正于患难处做好题目,正于患难处见好文章。譬之雪里梅花,愈香愈瘦,愈瘦愈香;譬之霜林松叶,愈茂愈寒,愈寒愈茂"[②],充满了浪漫主义战斗豪情,可以说也是他一生的高洁品质及报国热情的真实写照。

另如林际亨《答黄梦麟书》表现了坚贞不屈的崇高志节,他在文中指斥黄梦麟身本汉人,却甘作清军鹰犬,"心迹不足白于天下"。他凛然宣称:"若天命已定,亨即草野孤愤,不忘故主,亦将自蹈东海而没耳。"[③]表达了誓死报国不甘屈服的志向。其后兵败,林际亨果真投崖,壮烈殉国,履行了自己的誓言。这些散文,在悲壮之中寄寓着激昂之情,令人感佩。

综上所述,明代初期,孙蕡的散文能注意现实,展现文人心志,气势雄浑,情感充沛;黎贞、陈琏散文多描绘岭南山川人物、风俗物产,也有一些论说文精悍警厉,鞭辟入里。丘濬和梁储的散文带有明显的台阁体风味,平和温雅,体现了明初求实致用的文风。明代中后期,广东的散文表现了更为明显的关注现实的精神。陈献章、湛若水等理学家的散文真实、准确地反映了当时的社会现实及社会矛盾,具有可贵的史料价值;霍韬、海瑞等朝廷大臣的散文也充分表现了文学干预政治、关注社会的实用功能,黄佐、郭棐及邝露的散文记录广东风土人情,刻画人物生动感人,具有充分的史料价值;袁崇焕、陈邦彦、张家玉等爱国志士的散文则充满爱国热情和忠贞气节,具有感人的力量。总的来说,明代的广东散文与之前相比,有了很大的发展,但与当时中原及江浙文坛的散文大家相比,还是有一定的差距。

第三节　明代的词

明代广东词虽然在数量上与中原及江浙词坛相比有很大悬殊,但其格调高雅,完全不同于当时词坛充斥的卑弱之气。这一时期的词作呈现出豪迈雅健、清丽柔婉、苍

---

① 仇江选注:《岭南历代文选》,广州:广东人民出版社2009年版,第248页。
② 仇江选注:《岭南历代文选》,广州:广东人民出版社2009年版,第248页。
③ 仇江选注:《岭南历代文选》,广州:广东人民出版社2009年版,第251页。

凉悲慨等多种不同的风格。

一、豪迈雅健之词

明代"理学名臣"丘濬，不仅诗歌题材丰富、性情兼备、风格平正、雅俗共赏，其词亦风格多样。他有些词写得豪迈典雅，颇有格调。如《酹江月·和东坡韵题赤壁图》：

> 黄州迁客，意翩翩，不是风尘中物。一叶扁舟凌万顷，气盖乌林赤壁。孟德雄才，周郎妙算，到此俱销雪。横江一笑，眼中谁是英杰。
> 一自两赋成来，山川胜概，倍增辉发。鹤梦箫声随水去，只有声华难灭。静对新图，闲歌古句，竖起冲冠发。何时载酒江心，重溯流月。①

苏轼《念奴娇·赤壁怀古》一词，追忆三国时期功业非凡的英雄豪杰，感慨自己的功业未成，雄浑苍凉、境界宏阔，被誉为千古绝唱。丘濬此词则从苏轼本人着笔，极写他的豪迈洒脱，同时也抒发了自己对苏轼的仰慕之意。其词立意新颖，叙事、写景、抒情融为一体，颇见功力。

明正德、嘉靖时期的大臣霍韬，"词笔刚健，一扫明中叶词坛颓靡的习气"②。他创作了21首《水调歌头》，全是和崔与之《水调歌头·题剑阁》韵，大多意气昂扬，慷慨纵横，格调颇为豪健，在明代词坛并不多见。由此可足见他对雅健词风之推崇。如其《水调歌头·古边情》：

> 天骄横汉世，氛气眇边关。一任彀弓驰突，赤子若为安？嫚书主臣忍辱，拊髀颇牧兴叹，劲气竟谁还。贾生晁错策，炯然万世丹。
> 匡相君，石内史，吻涎残。坐使金戈销铄，战士鬖嬉闲。有日阴山胶劲，胡虏南驰马壮，铁甲为谁寒？我也嫖姚后，梦见燕然山。③

明朝边患频仍，朝廷却战备废弛，故边疆之地时常遭到瓦刺、鞑靼等北方部族的侵扰，百姓深受其害。霍韬对此深有所感，故借古喻今，写成此词，抒发了对汉代纵横疆场、战功赫赫的大将霍去病的崇仰之情，也表现了一位忧心国计民生的大臣的爱国之情和守边抗敌的决心。嫖姚，即指霍去病。霍去病曾做过嫖姚校尉，霍韬也以霍去病后人自居。

---

① （明）丘濬著，周伟民等点校：《丘濬集》第8册，海口：海南出版社2006年版，第3949—3950页。
② 陈永正：《岭南文学史》，第262页。
③ 陈永正：《岭南历代词选》，广州：广东人民出版社2009年版，第45页。

二、清丽柔婉之词

丘濬有些词写得较为柔婉。如《卜算子·秋思》：

> 云散岭头光，叶落山形瘦。目断遥空雁不来，正是悲秋候。
>
> 雨点水痕圆，风蹙波文皱。顾影徘徊落小池，顿觉人非旧。①

陈永正认为丘濬词"绰有雅音，不作纤巧佻达之语"②。这首词抒写传统的悲愁之情。"目断遥空雁不来"，暗示音书断绝，也是直接触动伤感情绪的导火索。上片主要写景，情由景生；下片则寓情于景，景中含情。全词情景合一，情感的表达极为委婉，极有情致。

明代大儒陈献章的小词写得清丽脱俗。如《渔歌子·钓鱼效张志和体》：

> 红蓼风起白鸥飞，大网拦江鱼正肥。微雨过，又斜晖。村北村南买醉归。③

此词仿张志和《渔歌子》词的格调，描写了岭南水乡渔民舒适惬意的生活，语言简洁明快，风格清丽自然，流露出作者宁静闲淡的心境。特别是最后一句，别有情趣。张德瀛《词征》评曰："结响骚雅。使刘后村见之，当不敢嗤为押韵语录。"④

黎瞻，字民仰，号前峰。番禺人。嘉靖元年（1522）举人。官国子监助教。有《燕台集》。其词也写得较为清新。如《踏莎行》：

> 黄叶飞残，昏鸦啼老。高楼斜转疏星小。方床寂寞翠帱遮，银釭半喷红英袅。
>
> 锦字沉沉，离情杳杳。灵犀一点谁堪照。玉骢依旧误归期，天涯明日还芳草。⑤

此词抒写传统的离愁别绪，在空间环境的表现上，将传统爱情词中的闺阁帐帏与广阔的自然天地相结合，营造出开阔的意境。全词笔调清丽自然，情感真挚委婉，颇得北宋词的神韵。

晚明韩上桂有些词也写得较为清丽。韩上桂（1572—1644），字孟郁，号月峰。番禺人。万历二十二年（1594）举人。天启年间授南京国子监博士，崇祯年间转永平

---

① 陈永正：《岭南历代词选》，广州：广东人民出版社2009年版，第39页。
② 陈永正：《岭南历代词选》，广州：广东人民出版社1993年版，第39页。
③ 陈永正：《岭南历代词选》，广州：广东人民出版社2009年版，第42页。
④ 陈永正：《岭南历代词选》，广州：广东人民出版社2009年版，第42页。
⑤ 陈永正：《岭南历代词选》，广州：广东人民出版社2009年版，第48页。

通判。时蓟辽边事日急,清兵犯辽东,韩上桂奉命督饷,间关转运,以功擢建宁同知。以古稀之年戴星披月,向关跋涉,为国事极尽辛劳。崇祯十七年(1644)病殁于宁远(今辽宁兴城)。有《朵云山房稿》十二卷行世。韩上桂的《虞美人·别离》词抒写离别之苦,也用语清雅自然,于平淡中见深意。在词格多卑下的明词中格外难得。其词云:

> 平生已怕别离苦,况是多情侣。陌上寒条不肯垂,只恐攀来到手便分携。
>
> 沉沉落日西将坠,却倩长绳系。勿言别后付征鸿,任是征鸿何似面相逢。①

陈衍虞(1604—1693),字伯宗,号园公。海阳(今潮安)人。明崇祯十五年(1642)举人。入清后官广西平乐县知县。有《连山诗余》一卷。其《南乡子·别友》也写得清丽脱俗。其词云:

> 鸥外碧波宽,远树依微露翠湾。一棹冲寒天际去,潸潸,好把萍踪问懒残。
>
> 匝地起烽烟,柔橹轻舟甚处安?何似松阴眠藉草,翩翩,绿屿澄潭有钓竿?②

上片开头两句写白鸥碧波、堤树翠湾的美丽景色,然而这宁静的风光背后却隐藏着朝政腐败、匝地烽烟的痛苦现实。词人身处末世,在动乱的局势之中无处容身,遂向往眠阴宿草、澄潭钓的闲适生活。此词虽透露出一股消极遁世的味道,但其词风清丽,超尘脱俗,从侧面展现了明末广东文人的另一种真实心态。

三、苍凉悲慨之词

霍与瑕(1522—1588),字勉斋,南海人,霍韬之子。明嘉靖三十八年(1559)进士。历任慈溪知县、兵部职方司员外郎、广西金事。《明史》称其"抗直不谐"。著有《勉斋集》。其词表现出一种苍凉悲慨之风。如《菩萨蛮·癸亥李太华死事》:

> 南乡坐漱澄湾水,悲歌忽堕天涯泪。秋老落霜枫,村村战朔风。
>
> 朔风摇桂影,金粟冰花冷。深夜羡嫦娥,清光依旧多。③

此词以萧瑟凄冷的深秋景物来烘托悲凉的气氛,表达作者对死难志士的哀悼之情。癸亥,即嘉靖四十二年(1563)。是年十月,蒙古鞑靼部土默特万户首领俺答之子辛爱、弟把都儿破墙子岭、磨刀峪入侵,掠顺义、三河。奉命镇守边关的将领李太华死于战事。霍与瑕感时伤事,曾作赋二篇、诗二首以悼之。此词也写得苍凉悲慨,令

---

① 陈永正:《岭南历代词选》,广州:广东人民出版社2009年版,第53页。
② 陈永正:《岭南历代词选》,广州:广东人民出版社2009年版,第54页。
③ 陈永正:《岭南历代词选》,广州:广东人民出版社2009年版,第50页。

人动容。

晚明时女词人张乔的词也写得较为沉郁。张乔(1615—1633),亦名二乔,字乔婧,明末为广州南园诗社女侍。与南园名士黎遂球、陈子壮、彭孟阳等同游。张乔能诗,善画兰,其诗清丽有风致。十九岁卒,葬于白云山梅花坳中,送者数十百人,人诗一章,植花一株以纪念之,号曰"百花冢"。著有《莲香集》四卷。张乔的词大多写女儿心事,常在景物描写中表现其幽情冷韵,如"凭栏细数残红片,乍阴晴、云雨丝丝。只是偶然心事,如何动上双眉?"(《风入松·忆旧》)在晚春中细数残红,外界的阴晴不定令女子心绪不宁。最后两句,虽道是偶然心事,但女子愁眉紧锁,可见其实是终日萦怀的。用语极淡而用意极深,颇有韵味。张乔还填过苍凉沉郁之词,如《望江南·晚泊》:

> 秋风晚,烟草冷斜阳。凉透天涯云浸碧,山摇縠影镜吞光。孤艇系垂杨。
> 横水渡,人去笛声长。枕上不知归是梦,衾前空渍泪痕香。萤火照鱼梁。①

全词用语凄冷黯淡,如"冷斜阳""凉透""云浸碧""镜吞光""孤艇"等均营造出一种沉郁孤清的格调,表现了词人内心深处的苍凉与悲伤。此词出于一位少女之手,实属少见。

明末政局混乱,岭南词人也感时伤世,借词来反映社会现实,扩大了岭南词的表现范围。如韩上桂在诗词作品中也时常寄托对明末朝政腐败、边疆不宁的忧叹。如他的小令《菩萨蛮·初夏闻莺》,表面上写伤春之情,但却寄托深远,有香草美人之遗意。其词云:

> 春花已别春风去,春莺犹带春时语。有意苦相招,无情何处飘?
> 新愁难具诉,往事成虚度。寄语看莺人,莺啼不忍闻。②

上片写景,用对比的手法描绘出一幅不太和谐的初夏景象。春花已在春风中飘落,春莺却仍在欢快地啼鸣。春莺好似在召唤着人们,可无情的春花却不知飘向何处。"无情"二字,写出了绵绵不尽之恨。下片抒怀,似寄托了词人的无限深意。内心的愁苦难以言诉,过往的一切皆成"虚度"。为何成虚度?引人深思。结句"莺啼不忍闻",用语甚为沉痛。春莺的啼声虽然"犹带春时语",可是美好的春天已经归去,故其啼声更令惜春之人"不忍闻"。全词语言平淡,不事雕琢,但表达委婉曲折、沉郁愁苦,令人回味。

此外,明遗民诗人陈子升也创作了大量反映明清易代之际社会动荡的词作,抒发

---

① 陈永正:《岭南历代词选》,广州:广东人民出版社2009年版,第62页。
② 陈永正:《岭南历代词选》,广州:广东人民出版社2009年版,第52页。

了国破家亡之际遗民志士的内心悲苦,格调也极为苍凉沉郁。如《忆秦娥·客思》:

> 江边楼,遥峰极目悬清秋。悬清秋。青牛关上,白马潮头。
> 风前吹笛悲啾啾,试将檀板调新讴。调新讴。百家村外,九曲江流。①

此词写秋日词人在江楼遥望时所产生的客思。国家即将沦亡,身处异乡的游子听到悲切的笛声,勾起了怀归的思绪和对家国前途的无限忧思之愁。词中"青牛关上,白马潮头"两个典故连用,用意极为沉痛。《史记·老子列传》:"老子修道德,其学以自隐无名为务。居周久之,见周之衰,乃遂去。至关,关令尹喜曰:'子将隐矣,强为我著书。'于是老子乃著书上下篇,言道德之意五千余言而去。"②词中用此典以周国衰弱之际老子隐居著述而自况。另《录异记》载,伍子胥被谗而死,临死前命将遗体投到钱塘江中,以便乘潮来看吴王的失败。据说自此以后,经常有人见到伍子胥乘素车白马出现在潮头之中。词中以"白马潮头"之典暗伤家国即将沦亡。

身处末世,作为爱国之士,陈子升的词作中充满了无限消释的愁绪。如《忆秦娥·潮州作》词云:"子牟身在,海潮江逆。"③以"身在江海之上,心居乎魏阙之下"(《庄子·让王》)的中山公子牟自喻,表达词人对国家命运的担忧。此外,《生查子·秋怨》一词则列举"鸿雁""青枫""衰飒""花落"等一系列秋之景象,抒发国事衰败、往事不堪回首之感,虚实相生,沉痛苍凉之感油然而生。

明代广东词的发展也进入新的阶段。这一时期的词家和词作虽不够丰厚,但他们的词作风格多样,抒情言志均格调颇高,情感真挚,在词风日下的明代词坛,能独树一帜;特别是词作中对现实的关注与感慨,非一般"批风抹露者"可比。

---

① 陈永正:《岭南历代词选》,广州:广东人民出版社2009年版,第56—57页。
② (汉)司马迁著,童养正编纂:《史汉文统 史记》,北京:商务印书馆2019年版,第96页。
③ 陈永正:《岭南历代词选》,广州:广东人民出版社2009年版,第57页。

第八章　明代戏剧小说

明朝伊始,太祖朱元璋就把程朱理学奉为正宗,作为全社会的思想信条,期以达到从思想领域到政治领域的统治。明代的艺术作为维护封建统治秩序的工具,其功能也长期被局限于"经夫妇、成孝敬、厚人伦、美教化、移风俗"的范畴之内。如朱元璋之子朱权号召艺术创作要"返古感今,以饰太平"、讴歌"皇明之治""以歌人心之和"(《太和正音谱》),皇室贵族朱有燉也强调戏剧创作"使人歌咏搬演,亦可少补于世教"(《掏搜判官乔断鬼》引)。受时代思潮的影响,明代广东也出现了教化剧。其中以丘濬的《五伦全备记》为典型代表。另韩上桂的《凌云记》对故事素材的处理手法较为特别,值得注意。

明代之前广东的本土小说作家比较少,仅有汉代的杨孚、晋代的王范等少数几位,且他们的小说均以岭南为表现对象,几乎没有涉及岭南以外的地域,这使得岭南小说的表现领域相对狭窄和封闭。在明代活跃的文学氛围下,广东的本土小说作家集中涌现,如香山人黄瑜、南海人黄衷、作《钟情丽集》的琼州文人、顺德人梁亿、潘光统等,他们的创作题材广泛,描写生动,人物鲜明,标志着广东小说的全面崛起。

第一节　丘濬的剧本创作

丘濬堪称成弘间的文学大家,对推进当时台阁文发展和通俗文学创作起到很大作用。他创作的《五伦全备记》虽称不上一流作品,但在明代戏剧创作史上却占有非常重要的地位。

一、伦理教化的创作意图

《伍伦全备记》有着明显的伦理教化色彩,可以说是封建"三纲五常"的集中展示。剧中之人为臣能忠于君主,为母能慈爱公正,为子能孝顺奉亲,为妻能遵礼守贞,兄弟则和乐无间,姑嫂则友善协作,师生则恩义和谐。即使身处逆境,各人也能秉持伦常大义,全面展示了忠孝节义、兄友弟恭、三从四德等道德观念。丘濬一开场即谓"若于伦理无关紧,纵是新奇不足传"①。"这本《五伦全备记》,分明假托扬传,一场戏里五伦全,备他时世曲,寓我圣贤言"②。明示了假托戏曲和戏曲人物宣扬封建纲常伦理的创作目的,剧中人物成了绝对化道德观念的化身。

《五伦全备记》一共有二十九出,以伍伦全、伍伦备及安克和三兄弟孝悌等家庭伦理关系的处理为主线,比较全面地展现了明初一个被典型化了的普通家庭的生活图景。太平郡首伍典礼有三子。长子伍伦全为前妻所生,次子伍伦备为继室范氏所生,三子伍克和为收养之义子。伍典礼死后,范氏能忠贞守节,精心抚育三子,毫无偏袒之心,并延请施善教教育伍氏兄弟。施善教有两个女儿,淑清为亲生,淑秀系养女,她们分别许配给伦全、伦备兄弟。伍氏兄弟友爱,为人所诬告,争相赴死,范氏让亲子赴死,最终感动县官,冤屈终得昭雪。伍氏兄弟欲在家尽孝,范氏则教子移孝作忠,劝子赴试。后伦全、伦备均高中,且高中后拒绝了相府说亲,回家完婚。后伦全官任谏议大夫,不计较个人得失,直言进谏,被贬守备神木寨,被外夷所俘。范氏闻讯得病,淑清割股救姑。而伦全的忠君爱国之气节感动夷人,使其归顺。伦备则为郡守,以伦理纲常教民有方。最后伦全、伦备一封相一拜将,功成圆满,归园田居,其满门仁义感动上天,合家白日飞升。从全剧的主要关目设置来看,第四出"施门训女"讲"三从四德";第五出"一门争死"写母子之情、兄弟之义;第七出淑秀双目失明,伦备贵不易妻,第十八出伦全无子,淑清代为买妾,均写夫妇之情;第十三出"割肝疗亲"写姑贤妻孝;第十六出上本谏诤、第二十出遭掳不屈,写忠君爱国等。一剧之中,母子、兄弟、夫妻、婆媳、朋友、师生等各种伦理关系均被演绎得无可挑剔。丘濬自己曾说:"虽是一场假托之言,实万世纲常之理。"③

二、毁誉参半的评论

因符合主流社会的道德理念和明朝受众的心理期待,此剧的演出受到民众的极大欢迎。当时一般士绅的家庭宴会,《五伦记》和《香囊记》几乎成为必选的剧目。但此剧在明代文坛的评价却是毁誉参半。因为《五伦全备记》太过急于表达伦理纲常

---

① 程炳达、王卫民著:《中国历代曲论释评》,北京:民族出版社2000年版,第64页。
② 程炳达、王卫民著:《中国历代曲论释评》,北京:民族出版社2000年版,第65页。
③ 程炳达、王卫民著:《中国历代曲论释评》,北京:民族出版社2000年版,第65页。

思想,故招致了后人对此剧的批评。如徐复祚说:"《五伦全备》,纯是措大书袋子语,陈腐臭烂,令人呕秽。"①王世贞亦言"《五伦全备》是文庄元老大儒之作,不免腐烂"②。强烈否定该剧的文学性。但还有些学者则肯定了《五伦记》的价值。如吕天成认为此剧语言虽不免"稍近腐",但却是"大老巨笔"③。祁彪佳认为此剧内容陈朽,却肯定了其在技巧上的成就。王阳明也认为:"今要民俗反朴还淳,取今之戏子,将妖淫词调俱去了,只取忠臣孝子故事,使愚俗百姓人人易晓,无意中感激他良知起来,却于风化有益。"④肯定了其在教化方面所起的作用。

现代学者对《五伦全备记》在思想内容和文学艺术上的评价,则多承袭古人贬斥的观点。如青木正儿、刘大杰、郭英德、孟瑶等皆如此。刘大杰《中国文学发展史》评价说:"他以五伦全、五伦备兄弟的孝义友悌的故事,组成一部伦常大道的圣经。文字的迂腐,道学气的浓厚是不待言的。"⑤郭英德《明清传奇史》评价说,无论是故事情节还是人物形象,都是程朱理学观念的拙劣图解,是"三纲五常"等封建伦理道德的形象演示。还有的学者则从宏观的角度,将《五伦全备记》置于戏曲史的发展中重新评价。如青木正儿《中国近世戏曲史》将《伍伦全备记》列入"成化、弘治、正德间之南戏",将之视为明初剧坛"沉滞期"后的第一部作品,认为它"在文学上虽无可取,然观乎道学先生亦染笔为南戏,足窥当时之好尚。可谓南戏益将兴盛之兆在此也。"⑥肯定了它在明代戏曲史上的推动意义。刘大杰《中国文学发展史》承此说法,虽否定其文学价值,却提出"元末明初以后,数十年间,传奇中衰,首先打破这消沉空气的是成化、弘治间的邱濬。"⑦也从戏剧史发展的角度对其予以肯定。郑振铎《插图本中国文学史》列其为继《琵琶记》及四大传奇之后的第一部作品,游国恩等《中国文学史》列为明传奇的第一部传奇作品。

三、文本深处的矛盾

《伍伦全备记》在总体上有着明显的伦理教化色彩,作者也明确道明了假戏曲以宣扬道德纲常的创作初衷。但是,作者的创作意图与作品的客观呈现之间却存在矛盾之处。深入探析文本就会发现,在满篇的纲常伦理之中,其实也隐含着作者对儒家

---

① 程炳达、王卫民著:《中国历代曲论释评》,北京:民族出版社2000年版,第225页。
② 程炳达、王卫民著:《中国历代曲论释评》,北京:民族出版社2000年版,第122页。
③ 赵山林:《中国戏剧学通论》,合肥:安徽教育出版社1995年版,第663页。
④ 程炳达、王卫民著:《中国历代曲论释评》,北京:民族出版社2000年版,第65—66页。
⑤ 刘大杰:《中国文学发展史》,北京:商务印书馆,2017年版,第947页。
⑥ [日]青木正儿著,王古鲁译:《中国近世戏曲史》,北京:商务印书馆1936年版,第119页。
⑦ 刘大杰:《中国文学发展史》,北京:商务印书馆2017年版,第947页。

教化思想的怀疑。

其一,忠孝两全的矛盾并未能真正解决。虽然伍母教子"移孝作忠",但这样的忠本质上是以牺牲孝为基础的。伍母的离世,不得不让人质疑以仕途为目标的忠的价值。

其二,儒家思想与道家思想之间的矛盾。在剧情结构的安排之上,伍氏兄弟封相拜将,成功践履了儒家修身齐家治国平天下的理想,但是他们在人生巅峰时期却选择退隐田园,最后更因孝义感动上天,合家白日飞升。退隐升天,这是道家追求的人生终极归宿,是有违于儒家伦理的价值取向的。这种儒家思想与道家思想之间的矛盾无疑在客观上削弱了《伍伦全备记》的儒家伦理教化意义。

《五伦全备记》极力宣扬伦理道德的行为,折射的是当时文人士大夫希望重建自己儒家理想秩序的心理。而这种心理背后恰恰可能隐含着作者对当时社会礼崩乐坏的担忧。从剧作反映的矛盾来看,忠孝两全的矛盾与儒道思想之间的矛盾正是当时文人所面临的共同的精神困境,这种蕴含于文本深处的矛盾在一定程度上是有违于作者的教化初衷的。

另外,《五伦全备记》的体制安排也颇值得深思。全剧共二十九出,实则主要的故事情节在前二十五出已做了交代。若论对儒家伦理的宣扬,全剧至第二十五出《率夷归降》已足可表现。伍氏一家因五伦全备而受封,伦全伦备两兄弟辞职而归,"戏文到此小团圆"。而第二十六出《同归守制》却又别出波折,写伍伦全、伍伦备刚率夷归降,却闻伍母去世的噩耗,心中悲痛难忍。归程之上,目之所及,物是人非,竟无处不含悲。此出揭示了忠孝难两全的无奈,与《遣子赴科》一出中慷慨激昂的途叹形成强烈的对比。特别是在最后一出《会合团圆》中,在归园田居的悠闲之中,伦全、伦备回顾了自己的一生并发出感慨:

〔前腔〕返思回念,中心惨然,记得俺早年叹严父身先逝,赖慈亲教屡迁,那时节人离财散,家业苦迍邅,幸母氏辛勤鞠育,心坚志专。思前想后,想后思前,思前富贵敢忘贫贱。

〔风入松〕人生仕宦似行船,此日幸完全,水流万折终归海。金百练方显刚坚点,想平生出处,看来事事由天。

〔前腔〕英雄回首即神仙,清梦绕钓天。于今幸了官家事,兄与弟白首林泉。借问朝中将相,几人未老归田。①

这三支曲中,〔前腔〕描述了入仕之前的艰辛,〔风入松〕表达了宦海沉浮的志忑

---

① (明)丘濬著,周伟民等点校:《丘濬集》第10册,海口:海南出版社2006年版,第4783—4785页。

不安,〔尾声〕则言了却夙愿,未老归田的庆幸。三支曲子,充满了悲凉与沧桑,并没有功成名就、实现了人生理想的快乐与满足感。这或许隐藏的是即便封相拜将也未必真正能实现修身齐家治国平天下理想的深层意蕴。而最终合家升天的结局不妨可视为另一种寻求心灵解脱的方式。

《五伦全备记》的出现,为明代戏剧小说等通俗文学在经历近百年沉寂后的再度复兴做出了重要贡献。"从《五伦全备记》的形成和传播过程来看,该剧在中国戏曲史上属于较早的个人创作的南戏作品,对其'自创新意',须加以应有的评价。其'世教'的目的意识很真诚,虽然影响到他的艺术成就,但作为通俗剧,有一定的效果。在艺术成就和通俗演出效果方面,堪比高明《琵琶记》。"①同时,从该剧文本的深层次的矛盾呈现来看,这部剧客观上揭示了儒家伦理体系中忠孝两全的矛盾及儒家思想与道家思想之间的矛盾,展现了作者对当时士大夫的处境与儒家理想的清醒认识与深层次思考,在思想上具有一定的进步意义。

第二节　韩上桂及其《凌云记》

韩上桂著有传奇《青莲记》《凌云记》(署"罗浮天游子漫笔")两种。《青莲记》已佚,今存《凌云记》一种,全二十出,叙司马相如、卓文君故事,祁彪佳《远山堂曲品》列为"能品"。黄宗羲《思旧录》记此剧演于南京旧院时,"女优傅灵修为《文君取酒》一折,(上桂)便赍百金。"钱谦益《列朝诗集》谓上桂"晚年好填南词,酒间曼声长歌,多操粤音",评其为"万历间岭南第一才子"。

韩上桂交游极广。少时与同乡陈子壮、韩日缵、李待问同气相交,以文相会。任职南京时,黄宗羲以晚辈身份与韩上桂相交,上桂曾授以诗法。韩上桂"十五学古文,二十舞长剑,慕班生之投笔,志往居胥;怀宗悫之长风,神临大壑"②。在国家动荡危难之际,他胸怀报国壮志,弃文墨而习军旅之事,然而终无机会一试所学,钱谦益、黄宗羲等人深为之叹息。清顺治时,黄宗羲作《感旧》诗怀念与韩上桂的交往,并为他的英雄无用武之地深表遗憾:"邂逅诗文重二韩,当时倡和在长干。上桂谈兵终不试,如璜藏血未曾干。"③

《凌云记》最早见于明人祁彪佳的《远山堂曲品》著录。现所见之《凌云记》为近

---

① 吴秀卿:《再谈〈五伦全备记〉——从创作、改编到传播接受》,《文学遗产》2017年第3期。
② 陈永正:《岭南文学史》,第292页。
③ 沈善洪主编:《黄宗羲全集》第11册《南雷诗文集》下,杭州:浙江古籍出版社1993年版,第225页。

人抄本。(1974年9月罗忧烈校订,香港书业公司出版)《凌云记》为韩上桂早年之作,大约作于明万历二十六年(1590)至三十三年(1605)之间(其时上桂27—34岁),其时他两赴春试不第,在放怀诗酒、游咏江南胜地之际创作此剧。由于此剧演司马相如故事,故亦名《司马相如传》。此剧作于明中叶南曲由极盛将转衰之时,韩上桂不随流俗,以北曲入传奇,颇有矫枉振弊之意,为人所称道。

司马相如与卓文君的故事在民间流传甚广,元明杂剧传奇中演绎此故事的剧本有十余种。除杂剧外,传奇有《题桥记》《琴心记》《当垆记》《绿绮记》《凤求凰》等,都是与《凌云记》前后相近之作。但这些传奇作品均是有所侧重地编演相如、文君故事的某些情节,唯《凌云记》则力图求全,较为全面地网罗了世代相传的司马相如故事中的主要事件。全剧共二十出,分上下卷,各卷十出。上卷以叙"红颜"为主,下卷兼叙"功名"与"红颜"。具体情节包括梁园赋雪、客寓临邛;初见文君,琴心挑动;侍女通情,凤凰于飞;当垆卖酒,送别题桥;赋奏凌云,长门得金;拟娶茂陵,白头写怨;奉诏谕蜀、负弩荣归。

在创作中,韩上桂与同时代的创作者对司马相如故事的处理手法很不一样,值得关注。正如韩上桂在《凌云记凡例》中说:"此记全谱司马相如出处,不专求凤一事,故特举'凌云'以见概。""此记俱依相如本传,间有附会少异者,特取脉络贯通,故不拘泥。"①从故事内容上看,此剧虽名为《凌云记》,但其重点表现内容并非展现司马相如的"凌云"之志,而是"求凤"与"凌云"并重,亦即"红颜"与"功名"并列。在上卷中,韩上桂对相如与文君二人的爱情波折写得异常艰难困苦,有别于其他同题材的作品的是,此剧中在男女主人公之间作梗的并不是文君之父卓王孙,而是文君之兄卓大官。在下卷对功名的叙写中,此剧也没有表现太多司马相如的官场磨难,在"送别题桥"之后很快就"赋奏凌云",且"凌云"之后,也无身陷囹圄之事。司马相如所遇到的最大的"麻烦",并非来自官场,而是"情场",即闲游茂陵、拟娶小妾与文君"白头苦吟"、夫妻和合、"负弩荣归"等情节。可见,此剧的着眼点并不在呈现文人在皇权统治下的政治处境,而侧重于展现文人在志得意满之下的情场处境。从创作手法上看,尽管《凌云记》不是全美之作,"其为词有芜杂处,而流利觉少。且一折中用两人唱,亦非旧式"②,但他在创作中尽量避免时弊,力求遵守南曲的创作传统。韩上桂创作此剧时,曾自订凡例八款,皆针对时弊而言。故祁彪佳评曰:"自南辞易谐于耳而北音亡矣。天游子力返于古,为司马长卿作北词,词不易宫,宫不易调,入明以来,仅见于此。"③其时"明人戏曲,多追求声

---

① 鲁德俊:《名人与戏曲》,北京:北京燕山出版社2013年版,第38页。
② (明)祁彪佳著,黄裳校录:《远山堂明曲品剧品校录》,上海:上海古典文学出版社1957年,第73页。
③ (明)祁彪佳著,黄裳校录:《远山堂明曲品剧品校录》,上海:上海古典文学出版社1957年,第73页。

律流美,文字绮丽,正所谓'辞情少而声情多',往因虚加文采风物,以至生安白造。上桂作此剧……人皆趋之而我独避,则上桂之不随流俗,可见一斑"①。

第三节　黄瑜《双槐岁钞》

黄瑜,字廷美,香山(今广东)人,生卒年不详。景泰七年(1456)中举,成化五年(1469),授惠州府长乐县知县,世称"长乐公"。任职期间有惠政,为人刚直不阿,一直得不到升迁,后弃官回到广州,建"双槐亭",自称"双槐老人",著有《双槐文集》(已佚)、《双槐诗集》《双槐岁钞》。

《双槐岁钞》是黄瑜花费40年时间写成的,其间几易其稿,至70岁才完稿,倾注了黄瑜大量心血,其《自序》云:"每遇所见所闻暨所传闻,大而缥缃之所纪,小而刍荛之所谈,辄即抄录。"②《双槐岁钞》记洪武至成化中事,凡十卷,二百二十条。其内容广博,包括人文典礼、嘉言懿行、内阁旧事、科举考试、军政边备、考证经史等。

其中有一部分内容是记载朝廷和民间的逸闻轶事,还有少量志怪,100余则。黄瑜是本着实录的原则记事的,他在《双槐岁钞序》中云:"昔者成式《杂俎》,志怪过于《齐谐》;宗仪《辍耕》,纪事奢于《白贴》,然而君子弗之取,何则?多闻不能以阙疑,多识不足以畜德故也。""如其新且异也,可疑者阙之,可厌者削之。"③但是他却没有贯彻这一创作原则,记人叙事中多荒诞离奇的内容,甚至谈鬼语怪。此书不仅有志怪小说,甚至一些轶事小说都带上了浓重的志怪色彩。

一、朝廷轶事小说

明代前期和中期的文人对明王朝有着相当高的认同感和责任感,黄瑜作为一名科举入仕者,对明王朝怀有同样的情感,他撰写《双槐岁钞》的目的是"崇大本""急大务""期大化""昭大节",因此表彰君主和贤臣成了此书的重要内容。如《醉学士诗歌》写明太祖和宋濂赋诗的升平景象,小说结尾写太祖书宋濂诗,并云:"卿藏之以示子孙。非惟见朕宠爱卿,亦可见一时君臣道合,共乐太平之盛也。"④《圣瑞火德》写

---

① 陈永正:《岭南文学史》,第293页。
② (明)黄瑜:《双槐岁钞》,《明代笔记小说大观》第一册,上海:上海古籍出版社2005年版,第97页。
③ (明)黄瑜:《双槐岁钞》,《明代笔记小说大观》第一册,第97页。
④ (明)黄瑜:《双槐岁钞》,《明代笔记小说大观》第一册,第102页。

明太祖朱元璋诞生时和立国时的诸种奇异征兆,把朱元璋神圣化,《何左丞赏罚》写何真的骁勇善战,《尊孔卫孟》写钱惟明的抗疏直言,黄瑜通过这些内容表达对明王朝盛世的礼赞。

黄瑜是一个有节操的官员,对朝廷中的争权夺利、黑暗腐败均有所批判。如《刘绵花》写刘吉恃宠专权,多次被弹劾,却依旧位高权重,"由是人目吉为'刘棉花',以其耐弹也。吉闻而大怒,或告以出自监中一老举人善诙谐者,吉奏允举人监生三次不中者,不许会试,其擅威福如此"。后来刘吉终于降职还乡,"京城人拦街指曰:'唉,棉花去矣'"①。再如《孝穆诞圣》写了宫廷中为了权利而进行的尖锐斗争,作者通过细腻的笔触批判了万氏的善媚专宠、皇上的软弱无能、太监段英的作威作福,对纪氏的不幸则报以极大的同情。

二、民间轶事小说

《双槐岁钞》还记载了民间各类人物的奇闻逸事,包括《风林壬课》《嘉瓜祥异》《三丰遁老》《刘伯川善观人》《胡贞女》《史孝子》《妖僧扇乱》《妻救夫刑》《援溺得子》《木兰复见》《何孝子》等,这些小说生动地反映了明代底层的社会生活和精神状况。《援溺得子》写张百户在归家途中出金救一覆舟者,此覆舟者原来是张百户的儿子,表现了下层人民的善良。后来冯梦龙《警世通言》卷五《吕大郎还金完骨肉》写主人公吕珍出二十两银子作赏钱救溺水者,救起的溺水者原来是自己的弟弟,这一情节就来源于《援溺得子》。再如《木兰复见》塑造了一个独立坚贞的民间女子形象,冯梦龙《喻世明言》卷二十八《李秀卿义结黄贞女》敷衍的黄善聪与李秀卿的爱情故事,即来源于此。

三、公案小说

《双槐岁钞》亦有公案小说,包括《周宪使》《断鬼石》《陈御史断狱》《性敏善断》等,数量虽不多,但内容新颖,对后世公案小说产生了一定影响。这些公案小说均写执法官吏清廉刚正,明敏善断。《周宪使》写广东人周新不避权要、刚直不阿,人呼为冷面寒铁,屡破奇案,却因触怒权贵而被杀,临刑时大呼"生为直臣,死当作直鬼",皇上悟其冤,叹曰"广东有此好人。"②小说人物性格鲜明,情节亦曲折离奇。《陈御史

---

① (明)黄瑜:《双槐岁钞》,《明代笔记小说大观》第一册,第268页。
② (明)黄瑜:《双槐岁钞》,《明代笔记小说大观》第一册,第146页。

断狱》写武昌御史陈智善断,有张生杀人当死,其色有冤,陈询之,乃云因无资娶妇,妇家背盟,女不从,遗金以张生,冀成婚,张谋诸同舍杨生,杨生止之,是夕杨生杀女,张生不胜拷打,诬服,陈执杨至,遂伏罪,人以为神,冯梦龙《喻世明言》卷二的《陈御史巧勘金钗钿》正话的故事即本于此,明人《钗钏记》传奇、《聊斋志异》的《胭脂》的情节与之相类,或亦受此影响。

四、志怪小说

《双槐岁钞》虽以轶事为主,但也有一部分谈鬼语怪的志怪小说,包括《龙马》《卢师二青龙》《蛊吐活鱼》《冤魂入梦》《先圣大王》《登科梦兆》《夜见前身》《狱囚冤报》等,多讲因果报应,内容沿袭前作,缺乏新意。《蛊吐活鱼》一则颇幽默有趣,小说写商人周礼贩货广西,娶一寡妇陈氏为妻,生子,礼欲归家,陈氏置蛊食中,并授其子解蛊之法,及礼至家,蛊发,腹胀,饮水无度,其子因请父归,礼云病重无法行,其子遂缚礼于柱上,以瓦盆盛水置诸礼口边,礼剧渴,吐一鲫鱼,腹遂消。

在艺术上,《双槐岁钞》取得了进步,主要表现在篇幅增加,注重表现人物性格,追求情节的曲折离奇,如《孝穆诞圣》《周宪使》《木兰复见》等,艺术水平均较高。但也有一定缺陷,如好用生僻词语、穿插大量的诗词文赋、叙事松散蔓絮等。

作为明代岭南最重要的小说集,《双槐岁钞》为岭南小说的健康发展做出了重要贡献,还为后世小说提供了大量素材。后世的许多小说,如"三言二拍"、《西湖二集》《聊斋志异》等皆从中取材。

第四节　传奇小说《钟情丽集》

《钟情丽集》的作者至今不确定,明代高明《百川书志》著录四卷,题"玉峰主人"编辑。陶辅《桑榆漫录》载:"玉峰丘先生者,盛代之名儒也,博学多知,赋性高杰,独步时辈。"①指玉峰为明代大儒丘濬,张志淳《南园漫录》的自序则明确指出《钟情丽集》乃丘濬所作,此后此说日渐坐实,《万历野获编》和《金瓶梅词话》中的欣欣子序皆言丘濬作。但因丘濬年龄(时年76岁)与《钟情丽集》弘治刊本中简庵居士序所说:"余友玉峰生……暇日所作《钟情丽集》以示余……噫,髦俊之中,弱冠之士,有如是

---

① 转引自陈竹著:《中国古代剧作学史》,武汉:武汉出版社1999年版,第148页。

之才华,有如是之笔力,其可量乎?"①严重不符,故此说亦受到学者否定。

《钟情丽集》写琼山辜辂和临高土官之女黎瑜娘的爱情故事,中间穿插了辜辂与苏微香的感情纠葛。黎瑜娘和苏微香是岭南历史上实有之人,均是明代琼州女诗人,同嫁庠生符骆,黎瑜娘为妻,苏微香为妾。苏微香的诗作《懊恨曲》、黎瑜娘的"暑往寒春复秋""天上人间两渺茫"皆被《钟情丽集》所引。可以推测,《钟情丽集》中的爱情故事是以琼州黎、苏和符三人真实的爱情生活为蓝本敷衍而成的。

一、浪漫的爱情与激烈的反抗精神

《钟情丽集》受元代《娇红记》的影响很大。小说中男女主人公辜生和瑜娘共观《莺莺传》和《娇红记》,瑜娘表达了对主人公的欣羡,"妾尝读《莺莺传》《娇红记》,未尝不掩卷叹息,自恨无娇、莺之姿色,又不遇张生之才貌。见兄之后,密察其气概文才,固无减于张生,第妾鄙陋,无二女之才也"②。

《钟情丽集》在内容和情节上模拟《娇红记》和《贾云华还魂记》,但也自有其独创性。《娇红记》《贾云华还魂记》中的男女主人公在受到封建束缚和压迫的时候,显得无奈无力,带有强烈的悲剧色彩,而《钟情丽集》彻底抛弃了悲剧性,男女主人公具有强烈的反叛斗争精神,结局也是有情人终成眷属的喜剧结局,对此后的中篇传奇小说影响深远。

明人对《钟情丽集》评价颇低,如陶辅就认为此书淫亵秽滥备至,见者不堪启目,此论颇不公允。此传奇以"钟情"命名,"钟情"是贯穿始终的主旨,内容和情节均围绕此主旨展开。小说主要写辜生和瑜娘由一见钟情、两心相合到生死相许、大胆反抗的故事,讴歌了"如此钟情古所稀"的爱情,具有非常高的思想意义。

首先,辜生与瑜娘的爱情并非仅图肉欲之欢,而是建立在情感基础之上。槟榔试意,槟榔词与槟榔,漱玉亭相谈,画莺与观画,蔷薇架下拂落花,焚香拜月等,通过这些情感交流,男女主人公逐渐从爱慕到了解,再到产生爱情,这个过程中有克制、有欣喜、有感伤、有痛苦,充满了唯美色彩。

其次,辜生与瑜娘的爱情是忠贞不渝的。篇中曾多次提及元稹的《莺莺记》,但作者对情的态度与元稹截然不同,《钟情丽集》抛弃了《莺莺记》"始乱之,终弃之"的观点,着力表现两人的忠贞不渝,两人几次离别,遭遇阻力,但感情并没有转淡,反而

---

① 孙楷第编:《日本东京及大连图书馆所见中国小说书目提要》,北京:国立北平图书馆1932年版,第227—228页。
② 马松源主编:《中国禁书文库10绣像私藏版》,北京:线装书局2010年版,第222页。

更加浓烈。

再次,辜生与瑜娘以爱情为人生的最高理想。辜生"虽名籍甚",富有才华,但为了爱情,他淡泊功名,"经史之心顿放,花月之思愈兴"①,他甚至逃避庠生推荐和科举考试。当辜生"家道日益凌替"时,瑜娘也没有稍稍移情。这种爱情是高尚的,超越了世俗的功利。

另外,在浪漫的爱情中还蕴含着强烈的反抗和斗争精神。两人为追求幸福的爱情无视封建礼法,辜生不惧礼教权威,"倘若不遂所怀兮死也何妨,正好烈烈轰轰兮便做一场。"②瑜娘更不惜一死,"事若不遂,当以死相谢"③。当婚姻受到阻遏后,他们不像崔张那样靠考取功名来获取婚姻,也不像申纯与娇娘那样被动地接受家长安排,而是进行了不屈不挠的斗争。先以死抗争,抗争不成,违背礼法,大胆出走,出走之后又被拆散,仍不屈服,再次出走,最终得以结为夫妇,实践了"烈烈轰轰兮便做一场"的誓言。他们的爱情不像崔张那样苍白软弱,也不像申纯与娇娘那样被动无奈,而是充满了积极进取、勇敢斗争的精神。

二、善于铺叙,典雅优美

《钟情丽集》叙事曲折绵密。叙事起于访亲,终于大团圆,人物较多,矛盾冲突复杂尖锐,作者设置了几个主要情节段落来容纳这些人物和冲突:一见钟情,以身相许,约为婚姻,家长悔婚,私奔,终成眷属。这些主要情节不能完全展现人物的情感发展脉络与激烈的抗争行为,于是在"一见钟情"与"以身相许"之间设置了"诗简传情"和"计移中堂"两个情节,以展现两人由相互倾慕到产生爱情的情感历程;在以身相许和约为婚姻之间又设置了两次"离别与重聚",以展现两人由相爱到钟情的情感历程;在"家长悔婚"和"终成眷属"之间又设置了两次"私奔",以展现两人不屈不挠的抗争精神,从而使全篇钟情的主旨和斗争的精神得以贯彻完成。

《钟情丽集》营造的场景也极为典雅优美,以衬托辜生与瑜娘的美好爱情,这些场景包括"碧桃树下""蔷薇架下""月桂丛边""剪灯西窗"等,皆为文学中常见的典雅场景,都具有传达男女爱情的意蕴。作者将两人的爱情放置到这样的场景中,避免了两人爱情走向庸俗的肉欲之欢,升华了两人的爱情,并且使此传奇具有典雅之美。

意象也极富有韵味。此传奇有两个重要意象,即槟榔与月。槟榔是琼州男女定

---

① 马松源主编:《中国禁书文库 10 绣像私藏版》,北京:线装书局 2010 年版,第 219 页。
② 马松源主编:《中国禁书文库 10 绣像私藏版》,北京:线装书局 2010 年版,第 250 页。
③ 马松源主编:《中国禁书文库 10 绣像私藏版》,北京:线装书局 2010 年版,第 221 页。

情之物①,具有非常鲜明的岭南特色,辜生初见瑜娘,眷恋之心无法遏制,便借槟榔试瑜娘之意,并作槟榔词与槟榔诗以表达爱意,瑜娘接受了辜生的爱意。如果说以槟榔表达的爱意是含蓄的,那么两次拜月则是爱情的明确表白和誓言,第一次拜月是瑜娘向月亮表白对辜生的爱,"心事不须重跪诉,姮娥委是我知心。"②第二次拜月则是两人月下深盟,以生死相许。通过"槟榔"与"月"这两个意象,两人的爱情得以升华,并且由于这两个意象具有传统的内涵和无穷的韵味,"成为小说中独特、别致、亮丽的情节画面"③,使此传奇具有含蓄蕴藉的美。

韵文具有强烈的抒情效果。明代中篇传奇的一个显著特征是大量羼入诗文,元代《娇红记》和明初的《贾云华还魂记》已经开始较多地羼入诗文,到了《钟情丽集》,则作品约一半以上是诗文。诗文的大量羼入固然会影响小说叙事的流畅,但若运用得当,确实可以增强小说的抒情效果、提高小说的审美情趣。《钟情丽集》的诗文大多词逸诗工,主要用于辜生、瑜娘和苏微香的内心情感抒发,如辜生在绿纱窗下与瑜娘共语,归而作《花心动》词,真切地抒发了辜生内心的千愁万绪:

万绪千端,恼人肠肚事,有谁共说?多丽多娇,有意有情,特地为人撩拨。绿纱窗晚珠帘卷,绣床上描花模月。如簧语,一声才歇,千愁顿雪。惟恨衷肠未竭。空惆怅,归来又成间绝,一片乍灭,千种仍生,拥就心头如结。琴心未必君知否,何日也,山盟同设?休猜讶,不是狂蜂浪蝶。④

再如苏微香受辜生冷落后所作的《懊恨曲》,表达了苏微香失恋的痛苦和无奈:

莲藕抽丝哪得长?萤火作灯哪得光?薄幸相思无实意,可怜蝶粉与蜂黄。君何不学鸳鸯鸟,双去双飞碧纱沼。兰房白玉尚缥缈,何况风流云雨了。大堤男女抹翠娥,贵财贱德君知么?夭桃浓李虽然好,何似南山老桂柯。悠悠万事回头别,堪叹人生不如月。月轮无古亦无今,至今长照丁香结。⑤

总之,《钟情丽集》是一部具有高度思想性和艺术性的作品,是明代中篇传奇的一个高峰。它开启了明中叶中篇传奇小说创作的高潮,内容和艺术手法对此后的中篇传奇均产生了影响。《钟情丽集》还对通俗小说产生了影响,明末话本小说《欢喜

---

① 李文烜《琼山县志》卷 2 载:俗重槟榔,亲朋往来,非槟榔不为礼。志婚礼,媒妁通问之后,盛以大盆,送至女家,女家受之,即为定礼。凡女子受聘者,谓之"吃某氏槟榔"。
② 马松源主编:《中国禁书文库 10 绣像私藏版》,北京:线装书局 2010 年版,第 222 页。
③ 陈国军:《明代中篇传奇小说格局的构成——以〈钟情丽集〉为考察中心》,《海南大学学报》(人文社会科学版)2005 年第 2 期。
④ 马松源主编:《中国禁书文库 10 绣像私藏版》,北京:线装书局 2010 年版,第 220 页。
⑤ 马松源主编:《中国禁书文库 10 绣像私藏版》,北京:线装书局 2010 年版,第 226 页。

冤家》中的很多诗词采自《钟情丽集》。《钟情丽集》对后世戏曲也产生了影响,明代赵于礼的《画莺记》传奇即据其敷衍。

第五节　汤显祖岭南之行与《牡丹亭》创作

汤显祖(1550—1616),字义仍,号若士、清远道人。江西临川人。明代戏曲家、文学家。在戏曲史上和关汉卿、王实甫齐名,在中国乃至世界文学史上都有着重要的地位。作有《临川四梦》,其中以《牡丹亭》最为著名。

明万历十九年(1591)五月,汤显祖上《论辅臣科臣疏》,直言当朝宰相申时行与属下结党营私、把持朝政等恶行,并间接批评了明神宗的昏聩,引得龙颜大怒,被贬为徐闻典史。明万历十九年(1591)九月汤显祖从家乡临川启程南下,至明万历二十一年(1593)春离开徐闻,在短短的一年多时间里,汤显祖游走了几乎囊括粤东、粤西、粤北及珠三角的重要景点。南国之地为汤显祖认识世界打开了一扇别开生面的窗口,"从此,岭南便成为其心中脑际萦绕不去的意象与情结"①,他的作品中也留下大量岭南印记,可以说,汤显祖的岭南行具有重要的文学史意义。田汉有诗云:"庾岭归来笔有神",点出岭南之行对他的思想观念与戏剧创作产生的重大影响;黄天骥教授更明确指出:"汤显祖与广东关系密切,没有广东之行,没有在徐闻的一段生活,就没有现在的《牡丹亭》。"②

一、岭南气质的冲击与影响

岭南地处我国南疆边陲,因万山重叠,交通不便,长期与中原处在相互隔绝的状态,在中原人看来,岭南就是一个封闭而神秘的空间。同时,岭南物产丰富,岛屿众多、海岸线长,是明代对外开放的窗口。因此,"神秘"而"开放"的岭南气质带给汤显祖极大的新奇和惊喜,这使他的思想与心态也发生较大的转变。

进入岭南之前,汤显祖对贬所是充满未知与恐惧的。出发初期,汤显祖的作品中充满了"行行重行行"的沉重忧郁气息。如"沧浪谁莞尔,歧路欲潸然"③。"世上浮

---

① 周松芳:《汤显祖岭南行实考辨——兼论柳梦梅形象的塑造》,《戏曲研究》第95辑,北京:文化艺术出版社2015年版,第179页。
② 黄建雄:《"岭南行与临川梦——汤显祖学术广东高端论坛"综述》,《岭南文史》2016年第3期,第80页。
③ 徐朔方笺校:《汤显祖全集》,北京:北京古籍出版社1999年版,第418页。

沉何足问,座中生死一长嗟。"①"解向江南传信息,梅花岭上一枯禅。"②但进入岭南境内后,汤显祖被岭南的奇山险滩与无限风光所吸引,其笔调也变得欢快。他大赞岭南"山川有灵":"岭徼山川有灵,假重奇游,一经品题,便称佳丽。"③广州的海上繁华景象,也带给他极大的震撼,他咏叹道:"临江喧万井,立地涌千艘。气脉雄如此,由来是广州。"④他历游南华寺、清远飞来寺、广州光孝寺、南海神庙、罗浮山等岭南道教、佛教圣地,一偿崇道礼佛的夙愿,甚至流连忘返:"江海亦何意,谪居欣在此"(《衙冈望罗浮夜至朱明观》)"消息梅花月,归舟兴不忘。"(《出朱明观》)特别是汤显祖还游览了澳门、琼州海峡,目睹了葡萄牙商人的珠光宝气与繁华的商业贸易,看到了南国的熔岩奇观与海蚀海积地貌,也了解到岭南独特的风俗民情,思想上深受震撼。以致汤显祖在离开之后还对岭南念念不忘,时常回忆岭南岁月:"为谒苍梧影,曾飘赤海涯。风云团巨蜃,气脉隐长蛇。"⑤

二、岭南之行与《牡丹亭》的创作

别开生面的南国之景成了汤显祖认识世界、感受人生的另一扇窗口,也大大激发了汤显祖的创作热情。据徐朔方先生统计,汤显祖在岭南这短短一年多的时间写下的岭南诗篇就有一百五十一首,其中写作的时间集中在万历十九年(1591)和万历二十年(1592)。更重要的是,有些鲜见的情景成为他的创作素材,尤其是体现在他最为得意的传奇《牡丹亭》的创作中。

关于《牡丹亭》的创作,目前公认的说法是该剧是在话本《杜丽娘慕色还魂》的基础上改编而成。但汤显祖对剧本的改编明显受到岭南之行的影响。

与《杜丽娘慕色还魂》话本相比,故事中人物的身份发生了很大的转变。如杜宝由话本中的南雄府尹变成了南安太守,则杜丽娘的生活居住地由广东南雄变成了江西南安;柳梦梅则成为地道的岭南才子。汤显祖在《牡丹亭·题词》中提到:"传杜太守事者,仿佛晋武都守李仲文、广州守冯孝将儿女事。予稍为更而演之。"⑥广州冯守孝将儿女事,见于《搜神后记·徐玄方女》,讲的同样是一则男子梦一亡女,后助亡女起死回生,最后有情人终成眷属的故事。而这则发生在广州的岭南传说正是激发汤

---

① 徐朔方笺校:《汤显祖全集》,北京:北京古籍出版社1999年版,第419页。
② 徐朔方笺校:《汤显祖全集》,北京:北京古籍出版社1999年版,第422页。
③ 徐朔方著:《晚明曲家年谱·汤显祖年谱》第3卷,杭州:浙江古籍出版社1993年版,第323页。
④ 徐朔方笺校:《汤显祖全集》,北京:北京古籍出版社1999年版,第439页。
⑤ 徐朔方笺校:《汤显祖全集》,北京:北京古籍出版社1999年版,第490页。
⑥ (明)汤显祖:《牡丹亭》,北京:人民文学出版社2015年版,第1页。

显祖创作灵感的重要因素,或许也是触动汤显祖将柳梦梅的身份设立为岭南才子的重要原因。作为江西人的汤显祖将岭南才子的身份赋予了柳梦梅,而将江西的身份给予了故事女主角杜丽娘,这种身份设计在一定程度上正反映了汤显祖的岭南情怀。或许,剧中的杜丽娘是汤显祖的化身,作者将自己对岭南的认识依附在杜丽娘身上,用杜丽娘的深情邂逅痴情的柳梦梅,阐述岭南行对自己一生的不凡意义。另如剧中杜丽娘云:"望断梅关,宿妆残。"(第十出《惊梦》)院公云:"人来大庾岭,船云郁孤台。"(第十六出《诘病》)柳梦梅云:"一天风雪,望见南安"(第二十二出《旅寄》)等,也依稀可以看到汤显祖初度大庾岭时的复杂心境。

柳梦梅的性格改造也带有明显的岭南印记。《牡丹亭慕色还魂》中的柳梦梅乃是四川成都府人,随父往南雄府上任。他出身名门、温文儒雅、才华横溢、状元及第的贵公子形象较为符合中国传统观念中的才子形象,而汤显祖笔下的柳梦梅则是一个穷困破落、仕途多艰的"南蛮子",大有令人"跌破眼镜"的惊喜。相比传统的中国才子,他的身上自带一股"泼辣"劲,也正是这样一股劲头,柳梦梅创造了很多"出其不意",也让故事变得更加新奇有味。为了寻求出路、早日实现走马章台的理想,柳梦梅去澳门干谒钦差识宝中郎苗舜宾,并将自己戏谑为"献世宝":"小生到是个真正献世宝"①。"献世宝"这三个字颇具岭南特色,在岭南话语中是丢人现眼的意思,但在汤显祖笔下,则成为柳梦梅敢拼敢闯的个性的生动呈现,这也正体现了汤显祖对岭南人务实敢拼的精神的认同。柳梦梅的敢拼敢闯集中体现在他冒天下之大不韪为杜丽娘挖坟还生的情节。在《秘议》一出中,石道姑对柳梦梅说:"大明律:开馆见尸,不分首从皆斩哩。你宋书生是看不着皇明例。"②虽是戏谑调笑的口吻,却也反衬出柳梦梅挖坟行为的疯狂。柳梦梅"对峙"老丈人的时候更是表现了一种无所畏惧的状态,甚至带些"痞气"和幽默感。他只身前来拜会素未谋面的"老丈人",明知杜宝会"怕俺寒儒薄相,故意不行识认"③,仍旧"硬闯"平章府,一口一个"老丈人",据理力争。在杜宝带有地域歧视的人身攻击面前,柳梦梅也毫不客气地反击:"老平章,你骂俺岭南人吃槟榔,其实柳梦梅唇红齿白。"④此时的柳梦梅不再纠结于自己的岭南身份,而是充满了对这一身份的自信与坚定。这一形象的设定展现出的是汤显祖对岭南人士由未知、误解到认可的态度转变,也蕴含着深切的岭南情怀。

---

① (明)汤显祖:《牡丹亭》,北京:人民文学出版社2015年版,第121页。
② (明)汤显祖:《牡丹亭》,北京:人民文学出版社2015年版,第196页。
③ (明)汤显祖:《牡丹亭》,北京:人民文学出版社2015年版,第285页。
④ (明)汤显祖:《牡丹亭》,北京:人民文学出版社2015年版,第303页。

三、丰富的岭南元素

新奇独特的岭南元素在《牡丹亭》一剧中随处可见。岭南得天独厚的气候条件和地理位置成就了它丰富的物产,其中槟榔与梅花这两样东西尤令汤显祖念念不忘,也常常出现在作品中。"广人以槟榔为上品,一切行礼必用之","妇人小子如啖嘉果云。"①槟榔的盛行给汤显祖留下了深刻的印象,他曾说"但得槟榔一千口,与君相对卧红笙"②,《牡丹亭》中更是多次提及槟榔。大庾岭又称"梅岭",因岭上多梅而得名。汤显祖对梅花情有独钟,梅花意象也多次出现在《牡丹亭》中,如大梅树、红梅观等,柳梦梅的"梅"字更是耐人寻味。

岭南浓郁的宗教气息也令汤显祖大受震动。岭南历来有崇尚鬼神的传统,宗教活动非常活跃。汤显祖也有很深的宗教情结,他曾在素来有"蓬莱仙境"之称的罗浮山盘桓约五日之久,留下了《游罗浮山赋》。南华寺之行也给身为"佛教徒"的汤显祖留下了深刻的印象,他发出了"惭愧浮生是宰官"③的感叹,言语间充满了无限的梦幻虚空感。后来汤显祖以《牡丹亭》等"临川四梦"传世,用"梦"来演绎人生,多少是受到六祖"无相"思想即"世间万事万物无非假相、空相"的影响。《牡丹亭》中出现的花仙、判官、小鬼、道姑、观音、道观等意象,也与宗教息息相关,且《牡丹亭》对"花神""鬼神"的出场描写热闹非凡、精彩至极,颇有岭南民俗活动的影子。可以说,"被视为典雅的《牡丹亭》,其实是在民间传说民俗仪典的基础上,经过提炼加工,并在人物原型中渗进作者自身对人生的体悟,重新创造而成的"④。

在澳门见到的立地千艘的夷舶洋船及全新的商品经济形态也令汤显祖耳目一新、难以忘怀。汤显祖在《牡丹亭》中多处提到澳门,例如第六出《怅眺》,第二十一出《谒遇》以及第二十二出《旅寄》的发生地都安排在了澳门,并描绘了摆列诸多昂贵珍宝的香山岙多宝寺及赛宝场景,作者还塑造了一位爱人惜才、奖掖后进的广州钦差识宝使臣苗舜宾,穷书生柳梦梅就是得到他的资助才得以翻岭进京,让后面故事的发生成为可能。此外,剧中提及的番鬼、通事等内容无疑也是澳门记忆在作品中的呈现。

总之,岭南的特异景象是汤显祖思想成熟、创作丰收的重要因素之一,"如果没有贬官的遭遇,他的生活视野没有这么广阔……汤显祖的南粤之行,乃是中国文学史

---

① (明)叶权:《贤博编·游岭南记》,北京:中华书局1987年版,第43页。
② 徐朔方笺校:《汤显祖全集》,北京:北京古籍出版社1999年版,第832页。
③ 徐朔方笺校:《汤显祖全集》,北京:北京古籍出版社1999年版,第434页。
④ 黄天骥:《〈牡丹亭〉的创作与民俗素材提炼》,《岭南行与临川梦——汤显祖学术广东高端论坛文集》,广州:花城出版社2016年版,第30页。

上的一件幸事。"①

第六节　笔记小说《粤剑编》及其他

一、《粤剑编》

王临亨,字止之,江苏昆山县人。生于嘉靖二十七年(1548),卒于万历二十九年(1601)。万历十七年(1589)进士,授西安知县,调海盐守,因察狱如神,后擢刑部主事,万历二十九年(1601)恤刑广东。

《粤剑编》四卷,是王临亨根据他在广东审案期间的所见所闻编撰而成的。全书分为古迹、名胜、时事、土风、物产、艺术、外夷、游览八类,记录岭南名胜古迹风俗及传说,其中有小说 25 则。卷一"志古迹"记岭南名胜古迹的奇异传说,为志怪小说;卷二"志时事"、卷三"志艺术"记当时社会时事和奇人奇事,为轶事小说。这些轶事小说多反映明代本朝的社会事件,具有较强的纪实性和时事性。

《粤剑编》中的轶事小说主要有三个方面的内容,一写社会时事,一写公案,一写传奇人物,最有价值的当属写社会时事的小说。明代中后期宦官专权,上欺下压,给人民带来了深重的苦难,王临亨是一个有社会责任感的士大夫,在《粤剑编》中反映和批判了这些社会问题,《中贵之人入粤榷税》《有言于税使者》《粤东开采使》《开采使下令造巨舰》均写宦官对岭南的横征暴敛以及岭南人民的反抗,具有较强的纪实性,在小说史上是比较罕见的。

公案小说多为王临亨刑恤广东期间办理或听闻的案件,大都具有较强的纪实性,如《闽商黄敬》《孀妇》《潮州二人》《兴宁郭氏女》《郑子用潘世兴》等。这些公案小说主要交代案件发生的始末,然后叙述案件的审判,案情叙述较详尽,而审案相对简略,如《闽商黄敬》写闽商黄敬贩缎匹归广,途中结识来聪和亚八,黄敬病托来聪和亚八将布匹运抵广州,来聪和亚八行至途中,为盗所杀,盗以为缎客已死,即货缎于广,黄敬归,见有人售卖自己的缎匹,记号宛然,遂鸣官。而《兴宁奸夫奸妇》则写了神奇的破案过程:

> 兴宁有奸夫奸妇谋杀亲夫者,夜半移尸弃于仇家之塘中,里人叶大者道遇

---

① 邹自振:《汤显祖岭海诗文论略》,《岭南行与临川梦——汤显祖学术广东高端论坛文集》,广州:花城出版社 2016 年版,第 213 页。

之,畏事不敢发。明日,奸妇指告仇家,以为杀其夫也,而无证,狱久不决。兴宁庄尹鞫而疑之,是夕,梦一神人引一戴草笠而着木屐者至前,谓尹曰:"尹欲决疑狱耶?询此即得矣。"觉而思之,岂有里邻中姓叶者知情乎?旦日执叶大至,一讯即得。①

《粤剑编》中还记载了很多与岭南的名胜古迹相关的传说,大多优美动人,如《飞来殿》:

> 飞来殿。梁普通中,有二居士往舒州叩上元延祚寺贞俊禅师,曰:"峡据清远上流,江山郁秀,吾欲建一道场,师居之否?"师许诺。中夜,风雨大作,旦视佛殿金相,已失所在。师因至峡求之,则已庄严此山中矣。世传二居士即禺、阳二庶子所化也。殿移时,一角挂于梅关,今为云封寺云。②

此则传说未见诸它书。此外,《狮石》《缥幡岭》等皆新颖,亦未见诸它书。有的小说则取材于前人小说,缺乏独创性,如《归猿洞》为裴铏《传奇》中的《孙恪》的改写,《老人松》为洪迈《夷坚志》中的《峡山松》的改写。

二、其他笔记中的岭南小说

《海语》,作者黄衷,字子和,号铁桥子、铁桥病叟,《广东通志》谓其为南海人,黄瑜《双槐岁钞》中有黄衷所作序,云"后学南海黄衷书"。黄衷幼年聪颖绝伦,弘治丙辰(1496)进士,历任南京户部主事、云南巡抚、湖广都察院右副都御史、工部右侍郎、兵部右侍郎等职。著有《矩洲文集》《海语》。《海语》成书于嘉靖初年,为地理博物著作,共三卷,分为风俗、物产、畏途、物怪四类,多记海中荒忽奇谲之景、物、事。

"物怪"中的《蛇异》《龙变》《石妖》等为志怪小说。《蛇异》写弘治间一商船欲贩于占城,舶中众人将入山伐薪,是夜舶主梦神语之曰:"明日斫山,须多裹盐也。"③梦醒而语薪者,薪者从之,至三山麓石潭,众人伐薪取盐,日暮,有巨蛇蜿蜒没于潭中,后有蜈蚣逐之,蜈蚣射毒于潭,潭水红如火焰,天明,众人下山观之,蛇死潭中,乃剥其皮腌其肉,载之回舶,始信神之语,有岛夷过而见之,慷慨以百金买之,舶主询其故,岛夷曰:"汉儿不识宝耳,是乃龙也。其皮鞔鼓,声闻二十里。此皮中七鼓,一鼓即偿今值

---

① 凌毅点校:《贤博编 粤剑编 原李耳载》,北京:中华书局1987年版,第69—70页。
② 凌毅点校:《贤博编 粤剑编 原李耳载》,第53页。
③ (明)黄衷:《海语》,见《景印文渊阁四库全书》第594册,台北:台湾商务印书馆1986年版,第134页。

易易也。"①舶主懊恨,自谓其不善贾也。小说写蛇与蜈蚣相斗的情节有《金刚仙》的影子,但不再以动物相斗的情节为主,而是以船舶主海外得宝的奇异经历为主要情节。凌濛初"二拍"中的《转运汉遇巧洞庭红　波斯胡指破鼍龙壳》写文若虚在海外荒岛上得一龟壳,波斯胡以巨钱买之,曰:"内有一种是鼍龙,其皮可以幔鼓,声闻百里,所以谓之鼍鼓。"②其情节明显受《蛇异》的影响。此外,《龙变》写海州樵者遇蛇化龙,以为可以得宝,但却迷路走失。《石妖》写一商人贩于海外,遇石妖,与居数年,生二子。这些小说多以贩卖海外的商人为主角,反映了明代中后期岭南商人富于冒险、好货利的特点。

除《海语》外,还有一些笔记,包括《崖州城隍除妖记》《续宾退录》《山房偶记》等,但这些作品均散佚。《崖州城隍除妖记》,作者陈朝定,闽侯(今福建)人,字元之,隆庆四年(1570)举人,任崖州(今海南崖县)知州同知,是书《千顷堂书目》子部小说类著录为一卷,以书名推测,当为降妖伏怪类的志怪小说集。《续宾退录》,作者梁亿,明代名臣文康公梁储之弟,顺德人,是书《顺德县志》③著录为小说类,以书名推测,应为仿南宋赵与时的《宾退录》之作,可能记遗闻轶事,其中当有轶事小说。《山房偶记》,作者潘光统,顺德(今顺德)人,是书亦被《顺德县志》著录为小说类。

总之,明代广东的小说创作获得了突破性的进展。广东小说家的创作改变了中原作家偏重于志怪小说的风气,开始创作轶事小说和传奇小说,使这两类小说文体自汉唐之后得到了初步发展,且开始向通俗化、世俗化方向发展,对推动明代通俗小说的整体发展做出一定的贡献。广东小说作家还关注岭南社会生活,注重反映岭南社会的人和事。至此,广东小说反映社会、反映人生的现实主义精神也开始萌生并有所发展了。另外,此时期广东小说在艺术上也取得了出色的成就,篇幅增加,注重表现人物的情感和性格,追求情节的曲折离奇,表达含蓄蕴藉,语言典雅绮丽。总体来看,明代岭南本土小说作家数量虽少,作品也不多,但却取得了较大成就,为清中期岭南小说的全面崛起奠定了基础。

---

① (明)黄衷:《海语》,见《景印文渊阁四库全书》第594册,台北:台湾商务印书馆1986年版,第135页。
② (明)凌濛初:《拍案惊奇》,北京:华夏出版社1995年版,第6页。
③ 周之贞:《顺德县志》(咸丰、民国合订本),广州:中山大学出版社1996年版,第529页。

第四编　清代文学

概　述

　　岭南清代文学的序幕,是在战火纷飞、遗民血泪、抗争与隐忍、浅啸与低吟中缓缓拉开的。前朝远去,留下不屈的斗志和坚定的剪影,黄牡丹状元黎遂球守赣而绝,邝露怀抱"绿绮"慨然殉国,"岭南三忠"战死沙场。"崖山波浪犹未灭,黄屋南来如一辙。取日难回壮士心,垂虹迥喷孤臣血。一代兴亡何处见?抗风轩里诗三变。蒿薤吟成气慷慨,松桐谣起声凄恋。文章忠孝两臻绝,词人到此开生面。"李黼平此诗虽是赓扬南园诗社的士人,移置于岭南清代文学的开篇,亦极为恰切。文士与忠臣的身份交织,殉国的生命定格,将岭南文化文学脉络中自宋末崖山之变后愈加醇浓的家国情怀、民族大义推向了极致,迸发出最深沉的精神力量。这种力量成为岭南清代文学炽热而沉稳的底色。

　　如果说这一力量是外部历史环境巨变所赋予的,那么此时的岭南文学又以怎样的姿态去面对外部变革,与时代产生碰撞呢?屈大均《广东新语·文语》"广东文集"云:"广东居天下之南。故曰南中。亦曰南裔。火之所房。祝融之墟在焉。天下之文明至斯而极。极故其发之也迟。始然于汉。炽于唐于宋。至有明乃照于四方焉。故今天下言文者必称广东。"屈氏认为尽管"发之也迟",但到了清代,岭南人文可称得上天下人文之最具代表性者,因为"天下文明至斯而极"。"极"有两个内涵:其一指岭南为地域之极,是中国的最南端,天下文明传承至此需经过一段漫长的距离和岁月;其二指文明在传播过程中不断发展变化不断提升,岭南地区吸收的是文明的精华,是为集大成者。在相当长的时期内,岭南诗学无法与中原文坛保持一致的步伐,而呈现出发展的滞后性。也因为这种发展错位和边缘,岭南诗学甚少受到主流文坛"新声野体"流弊的影响,尽管因此缺乏在曲折反复的诗歌革新运动中吸取经验、提升诗歌创作技巧的机会,却也秉承"雅正"的规矩,上接汉魏风骨,又益以三唐气度,以儒家中和之美为审美趋向,不急不躁,以坚实的足迹奠定了岭南清代文学发展的基础。

　　因此,清朝统治者的铁蹄与铁血,让岭南仿佛浴火重生,风中摇曳起舞的竹子已经在地底下走过很长的路,蕴积已久的岭南文学终于实现了凤凰涅槃,迎来了有声有色的有清一代。有"声"是在主流文坛发出岭南的声音,有"色"是百花齐放、浓墨重彩谱写岭南文学画卷。

以"岭南三大家"屈大均、陈恭尹、梁佩兰为代表的清初岭南诗人,大都经历了由明入清的社会变革,时代的倾颓赋予他们更加敏感的心,让他们得以深入社会肢体中与各个阶层、群体共同呼吸,他们的思想呈现复杂和矛盾,甚至是急剧的冲突,或未能忘怀故国,在遗民群体的往还中寻找自己安身立命之所,或出仕新朝而经受气节有亏的心灵忏悔。总的来说,更迭时期无论是遗民诗人、布衣诗人、僧人群体、仕清诗人,经历了时代的动荡不安和战乱,他们的诗歌都能较为充分的抒写社会兴亡离乱之感,表现对人民疾苦的同情与无奈,较少无病呻吟、吟风弄月之作。

屈大均是遗民志士、是儒者,又是游侠、僧人,多重的身份、跌宕的人生对其创作产生极大影响,其诗歌呈现出不同于时人的审美特色。他不仅给后世留下了《翁山文钞》《翁山文外》《翁山诗外》《翁山诗略》《道援堂诗集》等丰厚的诗文作品,还不遗余力收集与岭南相关的文献和历史记载、风土人情、典故传说,无论是记载详赡,富有岭南地域色彩的《广东新语》,抑或洋洋洒洒、各体文章精彩纷呈的《广东文选》,都是岭南文献中具有经典意义的作品。从某种意义上来说,屈大均是在以一种比较隐晦的方式、以积极整理和传承的途径坚守着被异族征服了的汉族文化正统。

陈恭尹作为岭南抗清名将陈邦彦之子,其家世及遭际使他的遗民之悲、家国之思更加浓重,其诗沉雄悲壮,时而微吟低语,更多的则是慷慨激昂控诉清朝统治者的残酷压迫的诗作;仕清诗人梁佩兰、程可则、方殿元等人亦创作了不少反映民生疾苦,抨击不合理的社会现象之作。

及至乾嘉时期,清初休养生息时期文学学术大步流星发展的姿态有所停滞,诗坛拟古主义开始弥漫,沈德潜的"格调说"及稍后袁枚的"性灵说"轮番登场,力图矫正拟古流弊而皆有所偏失。此时岭南诗坛承继张九龄肇始、"岭南三大家"进一步树立的岭南诗派雄直雅正之风,岭南"四家"与"三子"卓然而起,张锦芳、冯敏昌、胡亦常、黄丹书、吕坚、黎简,以及罗天尺、林明伦等,皆能摆脱流弊,抒写个人面目。张锦芳追步苏轼、冯敏昌"力追正始",黎简"自辟町畦",宋湘勇破藩篱、陶写自我,为岭南诗坛留下宝贵的典范力量,极大影响着嘉道年间的诗人。

翁方纲及其后来粤的阮元、程恩泽等,对粤中士子多有赏拔提携,且致力于地方学术文学,阮元创办学海堂,凝聚起一批岭南文学学术的核心文士,促进了岭南学术的发展。他们将肌理说及推举宋诗的风气播至广东,李黼平与谭敬昭、黄培芳、张维屏、谢兰生等在诗歌创作和诗学批评方面都做出了积极的贡献。

文学批评与文学积淀相辅相成,也与文学视野及自信息息相关,伴随着岭南诗派的崛起及地域意识的凝聚,诸体作者在创作之余,也更加鲜明地标举个人的文学见解,与创作互为表里,清代岭南的文学批评呈现出清初异军突起、中期散见而后期个体批评蓬勃而起的发展态势。总体来看,这一时期的文学批评主要侧重于诗歌理论方面,散文、词、戏剧相对较少;虽然有专体的理论著作的出现,但整体依然以吉光片羽、禅宗顿悟式的文学见解为主;这些特征与岭南文学创作以诗为主,其他为辅的创作态势是一致的。

清初屈大均的"吾粤"建构以一系列编著为基础,无论是《广东文选》,抑或未最终成书的《岭南诗集》,既是屈大均对岭南文学的承传与揄扬,亦是其文学批评观念的充分体现。其他诗论、文论多散见于各种序、跋和书翰中;廖燕诗文极具个性,其诗文理论亦重个性和真情的渲染。宋湘的《论诗八首》延续论诗诗的经典范式,却在推举名家名篇的立意上更进一步,强调个人面目的重要性;黄培芳的《粤东诗话》与张维屏的《国朝诗人征略》《艺谈录》,堪称嘉道年间颇具规模的岭南诗话著作之代表,二人既是彼时岭南文坛的宗师,影响着岭南的诗学宗尚,又进一步通过诗论作品扩大了岭南诗学的影响。

清代岭南词,虽然仍是诗家余事,也在历史波涛与地域风情的点染下,呈现出诸多佳作,在词体的清代中兴历程中书写了属于岭南词坛的一页。据叶恭绰编纂的《全清词钞》所录,清代岭南词家有一百四十余人,远超宋明各代,作品总量也颇为可观。清初依然是三大家独领风骚,家国之痛、故国之思为这一时期词人的作品注入悲凉入骨的情韵,及至雍正乾隆年间,主流词坛为朱彝尊开创的浙西词派所笼罩,流弊丛生,黎简、张锦芳、黄丹书等人则以峻爽高格的词风,推动着岭南词坛的健康发展。嘉庆以后,富有气格骨力的岭南词风坚守一路,而被视为"粤词别派"的吴兰修、仪克中、陈澧走出了含蓄蕴藉、一空依傍的创作道路,词人风致颇得主流词坛雅赞。

岭南小说从杨孚的《南裔异物志》开篇,一系列的地理博物体志怪小说根植于被当时中原人视为"远国异民"的岭南,这其中有许多怪诞虚妄的想象和描述,既体现了中心区域对岭南边缘区的歧视,也让我们充分认识了"绝域殊方"的原居民。岭南的山区、沿海和平原散居着黎、苗、瑶、壮等少数民族,中原人进入岭南以后,形成了汉族与各民族杂居的格局,长期以来,汉族和汉族政权侵夺少数民族的生活领地,至明代,侵夺尤剧,致使少数民族,尤其是瑶族与汉族政权的矛盾冲突十分尖锐。清中期岭南社会经济虽然十分繁荣,但是各种社会矛盾也日益加剧,吏治败坏,武备松弛,土地兼并严重,农民起义和少数民族起义此起彼伏,商品经济不断遭到来自封建政权的重重压迫。强烈的批判精神和积极的探索精神,使此时期岭南通俗小说在思想方面达到了相当的高度,并对岭南近代小说的创作精神产生了重要影响,吴趼人、黄小配、梁纪佩等人的作品都传承了这种精神。黄岩的《岭南逸史》和庚岭劳人的《蜃楼志》是其中较为出色的作品。

明清以前岭南文学是在岭南大众文化的背景中以精英文化的身份发展起来的,

但其趋俗从众的文化底色,伴随着市民经济与文化的发展,迎来了岭南清代戏剧及俗文学的多样性发展。各种神话传说、民间歌谣、民间戏剧,口耳传播,直至今日还在广大岭南城乡流行着,呈现出通俗文学强大的生命力。借由相关的创作可一窥岭南戏剧创作的生态及岭南文化中"下里巴人"贴近民众的一面。

粤歌具有活泼明快、挥洒由心、自然写实的特质,展现了民众极为热烈的创作和歌唱的情感。以粤方言演唱的曲艺作品,在岭南流行最广、群众基础最强,深得民众喜爱。"南音""粤讴""木鱼""龙舟"等皆属于这一类通俗说唱文学。数量庞大、创作者众的竹枝词,铺开一幅乡情洋溢的岭南风俗画卷。清朝作为最后一个封建王朝,封建伦理道德规范的禁锢与渗透,尤其是对女性的种种钳制束缚,已到了无以复加的地步,然而,伴随着商品经济的发展,晚明思想启蒙的因子潜滋暗长,女性作家的才华渐渐绽放出更多的光芒。冼玉清撰《广东女子艺文考》,计得书106种,几乎都为清人。近日出版的《中国近代女性文学大系》共收录458位女性作家的近3300首诗、1700余首词,可见清代而后女性文学蔚为大观的发展趋势。

在文学世家中女性诗人词人具有了更多的成长和表现的空间。这些女作家能够有作品传播,大多依赖父兄及儿子,她们自幼耳濡目染,接受传统文化的熏陶和教养;另一类女子虽沉沦下僚、沦落青楼,但才艺出众,因其身份的特殊性,置身于比一般女性更为广阔的社会空间,得以为他人所赏识和揄扬。岭南清代女性作家尽管才名及作品总量不如江南女作家,亦有不少名家佳作。词中有闺情,亦有对社会男尊女卑现象的不解和隐隐的呼号;不做寻常脂粉语。客家的叶璧华则以其雄健的笔调和为国忧思的深沉之作驰誉岭南诗坛,为丘逢甲等诗人推崇,其作品《古香阁全集》集中反映了她前后期诗风词风的转变,及背后所投射的社会动荡与个体遭际的起起落落。

第一章 屈大均与"吾粤"构筑

将屈大均置于清代文学的开篇,想必屈大均不会认同,毕竟他是一位矢忠明朝,终其一生都以各种形式表达其抗争、其文化传承与赓续信念、其地域情怀与意识构筑的士人。然而,无论时代如何划分,无论封建王朝如何更迭,无论后人认同与否,历史喧嚣过后,屈大均用血泪留下的足迹,念念不忘的呐喊,都定格在 1630—1696 的时空,而其精神、文化因子至今仍在岭南文学文化发展的长河里奔腾不息,滋养着每一代努力去传递数百年前屈大均高举的"吾粤"旗帜的学人。

这个伟岸的身影,历来研究者将身份多元的他视为斗士、勇者、奇人……无不伟烈英武,而或许在这个身影之下,为故国而百转千回、哀感顽艳的屈大均,为华夏文化赓续而殚精竭虑、伏案创作的屈大均,更具有动人心弦的力量。屈大均有首《花前》:

> 花前小立影徘徊,风解吹裙百摺开。
> 已有泪光同白露,不须明月上衣来。①

诗中女子临风洒泪,悄然独立于花前,是在思乡抑或怀人,她悲伤得任风吹起百褶裙而不顾,月色下只见泪水斑驳。这正是屈大均"忠君爱国之思"的化身。让我们由此开始走近屈大均。

屈大均(1630—1696),初名邵龙,号非池。番禺人。初居于南海县,十岁时随入赘邵家的父亲屈宜遇归原籍,恢复屈姓。更名大均,字翁山。曾流传的屈大均的著作有:《屈翁山诗集》《翁山诗外》《翁山诗略》《道援堂集》《寅卯军中集》《翁山文外》《翁山文钞》《屈翁山词》《广东新语》《皇明四朝成仁录》《翁山易外》《登华记》《广东文选》《广东文集》等,后由于其抗清志士的身份,著作遭到官方禁毁,部分作品散佚未存。

汪宗衍在《屈大均年谱引言》中指屈大均生平"忽儒、忽释、忽游侠、忽从军",说明其生平之多面与丰富,与一般的传统士子截然不同。屈大均年少时便聪慧好学,其父虽是一名普通的乡村医生,却极为重视儒家传统教育,曾对屈大均说:"吾以书为

---

① 本文所引屈大均诗文及相关题辞均出自(清)屈大均:《屈大均全集》,欧初、王贵忱初编,北京:人民文学出版社 1996 年版。

田,将以遗汝。吾家可无田,不可无书。"并亲自督学讲诵。屈大均十六岁时补南海县学生员,并受业于陈邦彦门下,治阴谋、剑术、舆地之学,慨然有匡时救国之志,也结识陈邦彦之子陈恭尹,自此成为挚友。顺治三年(1646),广州被清军攻陷,第二年屈大均参加了由陈邦彦、张家玉、陈子壮等人组织的反清斗争,斗争失败,陈邦彦亦壮烈牺牲。后清将李成栋反正于广州,屈大均便至肇庆呈《中兴六大典书》于南明永历帝,被授以中秘书。屈父去世,大均辞职服丧,归于乡里。顺治七年(1650)清兵再次攻陷广州,屈大均避祸出家于番禺县雷峰海云寺,直至三十二岁时方蓄发归儒。此期间,屈大均曾奔走吴越、幽燕、齐鲁、荆楚、秦晋大地,并北游关中、山西,积极与各地反清志士联络,又东出山海关,留意山川险阻,重要关隘。其间,屈大均与顾炎武、李因笃、朱彝尊等众多反清志士交往,但最后均未能成事。康熙十二年(1673),吴三桂在昆明起兵,屈大均又赴桂林上书参与谋划,被授任为广西按察司副司孙延龄军监军。后来,屈大均发现吴三桂并无恢复明朝之志遂称病辞去。眼见反清复明大业终无希望,屈大均携家归于番禺,不再复出,专心著述与地方文献收集编纂。康熙三十五年(1696)屈大均病逝,托后事于陈恭尹和王焕,享年六十七岁,葬于番禺沙亭珠岗。

终其一生,屈大均不曾仕清,哪怕晚年穷困潦倒都秉持着忠于旧朝的气节。屈大均父亲在明朝灭亡时告诫他:"自今以后,汝以田为书,日事耦耕,无所庸其弦诵也……昔之时,不仕无义,今之时,龙荒之首,神夏之亡,有甚于春秋之世者,仕则无义,洁其身,所以存大伦也。"言传身教,极为深远地影响着屈大均。他的恩师陈邦彦及诸多殉国烈士成为他勠力抗清复明的精神动力,胸怀大爱的人格又赋予他充盈而深沉、执着而坦荡的力量。

屈大均在《阌史自序》中说"夫日月之所以为光者,文也,天地之文在日月,人之文在《离骚》,《六经》而下,文至于《离骚》止矣。"对屈原《离骚》可谓推崇备至。而屈原的典范力量不仅体现在屈大均的诗文创作上,还在于个人的品德与言行。可以说,在屈大均的生命印迹里,屈原后裔的血统与谱系的续写,并不只是为沙亭屈氏一脉追寻家族之根,其深层内涵在于对屈原忠骚精神的承继与践行。朱彝尊就曾指出:"翁山吊以幽激凄戾之音,仿佛乎九歌之旨,世徒叹其文字之工,而不知其志之可悯也。"[①]将屈大均与屈原在忠君爱国的核心思想上的高度一致彰显出来。

屈大均言:"予也少遭变乱,屏绝宦情。盖隐于山中者十年,游于天下者二十余年,所见所闻,思以诗文一载而传之。诗法少陵,文法所南,以寓其褒贬予夺之意,而

---

① (清)朱彝尊:《九歌草堂诗集序》,参见(清)朱彝尊:《曝书亭集》卷十九,台北:世界书局1964年版。

于所居草堂名曰：'二史。'盖谓少陵以诗为史，所南以心为史云。"由此可见，屈大均自觉承担起了时代倾颓之际继承道统的使命，希望能够以文传薪。"诗法少陵"是以杜甫感时忧世的诗史精神为范；"文法所南"，则认为写文章当师从南宋爱国学者郑所南《心史》之作，终生心存故国，弘阐儒家道统。屈大均在文以载道的传统命题上，确立了契合遗民学者的书写范式。

第一节　屈大均其诗

屈大均的诗歌创作非常丰富，目前所见有六千多首诗，广泛取材，关心民瘼，在意风物，细诉衷情。其诗集名为《道援堂集》，取于《孟子·离娄上》中所说"天下溺，援之以道"之义，这也是他终其一生都践行"以天下为己任"的精神写照。因此，屈大均诗歌充溢着一种荡涤一切、冲决罗网的力量，这股力量的底色是深沉的悲悯情怀，闪耀着人格的光辉，其诗歌呈现出独特而鲜明的特点。

一、诗歌的内容

屈大均的诗歌依其内容，大略有羁旅咏怀、史迹吊古、乱世民生、故乡风物、咏物寄情、悼亡赠别、日常杂感抒怀等，下面择其要者略作介绍。

其一，心怀天下，关注民生。在明清交际混乱无序、战争频仍的时代背景下，屈大均怀反清复明之志，洞察时局，伺机而动，并用诗笔记录历史，充分发扬和继承了杜甫"诗史"的现实主义传统。清朝统治者在征伐过程中，对老百姓进行了残暴和血腥的统治。屈大均在数次北上的路途中，目睹战争与异族的统治下民间的深重灾难，他在诗中痛斥清朝统治者的暴行，为苍生呐喊，呼唤反抗的力量集结。如下面这首《大同感叹》：

> 杀气满天地，日月难为光。磋尔苦寒子，结发在战场。为谁饥与渴，葛履践严霜。朝辞大同城，暮宿青燐傍。花门多暴虐，人命如牛羊。膏血溢槽中，马饮毛生光。鞍上一红颜，琵琶声惨伤。肌肉苦无多，何以充军粮。踟蹰赴刀俎，自惜凝脂香。

首句定下了全诗凄凉悲怨的基调，紧接着层层推进，刻画了惊心动魄的杀戮情景，人命如牲畜一般，男子为奴役，女子为军粮，黯淡无光的人间彷如地狱一般，揭露了大同民众被清军践踏屠杀的历史场景。这一类诗篇还有《菜人哀》，记录了清顺治五年(1648)广州的一次大饥荒中,"人自卖身为肉于市"的触目惊心的社会惨状,诗曰:"(序:岁大饥,人自卖身为肉于市,曰'菜人'。有赘某家者,其妇忽持钱三千与夫,使速归,已含泪而去。夫迹之,已断手臂悬市中矣。)夫妇年饥同饿死,不如妾向菜人市。得钱三千资夫归,一裔可以行一里。……"人祸与天灾叠加,民众的令人不忍卒读;还有《猛虎行》将清军比作吃人不眨眼的"猛虎",抒写血淋淋的乱世悲歌,力透纸背。

屈大均既悉心时局,深入社会民生,体察社会脉络,亦具有高远的目光与超越常人的预判。十七世纪是西方殖民主义者积极向远东地区从事冒险活动的活跃时期,南海之滨的广东也成为这些海上殖民者觊觎的目标。屈大均在《澳门》《廉州杂诗》《白鹅潭远眺》等组诗中,敏锐地指出殖民者的潜在威胁,提醒世人必须警惕殖民者的侵略。如《澳门》其一:"广州诸舶口,最是澳门雄。外国频挑衅,西洋久伏戎。兵愁蛮器巧,食望鬼方空。肘腋教无事,前山一将功。"其二:"南北双环内,诸番尽住楼。蔷薇蛮妇手,茉莉汉人头。香火归天主,钱刀在女流。筑城形势固,全粤有余忧。"珠海十字门水道是广东海上丝绸之路的重要港湾,屈大均曾作竹枝词中写到十三行贸易的如火如荼及经过十字门运输的盛况,他不仅关注到经济往来,更察觉到危机而表达出自己的隐忧,在当时真是目光如炬,独具只眼。

其二,江山之助,塞上风光。屈大均"壬辰年二十三,为飘然远游之壮举"。此后,他走出岭南,开始了历时三十年的游历生涯,足迹遍及大江南北,留下了大量描写庐匡山水、北国边塞、金陵风物、岭南乡土风光等地域特色鲜明的诗作。既是游历足迹的注脚,也融汇着诗人所见所闻所思所想。屈大均曾言:"山水之清音,非山水之清音也,有所以为山水之清音也者。灌木之悲吟,非灌木之悲吟也,有所以为灌木之悲吟也者。"江山助笔峰,拓视野,访古寻友,每一段游历屈大均都营构着独有的文学地理空间,折射出时代的变迁、诗人的情感、山水的影子。

屈大均三次北上塞外,途经齐鲁、秦晋、幽燕、东北等地。迥异于岭南的塞外边地风光,豪侠任气的友人遗民往来,为故国匡复大计而艰辛备尝的奔走,万里之遥而日渐浓郁的思乡之情,奔涌在大量的诗歌中,如《塞上曲》《太行》《过大梁作》《出永平作》《出塞作》《邯郸道中》《塞上感怀》《八达岭》《岔道》《云州秋望》《龙虎台》《山海关》《雁门》《真定道中》《昌平道中》等等。

如其北上路经大梁时,结识一众抗清志士,引为同道,一起驰骋,快意诗酒而作的《过大梁作》:

浮云无归心,黄河无安流。神鱼腾紫雾,苍鹰击高秋。类此雄豪士,滔滔事远游。远游亦何之,驱马登商丘。朝与侯嬴饮,暮为朱亥留。悲风起梁园,白草鸣飕飕。挥鞭控鸣镝,龙骑如星流。超山逐群兽,穿云落两鹙。归来宴吹台,酣舞双吴钩。惊沙翳白日,垂涕向神州。徒怀匹夫谅,未报百王仇。红颜渐欲变,岁月空悠悠。

"浮云""黄河""神鱼""苍鹰"等极具北方地理因素的意象,融成壮阔雄浑的驰骋背景;"紫雾""白草""红颜"色泽鲜明、如梦似幻,让观者身临其境,看志士们展现出执戈杀敌的激越情怀,尽展英雄之色。而末句笔锋一转,岁月徒增而大业未成,仍未能如愿以偿,空怀怅惘。

有风格遒劲的豪迈,也有鼓角悲鸣的凄清,如《塞上感怀》:

> 未有英雄羽化期,茫茫一剑报恩迟。天寒射猎龙沙苦,日暮笙歌塞女悲。太白秋高空入月,黄河春暖又流澌。鬓边一片天山雪,莫遣高楼少妇知。

诗人怀着一腔热血,欲为复国而建功立业,但四顾前路茫茫,唯有坚守而不能放弃。风沙飘扬的边塞练习射猎,日暮时分与悲凉高歌的女子感受着同样的悲伤。岁月荏苒,诗人鬓边已白如天山的雪一般,只盼着家中登楼颙望的妻子,不要知晓自己现在的艰难,免得增添担忧。情辞深挚、朴实无华,在塞北萧瑟的背景下,更添悲壮。

其三,花中君子,咏物比德。与其跌宕起伏的人生相应,在屈大均作品中,既有气势开阔、直抒胸臆的诗歌,同时他的笔下又不乏婉约雅致、骨力清苍的作品,如他一系列的咏物诗特别是咏花的诗篇,便具有香草美人般的蕴藉。屈大均以花为媒,托物言志,借花表达自己的气节与精神操守。晚年蛰居乡间时期,他写下《木槿》《扶桑花》《杜鹃花》《玉簪花》《梅》《茉莉》《木芙蓉》《山茶》《秋海棠》《兰花香》《芍药》《紫兰》等诗,既咏叹花的美态,又寄寓高洁的情操。

花中君子,在屈大均笔下,摇曳生姿,特殊时代与个人际遇丰富和推进着梅兰竹菊的内涵。屈大均爱菊赏菊论菊,菊花向来是被视为不与百花争春的高洁之花,如同他高标傲世的襟怀与节操。如《白菊》:

> 冬深方吐蕊,不欲向高秋。摇落当青岁,芬芳及白头。
> 雪将佳色映,冰使落英留。寒绝无人见,梅花共一丘。

屈大均的咏物诗整体上呈现出一种疏阔清朗的意境,着重营造一种与花共鸣的氛围。这首诗并不花笔墨写菊花的具体形态,而是注重神态与品格。

梅花更是屈大均邀入诗篇的常客,他们或相对论道,或无声诉说,或相互陪伴,留下了诸多作品,如《吉祥寺古梅》(七首)《梅花下作》(十首)《对梅》(三十九首)和《梅花》(七首)等等,不妨来看看《对梅》中屈大均与梅花交流的诗意空间。

《对梅》其三写道:

> 谁道南无雪?纷纷作早梅。枝头有红翠,一啄一花开。

岭南无雪,因而岭南人爱雪慕雪,这首绝句以"谁道南无雪"发问,将梅花比作降落枝头的雪花,孰为梅？孰为雪？竟是浑然一体,将对雪和梅花的喜爱融在一起了。

其三十八:"香自梅花始,春从子夜回。坐深烟影下,心与蕊争开。"则从梅花的香味着笔,究竟是怎样的香气呢？诗人并未直言,而是从春回大地、烟影迷蒙的外部环境,花蕊迫不及待展开的内部变化,久坐的沉醉,留下香气弥漫的空间。

梅兰竹菊,自不必说,与隐逸、独行、持守的遗民身份有天然的共鸣,而在其他的花木中,屈大均也以其涵纳自然,微观万物的大爱,妙笔生花,叙写出孤高的海棠,淡雅自得的茉莉……恰似一面多棱镜,映照着他的内心。

二、诗歌的特点

屈大均视《离骚》与《诗经》为同等重要的经典,并强调二者为自己的诗学宗奉。因此,在诗歌创作上,诗人既有遵循儒家传统诗教,注重中和节制之美和蕴藉雅致的诗境营造的一面,同时也有直抒胸臆、淋漓尽致地鞭挞清朝残暴统治、抒发追思故国之情的洒脱。这看似矛盾实则各臻佳境的审美趋向,使屈大均的诗歌具有多样化多维度的特征。

其一,蕴藉深婉,寄托深远。屈大均自觉地继承了传统儒家美学"美刺""比兴"的诗教传统,形成悲慨沉郁的风格。其笔下一系列怀念故国、力图复兴的诗歌,时而克制隐忍,时而奔突磅礴,动人心弦。如其《春望》:

烟雨催春春欲归,荒城最少是芳菲。生憎浦口多鸿雁,食尽芦花未北飞。

诗援用杜甫旧题,已寓有"国破山河在"之意。烟雨迷蒙的春天,是生机勃勃万物复苏的季节,但诗人来到六朝古都南京时,却是春花凋零,一派荒芜的景象。此时南京已为清兵侵占,清军的破坏与掠夺使得哀鸿遍野,浦口的"鸿雁"成群结队从北方飞来,"食尽芦花"后便不再飞走了。诗人以比兴手法有力地批判了清兵南侵破坏古都的罪恶行径,借此抒发对故国的怀思。

又如《春日雨花台眺望有感》:"烟雨霏霏碧草齐,断肠春在孝陵西。松楸折尽寒山露,无处堪容杜宇啼。"同一时期的诗作,风格与情感如出一辙,可见作者难以抑制的心潮,唯有以诗歌倾吐。此诗作者化身啼血哀鸣的"杜宇","松楸折尽寒山露"暗寓清军的占领。家国败亡,自己无处立身,未来之路茫茫。可见明朝灭亡在屈大均心内留下悲伤之沉重。

大均诗中对屈原香草美人的比兴手法的运用,有助于诗意的生发和情志的寄托。如其一系列的咏物诗篇,物我浑然一体,其中咏蝉的系列诗篇,勾勒出一位高洁、孤独、坚定的山中高士形象。如"日夕高槐上,为君吟不飞。……多患因孤洁,无声亦翠微。流泉将落叶,知此不妨希"。是诗人孤独行吟的心声;又如"一声风叶乱,教我草堂凉。不是居高树,从何见夕阳。人疑流水至,天与露华香。清绝真惭汝,依依为稻粱"。是坚守不仕的诗人对为稻粱谋而出仕者的婉曲讽刺,同时也是自身节操不渝的表白。

其二,汪洋恣肆、想落天外的艺术表现力。屈大均善于构造一系列奇幻万千且具有震撼力的意象,并且以纵横恣肆的节奏将它们层出不穷地展示出来。

如《八月十八夕风雨歌》:

> 去年八月十八夕,前年八月十八朝。宝带桥边观串月,钱塘江上弄惊潮。今年此夕何萧索,秋雨泙澎沉月魄。万里银河水倒飞,千条瀑布天争落。吹笛空为壮士声,何时一战似雷霆。沙场后逢夜明月,会有葡萄醉卫青。

以清冷的色调渲染风雨交加的情势以及萧瑟的环境,"倒飞"与"争落"极写钱塘江大潮的澎湃;笛声悲壮与战场雷霆万钧交相映衬,沙场醉卧的戎马生涯,道尽战士英雄泪。

他还曾记录自己在东北寻访被清军捉拿并流放的师叔函可时,近距离遭遇清军的惊险过程,《维帝篇》:"逐日麾金戈,捎星曳红旐。黄帝驾象车,飞廉挥虹鞭。一夫先拔木,五丁齐开山。魑魅纷来战,雷霆相纠缠。予时当一队,矢尽犹争先。猛士尽疮痍,一呼皆腾鞍。"大开大合的诗境,画面辽阔而充满动感,极为生动地描述了此战的酣畅与悲壮。其他诸如"光摇千尺雪,声乱一天风"(《西樵作》),"舟随瀑水天边落,白浪如山倒翠微"(《泷中》),举不胜举。诗人的想象大胆而热烈,意象在他的生花妙笔下具有神奇的力量,能够瞬间点染诗歌的情境,气象磅礴。

这种磅礴气势的营构还基于屈大均极为鲜明的自我意识,他常常以天地、日月、银河等词语入诗,将诗人自身的情感放置在历史与当下,眼前即景与辽阔天地之间,从而超越个体的局限,在更为多维度的时空与视野里展现人生理想与功业追求。

譬如这首《南海祠下作》:

> 南溟天尽水茫茫,江汉争朝百谷王。万里云霞开海市,中宵日月出扶桑。
> 未标铜柱炎山上,且泛星槎织女旁。自昔仙人功业早,乘时吾亦拟张良。

此诗作于康熙三年(1664),诗人在诗中隐寓恢复故国之志。诗人此时虽在南海祠下,却遥想天外之境。从南冥之水到江汉之滨,由海上万里云霞到夜中日月扶桑,更兼火山天柱,泛舟织女,一派壮丽辽阔的景象。诗人放眼远望,穿梭日月时空,而眼前壮志难酬,也想学仙人仿古人,抓紧时机建立一番功业。全诗最后两句,是诗人现实遭际和心境的反映,诗人在天地之间审问自身,追索过往与未来,凸显着强烈的自我定位。但作者并不落入无望而恹恹无生气的情态,仍然渴望重振大业,气魄不减,充分表现出诗人超越时空的胸襟与雄浑高迈的诗歌风格。

其三,雅俗并举、自然高妙。屈大均放弃反清斗争之后长年蛰居乡间,岭南的山水人情以一种更为切近和浸润的方式,在他的诗歌中氤氲而成浓醇的岭南风韵。他不仅充满深情的观察和记录目光所及心中所感,更从乡音民谣中汲取养分,化俗为雅,使诗作更添韵致。

挺拔绚烂的英雄花——木棉花,在屈大均的笔下光彩夺目,通过一系列的比喻,将各种美好都赋予木棉花,如《南海神祠古木棉花歌》:

> 十丈珊瑚是木棉,花开红比朝霞鲜。天南树树皆烽火,不及攀枝花可怜!……
>
> 参天古干争盘挐,花时无叶何纷葩!白缀枝枝蝴蝶茧,红烧朵朵芙蓉砂。

珊瑚、朝霞、蝴蝶茧、芙蓉砂,将木棉花先花后叶的习性、颜色、姿态一一展现,充满浪漫而浓烈的色彩,也蕴含着诗人对自我的期许。

写木棉是奇彩壮丽,写广州的珠江则是清雅婉约的,且看《珠江春泛作》:

> 珠水烟波接海长,春潮微带落霞光。黄鱼日作三江雨,白鹭天留一片霜。洲爱琵琶风外语,沙怜茉莉月中香。斑枝况复红无数,一棹依依此夕阳。

在春日的傍晚,泛舟珠江,在暮色霞光的温暖中,黄鱼白鹭让画面有声有色,而琶洲的美,茉莉的香,将珠江点缀得更加魅力无穷,也装点着诗人的心。

屈大均认为粤之民间歌谣"颇有风人之遗",他主动吸收"粤歌"反复吟唱,情辞真切动人的特色,以"谣""曲""操"为题创作的民歌民谣或拟民歌民谣有近50首,其浅近质朴的风格,体现了他面向普通劳动人民,反映群众审美情趣的创作倾向,也是他胸怀苍生的情怀流露。如写渔民生活的《渔者歌》:"船公上樯望鱼,船姥下水牵网。满篮白饭黄花,换酒洲边相饷。"写渔姑打蚝的《打蚝歌》:"冬月珍珠蚝更多,渔姑争唱打蚝歌。纷纷龙穴洲边去,半湿云鬟在白波。"以极为朴实的语言,勾勒出靠海吃海的岭南渔民渔姑们辛勤劳作的场景,白饭鱼、黄花鱼以及珍珠蚝,都是岭南滨海人民最熟悉的鱼获;溪边的相饷,却又让渔村烟火气弥漫开来。

其《蕉布行》关注到岭南以芭蕉的丝织布的特色技艺:

> 芭蕉有丝犹可织,织成似葛分绨纷。女手纤纤良苦殊,余红更作龙须席。蛮方妇女多勤劬,手爪可怜天下无。花练白越细无比,终岁一匹衣其夫。竹与芙蓉亦为布,蝉翼霏霏若烟雾。入笥一端重数铢,拔钗先买芭蕉树。花针挑出似游丝,八熟珍蚕织每迟。增城女葛人皆重,广利娘蕉独不知!

芭蕉是岭南随处可见的植物,诗人除了细致描绘蕉布制作这一岭南独有手艺的过程,更赞颂妇女们就地取材的智慧和巧手,亦透露出劳动人民每一匹布背后付出的艰辛。语言通俗流畅,清新可喜。

再看看《雷阳曲》所呈现的另一种旖旎风情:"天脚遥遥起半虹,涛声倏吼锦囊东。天教铁飓吹郎转,愿得朝朝见破篷。"此诗写的是海边夏秋时的海上访客"飓风",粤西雷州半岛的地理位置是访客偏爱的区域,雷州人将特大的飓风称为"铁飓",这位破坏力极强的访客一来就令渔民胆战心惊,躲避不及。屈大均此曲不避方言俗语,用上"铁飓"这一方言,更以女主人公与众不同的私心许愿,希望飓风将出海的郎君吹回来,天天对着破篷相依相守。盼飓风既是情理之外,而在诗境里却又显得情理之中,令人有宕开生面之感,也感受到岭南民众炽热浪漫的情意。

屈大均的诗论,散见于序、跋和书信中,以《西蜀费锡璜数柱书来自称私淑弟子赋以答之》四绝句较为集中地体现了他的诗学观:

> 诗歌岂敢作人师,私淑如君乃不疑。风雅只今谁丽则?不才多祖楚骚辞。
> 古诗源向汉京寻,十九情同三百深。唱叹泠然清庙瑟,朱弦疏越有遗音。
> 少陵家学本昭明,《文选》教儿最老成。君向六朝中取法,休裁伪体逐时名。
> 开元大历十余公,总在高才变化中。谁复光芒真万丈?谪仙犹让浣花翁。

这四首绝句作于清康熙三十四年(1695),是屈大均病逝前一年所作,因此可以说,这在一定程度上体现了诗人毕生从事诗歌创作的经验总结。第一首诗人明确提出继承屈原的主张,在大均的著述中曾多次提到屈原,更自称屈原的后裔,字之曰"骚余",平素自谓"我宗本楚人,宜以楚辞为专家,世相传授"(《三闾大夫祠碑》)。他的诗歌中,充溢着浓烈的爱国主义情怀,又多用讽喻比兴等楚辞的写作手法,与屈原爱国诗人的典范性以及上承风雅的艺术内核一脉相承;第二首赞美汉诗,他认为《古诗十九首》可以与《诗经》媲美,是古诗的本源。第三首则指向如何提高诗的艺术技巧,由杜甫在《宗武生日》诗中云"熟读《文选》理"引入,指出要领会《文选》中的精髓以提高写作技巧;同时,学习六朝的创作方法而不要将其视为"伪体"而追逐时流。第四首是提出要以杜甫为榜样。屈大均认为在开元、大历间的诗人中,以李白和杜甫最为杰出,而强调学习杜甫的核心在于反映现实和揭露黑暗。四绝句所阐释的诗学观点,也在他的诗歌创作中践行与积淀,为事而作、为时而著的诗歌现实主义内涵,以及承继自诗仙李白的浪漫主义精神,高度融合创新,铸成屈大均之诗。

第二节　屈大均其文

屈大均散文数量庞大,仅《翁山文外》《翁山文钞》及《翁山佚文》三册,就收录了屈大均的散文共计三百七十余篇。依文体分述则记类有《孝陵恭谒记》《大别山记》等二十余篇;序类有《诗义序》《洪范皇极大义序》等近八十篇,传记类有《接舆传》《孔氏四忠节传》《报仇五孝子传》凡二十余篇;论说类有《孟屈二子论》《春秋说》《孔子姓孔说》等二十余篇;其他有碑铭、墓表、书后、赞颂、书启、杂著等,文章体式极为丰富。张远在《翁山文外题辞》中评其"发而为文,含弘光大,不拘拘于汉、唐、宋诸家,而理足词达,如风行水上,波澜自生。其深造之言,刚健之气,非学《易》之功不至此。"何磻也称:"(屈文)状山川游览,论古今是非,理则本之《易》,义则本之《春秋》,……一铲韩、欧窠臼,独成三代以上之文。"研究者普遍认为他的散文擅长叙述和论说,取舍精当,论证辞气充沛,不枝不蔓;语言凝练传神,言简意赅,偶以俗语俚语入文,不落俗套。

秉持文以载道的原则,屈大均的散文贯穿着儒学为旨归的思想内涵,他非常重视文章的社会功用,批评明末空疏无涯的学风,强调文章应当要积极反映广阔的社会现实,直指国计民生。他在文中寄寓着澎湃的遗民情思与坚定不移的华夏文化传承责任感。

真情真性的倾吐与展现,别有一种屈大均独有的淡然,屈大均在其文序和书启中都曾大力推崇真实自然的文风。在《黄太史文集序》一文中,他谈道:"文之至者,莫妙于自然。"更进一步在《陈文恭集序》中对"自然之文"做出诠释:"甘泉谓白沙文字发乎自然,如日月之照,云之行,而水之流。又如天萌含吐,红者自红,白者自白。"其为文,承继着屈原《离骚》的比兴传统与司马迁的太史公笔法,兼收并蓄唐宋古文大家的厚重而积极创变,正是"自然之文"的注脚。无论是歌哭悲号的抒情,或鞭辟入里的论说,抑或随意点染的地方风物志,都无丝毫矫揉造作、刻意雕琢之态,而有行云流水、空谷足音之姿。下面我们结合文本略作分析。

一、游走的心曲

在易代的历史语境下,遗民的游走,具有更加深刻的内涵,山水之音背后有着复杂而隐秘的情感与考量。在屈大均的游记文中,有故国的泣血之声,也有寻求复国的有力低吼。

有学者曾说:"《翁山文外》卷一系列性的长篇游记,自述其游踪甚详。诸篇有连续性:谒孝陵《孝陵恭谒记》,由南京渡江,经安徽、河南至陕西《宗周游记》,由代州赴京师《自代东入京记》《自代北入京记》等,俨然一次凭吊故国之旅。"①此说切中肯綮,大均的足迹并非无目的的漫游,而其详细记录游踪更有其用意。南京作为明王朝开国之都,开国皇帝明太祖朱元璋的陵寝也位于南京紫金山。因而,南京与明皇陵显然成为一个故国的记忆符号,承载着遗民对先朝的怀念。屈大均数游金陵,并凭吊孝陵。其文《孝陵恭谒记》就详细叙述了他凭吊孝陵的所见所感:

> 出通济门,从天坛旧址,沿钟山南麓以行,山向背不一,双峰骈开,状如天阙。东首龙盘之势,西首虎踞之形,古所谓金陵山也。……臣大均自至陪京,尝三谒孝陵,以及东陵,匍匐阶墀,与二三宫监相向而哭。松楸已尽,御气虚无,仿佛神灵其尤未远也耶。有牧马蕃儿,方斫殿柱,柱上金龙鳞爪,半欲摧残。臣大均与以多钱,拜之而求免。呜呼!尚忍言哉?亦尚忍而不言哉!

由地理位置切入,虎踞龙蟠的六朝古都,而今衰败不堪。时空的追忆与今昔强烈对比,带来了对故国沦亡不胜悲痛的心情。三次拜谒,每一次都是屈大均对故国的诉说。这种交织在作者心头,也缠绕在孝陵这一独特空间的悲痛情愫,在屈大均以钱拜求牧马蕃儿不要砍殿柱的无言与无奈中,迸发出动人心魄的力量。文末"尚忍言哉"、"尚忍而不言哉"的喟叹更将屈大均百转千回的内心哀痛抒写得淋漓尽致。

山水形胜,亦是关隘天堑。屈大均北上联络抗清盟友,寻访民间反清力量的同时,亦借游走之机勘察重要区域的地形,以期有朝一日能为匡复救国的大业做好准备。

如在《自代东入京记》一文中,屈大均将紫荆关对于京师的防卫重要性写得鞭辟入里,既引旧史为证,又引学者所考,更以自己的地形实勘为据,论证严密、逻辑清晰,充分显示了军事上的出色能力。

> 凡关必有口相辅,紫荆在中,而浮图在其东,茶窝在其西,此唇齿之势也。紫荆,实京师锁轮,《金史·表》云:"劲卒捣居庸关,北扪其背;大军出紫荆口,南扼其吭。"丘濬云:"京师北抵居庸,东抵古北口,西南抵紫荆关,近者百里,远者三百里。"居庸,盖吾背也;紫荆,吾吭也。一不戒,彼将反扼我之吭,而扪我之背。其逾墙,直至神京,不过一日程耳。

"唇齿之势""北扪其背""南扼其吭"等生动的表述,精准的描摹,让读者如临其

---

① 赵园:《游走与播迁——关于明清之际一种文化现象的分析》,《东南学术》2003年02期,第4—18页。

境;另外,对南山口、居庸关等其他军事要塞也进行了描写,如"外三关,此为最冲,……不便大举者,盖守阳方口所以守全晋之三路也"。充分显示了他的战略视野与眼光,也是他在边塞"游走"的深层意图体现。在《与孙无言又》中就记述他与友朋在代州一带,北方边陲奔走游猎的情形,"与二三豪士李天生、田约生辈及弹筝、唱练相诸姬,觞咏于雁门之关、广武之戍,慷慨流连,不知其身之羁旅也。""近来能走马,不弱并州儿也。"充分展现了他挥斥方遒的任侠之气。

二、哀痛的悼念

屈大均的散文中,哀祭类、墓表、碑铭等散文就数量而言,与其他类作品相比并不算多,但却可以透过这些有温度的文字,让我们感受到最本真也最容易为后人忽略的屈大均。他将自己最脆弱最悲伤的一面,呈现在这些令人读之潸然泪下的佳作中,尤其是哀悼其妻女的作品。

屈大均一生中虽有多次婚姻,但最志趣相投的是他的继室王华姜。大均游历西北时"继室王孺人来归"。华姜为明末忠臣之后,且文武兼善,真伟女子也。二人伉俪情深,然而却未能相守终老。华姜去世后,屈大均写了一系列哀悼华姜的诗文,如《辛亥人日祭华姜文》《葬华姜文》《焚悼俪集古文》《以荔枝荐华姜文》《哀华姜诗百首跋》等文,另有五古诗《哀内子华姜》十三首,七绝诗《哭华姜》一百首。康熙十年(1671),屈大均还把自己与海内悼念华姜的诗文编辑成册,起名为《悼俪集》,并焚书以致。足见屈大均对华姜的款款深情。

在《继室王氏孺人行略》一文中,屈大均以时间为序,追忆自己与王华姜相识、相知、相守的过程。无论是赞赏华姜的文武兼备,还是细诉华姜在颠沛流离生活中对家人的悉心守护,以至安葬华姜时的悲痛欲绝,文字与情感层层推进,细腻动人。而在《以荔枝荐华姜文》一文中,第二人称的叙述方式,更让读者同步着屈大均的悲伤,产生深切的共情。荔枝是岭南佳物,围绕着与荔枝有关的过往,屈大均仿佛在时空穿梭中与华姜对话,用"子""汝"的称呼,如话家常,情辞真挚:

> 呜呼,子昔夸我以西凉之葡萄,三原之银桃,吾携子而归,将以南中之荔枝夸子也,以为令人美颜色,补髓消愁,滋泽膏润,入口散流,莫荔枝若也。

回忆当年华姜用葡萄和银桃赞赏屈大均,而屈大均认为只有岭南的荔枝方可用来夸华姜,以荔枝的特质与珍贵比喻美而充盈的华姜,为大均拂去一切烦恼。然而笔锋一转,回到残酷的现实:

> 奈何,汝福之薄,命之穷,而不能待之数月,见其离离之圆丹耶?今者,左有

增城之挂绿凝冰子,右有东莞之黑叶小华山,盛之以赤玉之盘,沃之以丹井之水,皆荔枝之最珍者也。

可惜此刻虽有最珍贵之荔枝,身边却再也没有自己最珍视的妻子一起品尝了。言语朴实无华,亦无激越难抑的文字,由看似琐碎平常的一个生活横断面,引出跌宕凄婉的与妻书。

《哭稚女阿雁文》是屈大均写给女儿阿雁的,但其中包含的却是对华姜阿雁母女共同的哀悼。阿雁是华姜留下的唯一一个孩子。"呜呼,痛哉!至是而华姜真死矣。予自华姜之死,不见华姜,见雁如见华姜焉。天或者怜其母,而祐其子乎!异日成立,为忠臣之外孙,孝子之甥,以留榆林王氏一丝之脉乎!是虽女也,亦将如一丈夫子矣。而今已矣。嗟夫,予之不德,天降祸于予之身,可也。奈何降祸于华姜,且及于雁。"可见虽悼念阿雁,实兼悼华姜,名为悼念幼女,实亦抒发亡国之痛。忠臣之女,孝子之妹,忠臣之外孙,义士之外甥不可杀,而杀之,这该是多么无法忘却的悲痛,更激起他对所有为国殉身的烈士的怀念。

又如《死事先业师赠兵部尚书陈岩野先生哀辞》,屈大均对其恩师陈邦彦感情极深,陈邦彦英勇殉国后,屈大均冒着生命危险将恩师的尸体运走安葬。陈邦彦的抗清精神与民族大义为屈大均树立了丰碑,成为他激励终身的精神力量。屈大均仿宋玉、景差为屈原作《招辞》的形式,"为哀辞一篇,以为送魂之曲",沿用了骚体的风格,言曰:

魂兮归来,魂兮毋归,魂其南兮惟神烈之凭依。向高皇兮勿恸,幸骨肉之为糜。尺寸肤兮不爱,随白刃兮纷飞……魂兮归来,魂兮毋归,魂其西兮于缅甸兮流离。向大行兮勿恸,幸不辱兮恩私。……上九天兮诉帝,下九渊兮骖螭。射天狼兮助我,血日逐兮相追。

借助骚体的瑰丽文字、句式的整饬悠扬,营造出沉郁顿挫的"送魂"之哀辞,屈大均既痛诉了对于恩师离世的悲伤,又抒发国破家亡之痛,更表明了"射天狼"的决心。

三、心所存之语

屈大均穷二十年精力于晚年完成的 28 卷的《广东新语》①,不仅是一部关于广东文化风俗名物的空前、详实的百科全书式著作,同时也有很高的文学价值,表现出浓重的诗性精神和文化寄托。其中既有对家乡的地理空间细细描绘的山水写景之作,

---

① (清)屈大均:《广东新语》,北京:中华书局 1985 年版。

又有以史为鉴、蕴含臧否的史志笔记,甚至有被视为"小说"的荒诞故事。既是大均心事的婉曲呈现,又展现出极高的文字驰骋功力,文字清新雅致,天然可喜,信手拈来。

写景之作有如《宫语》之"濠畔朱楼":

> 广州濠水,自东西水关而入,逶迤城南,迳归德门外。背城旧有平康十里,南临濠水,朱楼画榭,连属不断,皆优伶小唱所居。女旦美者,鳞次而家,其地名西角楼。隔岸有百货之肆,五都之市,天下商贾聚焉。屋后多有飞桥跨水,可达曲中。燕客者皆以此为奢丽地。有为《濠畔行》者曰:"花舫朝昏争一门,朝争花出暮花入。背城何处不朱楼,渡水几家无画楫。五月水嬉乘早潮,龙舟凤舸飞相及。素馨银串手中灯,孔雀金铺头上笠。风吹一任翠裙开,雨至不愁油壁湿。"是地名濠畔街,当盛平时,香珠犀象如山,花鸟如海,番夷辐辏,日费数千万金。饮食之盛,歌舞之多,过于秦淮数倍。今皆不可问矣。噫嘻!

好一篇西关濠畔的游记,观察精微,语言凝练传神,让人如临其境。而末尾一句"今皆不可问",便将当时的情况与往昔"盛平时"相比较而生发出今不如昔的感慨,作者的古今盛衰、治乱兴亡之思也由此充分地抒发出来。

如其《天语》之"瘴":

> 岭南之地,愆阳所积,暑湿所居,虫虫之气,每苦蕴隆而不行。其近山者多燥,近海者多湿。海气升而为阳,山气降而为阴。阴尝溢而阳尝宣,以故一岁之中,风雨燠寒,罕应其候。其蒸变而为瘴也,非烟非雾,蓬蓬勃勃。又多起于水间,与山岚相合。草莱渗气所郁结,恒如宿火不散,浡熏中人。其候多与暑症类而绝貌伤寒,所谓阳淫热疾也。故入粤者,饮食起居之际,不可以不慎……今之岭南,地之瘴亦已微薄矣,独人心之蛊未除耳。犀、象、珠玑、金玉,心之蛊也;沉、速、多罗绒、雨缎,心之蛊也。客游于斯者,其亦以清廉之药治之,毋徒自蛊以蛊其子孙可乎?

历来南贬官员视赴岭南为畏途,其中,对"瘴"的恐惧占了极大的因素,屈大均在对"瘴"这种自然现象进行比较客观的解释后,有意进一步引申出对"心之蛊"的议论,已经明显超出了解释自然现象的范围,隐含有针砭、讥讽明清之际岭南人心和士风已经发生变化、正在走向衰败的深远用意。

其"怪语"共8则,包括《黄野人》《幻女》《三烈魂》《卢琼仙》《王小姑》《黄宾臣》《北门邪》《孝陈》。内容皆荒诞不经:《黄野人》写罗浮黄野人飘忽不定、变化莫测的行迹;《幻女》写南方海外之国以幻术迷惑害人的故事;《王小姑》写王小姑死后仍眷恋亲人的故事。其中《三烈魂》一则充满了浓重的悲壮色彩和亡国后的感伤情绪,不可只视为街谈巷议之异闻：

> 初广州有周生者,于市买得一衣,丹縠鲜好,置之于床,夜将寝,褰帷忽见少女,惊而问之,女曰:"毋近,我非人也。"生惧趋出,比晓,闾里争来观之,闻其声若近若远,久之而形渐见,姿首绰约,有阴气笼之,若在轻尘,谓观者曰:"妾博罗韩氏处女也,城破被执,兵人见犯不从,触刃而死,衣平日所著者,故附而来。"

寥寥几笔,便勾勒出一位反抗侵略而死的女子的形象,令观者无不动容。屈大均在此有意借荒诞之事、鬼怪之语来抒发亡国的悲愤与感慨。

文字皆清丽畅达,内涵则深远警世。正是屈大均在《新语》中较为突出的表达范式。

第三节 "吾粤"之构筑

由唐至宋,再至清,岭南的士人们对于岭南的地域观照愈加深入细致。随着唐以后交通线的开辟,一方面,更多的诗人走出岭南,拓展了他们的视野,在其他地区与岭南的比照中深化了地域归属和认同感；另一方面,与外界的密切沟通为岭南带来更多异质的文化,在文化的碰撞中自觉凝视自身归属的岭南人文传统。岭南地域意识的产生,并不始于屈大均,但有意识地进行地域意识及地域文化的建构,则只有到了明末清初的岭南这样一个特定的时空,才出现了屈大均这一应运而生的"吾粤"构筑。

屈大均追溯岭南文学发展过程时屡屡使用"吾粤"一词,"吾粤"是不同于其他地域的指认和界定,意味着将岭南与岭南以外区别开来,产生了空间的间隔感,同时也是岭南士子对岭南地域的自信和归属感的流露。除了在他的作品中频繁使用这一充满主体意识的"吾粤",其具体的意识构筑则突出地体现在他所编撰的《广东新语》和编选《广东文选》《广东文集》的学术行为上。

前文我们已经对《广东新语》做了初步的赏析,那么屈大均为何要写作这样一本史志著作呢？不妨一起来看看其自序是如何阐述的:"吾于《广东通志》,略其旧而新是详,旧十三而新十七,故曰《新语》。《国语》为《春秋》外传,《世说》为《晋书》外史,是书则广东之外志也。不出乎广东之内,而有以见夫广东之外。虽广东之外志,而广大精微,可以范围天下而不过。知言之君子,必不徒以为可补《交广春秋》与《南裔异物志》之阙也。"可知补史志之阙固然是《新语》的题中之义,但更重要的还在于以《新语》之广大精微,既可见广东,更可见天下。类似的表述在《广东文集》和《文选》自序中亦可见,《广东文集》中有"一国之人文,天下之人文"的言论,《广东文选》自序则云:"是选中正和平,咸归典则,于以正人心、维风俗而培斯文之元气。于是乎,在以此选一邦即以此选天下,无不可者。以《春秋》之谨严为诗人之忠厚,不佞窃有志焉。"①完成于晚年的《广东文选》,选辑自汉代至明代广东重要人物的诗文作品为一编,是屈大均晚年完成的又一项重大学术工作,寄托了编选者传承与弘扬广东文化的深远用意。但选一邦即选天下,历来论者认为是对广东文学的过誉。

其实屈大均这一说法可以从两个方面来审视与解读。首先,他认为儒家中正典雅的传统诗教观是存在于天下之文中的,而岭南诗文尤具古风,不屑为靡靡之音,选广东之文亦足以代表天下之文;选文的关键不在于文的创作归属,地域甚至作家都不是最关键的,而在于文的内核精神是否符合儒家诗教的标准。因此,他是在儒家诗教观的前提之下,对岭南文学进行褒扬,绝非乡曲之见。这种诗教观始终贯穿在屈大均的著述中。其次,屈氏有着十分明显的中原文化情结,表现在他极重自身家族与中原以及湘楚文化的联结,着意梳理和建立文化谱系。这种具有"寻根"意味的文化行为,核心在于建立岭南文化与中原文化的关联,而细究其深层动力,恐怕与明清迭代之际的文化保存危机有关。岭南作为最后的抗争之地,也是最后的汉族儒家传统文化存留之地。他曾说:"予尝为《诗义》一书,纯以《春秋》为言,以为今之世,匪惟《诗》亡,而《春秋》亦亡。夫子之所通焉者,至是而大穷,其义遂不能行于天下。"在屈大均看来,清初面临着礼崩乐坏、"仁义充塞"的深重文化危机,亟须天下节义之士为文化存留而行动起来。

屈大均谈及宋末郑所南及《心史》时云:"是不幸而不得笔之于书,而以纪之于心者也。笔于书,乱臣贼子惧焉;纪于心,忠臣孝子喜焉。夫使天下之人,尽纪忠臣孝子之事于心,而圣人之道行矣。又安用书为? 故其言曰,大宋不以有疆土而存,不以无疆土而亡;则其史亦不以有书而存,不以无书而亡可知矣。何者? 其心在焉故也。嗟乎,君子处乱世。所患者无心耳。心存则天下存,天下存则《春秋》亦因而存"。屈大均认为,宋虽被元取代,但华夏文化精神与治统仍得以通过节义之士的著书立说而得以保存——"笔于书,乱臣贼子惧焉;纪于心,忠臣孝子喜焉"。因此同样的在明清迭代的时期,只要文化不亡,明朝的精神与治统亦将永远存续下去。因此,他竭尽所能地收集与岭南相关的文献和历史记载、风土人情、典故传说,著书立说来保存广东文化,也就是在保存广东文化中深深浅浅的中原文化、儒家文化印记。

值得一提的还有屈大均倾尽三十年时光编写的《皇明四朝成仁录》,该书具有很高的史料和文学价值。这也是屈大均践行文化存留的另一种重要方式,是烈士遗民

---

① 《广东文选》序,《广东文选》,《北京图书馆古籍珍本丛刊》117册,北京:书目文献出版社1998年版,第4页。

文化精魂的凝聚。康熙八年(1669)屈大均曾写下了《春山草堂感怀》十八首诗,其中第八首写道:

> 慷慨干戈里,文章任杀身。尊周存信史,讨贼托词人。
> 素发垂三楚,愁心历九春。桃花风雨后,和泪共沾巾。

在迭代动荡的时代,烈士慷慨赴死,诗人则将满腔仇恨化作文字,记录历史,保存真相,诉说着遗民的民族气节。屈大均广泛征集崇祯、弘光、隆武、永历四朝的死节之士的事迹,传主主要是明末为国事死难的烈士、坚守志节的烈女和不仕清廷的遗民。以时间为经,以空间为纬,把几百人的小传汇集,共十二卷。如《顺德起义诸臣传》之《陈邦彦传》和《东莞死事诸臣传》之《张家玉传》;如《异姓亲王死事传》之李定国传、《前广州死难诸臣传》之苏观生传、《广东死事三将军传》之王兴传和陈奇策传、《南海起义大臣传》之陈子壮传等;写抗清志士英气浩荡、慷慨赴死的事迹,贯穿着一股浩然正气。可惜翁山"未完成而殁",其《临危诗》中有言:"所恨成仁书,未曾终撰述。呜呼忠义公,精神同泯沦。后来作传者,列我遗民一。"可见其仿《春秋》尊崇周朝正统,录史以定南明正统的深远用意。清末东莞陈伯陶作《胜朝粤东遗民录》,番禺吴道镕编《广东文征》,皆可视为是对屈大均相关学术行为的隔代呼应与承继。

因此,屈大均晚年不遗余力的编撰与刊刻,及其为后来岭南士人所带来的示范性影响,他有意识的"吾粤"旗帜的高举,已经不是纯粹的学术行为,更接近一种具有政治意味的汉族文化正统保存的思想活动。不论中原王朝政权如何更迭,不论历史本身如何曲折,作为文化薪传者,屈大均秉持一种信念,那就是名叫华夏的文化传统总是生生不息。这是屈大均如此深切地认同和联结儒家文化的根源所在,也是屈大均遗民精神的集中表现。

晚清思想家与诗人龚自珍,曾作诗评论屈大均,其中两首说:"灵均出高阳,万古两苗裔。郁郁文词宗,芳馨闻上帝。""奇士不可杀,杀之成天神;奇文不可读,读之伤天民!"(《夜读〈番禺集〉书其尾》)①可谓推崇备至,可见屈大均在江山易主、文化危亡之时所发出的风雷之声对龚自珍的震动与影响。

"广东者,吾之乡也。一桑梓且犹恭敬,况于文章之美乎。文者道之显者也。恭敬其文,所以恭敬其道。道的在于吾乡之人,吾得由其文而见之。以为尚友之资,以为畜德之本。岂非吾之所以为学者乎。……然予将终身以之,若愚公之徙太行,精卫

---

① (清)龚自珍著,王佩诤校:《龚自珍全集》,上海:上海古籍出版社1999年版。

之填东海,不以其力之不足而中辍也。知者鉴诸。"由屈大均而下,文化传承的责任感以及"吾粤"意识的涌动,使历代岭南士子,自觉地肩负起岭南文化传承和建构的重任,逮至今日,流风未歇。

第二章　清初文学

顺治年间广东此起彼伏的抗清力量都一一被平定之后,清朝政府为巩固政权,推行高压的文化政策,一方面为了避免文人以结社为名行抗清之实,严禁文社,另一方面用各种政策迫使文人参与科举考试。广东学政李绮曾"驰檄远近,岁例校士。士子一名不到,以叛逆罪罪之,永谢场屋"①。在此重重压力下,也随着清朝统治的稳定和渐趋繁盛,部分读书人出应新朝的科举考试,或由此入仕;有的具有较强民族意识者,则采取消极应对的方式,或出家或归隐,保持气节,终身布衣。

他们中的每个人在行藏出处的生存命题下所交出的答案,有矢忠如一、有进退失据、有忽隐忽仕,其中充满着无奈、愤懑、失落、惭愧、懊悔种种情绪,弥漫在他们的一生中。他们真实而鲜活,经历家国变故的他们,无不用手中的笔寄托故国哀思,抒发兴亡之感,反映当时民生之艰,揭露政治黑暗和弊端,倾吐内心的痛苦。他们彼此间唱和往还,有的如陈恭尹、梁佩兰更多次北上,与中原和江南诗人交游唱酬,对促进岭南诗歌的发展,对岭南诗歌与外地诗歌的创作交流,对扩大岭南诗派的影响力都起了较重要的作用。与清王朝同年诞生的廖燕,以朦胧而坚定的自我意识宣告与传统科举之路分道扬镳,与"岭南三大家"及其他诗人筑起了清初岭南诗坛的绚丽风景线。

第一节　"庙堂"与"山林"之清初诗人

当我们回望明清之际的士人们,兴许只有看起来界限分明的仕与隐的两大群体,仿佛在中国传统文化忠义气节观念的体系下,非此即彼,不入庙堂,则唯有归隐山林一途。然而在大时代的剧变里,以及民族的激烈震荡下,每位士人精神上和身上所背负的重压,可能远超过我们的想象。他们对自身和同时代其他士人,都具有深沉的共情与共鸣。因此,遗民诗人和仕清诗人,他们并非界限分明或敌对的姿态。

---

①　(清)释成鹫:《纪梦编年》,北京:中华书局1985年版。

"国家不幸诗家幸",朝代更迭之时,往往是佳作纷呈、诗人辈出之时。清初的岭南诗坛,这些承受时运之重的士人们发出了独一无二的命运吟哦。除了横空出世的屈大均,还有陈恭尹、梁佩兰及其他杰出的诗人,皆可称清初岭南文学的佼佼者,下面我们择其要者介绍。

一、陈恭尹

陈恭尹(1631—1700),字元孝,初号半峰,晚号独漉子,又号罗浮布衣,广东顺德龙山乡人。其父陈邦彦为岭南著名抗清志士。有《独漉堂集》赋一卷、诗六卷,为康熙十三年(1674年)刊本。

陈恭尹十二岁丧母,其后随父亲馆于陈子壮之硕肤堂。他"性聪敏端重,幼承父训,习闻忠孝大节",十五岁补诸生。顺治三年(1646)清军攻陷广州,次年,其父陈邦彦举兵抗清,家属遭清军通缉拘捕。陈恭尹时年十七岁,只身改装逃出,藏于增城亲友湛秘家中。不久,陈邦彦兵败被俘,全家皆遇害,仅陈恭尹一人幸免。锥心刺骨的丧亲之痛从此在他心中扎根。顺治五年(1648),清将李成栋反于广州,永历王朝迁回肇庆。陈恭尹上表为父请恤永历帝授以世袭锦衣卫指挥佥事之职。顺治七年(1650)冬,清兵再陷广州,陈恭尹避乱南海西樵山中,从此与永历朝廷失去了联系。此后的十年间,他怀着国破家亡的深切悲痛,奔走往来于江苏、浙江、福建一带,企图与郑成功、张煌言等抗清力量组成联合,积极从事反清活动,却始终未果。后永历帝逃入缅甸,南明覆亡。陈恭尹眼见清朝统治已成定局,"自是无复远游之志"。康熙十二年(1673),"三藩之乱"起,屈大均从吴三桂委命监军,而陈恭尹因与屈相交甚深,曾为尚之信延揽。康熙十七年(1678),陈恭尹因三藩之事被捕下狱,关押二百日后始得解脱。自此阴影重重,心怀畏惧,避迹隐居。晚年定居在广州城南,寄情诗酒,有清朝"贵人有折节下交者,无不礼接",明哲保身。然而其晚号"独漉子",取古乐府"独漉独漉,水深泥触。……父冤不报,欲活何为"的复仇而自讽之意,又寓李白《独漉篇》"雄剑挂壁,时时龙鸣"匡复旧国之志。可见家国之痛始终萦绕着陈恭尹,并非改易气节,其一生亦不曾出仕清朝。康熙三十九年(1700),陈恭尹病逝,享年七十岁,葬于广州市郊祥云岭南麓。

陈恭尹一生跌宕起伏,其诗歌创作与其人生遭际息息相关,以诗歌为武器,以诗歌吐露隐衷。因此,青年时期的陈恭尹在家国的重压之下,锐意反清,诗歌常表现出英雄气盛的豪迈之情;中年时期因复国无望,锋芒渐钝,诗歌多了许多悲凉无奈之意;晚年为求自保,而显得沉郁婉曲。

表达抗清复国之意的诗作,是其诗集的主体,或慷慨激昂或哀思动人的风格,勾勒出诗人少年英雄和暮年遗民的形象。如《赠任五陵》①：

> 试与极言当世计,达变通经还审势。如此人居草泽间,苍生岂能无凋弊？与君交好二年来,天轰地裂奔风雷。相逢一度一鼓掌,笑杀时无英杰才。坐使神州沦劫灰,念之不觉心魂哀。守持廉节止自了,天生我辈何为哉！宁为夷吾小器匡天下,莫作西山高蹈终蒿莱。

诗中写陈恭尹积极投身抗清,干预时势,不愿采薇首阳,自洁其身。其《游侠词》之一："左刀如白虎,右剑像苍龙。直走长城北,风云满路中。"也是这一类驰骋疆场、任侠仗义的诗篇代表作。

陈恭尹入狱时,写下不少诗歌记录这段惶惑而艰辛的经历,诗中多有失落的情绪与老无所成的慨叹,如《狱中杂纪》之三："已是伤心客,那堪太息声。隔墙来断续,入耳怨分明。世俗趋倾险,神州尚甲兵。何时瞻化日,青草狱门生？"此后他更有壮志难酬的抒发,如在《送屈翁山之金陵》中直言："神州萧条环宇黑,英雄失路归何门？"淋漓尽致地刻画出清初遗民诗人的家国之痛,这一类型的诗皆有悲怆凄凉之感。

其对故国的怀念与哀思,常在一些特殊的时节和特殊的地点被清晰地唤起,如每年二三月,春天本是生机勃勃的节候,却在他笔下生出无限的哀思,因为三月十九日为崇祯帝殉国之日。秋日则容易让人产生寒气渐近的感觉,亦有壮士暮年的感受,如其《秋日西郊宴集同岑梵则、张穆之、家中洲、王说作、高望公、庞祖如、梁药亭、梁颛若、屈泰士、屈翁山,时翁山归自塞上》："黍苗无际雁高飞,对酒心知此日稀。珠海寺边游子合,玉门关外故人归。半生岁月看流水,百战山河见落晖。欲洒新亭数行泪,南朝风景已全非。"故国已在残阳落晖中,半生事业付诸流水。

陈恭尹在数次北上联系抗清力量的过程中,游历大江南北,常有借山川古迹发思古之幽情,寄托个人身世和时代之悲的作品。他创作了大量吊古咏史的诗作,这些作品境界开阔,雄郁苍凉,历来备受推崇。如《西湖》：

> 山中麋鹿若为群,岭外双鱼杳不闻。贫甚独存冯客剑,雪深持上岳王坟。西湖歌舞春无价,南宋楼台暮有云。休恨议和奸相国,大江犹得百年分。

宋为元所代,蒙古族入主中原,与明朝为满族清朝所取代,颇有历史轮回之感。因此诗人将明比宋,且更进一层,认为秦桧虽可恨,南宋仍能据江南而分治百年；南明君臣竟无一个有能力的臣子,来维护南明的稳定。此诗以嘲讽作结,精警有力,意境沉雄。其在南宋君臣蹈海而死的厓门谒三忠祠,又引发对明朝覆亡的悲慨：

---

① 本文所引陈恭尹诗文皆出自(清)陈恭尹：《独漉堂集》,郭培忠校点,广州：中山大学出版社1988年版。

> 山木萧萧风又吹,两崖波浪至今悲。一声望帝啼荒殿,十载愁人拜古祠。海水有门分上下,江山无地限华夷!停舟我亦艰难日,畏向苍苔读旧碑。(《崖门谒三忠祠》)

啼血的杜鹃寄托对故国的眷恋,荒芜的宫殿,破旧的古碑诉说过去的沉痛,意蕴深远的意象将诗境渲染得苍凉雄郁。

陈恭尹的诗歌创作中,有许多反映人民疾苦、控诉统治者恶政的作品。这类诗作因事而作,情感真挚动人。其《耕田歌》是其中的代表之作:

> 耕田乐,耕田苦。乐哉乐有年,苦哉不可言!春未至,先扶犁,霜华重,土气肥。春已至,农事始,鸡未鸣,耕者起。泥汩汩,水光光,二月稻芽,三月打秧,五月收花,六月垂垂黄;再熟之田始有望。三月打秧,六月薅草,一熟之田,九月始得获稻。近路畏马,马食犹寡;近水畏兵,兵刈何名?上官不问熟不熟,昨日取钱今取谷。西邻典衣东卖犊。黄犊用力且勿苦,屠家明日悬尔股!

古代写农民生活的诗篇,或着重诗人主体情感抒发,与农民的实际生活始终隔了一层,在这首诗中,作者用详细的农事描绘了农民辛勤工作一整年的情境,为下文控诉清朝政府横征暴敛的恶行做铺垫,农民的劳动换不来基本的温饱,劳动果实都被统治者及其军队无情地掠夺而去,最终不得不典当过日,甚至卖掉农耕的牛,结语铿锵有力,表达了诗人强烈的愤怒。

同类型的还有批判清政府"迁界禁海"政策使沿海民众苦不堪言、流离失所的《感怀》,诗中写到"新鬼无人葬,旧鬼无人祀"的触目惊心景象,极尽民众悲惨情状的刻画,尤为撼人心魄。而在《乞食翁》中,陈恭尹更假借一个老者的口吻进行自述,反映了在官吏逼迫压榨下自耕农破产的辛酸现实,表达了诗人对于老者"黄泉亦相见,何必人间客"的同情,其诗歌的基调已由愤慨转为激烈的控诉。

陈恭尹一生大部分时间都在岭南,他也对家乡的风物倾注了深情,写了不少具有浓郁地方色彩的作品。在《独漉堂集》中便有专门用于收录咏物诗歌的《咏物集》,共八十首。其咏物诗以比兴寄托为主,在《咏物集序》中他便开宗明义:"借物言情……或赋而肖,或比而寄,兴会所托……感物而不泥于物……"他的诗中所咏之物,形神兼备,又游于神外,呈现出一种弦外之音。如其笔下的木棉,形象极为鲜明:

> 粤江二月三月来,千树万树朱花开。有如尧时十日出沧海,又似魏宫万炬环高台。覆之如铃仰如爵,赤瓣熊熊星有角。浓须大面好英雄,壮气高冠何落落!后出棠榴枉有名,同时桃杏惭轻薄。祝融炎帝司南土,此花无乃群芳主。巢鸟须生丹凤雏,落花拟化珊瑚树。岁岁年年五岭间,北人无路望朱颜。愿为飞絮衣天下,不道边风朔雪寒。(《木棉花歌》)

木棉是岭南代表性的植物,有"英雄树"之称,每当春天到来,花先叶而开放,棉絮四处飘扬,如梦似幻。诗人笔下的木棉花,形象鲜明,生意盎然。

此外,陈恭尹笔下的岭南山川也是美不胜收,令他徘徊不舍离去,如《九登镇海楼》写由羊城镇海楼登高眺望城下的无边秋色:"五岭北来峰在地,九洲南尽水浮天";以"江潮应瀑声千里,海气成霞色万重"《宿罗浮飞云峰候日出》)来写罗浮山雄伟奇丽的日出。这些诗作都是描写岭南地域风物的好作品,从中亦可看出陈恭尹对于岭南风物的描绘形象鲜明、意象突出、语言凝练,具有极高的艺术感染力。

历来论者认为陈恭尹的诗以"沉雄郁勃"为主,既有豪迈雄奇的一面,也有含蓄蕴藉的呈现,诗风近于杜甫而兼采众长,直抒胸臆。其诗论亦与其诗风互为呼应。陈恭尹的诗学主张,在其应答的诗歌中有充分的阐释:"文章大道以为公,今昔何能强使同? 只写性情流纸上,莫将唐宋滞胸中。维扬不入删诗地,百越咸归霸国风。终古常新惟日月,金乌先自海东红。"(《次韵答徐紫凝》)该诗说的是,今古皆有佳作,古与今不是区分的标准,只要能够写出胸中性情,就不必介怀是唐或宋。只要诗歌能够创新,无论位于何地,都能获得世人瞩目。因此,独抒性情与积极求新,学古而不泥古,是陈恭尹诗歌创作理论最重要的基点。他在《答梁药亭论诗书》中有更详细的表述:

> 性情欲流,流而不俚;规格欲别,别而不离;词语欲化,化而不佻……夫"性情欲流"者,欲其跃动也,欲其酣畅也,欲其呈露也。然必务留余地,使读者寻绎得之。过尔痛快,便近于俚。……弟窃以为当求新于性情,不必求新于字句;求妙于立言,不必专期于解脱。

陈恭尹认为,在性情抒发时要含蓄而避免俚俗,从而留下余韵;别开生面的前提依然是以诗歌的道统为核心;遣词造句要避免佻达轻薄,须以达意为主。求新应在性情内涵而非字句表面的打磨,要从内容主旨上求其妙而非为求内容新于前人而标新立异。这无疑也是贯穿其诗文创作乃至人生道路的重要理念。

二、梁佩兰

梁佩兰(1629—1705),字芝五,号药亭,晚号郁洲,南海人。世居广州城西梁巷。梁佩兰一生著述较丰富,有《六莹堂集》、诗集十七卷(初集九卷、《二集》八卷)、《文集》若干卷。据伍崇曜道光二十年(1840)重刻《六莹堂集》跋云:"文集……以残缺过甚,未及生梓",故目前尚未发现其初刻刊行的文集。其行世编著也较多,曾先后编定陈子升《中洲草堂遗集》、吴文炜《金茅山堂集》等,并参与选编审定陈维崧《迦陵文集》、郑梁《寒村集》、王隼《五律英华》中的部分卷次,也曾参与修纂《阳春县志》(已散佚)。

梁佩兰自小聪敏过人,少年时便已遍读经史百家之学,素有才名。他师从于吴文炜之父,亦自称陈邦彦的私淑弟子。顺治七年(1650)清军第二次攻陷广州,梁佩兰时年二十二岁,携家逃难。其后曾一度出家为僧。顺治十四年(1657),梁佩兰应乡试,名列第一而夺解元。然而此后三十年间六次赴京会试均落第。他转而潜心治学,专力作诗,结社频频,对后学循循善诱,一时间声望日隆,风雅称盛。康熙二十一年(1682),梁佩兰应会试中第十名,应殿试中二甲第三十七名,赐进士出身。五月选授翰林院庶吉士,同人公推梁佩兰为馆长。次年梁佩兰即告假归里,隐居于广州丛桂坊;康熙四十一年(1702)岁末,为庆祝翌年三月康熙帝五十寿辰,诏敕庶吉士久在外者赴馆供职,梁佩兰也奉召进京。例值翰林院散馆考试,梁佩兰等三十人以不习满文而被革去庶吉士衔头,谕归进士班用。梁佩兰不愿赴选知县,翌年深秋便离京回乡。康熙四十四年(1705),梁佩兰病逝,享年七十六岁,葬于广州市东北郊白云山柯子岭南麓。

作为"岭南三大家"中唯一一位入仕清朝的诗人,我们似乎看到了他们三人之间冰火难容的思想鸿沟与道德界限。然而,梁佩兰的选择并不影响他们三人的情感,私交甚笃的他们,一起结社唱和,精神相互砥砺。这或许与梁佩兰实际为官的日子极少,多在广州隐居有关,也可以从另一个侧面反映出他们体贴并尊重彼此选择,坚定自身信念,顺应天下时势的通达与包容。

梁佩兰的科举之途颇为坎坷,尽管最后赐进士出身,但前有六次会试受挫,后有庶吉士衔头被革,可谓打击频频。梁佩兰自视甚高,因此常有踌躇满志而又怀才不遇之感。如七十四岁高龄的他,受诏赴馆供职时路上写下的诗①:

> 白发未曾忘报国,皇天焉肯滞斯人。山峰送我云为马,沙兽吞篱石作麟。明日计程江北路,雪中应见柳芽新。(《韶阳江行》之一)

结语一句"柳芽新"将老迈的诗人怀揣被重用的希望而北上的心情表露无遗。岭南至京城,长途跋涉,前路茫茫,历来都是岭南士子求科名路上的阻碍。但梁佩兰"以云为马"的轻快而急迫的心情,所透露的正是内心对北上报国得以施展才华,实现抱负的强烈期许。

梁佩兰自称为陈恭尹之父陈邦彦的私淑弟子,常以诗表达对陈邦彦的倾心仰慕和沉痛悼念。如这首《秋夜宿陈元孝独漉堂,读其先大司马遗集感赋》:"至今亡国泪,洒作粤江流。黑夜时闻哭,悲风不待秋。海填精卫恨,天坠杞人忧。一片崖山月,

---

① 本文所引梁佩兰诗文均引自(清)梁佩兰:《六莹堂集》,吕永光校点补辑,广州:中山大学出版社1992年版。

空来照白头。"诗中以南宋末崖门事喻指故朝的覆亡,用精卫填海的无尽哀恨来刻画复国的渺茫,极写自己的哀婉之情。此诗真切动人,情感自然而凄怆,读来催人泪下。也反映出梁佩兰内心对故国的眷恋与悲叹,这是时代赋予士人的共同心灵底色。

梁佩长期居于乡里,也经历过一段段动荡不安、颠沛流离的日子,因此对劳动人民的生活非常熟悉,对他们所承受的苦痛也有切肤的体验。因此,他笔下描写劳动者生活的诗歌非常朴实生动,对统治者压迫民众的社会黑暗不讳言、不回避,具有强烈的现实性。尤为出色的是早年所作的《养马行》,笔力万钧:

> 庚申冬,耿、尚两王入粤,广州城居民流离窜徙于乡,城内外三十里所有庐舍坟墓,悉令官军筑厩养马。梁子见而哀焉,作《养马行》。

> 贤王爱马如爱人,人与马并分王仁。王乐养马忘苦辛,供给王马王之民。马日啗水草百斤,大麦小麦十斗匀。小豆大豆驿递频,马夜龁豆仍数巡。马肥王喜王不嗔,马瘠王怒王扑人!东山教场地广阔,筑厩养马凡千群。北城马厩先鬼坟,马厩养马王官军。城南马厩近大海,马爱饮水海水清。西关马厩在城下,城下放马马散行。城下空城多草生,马头食草马尾横。王谕养马要得马性情。马来自边塞马不轻;人有龁马,服以上刑!白马,王络以珠勒;黑马,王络以紫缨,紫骝马以桃花名,斑马缀玉缫,红马缀金铃。王日数马,点养马丁。一马不见,王心不宁。百姓乞为王马,王不应!

由题序可知,这首诗作于顺治七年(1650),广州沦陷,耿尚二王带着清兵在广州城内进行了残暴的屠杀,民众或死或背井离乡,极为惨烈。而更悲惨的是藩王紧接着推行的各种漠视民生的命令,如以马为贵,驱人而筑厩养马。全诗运用白描的手法,情感亦隐忍不发,层层推进地描写了城中养马的环境、藩王对爱马体贴入微的关爱,最后以"百姓乞为王马"将人与马悬殊的境况点出,形成强烈的反拨,极具锋芒,直指藩王及清军对人民的残害和无耻的奴役。沈德潜十分赞赏该诗,曾评曰:"以赞颂之笔,写讽刺之旨,贵畜贱人如此,其败亡也必然矣。"①

梁佩兰喜欢游历,喜欢人际交往,是他外放而积极的性格体现。他充满激情地用诗笔记录所见山水风光与旅途感受,抒发心中或喜或悲或焦虑或欣喜的情怀。譬如他数次北上南下,遍阅大江南北壮丽河山,写下不少山水咏古诗。如《咸阳》及《涿州》:

> 中条西尽九边分,一面关雄百万军。宝剑并人磨黑水,角弓终日射黄云。山空鸟鼠飞无次,川乱鱼龙出每群。信是帝王州壮丽,秦皇坟对汉皇坟。

> 碛日苍黄色,烽烟古涿州。八旗回大将,万马出诸侯。禹服环中土,尧京控

---

① (清)沈德潜:《国朝诗别裁集》卷十六,乾隆二十五年(1760)教忠堂刻本。

上游。抱书当未献,翻欲倚吴钩。

这两首咏古诗境界开阔,带有一种穿越历史烟尘的达观,语言流畅通俗,纯乎白描的手法之下却蕴含着大开大合的内蕴。前一首中,千军万马守护的咸阳关隘,秦皇汉武祈愿千秋万代,然而最终都化作一抔黄土;后一首则铺写古战场烽烟滚滚、旗帜飘扬,诸侯逐鹿中原,在无限时空中,这一切不过是沧海一粟。笔力雄健,骨力开张,将诗人的历史观呈现得淋漓尽致。张维屏于《国朝诗人征略》中将"信是帝王州壮丽,秦皇坟对汉皇坟"评为"悲壮语",确是的论。

而岭南的一花一草、一山一水,早已刻入梁佩兰的生命里,他笔下有许多清新可喜、乡情拳拳的吟咏岭南风物诗,如《珠江候月》《南海探梅》《谒南海神庙》《雨中望峡》《白云泉》《将至罗浮望四百峰作》《罗浮》等,将白云罗浮西樵、丰湖崖门、鹅潭珠水等山水胜景纳入诗卷,更把岭南特色物产如木棉菩提、荔枝龙眼、橄榄槟榔一一取而入诗,点染为一幅幅别具韵味、活泼生动的岭南风土画卷,倾注着诗人真挚的情愫。

如其《端州道中望峡口积雪》:

> 南方雪色由来少,江上今看积翠屏。觅路已惊双峡断,插天犹露一峰青。连连洲渚迷沙雁,落落乾坤入草亭。最喜夜来寒不得,绕舟渔火似繁星。

作为岭南人,雪是萦绕心头的盼望,因其难得一见。该诗描绘了诗人途经端州之时在羚羊峡口见到的雪景,"峡断"与"峰青"写两岸双峰对峙的险要、迷路"沙雁"的岸边徘徊、灯火"繁星"等意象清新如画,写出了诗人内心雀跃,欣喜描绘这幅难得一遇的峡口雪景图。画面动静结合,灵动自然。

除了寄情山水,吟咏风土,结社赋诗与唱和切磋在梁佩兰的生活中占据了极为重要的地位,也为他的交游圈拓展与诗学地位的奠定起到关键性推动作用。据《清史列传》记载,当时岭海文社数人,推梁佩兰执牛耳。康熙二十一年(1756)时,京师结诗社,众推梁佩兰、朱彝尊、方中德主坛坫,乃声名鹊起。纳兰性德更慕其名而修书邀请他共同选编宋元词集,南下经过江南亦频频受邀参与当地文人雅士的雅集,诗名益重。在粤的诗社唱和更是盛况空前,早期遗民群体结社赋诗以倾吐愁绪,感怀故国;后期则多有诗学切磋、奖掖后学、赓续岭南诗风的雅意,如兰湖诗社、白莲诗社、东皋诗社、探梅诗社等,皆为粤中著名社集。

在岭南的诗社雅集活动中,诗人们互相交流切磋、品评高下,梁佩兰以诗坛宗主的身份对当时及后辈诗人产生了较大影响。"归主兰湖社,后进争趋其门,遂岿然负山斗之望,位虽不显,亦足极诗人之荣矣。"[①]另一方面,梁佩兰自身是积极开放的性

---

① (清)陈徽言著,谭赤子校点:《南越游记》卷三,广州:广东高等教育出版社1990年版,第184页。

格,这无疑增加了他的人格魅力。"为人孝友,不事生产,轻金重义,屡空晏如……以诗酒为乐,好诱掖后进。客以他事请者,引疾不听,闻持诗文至,则披衣倒屣,指画不少倦。"①。岭南较著名的后进诗人梁无技、周大樽、邓廷喆等人就得到他的教导扶掖,一些外省青年诗人如方正玉、高孝本、沈用济等也慕名前来请教,这一批青年诗人在频繁的诗社活动中,在梁佩兰为首的岭南前辈诗人的指导下成长起来。

他对后学者示以自己的诗学见解,进而影响彼时诗风。梁佩兰重视"学殖",强调抒写"性情",创作出大量既饱含"学殖"又具有"性情"的诗歌作品。对于"才"与"识"的重要性,梁佩兰也有详细论及。他强调要炼"识"必先要平时学识积淀,如其在《杨大山文集序》中写道:

> 若夫文人学士,以著述为事,则必其平时学殖,搜罗百家,牢笼万有,纵观古今之大,细察品物之盛。见夫山川之流峙,草木之动植,鸟兽虫鱼之飞走吱喙,更通乎天人消息之微,阴阳动静之机,造化往来之数,鬼神屈伸之状。悠然畅然于中,而有以得其所为文也者。

这既是他的诗观,也是他指点后进诗人从日常的生活中汲取学殖的学诗之法。

在梁佩兰一生行事为人作诗中,无不体现着传统儒学的特色,即"温柔敦厚"。这与其深受正统儒学影响有关,他在《中洲草堂遗集序》中便提到:

> 性情温厚,音节和平。虽然,才不可不奇,调不可不高也。有时空诸所有,有时实诸所无;有时高唱入云,有时舟回荡漾;有时天然颓放,有时簇锦攒花;间或嗜险驱奇,毕竟雅人深致:总于温厚和平,意旨不爽毫芒。

梁佩兰虽是评论中洲先生之诗,也可以由此归纳出他认为诗歌不同风格,或如虚无、高吊、婉转、天然、颓放、艳丽、奇险,皆可以雅人深致、温厚和平为目标的观点。

> 在处总无尘,为芳不入群。寂寥谁似我?幽绝最怜君。浊世留闲地,青天失片云。一斋门巷里,连缀几曾分。

晚年的梁佩兰有时在诗中也流露出一种遗世独立、孤芳自赏的感觉,充斥一生的豪情壮志、时隐时现的避世之念与磕磕碰碰的入世之途,渐渐融合为一种云淡风轻、远离尘俗的明澈。

三、其他诗人

程可则(1627—1676),字周量,小字佛壮,又字彦揆、湟溱,号石臞,南海人。十

---

① 《清国史》文苑传二十三,中华书局1993年据嘉业堂抄本影印,第12册第847页。

岁能文,人称"神童"。与薛始亨、屈大均同受业于陈邦彦之门。明亡,礼广州海幢寺释函昰为僧,法名今一,号万间。清兵入粤,陈邦彦起兵失败殉难,可则身陷围城中,与其父并被执囚,为求自免,而参加顺治八年(1651)广东乡试,得中举人。次年会试,名列第一,以磨勘题理,不得参与殿试。既不得意,归居南海西樵山,益发愤,沉酣经史。著作有《海日堂诗文集》《遥集楼诗草》《萍花草》。①

程可则仕途不甚得意,又有入仕清朝的惭悔,其诗以感慨个人遭际为多,曾遍游中原江南,燕赵太行皆及,能将个人情感与山川结合抒写,凝练深沉。但其诗很少直面当时的社会现实,反映民生疾苦的诗篇寥寥,整体诗歌骨力与格调都不高。

其诗歌较有代表性的是抒发遗民与故国之思的作品,因师友多为抗清志士遗民,故而影响甚深。如:"往读《离骚》作,曾怜泽畔吟。山川过雨雪,祠庙失登临。江阔黄沙起,天寒白日沉。如何非贾谊,流涕亦沾襟?"(《汨罗江望三闾大夫庙》)以贾谊自况,借吊怀屈原,伤悼明王朝的覆亡,委婉深沉地烘托出沉痛而怅然若失的心情。还有在外游宦而盼望归家的思乡之作,如《江上》:"江上夕阳尽,孤舟春水生。远山何灭没,寒月未分明。前路渺无际,飞鸿相与鸣。客心视星汉,耿耿到残更。"残阳孤舟,远山明灭,飘零的孤雁,不正是在外辗转多年的诗人写照吗?此类怀乡诗写得情真意切,刻画入微。

程诗颇负一时盛名,与宋琬、施闰章、王士禄、王士祯、汪琬、沈荃、曹尔堪并称"海内八大家"。龚鼎孳曾称:"海日堂一编,清英苍健,根柢风雅。"(《海日堂集序》)朱彝尊评曰:"其音和以舒,其志廉以远。"(《海日堂集序》)其他如施闰章、王士祯诸人,亦甚推赏之。直隶张云骧更为三大家无程而为他抱不平云:"海日堂中曲调孤,声光腾踔隘江潮。如何岭峤称诗选,遗却人间径寸珠?"(《论国朝诗人·程周量可则》)因其为京官时与名流交游唱酬多,在主流诗坛有一定的影响,其诗作也能抒写个人面目,颇能代表当时出处两难的诗人心声,不失为岭南清初名家;且其成为引介岭南诗人的重要纽带,有利于主流文坛对岭南诗坛的进一步熟悉和了解,也促进了岭南诗人与外界的交流。

方殿元(1636—?),字蒙章,号九谷,番禺人。康熙三年(1664)中进士,历官郏城、江宁知县。后引疾去官,侨居苏州。家有广歌堂以延名士,酬唱颇盛。曾与屈大均、陈恭尹、梁佩兰等结社唱和。著有《九谷集》。其子方还、方朝承父学,亦有诗名,并称"广南二方",或"吴下二方",分别著有《灵洲集》和《勺湖集》。

《九谷集》②诗四卷,拟古乐府就占了两卷,可见方殿元的诗学渊源,其乐府诗苍

---

① 本文所引诗文出自(清)程可则著,程士伟等校补:《海日堂集》,桂林:广西师范大学出版社2012年版。

② 本文所引诗文出自(清)方殿元:《九谷集》,清康熙间刻本。

峭高古,格调不凡,"不必依傍古人,而节拍自古"(梁九图、吴炳南《岭表诗传》)。

康熙十四年(1675),方殿元以母丧去官,恰值三藩乱起,辗转归家不得,作《大江吟十四首》《六歌》,"聊以写悲"。其《五羊城》一诗,深刻地反映了彼时广州人民遭受战争浩劫的惨况和诗人的悲痛。诗云:"南隅地僻昧天意,二王赫怒来专征。城中诸将各留命,百万蒸黎一日烹。家家宛转蛾眉女,尽入王宫作歌舞。妙舞娇歌杂鬼哭,疮痍尚在重翻覆。乱后遗黎又仳离,当日哀嫠更茕独。"极写百姓之苦,又抨击尚可喜等烧杀抢掠的无耻行径,诗笔悲凉而深沉。

方殿元的文亦多叙时世,以奇情逸致或犀利抨击,写出个人面目。如写于康熙十六年(1677)秋八月的《归与难赋》,运用叙事、描写、抒情相结合的手法,首先叙述自己生当离乱,以亲老无养,出应科举的无奈。为官后羁留外地,与家人隔阻天涯,"临北风而掩涕"。次写登高远望,烽火遍地,追忆故土昔日繁华安宁,"一朝而为戮兮,白骨纵横而敝兮",最后抒写欲周游四方,忘怀故明。末章"乱曰"云:"粤山兮嶔崟,粤水兮旋折。荔枝洲兮荷灼灼,素馨田兮江夜月。临南海兮眺蓬阙,路不遥兮建德国。与君分心结,奈何兮轻别。"以羊城的云山珠水、素馨荔枝等风物表达自己眷恋家乡的深情。这篇颇得屈原《离骚》遗意,驰骋想象,铺陈抒写,堪称清初岭南文坛高手。

王隼(1644—1700),字蒲衣,番禺人。明遗民诗人王邦畿之子。他秉承父教,终生保持志节,不屑仕清。七岁能诗。曾弃家入丹霞山为僧,法号古翼,字辅昙。复至庐山,居太乙峰六七年,始归。结深庐于西山之麓,为隐士之冠。妻潘孟齐,通《史》《汉》诸书,能诗,与偕隐。有女瑶湘,亦能诗。其诗宛曲典赡,隐寓故国之思。陈恭尹以"春容富丽"评之。著有《大樗堂初集》等,又曾选编《岭南三大家诗选》《五律英华》《岭南诗纪》等。卒后,友人私谥"清逸先生"。王隼生前颇有诗名,王士禛曾称誉他和梁无技为"岭南二妙"。其诗叹嗟离乱,时有突兀不平之音,用语深沉,意蕴深婉。如其《失题》:"嬴秦虎视霾金镜,羊头都尉相吞并。铅刀用世干将闲,麒麟地上行邪径。鞲鹰敛翮鹔鹴飞,忍使隋珠坠深井!人生冉冉风吹尘,不义富贵如浮云。首阳饿死寻常事,鲁连蹈海宁轻身?终当携手入山去,大啸高峰鸾鹤群。"①激情慷慨地抒发了对清朝统治的强烈不满,也表明自己归隐而不仕新朝的志向与信念。

梁无技,字王顾,号南樵,番禺人。贡生。梁佩兰族侄。十一岁以咏风筝诗知名。性纯笃,潜心为学。晚年主粤秀书院讲席。年八十卒。著有《南樵初集、二集》②,又选编《唐诗绝句英华》。南樵诗较少直接反映社会现实,山水、赠答类作品为主,部分

---

① (清)王隼:《大樗堂初集》,《丛书集成初编》第174册,商务印书馆1935年版。
② 所引诗出自(清)梁无技:《南樵初集》,清康熙五十五年(1716)刻本;《南樵二集》,清康熙五十七(1718)年刻本。

诗作隐寄故国之哀,如七绝《杜鹃花》二首有云:"旧时望帝啼残泪,染作愁红几树繁。"其山水和乡土竹枝意境清幽,脱俗写意,如其写给王隼的赠答诗:"落叶不可扫,风吹满前川。因思白云友,高咏秋风前。曲罢月沉阁,酒醒人在船。何时策潭竹,来棹一江烟?"(《答蒲衣子秋夜南湖泛舟见怀》)情景交融,旷远而韵味袅袅。

易弘(1650—1722),字渭远,号秋河,别号坡亭、云华子,新会人。其父易奇际、兄易训,均为明遗民诗人。易弘承父兄之教,闭户读书,立志不仕新朝。易弘少工诗,以《赠惺和尚》诗,受两广总督吴兴祚赏识,延为幕客。康熙二十九年(1690),吴兴祚以鼓铸不实去官,徙古北口都统,易弘随同行,北极穷边,东逾宁台,西出雁塞,五岳得登其四,所至与文人学士交游,诗歌的视野大为开阔,骨力益增。

除了以上代表性诗人,多忧生离乱之作的陈衍虞,有"祁鱼虾"之称的祁文友,有从梁佩兰游而诗笔颇具汉魏乐府之风的邓廷喆,也有抨击时弊:含情凄婉的黄河澄。他们或以诗笔寄寓时世民瘼悲戚,或以诗代言易代婉曲心声,庙堂或山林都不过是世俗躯壳的纷纷扰扰。

第二节 "岭南三大家"与岭南诗派

康熙二十三年(1684)十一月,王士禛奉命祭南海,应曹寅之请,第二年至岭南时,乞屈、陈、梁三人为《楝亭图》题咏;同时朱彝尊作《送少詹王先生士禛代祀南海,兼怀梁孝廉佩兰、屈处士大均、陈处士恭尹》诗,嘱王代致意于屈、陈、梁三人。闽人林枫诗云:"岭南诗派屈、梁、陈,一代风骚鼎足身。"①(《论诗仿元遗山体》)主流诗坛的致意与寄怀,足见清初岭南的屈大均、梁佩兰、陈恭尹领一代风骚及诗名之远播,以及三人作为岭南诗派代表的突出地位。

清初岭南诗坛颇为繁盛,诗人群体与并称层出不穷。顺治年间,遗民诗人何绛、何衡、陶璜、梁琏、陈恭尹,隐迹于顺德北田乡中,合称"北田五子";顺治、康熙年间,天然大师函昰尝主持番禺雷峰山隆兴寺(后改名海云寺),门下弟子众多,皆以"今"字排列,其最著者十人,皆能诗,称为"海云十今"。当时并称海内还有程可则、王邦畿、王鸣雷等。如梁佩兰又与陈恭尹、程可则、王邦畿、方殿元、方还、方朝等合称"岭南七子",还与姚子庄、廖文英、程可则等合称"岭南四家"。那么,在当时年齿较近,诗人声名难分轩轾的岭南诗坛,为何屈梁陈三人屡屡为岭外海内并提?"岭南三大家"这一特定意义的组合,如何固定下来并成为岭南诗派的典范性代表,"岭南三大

---

① 郭绍虞编:《万首论诗绝句》,北京:人民文学出版社1991年版,第1361页。

家"又如何影响岭南诗派的传承演进?这是我们梳理清代岭南诗派发展脉络及其特色时必须先探讨的问题,也是对易代之际岭南诗坛发展生态的总结。

"岭南三大家"这一专称,始见于康熙三十一年(1692)王隼编《岭南三大家诗选》,此后,屈、梁、陈作为一个固定的具有特定意义的三人组合才慢慢被广为传播,并在赞同与否、排位前后的讨论中渐渐得到诗坛认同。

王隼特以屈、梁、陈三人并称,有个人识见及情感的因素。他在作于康熙二十年辛酉(1681)的《六莹堂集序》中就提及:"忆少时侍先君子古厚堂中,雪夜偶论及岭南文献,因举近代梁兰汀、区海目、陈云淙、黎板桥、邝扶南诸君子所为诗歌骚赋,命隼各识数语,品题其下。既毕,复举所最厚善,二十年共坛坫,如药亭、翁山、独漉三先生撰著,其独造入微旨趣。"(见《六莹堂集》卷首)王隼最为推崇,交情最为深厚的是屈、梁、陈三人。三家合称固然主要是源于王隼的个人识见及情感,但这一合称的出现与获得诗坛认同,却有许多不可或缺的客观因素的促成。核心在于三位诗人诗名鼎立,而三人的交游与结社又进一步提升岭南诗学的影响力和知名度。接下来我们分而述之。

首先,"三大家"之并称,既在于三人之诗各具面目,展现了岭南诗学的诸多面相;亦在于三人之诗的共同之处形成了诗学力量的合流。前文我们对"三大家"的诗歌特色已逐一进行了介绍,纵观"岭南三大家"的性格特征、行藏出处、文学观念和诗歌风格,实在有太多的相异之处。王瑛在《岭南三大家诗选序》中便提到:梁佩兰之诗"温厚和平,置之清庙明堂,自是瑚琏圭璧";屈大均之诗"如万壑奔涛,一泻千里,放而不息、流而不竭,其中多蛟龙神怪";陈恭尹之诗"如哲匠当前,众材就正,运斤成风,既无枉挠,亦无废弃,梁栋榱题,各适其用"。这一点陈恭尹在《梁药亭诗序》中也有对自己与屈、梁诗风不同之处的清晰表述:"吾与齿雁行者,梁子药亭、屈子翁山,为能发摅性灵,自开面目。翁山纵横闿辟,朴茂奇古;药亭雄迈滔莽,精警卓拔。而予以感激放浪之言颉颃其间,未有为之品定者也。予窃谓:翁山江河之水也,药亭瀑布之水也,而予幽涧之水也;翁山之味醇而洌,药亭之味清而旨,予之咏籍而永。"三人不愧是知交,对彼此诗歌风格的把握极为精准。三人亦各有擅长的诗体,沈德潜《国朝诗别裁集》卷十六云:"岭南三家,翁山以五言律擅场,元孝以七言律擅场,而七言古体独推药亭。"朱庭珍《筱园诗话》卷二云"岭南三君,药亭七古,翁山五律,元孝七律,当代夸为三绝。"可谓的论。

"三大家"共同的诗学合力则体现在他们对时代的呼应,对社会民生的呼应,对岭南诗学发展的呼应。首先,共同的易代遭遇使他们目睹了明王朝的衰亡,也经历了国破家亡后的颠沛流离之苦。在他们的笔下,有深沉的故国之思,也有对满目疮痍的山河的愤慨,还有对下层民众悲惨生活的同情与黑暗腐败的抨击。如前文我们提到的屈大均的《猛虎行》《民谣》,陈恭尹的《乞食翁》《缫丝歌》,梁佩兰的《养马行》等,他们多用歌行体、拟乐府的体式控诉统治者的暴政恶行,为民众发声,充满浓烈的现实主义精神,具有打动人心的力量。其次,他们对自己的家乡——岭南有高度的认同感和归属感,南国的山水景致、独特物产、风土人情,一一入镜,留下诸多饱含乡情的作品,在生花妙笔的点染下,感染力极强。他们还积极汲取粤歌民谣的特色,创作出富有岭南特色的雅俗共赏的广州竹枝词,将一个生动活泼、真实可感的岭南通过诗歌的方式展现出来。

因此,正如研究者所言,"三大家"的著述所体现的诗学精神,有融通包容的开放性,随机生发的灵活性,雅俗共赏的大众性以及海洋文明里开拓创新的进取性,这也正是岭南诗派以致整个岭南文化特性的充分反映。

其次,"三大家"的人生路径与目标虽然不同,但都从不同的方面拓展和丰富着主流文坛对岭南诗歌风貌的认识。屈大均和陈恭尹为了抗清而多次北上,一路与各地的遗民、反清的志士交游往还,以气节相砥砺。屈大均与顾炎武、李因笃、朱彝尊等诸多名士同行,为匡复大业奔走,在遗民群体中颇负盛名。而梁佩兰则执着于科举之路,虽然经历了多次会试落第,才得中进士出身,但其在京城时与诸多学人名流往来唱酬,声名鹊起、诗名大著,这对于深化岭南诗派在主流诗坛的影响力和存在感起到重要的促进作用。

南宋末岭南遗民诗人大规模结社的风气发展起来之后,渐渐沉淀在岭南诗学的发展中,岭南诗人尤好结诗社。屈大均《广东新语·诗语》谓:"慨自申酉变乱以来,士多哀怨,有郁难宣。既皆以萤遁为怀,不复从事于举业。祖述风骚,流连八代,有所感慨,一一见诸诗歌。故予尝与同里诸子为西园诗社,以追先达,然时时讨论,亦自各持一端。有举湛若之言曰:'诗贵声律,如闻中宵之笛,不辨其词,但绕云流月,自是出尘之音。'王说作谓:'君等少年,如新华乍开,光艳动人,然不久当落耳。必敛华就实,如果熟霜红,甘美在中,悦目不足,而适口有余,乃可贵也。'湛若之言尚华,说作之言务实,合而一之,斯为有体有用之作",极其形象生动地描绘出岭南文人结社以说文论艺的景象。康熙年间,屈大均、梁佩兰、陈恭尹成为岭南诗社聚会的核心人物,他们或同时出席或分别参加各种类型的社集,除了前面屈大均提到的西园诗社,还有湖心诗社,康熙年间,梁佩兰与自称为"南塘渔父"的何执于何氏居住地广州南塘小岛中开"湖心诗社"。陈融《颙园诗话》云:"何执日与屈翁山、梁药亭、陈元孝、吴山带、王蒲衣辈倡和。又与海幢呈乐和尚、华林铁航和尚、鼎湖契如和尚、尘异、雪木、迹删、心月、敏然等为方外交。四方名士云集,则开'湖心诗社',客至不问姓名,觞咏尽欢,或有累月不去者。"还有东皋诗社,清初兵燹之后,王之蛟于陈子履东皋草堂遗址建东皋别业,聘请屈大均、陈恭尹、梁佩兰主持诗社,名曰"东皋诗社",诗社成立后,唱酬频繁,歌咏不绝,四方投稿唱和的诗友,络绎不绝,以致门不停轨,其盛况可与昔之南园诗社相抗衡。

此外,京城的结社与入粤文士参与本地雅集的诗社,也颇值得留意,因为这些类型的诗社具有更深更广的影响力。像京城的金台诗社,康熙二十一年(1682)梁佩兰任庶吉士时,寓于宣武门外永光寺,是年便结"金台诗社",与朱彝尊等共主坛坫。通过京城结社,梁佩兰声名大重,人或争相抄诵其新作,成为海内外公认的诗坛宗匠。而羊城的越台诗社始于康熙二十三年(1684),吴绮集海内之词人于西禅寺,每到一定时期就举行宴会,分题酬唱。一些外省入粤的诗人,也参与诗社的组织和活动,如赵执信、潘耒、严绳孙、周在浚、徐钪、张尚瑗等一大批游宦诗人。通过"三大家"主盟的这些创作交流活动,既有利于岭南诗歌风尚的切磋与凝聚,也让岭南诗家逐渐为中原、江左人士所知,提高了岭南诗派在全国诗坛中的地位,进而带来了岭南诗派与中原、江浙诗坛鼎足而三的清初诗坛新格局的出现。

岭南诗派其实不是一个严格意义上的诗歌流派。但"岭南诗派"这一名目,从明代胡应麟始标举,此后一直为诗人、诗评家沿用着,可见它是存在且获得认同的。胡应麟说:"国初吴诗派昉高季迪,越诗派昉刘伯温,闽诗派昉林子羽,岭南诗派昉于孙蕢仲衍,江右诗派昉于刘楼子高。五家才力,咸足雄据一方,先驱当代。"胡氏认为明初中国诗坛有吴、越、闽、岭南、江右五大诗派。孙蕢是南园诗社的发起者,诗社的核心人物为孙蕢、王佐、黄哲、李德、赵介五人,并称"南园五先生",后人亦称他们为"南园派"。《四库全书总目提要》云:"粤东诗派,数人实开其先,其提倡风雅之功,有未可没者。"明中叶岭南诗派的代表人物,当指黄佐及"南园后五先生"。朱彝尊说:"岭表自'南园五先生',风雅中坠,文裕(黄佐谥号)力为起衰,如黎惟敬、梁公实辈,皆其弟子。嘉靖中,'南园后五先生',二子与焉。盖岭南诗派,文裕实为领袖,其功不可泯也。"朱氏把黄佐及黎民表、梁有誉、欧大任、李时行、吴旦等看成是"南园五先生"的继承者,岭南诗派也因而得到延续。而明清易代之际,屈、陈、梁"岭南三大家"崛起海隅,足见三人影响之深广。三家力扫明代复古之风,有着鲜明的地方色彩,发展了岭南诗歌的雄直的诗风。屈大均、陈恭尹、梁佩兰三位大家,将岭南诗学中充满活力和积极意义的要素,在明清易代的时代大背景下进行了最充分的发挥。这些诗学要素、文化因子的活跃是地域文学中地域意识的凝结,也呈现出岭南特定地域氛围和集体心理状态的升华。

因此,在"岭南三大家"诗学行为的推动下,汇聚清初岭南其他诗人的共同努力,岭南诗派的特色得到进一步的继承与发扬:

其一,标举唐音。历代的岭南诗人,多以唐诗为宗。屈大均明确指出:"吾粤诗始曲江,以正始元音先开风气,千余年以来,作者彬彬,家三唐而户汉魏,皆谨守曲江规矩,无敢以新声野体而伤大雅,与天下之为袁、徐,为钟、谭,为宋、元者俱变。故推诗风之正者,吾粤为先。"薛始亨也说:"洪、永、成、弘迄今,天下之诗数变,独粤中犹奉先正典型。自孙典籍以降,代有哲匠,未改曲江流风。"所谓的"曲江规矩""曲江流风",是指张九龄诗的思想内容与艺术风格。继承汉魏的传统,崇尚高古的格调,这就是千余年来岭南诗人所尊奉的"唐音","南园五先生"是公认的岭南诗派代表人物,他们为诗,也"不失唐音",而"南园后五先生","入唐人之室"。"岭南三大家"尊崇李白、杜甫,影响深远。

其二,诗风雄直遒上。诗人洪亮吉以"古贤雄直气"评价岭南诗,早成定论。古贤,当指汉魏三唐的杰出诗人;而雄直气,指诗歌的境界雄伟、气势劲厉、直抒胸臆,得"阳刚"之美。易代之际的家国动荡,"三大家"皆胸怀天下之志,诗篇中流动着振起时代颓态的气骨,即使因为情感的宣泄无意掩抑而略显粗糙,但迈起大步伐的态势,让岭南诗歌的发展更为稳健。对民族民生的真切关怀及反映现实的力度增添了诗歌的现实主义精神。在时代的压力面前,岭南人个性中反抗的因子被极大地调动起来,表现在诗歌中也就毫无萎靡之态。晚清沈汝瑾在其《国初岭南、江左各有三家诗选,阅毕后》云:"鼎足相持笔墨酣,共称诗佛不同龛。珠光剑气英雄泪,江左应惭配岭南!"这一评价正是建立在对"三大家"诗歌中雄直的"英雄泪"的高度认同与赞赏。

其三,富于革新精神。岭南诗人标举唐音,但不盲目复古。"三大家"的诗歌亦然,屈大均的雄放恣肆,陈恭尹的沉郁苍凉,梁佩兰的雅健清朗,皆能一空依傍,自立门户。

其四,地方色彩鲜明,善于向民歌学习。岭南由于地域的特殊性,自然环境和社会状况与中原有较大差异。岭南诗人诗作,讴歌山川名胜、历史文化和风俗人情,带有鲜明的乡土气息。

粤俗好歌,诗人从小在民间歌谣之中成长,客家地区的山歌,白话地区的粤讴,潮州地区的歌册以及疍民的摸鱼歌、咸水歌等,"皆以比兴为工,辞纤艳而情深",不少诗人都受到民歌的影响,在创作实践中吸取民歌的语言及表现手法,并形成自己独特的风格。陈恭尹所说的"感人以情者深",正体现了粤歌的真挚动人的力量所在。

"岭南三大家"并称的确立,意味着地域诗学对具有诗学影响力的人物的出现与接受,既是集体心理意识的投射与凝聚,也是地域意识的一种表现,"三大家"的创作是处于整个岭南诗学发展的链条上的,他们在承继前人诗学传统的基础上又通过自己的创作对岭南诗学进行丰富、修正和推动,他们的创作处于特定的时空与地域氛围中并进一步营造着这种氛围;在塑造岭南诗学发展形态的过程中,他们无疑扮演了重要的角色。

第三节 "畸零人"廖燕

廖燕(1644—1705),初名燕生,字人也,号梦醒,更号柴舟,广东韶州曲江人。祖籍江西豫章县樟树镇,明洪武元年(1368),始祖廖宣义移居曲江城东武成里,为曲江开居始祖,传至廖燕,已经是十三世。他生于明崇祯末年(1644)国变之岁,屡遭离乱,家庭败落,沦于贫困,然自幼聪颖好学,苦读诗书,十九岁考取诸生,后厌弃科举,绝意仕进,遂摒去时文,筑室命名二十七松堂,终日究心经史,淡泊度日,以布衣终。

廖燕著述颇丰,有《二十七松堂集》,存文 376 篇,诗 545 首,还有《醉画图》《镜花亭》《诉琵琶》《续诉琵琶》四种杂剧。康熙十九年(1680)曾刻成二卷《二十七松堂文初集》,并请好友黄瑶作《序》,今黄《序》和《初集》均没有流传下来。

廖燕生当清王朝天下已定的时期,无需面对遗民行藏出处的命题,科举考试无疑是实现"功名"的唯一途径。然而才气纵横的廖燕,其特立独行的个性、渴望为世所用的雄心壮志与当时八股取士制度间存在着不可调和的矛盾。他取得诸生的身份后再无进益,经受挫折的他曾在文中呐喊,"尽集生平所为制义千百篇,取匣盛之,为冢于名山之巅,大书其上,曰曲江廖某不遇文冢"。表达自己"不遇"的愤懑。放弃科考之路并不意味着消极避世,他崇尚古代"士"的人生姿态,认为其才能总有被发掘的一日,不通过举业亦能建功立业。

康熙十二年(1673)底,平西王吴三桂在云南反叛,接着靖南王耿精忠在福建、平南王尚之信在广东也起兵。清政府为了平息叛乱,出兵平反,战火很快燃遍了广东各地。廖燕感到自己建功立业的机会到了,"时西南方战争,文字无所用,意不欲以文字见,因裂冠慷慨,投笔从戎。"①参加了清军对叛军的清剿。可惜的是,廖燕在战争中并未找到发挥才能的机会,"虽在戎马之中,然身闲如挂搭僧,坐蒲团上观阶前蚁斗,便复一日"。廖燕欲以奇计建功立业的理想也随之破灭了。

康熙三十二年(1693),爱惜人才,赏拔廖燕的韶州知府陈廷策调任广州知府时,将他带到任所。三年后陈廷策奉旨进京,欲推荐廖燕入朝。这是廖燕唯一一次走出岭南,一路河山壮行,眼界大开。然而到达南京后,廖燕就病倒了,陈廷策留下三十金盘费给廖燕,先行北上。屋漏偏逢连夜雨,廖燕为人所骗,路费尽失,幸得苏州织造李煦安置并供日常所需及资费。此间廖燕游览了吴县名胜,并访问金圣叹旧居。到京不久陈廷策就病故了,廖燕闻此噩耗,深知无力再北上,求仕希望彻底破灭,从此绝

---

① 本文所引廖燕诗文皆出自(清)廖燕:《廖燕全集》,上海:上海古籍出版社 2005 年版。

意仕途，专事著述。

廖燕的交游多是以文章知名的普通士人，也有不少赏识他提携他的地方官，其中最负盛名的有陈恭尹、宁都三魏中的魏礼和澹归和尚。

陈恭尹曾携廖燕的文章"遍赞名士"。《二十七松堂集》中现存有陈恭尹评语数则，如对《书邑志学校后》进行评价"柴舟凡文皆妙，虽欲不推为古文第一手不可"，赞《罗桂庵诗集序》是"人真妙人，文真妙文"。

廖燕曾写诗记载魏礼等人来访，此事亦记录在《与魏和公先生书》中，廖燕高度评价了魏礼父子的文章，并将魏礼父子与救弊起衰的韩欧相提并论。魏礼父子对廖燕之文也大为欣赏，《二十七松堂集》里诸多篇章后均附有魏礼父子的评语。廖燕以魏礼父子的评语引以为傲，珍而重之，每卷文集前均要注明"宁都魏礼和公阅"的字样。

澹归和尚在韶州时，徒步前往廖燕寓所访问，交谈甚契。澹归和尚对廖燕的诗文人品评价很高，诗云："廖生手笔岭表雄，摩青欲峙双芙蓉。半生落魄不得志，妻梅子鹤随飞蓬。于今梅枯鹤亦死，无锥立地非顽空。"可谓廖燕之知音。

廖燕一生虽然困厄，备受打击，但渴望匡世济民的思想光芒始终不曾暗淡。因此，在其诗文、批评里，无论是激情热烈的吟唱，抑或理性的论说，无不在彰显着独辟町畦的创新精神，诠释着他的人生价值。因此，其诗文创作和文学观在扬弃前人成果的基础上，构筑起自己的文学世界。

一、廖燕之文

目前所见廖燕的文章有 376 篇，其中，论、辩 33 篇，说、记 81 篇，序、文 40 篇，书信 89 篇，疏、跋、书后记 55 篇，传、题词各 30 篇，志铭墓表和颂铭赞 49 篇。廖燕特立独行的个性、渴望建功立业的愿望在散文中洋洋洒洒展露出来。其古文创作不让古人，不逐时流，情感激烈，风格冷峻，语言雄奇，特色鲜明，足可称为一家之言。

廖燕的史论历来备受称道，其《孟浩然论》《诸葛武侯论》《高宗杀岳武穆论》《明太祖论》等史论散文，发前人所未发，与正统观念、官方意志相背离，与庸谈俗见迥异，往往伴随着廖燕强烈激荡的主体情志，直抒胸臆，个人感情色彩非常强烈，而又不失度，论辩有力，文章层次分明，逻辑清晰。

在魏礼评荐"柴舟评论，佳者甚多，当推此篇为第一"的《明太祖论》中，廖燕以冷嘲的笔调揭示了历代统治者不辞辛苦地提倡"圣人之术"的别有用心和专制政体的文化机密，以坚定的立场批驳了封建科举制度是统治者愚弄天下人的手段，更将八股取士与焚书作比。廖燕下笔即有奇语："天下可智不可愚，而治天下可愚不可智。"可谓鞭辟入里。《宋高宗杀岳武穆论》及其附论《自书〈宋高宗杀岳武穆论〉后》立意高妙,文章开篇便鲜明地提出:千古以来,认为秦桧冤杀岳飞的见解实际并不公允,"岳武穆冤死一案,狱成而首从不分,千古独坐秦桧,非定论也。"接着,将此案与赵穿杀灵公而孔子罪赵盾、成济杀曹髦而朱熹罪司马昭之史实类比,推出"秦桧固有罪,不过与穿、济等耳",又推究高宗唯恐北伐胜利、迎还徽钦二帝的私心,以"观桧答何铸之言曰'此上意也',其意可知矣"之史实为证。层层推进,逻辑谨严,行文沉稳,论辩犀利。

廖燕所作的序、杂著、书后和尺牍等文章,不拘泥于传统,嬉笑怒骂,随意渲染。如在《王石庵诗集序》《范雪村诗集序》《黄少涯文集序》《罗桂庵诗集序》等文章中,廖燕善于抓住人物的性格及其作品特征,简短明确地做出客观准确的评价,鄙弃客套阿谀之语,按照自己的标准进行评判,阐明自己的文学观念,甚至敢于突破世俗文风的局限,对文坛不良风气进行辛辣批判。

传记文是廖燕文章中极具个性化色彩的部分,廖燕立传只看传主是否有"潜德显行"或其事是否有关"风劝垂训",而人物身份、当世品评、史论定位并不重要,因此,其传记的传主既有南明旧臣,也有新朝名将。廖燕还为多位名士立传,如《金圣叹先生传》《胡清虚传》《丘独醒传》《高望公传》和《家佛民传》等,其中最著名的是《金圣叹先生传》。廖燕对狂傲自负、文风险怪、手眼独出的金圣叹极为钦佩,金以抗粮哭庙案被江苏巡抚朱国治以"通海"逆罪杀害,同时代文士或避而不谈、褒贬不一,廖燕却真实生动地对金圣叹的文学创作进行了总结,特别推举其评点之学,表现出对金圣叹文品人品的赞誉,显示出他过人的胆识与远见。还有《东皋屠者传》中的东皋屠者,是一位不愿人闻其名的世外高人。此人"不肯自言姓名,以屠为业。暇则沐浴易衣,闭户著书以自娱。虽土墙茅屋,然花竹清楚,入其室不知为屠者之室也。贵人有求见者,辄踰垣避去不见。善画芦雁,无款识,惟用一图章,镌'东皋屠者'四字而已。著书甚多,但未经传布,人亦少有知之者"。廖燕认为这样一位品行才能皆超群于世的才士,以屠者为生计,其不为用大概是有其隐衷的。传记文中所流露出来的欣赏、同情、共鸣、不平,也是廖燕自己心迹的投射。

廖燕亦是小品文高手,看似普普通通的日常生活场景,经其妙手点缀,文字差遣,成为韵味隽永、情趣盎然的妙文。其小品文突出特色是文笔空灵,简练传神,飘逸旷达。如《韵竹轩种竹记》,竹为"花中四君子"之一,潇洒挺拔,弯而不折,折而不断,象征柔中有刚的品格。此文中廖燕将事、人景、情交融在一起,有种竹,有品竹,形象地绘出一个高雅文士的情趣与襟怀,极细腻雅洁之能事,耐人品味;再如《云中集饮记》中摇曳生姿、缥缈动人的山中雨景;《游野圃记》中跃然纸上的早春踏青之欣悦等等,读来余韵悠扬,口齿噙香。

二、廖燕其诗

廖燕现存诗歌545首,其中五言古诗51首,七言古诗32首,五言律诗144首,七言律诗129首,五言绝句82首,七言绝句107首。受人生遭际影响,其诗歌的内容有所局限,题材比较狭窄,多为抒写个人怀抱,吐露胸中郁结之作,表现社会情状、现实生活的作品不是很多,但亦绝少无病呻吟和应酬之作。其中山水田园和旅怀的诗篇颇多佳作。

廖燕长期生活在乡野农村,躬耕田地,种菜维持生计,过着自给自足的素朴生活,辞去诸生后更是不复与世交接,归隐山居。他的《山居》三十首可算其田园生活的全景式描画,这些诗篇或描写生机勃勃的田园风光,或描写细碎而应时而动的劳作,展现出一种闲适恬淡的生活意趣,同时又隐含着作者对现实社会的逃避和不满。

如《山居》其六:

> 掩映疏篱野趣饶,清幽况复近僧寮。月明墙角梅初放,露湿松梢鹤可招。
> 随筑黄泥成古屋,任分绿水灌新苗。从今不用寻山隐,处处枝头许挂瓢。

宁静的深山里,古树环绕,清幽的寺庙,如水的月色与暗香浮动的梅花,静静流淌的溪水,滋润着稚嫩的新苗,这幅画面,让人如同进入与世隔绝的桃花源,令人向往。还有"杂花争发围茅屋,野水分流入藕塘"(其二十五)的蓬勃,有"舟行一水溪光渺,家绕千竿竹路湾"(其八)的轻灵流丽;还有"满壁化工留竹影,一林香露落松花"(其二十八)、"林深尽日无人到,雨渍阶前野藓斑"(其十九)的静谧。透露出作者闲适潇洒的生活场景。

另一方面,看似闲适的山居生活亦无法完全掩去壮志难酬的悲痛,廖燕的孤寂与失落在山林与田园中不经意地流淌。如《山居》其二:"远山重叠白云升,移得家居最上层。风里响听千尺瀑,雨中寒坐一龛灯。微言此日难传授,大道何人肯仰承。自昔灰心寻隐乐,门前流水早成冰。"

高山大川的壮阔疗愈了廖燕,也拓宽了他的意境,其山水诗,特别是长篇古诗,写得尤为出色,特别是他游历江浙期间所写的山水诗,深刻地体现了"江山之助",真正是抒情时"慷慨淋漓,激宕情处",写景处吞云吐月,气势恢宏。有《滕王阁玩月歌》《上十八滩》《下十八滩》等诸多佳作。

对于自己生于兹长于兹的岭南,廖燕描写家乡的诗作里有更多温润的底色。特别是竹枝词,对家乡风物的记载,记忆中的画面徐徐展开,蕴含着浓郁的深情。如下面两首《渔家竹枝词》:"乱沙如雪拥溪斜,星散渔村三四家。水里开门泥作灶,春来绕屋长芦芽。""深入芦花第几湾,扁舟垂钓往来间。山烟溪色浓如许,染得渔簑点点斑。"看似不经意的几笔点染,却抓住了渔村灯火如星、蓑衣点点的画面,呈现出渔村美丽纯朴的自然景象和渔家生活气息。再看《羊城竹枝词》之五:"采青时近甚繁华,几处弓鞋趁月斜。同伴不知心底事,怪奴只采合欢花。"把女孩子内心最为隐秘的情感以白描的手法表现出来,诙谐生动。廖燕二十八首竹枝词基本上都运用了白描的手法,铺陈其事而直言之,色彩淡雅,有天然去雕饰之美。

三、廖燕的文学观

廖燕的文学观与其独特个性、诗文创作互为表里,息息相关。其文论思想既有对优良文学传统的继承与申发,又有自己的大胆探索和真知灼见,充分彰显了他不合流俗、情感真挚、自觉追求艺术真谛的魅力。

"愤气"说与"三后"说,是他结合自身经历与写作体验而建构的文学创作与个人不幸人生之间的关系。廖燕认为天地间有一种愤气,这种愤气一旦迸发,必造成天下奇观,在《刘五原诗集序》中写道:"故吾以为山水者,天地之愤气所结撰而成者也。天地未辟,此气常蕴于中。迨蕴蓄既久,一旦奋迅而发,似非寻常小器足以当之,必极天下之岳峙潮回海涵地负之观而后得以尽其怪奇焉。其气之愤见于山水者如是,虽历今千百万年,充塞宇宙,犹未知其所底止。故知愤气者,又天地之才也,非才无以泄其愤,非愤无以成其才。则山水者,岂非吾人所当收罗于胸中而为怪奇之文章者哉!"天人合一的中国传统文化核心,在廖燕的这一看法里得到充分的体现。他认为自然与人是呼应的,人也会有与天地一样的愤气,也会像天地一样迸发,而诗文正是人内心不可遏制的愤气勃发的结果。同时,廖燕看到了从司马迁"发愤著书",到韩愈"不平则鸣",再到欧阳修"穷而后工",都是作家在痛苦时激发出的巨大创作动力,加之作家自己的才情,将其挥洒出来。廖燕兼顾到了文学创作的主观与客观两方面的因素,"愤"是文学创作的基础,泄"愤"是文学创作的动机,配以"才"的催发,方能成就充满悲歌感慨、雄奇恣放的愤气之美的文章。

廖燕对"愤"与"才"的探讨实际上已经触及文学创作中主观与客观的相互作用问题,他更进一步在创作之余进行理论探索与建构,逐渐形成自己的独特理解,使这一传统文学观念得以完善和发展。在《与澹归和尚书》中,他说:"燕近作古文,则又在患难后,病后,贫无立锥后。此三后者,固文章之候也。"廖燕认为艰难困苦的人生经历是诗人创作的情感基础和表现的对象。古今文章从根本上说都是为了表现人的不平之情的,这是一条基本的创作规律。

而由"愤气"说所凸显的自然山水浸润的意义,廖燕认为先有天地万物而后才有文章,以远游、观风积极践行,遍览山水,开阔了他的气魄,培养了他的才情气质,也造就了他文章怪奇的风格和气概,就如他所说的:"山灵亦欲以奇惊人耶。思得胸中块垒,出而与之相敌,始不为其所胜耳。"这与他在《答谢小谢》中提出"读无字书"的观点是一脉相承的。

廖燕的《评文说》是一篇少有的评点之学专论,具有重要的理论价值,他认为我国的文学评点源远流长,"孔子删述六经,遂开后世选文之端。是时有选而无评。或曰:《论语》称《关雎》'乐而不淫,哀而不伤',非诗评耶?则评又安可少也。"在他看来,《论语》对《诗经·关雎》"乐而不淫,哀而不伤"风格特点的概括,已具有诗歌评点的意味。他充分认识到了文学评点对于理解作者创作意图,探究作者艺术手法的重要意义,因而给予文学评点以极高的评价,"以吾之手眼,定他人之文章,而妍媸立见,非评不为功。故文章之妙,作者不能言,而吾代言之。使此文更开生面,他日人读此文,咸叹其妙,而不知评者之功之至此也。则此文虽为他人之文,遂与己之所作无异。是以贵乎选也,选盖以评而传也",这种理论眼光在当时是高出时流的。

他不仅对评点学的价值持肯定的态度,更身体力行,积极评点文章,他说:"燕颇有洁癖,房斋几席,皆亲洒扫。独书翻阅潦草,皆用浓朱重圈,或烂墨秃笔评点纵横,字复槎枒飞舞可笑,或对酒阅次,笔墨不便,即将箸蘸酒圈批,酒痕直透纸背,或有湿烂者盖一时兴会所至。"(《与刘心竹》)廖燕有一篇《选古文小品序》,说明他可能选编过古文小品,由于这部书早已失传,我们无法了解他评点的具体情况,但可以肯定的是其相关的理论,都非纸上谈兵或想当然的主观臆测,而是通过自己的践行丰富理论的内涵。

此外,他反对因袭,倡导真实自然,以独创为美的文学主张,在他的文章中一再得到申发,是他创作的核心思想,贯穿在他的诗文及批评中,凸显着主体的自我与特异性。

同治元年(1862,日本文久二年),廖燕的《二十七松堂集》流传到日本,引起日本汉学家的极大兴趣,山田徵校点后刊刻印行,盐谷世弘在序文中称赞廖燕文以才胜,文章能继承明代文风,将其誉为明代文坛的大殿军,与侯方域、魏禧并提;1882 年五十川左武郎编的《清名家史论文》中亦收录了廖燕的四篇史论;近藤元粹编《明清八大家文读本》(冈田群玉堂,1886)将廖燕列为中国明清文坛八大家之一,赞其文章雄健,笔有奇气,并选录了他的二十篇文章。廖燕一生沉沦下僚,尽管在世时得到不少知音的共鸣,但声名沉寂,其诗文及文学思想的重要价值,借着广东与东亚各国商贸文化往来的东风,在东瀛先绽放光彩。作为岭南清代初期的一位布衣文人,其一生的行事及留存的著述,都充满着皎然于世的光辉。作为那个时代的"畸零人",其个人的抗争与呼喊,敢于向制度发出控诉的精神力量,已具有朦胧的启蒙意识,从这个意义来说,廖燕的反抗具有普遍的意义,其特立独行、孑然前行的文学姿态,成为岭南文学史上独一无二的身影。

第三章　清中叶文学

步入清中叶,遗民的浅斟低吟已经远去,社会渐趋繁荣稳定。盛世之下,文字狱的阴霾却笼罩在文士心头,让文坛感受到阵阵寒意。表面上依然繁花盛开,佳士迭出,格调说、性灵说联翩而至,但清初诗文振起风骨的现实主义精神悄然稀释,庸恶陋劣的拟古主义和形式主义一度泛滥。

岭南诗坛虽然不免受到诗文末流的波及,但因其与主流诗坛的交接有限,大传统离得有些远,地域小传统的力量更为坚韧,承接清初遗民诗人的豪迈与骨力,这一时期涌现出大批杰出的诗人,可称得上群星璀璨。乾隆年间,黎简、吕坚、张锦芳、黄丹书四人,合称"岭南四家",四家是广东诗坛中兴的杰出人物。特别是黎简,其诗以境新、句奇、意深、情真而独树一帜,在岭南诗坛戛戛独造,置于主流文坛大家之林亦毫不逊色。张锦芳又与胡亦常、冯敏昌合称"岭南三子",冯敏昌诗格调高华、气象雍雅,作为翁方纲门下得意弟子,深为中原人士所倾赏。惠士奇主持广东乡试,居粤多年,时何梦瑶、苏珥、劳孝舆、罗天尺四人,同学其门下,大受赏识,人称为"惠门四子",又与陈世和、陈海六、吴世忠、吴秋时合称"惠门八子"。佘锡纯、罗天尺、梁麟生、陈份、严大昌五人在顺德结社联吟,称为"凤城五子"。宋湘诗文亦卓然不群,独出手眼,仕宦生涯赏京都四季,优游燕台,出外任职,踏遍云南山水,为其创作助力笔锋。诗人们在群体的唱酬中,切磋提升,彰显个性的同时亦护持岭南诗学中雄直雅健的力量。

第一节　"惠门四子"与"岭南四家"

嘉道时岭南诗人黄培芳《虎坊杂识》中曾论及清代广东士人风尚,略引如下:

> 吾粤人多踊跃于科名而恬淡于仕宦,凡士子非青一衿、登一科者,不能为乡中祭酒。既释褐后,或因祖尝饶裕,或因馆谷丰腴,遂谢脱朝衫,有终焉之志者比比皆是也。余尝考明代粤中士大夫多与中原士大夫往来而仕宦亦盛,故议礼、廷推诸举,皆有粤人厕其间。至于诗文亦狎主中原坛坫。嘉靖中之前后七子、五

子,不乏粤人。即如国初之屈、梁、陈诸公,亦喜与外省人士缔交,未尝不通缟纻,捧敦槃也。不知何时而习俗一变,乃与中原声气绝不相通。观乾隆间词臣多以文章受特达之知,而粤中仅得一庄滋圃相国。其实相国原籍福建,非累代居粤也,至其时汉学盛行而粤人无解此者,殊觉夐陋。若诗文则冯鱼山、宋芷湾住京最久,与中原人酬唱较多。黎二樵与冯周生、李南涧尚识面,王兰泉、黄仲则、翁覃溪辈则仅有通函。此外张、黄、吕诸公自南涧外更无酬唱之人矣。①

黄培芳此论是针对岭南文士在仕宦上较为淡泊的风气,影响到与中原主流文坛的交接和在文坛推举提携的力度,使得诗文造诣杰出的岭南士人往往声名难以逾岭,对岭南诗学的发展有利有弊。他梳理了明代以来岭南诗学在主流文坛的亮相情况,从代不乏人到"厕其间",再到声气不通,清中叶岭南文坛与中原的交流已经不甚密切,除了冯敏昌、宋湘等任京官而与外省诗人酬唱切磋较多,而较为中原文坛所知。这一时期惠士奇、翁方纲、李文藻等外省入粤的学政或官员,成为促进岭南学术文化、传播主流学风文风、培养奖掖岭南士人的核心人物,掀起了岭南诗坛自清初以来的第二个高潮,开启了岭南诗坛的新面貌,"惠门四子"与"岭南四家"由此进入主流文坛的视野。

康熙五十九年(1720)冬至雍正四年(1726)冬,正是惠士奇任广东学政的六年。惠士奇(1671—1741),字天牧,晚号半农,人称红豆先生。惠士奇初到广东,见粤中经学甚鄙陋,即督责广东籍生员"以通经学古为教"②。他自己说道:"时余方以经学训诸生,令习三礼、三传。能通者诸生食廪饩,能习者童子青其衿。始而骇然,既而帖然,久而怡然以悦。"③他督学非常严格,粤人学风为之一变。正如后人称道:惠士奇"毅然以经学倡"之举,广东士子"通经者渐多,文体为之一变"④。"士蒸蒸向学,文风丕振,为粤东数十年学臣冠。"⑤

除了督学,惠士奇还积极赏拔优秀的学子,在这一时期,岭南有一批佼佼者,聚集在惠士奇门下。如钱大昕指出惠士奇视学广东之际,其中"粤中高才生苏珥、罗天尺、何梦瑶、陈海六时称'惠门四子'"。而《粤台徵雅录》提出"惠门八子"之说:"学士天牧惠公于康熙辛丑初以编修来粤视学,至雍正丙午,凡六年。一以经古之学为教,在广州先任所取士赏誉者数十人。惟石湖与何西池、苏古侪、陈时一、劳阮斋、陈鳌山、吴南圃、吴竺泉,每驻省暇,即启合招集,论文赋诗,因得订交于九曜官署。闲尝

---

① (清)黄培芳:《虎坊杂识》,清刊本。
② 赵尔巽、柯劭忞:《清史稿·列传》第二七二,卷485,北京:中华书局1977年版,第13375页。
③ (清)惠士奇:《瘿晕山房诗册序》罗天尺:《瘿晕山房诗册》清乾隆刊本。
④ (清)钱大昕:《潜研堂文集》卷38,清嘉庆十一年(1806)刻本.第372页。
⑤ 《(乾隆)长洲县志》卷25,清乾隆十八年(1754)刻本.第1274—1275页。

随往外郡,分校试卷,是时声华籍甚,又投契最深,故有'惠门八子'之目。"①此"惠门八子"包括罗天尺、何梦瑶、苏珥、陈世和、劳孝舆、陈海六、吴世忠、吴秋八人。在原"惠门四子"罗天尺、何梦瑶、苏珥和陈海六四人基础之上,增加陈世和、劳孝舆、吴世忠和吴秋四人。该说对这段时期众学子与惠士奇的师生授受,交游订交做了较为全面的论述,也反映了粤中学风蒸腾,一扫沉滞的风貌。

无论是"惠门四子"还是"惠门八子",皆为惠士奇在广州视学时脱颖而出且得到惠士奇亲炙的门生,每一位都为清中叶岭南文坛增添光彩,我们分述一二如下:

何梦瑶(1693—1764),字赞调,一字报之,号研农,又号西池,南海人。雍正八年(1730)进士,曾任广西岑溪县县令。精算术有《算迪》、医学音律皆善,著述颇丰,有《菊芳园诗钞》传世。罗天尺评其诗:"炼不伤气,清不入佻,中藏变化,不一其体。"可谓把握了何诗的特色。

何梦瑶因为行医的缘故,广泛接触了底层的老百姓,深切了解了人民的疾苦,并为他们掬同情之泪,并歌哭以诗。这一类的民生诗体现了他朴实自然、情感动人的写作风格。如《丁未纪事》:"暮从竹径归,行经深湾侧。村老四五人,对语泪垂臆:'饥妇弃儿去,从朝以至夕。呱呱丛薄中,半日声渐寂。未知生与死,欲视不敢逼。荒岁命难存,十室九乏食。恐当及此儿,同作沟中瘠。'闻言亟往观,奄奄馀一息。见人急欲就,匍匐苦无力。遽前抱之起,如卵得覆翼。畏我复舍去,牵衣不肯释……"②雍正五年(1727)广东大旱,饥民遍野,饿死的人不计其数。何梦瑶亲自救护灾民,目睹了饥饿而无人看顾的幼儿和忍痛弃儿独自待死的母亲的悲痛,全诗如泣如诉,明白如话,声情动人。

何梦瑶七律以陆游为师,淬炼甚深,七绝清新喜人,读起来余韵袅袅,如其《珠江竹枝词》之一,为惠士奇"观风"而作,寥寥几笔,勾勒出月夜花田的风光,刻画出花田和卖花人的美。"看月人谁得月多?湾船齐唱浪花歌。花田一片光如雪,照见卖花人过河。"

罗天尺(1668—1766)字履先,号石湖。顺德人。乾隆元年(1736)举人,中举后遂不再应试,在石湖别业讲学终生。他曾组织南香诗社,主张学宋诗,以矫清初竞逐神韵而流于词藻的弊端,用力甚深。诗作辑为《瘿晕山房诗抄》③,晚年著《五山志林》,收集记录了顺德从明初至清的大量史料,于地域文献传承有功。

罗天尺对家乡史地寄寓深情,除了吟咏风土之作,亦有发思古幽情的咏史诗,如

---

① (清)罗元焕、(清)陈仲鸿:《粤台征雅录》,王云五《丛书集成初编》,长沙:商务印书馆1939年版,第9页。
② (清)何梦瑶:《菊芳园诗钞》,清乾隆十七年(1753)刊版,本章所引诗篇皆出自此版本。
③ (清)罗天尺:《瘿晕山房诗册》,清乾隆刊本,本章所引诗篇皆出自此版本。

《君臣冢》:"流花桥北蔽蒿莱,孰与荒原酹一杯? 一死未惭俘缅日,九原休羡霸齐才。钟山空有遗民泣,宫树谁为内监哀? 不道白云兵燹后,孤魂犹得傍朝台。"君臣冢在广州城西北处,绍武政权偏安之时,城破而君臣被俘,慷慨赴难,是明末广东人民勠力抗清的历史写照。罗天尺用接连的问句追忆这段发生不久的历史,眼前的荒冢无人祭扫,遗民的歌哭不再,整首诗骨力昂扬,气魄深沉。

劳阮斋(1698—1747),字孝舆,以字行,又号巨峰,南海人。雍正乙卯拔贡,乾隆丙辰被荐博学鸿词,以知县用。再试鸿博不售。旋奉分发贵州。历署锦屏、清镇,授龙泉,摄清溪,调毕节,镇远各县尹。有《春秋诗话》五卷、《读杜识余》及《阮斋文钞》四卷,《阮斋诗钞》四卷。主持修《粤乘》,学问渊博。

八子及其他聚集在惠士奇门下的岭南士子都亲密无间,结下了深厚的情谊,从他们彼此唱酬的诗篇,互相赏评的序文可见一斑。他们感念惠士奇的培养与奖掖,同声同气,切磋问学,有力提振了岭南诗文的发展。

清中叶岭南四家,是指张锦芳、黄丹书、黎简、吕坚四人。四家是岭南诗坛的中坚,虽然四人命途迥异,出处不一,有的科名较显,有的布衣终身,但诗歌皆独出手眼,迥出时流,各具风神,四人亦情谊深厚,唱酬往来极为密切。舒位在《乾嘉诗坛点将录》中,将张锦芳喻为"步军协理头领二十六员中第十位双尾蝎",黎简更是"足不逾岭而名动海内"。黄丹书被认为"抗风轩之不坠,其在虚舟诸子乎"(《岭南四家诗钞序》)。时人将四人相提并论,并称为"岭南四家",这种提法为大家所接受,如张维屏言:"(张锦芳)又与同邑黎简、黄丹书,番禺吕坚,号岭南四家。"① 刘彬华曾提到:"(张锦芳)既又与黄虚舟(丹书)、黎二樵、吕石帆(坚)号'岭南四家',其推许皆自益都李南涧始也。"② 这一推许或许并不仅仅是李文藻一人之功,李文藻不仅有四子之目,亦有将张锦芳与冯敏昌、胡亦常称为"岭南三子"的提法,反映出他与岭南才俊的来往及欣赏推举之意,对于岭南诗人声名的传播起到有力的推动。李文藻从恩平调任潮阳,路过广州,与岭南文士交游唱和。彼时李文藻见到黎简的诗,大为赞赏,称其诗"必能传",并将黎简与张药房(锦芳)、黄虚舟(丹书)、吕坚(石帆)并称为"岭南四子",③ 李文藻离开羊城赴京朝参时,有《十二月十二日羊城解缆顺德张毓东曰珣张药房锦芳黎二樵简黄铭室丹书送至佛山镇舟中弹琴围棋赋诗作画至次日夜半过沙口始别怅然留赠三首》。李文藻与四人均有交游,亦师亦友,书信唱酬往还不断。在桂林任病重时留下遗命,要求自己的诗集要由张锦芳校对并向张、黄、黎、吕四人索要挽

---

① (清)张维屏著,陈永正点校,苏展鸿审定:《国朝诗人征略》,广州:中山大学出版社2004年版,第1007页。
② (清)刘彬华辑:《岭南四家诗钞》,清嘉庆十八年(1813)刻本。
③ (清)温汝能:《粤东诗海·前言》,广州:中山大学出版社1999年版,第23页。

诗,可见其对四人的信任与欣赏,也反映出他们情谊之深。李文藻去世后,张锦芳为之整理了诗集《岭南集》并题诗二首:"重寻遗卷涌春涛,隔岁归舟惜鬓毛。此日旅魂招不得,汉江芳草续离骚。五老船头生白髭,微吟闲对小姑祠。玉渊三峡坡公作,不独流传岭外诗。"①(《题南涧诗册后二首》)并写有挽诗《挽李南涧先生六十韵》,黄丹书则有《哭李南涧四首》,吕坚有《李进士南涧公挽诗》,黎简有《李南涧哀词寄肃斋药房石帆虚舟》,四人多次写诗悼念,情真意切。四子的才华特别是张锦芳和黎简,也得到了广东学政翁方纲的器重与赏识,张锦芳对翁方纲持弟子礼,敬重有加,有《十二月十九日东坡先生生日同集苏斋拜像听琴作画覃溪夫子命赋》记录了在京城时在翁方纲苏斋参加祝东坡生日的雅聚;翁方纲有《为东河题二樵画三首》"曾见黎生画李髯,如何丹绿忽浓添。此中郁勃淋漓气,压倒经生十万签。"表达了对黎简的赏识。

张锦芳(1747—1792),字粲夫,号药房,又号花田,顺德人,乾隆四十五年(1780)解元,五十四年(1789)进士,改庶常,授翰林院编修。与弟锦麟并为翁方纲所赏,有"双丁两到之目"。能书善画,喜金石。在京师任职期间交游广阔,诗名卓著。有《南雪轩文钞》、《逃虚阁诗钞》等②。

张锦芳诗学苏轼,追溯韩愈杜甫,论者以为笔力雄厚,诗境阔大。早岁遍游粤中名胜,既喜山水,兼访金石,诗趣盎然。其笔下的珠三角风土,气韵生动,如《村居》:"生理朝来问旧乡,年华物色共相徉。熏人市有糟床气,近水门多茧蔟香。桑叶雨馀堆野艇,鱼花春晚下横塘。新丝新谷俱堪念,力作端能补岁荒。"桑基鱼塘是岭南特有的养殖模式,该诗描绘了岭南水乡养蚕养鱼的劳作画面,画面如白描,乡土气息浓郁动人。

京华任职,与时流交往既多,视野亦更为开阔,诗力见长。其代表作《将出都寄石鼎》,学苏而境界大开,用语豪迈,略引如下:

> 存珠尺玉不胫走,樵夫声名满人口。或言襆被来金台,一夕归鞭又南斗。或言宿昔梦见之,山肩双竦衣穿肘。怪君杜门居瘴乡,传来水墨皆擅场。井西道人得笔法,一树一石无披猖。墨痕颇近大涤子,云霾雨蚀收遐荒。得非江村来往饱烟景,亦如荒山乱石穷苍茫。卧游四壁古亦有,宇内名山待君久。黄河万里写胸怀,五岳真型倩谁剖。……我今射策惭决科,蹇驴席帽行蹉跎。君应招隐我劝驾,矛盾或被旁人诃。鸟还云出事一致,泉清泉浊理则那。归来茅屋共商略,只恐拔剑斫地烦悲歌。

将黎简的才气与众人的仰慕抒写得淋漓尽致,一气呵成,结尾亦抒发自己告别京都,欲学黎简归隐的矛盾之情。情感真挚,语语如在眼前。

---

① (清)李文藻:《岭南集》,清乾隆三十一年(1766)刊本。
② (清)张锦芳:《逃虚阁诗钞》,清嘉庆六年(1801)刻本。本章所引诗篇皆出自此版本。

吕坚(1742—1813),字介卿,号石帆,番禺人。吕坚受学于同邑学者张海门。张海门祖籍湖南武冈,落籍番禺,"博极群书,文笔奥瞻",且极为自负,其为学与个性对吕坚都有一定的影响。著有《迟删集》八卷、《虚字浅说》一卷①。

乾嘉时期,史称盛世,但生活在社会底层的吕坚,看到的除了愁苦还是愁苦,潘飞声更言"挑灯一读迟删集,风雨鸣鸡易寂寥"。吕坚的诗充满了穷愁悲苦,这是一个落魄文人生活及遭际的直接描绘,也是其诗歌最突出的底色,因此当他以诗歌为倾吐时,既充满抑塞郁勃之气,又艳丽飘忽,呈现出多样的诗歌风格。如"壶边君把铁如意,节我商声歌短长"(《秋日过谢守戍苍臣昆弟论诗之作六首》)。"商声"即五音中的商音,引申为秋声。而秋历来与肃杀之气联系在一起,在多愁善感的吕坚眼中,秋天里自然界的任何声音,如风声、落叶声、虫鸟声等都包含着凄苦与萧瑟。但吕坚亦有任侠孤傲的一面,生活中的困顿没能消磨吕坚的傲气,郁勃之气时在诗中流露,如《春日塘边即事》:"如油新水镜新磨,苔绣萍花逼软莎。白昼有人冲雨立,碧天无际奈春何。那知浮世成翻覆,莫有高情与荡摩。好句江湖寄朋旧,能言何处不风波。"景物描写中渗透着诗人对人世的感叹:不管世情人事如何翻云覆雨,自己要保持高尚的情操来处世,兀傲之气跃然纸上。

吕坚犹长于雕琢锤炼字句,用词不避俗字、险字,造成诗歌光怪陆离的效果,营造出别具一格的诗境。如"嫁树雨多催病竹,女墙风利剥残灰"(《小园即事》),用词拗折幽峭,将"嫁"与"树"并提,"催"与"剥"看似不经意,实则很费锤炼。"冻合巫云断,愁争春水生"(《感旧》),此联中,"争"字写出了愁的无从排遣,春江水涨,本是一派生意盎然,诗人却备感忧愁。有时吕坚打破诗坛陈规,用俗字入诗,最典型的是"老婆"一词,这本是口头语言,历来无人将它写入诗中,"每觉秋风客思多,秋深风奈主人何。论诗似絮愁娇女,说法偎床怯老婆。千个竹枝翻算雨,几时草稿入回波。酒酣或道新寒好,拔剑谁为斫地歌"(《又戏寄诸故人》)。

黄丹书(1757—1808),字廷授,号虚舟,顺德人。著有《鸿雪轩诗钞》八卷。诗书画三绝。三位一体的艺术造诣,交融在创作中,呈现更为精深的面貌。黄丹书的诗歌"清新妥帖,取法髯苏",时名颇盛。其论书画的诗,可谓书画理论与诗歌体式的结合,见解精到,如《为何蓉洲画竹,蓉洲用东坡题晁补之所藏文与可竹三首韵见赠,次韵奉答》,其一为:"坡仙曾有言,野竹如幽人。古来画竹者,说法皆现身。我幸无俗骨,与竹相知新。袜材倘萃我,乐此宁疲神。"其二:"书画同一源,变化靡不有。君看铁钩锁,法本元和柳。我爱夏太常,笔挟风雨走。若以古书论,亦是欧虞手。"②由理

---

① (清)吕坚:《迟删集》,清刻本。本章所引吕坚诗篇出自此版本。
② (清)黄丹书:《鸿雪斋诗钞》,清刊本。

论来看,他提出画家人格与作品风格的一致性,强调书画同源,艺术家自我品格的提升。由诗来看,语言朴实无华,内涵深远。

乾嘉岭南文坛,除了以上诸家,尚有冯敏昌、陈昌齐、胡亦常、林明伦、刘步蟾、温汝能、邵咏等,为诗写文,皆有法度,着力抒写个人面目,不泥于摹拟。为嘉道文学的繁盛及岭南诗风的大力标举奠定基础。

第二节 "真诗翁"黎简

黎简(1747—1799),字简民,一字未裁,号二樵、石鼎、狂简等,顺德弼教村人,以诗、书、画"三绝"驰名,与张锦芳、黄丹书、吕石帆并称"岭南四家"。王昶盛赞他为当时岭南诗人之冠;洪亮吉称:"余于近日诗人,独取岭南黎简及云间姚椿";舒位在《乾嘉诗坛点将录》中称之为"催命判官";林昌彝认为他的成就超过"岭南三家"中的梁佩兰,应当"祧去药亭配二樵"。

在黎简自订的《五百四峰堂诗钞》中,收入诗歌一千八百五十七首,在汪兆镛付刻的《五百四峰堂续集》中,共收诗九十首;梁守中在点校时,收入佚诗二百四十四首,总计二千一百九十一首诗,这是目前黎简诗歌的现状。其诗以交游、田园、山水、题画这四种题材为主。

黎简出生于广西南宁,曾祖秉忠与祖父超然都是国子监生,但是没有考取过功名;父亲晴山公以贩米为业,寓居南宁,好风雅,"亦耽吟咏",曾组织过"五花洲吟社",与朋友唱和。在家庭的熏陶下,黎简很快展现了过人的才华,"十龄能赋诗属文,稍长博综群书,常操纸笔,独游峦壑间,遇胜处辄留题"。青少年时期,黎简先是与父亲游览桂林山水,更一度与友人结伴西入云、贵,北游湘、鄂,饱览壮丽奇特的风光,滋养着其艺术天分;二十岁时回到家乡顺德,与同郡处士梁若谷的长女梁雪成婚,后再次前往南宁,二十七岁时才返回家乡,从此再也没有离开过广东。黎简在珠江三角洲的各大山岭留下深深浅浅的足迹,尤喜罗浮山、西樵山盛景,将所居之处名为"五百四峰堂",即取罗浮四百三十二峰与西樵山七十二峰合称之意,则其醉心山水可知。

黄丹书《明经二樵黎君行状》写道:"君足迹不逾岭,海内名士,想望风采,咸以不获一见为恨。钜公来粤者,皆折节下君。"黎简一生,不以功名为念,布衣终生。乾隆四十三年(1778),西川学使李雨村到广东视学,黎简以《拟昌黎石鼎联句》诗,使李雨村"惊为奇绝,取置第一,补弟子员"①;直到乾隆五十四年(1789),"关晋轩督学吾

---

① (清)黄丹书:《明经二樵黎君行状》,《鸿雪斋文钞》卷一,清刊本。

粤,先生受知,选拔为贡生"①。至此,黎简获得上北京参加廷试的资格,正拟北上又逢父丧作罢,此后他过着自食其力的清贫生活,靠当塾师及卖文卖画的收入来维持生活,"视花鸟若友朋,以笔墨为耒耜"②,"筑药烟阁,旦夕与其妇梁相依于药鼎茶档中"③。其淡然如是,自有其安身立命所在。承平时期,既不汲汲于科名,无意仕途,但又非隐入尘烟,遁入山林;看似隐逸,儒家士人关心民瘼、胸怀苍生的情怀不减半分,黎简对现实社会始终报以热诚的关注,不吝惜以笔墨揭露社会矛盾,为民发声;他重视著书立说,希望留下的作品足以流芳千载,对诗作多次增删修订,细心甄选。无论从世人对仕或隐的哪一个标准去衡量黎简,都难以做出确切的定位,因为其选择的道路迥乎时流,而这正是黎简个性使然,也是其才情与时代产生的碰撞勾勒出的独特人生轨迹。

有人认为黎简过于狂傲不羁,黎简也自署"狂简",更刻印曰"小子狂简",这种"狂"在其诗歌创作中便表现为奔突的创作激情与突破藩篱的艺术创新精神。

首先,诗画一体,诗中有画。近人刘禺生说:"李药客云:'二樵以绘事名,诗中皆画境也。'诗中有画,画中有诗,唯二樵当之无愧。"④黎简绘画上的出色创造力与其诗的不落俗套是相得益彰的。他大胆地以木棉树入画,将木棉画入山水之中,名为《红棉碧嶂图》,曾多次以此图赠人,尤喜赠"四方之士",以播岭南特色。他在一首题赠《红棉碧嶂图》的诗中自注:"近年四方之士来游粤,索予画,予多以此图贻之。三年以来,此图度岭几数十本矣。"颇有影响。黄丹书盛赞"山樵画笔通诗禅,胸罗幽怪穷雕镌。丹青偶尔出新意,真迹过岭人人传"。比他稍后的画家谢兰生指出广东画人,自二樵山人始以木棉入山水。而黎简诗中的木棉亦婀娜多姿、乡情拳拳。如《雨中忆邱少尹铁香南来二绝句》⑤写道"南来中春云上花","官人马尾直于箭,火急赤城餐绛霞";如《忆郭山人登粤山夜望》中写道:"木棉打瓦响竹屋,阿母唤灯儿读书。"木棉的夺目如红霞,木棉的悄然掉落屋瓦,细致地抒写着成长过程与木棉有关的记忆;还有《杂忆绝句十首寄故乡诸子》中写道:"上下江乡三十里,都见村头高木棉。"《示友》中写道:"风揭沧江水扑城,木棉城上接江鸣。残年贱子无家别,昨梦娇雏哭母声。"木棉更是化为家乡的象征,思乡的情结,寄托着黎简对家乡、对亲友的思念。

---

① 苏文擢:《黎简先生年谱》,香港:香港中文大学出版社1973年版,第85页。
② 《清国史·文苑传·黎简》,嘉业堂钞本第12册,北京:中华书局1993年版,第964页。
③ (清)郭汝诚修,(清)顺德冯奉初纂:《顺德县志》之《黎简传》,卷二十六,清咸丰六年(1856)刊本。
④ 刘禺生:《世载堂杂忆》,北京:中华书局1997年版,第281页。
⑤ 本文所引黎简诗歌皆出自(清)黎简、梁增中校辑:《五百四峰堂诗钞》,广东:中山大学出版社2000年版。

黎简的山水诗则更淋漓尽致地体现着他的画与诗的浑融。黄培芳曾以擅长写田园诗、山水诗的储光羲、谢灵运来比况黎简的山水诗，并在诗后注中指出："黎二樵山水田家诗尤推独绝"[1]，给予很高的评价。

画家之眼，行之于墨色深浅、远景近景、光影参差；诗人之眼，赋予万物情感力量，而皆着诗人之色彩。黎简在写作时，尤其是山水诗，常兼具画家与诗人之眼，以极为细腻的笔触，灵动鲜活的意象，去渲染诗意无穷的意境。

如《小园》一诗：

> 水影动深树，山光窥短墙。秋村黄叶瓦，一半入斜阳。幽竹如人静，寒花为我芳。小园宜小立，新月似新霜。

诗写的是秋日的小园景致，围绕着"秋"，黎简从院中的秋树、黄叶、幽竹、寒花延展而去，有水的流动，有短墙的静立，斜阳方没入，新月已高挂，画面清雅而又淡远。在夕阳的红、新月的银白、幽竹的深绿的映衬下，黄叶覆满屋瓦的暖意，传递到小园的每一个角落。

譬如"江上青山江绿波，碧瑶新莹镜新磨。镜中一簇桃花影，照水燃山成绛河"（《江堤桃花四绝》之一）。"雨酿浓青柳翠天，一弯愁黛暮山圆。船头花影垂垂簇，亲见饥鱼嚼紫烟。"（《春江吟》）等诗更是浓墨重彩地描写春日桃花青山相对的美景，一句"饥鱼嚼紫烟"，画面如在眼前，令人拍手称绝。

其次，"刻意轧新响"，力辟新境，自成一队。黎简写诗务去陈言，力避平熟，既学李贺古体之幽峭，又追慕杜甫、韩愈之雄劲骨力，以新词汇、新手法、新意境、新形象去营造极具个人色彩的诗歌风貌。

如粤中古迹浴日亭，历来诗人，无论是岭南本土诗人，或是贬谪诗人如苏轼，寻访留诗，皆以观日为主题，黎简则独辟蹊径，写雨夜的浴日亭景致，"东南虚地势，风力揭重溟。远色敛低雨，万涛趋一亭。奋雷山趾动，沉鼓水宫灵。幽怪宜兼夜，咸潮看浴星"（《浴日亭观雨》）。雨夜里，海边的浴日亭有着别样的景致，波涛涌动，雷声隆隆似乎惊动了海底龙宫，更畅想星河明澈、沐浴星光的美好。可谓立意高妙，别开新篇。

又如黎简的罗浮组诗，景物奇险，诗亦奇险。前面提及色彩斑斓的山水清音，在其山水诗中仅占很小的比重，其山水诗主流是以纵横恣肆、拗峭劲硬的语言为表现手法，将奇异山水、激流险滩刻画得微妙精深，如《水帘洞》一诗最受人称誉：

---

[1] （清）黄培芳：《论粤诗绝句十首》之一，见《香石诗钞》卷九，《黄培芳诗话三种》管林点校，广州：广东高等教育出版社1995年版。

> 千百石叠进,汇此一帘水。清寒先迎人,去此尚一里。悬雪薄不破,奋雷伏难起。静极入山客,云水劳未已。想见洪荒来,垒涌遂至此。崖藤老尽力,石树冻半死。棉裘凛棱铁,骨战及吾齿。投暄出阳阿,回颜有生理。

这首诗是黎简补作游罗浮诗十章之一,水帘洞在罗浮山西云峰岩下蝴蝶洞前,洞多奇石,水自石泻下如帘,下为流杯池、五龙潭,为罗浮胜景之一。黎简此诗极力描写水帘洞给人们带来的感官刺激,紧紧抓住一个"冷"字,层层推进:还有一里路便寒气逼人;靠近后,更看到瀑布如同悬挂在高空的白雪,不觉寒意又增几分;山坡上苍老的藤蔓紧紧缠绕着山崖,石头上的树如此顽强,都已经被冻得半死。游人到此,只觉身上棉衣冷得如同穿着铁衣,牙齿上下打架,只能走到温暖向阳的山坡,才能恢复容颜生机。这首诗别出心裁,不遗余力渲染其"冷",充分调动读者的阅读感受,让人对水帘洞印象深刻。无怪乎邱炜萲论及此诗时说:"二樵诗心,刻意苦炼,与其所游境界,同具有古洞层阴,悬崖飞瀑之观",并进而总结道:"说者谓老樵诗如其画,画如其书,皆由能品而造妙品。读此信然。"[①]

值得一提的还有黎简的田园诗,不同于中国古代田园诗所带有的隐逸底色,田园诗的内核由田园躬耕转变为隐士避世,田园诗的作者与真正的田园生活始终隔了一层。黎简长期生活在农村,熟知农民的生活,因为他就是其中一员。他自号为"香国花农""萝园老农""众香国士",关心天气、忧虑收成,与农民忧患与共,而其笔下的田园诗也真切地反映出当时农村的生活场景与风俗世态。

天气百态在黎简的诗篇里活跃着,风雨雷电一一入诗。他特别关注"雨",创作了一系列和雨有关的诗歌,如欢乐的雨,表达了旱年老百姓喜雨的心情。有《喜雨》《喜雨寄药房》《雨欢》《一雨数日喜甚同于农夫作诗示二三知己》《闰月七夕纪雨五十句》《喜雨二首》《白雨》《祈雨》《祈雨》《雨》《秋热不雨》《秋雨》《望雨二十句》《喜雨诗与诸友》《开春连日暄妍丰年之象欣然有作惆然有忆》,诗人盼着雨,雨来了甚至写信寄给好友分享这份雀跃的心情。也有表达自己闲适自如的赏雨的诗,如《雨》:"雨斜风细上春台,不见虚空雨脚来。千里冻云浮地软,一川明水互天开。"还有这首清新流丽的《细雨》:

> 淑风深送暖,春日浅含情。细雨光犹暗,孤花冻益明。林攒远峰立,云重暮沙平。村路香泥滑,烟蓑试早耕。

晴光细雨,路被雨打的湿滑,泥土的芳香催动着农人的脚步,他们披上蓑衣,已经

[①] (清)邱炜萲:《五百石洞天挥麈》卷五,顾廷龙主编:《续修四库全书》第1708册,上海:上海古籍出版社2003年版。

忙碌的下田地开始耕种了,好一幅农家雨中春耕图。又以"深""浅"相对,"明""暗"呼应,声色光影交汇,让人有身临其境之感。

但还有令人悲伤的雨,乾隆五十年(1785)至乾隆五十二年(1787)年连续三年广州大旱,而到了1787年秋天,久旱之后终于降雨,却又暴雨连日而成涝灾,给成熟的庄稼带来很大的危害。《竟日巨雨作》就是一首详细描绘雨酿成农涝灾害的诗:

> 十年旧雨独南卧,自觉床头今雨大。伏枕遍增生死哀,假盖须难仆夫过。八门决窦如悬河,出城乏势鸣盘涡。竟起嗔雷动古屋,有似暗潮迎巨舸。窥檐只疑空虚窄,溢井远知湖海多。昔年六月竟夜雨,明日千家一抔土。地涌忽惊山下泉,渠泛顷为泽中卤。远闻人哭杂水声,旋见居民编鬼簿。君不见东门大坎三丈高,流膏断骴泥下捞。至今天阔云雨黑,死人夜作生人号,黄泥白骨缠青蒿。

从悬河、盘涡到暗潮、溢井,再到最后坟墓被冲决,暴雨的影响层层推进,人的力量在自然灾害面前实在是太渺小了。而天灾之外,更有人祸,官府的贪腐与无能带给农民更深重的灾难。黎简对此毫不讳言,大张挞伐。在他写下诸多反映民生疾苦的诗作中,以《田中歌》最为人称道:

> 饥鹰叫风野日白,田鼠仓皇乱阡陌。田头背立泣寡妻,拾穗盈筐人夺得。自言一日劳,可抵三日食。十日刈获了,可储一月积。今年三日皆空还,明日重来复何益?出门时,儿已饥。入门时,儿拽衣。娘得谷,换米归。儿食粥,娘吹麋。娘空还,儿哭啼。儿勿啼,娘心悲。向屋后,望菜畦。天寒雨瘦菜不肥,篱疏畏逐强邻鸡。闭门抱儿劝儿睡,明日娘有饭,娘自有较计。北风入夜吹破屋,上有明月照人哭。人哭不闻声,但闻儿寒就娘声瑟缩。

这首诗继承唐代新乐府手法,满怀同情地叙述寡妇母子二人饥寒交迫、无计可施的悲惨境遇,一"拽"一"抱"一"就",蕴含无限悲苦,催人泪下,具有很强的艺术感染力。梁九图、吴柄南评论此诗:"繁弦急管,如泣如诉。写愁惨处不嫌太尽,居然古乐府遗音。"[①]凌扬藻盛赞道:"义则变雅,音则乐府,满纸皆愁惨之声。"[②]皆是对此诗的准确评价。所以黎简的田园诗,无论在其思想内涵,还是艺术成就而言,在中国田园诗的历史上,应该占据一席之地。

黎简与身边的农民共情,对亲人朋友也是情深意切,真挚动人,在诗中倾注着浓烈的情感,让人读之无不动容。黎简为生计而在外奔波,妻儿在家中困守饥寒,因此

---

① (清)梁九图、(清)吴柄南同辑:《岭表诗传》(国朝),卷五,清道光二十年(1840)至二十三年(1843),顺德梁氏紫藤馆刊本。
② (清)凌扬藻辑评:《国朝岭海诗钞》,道光六年(1826),狎鸥亭刊本。

诗中多有思念,更有愧疚,如《雨晴》:"汝曹守饥寒,愧死难塞责。"(《鸡鸣行》)"可怜客子不解怨,怨在妇人机上声。"(《残灯》)"病妇机丝晓尤织,青毡心力愧卿贫。"羚羊峡是历来粤北南下至广州的必经水路,既往诗作多描写此地风光,或叹水流之湍急,黎简笔下的羚羊峡别具一番滋味,有《入羚羊峡寄闺人》:

> 清江连白沙,秋昼如月色。苍然暮帆影,凉风转秋碧。舟行入青山,山青立天石;峡雨去却来,山飙顺还逆。哀狖递云屏,清切不可极;违峡已十里,隐耳凄不息。端州万家梦,上有孤月白。是时水村夜,知复当窗织。星露江上草,草根虫唧唧。

此诗开篇写渐入夜色中的清江,营造了一幅开阔、澄明的景象。接着又以"立天石""峡雨""山飙""云屏"描绘了羚羊峡的险峻而船行如飞的紧张氛围,既表达旅途的艰辛亦有迫切归家的欣喜。诗中亮点在于诗人由眼前实景跳跃至虚写遥远家乡的场景,宁静安稳的家中,妻子正面水当窗织布,等着诗人回家,温暖而动人的氛围。万家有梦,是团聚的甜美的梦。情节由舟行的紧张转入一片安静祥和,有收有放,极大增加诗歌的张力。最后"草根虫唧唧",仿如童年树上的蝉鸣,又似家里院落的虫声,孤月照耀下的人间,有着滋长的大自然生命活跃着,给了在外的游子安定的力量,更添对妻子的牵挂。

旅途中诗人也深切挂念儿女,诗人认为自己作为父亲,并没有很好地庇护自己的孩子,而产生一种愧疚之情。"仰愧营巢老乌雀,拮据身为双雏轻。"(《春寒》)写给女儿的诗有《代书示两女》《示女》《小女》《稚女芸生两岁耳今年正月廿四日母方咽汤药叹无下药物芸密取桌上钱过桥买枣而进心哀怜之今四月内子病书至忆而作诗》。由诗题都让人感受到诗人无边的爱怜与内疚。

这样一位深受时人及后世赞许的诗人,虽无诗学批评著作传世,却有着极为清晰的诗学主张,并身体力行,践行于中。他突破门户之见,开创自己创作道路的诗学实践。

黎简提倡有骨气有力度的诗风。在他评诗论诗的诗作里,"诗骨""诗力"常常出现。如"高歌险语走万里,山作其骨江作声"(《调陈湘舟》),他很赞赏慷慨而有力度的诗;"兹焉得诗理,诗力扫琐碎。……往往于我诗,学为狂奴态。壮夫挽天河,当自引别派"(《寄周肃斋明府》),诗中涤荡一切的气魄正是其对诗骨的有力诠释。诗人给自己的"丈冰室"题诗,也表达了自己的诗学旨趣,"胸拔万仞山,气泄千尺瀑。空虚感风云,浩荡赴心力"(《复志丈室诗》)。

黎简对自己的诗颇为自信,曾自述"我宗昌谷颇能仙"(《赠别沈见亭广文(奎)还长洲》),"余幼好长吉,非长吉诗不读,且学为之,甚肖也"。表明自己对韩愈、李贺的取经。如韩愈擅长铺叙的手法,李贺幽峭奇诡的诗意,黎简皆学而融汇入诗。黎简主张学古,但学古是为了创新,反对泥古,他的观点十分通达,认为模仿是一个学习古人优秀诗作的过程,但却不能止步于单纯的模拟,要自成面目,形成自己的诗歌风格,所以他说:"士生古人后,宁有不践迹。始则傍门户,终自竖棨戟。"(《与升父论诗》)很多论者都对其诗歌既有承继又有创新有充分的认识,如张维屏认为:"其诗由山谷入杜,而取炼于大谢,取劲于昌黎,取幽于长吉,取艳于玉溪,取瘦于东野,取僻于阆仙,锤焉凿焉,雕焉琢焉,于是成其为二樵之诗。"① 潘飞声在《在山泉诗话》卷一中也有相似的总结,解读贴切,可谓黎简的知音人。

> 诗真能穷人,作者不避穷。不避穷固然,诗亦未必工。徒令我年寿,概付幽忧中。知四十九非,已复五十翁。断手太瘦生,折腰陶朱公。面垢一寸黑,尘光十丈红。又悔不作诗,久如仍未通。二事谓有命,老生聊取容。不者万变化,谁能出其宗。诗穷以诗遣,与楔出楔同。诗人自怖畏,无病作病攻。我则真穷人,人曰真诗翁。诗翁有何得,鬓鬓飘西风。口哦五言诗,目送千里鸿。

这是黎简的《卮言,诽谐调》,用诙谐而又不乏自嘲、自得的口吻勾勒出一幅穷人与诗人的"真诗翁"自画像。生活的逼仄与困厄并未曾束缚黎简的精神天地,他的诗中自有阔大而舒展的姿态。黎简对自己的人格与精神境界期许甚高,独立的自由的意志,赋予他在传统文人清高绝尘的精神气质之外,有一颗宁静、从容、关怀现实的平常心。而他留下的诗作与精神,在岭南文学史上,上承清初"岭南三大家"的风力气骨,一扫清中叶诗坛靡靡之音,追求艺术的个性与创造,为岭南文学树立起杜绝模拟、自成面目的典范,下启粤诗以学问为辅,在学古中创新的宋诗风气。

第三节 "写我心"的宋湘

宋湘(1756—1826),字焕襄,号芷湾,广东嘉应(今梅州)人。嘉庆四年(1799)进士,选翰林院庶吉士,散馆授编修。历典四川、贵州乡试。嘉庆十八年(1813)官云南曲靖知府,在任十三年,勤政爱民,颇多政绩。道光五年(1825)迁湖北督粮道,翌年卒于任上。终年七十一岁。工诗文,著有《红杏山房诗钞》十三卷。

宋湘诗集最早的版本当属刊印于嘉庆二十五年(1820)的《红杏山房诗钞》,仅四卷,即《燕台剩卷》一卷、《南行草》一卷、《滇蹄集》二卷(《滇蹄集》共三卷,此处为前两卷,《滇蹄集》卷三为道光元年前后诗作)。同治八年(1869),宋湘的再从孙维松将

---

① (清)张维屏:《国朝诗人征略》卷四十六,上海:上海古籍出版社 1996 年版。

家藏红杏山房集板加上《楚艘吟》稿本付印,也称"己巳"本,增入了《滇蹄集》卷三、《不易居斋集》一卷、《丰湖漫草》一卷、《丰湖续草》一卷、《汉书摘咏》一卷、《后汉书摘咏》一卷、《试诗》一卷、《试帖诗》一卷、《同馆赋钞》一卷,宋湘作品至此大体完备。各集之前,大都有宋湘所撰自序,可见经他亲自校定,讹误极少。现流传的《红杏山房集》都以此为校点的底本。

宋湘继清初"岭南三大家"之后崛起于世,与黎简双峰并峙,在清代中叶的广东诗人中成就甚高,也最有地位。《清史列传》卷七十二《文苑传·宋湘》中评宋湘曰:"湘负绝人姿,又肆力于古,为文章醇而后肆。诗沉郁顿挫,直逼少陵。粤诗自黎简、冯敏昌后,推湘为巨擘。"①文中对宋湘的创作风格和诗坛地位的概括和评价,是符合当时的诗坛风貌与诗学认同的。陈衍在《石遗室诗话》卷八中对宋湘也有极高的评价:"清岭南诗人,余甚推宋芷湾。"②综上可见,宋湘在岭南诗坛有着重要的地位,在清代文学史上的地位亦不容忽视。

宋湘前半生大体在求学和博取功名中度过,自嘉庆四年(1799)功成名就之后,开始了长达二十多年的仕宦生涯,足迹遍布粤、冀、湘、贵、滇等地,阅历丰富,见识广博,其生平经历大致可以分为以下几个阶段:

乾隆二十一年(1756),宋湘出生于广东嘉应州(今梅州)的一个小山村。曾祖父宋廷策,祖父宋名德,均以耕田为生。父亲宋步云,贡生,以教书为业,照料一家生计。母亲杨氏,知书达理。受父影响,宋湘自幼喜欢读书,开蒙较早,九岁时"见诸伯叔为文会,即取片纸为文,下笔有奇气"。但多次参加县试,均未中第,直到乾隆四十三年(1778)八应童子试,始得秀才之名,补为州学生,后进入省城广州的粤秀书院就读,每课艺粘堂,同学皆惊佩,有"文中骐骥"之目。因家境贫寒,宋湘生活费用需自筹,所以他靠课余卖文、边工边读来维持生活。从粤秀书院肄业后,先在香山郑家德辉堂坐馆读书,后入广东学政陈桂森幕中,继续读书应试。

乾隆五十七年(1792),三十七岁的宋湘参加广东乡试,高中解元。是年冬天,宋湘北上赴京会试,落第,从此开始了长达七年之久的旅居。嘉庆元年(1795)丙辰恩科会试,宋湘第三次参加,仍不第。此时宋湘才开始尝到人生的苦味,接连落第,独居异乡,寄人篱下,生活更是穷苦潦倒。他现存第一本诗集《不易居斋集》便作于这一时期,其中多表现个人怀才不遇、漂泊孤苦的感伤。嘉庆四年(1799)四十四岁的宋湘第四次参加会试,终于如愿以偿,得中二甲第十一名进士,后选翰林院庶吉士。是年十月,入翰林院不久的宋湘请假南归,惜未抵家,其父溘然长逝。于是宋湘滞留嘉

---

① 王钟翰点校:《清史列传》,北京:中华书局1987年版,第18册,第5978页。
② 陈衍:《石遗室诗话》卷八,北京:人民文学出版社2004年版。

应,为父守丧。丁忧期满后,受惠州知府伊秉绶之邀,出任惠州丰湖书院院长。此间作品创作旺盛。嘉庆九年(1804)冬,宋湘辞去粤秀书院院长一职,北上入京。十年春,销假回到翰林院参加了散馆考试,获二等,授翰林院编修之职。至此,宋湘便开始了长达九年之久的"优游燕台"生活。

嘉庆十八年(1813)八月,五十八岁的宋湘,以翰林身份被外放出任云南曲靖知府。直至道光五年(1825),他驻滇约十三年之久,除任曲靖知府外,还曾先后代理广南、大理、永昌府及迤西、迤南道尹等职,经常奔波于海子平坝、深山穷谷之间,躬行素志。宋湘在云南政绩斐然,深得民心,道光三年(1823),在永昌任上,期满离任时,郡人为宋湘立碑、塑像、建祠堂,以此来表达他们对宋湘这位父母官的称颂之情。宋湘在云南宦居期间所作诗歌皆收于《滇蹄集》卷一、卷二、卷三中。

道光五年(1825),宋湘七十岁时,离开云南,升任湖北督粮道。道光六年(1826),奉旨通筹漕河全局,经长江、运河押运北上入觐,古稀之年,舟车劳累触热生寒,抵京而病。十月回到湖北任上,十一月二十五日卒于官,终年七十一岁。诗人去世后,无钱安葬,灵柩奉旨从湖北移归故乡梅县,暂时寄存于安丰寺。直到民国六年(1917),才在梅县父老乡亲的帮助下,得以安葬。可谓清廉一生,鞠躬尽瘁。宋湘最后两年的诗作编为《楚艘吟》一卷行世。

宋湘生于梅州,其为学多受乡风、乡贤影响,后来任教广州、惠州书院期间,和一大批同乡前辈、师长有着密切往来。如陈鹤翔(号榕溪),广东南海人,作为宋湘的授业老师,亦师亦友,在学业与生活上都给予无私的帮助,宋湘视其为"平生第一知己";如伊秉绶,邀宋湘任书院院长,多有提携;此外,宋湘在京城任翰林院编修时,不仅与诗友同僚常有唱和,还与诗界前辈翁方纲等有所交往;阮元是嘉庆四年(1799)会试的主考官,对宋湘赏拔有加,宋湘以师礼待阮元。与黎简、黄丹书、张维屏、谢兰生、冯敏昌、陈寿祺、马履泰、吴荣光、鲍桂星、吴嵩梁、程恩泽、李鸣盛、姚文田等皆关系密切,或有同乡之慕,或为同年之谊,或为同僚之情,互励互赏。在诗文切磋与师友关爱的交游中,宋湘的诗坛影响力渐渐加深。

宋湘并无专门的诗歌理论著作,其诗论除各集前的序言和一则诗话外,还有他的部分论诗诗,主要有《说诗八首》《与应试诸生论文五首》《读杜工部集四首》《湖居后十首》之八《与人论东坡诗二首》《人皆议少陵绝句为短,予以少陵自不肯为人之所长。若夫古今派别,焉可诬也。杜自云:"法自儒家有,心从弱岁疲。"或辄以别调目之,是可异已,作二绝句》《赋得蓬莱文章建安骨》等,皆观点鲜明,论中有立,可见宋湘诸多精辟的诗学主张。

其一,主张"真性情"写诗,"写我心"。

宋湘《湖居后十首》之八,诗云:"中夜不能寐,起来读我诗。我诗我自作,自读还赏之。赏其写我心,非我毛与皮。人或笑我狂,或又笑我痴。狂痴亦何辞,意得还自为。历历湖上山,又是夕阳时。"①

这首诗中连用七个"我",可见诗人对"我"的主体性、独特性的重视,而所欣赏"写我心",指的是感情的真实性与个性化。所写的心要有一定的深度,且要发自内心,"非我毛与皮",不应停留于描摹肤浅的表相皮毛。宋湘在这首诗里提出的观点是,只要能真实地、真诚地抒发自己的胸臆,即使被他人视为"狂""痴",也无需介意。

其二,"骚屑之音",敢于臧否,敢于表达。宋湘在《滇蹄集自记》中提出"骚屑之音",其云:"滇蹄集者,予出守滇中积年所作,删而仅存者也。骚屑之音,时或不免,人窃议焉。昔人重内轻外,今则无是。予亦无以自解。"此处的"骚屑之音"是其诗集中那些反映底层百姓苦难生活的哀怨之声,也即温柔敦厚的儒家诗教传统所反对的"疵砭语""牢骚语"。此类诗篇主要作于诗人南下途中和云南任职期间,诗人接触到了残酷的社会现实,目睹百姓的苦难、国家的动乱,诗人产生了激烈的情感,不吐不快,诗中有对苦难者的同情、有对动荡局势的忧心,这便是"骚屑之音"。这些诗作虽遭人"窃议",但宋湘还是保留了下来,这也体现了他求真"写我心"的诗学立场。

宋湘极为推崇杜甫和李白,曰:"今人每喜作诗。余尝谓哭不能如老杜,歌不能如青莲,皆可不必作诗。"宋湘最欣赏的是李、杜那种为国为民而长歌当哭的至情至性精神。他认为李白、杜甫之所以能创作出伟大的诗篇,艺术技巧是其次的,更主要的是他们对民众有真实的感情,对生活有真切的体验。

因此,宋湘对一味提倡宗唐、宗宋的作家也提出了批判:"学韩学杜学髯苏,自是排场与众殊。若使自家无曲子,等闲铙鼓与笙竽。"强调学习唐宋大家不能局限于模仿,应该要有自己的真实感受,否则空有"排场",没有内涵,亦无佳作。

其三,宋湘倡导诗风多样化,他个人对壮美一格尤为偏爱,如《说诗八首》之六,诗云:"池塘春草妙难寻,泥落空梁苦用心。若比大江流日夜,哀丝豪竹在知音。"首句中的"池塘春草"是指南朝谢灵运《登池上楼》中"池塘生春草,园柳变鸣禽"句;"泥落空梁"是指隋朝薛道衡《昔昔盐》中"暗牖悬蛛网,空梁落燕泥"句;"大江流日夜"指南齐谢朓《暂使下都夜发新林至京邑赠西府同僚》中"大江流日夜,客心悲未央"句。宋湘先揭示了谢灵运诗的天然且无迹可寻的妙处,又评薛诗颇费推敲与淬炼,接着把谢、薛诗句和谢朓诗句分别以"哀丝""豪竹"喻之,前者是如泣如诉的弦乐,阴柔动人;后者如豪迈雄壮的管乐,宏阔壮美。相比之下,二者各有优长,但宋湘则倾向于后者。宋湘在《赋得蓬莱文章建安骨》一诗中,也表现出了对雄健之风的偏

---

① 本文所引宋湘诗文皆出自(清)宋湘著,黄国声点校:《红杏山房集》,广州:中山大学出版社1988年版。

爱:"汉魏人谁在,文章骨自雄。神仙蓬岛上,著作建安中。"

宋湘在诗歌理论方面,无门户之见,自成一家,主张"我诗我自作",反对模拟因袭,提倡自我创新,倡导诗风多样化。这在诗派林立的乾嘉诗坛显得十分可贵,对晚清"诗界革命"也产生了影响。从宋湘的"我诗我自作,自读还赏之"到黄遵宪的"我手写吾口,古岂能拘牵",不难看到一脉相承的诗学观念承继关系。

与其诗学主张相应,宋湘诗中有如下几个值得关注的方面。

宋湘的民生诗沉厚苍劲、慷慨悲凉,诗歌骨力可见,且多以古体为之,由诗情诗意驱动篇章,不受句式束缚、不拘字数,真切的记录下自己的所见所感。

嘉庆元年(1796),流亡于四川、湖北、陕西三省交界处的农民爆发大规模的起义。僻处粤地的宋湘也感受到了这场起义带来的社会冲击与人心动荡,于嘉庆七年(1802)孟兰节写下了《孟兰词》,诗曰:

> 鬼不怜人人怜鬼,孟兰大会夜如水。削竿挂衣钱剪纸,蜡泪倒流风旋起。
> 嗟哉孟兰何所始?昨烧纸人今又死。天荒地老不见人,瑟缩暗中随鬼尾。
> 吁嗟汝鬼莫悲酸,年年此夜会孟兰。街东逼侧街西走,疏萤照路青盘盘。
> 星高月堕开鬼市,鬼中得钱鬼中使。吁嗟汝鬼乐可知,异乡故国皆分离。
> 生前分离生前苦,死后心肝已黄土。君不见战场沉沉蜀连楚,今宵独哭孤儿女。

诗前半部分带着悲悯的口吻写"鬼",诗人描述孟兰节时家家户户祭祀先人,给"鬼"烧纸钱、焚香、点蜡,表达了人对鬼的怜悯与缅怀,然而在兵荒马乱的时局下,烧纸的人也变成了"鬼",茫茫大地不见"人",笔锋一转,由人间转向了"鬼"市;后半部分通过活人在故乡与"鬼"在异乡与亲人别离的痛苦程度作对比,突出"人反不如鬼"的人间真实,将悲凉的慨叹直刻入骨子里。

还有古体乐府如《买鱼叹》《滩舟叹》等,反映官府欺压民众的不合理社会现象,诗人以诗为武器,抨击时弊。

宋湘笔下也有不少咏怀古迹的诗篇,特别是京城寓居和外放去云南而南下的时期,其足迹遍布河北、河南、安徽、云南、湖南等地,壮丽山河的饱览,与诸多名胜古迹的登临,成就了不少咏古佳作。如诗人在任翰林院编修时,所作的吊古名篇《登晾鹰台》,诗云:

> 元室君臣夜猎归,国门留此晾鹰台。
> 寒沙立马荒荒没,落日盘雕故故来。
> 飞放泊前空水阔,医无间外阵云开。
> 书生不解腰弓矢,怀古登临暮角哀。

诗人先描写了晾鹰台遗址的历史,与今日周边之荒凉形成对比,发思古之幽情,又迅速转入现实,由狩猎的晾鹰台想到了塞外医无闾地区与沙俄之战事;最后落到自身,诗人对自己未能兼通武事,无法在战场上为国效力而深感遗憾,也体现了作者对边疆战局的忧心。此诗是宋湘登临怀古的代表作,写得开阔豪迈,具有鲜明的北国气魄。

托物寄情的咏物诗则是诗人抒发情志、遣怀纾懑的寄托。前三次会试皆落第京城留滞的岁月,尽管宋湘笔下也有满怀欣喜期待未来的诗篇,如《种花三首》之一:"北院槐树阴,日光午未昊。南院阴不到,杲杲达昏晓。同时所种花,南黄北青了。青者岂不喜?阴多露亦少,黄者岂不怜?脉练气深老。不信待他日,花开看谁好。人生立功名,岂在迟与早",展现出非常豁达、通透的姿态。但更多的则是传达其苦闷内心的咏物诗篇,如《孤鹊诗》,诗曰:

无侣复无巢,日夕旅即次。一枝岂有择,双栖若无意。尔鹊何为者,得非抱贞义?方春二三月,群飞竞相媚。乐生物之情,志勤物之事。而鹊处其间,不闻亦不避。莫或余敢侮,侮者自不至。有时风动枝,略效雨缩翅。晴干听天时,欢喜付人世。此岂果鹊情,无由道鹊志。荧荧檐际星,照影不到地。明当复归来,独客户且闭。

诗中那无枝可依的孤鹊不正是诗人所处境况的真实写照?诗人借咏孤鹊表达了自己客居异乡的孤独和对未来仕途未卜的担忧。诗中孤鹊的处境写得丝丝入扣、细腻动人,正是诗人心声的投射。还有诗人借咏马而自伤自怜的《健马篇》,整首诗表面上看是诗人为老马病残而掬一把同情的泪,实际是诗人借老马自伤,字里行间隐隐透露出诗人自觉岁月蹉跎,毫无进益的感伤。

也有个别咏物诗反映了诗人对家乡风物的记忆,也表达诗人对天地万物蓬勃向上的生命力的歌颂,传达出积极向上的人生态度。如宋湘笔下岭南最有代表性的树木:榕树,《榕生》诗曰:

割取苍龙左一股,泥封草裹生气贾。小阁之南水之浒,沧波喷浸几尺土。春雷一鸣爪出舞,其麟之而日夜努。今年当可荫数武,十年便可遮廊庑。上结鹤巢开鹤户,下铺钓石坐钓伍。东南枝倚游湖橹,西北枝挂樵山斧。听琴算棋人三五,亦或农桑话邻父。一香一茗而一酤,榕阴之乐焉可数。吁嗟乎,榕阴之乐焉可数!

这首诗以榕树的成长为主体,前半部分以苍龙作比,描写初生的榕树生机勃发的景象。后半部分作者展开联想,描绘榕树长大后,人们树下齐享"榕阴之乐",或听琴,或下棋,或把酒话桑麻,其乐融融、乡情拳拳,带有浓郁的岭南农村生活气息。

客家文化土壤的滋养,嘉应山水民俗的耳濡目染,为宋湘的诗歌带来一抹客家风情。除了民俗文化方面的呈现,客家口语的融入、客家山歌的活用,让诗歌的体式有了更丰富的变化,阳春白雪的绝句律诗与下里巴人的山歌碰撞出火花,也体现了岭南文学文化中从众向俗的烟火气息,经由宋湘充满乡情与独出机杼的艺术创造力,呈现出清爽明快的诗歌风貌。

诗人常化用客家山歌七言四句的独特表达形式又加以改变,文句保持整饬但诗歌的包容性更强。

如《公无渡河哭纤夫》云:

公无渡河,公苦渡河。不渡者生,渡者如何?
公无渡河,公死渡河。摇摇来舟,公无渡河。
公无渡河,公死渡河。兵戈满目,谓河水何?

作者运用山歌重章复唱的表现手法,充满极强的节奏感,推动了诗歌的叙述力度,反复抒写纤夫劳作的艰辛,连续的追问使诗歌弥漫着悲慨无助的氛围,深深表达了作者对纤夫苦难生活的同情,对战乱四起的社会背景下民众如蝼蚁般弱小无助的忧虑。颇有《诗经·国风》的韵味。

又如咏物诗,《菊赞四章,章四句,题四菊帧》,诗曰:

酌汝一杯,慰汝晚开。落叶在户,汝华能来。
酌汝二杯,汝有潜德。不曜而香,君子是则。
酌汝三杯,丽句清词。南山之下,渊明以之。
汝德既贞,汝风斯清。终胜一爵,我缨其盈。

诗人与菊,在诗中不是传统的人与物的关系,由人去凝视物,而是以全新的视角,用第二人称代词"汝"代替了对"菊"的指称,仿如两位老朋友在交谈叙旧;句式的反复既是对酌的时间的推移,也体现了情感的绵长温馨。

宋湘在诗歌创作中,还采用山歌"问答式"的结构形式,加入各种客家口语,让语言显得摇曳生姿。譬如他回忆儿时在乡间读书生活的《忆少年七首》之二,诗云:

世间何物是文章,提笔直书五六行。
偷见先生嘻一笑,娘前索果索衣裳。

明白如话,风趣幽默,暮年的宋湘用童真满满的口吻描述调皮淘气的小学童,巨大的形象反差,让读者忍俊不禁;"索"这一口语用得恰到好处,让孩童的话语动作活灵活现;整首诗生动活泼而带有浓郁的追忆情怀,仿佛时光穿越回诗人的小时候。

宋湘评自己的诗"哀乐无端,飞行绝迹",从写作的情感真切,歌哭由心;任由笔意驰骋,不循循于既有体式结构两个方面做出了定位。总的来说,宋湘诗风以舒爽明快、慷慨豪迈为主。古诗趋近李白,自然畅达,间杂议论,喜欢杂糅散文句式和经史语言,有以文为诗的特点;而对于格律谨严的律诗,宋湘亦超脱于格律,注重达意尽兴而不计较工拙,运典老到精当,笔法一气呵成;以客家山歌、客家方言、客家风俗文化入诗则是宋湘诗歌的重要特色之一,是地域风土赋予宋湘的珍宝。宋湘的诗风与品行对岭南诗人尤其是同为客家文士的晚清黄遵宪、丘逢甲产生了深远的影响,胡曦编的《梅水汇灵集》选辑了宋湘诗达384首,对乡先贤宋湘高度评价,敬仰万分,体现了宋湘在岭南文学、客家文学的典范力量。

第四章　嘉道以来文学

在社会政治经济的平稳发展及学术文化带动下,嘉道以来的广东诗坛日渐繁盛,创作唱酬蔚然成风,诗家辈出。同治元年(1862)来粤的林昌彝在其《广州采风杂感八首》其七云:"欧桢柏黎瑶石美周梁兰汀药亭邝湛若皆诗伯,屈翁山陈元孝黎二樵倪秋槎尤巨擘。宋芷湾冯鱼山二张逃虚南山亦称豪,亡友太真今正则温伊初。经台双塔鲁灵光,曾曾钊林林伯桐两两争馨香二君皆有遗稿。"①林氏指出明清迭代时粤诗大家辈出,为清代岭南诗坛树立丰碑典范,近人黎简、宋湘、冯敏昌、张锦芳、张维屏等则继往开来,可称文豪,及至时人温伊初、曾钊、林伯桐诸家,亦馨香存续,代不乏人。此诗梳理出粤诗明末以来至嘉道的发展脉络,以及这种积淀传承与创新的诗学力量,由涓涓细流在嘉道时期汇聚成奔腾的潮流,迎来了发展的新高峰。

值得一提的是乾嘉时期至粤出任学政的翁方纲,为清中叶至嘉道期间岭南的诗文兴盛、佳士联翩而起的面貌,起到了极为重要的推进作用。翁方纲自乾隆二十九年(1764)以翰林院编修署广东学政,连任三届达八年之久。在任期间兴学重才,奖掖后进,赏拔人才;赴广东粤东粤西粤北各地考核士子,大力促进地方办学,鼓励诗文创作,其《石洲诗话》便是与诸生论诗的产物。翁氏诗宗宋体,对苏轼极为推崇,有《宝苏室小草》《苏斋小草》等集,在粤时遍访苏轼留下的足迹,考察金石,并持续数年在东坡生日时举行雅集,将宋诗风尚传播到岭南。

彼时诗坛群体蓬勃而生,继"岭南四家""惠门八子","后三大家"为世所知,翁方纲称张维屏、黄培芳、谭敬昭为"粤东三子";江苏镇洋盛大士推张维屏、黄培芳、谭敬昭、林联桂、吴梯、黄玉衡、黄钊为"粤东七子";又有"云泉七子"诗坛光彩烨烨,在白云山云蒸霞蔚的密林山涧,留下诗人们的足迹与山水清音。

兴盛的诗风也带动了古文与诗话的发展,有志于提振粤中荒陋文风的士人们以希古堂文课为契机,切磋研磨,进而于学海堂谈学论道,调和汉宋。群体性的诗文交往,有利于凝聚创作力量与风气,也形成了评文论诗的良好氛围,张维屏撰有《国朝

---

① (清)林昌彝著,王镇远、林虞生点校:《林昌彝诗文集》卷8,上海:上海古籍出版社1989年版,第195页。

诗人征略》《艺谈录》，黄培芳撰有《香石诗话》，林联桂撰有《见星庐馆阁诗话》，吴梯撰有《读杜姑妄》，黄钊撰有《诗纲》等，其中除了吴梯所著为杜诗注本外，其余均为传统诗话。诗文总集和选本的出现，也是时代诗文风尚与面貌的一种投射，梁善长编《广东诗粹》、刘彬华编《岭南群雅》及凌扬藻编《国朝岭南文钞》，皆成书于嘉道年间，为岭南诗派的总结与整理，地方文献的保存与传承做出了贡献。

第一节　沉凝雅饬李黼平

李黼平(1770—1833年)，字绣子，又字贞甫，号著花居士，广东嘉应州(今梅州市)人。嘉庆三年(1798)举人，十年方中进士，选翰林院庶吉士。治汉学，精考证，以诗名世。后人编有《绣子先生集》(内含《著花庵集》8卷、《吴门集》8卷、《南归集》4卷)，另有诗《南归续集》4卷，学术著作有《易刊误》2卷、《文选异义》2卷、《读杜韩笔记》2卷等，其《毛诗紬义》24卷收入阮元所刻《皇清经解》。

李黼平一生历经三朝：生于乾隆，长于嘉庆，卒于道光。科举之路的艰辛，自不待言，但散馆后授任江苏诏文县知县，不承想更是步步惊心、举步维艰。据《清史稿·儒林传》记述：李黼平"莅事一以宽和慈惠为宗，不忍用鞭扑，狱随至随结。公余，即书一编，民间因有李十五书生之目。以亏挪落职，系狱数年，乃得归"。

为官三年，入狱六年，这是李黼平人生的重要转折点。"漕运"是当时影响国计民生的一件大事。把南方的粮食通过河道转运到京都，极为艰难。早在翰林院时，李黼平就曾疏陈胶莱转运之策，以解南漕之困，但"所怀莫申"。而李黼平为官的江苏诏文县，恰是转输要冲，"漕运"的任务十分繁重。在《漕运行》一诗中，李黼平写道："书生一食恒三日，忍饥诵经门不出。仙家撒米狡狯多，饭瓿空看梦中溢。一麾作宰居海滨，职有漕事当躬亲。手收八万七千石，但丐糠覈能肥人。连廒四开临水曲，负载遥来趁初旭。南箕扇簸北斗量，原是天公具餐玉。岂惟献纳人争先，鸟雀未敢窥檐前。仓储近烦白虎卫，水铎远叱黄龙牵。颇闻荷花塘欲涸，碧波辚辚石凿凿。屯丁辛苦里正嗟，津贴钱刀苦来索。汝辈何知为杞忧，连云畚锸通邗沟。高低正依均海法，升斗不贷监河侯。舻舳万里趋芳甸，黍谷桃渠眼中见。潓沱可涸涞可陂，只在司农斥圬衍。拓地平移委粟山，治田尽表宜禾县。丰岁香粳满近畿，云帆永罢东吴转。"①全诗既为民生哀，亦为书生自哀。清朝漕运将压力尽数置于江南一带，再加上各种猾胥及中饱私囊的下层官吏，正直为民的李黼平亦独力难支，哪怕起早贪黑、事事躬亲都

---

① 本文所引李黼平诗文皆出自(清)李黼平：《李黼平集》，广州：广东人民出版社2020年版。

未能应对,而被"饰诉于上官",终因"交代有弊","病不亲察"而入狱。在狱期间,李黼平的父亲、妻子先后病亡,极尽悲苦,出狱后又无盘缠回乡,入陈桂生幕为幕僚,三年后筹足路费方返回家乡。"三载言归今始归,还未到家涕先挥"(《归思》),"弟病儿未痊,药饵不时投"(《常山客舍抒怀》),一路上波折不断、跌跌撞撞,未至家又闻慈母辞世的噩耗。接二连三亲人离世的打击,叠加着入狱的冤屈与无奈,沉重地压在李黼平的身上心上,转化为饱含血泪的诗文。

返粤后,"会粤督阮元开学海堂,聘阅课艺,遂留授诸子经"。阮元十分赏识李黼平的学问,延至府中任教。后来李黼平因"病头风"而离开阮府,阮元又推荐他到东莞宝安书院任山长。宝安书院传道授业,遍育桃李的八年,成为李黼平人生的最后一站。

诗穷而后工,备尝艰辛的人生苦旅,成为李黼平创作的无尽源泉;其自我期许与地域文化传承的使命感,又赋予了他创作的无穷动力。可以说,继"岭南三大家"而后,李黼平是最具有地域文化自信与诗派意识的岭南诗人。他在其《著花庵诗集》自序中旗帜鲜明提出了他的相关诗学观点。

首先,李黼平认为,岭南人"善为雅乐",其诗歌传统可追溯到上古时期。他提出:"予观轩律采诸禹竹,舜乐张自韶石,其地皆在五岭之南,南人诚善为雅乐者。夫乐即诗也。三百篇,皆可弦而歌,是以南风雅颂并称。"他认为"南"乐,也即"南"诗,在尧舜时期已经深受重视,与风雅颂"并称"虽然后来因为地域之偏、周朝衰落或其他原因而未及为采诗之官所传,但其价值是不可抹杀的。"南"诗的提出,既是李黼平的创见,更是其建构岭南诗学源流的意识体现。

其次,他进一步梳理了岭南诗学发展的重要节点,认为张九龄是岭南诗学的里程碑,奠定了雄直的诗歌路径,影响至深。"汉兴以来,南裔渐辟,至唐张曲江公出,实有以追正始之音,流风未微,积而发于胜国。"

再次,李黼平对岭南诗派进行定位且总结了岭南诗的特点。"维时(指明朝)天下之诗派有三:河朔为一派;江左为一派;岭南诗自为一派。"这一定位是否符合诗坛情况有待论证,但"自为一派"意味着群体的蓬勃与自成面目,更有着强烈的地域自豪感。李黼平还概括岭南诗的特点:"其才力排奡,声调高张,足以起衰式微,彬彬乎其盛也。"然而"世之论者,又或以粗厉猛起少之,则诗乐分而南音之亡已久矣。"岭南诗的特点也成了论者眼中的缺陷,主流诗坛因粤诗重气力而少雕琢,艺术技巧较为粗粝而轻视诗风雄直的岭南诗歌。因此,李黼平大声疾呼:"圣代右文,远迈前古,风教所暨,极于幽遐。生文明之区,仰中和之建,著述之士,飙起云集。然则心声所发,含宫嚼羽,期与象簡胥鼓相应,南乐之复,在此时也。"则更将岭南诗派的发展与"南"乐的复兴直接联系起来,强调了重要性和诗学意义。

此外,李黼平还一再表达对南园诗人的追慕与讴歌,"孙、王歘起五管中,力挽隤纲无限功。一时声律谐九奏,象箾胥鼓追姬宗。百余年间孰继轨?欧梁黎李连翩起。琼琚玉佩放厥词,籍甚才名仍五子""一代兴亡何处见?抗风轩里诗三变""文章忠孝两臻绝,词人到此开生面"。元末明初以孙蕡、王佐为首的五位诗人,和明嘉靖年间欧大任、黎民表等五位诗人,在南园唱酬雅集,切磋诗艺,关注现实,不作靡靡之音,形成南园诗人群体,有力促进岭南诗派的崛起海隅,李黼平在《南园诗社行》中,深情赞颂他们的历史功绩,亦寄托了继承南园诸子而振起岭南诗派的自我期待。

李黼平的诗歌创作便是与"世之论者"抗争而振起岭南诗派的行动。他不迎合"拟古"的潮流,而"翘然特出,不为风气之所局"。因此,其诗歌在当时并不为时人所欣赏,"生平为诗以示人多不喜,惟故友叶石亭解元及方伯吴蠡涛知之"。但这不妨碍其诗歌价值在后来得到认同和赞赏。

李黼平的诗歌创作实践了他的主张:既发自内心的真情,又声调高张,符节合律,精整雅饬,深致可诵。他"年十四,即通乐谱",其五七言格律诗严谨合律,几无可指摘。《清史稿》在评价李黼平时说:"所为诗,专讲音韵,能得古人不传之秘",盛赞李氏诗歌贡献,这是历史的定评。

李黼平诸体皆有作,但最擅长也最见功力的是他的七言古体,气格沉凝,骨力清苍。如这首《得南垣宣化书》:"雁寒嗷嗷度居庸,居庸迢迢云万重。乘风一夜到幽朔,征人不来双泪落。塞上秋正深,雪霰何褵褷。寄书百无语,但道久栖迟。栖迟关外从头说,石路崚嶒马蹄裂。寒烟古树不见人,乃是统幕蒙尘之故辙。沙场折戟供摩挲,鸟鸢衔肉愁云多……"颇有边塞诗的豪迈矫健、句式杂糅、纵横开阖,还运用了顶真的手法,有回环往复之感。又如《拜苏文忠公祠》:"春游下马入门拜,清高毛羽当晴空。元丰至今如梦中,公自散发骑白龙。沧波一勺歌酹公,海天万里斜阳红。"抒写诗人对坡公的景仰之情,酣畅淋漓,诗境开阔。还有学韩愈奇险而生涩一路的《莲花池古藤歌》:"古藤矫矫当莲池,有客一日三来窥。深山蟠根蔓纠结,此本入世尤支离。巴蛇就屠巨骨弃,荦确远自潇湘移。"独辟町畦,对古藤极尽描摹之能,更以古藤进而谈及世间奇才,进行议论引申。五古如《春日有怀元甫》《潘村是入山第一程》等也有幽峭深秀的韵味。诗人诗笔健逸,不肯作俗语套语、陈词滥调,皆如琢如磨后方可下笔。

对粤地山川风物及民俗民风的细腻描摹,无不渗透着李黼平对乡土的眷恋与深情,也是客家山歌浸润下汲取民歌特色的体现。是《荔枝词》里的佳实累累:"万紫千红态各殊,园林初夏绛云铺。锦帆载上三江口,风韵天然见绿珠。"是《新塘曲》中的旖旎情态:"中塘北出是新塘,画舸沿流目送郎。却向别情洲畔过,一江凉月睡鸳鸯。"是《灯词八首》里的鱼龙热舞与女儿心事:"谁家小女爱光辉,相约通宵不许归。

才祀紫姑应有喜,出门真见凤凰飞。""鱼藻门前倚采舟,河南烟火混星毯。云端合有仙人驻,不看凉州看广州。"广州对李黼平而言,是第二故乡,有亲人、有朋友、有乡音、有胜迹,更有诸多的回忆,以至于他都想在广州定居了,曾在诗中表达"径合移家来著籍"的想法。留下了诸多与羊城胜景、交游唱和的诗篇,如他与学海堂的学友们去张维屏等七子建的云泉山馆聚会,《初春,张磬泉孝廉杓、段纫秋秀才佩兰、招同里甫郑堂铁君、黄习园、方牧之、萧梅生、陈仲卿、郑萱坪集云泉山馆》:"晨兴泉可觞,夜宿云共宅。"淡淡几笔勾勒出山馆的清幽恬淡,也可以体会诗人与朋友雅集的放松而自在的心情。还有《蒲涧同用东坡韵》:"但觉山光落眼前,不知何处觅飞泉?青林杳杳云如海,白日霏霏雨满天。"山馆旁边的蒲涧也留下诗人与朋友们的足迹。如《自羊城放舟归泊墩头》:"朝旦风日美,扬帆下通津。黄木若迎客,白云如送人。开窗问所届,已越波罗滨。江天近秋节,沙水碧粼粼。"则写着坐船离开羊城,由珠江出海,由黄木湾而出,经波罗庙(南海神庙)的舟行之景。离开后不免想念,故又有《寄广州故人》的思念之作:"华馆分襟半月间,秋风飒飒动河关。酒怀冷落吟情减,日依楼头看钵山。"皆为直抒胸臆之作,情感汩汩流出,真挚动人。

李黼平不仅醉心学术与诗文,在书院任山长时亦不遗余力地奖掖士子,其弟子如梁廷枏、刘熊等,都多次表达对恩师学问的敬仰和悉心教导的感激。稍后的曾钊、朱次琦、谭莹都极为推许李黼平。晚清黄遵宪有"上溯乾嘉数毛郑,瓣香应继著花庵"之语,固然是推举乡先贤之语,亦可以看出李黼平学问的影响力。绣子先生一生功名迟滞,官运蹇,生活困窘,几经磨难,仍矢志为岭南诗派健笔驰骋,以锤炼蕴藉之功,补粤诗雄丽遒上而粗率之失,诚为岭南后学之范。

第二节 "三个"和"七个"

嘉道年间,粤诗坛出现了"三个"和"七个",承继"岭南三大家""岭南四家""惠门四子"这样一些为时人与主流文坛认可的地域才士并称,并产生了更为广泛的影响力,极大扩展了岭南诗文在主流文坛的参与度与活跃度。这一时期的"三个"与"七个"展现出与以往同中有异的认同与确立模式,并为我们揭示了"在粤"及"在京"的两大交游空间,透视彼时岭南诗文群体的生态。

"三个"指"粤东三子","七个"指"粤东七子"和"云泉七子"(又称"七子诗坛")。

广东学政翁方纲,称许张维屏、黄培芳、谭敬昭之诗,将他们三位合称为"粤东三子";江苏镇洋盛大士,有"粤东七子"之目,将广东香山黄培芳、番禺张维屏、阳春谭敬昭、顺德吴梯、黄玉衡、镇平黄钊、吴川林联桂称为"粤东七子"。① 这两个并称皆与"在京"交游空间息息相关,也体现了京师交游圈的重要性及主流影响力。

翁方纲在广东学政任上八年,与岭南士子结下深厚的渊源与座师之谊。在他任满回到京城后,岭南士子在京为官的、进京赶考的,因各种机缘都继续请谒,而翁方纲也不遗余力提携这些岭南门生,在他们返回岭南后,依然书信不断,形成了岭南与京师的密切交流的纽带。冯敏昌将张维屏推荐给自己的座师翁方纲,张维屏入都后,虽有渊源,但担心翁方纲"持论太严,门墙太峻"不敢去拜谒,翁方纲主动让次子翁树培与张维屏约见,从此张维屏"每清晓过苏斋,先生辄为论古人诗源流异同,亹亹不倦"。② 翁方纲诗集里也记录了他与粤东诸子的多次聚会,如《粤东诸子集话小斋示鱼山因怀桐阴》。③ 黄乔松将谭、张、黄三家诗选辑为《粤东三子诗钞》,黄玉阶在此基础上补辑三家后期作品,仍沿用此书名,于道光二十二年(1842)再刻成书。翁方纲为作《粤东三子诗序》,可见其赏拔推举之意。

盛大士与岭南诸子的交往也在京师展开,当时在京的岭南士子常在黄玉衡处雅聚,如黄钊《读白华草堂诗初集》卷五有《腊月十九东坡生日在庵(黄玉衡)招同秋航(吴梯)、康侯(谭敬昭)、辛山、香石(黄培芳)、南山(张维屏)集安心竟斋赏雪》一诗,而与黄玉衡熟悉的盛大士,即由此与诸子订交且诗文唱酬甚多,惺惺相惜之一甚浓,如嘉庆二十三年(1818)的初夏的一次聚会,黄小舟(玉衡)集同人于京师古藤书屋,兼饯盛子履归江南。粤客有谭康侯、黄培芳、吴秋航、林辛山、张南山、黄香铁、黄小舟。各人皆有诗。道光间,盛大士将这七位粤诗人的诗合辑为《粤东七子诗》④,对各人诗歌特色皆有评论,知音之赏,极力推介,使七子之名亦播撒至江南。

而"云泉七子"与"粤东七子"同中有异,史澄《番禺县志》记述如下:"云泉山馆记白云濂泉之间,有宋苏文忠公之游迹焉。嘉庆十七年香山黄培芳、番禺张维屏、黄乔松、林伯桐、阳春谭敬昭、番禺段佩兰、南海孔继勋修复故迹。……伊秉绶适来观成,乃为之记而系以铭,铭曰:盘谷乐独,峿台怀开。孰若云泉,南园兴焉。七子诗坛,传百千年。"⑤七人结社之时,除了伊秉绶刻石纪念,翁方纲还作《云泉》诗见寄,继而刻诗上石。张维屏《松心诗集》中的两卷《白云集》便辑录了他及诗友们在云泉山馆

---

① (清)田明曜修,(清)陈澧纂:《(光绪)香山县志》卷一五《列传》,《续修四库全书》史部,第713册,上海:上海古籍出版社2003年版,第352页。
② (清)张维屏:《石洲诗话跋》,《清诗话续编》下册,第1513页。
③ (清)翁方纲:《复初斋诗集》卷一〇,《续修四库全书》第1454册,上海:上海古籍出版社2003年版,第444页。
④ (清)盛大士辑:《粤东七子诗》,清道光二年(1822)刻本。本节所引七子诗,除特别说明外,皆出自此本。
⑤ (清)史澄纂,李福泰修:《(同治)番禺县志》卷二十三,台北:成文出版社1967年版,第287页。

的大部分诗歌创作。黄培芳诗集中也有《壬申初春家苍崖招游珠江,为作珠江春泛卷子并赋》《白云蒲涧新构云泉山馆同张南山家苍崖诸子演涛、越尘两道人》《集云泉山馆苍崖招赏梅》等诗,反映了他们之间的交游酬唱。"在粤"的"云泉七子"以白云山"云泉山馆"为核心,中祀苏文忠公、崔清献公及文裕公,以志景仰,形成了承继南园情结与振兴粤中诗学精神的诗学空间。这一文学空间除了具有山水之美,足以兴发诗情,还成为羊城诗人切磋诗艺、凝聚诗风的雅聚之地,地方官员如伊秉绶、阮元等都是座上宾,其他岭南诗人如李黼平等亦不时来访,七子诗坛声名远播,其影响又岂止于七子。

"七子"之组成不尽相同,恰体现出彼时岭南文坛最为核心的"三子":张维屏、黄培芳、谭敬昭的诗学影响力与文坛认同,以及"在京""在粤"两个交游空间的差异。其余诸子或常居粤中,甚至僻处乡野;或在京任职,少返粤中,声名的传播有局限性。三子既为世所定称,评价时亦常一起比较,如黄乔松曾曰:"南山以精华胜,香石以清真胜,而康侯则以超妙胜也。"①何曰愈则曰:"盖尝论三子诗香石诗清醇,南山诗绮丽,至超脱浏亮则当推康侯也。"②丘炜萲总结曰:"粤东张南山、谭康侯、黄香石三子自以张为第一,清而不俚,曲而能约,是其胜处。谭尚飘逸,黄颇秀健,则各有所长。"③更将三子与"三大家"作比。下面便略述三子的诗学面貌。

张维屏(1780—1859),字南山,又号松心子,晚号珠海老渔,唱霞渔者,番禺人。先世自浙江山阴迁粤。嘉庆九年(1804)举人,道光二年(1822)进士。一生历乾嘉道咸四朝,晚年亲历两次鸦片战争,写下不少抨击侵略者的杰出作品,被视为近代文学开创性诗人。在此我们主要关注其嘉道时的诗歌取径与风貌。其作品主要有《松心十录》《松心文钞》《听松庐诗话》《国朝诗人征略》《谈艺录》等。

张维屏出身书香门第,其父张炳文能诗擅骈文。张维屏才气逼人,十三岁应县试时已崭露头角,县令奇其才。二十七岁入都应会试,拜谒翁方纲,以诗请谒,翁方纲见其诗作大为激赏,曰:"诗坛大敌至矣!"④在青年时期,张维屏的诗歌总体清丽脱俗,自然晓畅,读起来令人耳目一新,不过由于受到人生阅历影响,描写内容狭窄而深度不够,风格上也未臻沉厚。如其《珠江春泛同潘伯临(正亨)》:

---

① (清)谭敬昭:《听云楼诗钞》,《清代诗文集汇编》编纂委员会,《清代诗文集汇编》第508册,上海:上海古籍出版社2010年版,第721页。
② (清)何曰愈:《退庵诗话》卷十二,陈建华主编《广州大典》第519册,广州:广州出版社2015年版,第100页。
③ (清)丘炜萲:《五百石洞天挥麈》卷三,《续修四库全书》编委会:《续修四库全书》第1708册,上海:上海古籍出版社1995年版,第116页。
④ (清)陈澧:《东塾集》卷三,沈云龙编:《近代中国史料丛刊》,台北:文海出版社1966年版,第346页。

珠江春水荡春烟,香国今年胜去年。柳汁绿沾词客袂,桃花红点美人肩。百壶浊酒兼清酒,双桨来船又去船。共道承平风物好,不妨陶写入吟笺。①

此诗渲染了羊城珠江的美好春色,诗人与挚友同游,惬意无比的心情弥漫在笔尖,"沾""点"动词极妙,但较为平稳,工巧堪赞,格调未出。

步入中年后,阅历渐丰,诗力沉厚。多次赴京会试,在京城的交游唱酬,使张维屏与海内俊彦切磋问学,眼界逐渐开阔,学力亦长。此时张维屏的诗歌既受乾嘉诗风影响,加强了对字眼的锤炼,取材深广,描写的社会情境更加多面而丰富;又具袁枚性灵派的"真情真性",笔下多具有感染力的诗作。如赴考途中写下的《茌平旅次题壁》:

疑雨疑烟马后尘,乍寒乍暖客边身。
暮禽有意欲留我,老树无言多阅人。
家远寸心如传毂,路长双足是劳薪。
荒村涩酒难成醉,更听琵琶一怆神。②

此诗笔力凝练,写下了赶考途中疲惫而深感前途茫茫的诗人身影,淋漓尽致地传递出岭南士人北上赶考的身与心的艰辛,尾联的琵琶之典不着痕迹,吐露作者失意惆怅的心声。

授官后,面对官场的浑浊丑恶,民众被压迫而苦不堪言的现实,张维屏并未旁观或回避,而是创作了许多反映现实黑暗和民间疾苦的现实主义诗歌,信笔直陈,其诗歌风格开始转变为浓厚苍劲、慷慨激昂,意境愈发沉郁开阔。

如《衙虎谣》,直指地方胥吏之弊:

衙差何似似猛虎,乡民鱼肉供樽俎。
周官已设胥与徒,至今此辈安能无?
大县千人小县百,驾驭难言威与德。
莫矜察察以为明,鬼蜮纵横不可测!
吁嗟乎! 官虽廉,虎饱食;官而贪,虎生翼。③

张维屏有笔力纵横、追摹李白的古体之作,如《洞庭湖大雪放歌》"全湖顷刻堆琉璃,千里空明同一色。我疑洞庭君,龙战东海涯,赤龙长驱白龙北,鳞甲万片随风飞。

---

① (清)张维屏:《松心诗集》,甲集:《珠江集》:卷一,《清代诗文集汇编》编纂委员会,《清代诗文集汇编》第533册,上海:上海古籍出版社2010年版,第124页。
② (清)张维屏:《松心诗集》乙集《燕台集》,卷一,《清代诗文集汇编》编纂委员会:《清代诗文集汇编》第533册,上海:上海古籍出版社2010年版,第148页。
③ (清)张维屏:《花甲闲谈》卷十四,陈建华主编:《广州大典》第94册,广州:广州出版社2015年版,第716页。

又疑湘夫人,云中正沉醉,并刀乱剪英琼瑶,幻作天花散平地",也有韵致动人的细腻近体小诗,如《杂忆》"暮蝉不语抱疏桐,寥阔云天少过鸿。凉月一棚星数点,豆花风里听秋虫"。彩笔如椽,收放自如,情韵兼备。

张维屏在给龚自珍的书信中论及工文者论文的问题,他认为"春鸟秋虫,欲鸣则鸣,顺其自然可耳。"此语移置品评其诗亦然,要之"自然",自抒情志,故诸体皆能动人。

黄培芳(1778—1859),字子实,又别字香石,自号粤岳山人。其先自元由江西筠州迁粤,绵延而成望族,英彦迭出。嘉庆二年(1797)补弟子员,入羊石书院受业于刘朴石,道光二年(1822)任武英殿校录官,道光十年(1830)选授乳源教谕,道光十五年(1835)迁肇庆府训导。曾主持世讲书塾、应元道院、羊石书院、学海堂。著述繁富,有《易宗》九卷、《尚书汉学》十卷、《春秋左传翼》三十卷、《十三经或问》十三卷、《虎坊杂识》四卷、《香石山房丛钞》四卷、《岭海楼诗钞》十二卷、《唐贤三昧集评钞》三卷、《香石诗话》四卷、《粤岳草堂诗话》二卷、《国风诗法隅举》一卷等五十多种①。

早年所作《咏怀》,大体反映了黄培芳的人生理想,其一云:"丈夫志八区,焉能守方隅。古人破万卷,勔力穷三徐。期此将致用,岂徒骋系虚。君子寡所营,羞得不虚誉。南阳淡泊人,千古谁能如?"他有"志八区"的理想,但并非以官名显贵为追逐的目标,而是立志勤学致用,淡泊明志。其诗歌总体风格亦较为冲淡渊雅,天然明净。

培芳性耽山水,喜对青山绿水,其山水之作堪为其诗歌代表,如他六入罗浮,留下大量诗作,如《戊辰岁暮重游罗浮》《游安期岩同陆春圃、李秋田、李东田、徐又白留宿》《三到罗浮口号》《登罗浮绝顶》《癸酉腊月五游罗浮,溪上阻风,舍舟步行入山,晚宿九天观》《次日抵酥醪观》《游山背水》《游浮山最深处,至暗花溪横云谷》《六游罗浮途中口号》等,或奇崛或幽雅或横逸或清雅,山水清音,诗人心与境齐,乐在其中。如《罗浮山行杂咏》之一:

乱松吹送海涛风,尽日看云拉远公。青壁万寻溪一曲,桃花开向水声中。

诗人工诗善画,从多角度描摹山水,有声有色,工而淡妙。

除唱酬、山水之诗外,黄培芳的咏古之作颇见功力,如《浮山古铜盘歌》《舞阳侯》《南海神庙歌》《咏古六首》《风度楼》《珠玑巷》等。或咏一古人,或论一古物,或叙一古事,或访一古迹,各臻其善,历史沧桑浮现笔端,诗力浑厚。其中《咏古六首》以时代为序,吟咏了与广东有关的陆贾、马援、韩愈、苏轼、文天祥、陈献章等诸位先贤的杰出才华与事迹,可称广东"史诗"。

---

① (清)黄培芳:《岭海楼诗钞六卷》,广东省立中山图书馆,中国古籍珍本丛刊·广东省立中山图书馆卷:第57册,北京:国家图书馆出版社2015年版。下引诗篇皆出自此版本。

黄培芳的咏物诗亦别开生面,牡丹、木棉、白云和促织皆其诗中物,其中尤以写岭南佳木木棉的诗最佳。如《金溪即目》:"有客轻舟云水边,空蒙载入蔚蓝天。珊瑚影逐春流乱,十里清溪放木棉。"高耸入云的木棉与潺潺流水交相映衬,伴随客舟前行,乡情拳拳。

几次北上谋职,出外任官,固非己愿,思乡情笃,但一路的经历,北方或海岛迥异于岭南的景色,定然也给黄培芳的创作增添新的因素。在四季分明、秋气逼人的北京,黄培芳有着更强的季节感,诗笔雄伟开阔。其代表作如《燕郊秋望》:"三辅扼雄关,苍茫秋色间。风高碣石馆,日落蓟门山。塞马平原牧,居人古柳环。寒衣刀尺急,词客几时还。"论者谓此作直逼盛唐。又如南渡琼岛,荒僻无比的陵水,他却能怡然自得,读书奉母,感叹海岛的奇丽景观,其《琼岛》云:"大海南临还控东,天开奇甸谁能同。风摇翡翠飐椰叶,霞罥珊瑚交刺桐。五指成峰太古上,四州环岛蓬莱中。行经港门看日出,瞥见万里扶桑红。"诗境开阔,意象鲜明,造语自然。

"收拾云烟画里闲,平泉幽石竹林间。千峰万壑胸中起,下笔依然淡远山。"这虽是黄培芳谈画画之理,也是其写诗作文之境。

谭敬昭(1774—1830),字子晋,一字康侯,阳春人。年十三,以诗赋受广东学使曹仁虎赏识。及长,淹博群籍。时顺德黎简以诗名海内,敬昭以《鹏鹤赋》投献,简叹为异才,答诗有"鹏则吾弗能,鹤则与君同轾轩"语。嘉庆二十二年(1817)进士,官户部主事。性廉退不争,栖迟十余年未得升迁。病卒京邸。著有《听云楼诗钞》《听云楼词钞》。

敬昭最擅长乐府,此体可称雄粤中诗坛。但其乐府也经历了由早年的模拟与逼肖,到中年游历之后自成面目的沉潜过程。如下引《短歌行》,乐府旧题,在敬昭笔下飘逸俊朗,颇具风神:

百年可怜,酒酣仰天。白日出入,星稀月圆。高风凄凄,忽焉自西,崇台飞楼,上与云齐。幽幽鸣丝,情多音悲。临风相思,君当知之。携手遨游,一日千秋。不愿升天,骖驾龙虬。累累荒坟,何无达人?丰肌劳骨,同为灰尘。喧呼歌谣,霞下云飘。往古遥遥,暮暮朝朝。①

敬昭更将乐府语融入近体,显示出艺术创新的功力,如《七夕二首》之一,突破熟题的套路与内容,以问答的形式呈现,构思巧妙:

乌鹊送云軿,双双上问天:钟情偏俗物,薄命到神仙;相别去还去,相思年又年;年年今夕月,多半未团圆。

---

① (清)谭敬昭:《听云楼诗钞》,《清代诗文集汇编》编纂委员会:《清代诗文集汇编》第 508 册,上海:上海古籍出版社 2010 年版。本章所引谭敬昭诗皆出自此版本。

  天使语双星:天长亿万龄,银河常会合,红粉几飘零;不死方情种,浮生只泛萍;人人争乞巧,痴梦可曾醒?

  谭敬昭笔下的岭南人物与风土民情之诗作亦风格多变,情深意切。如其写冼夫人,以古体行之,大张大合,笔势升腾,将冼夫人维护区域稳定、反对分裂、英勇果敢的巾帼英雄形象描写得淋漓尽致。"木兰不用尚书郎,一十二载徒从军。铭功钟鼎著竹帛,夫人盛烈古未闻。后来唯有吴越王,钱氏忠孝追后尘。其余巾帼加冠巾,么么南汉奚足云!明初保障推何真,是亦婢子羞效颦。嗟哉夫人谁与伦?嗟哉夫人无与伦!"写广州城中的西濠,蜿蜒而至白鹅潭,承载西关繁华,"桥东桥西人踏歌,濠北濠南人踏莎。一江春水绿于染,江水绿烟吹柳波。"文字清灵流丽,柔媚动人。同字叠用,形成咏叹之美。又如其笔下的岭南佳木《木棉》:"浏漓独出冠群芳,紫佩骖鸾足颉颃。芍药蔷薇小儿女,东风南国大文章!三山不改云霞色,百宝平分日月光。彩笔可曾干气象?越王台畔去堂堂。"旧题翻新,不落入俗套,更以姿态进行整体形象描摹,突出木棉的伟岸,寄意深远。

  其他诸子略陈述如下,以揆想七子风范:

  林联桂(1774—1835),初名家桂,字道子,又字辛山,吴川(今广东吴川)人。嘉庆六年(1801)拔贡,九年(1804)中举,道光八年(1828)进士。署湖南绥宁知县,调任新化、邵阳,卒于任。"以道得民"(程恩泽曾赠其"以道得民堂"匾署),为官清廉,热衷地方文化事业。亲为诸生授课,著有《虎溪讲学偶话》。林联桂古文骈体兼擅,而诗歌成就较高,盛子称其"才思敏捷,对客成诗,洋洋洒洒,一日可得数十首";杨星园称其诗"雕劙万品,牢笼众态,格律不一,雄骋莫当"[1]。中举之后寓居京师,广交名流,"喜联诗社",与农部恒昌,编修吴坦,中书舍人宋联秀、李元杰、冯启蓉及孝廉丁宗洛、庞艺林、黄钊、张大业、梁炅等结诗社。著有《见星庐诗稿》正续二十二集,《见星庐馆阁诗话》二卷等。

  林伯桐(1775—1845),字月亭,番禺人。嘉庆六年(1801)举人,赴考不中,有《公车闻见录》之作,有如岭南士子赴考指南。道光六年(1826)被聘为学海堂学长。道光二十四年(1844)选授广东德庆州学正,病逝于任上。著有《修本堂稿》《月亭诗抄》《古诗笺》《毛诗通考》等。伯桐以经学鸣,但诗文亦颇为时人称许,"古人去已远,一宅尚河浒。天公本无心,玉苗昔分土。巍巍汉议郎,献替足千古。手移松与柏,偶然归老圃。瑛球一夜剪,近出洛阳树。遂令天南人,三白得先睹。快雪有时晴,故居久易主。惟有南雪名,闾里时能数。……局促守宋株,随人作轩轾。安知通变者,往往

---

[1] (清)吴文泰、(清)吴宣崇:《访李惟实林辛山遗集启》,《见星庐赋话》附录,《高凉耆旧遗书》本,收入王冠辑:《赋话广聚》第3册,北京:北京图书馆出版社2006年版,第770页。

动天意。大地人得名，遗闻物能记。我来访遗砖，草木多深思。"这首《访汉议郎杨孝元南雪故址》情景交融，凝练简洁，有对先贤杨孚事迹的陈述，有对南雪之典的化用和呼应。其小诗也颇有一番悠远闲适的韵味："豆花棚外稻花稠，绿野青山一片秋。诗思渺然人独立，夕阳林外看耕牛。"写出岭南绿意盈盈的秋日风光。

黄乔松（1776—？），字鉴仙，一字苍崖，香山人。曾与黄培芳共同师事田西畴，贡生，候选云南盐课提举。为家计改事盐业经营，雅好山水，究心经史，家中座客常满，有"莽莱孟尝君"之称，常为寒士刊刻诗稿。著有《鲸碧楼岳云堂诗钞》。黄乔松山水诗佳作颇多，如其《云泉山馆二十二境》之《暗花溪》："林暗疑欲雨，花香飞过山。不知花落水，吹入几重湾？樵响峰腰出，渔歌谷口还。连朝杜鹃放，人住彩云间。"①繁花似锦的春天，伴随着渔夫樵夫的劳作声响，动静相宜，画面时而清幽，时而绚丽，生意盎然，妙笔生花。

黄玉衡（1777—1820），字伯玑，一字小舟，号在庵，顺德人。黄丹书长子。嘉庆十二年（1807）举人，十六年（1811）进士，任翰林院编修，授浙江道监察御史。著有《安心竟斋诗集》。久居京师，故在粤诗坛活跃度不高，徐世昌《晚晴簃诗汇》曰："在庵诗受自庭训，复早岁通籍，与当世文章巨公游，学识益上。"其古体逼肖韩愈，用韵用字奇险，而近体颇近苏轼，亦有其父之风，较为清新雅丽，如《烹雪》："屋角晴云吹不动，小院无尘立深冻。一痕琼屑泻盘明，几派涛声隔窗送。玉洞金山空复寻，天教妙品供清吟。重帘乍卷香风散，缕缕寒烟过竹林。"一派闲适恬静的居家之感。离开京城后其诗篇中反映现实的民生诗呈现出另一番面貌，用笔深沉。

黄钊（1787—1853），字香铁，一字谷生，镇平（今蕉岭）人。嘉庆二十四年（1819）举人。官内阁中书。道光十六年（1811）授潮阳县学教谕。著有《读白华草堂诗集》《诗纫》《石窟一征》等。盛大士说他"性极亮直，辩论是非侃侃不阿。至于朋友骨肉死生契阔之际，心贯金石，历久不渝，盖古史独行传中人物也"。后来黄玉衡在江西病殁，黄钊一力操办，独立扶柩返粤，义薄云天。其诗如其人，雄放豪迈，清苍有骨力。如《蓬转》："见事每当残局后，怀人多在独醒时。箧中燕将传新录，惆怅尊前杜牧之。"②

嘉道诗坛，诗人诗作郁郁勃勃，除了"三个"和"七个"，还有很多或因僻处乡里，或因作品流播有限，或因交游不广而未能为文坛所关注的诗人，如南海倪济远、嘉应李光昭、新会钟启韶、番禺陈昙等，皆能抒发性情、陶写面目。诗人们众星拱照，形成以"三子"或"七子"诗人们为核心的创作群体，织就岭南诗派繁荣锦绣。

---

① （清）刘彬华：《岭南群雅》，清嘉庆十八年（1813）玉壶山房刊本。
② （清）黄钊：《读白华草堂诗集》，清光绪十五年（1889）刊本。

第三节　希古堂文课与嘉道文坛

岭南自古少有以文名家者,清中期桐城文派、阳湖文派蓬勃兴起,广东文坛依然寂寂无闻。岭南之外的学者与广东文士交流时,常常流露出"粤中无文人"之意。汪兆镛说:"粤人多诗家,以古文名者绝罕。嘉庆间阳湖恽子居敬至粤,颇有睥睨一世之概,所为《海幢寺记》《黄香石诗序》,皆寓微辞。张南山维屏诸人,乃结希古文社,治古文学。"①嘉道岭南诗坛蓬蓬勃勃,相比之下,文坛的确显得黯淡了不少。随着当时朴学在广东兴起的学术文化背景,粤中文士也行动起来,而希古堂文课便是他们践而行之的重要举措。吴兰修详细记述了希古堂结社的情况:"道光纪元,余与勉士、家雁山、林月亭、张南山、黄香石、张磐泉、杨星槎、邓朴庵、马止斋、熊篷江、徐铁初、温伊初、刘介庵、谢尧山、杨秋衡、黄石溪、胡稻香诸子结希古堂,课治古文辞。越二年,阮宫保师立学海堂以广之,兼治经解诗赋,与课者数百人,可谓盛矣。"有时间、有人物、有目标,这一文课之结,是以研习古文、切磋交流为目标。参与者或为当时学界名士,或为诗名彰显的才学之士,皆已小有名气,文社之结在彼时学术圈的影响力自然不同凡响。曾钊曾作《希古堂文课序》,清晰阐明希古堂文课的宗旨:

> 文之用重矣哉,自疏释经典,考证史志,发挥道德,虽甚精确,藉令词不文,皆不足信今而传后。孔子曰,言之不文,行之不远。信已。

> 朝廷功令以时文取士,盖使学古者小出其技而试之,而躁进之徒日锻月淬,以几速化。古文之学置不讲,甚非国家待士之意也。……吾辈讲习以经为主,子史辅之,熟于先王典章,古今得失,天下利病而后发为文,将骈汉轹唐,何论宋人,是在勖之无倦而已,爰为序。②

序中先论及"文"的重要性,再提出时文与古文并不相悖,时流只求时文速成,而忽略古文的根柢,是本末倒置。进而提出希古堂文社的讲习宗旨以经为主,子史为辅,熟悉社会情状、历史变迁方能发之于文。由此可见,嘉道岭南文坛的为文导向,强调经史的坚实基础,不作无病呻吟之语,力求言之有物,深化题旨,渗透着"经世致用"的文学观念。

曾钊(1793—1854),字勉士,南海人。道光五年(1825)拔贡。官合浦教谕,钦州学正,后任学海堂学长。专治汉学,学问渊博,粤中名儒。有面城楼,藏书数万卷,有

---

① (清)汪兆镛:《棕窗杂记》,卷2,民国32年(1943)铅印本。
② (清)曾钊:《希古堂文课序》,陈在谦评辑:《国朝岭南文钞》卷17,清学海堂刻本。

《面城楼文存》。其文"根柢既深,气息自厚",为文出自周、秦,兼学韩愈。

他曾与学海堂学长马福安在书信中讨论古文,马福安有《与曾勉士论古文书》《寄曾勉士书》等数篇收入文集,曾钊在《与马止斋书》①提出自己的观点:

> 观望溪先生文,最爱其《读孟子》《书柳文后》《左忠毅公逸事》三篇,其文大抵以法理胜,才力似有未到。故简净者便佳,至传志多用纪言体,亦所谓善用其短也。窃谓文字当从难入,难故有力,力所以负其气。韩公自言,其初为文,陈言务去,戛戛难之。今观《谢上表》《平淮西碑》《曹成王碑》《送郑尚书序》《石鼎联句序》《与孟尚书书》等篇,笔笔见气,句句见力,所谓从难字过来者。

曾钊以方苞文章长处在法理而才力有缺,因此为文简净则佳的探讨引入,进一步提出韩愈文章之气力出自"难",由"难"而使文章臻于奇绝幽峭之境。文字当从"难"入,是曾钊所认同的为文之法。

但其笔下也不乏清新明快、不枝不蔓之作,如部分写景的文章,引人入胜。像这篇《思源桥记》:

> 自安期岩右出数百步,闻潺湲声,为滴水岩,岩上桥焉,曰"思源"。思源者,思濂泉之源也。滴水积为泉,而发蒙自桥始,故曰"源"焉。桥横乱石间,广六七尺,怪石出其底,旁罗数卷,如画家平台然,四五人可坐,中剜尺许,层叠而下,如刀斧劈状。泉流其上,薄如纸垂,最洼者潴为湖,深尺,广三之,清可见底,新泉注之,点点成珠琲,有小鱼数尾,逐流游泳,如悬明鉴中,窥者须眉与鳞鬣了劚石上,其外无丛木遮翳,放目远览,群山扑地上,树露其半,如小儿立,真奇境也。

言辞简劲,描摹细致入微,画面动静结合、移步换景,丝毫不逊色于柳文。

吴兰修,以经学、词学名,博通经史,其文自成体势,《广东文征》评曰:"其文学六朝者得其韵,学八家者得其法;论事之作,尤通达治体,切中事情。"

如其《登云山人文稿序》,读来云气氤氲,由名号谈开去,写山人"赠云"之奇情逸致,又似写山中胜景,美不胜收;然内中大有乾坤,以云喻文,以云之变幻莫测喻文之摇曳生姿。更以龚自珍文如黄山云海不可方物,进而烘托登云山人之文的各有面目。《国朝岭海文钞》摘引此文,后有曾钊和林伯桐的评点,曾勉士曰从云字着想,文亦蓬蓬勃勃,如有云气生于笔端。林月亭曰烘托烟云,妙无痕迹;皆深解吴兰修文之妙处。节录如下:

> 山人为余言,每薄晓,云气如炊,缕缕从石罅出,肤寸而合,弥漫无际,耕者樵

---

① 曾钊:《面城楼集钞》,清光绪刊《启秀山房丛书》本。除另外出注,本章所引曾钊文皆出自此版本。

汲者与鸡犬常在云中,造访者非云去不得途也。余家去此二百余里,山人常贮云赠之,出囊如絮,尚有苔石气云。山人故健甚,穷幽造极,云之所到,足必及之。故其为文清峭幽折,各出生面,境使然也。余凤与山人勉士为莫逆交,而为文各不相类。今春入都,见龚定盦舍人文瑰玮渊奥,如黄山云海,不可方物,语魏默深云:"定庵之文,人不能学,亦不必学。"默深韪之。夫六合之内,山匪一形,一日之间,云不一状。天下之文,犹山也。一人之文,犹云也。作者且莫测其变之所极而况于学者哉。然则此集固山人之一体,而非山人之全能,他日等身著作,吾当持是说以证之。山人名训,字伊初,长乐县诸生。道光三年九月序。①

此文以"云"为立意品评登云山人文稿,写得云卷云舒、层层推进、环环相扣却无一丝评鉴的痕迹,立意深远,笔墨生姿。

其《邝湛若传》,避开以往传记对邝露的文士定位,而从邝露的雄才大略着手,在前人诸多邝露传记中,别开生面,让读者从另一个角度丰富对邝露的认识。也可见吴兰修积极创新,拒绝因袭,善于从传主的生平事迹中发掘人罕知之的闪光点,成就一篇佳作。

温训(1788—1851),字伊初,长乐人。道光十二年(1832)举人。著有《梧溪石屋诗钞》《登云山房文集》。前面已有吴兰修的序文推介,温训声名虽不显,但文章颇有奇气,好跋山涉水,故游记佳作甚多,陈在谦认为"却似柳州诸记",给予了很高的评价。

《友说》是希古堂文社的一篇习题,同习者皆有作,曾钊之《友说》写得言辞古朴、嚼然有味,温训的同题之文,亦言简意赅、寓意深远。下面节录其中一段,以窥一斑:

> 友之道,有善相劝,有过相规,其上也。有无相通,缓急相济,其次也。相与以诚,不为苟言,又其次也。而今之友,皆反是,证据古今,诘难考辨,此多闻之友也。践履错缪,褒如不闻,或告之曰,胡不规,则曰吾惧获罪也。有规之则所规者或笑且怒而诋之曰。是自处过高且腐儒头巾之气也。审若斯言,是孔子所谓益友有多闻而可无直谅也,此其可怪者一也。口谈学问,自谓漆胶,临小利害互相訾謷,或拥厚赀不肯推分毫,有意者则曰老聃弃妹,子夏不假,盖斯岂有是而藉以为沛。此其可怪者二也。记曰口惠而实不至,凡友有托,可则应之,否则辞之,不为虚言,而今之友者,今日应人,明日而茫然,至于再至于三,漠不相关者往往而然,且以言相嘘,古人之肤未也。今事涉上官则惧以多口取嫌,托及亲朋则又以无益相谢,为谋不忠徒自据便宜耳,此其可怪者三也。吁友道之敝如此,吾终

---

① (清)吴兰修:《登云山人文稿序》,《登云山房文稿》卷首,清道光三年(1823)刊本。

浩叹于兹矣。①

此文简括而无枝蔓,言辞清苍、条分缕析、眉清目秀,文友评曰:古质苍异逼近周秦。

吴应逵,字鸿来,别字雁山,新宁人。乾隆六十年(1795)举人。著有《雁山文集》。《国朝文录》广东仅录吴应逵一人,可见其文颇名于当时。张维屏评其文章"真气磅礴"。写人纪事情真意切,文字洗练,如《劳莪野先生传》《赠劳需大序》;而论说文亦可圈可点,《学海堂集》收录学海堂优秀课作,一集便收录有他的《白沙学出濂溪说》,理据充沛,文风追慕欧阳修,洋洋洒洒,信笔由心。如其《哭杜雪斋文》②:

> 余三视君疾,见君日就赢瘦,心窃忧之。而勉作笑语,谓:"事到眼前,总须一切放下,妻妾子女,造物自有位置,此时正见学问。"君亦笑语如平时,谓:"可惜辜负一春好木棉耳。"此言类知道者。余窃窥君,实则未能尽脱然也。呜呼,死生亦大矣,岂不痛哉!今者具只鸡斗酒,哭奠于君,余亦勉尽一觞,无异于君生前酬对时也,而泪注于酒杯中矣。

读之令人神伤,一字一句皆自心底汩汩流出,对答如在眼前,而背后则是波涛汹涌,难以自抑的伤逝之情。

以上诸文士皆希古堂文社成员,亦为彼时岭南文坛中坚力量,另有以下数位,文章亦颇有可观之处。

谢兰生(1760—1831),字佩士,号澧浦、里甫,广东南海人。嘉庆七年(1802)进士,先后主持粤秀、越华、羊城书院讲席,讲授经史古文,曾任《广东通志》总纂。他工诗善画,为广东著名学者、画家、诗人。有《常惺惺斋文集》,论者以为其文"沉实浑厚,具有典则",与其乡绅领袖的社会身份倒是颇为映衬,惜缺乏动人情志,略显板滞。

凌扬藻(1760—1845),字誉钊,号药洲,番禺人。学问精深,人称"药洲先生"。有《蠡勺编》四十卷、《药洲诗略》六卷、《药洲文略》十六卷、选辑《国朝岭海诗钞》二十四卷,搜罗丰富,于乡邦文献承传有功。文章不落俗套,常有新意,发前人所未发。

希古堂文课的参与者,在讲习中交流切磋,在批评中归纳总结,既提升各自的创作水平,又凭借群体的影响力带动着岭南文坛风尚。虽然文社结课不过数年便停办

---

① (清)温训:《登云山房文稿》,清道光三年(1823)刊本。
② (清)吴应逵:《雁山文集》,清道光十年(1830)广州汗青斋刊本。

了,但研摩古文的这批文士依然活跃在阮元创办的学海堂。陈澧曾云:"岭南自古多诗人而少文人。阮文达公开学海堂,雅才好博之士蔚然并起。"①强调了学海堂创办后,文士升腾的可喜势头。学海堂以经史课士,兼及诗文,而诗歌文赋都有比较浓厚的经史色彩,这与希古堂文课的为文宗旨是十分契合的,也正说明了无论学海堂还是希古堂,其学术宗旨都建立在经古实学的基础上,而嘉道岭南文坛也经由这批崇古通经的文士的引领而活跃起来。

---

① (清)陈澧:《内阁中书衔韶州府学教授加一级谭君墓碣铭》,《东塾集》卷六,光绪壬辰菊坡精舍刻本。

第五章　清代诗学批评

　　清代岭南诗学批评所涉及的内容相当广泛,其中最核心的指向是对岭南诗史的建构和岭南诗学传统的自我认同及阐释——无论是诗话的出版,还是散见于地方志、总集与别集的序跋、诗歌笺注、文人间往来尺牍等其他文献而广泛存在的诗论文字。岭南诗人积极而自得地发出自己的声音,这种声音既是向主流文坛吹响的地域诗学自信的号角,亦是专属岭南一地充满地域意识的诗学建构。

　　地域诗话之编写或汇编,与地域诗歌之兴盛是相辅相成的。明清两代广东诗歌的兴盛带动一部部的清代岭南诗歌总集和选集的编成,如王隼《岭南三大家诗钞》、梁善长《广东诗粹》、温汝能《粤东诗海》、刘彬华《岭南四家诗钞》、凌扬藻《国朝岭海诗钞》等纷纷编成,影响深远。刘彬华《岭南群雅》选编乾嘉道时期粤诗时亦附其《玉壶山房诗话》,伍崇曜《楚庭耆旧遗诗》选编嘉道咸三朝粤诗而附其《茶村诗话》,黄绍昌、刘熽芬编《香山诗略》而各附其《秋琴馆诗话》《小苏斋诗话》,诸诗话各系于诗人名下,与总集相辅相成,既体现了知人论世之功用,也将选集总集之编纂所呈现的诗学观念阐释得更为直观清晰。

　　清初屈大均《广东新语·诗语》(一名《春山诗话》),凡十八则,刊于康熙十七年(1678),为现存清代广东最早的诗话。《广东新语·诗语》篇幅虽少,但专论粤诗,自杨孚、张九龄到张家珍、陈乔生等史上著名诗人,每人皆立一篇论说,意义则大。

　　雍乾时期,"惠门八子"的劳孝舆著有《春秋诗话》《读杜窃余》。其后,翁方纲、伊秉绶、姚文田、阮元等南来学者先后入粤,提倡学术,奖掖人才,贡献亦大,翁氏在粤论诗心得为粤人刊为《石洲诗话》,影响深远。

　　嘉道以来兴盛的诗风带动诗话蓬勃发展,岭南诗话作者群集中在这一时期,其中以黄培芳、张维屏两家诗话成就最大。黄培芳所著诗话有《诗说》《香石诗话》《粤岳草堂诗话》三种,其论诗崇唐抑宋;张维屏是道咸广东诗坛领袖,一生致力于编纂《国朝诗人征略》《国朝诗人征略二编》《艺谈录》三书。张氏三书收录清诗人一千三百多家,可视为清代诗人汇编,文献价值很大,龚自珍誉为"诗史"。除了张维屏、黄培芳,"粤东七子"的其他诗人亦喜论诗,林联桂撰有《见星庐馆阁诗话》,吴梯撰有《读杜姑妄》,黄钊撰有《诗纫》等,其中除了吴梯所著为杜诗注本外,其余均为传统诗话。嘉道以来，广东书院教育日渐发达，诗教风气浓厚，这是广东诗话发展的重要契机，黄培芳和张维屏二人皆为学海堂等著名书院的山长，传经授徒，诗文唱和，颇有学者风范，也提升了诗话论诗的水平，弟子翕然而向，诗学相传，青出于蓝，如刘彬华弟子黄培芳，张维屏弟子李长荣、陈澧等，黄培芳弟子刘广智、倪鸿，朱次琦弟子简朝亮，简朝亮弟子黄节，均有诗话之作，传承不绝，其中不少诗学观念有明显的师承轨迹。不少诗话作者年纪很轻，如李长荣18岁撰《茅洲诗话》，黄培芳26岁撰《诗说》，赖学海29岁撰《雪庐诗话》，与传统一般诗话多成书于作者晚年的现象有明显的不同。这与所受的雅正书院教育及广州府、嘉应州的人文学术风气浓厚有密切关系。尤为值得一提的是，刘彬华、李黼平、林联桂、张维屏、潘衍桐、朱次琦、张其淦等都考中进士，科名很高，这对他们诗话的流传与影响力的提升无疑起到有利的促进作用。

有清一代，岭南诗话有宗唐抑宋的倾向。李长荣《茅洲诗话》云："唐诗主性情，宋诗主议论，此高下所分，亦风气使然。"①何曰愈《退庵诗话》云："唐诗多深厚，意在言外，故蕴藉；宋诗尚纤巧，意跃笔端，故径露。而优劣亦在此分矣。"②着力褒扬粤人学盛唐之诗风，这对广东诗歌宗唐的传统不无巩固作用。道光时期伍崇曜《茶村诗话》感叹："吾粤诗格代守唐音，而五律尤擅胜场，故区海目、邝湛若、陈独漉、屈华夫、程湟溱诸子，直可以上接右丞、工部。"③然而，翁方纲在粤期间已经大力揄扬宋诗，高举苏轼大旗，宗宋的诗风开始传播。到了清末民初，梁鼎芬、黄节、罗瘿公、罗敷庵、胡汉民、陈融、詹安泰等诗人追随晚清同光体学宋热潮，俱宗宋诗，则岭南诗坛已由宗唐变为宗宋，由传统雄直诗风而日趋宋人艰涩了。故屈向邦《粤东诗话》云："洪北江（亮吉，阳湖人，有《北江全集》）诗：'尚得昔贤雄直气，岭南犹似胜江南。'盖指屈翁山、陈元孝诸人之诗也，翁山、元孝而后，宋芷湾最为杰出，自近世趋向宋人艰涩一路，而雄直之诗，渺不可复睹矣。"④

岭南诗话重视缕述广东文学世家对诗歌传承发展的作用。刘彬华《玉壶山房诗话》介绍明清香山黄瑜、黄畿、黄佐、黄绍统、黄培芳家族学术诗文传承及影响，张维屏《听松庐诗话》指出番禺潘氏"一门有集，五世工诗"的现象，刘燨芬《小苏斋诗话》指出香山何氏祖孙、父子、兄弟、叔侄，人人有集，反映了广东地区家族诗学传承不衰，而作为黄氏、潘氏、何氏后人的黄培芳、潘飞声、何曰愈等也在所撰诗话中大量追述其

---

① （清）李长荣：《茅洲诗话》卷1，光绪三年（1877）重刊本，第32b页。
② （清）何曰愈：《退庵诗话》卷1，覃召文点校：《春秋诗话·退庵诗话》，广州：广东高等教育出版社1998年版，第9页。
③ （清）伍崇曜：《楚庭耆旧遗诗后集·茶村诗话》卷8，（清）伍崇曜、（清）谭莹编：《楚庭耆旧遗诗前集后集》，道光二十三年（1843）刊本，第2a页。
④ （清）屈向邦：《广东诗话正续编》，香港：龙门书店，1968年，第23页。

先人的诗歌,展示家族文化渊源,进而呈现粤诗发展轨迹。除了家族传承之外,诗话也记录大量文人雅集结社的社会现象;此外各种里巷遗闻、风土习俗,皆可于诗话中寻得,具有独特地域文化研究价值,有利于我们了解地方诗坛和艺文的总体面貌,也反映出诗话兼有笔记杂谈的特色。另外,岭南诗话普遍具有强烈的"以诗存人"的意识,尤其是对一些非知名诗人如布衣诗人诗作的记录,有传播后世的重要意义。何曰愈《退庵诗话》有意识地收录了很多闺秀女子的诗集和作品,如吴芸佩的《漱云书屋遗稿》、左夫人的《卷葹阁偶存草》,这些诗集今已散佚,有赖诗话保存雪泥鸿爪。

诗话文体定义向来比较宽松,只要是谈论诗歌的专述,便可称为诗话。传统诗话大多以闲谈式为主,岭南诗话的文体与著述形态也不例外,但又颇为多样。有比较系统、理论性较强的著作,如黄培芳《香石诗话》、张维屏《国朝诗人征略》、何曰愈《退庵诗话》等;如专论某一诗家、诗体、诗律等的专门化诗话,如劳孝舆的《春秋诗话》,李黼平《读杜韩笔记》,林联桂《见星庐馆阁诗话》专论试帖诗。

岭南诗学批评百花齐放的态势,与诗坛诗人灿若繁星、诗作丰硕的诗学面貌交相呼应、互相促进,为晚清民国岭南诗话的近代化奠定了基础。

第一节　张维屏《国朝诗人征略》

作为岭南嘉道诗坛盟主,作为学海堂文人群体的核心人物,《国朝诗人征略》①的编撰,非张维屏而无人足以为之。这是岭南诗学的历史使命,应时而生,张维屏应时而作。张维屏以《国朝诗人征略》向主流诗坛发出了岭南诗坛的声音,这与彼时岭南诗学蓬勃发展、成熟而自主自立的状态是密切相关的。

《国朝诗人征略》是张维屏在嘉庆、道光、咸丰年间陆续编成的诗歌评论著作,分为《国朝诗人征略初编》(以下简称《初编》)和《国朝诗人征略二编》(以下简称《二编》),《艺谈录》则为与前两者体例相似,内容提炼前两者并另选入若干新诗人的浓缩"精华版"。三书亦附引作者个人著作多种,其中《松轩随笔》《松心日录》《老渔闲话》《听松庐诗话》四种均未见单行,仅见于此。

《征略》内容包括:一、其人的字号、里贯、生平及著作;二、辑录自诸家文集、诗话、志乘、说部中有关的轶事及诗评;三、摘录作者自撰的《听松庐文钞》、《听松庐诗话》、《松轩随笔》、《松心日录》中有关的评述;四、古体标题、近体摘句;五、部分收入

---

① 本文所引《国朝诗人征略》文字皆出自(清)张维屏著,陈永正标点:《国朝诗人征略》,广州:中山大学出版社2004年版。

其人重要诗作的标题。可见《国朝诗人征略》集选诗、论诗、选人、论人、论事、论世于一体,在张维屏之前,前代没有同时具备这五项体例的专著,遂为创例。① 这一体例对后来不少诗话的编写,如《清代闺阁诗人征略》有直接的影响。

《国朝诗人征略初编》六十卷,收入清代诗人 929 家;《国朝诗人征略二编》六十四卷,收入清代诗人 262 家。张维屏在《征略》中对诗人、诗作的评价,有的摘录自当时重要的诗话如《带经堂诗话》《围炉诗话》《随园诗话》等,有的摘录自诗人的别集、传记、方志等,还有近千处评语是张维屏本人撰写的。因此,尽管张维屏并无专门结集的诗歌理论作品,由《征略》的结构,材料的取舍,以及散见的评语,都能充分反映其诗歌理论主张。下面我们从体例、内容等方面略述其特色。

首先,张维屏的"诗人"观。张维屏在《征略》自序中称:"盖以人言,则智愚贤否,等有不齐:以诗言,则凡作诗之人,皆得谓之诗人。诗以人而重,人不以诗而轻也。"又谓本书"意在知人,本非选诗",故其搜罗至为广泛,大臣名将、硕彦通儒、布衣隐士、僧道女流等,皆得以入传,"其中或因题,或因事,或己所欲言,或人所未言,意欲无所不有,不专论诗之工拙也。"可见作者的本意是在"人"而不在"诗"。传统的"诗人"概念,指以专工诗词创作的人,而张维屏的"诗人"概念则是:不管什么职业、不论诗的优劣,只要写过诗或有诗留存世间的人都算"诗人",都可以按其标准摘录出"佳句"或代表作。《征略》二编中所载的绝大部分是业余作者,这些人的职业涉及社会的各阶层各领域:文学、艺术、军事、工业、水利、音韵、矿产、天文地理、历算,甚至还有农民、小手工业者等。军事方面如平叛乱、办乡兵、制造枪炮火药等;经济方面如治河、开矿、赈灾、钱法等;教育方面如建书院,兴义学等;自然科学方面如天文地理历算等,文学艺术方面如绘画音韵文学团体等,吏治方面如平叛乱、守边关、修水利、退匪寇、除暴安良等。所以张维屏的"诗人"依据"经世致用"的标准,大大拓展了《征略》所反映的社会层面。另外,《征略》继承诗人小传体的体例,从《大清统一志》《江南通志》《广东通志》等志书中补充大量诗人的生平逸事,主要目的便是"知人"。可见其选诗目的在于荐人,也反映出他的"经世致用"观。与晚清龚自珍、魏源、林则徐等倡导的"经世"思潮是呼应的。

其次,在诗歌题材的选择上,张维屏注重诗与史的结合。《征略》以"诗笔"代"史笔",发扬了中国诗歌自先秦以来的"兴观群怨"的社会功能,具有反映现实、批判现实的特色。龚自珍获《国朝诗人征略》手稿,阅后即"命笔伸纸作一序文",他评价此著:"诗与史,合有说焉,分有说焉,合之分、分之合,又有说焉。"对《征略》的诗史价值

---

① 程中山:《略论张维屏〈国朝诗人征略〉、〈艺谈录〉之成书、体例及影响》,《清代广东诗学考论》,广州:广东人民出版社 2012 年版,第 15 页。

做了很高的评价。《征略》所选的诗作或摘句,有的反映天灾人祸、民生疾苦,有的反映酷吏恶行,还有的记录域外风情,乃至科技发展等,其中诸多布衣诗人,吉光片羽赖此以存。《征略》收录了百余首(摘句)反映嘉、道间自然灾害的诗歌,如他认为梁信芳的四首(《大水行》《九曜火》《牛栏冈》《山响楼》)记载了羊城往事,以备他日之证。因此张维屏在《艺谈录》卷下的自识所说:"兹编虽以少为贵,然穗城之耆德,梓里之旧闻,山川景物之瑰奇,人情物理之繁变,皆可于此见之。勿徒以诗话观之。"

再次,张维屏的《征略》中的诗歌评述采集丰富。既有引用如《湖海诗传》《测海集》《随园诗话》《四库提要》等他家之言,也有张维屏对学人、艺人及其作品的评述,颇可见其诗学宗旨。如评顾炎武,曰:"国初名儒,余最服膺顾亭林先生。先生之学博矣而无考据家傅会穿凿、蔓引琐碎之病;先生之行修矣而无讲学家分门别户、党同伐异之习;先生之才识优矣而无纵横家矜才逞智、剑拔弩张之态。"评王士祯:"阮亭先生诗,同时誉之者固多,身后毁之者亦不少。推其致毁,盖有两端:一则标举神韵,易流为空调;一则过求典雅,易掩却性灵。然合全集观之,入蜀后诗骨愈苍,诗境愈熟,濡染大笔,积健为雄,直同香象渡河,岂独羚羊挂角。识曲听真,要当分别观之。"评黄景仁:"众人共有之意,入之此手而独超;众人共有之情,出之此笔而独隽。……如芳兰独秀于湘水之上,如飞仙独立于阆风之巅。夫是之谓天才,夫是之谓仙才。"皆是客观允当之评。张维屏的评语反复强调性灵书卷并重的诗学主张,有意调和当时盛行的性灵派、肌理派诗说。如云:"空灵必要有实学,实学又要能空灵。凡文章之道皆然,诗其一端也。""若徒恃性灵而不讲学力,未必能深造也。"又云:"宾翁诗不专一家,不名一格,其朴实遒健者既属称心而言,其镕铸精深者亦复超心炼冶。性灵佐以书卷,故非空疏之性灵,才气范以准绳,故非叫嚣之才气。"甚至其自序诗集亦强烈指出:"人有性情,诗于是作。志发为言,声通于乐。波澜须大,根柢在学。"可见其以性灵为宗,又需出之以蕴藉风华的诗学主张。

最后,《征略》体例中"论世评述"的部分充分体现了张维屏对社会现实的深切关注。书中引自《松轩随笔》或《松心日录》的内容,皆为张维屏对诗人轶事及引申世事的个人评述,内容丰富,涉及社会方方面面,无疑已突破传统诗话的内涵与时代价值。张维屏评述的主要目的既有宣扬正统儒家学说,同时也有对自我的警戒勉励。此外,《征略》中引用张维屏未刊行著作《老渔闲话》中的大量言说,皆旁征博引,考证深刻,对世人"开眼看世界"起到很大作用。

张维屏诗名早著,仕途虽不甚畅顺显赫,但在京时有翁方纲提携和揄扬,声名鹊起,其诗作更传播至朝鲜、美国;在粤则以嘉庆时营建云泉山馆及道光初拓地越秀山的学海堂为阵地,围绕着他与黄培芳等重要诗人,形成了岭南诗坛的核心群体。通过各种形式的雅集、诗会,书院教学的参与,张维屏的盟主地位慢慢确立起来。他除了积极赋诗唱酬,更热衷于评诗。在平时与其他岭南文人的交往中,张氏爱好通过标点评注来进行诗评。诗人们通过相互的标注诗评,进而提高诗歌创作的水平,也进一步传播和凝聚岭南诗风。因此,《国朝诗人征略》的编撰既是张维屏一生诗学积淀的呈现,同时也折射出岭南诗坛具备了核心诗坛力量,这股向心力推动着岭南诗学蓬勃发展的态势。清初以来,岭南诗坛代不乏人,几乎每一个时期都有杰出诗人的登场,但真正形成合流,汇聚成一股强有力的诗学力量,并经由诗坛领袖以诗歌评论的方式去展现,直到张维屏《国朝诗人征略》的诞生才实现。

第二节　黄培芳诗学批评

> 昔人云:江山与诗人相为对待。非诗人无以表江山之面目,非江山无以写诗人之襟期。故必有第一等襟期,斯有第一等真诗。学者既已讲求法律,又恐尺寸自绳,失之拘滞。试看舞雩沂水,岂有滞境耶?流水行云,岂有滞机耶?须知平时精熟万卷,下笔抛却一切,戛戛独造,汩汩然来,如羚羊挂角,无迹可寻;如天马行空,不可羁勒。又如神龙变化,见首不见尾。空所依傍,无泥死法,迨乎纯熟而化,斯为至矣。①

这是嘉庆八年(1803),时年25岁的黄培芳答友人问而作的《香石诗说》的结尾。这段文字中包含了王渔洋"神韵说"、沈德潜"格调说"、袁枚"性灵说"等在乾嘉时期影响力极大的诗学观念和主张,不同的诗学理论系统在黄培芳的诗论里融汇在了一起。这种融汇不是简单的梳理和陈述各家诗学观,或选择某家追随,亦步亦趋。黄培芳在前辈的主张中吸收、批判、反思,在自己的家族传承、岭南诗学构筑的学术背景下,力破藩篱,形成有自身特点的诗学观。这种既执着坚定而又带有折中色彩的辩证思维、兼容并蓄而求自辟诗境的信念,是黄培芳论诗的基本立场,也是嘉道之际岭南诗学乃至主流诗学倾向的特征。

黄培芳年寿高且勤于著述,存世著作达五十多种,更不论方志、总集、选集编刊的诸多成果。其中诗话有《诗说》《香石诗话》《粤岳草堂诗话》三种,另辑有《广三百首诗选》《国风诗法隅举》《秋兴诗评》《才调百首》《唐贤三昧集评钞》《七古评钞》《七律评钞》《感旧集选》等评选本,其诗学观较为系统、全面地体现在三部诗话中。《香石诗说》一卷系癸亥岁答友人问,作于嘉庆八年(1803);《香石诗话》四卷,写作很早,

---

① 本文所引黄培芳诗话内容如无特别说明皆出自(清)黄培芳著,管林点校:《黄培芳诗话三种》,广州:广东高等教育出版社1995年版。

直到嘉庆十四年(1809)方定稿,是秋作有自序;《粤岳草堂诗话》二卷,侄孙黄映奎跋中提及该书乃黄培芳晚年所作,但书中纪事止于嘉庆末,研究者据道光六年(1826)刊凌扬藻《国朝岭海诗钞》已引其说,推断此书编定于道光初。

黄培芳一生主要在广东境内担任学官、教谕,积极课徒,仅中年进京谋官两次,与嘉道间名流如吴锡麒、张问陶、赵怀玉、陈文述、姚莹、恽敬、盛大士、任兆麟、伊秉绶、吴文溥、汤贻汾等都有交游,在粤期间与张维屏等更是唱和不断,诗学影响深远,其诗学观念既有主流时风的影响,亦成为地域诗风的主导及积极推动者。前辈学者管林先生曾敏锐地指出,黄培芳三部诗话对诗歌功能的把握有一个从丰富多元到强调"诗言性情"再到力图干预政治、调节人伦关系的变化,这因应着时代的变动,也体现了黄培芳从年轻到晚年的诗学观念的成熟。

黄培芳以《诗三百》为评诗论诗的准绳。《香石诗说》开篇开宗明义:"夫子曰:'小子何莫学乎《诗》?'说诗其昉于此乎?"接着表明态度:"诗原于《三百篇》,夫人尽知也。自汉、魏、唐、宋以来,其间好诗,无不一一可求合乎《三百》。鄙见论诗,持定此说。老生常谈,不免为世人所哂。然渊源一脉,外异中同,古今无别,确不可易。"与《香石诗说》同时撰述而成书较晚的《香石诗话》中,黄培芳也多次表达宗《诗三百》主张:"诗之源在《三百》,无迷其途,无绝其源。"又说:"后人之诗无殊乎《三百》者,外异中同也。其外虽异,其中自不可不同。"历来诗论以《诗三百》为宗,但黄培芳并非泛泛而释,而是有所阐发和深入思考的。他在《香石诗话》中说:"诗言性情,所贵情余于语。张曲江《望月怀远》云:'海上生明月,天涯共此时。'语极浅而情极深,遂为千古绝调。"黄培芳主张"诗源于《诗三百》",同时更强调"得性情之真,不独风教人伦之作",并进一步解释:"有所关系,即傍花随柳,弄月吟风,会心不远,亦足以畅写天机。反是,则性情汩没,涂饰为工,去风人远矣!"他认为,虽然作诗要符合《诗三百》之"思无邪"之道,要遵从温柔敦厚的诗教,但是如果只顾"风教人伦",不抒写性情,非抒胸臆,一味卫道说教,则反倒未能体现《诗三百》之要旨,这体现了他诗论阐发和认识的深刻。

彼时袁枚"性灵派"在诗坛影响深远,才人之诗蔚为大观,黄培芳的"诗主性情"说却有自己的个人理解。在他看来,诗歌创作中性情与风格是不可偏废的,对性情与风格、性情与文采的概念他进行了辨析:"既主性情,即不能不论风格。风即风神音韵,格即格律句调也。言之无文,虽有妙理至情,亦胡能达?""性情本天分,风格由学力,既有性情,即不能无风格,性情风格合而并到,则诗工矣。"他认为要抒写性情,就不能没有风格,而风格既包括风韵,又包括格律句调;他尤其强调"文"的重要性,既然为诗,就不能"无文"。这就把诗歌宗旨、内容、形式、风格统一起来了。黄氏这种性情学力并重的诗学观,也是广东诗坛的普遍共识。

对当时诗坛的名家名派,黄培芳在臧否中明确阐释自己的诗学主张,评论既尖锐犀利而又中肯精到。如对王士禛诗及其"神韵说"的评说,"子才论阮亭诗,谓一代正宗才力薄。因思子才之诗,所谓才力不薄,只是夸多斗巧,笔舌澜翻。按之不免轻剽脆滑,此真是薄也。阮亭正宗固不待论,其失往往在套而不在薄。耳食者不察,从而和之,以为定论,何哉?"黄培芳认为,袁枚对王士禛诗歌"薄"的论断并不正确,袁枚本人的诗"一味以轻脆佻滑为新",其弊端才是"薄",并且这种弊病"子才倡之于前,雨村扬之于后,几何不率风气日流于卑薄",可见黄培芳对袁枚的诗及主张是持贬抑态度的。他接着进一步正面阐发他对王士禛诗歌的评论:"阮亭独标神韵,以为宗主,固有偏而不举之处,然不失风人蕴藉之旨。学之而弊,刻鹄不成尚类鹜。若徒以轻剽为工,直是画狗矣。画狗不成,更将何类耶?"他认为王士禛诗歌之弊其实在于"套",即缺乏情性变化的雷同与习套,"若制一诗,数十年以前与数十年以后皆用得着,便失之套。渔洋往往犯此病,惟子才知此意而有意求新,以致流于纤率,亦未为得也。"黄培芳敏锐地指出袁枚虽然认识到王士禛的缺陷,但以刻意求新为法则又陷入"纤率"的狭小诗路;而王士禛以"神韵"为宗,固然有失偏颇,在艺术追求上仍是迥出时流的,其流弊实际上源于诗论追随者并不能深刻理解和领会。有鉴于此,黄培芳还提出具体的诗法以便于学诗者寻得作诗门径,不流于时弊,也从实践的角度完善自己的诗学主张:"作诗以真为主,而有六要:曰正、曰大、曰精、曰炼、曰熟、曰到",见解精辟,有功于后学。

黄培芳追溯家学谱系和建构岭南诗派的意识也从模糊到明晰,再到自觉。他曾引用翁方纲《石洲诗话》所言"曲江在唐初,浑然复古,不得以方隅论"以阐发自己两个观点:一是岭南诗自张九龄始,已不能仅以岭南一地论之,而已具备了大家气象;二是岭南诗人秉承张九龄之风,"性情才气,自成一格"。这与屈大均对张九龄的岭南诗学里程碑式意义的阐发一脉相承。他又引陈子壮、欧大任语,强调八世祖黄佐与南园五先生振兴粤诗之功:"明兴,天造草昧,五岭以南,孙蕡、黄哲、王佐、赵介、李德五先生起,轶视吴中四杰远甚。""当世宗皇帝时,泰泉先生崛出南海,其持三尺以号令魏、晋、六朝,而指挥开元、大历,变榷结为章甫,辟荒薉秽于炎徼,功不在陆贾、终军下也。"黄培芳认为"南园五先生"崛起于粤,黄佐作为"南园后五先生"之师,号令"魏、晋、六朝",指挥"开元、大历",气象宏大,其功不在陆贾、终军二位使南越归顺中原朝廷的功臣之下。

此处意在梳理岭南诗学发展链条,追源溯流,而岭南诗风的"曲江规矩","正始元音"的提倡与尊奉,则引主流文坛钜公的评价来进一步强调,亦申明自己的诗学宗尚。

  国朝诸公论吾粤诗,先后推许,如出一辙。济南王渔洋云:"余尝语程职方曰:'君乡粤东,人才最盛。正以僻在岭海,不为中原江左习气薰染,故尚存古风耳。'"(《池北偶谈》)浙江朱竹垞云:"南园词客多无恙,暇日争扶大雅轮。"(《曝书亭集》)近贤如江西蒋心馀则云:"仙方出岭海,孔雀东南飞。"(《忠雅堂集》)江南洪稚存则云:"尚得昔贤雄直气,岭南犹似胜江南。"(《更生斋诗》)之数公者,皆当世哲匠,持论如是,徵以文章公器,不存畛域之见也,至"尚得昔贤雄直气"一语,犹有卓识。

岭南诗上承汉魏风骨,"诗风雄直"的特点,地域偏远而"不为江左习气薰染,故尚存古风"的诗学发展特征,借由洪亮吉等大家的肯定与赞赏,确立了岭南诗派在主流文坛独具面目的地域诗派地位,黄培芳的再次引用与强调,也体现了他构筑岭南诗学传统的意图。

尽管翁方纲曾勉励岭南诗人不要囿于岭南三家:"我国朝经学考订之精,什倍于前明,诗文之盛亦倍之,居今日而言风雅通途,岂得执屈、陈、梁三家以区流派乎?"甚至告诫年轻的"粤东三子"不要循南园、三家之宗唐老路,"北上重祛执,南园一气酬",即不应再"仍南园五先生之遗音""不专以三家自限"①。黄培芳在诗学宗尚上依然崇唐抑宋,如云:"诗分唐宋,聚讼纷纷,虽不必过泥,要之诗极盛于唐,以其酝酿深醇,有风人遗意。宋诗未免说尽,率直少味。至于明诗,虽称复古,究于唐音有间。"其标举盛唐,与岭南历代诗人谨守地域诗学小传统,尊奉"唐音",有着密切的关系。

清道光二十二年(1842),黄玉阶在《粤东三子诗钞·卷首》梳理"岭南诗派"源流,将包括黄培芳在内的"粤东三子"置于"岭南四家""岭南三家"之后。由《香石诗说》到《香石诗话》,再到晚年所作《粤岳草堂诗话》,也伴随着黄培芳由崭露头角的年轻才子,到声名鹊起的"粤东三子""云泉七子"诗坛领袖身份的确立。黄培芳的诗歌成就之丰硕,诗学建构之自觉,互为因果,也成功将自己编织到岭南诗学的发展链条之上。

---

① (清)黄培芳:《岭海楼诗钞六卷》,广东省立中山图书馆,中国古籍珍本丛刊·广东省立中山图书馆卷:第57册,北京:国家图书馆出版社2015年版,第356页。

第六章　清代词学

邱炜萲为潘飞声《论岭南词绝句》作的序中说道："闽、粤同处海滨,士鲜四声之学,又无人为之荟萃,中原谈词家亦不及今粤词。"①此语虽然是为了强调潘飞声论词的学术价值,但也指出了岭南词坛的荒芜,既少词人词作,又乏整理编刊与传播,在主流词坛未能占据一席之地。有清一代,岭南词坛的整体创作情况虽然较前代已经有了长足的进步,叶恭绰编《全清词钞》所录岭南词家达一百四十余人,更有几位词家堪张一军,别开生面,获得词坛的认可。但"以余力作词"的创作情态使得无论是从数量还是成就来看,岭南词坛未能如诗坛一般,崛起海隅,形成有力的区域词学影响。

清初岭南遗民词人振起风骨,注入苍凉,蕴以悲慨,为粤词树立了雄健明快的词风典范,屈大均、梁佩兰、陈衍虞、易弘、梁无技等,多为感慨深沉、词旨缥缈之作;清中叶词坛失其生气,幸有黎简、张锦芳、张维屏、黄丹书等不入浙派窠臼,学古而融入个人风格,或益之以饱满乡情,或萃之以逆旅心曲,力图新变,颇有佳作。嘉道之时,浙派为词坛主盟,吴兰修与仪克中走出清空婉约、情辞俱佳的"别派"之径,深获正统词家赞赏,亦使粤词于江左声名鹊起,并为晚清浙派与常州词派在岭南的传播开辟先路。

岭南词坛专门的词话极少,多为片言只语,非系统论述,这与词坛的创作情况是相应的。直到晚清,才有学者专书论词,较重要的是张德瀛《词征》、陈洵《海绡说词》,还有潘飞声整理和研究粤词的几部作品,《粤东词钞三编》《粤词雅》《论岭南词绝句》等,皆有助于研讨粤东词学。

谭莹的《论词绝句》虽非专书,却是论诗绝句的文体形态与词论的联袂,收入《乐志堂诗集》卷六的《论词绝句》共有176首,被视为"近世词论之一大关目"②,其中第一部分100首为通代词总论,第二部分36首专论五代至清的粤东词人,第三部分40首专论清代其他词人,具有鲜明的历史意识与系统性,无疑提升了论词绝句的理论品格。

---

① 潘飞声:《论岭南词绝句》,《说剑堂集》,光绪刻本。
② 严迪昌:《近世词钞》,南京:江苏古籍出版社1996年版,第553页。

谭莹的论词绝句论述了38位岭南词人，潘飞声的论词绝句论述20位岭南词人，二人既是词人，又都熟悉岭南文学文献，他们通过论词绝句的形式来构建岭南词史，保存乡邦文献和弘扬本土文化的意图是很明确的。而且以词人身份论词，更能贴近词作风致。此外，他们的论词绝句中有大量的注释，保留了广东词坛内外的诸多史料，颇具考证价值，可作为明清词学辑佚的线索。

第一节　粤词雅健之底色

朱庸斋在《分春馆词话》中提出："吾粤为词风气，远后江南。宋、元、明之词人占籍岭南者寥寥无几，作品亦非出色。清代以来，当推屈翁山为第一人。"①屈词的横空出世，为岭南词坛注入新的血液与动力，并构筑了清代粤词的雅健底色。

屈大均著有《骚屑词》，一名《道援堂词》。因清廷禁毁，传本甚稀，宣统间上海国学扶轮会本，存词三百七十三阙，较为完备。身历家国之变且矢志抗清的屈大均，奇情郁志与浑厚笔力赋予了词体蕴藉深远又极为舒展开张的姿态。

其词集中最能代表其词风的是表达故国之思与反抗新朝之意的词作，或沉郁顿挫，或雄浑高古，或飙爽明快，总体为雅健而具骨力一路。

屈大均在广东抗清失败后，遁入空门，后又还俗，旋复北上。北国之行留下诸多出色词作。如《念奴娇·秣陵吊古》：

> 萧条如此，更何须，苦忆江南佳丽。花柳何曾迷六代，只为春光能醉。玉笛风朝，金笳霜夕，吹得天憔悴。秦淮波浅，忍含如许清泪！
>
> 任尔燕子无情，飞归旧国，又怎忘兴替？虎踞龙蟠那得久，莫又苍苍王气。灵谷梅花，蒋山松树，未识何年岁。石人犹在，问君多少能记？

此词为屈大均在顺治十六年（1659）北游暂居南京时所作。六朝古都，昔日的富庶繁华在战乱频迭的破坏下，只剩断壁颓垣诉说兴替之悲。词人走访秦淮河畔，探灵谷寺之梅，一片萧飒，独留守护陵寝的石人默默无言，词人感伤无限，吊古伤今，赋词以记。

又如《紫萸香慢·送雁》：

> 恨沙蓬、偏随人转，更怜雾柳难青。问征鸿南向，几时暖，返龙庭？正有无边烟雪，与鲜飙千里，送度长城。向并门少待、白首牧羝人，正海上、手携李卿。

---

① （清）朱庸斋：《分春馆词话》，唐圭璋《词话丛编》，北京：中华书局1986年版，第1174页。

秋声,宿筵还惊。愁里月,不分明。又哀笳四起,衣砧断续,终夜伤情。跨羊小儿争射,怎能到、白蘋汀? 尽长天、遍排人字,逆风飞去,毛羽随处飘零,书寄未成。

词人北上抱着一腔复国热血,边考察燕秦战略要塞,边联络北方抗清力量,意图重整旗帜,光复旧朝。但危机四伏,壮志难酬,甚至几番遭遇清兵,死里逃生,只能无奈南还。词中自比归雁,在严寒困苦的北国,辗转飘零,如同当年塞外持节的苏武,其艰险可知;下片写秋声起,在哀笳遍地、捣衣声时断时续的战争氛围弥漫下,北雁逆风南下,一句"跨羊小儿争射"血泪迸发,是极苦极痛之语,道尽词人多少怨愤与不甘;末句鸿雁未至,戛然而止,留下无限唏嘘。

除了这一类大开大合的词作,屈大均词中还有一类小词颇有《诗经》与古乐府遗风,回环往复、一唱三叹的反复抒写心曲,言辞浅近而寄托深远。如《潇湘神·零陵作》,以舜的二位妃子娥皇、女英及屈原之典表达对故国的眷恋,又如下面这首《梦江南》:

悲落叶,叶落落当春。岁岁叶飞还有叶,年年人去更无人,红带泪痕新。
悲落叶,叶落绝归期。纵使归来花满树,新枝不是旧时枝,且逐水流迟。

词中以春天落叶为喻,隐指明朝之覆亡,明亡于三月,南明绍武政权亦亡于正月,皆当春天。春日本是万物勃发、生机盎然的季节,树叶却飘然而逝,更推进一层,叶飞尚有叶,而人去则无人了。下阙既以"绝归期"呼应商榷,更以"花满树"喻新朝之立,而词人只愿逐旧时枝而去,是绝望而又决绝的心声之作。

清初岭南词人,大多以词抒发乱世飘零感慨,遗民词人借词体的幽深表达隐秘的心曲,有的欲归隐山林、有的进退两难,有的寄情岭南山水。如易弘《踏莎行·客恨》"目断天涯,魂销故国,回头往事真成错。昨宵一梦入罗浮,醒来不见梅花落",如梁佩兰《山花子·湘妃庙》"水阔潇湘见二妃,江空露白少人知,一望渚烟迷到处,暗灵旗"。词境缥缈,寄托对故国的哀思。

乾嘉时,时局已稳,比起清初动荡,已是升平气象,主流词坛浙西词派和阳羡词派左右一时词风。浙派既极盛,追慕者众,而又渐生流弊,词风趋于纤仄、琐屑,词境亦狭窄难开。岭南词坛虽也有不少词人泥于时流,难以写出有较高艺术成就的作品,但不少以诗闻名的诗人,词作真切动人,工而淡妙,不落俗套,诗力移置词力。

不妨以一组木棉的词,来看看清中叶岭南词人笔下这一岭南佳木有着怎样不同的风姿,以此一窥词人们的词风与生花妙笔。

张锦芳著有《逃虚阁诗余》,一名《南雪轩诗余》,其《满江红·木棉花》:"十丈晴红,高照彻、尉佗城郭。浓绿外,数株烘染,驿楼江阁。一簇晨霞标乍起,九枝海日光齐跃。似炎官、火伞殿前张,飘丹爇。　龙衔烛,行寥廓。鹃啼血,巢附萼。经百花飞尽,东风犹恶。歌舞冈铺云锦乱,扶胥潮动珊瑚落。纵吹残、尚得一回看,翻阶药。"锦芳此词,极力烘染木棉的鲜艳夺目,且置于岭南古迹如赵佗城、歌舞冈的背景下,交相辉映;以晨霞、海日、烛龙、鹃血等不同形象连连设喻,目不暇接,极为壮美,如在眼前。

黄丹书有《胡桃斋诗余》一卷,其诗以苏轼为宗,词亦豪迈峻爽,丝毫不染乾嘉词坛庸滥风气。其《满江红·木棉花》:"焰焰烧空,谁载遍、水村山郭?人道是、祝融行处,牙旗参错。赤羽一行摇白日,彤云万朵扶青崿。笑纷纷、桃杏斗春妍,都纤弱。黄湾外,斜阳薄。粤台畔,狂飙作。似乱霞铺地,晓虹沉壑。野烧连冈烟欲上,清霜夹岸枫初落。尽画家、渲染有燕支,应难着。"彤云万朵,乱霞铺地,纯乎画笔,马上渲染出一幅羊城木棉的画卷,黄湾、粤台,山冈,江畔,无处不见,处处栽遍木棉,色彩明艳动人,意境高迈。

最后再来看张维屏的《东风第一枝·木棉》[①],将木棉在初春乍暖还寒之时,迎着东风绽放的景致与岭南民众敢闯敢拼,不畏艰险的精神结合在一起,极为巧妙,词格遒上。"烈烈轰轰,堂堂正正,花中有此豪杰。一声铜鼓催开,千树珊瑚齐列。人游岭海,见草木、先惊奇绝。尽众芳献媚争妍,总是东皇臣妾。　气熊熊、赤城楼堞,光灿灿、祝融旄节。丹心要伏蛟龙,正色不谐蜂蝶。天风卷去,怕烧得,春云都热。似尉佗,英魄难销,喷出此花如血。"南越的铜鼓声声,助阵南越王赵佗守卫南越大地,更将木棉视作赵佗壮志未酬而喷洒的鲜血,赋予了木棉"英雄之花"的内涵,该词充溢着张维屏对岭南这片热土的深情与自豪。

张维屏著有词集《听松庐词钞》四卷,当中包含《海天霞唱》三卷和《玉香亭词》一卷。其词作多为苏轼、辛弃疾一路,大多追求雄健气壮的风格。一方面是其词风所尚,另一方面是因为大多作于进京赴考和游宦南北时期所作,"往返万里登临,览观兴酣,落笔有浏漓顿挫之致"。如《阑干万里心·九江阻风赋此拨闷》《水龙吟·大风渡黄河》等。此外,张维屏也有不少清婉流丽之作,细腻的笔致直击人心。如《天仙子·春暮出游怅然有咏》云:"黄屋英魂犹在否,清明寒食无杯酒。夕阳红上越王台。携翠榼,整金钗。人自百花坟上来。"叹息赵佗的越王台无人登临,而张乔的百花坟却成为城中游人如织的胜地。又《西地锦·舟中午日》:"曾历燕齐邹鲁,有满身尘土。长河水浊,长淮水绿,又满天风雨。万里此行何补,惹离愁千缕。清明过了,端阳到了,听异乡箫鼓。"此词道尽多少北上岭南士人的心酸!

[①] 本文所引张维屏词作皆出自(清)张维屏:《听松庐词钞》,陈建华主编:《广州大典》第 520 册,广州:广州出版社 2015 年版。

对于作词,张维屏曾曰:"词家苏、辛、秦、柳,各有攸宜,轨范虽殊,不容偏废。"又曰:"以情胜者,恐流于弱,以气胜者,恐失于粗。"①此词学观殊为通达,有兼容并包,调和豪放与婉约之意。当时主流词坛名家对粤词以气格笔力为重的词学风气颇有微词,丁绍仪更直接批评张维屏和谭莹的词学观似"门外人语"。粤词人大多不愿以词坛门户之争左右自己的词风,不逐时流,如谭敬昭、陈其琨、吴荣光与吴弥光兄弟俩、黄位清等,皆能挥洒词笔,切近生活,文辞轻灵流丽不凝涩,情韵俱深。亦有浙派一路的词人,虽是粤中别派,但艺术造诣精深,情辞真挚,于浙派诸名家中,亦可独擅胜场。

第二节 粤词之别派:吴兰修与仪克中

嘉道以后,岭南词坛大放异彩。丁绍仪在《听秋声馆词话》中谓:"余所见粤词,近推吴石华、仪墨农为最。"②吴兰修、仪克中皆瓣香浙派,词学姜张,在以气格笔力为要的岭南词坛,二人可说是粤词之"别派",却是江南主流词坛的同道,词风更近江南浙派诸家,故颇受正统词家赞赏。吴仪二人不仅导粤中浙派先路,更通过京城、江南乃至海外的友朋酬唱,进入相关的词学同盟,提升粤词的影响力,更以自身在学海堂文人群体的学术力量,传浙派衣钵,构建起岭南词坛较为清晰的浙派脉络。

吴兰修(1789—1837?),原名诗捷,字石华,又字荔村,号古轮,广东嘉应州人。清嘉庆十三年(1808)举人。道光元年(1821)任番禺县训导,道光二年(1822)任信宜县训导。阮元任两广总督时创办学海堂并组织刊刻《学海堂集》,吴兰修编校刊刻了《学海堂初集》《学海堂二集》。除学海堂学长外,他还曾担任粤秀书院监院。吴兰修学识渊博,长于治经、考史,并且在文学、金石学、算学、藏书以及校勘等方面颇有建树,其著作颇丰,涉及众多方面。现存著作有《荔村吟草》《守经堂集》《桐花阁词》《南汉纪》《南汉地理志》《南汉金石志》《方程考》《端溪砚史》以及《封川县志》。

吴嵩梁云:"岭南故多诗人,而少词人,然石华孝廉则今之玉田生也。"③谭敬昭亦推许:"近时汤雨生暨吾粤吴石华《桐花阁词》最工。"④陆以湉亦谓:"《桐花阁

---

① (清)谢章铤:《赌棋山庄词话续编三》,唐圭璋:《词话丛编》第四册,北京:中华书局1986年版,第3517页。
② (清)丁绍仪:《听秋声馆词话》,唐圭璋:《词话丛编》第三册,北京:中华书局2005年版。
③ (清)吴嵩梁:《桐花阁词》序,吴兰修:《桐花阁词》,清宣统至民国年间番禺汪氏微尚斋刻本。本文所引吴兰修词皆出自此版本。
④ (清)谭敬昭:《剑光楼词》题词,仪克中:《剑光楼词》咸丰十年(1860)半耕草堂刻本。本文所引仪克中词皆出自此版本。

词》,清空婉约,情味俱胜,可称岭南词家巨擘。"①吴兰修词,黄燮清《国朝词综续编》选入7首;《粤东词钞》则选入58首,数量仅次于屈大均和黄德峻。《桐华阁词》,又名《桐花阁词》《桐花阁词钞》,词一卷,首一卷,补遗一卷,共收词九十三首,清宣统至民国间番禺汪氏微尚斋刊刻。《桐华阁词》卷首有吴兰雪、郭麐、吴兰修、汪兆镛序文,次为陈璞所辑《拟广东文苑传》,再次为汤贻汾题辞,卷末有沈泽棠跋。《桐华阁词》为吴兰修青年时期作品,此后重刻略有增补,以描写个人幽深的心绪、怀古的忧愁、亲友的交游以及别致的景物为主,笔调天然,清丽神韵。吴兰修在自序中云:"余隐桐村,素有词癖,春声秋绪,固不在残月晓风也。乃草草出山,十年万里,边笳警梦,江雨怀人,声音所触,感慨系之矣。近检吟囊,残佚殆尽。篝灯坐忆,叹息弥襟,爰取近草若干首刻之。虽非凤昔称心之作,亦留此误弦,以博周郎一顾云尔。"可知吴词主要是其游历塞北江南,或为赶考士子或为游客或为幕客,有欢聚有离别身似飘蓬的心曲。

汪校本《桐花阁词》共收词83首,题材十分广泛,有题画、怀内、闺怨、写景抒怀、怀古、感旧、咏物、酬赠、思乡、念友、送别、悼亡、咏妓等。这些作品大都刻上词人身世遭际的痕迹,情意深挚,充分展现了词人的创作特色与独特风格。

词名与科名的落差,才情高蹈而现实无奈的冲击,强烈影响着吴兰修创作的情感基调与审美倾向。其词尤多"寒"意:如"一两三竿。莫做秋灯夜雨寒"(《减字木兰花·题王竹航太史利亨》);"寒更悄。把铁笛凄凉、吹得鱼龙老"(《摸鱼子·莽萧萧》);"寒林渐做伤心色,零星又逢秋景"(《台城路·秋叶》);"新寒夜,爱熏笼偎媛,伴到深更"(《沁园春·江茗吴盐》);"最忆二分风露,玉钗寒"(《虞美人·廉州七夕寄内》);秋风秋雨、夜里的铁笛、鬓边的玉钗,无不渲染着词人身上、心中无尽的寒意。其词多"梦"境,如"见说琴操,而今尘梦都醒"(《声声慢·美人醉酒》);"剩雁宵虫夕,有更番茶梦,灯火凉龛"(《忆旧游·题雨生十九僧图》);"转忆小池亭。旧梦曾经"(《浪淘沙·银汉碧无声》);"一味做凄凉。梦魂都不双"(《菩萨蛮·愁虫琐碎啼金井》);"人生如梦",词人目光所及、心头所感,皆如梦似幻,亦投射着吴兰修人生的孤清底色。

吴兰修词的语言有自然天成、无可移易的美,每一个动作、每一个物象的声、色,甚至温度、气味都有极为灵动而富有张力的表现。词人仿佛拥有生花妙笔,每一首词便是一幅品之不尽的工笔画。吴兰修的语言在情感的驱动下,独出机杼,浑然天成,毫无雕琢造作、晦涩难通之病。景语如:"春草偎烟。春水揉蓝"(《行香子》)。描写江南春日秀色,此类词作多不胜数,但"偎"字极尽锤炼之工,将春草的柔弱一语写

---

① (清)陆以湉:《冷庐杂识》,北京:中华书局1984年版,第68页。

尽,而"揉蓝"则兼及形态色彩,道出春水旖旎的动感与美感。

语言营构词境,或波澜壮阔,或幽深清丽,或婉约缠绵,吴兰修词以小令为主,词境烘托无痕,直抒性灵。最为其他词人激赏的如下面这首《卜算子》:

> 绿剪一窗烟,夜漏知何许。碧月濛濛不到门,竹露听如雨。
> 独自出篱根,树影拖鞋去。一点萤灯隔水青,蛩作秋僧语。

小序云:"园绿万重,月不下地,夜凉独起,冰心悄然,惜无闲人同踏深翠也,辄倚横竹写之。"序与词同读,竹露之晶莹,蛩语之耳畔,以静写动,浑然一体,仿佛可见词人月下独游秋夜竹林的清冷与自得。论者评曰:"清冷幽深,颇似厉鹗词之境界。"①厉鹗是清代中期浙派名家,以厉鹗之境评此词,则吴兰修笔力与词风可知。

吴兰修既有此笔力,小令动人心弦,慢词长调亦摇曳生姿,多他人未及生发之境。被称为压卷之作的《水龙吟·壬辰九月十五夜,同仪墨农陪程春海祭酒登越王山看月》一词,描写了月夜与仪克中等好友陪同时任广东主考的程恩泽赴越秀山赏月的情景,登高揽胜,秋气初起:

> 笛声吹上银蟾,山河影里秋无际。溶溶一色,楼台着处,都成寒水。水气浮烟,烟痕胃树,荡为空翠。正人声断尽,西风料峭,听几杵、疏钟起。
> 难得乘槎客至,爱青山、露华如洗。荒台古甃,再休重问,汉时遗事。黄鹤招来,碧云无恙,梦圆千里。正潮平海阔,珠光隐隐,有骊龙睡。

意境清幽,笛声直上天际,有高处不胜寒的雅意;溶溶一色,越王台下多少岁月,又有发思古怀远之情;骊龙苏醒,珠光隐隐浮现,或有吴兰修自己的身影闪动。正是清幽绝尘,淬炼字句的佳作亦深具姜、张遗风。

同时,词人的语言又有极为朴素,洗去铅华,甚至近乎口语的一面,这在其寄内、赠内词中最为明显,不变的是直抵人心的感染力。诸如"二分消瘦旧腰围。除却湘裙带子,没人知"(《虞美人·桐花阁听雨。内子述年时病境,语殊酸楚,补为小词》),"九回今夕在天涯。只有心头梦里,不离家"(《虞美人·廉州七夕寄内》)。明白如话,如在眼前。还有部分浑厚苍凉的作品,如为陈邦彦的故物雪声堂砚而填的词,由砚及人,追忆陈邦彦抗清,慷慨悲鸣,则又别开词境,是气骨开张的粤词风范。

可见,吴兰修的词风虽以浙派为追摹,但又不囿于浙派,纯以抒写性灵,遣词天然为要,不拘一格,因此避免了言辞雕琢、过于追逐工巧的形式主义流弊,为岭南词坛树立了典范。伴随着学海堂文人群体的成长,学长吴兰修不仅以其经史积淀传道解惑,其词学亦深深影响着陈澧、沈世良、谭莹、许世彬等学海堂学子,谭莹的《论词绝句》

---

① 陈永正:《岭南历代词选》,广州:广东人民出版社 2009 年版,第 148 页。

收入《学海堂三集》,这些优秀课卷视为吴兰修在学海堂经史为主文学为辅的教学氛围下,播撒的词学火种亦无不可。

仪克中(1796—1837),字协一,号墨农,别号姑射山樵。先世为山西平阳人,至其父担任广盐运使司知事,遂寄籍番禺。道光十二年(1832年)举人,人有奇气,精研金石,诗画俱佳,获阮元赏识受聘学海堂学长,并参与《广东通志》编修。著有《剑光楼词》一卷,收词107首,有咸丰十年(1860)半耕草堂刻本,光绪八年(1882)学海堂刻本。

作为粤词"别派"的代表之一,仪克中词继响姜张,格调醇雅,具有鲜明的浙派风味,艺术成就颇为突出。吴兰修和江沅在《剑光楼词序》中对仪克中推崇有加:"吾粤百余年以来,留心词学者绝少。墨农以精妙之思,运英俊之才,发为倚声,大得石帚、玉田之妙。岭表词坛,洵堪自成一队矣。"江沅亦谓:"墨农之才学为仪征阮宫保暨诸先达所推许,以其余技为词,颇喜石帚、玉田……精妙独至。"可以说嘉道而后,在粤词接受浙派词风的过程中,仪克中引领之功不可没。

仪克中的词,以清空为要,或清幽孤寂,或清澈灵动,或清润雅致,有沁人心扉之感。

"清气"之源,来自仪克中独特的艺术技巧,其一善于以丰富的联想力和想象力,营造一种超凡脱俗的意境,使人进入一个极目驰骋的境界中,如"搔首谁将天问,料天还惊。呼玉女,披明星"(《寿楼春》);其二炼字极工,在色彩、动作等方面画意深沉,如"云关开春晴,控苍龙一脊,盘上孤青"(《寿楼春》),三个动词"开""控""盘"连用,青山动感呼之欲出;其三善于捕捉细腻的感官变化,兴象玲珑,韵致无穷,如"雁影一绳低处,把十段湘桥,练作愁城"(《八声甘州·韩江送陈登之北上》)。

仪克中一生因为事业、生活等原因,流转不定,足迹遍及岭南、江南、华北、西北各地,他在《霓裳中序第一·题江郑堂丈〈对酒当歌图〉》中谓江藩"平生多少事业。半付椠铅,半付轮铁",亦可看作是对自身际遇的写照。因此词中多有书写羁愁旅恨的作品,如下面这首《浣溪沙·松溪舟夜》:

> 月暗堤长树影连,一星萤火坠浓烟。夜凉如雨抱愁眠。
> 只有虫声来枕底,更无尘梦到鸥边。听风听水又经年。

此词既是描写夜中行舟,起笔"月暗"两字便为全词定下基调,所"暗"者不仅是周遭晦暗的景象,亦是作者暗淡心情的表现。唯有一点在浓烟中坠落的萤火看得真切。"坠"字让人联想到生命的遽然消逝和希望的瞬间破灭,意在言外。

纪游及题画之作在仪克中词中占据重要地位,此类词以景物描写为中心,既充分展现他的艺术技巧,又融进词人深厚的情感体验及丰富的人生思考,我们亦可由之一窥词人之交游。譬如这首《瑶台聚八仙》：

> 尺五天边，春耐老，风信遍约华鞯。也同欢侣，来趁满树红嫣。仙吏行厨金鳖落，粉侯纠席玉连钱。酒如泉，夕阳劝驾，犹腻香鞭。
>
> 回看人影在地，向断钟韵里，尚耸山肩。唤烛高烧，围坐未许花眠。多情客先破晓，又引蝶来参烂漫禅。春聊伐，竟艳传日下，索看吟笺。

词前有序："城南花之寺海棠最繁，游屐颇盛。己丑春杪，郑梦生、铁生醵诸同好携侍史十余人宴于花下。日斜宾散，予止谭康侯农部，招铭山明府，联榻僧庐，话几达旦。明日，林莪池大令来追昔欢，饮复抵暮。赋此以志俊游。"这场海棠雅聚由日及夜，参游者众，既赏花，又有词艺切磋，友朋他乡叙旧，怎能不"未许花眠"？人与景，词情、友情、花情融为一体，淋漓尽致，让观者有身临其境之感。

友朋之间的交往酬唱是仪克中词中动人的心曲，尤其是伤别之作，情动于中，写得特别深婉缠绵。如《八声甘州·韩江送陈登之北上》："更风风雨雨，满耳是离音。最难得，连宵剪烛。再相逢，还否念而今。凉波外，丹枫攒恨，目断遥岑。"词中耳听雨作离音，丹枫含恨，万物皆着"我"之色彩。

仪克中对自己的词学观念曾有明确表述，其《徵招》词序云："高凉客馆，雨中戴金溪观察见过，论词以石帚、玉田为正宗，竹垞、樊榭为嗣响，且示旧作，戛戛乎高唱也。赋此纪之。"词曰：

> 人生难得秋前雨，赏音更难同调。几日听阶桐，意悠悠谁晓。高轩勤顾我，领前辈、流风多少。大雅扶轮，清言霏屑，色丝天造。
>
> 妙喻拟宗门，姜张后、谁继南灯末照。法眼在鸳湖，剩传衣厉老。纷纷从论定，把豪杰、一时推倒。又何日，剪韭申盟，记此缘非小。

在序中，他介绍了戴氏的论词宗旨，并且深以为然，所以在上阕称其为"同调"，下阕则申述戴氏之意，构建了一个从南宋姜张到清代朱厉的词学谱系。此外，在仪词中有为数不多的作品标明效体、用韵，其中多能反映出和浙派的联系。

值得一提的是，仪克中还与朝鲜诗人李尚迪有过一段交往，颇结海外文字之缘。李㴑船于道光十一年（1831）随朝鲜使团来到北京，恰值仪克中寓居北京，两人遂结文字之交。仪克中绘制《苔岑雅契图》，并且广征诗什赠之。李㴑船归国后，请本国首揆之子申少霞绘制《黄叶怀人图》，亲自题诗二十八章寄与仪克中，首章即怀仪克中，中有"多买五色丝，欲绣剑光楼"之句，仪克中深感其意，遂作《海天阔处》答之，词中赞美李氏才学精深，又申发二人之间的深情厚谊。"听萧萧黄叶，波涛万里，浑一样、愁无奈"等句，看出作者对友人深挚而真诚的怀念。东亚汉文化圈的唱酬，使仪克中及其作品传播到朝鲜半岛，亦有利于岭南士人群体声名的流播，反过来促进岭南地域文学的发展。

陈澧在《水龙吟》(词仙曾伫峰头)词序中云:"壬辰九月之望,吾师程春海先生,与吴石华学博,登粤秀山看月,同赋此调,都不似人间语,真绝唱也。今十五年,两先生皆化去。余于此夜,与许青皋、桂皓庭登山,徘徊往迹,淡月微云,增我怊怅,即次原韵。"仪克中和吴兰修先后辞世,陈澧等词坛后进追忆往昔陪侍,望月倚声,不由感慨万千。

然则嘉、道时岭南词坛的浙派风气已由此而生发,平易雅健词风又添清空骚雅余韵。道光二十三年(1843),番禺许玉彬与陈澧、谭莹、黄玉阶、叶英华、桂文燿、沈世良、陈良玉、沈伟士、徐灏、李应田创词社于学海堂,月凡一会,选题校艺,唱和甚盛。词社第一集题为《越台春望》,调寄[凤凰台上忆吹箫],因名《越台箫谱》,此词社所以得名。陈澧有《凤皇台上忆吹箫越王台春望,癸卯二月越台词社作》,还有《绿意苔痕。越台词社作》,皆为词社之作。谭宗浚曾云词社凡一篇之成,名流仕女,咸赏诵之。在词社文士的带动下,创作与传诵的氛围极为热烈,呈现出粤东词坛蓬勃生机。同年沈世良、谭莹、张深、黄玉阶、许玉彬、李应田、叶衍兰等亦结诃林词社,沈世良有记诃林词社第三集,陈澧亦与会,且在醉中仿赵子画水仙于沈世良团扇之上,有画有词,有酒有和,一窥彼时岭南词社雅集的风雅。至清咸丰癸丑(1853)、甲寅(1854)间,谭莹、沈世良、金锡龄、许其光、陈澧等又结山堂吟社。山堂便指学海堂。山堂吟社亦承接越台词社流风余韵,以学海堂学长学子为核心参与群体,积极推动岭南词坛发展。晚清"粤东三家"之一的沈世良为几大词社中坚力量,与诸老结下忘年之交,其传中提及与谭莹、陈澧等结西堂吟社、东堂吟社,或为山堂吟社的延伸或别名。词社之名概在发起者之标举,而词社之实即词作的酬唱,如切如磋间于学海堂构筑晚清岭南词学风景。

第七章　清代小说

在岭南这片大地上，每一种文体都开出自己独一无二的花。阳春白雪的诗文，下里巴人的小说与俗文学，在不同的文学发展阶段有着不同的发展节奏与轨迹。小说一体在清代之前无论是作品的数量还是特色、影响力都乏善可陈，而近代岭南小说却有异军突起之势，不由得让我们将目光投向清代岭南小说，看看以"街谈巷议""稗官野史"为特征的小说与经历过血与火洗礼的清代岭南社会碰撞出怎样的火花。

作为中外商业贸易交流的重要口岸，清政府开放海禁，带来了广东区域经济的全面繁荣。特别是乾隆二十二年（1752），清政府封闭了漳州、宁波、云台山三口，只留广州一口通商，垄断地位更促成了粤商的商业地位和贸易成就。经营海外贸易的十三行富甲天下。英国商人威廉·希克在乾隆三十三年（1768）到过广州，曾生动地记录广州商运繁忙的景象："珠江上船舶运行忙碌的情景，就像伦敦桥下的泰晤士河。不同的是，河面上的帆船形式不一，还有大帆船，在外国人的眼里，再没有比排列在珠江上长达几哩的帆船更为壮观的了。"[①]手工业、商业的崛起、城镇经济的繁荣使得平民的物质欲望不再是唯一需求，书院和书坊的发展也在一定程度上加快了精神文化繁荣的步伐。另一方面，各种宗教文化、异族文化在岭南传播和交融。明清之际，基督教、伊斯兰教等宗教文化已经在岭南地区占据了一定的地位，这些信仰一定程度上被岭南地域文化吸收和融合，成为形成独具地域特色的岭南民间俗信文化的外来因素，而岭南的地理环境、气候、物产，以及原始居民与少数民族文化等因素，都给岭南社会文化增添了种种个性色彩。以尚俗向俗为特征的岭南文化，在经济与市民文化振兴的刺激下，迎来了整个岭南地区平民文艺蓬勃的契机。

清代各小说文体都进入了繁荣期，岭南小说亦逐步涌现出一批有创新性与强烈社会责任感的小说作家，他们创作出各具特色、多角度呈现岭南社会风情的岭南小说。清前期由于战乱频频，岭南军民的抗清未能成功而受到清政府更为残酷的镇压与统治，整个岭南社会无论是人口、贸易、农业还是手工业，都遭到严重破坏。这片喘息不定的社会土壤里难以孕育出丰富多彩的小说，仅见屈大均《广东新语》的《怪语》

---

① 龚伯洪：《广府文化源流》，广州：广东高等教育出版社1999年版，第75页。

和入粤为官的钮琇之《觚賸》。《怪语》和《觚賸》皆非长制,但无论是在精神上还是艺术上,都为岭南小说发展注入新质,为后世小说乃至其他文体样式树立了精神范式和文本素材。两位作家经历易代风云,或有遗民之恨,或有故国之思,将耳闻目睹之社会动荡、百姓疾苦,以"王小姑""韩氏女"等凝聚精魂的人物形象和"共冢""六贞女墓""西园"等见证统治者残暴的遗迹,呈现于作品之中,文辞细腻、叙事动人。

清代中期,经历了休养生息,岭南社会的安定与繁荣,地域文学的积淀,为小说的复苏奠定了坚实基础,这一时期文言小说有《五山志林》《霭楼逸志》《邝斋杂记》《粤小记》《粤屑》等,通俗小说有《岭南逸史》《蜃楼志》《警富新书》《绣鞋记警贵新书》等。地域意识的勃发,本土作家的自信与自豪感,充分体现在这批深入而全面地描写岭南社会生活方方面面的作品中。如罗天尺的《五山志林》专记顺德的"英华"人物,有清正廉明的地方官吏,有才华横溢的文士,也有品质高尚的下层劳动人民;欧苏的《霭楼逸志》以博古鉴今为要,因此遍载东莞民间各色人物、逸闻轶事,其深度广度都有所拓展;陈昙的《邝斋杂记》则以其交游为基础,"忆自束发以来,所交贤士大夫正复不少,乃不能纪其嘉言懿行传示方来,而成此杂记数卷"①,着重反映粤地文人士大夫的生活与风貌,为读者提供另一个认识岭南文士的角度。通俗长篇在更为宽广的视野中聚焦岭南社会中主要矛盾和冲突,《岭南逸史》以史实为基础,直指官府对瑶族、壮族等少数民族的残酷镇压;《蜃楼志》敏锐地剖析封建政权对新兴商品经济的无情打压及对底层人民的深重压榨;《警富新书》和《绣鞋记警富新书》则揭开对中国司法制度黑暗批判的幕布;可喜的是作家们不止步于暴露与批判,而是略显稚嫩但仍积极地思考,探索解决之道,提出自己的见解;在艺术性上也勇敢尝试新的叙事结构与文体样式,使这一时期的小说创作如火如荼,在思想和艺术上达到了新的高度。接下来我们着重介绍《岭南逸史》和《蜃楼志》。

第一节 《岭南逸史》:少数民族底色与岭南风情的晕染

《岭南逸史》②是清代中叶出现的一部独具岭南风情的才子佳人小说。该小说以明神宗万历初年粤西地区罗旁(今广东罗定)、永安(今广东云浮)等地瑶民起义、盗贼横行,及明王朝平乱的重大历史事件为背景敷衍而成。所谓才子佳人,因小说用动人之笔描写了主人公黄逢玉与四位各具才情的女子(其中两位是瑶民)悲欢离合的

---

① (清)陈昙:《邝斋杂记》序,黄国声点校,《岭南随笔(外五种)》,广州:广东人民出版社2015年版。
② (清)花溪逸士:《岭南逸史》,中英、中雄校点,天津:百花文艺出版社1995年版。本文引用该书内容均出自此版本。

爱情故事;所谓岭南风情,皆因其社会背景、历史事件、山川风土、人物特征无不具有鲜明的岭南色彩。尤为值得赞赏之处,是小说对瑶人反抗斗争的颂扬与同情。历来瑶人起事与官府镇压的记载,不绝如缕,官府视造反的瑶人为"瑶贼""瑶匪",动辄斩首数万,惨状透于纸背。作者能在一定程度上抛开传统偏见,大胆地描写瑶人的智慧、勇气,并指出社会上真正的强盗是以缩朒为代表的封建官吏,这一点为同期小说所仅见,亦是该书文学价值的闪耀之处。

《岭南逸史》从十八世纪初期到清末民初,出版了将近十种不同的版本:(一)嘉庆十四年(1809)楼外楼藏板本;(二)文道堂藏板本;(三)嘉庆十四年(1809)刻本;(四)裕德堂本;(五)怡怡轩本;(六)咸丰丁巳刻本;(七)上海萃英书局石印本;(八)道光二十二年(1842)芸香堂藏版本;(九)文诚堂本;(十)上海鸿文书局本。而从石昌渝的《中国古代小说总目》所记述的版本情况来看,《岭南逸史》的各种版本除了收藏于国内,亦见藏于国外图书馆。欧洲传教士 Robert Morrison 于1807年到1823年停驻中国广州与澳门期间将中国上万册书籍运回英国,其中就有《岭南逸史》。在其1824年的分类条目中,《岭南逸史》编号408,是嘉庆十三年(1808)楼外楼镌刻出版,于其后注记"Good type, rather colloquial",可见其传播之广。

著者花溪逸士,历来考证不断,学界大体认为,作者黄岩,大约为乾隆、嘉庆间潮州府程乡县(今广东梅县)桃源堡人,生于乾隆十六年(1751)或稍后,年寿八十岁以上。其生平不详,但根据书序,我们也可以探知不少信息。张器也在序中说:"逸士自少寝食于古,穷奇索隐,上窥姚姒,下逮百家,与夫所历山川之险怪,治乱之兴衰",可见黄岩从小对奇事异闻等非常感兴趣,广泛涉猎。与多数读书人一样,黄岩也是"以举子业为急急",可惜科场蹭蹬,"屡见黜于有司,卒以自困"。孤愤难抑的情况下,又"思有以自见",于是他便"搜罗今古,旁究百家","取水安、罗旁遗事,综其始终而予夺之",写成了《岭南逸史》。借鉴传统才子佳人小说的写作模式来设定故事框架与结局,这一点体现了作者渴慕实现政治梦想的思想意识。小说中的男主人公黄逢玉集诗赋之才和经世治国之才于一身,在重重险阻之下总能化险为夷,最终建功立业,得到神宗的奖赏,更携三妻四妾荣归故里,这实际上是黄岩理想化自我的写照,其所寄寓的政治抱负与人生梦想,是不言而喻的。

《岭南逸史》的主要情节依从于史实,其《凡例》即云:"是编悉依《霍山老人杂录》《圣山外记》《广东新语》及《赤雅外志》、永安、罗定、省、府诸志考定。"但叙事的详略、着墨之深浅则取决于人物塑造的需要以及作者的立场。整部作品体现了作者对于地方盗患难平、治安堪忧的关切。作者在男女主角的塑造和几次主要战役上利用了基本的史事,进行更加细致、深入的加工。如所叙黄生与瑶女李小环和梅映雪的艳遇,当据明末诗人邝露的一段佳话敷衍而成,男主角黄逢玉的身上虽然映射出邝露的影子,然而两人性格命运却迥然不同。缩朒为代表的封建官吏、蓝能等盗贼,在《明史》《罗定通志》中都有记载。作者通过渲染官府与瑶民的对战,揭露了缩朒之类的权奸们的阴险狡诈,以此反衬李小环和梅映雪这样胆识过人又光明磊落的瑶民英杰。

《岭南逸史》在思想和艺术上都有值得称道之处。最突出的价值体现在作者构建本文的立场与史观,作者虽是以史实为基础构建小说的,但并没有以封建正统观念看待瑶民的反抗,而是站在平民的立场,对社会现实进行平实的叙述。作家既否定瑶寨占山为王、烧杀抢掠的行为,但与此同时,他对官府几次征剿盗匪事件给瑶族人民带来的压迫与伤害也寄予深切的同情与理解,甚至赞许敢于反抗的瑶族山民,体现了他具有人道主义的悲悯意识。他抨击以缩朒为代表的封建官吏,谴责他们对瑶民的暴力统治,更进一步探索如何实现瑶汉的融合与和谐。黄岩的笔下呈现出瑶汉两族民众之间富有弹性的关系,不乏冲突,又不失融合,正是岭南地区极富代表性的地域文化内涵的投射。小说最后通过婚姻的方式,使汉族与瑶民、疍民及诸盗贼实现了和解、融合的局面,虽然过于理想化,但作者尝试做出解答、寻求良方的精神,对近代小说的社会改革主题有引领之功。

回到小说本体,《岭南逸史》在文体特征上,也有其与众不同之处,它打破了以往才子佳人小说的叙事套路,充分吸收了历史演义、英雄传奇的艺术手法,既充满"儿女真情",又标榜"英雄至性",将男女主人公的相识相知置于烽火狼烟的战场之上,在艰险万分、波澜迭起的情节推进中表现出巾帼和英雄的谋略、侠义以及情感的炽热,让读者有耳目一新之感。另外,《岭南逸史》的创新在人物塑造上也突破了佳人"千人一面"的模式,充分地贴合女主人公的身份和情节需要,为小说人物画廊增添了英气勃发的佳人形象,如颇有几分野性之美的梅映雪,既具有冲锋陷阵的将军才干,又不乏惩恶救善的侠士风范,将嫉妒表现得坦坦荡荡;如疍民珠姐云妹善良率真、淳朴恬淡,始终坚守自己生活独立性的立场,不因为情感而动摇。这些文体与人物塑造创新推进了才子佳人小说的发展,对后来儿女英雄小说的出现产生了重要影响。

《岭南逸史》自问世之后,一直都是以评点本流传的。该书的评点及其传播,在古代小说的叙事理论和传播路径上也具有独特的意义。《岭南逸史》(清文道堂藏板本)每回之后都有竹园、琢斋、启轩、醉园等人的评语,现在研究者一般称其为《岭南逸史》醉园等合评本。该合评本的评点者主要有:张纲吾、张器也、谢菊园、张念斋、野崔道人、西园、张启轩、张竹园、醉园、葛劲亭等十一人,篇末还有一个刘松亭的总评。该小说的评点涉及人物塑造、情节建构以及艺术表现手法等多个层面,所采用的一些基本词汇和思路如"情景逼真""波澜文字""欲擒故纵"等等都是晚明小说评点逐步发展后所形成的一些比较成熟的常规术语。评点中发表了不少富有理论价值的见解,譬如醉园所谓的"文字遂如繁弦,急切中转出悠扬雅韵",讲的正是情节变化所造成审美节奏感。这不仅有助于读者领略《岭南逸史》的思想内涵与艺术匠心,同时也在一定程度上丰富了古代小说的叙事理论。

《岭南逸史》的"岭南"既是题中之义,亦是小说的地域本色。黄岩具有颇为自觉的地域文化意识,希望借小说来裨补、弘扬岭南地区的历史、风俗与人情。因此,他在写《岭南逸史》时,查阅、参校了大量的野史、杂录和地方志等文献资料,用以补充、丰富读者对于岭南历史文化的认识。如《霍山老人杂录》《圣山外记》等成为小说情节的重要来源,而《广东新语》则渗透在小说的方方面面,可以说作者继承和发扬了屈大均编撰《广东新语》的乡土情怀。

如《岭南逸史》中热情洋溢地描绘了人文气息浓郁的长耳山、棋盘石和高耸峻拔的罗浮山等,第六回描述"石锦山"一节,基本录自《广东新语》卷三《地语》之"锦石山"条,介绍到"华表山"时,石柱上的铭也几乎完全照录屈氏所记。

《岭南逸史》中穿插了不少民间歌谣,生动活泼。如第九回玉箫所唱的瑶歌,还有诸如"官人骑马到林池,斩竿竹竹织筲箕。筲箕载绿豆,绿豆喂相思。相思有翼飞开去,只剩空笼挂树枝"之类的客家山歌近20首。以上这些歌谣,出自《广东新语》卷十二《粤歌》,黄岩根据具体小说情节和语境需要略作修改。

《岭南逸史》第二十五回《报父仇黄让献策,感皇恩逢玉兴师》,则是根据《广东新语》卷七《人语》中"永安黄氏三孝子",记黄让、黄启愚、黄启鲁三父子忠孝抗击贼人的事,进行加工的,目的是宣扬作者维护传统伦理的创作思想。

此外,作者对岭南才俊和乡贤表现出尊崇和作为乡后学的自豪感,如小说第三回,"南园五子"就成为文人唱和集结模仿的对象:"明初缙绅先生,于首夏清和之时,各携酒盒,丛集游宴。陈主事皇瑞,慕南园五子之风,于丰湖栖禅山寺倡为诗社。其后考者日盛,凡得批首,必登高科,故凡有抱负者,莫不以为新铏之试。"

作为一位客家人,黄岩在作品中也有意无意地展现出客家文化的痕迹,如客家方言谚语的大量运用,将乡音民谣融入角色,如"敢好"(真正的好)、"后生"(年轻人)、"晾花"(美丽的花,"晾"即"靓")、"萦"(绕线,来回走)。为今人研究客家风俗文化等提供了许多鲜活的资料。因此有的论者将《岭南逸史》视为客家小说的滥觞,也正是基于此。

第二节 《蜃楼志》:海市浮世绘

《蜃楼志》①是中国小说史中首次把笔墨投向开放口岸后的粤海关洋商琐事的章

---

① (清)庾岭劳人:《蜃楼志全传》,宇文点校,天津:百花文艺出版社1987年版。本文所引文本内容皆出自此版本。

回体小说,中国买办资本家的形象也第一次进入小说群像,极具时代内涵。围绕着粤十三行,小说铺开了一幅洋溢着广东风情的画卷,从官府县衙到粤海关,从大型洋行到街边小铺,从繁荣城坊到烟火市井俱在眼底,官吏商人、官军盗匪、买办村民、和尚僧尼、帮闲篾片,形形色色的人物轮番登场。无怪乎论者认为《蜃楼志》是一部特色鲜明,承前启后的世情小说,上承《金瓶梅》《红楼梦》的写实传统,下开晚清谴责小说之先河。

《蜃楼志》问世后,在小说史上一直都是湮没无闻的,这主要是因为小说有许多涉淫的描写,故屡遭禁毁。目前所知,《蜃楼志》主要有以下几种版本:嘉庆九年(1804)本衙藏版本(24卷24回)、嘉庆十二年(1807)刊本(8卷,24回)、咸丰八年(1858)刊本、上海神州图书局石印本(题为《盖世无双情中奇》)。二十世纪二十年代,郑振铎先生在巴黎偶然发现《蜃楼志》一书,对它做了高度的评价,方将此书引入研究者视野。而最早论述《蜃楼志》小说的当属署名"罗浮居士"的《蜃楼志小说序》,序中称:"劳人生长粤东,熟悉琐事,所撰《蜃楼志》一书,不过本地风光,绝非空中楼阁也。其书言情而不伤雅,言兵而不病民,不云果报而果报自彰,无甚结构而结构特妙。"可谓的论。

尽管对于《蜃楼志》的作者学界目前未有定论,普遍认为应是庾岭劳人创作,禺山老人编辑而成。二人生平皆不详。不过从小说第一回以及最后一回的回前诗中我们可以了解作者的身世以及他的人生态度。第一回诗曰:"捉襟露肘兴阑珊,百折江湖一野鹇。傲骨尚能强健在,弱翎应是倦飞还。春事暮,夕阳残,云心漠漠水心闲。凭将落魄生花笔,触破人间名利关。"最后一回词曰:"心事一生谁诉,功名半点无缘。欲拈醉笔谱歌弦,怕见周郎腼腆。　妆点今来古往,驱除利锁名牵。等闲抛掷我青年,别是一般消遣。"可见作者是一个厌弃功名却有傲骨的落魄寒士,他久困场屋之后,终于看破了世间的名利,决定借小说来抒发胸中不平之气,寻求拯救世风的良方。

小说名为《蜃楼志》,寓意于中。"海市,本指海市蜃楼。清初诗人每以'海市'歌为题,当以海市喻日渐发达的海上贸易活动,借助神话故事描述其光怪陆离的情景。"又在屈大均《南海庙作·其一》诗后注"海市"言:"清政府亦特许贡船压舱货物在广东贸易,免其征税,故广东'海市'甚盛。"可见,"蜃楼"含有贸易繁华、兴盛之意。与小说中广州十三行海上贸易的如火如荼正契合,小说首回说道:"海关贸易,内商涌集,外舶纷来","一切货物,都是鬼子船载来,听凭行家报税发卖。三江两湖及各省客商,是粤中绝大的生意。"另一方面,小说结尾写李匠山与苏吉士、姚霍武饮酒话别,匠山无限感叹:"人生聚散,是一定之势""以为人生如海市蜃楼,变幻莫测",则题目之"蜃楼"又隐含着作者悲观失望的情绪,表现出一种强烈的幻灭感。

《蜃楼志》所写的时代虽为明朝万历间,但是粤海关是在清朝康熙二十四年

(1685)才建立的。而沟通中外贸易,专门与外商接触而进行交易的广州"十三行"行商所开设的对外贸易行也是在粤海关设立的第二年即康熙二十五年(1686)才在广东建立。因此《蜃楼志》一书所反映的实际上是清代乾嘉时期广东地区的社会生活,作者在小说中提出了现实社会的诸多困境与矛盾冲突,并希冀能够探知解决的路径,托言明朝,或为了有所掩蔽。

小说着力描写的第一个困境与矛盾是粤海关与洋行的矛盾,实际上是封建官僚与新兴资本家之间的矛盾,也是小说时代特色与敏感性的体现。岭南自古有浓厚的商业贸易气息,海上丝绸之路的开辟更是让岭南商人具有更为广阔的发展舞台,以苏万魁为代表的十三行商是最为特殊的一群,他们处于中西商业贸易的中心,成为商品交流的核心,更掌握着洋货"议价"的权力,财富的积累可谓空前。第一回作者介绍苏万魁时说:"一人姓苏名万魁,号占村,口齿利便,人才出众,当了商总,竟成了绝顶的富翁。……家中花边番钱,整屋堆砌,取用时都以箩筐袋捆。"第八回写苏笑官年底算账,光他人的欠款就约有五十万两银,"各处账目俱已算明,大约洋行、银店、盐商的总欠三十余万,民间庄户、佃户在城零星押欠共二十余万。"然而绝顶的财富并不意味着能够过上高枕无忧的生活,除了商场为利益而争斗,官府的勒索与层层盘剥,如大山般压住洋商们。正如书中民谣所唱:"新来关部本姓赫,既爱花边又贪色。送了银子献阿姑,十三洋行剩七个。"新上任的粤海关监督赫广大"因慕粤东富艳,讨差监税,挈眷南来"。一到任他就公开勒索苏万魁,使得苏万魁不仅损失上万两银子,更是对经商失去了信心,选择了弃商归隐。而这仅仅是贪腐的封建官吏的小小缩影。商总苏万魁的隐退侧面反映了行商的衰落,也是岭南官吏阻碍岭南行商发展的一个写照。而这一切的根源是行商的依附性和软弱胜。苏万魁的商业之路是成于"官"亦败于"官"。洋商的特权和高额利润是由朝廷赋予的,也在当地官吏保护下而取得的,在清后期吏治逐渐败坏的时代,这种高度依附性带来的矛盾就显得特别突出,而行商的衰落成了必然趋势。

是否放弃从商这条路就可以避开社会的矛盾与冲突,而寻得安身立命之所呢?作者以知识分子的科举之路做出了回答。书中才子卞如玉身上无疑投射着作者的人生。在第二十回"温春才名高卞如玉"里,作者描写了一件荒唐可笑却又无可奈何的事情,一位谐音"蠢才"而实际也是蠢材的士子温春才只是背诵卞如玉所写的文章却成功上榜,而真正的才子卞如玉名落孙山,矛头直指为国家选拔人才的科举制度。作者发出感慨:"逢盲史,便含咀墨水,点染金身。频频孙山海落,阿谁高擞换头巾温家呆子,名题虎榜,锦跃龙鳞。叹成功侥幸,也不必哀祷钱神。假成真,看朱衣脸热,白蜡眉肇。"小说中"高才不遇"的岭南士子的人生寄寓着作者自己科举蹉跎、无缘上榜的遭际,又何尝不是社会制度走向衰落混乱的预兆呢。

盛世图景之下,"山雨欲来风满楼"的种种危机也在小说里得到淋漓尽致的渲染,进一步加深了对社会困境带来的逼仄生存空间的担忧和希冀找出解决之道的迫切。如小说中多次写到盗贼的猖狂,社会治安的不稳定反映着社会阶层贫富的两极分化,官吏的腐败,加上土地兼并非常严重,许多无以为生的百姓只能铤而走险。第八回写苏家花田私宅被盗,第十七回写苏吉士往清远避难,"目下盗贼横行,夜里不能走路"。更为声势浩大的则是姚霍武起义和摩刺占潮州为"大光王",尽管后来都为官府镇压,但社会矛盾的空前激化并没有得到任何实质的改善,危机依然涌动。这些社会乱象成为小说中重要的背景和情节,与历史上清嘉庆七年(1802)四月广东爆发的天地会大规模起义不无关系。作者真实地描绘了岭南地区动荡的社会图景,隐隐地揭开遮蔽在封建社会末期富庶而空洞的广东上空的幕布,颇有种不欲明言又不忍卒言的悲凉。

然而作者并不停留在抒写,他还希望能够寻求治社会之病的药方。男主人公苏吉士或许就是他尝试开出的良方。苏吉士象征着社会中各种尖锐矛盾的一种缓和力量,作者直言希冀"普天下人都学着吉士",以此或可改变社会面临的困境。在小说中,苏吉士不仅是精神力量的指向,也是情节结构的核心,戴不凡先生说:"小说中的头绪很繁复。但是,它却颇巧妙地用苏笑官这条线给贯串起来,不使人感到散漫,而情节又确是象行云流水般舒展自如。"①小说通过描写苏吉士与各级官吏的交往矛盾,与各类女子的关系,与士子们的关系,与起义军的关系,与白莲教余党摩刺的关系,与帮闲地痞无赖的关系,与下层农民的关系,不仅展示了苏吉士本人极富岭南特色的处世哲学,也呈现着作者赋予理想人物的新内涵。但是理想人物身上依然有着无法摆脱的人生困境,事实上苏吉士并不具备对抗现实社会的武器,他所有的仅仅是一种灵活变通的处世方式,如见到父亲为钱银所累则选择"轻利重义",为他人慷慨解囊,如荒年赈灾,如免掉债务,由此既能笼络人心又能避免钱多招人眼红;写他不想做官也是因为看到现实生活中官场黑暗,仕途险恶而情愿以中书之职赋闲在家;写他原本纵情享乐但"好色而不淫",是因为他见到赫广大好色伤身的下场。当面对社会的重压,苏吉士的进取心也慢慢被消磨殆尽,始终处在一种被动接受的地位。他骨子里是一个没有理想光芒、对未来有忧虑却依然寄情声色的豪门子弟,最后携一妻四妾归乡便是他人生追求的真实写照。

作者在小说的结尾夸赞"惟吉士嗜酒而不乱,好色而不淫,多财无不聚……"之后,又借李匠山说的"何必如此,我们再看后几年光景。""举手开船而去。"表现出作者自己依然迷茫和矛盾的心态,也透露出作者对未来的展望与期许。

---

① 戴不凡:《小说见闻录》,杭州:浙江人民出版社1980年版,第278页。

清代后期,岭南小说的创作主体由文人士大夫转向民间,这些作家更为熟悉下层人民的生活,因此作品能更贴近岭南市井、农村的生活百态,烟火气十足,但又失之于粗糙与肤浅,缺乏对社会问题的思考,以娱乐性为主,而缺失政治敏感性,在晚清近百年的时间里,通俗小说与文言小说都没有出现优秀作品。受中原圣谕宣讲小说的影响,岭南出现了邵斌儒的《俗话倾谈》和文言小说《谏果回甘》,叶永言、冯智庵《宣讲余言》等,颇有融合通俗小说和文言小说的趋势。但,正如《蜃楼志》的开放式的结局,作者的社会思考与艺术探索已经是身处那个时代极具社会责任感的士人,思想境界与视野所能达到的最高水平,哪怕是微弱而稚嫩,也为近代谴责小说的出现,为岭南小说近代的崛起点亮星星之火。在这段沉寂、迷茫的时期之后,近代岭南小说也将迎来蜕变。

第八章 清代戏曲

广东戏曲较之中原戏曲发展较晚,主要在南戏、昆曲等的输入和影响下发展起来。广东戏曲酝酿于明朝,但正式形成发展起来多在清代的中后期。"明代中、末叶的广东菊坛,外江戏曲曾辉煌一时,至乾隆年间,出现了徽、赣、苏、湘、豫、桂等六省戏班大举入粤,云集广州,班数多达76班。它不仅丰富了本地群众的文娱生活、促进了广东的戏曲发展,同时,也通过各剧种戏班在广州的'会演',推动了各剧种之间的竞争、交流和相互吸收、取长补短,共同提高。"①可见乾隆时期外省戏曲的入粤活动刺激了本地戏曲粤剧、潮剧、广东汉剧的发展,同时也推动了广东地区通俗文艺在民间的广泛传播。

明末清初,弋阳腔、昆山腔由"外江班"传入广东,清雍正年间,出现了"一唱众和蛮音杂陈",以及"凡演一出。必闹锣鼓良久,再为登场"的"广腔班"。"广腔班"一般被认为是粤剧的雏形。同治以后,粤剧已经逐渐采用粤语演出,影响逐渐扩大。由于粤剧杂陈方言演唱,并融合了地方的民歌小曲,具有浓厚的地方色彩。粤剧唱腔兼具慷慨激昂和哀怨悲叹的特点,极富表现力和感染力,深受岭南人民的喜爱和欢迎。粤剧的传统剧目有早期的"江湖十八本"《一捧雪》《二度梅》《三官堂》《四进士》《五登科》《六月雪》等;清同治年间又有《黄花山》《西河会》等"新江湖十八本";清光绪中叶,出现了侧重唱功的"粤剧文静戏",如《仕林祭塔》《黛玉葬花》等所谓"大排场十八本"。

清初,潮剧吸收了弋阳腔、昆山腔等以及当地民间音乐的长处,在说唱、歌舞、唱腔、表演等方面都有所进展。屈大均撰《广东新语》时指出:"潮人以土音唱南北曲者,曰潮州戏。潮音似闽,多有声而无字,有一字而演为二三字。"潮剧的地方文艺特性十分突出,乾嘉时期已在潮汕平原乡间广泛流行。潮剧的传统剧目一类来自南戏、传奇,如《琵琶记》《拜月记》等,另一类取材于当地传说或时事,如《荔镜记》《苏三娘》等。

广东汉剧是清朝雍正至乾隆年间,徽班传入广东后形成的剧种,流行于梅县、汕

---

① 赖伯疆:《广东戏曲简史》,《岭南文库》丛书,广州:广东人民出版社2001年版,第82—83页。

头和粤东北、粤闽赣客家方言地区,昔称"外江戏"。广东潮汕一带为粤东与闽赣的主要通道,尤其是海禁解除之后,客商云集,一些外地戏曲相继传入对广东汉剧的形成起到主要的推动作用。清咸丰十年(1860)在潮州上水门建立起的外江梨园公所,"外江戏"班社多达30多个。传统剧目有《百里奚认妻》《五台山》《三打王英》《时迁偷鸡》《林冲夜奔》等。

从清代广东戏曲的发展状况来看,乾嘉时期无疑是蓬勃发展时期,尤其是乾隆年间外省戏曲的入粤活动,加快了广东戏曲与中原戏曲吸收、融合的过程,由此促生了一个新的发展阶段。而从目前流传下来的广东戏曲的剧目来看,一方面继承其他曲种的情况较为多见;另一方面,与通俗小说相关的剧目也呈现出繁荣之势,也可以此一窥岭南民众观剧的倾向与兴趣。

自元以来,岭南文士从事戏剧创作的极少,清代亦寥若晨星。清中叶的廖燕、黎简,嘉道的梁廷枏写过一些杂剧,但都属于案头文学,仅供文人把玩欣赏,不适宜在舞台上演出。尤其是廖燕和黎简的杂剧,近乎个人心曲的吐露,但因为他们具有极高的艺术造诣,其作品也都有值得赏鉴的方面。梁廷枏除了作为戏曲家,更是剧坛重要的戏曲理论家。其戏剧作品虽然也属于案头杂剧,展现出较为成熟的创作技巧,而《藤花亭曲话》则构筑起他对戏曲文学特性颇有系统性的阐述,具有较强的理论性。

第一节　剧中有"我":廖燕与黎简的杂剧

廖燕和黎简是清代岭南为数不多的杂剧创作者,二人皆以诗文名世,杂剧虽然是游戏之作,却也是他们创作世界里不可分割的一个重要部分,亦为岭南剧坛留下雪泥鸿爪。

廖燕的《柴舟别集》中收录了传奇三种,一是《醉画图》,二是《诉琵琶》,三是《镜花亭》①。三个剧本虽然剧情较简单,每剧大都是只有一出,只有《诉琵琶》有三出。但综合观之,连接起来足以形成一个具有连贯意义、能够表达核心思想的较完整剧本,而这也是廖燕意图通过这几部杂剧进行阐释和诉说的心声。

廖燕的杂剧最突出的特点是,有非常浓厚的"我"的色彩。这表现在他以自己为剧中的主人公,更在剧中展现其现实生活中的遭际,通过自己或其他角色表达自己的理想,表达他的鞭挞和控诉,嬉笑怒骂,真情实感,毫无讳饰。

《醉画图》是一出独折戏。廖燕把自己编入戏中,是要把心中压抑的愤懑之情发

---

① 本文戏文皆出自(清)廖燕:《廖燕全集》,上海:上海古籍出版社2005年版。

泄出来,却找不到能够倾吐且说话投机的朋友,唯有独自对着书斋中的四幅画像(即《杜默哭庙图》《马周濯足图》《陈子昂碎琴图》和《张元昊曳碑图》)饮酒独语,企图进入"醉乡"一解烦忧。他对杜默的落第表示深切同情,认为此乃"天下不平事";这实际是对自己在韶州久试不中的现实的强烈不满,隐含着对科举考试的批判;他对马周的醉酒濯足、"布衣上书",得到唐太宗赏识并擢为都御史,对陈子昂"碎琴赠文,声名遂振",都报以羡慕之情,哀叹自己满腹经纶、才气过人,却无此人生机遇,得不到赏识和一展才华的舞台,得不到社会认同,也透露出廖燕对建功立业和获得认可的深切期盼;他赞赏张元昊"此邦不用人,又去他邦"的做法是"英雄志在四方"的体现,则表明他以实现自我价值为第一位,甚至有不惜一切达成个人价值目标的极端想法。剧中的廖燕是极为矛盾和愤懑的,因为空有一肚子学问却科举屡屡受挫,功名无望;富贵不知何处,贫穷如影随形,又不愿为五斗米折腰。他在"借酒浇愁,但又何曾真的能醉,真的能消愁呢"。当家童劝他少喝一杯时,他答道:"你那里知道我饮酒的意思;知道我的,除非是壁上画的这几位相公。"在《尾声》中他唱道:"画中人,真吾党,岂是无端学楚狂。我只是颠倒乾坤入醉乡。"廖燕把画中的杜、马、陈、张作为自己的楷模,引为知己,借画中人的怀抱来"浇自己的块垒"。

《镜花亭》顾名思义取"镜花水月"的虚无缥缈,写廖燕游水月村,与水月道人及其女儿谈诗论字的经历。道人父女俩隐于深山,谈吐不凡。此剧围绕水月村之行,营构了一个类似于"桃花源"的山中情境,展现出廖燕的妙笔,亦是其心中思慕一方净土的投射。然而这种思慕终究是"镜花水月",难以实现。

《诉琵琶》是廖燕剧作中思想性和艺术性都比较突出的作品。全剧分三出:第一出:《乞食》;第二出:《逐穷》;第三出:《悟真》。《诉琵琶》的突出特点体现在廖燕将"穷"幻化为"穷鬼"形象,把"病"幻化为"疟魔"形象,使"穷"和"病"具象化、可感化、高度凝聚。在二鬼夹攻下,廖燕变得家贫如洗,困难重重,戏里戏外他都无法解决。他在第一出《乞食》中用《满庭芳》唱道:"斑关无灵,绣肠空饱,年来敝尽貂裘,豪怀徒在,醉里慢凝眸。说甚伊周事业,对妻孥冷落已堪羞。浑无奈,向天欲问,搔首更登楼。"这是廖燕在《醉画图》开场中的自画像,担心观众听不明白,又咏诗曰:"须眉如戟发鬖参,贫对妻孥亦觉惭。势位为人生怎忍,侠肠于义死犹甘。尽头措大居童塾,失足英雄拜佛龛。若肯灰心寻隐计,是非谁肯论朝三。"廖燕病魔缠身,家庭贫困,羞对妻小,无计可施。他厕身童塾,心有不甘。无奈之中便产生了归隐佛门之念,又怕身后是非无人予以评说。因此他通过戏中人"自报家门"道白的那样:"小生姓廖名燕,别号柴舟,乃韶州曲江人也。人都道我身轻似燕,骨瘦如柴,富贵亦何难也。我争道燕颔封侯,柴氏称帝,富贵尚可待也。说便是这等说,其如尚口乃穷,果是谋生无计。几日来米坛告匮,谈文岂可疗饥。"为了糊口,廖燕编了一段陶渊明乞食的唱词,将不肯为五斗米折腰而归隐的陶渊明搬出来做募疏的主角,可见廖燕对封建社会知识分子生活困窘之境的辛辣讽刺与无奈。这段唱词廖燕说是琵琶新调,正应了题目的《诉琵琶》。

第二出《逐穷》,廖燕上场便改变策略:"前曾托诗伯与酒仙二位知己去驱逐他,不知事体若何。"诗伯与穷鬼一番论辩而败下阵来,但穷鬼见到酒仙前来便迅速逃走了。诗伯为谁?酒仙何人?他们介绍身份和穷鬼自述宗谱的对白,大约每一位封建时代的读书人听到都能会心一笑。廖燕将生平最重要的诗伯和酒仙作为驱逐穷鬼的武器,实在已是不得已之法了。

第三出《悟真》,酒仙和诗伯与廖燕把酒言欢,庆贺穷鬼已走,太上真人却突然从天而降,对廖燕说:"不可因诗酒二字忘却本来。"后赠诗一首随即飘然而逝。廖燕读罢诗叹息道:"我岂是迷于诗酒的人,只是平生未逢知己,不得已借此糊涂。莫说作诗饮酒不是真的,就是适才乞食、逐穷亦是借来游戏,世人哪里知道!"游戏与否,诗酒与否,孰真孰假也并不重要,戏中廖燕的告白与现实廖燕的心声,皆是看似直白实则曲折隐晦的表达。

廖燕的三部杂剧,具有明显的连贯性,其中有过渡,有照应,虚实结合,皆为吐露作者对现实的抨击与抒发内心的郁结。虽然整体作品比较短小,比较单调,犹如独幕戏一般,缺乏舞台演出的功能,但剧中人的"代言"设计,足以体现廖燕鲜明的杂剧创作意图与特色。

南社开创者之一高旭曾云:"三家去后二樵来,少小成章便不凡。五百四峰诗笔健,岭南难得此惊才。何堪风雅久飘零,艳丽芙蓉句句听。况复平生擅三绝,令侬倾倒众香亭。"高旭在诗中既表达了对黎简诗书画三绝的倾倒,认为黎简继"三大家"之后而起,诗笔不凡,更提及"艳丽芙蓉",侧耳倾听。"少作芙蓉亭乐府,中年哀乐总鳌然。"谭莹在《论词绝句》中亦提及该剧,可见此作在黎简的作品中有值得称道和关注之处。

黎简撰曲本《芙蓉亭乐府》二册,为其早年客居邕州时所作,彼时值乾隆三十七年(1722),黎简时年二十六岁。整个曲本共二十套:一泛舟、二荷亭、三卖扇、四巧会、五情楫、六伏谎、七猜艳、八谑盟、九生别、十前判、十一病决、十二寻婚、十三冥诉、十四幻摄、十五后判、十六还生、十七咤女、十八订婚、十九围决、二十情悟。整个故事架构完整,"大团圆"结局也很契合读者的喜好。故事颇为曲折,甚至带有怪诞神奇的成分,仿如一篇叙事性强的传奇小说。

故事围绕荆州沈玉与金华钱芳这两位才貌双全的才子而展开。两人在春夜于游湖时偶遇,互为仰慕而订交。仲夏时节钱芳为逢沈玉而再度游湖,这次遇到的是乔装为女子且抱琴泛舟的沈玉,钱芳见之但未及攀谈沈玉便不见了。钱芳对抱琴女子痴慕不已,而有《南湖泛舟图》扇画之作。沈玉于妓女素琴处见到此画,深为画意折服,终与钱芳相遇,女装的沈玉佯称自己乃沈玉之妹沈飞鸾,钱芳信以为真。后来二才子在沈玉家共读,沈玉又乔装沈飞鸾与钱芳私订终身。钱芳返家应试,过分思念飞鸾而病亡。世间故事本到此而止,但黎简加入钱芳阴间投诉沈玉、阎王以三生镜断案,判钱芳返生,变沈玉为女子,两人结秦晋之好。

从命名来看,黎简似乎有意模糊两位才子的性别,剧中二人之间有情有义,但性别是无法逾越的鸿沟。隐约有《再生缘》中孟丽君女扮男装而与皇甫少华相知相爱又相拒的影子。而黎简用阎王的神仙之力使有情人终成眷属,在封建伦理制度的背景下,颇为大胆。

一直以来,研究者认为此曲本并非全然虚构,其本事便是黎简在邕州时曾与一位女子有过一段无疾而终的恋情。苏文擢《黎简先生年谱》指出吕石帆《迟删集》卷五,有《游近邕州,因忆邕州生秦娥小传,即寄黎二樵》诗云:"千里飞花一瞬情,小词还唱柳耆卿。板桥古渡无寻处,西水漫漫坐碧城。"据此邕州生秦娥小传,疑即《芙蓉亭乐府》之本事。黎简曾刻一方"邕州生"的印章,且在其诗词中每忆及邕州,常有缠绵悱恻的情意于中。如《柳絮词》:"梦断秦娥近十年,别时种柳漳江边。前年我渡邕州水,柳也飞花打我船。"又如《和苾臣种柳词六首》之五:"廿年种柳古邕州,五载重来可系舟。天末春风吹死别,倚栏飞絮入秦楼。"别有一番深意在心头。而诗中反复出现"柳"意象,在《芙蓉亭乐府》里也常常出现,这是传统文学中送别的意味还是共同植柳为念,暂不得而知了。

对于这个曲本,黎简深有感情,多年后在《寄上元朱征君照邻》及《度曲,听娄五唱〈芙蓉亭〉,凄然有咏》等诗中谈到。年少的情感经历,兴许有着诸多的不得已和不合时宜,因此唯有寄情曲本,让剧中人在戏中人生去弥补这份永远的遗憾。

由此曲本探知黎简的一番心曲与剧作才华。而研究者今日的遗憾则来自《芙蓉亭乐府》的未为完备,该书仅有钞本传世,曲本内文未有系以曲牌,大概为传抄者省去,因此我们无法获知全貌,殊为可惜。

第二节　梁廷枏戏剧及理论

梁廷枏(1796—1861),广东顺德人,字章冉,号藤花亭主人,其涉猎领域广泛,在经、史、子、集、戏曲、金石等多个方面皆有创获,著有《藤花亭四梦》《藤花亭曲话》《藤花亭诗文集》《论语古解》《东坡事类》《南汉书》《夷氛闻记》等。《藤花亭四梦》和《藤花亭曲话》是梁廷枏在戏曲创作研究领域的代表作,具有很高的艺术成就和学术价值,在素乏作剧论曲之人的岭南剧坛十分难得,成为清代岭南戏剧的重要创获,在戏曲研究理论的发展轨迹上更起到了承前启后的作用。

梁廷枏生于书香门第家庭,自小便在父辈亲朋的熏陶下,喜读诗书,更爱收藏。梁廷枏在《藤花亭书画跋》自序云:"廷枏尝聚唐以来论书画家言,合官私无虑数十种,自家法渊源以迄夫流传宗诸鉴别收藏题识装演之属,各为之荟萃综核,参互考证,以意会其通。当其心有所嗜,曾不自知,亦不复自悔。垂四十年于斯矣。"①对他影响至深的还有家族的曲学氛围,梁廷枏的族父梁森精通曲学,对剧本优劣、伶人演技高下独具识力,可谓行家,曾经为乾隆南巡时期檄办梨园雅乐而深受乾隆皇帝褒奖;梁廷枏的伯父梁彝族,也喜欢戏曲艺术,常与其父亲一起抚琴、吹笛,临字作画。其父梁礼觐,精于书画且喜爱音律,而且并不拘限梁廷枏的学习,不以举业为要,由其随性而至,这为他提供了一个宽松的学习环境,使得他在自主研读中对金石学、史学广泛接触,特别是戏曲产生了浓厚的兴趣,形成了较高的戏曲修养,用他自己话说自幼喜读曲,成了癖好。由此可见,梁廷枏走上戏曲创作和戏曲理论研究的道路有其家学渊源。

梁廷枏十四岁父亲病故,家道中落,在家庭的重担和母亲的催促下投向科举功名之路,专心应付考试。虽然其聪颖好学,下笔有奇气,曾得到时任两广总督阮元的器重,但是科考屡试不中,到了道光十四年(1834),梁廷枏39岁之时,仅仅获得副榜贡生,才有了走向仕途的机会,但是此时他早已无心功名。梁廷枏先后担任过学海堂学长、广州越华书院和粤秀书院监院,在学海堂文人群体中有大量的师友交游唱和;也曾经在两广总督林则徐幕府中担任幕僚,辅助其禁烟等事务;关注国家海关和海防建设,参与编修《广东海防汇览》和《粤海关志》;这些丰富的且指向当时社会重大事件的社会事务的经验,为他开眼看世界、关注社会时局变化提供了源源不绝的动力,转化为戏曲作品中积极的入世思想与民族自豪感;同时他也对当时社会的黑暗面、官场的腐败与倾轧之风感慨良多,结识了许多在那个倾颓的时代沉沦下僚的士人,所有的亲历都成为他戏曲创作的重要积淀与精神力量。《藤花亭四梦》的前三部:《昙花梦》《江梅梦》《圆香梦》和《藤花亭曲话》都在这奔波跌宕的二十来年的科考生涯间完成。可见这段科考无所获的日子,并非全无所获。

梁廷枏一生交游广阔,师友成为他重要的人生支撑,而这其中,对其戏曲创作和曲学研究领域起到直接影响的一位老师就是李黼平。梁廷枏戏曲研究的一些序论、点评、题跋都来自李黼平的亲笔,在其为《藤花亭曲话》所作的序中,就总结出了《藤花亭四梦》中的收《圆香梦》"凄切清艳"的特色,给了《藤花亭曲话》戏曲研究理论上

---

① (清)梁廷枏:《藤花亭书画跋》,顺德中和园刊本,民国23年(1934)龙官崇刊本。

很高的评价。《藤花亭四梦》"小四梦"的形成是梁廷枬在戏曲创作上的巨大成就,而第四个梦,更是缘于李黼平的推动,"先是借他人酒杯,撰《江梅》、《圆香》、《昙花》三杂剧,皆以'梦'名,业师李太史谓宜更添其一,为'小四梦',诺焉,未即作。秋赋新返,客履绝稀,枯坐短檠,有所感忆,辄为斯剧。"①

梁廷枬的剧作作品多已散佚,尚存的版本也很少,现存较早的一种是《藤花亭十七种》,道光八年(1828)至十三年(1853)刊本,其中《曲话》五卷,另有"小四梦"之中的《江梅梦杂剧》一卷,《断缘梦杂剧》一卷,《圆香梦杂剧》一卷,《昙花梦杂剧》一卷。

四部杂剧以"梦"命名,是中国文学中"梦"传统的体现,蕴含着"人生如梦"的慨叹。后人将梁廷枬的《藤花亭四梦》与明代汤显祖的《玉茗堂四梦》并称于世,因其短小,故称"小四梦"。相对于"临川四梦",《藤花亭四梦》对其的模仿与承继是显而易见的,不仅体现在戏剧的命名上,更体现在对"梦"的戏剧功能和情理意蕴的精心设计上,梁廷枬以自己的人生感悟与如椽妙笔构筑出自己独一无二的"梦"。

《藤花亭四梦》皆是以男女之间的爱情故事作为主要的创作内容,但是在具体的戏剧创作实践中并没有陷入"才子佳人"的戏剧俗套之中,而是借古讽今,表达了对社会现状的臧否。《江梅梦》主要是写唐玄宗和宠妃江采蘋故事,江采蘋在安史之乱中骂安禄山而死节,在叛乱平定之后与唐玄宗梦中叙说真情。《圆香梦》中讲述了书生庄达与李含烟的爱情故事,庄生进京赴试,途中李含烟托梦给庄生告知自己已死,而后二人梦中多次相遇、情缘难断,后经神人指点,方才醒悟二人的姻缘原不过是一场幻想。《昙花梦》则讲述岭南文士毛奇龄与其爱妾张曼殊的爱情悲剧,两人恩爱五年有余方知曼殊原为南海仙界之中的白芍药所化,不久后曼殊梦见自己被仙界召回,旋即因病而亡,毛奇龄在悲痛之中为其作传以示哀悼。《断缘梦》则是讲述了岭南学士高仰士与陶四眉的爱情故事,二人于梦中相会、相知、相恋。

梁廷枬的《藤花亭四梦》的剧作内容多以悲剧故事为选材,皆以悲剧结局,留下余韵袅袅,将悲剧美的感染力充分发挥,直抵人心。这固然与他生活的遭际、仕途不畅有着密切联系,而内忧外患的社会大环境的压抑更是这种悲剧叙事,缥缈无根之"梦"的书写的根本原因。四梦之悲又有差异,梁廷枬以独特的创作技巧和叙事结构使其作品各具面目,不落窠臼。

一如求新求异的叙事技巧,使史事旧貌换新颜。如《藤花亭四梦》之一的《江梅梦》是以唐朝安史之乱前后为主要历史背景,以唐玄宗李隆基和爱妃江采蘋的爱情故事作为主要的戏剧架构展开的。安史之乱的背景是读者极为熟悉的,李隆基和杨

---

① 本文戏文及《自题》《曲话》皆出自(清)梁廷枬,(清)杨芷华点校:《艺文汇编》,广州:暨南大学出版社2001年版。

玉环爱情亦广为传颂,与这段历史密切关联,但作者并未敷演李杨爱情,而是根据唐传奇《梅妃传》选择了梅妃为女主人公,作者之深意可知。梁廷枏在其《自题》中对此有所阐述:

"杂剧之《梧桐雨》、院本之《彩毫记》,皆演开元遗事,然全以杨太真为主,不及江妃。惟《长生殿》《絮阁》折,偶一出场,亦默然不作一语,未免寂寥。向与同好论之,无不异口同声叹为缺事也。冬暖漏长,戏成此剧,一取裁于两《唐书》及唐人所撰《江妃传》。《传》称妃死乱兵之手,今以为骂贼致死,固非尽空中楼阁。独献赋、赐珠两事,在阁召前稍更置而已。"可见梁廷枏是有感于唐玄宗与梅妃的事迹而专门创作这一戏剧的,对梅妃的寂寥感同身受,这又何尝不是梁廷枏的寂寥呢?同时也是独辟蹊径的叙事选择,提升读者的阅读期待,给人耳目一新之感。

"四梦"的前三部作品是"借他人酒杯",利用原有的故事基础上进行加工创作,唯有《断缘梦》是无复依傍,完全是作者以自身所感所忆而创作的。前面已经提及第四梦是李黼平建议梁廷枏添加的,"师命汇附于所著书后。迨此剧刻成,而师之凶问适至,乃竟不一见,亦文字之缘断也,是又一梦也。然而,为此序时,伤逝伤离,百端交集,不能以梦境自慰,抑独何哉!"书刻成时李黼平已殁,作者直言"是又一梦",《断缘梦》之"断"如成谶语,更为此作添上几分悲情与无奈。

《断缘梦》讲的是,岭南学子高仰士三年间常梦到烟波深处有一绝世女子,名叫陶四眉。二人在梦中频频相见,或互为伴侣,或者自在泛舟江上,或齐齐归隐农家,如此等等梦境持续了三年。同时,现实生活中陶四眉确有其人,并且也曾多次梦见一名叫庄生的故人来梦中与其相见,且私订终身。梦境无端,不免时有离别,或茫然无对方消息,二人不忍离别之苦,故而梦魂出窍至现实世界四处打探对方,偏又双双错过、失之交臂。梦王为二人之精诚而感动,几次想设法成就二人美好姻缘,然而二人见面却不相识的场面一再上演。经过梦王夫妇指点,告知梦是幻缘,恩情既遂,缘分渐疏,情随缘灭。高仰士与陶四眉幡然醒悟,缘分已尽,各自散去。

《断缘梦》与之前的《江梅梦》《昙花梦》《圆香梦》三梦相比较而言,在"人生如梦"的思想表达上更为形象生动,"梦"不仅仅是构成故事的其中一个部分,而是成为故事的核心,是作者心声的凝聚。作为"四梦"之末,完成得更迟,也伴随着梁廷枏戏曲创作的不断成熟,"梦"不仅具有推动剧作情节发展的功能,与此同时还具有制造和解决矛盾冲突的重要功能。《断缘梦》整个故事完全沉浸在梦幻之中,一个大梦前后跨越了三年时光,主人公高仰士与陶四眉也在梦里缠绵、相聚了三年,仿佛现实生活一般。而随着剧情的不断推进,"梦"已经不再是一个孤立的情节与片段,高、陶二人缘起缘灭都是在梦里实现,梦被作者赋予了解决戏剧冲突的功能。

"小四梦"属于文人案头杂剧,并不具备充分的舞台演出性,但从文学性来看,唱词说白皆自然可喜,故事关节亦清晰巧妙,体现了梁廷枏极高的创作技巧。这与其理论探索是相得益彰的,"小四梦"的艺术价值与《藤花亭曲话》的真知灼见相辅相成。《曲话》上承李渔的戏曲理论观点,又在李渔戏曲观的基础上有所突破,被誉为中国戏曲发展由传统到近代转型发展的承上启下之作。《曲话》采用传统的文学批评样式,全书整体结构紧凑,叙述与议论结合一致,以卷的形式分割章节:第一卷是历代的传奇、杂剧、故事的名目汇总。第二卷和第三卷互为照应,第二卷主要讲述戏曲的作曲之法,兼及一些考证和批评,第三卷主要对一些名家名作进行实际点评、比较分析;第四、五卷之间又有着紧密的联系,对于曲韵格律的分析比较到位,第四卷中以论述戏曲曲律与曲谱为主,第五卷则论述戏曲的曲韵格律。有资料收集,有理论观点的提出,有相关剧目的批评,有文献的坚实基础,又不乏真知灼见,体现了梁廷枏既重视实证研究,又善于运用比较和归纳的研究理路。

《曲话》在戏剧艺术尤其是李渔戏曲理论的承继上比较突出的有下面几点:

首先,梁廷枏的《曲话》对宾白极为重视,并进一步发展了李渔的宾白理论,并且进一步提出了宾白相生的理论观点,明确指出宾白所具有的叙事功能,将其应用于"小四梦"的艺术创作过程之中。"以白引起曲文,曲所未尽,以白补之,此作曲圆密处,元人百种多未见及。"对宾白与曲文之间的关系做了更深入的探索与定位。

其次,梁廷枏拓展了李渔的戏曲理论功能。梁廷枏对戏曲作品的评价注重其社会功能,继承并发展了李渔的"意主惩劝"的戏曲思想,不仅要求戏曲能够劝善惩恶,还要求戏曲具有宣扬"忠孝节义"、弘扬爱国主义精神的功能,这在梁廷枏对《蜀鹃啼》的评价中有所反映。

再次,梁廷枏注重戏曲的艺术审美价值,重视戏曲戏剧性与娱乐性。李渔对戏曲雅俗趣味的论说,将雅与俗灵活自如地融合在一起,他崇俗但不避雅。而梁廷枏出于文人的欣赏趣味,以"雅"为高,恶浅陋粗俗,《曲话》卷二中就有这方面的阐述:"言情之作,贵在含蓄不露,意到即止。其立言,尤贵雅而忌俗。然所谓雅者,固非浮词取厌之谓。此中原有语妙,非深入堂奥道不知也,元人每作伤春语,必尽情极态而出。"清元剧语言追求本色,是其长处,这一点梁廷枏是肯定的,但是他也不讳言元曲的缺陷,如这段话里提到元曲的语言往往流于浅露与俚俗,且语出无状,不贴合人物的身份,重申了戏曲去俗崇雅的审美要求。

最后,梁廷枏评论剧目极为公允,具体剧目具体作家皆具体分析,不做空洞浮泛之论。正如李黼平在《曲话序》中所指出:"自元、明暨近人院本、杂剧、传奇无虑数百家,悉为讨论,不党同而伐异,不荣古而陋今,平心和气与作者榷扬于红牙、紫玉之间,知其用力于此道者邃矣。"这段话指出了梁廷枏评论不以古今异同为高下之评,不因个人好恶而定优劣,名家大作亦指瑕,末流作家亦有闪光处,条分缕析,论析精到。

其他诸如既重视艺术独创性,反对雷同,亦强调对前人艺术经验的继承与借鉴的观点,都从具体作品举例论析,令人信服,不盲从任何戏剧流派,一切皆从戏剧本身出发,体现了梁廷枏沉稳与中平的评论风格,也是岭南地域文学中稳健而不逐时流的风格体现。

第九章　清代俗文学

　　班固《汉书·地理志》:"凡民函五常之性,而其刚柔缓急,音声不同,系水土之风气,故谓之风;好恶取舍,动静亡常,随君上之情欲,故谓之俗。"①山海之间的岭南,其文化底色从众向俗,开放吸纳而兼容并包,俗文学在清代岭南的蓬勃发展,恰似下里巴人的文学样式与地域风俗的完美联袂。

　　清代中后期,说唱文艺迅速发展壮大,岭南地区说唱的蓬勃发展态势甚至超过了戏曲,粤歌活泼明快、挥洒由心、自然写实的特质在这一时期的通俗文艺上得到了淋漓尽致的发扬。"或妇女岁时聚会,则使瞽师唱之,如元人弹词曰某记某记者,皆小说也。其事或有或无,大抵孝义忠烈之事为多,竟日始毕一记。可劝可戒,令人感泣沾襟。其短调蹋歌者,不用弦索……"②说唱文艺语言浅近,曲调通俗,便于演唱,成为最广泛最贴近民众的娱乐活动。较为流行的说唱形式主要有"木鱼""南音""龙舟""粤讴""潮州歌""粤曲"等。这些曲艺形式有的属于精悍的短制,但也多有流传很广的小说或戏曲片段的说唱。如潮州歌、木鱼歌等,基本以说唱长篇著作为主,取材于戏曲和小说。谭正璧先生在《木鱼歌、潮州歌叙录》中谈及长篇木鱼"南音"的内容时认为"在内容方面,很多是外来民间说唱文学的改编……从长篇通俗小说改编的尤多,我所见有《三国志》《水浒传》《二度梅》《红楼梦》《哪吒收妲己》《西游记》《三合宝剑》《仁贵征东》……等"③。李汉枢在《粤调说唱民歌沿革》中所说"说唱在粤境流行,以致成为风俗,前者如'观音出世',后者如'撞卦木鱼赢',在清季中叶的乾隆间,已流行得非常普遍。"④说唱文艺与戏曲、小说的互为影响、互为传播,有力地推动着岭南俗文学的更新迭代以及多样化、地域化发展。

　　而文学性更强的竹枝词,既不失竹枝词民歌本色的雅意,又在嘉道乡土地理志编撰的时代风潮中,呼应着"志乡土,存人文"的地域意识,在岭南衍生出更为丰富多姿的面貌。

---

① （汉）班固:《汉书·地理志》,中华书局1962年6月版,第1640页。
② （清）屈大均:《广东新语》,北京:中华书局1985年版,第359页。
③ 谭正璧、谭寻编著:《木鱼书、潮州歌叙录》,北京:书目文献出版社1982年版,第17—18页。
④ 李汉枢:《粤调说唱民歌沿革》,广州:广东人民出版社1958年版,第23页。

第一节 招子庸与粤讴

嘉道岭南文士谢兰生的《常惺惺斋日记》里记录了这么几件事:"铭山度新制一曲,甚佳。"(嘉庆廿五年六月廿四日条)"凡三席,陪席这样凡七八人,皆善越讴者,丽生亦至,二鼓后终席乃散。时论工越讴者,皆推玟子为首云。"(道光元年八月廿四日条)"晤铭山,与泛涉诸江听曲。有可入耳者,而佳丽则罕矣。"(道光四年七月廿九日条)"铭山发兴唱越讴,亦不易几回闻也。"(道光八年八月十七日条)①

由几则日记可知,谢兰生的朋友铭山不仅会写越讴,也会唱越讴,而且当时越讴深受羊城民众喜爱;善越讴的女子很多,有工与不工的层级区别。他与铭山还一起渡江听越讴,都认为唱越讴唱得好的不少,但是少有能唱而又美丽的。铭山就是招子庸。

招子庸(1786—1847),字铭山,别号明珊居士,南海人。嘉庆二十一年(1816)举人。曾做过几任知县,政声佳。能文能武,兼善诗画,才艺卓绝,其画兰竹与芦蟹,为时人所称赏。性格落拓不羁,迥出时流,游弋于烟花画舫之地,写了不少粤讴给歌女弹唱,传诵一时。他所创作的《粤讴》是目前可见最早的粤讴专集。据说冯询、李长荣等岭南文士也有创作,但没有流传下来。该书自清道光八年(1828)问世以后,书家多有刊刻。20世纪30年代上海华通书局列入"春草丛书"。1986年广东人民出版社列入"广东地方文献丛书"。

粤讴,也即越讴,是招子庸、冯询等在木鱼、南音等说唱形式的基础上发展而来。郑振铎先生在《中国俗文学史》中称招子庸是"把民歌作为自己新型创作"的人,是"最早的大胆的从事把民歌输入文坛的工作者","好语如珠,即不懂粤语者,也为之神移";②许地山先生也说,粤讴是"广东民众诗歌中最好的那一种"③。用广府方言粤语写作的地方戏曲(包括粤剧、粤曲、木鱼歌、龙舟歌、南音、粤讴等),龙舟歌、南音多是民间艺人的创作,其文学价值并不高。招子庸的《粤讴》在文学性方面,有着独特的价值,在地域文学风貌的展现上,也具有典型性。

《粤讴》④全书一共97题、121首作品,整体以回忆的口吻和视角写成的,包含了

---

① (清)谢兰生:《常惺惺斋日记》,稿本。《日记》始于嘉庆廿四年(1819),终于道光九年(1829),中阙道光七年(1827)。
② 郑振铎:《中国俗文学史》,上海书店1984年版,第453页。
③ 许地山:《粤讴的价值》,《民铎》第3卷第3期,1922年版。
④ (清)招子庸:《粤讴》,清光绪戊子九年(1883)刊本.本文所引粤讴内容皆出自此版本。

与歌妓的离别、相思、愁苦、牵挂、猜测、怨恨、后悔、辩白与绝望,也包含了自己的失意、纠结、自悔、悲伤与解脱。作者特意把《解心》一阕置于篇首,无疑表明了《粤讴》一书的写作目的,就是寻求心理的解脱,更兼劝喻世人。曲调婉转动人,将歌妓的凄楚与悲凉刻画得淋漓尽致,将作者的心曲剖析尽致,令人听了心旌摇荡。

其中流传最广的是《吊秋喜》,冼玉清教授根据有关诗文记载和民间传说,考证秋喜就是招子庸所恋之歌妓:"秋喜,珠江歌妓也,与子庸昵。而服用甚奢,负债累累。鸨母必令其偿所负始得遣行。秋喜愤甚,不忍告于子庸。债主逼之急,无可为计,遂投水死。子庸惊悼,不知所措。遂援笔而成《吊秋喜》一阕。沉痛独绝,非他人所能强记,一时远近传诵。"①也有研究者认为是后人附会之谈,因为如果是因为招子庸赴考而暂别,则时间上属于他早期之作,但该曲风格与遣词颇为成熟,且置于第47首,不似首创。《粤讴》中悲情的主人公是招子庸,也不仅仅是招子庸;秋喜是这位与招子庸相昵的歌妓,也不仅仅是秋喜。其情辞之恳切,如诉衷肠,可见作者确有相关的遭际,方能体贴甚深,但这其中亦包含对时世的控诉,对造成歌妓悲惨命运的社会环境的不满,因此更能引起听者的共鸣,也让作品拥有了更广泛而深刻的意义。

请看《吊秋喜》的字字深情:

> 听见你话死,实在见思疑。何苦轻生得咁痴!你系为人客死心,唔怪得你。死因钱债,叫我怎不伤悲!你平日当我系知心,亦该同我讲句。做乜交情三两个月都冇句言词,往日个种恩情丢了落水。纵有金银烧尽带不到阴司。可惜漂泊在青楼辜负你一世,烟花场上冇日开眉。你名叫做秋喜,只望等到秋来还有喜意。做乜才过冬至后就被雪霜欺?今日无力春风唔共你争得啖气,落花无主敢就葬在春泥?此后情思有梦,你便频须寄,或者尽我呢点穷心,慰吓故知。泉路茫茫,你双脚又咁细,黄泉无客店,问你向乜谁栖?青山白骨,唔知凭谁祭,哀杨残月,空听个只杜鹃啼。未必有个知心来共你掷纸,清明空恨个页纸钱飞。罢咯!不若当作你系义妻,来送你入寺,等你孤魂无主,仗吓佛力扶持。你便哀恳个位慈云施吓佛偈,等你转过来生,誓不做客妻。若系冤债未偿,再罚你落花粉地,你便拣过一个多情早早见机。我若共你未断情缘,重有相会日子,须紧记:念吓前恩义。讲到"销魂"两个字,共你死过都唔迟!

文章直抒胸臆,真情流出肺腑,没有任何虚饰文字,明白如话。他感叹自己无力相助,愿以秋喜为义妻能让她死后孤魂有托。他为她祈祷来生不再沦落在烟花之地,并祈愿有缘重逢。黄遵宪诗云:"唱到招郎吊秋喜,桃花间竹最魂销!"此外如《缘悭》

---

① 冼玉清:《招子庸研究》,《岭南学报》1947年12月第7卷第3期。

《孤飞雁》《桃花扇》《相思缆》等讴也写得饶有情致。

除了情感真挚及曲律优美,招子庸《粤讴》的艺术成就还体现在他的艺术语言上,通俗、生动、明了,富于表现力和乡土气息,极具魅力,因此能够广泛流传。《粤讴》全部是用广州方言写的,使用了大量的方言俗语俗字,除卷首方言释例外,还有许多是没加注释的。试看《船头浪》一曲:

> 船头浪,合吓又分开,相思如水,涌上心头。君呀!你生在情天,奴长在欲海,碧天连水,水与天挨,我地红粉,点似得青山长冇变改。你睇吓水面个的残花,事就可哀,似水流年,又唔知流得几耐,须要自爱,许你死后做到成佛成仙,亦未必真正自在。罢咯,不若及时行乐,共你倚遍,月榭风台。

《船头浪》一曲,共120多字,俗语俗字占了10多个,但除"冇"(无)、"几耐"(多久)、"睇"(看)等少数几个字外,其余无须加注,外省人也能看得懂,因其俗而不僻,风韵自然。这些典型的方言词汇,使粤人倍感亲切;更融会了岭南的花草风物,如百花坟、珠江朱艇、使作品极富地方色彩。

《粤讴》中民歌的比兴手法运用十分巧妙,紧紧抓住眼前的景物,托物起兴,即景生情,使作品情景交融,烘托主题。在《嗟怨薄命》一题五首中。作者借垂杨、荷花、梧桐、寒梅,来隐喻年华已过的妓女,哀其不幸。在《桄榔树》《扇》《鸳鸯》《销魂柳》中,又巧借桄榔树的"单心",比喻人世亦要有这样的"情根"。

《粤讴》中值得注意的还有其中所投射的岭南士子与珠江歌女的人生道路与历史时空,请看《寄远》:"叫我等汝三年,我年尚少。总怕长成无倚,我就错在今朝。此后莺俦燕侣心堪表。独惜执盏传杯,罪未肯饶。自怨我薄命如花,人又不肖。舍得我好命如今,重使乜住寮。保佑汝一朝衣锦还乡耀。汝书债还完,我花债亦消。总系呢阵旅舍孤寒魂梦绕。唉!音信渺。灯花何日兆?汝睇京华万里,一水迢迢。"

进京赶考是岭南士子实现功名的途径,路远水迢,背井离乡,失意者多,一去京城三年又三年。这边是羊城西南角繁华无比的烟花之地,"素馨为田,紫檀作屋,香海十里,珠户千家。每当白日西逝,红灯夕张,衣声缂缂,杂以佩环,花气氤氲,荡为烟雾,秾纤异致,仪态万方,珠女珠儿,雅善赵瑟,酒酣耳热,遂变秦声,于子乐乎?"(石道人《粤讴序》)一派繁荣气象,但歌女的命运却被捆绑在这一艘艘富丽华美的珠艇上,无法挣脱。士子为了求功名,不得不与所爱的歌女分离,离别之痛,未来之渺,凝聚成粤讴里丰富的情感内容。招子庸中举后进京赶考也是屡屡失意,直到道光九年(1829)才因大挑一等以知县用,分发山东,先后任峄县、朝城、临朐和潍县知县,道光十九年(1839)因冤案被议而落职。仕途困塞的悲愤通过粤讴以抒发,由沦落风尘无力反抗的歌女去吟唱,其情感的交融与艺术张力得到了充分的展现。

招子庸的《粤讴》后来仿作者不少,如《岭南即事》所录,另外有专辑如《再粤谱》《新粤讴解心》等。但总体的题材范围比较狭窄,局限于男女之间的情感。题材方面的扩展则要到近代时期,在内忧外患的局势下,创作者以粤讴的形式宣传戒烟,如鸦片战争期间,劝人戒烟的《鸦片烟》:"好食你唔食,食到鸦片烟,问你近来上瘾,抑或系从前……呢阵官府日日都话禁烟,虽则系法子唔曾得善。但系你地人人肯戒略,唔到佢话迁延。"表面像是说个人决心不大,实际是怪官府无能。十九世纪末的《中国旬报》上还开辟专栏,用粤讴以宣传革命道理,更赋予了粤讴全新的思想内容,海外如马来西亚的华人也用粤讴宣传革命。这些拓展使粤讴的内容、形式更臻完善,成为广东民间曲艺的宝贵遗产。

第二节　木鱼书《花笺记》与潮州歌册

清初山东籍诗人王士禛来到广州,南国风情不仅给他留下深刻的印象,还化作诸多美好的诗篇,诗中有入夜在仕女发髻上盛开的素馨,有灯影绰约的荔湾濠畔,更有珠江上的浅唱低吟,其时"木鱼歌""龙舟"都已经登场:

> 潮来康畔接江波,鱼藻门边净绮罗。两岸画栏红照水,疍船争唱"木鱼歌"。
> 海珠石上柳荫浓,队队"龙舟"出浪中。一抹斜阳照金碧,齐将孔翠作船篷。①

"木鱼"和"龙舟"都是广府民间说唱的形式,都用广州方言说唱,产生于明末或更早一些时间,发展至清中叶以降极盛,主要流行于广东的广州、南海、番禺、顺德等地,是粤方言区流传甚广、影响甚大的歌谣体式。木鱼又称为"木鱼歌""沐浴歌""摸鱼"。它是在地方民歌的基础上,兼收外地民间说唱而形成的粤调说唱。其形成有一个由简单到冗长,由短制到长篇的演变过程,描写、叙事也逐渐细致雅驯。

关于"木鱼"这一名称的来历,一说与寺庙的敲击乐器木鱼有关。据说鱼类睡眠时是不闭目的,念经敲木鱼,是要警诫僧侣一力苦行,这与木鱼书的内容多是警世劝善相吻合。演唱时边敲边唱,随物赞祝,兼为节拍,久而久之,"木鱼"便成了这一说唱形式的名称。另一说认为:"木鱼歌者,木蛋、鱼蛋之歌也。"②木鱼多采用七字句和十字句,一般句格为"四三""三三四"或"二二五",非常讲究平仄和抑扬顿挫,"问字

---

① (清)王士禛著,李毓芙、牟通、李茂肃整理:《渔洋精华录集释》卷十一,上海:上海古籍出版社1999年版,第1691—1692页。
② 秋山:《木鱼书》,《小说世界》第233号,1927年版,第58页。

拗腔",自成节拍。

木鱼的发展与珠三角的妇女的娱乐活动有关,珠江三角洲一带的妇女,素有演唱长篇木鱼书的习惯,月夜三五知己,自唱自娱。作为一个曲牌,木鱼在粤曲、粤剧中经常使用,但始终未能作为独立的曲艺品种出现在舞台上。在演唱形式上,木鱼以四句为一段,反复循环。小段中的每句平仄安排均有严格限制,结构与龙舟、南音大体相同。乾嘉年间,凡吟诵体说唱,通称"木鱼"。演唱的脚本叫"木鱼书"。木鱼节奏自由,没有起板和过门。长篇作品有《花笺记》《背解红罗袄》等。也有短篇,又叫"摘锦",如《琵琶上路》《楼台会》等。

传统木鱼书作品中佳作不少,著名的有被誉为才子书的《花笺记》①《二荷花史》等,《花笺记》更早已流播至欧洲。1824年,英人汤姆把它译成英文;1836年,德国人辜尔慈把它译成法文。据说德国著名诗人歌德读了《花笺记》后很心潮难平,写下了《中德四季与晨昏合咏》14首诗,借描写名花、鸟雀和美女在初秋的早晨、黄昏的形象与意境,赞美中国传统文化中蕴含的道德精神。

《花笺记》目前所见最早最佳的版本,是明代刻印的《静净斋第八才子书花笺记》,共六卷,有绣像、插画、自序、总论和花笺文章,是个较完善的版本,但现已亡佚。目前能看到的版本多是清初翻印的,如《绣像第八才子书笺注》之类。《花笺记》的作者亦不可知,从文字风格和内容情趣上看,明显非成于一手,大致一至三卷为一人所写,四卷、五卷为另一人所撰。前者才情及文字功夫明显胜后者一筹。另附《情子外》,乃仿《圣叹外书》之作,作者为钟戴苍。

《花笺记》是一本"风月之书","以风月起,以风月结,而中间点缀,亦处处不脱'风月'二字"。该书主要内容围绕苏州才子梁芳洲与杨瑶仙、刘玉卿的婚姻故事展开。主人公梁芳洲藐视功名科举,认为爱情才是最为重要的头等大事,在当时的时代背景下,作者塑造了这么一位有血有肉的叛逆者的形象,颇为耐人寻味,亦是作品超越时代的价值所在。前几卷文辞优美,文意流畅可喜,刻画极为细腻动人,节录卷首以窥一斑:

> 起凭危栏纳晚凉,秋风吹送白莲香。只见一钩新月光如水,人话天孙今夜会牛郎。细想天上佳期还有会,人生何苦挨凄凉,得快乐时须快乐,何妨窃玉共偷香?但能两个全终始,私情密约也何妨。

短短数语,便奠定全文基调,首句"起凭危栏纳晚凉","纳凉"必乘风,"起凭危栏",盖月上栏杆,倚栏而见月也,"风月"之意隐于中。首句七字中无一闲字。接着

---

① 薛汕校订:《花笺记》,北京:文化艺术出版社1985年版。本文所引戏文及评论皆出自此版本。

写"花",秋风中沁满香气,随风飘送,则花满荷塘的夏日胜景,在月夜中更具韵味了。男女主人公的爱情故事在卷首渲染下,"爱情"至上的意味呼之欲出。而音韵和谐、自然,朗朗上口,满口嚼香,向为人所称道。

历来论者美誉甚多,"总论"曰:"《花笺记》不但文笔之妙,即其声调亦字字可歌。试于风前月下,令十七八女郎按红牙缓歌一曲,回视花鸟,嫣然欲笑,亦足以乐而忘死矣。""《花笺记》唯其声调字字可歌,愈见文笔之妙。""《花笺记》读去只如说话,而其中自然成文,自然合拍,于此始见歌本之妙。""《花笺记》当与美人读之,与美人读之者,此书亦宛然一美人也。""《花笺记》当与名士读之,与名士读之者,此书亦宛然一名士也。""《花笺记》当向明窗净几读之,向明窗净几读之者,此书一何明净也。"如此溢美之词,比比皆是。更有论者还把它与《西厢记》相提并论,谓:"读书人案头无《西厢》、《花笺》二书,便非会读书人。""曲本有《西厢》,歌本有《花笺》,以予观之,真可称是合璧,盖其文笔声调皆一样绝世。"虽是才子书推介之语,亦可见其在文学价值和说唱传播上的影响力。郑振铎先生在1938年所写的《中国俗文学史》上也说:"广东最流行的是木鱼书,……其中负盛名的有《花笺记》,有《二荷花史》。"①。该书开创了"广东弹词"的新纪元,成为后来各地弹词的典范作品。《二荷花史》继《花笺记》被列为第八才子书后,被称为"第九才子书",足可见《花笺记》的范式效应及木鱼书的创作风潮。该书凡四卷,分六十七则,叙述少年白莲因读《小青传》有感,以小双荷花赠梦中人,后遂得和丽荷、映荷二女成为眷属的事。作者论者皆不知何许人,但家喻户晓的传唱正是说唱文艺最直接的价值体现。

如果说木鱼、粤讴、南音、龙舟是粤方言区说唱文学的代表,那么当我们将目光投向粤东,潮州歌册便当仁不让地宣告她在闽方言区独一无二的地位。富于地方特色的民间说唱潮州歌册,在不断吸收弹词、木鱼书、小说等其他艺术样式的表现手法和题材内容的基础上生长起来,并逐步走向成熟。潮州歌册产生的外部大环境是明清时期的宝卷、弹词、木鱼书等诗赞系说唱文学的兴盛,而内部环境则是潮汕本土歌谣和戏曲的兴盛,当外地唱本传入潮汕地区时刺激了歌册的出现。研究者据最早记载"潮州歌"的文献资料,即清代张九钺的《蓬辣滩口号四首》第三首所载"潮州歌"之名,推断最迟在乾隆中期潮州歌已经在传唱,则歌册的产生时间应在清代初年。

潮州歌册刻印的繁盛时期在清咸丰、同治年间至民国时期,其间如李万利、瑞文堂、李春记等书坊出版了大量的歌册,此阶段的歌册在封面上,除了墨印书名并加边框的以外,更多的是采用套红字体和边框的,还有一些配有图画(这与曲册的封面类

---

① 郑振铎:《中国俗文学史》第十二章,北京:作家出版社1953年版。

似,可能是书坊同时出版歌册和曲册所致),如《珠玨记》《张古动》等。书名前的冠词以用"新造"为多,但也有用"最新",且书衣与卷首刊语所用的冠词是一致的,如《华美案》《癫疴脱壳》等。

潮州歌册在潮汕地区的广泛流行,离不开生活被限制在极为狭小的世界中的潮汕妇女的喜爱与传唱。讲唱者除民间艺人外,主要是广大农村的劳动妇女。旧时的潮汕妇女,她们不能够外出抛头露面,也没有接受正规教育的社会基础,一生为了家庭的衣食操劳,但也有休闲的需求;潮州歌册具有丰富的内容和复杂生动的情节,用通俗的潮汕方言传唱,而深受妇孺喜爱。而且歌册曲调比较简单,既不需乐器伴奏,也不必打板击拍,演唱者根据歌文情节发展的需要,按照基本调的格式,随口吟唱。一般歌文为七言四句一组,组组转韵;因此吟唱歌册成为她们主要的娱乐和遣怀的方式,妇女们通过听、唱歌册去了解社会、认识历史、增长知识,并受到儒家传统伦理思想的熏陶。

歌册内容有揭露旧社会黑暗的,如《乾隆君游山东》《过番歌》《广东案警富新书》等,但为数不多;绝大多数是反映男女婚姻爱情的,如《陈三五娘》《临江楼》《金钗罗帕苏六娘》等;也有写历史人物和民族御侮战争的,《薛仁贵征东》《宋帝昺走国》等;还有写神仙鬼怪故事的,如《义女莲花仙》《金狗精》《鲤鱼娶仙》《阴阳会合铁扇记》等。歌册题材类型可细分为"英雄传奇""爱情婚姻""宫廷斗争""女性传奇""节女孝妇""家庭纠纷""审断公案""佛经修行""时事政局""神仙精怪"等十类,可见歌册题材之丰富性。其中的主要人物,也多是帝王将相、才子佳人、忠臣烈女之类,此与当时通俗文学风气有关,潮州歌册也未免其俗,但仍有个别劳动人民也成了故事的主角,绽放着人物别样的光彩,如《金钗罗帕苏六娘》中的苏六娘、《潮阳案》中的陈容娘都是普通民女;《陈三五娘》中的李公,《白扇记》中的张权父子都是普通工匠;《双玉凤》中的洪文纪是农民等。

谭正璧按照一般说唱作品的来源途径,将歌册题材的来源分为四个部分,包括:一、出于作者自己的构思;二、采自民间传闻;三、改编自通行的戏剧和小说;四、与其他说唱文学互相袭用。通过潮州歌册与话本小说同题材作品的比较,可以看出话本对歌册有着重要影响,它既为歌册提供了完整的叙事结构,又丰富了歌册的人物情感描写技巧,这种影响体现了案头阅读文本与口头说唱文本间的密切关系。从题材内容上看,内容相近甚至相同,以致章回篇目都大同小异,开端及末尾均有插诗,可以断定它是从江浙一带的弹词改编而来的,早期出版的歌册如《隋唐演义》,全名就叫《隋唐演义古调弹词》;《双退婚鸾凤图》就是由弹词《鸾凤图》改编而成的,卷首唱词还有"造出弹词劝世文"句,明显见出其来路的痕迹。稍晚一点的还有《宋朝明珠记》《卖油郎全歌》《刘皇叔招亲》《取西川》《柳树春八美图》等,都是有章目和插诗的。后期的歌册,大部分无章目,个别亦无插诗。早期歌册说白较多,句式以七字为主,不都是四句转韵的,这些特点,与外地弹词相同;后期歌册虽仍以七字句为主,但说白较少,四句转韵,押平声韵,这和弹词就不一样了,从中便可看出它发展的轨迹。

潮州歌册佳作不少,许多题材与潮剧互相袭用,著名的如《荔镜记》《苏六娘》《珍珠记》《访友记》等,在潮剧中都有,情节大同小异。可见这些故事的受欢迎程度。潮州歌《陈三五娘》(有称为《荔枝记》),旧潮剧本称为《荔镜记》,从歌文、戏文看,它们同出于传奇《荔镜记》和小说《荔镜奇逢传》,只是略去"审陈三"和"元宵观灯"的"答歌"场面。这部歌册始于历史故事,后演化为戏曲,据《荔枝奇逢集》载,公女曰五娘。闽有陈伯卿者,行三。建炎间随兄官广南运使任。过潮,游蔚园,适五娘于绣楼擘荔枝,见陈美掷之。陈佯磨镜佣,为黄赁作,得晤五娘。后与之俱奔泉州。叙述泉州人陈三邂逅黄五娘的浪漫爱情经历。陈三生活在南宋末年,名麟,字伯卿,排行第三,又叫陈三。陈三随兄嫂广南赴任,路经潮州,邂逅黄九郎之女黄五娘,一见钟情,决意求婚;城西有武举人林代,绰号大鼻,见五娘美,遣李姐为媒,下聘订婚。五娘不肯,郁郁成疾,一日在楼头,见伯卿骑马经过,将一荔枝包在罗帕内投下。伯卿得后求磨镜师傅李公相助,改名陈三,代李公往五娘家磨镜,故意失手将镜打破,卖身为奴以偿。一年后,得益春从中周旋,二人始得相会,暗定终身。几经曲折,终成眷属。该歌册文词通俗、笔触细腻,反复吟唱渲染人物的内心活动与事件的变化,动人心弦。反复铺叙是歌册的一个特征,因以口头传唱为主,为加深特定情节在听者脑海里的印象,多作重复性的叙述和强化是有必要的,但只观文字会觉得略显拖沓。

该故事具体的情节在不同版本中略有改动。1956年广东人民出版社出版的《陈三五娘》注明系依据旧潮州歌册改作。类似的故事尚有《苏六娘》,故事原出自一个古老的民间传说,歌册旧本尚存,三卷,潮州义安路李万利刻本,内容虽陈旧,但较完整。潮州戏《苏六娘》仅存"桃花过渡"和"杨子良讨亲"二折。该故事生动曲折,传唱不衰。潮州歌册有两个突出的叙事特征,其一是科举仕进、光耀门楣的荣亲之念,其二是女性主人公人物形象的着力塑造。《陈三五娘》和《苏六娘》两部歌册里,女主人公的果敢、聪慧、美丽,再加上悲欢离合、曲折动人的爱情故事,充分体现了作者对女性的寄意和有意识增强故事悬念与吸引力的叙事技巧与自觉。

第三节　岭南荔枝词

清代岭南竹枝词的创作如火如荼,民间创作与客家山歌或汕尾渔歌等出现合流,文人创作在民歌的基础上,则用更加细腻的笔法深入描写社会山川的方方面面,文学性及史地价值愈加凸显。乡情满溢的岭南风土画卷，既通俗而贴近民众，又增添了几分诗意。除了羊城竹枝词、珠江竹枝词、广州竹枝词，还有各州府地的竹枝词，如嘉应竹枝词、琼州竹枝词、潮州竹枝词等等，因应岭南各区域板块的独特音声水土，而呈现出百花齐放、多姿多彩的面貌。清光绪十二年（1886）吟香阁主人编《羊城竹枝词》初、续两集，共收词489首，作者共139人；1920年"羊城如卢诗钟编"的《续羊城竹枝词》97首，光绪二十二年（1896）嘉应张芝田兄弟合著《梅州竹枝词》660首，由结集的竹枝词数量和参与的诗人之多可反映出"竹枝词"这一文学样式与岭南"好歌"传统的高度契合，亦与清初屈大均经由《广东新语》等地域文献编撰而充分焕发的"吾粤"情怀构筑，岭南民众地域认同与自信的渐渐清晰有密切的联系。

屈大均的《广州竹枝词》七首，生动展现了广州作为海上丝绸之路起点的重要贸易地位，以及当时经济贸易的繁荣景象，可以佐史。

　　洋船争出是官商，十字门开向二洋。五丝八丝广缎好，银钱堆满十三行。

十字门是澳门以南，由大小横琴等岛夹峙而形成的十字状水道，十三行是享有特权的洋行所在，贸易的船只由澳门水道出洋，熙熙攘攘。

朱树轩也有如下描述："番舶来时集贾胡，紫髯碧眼语喑唔。十三行畔搬洋货，如看波斯进宝图。"将目光投向彼时的洋商，生动有趣。

珠江如玉带蜿蜒，孕育着羊城的灵动风韵，诗人们纷纷围绕着珠江两岸的古迹名胜，抒写好风光。如写花渡头、素馨坟、琶洲等等，皆摇曳生姿，引人怀想。略引如下：

　　庄头花担露盈筐，手奉银云用斗量。香暖被池人未醒，卖花人唤促新妆。
　　十里泮塘烟雨霏，采莲惊散鸳鸯飞。莲藕开花郎远去，莲蓬结子郎未归。

（刘玉山）

清代的竹枝词更趋于细化，除了有地域之别，更出现专咏一物、专咏一事的竹枝词，如《羊城青楼竹枝词》《广州捞蚬竹枝词》（劳孝舆）《花田竹枝词》（陈官）《花渡头竹枝词》（潘有为），尽显竹枝词"志风土"的核心特征，其中，尤以荔枝词的出现最为淋漓尽致地展现竹枝词的岭南化。

清初诗人陈恭尹的《广州荔枝词》云："谱中诸品遍曾尝，晚熟增红久未忘。快比哀梨那得滓，清如甘露不成浆。已知忧至良勘解，见说颜衰可复光。更有新州香荔好，端溪能隔几城墙。"诗中洋溢着乡人对荔枝的热爱与自豪。丘逢甲则将荔枝推为果中王，如"紫琼肤孕碧瑶浆，色味双佳更带香。若援牡丹花史例，荔枝原是果中王。天生尤物本销魂，更取增城挂绿论。一种天然好风格，西施初出苎萝村。"

谭莹是道同年间颇负盛名的文士，亦为学海堂文人群体的佼佼者，自云"幼耽吟咏，夙嗜讴欤"，荔枝、南濠、采桑、花市、珠市等岭南风物民俗均为他笔下常现的吟咏对象。学海堂课题中收录的不少课题佳作都有他的身影,是一位善于采撷民歌特色、地域情怀浓厚的创作者。他的《岭南荔枝词》(60 首)①是一本以竹枝词形式专门写荔枝的集子,岭南人写岭南荔枝,围绕着荔枝对岭南的诸多风物、民俗、人事进行充分的抒写与刻画,营造出充满岭南风情的诗性空间,在岭南诗人的荔枝词创作中最具代表性。《岭南荔枝词》原题《岭南荔枝词百首》,刻集时删定为 60 首,以七言绝句组诗形式吟咏荔枝,风格清丽自然,韵味悠远。

首先,既以荔枝为核心,谭莹诗中对荔枝的形、色、味属性进行了细致的本真书写,或白描勾勒,或以形象化描述荔枝,将岭南人眼中的荔枝美自然呈现出来。"玉兰花蕾蕴清香,一缕灵檀晕蒂黄。核小争如无核好,何堪触壳又双房。"专写荔枝之形,状难写之景如在眼前。"由来香荔说新兴,敛玉凝脂得未曾。花气袭人浑不断,更怜清似欲消冰。"专写荔枝"欲消冰"的香气。另如"风骨倾城爱乍逢,丹房绛膜一重重。琼浆未咽心先醉,不羡椰心酒百钟。""万颗红堆玛瑙盘,谁嫌内热更分餐。水浮子共凝冰子,沁到心脾六月寒。"专写荔枝的口感,写出了让人如痴如醉难以忘怀的佳果口味。

其次,围绕荔枝写田园风光与特色农事,贴近岭南田园生活与风情。如写岭南荔林风光,"霞树珠林今若何,岭南从古荔枝多。凭君载酒村村去,绿叶蓬蓬隔一河"。直接描写树在河边、过河入林的岭南荔林原貌,让人有身临其境之感。"出郭先经晚景园,半塘南岸果皆繁。三山大石红相望,熟到陈村又李村。"则描述了荔枝熟遍半塘南岸的丰收情景,语言明白如话,充满素朴的欣喜之情。组诗还写到了罗浮的荔枝林,"罗浮树树似冬青,锦作峰峦绣作屏。疑是玎珰红翠下,风翻蛮果落经庭"。选择聚焦的方式,刻画荔枝林与枝头挂果的自然之美。生活其间的农人们,自然闲适的状态,既是实写,也寄托着诗人对此的向往与赞赏。"峡下人停水市舟,丹林翳郁隔山楼。谁家占尽园亭美,不羡人封万户侯。"除了整体荔枝林风光的描写,还有具体的农事生活描摹,充分还原了荔农的种植生活,如防鼠护果林的"朦胧月色照山红,飞鼠飞来果易空。几处竹寮敲竹夹,家家看果月明中"。写到果农月下照看荔林等农事,活泼清新,如在眼前。

岭南多河涌,荔枝采摘后由水路运往集市,又是一幅荔枝上市图的画卷,在谭莹笔下极富情致。如"柳波涌外柳毵毵,十里香风送去帆。盈盈两岸色相妒,画舫人穿红汗衫"。描摹了珠江水上的特有画面,姑娘泛舟江上,沿江叫卖荔枝,身穿红汗衫,与江面碧波荡漾的浓绿形成鲜明的对比,鲜艳夺目。"清海楼前月似冰,卖花人点素

---

① (清)谭莹:《乐志堂诗集》,《续修四库全书》,上海:上海古籍出版社 2002 年版。本文所引诗文皆出自此版本。

馨灯。香中照见猩红色,声价还应十倍增。"写荔枝买卖氛围浓郁,一"照"字刻画出岭南人的精明。谭诗用词简洁,音节响亮,俚而不俗,常用细节渲染情致。而"粟米香瓜并熟时,村南村北子离离。儿童共唱新蝉叫,四月街头卖荔枝。"则接着儿童的童谣声轻灵地刻画了荔枝丰收的情景。还有一些诗将爱情融入田园劳作之乐,如"扣舷低唱摸鱼歌,人道鹅潭有白鹅。郎贩荔枝轻打桨,侬心常祝定风波。""主人选树爱迟迟,百鸟初肥正此时。折取一枝红似画,满园飞落是相思。"

有学者认为谭莹的《荔枝词》堪称荔枝史,正是因为谭莹的诗摆脱了历代赏荔诗单纯赞荔或讽荔的书写模式,充分贴近地域,尽情释放了荔枝意象的诗美价值,将荔枝与岭南人的生活、风情融为一体。

在广州有《广州荔枝词》,在潮州则有《潮州荔枝词》。这或许恰恰说明了这一文学样式的灵活与融合,也体现了岭南文学中既有承继又有新变的因素,将竹枝词"志土风而详习尚"之核心特色吸取而发扬。

谢锡勋,字安臣,潮州海阳人。光绪己丑(1889)举人,官福建将乐县知县,颇有政绩。曾求学韩山书院,为何如璋得意门生。锡勋"嗜学博览,尤工填曲,诗如万斛之泉,七古尤竭其才力之所至,诙谐调笑,无所不可"[1]。著有《小草堂诗集》二卷、《潮州荔枝词百首》。

谢锡勋的《潮州荔枝词百首》,由荔枝而及乡,及乡人,及时代,其立意似又推进一层。他在序中说因吾潮荔枝"僻处海滨,而不见之于时者,独荔枝乎哉!因缀小词,聊以志感"而"衰成百首"[2]。

《潮州荔枝词百首》涉及潮州乡土人文的方方面面,仿佛展开一幅乡情洋溢的潮州画卷:

其一,借荔枝以缅怀先贤,追寻文化之根。如:

留衣亭畔话灵根,守荔呼来猛虎蹲。
一滴铜壶千树遍,杨枝甘露此山门。

诗借荔枝抒写唐代韩愈刺潮时与大颠儒佛交谊之灵山留衣亭的历史掌故,以及禅宗得道高僧大颠的传奇故事,彰显潮州古代文化源头儒佛交辉之美丽故事与传奇性灵根。再如:

潮阳回首海冥冥,恸哭西台有涕零。
绿荔满园鸟食尽,灵(禽)啄粟上冬青。

---

[1] 温廷敬辑,吴二持、蔡起贤校点:《潮州诗萃》,汕头:汕头大学出版社2001年版,第1189页。
[2] 温廷敬辑,吴二持、蔡起贤校点:《潮州诗萃》,汕头:汕头大学出版社2001年版,第1206页。

南宋败亡东南沿海,文天祥率勤王之师转战闽粤,至潮阳,于今海丰五坡岭被俘。狱中留下千古绝唱《正气歌》,而后从容就义。诗借谢翱《西台恸哭记》和《冬青树引》典故,缅怀民族英雄文天祥,寄托一己的家国情怀和对现实社会的忧思。

其二,借荔枝以演绎民间趣闻轶事,寄托对美好爱情的向往与对自由民主追求之愿望。如:

> 应记侬家旧姓黄,新词谁撰荔枝香。
> 无端通作王家谱,十八娘添第五娘。

陈三五娘是一个流传于闽南文化圈的美丽传说中的人物。前面潮州歌册部分我们已经做了详细介绍。郑昌时《韩江见闻录》记载此故事时有二误,一是误以黄公为明人,二是误以黄五娘为王五娘。本诗便从这些谬误入手,借荔枝以演绎陈三五娘故事。旨在表彰这种敢于坚持美好爱情理念、同命运抗衡、有情人终成眷属的坚韧精神,寄托对美好爱情的向往,也可以从另一个侧面看到俗文学各体之间的互相碰撞。

其三,通过荔枝腌制与贸易贩运的抒写,透视清代潮州与海外之商业贸易盛况,反映了潮州清代社会经济的蓬勃发展。如:

> 侨客重洋海岛南,酸咸醋好胜饴甘。
> 轮菌番舶如梭织,载得荔枝千万坛。

诗下有序曰:"汕头果市,聚于金山街。每当荔枝盛出,南商之业杂咸者,以鲜荔枝浸淡盐水,装置磁瓮,由轮船载赴南洋诸岛,七八日可登彼岸。虽略带酸咸,然乡味所在,人争购之。销场颇畅,出口不计其数。"[1]此序应是这首荔枝词的最好注脚。由本诗可以领略到当时潮州荔枝成熟季节,果农将荔枝运至汕头果市,然后加工保鲜,远销南洋诸岛之盛况。可见清代潮州的荔枝种植和保鲜加工业已经很兴盛,海船运输也很发达,远渡南洋诸岛的潮州人也很多。他们远离故乡,看到故乡运来的荔枝,尽管略带酸咸,但由于乡味所在,纷纷争先抢购。本诗传达的信息很多:其一,潮州的荔枝种植业发达;其二,汕头已是潮州对外商贸的重要口岸;其三,潮州人早已远赴南洋诸岛谋生。[2]

谢锡勋的荔枝词不仅在题材上着眼于地域文化,于状摹世态民情中,洋溢着鲜活的文化个性和浓厚的乡土气息,而且在语言上也明显地呈现出平民化的特征,如"应记侬家旧姓黄,新词谁撰荔枝香""家乡味好客思归,绛雪红襦梦已非""卤地人家卤汁咸"等等。既具有独特的文学价值,也具有十分重要的历史、人文、经济等诸方面

---

[1] 温廷敬辑,吴二持、蔡起贤校点:《潮州诗萃》,汕头:汕头大学出版社2001年版,第1210页。
[2] 翁奕波、翁筱曼:《古代潮州文学史》,汕头:汕头大学出版社2021年版,第206页。

的史料价值。

嘉道时,诗歌地理志或乡土地理性质的著作编撰呈现出相对集中而且备受学人重视的态势。竹枝词的岭南在地化发展与跨地域跨类别细化,正回应着这股意在保存历代广东艺文,细致记录与描述粤中风土人情、古迹名胜、鸟兽草木的风潮。

第十章　清代女性作家

　　清代女学大盛，女性作家人数众多，胡文楷《历代妇女著作考》一书载目凡21卷，清代占15卷，共收录了历代有著作成集的妇女共4200余人，清代则有3800多人，再加上史梅辑出的未收入《历代妇女著作考》中的118人，则将近4000家，蔚为大观。这样一个在文学、绘画、书法、音乐等方面都展现出独特光芒的女性群体，一方面在"三从"的封建伦理重压下前行，一方面在家内家外的缝隙中寻找着心灵吟哦的天地。岭南的女性作家虽不及江南之盛，但也伴随着清代岭南诗学的蓬勃发展及海外新风的涌动，在传统与变革的舞台上长袖善舞。冼玉清先生《广东女子艺文考》中所著录的女性作家几乎都在清代。

　　明末岭南女诗人张乔及其《莲香集》在易代的时代洪流里，与遗民诗人群体一起经典化，成为岭南文学的经典主题，弦歌不辍。名妓与南园名士的相遇，让这一文化事件凸显了遗民忠诚节义的精神内涵，而张乔作为女性作家身份的认同，其作品文学层面的解读皆被淡化了。有清一代，岭南女性作家及其作品虽然还未能完全具备独立性，其传播与评鉴尚有赖于主流男性文人群体，但社会有识之士的支持与鼓励，为女性诗文的繁荣创造了条件。尤其是清初与晚清两端，或得益于人文思潮传播的影响以及略微宽松的政治环境，或因特殊的成长背景和人生阅历，岭南女性作家各具面目，摇曳生姿，整体发展呈现以下几点特色：

　　首先，岭南女性作家多出自文化世家。文化世家具备深厚的家学熏陶，有宽松的诗文学习与创作氛围，且对女性习文持日渐重视的态度，这无疑成为女性作家成长的重要土壤。如刘慧娟追忆少时经历："十岁在舅家从师受学……家君常对诸弟云：'此吾家女学士也。尔等慧不及姊，惜哉！'每夕天伦乐聚，讨论词章，各言所得。"[①]冼玉清亦提出，就人事而言，"女性作者之成名，大抵有三，其一名父之女，其二才士之妻，其三令子之母。"[②]因此，女性诗文集的出版常由家人主导，特别是女性的父亲或丈夫，也有部分是亲戚或者子孙辈收集整理而刊刻的。一个家族将属于自己宗族

[①] （清）刘慧娟：《昙花阁诗钞》，肖亚男编：《清代闺秀集丛刊》第47册，北京：国家图书馆出版社2014年版，第18—19页。
[②] 冼玉清：《广东女子艺文考》，上海：商务印书馆1941年版。

的女性诗文集作为一种家门的荣耀,也用于彰显其家学深厚,诗文集的序跋和题词则体现家族主事者的文学交游圈与地位,女性作家某种程度上也进入地域文化交游群体中,得到更多的传播空间。

其次,岭南诗派雄直诗风的影响,经由家学环境更为直接地渗透到女性作家的成长,岭南女性作家颇得名士风范,脂粉气虽是本色,却更见一层雅健的力量,绝少靡靡之音。如黄遵宪在《古香阁诗集序》中称嘉应叶璧华诗"有雅人深致,固女流中所仅见也";琼州吴小姑在纪游诗中指斥将帅无人的忧国之愤等。广东濒临海隅,一直是中国与外国接触的前沿,晚清外敌入侵,更是首当其冲。"外有强邻之逼,内有权臣之祸。士大夫有志之辈,无不慷慨悲歌,大有击楫中流之慨。而风气所趋,即琼闺之妹,绣阁之彦,亦往往以'红粉英雄'自命。"①这与时代急剧变迁有关,也与女性作家有了更多走出闺门与外部社会接触的机会,从而关注社会民生的忧患意识密不可分。耳闻目睹,使得她们在创作中表达着自己的时代观照,流露出士人心系家国的精神气质,这无形中推动着女性诗文表现内容之多元化。

再次,岭南的女性作家始终未能组成类似于蕉园诗社这一类的女性社团,整体创作数量上未成规模,但当中也不乏熠熠生辉的个体,下面我们略举数位以窥一斑。

王瑶湘,康熙间人,广东南海人,诸生王隼之女,太学生李仁之妻室,著有《逍遥楼诗》。《清稗类钞·文学类》有"王瑶湘能诗"条,载梁药亭与之进书,称其读《南华》《礼经》《离骚》。梁佩兰为瑶湘父执,与论《南华》《礼经》,则瑶湘之学问可见一斑。其诗多文字洗练、意境淡远之作,应是与其自幼熟读道家之书、受家庭熏陶有关。

"隼性嗜音,常自度曲,其婿倚而和之,瑶湘吹洞箫以赴节。"后来李仁去世,"瑶湘怡然矢节,自称逍遥居士"②。"逍遥居士"寄托了她对自己生命状态的一种追求和期待,然而人非草木,青春年华独对青灯枯卷,内心亦不免波澜泛起,其诗中多"孤怀""孤舟"一类给人以凄清孤寂之感的意象,如"孤舟暮归去"(《拟送别》),"寒霜谱哀调,淡月洗孤心"(《秋琴》),正是其生命体验的折射。可贵的是,诗人并不沉溺于伤春悲秋,她笔下的那份孤独的抒发,不是以椎心泣血的怨懑,亦无自怨自艾的叹息,而是发之以沉静悠远,让读者咀嚼不尽。如下文这首《独夜》:

> 残灯明灭里,遥夜梦醒时。
> 起立庭前树,孤怀明月知。

---

① 梁乙真:《清代妇女文学史》,北京:中华书局1927年版,第216页。
② 温汝能著,吕永光整理、李曲斋、陈永正审定:《粤东诗海》,广州:中山大学出版社1999年版,第1808页。

从题目上看，写的是闺阁诗中常见的题材之一：独夜感怀。古代女子久居深闺，无论是出阁前还是出嫁后，生活面和视野都极为有限，故而闺阁诗多伤春悲秋，缅怀故人，其文字亦偏凝重、沉郁。但王瑶湘的这首《独夜》，与传统闺怨诗如泣如诉的语言风格截然不同，意象简约，没有一丝脂粉气，却有一种宁静淡泊、触动人心的美。作者以寥寥数语勾勒出一幅清冷的画面，月华如练，诗人仰望夜空的孤寂背影，就此定格在读者的脑海里，着墨不多，意境烘托颇为到位，颇有张九龄清淡简劲的遗风。

吴尚憙（1808—?），字小荷，一字禄卿，广东南海人，吴荣光之女，叶应祺室，有《写韵楼诗词抄》①。冼玉清评其诗"俱有家法"，其词的成就则更为突出，就存词数量与词作成就而言，吴尚憙于整个清代女性词坛亦堪称作手。

况周颐在专论清代闺秀词的《玉栖述雅》论及24位词人，其中广东词人除其弟子伦鸾外，便是吴尚憙。况氏认为"轻灵为闺秀词本色"，在评吴尚憙《踏莎行·遣怀》时："此阕后段，渐进沈着，视轻灵有进矣。"表现出对吴尚憙词中稳健底色的赞赏。下面这首《满江红》，亦颇能代表其词风。

《满江红·秋夜感怀》：

一晌清凉，西风起、吹来帘幙。恰又是、虫鸣四壁，虚澄小阁。怪底秋声偏着耳，窗前澹月还同昨。叹年来、何处寄愁，心腰如削。

乡梦远，浑难托。琴书案，全抛却。但消磨羁旅，壮怀牢落。百岁韶华弹指事，鸿回燕去空飘泊。问襟期，原不让男儿，天生错。

以秋风起拉开愁绪之幕布，有虫鸣、有淡月，情景交融。下阕以四个三字句促密而下，从秋愁过渡到羁愁，将羁旅之思娓娓道来，以性别身份带来的壮怀落空之无奈收尾，可谓一唱三叹，整首词的深度广度推进至极，运笔老到。

其词作中，行旅纪游词数量最多且成就最高，她在词中极力描写其羁旅漂泊之愁苦以及寓目之山川胜景，对于拓宽女性词的题材，由闺阁转向更加广阔的自然，具有一定的价值。如其《念奴娇·舟中晨起见大雾作》，描绘了烟雾迷蒙的晨间江景，当中有"恍若云腾，纷如雨骤，却怪蛟龙吐"之豪迈疏阔，亦有"洛妃妆罢，扬波倩尔遮护"之温婉闺音，更有"柔舻闻声，征帆莫辨，留我冰壶住"之清逸语，此种跌宕俊爽、层层叠进的词风，既是吴尚憙文学造诣的呈现，也是闺秀词的新变。

提及番禺居氏，居巢、居廉、居仁等在岭南画坛可谓鼎鼎大名，而居氏一门秉承儒家有教无类之训，教育思想十分开明，颇具近世自由、平等之风，其家族女性艺文教育

---

① （清）吴尚憙：《写韵楼词》，徐乃昌编：《小檀栾室汇刻闺秀词》，杭州：浙江大学出版社2018年版。

兴盛即为重要表现。同光年间居氏门庭女学极盛,居庆、居瑛、居文、居清姐妹等均以诗画名世,开启近世岭南女子艺文教育之风。

居庆为居巢长兄居恒之女,字玉徵,嫁广西贺县于丹九参军,为晚清名臣于式枚母,居庆少寡,训子续学成名,工诗词,善花卉,写草虫亦佳,能承家学,有诗词集《宜春吟草》传世。其诗风清丽淡雅,流传最广之《自题绯桃便面》有"水滨风日春如海,似品司空绮丽诗",可证其诗品;词则闲澹幽雅,多写闲居之乐,如《摸鱼儿·题倪耘劬野水闲鸥图》等。《在山泉诗话》《清稗类钞》等均载其婚夕即席画设色牡丹之事,世所称羡;《粤东词钞二编》《全清词钞》各收录其一首词。《番禺县续志》《岭南画征略》等均有传。

居庆之妹居文,字瑞徵,亦能诗,《清词综补续编》及《全清词钞》录其《摸鱼儿·题倪耘劬珠江夜泛舟图》。此图彼时岭南名士如陈澧、梁廷枏等皆有题咏,居文参与其中,足见其活跃于岭南诗坛。《眼儿媚·为倪耘劬题珠江夜泛舟图》:"金樽檀板泛青翰,璧月漾微澜。胜游传遍,诗留烟墨,图写霜纨。　而今风景沧桑异,剩向画中看。海珠何处? 平铺湘水,铲却君山!"①居文题倪鸿此图时广州城满目疮痍,繁华不再,英法联军的入侵给广州带来了巨大的创伤,作者有感于此而发兴废无常之叹。笔力清健,寓家国沧桑之感。

居巢之女居瑛,字佩徵,亦有才名,"性慧异,工诗、画,有《咏梅》三十首为时传诵,许字林明仲进士(国赞),未婚,年十七无疾而逝",学海堂学长陈良玉以诗寄悼,以晚明才女叶小鸾许之;尤工花卉,传世作品有芙蓉便面、设色桃花扇面等,"韵致嫣秀",与其诗风相契。

出身文化世家的女子重视自我修养的提高,有意识地在诗文、书法绘画、琴棋等方面都切磋琢磨,展现出她们的自我意识及高洁的志向。以上几位女性作家皆来自广州府及其周边城市的书香门第,岭南的区域文化无疑以省垣为中心。《广东女子艺文考》中女性作家的地理分布情况亦是对应的,冼玉清也从交通、文化传播、人事提倡等方面总结过这一现象:"大抵吾粤文风,以广州府之顺德、番禺、南海、香山为盛。加以交通利便,易为风气。作者之众,理固宜然。而高州比他府州为多者,则以《高州府志》《吴川县志》《石城县志》皆经李文泰纂修。李本通人,又知诗者。故采高州女子集部特多。此又人事提倡之力也。至于外府僻县,刻书不易。即有书矣,而流通为难。其中坐是埋没者,亦所在有之。"②潮州府、嘉应州乃至琼州,女性作家虽载籍寥寥,亦不乏翘楚。如晚清嘉应叶璧华,为岭南女性作家群像增添客家族群与维

---

① 转引自陈永正主编:《岭南文学史》,广州:广东高等教育出版社1993年版,第486页。
② 冼玉清:《广东女子艺文考》,上海:商务印书馆1941年版。

新风潮熏染下的诗文新气息。

叶璧华(1841—1915),号润生,别字婉仙,嘉应白渡堡(今梅县丙村)人,与大埔范荑香、嘉应黎玉珍并称"晚清粤东三大女诗人",兼擅诗词赋文,有《古香阁全集》①传世。叶璧华受维新思潮的影响,力主兴办教育,推行新学,在黄遵宪及梁诗五夫人张玉仙等支持下,在梅城创办梅县第一所女子学校(懿德女校),倡男女平等的读书之风,开梅县兴办女子学校之先河。

叶璧华出身书香门第,幼即能吟诗作对,深得父亲赞许。清咸丰七年(1857)随父返里,是冬适翰林李载熙四子李蓉舫。李载熙有政声,又擅诗文,且怀济世之志;李蓉舫亦风雅之士,夫妻间多唱和,琴瑟和鸣,时人拟作李清照与赵明诚,传为佳话。但好景不长,李载熙赴任广西提督学政途中身亡,此后家道中落,李蓉舫为谋生而浪迹江湖,到潮州、粤西、广州等地设帐授课,经年不归,夫妻聚少离多。光绪十三年(1887),璧华47岁,蓉舫病逝于广州。璧华从此担起持家课子的重荷。叶衍兰出任广州越华书院山长,怜璧华孤苦操劳,使其到羊城设馆授徒。璧华来穗受业于叶衍兰,勤于诗赋,叶衍兰亦为其诗集作序,奖掖有加。

这段时期的璧华展现了一位客家女子坚忍强韧的内心,其诗作如泣如诉,有期子不归的落寞也有睹物思人的悲歌,诗中"生憎一样团月,偏照人间两地愁""羡煞鹊桥高驾处,金风玉露话离愁""关心最是新凉夜,一样金风两地秋""知否今宵花影里,凭阑独自看双星""得月当花重举酒,月圆花发莫相违",句句肠催寸断,对李蓉舫的痴情与思念浸透了她的诗篇。诗集中多有咏物之作,鹤、梅、莲、虞美人、兰、秋海棠等均见题咏,寄托作者高洁的心志。

璧华从叶衍兰到羊城设馆后,其视野得以扩大,诗风日益清冽甘醇,境界日益高邈,不时流露出异于闺阁女子闲愁的宏图伟志。经历过战火,经历过种种人世沧桑,璧华笔下开始涉及时事,并紧随时代脉搏,努力学习新事物,与黄遵宪、梁诗五等维新人士积极来往,思想与笔力皆与时俱进,举其时事诗作如下:

> 予少日随宦羊城,时法夷滋事,随侍东归。光绪壬辰重游羊城。乙未倭人气焰,澎湖报警,仓皇就道。因思时势遭逢,今昔一辙,感而赋此,留别诸同人(之一)
>
> 卅年犹记趋庭日,曾傍禺岗坐钓台。法海兴波谁御敌,慈云荫座只抡才。
> 铿轰火马如雷电,烂漫花田竟劫灰。且喜升平旋报捷,江山无恙我重来。

颔联璧华自注曰:"咸丰戊午法兰西来犯粤","先君宦闲无责任,讲学余却课兄

---

① 叶璧华:《古香阁全集》,曾欢玲点校,广州:中山大学出版社2021年版。所引诗文皆出自此版本。

妹读,故予等不知忧国也。"自小跟随父亲兄长深居书斋,虽见窗外风雨,却未知国势之危。光绪二十一年(1895),日本侵占台湾,璧华面对战火硝烟,忆及往日埋首旧书堆,感慨万千;此次遭逢后,璧华回乡奔走呼告并创办懿德女校。故此诗可谓璧华从书斋学堂走出,投身社会改革,推动妇女教育的宣言。

鸦片战争之后,中国的社会性质发生了变化,自由平等的思想在社会上得到传播与宣扬,女性也获得了较明清时期更为宽松的社会环境。女性作家逐渐突破闺阁的局限和个体抒情的单一,融入广阔的社会中,直面动荡的时局,记录社会日新月异的变化,感知时代的潮流,更积极地表达自己对新生事物的态度和对时政的臧否。可以说,通过女性作家的作品,我们有了解读清代岭南社会演进的新角度、新视野。如为了奉养母亲而应学海堂课获取膏火的番禺女诗人陶馀,在一众书院男性学员中显得那么特别,而更引人瞩目的是她的诗才,笔力雄健,跻身彼时学海堂学人群体亦毫不逊色,学长陈良玉对其诗作大加赞赏。有《爱菊芦诗》二卷,亦善画,曾作《韶州九成台秋眺图》,上有自题诗云:"旧日闻《韶》地,千秋尚有台。山川留胜概,猿鹤至今哀。北望雄关险,西瞻武水回。茫茫今昔感,都入画图来。"①虽未睹其画,但由诗的气象与今昔对比的苍茫感,可知诗画必是交相辉映,将九成台的秋景由点及面,在时空交错中渲染氤氲。如生活同治年间的顺德女诗人李佩珍,作有《西河观剧杂感》,诗云:"影散灯阑夜气深,扁舟容与任浮沉。繁华孰醒当场梦,浊酒频沾此夕襟。苇外月明双桨荡,洲前鹭白晚风侵。何年得遂幽栖约,僻处烟萝证道心。"②其《绿绮阁诗钞》收诗八十余首,多为诗人与诗伴出游之作。此诗记录了她在船中观剧的情景,真实生动,情景交融,感受到诗歌背后女诗人自由而轻盈的脉搏;又如生于光绪年间的南海人罗慧卿,有诗《挈儿辈游博物院》:"乘风欲破万重涛,广博周游志气高。一物不知儒者耻,指陈标本教儿曹。"③博物院是晚清新事物,她带着儿辈参观博物馆,并教导他们要乘风破浪,不仅要读万卷书,还要行万里路,拓展自己的眼界,视野之高远,思想之开阔,迥出时流。罗慧卿具有较强的才名意识,曾主动参加诗社,游历地方甚多且必以诗记之,她还是为数不多的自编诗集、自写序言的女作家,并积极促成自己作品的刊印。我们前面提及女性作家著作出版的依赖性,罗慧卿虽是个例,但也体现了时代的转变,女性作家的独立性得到了发展。

清代岭南女性作家的面貌与发展轨迹具有鲜明的时代烙印,亦具有鲜明的地域文学文化烙印。根植于岭南诗学雄直雅健的土壤上,女性作家作品的脂粉气之下有

---

① 转引自陈永正主编:《岭南文学史》,广州:广东高等教育出版社1993年版,第479页。
② (清)李佩珍:《绿绮阁诗钞》光绪二十六年(1900)甘泉北轩刊本。
③ (清)罗慧卿:《文寿阁诗钞》光绪三十五年(1909)年排印本。

着一抹从容不迫又坚韧刚劲的底色,在闺阁之音的风月情愁之外,逐步开始了对自我价值的大胆探索。或诗书画多元发展,或直陈时弊,或投身社会改革,女性作家的目光开始从三寸天地转向自然山川,更兼社会民生,纵横今古,扩大了女性诗文的宽度与深度,也成就着女性社会性别角色的多维度构筑。

参考文献

汉·司马迁撰:《史记》,北京:中华书局1982年版。

汉·司马迁撰,韩兆琦评注:《史记》,长沙:岳麓书社2012年版。

汉·班固撰,唐·颜师古注:《汉书》,北京:中华书局2000年版。

南朝宋·范晔撰,唐·李贤等注:《后汉书》,北京:中华书局2000年版。

后晋·刘昫等撰:《旧唐书》,北京:中华书局2000年版。

宋·欧阳修、宋祁等撰:《新唐书》,北京:中华书局2000年版。

元·脱脱等撰:《宋史》,北京:中华书局2004年版。

明·宋濂等撰:《元史》,北京:中华书局2016年版。

明·黄佐:《广州人物传》,《四库全书存目丛书》史部第90册,济南:齐鲁书社1996年版。

清·王夫之:《永历实录》,上海:上海古籍出版社1987年版。

清·陈伯陶:《胜朝粤东遗民录》,周骏富辑:《清代传记丛刊》第70册,台北:台湾明文书局1985年版。

汉·杨孚撰,吴永章辑佚校注:《异物志辑佚校注》,广州:广东人民出版社2010年版。

晋·郭璞撰、郑同校:《四库存目青囊汇刊(二):青囊海角经》,北京:华龄出版社2017年版。

唐·惠能著,郭朋校释:《坛经校释》,北京:中华书局2012年版。

唐·慧能著,丁福保笺注:《坛经》,上海:上海古籍出版社2011年版。

陈秋平、尚荣译注:《金刚经·心经·坛经》,北京:中华书局2016年版。

五代·王定保著,陶绍清校证:《唐摭言校证》,北京:中华书局2021年版。

元·辛文房著,傅璇琮主编:《唐才子传校笺》,北京:中华书局2002年版。

明·黄佐著,陈宪猷疏注点校:《广州人物传》,广州:广东高等教育出版社1991年版。

明·黄瑜:《双槐岁钞》,《明代笔记小说大观》第1册,上海:上海古籍出版社2005年版。

明·郭棐编撰,王元林校注:《岭海名胜记校注》,西安:三秦出版社2012年版。

明·叶权等撰,凌毅点校:《贤博编 粤剑编 原李耳载》,北京:中华书局1987年版。

明·邝露著,蓝鸿恩考释:《赤雅考释》,南宁:广西民族出版社1995年版。

明·张萱:《疑耀》,《景印文渊阁四库全书》第856册,台北:台湾商务印书馆1986年版。

清·黄衷:《海语》,《景印文渊阁四库全书》第594册,台北:台湾商务印书馆1986年版。

清·屈大均:《广东新语》,北京:中华书局1985年版。

清·王士禛著,靳斯仁点校:《池北偶谈》,北京:中华书局1982年版。

清·陈昙等著,黄国声点校:《岭南随笔(外五种)》,广州:广东人民出版社2015年版。

骆伟、骆廷:《岭南古代方志辑佚》,广州:广东人民出版社2002年版。

清·彭定求等编:《全唐诗》,北京:中华书局1999年版。

清·董诰等编:《全唐文》,北京:中华书局1983年影印版。

清·李调元编纂:《全五代诗》,成都:巴蜀书社1992年版。

明·孙蕡等撰,梁守中点校:《南园前五先生诗》,广州:中山大学出版社1990年版。

明·梁有誉等撰,郑力民点校:《南园后五先生诗》,广州:中山大学出版社1990年版。

清·黄登:《岭南五朝诗选》,《四库全书存目丛书》集部第409册,济南:齐鲁书社1997年版。

清·沈德潜:《明诗别裁集》,北京:中华书局1975年版。

清·梁善长:《广东诗粹》,《四库全书存目丛书》集部第41册,济南:齐鲁书社1997年版。

清·凌扬藻:《国朝岭海诗钞》,清道光六年(1826)狎鸥亭刻本。

清·刘彬华辑:《岭南四家诗钞》,清嘉庆十八年(1813)刻本。

清·刘彬华辑:《岭南群雅》,清嘉庆十八年(1813)玉壶山房刊本。

清·温汝能编,吕永光整理,李曲斋、陈永正审定:《粤东诗海》,广州:中山大学出版社1999年版。

清·梁九图,吴柄南同辑:《岭表诗传》,清道光二十年(1840)至二十三年(1843)顺德梁氏紫藤馆刊本。

清·盛大士辑:《粤东七子诗》,清道光二年(1822)刻本。

温廷敬辑,吴二持、蔡起贤校点:《潮州诗萃》,汕头:汕头大学出版社2001年版。

中山大学中国古文献研究所编:《全粤诗》第1册,广州:岭南美术出版社2008年版。

中山大学中国古文献研究所编:《全粤诗》第2册,广州:岭南美术出版社2008年版。

中山大学中国古文献研究所编:《全粤诗》第3册,广州:岭南美术出版社2008年版。

中山大学中国古文献研究所编:《全粤诗》第7册,广州:岭南美术出版社2009年版。

中山大学中国古文献研究所编:《全粤诗》第9册,广州:岭南美术出版社2010年版。

中山大学中国古文献研究所编:《全粤诗》第10册,广州:岭南美术出版社2010年版。

中山大学中国古文献研究所编:《全粤诗》第16册,广州:岭南美术出版社2014年版。

中山大学中国古文献研究所编:《全粤诗》第17册,广州:岭南美术出版社2014年版。

中山大学中国古文献研究所编:《全粤诗》第18册,广州:岭南美术出版社2016年版。

中山大学中国古文献研究所编:《全粤诗》第20册,广州:岭南美术出版社2017年版。

中山大学中国古文献研究所编:《全粤诗》第21册,广州:岭南美术出版社2017年版。

中山大学中国古文献研究所编:《全粤诗》第22册,广州:岭南美术出版社2017年版。

黄雨选注:《历代名人入粤诗选》,广州:广东人民出版社1980年版。

陈永正:《岭南历代诗选》,广州:广东人民出版社1985年版。

刘斯奋、周锡馥选注:《岭南三家诗选》,广州:广东人民出版社1980年版。

清·屈大均辑,陈广恩点校:《广东文选》,广州:广东人民出版社2008年版。

清·陈在谦评辑:《国朝岭南文钞》,清学海堂刻本。

周绍良主编:《唐代墓志汇编》,上海:上海古籍出版社1991年版。

周绍良、赵超主编:《唐代墓志汇编续集》,上海:上海古籍出版社2001年版。

马积高、曹大中主编:《历代辞赋总汇》,长沙:湖南文艺出版社2014年版。

仇江选注:《岭南历代文选》,广州:广东人民出版社2009年版。

欧阳健、欧阳萦雪、欧长生主编:《古代三欧文选》,北京:中国文史出版社2014年版。

蒋松源主编:《历代小品山水》,武汉:崇文书局2004年版。

严迪昌:《近世词钞》,南京:江苏古籍出版社1996年版。

陈永正:《岭南历代词选》,广州:广东人民出版社2009年版。

明·祁彪佳著,黄裳校录:《远山堂明曲品剧品校录》,上海:古典文学出版社1957年版。

东晋·谢灵运撰,顾绍柏校注:《谢灵运集校注》,郑州:中州古籍出版社1987年版。

唐·沈佺期、宋之问撰,陶敏、易淑琼校注:《沈佺期宋之问集校注》,北京:中华书局2001年版。

唐·张九龄撰、熊飞校注:《张九龄集校注》,北京:中华书局2008年版。

唐·韩愈撰,马其昶校注,马茂元整理:《韩昌黎文集校注》,上海:上海古籍出版社1986年版。

唐·韩愈著,钱仲联集释:《韩昌黎诗系年集释》,上海:上海古籍出版社2020年版。

唐·刘禹锡著,陶敏、陶红雨校注:《刘禹锡全集编年校注》,长沙:岳麓书社2003年版。

唐·刘禹锡著:《刘禹锡集》,上海:上海人民出版社1975年版。

宋·苏轼著,清·王文诰辑,孔凡礼点校:《苏轼诗集》,北京:中华书局1982年版。

宋·苏轼著,明·茅维编,孔凡礼点校:《苏轼文集》,北京:中华书局2004年版。

宋·杨万里撰,辛更儒笺校:《杨万里集笺校》,北京:中华书局2007年版。

元·范梈:《范德机诗集》,《景印文渊阁四库全书》第1208册,台北:台湾商务印书馆1986年版。

元·刘鹗:《惟实集》,《景印文渊阁四库全书》第1206册,台北:台湾商务印书馆1986年版。

明·孙蕡:《西庵集》,《景印文渊阁四库全书》第1231册,台北:台湾商务印书馆1986年版。

明·丘濬著,周伟民等点校:《丘濬集》,海口:海南出版社2006年版。

明·丘濬著,朱逸辉等校注:《琼台诗文会稿校注本》,呼和浩特:内蒙古人民出版社2002年版。

明·陈献章著,孙通海点校:《陈献章集》,北京:中华书局1987年版。

明·黄佐:《泰泉集》,《广州大典》第424册,广州:广州出版社2015年版。

明·翁万达:《思德堂诗集》,清道光十三年(1833)翁氏约心轩家藏版重刊本。

明·海瑞著,李锦全、陈宪猷点校:《海瑞集》,海口:海南出版社2003年版。

明·欧大任:《欧虞部集》,《北京图书馆古籍珍本丛刊·子部》第81册,北京:书目文献出版社1988年版。

明·梁有誉:《兰汀存稿》,《广州大典》第426册,广州:广州出版社2015年版。

明·区大相、区大伦撰,刘正刚整理:《区太史诗文集(外二种)》,济南:齐鲁书社2017年版。

明·陈邦彦:《陈岩野集》,马以君主编:《顺德文献丛书》,佛山:顺德县志办公室1987年印本。

明·邝露撰,黄灼耀校点:《峤雅》,广州:广东高等教育出版社1990年版。

明·黎遂球:《莲须阁集》,《四库禁毁书丛刊》集部第183册,北京:北京出版社2000年版。

明·区怀年:《玄超堂藏稿》,清康熙年间刻本。

明·欧主遇:《自耕轩诗集》,罗学鹏:《广东文献四集》,清春晖堂嘉庆刻同治二年(1863)印本。

明·陈子壮:《陈文忠公遗集》,《丛书集成续编》第149册,台北:新文丰出版公司1988年版。

明·袁崇焕撰,石瑞良编:《袁崇焕诗赏析》,北京:中国书籍出版社2006年版。

明·汤显祖撰,徐朔方笺校:《汤显祖全集》,北京:北京古籍出版社1999年版。

清·钱谦益:《牧斋初学集》,上海:上海古籍出版社1985年版。

清·屈大均撰,欧初、王贵忱编:《屈大均全集》,北京:人民文学出版社1996年版。

清·屈大均撰,陈永正笺校:《屈大均诗词编年笺校》,广州:中山大学出版社2000年版。

清·朱彝尊:《曝书亭集》,台北:世界书局1964年版。

清·陈恭尹著,郭培忠校点:《独漉堂集》,广州:中山大学出版社1988年版。

清·梁佩兰著,吕永光校点补辑:《六莹堂集》,广州:中山大学出版社1992年版。

清·程可则著,程士伟等校补:《海日堂集》,桂林:广西师范大学出版社2012年版。

清·方殿元:《九谷集》,清康熙间刻本。

清·王隼:《大樗堂初集》,《丛书集成初编》第174册,商务印书馆1935年版。

清·梁无技:《南樵初集》,清康熙五十五年(1716)刻本。

清·梁无技:《南樵二集》,清康熙五十七年(1718)刻本。

清·洪亮吉:《更生斋诗集》,上海:涵芬楼影印《北江全书》本。

清·陈子升:《中洲草堂遗集》,《丛书集成续编》第151册,台北:新文丰出版公司1988年版。

清·薛始亨:《南枝堂稿》,香港何氏至乐楼影印本。

清·薛始亨:《蒯缑馆十一草》,《丛书集成续编》第126册,台北:新文丰出版公司1988年版。

清·王邦畿:《耳鸣集》,《四库禁毁书丛刊》集部第87册,北京:北京出版社2000年版。

清·陈遇夫:《涉需堂集》,清光绪六年(1880)刻本。

清·廖燕著,蔡升奕校注:《廖燕全集校注》,北京:人民文学出版社2019年版。

清·罗天尺:《瘿晕山房诗册》,清乾隆刊本。

清·何梦瑶:《匊芳园诗钞》,清乾隆十七年(1752)刊本。

清·李文藻:《岭南集》,清乾隆三十一年(1766)刊本。

清·张锦芳:《逃虚阁诗钞》,清嘉庆六年(1801)刻本。

清·吕坚:《迟删集》,清刻本。

清·黄丹书:《鸿雪斋诗钞》,清刊本。

清·黎简著,梁守中校辑:《五百四峰堂诗钞》,广州:中山大学出版社2000年版。

清·黄培芳:《岭海楼诗钞》,中国古籍珍本丛刊·广东省立中山图书馆第57册,北京:国家图书馆出版社2015年版。

清·宋湘撰,黄国声点校:《红杏山房集》,广州:中山大学出版社1988年版。

清·李黼平:《李黼平集》,广州:广东人民出版社2020年版。

清·邱炜菱:《五百石洞天挥麈》,顾廷龙主编:《续修四库全书》第1708册,上海:上海古籍出版社2003年版。

清·谭敬昭:《听云楼诗钞》,《清代诗文集汇编》编纂委员会:《清代诗文集汇编》第508册,上海:上海古籍出版社2010年版。

清·谭莹:《乐志堂诗集》,清同治十二年(1873)谭宗浚刻本。

清·黄钊:《读白华草堂诗集》,清光绪十五年(1889)刊本。

清·曾钊:《面城楼集钞》,清光绪刊《启秀山房丛书》本。

清·温训:《登云山房文稿》,清道光三年(1823)刊本。

清·吴应逵:《雁山文集》,清道光十年(1830)广州汗青斋刊本。

清·刘慧娟:《昙花阁诗钞》,肖亚男编:《清代闺秀集丛刊》第47册,北京:国家图书馆出版社2014年版。

清·吴尚熹:《写韵楼词》,徐乃昌编:《小檀栾室汇刻闺秀词》,杭州:浙江大学出版社2018年版。

清·李佩珍:《绿绮阁诗钞》,光绪二十六年(1900)甘泉北轩刊本。

清·罗慧卿:《文寿阁诗钞》,光绪三十五年(1909)年排印本。

清·叶璧华著、曾欢玲点校:《古香阁全集》,广州:中山大学出版社2021年版。

潘飞声:《说剑堂集》,清光绪刻本。

清·张维屏:《听松庐词钞》,陈建华主编:《广州大典》第520册,广州:广州出版社2015年版。

清·吴兰修:《桐花阁词》,清宣统至民国年间番禺汪氏微尚斋刻本。

清·仪克中:《剑光楼词》,清咸丰十年(1860)半耕草堂刻本。

明·汤显祖:《牡丹亭》,北京:人民文学出版社2015年版。

清·花溪逸士撰,中英、中雄校点:《岭南逸史》,天津:百花文艺出版社1995年版。

清·庾岭劳人撰,宇文点校:《蜃楼志全传》,天津:百花文艺出版社1987年版。

清·梁廷枏著,杨芷华点校:《艺文汇编》,暨南大学出版社2001年版。

薛汕校订:《花笺记》,北京:文化艺术出版社1985年版。

清·招子庸:《粤讴》,清光绪九年(1883)刊本。

明·黄佐:《六艺流别》,《四库全书存目丛书》集部第300册,济南:齐鲁书社1995年版。

清·朱彝尊:《静志居诗话》,北京:人民文学出版社1990年版。

清·王士禛:《带经堂诗话》,北京:人民文学出版社1963年版。

清·永瑢等撰:《四库全书总目》,北京:中华书局1965年版。

清·张维屏撰,陈永正点校,苏展鸿审定:《国朝诗人征略》,广州:中山大学出版社2004年版。

清·黄培芳撰,管林点校:《黄培芳诗话三种》,广州:广东高等教育出版社1995年版。

清·檀萃撰,杨伟群校点:《楚庭稗珠录》,广州:广东人民出版社1982年版。

清·陈田:《明诗纪事》,上海:上海古籍出版社1993年版。

清·杨钟羲撰,刘承干参校:《雪桥诗话三集》,北京:北京古籍出版社1991年版。

清·何曰愈:《退菴诗话》,陈建华主编:《广州大典》第519册,广州:广州出版社2015年版。

丁福保:《历代诗话续编》,北京:中华书局2006年版。

吴文治:《明诗话全编》,南京:江苏古籍出版社1997年版。

邓之诚:《清诗纪事初编》,周骏富辑:《清代传记丛刊》第20册,台北:明文书局1986年版。

钱仲联:《清诗纪事》,南京:江苏古籍出版社1987年版。

郭绍虞:《清诗话续编》,上海古籍出版社1983年版。

陈永正等:《岭南文学史》,广州:广东高等教育出版社,1993年版。

游国恩等:《中国文学史(修订本)》,北京:人民文学出版社2002年版。

袁行霈主编:《中国文学史》,北京:高等教育出版社2004年版。

郑振铎:《中国俗文学史》,上海:上海书店1984年版。

刘大杰:《中国文学发展史》,北京:商务印书馆2017年版。

翁奕波、翁筱曼:《古代潮州文学史》,汕头:汕头大学出版社2021年版。

罗可群:《广东客家文学史》,广州:广东人民出版社2015年版。

叶春生:《岭南俗文学简史》,广州:广东高等教育出版社2003年版。

梁乙真:《清代妇女文学史》,北京:中华书局1927年版。

陈竹:《中国古代剧作学史》,武汉:武汉出版社1999年版。

赖伯疆:《广东戏曲简史》,广州:广东人民出版社2001年版。

耿淑艳著:《岭南古代小说史》,北京:社会科学文献出版社2015年版。

(日)青木正儿著,王古鲁译:《中国近世戏曲史》,北京:商务印书馆1936年版。

胡守为:《岭南古史》,广州:广东人民出版社2014年版。

陈永正:《岭南诗歌研究》,广州:中山大学出版社2008年版。

叶春生、蒋明智:《悦城龙母文化》,哈尔滨:黑龙江人民出版社2003年版。

司徒尚纪:《中国珠江文化简史》,广州:中山大学出版社2015年版。

陈泽泓:《广府文化》,广州:广东人民出版社2012年版。

李雁:《谢灵运研究》,北京:人民文学出版社2005年版。

周苇风:《岭南先唐文学研究》,南京:南京大学出版社2016年版。

陈桥生:《唐前岭南文明的进程》,广州:广东高等教育出版社2019年版。

李世亮:《张九龄年谱》,广州:广东高等教育出版社1994年版。

熊飞:《张九龄年谱新编》,香港:香港教育出版社2005年版。

顾建国:《张九龄年谱》,北京:中国社会科学出版社2005年版。

顾建国:《张九龄研究》,北京:中华书局2007年版。

巫育明主编:《张九龄学术研究论文集》(上、下),珠海:珠海出版社2009年版。
陈建森:《九龄风度与盛唐气象》,广州:中山大学出版社2016年版。
吴文治:《韩愈资料汇编》,北京:中华书局1983年版。
邓翠萍、刘英杰主编:《贤令芳踪——韩愈阳山资料汇编》,北京:研究出版社2004年版。
曾楚楠编著:《韩愈在潮州》,广州:暨南大学出版社2015年版。
卞孝萱:《刘禹锡年谱》,北京:中华书局1963年版。
钱锺书:《宋诗选注》,北京:人民文学出版社1989年版。
钱锺书:《谈艺录》,北京:中华书局1986年版。
程毅中:《宋元小说研究》,南京:江苏古籍出版社1998年版。
张海鸥:《北宋诗学》,开封:河南大学出版社2007年版。
黄海章:《明末广东抗清诗人评传》,广州:广东人民出版社1987年版。
汪辟疆:《汪辟疆文集》,上海:上海古籍出版社1988年版。
邬庆时:《屈大均年谱》,广州:广东人民出版社2006年版。
章继光:《陈白沙诗学论稿》,长沙:岳麓书社1999年版。
黄克主编:《中国历代名臣言行录(先秦—晚清)》,北京:中国城市出版社1998年版。
程炳达、王卫民:《中国历代曲论释评》,北京:民族出版社2000年版。
赵山林:《中国戏剧学通论》,合肥:安徽教育出版社1995年版。
孙楷第编:《日本东京及大连图书馆所见中国小说书目提要》,北京:国立北平图书馆1932年版。
马松源主编:《中国禁书文库》,北京:线装书局2010年版。
冼玉清:《广东女子艺文考》,上海:商务印书馆1941年版。
李汉枢:《粤调说唱民歌沿革》,广州:广东人民出版社1958年版。
谭正璧、谭寻:《木鱼书、潮州歌叙录》,北京:书目文献出版社1982年版。
谢永芳:《广东近世词坛研究》,上海:上海古籍出版社2008年版。
俞平伯等著:《唐诗鉴赏辞典》,上海:上海辞书出版社2013年版。
缪钺等著:《宋诗鉴赏辞典》,上海:上海辞书出版社2015年版。
唐圭璋等著:《宋词鉴赏辞典》,上海:上海辞书出版社1987年版。

论文:

钱志鹏:《张九龄诗歌艺术研究》,南京师范大学2002年硕士学位论文。
李海燕:《〈南海集〉与"诚斋体"的演变》,华南师范大学2007年硕士学位论文。

陈凤谊:《唐五代岭南诗歌研究》,广西大学2014年硕士学位论文。

李婉童:《元代刘鹗诗歌研究》,南昌大学2019年硕士学位论文。

冼玉清:《招子庸研究》,《岭南学报》1947年12月第7卷第3期。

宁祥:《明末广东诗人邝露》,《佛山师专学报》1988年第1期。

陈永正:《韩愈诗对岭南诗派的影响》,《中山大学学报(社会科学版)》1993年第2期。

若谷:《论陈钦、陈元》,《广东史志》1996年第4期。

陈国军:《明代中篇传奇小说格局的构成——以〈钟情丽集〉为考察中心》,《海南大学学报(人文社会科学版)》2005年第2期。

朱家振、陈春丽、张强禄、刘小放、关瞬甫:《广州南汉德陵、康陵发掘简报》,《文博》2006年第7期。

程存洁:《广州南汉康陵的发现与南汉国的哀册仪礼》,《广州文博》2007年12月31日版。

陈永正:《岭南诗派略论》,左鹏军主编:《岭南学》第1辑,广州:中山大学出版社2007年版。

雍繁星:《从性气到性情——陈献章与明代主情文学思想》,《首都师范大学学报(社会科学版)》2007年第1期。

陈鸿钧、黄兆辉:《南汉〈高祖天皇大帝哀册文〉补考》,《广州文博》2008年12月31日版。

左东岭:《孙蕡的诗歌创作历程与明初文人命运》,《中国文化研究》2012年第2期。

陈恩维:《论地域文人集群与地域诗派的形成——以南园诗社与岭南诗派为例》,《学术研究》2012年第3期。

程中山:《略论张维屏〈国朝诗人征略〉、〈艺谈录〉之成书、体例及影响》,《清代广东诗学考论》,广州:广东人民出版社2012年版。

王富鹏:《岭南三大家合称之始及序第》,《广州大学学报(社会科学版)》2008年第2期。

左东岭:《南园诗社与南园五先生之构成及其诗学史意义》,《西北大学学报(哲学社会科学版)》2013年第1期。

李最欣:《关于南汉政权和文学地域特征的考察》,《广州大学学报(社会科学版)》,2013年第12卷第3期。

周松芳:《汤显祖岭南行实考辨——兼论柳梦梅形象的塑造》,《戏曲研究》第95辑,北京:文化艺术出版社2015年版。

陈作宏:《浅论翁万达的边塞诗》,《韩山师范学院学报》2015年第1期。

左鹏军:《屈大均〈广东新语〉的诗性精神与文化寄托》,《华南师范大学(社会科学版)》2016年第5期。

黄天骥:《〈牡丹亭〉的创作与民俗素材提炼》,《岭南行与临川梦——汤显祖学术广东高端论坛文集》,广州:花城出版社2016年版。

吴秀卿:《再谈〈五伦全备记〉——从创作、改编到传播接受》,《文学遗产》2017年第3期。

陈桥生:《江总:岭南文学形象的最初建构》,《广州大典研究》,北京:社会科学文献出版社2018年第2辑。

李曙光:《仪克中〈剑光楼词〉与粤词风气之转移》,《汕头大学学报(社会科学版)》2020年第1期。

吴承学、程中山:《岭南诗话与岭南诗学》,《学术研究》2020年第6期。

王富鹏:《论明清之际华夏道统的承续危机与屈大均对屈氏宗族精神的建构》,《绍兴文理学院学报(人文社会科学)》2021年第3期。

陈鸿钧:《广州出土五代南汉国名臣李纾墓志铭考略》,《广州文物》,2021年2月28日。

王承文、罗亮:《广州新出南汉〈李纾墓志铭〉考释》,《学术研究》2021年第6期。

程浩:《广州出土五代南汉李纾墓志初考》,《黄河 黄土 黄种人》2021年第10期。

敢为人先唱大风

——《广东文学通史》后记

2020年5月28日上午9时,广东省作协在广东文学艺术中心23楼召开《广东文学通史》编撰工作务虚会。省作协党组书记张培忠,省作协主席蒋述卓,中山大学中文系主任彭玉平,中山大学中文系教授林岗、谢有顺,华南师范大学中文系教授陈剑晖,暨南大学中文系教授贺仲明,广州大学文学院教授纪德君等出席会议。

我在主持时指出,为什么要编撰《广东文学通史》,主要基于三方面因素的考虑:从古代到当代,广东还没有一部贯通的文学史,着手编撰此书,是事业的需要、时代的需要;助力粤港澳人文湾区建设,满足学术界新期待,是工作的需要;建设广东文学馆,提供理论支撑,是展陈的需要。

怎么来编撰这部文学通史,指导思想、起止时间、编多少本、由谁来编、什么时候完成,需要多少经费,以及其他相关问题等,在务虚会上,大家围绕上述问题展开热烈讨论,畅所欲言,集思广益。

讨论的结果,决定由我和蒋述卓主席担任总主编,负责谋划、统筹、推进通史的编撰工作。初步考虑编撰五卷,包括古代一卷(清代以前)、近代一卷、现代一卷、当代前三十年一卷、后四十年一卷。

我在小结时强调,通史的编撰要以习近平新时代中国特色社会主义思想为指导,站位要高,要有新的史料的发现、新的观念的阐释、新的体系的构建,要成为一部集大成、标志性的成果;编撰要精,标准、体例、作者都要从严要求,要提出新的框架,形成新的理论,突出当代意识、全球意识和精品意识;推进要准,要摸清家底,分步进行,倒排工期,三年完成。

务虚会既务虚,又务实,颇有成效。此时新冠疫情正炽,正常工作、生活秩序受到严重影响,启动通史编撰工作并非合适时机,更大的难题在于无经费、无团队、无史料,如何开始这项浩大的工程?我们认为,文学通史撰写,事关全省文学事业大局,有条件要上,没有条件,创造条件也要上。

当务之急是解决没有经费的问题。疫情期间,财政紧缩开支,强调要过紧日子乃至苦日子,正常开支尚且要有所压缩,更遑论新增项目。无米下锅,计将安出?遂翻箱倒柜,努力挖潜,得悉香港知名实业家、全国政协原副主席霍英东先生曾于1996年慷慨捐资500万元用于支持广东省作家协会办公大楼筹建,后因省政府资金到位,仅使用部分经费用于购置设备和修缮;其后省作协曾致函征得家属同意,拟将捐赠剩余资金用于设立"英东文学奖",又因审批原因未能实施,存有港币400多万元由省作协保管至今。省作协遂致函霍英东先生二儿子、香港霍英东集团行政总裁霍震寰先生,协商启用霍英东先生捐助的资金,用于编纂出版《广东文学通史》,并每年推出《广东文学蓝皮书》,以填补广东文学史研究之空白,助力粤港澳大湾区人文建设。霍震寰先生随即复函表示支持,并肯定出版计划"既传承书香,亦惠泽后学,不仅能起到探源溯流,勾勒古今,阐幽发微之效,更有助今后地方文学事业之编修及发展,可谓意义非凡,贡献殊深"。

经费落实后,各项工作遂紧锣密鼓地开展起来。成立编委会,聘请学术顾问,确定总主编、执行主编、分卷主编,并委托分卷主编物色撰写人员,要求撰写人员原则上需由副教授及以上人员担任。

经过一年多的筹备,2021年7月21日,《广东文学通史》编撰工作会议在岭南文学空间举行。编撰团队全体人员出席,大家就该项文学工程的价值和意义、框架和体例、规范和要求进行深入讨论。以这次会议为标志,《广东文学通史》编撰工作正式全面启动。为保质保量完成广东史上第一部贯通的文学史撰写,会议强调:一是要坚持提高站位,切实增强撰写《广东文学通史》的责任感、使命感和荣誉感。盛世修史,在中华民族伟大复兴进程中编写这样一部通史,是时代的产物,也是广东文学发展的当下必须要做的一件事情,这是责任、使命,也是荣誉。二是要坚持正确史观,以习近平新时代中国特色社会主义思想,特别是习近平总书记关于文艺工作的重要论述指导通史的编撰工作。习近平新时代中国特色社会主义思想是21世纪马克思主义、当代马克思主义,它涉及治国、治党、治军,内政、外交、国防,思想深邃,内容丰富,博大精深,是全面建设中国特色社会主义的根本遵循和行动指南,也是指导文学创作和文学研究的强大思想和理论武器,我们要掌握这个武器,以此统率通史编撰工作,做到纲举目张。同时,要求撰写人员重温经典作家关于无产阶级文艺思想的重要论述,做到融会贯通。三是要坚持守正创新,努力构建富有岭南文化特色的中国文学话语和叙事体系。习近平总书记在2021年5月31日召开的十九届中央政治局第三十次集体学习会上指出,要加快构建中国话语和叙事体系,用中国理论阐述中国实践,用中国实践升华中国理论。撰写团队要有雄心和能力,坚持把马克思主义的基本原理同中国文学特别是广东文学的实际相结合,同中国优秀传统文化包括优秀的岭南文化相结合。积极学习、借鉴人类文明一切有益成果,包括先进的西方文论,为我所用,推陈出新,固本开新,守正创新,积极构建具有岭南文化特色的中国文学话语和叙事体系,使《广东文学通史》耳目一新、独树一帜,以厚重而又灵动的学术品格呈现于中国文学史著之林。四是要坚持对标最优最好,打造风格统一的有信息含量、有思想容量、有情感力量的通史力作。《广东文学通史》的规模是五卷200多万字,每卷的撰稿专家4人,加上总主编、执行主编、分卷主编,共20多人。专家各有所长,风格各异。但作为一部高质量的文学通史,要建立起一种机制,努力做到质量均衡、风格趋同。特别要体现共识,体现创新,体现政治性、学术性、科学性、独创性。五是要坚持倒排工期,挂图作战,按时保质保量完成《广东文学通史》编撰任务。按照计划,2022年10月拿出初稿,2023年5月正式出版。以此时间节点制定任务书、时间表、路线图,稳扎稳打、有章有法、有板有眼地推进,做到如期实现,务求全胜。

2021年8月20日,我在岭南文学空间主持召开《广东文学通史》顾问、主编工作会议,并代表省作协与各分卷主编签订撰写协议。会议强调:一是要贯穿一条红线。坚持以习近平新时代中国特色社会主义思想,特别是习近平总书记关于文艺工作的重要论述作为一条红线贯穿全书,并以此指导编撰工作;二是要构建一套话语体系,致力于打造融通中外、富有岭南特色的文学话语和叙事体系;三是要形成一套工作机制,确定每个月召开一次推进会,汇报前期工作,明确下一步任务,群策群力、扎实有效地推进编撰工作。

2021年9月30日,《广东文学通史》编委会工作会议在岭南文学空间召开。会议原则通过《广东文学通史》各卷提纲,明确要求各卷团队以此为依据抓紧开展撰写工作,并要求统筹好六种关系,即全国地位与地方影响的关系、统一体例与各卷侧重的关系、"史"与"论"的关系、"点"与"面"的关系、"里"与"外"的关系,以及政治立场与文学成就的关系,推动编撰工作顺利进行。

为使撰稿老师在搜集材料、开展研究、撰写稿件时有所遵循,总主编委托执行主编研究提出通史的编写体例、入史标准、结构类型,供各位撰稿老师参考。其中对入史作家作了明确规定:广东籍并长期在广东生活和工作的作家及其作品、长期居住广东的非广东籍作家及其作品(当代一般5年以上)、古代北方流贬到广东的作家诗人及其作品;入史的作家诗人,一般应有文集或专著问世,并在全国或全省有较大影响等。其他情形的则强调在地性,比如,唐朝文学家韩愈被贬潮州写的《祭鳄鱼文》、宋朝文学家苏轼应邀撰写的《潮州韩文公庙碑》,均属于广东作家作品;离开了广东,创作的也非广东题材,就不能算是广东作家作品。

岭南自古虽谓蛮荒之地,却也最早得风气之先。其文学与大漠西北迥然有异,也极大区别于江南水乡。广东文学的脉络如何,特质如何,在全国大局上处于什么位置,这更是通史必须明确和把握的重大问题。为此,总主编、执行主编、分卷主编在2022年4月29日,又专门召开了一次务虚会,就广东的文化逻辑、文学逻辑、理论逻辑,进行了一次深入的探讨,初步厘清了广东文学从受容到包容到交融的发展历程、从边地到腹地到前沿的进取精神、从雄直之风到慷慨豪迈到勇于斗争的革命谱系、从海洋性到商业性到市民性的文学品格。这些品质是广东文学区别于别的地方的文学所独具的鲜明特色,必须尽量贯彻到通史各卷的撰写中。比如"海洋性"的特质,从唐朝诗人张九龄诗歌《望月怀远》的"海上生明月,天涯共此时"到当代作家杜埃长篇小说《风雨太平洋》等,无论是题材选择、主题呈现,还是艺术塑造,都一以贯之地彰显了这一基于地缘优势而格外丰厚的文学资源。又比如,革命谱系中的广东左联作家,在现当代革命文学中占有突出地位,其中"左联五烈士"之一的冯铿,是广东潮州人,牺牲时只有23岁,却创作了大量作品;左联成立时七常委之一洪灵菲,也是广东潮州人,他创作出版了包括长篇小说"《流亡》三部曲"在内的大量文学作品,总计200多万字,是无产阶级革命文学草创时期的优秀作品和重要收获。这些作品大部分散佚在外,撰稿老师在寻找文献、抢救文献、消化文献的过程,就是集腋成裘、提炼史观、形成评价的过程。其中洪灵菲的作品,写革命的流亡涉及潮人出国留洋,行文中经过不同的地方,伴随潮汕话、粤语、英文、南洋话,多种语言杂糅与异国风情形成的国际视野和革命叙事,便构成了近现代以来广东文学兼容并包的创作特色和开眼看世界的文学自信。

近两年,编撰团队共召开13次会议,凝聚共识,讨论提纲,切磋写法。在学术顾问的指导下、在编委会的支持下,编撰团队全力以赴、攻坚克难、夜以继日,终于按照规定时间完稿,并在分卷主编、执行主编、总主编三轮统稿后,将齐、清、定的全稿于今年二月底送人民文学出版社出版。

现将有关架构说明如下:

学术顾问:

陈春声　中山大学党委书记、中国史学会副会长、教育部历史学科教学指导委员会主任委员

黄天骥　中山大学中文系教授、中国古代戏曲学会会长

刘斯奋　著名作家、茅盾文学奖获得者、广东省文艺终身成就奖获得者

陈永正　中山大学中文系教授

总主编:

张培忠　广东省作家协会党组书记、专职副主席,中国报告文学学会副会长

蒋述卓　广东省作家协会主席、暨南大学教授、中国文艺理论学会副会长

执行主编:

彭玉平　中山大学中文系主任、教授,教育部长江学者特聘教授,《中山大学学报》主编,中国词学会副会长

林　岗　中山大学中文系教授、广东文艺批评家协会主席
陈剑晖　华南师范大学文科二级教授、广州大学资深特聘教授

现将撰稿情况说明如下：
总　序：林　岗
第一卷：主编　彭玉平
　　　　撰写　彭玉平
　　　　　　　徐新韵（星海音乐学院人文社科部副教授）
　　　　　　　史洪权（中山大学中文系副教授）
　　　　　　　李婵娟（佛山科学技术学院中文系主任、教授）
　　　　　　　翁筱曼（华南师范大学文学院副教授）
第二卷：主编　纪德君（广州大学岭南文化艺术研究院执行院长、中国俗文学学会副会长）
　　　　撰写　纪德君
　　　　　　　闵定庆（华南师范大学文学院教授）
　　　　　　　耿淑艳（广州大学人文学院副教授）
　　　　　　　周丹杰（广东技术师范大学图书馆馆员）
第三卷：主编　陈　希（中山大学中文系教授）
　　　　撰写　陈　希
　　　　　　　刘卫国（中山大学中文系教授）
　　　　　　　徐燕琳（华南农业大学人文学院教授、岭南文化与艺术研究中心主任）
　　　　　　　吴晓佳（中山大学中文系副教授）
　　　　　　　叶　紫（广州华联学院心理咨询中心主任、副教授）
　　　　　　　冯倾城（澳门中华诗词学会理事长，撰写第三卷旧体诗词章节）
第四卷：主编　贺仲明（广东省作协兼职副主席、暨南大学文学院教授、中国现代文学研究会副会长）
　　　　撰写　贺仲明
　　　　　　　龙其林（上海交通大学长聘副教授）
　　　　　　　杜　昆（嘉应学院副教授）
　　　　　　　黄　勇（暨南大学文学院副教授）

第五卷：主编　陈剑晖

撰　写　陈剑晖

　　　　刘茉琳(广东技术师范学院文传学院副院长、副教授)

　　　　黄雪敏(华南师范大学城市文化学院副教授)

　　　　程　露(广州新华学院中文系副教授)

　　　　杨汤琛(广东外语外贸大学文学院教授,撰写第五卷诗歌章节)

　　　　马　忠(广东省清远市文艺批评家协会副主席,撰写第五卷儿童文学章节)

　　　　刘海涛(岭南师范学院文学院教授,撰写第五卷小小说章节)

　　　　申霞艳(暨南大学文学院教授,撰写第五卷邓一光章节)

后　记：张培忠

美国著名诗人卡尔·桑德堡曾说过："任何事情开始时都是梦。"撰写广东史上第一部文学通史,曾经是一个遥远的梦想。如今梦想成真,可谓文学界、学术界一大盛事。在整个撰写过程中,省委宣传部给予高度重视和大力支持,学术顾问陈春声书记、黄天骥教授、刘斯奋老师、陈永正教授给予悉心指导、把关定向,总主编张培忠、蒋述卓和执行主编彭玉平、陈剑晖、林岗以及各分卷主编彭玉平、纪德君、陈希、贺仲明、陈剑晖统筹谋划、沟通协调、提出规范、督促落实,林岗老师自告奋勇承担撰写总序的艰巨任务,编委会登高望远、咨询指导,撰写团队知难而进,迎难而上,把不可能变为可能,工作团队陈昆、周西篱、林世宾、邱海军、杨璐临等事无巨细,不厌其烦,保障有力,人民文学出版社臧永清社长、李红强总编辑、责任编辑付如初主任等,积极配合,严格把关,加班加点,精编精印,确保高效率、高质量完成出版任务。尤为令人感佩的是,香港霍英东集团行政总裁霍震寰先生大力支持并慨然同意将霍英东先生生前捐助的资金用于通史的编撰出版工作,确保通史的编纂出版工作得以顺利推进。谨此代表省作协和编委会,对参与和支持通史编纂出版工作的单位和个人表示崇高的敬意和衷心的感谢！

今年是广东省作家协会成立70周年。值此丰收之时和喜庆之日,通史的出版,可谓正当其时,意义重大。元宵节过后,通史执行主编、第一卷主编彭玉平教授发来其刚刚完稿的第一卷绪论,并附感赋一首。正如阅读其他各卷文稿一样,我迫不及待地先睹为快。其感赋如下：

撰《广东文学通史》第一卷绪论感赋

　　粤文一卷费思量,唐宋明清气渐扬。

　　百越古风深底蕴,融通南北自堂堂。

彭玉平教授是学术大家和诗词名家。再三阅读其第一卷绪论和感赋,受到感染

和触发,我也附骥拟古风草成一首,不拘格律,达意而已。诗云:

读彭公一卷绪论有感

彭公积厚自雕龙,化繁为简意葱茏。
追寇入巢溯源流,别具只眼识诸公。
山林皋壤时空换,涓滴巨澜赖有容。
系出一脉雄直气,敢为人先唱大风。

就其对事业的虔敬精神,以及对学术的穷理尽性,这首古风小诗虽因彭玉平教授缘情而发,其实也是为全体撰写团队诸君而作。由于任务繁重,时间紧迫,本通史是在"三无"状况下创造条件破空而出,加上撰写团队受到学术视野和各种因素的限制,特别是本人才疏学浅,通史疏漏不妥甚至谬误之处在所难免,敬祈学界方家和广大读者批评指正,并将宝贵意见反馈给我们,以便适当时候加以修订,俾使通史日臻完善,嘉惠学林。

张培忠
2023 年 4 月 2 日于广州